學術論文集叢書

肅禮作範

——黃慶萱教授九豑壽慶論文集

賴貴三　主編

魯實先老師「肅禮先賢，作毓後進」甲骨文贈聯

——肅禮先賢為敦品之首，作毓後進在教學之餘（舊新裱聯）

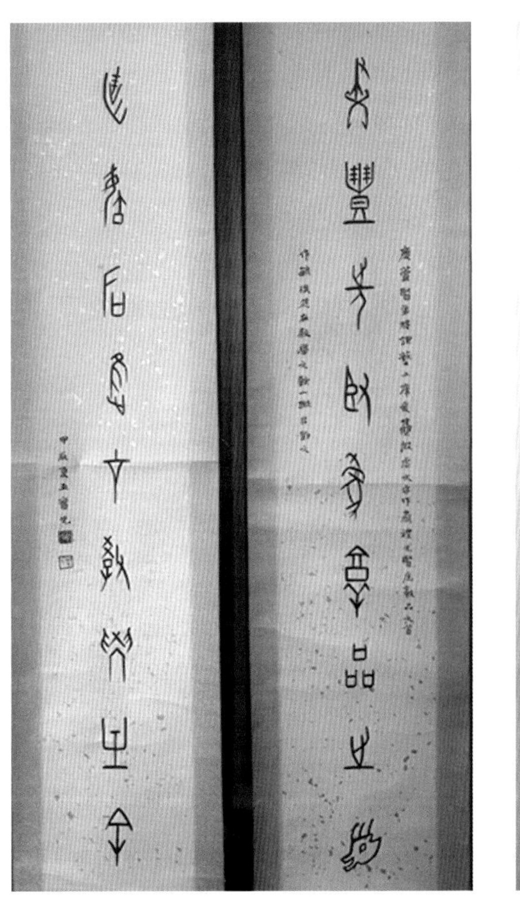

龔鵬程先生「水擊三千，數生大衍」長幅賀聯

《史記》云「荀卿最為老師」，老者九十曰鮐背，黃耇見於《詩經·大雅》（案：記誤，當是《小雅·南山有臺》），所以然者，鯤鵬變化之意也。鮐背之老、黃吻之齓，含哺而怡，返老還童，猶鯤為魚子，又為大魚，又可為鵬（上聯題款結束，下鈐「斯文在茲」正方陰篆押腳閒章），

水擊三千摶扶搖而上者九萬里，

數生大衍燭幽隱乃彰於一老師。

此變化之象，理趣具詳《周易》。慶萱我師則精研《易》理，從容觀化久矣！故合此數事，敬為聯語，以祝壽辰。

弟子　龔鵬程（下聯落款鈐「龔氏」正方陰篆與「鵬程」正方陽篆）　謹撰

陳姵綾詩、林子琪書

——儒風一樣翩然

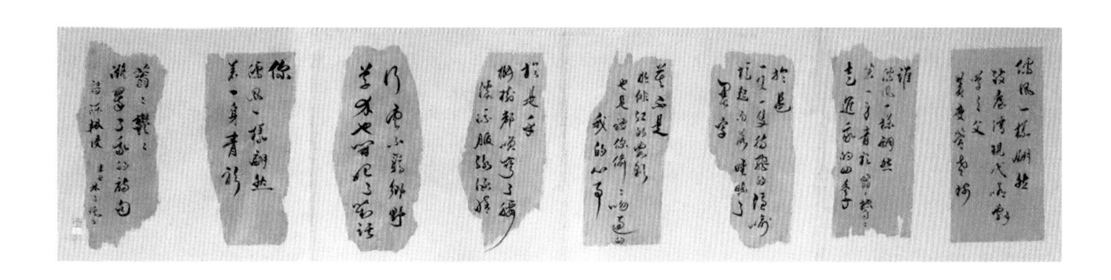

誰
儒風一樣翩然著一方青衫
翦翦躍躍走進我的四季於是
一隻一隻待兒的隱喻旋起而飛
瞳眸了墨字若不是點綴紅的
霓虹也是誰你偏偏吻過的
我的心呀 於是乎樹樹都
哭了綠溪溪脈脈流淌
雲霧鄉野若水也可凝了
對流你 儒風一樣翩然著一身
青衫翦翦躍躍醉了我的詩句

儒風一樣翩然 致臺灣現代修辭之父
黃慶萱老師 陳姵綾詩 林子琪

儒風一樣翩然

──致臺灣現代修辭學之父黃慶萱老師

陳姵綾　賦詩　　林子琪　書法

誰
儒風一樣翩然
著一身青衫
蓊蓊鬱鬱
走進我的四季

於是
一隻一隻
待飛的隱喻
旋起而落
曖昧了墨字

莫不是
那緋紅的霞彩
也是被你
偷偷吻過的
我的心事

於是乎
柳樹都笑彎了腰
溪流脈脈涵情
行雲不羈鄉野
草木也開始了對話

你
儒風一樣翩然
著一身青衫
蓊蓊鬱鬱
凝翠了我的詩句

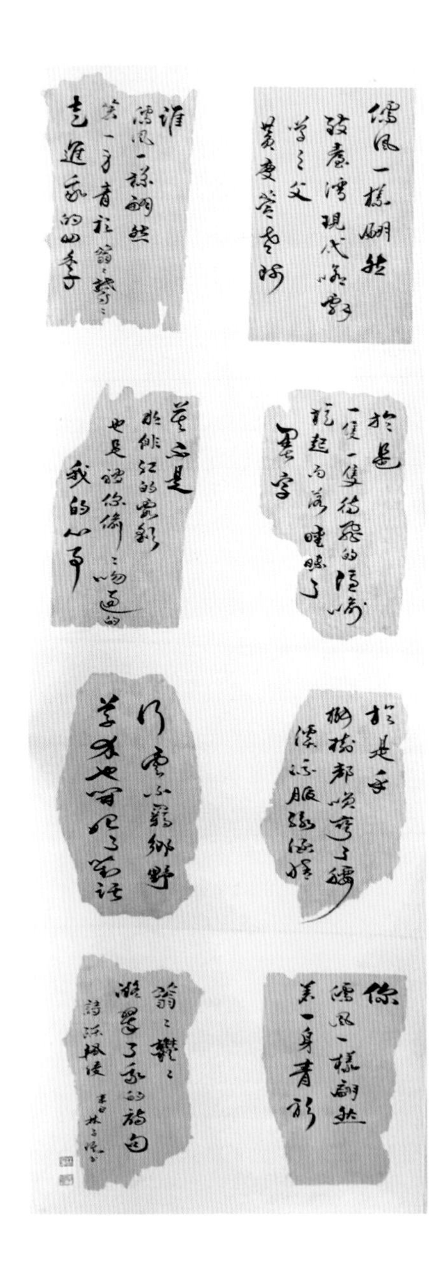

照片集錦

——天保九如松柏茂，德薰三歎性情榮

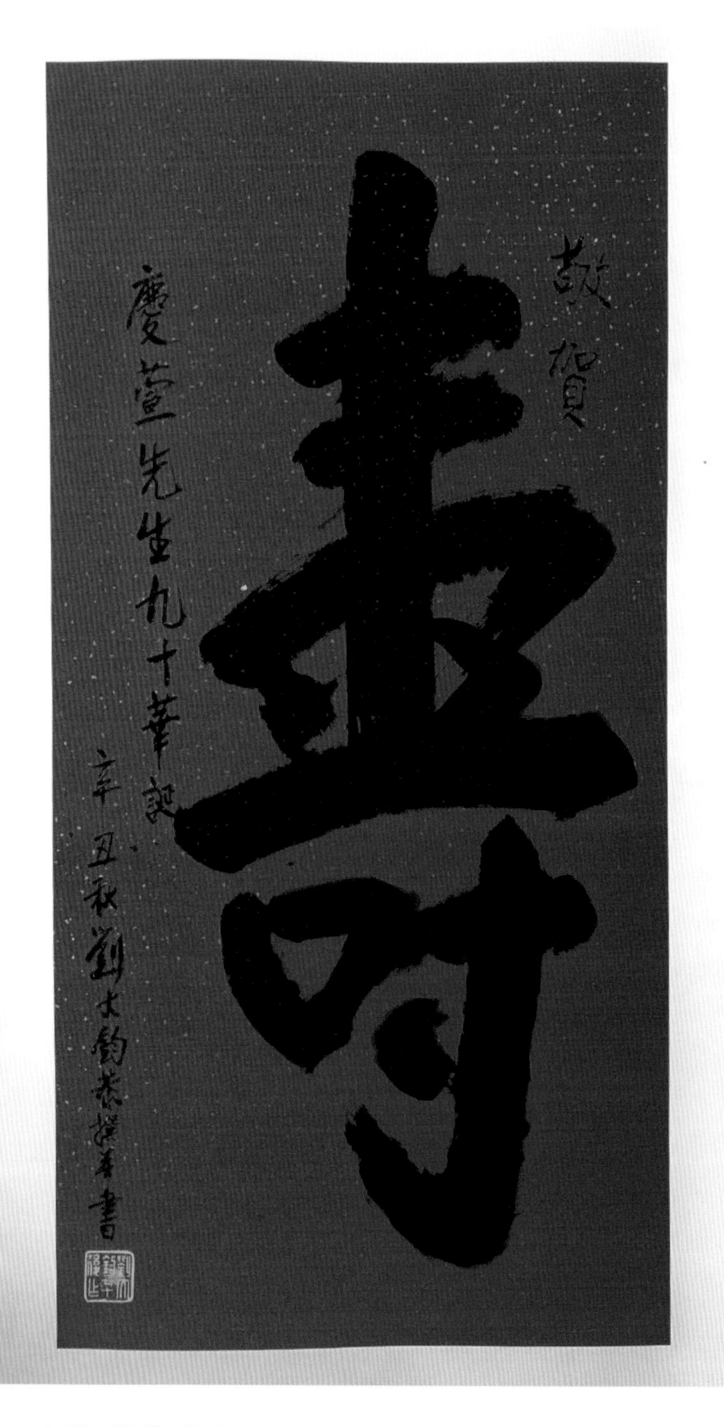

山東大學《易》學與中國古代哲學研究中心主任劉大鈞先生
賀「壽」中堂

山東大學《易》學與中國古代哲學研究中心副主任林忠軍教授
賀「壽」中堂一

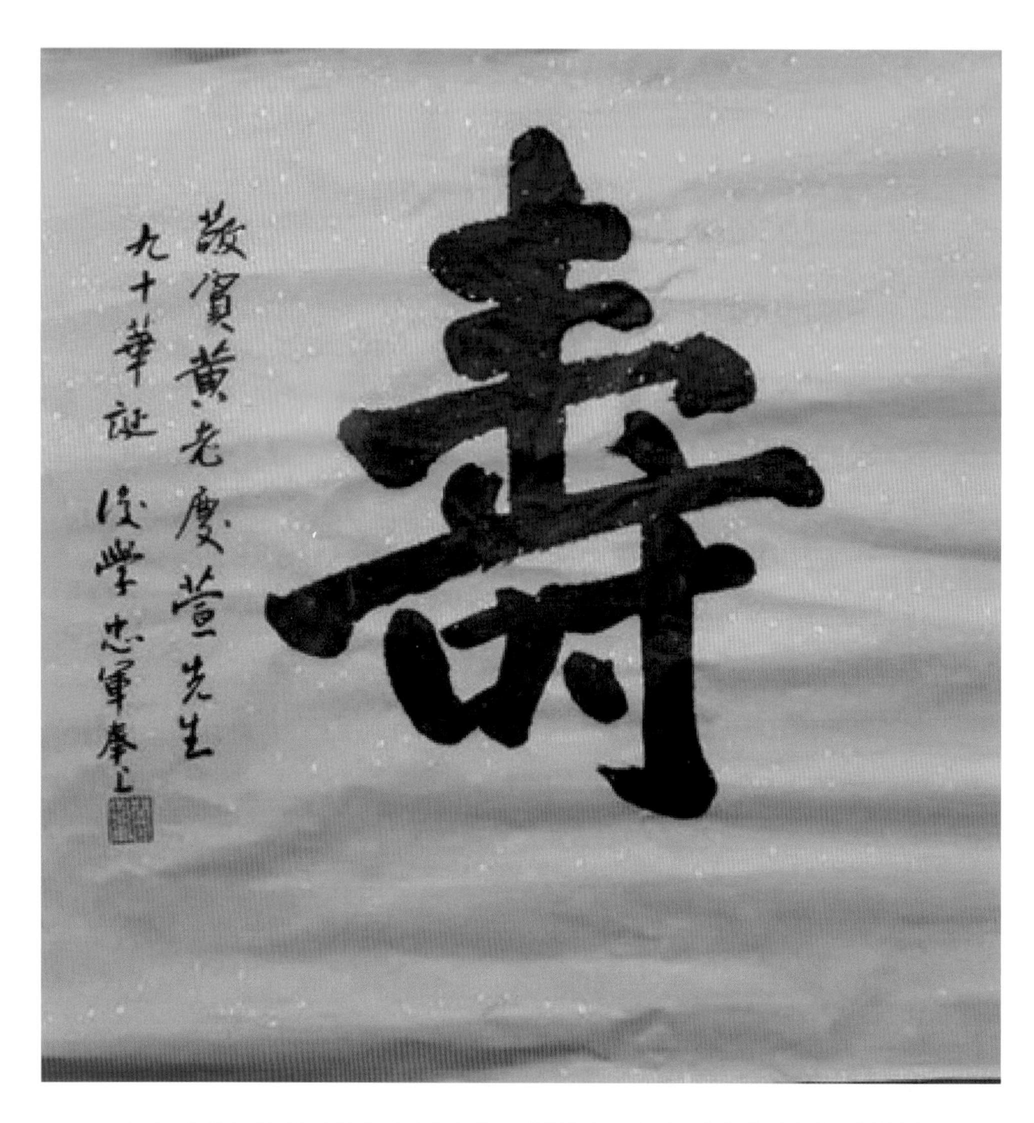

山東大學《易》學與中國古代哲學研究中心副主任林忠軍教授
賀「壽」中堂二

太老師　迪我公　玉照

丙寅（1926）六月任公梁啟超書贈太老師迪我公對聯：

「盡卷簾旌延竹色，想銜盃酒問花期。」

老師母校平陽縣中心小學贈書儀式　照片一

老師母校平陽縣中心小學贈書儀式　照片二

老師母校平陽縣中心小學贈書儀式　致詞照片

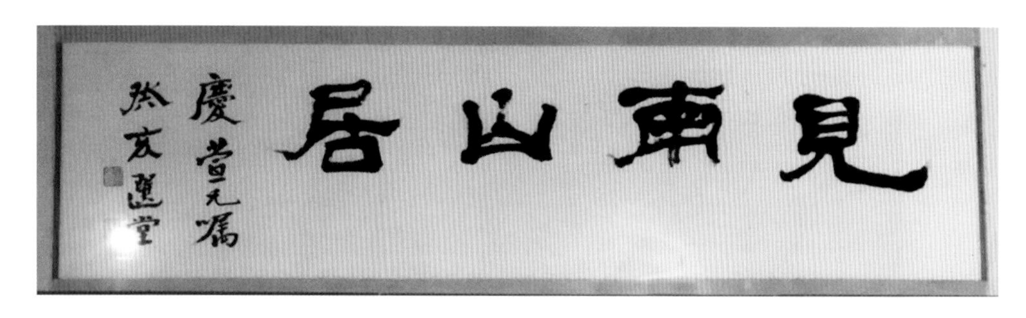

癸亥（1983）香港中文大學饒宗頤（選堂，1917-2018）書贈老師「見南山居」匾額

老師、師母與外長孫賴昶宇（橄欖）祖孫基隆和平島合照

老師、師母與女兒紹音、女婿賴威志、外長孫賴昶宇
（橄欖）闔府基隆和平島合照

老師、師母與外長孫賴昶宇（橄欖）祖孫碧潭合照

老師、師母與外長孫賴昶宇（橄欖）、嗣外次孫閎宇祖孫桃園虎頭山公園合照

老師慈祥和藹親自餵奶嗣外次孫黃閎宇可愛小寶寶

老師高齡猶孜孜矻矻查檢文獻撰寫《周易讀本》完稿情景一二

師大正門俯瞰 (A verdant corner of the main campus)

老師所藏臺灣師大早期校園、校門與和平東路景致

肅禮先賢

牟宗三老師信

林尹老師信

高明老師序

潘重規老師序信

魯實先老師贈聯

楊家駱老師信

李漁叔老師詩

蘇文擢先生信

黃錦鋐老師信

汪中先生信

老師親自揀選書寫「肅禮先賢」十位師友大家書信序聯詩目次

私立東海大學
TUNGHAI UNIVERSITY
臺中 臺灣
TAICHUNG, TAIWAN

慶萱賢契：文及函均收悉。前在中央日報副刊、閱子普通散文小說等文，皆極好。但此談墨子者，卻根本不行。函云：「此次初習，自知諸多謬誤」。其實豈只多謬誤而已，乃根本未入也。於此知學術文字與普通文字根本不同。讀子此篇讀者，學問須由師授。學問斷絕，即普通章句亦難得解人。至于發其義理，更不必言。自吾離師大，此等學問即無人能講。不獨賢不解，即民國以來子所參看諸書，皆不得解也。此等書看過後，須全放下。讀墨子最古文獻為莊子天下篇、孟子闢楊墨、荀子非十二子、及司馬談論六家要旨、與漢書藝文志。此等原始評論，皆有準繩。須通過此以領會。然後再細讀墨子原書。此則好好注意墨子[illegible]也。墨子書分兩部，一是墨經，亦曰墨辯，多不可解。二是兼愛尚同尚賢天志等，此可曰墨學或墨教。墨辯，民國以來，多有解者，精者有專著。墨教部，是墨子人格學問精神所在，鮮有闡發之者。古代評墨子者皆就此部而言。今宜先就此部着手。墨辯部與名家通。俟此部[illegible]後。子若有志，須下決心，認真讀書。不宜追隨世俗浮辭。有[illegible]讀書之律所作短評，乃[illegible]性情之表現，亦缺真慧心與文化。此與學術無關。吾於此不能多有贊助。大體已有之[illegible]讀過。此是性靈

牟宗三離中夫子書信第一封之一

私立東海大學
TUNGHAI UNIVERSITY
臺中　臺灣
TAICHUNG, TAIWAN

一路。吾此路有二戒：一、不可落小家氣；二、不可流於邪僻。公安袁氏、以及清之袁枚，皆小家氣。此不可不注。吾近之尖酸刻薄亦不足取。太史公、屈、宋皆有深思大慧，此為正宗。向此而趨，無須通學術之流變，並須把握人類几個大靈魂。至於那些聰明靈感，並不足恃。此函可與元偉同看。望能時時警覺、進取向上。順候

學祺

牟宗三啟　二月十九日

牟宗三離中夫子書信第一封之二

慶萱賢契：雖覺得難過，亦很好。因為無論如何，總
是自己費了一番心思。今忽聽人說完全不行，那能不有
驚訝，而隨之以難過乎？人總須受點刺激，否則不能
挑破雲霧。先秦諸子，先是儒墨對戰，次是儒道對戰，
終是佛法對戰。在對戰中，步步前進。後來又是儒佛
對戰。在不斷的對戰對揚中，儒家終能步步順暢其自
己，認清其自己，而成為數千年來之主流，無有能搖
撼而侵奪之者。你讀諸子，當從此處着眼。先讀孔
孟的書，必不得其義蘊。故能先讀墨子亦很好。然墨學
所挑起之問題，必須能真切了解。孟荀批評他，但就
兼愛、儒墨等一問題而發。此是當時儒墨對戰所環繞
之中心問題，而此問題即「價值」問題。對價值觀念無
真切之了解，無積極之意識，對此問題即不能有真切
了解也。我那篇短文，子可仔細一看。先有個大體了解，然
後再去讀老莊、讀荀子。我有一本「荀學大略」一小
冊，中央文物供應社出版。然後再回觀孟子、大學、中庸。
通過這些儒家經典，然後再讀論語，了解孔子。凡此，須
先經你的獨識、具備常識。不若開始就膠着在一點上。
此並非不[illegible]，因為在開始能夠不[illegible]也。先有大體通觀、
經人指點，即可步步豁然。那時說來亦可，說通亦可也。
牟宗三啟 三月八日

牟宗三離中夫子書信第二封

慶萱仁弟足下：日昨自美返國，拆閱来書，至慰至慰。雲光、傳銘、廷焯等想時晤面，希代問好。尹返台時新雄已經去港，想亦愉快，惟渠飲酒過度，尹極為擔心，足下與渠相處在邇，希代尹勸勉為幸。率此順詢

日祉

尹手啓 七六、九、十九

國民大會代表用牋

林尹景伊夫子書信第一封

臺灣省立師範大學國文研究所

慶萱足下得來書甚慰尚希
勉力自強以求多福幸甚頃晤
程發軔主任云渠亦接足下來函
昨已致復此間一切程主任當已詳
言尹不復贅惟望足下時惠好音
耳又月前教育部送來盧伯炎先
生教授資格審查論文一件其所
撰周易思想體系一書頗有所觀

林尹景伊夫子書信第二封之一

臺灣省立師範大學國文研究所

上週已予以通過送還但尹頗思得
有該書一冊便中希向盧先生一詢
如有餘存之賜寄一冊率此即詢
儷祉
九月二十二日 尹手啓

林尹景伊夫子書信第二封之二

高序

一個人對好文章能夠多讀、多看、多思索、多研究，再加上多寫作、多磨鍊，自然會「神來筆到」地寫出妥切而美妙的好文章。古今中外多少大文豪，並沒有學過甚麼「文法」和「修辭學」，但他們確曾創作了無數的不朽的偉大作品。所以有許多人認為「文法」和「修辭學」是兩種無用的多餘的學問，有些大學的中文系甚至不開這兩種課程。

其實，一個偉大的作家能夠寫出妥切而美妙的好文章，在他的心目中，已經有一些文辭「妥切」的標準、和一些文辭「美妙」的理想，並且也有一些使文辭實現「妥切」和「美妙」的方法。只是一個作家所注意的，只是他表現的「藝術」；他無暇也無意把那些標準、理想和方法組成有系統的「科學」。「文法」是使文辭妥切的科學，「修辭學」是使文辭美妙的科學。「文法」是把許多作家認為文辭妥切的標準和使其實現的方法歸納起來的一種智識，「修辭學」是把許多作家認為文辭美妙的理想和使其實現的方法歸納起來的另一種智識，這兩種智識的組成為有系統的科學，是文藝科學家的事，或說是文藝理論家的事

高明仲華夫子《修辭學．序》之一

，而不是作家的事。但對於作家也不能說沒有用處。一個作家對於自己的創作表現所熟習的標準、理想和方法以外，閱讀一些「文法」和「修辭學」的書，把自己所忽略的標準、理想和方法也注意一下、試用一下，也許會使自己的創作更進入一個新的境界。

至於欣賞文學的人，不懂得「文法」與「修辭學」，固然也可以直覺到好文章的妥切與美妙，而感到心情的滿足。但是「知其然」而「不知其所以然」，總使自己有一種「看不透」、「說不出」的苦惱。到底好文章的「妥切」在那裏？「美妙」在那裏？這必須借重「文法」與「修辭學」的智識，才能予以看透，才能予以說明。

我從事於中國文學的教學，已有四十多年的經驗，我教過「詩經」、「楚辭」、「文選」、「詩選」、「詞選」、「曲選」……這些課程，每逢我運用「文法」、「修辭學」那些智識來分析作品的妥切和美妙的時候，學生們都是恍然若有會於心，無一不是興味盎然。由此可知，「文法」與「修辭學」是國文教學的最好工具。國文教學若僅是著眼於訓詁與考證，而不能使學生發現好文章所具有的美，是絕對不能引起學生的興趣的。這便是師範大學國文系的學生必須要修「文法」和「修辭學」的原因。

高明仲華夫子《修辭學．序》之二

第3頁

現代講「文法」與「修辭學」的人很多，大都是歸納「詞句」與「修辭」的現象，而尋找出他們的條理，由於各人依據的觀點不同，使用的術語不同，呈現出一種五花八門的彩色繽紛的景象，使我們有一種眼光撩亂、莫知適從的感覺，很難評衡出他們的高下。但是所謂「文法」，不僅是尋找出「詞句」現象的條理，所謂「修辭學」不僅是尋找出「修辭」現象的條理，最重要的是要把產生那些現象的根源能夠掘發出來，把建立那些條理的依據能夠闡明出來。這就必須借重語言學、心理學、社會學、邏輯學、美學、哲學各種智識了；尤其是各種各色的文藝批評對於「修辭學」理論基礎的建立，更有密切的關係。可是一般的文法家和修辭學家看不到這一點，只在「詞句」與「修辭」的表面現象上兜圈子，那就難怪我們不能看到一部深入而精微的、出類而拔萃的「文法」或「修辭學」的書了。

黃慶萱博士曾從我研究經學，他的博士論文——魏晉南北朝之易學——就是在我指導之下寫成的。我知道他為人溫厚，而又好學深思，他研究學問，有一種追根究底的精神。他在師範大學國文系講授「修辭學」，寫成了一部講義，相近五十萬言，三民書局為他出版，沒有多久，

高明仲華夫子《修辭學・序》之三

第4頁

第一版就已銷售完罄，可見他的書很受歡迎。他希望我在第二版上為他寫一篇序。我讀了他這部書，我覺得他治學的那種追根究底的精神，在這書裏是到處洋溢著的。他不甘於為「修辭」的表面現象所囿，他要更深一層地追究那些現象的根底，他向語言學、心理學、邏輯學、美學、哲學以及文學批評進軍，希望給「修辭學」建立更深更廣的理論基礎，這是十分難得的，這就構成了他這部書不同流俗的特色，而使我很高興地為他寫這篇序。

我並不以為他這部書是十全十美的，他強調「修辭學」的實用價值，所以偏重於「修辭格」的描述。其實「修辭格」只是「修辭學」體系裏的一部分，更進而將「修辭學」整體作「無微不至」的研究，這是我對慶萱的一種希望。不僅此也，我還希望慶萱把這種追根究底的精神，再向文藝語言學、文藝心理學、文藝社會學、文藝哲學、文藝批評學以及實用的美學進軍，建立起一套完整的文藝學術的嶄新體系，為文藝理論奠立了一種深厚的、寬博的、堅實的學術基礎。這對於未來的文藝創作、文藝欣賞、文藝教育，必然會產生無窮大、無窮盡的影響。我在這裏，謹虔誠地禱祝著：希望慶萱能實現我這兩種希望！

高明 六四、四、四

高明仲華夫子《修辭學・序》之四

慶萱弟足下：
得書及所寄茶葉二罐，知吾
弟已通過教部博士考試，至為欣慰！
而吾弟不遠千里，隆師重禮，尤
使服感愧無已！吾弟論文當由嘉
新出版，作序之事，自不敢辭。明約於
明年四五月間返臺（此間第二學期已於本
月一開始，至五月底學期終了。課程則於三月下旬結
束，至三月底考試完畢，明此高雄學校至五月下旬
放暑假否？擬於四月返臺，現尚未定）預計
吾弟文經校排審，嘉新核定並排版校對需
時恐在一年以上，序文俟服返臺，再行執
筆，尚不為遲。目前國內正擬於提倡中國文

高明仲華夫子信之一

化復興推行運動委員會之文債（即大戴
禮記今註今譯），又須為南大學報撰寫一文，
恐無暇及此。惟勞
盼望，謹先陳明，想能見諒也！專此奉頌
近安
儷綏！
服手啓 十一月廿日

高明仲華夫子信之二

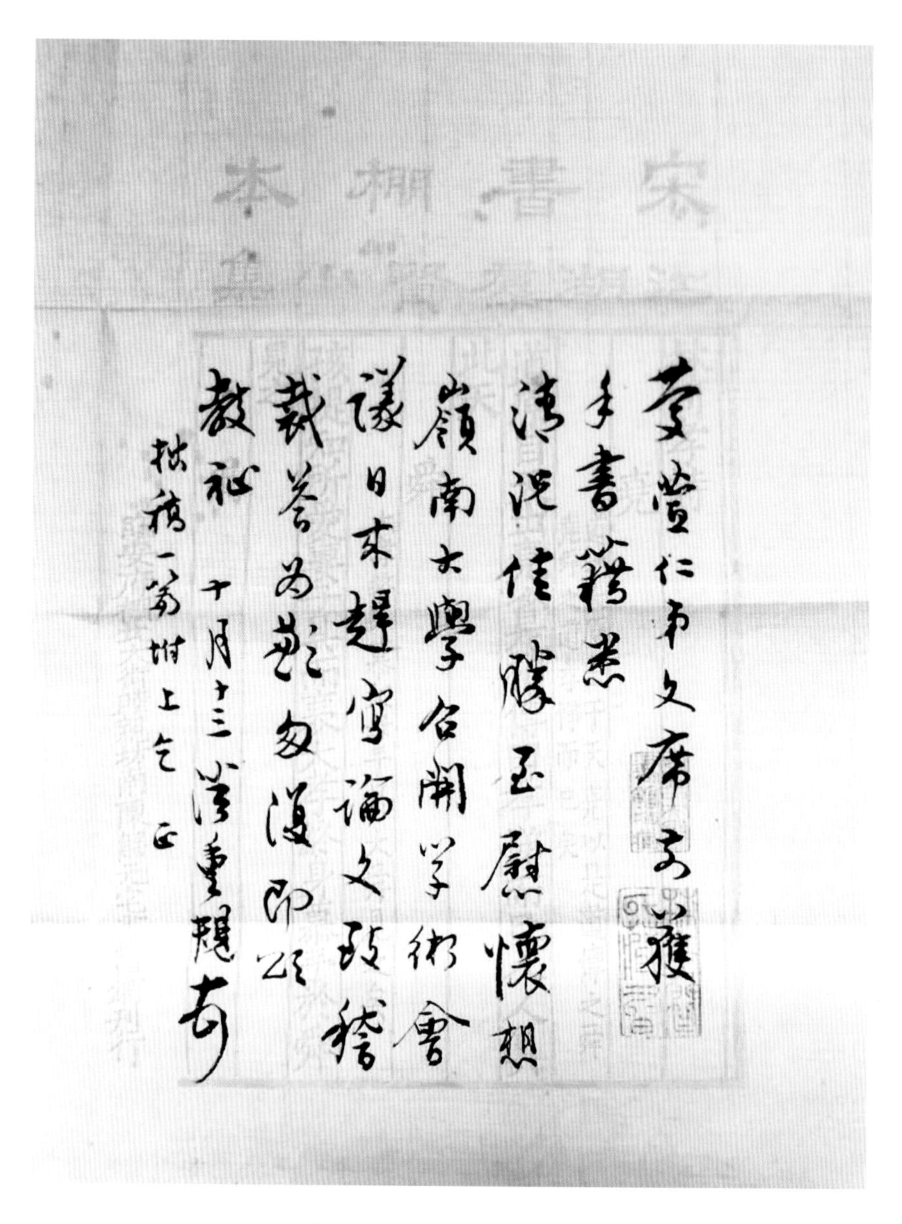

慶萱仁弟文席前獲
手書藉悉
清況佳勝至慰懷想
嶺南大學合開學術會
議日本趕寫論文頗稽
裁答為歉匆復即頌
教祉 十月十三 小潘重規啓
拙稿一篇附上乞正

潘重規石禪夫子書信

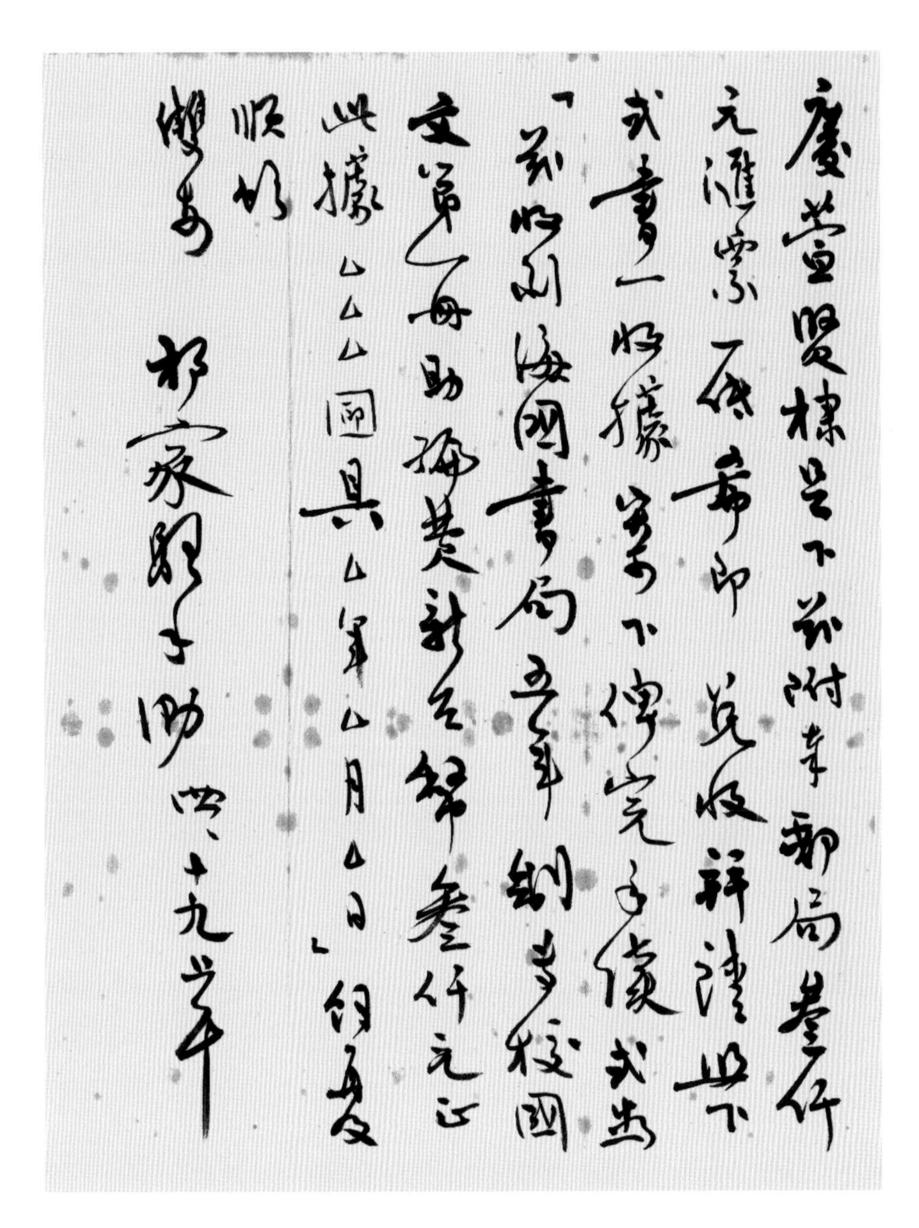

楊家駱夫子書信第一封

楊家駱夫子書信第二封之一

楊家駱夫子書信第二封之二

乙酉孟夏邱元良樂慶萱永武以勇棲機昭旭信雄金昌諸子携酒招遊臺北近郊圓通寺以一觴為壽賦謝

野寺携壺以共斟逢辰作使一登臨縱饒耆壽翻為累欲挽頹流恐不任山雨才滋新竹色佛香微度古榕陰數聲法鼓齋堂靜已歛塵心久入林

墨堂李漁叔未定稿

中華學術院詩學研究所詩箋

李漁叔墨堂夫子賦謝諸子招遊觴壽詩箋

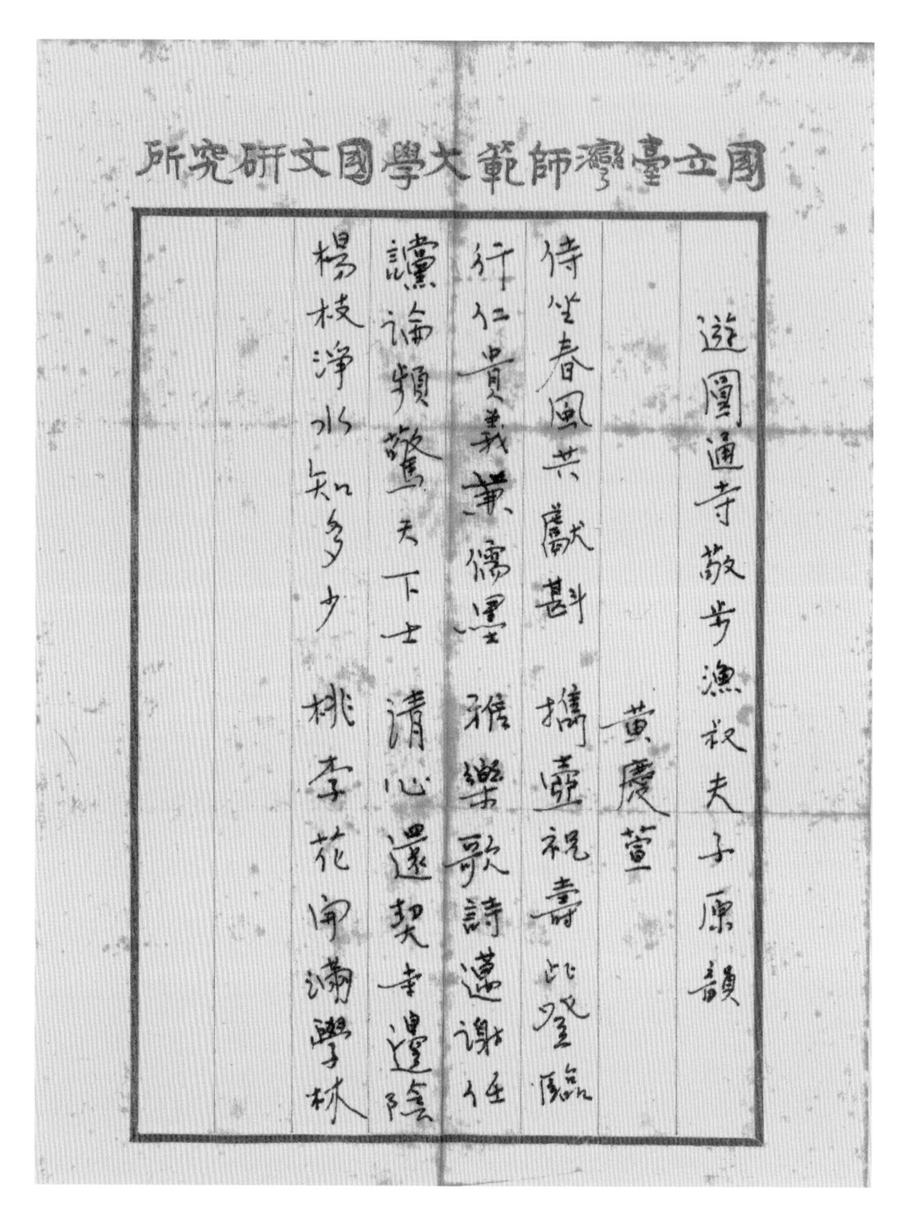

國立臺灣師範大學國文研究所

遊圓通寺敬步漁叔夫子原韻

黃慶萱

侍坐春風共獻斟　攜觴遙祝壽此登臨
行仁貴義兼儒墨　雅樂歌詩遙謝任
讜論頻驚天下士　清心還契寺邊陰
楊枝淨水知多少　桃李花開滿學林

老師敬步李漁叔墨堂先生遊圓通寺原韻

慶萱教授寅長著席　奉八月廿日
華翰及撮影二張　欣悉
堂上則椿萱並茂　膝下則蘭玉騰芳
賢伉儷和順孝慈　禮頌家肥　詩歌
和樂　曷勝欣忭　梁公書聯在港累
見　皆以歐書為變化　縝密中有韶秀
氣　而
尊藏一聯尤肅括可喜　信乎才大者

香港中文大學蘇文擢教授書信之一

無不工而前輩為不可及也
尊大人與梁氏有舊影存中書翰定
足增懷舊之念而五十年之世變蒼黃
又有不勝其感喟者然弟有一大疏忽
處二三五頁以滄江誤為燕老代名發覺
後檢八年前弟在該函照片旁批注
為民二九月梁氏任司法總長時伍莊
報告粵局書推測梁公以示燕老遂

香港中文大學蘇文擢教授書信之二

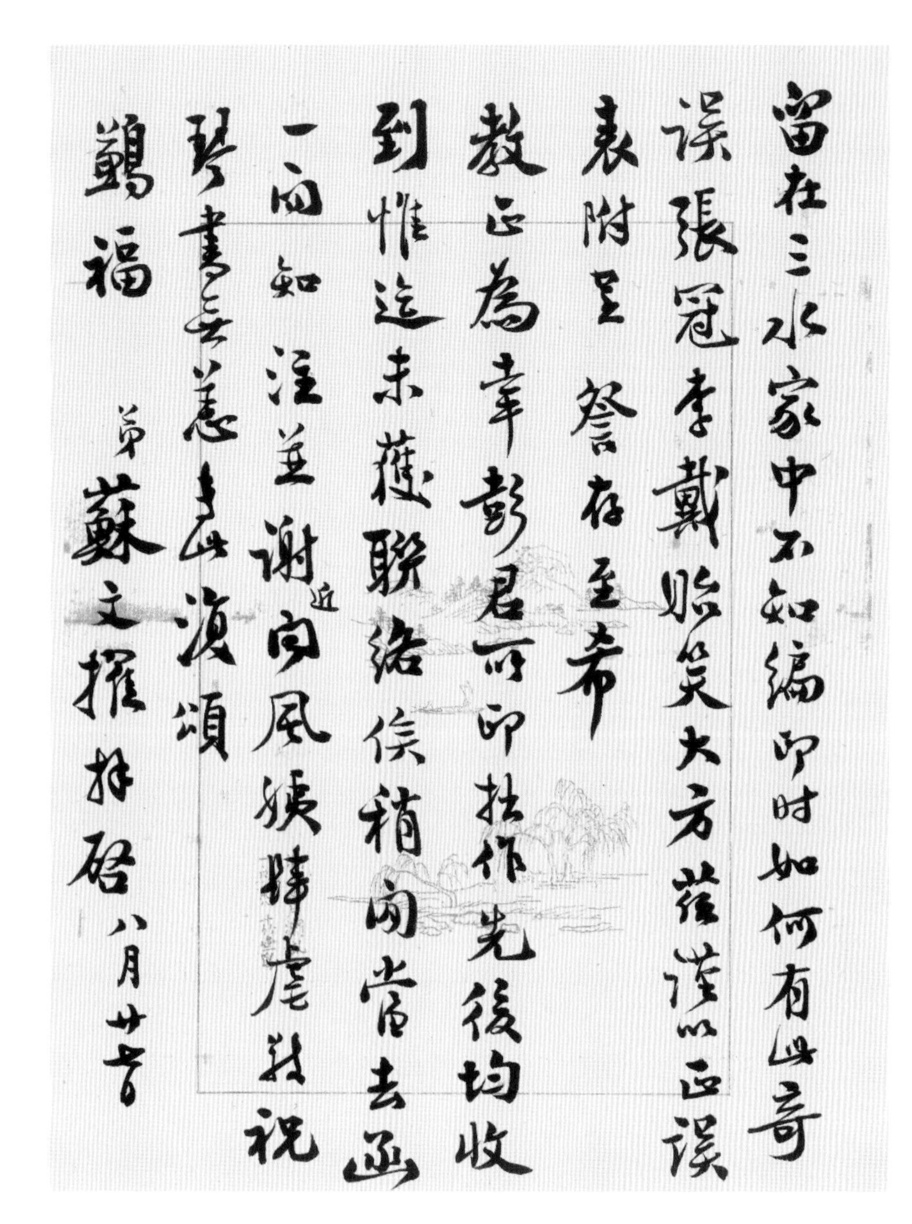

留在三水家中不知編印時如何有所寄
誤張冠李戴貽笑大方茲謹以正誤
表附呈 營存至希
教正為幸彭君可即抽作先後均收
到惟迄未獲聯絡俟稍閒當去函
一詢 知注並謝 近向風猥肆虐敬祝
琴書之安慕 春安 復頌
鶴福 弟蘇文擢拜啟 八月廿二

香港中文大學蘇文擢教授書信之三

國立臺灣師範大學國文研究所

伯元慶萱兄 久未晤見 思念殊深

想同之也 前日研究所同學來訪 詢以

兄與伯元何時可返台 言外似有責弟不

能留賢之意 當時不知何以為答 憶兄

初往港時 寔以兄等於校服務多年 能

往海外講學一年 藉以舒暢身心 不料

久滯未歸 自慚挽留無方 前日

伯元兄來函 亦以浸會校方挽留一年

中華民國臺灣省台北市和平東路一段一六二號 電話：三四一四一四九 70. 10. 100本

黃錦鋐天成夫子書信之一

國立臺灣師範大學國文研究所

奉信之後 悵然久之 以物質言 台灣教授之待遇誠不能與香港比 然近年來政府多方照顧公務人員 教授之待遇雖不特殊優厚 而一家之溫飽 亦綽綽而有餘 兄等平素輕財重義 為弟所深知 想必不為待遇計也 或曰 師大校友受海外大學之重視 再為師大之光榮 殊不知 兄等俱師大之精英 自為各校

中華民國臺灣省台北市和平東路一段一六二號 電話：三四一四一四一九　70. 10. 100本

黃錦鋐天成夫子書信之二

國立臺灣師範大學國文研究所

爭取之對象 故兄等之面唔 名為師
大校友之光榮 實則師大之損失 兄等
達人 當能明瞭其中道理 前曾与
伯元兄談及 擬延請海外任教校友回國
作短期講學 以激勵研究之風氣 至今
未能實現 而兄等因先後離校 又無
計挽留 深夜自思 對校對系 均感愧
疚 下學期當引咎辭退兼職 以贖罪

中華民國臺灣省台北市和平東路一段一六二號 電話：三四一四一四一九 70. 10. 100本

黃錦鋐天成夫子書信之三

國立臺灣師範大學國文研究所

您 惟台灣為兄輩長大受教育之地
朋友協眾 兄皆情性中人 必不忘桑梓之
為時多艱 正吾人報國之秋也 而弟尸居
其位 進不能薦賢才 退不能為賢能
坐 兄輩有以教之 夜深人靜 風雨正驟
不知所云 專肅 敬請
旅安

弟 黃錦鋐 拜上
二十日夜

中華民國臺灣省台北市和平東路一段一六二號　電話：三四一四一四一九　70. 10. 100本

黃錦鋐天成夫子書信之四

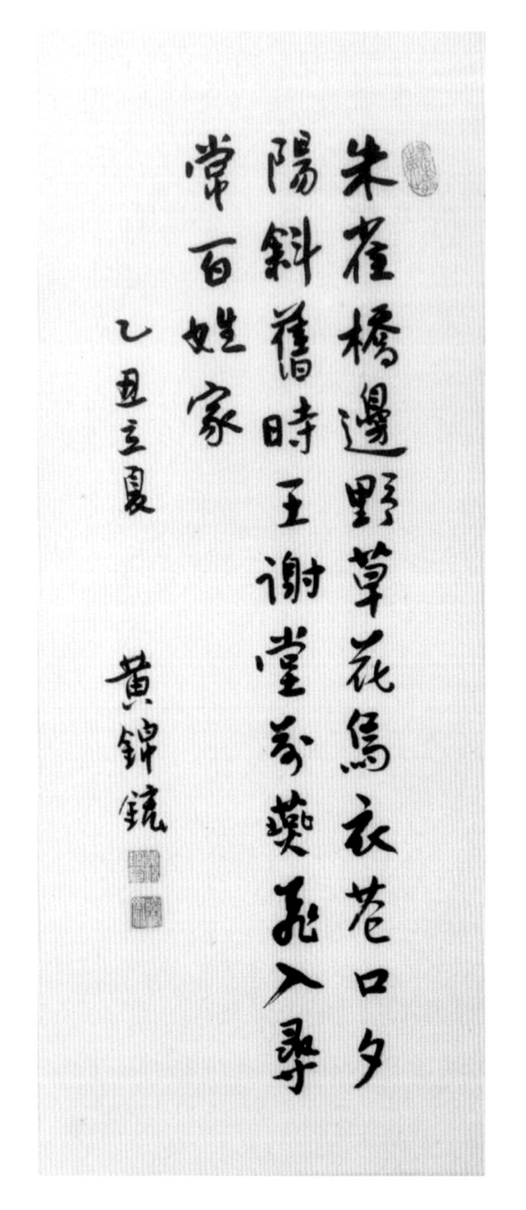

乙丑立夏（1985）黃錦鋐天成夫子書贈〔唐〕劉禹錫〈烏衣巷〉

汪中雨盦夫子書信

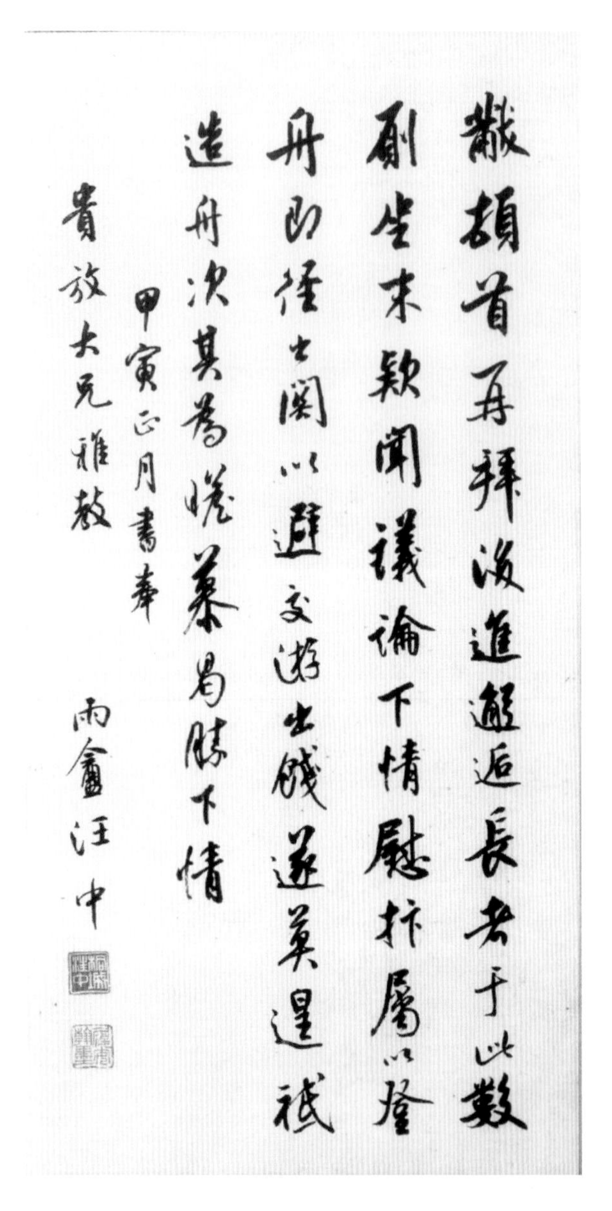

甲寅（1974）正月，汪中雨盦夫子書贈老師四兄黃貴放教授。

戴培之教授書贈老師東坡〈虔州八境圖〉八首之二

北京大学

庆萱教授台鉴：

此次赴台访问，能同您相见，十分高兴。临行匆匆，未能向您告别，微感不安。所赠大作，拜读后，获益良深。先生易学根柢深厚，治学严谨，兼汉宋两家优良风尚，为推动我易学研究作出贡献。今春我受中外合资美芝灵集团公司委托，筹建美芝灵国际易学研究院，团结海内外学者专家，深入开展易学研究。已邀请到严灵峰先生为名誉院长，戴琏璋、黄沛荣、魏元珪诸教授为本院顾问。兹聘请您为本院顾问，敬希应允，不胜感激。不日即将聘书寄上。我离台前，曾同戴教授谈及此事，希望您大力支持研究院的事业。戴教授处存有研究院与院的有关资料及委任书一套，请多加关照。您所著《周易读本》，大陆学人，十分需要，盼您早日定稿，可作研究院的教材之一，并打算为您在香港出版（本院在香港设有出版社）。明年，拟在广州召开一次国际易学研讨会，届时请您来广州一游。顺颂

教安

朱伯崑 1993.6.8

朱伯崑教授書信

國立臺灣師範大學

伯崑教授道鑒：數年之前拜讀 大著《易學哲學史》，覺此書能由歷代易學原典理解入手，揭示其大義所在，並指出其歷史發展。於 先生之淵博務實，工力毅力，深感敬佩。此次有幸在台見面，足慰生平仰慕之忱。來示收到多時，顧問聘書亦已由沛榮兄帶到。厚愛至謝。我本學年度休假一年，近來整理舊作，並擬繼續將《讀本》完成。明年廣州之會，當前往參加。肅覆，敬請

教安

黃慶萱拜覆 一九九三．九．二．

77. 9. 2,000本

黃慶萱老師回函

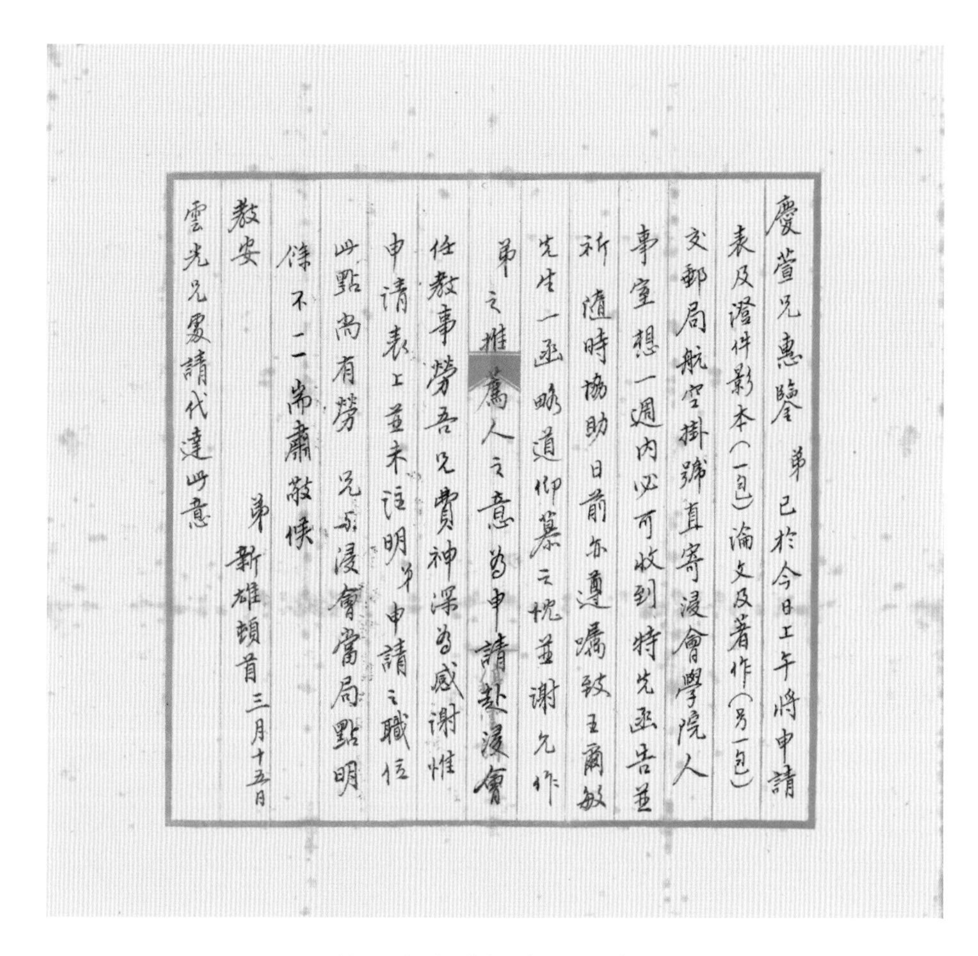

慶萱兄惠鑒　弟已於今日上午將申請
表及證件影本（一包）論文及著作（另一包）
交郵局航空掛號直寄浸會學院人
事室想一週內必可收到特先函告並
祈隨時協助日前亦遵囑致王爾敏
先生一函略道仰慕之忱並謝允作
弟之推薦人之意為申請赴浸會
任教事勞吾兄費神深為感謝惟
申請表上並未註明弟申請之職位
此點尚有勞　兄亦浸會當局點明
餘不一一耑肅敬候
教安
　　　　弟　新雄頓首　三月十五日
雲光兄處請代達此意

伯元先生陳新雄教授致函

國立臺灣師範大學
NATIONAL TAIWAN NORMAL UNIVERSITY
EAST HO-PING ROAD
TAIPEI, TAIWAN
REPUBLIC OF CHINA

Miss Dawn Quintal：

1995年4月11日來函拜悉。能夠擔任貴校中文系徵聘客座職位的諮詢人，深感光榮。

戴璉璋教授和我相識已三十多年了。他為人敦厚誠懇，作事負責有決斷力，治學淵博而明系統，教學尤其認真。是學生們公認的好老師。我記得十多年前在師大僑生辦的刊物上，曾看到一位香港僑生寫的文章。他說：師大四年學習生活中，他遇見一位教學嚴格的老師，像一位嚴父。指的就是戴教授璉璋。這類學生自發的反應經常出現在各種相關刊物上。最近的是在台灣教育部人文教育指導會主編的刊物國文學號上。一位師大校友撰文說：對師大國文系「原本很失望的」，但大二兩位老師使她轉變了。一位是魯實先教授；另一位是戴璉璋。茲將此文影印附上。這些事實，使我對戴教授有一份敬重，把他當作自己學習的榜樣。並且樂意把這些事實向 您報告，希望貴校的同學們也能在戴教授明晰有效的教學中享受到研究高深學術的樂趣。耑此敬覆。

並頌

時祺

黃慶萱［黃慶萱印］覆

1995年5月3日

老師致新加坡國立大學推薦戴璉璋教授諮詢函

國際孔學會議
INTERNATIONAL SYMPOSIUM ON CONFUCIANISM
AND THE MODERN WORLD

FU JEN CATHOLIC UNIVERSITY
TAIPEI 24205, TAIWAN
REPUBLIC OF CHINA

忠天仁棣：9.12信收到，為你獲得國科會獎助十分高興。得獎的意義不僅在肯定自己以往的努力，尤在策勵自己繼續研究。我這兩年也向國科会申請並獲獎助。以專題論文（如"時義觀"）為代表作，注释文章為參考資料，提出申請。論文已另寄，似可供吾弟繼續申請之參考。國科会对有連續性之論文較重視，盼吾弟於周易中擇題續作研究。即問

近好

黃慶萱
9.31.

老師致門棣黃忠天教授函

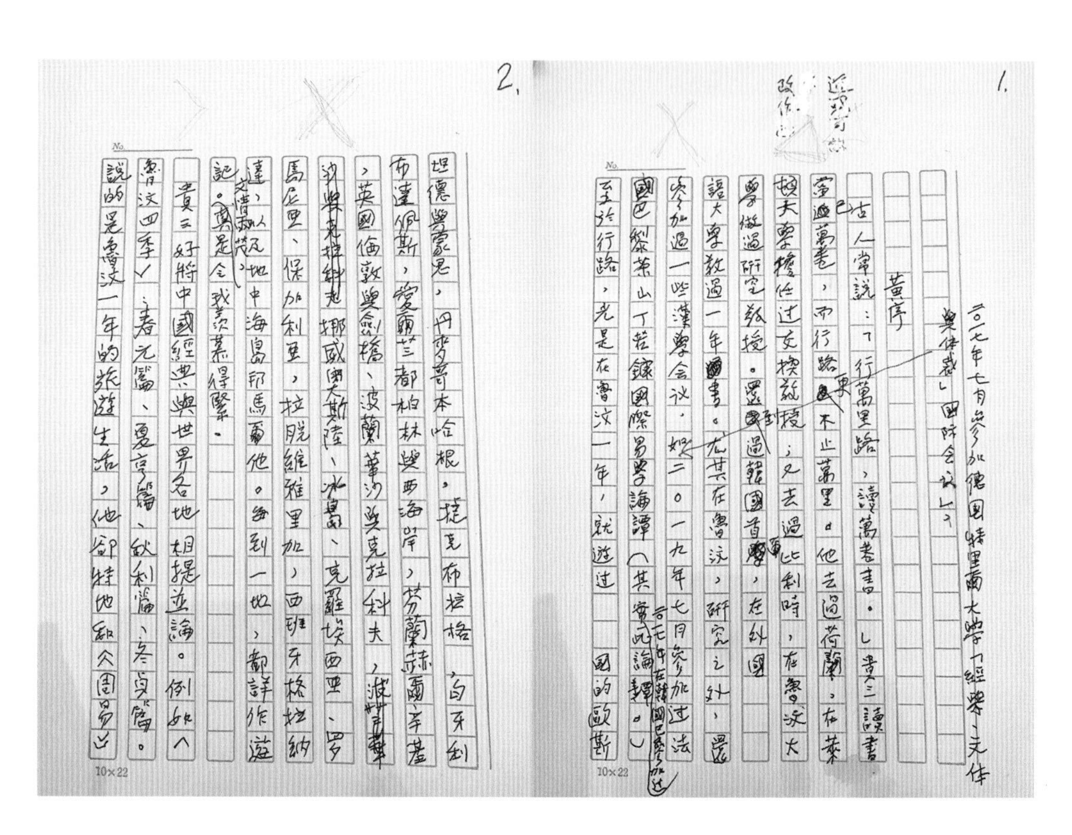
1.

黃序

古人常說：「行萬里路，讀萬卷書。」貴三讀書已過萬卷，而行路更不止萬里。他去過荷蘭，在萊頓大學擔任過交換教授；又去過比利時，在魯汶大學做過研究教授。還到過韓國首爾，在外國語大學教過一年書。尤其在魯汶，研究之外，還參加過一些漢學會議。如二〇一七年七月參加德國特里爾大學「經典、文件與詮釋」國際會議上，二〇一九年七月參加過法國巴黎茶山丁若鏞國際易學論譚（其實此論譚。）至於行路，光是在魯汶一年，就遊過……國的歐斯

2.

坦德與蒙思，丹麥哥本哈根，捷克布拉格，匈牙利布達佩斯，愛爾蘭都柏林與西海岸，芬蘭赫爾辛基，英國倫敦與劍橋、波蘭華沙與克拉科夫，挪威奧斯陸、冰島、克羅埃西亞、羅馬尼亞、保加利亞，拉脫維亞里加，西班牙格拉納達，以及地中海島邦馬爾他。每到一地，都詳作遊記。文情兼茂，真是令我羨慕得緊。

貴三好將中國經典與世界各地相提並論。例如〈魯汶四季〉：春元篇、夏亨篇、秋利篇、冬貞篇。說的是魯汶一年的旅遊生活，他卻特地和《周易》之

10×22

老師親撰門棣賴貴三教授《魯汶遊學風雅頌》序一、二

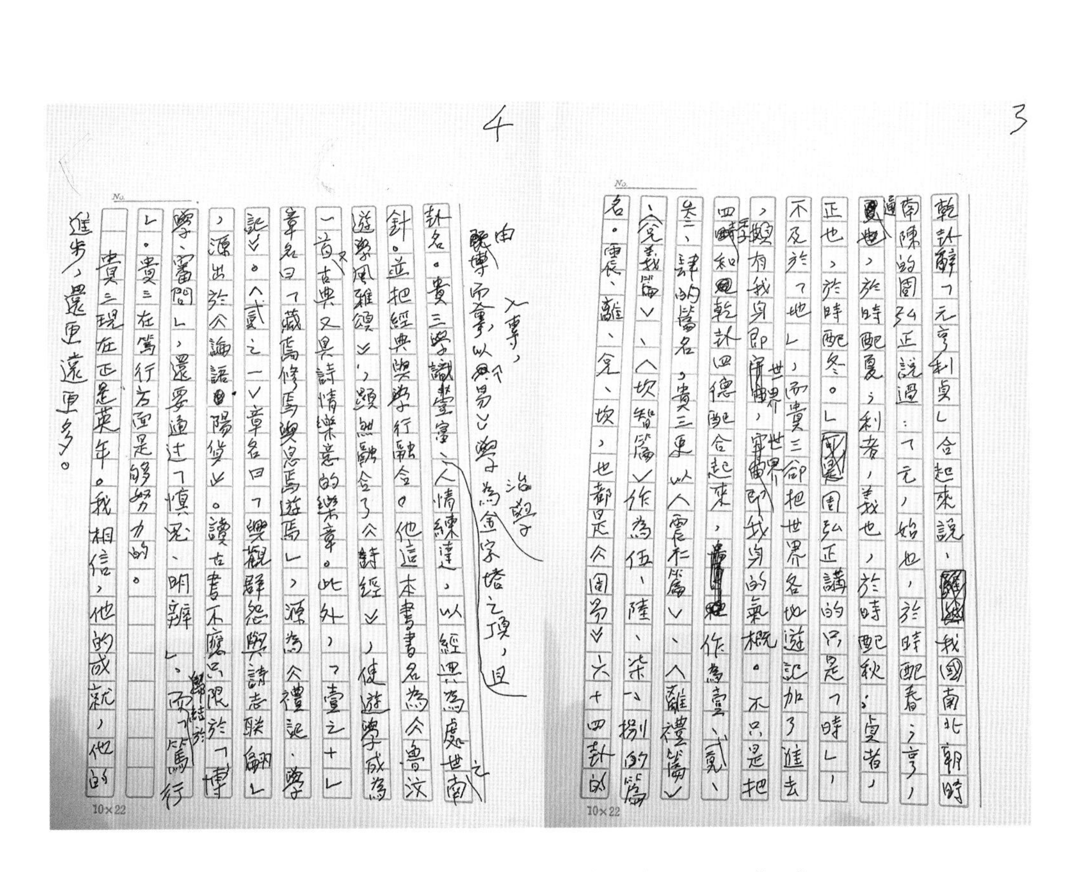
3

乾卦辭「元亨利貞」合起來說，我國南北朝時南陳的周弘正說過：「元，始也，於時配春；亨，通也，於時配夏；利者，義也，於時配秋；貞者，正也，於時配冬。」周弘正講的只是「時」，不及於「世」，而貴三卻把世界各地遊記加了進去，有我身即世界，世界即我身的氣概。不只是把四時和乾卦四德配合起來，作為壹、貳、叁、肆的篇名，貴三更以〈震木篇〉、〈離禮篇〉、〈兌義篇〉、〈坎智篇〉作為伍、陸、柒、捌的篇名。震、離、兌、坎，也都是《周易》六十四卦的

4

卦名。貴三學識豐富、人情練達，由博而專，以《易》學為治學金字塔之頂，且又專以經典為處世之南針。並把經典與學行融合。他這本書名為《魯汶遊學風雅頌》，顯然融合了《詩經》，使遊學成為一首首古典又具詩情樂意的樂章。此外，「壹之十」章名曰「藏焉修焉與息焉遊焉」，源為《禮記．學記》。〈貳之一〉章名曰「興觀群怨與詩志聯翩」，源出於《論語．陽貨》。讀古書不應只限於「博學、審問」，還要通過「慎思、明辨」而歸結於「篤行」。貴三在篤行方面是能努力的。

貴三現在正是英年。我相信，他的成就，他的進步，還更遠更多。

老師親撰門棣賴貴三教授《魯汶遊學風雅頌》序三、四

1985年11月，張起鈞老師與莊萬壽、黃慶萱、吳怡、王邦雄、
金忠烈等教授餐宴合影。

1996年7月，老師於加拿大亞伯他省（Alberta）Spray River國家公園留影。

1996年7月，加拿大西亞伯他（Western Alberta）豹湖（Bow Lake）
——黃老師獨照。

1996年7月，加拿大哥倫比亞冰原（Columbia Icefield）——老師與師母合照。

1996年7月，老師於加拿大溫哥華布查花園（Butchart Gardens, Vancouver）留影。

加拿大魁北克省（Québec）賞楓，老師與師母合照。

1997年6月，老師應邀擔任東海大學中文系韓國籍盧順點（左三）博論「王力現代漢語研究」口試委員，與湯廷池（左四）指導教授，委員周世箴（左一）、楊秀芳（左二）、姚榮松（右三）與李立信（右一）教授合影留念。

老師與女兒紹音於南非好望角（Cape of Good Hope）合照。

加拿大魁北克省賞楓——黃老師獨照。

黃老師與停靠於加拿大魁北克港的郵輪。

老師於維多利亞市（Victoria）拜訪黃永武教授時出遊合影。

郵輪停靠於加拿大魁北克港時合影。

黃老師於楓林前獨照。

2009年11月，老師於紅豆食府宴請劉大鈞先生等合照。

前排：老師、劉大鈞先生、黃沛榮與林義正教授。

後排：劉先生公子劉震、鄭吉雄與井海明教授。

2009年11月，老師於紅豆食府宴請劉大鈞先生合照。

2009年11月，老師於新店府邸客廳仲華夫子贈聯，與林安梧教授合照。

2009年11月，老師於新店府邸客廳，與林安梧教授合照。

2017年7月25日，門棣黃忠天、賴貴三於德國明斯特大學漢學系暨東亞研究所圖書室，與老師博論《魏晉南北朝易學書考佚》合影。

2017年10月24日，老師與張素貞、古國順、余崇生、陳正治教授合影。

2017年10月24日，老師與李殿魁、周志文、陳素英與張素貞教授合影。

2017年10月24日，老師與同仁黃麗貞、張素貞兩位教授合影。

2018年9月9日，老師於「九九重陽，文藝雅集」留影。

2018年，「九九重陽，文藝雅集」，老師與封德屏、陳憲仁教授合影。

2020年7月7日，老師與師母於樹林學勤路翡冷翠府邸，與門棣賴貴三、范宜如教授合照。

2020年7月7日，老師與師母於樹林學勤路翡冷翠府邸，與門棣賴貴三、范宜如教授合照。

2020年11月7日，師大69級畢業「四十重聚」，老師與國69乙王基倫教授合影於體育館。

2020年11月7日，師大69級畢業「四十重聚」，老師與國69丁高秋鳳、系主任75丙門棣賴貴三教授合影於體育館。

1977年5月，老師與國69乙導生合影於行政大樓蔣公銅像花壇圓環。

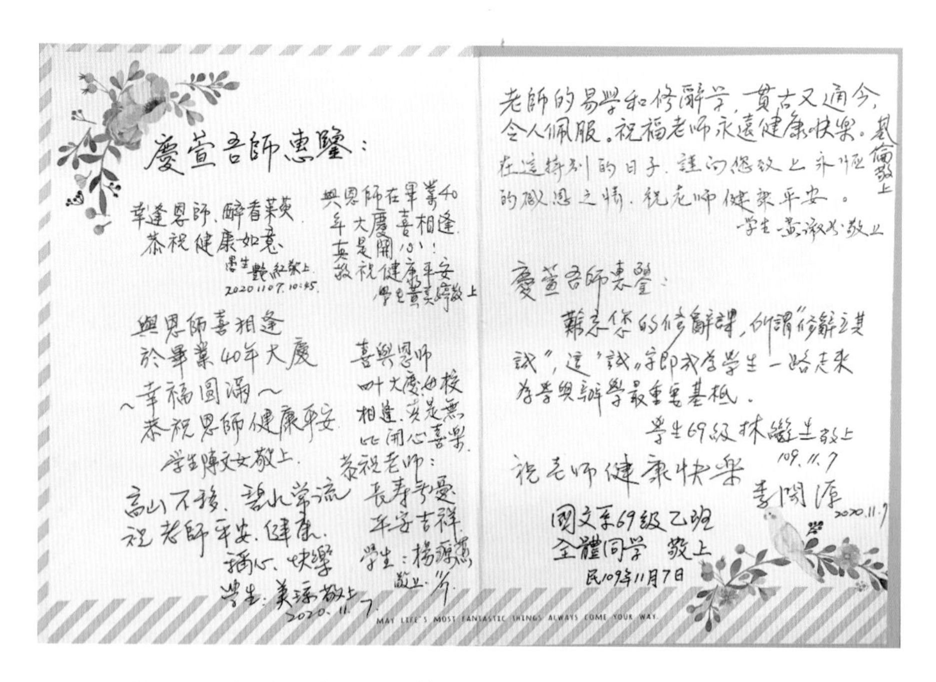

慶萱吾師惠鑒：

幸逢恩師，[illegible]
恭祝健康如意
學生[illegible]敬上
2020.11.07. 10:45.

與恩師在畢業40年大慶喜相逢，
真是開心！
敬祝健康平安
學生黃[illegible]敬上

與恩師喜相逢
於畢業40年大慶
～幸福圓滿～
恭祝恩師健康平安
學生陳文女敬上

喜與恩師
四十大慶母校
相逢，真是無
比開心喜樂。

恭祝老師：
長壽無憂
平安吉祥
學生：楊[illegible]
敬上 11/7

高山不移、碧水常流
祝老師平安、健康、
開心、快樂
學生：美[illegible]敬上
2020.11.7.

老師的易學和修辭學，貫古又通今，
令人佩服。祝福老師永遠健康快樂。[illegible]敬上

在這特別的日子，謹向您致上永恆
的感恩之情，祝老師健康平安。
學生黃[illegible]敬上

慶萱吾師惠鑒：
難忘您的修辭課，所謂"修辭立其
誠"，這"誠"字即我等學生一路走來
為學與辦學最重要基柢。
學生69級林[illegible]敬上
109.11.7

祝老師健康快樂
李[illegible]
2020.11.7

國文系69級乙班
全體同學　敬上
民109年11月7日

MAY LIFE'S MOST FANTASTIC THINGS ALWAYS COME YOUR WAY.

2020年11月7日，師大69級畢業「四十重聚」，國69乙導生致老師謝卡。

編輯序記
——肅禮先賢為敦品之首，作毓後進在教學之餘

賴貴三

天地與〈乾〉〈坤〉同為「大父母」，天地人為「三才」，道天地人為域中「四大」（《老子・第二十五章》）；而天地君親師為「五倫」，則可與〈乾〉〈坤〉（天地）〈屯〉（君親）〈蒙〉（師）相符共契，因此形成傳統文化中，敬天法地、孝親順長、忠君愛國與尊師重道的價值觀念，體現於進德修業、世事人情之上，都是天經地義、下學上達的生命對揚與開顯，也是生生不息、欣欣向榮的薪傳表徵。

學緣道志難得，有幸在教育興國、百年樹人的臺灣師大母校、國文母系學習成長與回饋奉獻，良師春風化雨、益友文會仁輔，「得天下英才而教育之」、「仰不愧於天，俯不怍於人」（《孟子・盡心上》），真是無限感恩、感謝的生命豐華與悅樂。而謙謙君子，藹藹長者的黃老師慶萱教授，一路上都是師友同仁與門棣後生的模範典型，因此從中華民國九十年（2001）起，二十年來師友同仁與門棣為老師七秩壽慶共同編撰《春風煦學集——黃慶萱教授七秩華誕受業論集》；以迄民國一百年（2011），再為老師八豑壽慶編撰《中孚大有集——黃慶萱教授八豑嵩壽論文集》；而在近兩年來，世紀新冠時疫（COVID-19）囂張肆虐之下，全世界都陷於恐慌憚懼的情緒與氛圍之中，所幸天佑神庇、自助人助，臺灣寶島始終無重大災情，仍然可以安心、健康與快樂的生活著，受業同門與後進學生為了感念與祝福老師的諄諄教誨、愷愷薰陶，因此號召集結、群策群力，共同完成編撰祝賀老師九豑壽慶論文集——肅禮作毓，真是一件大快人心的學林盛事，以及重道崇文的杏壇佳話。

「肅禮作毓」係老師親自交代定名，以取代原先預擬的「天保九如」（《詩

經・小雅・天保》)。「肅禮作毓」取名自著名文字學、《史記》、《尚書》與曆法學大家太老師魯實先教授於中華民國五十三年(1964)夏五月,因老師將課藝上庠,爰集殷虛文字作一聯以勖之:「肅禮先賢為敦品之首,作毓後進在教學之餘。」近六十年來,老師一直深刻感念著魯太老師的殷殷嘉勉,並妥善裱褙珍藏著太老師手書墨寶,老師特識慧裁精選贈聯開頭「肅禮」與「作毓」二詞,作為本集的標題,真是涵蘊著承先啟後、繼往開來的大心宏願。

本著老師尊師重道、培英毓秀與反本開新的大心宏願,因此在老師精心挑選提供珍藏的歷史文獻,以及師友同門、受業後進踴躍撰述的來文惠稿之中,特意依照《周易・說卦傳・第二章》「兼三才而兩之」、「《易》六位而成章」的哲思聖訓,編輯為六大主題:壹、肅禮先賢;貳、同仁道誼;參、作毓後進;肆、汲引俊秀;伍、桃李薪傳;陸、彣彰薈萃;以及附錄二篇──書翰彙集、年表廣編。此外,特別感謝山東大學《易》學與中國古代哲學研究中心劉大鈞先生、林忠軍教授聯翩惠書賀「壽」共三幅中堂,學長龔鵬程教授賜贈壽慶「水擊三千,數生大衍」長聯,以及蕙心蘭質的現代詩人陳姵綾女史賦作〈儒風一樣翩然〉、才華洋溢的林子琪女棣法書,均為本集增光添彩,師友、門棣與後生的盛情厚意,美意足以延年衍慶了。

壹、肅禮先賢:共十大家,收錄書函詩文對聯計十二通──牟宗三太老師信(二封)、林尹太老師信、高明太老師《修辭學・序》、潘重規太老師信、魯實先太老師書贈甲骨文聯、楊家駱太老師信、李漁叔太老師詩(老師敬步原韻一首)、蘇文擢先生信、黃錦鋐老師信、汪中老師信。以上都是老師親自揀選的太老師與老師們耳提面命、訓誨嘉勉的親書墨寶,翰逸神飛,彌足珍貴。

貳、同仁道誼:收文五篇,都是老師在師大國文系的同仁與後輩,計有──莊萬壽教授〈多元民族與先秦諸子〉、姚榮松教授〈邁向多維跨域的研究:文法與修辭、隱喻與認知──為友香夫子天保九如嵩壽而作〉、陳麗桂教授〈從充體之氣到浩然義氣〉、林素英教授〈荀子教育思想與《周禮》之關係〉、許俊雅教授〈黃慶萱先生學行著述中的若干人事物〉。其中,陳麗桂老師快才快筆,拔得頭籌為惠稿第一,為本集奠定成功圓滿的先聲基礎;莊萬壽老師八秩壽慶之後,病恙靜養,猶不忘與老師多年深厚情誼,邁力賣命賜稿,尤其感動盈懷。而已經榮退的姚榮松與林素英兩位老師，亦本於與老師的同仁、受業情誼，主動撰述襄贊，感銘於衷；還在職的許俊雅老師特別蒐集老師學行著述中的若干人事物，串聯起生命的萌發、啟蒙、頓挫與昂揚，提供歷史鑒照與省思。

參、作毓後進：收文八篇，主要是老師的碩博士指導門棣與受業學生──歐天發〈臺灣鸞賦體製趨簡略論〉、林金泉〈黑水城出土西夏漢文具注殘曆訂年用曆商榷補證〉、王基倫〈「正位居體，美在其中」──我所景慕的黃慶萱老師〉、黃忠天〈慶萱師與我的學《易》歷程〉、張貞海〈18世紀朝鮮漂流民所見之臺灣原住民面貌〉、潘麗珠〈論詩歌「吟、唱」的幾個問題〉、賴貴三與林芷羽〈臺灣先儒黃敬《易經初學義類》史事解《易》析論〉、范宜如〈複印與對話──《徐霞客遊記．粵西遊日記》與《桂勝》的地景觀看〉；其中，除王基倫教授是老師的大一導生與受業，以及林芷羽女棣是甫碩士畢業的再傳弟子之外，其他六位都是老師裁成作育的指導門棣，也都是桃李滿門的大學著名教授了。

肆、汲引俊秀：收文六篇，都是與老師有多年師生與後學情誼的海內外著名教授──趙中偉〈「自天祐之，吉无不利！」──從〈大有〉、〈中孚〉兩卦剖析「誠信」之道〉、林文欽〈「我命在我不在天」的道教養生內涵〉、林安梧〈「《易經》現象學」與「道論詮釋學」──以王弼《周易略例》暨「存有三態論」為引子的展開〉、鄭吉雄〈《易》的精神傳統與詮釋視界──鄭著《周易鄭解》跋〉、楊慶中〈比卦辭「原筮」本義辨析〉、林淑貞〈唐詩對崑崙文化的承接與轉化〉。其中，趙中偉、林文欽與林安梧三位教授都已榮退，猶不忘老師春風化雨、藹吉溫良的霑溉潤澤；尤其，林文欽教授雖在深居靜養，仍時時刻刻感念老師教誨深恩，足為我輩後生典範。而鄭吉雄教授回歸香港，大展教育學術身手，擘劃鴻謀遠圖，壯心不已，令人仰首稱羨；中國人民大學楊慶中教授私淑並親炙老師《易》學，並時相交流，切磋琢磨，可謂知心益友；師大學妹林淑貞教授曾在國文研究所，受業於老師門下，不忘師恩，熱情迴響，著作等身，振鐸揚聲，允為學界女中豪傑。

伍、桃李薪傳：收文五篇，都是筆者的指導門棣，也是老師的再傳弟子──謝淑熙〈全人教育融入《禮記．學記》教學示例〉、劉凱玲〈瓊藻薈萃，翰章鑑開——黃慶萱先生《修辭學》對語文教學的貢獻〉、陳威瑨〈續談《易傳》中的「以……也」句〉、王詩評〈從黃慶萱教授的時間觀談內丹學援《易》論時之應用——以李道純《三天易髓》為例〉、沈信甫〈詮釋與批判——理雅各英譯《易經》卦爻辭義理探析〉，俱為後起之秀，師門代有才出，可謂薪傳達賢。

陸、彣彰薈萃：收文三篇，主要是蒐羅輯佚老師早年文學創作，以及不容易見及的文章書信與贈序等——許俊雅〈黃慶萱先生文章輯存（一）〉、林士翔〈黃慶萱先生文章輯存（二）〉、賴貴三〈黃慶萱先生文章輯存（三）〉；在此，特別感謝學姊許俊雅教授大方無私提供整理校釋的資料文檔，以及碩士指導學生林士翔仁棣的費心蒐集複印與打字釋文，圓全未能，遺珠難免，期望能保存老師畢生的心血結晶，作為日後研究老師文學創作與學術思想的珍貴一手參考文獻，嘉惠學界賢達與啟導士林後晉。

附錄二篇：主要為書翰彙集與年表廣編，約七萬字——附錄一〈黃慶萱教授「見南山居」師友書翰集〉，共四十封信函，並有老師兩封回函（黃錦鋐老師與朱伯崑教授），總計四十二通。其中，林尹太老師信函四封；楊家駱太老師信函十二封、明信片十二張、序一篇，以及太師母信函一封；魯實先太老師信函一封；孔德成太老師信函二封；謝冰瑩太老師信函一封；高明太老師信函三封、賀年卡一張；李怡嚴教授信函一封；韓國社團法人退溪學研究院李東俊理事長信函一封；陳新雄教授信函一封；黃錦鋐老師信函五封；黃永武教授信函一封；韓國高麗大學校文科大學中文科許世旭教授信函一封；北京大學哲學系朱伯崑教授信函一封；師母表姊夫何君平、表姊沈德康信函一封。附錄二〈浙江平陽黃慶萱先生九豑學行著述年表〉，則區分老師九十年生命進程為六大階段：一、啟蒙志學期（一至二十九歲）；二、三十而立期（三十至三十九歲）；三、四十不惑期（四十至四十九歲）；四、五十知命期（五十至五十九歲）；五、六十耳順期（六十至六十九歲）；六、從心所欲期（七十至九十歲）。附錄一之師友書翰可與〈壹、肅禮先賢〉前後對照呼應，相觀而善；附錄二之老師學行著述年表，具體而微，可以綜觀老師九十年生命歲月中的雪泥鴻爪。「風檐展書讀，古道照顏色」，文質彬彬，俱為國士。

本集約六十萬字，洋洋灑灑，炳炳烺烺，薈萃英華，蔚為大觀，郁郁乎文哉！老師七秩、八龢與九龢壽慶論文集，都特別敦請學長黃明理教授題名，墨韻文風，更添丰采，謹此致謝；並特賦作五言排律百句五百字，殿末終篇，虔誠蘄祝老師百年期頤，錫晉九如，純嘏眉壽！

脈承南浙江，本籍美平陽。迪我尊翁考，慈萱葉鈺娘。
杏生淞滬晬，鄂育齔髫郎。逸甫祖君父，正名字友香。
啟蒙歸故里，移教眷家鄉。熟讀鍾游藝，閑觀醉挈綱。
沉思懷雄雅，摛藻戀芬芳。束髮圓功畢，乘桴寶島惶。
北師馳騁任，汗棟浸淫昂。椽筆連篇賦，鋃鐺鐵獄贓。

罹冤逢阨苦，感化識菁良。期滿花東隱，元亨黯晦光。
潛濡遨二酉，蘊藉富多方。五載培苗幼，一心嚮殿堂。
紅樓深造篤，木鐸遠吟長。創發聲情邈，鑽犖聖哲蒼。
黌宮升德業，俊傑晉門牆。輔相裁成棥，逍遙薈萃滂。
鴻儒親炙久，巨擘切磨詳。國士玄冥渡，楊宗史漢張。

知幾弘譔註，洞鑒辨縑緗。昭代源流遡，絕塵轁軼昌。
仲華西席贊，祭酒景伊揚。博約實虛究，幽微性命彰。
形神窮窾奧，體用徹津梁。素履兌行健，柔謙艮韞剛。
分析勰內外，燮理濟暘霜。俯仰安凶吉，茹涵順變常。
修辭誠信立，應世患憂藏。論議紛陳出，批攀次第匡。

青藍棠棣勝，黑白俗訛防。沃壤豐桃李，清標震序庠。
孜孜恆矻矻，亹亹賁洋洋。客座榮韓港，明倫步宋唐。
千秋祠許鄭，萬卷衍章黃。七略班歆向，群經戴段王。
乖時抒諫讜，轉益淑珪璋。絳帳莘莘騖，雲龍裔裔翔。
文燈金玉判，道海智仁航。煦色春風藹，中孚大有泱。

乾坤通釋密，易簡貫融強。數象意咸解，卦爻彖盡商。

學林開捷徑，書府達康莊。肅禮先賢紹，慎恭敦品襄。

諄諄勤作航，愷愷奮騰吭。薪傳枝榦盛，志遂子孫臧。

龢鳴琴瑟好，馥郁桂蘭祥。百福駢臻慶，十全極泰疆。

九如天保頌，三樂願酬償。仙鶴梅松柏，同歌上壽觴。

受業門生　賴貴三　謹識於新北市新店大坪林　屯仁學易咫進齋

中華民國111年（2022）1月17日（夏曆辛丑臘月十五日）

目次

壹　肅禮先賢

貳　同仁道誼

參　作毓後進

肆　汲引俊秀

伍　桃李薪傳

陸　彣彰薈萃

附錄一　黃慶萱教授「見南山居」師友書翰集

附錄二　浙江平陽黃慶萱先生九豑學行著述年表

壹　肅禮先賢

一　牟宗三老師信二封

慶萱賢契：

文及函均收悉。前在《中央日報・副刊》，閱子普通散文、小說等文，皆極好。但此談《墨子》者，卻根本不行。函云：「此次初習，自知諸多謬誤。」其實並無謬誤可言，乃根本未入也。於以知學術文字與普通文字根本不同。

諸子非易讀者，學問須由師授。學問斷絕，即普通章句亦難得解人。至于發其義理，更不必言。自吾離師大，此等學問即無人能講。不獨時賢不解，即民國以來，子所參看諸書，皆浮辭也。此等書看過後，須全放下。

論《墨子》最古文獻為《莊子・天下》篇，《孟子》闢楊、墨，《荀子・非十二子》，及司馬談〈論六家要旨〉，與《漢書・藝文志》。此等原始評論，皆有準繩。須逐句一一理會。然後再細讀《墨子》原書，此則孫詒讓《墨子閒詁》可為憑也。

《墨子》書分二部，一是《墨經》，亦曰「墨辯」，多不可解。二是〈兼愛〉、〈尚同〉、〈尚賢〉、〈天志〉等，此可曰「墨學」或「墨教」。「墨辯」，民國以來，多有解者，稍有貢獻。「墨教」部，是墨子人格、學問、精神之所在，鮮有能發其義者。古代評《墨子》者皆就此部而言。今宜先就此部著手。「墨辯」部與各家通。治此部，須懂名理。子若有志，須下決心，認真讀去。不宜追隨世俗浮辭，有機當面談也。

元健所作短詩，乃他主觀性情之表現，亦頗具慧心與文心。此與客觀學術無關。吾對此不能多有贊助。大體已與元健談過。此是性靈一路。走此路有二戒：一、不可落小家氣，二、不可流入邪僻。公安袁氏，以及清之袁枚，皆小家氣。此不可為法。魯迅之尖酸刻薄亦不足取。太哥爾、尼采皆有深思大慧，非易企及。

向此而趨，亦須通學術之流變，並須把握人類幾個大靈魂。原始那點聰明靈感，並不足恃。此函可與元健同看。望能時時警覺，進取向上。順候──

學祺！

牟宗三　啟　　二月十九日

案：原函連書，為便覽讀，故分段落，下函同此。

中華民國六十五年丙辰（1976），黃老師四十五歲時，嘗應邀為《中央日報．副刊》〈知言〉專欄執筆。而牟宗三（字離中，山東棲霞人，1909-1995）先生適講學於臺灣師大，並先後應聘中央大學、東海大學榮譽客座教授。因此二函雖僅書月日，未記年份，而第一函以「私立東海大學」信箋行書，故以資判斷此二函，當分別書寫於民國六十五年（1976）二月十九日與三月一日，專此存識，並增入本集〈附錄二：浙江平陽黃慶萱先生九豑學行著述年表〉之中。

慶萱賢契：

能覺得難過，亦很好。因為無論如何，總是自己曾經用了一番心思。今忽聽人說完全不行，那能不有驚訝，而繼之以難過乎？人總須受點刺激，否則不能挑破雲霧。

先秦諸子，先是儒墨對截，次是儒道對截，終是儒法對截。在對截中，步步彰顯。後來又是儒佛對截。在不斷的對截對揚中，儒家終能步步顯豁其自己，站住其自己，而成為數千年來之主流，無有能搖撼而侵奪之者。

欲讀諸子，當從此處著眼。先讀孔孟《四書》，必不得其義蘊。故能先讀《墨子》亦很好。然墨學所挑起之問題，人多不能真切了解。孟荀批評他，俱就兼愛、僈差等一問題而發。此是當時儒墨對截所顯露之中心問題，而此問題為「價值」問題。對價值觀念無真切之了解，無積極之意識，對此問題即不能有真切了解也。

我那篇短文，子可仔細一看。先有個大體了解，然後再去讀點《老》《莊》，讀點《荀子》。（我有一本《荀學大略》一小冊，中央文物供應社出版。）然後再返觀《孟子》、《大學》、《中庸》。通過這些儒家經典，然後再讀《論語》，了解孔子。

凡此，須先往復涉獵，具備常識。不必開始就膠著在一點上。此並非不專，因為在開始夠不上專也。先有大體通觀，經人指點，即可步步豁然。那時說專亦可，說通亦可也。

牟宗三　啟　　三月一日

二　林尹老師信

慶萱仁弟足下：

日昨自美返國，拆閱來書，至慰！至慰！（李）雲光、（蒙）傳銘、（阮）廷焯等，想時晤面，希代問好。

尹返台時，新雄已經去港，想亦愉快；惟渠飲酒過度，尹極為擔心。足下與渠相處在邇，希代尹勸勉為幸。率此，順詢——

日祉！

尹　手啟　七二、九、十九

案：林尹（字景伊，浙江瑞安人，1910-1983）先生此函以行書寫於「國民大會代表用箋」，時為中華民國七十二年（1983）九月十九日，已增入本集〈附錄二：浙江平陽黃慶萱先生九艷學行著述年表〉之中。函中提及諸生分別為：李雲光、蒙傳銘、阮廷焯與陳新雄，均為日後國家文學博士。

三　高明老師《修辭學．序》

一個人對好文章能夠多讀、多看、多思索、多研究，再加上多寫作、多磨鍊、自然會「神來筆到」地寫出妥切而美妙的好文章。古今中外多少大文豪，並沒有學過什麼「文法」和「修辭學」，但他們確曾創作了無數的不朽的偉大作品。所以有許多人認為「文法」和「修辭學」是兩種無用的多餘的學問，有些大學的中文系甚至不開這兩種課程。

其實，一個偉大的作家能夠寫出妥切而美妙的好文章，在他的心中，已經有一些文辭「妥切」的標準、和一些文辭「美妙」的理想，並且也有一些使文辭實現「妥切」和「美妙」的方法。只是一個作家所注意的，只是他表現的「藝術」；他無暇也無意把那些標準、理想和方法組成有系統的「科學」。「文法」是使文辭妥切的科學，「修辭學」是使文辭美妙的科學。「文法」是把許多作家認為文辭妥切的標準和使其實現的方法歸納起來的一種智識，「修辭學」是把許多作家認為文辭美妙的理想和使其實現的方法歸納起來的另一種智識，這兩種智識的組成為有系統的科學，是文藝科學家的事，或說是文藝理論家的事，而不是作家的事。但對於作家也不能說沒有用處。一個作家對於自己的創作表現所熟習的標準、理想和方法以外，閱讀一些「文法」和「修辭學」的書，把自己所忽略的標準、理想和方法也注意一下、試用一下，也許會使自己的創作更進入一個新的境界。

至於欣賞文學的人，不懂得「文法」與「修辭學」，固然也可以直覺到好文章的妥切與美妙，而感到心情的滿足。但是「知其然」而「不知其所以然」，總便自己有一種「看不透」、「說不出」的苦惱。到底好文章的「妥切」在那裏？「美妙」在那裏？這必須借重「文法」與「修辭學」的智識，才能予以看透，才能予以說明。

我從事於中國文學的教學，已有四十多年的經驗，我教過「《詩經》」、「《楚辭》」、「文選」、「詩選」、「詞選」、「曲選」……這些課程，每逢我運用「文法」、「修辭學」那些智識來分析作品的妥切和美妙的時候，學生們都是恍然若有會於心，無一不是興味盎然。由此可知，「文法」與「修辭學」是國文教學的最好工具。國文教學若僅是著眼於訓詁與考證，而不能使學生發現好文章所具有的美，是絕對不能引起學生的興趣的。這便是師範大學國文系的學生必須要修「文法」和「修辭學」的原因。

現代講「文法」與「修辭學」的人很多，大都是歸納「詞句」與「修辭」的現象，而尋找出他們的條理，由於各人依據的觀點不同，使用的術語不同，呈現出一種五花八門的彩色繽紛的景象，使我們有一種眼光撩亂、莫知適從的感覺，很難評衡出他們的高下。但是所謂「文法」，不僅是尋找出「詞句」現象的條理，所謂「修辭學」不僅是尋找出「修辭」現象的條理，最重要的是要把產生那些現象的根源能夠掘發出來、把建立那些條理的依據能夠闡明出來。這就必須借重語言學、心理學、社會學、邏輯學、美學、哲學各種智識了；尤其是各種各色的文藝批評，對於「修辭學」理論基礎的建立，更有密切的關係。可是一般的文法家和修辭學家看不到這一點，只在「詞句」與「修辭」的表面現象上兜圈子，那就難怪我們不能看到一部深入而精微的、出類而拔萃的「文法」或「修辭學」的書了。

黃慶萱博士曾從我研究經學，他的博士論文──《魏晉南北朝之易學》──就是在我指導之下寫成的。我知道他為人溫厚，而又好學深思，他研究學問，有一種追根究底的精神。他在師範大學國文系講授「修辭學」，寫成了一部講義，相近五十萬言，三民書局為他出版，沒有多久，第一版就已銷售完罄，可見他的書很受歡迎。他希望我在第二版上為他寫一篇序。我讀了他這部書，我覺得他治學的那種追根究底的精神，在這書裏是到處洋溢著的。他不甘於為「修辭」的表面現象所囿，他要更深一層地追究那些現象的根底，他向語言學、心理學、邏輯學、美學、哲學以及文學批評進軍，希望給「修辭學」奠立更深更廣的理論基礎，這是十分難得的，這就構成了他這部書不同流俗的特色，而使我很高興地為他寫這篇序。

我並不以為他這部書是十全十美的，他強調「修辭學」的實用價值，所以偏重於「修辭格」的描述。其實「修辭格」只是「修辭學」體系裏的一部分，更進而將「修辭學」整體作「無微不至」的研究，這是我對慶萱的一種希望。不僅此也，我還希望慶萱把這種追根究底的精神，再向文藝語言學、文藝心理學、文藝社會學、文藝哲學、文藝批評學以及實用的美學進軍，建立起一套完整的文藝學術的嶄新體系，為文藝理論奠立了一種深厚的、寬博的、堅實的學術基礎。這對於未來的文藝創作、文藝欣賞、文藝教育，必然會產生無窮大、無窮盡的影響。我在這裏，謹虔誠地禱祝著：希望慶萱能實現我這兩種希望！

高　明　　六四、四、四

案：高明（字仲華，江蘇高郵人，1909-1992）先生此序，以鋼筆楷書寫於「尊聞室稿」紙中，時為中華民國六十四年（1975）四月四日，一共四頁，已增入本集〈附錄二：浙江平陽黃慶萱先生九豒學行著述年表〉之中。

四　潘重規老師信

慶萱仁弟文席：

前獲　手書，藉悉　清況佳勝，至慰懷想。嶺南大學召開學術會議，日來趕寫論文，致稽　裁答為歉！匆復，即頌——

教祉！

十月十三　潘重規　頓首

拙稿一篇坿上，乞　正。

案：潘重規（號石禪，安徽婺源人，1908-2003）先生此函以行書寫於「宋書棚本江湖群賢小集」信箋（臨安府棚北大街睦親坊南陳解元宅書籍鋪刊行），右下角鈐有「國立中央圖書館收藏」與「棟亭曹氏藏書」二篆印。茲因本函中提到「嶺南大學召開學術會議，日來趕寫論文」，因此檢閱石禪先生論文目錄，索得1977年5月，嘗於韓國慶尚北道慶山市「嶺南大學開校三十周年紀念國際會議」上，發表論文〈敦煌學的瞻望與創新〉（後刊登於1977年9月，《華學月刊》第69期，頁33-36）。據此推斷，本函當書於1976年（民國六十五年）10月13日，已增入本集〈附錄二：浙江平陽黃慶萱先生九齡學行著述年表〉之中。

五　魯實先老師書贈甲骨文聯

慶萱賢弟將課藝上庠，爰㩻殷虛文字作：「肅禮先賢為敦品之首，作毓後進在教學之餘」一聯，以勖之。

甲辰夏五　實先

案：魯實先（名祐昌，以字行，晚號靜農，湖南寧鄉人，1913-1977），先生此聯落款時間為「甲辰夏五」，時為中華民國五十三年（1964）夏五月，並鈐有「魯氏」（陰文篆印）與「實先」（陽文篆印）款識章各一方，已增入本集〈附錄二：浙江平陽黃慶萱先生九艷學行著述年表〉之中。

六　楊家駱老師信

慶萱賢棣足下：

茲附奉郵局參仟元滙票一紙，希即兌收，并請照下式，書一收據寄下，俾完手續。

式為「茲收到海國書局五年制專校國文第一冊助編費新台幣參仟元正，此據。△△△印具△年△月△日」，餘再及。

順頌——

雙安！

楊家駱　手泐　四、十九上午

案：楊家駱（江蘇南京人，1912-1991）先生曾主編《中華大辭典》與《四庫大辭典》，並獲聘為世界書局總編輯、總經理，為黃老師碩士論文指導教授。此函書寫時間為「四、十九上午」，並未標明年份；經檢索臺北市「海國書局」曾於1972年（民國六十一年）8月，出版童介夷編著之高級職業學校《國文》第一冊，以此推斷此函當寫於1972年（民國六十一年）4月19日上午，已增入本集〈附錄二：浙江平陽黃慶萱先生九�學行著述年表〉之中。

七　李漁叔老師詩

己酉孟夏，熙元、良樂、慶萱、永武、明勇、梦（夢）機、昭旭、信雄、金昌諸子，攜酒招遊臺北近郊圓通寺，以一觴為壽，賦謝。

野寺攜壺得共斟，逢辰作健一登臨。縱饒老壽翻為累，欲挽頹流恐不任。
山雨才滋新竹色，佛香微度古榕陰。數聲法鼓齋堂靜，已斂塵心欠入林。

墨堂　李漁叔　未定稿

案：李漁叔（原名明志，以字行，晚號墨堂，湖南湘潭人，1905-1972）先生此函以其特有風格行書寫於「中華學術院詩學研究所詩箋」，並鈐有「華延年室」陰文篆印。「己酉孟夏」，時為中華民國五十八年（1969）五月，已增入本集〈附錄二：浙江平陽黃慶萱先生九豑學行著述年表〉之中。詩中提及諸子，分別是：王熙元、婁良樂、黃永武、簡明勇、張夢機、曾昭旭、尤信雄與李金昌。其中，王、婁、簡、張四位教授皆已仙逝，歸道山。

附錄　黃慶萱老師〈遊圓通寺敬步漁叔夫子原韻〉

侍坐春風共獻斟，攜壺祝壽此登臨。
行仁貴義兼儒墨，雅樂歌詩邁謝任。
讜論頻驚天下士，清心還契寺邊陰。
楊枝淨水知多少？桃李花開滿學林。

八　蘇文擢先生信

慶萱教授寅長箸席：

奉八月廿二日　華翰及撮影二張，欣悉　堂上則椿萲並茂，膝下則蘭玉騰芳，　賢伉儷和順孝慈，禮頌家肥，詩歌和樂，曷勝欣忭？

梁公書聯在港累見，皆以歐書為變化，縝密中有韶秀氣，而　尊藏一聯，尤肅括可喜。信乎！才大者無不工，而前輩為不可及也。　尊大人與梁氏有舊影存中書翰，定足抒懷舊之念。而五十年之世變蒼黃，又有不勝其感喟者。

然弟有一大疏忽處，一二五頁以「滄江」誤為「燕老」化名，發覺後，檢八年前，弟在該函照片旁批註為「民二九月，梁氏任司法總長時」。伍莊報告粵局書，推測梁公以示燕老，遂留在三水家中，不知編印時，如何有此奇誤？張冠李戴，貽笑大方，茲謹以正誤表，附呈　督存，至希　教正為幸。

彭君所印拙作，先後均收到，惟迄未獲聯絡。俟稍閒，當去函一問知注並謝。近聞風姨肆虐，敬祝　琴書無恙。專此，復頌──

鵝福！

弟　蘇文擢　拜啟　八月廿七日

案一：蘇文擢（廣東順德人，1921-1997），蘇文玖〈蘇文擢教授傳略〉曰：

「蘇先生文擢教授，廣東順德人，生於一九二一年，卒於一九九七年。祖若瑚，號簡園，前清舉人；父寶盉，號冬心，光緒優貢，均為廣東名儒，分別著有《宮教集》與《冬心室駢文》，同以書法名世。先生幼承庭訓，肄業於無錫國學專科學院，從學於錢基博、唐蔚芝、馮振心、金松岑、陳柱尊諸名師，通經史詞章之學。自五十年代起，先生南來，執教於香港各大專院校，歷任珠海書院講師、中文大學高級講師、中文大學教育學院教席，開講經、子、詩詞、古文、文學批評、中國教育思想等科目，而學海書樓、孔聖堂國學班，亦為先生多年來設教講學之所。退休後，獲邀出任中文大學中國文化研究所榮譽學人、珠海文史研究所教授。蘇氏家學，非徒翰墨文章，而謹飭卓行，經教弼世者也。先生舊學深醇，新知邃密，達權通變，而守典不踰，一生學不厭而教不倦，熱心弘揚傳統文化。其學出入於義理、考據、詞章之間、於六藝鑽研至深，尤長於三《禮》與《左氏公羊》學。嘗謂六藝為中國文化主流、文學之本源，人情倫理之所繫，每以近人忽於傳習為憾。故凡所撰作，皆以明聖道、正人心為務。先生又以文字訓詁為治學之根基，尤著意於文字本身，乃德性教育涵濡於文化之中，每字皆有其生命力，而一民族之語言文字，無其根基與傳統上之道德，而徒習其聲形者，無異乃腐木濕鼓之音，而捕風捉影之形也。蓋有文字而後有文學，故研究文字，實為研究文學之基礎。先生歷年議論，深懷導俗，每以學術關係世道人心，而詩文尤足動人，是以堅持文以明道，並力倡詩教。先生詩各體無不工，其七古取法韓、蘇，五古雜以選體，五、七律純為杜音、絕句瀟灑透脫，出入唐宋之間，詞作則風華清麗，有白石風。徐復觀教授譽其作品『腴而能透，婉而有骨』，知者以為的論。至其書法藝術，則胎息魏唐、意度眉山，不愧家學。一九八二年，先生榮獲第七屆中華民國國家文藝創作特別貢獻獎，大會稱譽其作品『功力深厚，愛國之情，自然流露，至足欽重。』先生秉性剛健，正道直行；講壇課業，責勞謹嚴；針砭時弊，義方辭銳；其待人以誠；誨人不倦；關懷後學，亦師亦友；晚年任教珠海文史研究所期間，深受員生上下愛戴之為中流砥柱。一九九六年，先生獲珠海書院頒授名譽博士學位。先生曾多次出任中、港、臺詩詞、書法、朗誦比賽評判、主講與顧問，叩鳴屢應，皆所以薪傳國學、弘揚文化也。一九八七年，先生與及門組織詩社，弘揚詩學，自一九九零年以還，每年臘月十九，皆有典禮以壽東坡，揚蘇海之波濤，播藝林之芬芳。先生於罹疾期間，仍講學不輟。儒者以傳道解惑為天職，其開學養正之心，扶掖後進之誠，彌足令人欽敬。先生著述有《邃加室詩文集》、《邃加室講論集》、《邃加室詩文續稿》、《邃加室詩文叢稿》、《說詩晬語詮評》、《韓文四論》、《經詁拾存》、《孟子述要》、《黎簡年譜》、《淺語集》、《靈芬聯集》、《陳希夷心相篇述疏》、《三峽吟草》、《太平洋會議前後中國外交內幕及其與梁士詒之關係》、《梁譚玉櫻居士所藏書翰圖照影存》、《邃加室遺稿》，而單篇著述，散見於中、港、台各大刊物，為數不少，尚待編錄。」

案二：老師珍藏任公梁啟超（卓如，1873-1929）書贈太老師迪我公聯：「畫卷簾旌延竹色，想銜盃酒問花期。」書影參見本集照片。

案三：黃老師於中華民國七十一年（1982）五十一歲時，八月一日留職停薪一年，應香港中文大學聘，任中文系客座高級講師。翌年（1983）夏八月，辭去香港中文大學講席，倦鳥歸林；八月十日，返國回校復職；以此推斷，老師當於民國七十二年（1983）八月二十二日致函蘇先生，而蘇先生於八月二十七日謝復回函，已增入本集〈附錄二：浙江平陽黃慶萱先生九齡學行著述年表〉之中。

九　黃錦鋐老師信

伯元、慶萱兄：

久未晤見，思念殊深，想同之也。前日研究所同學來談，詢以　兄與伯元何時可返台？言外似有責弟不能留賢之意。當時不知何以為答，憶兄初往港時，實以　兄等為校服務多年，能往海外講學一年，亦藉以舒暢身心，不料久借未歸，自愧挽留無方。

前日，　伯元兄來函，亦以浸會校方挽留一年，閱信之後，悵然久之。以物質言，台灣教授之待遇，誠不能與香港比；然近年來，政府多方照顧公務人員，教授之待遇雖不特殊優厚，而一家之溫飽，亦綽綽而有餘。　兄等平素輕財重義，為弟所深知，想必不為待遇計也。或曰：「師大校友受海外大學之重視，亦為師大之光榮。」殊不知，兄等俱師大之精英，自為各校爭取之對象，故兄等之留港，名為「師大校友之光榮」，實則「師大之損失」。　兄等達人，當能明瞭其中道理。

前曾與　伯元兄談及，擬延請海外任教校友回國，作短期講學，以激勵研究之風氣，至今未能實現。而兄等先後離校，又無計挽留，深夜自思，對校、對系均感愧疚，下學期當引咎辭退兼職，以贖罪愆。惟台灣為兄等長大受教育之地，戚友均眾，　兄皆情性中人，必不棄之。為時多艱，正吾人報國之秋也，而弟尸居其位，進不能荐賢才，退不能留賢能，望　兄等有以教之。

夜深人靜，風雨正驟，不知所云。專肅，敬請——

旅安！

弟　黃錦鋐　拜上　三月二十日夜

案：黃錦鋐（字天成，福建莆田人，1922-2012）先生此函以行書寫於「國立臺灣師範大學國文研究所」箋紙，適為天成師擔任系主任六年（1982-1988）期間。經檢視拙編系所紀事年表：中華民國七十一年（1982）八月，黃慶萱老師應香港中文大學聘，任中文系客座高級講師。九月，伯元師陳新雄教授應香港浸會學院聘，為中文系高等講師。民國七十二年（1983）六月八日，景伊先生林尹教授病逝，伯元師自五月底聞訊遄返侍病，林教授病逝，經紀其喪，備極勞瘁，所有事略、祭文、挽聯，無不親手撰寫。夏八月，黃老師辭去香港中文大學講席，倦鳥歸林；八月十日，返國回校復職。據此推斷，天成師此函當書於民國七十二年（1983）三月二十日夜，已增入本集〈附錄二：浙江平陽黃慶萱先生九齡學行著述年表〉之中。

十　汪中老師信

慶萱吾兄道席：

客臘兩度晤敘，新正又勞　玉趾，不獲捧手，惘惘何如？

臺北人事草草，殊少暇也。奉　大札，知夫人游港歸來，又承關注殷殷。惟以行年長大，諸般不敢從事，如無所默契，而受人審查，鄙意只得置之。一再有負　厚望，想摯誼如我輩，當能見諒也。

佑森兄月中或即赴港，當能聚歡，知我心也。春雨逾旬，百事少趣，臨書神馳，不一一。肅頌——

道祉！

壬戌二月　弟　汪中　頓首

內子安寧　同拜

案：汪中（字履安，號雨盦，亦常自署雨公、愚公，安徽桐城人，1925-2010）先生此函以其瀟灑「翰逸神飛」風格行書寫於「白沙先生五百三十四年誕辰紀念白沙文化教育基金會製」信箋。「壬戌二月」，時為中華民國七十一年（1982）三月，已增入本集〈附錄二：浙江平陽黃慶萱先生九豑學行著述年表〉之中。函中「佑森兄」，為已故國立臺灣大學中國文學系何佑森（安徽巢縣人，1931-2008）先生；函末「內子安寧」，則為師母「王安寧」女士，因此雨盦師顏其廬曰：「雙安」與「居之安」。

貳　同仁道誼

一　多元民族與先秦諸子

莊萬壽[*]

一　前言

春秋戰國時代湧現諸子百家思想，被認為是中國文明的黃金時代，若干古籍成為二千餘年來皇家與民間顛撲不破的寶典。

隨秦漢大帝國的形成，史家進一步詮釋，而將當時帝國的人物時間之傳承與地理空間的認識，而定調為：

（一）皇帝民族一元論：皇帝土德正統的爭奪。

（二）華夏文化中心論：中國與四夷的對立。

先秦諸子思想也只能陷入這框架中，被認為是華夏中國文化內部的百家爭鳴。

1970年代，我讀《孟子・滕文公・第四章》:「吾聞用夏變夷者，未聞變於夷者也。陳良，楚產也，悅周公、仲尼之道，北學於中國。」又罵楚人為「南蠻鴃舌之人」。又讀《莊子・外篇・田子方》,（楚國）賢者溫伯雪子，拒絕見

---

[*] 莊萬壽教授為著名臺灣主體性文化倡導與漢、南島文化及臺灣文化思想學者。1939年誕生於鹿港木匠家，全力倡導臺灣主體性思想，推動本土文化教育。主編中學國文教科書，擔任臺灣教授協會會長、報社主筆，並曾至日本京都大學、東京大學、韓國啟明大學研究講學。著有《臺灣論》、《中國論》、《臺灣文化論》、《中國民族主義與文化霸權》，以及道家莊子、列子、批孔的嵇康與劉知幾等專書14種，未刊者約2百萬言。現為長榮大學名譽講座教授，曾任國立臺灣師範大學國文學系教授、人文教育研究中心主任、臺灣文化及語言文學研究所（「臺灣語文學系」前身）籌備處主任與所長，並創立長榮大學臺灣研究所。此文初稿完成於2018年4月11日，並曾刊載於《國文天地》第34卷第1期（2018年6月號），頁91-97；特別感謝莊老師於住院療養，返家修養生息之際，惠賜後定大作，盛情厚意，無任感禱。

魯人，理由是「聞中國之民，明於禮儀，而陋於知人心」。我開始懷疑諸子是不同種族文化而且對立的。當時「中國」是指中原華夏族的地區，與「四夷」對稱。

由於考古學的進展，知今中國版圖內到處都有好幾千年前的新石器文化，不是只一處，尤其1980年代，DNA基因研究顯示，現代人（智人，Homo Sapiens）是非洲約近20萬年前出現，8萬年前離開非洲，一支約6萬年前從今越南北上經今中國北部。非華夏的高文明三星堆文化的出現，並不意外。這樣就瓦解了民族一元論文化中心論的結構。「黃種人基因人類遷徙圖」[1]圖表示意如下：

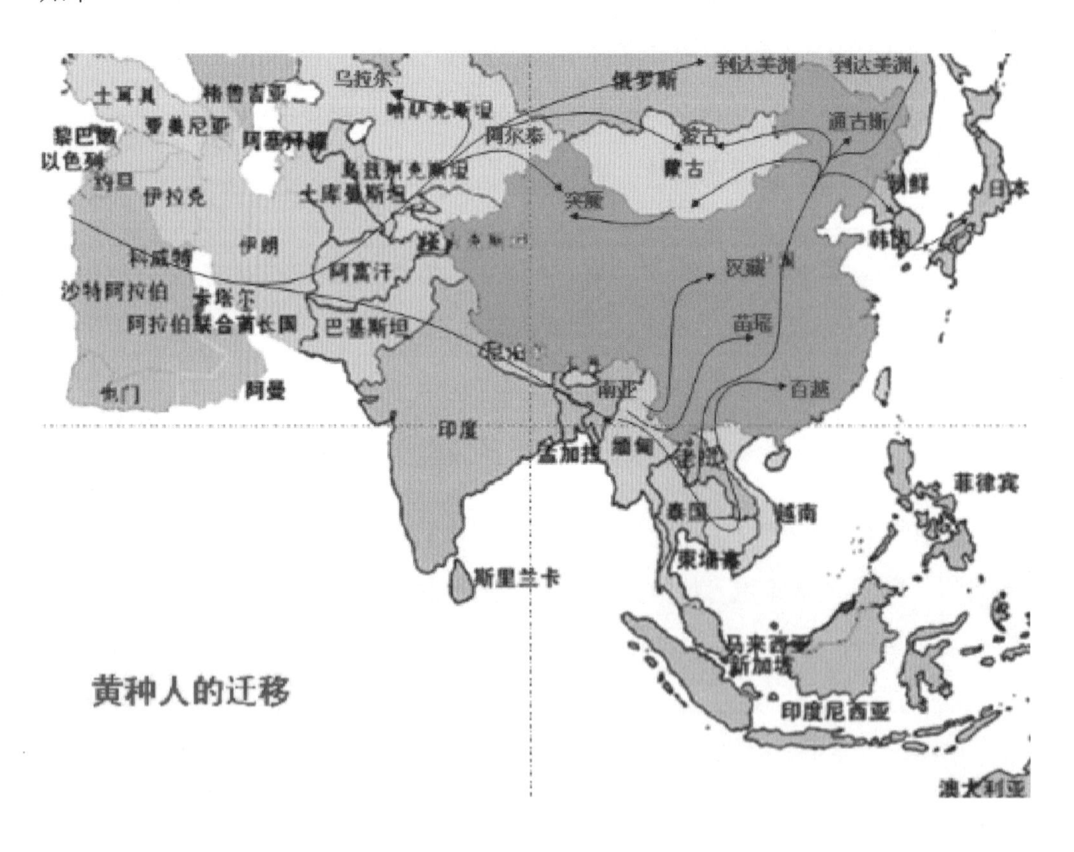

1 地圖出處：〈基因遺傳學中的蒙古人群〉，中國《新京報》：中國人祖先遷徙圖，2010年6月17日。

二　東亞的原始社會，考古學多元的民族文化

東亞的黃河長江流域，遠古種族語言複雜。有文字時代甲骨文與各地金文（大篆）之語言也不同。《禮記・王制》:「五方之民，言語不同。」茲將兩河流域的考古出土文化，依時間表列於下：

B.C.E. 1000		黃河上游	黃河中游	長江中游	黃河下游	長江下游
B.C.E. 2000	青銅文化	四壩文化 齊家文化	商文化 龍山（廟底溝）文化（河南）	苗蠻文化 龍山文化	東夷文化 龍山文化	吳、越、東夷、百越文化
B.C.E. 3000	新石器文化	馬家窰文化（甘肅仰韶）	半坡（陝西）、仰韶文化	屈家嶺文化 大溪文化（三峽）	大汶口文化（山東）	良渚文化 崧澤文化 馬家濱文化
B.C.E 4000						
B.C.E. 5000			大地灣（陝西）文化 裴李岡文化（河南） 磁山文化（河北）	（約3000至5000年前三星堆文化（四川）	青蓮崗文化（江蘇淮安）	河姆渡文化
B.C.E. 6000						
羌（圖博）文化			華夏文化集團 東夷文化	苗蠻文化集團	東夷文化集團	苗蠻（百越）文化
彩陶				印紋陶	黑陶	

三　多元的神話傳說時代（古籍分三個民族文化集團）

古漢籍中的古民族大致分三個文化集團：

（一）華夏文化（漢藏語族）──少典氏（黃帝之父）

1. 黃帝（姬姓）、堯、夏禹（姒姓）→ 諸侯國（統治民族）
   → 魯（統治民族）

2. 炎帝（姜姓）（羌姓）應是南方之神？

（二）東夷文化（漢語族、阿爾泰語族）──舜、後裔

商（子姓）、徐偃（嬴姓）、淮夷、燕齊衛魯之被統治民族。

（三）苗蠻文化（百越族、苗瑤族、壯侗族）

蚩尤、伏羲、女媧、盤古、共工（炎帝之後）、楚、九黎、三苗、越、吳。

四　周人的崛起與春秋戰國諸子學說的多元文化背景

周人起，占領黃河中下游，建立許多諸侯國，稱「諸夏」。「諸夏」外，尚有許多的獨立的國家。東周後，因生產工具進步，土地利潤提升，戰爭頻仍，文化發展。不同地域的民族文化與社會階級產生不同的學說思想，漢代成為諸子百家。

（一）鄒魯文化（魯學・儒學）

統治民族是華夏文化集團周人，被統治民族是淮夷（東夷）。

1. 魯國是周公兒子伯禽的封國，用武力占領成為周嫡系文化，周人消滅同化淮夷文化，使社會趨兩極化、保守化。

《史記・魯世家》：「魯公伯禽之初受封之魯，三年而後報政周公。周公

曰：『何遲也？』伯禽曰：『變其俗，革其禮，喪三年然後除之，故遲。』太公亦封於齊，五月而報政周公。周公曰：『何疾也？』曰：『吾簡其君臣禮，從其俗也。』及後聞伯禽報政遲，乃嘆曰：『嗚呼，魯後世其北面事齊矣！夫政不簡不易，民有不近；平易近人，民必歸之。』」

2. 東周時，王權式微，諸侯力圖變革，而魯國是姬周王朝，周公制禮作樂文化的守護者。

《左傳・昭公二年》（540 B.C.E.）「晉侯使韓宣子來聘。……觀書於大史氏，見《易・象》與《魯春秋》，曰：『周禮盡在魯矣。吾乃今知周公之德，與周之所以王也。』」

3. 戰國、秦、漢以後，鄒、魯為儒學之象徵。

《莊子・天下》：「其在詩書禮樂者，鄒魯之士，縉紳先生多能明之。」

《史記・貨殖列傳》：「鄒、魯濱洙、泗，猶有周公遺風，俗好儒，備於禮……。」

庾信〈哀江南賦〉：「里為冠蓋，門成鄒魯。」（鄒國，春秋為邾，或邾婁，戰國名鄒國。）

4. 孔子及門人多為魯人。

孔子本為東夷人，殷宋國大夫孔父嘉子孫，後人移居為魯昌平人。

門人：顏路、顏回、冉耕、閔損、冉有、冉雍、宰予……，皆魯人；其次為衛人、宋人。

門人之特殊能力者：子夏，衛人（魏文侯師）；曾參、子游，吳人；子貢，衛人；樊須，齊人。

5. 五經皆魯傳本，經學從孔子魯國開始。

6. 魯人保守近利的性格，與魯公室、孔子思想之關係。

《史記・貨殖列傳》:「鄒、魯……，地小人眾、儉嗇、畏罪遠邪。及其衰，好賈趨利，甚於周人。」

《史記・趙世家》:「（武靈）王曰:『先王不同俗，何古之法？帝王不相襲，何禮之循？』……反古未可非，而循禮未足多也。且服奇者志淫，則是鄒、魯無奇行也。」

魯無良史，如無晉董狐、齊太史。劉知幾《史通》:「六經多隱諱，春秋多虛美。」

按《韓非子・五蠹》:「徐偃王地方五百里，行仁義，割地而朝者三十六國，荊文王恐其害己，舉兵伐徐，滅之。」

7. 春秋主要是儒家孔子和道家老子，其後有墨家墨子。

孔子是魯司寇，主張仁義禮樂，欲穩定統治結構。老子，楚人則主「絕聖去智」、「絕仁去義」。墨子書〈非儒〉、〈公孟〉嚴厲評孔。騶人孟子評楊（道）墨是禽獸，地域、階級對立。

（二）三晉文化（包括成周、鄭、衛）（晉學、法家）

晉、鄭、衛皆姬姓國。晉國的三卿，韓、趙、魏瓜分晉國，開始了戰國時代，稱為「三晉」。「三晉」地區有最多的政治人才，是法家的發祥地。其原因：

1. 晉宗室曲沃武公吞併晉國成為晉侯

《左傳・莊公十六年》（679 B.C.E.），其子獻公立，屠殺曲沃旁系宗室（桓叔及莊伯後裔）諸公子殆盡，獻公晚年驪姬亂政，諸子被殺，公室日趨凋零，而異姓六卿因之而起，並建立郡縣，因此宗法思想薄弱。後又併為三卿，即韓、趙、魏三國。

魯昭公二十九年（513 B.C.E.），晉趙鞅、荀寅以一鼓鐵鑄范宣子所書的「刑鼎」。孔子反對，以為「貴賤無序，何以為國」？「晉國之亂制也」。其實法貴乎不分貴賤，是進步思想。

2. 三晉地處黃河中游，為中原心臟部，四周皆為強鄰。

東有齊，南有楚，西有秦，北有狄。既乏天險，為四戰之地。不重視政軍實務，不足以固存，尤其晉三分後，三國弱化，危機意識最強。

三國即分別革新求強，魏文侯用李克（李悝）為相，行新政，主「為國之道，食有勞，而祿有功，使有能而賞必行，罰必當」(《說苑．政理》)。李克著有《法經》六篇，寫懲辦盜賊及糾正社會風俗與法律。趙烈侯推行「選練舉賢，任官使能」之新政；趙武靈王胡服騎射，銳志圖強，用商君思想（「先王不同俗，何古之法」）力求革新。韓昭侯用鄭國京邑人申不害，用術以鞏固君權。

3. 夾於三晉中的周、鄭、衛勢力微薄，春秋時即發展商業。

商人從事貨殖，重視現實能了解國際事務，所以出政治、商業人才最多。鄭以子產最為著名，最早在魯襄公三十年（541 B.C.E.）作《刑書》，後戰國韓滅鄭，魏滅衛。

4. 三晉文化及人物，直接影響到秦之滅六國。

秦用三晉學者，行法家刑名道法之學，終至於滅六國。三晉人物：

（1）政治家（法家）

子產（公孫喬，鄭人）、吳起（衛人）；商鞅（衛人）——言「法」。
范雎（魏人）、申不害（魏人）——言「術」。
蘇秦（周人）、張儀（魏人）、韓非（韓人）——集法術勢大成。

（2）商人

白圭（周人）、呂不韋（韓之陽翟人）。

（3）刑名之學（責名求實）

鄧析子（鄭人）、公孫龍（趙人）、惠施（宋人，魏相）。

(4) **黃老學派(道法家)**

列子(鄭人)、慎到(趙人)──言勢。

(5) **法家性格的史家**

董狐(晉人)。

(6) **荀子(趙人)**

受三晉傳統及道法家影響的儒家,韓非為其學生(「禮」到「法」)。

(7) **《韓非子.顯學》**

批判儒墨。法家反對「法古薄今」。

(三)燕齊文化(齊學.陰陽家)

1. 文化背景

燕公室是姬姓的分支,齊公室姜姓,後嬀姓,皆統治民族。而被統治民族為東夷或今日阿爾泰民族。

燕、齊遠在華夏東北,境內外異民族複雜而強大。姬周的統治文化薄弱,而海洋性的東夷原住民文化色彩濃厚。春秋時管仲對內推行政新政,外則「尊王攘夷」(以團結華夏),為桓公立下霸業。今存《管子》原86篇一書,雖非全是管子思想,但是足以反映齊之法、道、儒、墨、陰陽家多元的思想。戰國時齊召學者講學於稷下,稱「稷下士」。雖各家思想並存,實以陰陽家為主,影響最大。道法家(黃老學派)次之。

2. 陰陽家

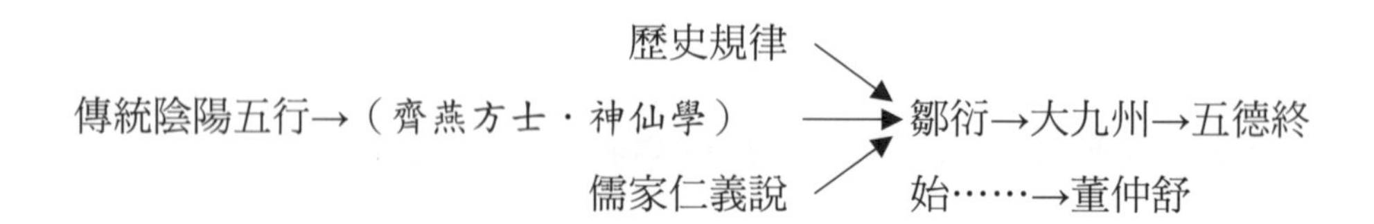

生（木→火→土→金→水）
剋（水→火→金→木→土）

3. **公羊齊學**

子夏→公羊高（齊人）。

西漢董仲舒→獨尊儒術、讖緯哲學、君權神授。

4. **道法家（黃老學派）**

《管子》存在76篇，其中〈心術〉上、下，〈白心〉，〈內業〉四篇→戰國重要黃老思想。《尹文子》一篇（齊稷下士）。

5. **荊楚（苗蠻）文化（楚學道家）**

包含宋、殷，楚傳為祝融（炎帝子）八族之一，原居湖北荊山，後來不斷擴張，在戰國時期為長江流域苗蠻集團的最大統治民族。

周武王滅商，周公東征，管蔡、淮夷。楚人採與周敵對立場，而與周人成為世仇。北方殷（商）人、淮夷在危急時也投奔楚國。及華夏民族周人在征服地，建立眾多諸侯國後，楚人受北地華夏威脅極大，而造成楚人強烈的反華夏民族意識。

西周末，北方封建結構瓦解，政治黑暗，生民痛苦，沒落的公孫貴族和覺悟的士人知識份子，從而反對一切政治行為、虛偽的禮教、道德，道家退隱之思想，由是而生，如《論語》中的荷蓧丈人、長沮、桀溺。然而，楚雖有山林沼澤，最適隱者，但畢竟非道家之發祥地，尤其楚人淫祀、宗教迷信與道家自然主義不符。

道家學者多來自北方黃河下游、淮水流域的殷人、東夷人，而後其地被併於楚者。因此多稱楚人。而事實道家受北方周史官「重民輕神」思想之影響，如老聃即成周雒邑之史，見周之衰，遂下之於楚，播散道家，因此道家的老、莊，對北方華夏之鄒、魯、三晉文化之批評，除是立場、地域的因素外，恐怕與種族之對立有關。見拙作《道家史論．道家起源論》。依照《漢書．藝文志》資料，道家人物幾乎為楚人：

老聃（楚人）、鬻子（楚人）、蜎子（一說即為環淵，楚人）、長盧子（楚人）。

老萊子（一說即老子，楚人）、環淵（道法家，楚人）、鶡冠子（道法家，楚人），《鶡冠子》存三卷。

莊子（宋國蒙人，後為楚），《莊子．田子方》「中國之民（君子）明於禮義，而陋於知人心。」

五　多元化的諸子的階層性和地域性

<table>
<tr><td>原住民族</td><td colspan="5">漢藏語族（阿爾泰語族？）</td><td>壯侗越族</td></tr>
<tr><td rowspan="3">上層貴族</td><td colspan="6">秦、韓（鄭）、魏（衛）、趙、燕、齊、魯（鄒）、楚（宋）</td></tr>
<tr><td colspan="4"></td><td rowspan="2">孔孟儒家</td><td rowspan="2">老莊道家</td></tr>
<tr><td>法家</td><td rowspan="2">法家、黃老、刑名學派之學</td><td>鄒衍陰陽家（方士、神仙）</td><td rowspan="2">黃老學派主流</td></tr>
<tr><td rowspan="3">新興下層貴族（工匠）</td><td></td><td></td><td colspan="2"></td></tr>
<tr><td colspan="6">墨家，行於齊、魯、秦、楚等國。（墨翟或為殷人、東夷的後裔）領導為下層貴族使</td></tr>
<tr><td colspan="6">農家，不明。（許行、陳相為楚人）</td></tr>
</table>

六　結語

東亞種族語言繁多，先秦諸子是代表不同地域的民族之文化歷史和社會結構的思想學說。漢帝國以後的中國王朝，都認為是中國古代諸子學說，事實「先秦諸子」是異國異族的文化。因為漢字是唯一的書寫工具，傳世的諸子之書皆古漢文書寫。然據史料及諸子文本內容、文法，大致可以推測非華夏雅言的作品，如《莊子》可能為東夷族所寫。東夷或百越族作品可以下推漢代的《淮南子》、《吳越春秋》、《越絕書》。這樣的研究尚未成熟，有待努力，但我們推演的方向是正確的。

二　邁向多維跨域的研究：文法與修辭、隱喻與認知

——為友香夫子天保九如嵩壽而作

姚榮松[*]

一　前言

今年3月24日從line信件收到賴貴三主任寄來為黃慶萱老師九鞦嵩壽出版《天保九如集》（原擬集名）之邀稿函，倍感榮幸，我雖然未上過老師的課，但與老師同在師大服務已達半個世紀（包含退休以後），若以學術傳承，我算是臺灣章黃學的第三代，黃老師與我的恩師陳伯元（新雄，江西贛縣人，1935-2012）都是第二代的精英，因為個人學術取向偏到語言文字學，也不曾旁聽老師的課，但對老師早期有關語言文字方面的論述卻也耳熟能詳，收在《學林探幽》的那篇〈漢語中屈折現象初探〉是我初次認識老師在語言學方面的深度，該文為1987年在世界華文教育協進會第十四屆會員大會中的專題演講，並發表於同年五月《華文世界》第44期，那時我也開始在《華文世界》投稿。民國七十五年（1986）八月國立編譯館出版由老師編纂有史以來第一套

[*] 姚榮松教授，1946年生於雲林農村。國立臺灣師範大學文學士、碩士、國家文學博士，自1973年起任職臺灣師大國文系三十年，2004年至2007年擔任臺師大臺灣文化及語言文學研究所教授兼所長。曾擔任成功大學、清華大學、淡江大學、東吳大學、新竹教育大學、世新大學兼任教授，已於2012年自臺灣語文學系退休。2020年2月至6月，受邀英國威爾斯大學漢學院任客座教授。研究專長為古代漢語詞源研究、漢語音韻學及方言學、臺灣閩南語詞彙及漢字研究，長期在師大國文系任教聲韻學、訓詁學、國音學、閩南語概論等，並在碩、博士班開設詞源學、方言學、語言學史等課程。曾擔任九年一貫本國語文閩南語課綱召集人，並曾主編教育部《臺灣閩南語常用辭典》。對臺灣語言文化研究之推動，不遺餘力，2014年曾獲教育推動本土語言特殊貢獻獎。

「高級中學教科書《文法與修辭》上下冊」，民國八十六年（1997）已出至十一版，我曾在國文系在職學分班講授文法專題，就採用上冊文法。《修辭學》增訂再版時我也買了一本成為案頭書。所以我也一直把自己視為老師的私淑艾者，自忖資質駑鈍，未遑《易》學，不曾旁聽老師的《易經》課程，已是一大憾事，今後唯有勤讀老師的《易》學著述，才能真正認識老師的大學問。

目前重新閱讀《文法與修辭》，期待溫故知新，闡明兩者的關係，決定從陳望道（原名明融，後改望道，字任重，號參一，筆名佛突、雪帆，浙江義烏人，1891-1977）的《修辭學發凡》讀起，那畢竟是我讀大二時（1966）的唯一教本，由曾為我母校斗六中學校歌作詞的趙友培（江蘇揚中人，1913-1999）老師講授，趙老師推薦的唯一參考書是朱光潛（字孟實，安徽桐城人，1897-1986）的《文藝心理學》。也許當時吸引我的課太多，諸如謝冰瑩（字風寶，湖南新化人，1906-2000）新文藝及習作、魯實先（名祐昌，以字行，晚號靜農，湖南寧鄉人，1913-1977）文字學、章微穎（字銳初，浙江諸暨人，1894-1961）詩選及習作、許世瑛（字詩英，浙江紹興人，1910-1972）國文文法、汪中（字履安，號雨盦，安徽桐城人，1925-2010）樂府詩選，所以我並沒有真正讀通《修辭學發凡》，更不用說許老師的《中國文法講話》了。現在做起這事兒略有補過之意味。但是面對黃老師的劃時代鉅著《修辭學》，我仍須夜以繼日的沉思，才能說點心得。

有兩件巧合的發現，不得不提一下，似乎能補強我寫此文的正當性，那就是我找到2009年上海復旦大學出版的《修辭學發凡》的重排本，在出版說明頁，詳細交代歷來各版的年份及版次，如本書初版於1932年，分上下冊，由大江書鋪在上海刊行。此後多次再版重印，至抗戰前已出八版，1976年本書刊行至第十五版，並提及「作者（陳望道，1891-1977）生前在本書再版重印時不斷有所修訂，其中作者特為予以說明的有：1945年本（重慶），1954年本（上海），1962年本（上海），1976年本（上海）。」從該書附錄即可讀到六篇各版的序、後記、付印題記、重印前言等。值得注意的是1932年的初版劉（大白，原名金慶棪，字伯貞，號清齋，浙江紹興人，1880-1932）序，劈頭就說：

一九三二年（民國二十一年），將要和一八九八年（民國元年前十四年，清光緒二十四年）同成為中國文學史上最可紀念的一年了。因為一八九八年是中國第一部文法書出版的一年，而一九三二年是中國第一部修辭學書出版的一年。

看官且移目十年前，由賴貴三編輯的《中孚大有集》709頁：〈浙江平陽黃慶萱先生八豑學行著述年表．一、傳略〉：

業師黃慶萱先生，浙江省平陽縣人，中華民國二十一年（1932）夏曆二月二十五日（陽曆三月二十一日）生於上海。

1932年發生兩件與修辭學有關的大事，中國第一部修辭學書誕生於一月（劉大白序署名1932年元旦在杭州），兩個月又21日後在上海誕生了一位新世代的修辭學名家黃慶萱，巧合的是同在1932年上海，無縫接軌，一點都不牽強！

第二件巧合則有些附庸風雅，甚至是捕風捉影的「映襯」！那就是陳望道的卒年1977年，也是中國現代史最大的災難「十年文革」動盪的結束年，這一年八月，中華民國教育部用公費送我到美國康乃爾大學語言學系去研究當紅的語言學，我一直把這一年當作我一生的轉捩點，來和世界名人的年表行蹤做對照指標，比如黃慶萱先生著述年表，頁729-730載：

民國六十六年丁巳（1977）先生四十六歲：

二月一日，升為國立臺灣師大國文系教授。

四月，《孔孟學報》三十二期，刊載先生論文〈周易坤卦釋義〉。

六月，撰〈修辭學在國文教學上的重要性〉刊於臺灣師大《中等教育》二十八卷四期。

六月，指導省立高雄師院國文所歐天發完成碩論：《國文欣賞教學法》並通過學位口試。

九月，撰〈《西遊記》的象徵世界〉刊於《幼獅月刊》四十六卷三期。

撰〈《深淵》的測試〉，收入《中國文學欣賞舉隅》。

撰《周易謙卦釋義》一文，刊於《潘重規教授七秩誕辰論文集》。

十月，與王熙元（1932-1996）教授、許錟輝（1934-2016）教授、張建葆（1936）教授合著《讀書指導》，臺北：南嶽出版社出版。

十二月，《幼獅學誌》十四卷三、四期，刊載先生論文：《周易師比解》。

是年，他與友人到金華街拜訪琦君（1917-2006），本名潘希珍的她已經六十歲，琦君與新文學革命並生，她是二十世紀中國文壇上傑出的散文大師，也是最具有傳統情韻與風味的作家。（末三行節錄）

按：本年黃師升任教授，也是其學術生涯的重要里程碑。

另外，我從2021年9月24日《聯合副刊．文學星空下──聯副70紙上展》，林懷民〈文青小林成長物語〉一文節錄一段當年文壇的紀事：

一九七六年，平鑫濤先生離開報社，全心經營皇冠和電影公司，馬各重掌《聯副》。隔年馬各創辦《聯合報》短篇小說獎，邀我當評審，……那是獎金豐厚的民間文學獎的開端。……七七年馬各策畫了「特約撰述」制度。《聯合報》跟一批年輕作家簽合同，月薪五千，稿費另計。那時我在政大的講師薪水只有三千出頭。……同年十月，馬各升任《聯合報》副總編輯，剛從美國拿到碩士學位返臺的瘂弦先生接任《聯副》主編，隔年，高信疆重掌《中國時報．副刊》。《聯副》，《人間》就此展開激烈的良性競爭。

我相信兼為文評家的友香師，親訪散文大師琦君的過程，也是文壇的一段佳話。

二　大師如何定義修辭學

大凡一門學問，都要有界說，才得以成學。友香夫子的《修辭學》緒論之

（丙）「我個人對於修辭學的認識」，分成六點，前五點都談「修辭」的各個面向，包括修辭的：內容本質、媒介符號、方式、原則、目的，第六點才歸結「修辭學」的性質，是「價值科學的一種，是一種藝術」。最後加個（丁）結論：

> 基於上面六點的認識，所以修辭學的定義應該是：修辭學是研究如何調整語文表意的方法，設計語文優美的形式，使精確而生動地表出作者的意象，期能引起讀者之共鳴的一種藝術。

這個定義比楊樹達（字遇夫，號積微，晚年號耐林翁，湖南長沙人，1885-1956）、陳望道、陳介白（河南西手人，1902-1978）的概括細密精確，有綜合前人，也有個人的邏輯推演，比方說修辭的方式，包括調整和設計。調整來自陳望道，設計來自辭格的歸納與推敲，因此把三十個辭格統整為兩類，就成為本書的特色或創見。

修辭的內容本質，乃是作者的意象。「意象」是採用老師李辰冬（河南濟源人，1907-1983）的定義，亦可見其取精用宏，推陳出新的工夫，本書對中外釋修辭學及西方修辭學的發展，亦瞭若指掌，最後端出的第六點：

> 修辭學的性質屬於價值科學、是一種藝術。它居於學術的六種層次的第五層「價值科學」，僅次於哲學，卻高過人文科學的大宗「行為科學」，包括：政治學、經濟學、法律學、社會學、人類學、心理學、語言學等。

最後畫龍點睛地利用高度形象化的修辭語言說：

> 它的雙腳踩立在行為科學中的語言文字學的基礎之上；它的理想要求修辭立誠，讓頭腦深入哲學的領空。康母拜爾、巴斯科母都以為修辭是哲學；海爾以為修辭是科學，都不如把修辭當作藝術恰當。

不過，在民國七十六年一月初版的《高級中學文法與修辭》教科書下冊（國立編譯館主編，編輯者：黃慶萱）第一章導言‧第一節修辭學的定義，就分成七段，做了這樣的重組：

先以前述的結論當破題首段，是定義。「分析地說」為橋梁，下分六段，每段二至三行分述上舉六點。第七段「修辭的性質」佔七行，用五句話給哲學下了定義，一氣呵成。輔以第二節修辭的內容，第三節修辭的功用。完成首章導言。精鍊賅備。以下為節省篇幅，把七段之首、末全段引出，中間五段只引首句，如同標題「第一節　修辭學之定義」：

> 修辭學是研究如何調整語文表義的方法，設計語文優美的形式。使精確而生動地表出作者的意象，期能引起讀者共鳴的一種藝術。分析地說：
> 修辭的原素，是作者的意象。……
> 修辭的媒介，是語辭和文辭。……
> 修辭的方式，分調整和設計。……
> 修辭的原則，要求精確而生動。……
> 修辭的目的，要引起別人的共鳴。……
>
> 修辭的性質，屬於價值學科的一種。關於學術，通常可分下列六種層次：一、形式科學，如數學、邏輯等；二、物理科學，如物理、化學等；三、生物科學，如動物學、生理學等；四、行為科學，如政治學、語言學等；五、價值學科，如美學、倫理學等；六、哲學，乃對宇宙人生各種問題，作全盤性的深入研究，窮究其基本原因，並企圖做徹底解決，因而成立系統的理論。在這六種層次裏，修辭學的雙腳踩立在行為科學中的語言文字學的基礎之上；它的理想要求修辭立誠，讓頭腦深入哲學的領空；而其本身是價值學科的一種，是一種追求文辭語辭之美的藝術。（詳參《文法與修辭》下冊，頁1-2。）

全書凡三章，第二章表意方法的調整，分為十二節，分述十二個辭格。第三章優美形式的設計，分為九節，分述九個辭格。合計介紹二十一個辭格。每節原則上有三題研習。麻雀雖小，五臟俱全。

上引文第七段，其實是推銷術，訴諸學科分類。並以層次說，開頭一段已定位為一種藝術，結穴最後一句，才拉出一幅動態的追求語辭文辭之美的藝術（活動），活動的範圍包括說話、措辭、造句、尋思、寫作，不一而足，可能還有琅琅上口、搖頭晃腦，不覺手舞足蹈，還有鍵盤的聲音。那就是從第四層行為科學的扶梯轉到想要的第五層價值學科百貨部，要挑什麼貨，全在您的腦袋瓜子，怎麼布局？怎麼調整？怎麼設計？怎麼才算精確？怎麼才算生動？妙筆生花或舌燦蓮花？怎麼保證讀者或聽眾會共鳴？天啊！只剩下一個「誠」字，才是王道或靠山了？自己都不滿意，別人怎能共鳴？這不就是「把頭腦深入哲學的領空」才能解決的問題嗎？

這段話如雷貫耳，提醒了我：聲韻文字語言之學搞了一輩子，就差一里路，沒把頭腦深入「哲學的領空」。（是隱喻、借代還是轉化？）你一生的學問要交班了嗎？孔老夫子不是說「加我數年，五十以學《易》（亦）可以無大過矣！」當年在臺大旁聽牟宗三（字離中，山東棲霞人，1909-1995）先生講新儒學，據《論語》志學章，把退休後的老年階段，稱為「宗教階段」，或者要進入「哲學階段」，如果你一輩子搞語言學，還不趕快去讀《易經》、尼采、康德、老莊、朱陸……，不就是腦袋永遠伸不進哲學的領空，那麼活到七老八十，究竟圖個什麼？

所以，我重溫黃師的《修辭學》，首先被這門學術的界說震懾了，作為「修辭學領域的開拓者」（王熙元師的評介語），最大的貢獻之一，就是把修辭學做了最完美的定義，也等於做了學科的定位。用最誠摯的文字，博引中西文學理論，半生的群經子史，中西古今文學的博覽約取，才能鎔鑄成理論與實踐的經典。放眼看各家的定義還沒有能超越這段表述模式的。

三　關於部編高中《文法與修辭》教科書

《文法與修辭》上冊「文法」則分五章十五節，列其章目及第三章以下含節目如下：

第一章　導言

第二章　詞和詞語結構（含10個詞類）

第三章　句子的成分（基本成分、補加成分、特殊成分）

第四章　單句的結構（普通句、兼語句、倒裝句、包孕句、簡略句）

第五章　複句的結構（聯合複句、主從複句）

同樣是麻雀雖小，是否五臟俱全，就要看教師想達成怎樣的教學的目的，編輯大意二：

> 本書共分二冊，上冊為文法，下冊為修辭，供高級中學第三學年上、下學期選修之用。
>
> 實例多選自中學國文教科書之範文，與中國文化基本教材，以加深了解，收相輔相成之效。

看起來高三上學期能有十五週的文法選修課，必須相當精簡，掌握文法最基本的句子成分分析，以及最基本的句子結構分類，十五個單元綽綽有餘。下學期的修辭課則分類鑑賞豐富的例句，猶如重溫六冊課文中已熟悉的佳句，或許有極大的磁吸效應吧！兩書分別為84、79頁。似若另類的高中語文總複習。

《文法與修辭》下冊「修辭」，為了方便與下文對照，我把第一章的節、目全列出，其餘二章僅列出章名，節目名稱則於括弧內並列呈現。同時為了方便與相關的教科用書做對照，以下把下冊「修辭」的章目及部分節目迻錄於下：

第一章　導言

　　第一節　修辭學的定義

　　第二節　修辭學的內容

　　第三節　修辭學的功用

第二章　表意方法的調整（1-6：感嘆、設問、引用、轉品、誇飾、譬喻；7-12：借代、轉化、映襯、相關、示現、呼告。）

第三章　優美形式的設計（1-9：類疊、鑲嵌、對偶、排比、層遞、頂針、回文、錯綜、跳脫。）

以上三章凡分24節，即：首章3節、次章12節、末章9節。

檢視黃老師的《學行著述年表》民國七十五年丙寅（1986）先生五十五歲。「本年四至六月，連續在《中國語文》月刊346-348期刊載三篇專文：〈單句的結構（1）：普通句、複雜句〉、〈單句的結構（2）：倒裝句、包孕句、簡略句〉、〈複句的結構〉。」我猜測這是《文法與修辭》上冊送審前的初稿的3-5章，邊寫邊發表，其中單句的第二類原作「複雜句」，國立編譯館的版本改成「兼語句」可為佐證。「本年十二月，《修辭學》增訂二版，高明仲華夫子（江蘇高郵人，1909-1992）在第二版的序言中用『溫厚』二字形容他的為人。是年，先生應國立編譯館要求，為臺灣高中編寫了《文法與修辭》的教科書。但先生以為其中並沒有太多的新意見。」

個人認為這是黃老師謙遜的一貫態度，教科書依循課程標準及學時規定，有篇幅的客觀限制，本來就沒有揮灑的空間。這門中華民國教育史上首創的整合課目，是選修。如果是兩門課，書名就應該一分為二，但是學時的限制，只能擠壓到高三上、下學期，與其同時開兩門選修，讓有興趣的學生齊頭並進，同樣會擠壓到其他選修課，而且還有師資、鐘點問題，這就考驗課綱研訂者的智慧。但無論如何，這本書的出現，已成就一件大事。那就是語文教育的發展趨向多元，只讀一套國文教科書，就能包山包海的時代已過去了。如果把這門選修改在高二上下學期來修，必然會有不同的成效，我們的「新」課綱恐怕不會有這種「舊」思維吧！

本文姑且把議題聚焦到這兩門課的具體關聯與區別。不同的教學目標與對象，有不同的立足點，誠如年表引仲華夫子在序中評「他研究學問，有一種追根究柢的精神」，所以黃師說這套書沒有太多的新意見，是不滿一本書的率由舊章，對《修辭學》的辭格精簡，改以淺語解說專名，又只能精挑中學教材的例句，自覺了無新意，但對於從無到有的師生，這課本不正如新生的嬰兒一般創新嗎？至於《文法》部分，我認為整體都是創新，因為我們找不到第二本

《文法與修辭》是這樣的結構。先舉兩岸同類書系來比較。

最早把語法、修辭合璧成為書名是呂叔湘（譜名鍾湘，以字行，江蘇丹陽人，1904-1998）、朱德熙（江蘇蘇州人，1920-1992）合著的《語法修辭講話》，1952年初版，原是那個年代「在初學寫作者中間普及語法修辭常識，減少遣詞造句方面的毛病」起過一定作用的書，語法多於修辭，1954年以後就不再印。（見2002年遼寧教育出版社再版前言）全書六講，像是「語法與表達」入門，「標點」也算一講。例句都是當時報章的口語大白話，偶爾夾一、二段魯迅（周樹人，浙江紹興人，1881-1936）、毛澤東（字潤之，湖南湘潭人，1893-1976）的話。語料豐富，但文學性不高。因出於名家之手，此書仍廣為流傳。

可能是大陸第一套統編本教科書《語法與修辭》出現於1981年，廣西教育出版社初版，由中國大陸「全國外語院系《語法與修辭》編寫組」聯合編寫，參與院校17個，參加具體編寫工作的教授多達26名。1986年3月張志公（河北南皮人，1918-1997）教授為增訂本作序，原書分語法篇和修辭篇兩部分，共418頁（1987年8月的全新本第一版）語法六章，修辭五章。以下列其章目及部分節目說明（括弧內國字數詞，表原屬節次），以利比較：

語法篇

第一章　語素和詞

第二章　詞類（二—五：13個詞類）（六、漢語詞法的特點）

第三章　詞組（二、詞組的結構類型）（四、漢語詞組的特點）

第四章　單句（二、三：單句的成分）（五、特殊句式）（九、漢語句法的特點）

第五章　複句（二、複句的類型）（四、多重複句和緊縮句）（五、漢語複句的特點）

第六章　句群（二、句群的類型）（三、複雜句群的分析）

修辭篇

第一章　修辭及其研究的對象

第二章　詞語的運用

第三章　句式的選擇和句子的銜接

第四章　修辭格

第五章　語言風格

這是大陸外語校系通行三十年的一套漢語基礎的教材。臺灣版（授權新學識文教出版中心發行，1993年6月再版，署名劉蘭英、孫全洲主編）附的編寫組1986年編訂說明指出：

> 本教材系統傳授語法、修辭的基本知識，結合外語專業漢語教學的不同特點，適當增加了漢、外語比較的內容，並注意語言實踐，各章節後面附有較多的練習。《語法與修辭》做為高等院校外語院系漢語基礎課的教材，重在提高學生的語言分析和語言應用的能力，以期有助於他們做好翻譯工作。本教材也可作為中學語文教師和外語教師教學參考用書，以及相當於高中畢業水平的讀者自學用書。

這段背景說明，讓我們很放心拿它來與黃編做比較，兩書主要的差異如下：

一、黃編為臺灣高中三年級的國文科選修課本，是國文科的輔助讀物，故標舉「文法」的大旗，句例、文例多選自中學國文教科書之範文與中國文化基本教材，故以文言為主體；反觀陸編本例句全部為當代白話文，也不乏三十年代名家的作品，故標舉的是「語法」。

二、兩編的語法部分主要內容架構大同小異；修辭的範疇有顯著差異：黃編以二十一個辭格為主，例子多取自高中國文教科書範文。陸編的修辭範疇包括：詞語的運用、句式的選擇和句子的銜接、修辭格、語言風格。辭格只佔一章（16個辭格），偏向語言修辭，例子全是當代白話。

三、黃編文字精鍊典雅，較受篇幅限制，語法範疇未能賅備，教師可以陸編為教學參考書，補其不備。陸編以現代漢語為主，完全不涉古代漢語文例，無法分析或鑑賞文言文，誠有不足，學生可利用黃編協助其學習古文。

關於語法體系的問題，臺灣師大國文系自來以許世瑛先生《中國文法講話》（1966初版，1968修訂一版）為依據，這個體系基本承襲呂叔湘《中國文法要略》，因此，在講單句結構的種類時，黃編在「普通句」基本保留了表態句、敘事句、有無句、判斷句、準判斷句這五類，呂和許都不立「單句」一名，而稱之為簡句，以便與複句對稱（參見呂著7.1；許修訂本四之二），許師與呂先生談句子的種類都只列四種簡句，而把「準判斷句」作為附類，黃師把它獨立出來，作為普通句的第五類，這是他的創見。至於呂、許兩家都有的「繁句」，黃師也不採用了。呂7.7有大於詞結的單位稱小句，許只以詞結關係構成複句。朱德熙1981年初版的《語法講義》17.1單句與複句。17.2分句之間的聯繫。改用「分句」作為中間單位。這裡似乎找到了「單句」一名的來源。

由於大陸重視現代漢語語法教學。1956-1958年全國中學試行漢語、文學分科教學，為了編寫教材方便，也曾出現國家擬定的一個「暫擬漢語教學語法系統」。上世紀80年代以來，語法研究百家爭鳴，90年代末，以美國為首的當代語法學的新思潮與視野，已進入外語學院。逐漸成為顯學，引起傳統語法的質變。臺灣則自1977年湯廷池（臺灣苗栗人，1931-2020）教授初版《國語變形語法研究第一集：移位變形》的成名作，已揭開了當代國語語法研究的新頁。以外國人學華語為對象的現代華語語法的研究，傾向遠距與多媒體教學，語法解釋偏向語用功能與認知科學。

四　從認知隱喻理論重新認識譬喻辭格

（一）一本書的結緣

由於個人長期對古典文學研究的疏離，也不曾加入修辭學會，每次師大辦會，我還會挑一、兩場去旁聽，重拾年輕時對文學的愛好。2002年換跑道轉臺文所專任，因職務關聯，開始重溫臺灣文學作品，補讀臺灣文學史，主要撰述不離漢語古音、閩南語音韻文字、當代漢語詞彙。對修辭學中的隱喻始終保留一點興趣，因為從90年代認知語言學興起，國內語言學界發表有關隱喻相關論文漸多，引起我的求知或窺探欲，但動機不足以達到要寫論文，2006年周世箴教授譯註的《我們賴以生存的譬喻》（*Mataphors We Live By*）一書出版之前，曾在臺師大翻譯所演講，介紹該書及翻譯相關問題，我當時出席聽講，直覺「Mataphor」一詞在外語界（英文系為代表）的中文譯名皆作「隱喻」，絕無其他譯名，現在用中文辭格專名之一的「譬喻」，代替其下位概念之一的隱喻，是否合適？就翻譯的「傳信」功能來說，似乎還有點瑕疵，在對中西修辭學與當代認知隱喻學都是一知半解的情況下，我向周先生提問，當時還沒有讀到周先生的譯文，也希望讀完這本80年代的認知語言學經典，可以充分理解兩個名詞在東西方修辭與語言認知發展的過程，有無扞格或不對稱的地方，但這個涉及文學史的問題，恐怕要費點時日。

近兩年半在師大臺文系與研究生有互動，為了博士生鄧孟倫博士論文《華語、臺灣閩南語及日語身體詞研究》（指導教授林巾力、邱湘雲）研究計畫口試及博士論文口試，花些時間涉獵歐美當紅的認知語言學，以及認知隱喻理論暨身體詞的相關研究，首件要務的是細讀《我們賴以生存的譬喻》這本中譯本，原作者雷可夫（George Lakoff，美國加州大學柏克萊分校教授，1941-）、詹森（Mark Johnson，美國南伊利諾大學哲學系教授，1949-）合著（1980）。原著精簡扼要，但多達三十章，個人1984-1985在哈佛燕京學社訪學期間買得一本，猶不知此書之重要。沒想到出版26年後中文本才問世，譯者周世箴美國俄亥俄州立大學語言學博士，東海大學中文系教授。周氏2002年提出此書的經典譯註計畫，獲國科會補助，2006年三月將162頁的中譯導讀與346頁的譯注文本合併由聯經初版。作者之一的詹森還寫了〈作者致中文版序〉，序文是這樣開始的：

> 在過去二十五年內，人類概念化與理性化方面的實證研究已經揭示了，概念譬喻（Conceptual Mataphor）隱於我們的抽象思維之中，人類是譬喻性動物——我們概念系統的大部分是由譬喻系統建構的，而這些譬喻系統都在我們有意識的知覺層之下自動運作。結果是……由我們肉身所體驗所處環境而生的譬喻，以及那些由文化傳承而來的譬喻，卻形塑了我們思維的內容以及思維方式。如果沒有譬喻，我們便無法以適當的方

> 式表述哲學、倫理、政治或宗教觀點。簡言之，我們對文化的理解大都是經由譬喻而界定的。(譯本，頁9-10。)

又說：

> 是否真有普遍譬喻存在的問題是一個實證的問題，只有通過跨文化研究才能有定論。對漢語思維和語言中的概念譬喻所做的研究已有一些出色的成果，包括以漢語中口、舌、齒、唇、面，和其他身體部位的個案研究。(同上，頁10。)

周世箴教授也指出：

> 譬喻研究到了現代，與研究人類心智與語言的認知科學及語言學產生了交匯點，更是如虎添翼。有一系列的研究顯示譬喻性語言在心智作用中的重要地位。並顯示出（文化）對於譬喻認知的根本性因素。……譬喻性語言不僅僅是文學的修辭手段，不限於修辭範疇，而是一種生活方式。是我們思維、語言、行為、歷史、文化的基礎。(同上，頁17。)

這本書的中譯，嘉惠了華文讀者，在周世箴教授的導讀中，我看到概念隱喻理論的骨架及其全體大用，令人驚訝於周教授追蹤了兩位頂尖的美國教授雷可夫和詹森的學術履歷，以及1980年合作以後的發展歷程。也透露語言學教授如何尋求哲學教授的跨行合作，以開闢學術的新天地。也以詳盡的書目（1-9-4）考察了兩岸學界的迴響。1-9-2羅列1980-2005年當代譬喻理論原典的篇數（依年份表列），1-9-6臺灣地區國科會（今「科技部」）認知研究計畫分類目錄，以及1-9-7臺灣地區隱喻認知碩博士論文。

（二）譬喻的表達層面與認知層面

我原先因為習見英語「Mataphor」學界中譯均作「隱喻」，因而質疑周教授一反約定習見的用法，若把該書譯成《我們賴以生存的隱喻》不是更好？而且導讀1-9〈譬喻與認知參考書目〉，兩岸外語學界師生的論文一律用「隱喻」一詞，唯獨周世箴此書及其相關論文作「譬喻」。且明明原書所涉及的辭格只限於隱喻與轉喻（「轉喻」一名在中文的修辭學並未出現）。不如把「Mataphor」保留「隱喻」一名，至少是河水不犯井水。因為譯名不統一，茲事體大！等我讀到中譯本頁66，1-5-1隱喻的表達層面與認知層面一節。表一譬喻類型的修辭學定義，這個表比較了黃師《修辭學》第十二章譬喻的五個小類與沈謙（1947-2006）《修辭學》第一章的四個小類。五小類是：明喻、隱喻、略喻、借喻及假喻。沈無第五類。又做了表2譬喻表達層面的修辭學類型，用a、b、c、d、e代表這五式。橫列喻體、喻依、喻詞三類型（這是舊版名稱，增訂版喻體改為本體，喻依改為喻體），比較三者有無存現狀況；第四欄語言表達式（例句）。看完表二的例句，我才恍然大悟。且看這四種語言表達式：

a式：明喻——愛情好像紅玫瑰。

b式：隱喻——愛情是紅玫瑰。

c式：略喻——愛情，盛開的紅玫瑰。

d式：借喻——我心中的那朵紅玫瑰枯萎了。

據周氏中譯導讀頁69圖1中譬喻的表達層與認知層，以上四式就是不同譬喻的語言表達式，表的左方說：詞彙—詞序—語言單位之間的關係。不看辭格，只有句法關係。以下我們來看橫線下的譬喻認知層，依左四層、右三層的平行關係，我把四層用編號及帶劍頭線條聯結如下：

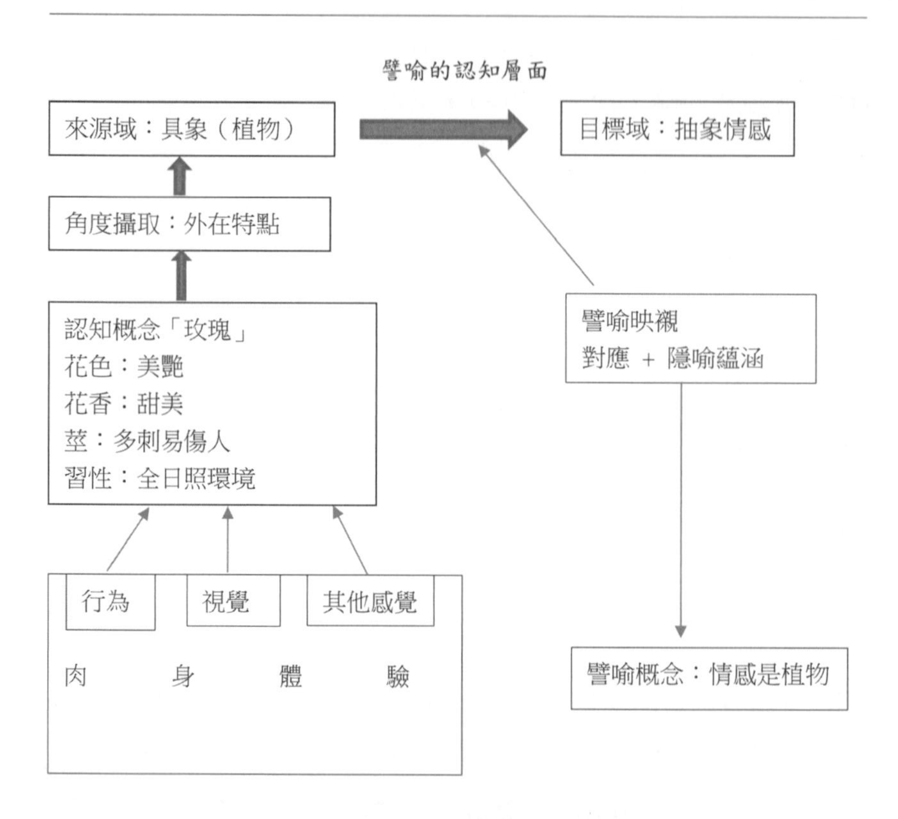

圖 1：譬喻的表達層與認知層

周世箴指出：

> 從認知語言學角度看，範疇擴展的主要途徑是metonymy與metaphor。譬喻是「一個經驗域的型態格局去理解並建構另一截然不同經驗域的思維方式」(Johnson, 1987:14-15)。一般以較熟悉、較具體的概念域理的範疇

（如植物）映射到較不熟悉、抽象的、不好掌握的概念域（如愛情）裡的範疇以便理解後者。

Metonymy（松案：轉喻）之本質在於某一概念域中並存的兩個實體（entity）之間有建立某種聯繫的可能性（如部分代全體）。而metaphor則是將一個概念域的結構或邏輯（如旅行）映射到另一個概念去（如人生、愛情）。「譬喻語言是概念譬喻的一種表層表現形式」（Lakoff 1993：244），譬喻表達式（metaphorical expression）都是字詞排列的語言表達式（linguistic expression），是譬喻運作的表象。「譬喻是概念映射，不只是語言問題，也是思維問題」（Lakoff & Johnson 1980）。（同上，頁68。）

這個圖示讓我們初步理解辭格譬喻底下的所謂冰山（如上圖的認知層），由於篇幅關係，本文僅藉由周氏的導讀，說明當代西方語言學從舊辭格中找出一條人類創造語言的認知理路，不啻另起爐灶，研究文獻已近乎汗牛充棟。但這股巨浪似乎引不起中文學界的矚目。因為認知科學是新興的整合科學，與中文研究相去有間。但如要探明修辭與文（語）法的關係，由隱喻認知入手，探究人類如何通過身體經驗，藉由譬喻形成思維，創造文化語辭，似乎非等閒之事，希望本文能喚起中文學界邁向跨科的整合研究，尤其語言文化的認知研究，此其時矣。

三　從充體之氣到浩然義氣

陳麗桂[*]

提要

孟子之前，先儒重「德」，不大言「氣」。孟子將物質性的「氣」，融入儒家所推崇的道德精神中，使形上的成德過程，成為「氣」的充養工夫。反之，也在物質性生理生命力──「氣」的培養過程中，注入道德元素，以「義」為澆灌養分，透過類似「誠意」、「正心」一系「慎獨」工夫，終使「體之充」的生理生命力，優質化為至大至剛、輝耀古今的強大道德生命力，所謂的「浩然之氣」。這一切除了堅守儒家道德立場外，與孟子曾至齊，受到稷下黃老氣化論的影響有關。他以黃老之「氣」活絡、顯實了儒家的道德質性，使便於理解、掌握；同時更以儒家的道德──義，深化、提升了黃老「氣」的價值功能。

關鍵詞：義，氣，知言養氣，稷下學宮，黃老。

* 陳麗桂特聘教授，臺北市人，1949年生，國立臺灣師範大學國文學系學士、碩士、博士，曾任國立臺灣師範大學國文學系主任、師資培育與就業輔導處（今改制為「師資培育學院」）處長與文學院院長。多年來，從事於黃老之學、漢代學術思想，與近四十年出土簡帛文獻之研究，著有《王充自然思想研究》、《淮南鴻烈思想研究》、《戰國時期的黃老思想》、《秦漢時期的黃老思想》、《中國歷代思想家──王充》、《中國歷代思想家──葉適》、《新編諸子──淮南子》等書，並發表相關於上述三領域之研究論文約百篇，又曾受國家圖書館漢學中心之委託，主編《兩漢諸子研究論著目錄1912-1996》、《兩漢諸子研究論著目錄1997-2001》、《兩漢諸子研究論著目錄2002-2009》等書。本文原刊載於《孔孟月刊》（臺北：孔孟學會），第五十九卷第十一、十二期（總707-708號），2021年8月28日出版，頁1-14。

一　前言

強大的使命感是中國哲學家的普遍特質，而重視人文，堅守道德價值，能因應時空條件，不斷轉化更新，更是儒學的基本性徵，它維持了儒學二千多年來的生存發展與永續經營。其反映在孟子思想理論中的，也是這樣的狀況。《孟子》全書不論論禮、義或仁政、王道，都是承繼孔子（名丘，字仲尼，551-479B.C.E.）而發揚光大。唯有心性、養氣論是孟子獨家的開創。程子說：

> 孟子有功於聖門，……孔子只說一個「仁」字，孟子開口便說「仁」、「義」；仲尼只說一個「志」字，孟子便說許多養氣來。
>
> 孟子大有功於世，以其言性善也。
>
> 孟子性善、養氣之論，皆前聖所未發。[1]

點明了孟子學說的創造性及其在儒學與中國思想史上的最大貢獻，就是其集義養氣的心性論。它不但承繼儒學重視人文、改造社會的宗旨，也堅持道德價值、且有轉化更新理論的豐沛生命力。

子貢（端木賜，520-446 B.C.E.）說：「夫子之文章，可得而聞也；夫子之言性與天道，不可得而聞也。」[2]因為天道遠，而「性」隱微，孔學博厚篤實，因此對學生少談渺遠的「天道」與隱微的「性」。孟子（名軻，字子輿，372-289 B.C.E.）卻對它們做了深入細膩的剖析與論證，說「盡其心者，知其性也；知其性，則知天矣」。[3]透過深心自省，可以知道自己有生具的道德潛能，循此擴充，可以了悟天地宇宙之理。

孟子之前，先儒重「德」、重「心」，不大言「氣」。孟子卻將物質性的「氣」元素，融入到儒家所推崇的道德精神中；使形上的成德過程，成為「氣」的充養工夫。反之，也在原本物質性的「氣」，亦即生理生命力的培養

1　宋・朱熹：《四書集注》（臺北：學海出版社，1998年6月初版），〈孟子序說〉，頁199。

2　《論語集注・公冶長》（臺北：學海出版社，1998年6月初版），頁79。

3　《孟子集注・盡心下》（臺北：學海出版社，1998年6月初版），頁349。

過程中，注入「道德」元素，以「義」為灌溉、培成的養分，透過「誠意」、「正心」之類的「慎獨」工夫，終使原本「體之充」的生理生命力，優質化為至大至剛、充塞天地，輝耀古今的強大道德生命力，所謂的「浩然之氣」。從此，「義」的道德生命力和「氣」的生理生命力結合為一，其培成、充養與運作成為一貫之事，身、心一體將養，同時成就。這一切除了堅守儒家的道德立場，開展〈中庸〉「慎獨」之類修省工夫之外，應該和孟子兩次入齊，在稷下學宮，受到稷下黃老氣論的影響有關。他以黃老之「氣」活絡、顯實了儒家的道德質性，使便於理解、掌握；同時也以儒家的道德，深化、提升了黃老「氣」的功能價值。

二　孟子在齊

根據太史公（司馬遷，字子長，ca.145-86 B.C.E.）《史記．孟荀列傳》的記載，孟子在齊宣王時入齊，宣王不能用，轉而入梁。今查《孟子》全書，相關於孟子在齊的載述至少有二十四處，其中直接載述孟子與齊宣王對話的有十四處（〈梁惠王上、下〉十二處，〈離婁下〉與〈萬章下〉各一處）；載述孟子離齊的有五處；其餘五處大致是孟子在齊，與齊人弟子公孫丑、萬章、陳臻等人和齊臣的對話，也論及齊先賢管仲（名夷吾，723-645 B.C.E.）、晏嬰（字仲，謚平，578-500 B.C.E.）的功業，可見孟子在齊時間不短。

《孟子》書中有關孟子直接與齊宣王對話的言行事蹟，主要集中在〈梁惠王上〉末章，至〈梁惠王下〉的前十一章。〈梁惠王上〉末章承接前章孟子答梁惠王的仁政大論、民生法案、「與民同樂」之說，也回應齊宣王問齊桓、晉文霸業，孟子開展了應該是全書中篇幅最大的「保民而王」王道大論。他從「見牛未見羊」勸說齊宣王只圖霸，不能王，是「不為也，非不能也」，告訴他，唯「推恩」可以保四海、王天下。面對齊宣王欲言又止的圖霸一統「大欲」，孟子直接告訴他，以齊當時的施為，圖霸無異緣木求魚；只有「發政施仁」，才有可能。他並敷論「發政施仁」的詳細方案，須為民置恆產，使衣食飽足，才有恆心「治禮義」，並兩次重複與〈梁惠王上〉相同的王道民生法案。〈梁惠王下〉續載孟子與齊宣王一論「與眾樂樂」、「與民同樂」，再論文王以七十里王天下，三論交鄰國要知樂天、畏天之道，好勇無傷，貴能除暴安民。其後，在雪宮應宣王之召，四論「樂以天下，憂以天下」，與民同樂，戒忌流連荒亡之行；五應宣王毀明堂之問，宣說文王發政施仁，不毀明堂，而先安頓鰥、寡、孤、獨四民。好貨、好色無礙王道，但須與百姓同；六述為政先治四境之內，也是針對宣王「朝秦、楚，莅中國而撫四夷」的一統霸業開說；七諫宣王珍惜善用世臣賢才，察賢之法在多觀民意反應，不聽左右、諸大夫之請；八對宣王「湯放桀，武王伐紂」、臣弒君之問，答以殘賊一夫，可誅可弒；九以造巨室，求工師、斲匠，卻不聽專家而剛愎自是，喻治國不任賢而循私專斷，必不治。十、十一兩章則以齊伐燕，終而勝，不聽孟子之勸以取燕，招致諸侯謀群起救燕，宣王悔而求教，孟子告以當置君還燕而後去，示非貪取。

〈梁惠王〉之外，〈離婁下〉也記載了孟子對齊宣王論君臣相對關係，所謂手足、腹心，犬馬、國人，土芥、寇讎的必然回報。〈萬章下〉末章載孟子答齊宣王問卿，有可易位的「貴戚之卿」，與只能諫而不可易位的「異姓之卿」。

除上述十四處與齊宣王的當面對話之外，在〈公孫丑下〉第二章以後的十三章，記載孟子出處行實甚詳。其中有五章是孟子與齊臣論君召臣往問題、或對弟子陳臻談收受餽金問題、或讚賞平陸大夫失職卻能知罪、或與齊弟子公孫丑等論官守言責去留問題、或載孟子為齊卿，出弔於滕，對公孫丑問不與輔行大夫言事之故，及其遭母喪，反齊，答充虞問棺椁問題。接續兩章因齊人伐燕，燕人叛，孟子與齊臣陳賈評論周公伐管、蔡的仁、智問題。最後五則全載孟子致仕去齊之事，齊王使人慰留，孟子不受，以明道不行，不受其祿。

從上述二十餘起集中載述孟子在齊行事看來，在六國分裂，相互攻伐的時代，田齊威、宣兩盛朝，最關心急切的焦點，當然是承繼姜齊桓公的春秋霸業，續營田齊的戰國霸業。孟子瞭然其心，卻拒談桓、文霸業，堅持以儒家一貫的發仁施政、樂以天下、憂以天下、與民同樂的王道仁政大論，去遊說。在齊期間，孟子幾乎傾盡其壓箱寶卷，滔滔大論，將其民本仁政的王道與民生經濟方略，傾囊而出，成為《孟子》書中精彩雄偉的要論。

三　齊國風教與稷下學宮

戰國時代，田齊太公和逃陳入齊，兩代後，至桓公午，流放姜齊康公於海上，篡位自立。為改變篡逆的不良形象，並效法姜齊的霸業，經營其後合從的東帝威望，開始建造稷下學宮，號召天下學士來稷下，華山論劍，「不治而議論」，一時群賢畢集，名流輩出。歷經威、宣兩朝（356-302 B.C.E.），威名達到鼎盛。至愍王（301-284 B.C.E.）而中衰，襄王（283-265 B.C.E.）時復盛，迄於齊王建（264-220 B.C.E.）亡於秦，稷下學宮走入歷史，前後長達150餘年，幾乎與田齊的興衰相終始。其間，如果依孟子的生存年（372-289 B.C.E.）與孟子應是在中年以後入齊推測，孟子在齊，應該是宣王在位時期，至遲不過愍王時期。這樣的推測，與《孟子》書中〈梁惠王〉、〈公孫丑〉各篇中所載孟子在齊、去齊的情況一致，也脗合太史公本傳的說法。

齊國自姜齊太公以兵謀伐紂，因賢受封為周代尊尊第一功，下迄田齊太公和逃陳入齊，備受尊任，因而篡位建國，中經春秋首霸桓公用管仲，景公尊晏嬰，齊國始終秉持著尊賢容眾的立國傳統，崇功尚用，多元包容；也因地形不利農耕，轉而開發海上資源的經貿產業形態，呈現著與近鄰魯國截然不同的風教。這種風教，從姜齊一直延續到田齊。

（一）尊禮賢智

一個人的思維很難離開生命經驗太遠，一國風教亦然。齊國從姜齊太公知遇於周，以賢智封齊；管仲、晏嬰相齊受尊；到陳和逃陳入齊，陳午得以坐大篡齊，兩齊開國之君都因賢智而尊榮坐大，在位期間，也都尊賢、禮賢，齊國因此始終有著尊禮賢智的傳統。

（二）多元包容

昔太公治齊，「因其禮而簡其俗」；其後管仲相齊，「與俗同好惡……令順民心，故論卑而易行。俗之所否，因而與之；俗之所惡，因而去之」。[4]下迄田齊稷下學宮的全面開放，廣攬天下學術菁英，儒、道、名、墨、法、陰陽、兵、農，在所不拘，個人、群體，自在來去，不治而議論。無一不是姜齊以來多元寬容、和衷共濟風教的傳承。

（三）就崇功尚用言

齊國地處山東半島，一方面濱海，可耕地少，卻又有取之不盡的海洋資源，注定了宜商不宜農的產業結構。商人重利逐什一，現實感強而有天下觀，相較於發展農耕文明的魯國，齊人靈活機變得多。另一方面，太公當年所封齊地，「方百理」，內多夷族雜居，太公「因其禮，簡其俗」，多元尊重包容，短短五個月便整頓就緒，還報王室；西臨的周公封地魯國，卻「變其禮，革其俗」，一切重新來過，三年才就緒回報。其後管仲相桓公，尊王攘夷，成就春秋首霸大業，田齊合從六國而為東帝，齊國始終走的都是崇功尚用的圖強興霸路線。太史公說：管仲任政相齊，靠著齊國濱海的漁鹽之利，「通貨積財，富國強兵」，務使「倉廩實而知禮節，衣食足而知榮辱，善因禍而為福，轉敗而為功，貴輕重，慎權衡」。在在說明了桓、管上承太公權謀與風教，崇功尚用，致強圖霸的實況。田齊不但延續姜齊政權與風教，也思承繼其霸業。一面興建學宮，廣納賢士，以漂白其政權；同時高遠來歷，推崇黃帝為遠祖，宣揚其事功，並以田齊發源地──陳國的鄉先賢老子的思想為核心，兼採各家學說精華，以「法」濟「道」，因「道」全「法」，「術」化也「氣」化老子的「道」，去談君術、論政道、探宇宙、教養生，終於蔚成黃老學術思潮，也推助了戰國百家爭鳴的盛況。雖稱「不治而議論」，其議論卻恆不離治功。

孟子的活躍年代，較之蘇秦、張儀的合從、連橫，時代稍前不遠，一種天下「定於一」，乃至田齊東帝的氣氛，普遍瀰漫，各國諸侯焦躁關切。梁惠王曾問何以利其國？連「望之不似人君，就之不見所畏」，既沒形象，也沒威儀

---

4 漢・司馬遷撰，唐・司馬貞索隱、張守節正義，南朝宋・裴駰集解：《史記・管晏列傳》（臺北：藝文印書館影清乾隆武英殿版），頁855。

的梁襄王也問：「天下惡乎定？……孰能一之？」[5]可見一種天下終將一定的氣氛已有山雨欲來風滿樓之勢。盱衡當下，孟子認為，能推行仁政王道的一統大業，田齊條件最好，孟子寄望最深，故不憚其煩，對齊宣王反覆闡論王道、仁政。無奈兩齊不論立國風教，或產業結構，都與儒學的原鄉——魯國大相逕庭，崇霸不尚王。齊宣王不願，一時也無法改變這種狀況。孟子堅持不果，只好「致為仕」，去齊而歸，卻宿晝、居休，遲遲其行，三日不出，蘇軾（字子瞻，號東坡居士，1037-1101）對此曾大加讚嘆說：

> 孟子去齊，三宿而後出晝，猶曰：「王其庶幾召我。」君子之不忍棄其君，如此其厚也。公孫丑問曰：「夫子何為不豫？」孟子曰：「方今天下，捨我其誰哉？而吾何為不豫？」君子之愛其身，如此其至也。夫如此而不用，然後知天下果不足與有為，而可以無憾矣。[6]

深入道出孟子內心的堅定與無奈。

其實，鄒、魯鄰齊，兩齊崇功尚用的傳統與風教，孟子不會不知。然而，一方面因趁著稷下禮賢下士、廣納英豪的壯舉與良機；另一方面也承繼孔子與儒學傳統——講是非，重原則，盡其在我，千萬人猶往的精神，並懷抱著可為的信心與熱忱，前往稷下，去勸仁政，說王道。無奈，終究敵不過兩齊根深柢固的傳統風教，與戰國攻伐相勝，崇功尚霸的現實情勢。其竭心盡力，傾囊而出的王道大計，終究未蒙採從。然其堅持道德價值的勇氣與毅力，卻未嘗絲毫挫退。他援採田齊稷下的哲學新元素「氣」，將它們與自己所推崇的道德——「義」，作有機的結合，去建構其集義、養氣的心性論。

5　《孟子集注．梁惠王上》，頁206。

6　見蘇軾〈賈誼論〉，收入清．吳楚材選輯：《古文觀止》（臺南：大東書局翻印，1961年4月），頁312。

四　從黃老精氣到浩然義氣

氣化論的建構與開展是黃老道家的創造，也是黃老道家對中國哲學的最大貢獻。其關鍵性的發展時空，就在戰國早、中期的田齊稷下學宮。

不論就《史記》本傳還是《孟子》書中的記載，孟子至稷下，主要應是在學宮全盛時期的宣王朝。其保民而王、與民同樂的王道大論，大致都是對齊宣王開講的。其後雖因宣王不能用而去齊。然氣化論既是稷下黃老道家的重要學說，孟子當然與聞、知悉，故亦以「氣」去建構自己的道德心性論，使原本物質性的生理生命力——氣，轉化成為一種巨大無比，能驚天地、泣鬼神的道德精神生命力，所謂的「浩然正氣」，這是孟子對儒學最大的開展與創造。

（一）黃老精氣養生說

稷下學宮基於田齊崇霸尚功的目標，將流行於戰國時代，陳國鄉先賢老子惚恍虛無的學說，做了外王治事的黃老推衍、轉化與應用。老子原本只重玄虛道體的鋪敘與闡述，不大談論道的創生，只稱「道」是恍惚、不可聽聞、視見、捉摸的「玄牝」、「天地根」。對於這「玄牝」、「天地根」如何由無而有，生化萬物？《老子》只留下一個「道生一，一生二，二生三，三生萬物」的命題，不復細說。到了田齊的黃老，一本治國需先治身，身與國一體兼治並重的宗旨，以介於虛實、有無之間的「氣」，去填充老子「道」的內容，圍繞著老子所留下這「道生一……三生萬物」的命題，鋪衍詮釋虛無的「玄牝」、「天地根」如何生化萬物的過程，完成了中國哲學史上獨特的氣化宇宙論與精氣養生說，我們可以從稷下學宮的集體代表作《管子》的〈內業〉、〈心術〉上下、〈白心〉等四篇黃老理論記載中詳見。

〈內業〉說：「道者，所以充形。」〈心術〉下說：「氣者，身之充。」清楚顯示了其所謂的「道」就是「氣」。《老子》那「視之不可見，聽之不可聞，搏之不可得」、虛無惚恍的「道」，到了〈白心〉，變成了「視之不可見，聽之不可聞，灑乎天下滿，不見其色」，卻又可以「集於顏色，徵於肌膚」[7]顯現在

---

[7] 日・安井衡：《管子纂詁》（臺北：河洛圖書出版社，1976年3月），卷十六第四十九，頁213。

形體上的東西，不是「氣」，是什麼？〈心術〉下、〈白心〉因此用「氣」取代「道」，述說「玄牝」之「道」創生萬物，及其充養愛護之理。〈內業〉也說：

> 氣，[8]物之精，此則為生；下生五穀，上為列星，流於天地之間謂之鬼神，藏於胸中謂之聖人。是故，此氣也，杲乎如登於天，杳乎如入於淵，淖乎如在於海，卒乎如在於己。是故此[9]氣也，不可止以力，而可安以德；不可呼以聲，而可迎以意。敬守勿失，是謂成德。德成而智出，萬物果得。[10]

作為萬物生化之元的「氣」，是一種品質很細緻、無固定形式的流動性物質，它上天入淵，充滿瀰漫，濕淖在海，也猝聚在「己（心）」。無影無蹤，卻又廣大遍在。它生化有形的萬物萬象，也肇生無形的精神智慧。它非「力」可阻擋，卻可通過「德」的充養或心「意」的迎受而穩定存在。這裡的「德」，和儒家所說的「德」，雖不完全一致，卻明顯和「力」相對，泛稱一種優良的精神內質。能持守這生化萬物的「氣」，用心安養、維護，不放失，就能匯聚成「德」，而源生智慧，掌握萬物。〈內業〉說：

> 凡道無所，善心安愛。心靜氣理，道乃可止。
> 彼道之情，惡音與聲。脩心靜音，道乃可得。
> 彼心之情，利安以寧，勿煩勿亂，和乃自成。[11]

三則都以靜、安、寧為得「道」的必要條件。《老子》以「德」為「道」的下跌，提及「氣」者，只「沖氣以為和」一例，道、德、氣三者區分嚴謹。但在

8 「氣」本作「凡」，茲依張舜徽校改，說詳《先秦諸子道論發微》（臺北：木鐸出版社，1983年），頁278，〈內頁篇疏證〉。

9 「此」本作「民」，丁士涵以為「民」乃「此」字之誤，下文「是故此氣也」是其證。說見郭沫若等人：《管子集校．內業》（東豐書店，昭和五年（1981）十月），第四十九，頁781。

10 日．安井衡：《管子纂詁》，卷十六第四十九，頁1。

11 日．安井衡：《管子纂詁》，卷十六第四十九，頁213。

黃老理論中，「道」、「德」卻常混用或連用。黃老氣化論，因為以「氣」詮釋「道」的創生，故氣、道、德常混用不分。〈內業〉之意蓋謂，要存養它們，平靜安寧、用心有心是重要條件。

和《管子．內業》一樣，孟子也以「氣」為充滿全身的生理生命力，說：「氣，體之充也。」對於它的充養，孟子說：「操則存，捨則亡。」需在乎、用心才守得住。唯孟子一本儒家唯心重德立場，以「志（心）」統「氣」，說：「夫志，氣之帥也；……夫志至焉，氣次焉。故曰：『持其志，無暴其氣。』」[12]〈內業〉守「氣」成「德」以生「智」的思維，在孟子「集義」、「養氣」的心性論中，有了相應的轉化與提升。

有關孟子集義養氣的心性論，主要見諸〈公孫丑上〉第二章、〈告子上〉與〈滕文公下〉第九章。

（二）孟子集「義」、養「氣」的心性論

先秦思想家發論之遒勁、雄偉，少有過孟子者。孔子重「仁」，孟子推「義」；就氣質與個性看來，孔子沉穩內斂、深博淵懿；孟子才情洋溢、遒勁飛揚。先秦儒家重人文，崇道德，盡責任，對於群己分際與士君子立身處世的軌則特別重視，孔、孟皆然。孟子尤其重視分際的拿捏與尊嚴、榮譽的堅持，所謂的「禮」與「義」。

孟子界定「義」為「羞惡之心」，一種對取予分際的辨識、慎選與持守。立身行事能嚴畫底線，守分際，以逾越矩度、跨踩底線為可恥，這底線且要合乎「禮」的規範，孟子以為，這是士君子氣節與尊嚴價值之所在，相當堅持。而要如何慎選與持守？（一）孟子說：「人有不為也，而後可以有為。」[13]首先要用排除法，去除不宜、不當的負面事物。（二）其次是對非負面事物慎選較優價值，孟子說：

> 可以取，可以無取，取，傷廉；可以與，可以無與，與，傷惠；可以

12 詳見《孟子集注．公孫丑上》，頁230。

13 《孟子集注．離婁下》，頁291。

死，可以無死，死，傷勇。[14]

羞惡心、榮譽感的養成，首須知所割捨，清明抉擇。身為士君子，價值判斷要正確，弄清楚什麼是可以追求，值得從事的，去取捨，這是「義」的基本準則，也是士君子氣節的底線。（三）最重要的，則是全面培養正能量，所謂集「義」以養「浩然之氣」。

〈公孫丑上〉首章齊弟子公孫丑問孟子，如果能居齊要位，能再現管、晏之功嗎？孟子說：你這標準齊人，只知管、晏。孟子對孔子所推崇稱譽為「正而不譎」，維護華夏文明，使免淪於夷狄的齊桓、管仲霸業，並不以為然，因為：

管仲得君如彼其專也；行乎國政如彼其久也；功烈如彼其卑也。[15]

管仲所擁有的人事資源與條件既渥厚，又優越，時間又長，成效卻仍只是「霸」，而不能致「王」。公孫丑說，文王當年不也王道功業不能成就於生前，必待武王、周公嗎？孟子說，今天的田齊與當年的文王，時空、人事條件差太多。周初文王地方僅百里，而殷商自湯以下至武丁，聖賢之君不少，基業已穩固；反之，商紂雖無道，周遭賢輔尚多，改易狀況不容易。春秋時代姜齊條件優越，國富民眾，地過千里，遠勝夏、商、西周盛世甚多；六國民眾久經征伐分裂之苦，多翹首企盼王者解倒懸，應是有條件的大國行王道仁政事半功倍的良機，齊桓、管仲卻只成「霸」，無能王。當今的田齊，比起管、桓時代，天下更亂，時勢條件更好，王天下，應該易如反掌。

公孫丑續問：如果讓您居齊卿相高位，得行心中之「道」，致霸王之業，會動心嗎？孟子堅定告訴公孫丑，「否！我四十不動心」。朱熹（字元晦，號晦翁，1130-1200）注：

---

14 《孟子集注・離婁下》，頁296。

15 《孟子集注・公孫丑上》，頁227。

> 四十強仕，君子道明德立之時，孔子四十而不惑，亦不動心之謂。[16]

四十歲是人生命的重要關卡，四十歲以後，心智成熟、知所持止，當得、當捨，了然於心。孟子此處所說「不動心」，正謂心志堅定，所在乎堅持的，不是「卿相」的名位問題，而是心中王道何時遂行的問題。由是而展開其大篇集義、養氣的心性說。

孟子先藉「勇」說「不動心」，歷數告子、北宮黝、孟施舍、曾子諸人「不動心」之「勇」；他說：

> 北宮黝之養勇也，不膚撓，不目逃，思以一豪挫於人，若撻之於市朝。不受於褐寬博，亦不受於萬乘之君。視刺萬乘之君，若刺褐夫。無嚴諸侯。惡聲至，必反之。孟施舍之所養勇也，曰：「視不勝猶勝也。量敵而後進，慮勝而後會，是畏三軍者也。舍豈能為必勝哉？能無懼而已矣。」……孟施舍守約也。昔者曾子謂子襄曰：「……吾嘗聞大勇於夫子矣：自反而不縮，雖褐寬博，吾不惴焉；自反而縮，雖千萬人，吾往矣。」孟施舍之守氣，又不如曾子之守約也。[17]

刺客北宮黝之「勇」很直接，不忍受任何身份地位者絲毫侵犯，一有刺激，必然反擊，其「勇」能抵禦一切肢體官能侵害。戰士孟施舍之「勇」，比較軟性，偏重心理上的自我惕勵，不論成不成，只問該不該，只要是應該的，就勇往直前。兩人「勇」的形態，孟子拿子夏與曾子做比，朱子注此說，「子夏篤信聖人，曾子反求諸己」。[18]以為北宮黝直截了當，較似子夏博學宗聖，板眼不失；孟施舍的心理強化，較近曾子有內心之省，比起北宮黝刺激、反應的本能連結，稍為細緻，較能把握重點。但，孟施舍畢竟是戰士，其無懼之「勇」，很大成分仍是帶著別無選擇的勉力鞭策，朱熹說：「所守仍是一身之

16 《孟子集注．公孫丑上》，頁229。

17 《孟子集注．公孫丑上》，頁229-230。

18 《孟子集注．公孫丑上》，頁230當句下朱注。

氣。」[19]仍在生理生命層次。曾子的「自反而縮」，則是「反身循理」，服膺德、理而顯現的「勇」，是道德自覺後的堅定自信。比起北宮黝與孟施舍的「勇」，都更能把握要點，所以能有面對千萬人，勇往無畏的篤定。總之，孟子認為，勇不勇不是生理上受不受得了，或情緒上敢不敢的問題，而是高層次道德心靈的冷靜抉擇。這就是「守約」和「守氣」的不同。北宮黝與孟施舍的「勇」，形態或有不同，基本上都仍停留在生理性「氣」的階段，並未進入到「心」的化約層次。

公孫丑續問孟子與告子的「不動心」情況，揭開孟子「知言」、「養氣」心性論之序幕。孟子說：

> 告子曰：「不得於言，勿求於心；不得於心，勿求於氣。」「不得於心，勿求於氣」，可；「不得於言，勿求於心」，不可。夫志，氣之也；氣，體之充也。夫志至焉，氣焉。故曰，持其志，無暴其氣。「既曰『志至焉，氣次焉』，又曰『持其志無暴其氣』者，何也？」曰：志壹則動氣，氣壹則動志也。今夫蹶者趨者，是氣也，而反動其心。[20]

孟子之前，儒家先賢論內聖、說外王，談哲論理，不大言「氣」。[21]以「氣」為重要哲學元素，自孟子始。孟子說，告子的「不動心」是讓言語不擾心，心不牽動氣，言、氣、心三者各自持守，不相牽擾。孟子卻認為，心不舒坦，不胡亂使氣，是對的；話說壞了，不回心反省，就不對了。言、氣、心

19 《孟子集注．公孫丑上》，頁230當句下朱注。

20 《孟子集注．公孫丑上》，頁230-231。

21 《禮記．孔子閑居》曾載：子夏問孔子，何謂「民之父母」？孔子答以「達禮樂之源，以致五至，行三無」。「三無」的「無」是超越形式之義，其中第二「無」是「無聲之樂」，正是孔子禮非玉帛鐘鼓之義。孔子解釋「無聲之樂」有「氣志不違……氣志既得……氣志既從」，三處都將「氣志」連稱，鄭玄注「氣志」，為「君之氣志」，三句都謂君意與民意一致。「無聲之樂」，言樂有超乎玉帛鐘鼓者，在君民心意一致。這三處「氣志」，都泛指心志、心意，並無特殊哲學義涵。其後1992年上海博物館購自香港骨董店的《上博簡》中，有一篇〈民之父母〉，內容大篇幅重複了〈孔子閑居〉的載述，一般推定《上博簡》各篇為思、孟後學所作，則其成篇和〈孔子閑居〉很大可能都在子思、孟子之間，甚或孟子之後，其「氣」都和「志」連稱，指「心意」。

（志）三者雖一體而有主從關係，「心（志）」是主體，宜為主體；「言」是「氣」的表現，「言」、「氣」都是末，「心（志）」才是發動「氣」與「言」的主體。掌握好主體，「氣」與「言」才能合理表現。「心（志）」專一固然會牽動「氣」；反之，如「氣」受外物、外境牽引過度，爆量過大，「心（志）」沒能持守好，行為表現也會出問題。這就是孟子為什麼說「養心莫善於寡欲」，也是士君子必須惕勵自修的地方。

其次，告子定義「性」為生理本能，說：「生之謂性」、「食色，性也。」[22]〈告子上〉載告子和孟子對「性」的歧見，以及「義」的內外爭辯：

> 告子曰：「性，猶杞柳也；義，猶桮棬也。以人性為仁義，猶以杞柳為棬。」孟子曰：「子能順杞柳之性而以為桮棬乎？將戕賊杞柳而後以為桮棬也？[23]

告子喻「性」為先天本然的材質，「義」為後天人為的裁成。所以，「性」是內，「義」是外。孟子則認為，後天的裁成，本就是依順先天材質之「性」去施為，如果先天之材不具可裁的質性，如何裁成？意謂：就因人「性」先天有仁義之質，所以可順「性」培成仁義之德。兩人之不同在：孟子重「心」（精神、心理）層次，告子偏「物」（生理）層次；告子重外，孟子入裡。告子既把「性」界定為生理本能，自無所謂善惡。孟子把「性」界定為人天生的道德潛能，內容有「四端」，「義」在其中，[24]當然是善的；告子則以「義」為對外在客觀事物的判斷，其準據依外事、外物決定，故曰「外」。

談完諸人的「不動心」，與「心」、「言」、「氣」的關係，公孫丑再問孟子自詡的「不動心」。孟子說：

> 「我知言，我善養吾浩然之氣。」「敢問何謂浩然之氣？」曰：「難言

22 《孟子集注・告子上》，頁326。

23 《孟子集注・告子上》，頁325。

24 詳見《孟子集注・公孫丑上》，頁237-238。

也。其為氣也，至大至剛，以直養而無害，則塞于天地之閒。其為氣也，配義與道；無是，餒也。是集義所生者，非義襲而取之也。行有不慊於心，則餒矣。我故曰，告子未嘗知義，以其外之也。必有事焉而勿正，心勿忘，勿助長也。無若宋人然：宋人有閔其苗之不長而揠之者，芒芒然歸。謂其人曰：『今日病矣，予助苗長矣。』其子趨而往視之，苗則槁矣。天下之不助苗長者寡矣。以為無益而舍之者，不耘苗者也；助之長者，揠苗者也。非徒無益，而又害之。

「何謂知言？」曰：「詖辭知其所蔽，淫辭知其所陷，邪辭知其所離，遁辭知其所窮。生於其心，害於其政；發於其政，害於其事。聖人復起，必從吾言矣。」[25]

孟子的「不動心」是「知言」，也善養「浩然之氣」。所謂「知言」，根據下文孟子的解釋，是指聽者的心智可以穿透言語的表象，一步到位地洞澈言者的內心，知其所以然。怎樣的言語反應怎樣的心態，是一定的，「知言」則能當下區辨清楚，不受蒙蔽或誤解，恆能保持心智清明。孟子說，這種「知言」能力的培成，除了須透過對生理生命力——「氣」長期的護持、培養，讓它逐漸成長；還須以道德質性的「義」作養分，長期滋養灌溉，才能豐沛、壯碩，蔚為無與倫比的巨大精神能量，叫作「浩然之氣」，用以撐持其「不動心」的堅毅。這才是孟子所擅長，且長期培養的大「勇」。

這種將自然生理生命力的長養，優化為龐大道德生命力的過程，孟子說，工程是浩大的，時間是漫長的，非朝三暮四、一蹴可幾，而需要長期持續的恆心與毅力，點滴灌溉培養，急不得，也快不來，一個閃神，片刻鬆懈，都可能前功盡棄。聖賢事業既易又難，在此。〈盡心下〉說：「山徑之蹊澗，介然由之而成路，為間不用，則茅塞之矣。」[26]路是人走出來的，盡其在我，用心努力地走下去，終究會走出路來。這原本是儒家「學而時習」、孜孜矻矻的基本教義，孟子將之深化。其中，最重要的是，要用特殊肥料「義」和「道」去灌溉培

[25] 詳見《孟子集注・公孫丑上》，頁231-233。

[26] 《孟子集注・盡心下》，頁368。

養，才能使帶著物質性的生理之「氣」，優化為道德精神質性。那是一種可以穿透時空，鋪天蓋地，千秋萬世永不磨滅的巨大正能量。其後，宋末的文天祥（字履善，號文山，1236-1283）以全幅生命為它做了驚天地、泣鬼神的印證。

正因這種「浩然」的道德精神能量之培成，不能一曝十寒，片刻忘忽，孟子以水性與林木作喻，論述「夜氣」之集養與「善性」之培育，〈告子上〉說：

> 告子曰：「性猶湍水也，決諸東方則東流，決諸西方則西流。人性之無分於善不善也，猶水之無分於東西也。」孟子曰：「水信無分於東西。無分於上下乎？人性之善也，猶水之就下也。人無有不善，水無有不下。今夫水，搏而躍之，可使過顙；激而行之，可使在山。是豈水之性哉？其勢則然也。人之可使為不善，其性亦猶是也。」[27]
> 牛山之木嘗美矣，以其郊於大國也，斧斤伐之，可以為美乎？是其日夜之所息，雨露之所潤，非無萌櫱之生焉，牛羊又從而牧之，是以若彼濯濯也。人見其濯濯也，以為未嘗有材焉，此豈山之性也哉？雖存乎人者，豈無仁義之心哉？其所以放其良心者，亦猶斧斤之於木也，旦旦而伐之，可以為美乎？其日夜之所息，平旦之氣，其好惡與人相近也者幾希，則其旦晝之所為，有梏亡之矣。梏之反覆，則其夜氣不足以存；夜氣不足以存，則其違禽獸不遠矣。人見其禽獸也，而以為未嘗有才焉者，是豈人之情也哉？故苟得其養，無物不長；苟失其養，無物不消。孔子曰：「操則存，舍則亡；出入無時，莫知其鄉。」惟心之謂與？[28]

告子說，人性如水性，水性順勢，會依形勢狀況而東、西流，本身無所區判堅持；人性也一樣，會隨外物、外境而反應，無所謂善與不善。孟子則認為，水性固然會順勢東、西流；但在流的過程中，如果遇到阻隔抑遏，就會不別東西地濺躍噴飛，亂了往低處流的本性，這是外力施加的情勢使然。人性不同於水性，本質有道德潛能，是善的，妥善培導，會循性趨善；但如遇外來過度不良

---

[27] 《孟子集注・告子上》，頁325。
[28] 《孟子集注・告子上》，頁330-331。

的刺激干擾，雖也可能如水不循軌，濺躍噴飛；但這並非人性本然，而是外力、外物侵犯干擾造成。因此不管水性或人性，遇到外物、外力侵擾，都可能糊亂本性。只是，有善質的人性，可以透過培育養護而恢復或保住其本然善質；沒有善質的物性，就只會順勢，糊亂了本性。林木也一樣。牛山原本也青蔥茂美，夜間沒有侵害干擾的時段，也會孳長生息，無奈敵不過白天長時間人畜一再大量的侵擾、砍伐、秣食，因此只剩了光禿。人性本有的道德善質，也帶種萌芽，可養可長，如因外來干擾侵害太過，來不及長高養大，一樣沒機會呈顯就摧折。要它能呈顯，孟子說，一定要加倍努力培護。

孟子這集義、養氣之論，重點有二：

（一）強調培育、養護的時空情境

他說，善性、善心的培育，須避開雜遝的喧囂，集聚清明的「夜氣」。午夜夢迴時分，周遭喧鬧淨空，四下無人，那時生理生命力的「氣」最純淨無染，孟子稱之為「夜氣」。「夜氣」澄明清澈，其本然內蘊的道德質性才得以呈顯。這時人的心靈清明，是最好充養培育的時機。時機一過，人、事、物的干擾又重現，善端又將淹沒在喧擾中。如此重複惡性循環，善心、善性將永無呈顯之時。

《管子・心術上》曾說：「掃除不潔，神乃留處。」要求先做好精神心靈的清潔工作，智慧才有源生空間。〈內業〉也說，守「氣」成「德」以生「智」之法，要「善心安愛」、「心靜氣理」、「脩心靜音」，「道乃可得」；「利安以寧，勿煩勿亂，和乃自成」，都是要求澄心淨慮。孟子所說的養「夜」氣相同，強調的都是沒有干擾的情境時空。午夜時分通常較安靜，容易臻至，孟子因此稱為「夜氣」。孟子之前，被朱熹認為寫定於子思之手的〈中庸〉曾說過：

> 君子戒慎乎其所不睹，恐懼乎其所不聞。莫見乎隱，莫顯乎微。故君子慎其獨也。[29]

---

[29] 《四書集注・中庸章句》，頁17。

孟子所謂「夜氣」清明的好時機，與〈內業〉所謂安愛、安寧、靜理的好情境，指的都是這種人所「不睹」、「不聞」，全然無外力干擾，能真正面對自己本心的時空情境。那時心無雜染，善端最易呈現，是區判、抉擇的最好時機，應該特別用心去體認、掌握，使其萌芽茁壯。〈中庸〉因此誡人要趁此情境，深心自省，讓是非、分寸的認知本能，更為明晰、堅定。總之，善端、善性的培養，只是有心無心，在乎不在乎的問題。孟子所說「操則存」、「舍則亡」的養護，與《管子》所說「掃除不潔」、「敬守勿失，是謂成德」的「操」、「守」之法，其實類同〈中庸〉「誠意」、「正心」之「慎獨」工夫。此其一。

（二）強調長久、點滴的積累過程

孟子說，這巨大道德能量之培成，必須用「義」做養分，長期澆灌，永續經營，非偶然行義可得。孟子界定「義」為「羞惡之心」，一種能嚴正取捨、抉擇的道德潛能。養夜氣就是培養、充旺這種道德潛能。其培養卻不是一次完結，而必須細水長流，長期不斷地進行。時時刻刻言行舉止都要合理合義，雖造次、顛沛，不得止息。

較之《管子・內業》一系的「氣」化觀，由「氣」化形、神，發展為形、氣、神並養兼修的黃老精氣養生論；孟子雖然也說：「養心莫善於寡欲。」卻不像黃老或其後的荀子，將焦點集中在治「欲」上，而是循著「中庸」誠意、正心一系，將「氣」的培養，轉向精神道德的充養，故先以「心」為「氣」之主，再以「義」去培育、滋養「氣」，做品質的優化，使其質性偏向道德精神，說：成「德」需要養「氣」，養「氣」需要集「義」，從此氣、德合體，「氣」中充滿「義」，「氣」是「義」氣，由義氣所發動表現的言行舉止，盡皆合義。「氣」的充滿，活絡、豐沛了「心」的道德能量；反之，「義」的道德質性，也優化、提升了「氣」的功能價值。而不論「氣」的積集，還是「義」的滋養，最終都成就一種強大的道德能量，以達到儒家所標榜，臻聖成德的最高境界。這就是孟子因應戰國稷下黃老氣化說，卻堅持儒家道德主軸，所成就的心性論，也是孟子「不動心」大「勇」的培育工夫，是前此儒者未曾有過的開創。

五　孟子浩然義氣的實踐與展現

孟子這種浩然義氣的「不動心」大「勇」，顯現在《孟子》思想理論中的，一是他滔滔不絕，不可抑遏的雄偉氣魄與論才；二是它區辨分毫的義、利取捨與堅持。前者見諸〈滕文公下〉孟子駁公都子，否定自己「好辯」，所開展闢楊、墨的洪水猛獸滔滔大論。後者散見於其遊歷六國期間，對取予、去留、見不見分際的嚴守與堅持。兩者構成了孟子思想在先秦諸子中飛揚雄健的特殊風格。

〈滕文公下〉載孟子駁正景春以縱橫家公孫衍、張儀為「大丈夫」，說他們只是阿附人君，以取盛名功業，是「以順為正」的「妾婦之道」。稱不上「大丈夫」。真正的「大丈夫」應該是：

> 居天下之廣居，立天下之正位，行天下之大道；得志與民由之，不得志，獨行其道；富貴不能淫，貧賤不能移，威武不能屈。[30]

有格局、有氣魄、有立場、有原則、有堅持，也知進退、能通達。此外，該篇第九章載孟子駁公都子曲解其「好辯」，說：

> 予豈好辯哉？予不得已也。天下之生久矣，一治一亂。當堯之時，水逆行，泛濫於中國。蛇龍居之，民無所定，下者為巢，上者為營窟。《書》曰：「洚水警余。」……禹掘地而注之海，驅蛇龍而放之菹，水由地中行，江、淮、河、漢是也。險阻既遠，鳥獸之害人者消，然後人得平土而居之。堯舜既沒，聖人之道衰。暴君代作，壞宮室以為污池，民無所安息；棄田以為園囿，使民不得衣食。邪說暴行又作。園囿污地沛澤多，而禽獸至。及紂之身，天下又大亂。周公相武王，誅紂、伐奄，三年討其君，驅飛廉於海隅而戮之，滅國者五十，驅虎豹犀象而遠

30 《孟子集注．滕文公下》，頁265-266。

之，天下大悅。《書》曰：「丕顯哉！文王謨；丕承哉！武王烈。佑啟我後人，咸以正無缺。」

世衰道微，邪說暴行有作。臣弒其君者有之，子弒其父者有之。孔子懼，作《春秋》。《春秋》，天子之事也。是故孔子曰：「知我者，其惟《春秋》乎！罪我者，其惟《春秋》乎！」聖王不作，諸侯放恣，處士橫議。楊朱、墨翟之言盈天下。天下之言，不歸楊則歸墨。楊氏為我，是無君也；墨氏兼愛，是無父也。無父無君，是禽獸也。公明儀曰：「庖有肥肉，廄有肥馬，民有饑色，野有餓莩，此率獸而食人也。」楊、墨之道不息，孔子之道不著，是邪說誣民、充塞仁義也。仁義充塞，則率獸食人，人將相食。吾為此懼，閑先聖之道，距楊、墨，放淫辭，邪說者不得作。作於其心，害於其事；作於其事，害於其政。聖人復起，不易吾言矣。昔者禹抑洪水而天下平，周公兼夷狄、驅猛獸而百姓寧，孔子成《春秋》而亂臣賊子懼。《詩》云：「戎狄是膺，荊舒是懲；則莫我敢承。」無父無君，是周公所膺也。我亦欲正人心、息邪說、距詖行、放淫辭，以承三聖者。豈好辯哉？予不得已也。能言距楊、墨者，聖人之徒也。」[31]

這七百字滔滔大論，把中國有史以來，古聖先王如何篳路藍縷，歷險犯難，開創、經營華夏文明的艱辛過程，以迄東周以來，道德淪喪、綱紀蕩然、邪說橫行，種種倒行逆施的邪說、怪象橫生，導致社會民生動盪不安，一股腦地引經據典、義正辭嚴，和盤托出，終歸結於儒學淹沒不彰。從而揚起興復儒學與文化道統之大纛，挺生其所自詡，五百年必有名世，「當今捨我其誰？」的豪壯自信，這是孟子浩然義氣最雄偉閎闊的展現。

整體而言，孟子浩然「義」氣的展現，是普遍充塞於全書各處的。《孟子》全書不論說理、辯證、批駁、則古、稱先，無不氣盛理足，滔滔雄健。然孟子既界定「義」為「羞惡之心」，亦即立身行事能為自己清楚畫定底線，嚴

31 《孟子集注．滕文公下》，頁271-273。

守分際，其對分際之嚴謹持守，尤其顯現在周遊列國時，對交友、取予、去留、見不見王公等情事，所展現的堅持。

原本，稷下學宮對於當時學者的開放，相當全面：不但各家各派不拘，個人、群體自在來去，供食、供宿、餽贈、召見、請益也是常態。孟子卻有自己的底線，且嚴謹堅持，分毫不苟。

弟子萬章問交友，孟子直截告訴他：「不挾長、不挾貴、不挾兄弟而友。友也者，友其德也，不可以有挾。」[32]交朋友重在內「德」的契合，外在的年齡、身分地位，乃至人際關係的牽扯，都不應納入考慮。

陳臻問孟子何以在宋接受七十鎰，在薛接受五十鎰兼金，在齊卻辭謝百鎰？孟子告訴他：因為在宋將有遠行，在薛恐有危難，確有所需，收受合禮合義；在齊卻沒有接受理由與名分，一旦接受，便成了接受物資收買，君子不為。[33]

萬章問孟子：「士不託諸侯」、「不見諸侯」，何義？孟子認為，這涉及天子諸侯召士、友士、召師、召各不同身分人的禮儀、矩度。基本上，「不為臣不見」，[34]沒有名分、職責在身，不必常常穿梭君前。但是，若國君求見迫切，顯見其有心，仍是可以見。當年孔子依禮回贈陽貨，卻避不面見，就是這種堅持。孟子說，君子當知「所養」;「所養」，是指依「禮」而養。

〈滕文公下〉與〈萬章下〉載弟子陳代與萬章分別問孟子「不見諸侯」的道理。孟子兩次重複回應：「志士不忘在溝壑，勇士不忘喪其元。」[35]強調士可殺，不可辱的氣節。並引孔子「非其招不往」的教誨，與「庶人不傳質為臣，不敢見於諸侯」的禮制，說明士君子不可以不待君召而自往。而君召臣民自有一定禮制，召「虞人以皮冠，庶人以旃，士以旂，大夫以旌」。不依禮制，或改易禮制而召，便是不義。就君而言，先要弄清楚，為何而見？「為其多聞也，則天子不召師，而況諸侯乎！為其賢也，則吾未聞欲見賢而召之

32 《孟子集注・萬章下》，頁317-318。

33 詳《孟子集注・公孫丑下》，頁243。

34 詳《孟子集注・萬章下》，頁321-323。

35 分見《孟子集注》〈滕文公下〉，頁264，〈萬章下〉頁323。

也」。反之，君子受召，究竟是「以位」？還是以賢、「以德」？如果是「以位」，則士君子應「當仕有官職，而以其官召之」。若無官職，臣民之間，上下地位懸殊，召之何為？如果是以賢、「以德」而見，則當以禮、以道「請」之，而非「召」。總之，士君子受召，當審慎評估其合禮、合義與否。孟子說：「夫義、路也，禮、門也；惟君子能由是路，出入是門也。」[36]「義」的「羞惡」基點，是以「禮」為門檻的。孟子所最重視者在此。

萬章又問「君餽之粟」，受不受？孟子說：「賜之則不受。」因為「無常職而賜於上」，是「不恭」。君子任職、盡責、受俸，是天經地義；若不能用，徒受賜食，是恥辱。當年魯穆公對子思也曾「亟問亟餽鼎肉」，子思不悅，視為「犬馬畜」，不是「養君子」。國君待君子，應該是「養」而不是「畜」。所謂「養君子」，是指「以君命將之，再拜稽首而受；其後廩人繼粟，庖人繼肉，不以君命將之」。換言之，應該依循一定禮制，正式舉用，「舉」以職任，「養」以俸廩；而不是不能舉用，徒賜鼎肉，讓君子「僕僕爾亟拜」，尊嚴、理想蕩然無存。這就是孟子一生所最堅持的，「羞惡之心」的「義」道。它當然以「禮」為基，故孟子雖特重「義」，卻恆「禮」、「義」並舉。

就是這種基於禮、義的浩然氣志，讓孟子敢沖著戰國雄主齊宣王一統天下的「大欲」，長篇大論，咄咄遊說儒家保民而王、與民同樂的仁政王道，甚至直言奉告君臣關係：

> 君之視臣如手足，則臣視君如腹心；君之視臣如犬馬，則臣視君如國人；君之視臣如土芥，則臣視君如寇讎。[37]

「同姓之卿」，君有大過，則諫；反覆諫而不聽，可以「易位」。也理直氣壯地說：

> 說大人，則藐之，勿視其巍巍然。堂高數仞，榱題數尺，我得志弗為

---

[36] 《孟子集注・萬章下》，頁323。

[37] 《孟子集注・離婁下》，頁290。

> 也；食前方丈，侍妾數百人，我得志弗為也；般樂飲酒，驅騁田獵，後車千乘，我得志弗為也。在彼者，皆我所不為也；在我者，皆古之制也，吾何畏彼哉？[38]
>
> 民為貴，社稷次之，君為輕。是故得乎丘民而為天子；……危社稷，則變置；犧牲既成，粢盛既潔，祭祀以時，然而旱乾水溢，則變置社稷。[39]

因為大人也罷，諸侯也罷，社稷也罷，在「至大至剛……塞于天地」的「浩然」氣象前，都藐然許多。也正因這種氣魄與堅持，讓孟子發出：當「魚」與「熊掌」不可兼得，「生」與「義」不能兩全時，應當無所反顧，「捨生而取義」。從此，它成為幾千年來忠臣烈士崇奉的圭臬。

---

[38] 《孟子集注．盡心下》，頁373。

[39] 《孟子集注．盡心下》，頁367。

四　荀子教育思想與《周禮》之關係

林素英*

提要

《尚書》中已出現五常之教的問題，此後，推動人倫道德教育即成為聖主明君施政之重點。周初，即非常注重教育，而先秦諸子中，又以儒家最注重教育，其中尤以繼承孔子禮學思想之荀子為然。由於荀子與《周禮》成書時代相近，彼此又具有一些地緣關係，故而荀子之教育思想與《周禮》之教育規劃亦可能存在相關性。職此，本文爰取《荀子》與《周禮》之相關資料相對照，以明二者之關係。全文在前言之後，先分從教育目的、教育對象、教育內容、學習重點等四個面向以論述荀子教育思想之內涵，再分從《周禮》之大司樂、大司徒職司，以及社會教育之內容特質，分析荀子教育思想與《周禮》之關係。

關鍵詞：荀子，教育思想，《周禮》，大司樂，大司徒。

* 林素英，1955年生於臺北縣（新北市），國立臺灣師範大學文學博士，執教杏壇40年，2020年8月1日從國立臺灣師範大學國文學系退休。研究專長為禮學、經學、先秦學術思想、宋明理學、佛學等。

一　前言

傳世文獻中，最早提到教育的問題者，應屬《尚書》所載，舜任命契為司徒以敬敷五教，使百姓相親、五品相遜，父、母、兄、弟、子等五種人，各能率行其義、慈、友、恭、孝等五常之教於四方。[1]固然此篇文獻產生的時間缺乏確實可靠的證據，但極有可能為周初要制定各項制度時，追記堯、舜時期的事蹟以為從事規劃的參考。蓋因周朝能以小邦周取代大邑商，主要以戰略運用得宜等諸多條件組合的結果，故特別注重理性思維的抬頭。以此因緣，遂將關係理性發展最重要的教育訂為施政的重點，且自此以後，推動人倫道德教育還成為教育的核心議題，同時也是聖主明君施政的重點。

在先秦諸子中，儒家最注重教育。注重教育的傳統，雖遠承堯、舜時期，而從《大戴禮記・保傅》以及《禮記・文王世子》特別記載太子教育的內容，已足以顯示周代對教育的重視。只是周初的士、庶教育存有較大差異，平民百姓以社會教育為主，貴族之家則以熟習禮樂制度與典籍教育為主，而打破這種士、庶受教差異的關鍵人物，即是孔子。孔子將原本屬於貴族專享的典籍受教權，普及到一般平民百姓，凡是「自行束脩以上」者，孔子未嘗無誨焉，[2]使有志於學的庶人能獲得學習經典的機會。荀子雖未曾受教於孔子，然而卻繼承孔子以仁、義、禮三者一貫的思想，再加上長期在齊，吸收百花齊放、百家爭鳴的學術精華，而開創其以禮義為核心的重禮、重教之思想傳統，其中，教育思想即是荀學極重要的部分。司馬遷慧眼識英雄，宣稱孔子以一布衣，卻可「傳十餘世，學者宗之。自天子王侯，中國言六藝者，折中於夫子，可謂至聖矣。」[3]司馬遷能理解孔子對文化的卓越貢獻，孟、荀發揚孔子學說之功皆不

---

[1] 詳參《尚書・舜典》（今文《尚書》之〈舜典〉併於〈堯典〉內），見於舊題漢・孔安國傳，晉・梅賾獻，唐・孔穎達等疏，長孫無忌刊定：《尚書正義》，收入《十三經注疏》（臺北：藝文印書館，1985年），頁44，記載：帝曰：「契，百姓不親，五品不遜。汝作司徒，敬敷五教，在寬。」

[2] 《論語・述而》，見於魏・何晏集解，宋・邢昺疏：《論語注疏》，收入《十三經注疏（附清・阮元《校勘記》）》（臺北：藝文印書館，1985年），頁60。

[3] 《史記・孔子世家》，見於漢・司馬遷著，日・瀧川龜太郎考證：《史記會注考證》（臺北：洪氏出版社，1977年），頁765。

可沒，其中尤以荀子繼承孔子傳道授業的志業更為明顯，以致在漢武帝以後，經學教育日漸發達，孔子的地位也在劉邦首開祭孔之禮後，受到歷代帝王推崇，成為萬世師表。

孔子將周公視為生命中的重要偶像，[4]一生志在恢復周初的禮樂社會。荀子既然繼承孔子的職志，且推崇周公為大儒的代表，因此對肇始於周公擘劃的《周禮》也會相當在意。蓋《周禮》的六官規劃，雖可溯自周公為成王治理天下而設置，然而要成為今本《周禮》的面貌，使六部首長能率領其所屬各級官員各司其職，以共同完成主掌邦治、邦教、邦禮、邦政、邦禁、邦事的職務，而輔佐王治理邦國者，則有待後續的政治思想家陸續完成。

錢穆（字賓四，1895-1990）根據祀典、刑法、田制以及一些零星資料，認為《周官（禮）》大抵上承李悝（455-395 B.C.E.）、吳起（428-381 B.C.E）、商鞅（390-338 B.C.E.）的思想，成於戰國晚期。[5]推究《周官（禮）》與三晉重要人物淵源頗深，應與戰國初期魏文侯首先採取變法而站上歷史重要舞台有關。自魏文侯變法後，其他重要諸侯國也群起效尤，尤其齊國在威王、宣王稷下學宮極盛期群賢會聚所激發的學術發展，應該也會發生一些影響。對照荀子長期在齊，又曾三為祭酒之事實，則關乎治國之道的重大學術發展議題，自不容置身事外。再根據沈文倬（1917-2009）研究，《荀子》的撰作又從荀子中年即開始，任職蘭陵令期間則屬積極寫作期，且至遲在戰國晚期，春申君被殺、荀況被廢，即秦王政9年（238 B.C.E.）時應已完成。[6]是故綜合上述《周官（禮）》與《荀子》成書時代與地緣關係，則荀子的思想與《周禮》或有一定程度的相關。

由於教育思想乃荀子思想中相當重要的一部分，故本文爰取《荀子》的相

4　《論語・述而》，頁60：子曰：「甚矣！吾衰也。久矣！吾不復夢見周公。」

5　其詳參見錢穆：《周官著作時代考》，曾刊載於《燕京學報》，後收入《兩漢經學今古文平議》（北京：商務印書館，2001年），頁319-493。本名《周官（禮）》者，劉歆後始名《周禮》，鄭玄注三《禮》，此後以《周禮》為稱，故本文沿用《周禮》之名。

6　其詳參見沈文倬：〈略論禮典的實行和《儀禮》書本的撰作〉，原載於中華書局《文史》第十五、十六輯，後收入《宗周禮樂文明考論》（杭州：杭州大學出版社，1999年），頁1-54。王鍔：《《禮記》成書考》（北京：中華書局，2007年），頁172-187。

關資料以與《周禮》的內容相驗證，藉此以明二者的關係。全文在前言之後，先分從教育目的、教育對象、教育內容、學習要點等四個面向，以論述荀子教育思想的內涵，再分從《周禮》的大司樂、大司徒職司，以及社會教育的內容特質，分析荀子教育思想與《周禮》的關係。

二　荀子教育思想的內涵

自周代以來，對於教育是百年樹人之大計，隱然已有相當程度的認知，且已付諸實際執行，此從《大戴禮記・保傅》與《禮記・文王世子》記錄太子教育執行的情形可見其端倪，只是貴族與庶民百姓可以接受的教育狀況大有差別。如此士、庶大有差別的情形，在孔子推行有教無類的普及教育大改變下，只要有心學習、願意受教者，都有機會接受教育。自孔子開啟平民可以接受典籍教育之端緒，庶民百姓的智慧逐漸提升，再隨著春秋晚期封建制度的逐漸解體，遂促成戰國時期以知識技藝之長而新興的另類士階層崛起，各憑本事遊說各國君主而嶄露頭角，且隨著群雄爭立需要各類人才而不斷攀升其地位。造成如此大的社會變動，教育的普遍化乃是關鍵所在。

具有儒家注重教育傳統的荀子，參照現代對教育理論應包含的面向，其教育思想可從以下四部分論述之：

（一）教育目的

一般人為人處世尚且應有正確的指標、預期的遠景，以引導、支持人向前奮進的動力，百年樹人的教育工作，尤須先行確立明確的教育目的。從孔子「朝聞道，夕死可矣」與「志於道，據於德，依於仁，游於藝」的說法，[7]都說明聞道、體道而志於道的重要。雖然孔子此處的「道」較偏重內聖的層面，而與荀子思想核心兼顧外王實踐的「禮義之道」未必完全吻合，然而以道為尊的說法，實直接影響荀子教育目的之奠立。故荀子明言：

7　分別見於《論語・里仁》，頁37；〈述而〉，頁60。

> 繩者，直之至；衡者，平之至；規矩者，方圓之至；禮者，人道之極也。然而不法禮，不足禮，謂之無方之民；法禮，足禮，謂之有方之士。禮之中焉能思索，謂之能慮；禮之中焉能勿易，謂之能固。能慮、能固，加好者焉，斯聖人矣。故天者，高之極也；地者，下之極也；無窮者，廣之極也；聖人者，道之極也。故學者，固學為聖人也，非特學無方之民也。[8]

荀子明白點出教育之目的在於學為聖人。至於何謂聖人，荀子以為乃是懂得思索生活中應有的規矩、能衡量是非曲直的準繩，並進而能掌握該規矩準繩，且又樂於遵循該規矩準繩者。換言之，聖人乃是能遵禮行道，且可達到人道之極致者。蓋因荀子在「人性本惡，其善者偽也」的根本立場下，認為人有好利、嫉惡、嗜欲的本能趨向，倘若不能認清人際之間應有的規矩，無法根據一定的準繩以衡量是非曲直，則為無方之民。一般人順從利、欲的本能，隨意莽撞而行，必然導致紛爭與混亂，故而必須仰賴師法之化，使其合於規矩準繩而歸於禮義之道。[9]透過教育，將使人人皆知自己應盡的職責與應守的分際，能夠「明分使群」，[10]進而可融洽地處於群體之中，群策群力地建設富足祥和的社會。

至於要確立師法以執行教化的作用，則有賴聖人訂立制度，故荀子又言：

> 聖人化性而起偽，偽起而生禮義，禮義生而制法度；然則禮義法度者，是聖人之所生也。故聖人之所以同於眾，其不異於眾者，性也；所以異而過眾者，偽也。夫好利而欲得者，此人之情性也。假之有弟兄資財而分者，且順情性，好利而欲得，若是，則兄弟相拂奪矣；且化禮義之文理，若是，則讓乎國人矣。故順情性則弟兄爭矣，化禮義則讓乎國人矣。[11]

8　《荀子・禮論》，頁343。

9　其詳參見《荀子・性惡》，見於清・王先謙：《荀子集解》（臺北：藝文印書館，1988年），頁703-704。

10　《荀子・富國》，頁343。

11　《荀子・性惡》，頁709-710。

荀子此處乃繼承孔子「性相近，習相遠」的說法，[12]而特別注重後天人為的學習，以達到超越眾人而成聖的理想。荀子強調聖人與眾人之別，在於聖人能透過人為的努力以改變原本的人情之常，懂得衡量人與人往來互動時，彼此都應遵循一定的規矩與準繩，故而訂定合乎禮義的制度，以供一般眾人取法學習、遵而行之。

由於上述學為聖人的說法仍不夠具體，因此荀子再進一步指出為學與成為聖人之間的重點如下：

> 學也者，固學止之也。惡乎止之？曰：止諸至足。曷謂至足？曰：聖也。聖也者，盡倫者也；王也者，盡制者也；兩盡者，足以為天下極矣。故學者以聖王為師，案以聖王之制為法，法其法以求其統類，以務象效其人。嚮是而務，士也；類是而幾，君子也；知之，聖人也。[13]

雖然人之常情多喜好利而欲得，但是聖人能積極找尋合乎人際往來互動的倫理，又能將此合乎禮義的原理原則推而廣之，使成為人際之間可以遵守的法度。若能再進一步將其制度化，以成為社會國家運行的通則，則可成為盡倫盡制的聖王，可供全天下效法學習。由於一般眾人學習的努力程度不同，因而雖然都以聖王為最高取法對象，不過所到達的層次則各有不同。若是積極自勉以效法聖王的禮義法度者，則可謂之「士」；若是積極效法而逐漸與之相近者，則可謂之「君子」；若是積極效法而能通知禮義法度的意義以影響他人者，則可謂之「聖人」。至於人之受教學習，則以能達到知禮達義的聖人層次為最終目標。

學為聖人的意思，即是把志向放在達到〈儒效〉所載，至少在俗儒以上的層級，而最好是雅儒、大儒的層次，方可成為治國平天下的棟樑之材，以造福社會大眾。此即荀子云：

---

12 《論語．陽貨》，頁154。

13 《荀子．解蔽》，頁665。於「曷謂至足？曰：聖也。」之下，楊倞注云：「或曰『聖』下更當有『王』字，誤脫耳。」若依下文所言，此處的確以「聖王」較佳。

> 人主用俗人，則萬乘之國亡；用俗儒，則萬乘之國存；用雅儒，則千乘之國安；用大儒，則百里之地久，而後三年，天下為一，諸侯為臣；用萬乘之國，則舉錯而定，一朝而伯。[14]

荀子強調一個國家不能無儒，秦國就是最好的事例。荀子入秦，雖然盛讚其治國已臻於極高的水準，卻因國中無儒而埋藏有極大的隱憂。故荀子云：

> 佚而治，約而詳，不煩而功，治之至也，秦類之矣。雖然，則有其諰矣。兼是數具者而盡有之，然而縣之以王者之功名，則倜倜然其不及遠矣！是何也？則其殆無儒邪！故曰粹而王，駁而霸，無一焉而亡。此亦秦之所短也。[15]

雖然秦自商鞅變法起，已使孝公、惠（文）王、武王、昭王四世代維持盛世，兵強海內，威行諸侯，然而荀子預料其不能行禮義，國勢無法持久，終將如旋風般歸於灰飛煙滅。歷史證明荀子的預言無誤，也相對顯示為政者應培養懂得治國之道的儒者，始能使國家長治久安，而培養此治國良材也成為教育極崇高的目的。

（二）教育對象

由於荀子並非專為從事教育工作而撰寫《荀子》，因而全書中並未具體指出受教者為誰。然而參照孔子有教無類的主張，且又受到「君子學道則愛人，小人學道則易使」說法的影響，[16]故《荀子》乃以勸人學習為首要任務。由此可推知荀子積極鼓勵人受教學習的用心，進而知其會以所有有心學習者都設定為受教對象。此從荀子以下所言即可清楚得知：

---

[14] 《荀子・儒效》，頁293。

[15] 《荀子・彊國》，頁522-523。

[16] 《論語・陽貨》，頁154：子之武城，聞弦歌之聲。夫子莞爾而笑，曰：「割雞焉用牛刀？」子游對曰：「昔者偃也聞諸夫子曰：『君子學道則愛人，小人學道則易使也。』」子曰：「二三子！偃之言是也。前言戲之耳。」

> 我欲賤而貴，愚而智，貧而富，可乎？其唯學乎。彼學者，行之，曰士也；敦慕焉，君子也；知之，聖人也。上為聖人，下為士、君子，孰禁我哉！鄉也混然涂之人也，俄而並乎堯禹，豈不賤而貴矣哉！鄉也效門室之辨，混然曾不能決也，俄而原仁義，分是非，圖回天下於掌上，而辯黑白，豈不愚而知矣哉！鄉也胥靡之人，俄而治天下之大器舉在此，豈不貧而富矣哉！[17]

大凡人之常情，莫不欲聰慧睿智、富貴在身，然而生而貧賤愚下者卻大有人在，此乃不爭的事實。荀子即明白揭示，唯有透過教育一途，以勤勉學習增強一己的能力，方可扭轉貧賤愚下的局面，翻轉為睿智富貴的理想境地。既然學習為轉化貧賤愚下的關鍵，因而只要積極向學，無人能禁止其提升自我，由此可知荀子主張教育的對象，乃所有有志於學者。為鼓勵人積極向學，荀子還宣稱即使為途巷無知之人，都可因學問不斷精進，而具備推原仁義、明辨是非的能力，進而掌握平治天下的本事，其最高等級尚且可成為得與堯、舜、禹相提並論的聖人。即使無法達到聖人的最高層次，也可成為士、君子，不再處於貧賤愚下的底層。

由於荀子將教育之目的放在成聖，受教對象又是所有有志於學者，因而教育的時程也無具體的年限安排。此從〈勸學〉所謂「真積力久則入，學至乎沒而後止」，[18]已知其較類似於現代強調學無止境，而鼓吹終身學習之現象，且以止於成聖為目標。在此教育理念之下，所有的俗人都應該是受教育的對象，且以養成大儒為終極目標。即使大儒的層次不易達成，但至少應有起碼的俗儒涵養，然後再依次遞升。故荀子云：

> 不學問，無正義，以富利為隆，是俗人者也。逢衣淺帶，解果其冠，略法先王，……不知法後王而一制度，不知隆禮義而殺詩書；……，是俗儒者也。法後王，一制度，隆禮義而殺詩書；其言行已有大法矣，然而

---

17 《荀子・儒效》，頁272-273。

18 《荀子・勸學》，頁118。

> 明不能齊法教之所不及，聞見之所未至，則知不能類也；……以是尊賢畏法而不敢怠傲，是雅儒者也。法先王，統禮義，一制度；以淺持博，以古持今，以一持萬；苟仁義之類也，雖在鳥獸之中，若別白黑。……，卒然起一方，則舉統類而應之，無所儗怍；張法而度之，則晻然若合符節，是大儒者也。[19]

荀子的教育思想，即是把一般的俗人逐漸轉化為不同層級儒者的多階段過程。至少從引導俗人有志從事學習，願服儒服而略法先王之道，成為第一階段的俗儒目標。第二階段，則從略法先王，進而思索如何法後王以調和古今制度，知道尊隆禮義而敦說《詩》、《書》，使其言行皆能合於禮法。然而此層次者尚囿於識見所限，還無法以類舉而通貫無礙，不過亦已可達到雅儒的層次。更高於此者，則能通貫先王與後王之道的禮義之統，懂得通其統類而類舉之，且能知所權衡而各得其宜，達到觸類旁通而毫無滯礙的境地。

（三）教育內容

荀子認為堯、舜、禹、湯的先王之道雖然博大弘遠，畢竟時代稍遠，不及周代後王因為時代接近而容易把握與取法。周公帶領大臣制禮作樂，為周朝奠定以禮義治國平天下的千秋大業，如此大儒典型，在荀子所處的戰國晚期，乃是信而有徵，足以為所有讀書人立志效法的最佳典型。周公所倡導的禮樂制度，乃陶融自堯、舜以來注重倫理道德的先王之道而來，且以文、武二王躬行禮義以治國平天下為榜樣，一方面奠定以道德教化為主體的政治團體，另一方面則使有效推動教育成為施政的重要內容。由於周初士、庶教育最大的差別，在於能否接受典籍教育，因而典籍教育也成為孔子將貴族教育平民化的重要指標，因此荀子勸勉世俗之人學習的重點，自然落在必須長時間研讀思考與身體力行的經典學習上，且於〈勸學〉一文中已有系統的論述：

---

[19] 《荀子・儒效》，頁289-292。楊倞於「大儒」之類型處，注：「先王當為後王，以古持今，當為以今持古，皆傳寫誤也。」楊說合於荀子思想。

> 學惡乎始？惡乎終？曰：其數則始乎誦經，終乎讀《禮》；……學數有終，若其義則不可須臾舍也。為之，人也；舍之，禽獸也。故《書》者、政事之紀也；《詩》者、中聲之所止也；《禮》者、法之大分，類之綱紀也。故學至乎《禮》而止矣。夫是之謂道德之極。《禮》之敬文也，《樂》之中和也，《詩》、《書》之博也，《春秋》之微也，在天地之間者畢矣。[20]

荀子積極勸學的系統，若對照〈榮辱〉所載，可知其大別為兩部分。由於古代的禮與樂相須而行，乃貴族學習日後參與各種禮儀制度時，必須講求合於樂而行的必修課程。由於禮與樂最注重實地演練，以期周旋進退正確無誤，故而又可將禮樂合稱，納入著重實地踐履的大範圍。因此經典的學習，乃以誦讀《詩》為始，再以《書》增廣對四代的見聞，最後則以講求恭敬平和的禮樂為實踐準則，此為古代對於士的基本要求，能擁有學識涵養與文雅的舉止行動，始具備文化人的要件。概括言之，《詩》、《書》、《禮》、《樂》之學，即是一般士人君子都應黽勉學習，以為通達人道原理，藉此成就道德社會的四大管鑰。此即《禮記．王制》所指：「樂正崇四術，立四教，順先王《詩》、《書》、《禮》、《樂》以造士。」[21]乃由俗人蛻變為士的關鍵所在。至於《春秋》，本為春秋以前各國國史的通稱，孔子有鑑於當時禮壞樂崩的情況已難挽回，遂以魯史為底本而筆削之，作《春秋》以嚴格褒貶時政，子夏之徒尚且不能贊一辭，孟子還宣稱「《春秋》成，而亂臣賊子懼」，情況最為特殊。[22]由於《春秋》嚴格褒貶當世政壇人物，故而必須從極精微細密處，慎思明辨人物的善惡與事

---

20 《荀子．勸學》，頁118-120。

21 《禮記．王制》，見於漢．鄭玄注，唐．孔穎達等正義：《禮記正義》，收入《十三經注疏（附清．阮元《校勘記》）》（臺北：藝文印書館，1985年），頁256。

22 《孟子．滕文公下》，見於漢．趙岐注，宋．孫奭疏：《孟子注疏》，收入《十三經注疏（附清．阮元《校勘記》）》（臺北：藝文印書館，1985年），頁117-118記載孟子曰：「世衰道微，邪說暴行有作，臣弒其君者有之，子弒其父者有之。孔子懼，作《春秋》。《春秋》，天子之事也。是故孔子曰：『知我者其惟《春秋》乎！罪我者其惟《春秋》乎！』……孔子成《春秋》，而亂臣賊子懼。」《史記．孔子世家》，頁763：「至於為《春秋》，筆則筆，削則削，子夏之徒不能贊一辭。」

件的是非，站在歷史的制高點，以通貫古今、明辨統類的能力，促使天地間的是非善惡皆無所遁形，是為政者的重要涵養，適合高階弟子熟習。由於《易》多言天地間變與不變的問題，較多虛玄的討論，與喜好務實之道的荀子性格相去較遠，故而荀子將熟習《易》以外的五種經典，視為遵行人道地重要先備知識。證諸〈榮辱〉中也言：

> 夫先王之道，仁義之統，《詩》、《書》、《禮》、《樂》之分乎！彼固天下之大慮也，將為天下生民之屬，長慮顧後而保萬世也。其流長矣，其溫厚矣，其功盛姚遠矣，非順孰修為之君子，莫之能知也。[23]

由此可見荀子將《詩》、《書》、《禮》、《樂》的學習，視為注重修為之君子的重要表徵，也是先王率行仁義所倚賴的重要根本。苟能熟習此四部經典，並懂得實地踐行合乎禮樂要求的活動，將可為普天下的萬民從事深謀遠慮的考量，而達到功績顯赫而民風淳厚、社會祥和的局面。特別注重此四部經典的說法，也獲得司馬遷認同，指出孔子即將此部分列為「文、行、忠、信」四教中，「文」類教化內容中的首要教材。[24]

自孔子將學習經典普及到有志於學的平民，孔子歿後，透過孔門弟子散而之四方的分途講學，至戰國時期已日趨普遍。對照與子思關係極密切的〈性自命出〉簡文所載，更可見荀子注重踐行人道的緣由：

> 凡道，心述（以下皆以通用字「術」代之）為主。道四術，唯人道為可道也。其三術者，道之而已。《詩》、《書》、《禮》、《樂》，其始出皆生於人。《詩》，有為為之也。《書》，有為言之也。《禮》、《樂》，有為舉之也。聖人比其類而論會之，觀其先後而逆順之，體其義而次序之，理其

---

23 《荀子・榮辱》，頁195-196。此處「非孰修為之君子」脫「順」字，依王念孫所言，應按〈禮論〉「非順孰修為之君子，莫之能知也」而補「順」字。

24 《史記・孔子世家》，頁760：「孔子以《詩》、《書》、《禮》、《樂》教，弟子蓋三千焉，身通六藝者七十有二人。……孔子以四教：文，行，忠，信。」

> 情而出入之，然後復以教。教所以生德於中者也。[25]

此處已說明《詩》、《書》、《禮》、《樂》的內容，皆本於人道而來，聖人比類合宜，根據禮義先後的要求，透過教育的管道而調理人的情性，使人能增進內在德性的涵養，發揚人道的光輝。學習經典的重要內容以外，仍應以《詩》、《書》、《禮》、《樂》的實踐做為引導人進入人道的途徑。若能透過教育的管道以深入四部經典的內容，並能付諸行為實踐，則能內秉尊德尚義的本性，而外發為合乎禮義的行為。

（四）學習要領：親賢師、重積累

雖然荀子主張學應自誦經始，且搭配其他諸經典，而終於讀《禮》，方可至於「道德之極」，然而諸經之間，由於特性不同，學習上仍有本末先後的區別。此即〈勸學〉所載：

> 《禮》、《樂》法而不說，《詩》、《書》故而不切，《春秋》約而不速。……學之經，莫速乎好其人，隆禮次之。上不能好其人，下不能隆禮，安特將學雜識志，順《詩》、《書》而已耳，則末世窮年，不免為陋儒而已。將原先王，本仁義，則禮正其經緯蹊徑也。……不道禮憲，以《詩》、《書》為之，譬之猶以指測河也，以戈舂黍也，以錐飡壺也，不可以得之矣。故隆禮，雖未明，法士也；不隆禮，雖察辯，散儒也。[26]

---

[25] 荊門博物館編：《郭店楚墓竹簡・性自命出》（北京：文物出版社，1998年），頁179、180。有關「人道」之問題，可參考林素英：〈「人道」思想探析：以〈性自命出〉與《禮記》相關文獻為討論中心〉，收入氏著：《《禮記》之先秦儒學思想：〈經解〉連續八篇結合相關傳世與出土文獻之研究》（臺北：國立臺灣師範大學出版社，2017年），頁81-116。有關「道四術」或「三術」之問題，可參考林素英：〈從「禮樂」的分合與特性論〈性自命出〉「道」四術或三術的迷思：兼論相關學者的研究方法〉，《文與哲》第25期2014年12月，頁193-216，收入氏著前揭書，頁213-248。

[26] 《荀子・勸學》，頁122-126。

由於為學之目的在於遵行人道，而孔子又早已明言「不學《禮》，無以立」，[27]故荀子亦繼承孔子的理念而將尊隆禮義視為立身求學的重要核心。然而禮樂之事涉及整套禮儀制度的實行，各有繁瑣而不可遺漏失誤的細節，若無嫻熟其說者帶領，往往曠日費時且動輒得咎。即使能從鑽研《詩》、《書》的經典而入，若不能再進於禮義的講求，則不免泥於古代故事的陳跡，而未必切合時用，故僅能停留在陋儒、俗儒的層次而已。再加上《春秋》乃以是否合禮為品評人事物的標準，又以簡約旨遠為特性，因而若不親近通經之士，無賢師指點，不僅無法速解經典內容，且容易造成差之毫釐、謬以千里的失誤。是故〈修身〉遂言「禮者、所以正身，師者、所以正禮」，[28]且以遵法師的正儀而貴自安於行禮、踐禮為要。蓋因《詩》、《書》的研讀，雖具有認識古代故事的效果，為進行禮義分判的先備工作，但仍須考量古今的差異而做適合的調整，以期能將其事理納入禮義實踐的層次，始可發揮《詩》、《書》對當世的具體作用，此即學必須止於禮的意義。一般人若能尊師隆禮，即使對於隆禮的大用尚未十分明晰，然因其能遵守禮法，故仍不失為守法之士，倘若為人君者能隆禮尊賢，則禮法制度可以大行於天下，國家的各種行政措施皆能按部就班而行，遂可逐漸成就王者的大業，是故知禮、踐禮，徹底發揮禮的功用，攸關上自君主治國平天下，下至平民百姓人倫日用的內容，乃諸多經典中的尤要者。[29]

荀子主張「學莫便乎近其人，學之經，莫速乎好其人。」[30]因為經典的內容豐富且有相當的難度，所以應選擇賢師而師事之，透過賢師的教導與薰陶，可以較快速聽聞、理解正道，且在耳濡目染的影響下，能身體力行忠信敬讓之行，且不自覺地日進於仁義。故荀子云：

> 夫人雖有性質美而心辯知，必將求賢師而事之，擇良友而友之。得賢師而事之，則所聞者堯、舜、禹、湯之道也；得良友而友之，則所見者

---

27 《論語・季氏》，頁150。

28 《荀子・修身》，頁147。

29 《荀子・彊國》，頁506：「人君者，隆禮尊賢而王，重法愛民而霸，好利多詐而危，權謀傾覆幽險而亡。」〈大略〉，頁771也載：「君人者，隆禮尊賢而王，重法愛民而霸，好利多詐而危」。

30 《荀子・勸學》，頁122。

> 忠、信、敬、讓之行也。身日進於仁義而不自知也者，靡使然也。[31]

荀子極注重擇求賢師以收師法教化之功，且理解與良友共學尚可收切磋琢磨之效，倘若反其道而行，則將淪為盜賊、怪亂的荒誕不經狀態。故荀子又云：

> 人無師無法而知，則必為盜，勇則必為賊，云能則必為亂，察則必為怪，辯則必為誕；人有師有法，而知則速通，勇則速畏，云能則速成，察則速盡，辯則速論。故有師法者，人之大寶也；無師法者，人之大殃也。人無師法，則隆性矣；有師法，則隆積矣。而師法者，所得乎積，非所受乎性。性不足以獨立而治。性也者，吾所不能為也，然而可化也。積也者，非吾所有也，然而可為也。注錯習俗，所以化性也；並一而不二，所以成積也。習俗移志，安久移質。並一而不二，則通於神明，參於天地矣。[32]

荀子不僅注重師法，更注重積習禮義之行、積累學問真知之功。若能遵從師法、積累禮義真知，則可以化性起偽，轉移原本貪財嗜利的本性，成為尊禮行義的君子。若能再久安於禮義之行，專一不二、積漸浸潤之，將可見通於神明而與天地相參和。

荀子注重積習之功，其實早在〈勸學〉當中，即三致其意：

> 積土成山，風雨興焉；積水成淵，蛟龍生焉；積善成德，而神明自得，聖心備焉。故不積蹞步，無以致千里；不積小流，無以成江海。騏驥一躍，不能十步；駑馬十駕，功在不舍。鍥而舍之，朽木不折；鍥而不舍，金石可鏤。……是故無冥冥之志者，無昭昭之明；無惛惛之事者，無赫赫之功。[33]

---

31 《荀子・性惡》，頁725。

32 《荀子・儒效》，頁295-297。

33 《荀子・勸學》，頁113-114。

經典的學習，需要人立定志向專心致意於學，且長期積之、累之，則精誠所至、金石為開。倘若已可通貫、條達經典的義理，即可將其道理施於當世之用。

為學必須長期積累其功，修身亦然：

> 見善，脩然必以自存也；見不善，愀然必以自省也。善在身，介然必以自好也；不善在身，菑然必以自惡也。故非我而當者，吾師也；是我而當者，吾友也；諂諛我者，吾賊也。故君子隆師而親友，以致惡其賊。好善無厭，受諫而能誡，雖欲無進，得乎哉？[34]

由於為學之目的止於成為明禮尚義的聖人，故須擇善而時習之，使能積而長存之；時時警覺不善近其身，務求戒之、改之，不使不善沾染其身。時時念茲在茲、隆師親友，隨時接納諫諍、積漸而入於善。無論為學或做人，都須秉持凡事注重力行實踐的態度，因為「道雖邇，不行不至；事雖小，不為不成」，[35] 即便為跛鼈，若能積蹞步而不休，尚且可行千里；黃口小兒累土而不輟，崇山高臺亦可日久而成。由此可見成敗的關鍵端在於為或不為，能積與不能積的差別而已。教育之道，亦在於使人透過隆師親友的積累之功，以掌握真知、明辨是非、崇德辨惑、尊禮行義而已。

三 荀子教育思想與《周禮》教育規劃的關聯

荀子的教育目的既然止於禮義的實地踐行，而在禮樂本來相須而行的系統下，注重禮與樂的教育也必然成為荀子教育的核心議題；此從《荀子》擁有〈禮論〉與〈樂論〉的專篇，已可略窺其意。若對照時代稍前的郭店簡文，〈性自命出〉中已提到諸「禮作於情」、「樂，禮之深澤也」、「凡聲其出於情也信，然後其入撥人之心也夠」、「凡學者求其心為難，從其所為，近得之矣，不

---

34 《荀子・修身》，頁130-131。

35 《荀子・修身》，頁146。

如以樂之速也」等記載，[36]亦可見戰國時期對於性的討論已日漸豐富，因而相對注重禮樂交融與性情陶冶的密切關係，且視其為施行教化亟需注意的重點。從孟子以楊朱、墨翟為無父無君的禽獸，[37]可見墨家已成為當時的顯學，故孟子嚴重批評之。〈禮論〉與〈樂論〉又明文出現對墨家思想主張節用、節葬、非樂的批駁，認為儒家伸張禮義而特重喪祭之禮，乃旨在透過禮儀的實踐以及樂教的推動而養護人的性情，使人知所節制而歸於條理、秩序，進而成就社會國家大安的局面，且必須積極推動禮樂制度的施行。此種以禮樂教化為教育核心的系統，其實可溯自《周禮》的教育系統，茲分述於下：

（一）受「大司樂」職司影響而特重禮樂之教

雖然大體而言，地官的大司徒掌邦教，然而由於周代教育士、庶有別，因而貴族教育由地官與春官兩部會共同掌理。其中，由執掌邦禮的春官系統中的大司樂領銜，與樂師、大胥、小胥、籥師共同組成的施教團體，主要教導貴族子弟日後參與邦國各項祭祀天神、地祇與人鬼等禮儀制度時，應該具備的禮儀規範、禮容態度、樂奏技巧、樂舞能力等必要條件，最能顯現注重禮樂之教的情形。此即大司樂之職所云：

> 掌成均之法，以治建國之學政，而合國之子弟焉。凡有道者、有德者，使教焉；死則以為樂祖，祭於瞽宗。以樂德教國子：中、和、祇、庸、孝、友。以樂語教國子：興、道、諷、誦、言、語。以樂舞教國子：舞《雲門》、《大卷》、《大咸》、《大韶》、《大夏》、《大濩》、《大武》。以六律、六同、五聲、八音、六舞大合樂，以致鬼神示，以和邦國，以諧萬民，以安賓客，以說遠人，以作動物。[38]

---

36 《郭店楚墓竹簡．性自命出》，頁179、180。

37 《孟子．滕文公下》，頁117：「聖王不作，諸侯放恣，處士橫議，楊朱、墨翟之言盈天下。天下之言，不歸楊，則歸墨。楊氏為我，是無君也；墨氏兼愛，是無父也。無父無君，是禽獸也」。

38 《周禮．春官．大司樂》，見於漢．鄭玄注，唐．賈公彥疏：《周禮注疏》，收入《十三經注疏（附清．阮元《校勘記》）》（臺北：藝文印書館，1985年），頁336-338。

大司樂主掌貴族東序、成均、辟雍、瞽宗、上庠五大學的教育工作，治理王國的學政，邀請有道藝及德行者擔任教席。教授國子的重點內容為：以中、和、祇、庸、孝、友六種樂德，教導國子誠於中、形於外的合禮態度與行為。教導國子具備興、導、諷、誦、言、語的六種樂語能力，培養其成為文質彬彬的博雅君子。教導國子能配合六代帝王典型的音樂（黃帝時的《雲門》、《大卷》，堯的《大咸》，舜的《大韶》，禹的《大夏》，湯的《大濩》，以及武王的《大武》）以演出樂舞。教導國子能配合黃鍾、大蔟、姑洗、蕤賓、夷則、亡射的陽聲六律，林鐘、南呂、應鍾、大呂、夾鍾、中呂的陰聲六同，宮、商、角、徵、羽五聲，金、石、絲、竹、匏、土、革、木的八音，在進行六代樂舞的大合樂演出時，懂得適時使用合宜的樂器，以和諧樂章的音節，並能周旋進退合乎節拍樂奏。若能熟習此合樂以行禮的儀節，方能在進行祭祀天神、地祇與人鬼的各種典禮儀式時，進退周旋皆能合乎禮儀的要求，而達到邦國相合、萬民和睦的親民愛民狀態，推而遠之，則可以安撫賓客、悅服遠方藩國，且還可以使萬物也能各遂其生、各成其長。

古代貴族最重禮樂制度的熟習，除卻為適應日後生活所需的現實原因外，還有更深刻的原因。因為禮樂制度並非無用的虛文，更不徒飾鋪排門面，而是藉由各種樂器、音律與儀式動作的配合，以掌握天地的脈動，達到與天地溝通，進而和諧人與天地自然的關係。此即《禮記・樂記》所云：

> 大樂與天地同和，大禮與天地同節。和，故百物不失；節，故祀天祭地。樂者，天地之和也；禮者，天地之序也。和，故百物皆化；序，故群物皆別。樂由天作，禮以地制。過制則亂，過作則暴。明於天地，然後能興禮樂也。[39]

由於孔子已言「移風易俗，莫善於樂。安上治民，莫善於禮。」[40]荀子也進

---

[39] 《禮記・樂記》，頁668、669。

[40] 《孝經・廣要道》，見於唐・玄宗御注，宋・邢昺疏：《孝經注疏》，收入《十三經注疏（附清・阮元《校勘記》）》（臺北：藝文印書館，1985年），頁43。

而言：

> 樂者，聖王之所樂也，而可以善民心，其感人深，其移風易俗。故先王導之以禮樂，而民和睦。
>
> 樂行而志清，禮脩而行成，耳目聰明，血氣和平，移風易俗，天下皆寧，美善相樂。[41]

雖然荀子也講求「節用」，然而主張的是「節用以禮」，[42]且極注重樂教，以涵養人的性情，與墨子的節用、非樂大不相同。荀子認為施行禮樂制度，具有敦厚民性、移風易俗、和睦社會的良善效果，可促成萬物各遂其長的欣欣向榮現象。

荀子主張禮有天地、先祖以及君師的三本，[43]且由於禮以喪、祭為重，[44]故〈禮論〉多藉由有關喪、祭禮的問題，申論行禮的根本原則在於貴本、親用。故荀子云：

> 貴本之謂文，親用之謂理，兩者合而成文，以歸大一，夫是之謂大隆。
>
> 凡禮，始乎梲，成乎文，終乎悅校。故至備，情文俱盡；其次，情文代勝；其下復情以歸大一也。[45]

荀子主張禮之用，貴在能彰顯禮的三大根本，且使禮義與人情皆能盡倫盡制。其次，則或偏勝於情、或偏勝於文。其下者，文雖不備，仍應復歸於太一之質，以得其本。周初制禮，因為考慮士、庶生活有別，所以教育內容也相對不

---

41 《荀子・樂論》，頁630、631。王先謙於前一則「移風易俗」之下，認為語意未完，遂以按語表示，當作「移風俗易」。

42 《荀子・富國》，頁344，記載足國之道在於「節用裕民，而善臧其餘。節用以禮，裕民以政」。

43 《荀子・禮論》，頁587-588，記載禮有三本：「天地者，生之本也；先祖者，類之本也；君師者，治之本也。」

44 《禮記・昏義》，頁1000-1001：「夫禮始於冠，本於昏，重於喪、祭，尊於朝、聘，和於射、鄉：此禮之大體也。」

45 《荀子・禮論》，頁591、595。

同，大司樂所帶領教育貴族子弟的禮樂制度，雖然並不適合所有庶民百姓學習，即〈曲禮〉所謂「禮不下庶人」，[46]但是簡約合理的生活原則仍不可減省。戰國以後，社會環境急遽大轉換，該套禮樂制度的儀文即使仍不適合全盤施用於全部庶民，然而講求貴本、親用的原理以實施禮樂制度，仍是不分士、庶都應該理解的內容，因而荀子極力吸納周初的禮樂思想，視為施行教育最重要的根本。

(二) 受「大司徒」職司影響而特重社會教育

與教育最有關係的，當然是主掌邦教的地官，其中又以首長大司徒為樞紐。因為大司徒掌管邦國土地與人口分布的情形，藉由所屬人員深入民間勘查土壤貧瘠肥沃程度的不同，以為訂定合理稅賦的機會，有計畫地對人民實施社會教育。施行社會教育，既可提升人民生活的品質，也可達到促進社會安定、經濟發展、國家富強之目的。地官所屬官員，僅有師氏與保氏的教育執掌極為明確，[47]然其教育對象乃貴族子弟，應無暇實施平民教育。雖然平民教育實施情形不詳，不過，大司徒之職所載施行十二教的大綱，已可提供實施平民教育最重要的綱領：[48]

> 一曰以祀禮教敬，則民不苟。二曰以陽禮教讓，則民不爭。三曰以陰禮教親，則民不怨。四曰以樂禮教和，則民不乖。五曰以儀辨等，則民不

46 《禮記・曲禮上》，頁55。

47 《周禮・地官》，頁210，載師氏之職：「掌以媺詔王。以三德教國子：一曰至德，以為道本；二曰敏德，以為行本；三曰孝德，以知逆惡。教三行：一曰孝行，以親父母；二曰友行，以尊賢良；三曰順行，以事師長。居虎門之左，司王朝。掌國中失之事，以教國子弟，凡國之貴游子弟學焉。凡祭祀、賓客、會同、喪紀、軍旅，王舉則從；聽治亦如之。使其屬帥四夷之隸，各以其兵服守王之門外，且蹕。朝在野外，則守內列。」頁212，載保氏之職：「掌諫王惡，而養國子以道。乃教之六藝：一曰五禮，二曰六樂，三曰五射，四曰五馭，五曰六書，六曰九數。乃教之六儀：一曰祭祀之容，二曰賓客之容，三曰朝廷之容，四曰喪紀之容，五曰軍旅之容，六曰車馬之容。凡祭祀、賓客、會同、喪紀、軍旅，王舉則從；聽治亦如之。使其屬守王闈。」

48 其詳參見林素英：〈《周禮》的禮教思想──以大司徒為討論主軸〉，國立臺灣師範大學國文學系《國文學報》第36期，2004年12月，頁1-42。為避免重複，以下相關討論僅列重要結論。

越。六曰以俗教安，則民不愉。七曰以刑教中，則民不虣。八曰以誓教恤，則民不怠。九曰以度教節，則民知足。十曰以世事教能，則民不失職。十有一曰以賢制爵，則民慎德。十有二曰以庸制祿，則民興功。[49]

此十二教的綱領，可區分為禮樂之教、儀刑之教與道藝之教三部分，共同建立以禮為總綱的教育總架構：

其一，為前四教的禮樂之教，旨在以禮樂之教奠定禮教之整體規模。在地政人員深入地方實地考察時，大司徒亦指派相關人員進行一般民眾之社會教育，按照禮樂相須為用之立場，將簡化之祀禮、陽禮、陰禮、樂禮扼要傳入民間。一般民眾不需要理解其中高深之道理，卻可從周遭環境所普遍提倡之敬、讓、親、和良善態度，乃至於不苟、不爭、不怨、不乖之合理行為，感受禮樂教化於無形，奠定全民依禮而行之生活習慣。

其二，為中間的儀刑四教，旨在以儀刑之教穩定社會秩序，為社會教育最重要的工作。具體的工作，即大司徒「縣教象之法于象魏，使萬民觀教象，挾日而斂之。乃施教法于邦國都鄙，使之各以教其所治之民。」[50]然後再由鄉大夫、州長、黨正、族師、閭胥等人員，配合實施民眾定期讀法活動明瞭政令，也見機糾正警戒過惡，以免百姓誤入法網，且適時考核民眾的言行，舉報具有孝、弟、睦、婣、敬、敏、任、恤的良好德行以及學有道藝者，以茲鼓勵。由於主掌地政的人員還具有深入鄉里，帶領群眾定期讀法的任務，因而侯家駒（1928-2007）直接稱之為「以法為教，以吏為師」，[51]不過所讀之法，實質上與法家以法為教的內涵大不相同。金春峰以《周官》中具有禮即法、法即禮，有時還逕以「禮法」合稱的情況，為該書的特點，[52]正可以說明此點。此一現象，正好與荀子重禮，同時又言法，且還「禮法」合稱的情況最為近似，都是穩定社會秩序、提供國家發展、增進人民福祉不可或缺的措施。

---

49 《周禮・地官・大司徒》，頁151。

50 《周禮・地官・大司徒》，頁159。

51 侯家駒：《周禮研究》（臺北：聯經出版事業公司，1987年），頁262。

52 其詳參見金春峰：《周官之成書及其反映的文化與時代新考》（臺北：東大圖書公司，1993年），頁63-66。

其三，為最後的道藝四教，旨在以道藝之教磨練生活技能，引導百姓能敏於百工之業，而王公、士大夫、商旅、農夫以及婦功等五職之業，皆能興立功業以嘉惠民生日用。如此宣教之目的，乃為政者基於「正德、利用、厚生」三事的考量，希望達到「德惟善政，政在養民」的根本要務。[53]

大司徒施行十二教的內容，影響荀子對社會脈動的關注，必須以穩定秩序做為促進社會進步的基本前提，因而聖人制定禮義以使人既能群且又能分，使各行各業皆能發展其特色與專長，達到「禮者，養也」的重要目的，非僅可以養人之欲，給人之求，同時也因為講求以義節之，故而人的慾望不會要求窮盡於繁多的眾物，眾多之物也不必委屈於人無所窮盡的慾望，於是能成就合理有節的和諧社會。[54]由於荀子特別注重社會秩序，因此經常將禮與法相提並稱，諸如：〈勸學〉的「禮者、法之大分，類之綱紀也」；〈修身〉的「學也者，禮法也」；〈儒效〉的「志意定乎內，禮節脩乎朝，法則度量正乎官，忠信愛利形乎下」；〈富國〉的「脩禮以齊朝，正法以齊官，平政以齊民」；〈性惡〉的「聖人積思慮，習偽故，以生禮義而起法度」、「聖人化性而起偽，偽起而生禮義，禮義生而制法度」與「明禮義以化之，起法正以治之」；〈大略〉的「君人者，隆禮尊賢而王，重法愛民而霸，好利多詐而危」等等都是。

（三）受「鄉三物、鄉八刑」影響而特重行為實踐

由於社會教育的成敗，乃決定國家總體成就的重要關鍵，因而教育政策能否付諸實踐，當為荀子最在意之事。基於此，故荀子特別注意大司徒之教的「鄉三物」內容：

> 以鄉三物教萬民而賓興之：一曰六德，知、仁、聖、義、忠、和；二曰六行，孝、友、睦、婣、任、恤；三曰六藝，禮、樂、射、御、書、

---

53 《尚書・大禹謨》，頁53，載禹曰：「於！帝念哉！德惟善政，政在養民。水、火、金、木、土、穀，惟修；正德、利用、厚生，惟和；九功惟敘，九敘惟歌。戒之用休，董之用威，勸之以九歌，俾勿壞。」帝曰：「俞！地平天成，六府三事允治，萬世永賴，時乃功。」

54 《荀子・禮論》，頁583。

數。[55]

包含六德、六行與六藝於其中的「鄉三物」，即是社會教育要積極推動的具體內容，主要藉由「六藝」之學以奠定實踐禮義的根基，以「六行」落實人倫實踐的內容，以「六德」發揮禮教德性的光輝。李塨（字剛主，號恕谷，1659-1733）在顏元（字易直、渾然，號習齋，1635-1704）述說德、行與藝皆屬「事物」以後，[56]更進而說：

> 夫古人之立教，未有不該體用、合內外者，有六德、六行以立其體，六藝以致其用，則內之可以治己，外之可以治人，明德以此，親民以此，斯之謂大人之學。[57]

李塨從體用內外之別詳加說明，認為一旦身可修、德可正，且將其發為外用，即可與〈大學〉的明德、親民相聯繫，而可通於貴族教育中，師氏以三德、三行之教，保氏以六藝之教的原理原則。此一現象正好說明士、庶的教育內容，從表象而言，似乎有知其所以然與僅知其然的極大差異，然而從做人做事的根本要素而言，二者時有殊途同歸之處，此從師氏、保氏的教育原理亦可納入大司徒「鄉三物」之教的內容，即可見一斑。

搭配應該積極學習的「鄉三物」內容，尚有從消極防弊的「鄉八刑」措施，以保證社會教育能產生具體效用：

> 以鄉八刑糾萬民：一曰不孝之刑，二曰不睦之刑，三曰不姻之刑，四曰不弟之刑，五曰不任之刑，六曰不恤之刑，七曰造言之刑，八曰亂民之刑。[58]

---

55 《周禮．地官．大司徒》，頁161。

56 清．戴望：《顏氏學記》卷3〈習齋三〉（臺北：廣文書局，1975年），頁128。

57 《顏氏學記》卷7〈恕谷四〉，頁362。

58 《周禮．地官．大司徒》，頁161。

在此八刑中，以「不孝之刑」為首，肇始於不孝者，欠缺親屬人倫的觀念，乃社會大亂的根源，故而《孝經》謂之「五刑之屬三千，而罪莫大於不孝。」[59]此外，除卻最後兩種造言、亂民之刑不在「鄉三物」的「六行」範圍外，其他六項，皆用以對治違反「六行」之刑，僅將原來位居第二的「友行」，調整為第四，且相對更名為「不弟之刑」。究其原因，則因原來的「友行」乃指友善於兄弟之間的手足親情，就排列順位而言，緊接於對父母之孝自為順理成章之事。然而，「弟」的範圍已在社會人際關係逐漸擴大中，由兄弟再向外拓展至彼此並沒有血緣關係的所有朋友身上，亦即從「四海之內皆兄弟也」的立場而言，它所包含的範圍是極其廣闊的。既然「友」的範圍非常龐大，因而要從原本第二位單純的手足兄弟之情的對待方式，退居到第四位，排在外親之後，以反映親疏遠近的人倫關係。至於多增加的訛言惑眾、執異端邪道以亂政兩種刑罰者，乃為穩定社會秩序所採取的對治方法。對注重社會秩序的荀子而言，此部分正好可與其由禮推而注重法的現象相呼應。

荀子以長期為蘭陵令的實際經驗，最長於實施社會教育以建立良好的社會秩序，因而懂得透過積極教導與消極防弊的雙重措施，以體現〈王霸〉的理想狀態：

> 上莫不致愛其下，而制之以禮。……君臣上下，貴賤長幼，至於庶人，莫不以是為隆正；然後皆內自省，以謹於分。是百王之所以同也，而禮法之樞要也。然後農分田而耕，賈分貨而販，百工分事而勸，士大夫分職而聽，建國諸侯之君分土而守，三公總方而議，則天子共己而止矣。出若入若，天下莫不均平，莫不治辨。是百王之所同，而禮法之大分也。[60]

荀子強調上自天子、下至庶民百姓，都應該以禮正其身、以義謹其行，各行各業皆能各盡其職分以為群體貢獻一己之能，則天下太平，而萬事萬物皆昭昭然

[59] 其詳參見《孝經》〈五刑章〉，頁42。

[60] 《荀子・王霸》，頁405-406。

各循其理而行。然而要達到如此禮法分明的狀態，則要特別注意對所有庶民百姓施行有效的社會教育。

四　結論

綜上所述，荀子有鑑於戰國時期群雄爭霸之事實，因而特別注重從社會現實層面尋找新理想的可能。由於荀子之學兼有齊魯學的系統，一方面繼承自孔子以來注重仁、義、禮三者一貫的傳統，另一方面又接受齊學尚賢能、重實效的作風，融合二者思想的優點，而開創以禮義為核心的思想系統，透過教育的途徑，從積極向學以理解「始於誦經，而終於讀禮」的真諦，且能在廣大的社群團體中實踐禮義，以締造和諧且可穩定發展的社會，期許戰國群雄能在取得霸主地位後，仍應再朝向王道而努力。

考察荀子的教育思想系統，乃取法《周禮》中主掌大學教育的大司樂主導的樂教系統，再加上主掌平民社會教育的大司徒相關職務而來，且將教育的主體內容，放在與平民社會教育關係最密切的「鄉三物」與「鄉八刑」之上，希望能從積極合理的生活教育與消極防弊的刑罰措施，建設良好的社會環境。其中尤以特別注重六德、六行與六藝的連結，彰顯平民的社會教育注重講求術德兼修、實地踐履的特性。

五　黃慶萱先生學行著述中的若干人事物

許俊雅*

黃慶萱先生，浙江省平陽縣人，1932年生於上海，1947年來臺就學，畢業於臺灣師範大學國文學系、國文研究所，獲國家文學博士學位。著有《史記漢書儒林傳疏證》、《魏晉南北朝易學書考佚》、《修辭學》、《中國文學鑑賞舉隅》、《周易讀本》、《周易縱橫談》、《學林尋幽》、《與君細論文》、《新譯乾坤經傳通釋》等書。精研《易》學及修辭學、文學批評，有崇高學術聲譽，其修辭學與國文教學尤影響深遠。2000年自臺師大退休，適逢七十古稀之年，門生籌賀《春風煦學集——黃慶萱教授七秩華誕受業論集》，由高足賴貴三主編，2001年4月臺北里仁書局出版，附錄有賴貴三編述〈浙江平陽黃慶萱先生學行著述年表〉一文，為學界首次編撰的年表，其中1957年之前為先生所自述，經編輯整理撰寫。1957年先生年廿六，七月考取臺灣省立師範大學國文學系（1967年7月1日升格為國立臺灣師範大學），在此之前，有關先生生平家世及其求學生涯，人格性情養成過程，至關重要，但除〈永恆的典範〉追思四兄黃貴放先生，可見早年蛛絲馬跡的生活外，年表所述對先生啟蒙讀書經驗，及進而初試寫作，發表散文、新詩等事，都觸及到早年1930-1950年代諸項較不為人知的人事物，今藉先生九十大壽因緣，略為述說，以期讀者能更深入體會與

---

* 許俊雅特聘教授，1960年生於臺南，國立臺灣師範大學國文研究所博士，現執教臺灣師範大學國文學系，研究領域為臺灣文學、國文教材教法、兩岸近現代文學。曾任臺灣師範大學人文教育研究中心祕書兼推廣組組長、荷蘭萊頓大學、日本大學文理學部訪問學人、復旦大學客座教授、臺北教育大學兼任教授、國立編譯館國中國文教科書編撰委員、臺北縣志藝文志、臺北市志文學篇撰述委員、教育部國文課綱委員、學術獎評審委員、國家文藝獎評審委員，以及臺灣筆會、巫永福基金會監事、董事等。長期致力於臺灣文學史料的蒐集整理及研究，並開拓出臺灣賦學、詞學，以及日治翻譯文學等領域，並主編多部文學相關典籍。

理解年表所述。年表本是以先生著述學行為主，相關延伸的人事物固不宜鉅細靡遺，敷衍成篇。本文僅是個人讀後的拙見分享，以期補充不為人知的前塵往事，裨於對傳主的認識。

一　關於迪我公與劉紹寬

年表云：「一九三二年先生一歲，三月二十一日（農曆二月十五日）生於上海，時其父迪我公隨叔父黃群溯初公服務於上海《時事新報》。」三歲時，「迪我公辭去《時事新報》職，應湖北公路局局長陳適存甫先生之邀，赴漢口任職。」先生述其一、三歲之資料極簡，如斯稚齡期，固然是得諸家人所述，先生記憶極佳，七十之齡仍清晰記得，但如進一步知悉黃溯初（原名沖，改名群，字旭初，後改溯初，祖籍浙江平陽，1883-1945）、《時事新報》、陳適（字存甫，溫州平陽人，1881-1988），與先生家世連結的密切關係，對理解先生的人品、為學及學術成就當有莫大助益。

迪我公隨叔父黃群溯初公服務於上海《時事新報》，在前一年（1931）10月14日的劉紹寬（字次饒，號厚莊，浙江平陽人，1867-1942）日記載有一則與迪我公相關材料，謂：

> 校《泉村詩選》，收三刊誤表也。第三輯《叢書》共出刊十種，印成後，見漏校未刊正頗多，乃分與黃迪我、王伯琳、黃達權、陳筠軒助校之，迪我校最多，由余再覆校，據以立表。[1]

文中所謂的《叢書》指《敬鄉樓叢書》，《泉村詩選》即收入第三輯《叢書》之八，《省愆集》為之七，篇幅考量，二集合為一冊。由於《敬鄉樓叢書》第三輯（十種二十冊）漏校未刊正頗多，因此劉紹寬先生又分與數人再校，從日記

1　蒼南縣政協文史資料委員會編，《蒼南文史資料‧第16輯‧劉紹寬專輯》，2001年3月，頁271-272。同年8月12日《申報》報導「第六屆登記合格之中醫」有黃迪我入列。在1928年《申報》就可見迪我公加入溫州（旅滬）同鄉會、平陽（旅滬）同鄉會之消息。

謂「迪我校最多」句，可見迪我公勇於任事，一絲不苟的認真精神，其身教自然影響到先生。迪我公分到哪幾冊並未具體記錄，但所校最多，大致可從這十種想像迪我公可能校讀過的書，第三輯《叢書》十種為：

1.《浮沚集》九卷二冊，宋・周行己。
2.《石鼓論語答問》三卷二冊，宋・戴溪。
3.《四書管窺》十卷五冊，元・史伯璿。
4.《管窺外篇》二卷二冊，元・史伯璿。
5.《永嘉集》十二卷一冊，明・張著。
6.《介庵集》十一卷五冊，明・黃淮。
7-8.《省愆集》二卷、《泉村詩選》一卷一冊，明・黃淮、清・徐凝。
9.《干氏易注疏證》二卷一冊，清・方成珪。
10.《江南徵書文牘》一卷一冊，清・黃體芳。

《敬鄉樓叢書》凡四輯，由黃群溯初多方網羅鄉邦文獻，並獨資印行，流播海外，嘉惠學林。胡適（適之，安徽績溪人，1891-1962）晚年住院期間（1961年3月10日），與秘書胡頌平（浙江樂清人，1904-1988）、護士徐秋皎（浙江金華人）閒聊時說：

> 徐小姐那邊有永康學派，你們那邊有永嘉學派。永嘉學派要看《永嘉叢書》、《敬鄉樓叢書》；金華方面，氣派大了，有《金華叢書》、《續金華叢書》。[2]

表明學術界對這套《叢書》價值與發刊者勞績的肯定。慶萱先生的學識和閱歷，可說也秉承了永嘉學派學風，開啟培育英才的典範。請迪我公助校的劉紹寬先生，在1925年任溫州籀園圖書館長時，廣泛徵集鄉賢遺著，與劉景晨（字貞晦，號冠三、潛廬、梅隱，浙江永嘉人，1881-1960）先後應黃溯初之邀

2　胡頌平編著：《胡適之先生晚年談話錄》（北京：新星出版社，2006年10月），頁117。

請，校刊《敬鄉樓叢書》，使溫州鄉賢學術著作得以繼存。

劉紹寬，幼時啟蒙於楊遜伯、愚樓兩母舅，少時常從母舅請業於瑞安孫衣言（字劭聞，號琴西，齋名遜學，1815-1894）、孫詒讓（字仲容，號籀廎，1848-1908）父子，31歲舉拔貢。劉紹寬先生遊歷豐富，1904年東渡日本，參觀了東京等地各類學校，著《東瀛觀學記》，孫詒讓甚贊之。劉氏辦學，多方延聘名師，如留學日本明治大學高材生洪允祥（原名兆麟，字樵齡，別號佛矢，浙江慈溪人，1874-1933）任總教習，以高薪聘陳守庸任英文教習，他又親編教材，編有《國文教授法》、《修身講義》、《周禮講義》，且兼課不兼薪，因此校譽鵲起，溫中人才薈萃。其日記以號為名，《厚莊日記》[3]始於1888年，止於1942年，內容包括晚清、辛亥革命、北洋政府、國民政府、抗日戰爭等重要的時代和歷史事件，史料價值相當豐富，諸如地方治安之維持、經濟活動之開展、家族糾紛之解決，以及文化教育事業等，日記中都有詳細的記述，尤其與文化名人交往和學術性的記錄，彼此書信來往、詩詞唱和等，與黃溯初的交往記錄頗多，二人交誼深厚，日記中時見溯初身影。

二　黃溯初與上海《時事新報》

《時事新報》前身是1910年由《時事報》和《輿論日報》合併的《輿論時事報》。汪詒年任經理。廣譯東西報章論著及時事，鼓吹君主立憲，和梁啟超（字卓如，號任公、飲冰室主人，廣東新會人，1873-1929）等人有密切聯繫。1917年黃群由京師南下，至滬獲徐寄顧（本姓陳，名冕，以字行，浙江永嘉人，1882-1956）協助，接辦該報擔任社長，聘張東蓀（原名萬田，以字行，晚號獨宜老人，浙江杭縣人，1886-1973）教授任總編輯，經理是參議院議員張烈，幾乎都是溫州籍人士，及清末日本留學歸來的愛國知識分子。1918年3月增加副刊《學燈》，由俞頌華（名慶垚，以字行，晚筆名澹廬，江蘇太倉

[3] 大部分是劉紹寬先生本人的親筆，晚年部分日記因先生眼睛不好，請人代為繕抄。日記原稿珍藏於溫州圖書館，共4086面，40冊。溫州市圖書館編有《劉紹寬日記（全五冊）》，中華書局，2018年2月。

人，1893-1947）主編，積極宣傳各種新思潮，鼓舞了不少青年知識分子，在五四運動期間表現不凡。茅盾（原名沈德鴻，字雁冰，以字行，浙江桐鄉人，1896-1981）和郭沫若（幼名文豹，原名開貞，字鼎堂，號尚武，四川樂山人，1892-1978）都曾在《學燈》發表過文章。

曹聚仁（浙江金華人，1900-1972）〈談黃溯初〉一文曾說：

> 我本來也不十分注意黃溯初其人，只因為我的老師姜琦（伯韓）先生也是溫州人；他做了暨南大學校長，有一回回溫州去，溫州道尹理也不理他，而黃溯初回溫州去了，不獨溫州道親自在碼頭迎候，地方團體還輪流公宴。姜校長對我大發牢騷，我當時只知道黃氏是上海《時事新報》的社長；其實，黃氏乃民初政治舞臺的幕後重要人員，並不如我所想那麼簡單。[4]

直至今日，黃溯初在捐產興辦溫州師範學校，在水利、賑濟等方面無私支持家鄉，又出資費心整理印行《敬鄉樓叢書》，他是溫州人民迄今引以為自豪的鄉賢，甚至遺訓讓家屬無償捐贈敬鄉樓燼餘藏書予溫州圖書館，嘉惠學林。他還曾在1923年呈文〈溫同鄉會請交涉慘殺華工案〉呈請交部嚴重抗議日方。[5]

1939年12月21日《蔣介石日記》：

> 下午與黃溯初談話。黃溯初，浙江溫州人，高宗武之父高玉環的至友。[6]

在重慶病故時，蔣介石（譜名志清，後名中正，以字行，浙江奉化人，1887-1975）還電唁家屬：

4　曹聚仁著：《天一閣人物譚》（北京：生活・讀書・新知三聯書店，2007年8月），頁18。

5　《申報》1923年11月5日第13版。原文有「具呈人溫州旅滬同鄉會正會長黃溯初，年四十一歲，浙江永嘉縣人，住上海英界孟納拉路高陞里。」

6　范泓：〈蔣介石日記中的高宗武和陶希聖〉，褚鈺泉主編：《悅讀 MOOK，第9卷》，二十一世紀出版社，2008年10月，頁35。

> 聞溯初先生逝世，無任驚悼。先生熱忱偉識，愛國憂時，奕奕精誠，堪垂天壤；惟遺念之在人，知典型之不朽。特電致唁，惟望節哀承志為盼。[7]

足見其政治上的影響力。

1932年時迪我公隨叔父黃群溯初公在《時事新報》做事（從劉紹寬日記來看，迪我公任職《時事新報》應早於1932年），這樣的履歷，對於迪我公是相當難得的學習與閱歷的寶貴時光，由此可見黃家為書香門第又是與時俱進的知識分子。黃群原名沖，字旭初，後改字溯初。因伯父觀桂（一作冠圭）無子女，遂過繼給伯父為嗣。少時好學深思，傾慕永嘉前輩的學術風範，流連北宋學者周行己（字恭叔，世稱浮沚先生，浙江瑞安人，1067-1125）故居。梁啟超稱溯初：

> 刻於持己，敏於察物，忠於待友，而熱於憂世，事所宜任者罔不任，顧謇謇焉。終不稍自枉以徇流俗，故常在困橫中，然鍥而不舍之度，終不改也。意者其所受太公之教深矣。[8]

俞頌華與中國民主同盟負責人黃炎培（字任之，號楚南，江蘇川沙人，1878-1965）聯名挽詞：

> 入繁華而不競，處脂膏而不潤，不論在朝在野，時時留意根本至計。凡所策劃，往往見效而不居功，並不居名；憂國憂民，以亡其身，以終其

---

7 整理自紀虹：〈政治舞台一導演，梁啟超智囊黃溯初（一九四五年五月十五日）〉，黃群撰；盧禮陽輯，《黃群集》（上海：上海社會科學院出版社，2004年10月），頁333。曹聚仁之文：「1942年，重慶國民政府忽然明令褒揚梁任公一回，文辭典麗，這便是蔣委員長應黃溯初之請而發佈的。」同前註。

8 梁啟超：〈黃太公壽辭〉（1921），《梁啟超全集．9》（北京：北京出版社，1999年7月），頁5202。

生。溯初先生有焉。[9]

三　遷居漢口、陳適

1934年年表云：「迪我公辭去《時事新報》職，應湖北公路局局長陳適存甫先生之邀，赴漢口任職。隨家遷居漢口。」先生在〈永恆的典範〉追思四哥黃貴放時回憶當年情景：

> 兩三歲，遷居漢口，黃昏時候，四哥常常牽著我去家附近散步。印象中那兒有一大片草地，旁邊有高起的長隄，隄上還有一座小拱橋。有時四哥興起，會抱起我坐在他的肩上，走上拱橋頂，用手舉起我的手，指著天，教我說：「天！」這個印象，是我能夠記憶的最早最早的一件事。[10]

年表提及的陳適（1881-1988），字存甫，亦是溫州平陽人，高等小學畢業時，恰逢辛亥革命爆發，立志投筆從戎，先後畢業於南京陸軍第四中學，保定陸軍軍官學校第三期步兵科。歷任浙江陸軍第一師團參謀官，上海護法軍第四團團長，廣州大本營軍政部參事。1926年任黃埔軍校編輯委員會委員。隨軍參加北伐戰爭，任國民革命軍總司令部編審委員會委員，軍務局高級編譯官，1935年任軍政部軍事教育委員會少將委員。[11]溫州會館正門眉額「溫州同鄉會」五個大字，為其所書，1944年當選為同鄉會理事長。可見陳適與迪我公有著同鄉的情誼，因此邀他至漢口，原因可能是1935年後，《時事新報》為孔祥熙（字庸之，號子淵，祖籍山東曲阜，山西太谷人，1880-1967）集團控制。再者，溯

9　張宏敏，黃洪興，袁新國主編：《浙江江夏文化研究·2013浙江江夏文化高峰論壇論文集·1》（武漢：武漢大學出版社，2014年11月），頁199。

10　收入《黃故教授貴放先生哀思錄》，頁109。

11　陳予歡編著：《黃埔軍校將帥錄》（廣州：廣州出版社，1998年9月），頁539。當時陳適存甫是否擔任湖北公路局局長尚待查證。《申報》1936年10月3日載：「鄂省公路局長王強、調建廳技正，遺缺以辛耀燊繼充。」1937年7月16日「公路委會在漢開幕，……由鄂公路局長胡舜生致開會詞」，人事更迭頗速，如1934年陳適任鄂公路局長，在1936年已轉易王強，可能也是迪我公回到家鄉平陽的因素之一。

初先生事業面臨危機，1934年通易銀行倒閉，又以粵桂變故，溯初公專營銀行、信託、儲蓄、保險等公司業務面臨破產。[12]後來先生祖父逸甫公老病，召迪我公返浙江平陽家鄉，先生遂隨父歸故鄉。年表隸定在1937年先生六歲齡，〈永恆的典範〉則說：

> 從漢口回到家鄉平陽，我已五歲了。……四哥則考上家鄉的溫州師範學校，……四哥成績優異是出了名的。

年齡雖略有出入，但可能是以實歲或虛歲計的緣故。倒是貴放先生就讀的溫州師範學校，有一則校聞〈校長辦公室消息：捐贈本校校產之黃溯初先生到校，召集全體學生請黃先生講演〉，[13]可見溫州師範學校校產為黃溯初先生所捐贈，作為黃氏子弟，不負眾望，考取後又一直保持優異成績，實為難得。

四　早年寫作及獄友

先生以學術研究享譽學術界，但如非1949年後仍持續的風聲鶴唳的政治氛圍及以學術立身立業，先生的文藝創作恐怕也會有可觀質量的突出成就。先生於1947年2月16日抵臺，8月考入臺北師範學校，就讀期間即開始寫作，翌年（1948）1月1日有〈談節約〉刊《建國月刊》，此後幾乎是《建國月刊》的常客，2、4、7-9月都有文章刊登，有〈元夜雜感〉、〈板橋遊記〉等創作，也有〈談「駱駝祥子」〉、〈談文章寫作〉、〈國民教育的我見〉等評論文章。1949年4月還曾發表新詩〈期待嗎——獻給我自己〉，詩寫著：

> 把平等美麗的世界，
> 寄託在期待中。
> 戰鬥底旁觀者，

---

12 見《申報》1936年9月5日第17版。1936年11月5日第13版報導通易公司破產。
13 刊《溫師》1936年第2卷第3-5期，頁64。

黎明底夢想者，
在牢獄裡挨著壓迫者的鞭
　子吧，
你，懦弱的傢伙！
——自由，民主，光明，
你呻吟著這些口號。
向現實屈服的新第三種人
　喲：
只有行動，纔是真正的力
　量！

然而，冥冥中似乎無妄的牢獄之災即將降臨，過了兩個多月，7月9日晚，先生即遭臺灣省保安司令部逮捕。以「老虎凳」酷刑偵審是否讀過蘇聯及共產黨馬克思的《資本論》和油印的《光明報》。先生雖自同學魏賢餘處快讀《資本論》一過，也從同學鄒朝麟處看過《光明報》，但堅稱未讀，魏君、鄒君遂得以平安。先生則判「思想左傾」「發交感訓8月」，1950年3月，感化期滿出獄。

此後，偶有習作發表，1957年在《新生報》發表〈牌上風雲〉；1958至1959年間，在《中央日報．中央副刊》發表了〈母親學生〉、〈記者招待會〉、〈爬出陰溝的人〉、〈檢字紙的小孩〉、〈附帶一件事〉五篇小說，1959年〈她會哭嗎？〉小說獲獎，刊《大學生活》，及至1961年師大國文系畢業後，卻沒再寫過小說，自此沉潛於學術研究。

《建國月刊》一如其刊名，1947年10月1日創刊，創刊背景即在於臺灣戰後兩年內的社經動盪，而中國境內也因國共內戰日趨嚴峻，社會不安，迫使國民政府頒佈總動員，提倡戡亂總動員有錢出錢有力出力，並倡導新生活運動，勵行節約消費。先生首篇文章〈談節約〉應該就是在這樣背景下寫就的。該刊設有「青年園地」，既有改造青年作用，也可扶植青年的文藝創作，當年投稿的青年才俊，除先生外，尚有蕭金堆（筆名蕭翔文，銀鈴會成員，1927-）、陳文彬、文心（本名許炳成，1930-1987）諸青年，尤其先生之文與陳文彬作品，經常同時一前一後刊登。惜次年無端被捕，中斷了創作。

牢獄之災之可怖，對心靈衝擊之大，恐怕非經其歷，難以體會。在促進轉型正義委員會公布了戰後政治案件受難者的檔案後（臺灣轉型正義資料庫），讓人毛骨悚然的是這些案情略述的文字多是：

> 思想左傾。思想不正。涉有匪嫌。意志不堅。閱讀左傾書籍。感化。言論偏激，思想左傾。意志不堅，易受匪利用。發表左傾文字諷刺政府。思想左傾、攻擊政府。閱讀匪黨書籍唯物論。思想可疑。書寫反動文章。與匪黨份子接近。

很多是僅僅四個字就判以入獄刑罰，甚至失去生命的，所在多有。先生在獄得識楊逵（本名楊貴，臺南新化人，1906-1985）先生。獄友有王家儉（1925-2016）、[14]段世革（1928-1995）、謝劍（1934-）、董悅民。

北師屠炳春（1921-2017）先生，則以校方聘為社會科學研究會指導教師故，亦遭逮捕。屠炳春，出生於江蘇武進，湖北師範學院畢業，1946年來臺，先後任職於臺灣省立師範學院與國立臺北教育大學，史學著述甚多，屠先生被起訴時年齡29歲。

段世革，湖南湘鄉縣人，被起訴時年齡32歲；他成績每名列前茅，因此有「包頭生」之雅號。1947年隨青年軍來臺，不久因病退伍，入臺大法學院圖書館任雇員，在圖書館無書不讀。1949年被臺灣警備總司令部以「匪諜」被捕，後任教於淡江大學中國文學學系。

王家儉，安徽省渦陽縣殷廟集人，1947年8月，隨友人來臺旅遊，旋因國內局勢動盪，交通受阻，乃決意在臺求學。1949年4月6日，「四六事件」發生，時軍隊進入師範學院逮捕學生，王氏受牽連，與其他住宿同學二百餘人同時被捕，兩週後始獲釋放。同年8月，復為同學李某構陷，再度被捕，當局以寧「錯抓不能錯放」為由，送往內湖新生總隊感訓，遭囚禁年餘，直到1951年

---

[14] 臺灣師大歷史系電子報謂其生年1923年，轉型正義資料庫記載為1925年。黃慶萱先生之生日亦同樣有出入，年表謂1932年3月21日，轉型正義資料庫記載為1932年2月16日。

6月方得釋回，並准予復學，其後任臺灣師大歷史系教授、系主任。著有專書《魏源對西方的認識及其海防思想》、《魏源年譜》、《中國近代海軍史論集》、《李鴻章與北洋艦隊》、《洋員與北洋海防建設》等。

謝劍，字麟飛，湖南省沅江縣人。國際客家學會首屆會長。臺大考古人類學研究所碩士，美國匹茲堡大學人類學博士。現任教香港中文大學人類學系，並從事中國少數民族以及海外華人志願社團（主要為客家群）之研究。歷任中央研究院歷史語言研究所助理研究員、香港中文大學教授、臺灣大學人類學系客座教授、香港樹仁學院社會學系教授兼當代中國研究中心主任、南華管理學院亞太研究所所長。1999年任南華大學社會學院院長。

鄒朝麟則因先生堅未吐露，得以逃過牢獄之災，後擔任臺北縣（新北市）瑞芳鎮瑞亭國民小學校長，直至退休。

同與先生入獄諸友，其後人生之路亦都是從事學術研究，任職於大學學術殿堂，或許是最穩妥的人生抉擇。以下謹附上先生著作目錄，以補足前後時期的篇目。

附：黃慶萱先生著作目錄初編

民國37年（1948）　先生17歲

・1月1日，〈談節約〉刊《建國月刊》第1卷第4期，頁93。
・2月1日，〈元夜雜感〉刊《建國月刊》第1卷第5期，頁71-72。
・4月1日，〈板橋遊記〉刊《建國月刊》第2卷第1期，頁58-59。
・7月1日，〈談《駱駝祥子》〉刊《建國月刊》第2卷第4期，頁49。
・8月1日，〈談文章寫作〉刊《建國月刊》第2卷第5期，頁48-49。
・9月1日，〈國民教育的我見〉刊《建國月刊》第2卷第6期，頁47。

民國38年（1949）先生18歲

・4月，〈期待嗎──獻給我自己〉刊《開明少年》第45期，頁57。

民國42年（1953）　先生22歲

・1月，〈牛仔褲恩怨記〉刊《臺灣教育輔導月刊》第3卷第1期，頁45-47。
・8月，〈從算術測驗的結果談改良教學〉刊《臺灣教育輔導月刊》第3卷第8期，頁23-25。

民國46年（1957）　先生27歲

・3月25日，投書《新生報・讀者之聲》反對教育部對大專聯考不分組、考十科的倉促決定。編輯刊出兩篇讀者投書，標題作〈大專院校不分組招生，莘莘學子都不勝惶恐〉。第一篇為先生之作，署名「房青選」，第3版。
・12月23日，〈牌上風雲〉刊《新生報・新生副刊》。

民國47年（1958）　先生27歲

・1月5日，〈母親學生〉刊《中央日報》第6版中央副刊。
・6月22日，〈記者招待會〉刊《中央日報》第6版中央副刊。

民國48年（1959）　先生28歲

・1月1日，〈她會哭嗎？〉，《大學生活》第4卷第9期，頁75-78。
・5月27日，〈爬出陰溝的人〉刊《中央日報》第7版中央副刊。
・8月2日，〈檢字紙的小孩〉刊《中央日報》第7版中央副刊。
・8月21日，〈虛榮〉刊《中央日報》第7版中央副刊。
・8月29日，〈附帶一件事〉刊《中央日報》第7版中央副刊。

民國53年（1964）　先生33歲

・夏，完成碩士論文《史記漢書儒林列傳疏證》，獲文學碩士學位。（指導教授楊家駱先生為作〈史漢儒林傳疏證序〉，稱許此書：「旁徵博采，綱舉目張，信足漱六藝之芳潤，為讀史之津梁矣！英年劬學，方將繼此有所作。」1966年3月，碩論獲嘉新水泥公司文化基金會獎助出版，為王雲五先生主編之「嘉新水泥公司文化基金會叢書」研究論文第六十二種，凡290頁。）

民國54年（1965）　先生34歲

・6月，〈史漢儒林列傳疏證述例〉刊《學粹》第7卷第4期，頁16-19。

民國55年（1966）　先生35歲

・3月15日，〈「公孫弘為學官」考釋〉刊《大陸雜誌》第32卷第5期，頁23-25。（收入大陸雜誌社編輯委員會編《大陸雜誌史學叢書第三輯：秦漢中古史研究論集》，1970年初版，頁134-136。）
・3月，碩士論文《史記漢書儒林列傳疏證》獲嘉新水泥公司文化基金會獎助出版。（見1964年條）
・5月，〈王國維兩漢博士題名考補遺〉刊《大陸雜誌》第32卷第10期，頁27-29。（收入《秦漢中古史研究論集》，頁122-124。）

民國56年（1967）　先生36歲

・10月，〈儒家人性論之探究〉刊《孔孟月刊》第6卷第2期，頁18-21+27。（收入「滄海叢刊」《學林尋幽——見南山居論學集》，臺北：東大圖書公司，1995年3月初版，頁79-90。）

民國57年（1968）　先生37歲

・3月，〈「底」「的」「地」「得」考辨〉刊《慶祝高郵高仲華先生六秩華誕論文集》，臺北：臺灣師大國文研究所，頁447-474。

民國58年（1969）　先生38歲

・10月18日、11月1日，〈公孫弘及其興學議〉刊《書和人》，凡14頁。
・12月，〈公孫弘及其興學議〉刊《慶祝瑞安林景伊先生六秩誕辰論文集》，臺北：臺灣學生書局，頁1355-1384。

民國59年（1970）　先生39歲

・5月4日，〈風樹非喻養親〉刊《大華晚報》第8版。
・《周易讀本》，臺北，三民書局出版。

民國60年（1971）　先生40歲

・1月，〈史漢儒林傳疏證述例〉收入楊門同學會編刊楊家駱先生《仰風樓文集・初編》卷9。又編入《學林尋幽——見南山居論學集》，頁315-324。
・10月，〈蕭衍及其《周易大義》稿〉刊《孔孟月刊》第10卷第2期，頁16-18。
・12月，〈訓詁學上的形訓條例〉刊《文風》第20期，頁26-39。

民國61年（1972）　先生41歲

・3月，〈王肅及其《周易注》〉刊《幼獅學誌》10卷第1期，頁1-27。
・6月，〈干寶及其《周易注》〉刊《幼獅學誌》10卷第2期，頁1-57。
・6月，〈現代中國語文中的修辭現象〉獲行政院國家科學委員會獎勵。
・7月，完成博士論文《魏晉南北朝易學書考佚》，榮登「中華民國國家文學博士」。業師高明教授為作〈《魏晉南北朝易學書考佚》序〉，《高明經學論叢》，臺北：黎明文化事業公司出版，頁83-85。

- 12月，〈陳新雄著《古音學發微》〉刊《華學月刊》12期，頁8-16。（共同作者沈謙）
- 《魏晉南北朝易學書考佚稿》獲行政院國家科學委員會研究獎勵。

民國62年（1973）　先生42歲

- 2月，〈《魏晉南北朝易學書考佚》提要〉刊《中華文化復興月刊》第6卷第2期，頁40-47。（又刊《木鐸》卷期3/4，1975年11月，頁99-115。）
- 4月，〈盧景裕及其《周易注》〉刊《國文學報》第2期，頁17-30。
- 5月，〈魏晉南北朝易學書考佚〉刊《華學月刊》第17期，頁29-44。
- 9月，〈周弘正及其《周易講疏》〉刊《中華文化復興月刊》第6卷第9期，頁26-33。
- 9月，〈劉讞[15]及其《易》學著作〉刊《文史季刊》第3卷第3期，頁35-45。
- 10月，〈譬喻〉刊《新文藝》211期，頁148-161。
- 11月，〈轉化——現代語文修辭問題〉刊《新文藝》第212期，頁116-132。

民國63年（1974）　先生43歲

- 2月15、17日，〈文學作品中的「借代」現象〉刊《中華日報》第9版。
- 3月，〈修辭學淺介〉刊《學粹》第16卷第1期，頁12-19。
- 3月，〈漢語中的轉品現象〉刊《文藝復興》第50期，頁37-43。
- 4-5月，〈梁褚仲都及其《周易講疏〉〉刊《國魂》第341、342期，頁38-42、51-54。
- 6月，〈文學作品中的設問現象〉刊《學粹》第16卷第2期，頁14-18。
- 6月，〈文學作品中的映襯現象〉刊《文藝復興》第53期，頁46-54。

---

[15] 案：劉讞，查無此人，疑為「劉瓛（434-489）」之誤。劉瓛，字子珪，小字阿稱，沛國相縣（今安徽宿州市）人。南朝齊學者、文學家，晉朝丹陽尹劉惔六世孫。年少篤學，博通《五經》。聚徒教授，發展儒家和《易》學，著《周易乾坤義》一卷、《周易四德例》一卷、《周易繫辭義疏》二卷。

· 11月，〈文學裡的象徵〉刊《中華文化復興月刊》第7卷第11期，頁53-60。

民國64年（1975）　先生44歲

· 1月，《修辭學》由臺北：三民書局初版，叢書名：大學用書。（5月，思兼〈黃慶萱著《修辭學》評介〉刊《幼獅月刊》第41卷第5期，頁23-27。6月24日，王鼎鈞〈開放的修辭學〉刊《中華日報》。8月，王熙元〈修辭學領域的開拓──黃慶萱著《修辭學》評介〉，刊《書評書目》28期，頁101-106。）

· 1月，《漢語修辭格之研究》由臺北：三民書局初版，教師升等送審著作。

· 4月，〈論「摹寫」〉，《文藝復興》第61期，頁40-51。

· 6月24日，王鼎鈞〈開放的修辭學〉刊《中華日報》。收入先生《修辭學》「附錄」，頁601-602。（互見1月條目）

· 11月，《魏晉南北朝易學書考佚》，臺北：幼獅文化事業公司。

· 11月，〈《魏晉南北朝易學書考佚》提要〉，《木鐸》，臺北：中國文化大學中文系、中文研究所出版，頁99-115。（互見1973年條）

民國65年（1976）　先生45歲

· 1月22日，〈「劉孝標自序」析評──古文新探之一〉刊《中央日報》第10版中央副刊。

· 2月11日，〈〈始得西山宴游記〉析評──古文新探之二〉刊《中央日報》第10版中央副刊。

· 3月25日，〈〈赤壁賦〉析評（上）──古文新探之三〉刊《中央日報》第10版中央副刊。

· 3月26日，〈〈赤壁賦〉析評（下）──古文新探之四〉刊《中央日報》第10版中央副刊。又刊本年6月，《文風》第29期，頁6-10。

· 4月，〈《周易．坤》卦釋義〉刊《孔孟學報》第31期，頁93-132。

· 4月，〈《周易》與孔子──《周易》何以成為儒家之經典〉刊《中華文化復興月刊》第9卷第4期，頁56-60。（收入《周易縱橫談》，自序云：是梅新兄主編《中華文化復興月刊》時，約我寫的。發表於該刊第9卷第4期，時間是

1976年4月。原文包括三部分：一、《周易》是一部「叢書」。二、孔子與《周易》的關係。三、《周易》由占筮之書變成儒家經典。由於一、三兩項內容與〈《周易》叢談〉重複，故結集時刪去，僅留第二項於此。此文甚疏略；但是，所說孔子嘗讀《易》，偶講《易》，未著《易》的意見至今未變。）

· 6月，〈斠讎在國文教學上的重要性〉刊《中等教育》第3卷第4期，頁53-55。後收入《學林尋幽——見南山居論學集》，頁261-271。
· 7月13日，〈最後的古屋〉刊《中央日報》第10版中央副刊。收入1998年12月，鄧仕樑、小思、樊善標等編：《歲華——香港中文大學三十五年中國語言及文學系教師文藝作品集》，香港：香港中文大學出版社，頁233-236。
· 7月，〈《周易》與孔子〉刊《哲學論集》，頁404-414。
· 9月15日，〈寫給新鮮人〉刊《中央日報》第10版中央副刊。
· 10月10-11日，〈細品〈梁父吟〉〉刊《中央日報》第10版中央副刊。
· 10月13日，〈《說文》的圈點和整理〉因故未發表，後收入《學林尋幽——見南山居論學集》，頁35-38。

民國66年（1977）　先生46歲

· 4月，〈《周易．坤》卦釋義〉刊《孔孟學報》第33期，頁63-87。
· 5月25日、6月10日，〈《周易．乾》卦釋義（1-15）〉刊《青年戰士報》第10版。
· 6月，〈修辭學與國文教學〉刊《中等教育》28卷4期，頁27-29。（10月又刊《學粹》19卷4-5期，頁31-33。後易題作〈修辭學在國文教學上的重要性〉，收入《學林尋幽——見南山居論學集》，頁273-586。）
· 8月2、4日，〈古文新探〈管晏列傳〉析評——兼探司馬遷的意識與修辭〉刊《中央日報》第10版中央副刊。
· 9月，〈《西遊記》的象徵世界〉刊《幼獅月刊》第46卷第3期，頁50-61。（後收入《與君細論文》，頁8-34。）
· 9月，〈《周易．謙》卦釋義〉刊《潘重規教授七秩誕辰論文集》，頁53-67，臺北：潘重規教授論文集編編輯委員會印行。（後收入《周易讀本》，頁203-212。）

．11月28日、12月8日，〈《周易．坤》卦釋義（1-10）〉刊《青年戰士報》第10版。

．11月，〈修辭學述要〉收入《國學研究論集》，臺北：學海出版社初版，頁93-95。

．12月，〈《周易．師．比》解〉刊《幼獅學誌》第14卷第3、4期，頁153-175。

民國67年（1978）　先生47歲

．1月，〈如是我盼〉刊《幼獅文藝》第47卷第1期，頁54-55。

．1月，〈《周易．乾》卦釋義（1）〉刊《鵝湖月刊》第3卷第7期，頁36-41。

．2月，〈《周易．乾》卦釋義（2）〉刊《鵝湖月刊》第3卷第8期，頁15-21。

．2月，〈《周易》縱橫談〉刊《幼獅月刊》第47卷第2期，頁55-59。（後收入《周易縱橫談》）

．4月，《周易．乾》卦釋義（3）〉刊《鵝湖月刊》第3卷第10期，頁37-40。

．4月5日，〈中國古典文學中的「極短篇」〉刊《聯合報》第12版聯合副刊。（後編入《極短篇》，聯經出版公司，1979年3月，頁164-169。又收入《與君細論文》，臺北：東大圖書公司發行，1999年3月初版，頁3-7。）

．4月，〈《周易．屯．蒙》解〉刊《孔孟學報》第35期，頁49-74。

．5月，〈《周易．乾》卦釋義（4）〉刊《鵝湖月刊》第3卷第11期，頁30-33。

．5月，〈理論與批評專頁──細讀《漁歌子》〉，《幼獅文藝》第47卷第5期（第293期），頁53-75。（《漁歌子》，陳郁夫著。）

．6月，〈《周易》淺談〉刊《明道文藝》第27期，頁15-21。

．6月，〈我對中國文字的看法〉刊《國教之聲》第11卷5/6期，頁5-8。

．6月，〈肯定自己〉刊臺灣師大國文系系刊《文風》特稿，頁10。（本系主任賴貴三教授提供）

．9月，〈《周易．需．訟》解〉刊《孔孟學報》第36期，頁41-62。

．11月20日，〈「五子哭墓」小評〉，《聯合報》第8版。（本系碩士班林士翔提供）

・12月，〈小說評論標準的檢討——白先勇《驀然回首》讀後〉，《書評書目》68期，1978年。頁75-78。（編入《與君細論文》，頁235-239。）

・12月，〈《易》學書簡〉刊《幼獅月刊》第48卷第6期，頁52-59。

・本年以〈《周易・坤》卦釋義〉獲行政院國家科學委員會獎勵，刊《行政院國家科學委員會研究論文摘要》。

民國68年（1979）　先生48歲

・1月，〈《易》學書簡〉刊《幼獅月刊》第49卷第1期，頁。（承上。後收入《周易縱橫談》，臺北：東大圖書公司，1995年初版，頁271-303。桂林：廣西師範大學出版社，2006年。又收入劉大鈞總主編：《周易經傳・5》，上海：上海科學技術文獻出版社，2010年4月，頁2010-2124。李怡嚴書簡日期2月10日、6月17日、11月13日，黃慶萱書簡日期6月20日、8月1日。）

・2月3日，〈故鄉平陽的新年〉刊《臺灣時報》第9版。

・2月《中國文學鑑賞舉隅・序》刊《中國文學鑑賞舉隅》，臺北：東大圖書公司。（本系主任賴貴三教授提供）

・4月，〈《周易・小畜・履》卦釋義〉刊《孔孟學報》第37期，頁1-20。

・4月，〈修辭學導讀〉收入《國學導讀叢編（五）》，臺北：康橋出版社初版，頁257-285。

・4月，《中國文學鑑賞舉隅》（與故師母許家鸞合著），臺北：東大圖書公司初版。

・9月，〈《周易・泰・否》釋義〉刊《孔孟學報》第38期，頁91-112。

・11月20日，〈〈五子哭墓〉小評〉刊《聯合報》第8版聯合副刊。

・12月，〈徐志摩〈再別康橋〉詩析評〉刊《明道文藝》第45期，頁126-132。收入（《與君細論文》，題作〈引人參化的精美語言——徐志摩詩〈再別康橋〉析評〉，頁193-206。）

・12月，〈研究中國古典文學的幾個層面〉刊《古典文學》第1期，頁387-398。

民國69年（1980）　先生49歲

・1月9-11日，〈由《圍城》說起──會評陳若曦的〈城裡城外〉〉，《聯合報》第8版，會評者有朱西甯、李昂、殷張蘭熙、侯健、張曉風、蕭芳生。（後收入《與君細論文》，頁85-89。）

・4月，〈《周易・同人・大有》釋義〉刊《孔孟學報》第39期，頁1-20。

・5月，《周易讀本》，臺北：三民書局初版。

・6月，〈退溪栗谷理氣說較論〉刊漢城《退溪學報》第26期，頁167-178。（原發表於「近世儒學與退溪學第四次國際學術會議」之論文，後又收入《學林尋幽──見南山居論學集》，頁91-108。）

・7月18日，〈「明明德」的戲劇化──《聯副》呂念雪小說〈拆牆〉短評〉刊《聯合報》第8版聯合副刊。後收入《與君細論文》，頁151-152。

・8月17日，〈以風流為道學，寓教化於詼諧──夏志清與國內學者談中國文學研究〉（座談會），《聯合報》第8版聯合副刊。（本系碩士班林士翔提供）

・9月，〈《周易・謙・豫》釋義〉刊《孔孟學報》第40期，頁15-34。

・9月，〈專題・奔赴自由的「腳印」──生動的文獻〉（介紹小說〈腳印〉之一），刊《幼獅文藝》第52卷第3期（第321期），頁18-19。

・11月，〈蘇軾〈記承天寺夜遊〉座談會紀錄〉（張澄仁整理），《明道文藝》第56期，頁159-167。

・是年，以〈周易泰否釋義〉獲行政院國家科學委員會獎勵。

民國70年（1981）　先生50歲

・1月，〈蕭衍及其《周易大義》稿〉編入林尹《易經論文集》，臺北：黎明文化事業公司，頁429-435。

・2月，〈原興〉編入《慶祝陽新成楚望先生七秩誕辰論文集》，臺北：文史哲出版社。

・3月15日，林慶彰著《圖書文獻學研究論集》提到編輯《中國文化研究論文目錄》時，曾將類目表預先油印，邀請劉兆祐師、喬衍琯、黃慶萱、胡楚生、王民信、王國良等數位教授，與編輯人員詳細磋商討論，以求類目之盡善盡美。北京：文津出版社，頁266。

· 3月，明・吳承恩著；黃慶萱、林明峪、龔鵬程編撰改寫《取經的卡通——西遊記》，臺北：時報文化出版事業公司出版。（1992年10月，符國棟主編，北京：中國三環出版社出版。2005年1月，《西遊記快讀——取經的卡通》，海口：海南出版社出版。2012年4月，時報文化出版企業股份有限公司再版。2013年5月，《中國歷代經典寶庫・43——風靡臺灣的迷你版《西遊記》》，北京：中國友誼出版公司出版。）並審訂顏崑陽主編、高雄故鄉出版社出版之《古中國之旅——三國古戰場》。
· 4月，〈《周易・隨・蠱》卦釋義〉刊《孔孟學報》第41期，頁19-36。
· 8月，〈《周易・噬嗑・賁》卦釋義〉刊《中國國學》第9期，頁40-53。
· 8月，〈《周易》的文學價值〉刊《浸會學院學報》第8卷，頁1-12。又刊1982年4-5月，〈《周易》的文學價值（上、下）〉，《中華易學》第3卷第2、3期（第26、27期），頁58-62、58-61。職稱署「香港浸信會學院中文系教授」。後收入《周易縱橫談》，頁235-258。
· 12月，〈中國古典文學中的「極短篇」〉收入聯副三十年文學大系編輯委員會編《聯副三十年文學大系・評論卷・3・現代文學論》，臺北：聯合報社，頁351-356。
· 是年，以〈《周易・同人》等十卦釋義〉獲行政院國家科學委員會獎勵。

民國71年（1982）　先生51歲

· 2月5日，〈蛇〉刊《聯合報》第8版聯合副刊。
· 3月2日，〈電視你我他〉刊《聯合報》第8版聯合副刊。
· 3月6日，〈教師週記〉刊《聯合報》第8版聯合副刊。
· 3月17日，〈淤泥與蓮〉刊《聯合報》第8版聯合副刊。
· 3月25日，〈鄰惡又何妨〉刊《聯合報》第8版聯合副刊。
· 4月19日，〈作家，不可以這樣！〉刊《聯合報》第8版聯合副刊。
· 4月23日，〈香港・一九九七〉刊《聯合報》第8版聯合副刊。

· 4月，〈《周易·臨·觀》釋義〉刊《孔孟學報》第43期，頁43-60。
· 5月1日，《華僑日報》刊登先生擔任新亞研究所文化講座，主講「《周易》之文學價值」新聞。該則報導略云：「對治修辭學、《易經》極有成就。……著作極多，……深為士林推重。其在臺北《聯合報》之特約快筆短文，清新流暢，尤膾炙人口。」
· 5月21日，〈書恨少〉刊《聯合報》第8版聯合副刊。
· 6月，〈《金瓶梅審探》序〉收錄魏子雲《金瓶梅審探》，臺北：臺灣商務印書館，頁1-5。（後又收入《與君細論文》，題作〈作品與作者考證——魏子雲《金瓶梅審探》序〉，頁230-234。）
· 8月3日，〈可不是「教條」〉刊《聯合報》第8版聯合副刊。
· 9月15日，〈《聯副三十年文學大系》告成特輯：文壇千疊，花開萬樹！管領風騷——評論卷1·中國古典文學論〉刊《聯合報》第8版聯合副刊。（收入《與君細論文》，頁223-229。題作〈管領風騷——《聯副三十年文學大系·中國古典文學論》序〉）
· 9月，與許錟輝、王熙元、張建葆合著《讀書指導》大學用書3版，臺北：南嶽出版社。

民國72年（1983）　先生52歲

· 孫傳釗〈臺灣學者黃慶萱《修辭學》評介〉，《修辭學習》第1期。摘要：「一九七五年春，臺灣省立師範大學黃慶萱先生撰著的四十萬餘字的《修辭學》問世了，引起了臺灣修辭學界和文學評論界的注意，獲得好評。被稱譽為『大大地開拓了修辭學的領域』。（王熙元〈修辭學領域的開拓〉）黃慶萱《修辭學》的誕生，給臺灣修辭學帶來了新的一頁，標誌著臺灣的語文界的注意力開始轉移到現代漢語的修辭現象上來，重視當代文學作品中的修辭現象的研究和探討。」頁86。
· 10月，《中國文學鑑賞舉隅》再版，《修辭學》第4版。
· 10月，〈豈僅是神話與愛情——評介沈謙《神話·愛情·詩》〉，後收入《與君細論文》，頁240-258。（沈謙《神話·愛情·詩——中國古典詩比較評析》，臺北：尚友出版社。）

民國73年（1984）　先生53歲

- 1月，〈序——惠仔，你去哪裡？〉收錄李惠銘《逝去的街景》，臺北：學英文化事業公司。（後收入《與君細論文》，題作〈惠仔，你去哪裡？——序李惠銘《逝去的街景》〉，頁116-132。）
- 1月27日，〈探荒——觀荒謬劇《腳色》有感〉刊《中國時報》第32版人間副刊。（後收入《與君細論文》，題作〈探荒——觀馬森荒謬劇《腳色》有感〉，頁216-219。）
- 2月29日，〈士的聯想〉刊《青年戰士報》第11版。（本系碩士班林士翔提供）
- 4月5日，〈不要跟天地作對！〉刊《聯合報》第8版聯合副刊。
- 4月，〈《周易・噬嗑・賁》卦釋義〉刊《孔孟學報》47期，頁85-109。
- 5月，張高評等著《中國散文之面貌》，〈第四章・中國散文之修辭——黃慶萱〉，臺北：中央文物供應社，頁105-176。
- 6月3日講評陳啟佑〈新詩形式設計的美學基礎——倒裝篇〉，「第一屆現代詩學研討會」由《文訊月刊》、《商工日報》春秋副刊合辦。
- 8月，《周易讀本》，臺北：三民書局再版。
- 11月，〈見山祇是山——鄭樹森編《現象學與文學批評》責任書評〉刊《聯合文學》第1期，頁211-212。（後收入《與君細論文》，頁268-269。）
- 12月，〈大學聯考作文題之檢討——應《聯合文學》「文學作家看大學聯考國文科作文題」大評鑒而寫〉《聯合文學》第2期，頁237-238。（後收入《學林尋幽——見南山居論學集》，頁311-314。）
- 12月，〈假如作文練習像數學一樣〉刊《聯合文學》第2期，頁145。（後收入《與君細論文》，題作〈假如作文練習像數學演算一樣——王鼎鈞《作文七巧》責任書評〉，頁270-271。）
- 〈西遊記評介〉，收入朱傳譽主編《中國古典小說研究資料彙編》，臺北：天一出版社，頁1-21。

民國74年（1985） 先生54歲

- 1月，〈未嘗不可的新方向──傅錫壬《牛李黨爭與唐代文學》責任書評〉刊《聯合文學》第3期，頁135。（後收入《與君細論文》，頁272-273。）
- 3月，〈臺灣三十年來的變遷紀錄（短評）〉刊《聯合文學》第3期，頁197-198。（編入平路《椿哥》，〈臺灣三十年來的變遷紀錄〉，臺北：聯經出版公司，頁3-4。）
- 2月，〈宇宙悲情、十面八方〉（朱西甯著《熊》）刊《聯合文學》第4期，頁205-206。（後收入《與君細論文》，題作〈十面八方的宇宙悲情──朱西甯《熊》責任書評〉，頁147-148。）
- 4月，〈敬禮，向理性的英雄〉（評王幼華〈兩鎮演談〉）刊《聯合文學》第6期，頁216-217。（後收入《與君細論文》，頁149-150。）
- 4月9日，〈字典學臺北〉（大陸出版的《辭海》，大陸新修的《辭源》）刊《聯合報》第8版聯合副刊。
- 6月，〈怎樣編寫國文教科書〉刊《國文天地》第1期，頁12-16。（收入《學林尋幽──見南山居論學集》，題作〈談國文教科書的編寫〉，頁247-260。）
- 8月，〈《周易》與人生哲學〉刊《孔孟月刊》第23卷第12期（第276期），頁31-36。
- 8月，〈依稀猶見來時的路（評《凌叔華小說集》）〉刊《聯合文學》第10期，頁214。（後收入《與君細論文》，題作〈依稀猶見來時路──《凌叔華小說集》責任書評〉，頁145-146。）
- 9月，〈《易經》與中國文化〉刊《慧炬》第254/255，頁22-27。
- 9月，〈談字典：一種最重要的工具書〉刊《國文天地》第4期，頁48-53。
- 9月，《修辭學》第5版，臺北：三民書局。
- 10月，〈中文系課程在香港〉刊《文訊》第20期，頁122-125。
- 11月，〈談辭典〉刊《國文天地》第6期，頁62-66。

民國75年（1986）　先生55歲

· 2月，〈試論朱自清先生「匆匆」的修辭技巧〉刊《國文天地》第9期，頁82-83。（國75甲闕世榴合撰）

· 4月，〈攀登傳統修辭的顛峰——評黃永武著《字句鍛鍊法》責任書評〉刊《聯合文學》第2卷第6期（第18期），頁154。9月，又刊《洪範雜誌》第28期第2版，題作〈攀登傳統修辭的顛峰——評《字句鍛鍊法》〉。（後收入《與君細論文》，頁274-275。「顛」，作「巔」。）

· 4月，「科學與中文」專欄〈科學中文〉刊《國文天地》第11期，頁27-29。（另為李豐〈成語中的科學——垂涎三尺．饞涎欲滴〉、呂應鐘〈翻譯與科學中文化〉、劉君燦〈氧是氣體還是液體？——科學教育中的國語文問題〉。）

· 4月，〈單句的結構（1）：普通句、複雜句〉刊《中國語文》第58卷第4期（第346期），頁12-18+39。

· 4月，〈單句的結構（2）：倒裝句、包孕句、簡略句〉刊《中國語文》第58卷第5期（第347期），頁16-26。

· 6月，〈複句的結構〉刊《中國語文》第58卷第6期（第348期），頁11-19。

· 8月，〈「《周易》一書運用神話與傳說示例」講評〉刊《中外文學》第15卷第3期（第171期），頁62-69。（後收入《周易縱橫談》，題作〈《周易》與神話傳說——〈《周易》一書運用神話與傳說示例〉講評〉，頁259-269。游志誠〈《周易》一書運用神話與傳說示例〉刊《中外文學》同期，頁44-61。）

· 是年，為臺灣高中編寫《文法與修辭》教科書。

民國76年（1987）　先生56歲

· 5月，〈漢語中屈折現象初探〉刊《華文世界》第44期，頁1-11。

· 9月，〈修辭學問惑〉刊《國文天地》第3卷第4期（第28期），頁15。

· 10月，〈中文系課程在香港〉刊北京圖書館文獻資訊服務中心編輯，《高等教育研究．1．臺港及海外中文報刊資料專輯》，北京：書目文獻出版社，頁46-47。

· 11月24日，〈小庫語〉刊《聯合報》第8版聯合副刊。

· 11月22-27日，〈《周易》「元亨利貞」析義〉、〈經學與哲學之間——高懷民〈《易經》哲學的時空觀〉發表於國際孔學會議，收入1988年6月國際孔學會議大會秘書處出版之《國際孔學會議論文集》，頁785-794。（會議揭幕之日郵政局配合發行「紀223國際孔學會議紀念郵票」1組。又收入《與君細論文》，頁381-386。）

民國77年（1988）　先生57歲

· 3月，〈《易經》的文學價值〉、〈研究中國古典文學的幾個層面〉收入中華文化復興運動推行委員會，國家文藝基金管理委員會主編《中國文學講話（一）概說》，臺北：巨流圖書公司出版，2007年，頁29-60、547-562。

· 6月，〈《周易．巽．兌》釋義〉刊《國立編譯館館刊》第17卷第1期，頁15-29。

· 6月，〈《周易》「元亨利貞」析義〉刊國際孔學會議大會秘書處編輯《國際孔學會議論文集》，頁785-794。（收入《周易縱橫談》，頁127-149。）

· 6月，吳森小記．吳怡小記，蕭振邦採訪〈吳怡．吳森．黃慶萱．王邦雄：為學與做人——人格典範與制度規範之間〉（目次），正文作〈為學與做人——人格典範與制度規範之間——吳怡．吳森．黃慶萱．王邦雄〉。《自由青年》第79卷第6期，頁14-25。

· 8月，《周易讀本》三版，臺北：三民書局出版。

· 9月，〈《周易．震．艮》釋義〉刊《孔孟學報》第56期，頁71-98。

· 9月，《名家論國中國文．序》，臺北：國文天地初版。（收入《學林尋幽——見南山居論學集》，頁243-246。）

· 9月，《中國文學鑑賞舉隅》三版，臺北：東大圖書公司出版。

· 10月17日，〈評審的話：「闇啞鶴鳴」讀後〉刊《中央日報》第16版中央副刊。（後收入《與君細論文》，另加標題〈在曠野有人聲呼喚〉，頁187-189。）

民國78年（1989）　先生58歲

- 2月，〈《周易》時觀初探〉刊《中國學術年刊》第10期，頁1-20。
- 2月，與魏子雲、李殿魁、呂凱諸先生參與「思凡爭議的省思」座談會，傅武光主持。4月，《國文天地》第4卷第11期刊登〈「思凡爭議的省思」座談會〉（林政言記錄），頁10-21。先生就發言記錄增補而成〈思凡爭議的省思——兼論作品觀點與讀者反應〉（收入《與君細論文》，頁207-215）。
- 3月，〈《周易．坎．離》釋義〉刊《孔孟學報》第57期，頁79-102。
- 4月，〈從「易」一名三義說到模稜語——錢鍾書著《管錐編》讀後〉刊《聯合文學》第5卷第6期（第54期），頁145-149。
- 8月，〈蕭衍及其《周易大義》稿〉刊黃壽祺，張善文編《周易研究論文集．第2輯》，北京：北京師範大學出版社，頁247-253。
- 9月，〈《周易．剝．復》釋義〉刊《孔孟學報》第58期，頁87-114。
- 12月2日，〈學壇憶往——永懷先師林景伊先生〉，《華美日報》、《萬人日報》專刊。
- 12月4日，〈墓園酸風射眸子——我看「柳姨」〉刊《中央日報》第16版中央副刊。（收入《與君細論文》，題作〈佳城酸風射眸子——《中副》詹玫君小說「柳姨」短評〉，頁153-155。）
- 〈永恆的典範〉收入《黃故教授貴放先生哀思錄》，頁109-113。追念1987年8月24日過世的四哥貴放先生。
- 〈《周易》元亨利貞析義〉獲行政院國家科學委員會甲種研究獎勵。

民國79年（1990）　先生59歲

- 3月，陳榮富、洪永珊主編《當代中國社會科學學者大辭典》收錄人名詞條，杭州：浙江大學出版社，頁646。
- 8月，〈研究修辭學重要書目指引〉，《人文及社會學科教學通訊》第1卷第2期，頁16-19。
- 11月9日，〈開卷有益，掩卷有味——「耳聞眼見散記」讀後〉刊《中央日報》第16版中央副刊。(後收入《與君細論文》，題作〈有益與有味──繆天華先生「耳聞眼見散記」讀後〉，頁159-163。〈耳聞眼見散記〉為繆天華《桑樹下》其中一篇。)

·〈《周易》時觀初探〉獲行政院國家科學委員會甲種研究獎勵。

民國80年(1991)　先生60歲

·1月，〈《周易·恆》卦釋義〉收入《慶祝莆田黃天成先生七秩誕辰論文集》，臺北：文史哲出版社，頁1-21。

·1月11、12日，〈信念與事實之間──漫談《從香檳來的》的主題、情節和人物〉刊《中央日報》第16版中央副刊。(後收入《與君細論文》，題作〈信念與事實之間──漫談彭歌《從香檳來的》的主題、情節和人物〉，頁35-51。)

·9月，〈「乾道變化」與「理一分殊」〉刊《孔孟學報》第62期，頁269-312。(後收入《周易縱橫談》，頁157-234。)

·12月，〈論中國文學批評史的編撰問題：從郭紹虞《中國文學批評史》談起〉刊《中國文哲研究通訊》第1卷第4期「書刊評介」，頁126-145。(與張健、李正治共同主講，劉少雄整理)先生主講〈郭紹虞《中國文學批評史》及其他相關著作之評價〉，頁130-134。

·12月，〈成長的苦澀──我讀「我的轉捩點」〉刊《幼獅文藝》第74卷第6期，頁74-79。

·是年，〈《周易》數象與義理〉獲行政院國家科學委員會甲種研究獎勵。

民國81年(199)　先生61歲

·2月18日，〈心清平野闊──「朔北之野」給我感受的真切〉刊《中央日報》第16版中央副刊。

·3月21日，〈笑看千堆雪──一九九二年全國學生文學獎大專小說組得獎作品總評〉刊《中央日報》第16版中央副刊。又刊5月，〈大專小說組總評〉，《明道文藝》第194期。(後收入《與君細論文》，頁133-138。)

·5月，三民書局增訂初版《周易讀本》。

· 5月，〈中國古典文學中的極短篇〉收入江曾培主編：《世界華文微型小說大成》，上海：上海文藝出版社，頁800-804。

· 6月，〈《周易》數象與義理〉刊《師大學報》第37期，頁295-328。（收入陳立夫等編《瑞安林景伊教授八十冥誕紀念論文集》，臺北：文史哲出版社，1993年12月4，頁205-258。《周易縱橫談》，頁27-98。）

·〈「乾道變化」與「理一分殊」〉獲行政院國家科學委員會甲種研究獎勵。

· 本年，《中國文學鑑賞舉隅》入選為全國大專院校師生問卷調查一百本適合大專學生閱讀之中外古今文藝作品。

民國82年（1993）　先生62歲

· 1月，〈黃慶萱致鄭子瑜函〉（1988年2月26日）收錄於鄭子瑜著，龍協濤編：《鄭子瑜墨緣錄》，北京：作家出版社，頁322。

· 2月，《周易讀本》，臺北：三民書局出版。

· 5月15日，〈魚和海草——大專小說組總評〉刊《中央日報》第16版中央副刊。又刊6月，〈大專小說組總評〉，《明道文藝》第207期。（後收入《與君細論文》，題作〈魚與海草——一九九三年全國學生文學獎大專小說組得獎作品總評〉，頁139-144。）

· 5月，〈《西遊記》的象徵世界〉發表於「紀念林景伊師逝世十週年學術討論會」。

· 6月，〈修辭學〉收入《國學導讀．第一冊》，臺北：三民書局初版，頁601-952。

· 7月，為金民那《文心雕龍的美學：文學的心靈及其藝術的表現》作〈序〉。（臺北：文史哲出版社。序文完成時間本年2月6日，本系碩三林士翔提供。）

· 11月9日，〈談瑜說瑕——評鄭子瑜《唐宋八大家古文修辭偶疏舉要》〉刊《中央日報》第16版中央副刊。（收入《與君細論文》，頁265-267。）

· 12月，〈辭格的區分與交集〉刊《華文世界》第70期，頁17-26。又同時刊於《人文及社會學科教學通訊》第4卷第4期（第22期），頁53-63。

民國83年（1994）　先生63歲

· 3月4日，〈先室許家鸞女士行狀〉。（本系主任賴貴三教授提供）

· 6月，〈形象思維與文學〉刊《國文學報》第23期，頁63-78。（收入《學林尋幽——見南山居論學集》，頁159-179。）

· 8月13日，〈飄然思不群——重讀永武諸作〉刊《中央日報》第16版中央副刊。（後收入《與君細論文》，題作〈飄然思不群——重讀黃永武諸作〉，頁168-174。）

· 9月22、23日，〈論《水軍海峽》的危機意識——兼述觀念小說的成功因素〉刊《中央日報》第16版中央副刊。（後收入《與君細論文》，題作〈論許台英《水軍海峽》的危機意識——兼論觀念小說的成功因素〉，頁108-115。）

· 9月，〈文學義界的探索——歷史、現象、理論的整合〉刊《中國文哲研究集刊》第5期，頁1-50。（收入《學林尋幽——見南山居論學集》，頁181-242。）

· 10月，〈論平路《椿哥》的時代反映與民族關懷〉刊《明道文藝》第223期，頁158-170。（後收入《與君細論文》，題作〈命運與性格的交錯——論平路《椿哥》的時代反映與民族關懷〉，頁90-107。）

· 10月，〈十翼成篇考〉刊《周易研究》第4期，頁3-4。

· 10月，《解惑篇．國文疑難彙解上下》（與王熙元等合著），臺北：萬卷樓圖書公司，1994年出版。《解惑篇．國文疑難彙解上》收錄〈「癌」的讀音〉、〈修辭學問惑〉、〈「之」的詞性〉（戴璉璋合著）、〈何謂「區區」〉（楊鴻銘合著）、〈「與元微之書」中幾個字詞的解釋〉（古國順合著）、〈某人「接掌」○○機關？〉、〈「俄有使使止之」中「有」、「使」的音義為何？〉（何淑貞合著）、〈「岳陽樓記」中「其」字解〉、〈「東西」是名詞或代名詞？〉、〈「驚天地、泣鬼神」是擬人法嗎？〉、〈「瓢囊」是否屬「借代」？〉、〈成語不可任意顛倒〉；《解惑篇．國文疑難彙解下》收錄〈《說文解字》寫於哪一年？〉、〈獻糧與養馬的報酬〉、〈「算學」和「地理」是什麼學問？〉、〈培養查原典的習慣〉。

· 本年，入選謝恩光主編《浙江教育名人》（杭州：浙江教育出版社，頁1024），附照片，文云：「浙江平陽人。1957年考取臺灣師範大學國文系，復入國文研究所深造，獲文學博士學位。歷任臺灣師範大學國文系講師、教授。黃慶萱著作有《史記漢書儒林列傳疏證》、《魏晉南北朝易學書考佚》、《修辭學》、《周易讀本》等。並參與《中文大辭典》、《重編國語辭典》及師範專科學校國文教科書、高中文法與修辭教科書的編纂工作。」

民國84年（1995）　先生64歲

- 3月，《周易縱橫談》，臺北：東大圖書公司初版，凡303頁。第一篇〈《周易》叢談——名義、內容、大義和要籍〉，先生自序云：「原名〈《周易》縱橫談〉，一九七八年初應沈謙約稿而寫的。發表於《幼獅月刊》四十七卷二期。為了避免與本書書名雷同，現在題目改了。內文也作了部分修正，主要在〈談《周易》內容〉部分。由於帛書本《周易》的出現，我現在對〈十翼〉寫作年代的看法，和以前不同了。」
- 3月，《學林尋幽——見南山居論學集》，臺北：東大圖書公司初版。
- 11月，〈我對臺灣鄉土文學的認識——李豐楙「臺灣鄉土小說中的社會變遷意識」講評〉，收入《與君細論文》，頁262-264。（李豐楙〈臺灣鄉土小說中的社會變遷意識——60、70年代鄉土小說的主題：貧窮、命運和人性〉，《臺灣的社會與文學》，臺北：東大圖書公司發行。）
- 12月22、23日，中國文哲研究所籌備處舉辦「明代經學國際研討會」，發表〈致廣大而盡精微——我對明代朝鮮栗谷學的認識〉。（參見1996年6月）

民國85年（1996）　先生65歲

- 2月，〈《周易》位觀初探〉刊《中華易學》第16卷第12期（第192期），頁6-18。
- 3月，〈新桃源中的大觀園——論王關仕《山水塵緣》中的烏托邦建構〉刊《中國學術年刊》第17期，頁349-370。（後收入《與君細論文》，頁52-84。）
- 3月，〈探荒——觀荒謬劇《腳色》有感〉編入馬森《腳色——馬森獨幕劇集》，頁279-300。（後收入《與君細論文》，頁52-84。）

·6月，〈致廣大而盡精微──我對明代朝鮮栗谷學的認識〉刊中央研究院中國文哲研究所籌備處《明代經學國際研討會論文集》。（後收入《與君細論文》，頁387-409。）

·9月21日，〈探學術智慧，窺文學精靈──王熙元教授的學術成就〉刊《中央日報》第19版其他新聞。又刊10月，《湖南文獻》季刊第24卷4期（第96期），頁34-35。

·本年以〈《周易》位觀初探〉獲行政院國家科學委員會一般甲種獎勵。

民國86年（1997）　先生66歲

·〈導讀〉，《朱熹原注《易本義》》，臺北：金楓出版社革新一版。

·7月，陳建初，吳澤順主編《中國語言學人名大辭典》（長沙：岳麓書社）。編錄詞條，介紹先生，頁723。

·12月，宗廷虎著《中國現代修辭學史》（杭州：浙江教育出版社）介紹「一、黃慶萱的《修辭學》」，頁365-370。

民國87年（1998）　先生67歲

·2月，〈繆天華教授傳略〉。（本系主任賴貴三教授提供）

·3月，〈劉若愚「中國文學本論」內容析議〉刊《中國學術年刊》第19期，頁483-519。（後收入《與君細論文》，題作〈劉若愚「中國文學本論」內容析議──七寶樓臺的架構與拆卸之一〉，頁276-335。）

·6月，〈劉若愚「中國文學本論」架構方法析議〉刊《國文學報》第27期，頁271-306。（後收入《與君細論文》，臺北：東大圖書公司發行，1999年3月初版，題作〈劉若愚「中國文學本論」內容析議──七寶樓臺的架構與拆卸之一〉，頁336-380。）

·8月，《周易讀本》，臺北：三民書局出版。

民國88年（1999）　先生68歲

·1月，〈經典中的經典，根源裏的根源──《周易》〉刊《國文天地》第14卷第8期（第164期），頁7-10。

· 3月，《與君細論文》，臺北：東大圖書公司發行。收錄篇目可見前述期刊，未悉出處的若干篇羅列如下：〈浮雲出岫豈無心——黃永武《載愛飛行》評介〉，頁164-167。〈成長的苦澀——我讀王安倫「我的轉捩點」〉，頁175-181。〈直教生死相許——《阿伯拉與哀綠綺思的情書》責任書評〉，頁182-184。〈清平野闊——馮克芸「朔北之野」給我感受的真切〉，頁185-186。〈也論「圖象批評」——黃永武「圖象批評的美感」講評〉，頁259-261。
· 6月，〈作文與修辭〉，中國修辭學會《修辭通訊》第1期。（自《中央日報·作文加油站》轉載）
· 6月，〈朝向宏觀綜合的文學研究——論文學史與文學理論、文學批評、暨比較文學的結合〉，《國文學報》第28期，頁179-217。
· 8月，為傅榮賢《中國古代圖書分類學研究》（臺北：臺灣學生書局）作〈序〉，頁1-4。（序文完成時間本年4月15日。）
· 8月，〈辭格的交集與區分〉編入中國修辭學會，臺灣師大國文系主編《國學精粹叢書·修辭論叢·第1輯》，臺北：洪葉文化事業公司，頁1-14。（第一屆中國修辭學學術研討會於6月6日至7日於臺灣師大綜合樓國際會議廳隆重舉行。在臺灣師大文學院院長賴明德教授主持下進行專題演講，由先生主講〈辭格的交集與區分〉。詳見譚汝為〈海峽兩岸學者攜手開創修辭研究新局面——「中國修辭學」學術研討會在臺北隆重舉行〉，《修辭學習》第5期，頁42-43。）
· 本年以〈劉若愚「中國文學本論」析議〉獲行政院國家科學委員會一般甲種獎勵。

民國89年（2000）　先生69歲

· 2月，楊慶中著《二十世紀中國易學史》，論述〈黃慶萱及其《魏晉南北朝易學書考佚》〉，北京：人民出版社，頁498-509。接續先生高足〈賴貴三及其《焦循雕菰樓易學研究》〉，頁510-516。
· 9月，〈朝向宏觀綜合的文學研究（上）——論文學史與文學理論、文學批評暨比較文學的結合〉收錄於曉路等編著：《中外文化與文論·第7輯》，成都：四川教育出版社，頁160-178。

‧5月，袁暉著《二十世紀的漢語修辭學》（《二十世紀中國語言學叢書》之一），論述「黃慶萱的《修辭學》」。

‧9月，與許錟輝、王熙元、張建葆合著《讀書指導》，臺北：萬卷樓初版。（《讀書指導》大學用書3版，臺北：南嶽出版社。）

民國90年（2001） 先生70歲

‧5月，〈楊家駱教授在文學創作方面的貢獻〉、〈轉化論〉收入楊家駱教授九十冥誕紀念論文集編委會編：《楊家駱教授九十冥誕紀念論文集》，臺北：萬卷樓圖書公司出版，頁127-135、249-286。

民國91年（2002） 先生71歲

‧黃慶萱著：《修辭學》，臺北：三民書局再版。

民國92年（2003） 先生72歲

‧3月，〈于故教授大成博士事略〉，刊《山東文獻》第28卷第4期（第112期），頁4-6。後收錄於于大成著《淮南鴻烈論文集‧下》，臺北：里仁書局，2005年12月，頁1627-1628。

‧7月，〈我負三民一筆債〉刊逯耀東、周玉山主編：《三民書局五十年》（臺北：三民書局），頁158-161。（本系碩士班林士翔提供）

‧9月，〈「一陰一陽之謂道」析議〉，刊《鵝湖月刊》第339期，頁1719。

‧10月，〈「一陰一陽之謂道」析議〉，刊《周易研究》第5期，頁14-16。

‧10月，〈修辭學的回顧與前瞻〉，編入《修辭學‧第四篇餘論》，臺北：三民書局增訂三版，頁849-917。

‧10月，王希杰著《中國現代科學全書──漢語修辭論》（北京：當代世界出版社，頁121）：「臺灣修辭學同傳統文化，特別是同文學批評史的關係更為密切。臺灣修辭學家對傳統文化的修養更為重視。例如黃慶萱等修辭學家同時也是《周易》專家，在《周易》的研究方面也有相當的成就。他們重視實證方法，治學比較嚴謹，對語料是比較重視。」

・10月25日，〈面對生命真相——我從《西遊記》領悟到的智慧〉，臺北石碇：華梵大學中國文學系「第二屆生命實踐論文研討會」專題演講。（本系主任賴貴三教授提供）

民國93年（2004）　先生73歲

・9月，〈「形而上者謂之道，形而下者謂之器」析議〉，《中國學術年刊》第26期，頁1-8。

・11月，〈修辭學的定位、方式、與展望〉收入中國修辭學會、玄奘大學中文系編《修辭論叢・第六輯》，臺北：洪業文化事業公司初版，頁1-8。

民國94年（2005）　先生74歲

・2月，賴貴三主編《臺灣易學史》收編張輝誠著〈黃慶萱的《易》學研究〉，臺北：里仁書局，頁443-454。

・〈「形而上者謂之道，形而下者謂之器」析議〉發表於「《易》學與儒學國際學術研討會」，後收錄於《易學與儒學國際學術研討會論文集（易學卷）》。（另見2004年條。）

民國95年（2006）　先生75歲

・2月，《周易縱橫談》，桂林：廣西師範大學出版社。

・4月8-9日，臺灣師範大學舉辦「漢學之研究回顧與前瞻學術研討會」，擔任〈辭體和語文教學〉的特約討論。

・6月，〈故國文系高明教授學述〉刊《師大校友》第330期，頁33-39。（本系主任賴貴三教授提供）

・7月，鄧時忠著《大陸臺港比較文學理論研究》（成都：巴蜀書社，頁104）：「臺灣學者黃慶萱教授就指出：『劉若愚的《中國的文學理論》是依據亞勃拉姆斯的《鏡與燈》裡的圖表重新排列的，指出中國文學的六種理論，可以說在架構方面有重大的突破。』」

民國96年（2007）　先生76歲

· 5月，〈「形而上者謂之道，形而下者謂之器」析議〉收錄於劉大鈞主編，《大易集釋．上》，上海：上海古籍出版社，頁386-394。

· 7月7日，〈如何解讀裴松之《三國志注》中的地域史密碼〉，政治大學百年樓文學院中文系第十六次「中國古典文藝思潮研讀會」。（本系主任賴貴三教授提供）

· 8月1日，《新譯乾坤經傳通釋》，臺北：三民書局初版。

· 9月，《魏晉南北朝易學書考佚》，臺北：花木蘭文化出版社，凡471頁。

· 10月，陳正治〈黃慶萱教授與修辭學〉刊《文訊》264期，頁20-24。

· 11月，《易學思想與時代易學論文集．序》刊賴貴三《易學思想與時代易學論文集》（臺北：國立編譯館主編，臺北：文津出版社印行）。（本系主任賴貴三教授提供）

· 12月3日，三民書局出版《周易縱橫談》（增訂二版）。

· 12月，宗廷虎主編《20世紀中國修辭學．上》「第四節．黃慶萱的《修辭學》」，北京：中國人民大學出版社，頁363-365。

民國97年（2008）　先生77歲

· 1月1日，《周易縱橫談》，臺北：東大圖書出版。

· 1月，〈乾道變化與理一分殊〉收入李學勤，朱伯崑等著《周易二十講》，北京：華夏出版社，頁321-393。

· 9月，《史記、漢書儒林列傳疏證》列「古典文獻研究輯刊．七編．第7冊」，臺北：花木蘭文化出版社，249頁。

· 12月6日，專題演講：「乾道變化與理一分殊」，臺灣大學中文系「先秦儒道思想的互動與對話研究計畫」，以及高雄師範大學經學研究所合辦的第二屆「《易》詮釋中的儒道互動」國際學術研討會，收入論文集。

· 問要《新譯乾坤經傳通釋》，《周易研究》第2期，頁97。該文對先生著作評述：「該書係對《周易》經傳中乾坤兩卦的系統解釋和翻譯，分導言、乾卦經傳通釋、坤卦經傳通釋三大部分，書末並附有朱熹《周易本義．筮儀》、

《周易啟蒙・考變占第四》二節。導言部分簡明的論述了《周易》在中國文化史上根源性的地位，對《周易》經傳的文本構成做了介紹，並對《易傳》各篇寫作年代之先後作了簡要考證。正文部分則依據費直以傳說經的理念，採用清儒朱駿聲以傳附經的方法，不僅把〈彖傳〉、〈象傳〉依內容分置於乾、坤二卦卦爻辭及用辭之後，而且將〈文言傳〉也依內容條分而置於乾、坤卦爻辭及用辭之後，並摘取〈繫辭傳〉、〈說卦傳〉、〈序卦傳〉、〈雜卦傳〉中與乾、坤二卦相關的文句，分置於乾、坤二卦卦辭之後。全書如此編排將乾、坤二卦的卦爻辭和《十翼》中的闡釋相連屬，目的在於使讀者『尋思易了』，對古人之說乾、坤兩卦有一個通盤的認識。在內容上，全書對乾、坤經傳文字逐條作了『注釋』與『語譯』(翻譯)，各條注釋博采古今《易》學論著，論述翔實，更能於融會貫通中盡現作者精到之見解。」

民國98年（2009）　先生78歲

・11月28日，主講「《周易》與人生哲學」，臺灣師範大學舉辦「中山人文思想與兩岸《周易》學術研討會」。

民國99年（2010）　先生79歲

・4月，〈《周易・乾》卦釋義〉(頁1434-1460)、〈《周易・坤》卦釋義〉(頁1461-1479)、〈《易・小畜・履》卦釋義〉(頁1480-1494)、〈《周易・謙・豫》釋義〉(頁1526-1540)、〈《周易・臨・觀》釋義〉(頁1574-1587)收入劉大鈞總主編，《周易經傳(四)》，上海：上海科學技術文獻出版社。〈易學書簡〉(李怡嚴、黃慶萱，頁2110-2124)，收入劉大鈞總主編，《周易經傳(五)》，上海：上海科學技術文獻出版社。

・4月，〈梁褚仲都及其《周易講疏》〉(頁1197-1209)、〈蕭衍及其《周易大義》稿〉(頁1210-1213)收入劉大鈞總主編：《百年易學菁華集成・初編・易學史(五)》，上海：上海科學技術文獻出版社。

・4月15日，擔任國立臺灣師範大學文學院專題演講主講人，講題：「定義的方法：歷史的、現象的、理論的——以『文學』為例」。

民國100年（2011） 先生80歲

・3月，賴貴三主編《中孚大有集──黃慶萱教授八豑嵩壽論文集》，臺北：里仁書局出版。

・11月15日，〈大家一起來審視修辭格〉，成功大學中文系「超脫『辭格』之修辭新視野」學術研討會專題演講。（本系主任賴貴三教授提供）

・11月，〈探荒──觀荒謬劇《腳色》有感〉收入馬森著，《腳色──馬森文集》（叢書名：美學藝術類），臺北：秀威資訊科技公司發行，頁309-312。

・12月3日，中華民國修辭學會主辦「超越辭格之修辭新視野學術研討會」，先生專題演講「大家一起來審視修辭格」。

民國101年（2012） 先生81歲

・3月，夏中華著《應用語言學──範疇與現況・上》（上海：學林出版社，頁227）：「臺北師範大學的黃慶萱以美學、文學和心理學理論來講授傳統的《修辭學》是有所突破的，有所前進的。相比之下，我們在文學語言和修辭理論的教學和科研上的結合還不夠。」

・4月，《西遊記：取經的卡通》，臺北：時報出版再版，2016年7月又再刷。

・11月29日，〈黃慶萱：不斷求新《修辭學》〉刊《溫州都市報》第20版溫州學人。文云「黃慶萱的《修辭學》通古今之變，究內外之際，不斷求新，已成修辭學的一家之言。這位在修辭學中備受推崇的臺灣學者黃慶萱是從平陽走出的。」

・12月1日，《魏晉南北朝易學書考佚》，上海：華東師範大學出版社。

民國102年（2013） 先生82歲

・1月，賴貴三著《臺灣易學人物志》特論臺灣光復第二代《易》學人物志「五、黃慶萱」（頁663-706），臺北：國家教育研究院主編，凡1309頁。

・5月，《中國歷代經典寶庫43・風靡臺灣的迷你版──西遊記》（共同改寫編著者林明峪、龔鵬程），北京：中國友誼出版公司出版。

·5月，〈甲坼開眾果、萬物具敷榮〉刊周玉山主編《三民書局六十年》（臺北：三民書局），頁67-70。（本系碩士班林士翔提供）

民國103年（2014）　先生83歲

·3月，羅尚著，龔鵬程、孫吉志編校，劉夢芙審訂：《戎庵詩存·下》收羅尚詩〈文擢全家回臺觀光，與陳新雄、黃慶萱、張夢機三教授共設接風〉，合肥：黃山書社出版，頁522。

·9月，〈論許台英《水軍海峽》的危機意識——兼論觀念小說的成功因素〉，收入許台英著《憐蛾不點燈》，鄭州：河南大學出版社，頁349-352。

民國105年（2016）　先生85歲

·2月，魯毅〈民國報刊視野中《駱駝祥子》的閱讀與傳播〉，從閱讀史的角度，探討民國時期大眾對《駱駝祥子》的閱讀、傳播與文本經典建構之間的關聯。整理了民國報刊討論《駱駝祥子》的十八篇文章，先生之文〈談《駱駝祥子》〉（《建國月刊》第2卷4期，1948年7月）排列第十三篇。《池州學院學報》第30卷第1期，頁10。

·5月，陳鼓應、趙建偉注譯《周易今注今譯》注「宜建侯而不寧」句，云：「黃慶萱說『培養好習慣，建立道德的據點；結交好朋友，建立事業的據點。都可以視為『利建侯』（《周易讀本》），有啟發意義。』」北京：商務印書館，頁56。

·7月，《取經的卡通神怪之旅：西遊記》，臺北：時報出版再版。

民國106年（2017）　先生86歲

·8月，朱彥民《跨學科視野下的易學叢書·史學視野下的易學》（廣州：華南理工大學出版社，頁45）：「胡自逢、黃慶萱等學者，是臺灣二十世紀六、七十年代培養起來的一批《易》學研究學者。他們的《易》學研究成果頗能代表這一時期臺灣《易》學文獻輯佚、考注方面的總體水平。」

民國107年（2018） 先生87歲

・王緒梅，鄧維策〈2017年高考江蘇卷指瑕──小狗對「我們」是映襯關係嗎？〉，引用先生修辭學映襯之說，檢討高考江蘇卷試題，討論小說中的小狗對人物刻畫是否起到映襯作用。見《中學語文》2018年第4期，頁80。

民國108年（2019） 先生88歲

・2月，黃慶萱，林明峪，龔鵬程編著：《西遊記》，北京：九州出版社出版。.

民國109年（2020） 先生89歲

・1月10日，《新譯乾坤經傳通釋（修訂二版）》，臺北：三民書局出版。

・6月，林甲建編：《滋蘭九畹》（杭州：西泠印社出版社），介紹先生幼年就讀的平陽縣中心小學：「創辦於光緒二十八年（1902）農曆五月廿五，距今剛好走過了一百一十六個年頭。學校初名『平陽縣學堂』，址選九凰山麓坡南匯頭。是平陽從私塾、書院的傳統授徒形式進入現代規模教學的開始，也是溫州地區最早的較具規模的小學之一。……學校創辦者劉紹寬先生首開興學之風，謝俠遜、蘇昧朔、陳劫塵、蔡笑秋等眾多名師薈萃於此。姜立夫、蘇步青、馬星野、吳景榮、張鵬翼、顏逸明、黃慶萱……一大批人才從這裡起步，通過不懈的努力，成為民族的棟才，教育興邦的薪火代代相傳。正如吳景榮教授給母校的題詞那樣，『滋蘭九畹，百年芬芳』，他們是平陽縣中心小學的驕傲。」

・9月，《周易六十四卦經傳通釋》稿成，遂了先生平生夙願。

民國110年（2021） 先生90歲

・3月19日，《新譯周易六十四卦經傳通釋》（上）》，臺北：三民書局出版。本書內容簡介：「本書乃作者繼《新譯乾坤經傳通釋》之後，《周易》研究的最新力作。全書徵引詳盡，釋義通透，『注釋』、『語譯』之後並附有極具參考價值之『古義』，堪稱研讀《易經》的最佳讀本。」先生〈導讀〉自述：「我七十歲（2000年）從臺灣師範大學國文系退休，開始改寫舊作。2007年完成《新譯乾坤經傳通釋》。乾卦據《讀本》改寫了十次，坤卦改寫了三次，內子德瑩不厭其煩在電腦上為我打字，教我感激不盡。乾坤之單行，古已有之。《隋書・經籍志》就著錄有《周易乾坤義》，南齊劉瓛撰。近代大儒熊十力先生也有《乾坤衍》一書，刊行於世。因此我就央請三民書局把《新譯乾坤經傳通釋》先行出版。2020年9月《周易六十四卦經傳通釋》稿成，遂了平生夙願。」

・11月19日，為門棣賴貴三《魯汶遊學風雅頌》作〈序〉稿紙4頁、〈附記〉稿紙1頁。（詳參本集〈陸、彣彰薈萃——三、賴貴三：黃慶萱先生文章輯存（三）〉。）

參　作毓後進

一　臺灣鸞賦體製趨簡略論

歐天發[*]

提要

本文論述臺灣鸞賦之演化及趨簡軌跡。體製指作品之題目、用韻、用典駢對、篇幅長短等方面。本文簡介鸞堂與鸞書、鸞賦的蒐集與研究。略依鸞書出版之先後，分三類引述書中騷體、駢體、齊言體鸞賦之全文或節本，並論其體製之演化。所引錄之賦篇，為《全臺賦》、《全臺賦補遺》所未選刊的鸞書文本及線上之電子本，以顯示宗教活動中傳統文學之遺珍。臺灣鸞賦趨簡現象的觀察心得：（一）鸞賦題材、題目由多樣性而趨單純化。（二）諸神聯吟、唱和及鸞生吟作日趨罕見。（三）同書中鸞賦體製不一，有轉化之跡象。（四）賦體文增加，是駢體鸞賦的轉寄與自由化。（五）出現以無韻的駢文或騷體為賦之現象，應是體材觀念的模糊。（六）篇幅縮小，極短篇出現。

關鍵詞：臺灣賦，鸞賦，鸞書，鸞賦體製演變。

* 歐天發教授，國立高雄師範大學國文學系博士，已自嘉南藥理大學儒學研究所退休，研究方向為《詩經》學（有《詩經雅頌義考》）、辭賦學（博士論文《俗賦類型研究》）。歐教授為黃老師於1977年6月指導畢業的第二位碩士門生（臺灣省立高雄師範學院國文研究所），碩士論文為《國文欣賞教學法試探》。並撰有〈藥名文學之原理及其形式之發展〉、〈臺灣風刺賦的表現形態〉、〈論臺灣宗教鸞賦的寫作風格〉、〈大陸鸞書《救生船》等及其賦篇述略──兼論鸞賦之記錄形態與分類〉等論文。曾演講「鳳山縣舉人卓肇昌的詩賦與臺灣八景」（嘉南藥理大學儒學研究所「2020儒學研究與推廣講座」）。

一　前言

鸞堂、鸞賦為具有宗教勸化性質的組織與文學形式。鸞堂經宗教活動產生之作品，匯集成書，定期發行以勸善。內容多為含具儒教背景的傳統文學體材。扶乩與刊印善書，是部分鸞堂仍在進行的宗教活動。至其真實性，信者恆信，不信者恆疑。唯鸞書作品為具有民俗價值的臺灣文學，宜予珍視。早期的優秀鸞賦作品已經選刊於《全臺賦》及《補遺》之中，唯鸞堂作品尚未經全面的調查整理。本文謹就前二賦集及蒐集所見，分析其體製各因素，以觀察鸞賦之演變及簡化現象。《全臺賦》等既經刊行，雅選俱在，以下所引錄之鸞篇全文或節文，係前二書所未及收登者。以呈現各時期、多堂社發行之鸞賦面貌，提供論述者參照焉。

二　鸞堂與鸞書

鸞堂為儒學通俗化、宗教化之民間宣教機構。除其堂務系統外之外，鸞務設有正副鸞生、錄鸞生、校正生等職，以進行扶乩活動，編製鸞書。鸞書內容來自扶鸞時之人神對話記錄，並藉由信眾之捐獻出版，以提供贈閱交流。

早期臺灣善書來自上海、福建，後來則各堂自行編輯，送到泉州、廈門、漳州等地刊印，再運回臺灣發送。日據中期以後臺灣印刷業興起，才改在本地印刷。李世偉云：

> 臺灣善書的流通，絕大多數是從上海、福建輸入，……也有的善書流通方式是在臺募款，回泉州、廈門刊刻，再運回臺灣流通。事實上，到日據初期，上述的善書流通情形並太大的變化。……就其刊刻印刷的地點而言，大致有以下幾處：1.廈門：文德堂、多文齋、道文齋、博文齋。2.泉州：輔仁堂、靈慈宮成文堂、崇經堂、……。3.漳州：多藝齋刻坊。4.上海：廣益書局。5.福州：集興堂。[1]

---

[1] 李世偉：《日據時代臺灣儒教結社與活動》（臺北：文津出版社，1999年6月），頁136。

目前部分的儒教鸞堂，仍保有扶鸞印書的傳統，並視之為特色。如楊明機畢生扶鸞著善書，共有十部之多。[2]臺南省躬社聖化堂出版有《育心明善》（1959）、《引乘慈航》（1963）、《覆育群生》（1967）、《良緣寶筏》（1976）、《慈懷普渡》（1980）、《普化群迷》（2005）。[3]高雄鳳邑誠心社明善堂有《正風》（1958）、《明道》（1961）、[4]《衛道》（1968）、《正道》（1975）、《弘道》（1983）、《忠恕之道》（1998）、《浮生映道》（2006）、《誠一之道》（2014）、《正法》（2020）。[5]高雄左營樂善社啟明堂亦曾印製《春秋之道》（1960）、《聖學真詮》（1966）、[6]《東南釋義》（1979）。近年輪流舉辦扶鸞大會，以供切磋交流。[7]

儒學之通俗化，指鸞堂將儒學在社會上作推廣；宗教化指視聖人為神佛，並進行禮拜。鸞書為宗教勸善作品，屬通俗文學之一種。但其中載錄仍以詩賦箴銘、詞曲頌讚、序跋諭論等為其主要類別，有繼承傳統文學之蘊意。故一方面要求通俗能懂，用以普濟群生；另一方面則要求雅正，以樹立神佛之威望。如《救世良規．條例》云：

> 是書所載皆是誨人之語。意淺言賅，使下愚易於瞭目。閱者勿鄙其俗，而視之為具文焉可。[8]

2　詳參林文龍《臺灣鸞門的推手——楊明機》（https://www.th.gov.tw/epaper/site/page/50/673，檢索日期：2021年10月10日）：「依次是智成堂《救世良規》（1919年）、龜山省躬堂《茫海指南》（1921年）、斗南感化堂《覺路金繩》（1921年）、龜山省躬堂《因果循環》（1928年）、臺北贊修宮《清新寶鏡》、贊修宮及智成堂《儒門科範》（1936年）、田中贊天宮《迷津寶筏》（1938年）、竹山克明宮《茫海指歸》（1946年）、士林慎修堂《苦海慈航》（1946年）、臺北智成堂《六合皈元》（1955年）。」鸞堂稱為「儒宗神教」及其出處，即見於《儒門科範》之〈儒宗神教道統法門緣起序〉、〈編修儒門科範再版緣起跋〉等篇及《六合皈元》之〈儒宗神教跋〉、〈神教傳真跋〉等篇。

3　詳參《良緣寶筏》（臺南：南府省躬社聖化堂，1976年），上冊，扉頁。

4　參加「儒教聯盟」，聯著。詳參鳳邑誠心社明善堂《正法．堂誌》，2020年，頁前4。

5　詳見鳳邑誠心社明善堂《正法．堂誌》，2020年，頁前4至前8。唯《誠一之道》未列入〈堂誌〉說明。

6　《聖學真詮》之發行所為樂善社後勁明修堂。

7　如高雄意誠堂（2015年）、高雄東照山關帝廟（2018年）、竹山克明宮（2019年）。

8　智成堂《救世良規》（民國93年再版注音本）頁21。http://www.taolibrary.com/category/category53/c53039.htm#，檢索日期：2021年10月10日。

如《救世良規・修身賦》云：「勵諸子示俚言，勉蒼生陳此賦」。其〈維四民賦・以題為韻〉云：「罔揣固陋之資。謹談俗話。自明劣之誚。偶成俚賦。」[9]都於文末自謙，勿要求其高文典冊的風格。但雅、俗本是相對而言，一般信眾可能還是覺得讀來不易。

鸞書經嚴謹校對，刊印發送，以勸化結緣，稱為「善書」。其內容概括詩、文、歌、賦、詞、曲、銘、讚等體裁。如光緒時出版的行忠堂《警世盤銘・序》云：

> ……所有邀請聖佛仙神，臨堂顯化，降作善文，詩、詞、歌、賦、行述，無體不備，無義不賅，名曰《警世盤銘》。[10]

鸞書大多有此類語。[11]各類作品乃民俗信仰、民間傳統文學研究之淵藪。

透過宗教活動所產製的鸞文，在文學表現上有高下之分。清末及日據時代鸞書的產生，是因為文人的參與。許俊雅云：

> 宣講善德、教化民眾、研習漢文等等，成為經常性的活動。彼時鸞堂、孔廟、書院、書房、詩社中人的身份是流動性的，紳士文人儒生也往往與鸞生身分重疊，鸞堂運作亦常在這些地方舉行。……書內的詩文賦具有一定的文學性，這是賦學發展史上很特殊的現象。[12]

在科舉的氛圍內，士儒自屬社會中堅。尤其日據時代，鸞堂活動是其參與社會教育、保存民族氣節的最佳機會，更能發揮以文章繼絕學的天職。但時勢推移，文風丕變，各堂鸞生的文學修養無法獲得保證。據擔任臺南省躬社聖化堂

---

9 《救世良規》，頁137、138、139。

10 詳參王見川：《臺灣的齋教與鸞堂》（臺北：南天書局，1996年初版），頁172及注11。

11 又如云：「且詩歌詞賦，案判述文，可稽可考，易覺易知。誠濟人於苦海之中。」（《省悟新篇》上冊卷一部，頁9），「歌賦詩詞齊又整，述文案證備兼全。」（《省悟新篇》上冊卷三部，頁53）。

12 許俊雅：《全臺賦・導論》，詳見許俊雅、吳福助主編：《全臺賦》（臺北：國立臺灣文學館籌備處，2006年12月），頁18。

《普化群迷》校正生的陳淑萍提到曾有一乩生，因程度關係，造成編校的困擾。[13]她舉清代紀昀（字曉嵐，號石雲，1724-1805）自言扶乩者在專長上的個人差別：

> 其扶乩之人，遇能書者則書工，遇能詩者則詩工，遇全不能詩能書者，則雖成篇而遲鈍。余稍能詩而不能書；從兄坦居，能書而不能詩。余扶乩則詩敏捷而書潦草，坦居扶乩則書清整而詩淺率。[14]

可見鸞生的程度或專長，的確可能影響鸞文的發揮。

三　鸞賦的蒐集與研究

除了各堂的自行發行鸞書外，部分早期鸞書的影印出版有王見川等主編的《民間私藏臺灣宗教資料彙編》第一輯、第二輯，[15]收錄大陸鸞書《救生船》等及部分早期臺灣鸞書，是以保存民俗宗教資料為宗旨的叢刊。許俊雅等主編印行的《全臺賦》及其《影像集》，將蒐集的臺灣文人賦及鸞賦校錄出版，內容除本文之外，有〈導讀〉、〈提要〉、〈解題〉及校注等，可謂臺灣賦學研究之發軔。其後接續發行《全臺賦校訂》、《全臺賦補遺》及《全臺賦補遺影像集》。[16]《全臺賦校訂》、《全臺賦補遺》書後各附數篇相關研究論文。[17]鸞賦作者則題為「作者不詳」、「闕名」。嗣後由簡宗梧教授主持、長庚大學通識教育

---

[13] 陳淑萍：〈鸞堂善書之著造──以省躬社聖化堂《普化群迷》為觀察中心〉，《輔仁宗教研究》第三十五期（2017年秋），頁73。

[14] 清．紀昀：《閱微草堂筆記》（臺北：五南出版社，2018年），〈灤陽消夏錄四〉。

[15] 王見川、李世偉編：《民間私藏臺灣宗教資料彙編：民間信仰、民間文化》（臺北：博揚文化出版公司，2009年），第一輯。王見川、李世偉等主編：《臺灣宗教資料彙編：民間信仰、民間文化》（臺北：博揚文化出版公司，2010年），第二輯。

[16] 許俊雅、簡宗梧主編：《全臺賦校訂》、《全臺賦補遺》、《全臺賦補遺影像集》，臺南：國立臺灣文學館，2014年10月。

[17] 有簡宗梧、許俊雅、游適宏、林美清、王淑蕙、李知灝、顧敏耀、許惠玟、歐天發、梁淑媛之論文。

中心舉辦了臺灣賦學研討會，印行《臺灣賦學術研討會論文集》，[18]鸞賦之討論與研究進入新的階段。許俊雅在研討會〈專題演講〉中提到了鸞堂、鸞書的數量及發展。[19]所收鸞賦相關論文有簡宗梧〈臺灣登鸞降筆賦初探——以《全臺賦》其影像集為範圍〉，[20]對其宗旨、押韻、結構、特色等作了整體的討論。陳姿蓉〈臺灣賦用韻考——校勘篇〉鸞賦方面舉〈新枝重設蘭陽賦〉、〈戒刀鎗賦〉、〈戒洋煙賦〉(在《渡世慈帆》)[21]〈戒官紳賦〉、〈分曲直賦〉、〈勸和衷賦〉、〈戒煙花賦〉的叶韻情形作例子。梁淑媛〈眾神花園中善意的缺席——《全臺賦》中的「藏名賦」析論〉談到鸞賦匿名作者的隱微意志，並分析〈繼文德馨賦〉、〈修德耀呈賦〉二篇的儒士意識。歐天發〈臺灣風刺賦的表現形態〉除根據文人作品外，也列舉鸞堂賦中的刺庸醫、刺小人、戒劣習等篇為例。凡此皆可見鸞賦研究風氣之開啟。2012年梁淑媛著有專書《飛登聖域——臺灣鸞賦文學書寫及其文化視域研究》，[22]其前後並有鸞賦相關期刊二篇。[23]林翠鳳有〈廿世紀初期臺灣鸞賦觀察——以《全臺賦》為例〉，[24]2017年陳淑萍有〈鸞堂善書之著造——以省躬社聖化堂《普化群迷》為觀察中心〉。[25]

國立臺南大學人文與社會學院於2016年6月主辦「2016賦學國際學術研討會」(國立臺灣文學館合辦)，邀請許俊雅以〈《全臺賦》的編纂經過〉為題，

---

18 《臺灣賦學術研討會論文集》，長庚大學（桃園縣龜山鄉）通識教育中心主辦「臺灣賦學研討會」，2010年4月22日。

19 許俊雅：〈臺灣賦篇補遺——談談《全臺賦》、《臺灣賦文集》未收的作品〉，《臺灣賦學術研討會論文集‧專題演講》，頁11。

20 又見《長庚人文社會學報》，3卷2期（2010年10月1日），頁275-302。

21 另篇〈戒洋煙賦〉在《達化新篇》(見《全臺賦》)。又見於《忠孝集》、《善錄金篇》、《刪增忠孝集》(《全臺賦補遺》)。

22 梁淑媛：《飛登聖域——臺灣鸞賦文學書寫及其文化視域研究》，臺北：五南出版社，2012年2月初版。

23 梁淑媛：〈傾聽神諭——臺灣「宣化」鸞賦的倫理向度探析〉，《臺灣古典文學研究彙刊》，10期（2011年8月1日）；〈清末日治臺灣民間鸞賦的敘事聲口——以〈分曲直賦〉(以題為韻)與《西遊記》的互文性探討為中心〉，《臺灣文學研究集刊》 14期（2013年8月1日）。

24 《宗教哲學》62期（2012年12月），頁149-160。https://www.airitilibrary.com/Publication/alDetailedMesh?docid=10277730-201212-201401140061-201401140061-149-160，檢索日期：2021年10月10日。

25 《輔仁宗教研究》第三十五期（2017年秋）。

作專題演講。並編有《2016賦學國際學術研討會論輯》，[26]其中鸞賦之相關論文有二篇。[27]

以下區分鸞賦為三種體材，論述作品之特徵，及其體製之趨簡變化。示例引錄之鸞文，多出自近日蒐羅得者。鸞書名後標示其出版（或該文登錄）[28]之公元年代。

四　騷體鸞賦之演變

本項所謂騷體，僅限用「兮」為語辭之體製，與屈騷等懷抱家國之詠嘆風格無關。郭建勳曾歸納楚辭的四種主要句式，可供參照。[29]

五言之騷體有《普渡金篇》（1965）金闕內相妙道天尊降〈賦〉：

> 天性好生兮，施露甘雨霖。日月星辰兮，輪轉益黎民。人生不知兮，皇王水上恩。感嘆世情兮，未曉省修身。干戈四起兮，黎民受災纏。綱常失守兮，八德盡淪亡。今幸協善兮，丹心一片堅。遐邇善信兮，不畏路遠遙。參贊金篇兮，芳名萬古留。……善德悠久兮，玄穹降祥禎。闡述淺賦兮，讚頌乎諸生。小德川流兮，安貧樂道籌。慎勉互勸兮，頒書問

---

26 林登順主編：《2016賦學國際學術研討會論輯》（一）（二）冊，國立臺南大學，2016年8月。

27 歐天發：〈大陸鸞書《救生船》等及其賦篇述略〉，廖國棟、王萬清：〈臺灣鸞堂賦的社教功能——以勸戒為主軸〉，分見林登順主編：《2016賦學國際學術研討會論輯》，頁37-64、頁101-119。

28 如《全臺賦補遺》闕名〈勸幼學賦〉以下之《删增忠孝集》諸篇（頁238-289），崔成宗〈解題〉皆據《臺灣民間宗教資料彙編》原書影本之說明，謂登錄時間為1900年，《删增忠孝集》出版年（1949）並非該文之發行年。

29 郭建勳言其格式並舉例云：第一種……例如〈離騷〉：「日月忽其不淹兮，春與秋其代序。惟草木之零落兮，恐美人之遲暮。」第二種……例如〈九歌・國殤〉：「操吳戈兮被犀甲，車錯轂兮短兵接。」〈九歌・山鬼〉：「若有人兮山之阿，被薜荔兮帶女羅。」第三種……例如〈九章・橘頌〉：「后皇嘉樹，橘徠服兮。受命不遷，生南國兮。」〈招魂〉：「招具該備，永嘯呼些。」第四種……例如〈招魂・亂曰〉：「獻歲發春兮汩吾南征，菉蘋齊葉兮白芷生。」〈九辯〉：「悲憂窮戚兮獨處廓，有美一人兮心不繹。」見郭建勳《辭賦文體研究》（北京：中華書局，2007年），〈騷體賦的句式與形制特徵〉，頁13。

世情。簡述幾語兮，後期再會臨。[30]

本文共48句，24韻。不外感嘆世情，勉勵著書。

高雄左營東南帝闕樂善社啟明堂發行的《春秋之道》(1960)、《聖學真詮》(1966)、《東南釋義》(1979)凡〈賦〉皆採騷體。《春秋之道》錄〈賦〉四篇，《聖學真詮》三篇，《東南釋義》一篇。概可見其篇數遞減之勢。延平郡王鄭〈賦〉：

悉天地之同歸兮，聖人纘生。觀古今之滄桑史兮，履百劫之經。盼東林之海隅兮，首陽南平。蔚藍鍾毓之氣象，憑弔古之舊城。不堪回首，錦繡而文明。青山依舊在，風月双清。地靈人傑兮，揚聖道乎大行。文章燦爛兮，歷千秋之中興。前望五峯聳翠，雲水而聯盟。背洋海之盪丹兮，通九江之巨闕；半屏蔽日分，蓮潭映萍。龜瑞叶兆，啟明之營。振仁義於六合兮，春秋御閣建；喚醒人心復古兮，聞大同之鐘聲。世教難持兮，三期道劫並降。代天宣化兮，行孔孟之聖教。勉爾多士兮，步登道岸。修身立德兮，子孫而繩繩。善方立訓，家道而昌榮。[31]

本文雖採騷體，但句法靈活。四言至七言皆有之。且活用對仗長句「振仁義於六合兮，春秋御閣建；喚醒人心復古兮，聞大同之鐘聲。」賦中包含舊城、半屏、蓮潭、龜山、啟明堂、春秋御閣諸地名及名勝，蓋藉河山之勝以啟示地靈人傑，當行修身立德，行孔孟之教。韓文公夫子〈賦〉：

嗟文風之頹敗兮，仰聖道以開明。贊天地之化機兮，修德教乎大行。
天下斯文之將喪兮，振仁義立人生。毅里之風雅兮，鋤雲野鶴泉鶯。
人情世俗率直兮，風塵僕僕而崢嶸。窺半屏之霽月兮，觀滄宴於雲外；
背洋海之萍蕩兮，登層巒而步青。著聖學於明修兮，化迷途循古經。

30 《普渡金篇》，龍成宮、啟成堂、警善堂、協善堂、心德堂、心吉堂發行，1965年。

31 《春秋之道》，頁30-31。高雄：左營東南帝闕樂善社啟明堂，1960年。

文章薈萃，仁里和盛。倡大同之先兆兮，聯三教之共鳴。偃武修文兮，為萬世開太平。綱維重造，元亨利貞。行春秋之大義兮，暮鼓晨鐘。攻乎異端兮，楊朱墨翟評。大道之行兮，六合揚清。群方之恩被兮，沐聖治乎孔英。立洪範於千秋兮，奕萬世之典型。恢中華之五族兮，復唐虞之履經。慈雲佈澤兮，聖道啟中興。[32]

《化濁揚清》（1974）的鎮安宮文衡聖帝降〈賦〉用九言（五四）騷體，句句用韻：

神道闡教兮筆挽頹風。化嚚循正兮著書開蒙。觀今紅塵兮良心失衷。咸凝黑氛兮把藏惡躬。吁嗟世概兮動濁混叢。干戈不息兮性命交攻。忠實和平兮奸詐難容。為子不孝兮逆父母忡。為兄不友兮為弟不恭。養慣驕傲兮執辯橫雄。欲成刻薄兮妒窄心胸。天理不存兮道德栓充。乖倫悖禮兮盡是哀鴻。時茲杞憂兮浩劫當中。三期醞釀兮釋道儒融。仙佛臨堂兮震聵發聾。聖神樞機兮闡化昏庸。揚清六合兮禮運讚同。遵經講誦兮甦生厥躬。善果滿熟兮金闕瓊宮。冊成完設兮拔超祖宗。錫福盈門兮兒孫賢聰。[33]

意為規勸人倫，讚揚著書。《良緣寶筏》上卷（1976）朱熹夫子降〈賦〉，每句八言（五三式），逐句用韻：

玉旨照耀兮滿堂紅。妙理闡述兮沙盤中。良緣寶筏兮化大同。著書立說兮挽頹風。至道遵行兮守綱常。世上留芳兮稱英雄。修身養性兮六欲空。人生美夢兮費心衷。一氣沖天兮斷前功。遵賢學聖兮復中庸。正心行善兮道果充。金章醒世兮佈儒風。普化迷津兮樂融融。樂善好施兮天

32　《聖學真詮》，頁36。高雄：樂善社後勁明修堂，1966年。

33　《化濁揚清》，頁180-181，高雄：大寮覺心社化善堂，民國63年（1974）。

> 下公。克己利人兮菩薩崇。功勳盈滿兮達蒼穹。[34]

此文略長，也是鼓勵著書、好施及克己利人等修養。而書中騷體形式之多樣化亦有可觀。

騷體作品極簡者，有上引《良緣寶筏》上卷（1976）南極仙翁及白鶴童子所降〈賦〉。南極仙翁〈賦〉云：

> 省躬兮，奉旨著四科。聖化兮，男生耐琢磨。風寒兮，女生堅志多。著書兮，男女眾合和。修身兮，遵聖學仙歌。良緣兮，普化莫蹉跎。寶筏兮，渡眾出南柯。得道兮，超登會彌陀。[35]

全文只有八句，每句用韻，用三、五句法。其義不外鼓勵男女鸞生共為著書努力。白鶴童子所降則為五、三句法，十句，逐句用韻。[36]《良緣寶筏》上卷連續錄〈賦〉七首，亦屬密集罕見，唯或騷或駢，或韻或否，體製不一。

鳳邑養心社啟善堂《聖史流芳》（1983）子夏夫子降〈賦〉：

> 鳳邑養心兮眾志虔，奉旨著造兮種福田。四科繼志兮理顯然，風霜不怕兮羨英賢。行功立德兮化人先。《鐸韻》鐘聲兮拔有緣。《啟源》金篇兮道彌堅。《宗風普澤》兮彼岸邊。《聖史流芳》兮垂萬年。感激皇恩兮樂綿綿。[37]

只有十句，句句用韻，明顯賦文趨簡。文中言《鐸韻》、《啟源》等，為該堂陸續著造之鸞書共四冊，故謂之「四科」繼志。

---

[34] 《良緣寶筏》（臺南：南府省躬社聖化堂，1976年），上卷，頁118-119。

[35] 《良緣寶筏》，上卷，頁116。

[36] 《良緣寶筏》，上卷，頁117-118。

[37] 《聖史流芳》（高雄：鳳邑養心社啓善堂，1983年），頁184-185。

鳳邑鎮南宮《警世箴言》（1984）有九言騷體，皆不用韻。[38]騷體而用九言長句者，澎湖得善堂《省悟覺迷》清風道人降〈人生之理篇〉共十韻、二十句。篇名雖不著賦字，而實以騷體為之。〈人生之理篇〉：

> 大千滾滾兮苦海無邊，人生旅程兮寄世幾年。哇哇墜地兮身無一穿，生來無物兮死去空然。歲月催老兮銀鬚垂肩，行將就木兮無常眼前。榮枯得失兮離合悲泣，生離死別兮濕襟淚漣。……善門修身兮佛渡有緣，儒門學聖兮路徑通天。看破紅塵兮修身為先，諸真渡眾兮立志心堅。[39]

文義不外說人生無常，宜學道修身、立志行善。

高雄鳳邑養心社啟善堂之《仁德真誠》（2014）則錄有騷體賦三篇：文昌帝君降〈賦〉，本堂主壇司鳳邑瑞安宮天上聖母降〈賦〉、本堂副主席降〈醒世賦〉。[40]韻腳以括號註明閩南語之反切。〈醒世賦〉：

> 子孫賢兮肯書讀，有禮儀兮自得樂。求富貴兮下苦工，由勤而儉兮育教義方。有書不學兮兒孫無昌，有田不耕兮倉廩虛空。人學始知道兮，曾聞君子一善言，勝過小人說萬千。榮華富貴兮知布施，貧窮亦免枉思悲。貪他斗米兮失卻年糧，田園萬頃兮日食斤兩用。大廈數間兮夜宿八尺長，何苦為財傷身兮命無俱空。能存方寸地兮留與子孫耕；刪滅心頭火兮剔起佛前燈。但願兒孫個個向善兮，向善行。[41]

此用以覺醒世人：安貧樂道，教育子孫，勿貪田園財產，好修行等，故以名篇。句子長短參差變化，用韻或二句一韻，或多句一韻。其前〈賦〉二首則一

---

38 《警世箴言》（高雄：鳳邑鎮南宮，1984年，封面書「甲子」），頁65-66。又善書圖書館影本封底作「中華民國七十三年四月出版」：http://www.taolibrary.com/category/category62/c62002.htm#。檢索日期：2021年10月19日。

39 《省悟覺迷》（澎湖：竹灣大義宮得善堂，2020年2月），頁103-104。

40 《仁德真誠》（高雄：鳳邑養心社啟善堂，2014年），頁142-145。

41 《仁德真誠》，頁144-145。

韻到底。文昌帝君降〈賦〉只有十二句、六韻，亦可算極短篇。包公廟至善堂《慈暉善績》有呂洞賓仙翁〈醒世吟〉亦用騷體，[42]二句一韻，共十六韻（後三聯失韻）。鸞書題目之體材，命義較寬，視之為賦亦無不可。

五　駢體鸞賦之演變

駢賦指以對仗為主的賦體。古有俳賦，言楚辭、漢相如以來，分句作對，後人仿之遂為俳賦。齊梁以來，講究聲律，至唐、宋考試，用律以限之，故有律賦。[43]李曰剛（字健光，1906-1985）云：

> 俳賦亦稱駢賦。……鑄辭惟務藻麗，砌句必求俳偶……。迨隔句相對之制興，乃成四六，其所以異於文駢者，有韵與無韵之別耳。駢賦之偶句必協韵，其韵腳與韵部之數，尚無限制，此寬於律賦之處。[44]

儷句、俳偶、隔句長對是駢文的特色，自然也是駢賦的特色。再進一步限韻，就成了律賦了。易聞曉也說：

> 六朝抒情小賦多用駢語，故稱駢賦。及唐衍為律賦，篇幅趨短，結構嚴謹，律賦尤甚。句式以四、六言為主，講究屬對用典，及律賦加以聲律，愈加拘限，不再是漢大賦名物和形容的巨麗鋪陳，而是體物描寫為主，與詩愈近。……[45]

「句式以四、六言為主，講究屬對用典」，更加強駢賦的規律化，成了考試的

---

42 《慈暉善績》（高雄：大發開封宮包公廟至善堂，2019年），頁267-269。

43 參明・吳訥：《文章辨體序說》（臺北：長安出版社影本，1978年），頁21-22；明・徐師曾：《文體明辨序說》（臺北：長安出版社影本，1978年），頁102。

44 李曰剛：《辭賦流變史》（臺北：文津出版社，1987年），頁135。

45 易聞曉：〈賦體演變的句式考察〉，《湖南大學學報》（社會科學版），2021年1月。又見楚辭研究中心公眾號，第96期。

標準。今統稱為駢賦，言其以駢對、藻儷、限韻、用典為主體也。

《全臺賦校訂》闕名作品自〈新枝重設蘭陽賦・以題為韻〉以下至〈惜穀賦・以「穀稱大寶人當惜」為韻〉，皆出自光緒22至28年間（1896-1902）發行之《治世金針》、《渡世慈航》、《挽世金篇》等之鸞文。其體除「以題為韻」者外，復有以應題文字為韻者，如〈戒貪花賦・以「入迷途」為韻〉，即分三段式換韻之文，〈基隆設鸞堂賦・以「濟世施方集著新篇」為韻〉（分八段）、〈詠四湖雲梯書院賦・以「即今修省堂」為韻〉（分五段）之類。[46]又如《全臺賦補遺》闕名〈戒訟賦・以「實為虛有作無」為韻〉、〈教書賦・以「誤人子弟」為韻〉。其限韻文字猶如副題，顯示本賦之主旨，在分段上也更見變化。

澎湖大義宮得善堂《省悟新篇》上冊（1909）南極仙翁降〈得善堂賦・以題為韻〉：

> 甚矣世道澆漓，人心否塞。邪說叢生，異端煽惑。朝多奸黨弄權，野盡食婪吝嗇。……革面洗心，風移俗易。上溯唐虞訓誥，廉則無求；下承鄒魯芳安徽，義然後得。
>
> 然猶警惕於鼓鐘，且申明夫經典。視聽言動之條，非禮勿行；子臣弟友之風，未能宜勉。薰蕕之味既分，枝葉之詞當剪。……非上品必為中品，是在慎於所行；欲正身必先修身，庶幾教而後善。
>
> 將見多士彬濟，英才趨蹌；口如瓶守，意若城防。火滅兮法周武，日新兮思商湯。喜過兮如季路，書紳兮如子張。正其衣冠兮，無懈無怠；齊其容貌兮，必端必莊。……敢戲豫，敢馳驅，儼然聖神相在爾室；無眾寡，無小大，何異師弟晤對同堂。
>
> 從此鼎新革故，警覺愚夫迷途；引古證今，喚醒頑婦乖忤。……一生奇緣，萬載佳遇。超出苦海迷津，掃退雅魔嶂霧。且喜鴻篇告竣，比擬李杜之詞；還欣鳳藻厥成，堪追歐蘇之賦。[47]

---

46 《全臺賦校訂》，頁336-401。《全臺賦補遺》，頁191、頁197。

47 《省悟新篇》上冊，卷之三，頁51-52。澎湖西嶼大義宮得善堂。其出版年，據卷一，頁4圖，兩側為對聯，中間書云「天運壬寅年孟春之月著」，右邊空白處亦見人為筆書云「壬寅年，民

本篇全文約430字，以題目「得、善、堂、賦」為各段之韻部，並以此四字作段尾文字，此為鸞堂賦常見之限韻章法。其中的長句駢對（隔句對）亦不鮮見，如「上溯唐虞訓誥，廉則無求；下承鄒魯芳徽，義然後得。」「視聽言動之條，非禮勿行；子臣弟友之風，未能宜勉。」「敢戲豫，敢馳驅，儼然聖神相在爾室；無眾寡，無小大，何異師弟晤對同堂。」「歌祝聞於街巷，士如圭而如璋；緝熙傳於臨保，人遵道而遵路。」

新北市三芝，錫板智成堂《救世良規》（1919）共收賦五篇：〈嘆世炎涼賦〉、〈戒世不修賦〉、〈互鄉賦〉、〈修身賦〉、〈維四民賦〉。[48]除〈互鄉賦〉標為「古體」之外，其他皆「以題為韻」，表示編者在體製上已作分辨。酆都大帝降〈戒世不修賦．以題為韻〉：

> 觀夫世道之寖衰，人心之可慨。鳳鳥不重至，河書無復再。尼山之教化無聞，泗水之薪傳何在？人好習於偏斜，天必懲於否泰。不思反本窮源，那曉遠邪去害。終貽伊戚堪悲，後受災殃乃戒。……回頭向道望昇平，寡悔愆尤期盛世。……聞善言則宜師，行惡途則可不。……千古良言戒世萬年痛惡不修……茲因救世出幽冥。援筆登鸞而作賦。[49]

以下尚續有五律一首作結，此依題目文字之序而設韻。又本堂蒞任南宮孚佑帝君趙降〈維四民賦．以題為韻〉：

> 且自穆穆熙熙，垂三皇之法則。彬彬濟濟，效五帝之芳規。居杏壇而啟化，功垂不朽；設絳帳以開蒙，德被要離。……刮垢磨光必刻刻，爬羅剔刮於時時。優哉游哉此啟，美兮奐兮斯維。乃可明素志於丹心，昭仁義於不泯；憤軒昂於器宇，知禮智於最著。澆風盡改，惡俗皆去。老者

前十年，西元1902年」，似《省悟新篇》著書於此年。但27頁《本堂鸞下跋》云「玉旨許准，己酉王春之月開鸞定期，……朝夕臨堂著造。……經六閱月，書奏成功之喜。顏其書曰《省悟新篇》。」則書在己酉始完，即宣統元年（1909）。壬寅年（1902）或是開堂之始也。

48 《救世良規》，頁134-139。

49 《救世良規》，頁135-136。

安之，興孝老老之心；少者懷之，興悌長長之意。內無睚眥之言，外無交謫之氣。……本可規乎一二，源可返於五四。庶乎龜□常昭，[50]同遵古聖之跡；瑞麟獻彩，共步前賢之塵。十義遵守，五常重新。無慊蔦蘿之施，俗子交遊何足計？奚嫌蒹葭之倚，士人共事豈常陳？……上下樂一團之氣，貴賤適一本之親。從古源流傳三教，於今重啟維四民。深幸乎座上之春風，帳中之化雨。藉煉石之功以補天，賴中流之力為砥柱。拯陷溺之頹波，制逆流之灌注。莫等蒸梨而失真，宜倒啖蔗之雅趣。……洵無墨以鋪張，實維民而有序。罔揣固陋之資，謹談俗話。自明謭劣之誚，偶成俚賦。(後附七律一首)[51]

此篇依題設四韻為四段，不乏長句對駢對。如「居杏壇而啟化，功垂不朽；設絳帳以開蒙，德被要離。」言傳道、授業，可以啟化後昆，可以感動凶仇。[52]「無慊蔦蘿之施，俗子交遊何足計？奚嫌蒹葭之倚，士人共事豈常陳？」用《詩》句為典。〈小雅・頍弁〉有君子悅賢互慕之旨，[53]〈秦風・蒹葭〉有思慕而難近之義，二句蓋下文所謂「上下樂一團之氣，貴賤適一本之親。」謂無論交遊、共事，似蔦蘿之相施、蒹葭之相倚，皆不必忌諱，可以切磋輔仁也。

全篇除依題用韻之外，於「維」韻之後，增韻處為「……知禮智於最著」、「……惡俗皆去」二韻獨自相叶《廣韻》「去聲・九御」。

唯〈互鄉賦〉標為「古體」，蓋與它篇「以題為韻」不同，而自訂四韻。《論語・述而》:「互鄉難與言，童子見，門人惑。子曰：與其進也，不與其退也，唯何甚？人潔己以進，與其潔也，不保其往也。」言其人性雖有所短，君子亦不棄之也。淡艋清水真人降〈互鄉賦・古體〉云：

---

50 □為93年，重刊本缺字。

51 《救世良規》，頁138-139。

52 《莊子・漁父》:「孔子遊乎緇帷之林，休坐乎杏壇之上。」《後漢書・馬融傳》:「融才高博洽，為世通儒，教養諸生，常有千數。……居宇器服，多存侈飾。常坐高堂，施絳紗帳，前授生徒，後列女樂，弟子以次相傳，鮮有入其室者。」《吳越春秋・闔閭內傳》，子胥薦要離為吳王闔閭刺殺慶忌。見周生春：《吳越春秋輯校匯考》(上海：上海古籍出版社，1997年)，頁46-51。

53 《詩・頍弁》:「未見君子，憂心奕奕。既見君子，庶幾說懌。」

> 嗟乎世風之日下也，事屬難陳。人人忘其本，個個□其因。[54]先聖之芳躅何在，前賢之雅範何伸？知澆風之難挽，而惡俗之莫親。俗子庸夫，入茫茫之苦海；文人學士，入渺渺之迷津。莫可除其凶弊，何能悟於生民？況乃習俗相沿，人人莫知其悔悟；習俗相慣，個個罔曉其回遷。罄竹竭波，不足以喻人心之險；下車解網，誰能知帝德之堅？立志而不正，執意好徇偏。故爾終身屢遭其轗軻。於茲畢世每患其顛連，不以自非而怨地，不以己惡而尤天。……鳥之將死，尚曉其鳴也哀。空喪生平違雅化，枉其沒世土為埋。……若輩何其昧，斯人何其愚。芳躅難可化，良語以為迂。……每嘆息而咨嗟，每興懷而嘆吁。觀爾文人，何此鹵莽，何此頑愚？胡不修爾體，胡不惜爾軀。……聞盜泉而不飲，聞勝母而不趨。互鄉名可嘆，孔聖每為吁。今宵特把筆，俚語若金珠。匆匆而妄掇，并草成此賦。[55]

本篇自設四韻，非流行之以題為韻，故曰古體。含四六之複句，如「俗子庸夫，入茫茫之苦海；文人學士，入渺渺之迷津。」「罄竹竭波，不足以喻人心之險；下車解網，誰能知帝德之堅？」等句。罄竹竭波見《舊唐書．李密傳》:「（密）作書以移郡縣，……罄南山之竹，書罪未窮；決東海之波，流惡難盡。』」[56]下車解網見《史記．殷本紀》，[57]沈約〈漢東流〉云:「至仁解網，窮鳥入懷。」又「聞盜泉而不飲，聞勝母而不趨」典故，見《淮南鴻烈．說山訓》:「曾子立孝，不過勝母之閭；墨子非樂，不入朝歌之邑；曾子立廉，不飲盜泉；所謂養志者也。」[58]用典與用駢句外，本書諸賦之題目尚屬多樣化，且多長篇，講究韻法。

---

[54] □表所引重刊本缺字。案：缺字疑為「知」字。

[55] 《救世良規》，頁136-137。

[56] 後晉．劉昫等撰:《舊唐書》(北京：中華書局，1975年)，頁2215。

[57] 《史記．殷本紀》:「湯出，見野張網四面祝曰:『自天下四方皆入吾網。』……乃去其三面，……諸侯聞之曰:『湯德至矣，及禽獸。』」梁．沈約作〈梁鼓吹曲〉十二首，其六曰〈漢東流〉，有云:「至仁解網，窮鳥入懷。」宋．郭茂倩《樂府詩集》(臺北：里仁書局，1984年)，卷第二十，頁298。

[58] 勝母、盜泉二典，故籍所引多歸諸孔子事，說見劉文典《淮南鴻烈集解》(臺北：文史哲出版社影本，1992年)，注，頁542。

高雄梓官善化堂有《醒迷金篇》(1903)、《覺頑良箴》(1930)、《三才合璧》(1935),[59]《補遺》已收其賦共19篇(取自前二種)。《覺頑良箴》卷八之中壇元帥李〈良箴勸世賦・以題為韻〉、太上感應道君李〈重整善化堂賦・以題為韻〉、玉虛元始天尊〈再集良箴賦・以題為韻〉(見《補遺》)全篇皆為六四句法。除題目稱「賦」者「以題為韻」外,《覺頑良箴》之〈戒不遵訓誨文〉、〈陰律難逃文〉二「文」亦副以「以題為韻」。其分段限韻,亦符合賦體,可視為賦。如〈戒不遵訓誨文〉,游適宏〈解題〉云:

> 此篇為賦體文,雖標註「以題為韻」,然押韻方式僅部分模仿律賦。如律賦一段用一韻,本文則一段之內或隨時換韻,或平仄通押(如第四段「血食長存」、「一言為訓」,其餘尚多),甚或循閩南語音,以鼻化與無鼻化之元音通押(如第四段「渡登彼岸」、「以敦善化」),大抵以脣吻調利為準。[60]

可見其用韻之法頗寬。一段多韻、以閩南語寬叶,同樣見於〈陰律難逃文〉。又首卷有〈序〉多篇,唯貧道呂純陽〈覺頑良箴序〉亦副以「以題為韻」,具備賦之條件。因《補遺》未及收錄,今節示如下:

> 歲在戊辰(民國十七年),乃龍變之豐年。序屬三春,實飛騰之吉期。草木爭妍而競秀,禽鳥依然以和鳴。花朝設教,喜玉旨之頒來;朔日開壇,蒙關翁之下界。……嘉爾等之有志,惟善是學。望挽救之沉淪,無知化覺。悲世風之日下,道德淪亡;……乃共祝以醒世,集設乩鸞。因同心而指引,再化愚頑。從此也喜氣洋洋,于斯矣享福無窮。宜勉力以

---

59 (高雄)梓官善化堂《醒迷金篇》,高雄:德惠出版社,1903年(光緒29年)發行,2019年三版。《覺頑良箴》四冊,1930年(民19年)發行,2017三版。據〈重版序〉:「本堂戊辰(民17年)《覺頑良箴》問世。」及《三才合璧》九天司命〈序〉:「戊辰(民17年)吉旦集《覺頑》於斯堂。」則《覺頑良箴》已於1928年成書。《三才合璧》1935年(民24年)發行,高雄:德惠印經處,2018年三版。

60 《補遺》,頁354。原文又見2017年《覺頑良箴》卷五(禮部),頁421、435。

> 宣化，須真心傳揚。遇善士以相勉，敦模楷而導強。當能化被世宇，宜得感醒奸雄。欲挽天心也斯為美，要挽人世也此實良。……半語錦繡猶奥，鬼服神欽。前者金篇既出，此日又集良箴。……前矣鸞臺既設，堪稱仁壽；勿徒形以塞責，宜立志而為佳。明聖訓之惶恐，闡善惡以驚懼。余也臨堂，愧無妙語以醒迷；今既登鸞，爰附篇末而作序。貧道呂純陽拜序。[61]

本文雖題曰「序」，既云「以題為韻」，必趨近賦之形式。全文以駢句為主體，且有用韻之實，韻字作押段文字，仿於賦體。各段唯有第三段「良」韻全叶，[62]它段各只在段尾叶二次：學、覺；鸞、頑；欽、箴；懼、序。一段中可換韻，對於「以題為韻」之意涵已有極大之更動。在段中換韻，或平仄通押現象，在同書《覺頑良箴》的中壇元帥李〈良箴勸世賦〉、太上感應道君李〈重整善化堂賦〉[63]已呈此現象，不僅在3篇賦體文中存在。但更早的《醒迷金篇》諸賦極少有此情形。

另《醒迷金篇》卷三有開臺聖王〈戒好訟文〉，為一韻到底之賦體文。《覺頑良箴》卷五有風伯、雨師〈呵風罵雨慘報文〉，於五段之段末韻字以黑體標之，[64]表示各以篇題文字為韻，但篇名未題「以題為韻」。[65]卷七有和合二仙〈戒兄弟妯娌不和文〉題「以題為韻」，並於段末韻字標黑體。鄧天君〈戒敬灶文〉部分段落用韻，較不規則。[66]卷二有〈戒後母虐待前子文〉亦以題為韻（但未標示），[67]唯題目韻字以黑體標於段首。文長共八段，多含短句，長短

---

61 《覺頑良箴》首卷，頁12-13。

62 「良」段韻字：窮、揚、強、雄、良，以閩南語讀之皆屬合韻。

63 《補遺》頁359-360、361-363、364-365。《覺頑良箴》卷八，頁737-739、747-749、749-751。

64 據《補遺影像集》，《醒迷金篇》原文並無作黑體，1991年版與1903年所刊相同，則乃至三版始標黑，左加豎號，見頁262以後。《影像集》之《覺頑良箴》據王見川等《臺灣宗教資料彙編》(2009)，原文之段尾韻字右方加三個圓圈，下加鉤號（形如下引號），至第三版始標黑加豎號，見頁302以後。

65 開臺聖王〈戒好訟文〉，見《醒迷金篇》卷三，頁242-243。風伯、雨師〈呵風罵雨慘報文〉，見《覺頑良箴》卷五，頁470-472。

66 和合二仙〈戒兄弟妯娌不和文〉，鄧天君〈戒敬灶文〉，見《覺頑良箴》卷八，頁649-651、713-715。

67 《覺頑良箴》卷二，頁209-212。

相間。每段一韻，平仄通押，用韻寬，亦可視為賦體文。旨義類似漢王褒之〈僮約〉。

《三才合璧》（1935）雖未見〈賦〉篇，然自其他文類中仍可見用韻的賦體文，如中天紫微大帝〈序〉及北極真武大帝〈警世文〉。[68]〈序〉叶韻甚寬，且頻換韻。〈警世文〉共叶二韻，其中一段嵌入堂生人名，增致趣味。書中已於人名左側加豎號（部分人名分二字嵌入），若對照水官大帝〈銘〉，[69]可理出其中含有璧奎、兆年、克承、光前、儒啟、啟明、振南、耀東、盈餘、楷堂、崇修、炳明、相周、謠豊、明從、雲從、揚光、晏堂諸鸞生之名，[70]此種鑲嵌手法本為俗賦所習見，如〈伍子胥變文〉子胥夫婦對話即用〈藥名〉詩，言藉藥名諧音對談，可以避人耳目。

善化堂自《醒迷金篇》（1903，光緒29年）載賦共13篇，至《覺頑良箴》（1930，民國19年）載賦（依《補遺》所收，含二〈文〉）共6篇，差距可見。（若計入上文所論賦體文，則為14：11）至1935年（民國24年）發行的《三才合璧》已無〈賦〉之蹤影，但賦體文仍偶見如上引。同一鸞堂所造鸞書中之賦篇，經歷消減，以至僅留少數賦體文。

晚近鸞書或雖題上未標限韻文字，但仍具駢賦風格。鳳邑啟新社養生堂等合著《力挽狂瀾．悌部》（1990）南天文衡聖帝降〈賦〉：

> 日月疊碧，以垂麗天之象；山川煥綺，以鋪理地之形。歲歷綿曖，潮流紛爭。天良埋沒，耗無限之歲月；神道闡幽，讓有益之節貞。時不分乎晝夜，行不計乎尋榮。寸功克進，天命育英。修讀經書成賢聖，養添功德復天清。……孝論明哲，緯侯稠衡；曹褒撰讖以定禮，明瀲集緯以通經。德以奉三行，功實安九傾。絕調迴流循水逝，餘音細入曉雲

---

68 《三才合璧》，頁23、106-107。梓官善化堂《三才合璧》，1935（民國24年）發行，2018年三版。

69 《三才合璧》，頁23-24。

70 水官大帝〈銘〉云：「壽稱仁里，姓字飄香，……地雖低梓，名比喬松。」言借〈銘〉以頌堂生之功也。又：諸堂生姓名及職稱見《三才合璧》「奉派本堂執事氏名列左」，可參照《三才合璧》，頁18-20及39-40、59、107。

> 横。……《春秋》法範，《禮記》功盈。勵志為眾，發奮圖耕。德已至樂，何傷不成？[71]

其中隔句駢對有「日月疊碧，以垂麗天之象；山川煥綺，以舖理地之形。」「天良埋沒，耗無限之歲月；神道闡幽，讓有益之節貞。」用典則有「孝論明哲，緯侯稠衡；曹褒撰讖以定禮，明澈集緯以通經。」情境美句則有「絕調迴流循水逝，餘音細入曉雲横。」句法之變化，除四六長句對之外，四言至八言皆具足。賦旨則在鼓勵修讀經書成賢聖，戒貪賭戒飲宴等。

東照山關帝廟《明德之音・東照善品》（2012）濟公活佛降〈戒不守恥廉賦〉：

> 慨夫世風不古，俗尚日移。誰守卞和之璞，空悲墨子之絲。盜恥名泉，志士終不甘死渴；嗟來為食，狂夫亦還忍受飢。是以原子雖貧，粟辭九百；楊公守潔，金懍四知。與其破恥傷廉，僅圖一飽；何如聽天由命，忍過些時。爾乃面皮孔厚。心跡終昏。名忍呼龜，有錢憑隨笑罵；走更稱狗，得勢那管評論。……總為白圭之玷，安比玉□之冰，[72]所望男解羞慚，女知貞節。玉期無瑕，恥原可雪。莫說任人唾罵，將軍面固是銅；須知保我名聲，烈士心應如鐵。……願世人束身圭璧，無貽鄉黨之譏，庶後日叩首歸依。自信冰霜之結也已矣。[73]

本文共四換韻，用典如「原子雖貧，粟辭九百；楊公守潔，金懍四知。」原憲與楊震的模範事跡，出自《論語・雍也》：「原思為之宰，與之粟九百，辭。子曰：『毋，以與爾鄰里鄉黨乎！』」及《後漢書・楊震列傳》：「（震）當之郡，道經昌邑，故所舉荊州茂才王密為昌邑令。謁見，至夜懷金十斤以遺震。震曰：『故人知君，君不知故人，何也？』密曰：『暮夜無知者。』震曰：『天知，神

---

71 《力挽狂瀾・悌部》，頁201-202。高雄：鳳邑啟新社養生堂、鳳邑明新社養靈堂合著，1990年。

72 案：「安比玉□之冰」，疑當作「安比玉潔之冰」。

73 《明德之音・東照善品》（高雄：東照山雜誌社，2012年），頁18。

知，我知，子知。何謂無知！』密愧而出。」講的都是廉潔守身的歷史掌故。

1900年前後的限韻駢賦極為普遍，屬鸞書發展的早期。晚近愈不多見，而《力挽狂瀾》（1990）、《明德之音・東照善品》（2012）尚見駢賦作品面世，或限韻或用典，或作長句相隔對，更如披沙而揀金珠了。

六　齊言體鸞賦之演變

騷體、駢體鸞賦之外，以四言、五言或七言為主體之賦篇皆歸於此項之下，以觀察其體製之嬗變。

鳳邑誠心社明善堂《正風》（1958）之〈仁賦〉、〈義賦〉、〈禮賦〉、〈智賦〉篇幅簡短，[74]此猶荀子《賦篇》之有〈禮〉、〈知〉、〈雲〉、〈蠶〉、〈箴〉。簡宗梧謂〈仁賦〉：

> 以四言為主，似荀賦。一韻到底，押「仁韻」。[75]

其他三篇亦一韻到底，唯句法各殊。案：南天文衡聖帝關降〈仁賦〉：

> 人道之至，德行之極；其端惻隱，其始由隣。非表非量，求質望真。近在身側，遠居清雲。王輕而成霸，子舍之反倫。萬人苦難，瘴氣烏煙。凄凄慘慘，叫苦難聞。求榮望樂，願爾奉遵。天性皆善，各在其身。啟開智慧，日日求新。克己復禮，舍我憂人。由忠而恕，博愛精純。宜家宜國，古王懷珍。先難後獲，其心通神。小人成君子，君子成聖人。大哉其功，請歸之仁。仁澤滿於四海，民無一不蒙仁。[76]

---

74 鳳邑誠心社明善堂刊行《正風》之〈仁賦〉等篇，參見《全臺賦影像集》，頁732-735。又見《正風》（高雄：鳳邑誠心社明善堂，1958年），卷二〈義部〉。明善堂設在高雄市鳳山區文衡殿左廂之後殿及二樓。

75 簡宗梧：〈臺灣登鸞降筆賦初探——以《全臺賦》其影像集為範圍〉，《臺灣賦學術研討會論文集》，頁188。

76 《正風》（高雄：鳳邑誠心社明善堂，1958年），卷二〈義部〉，頁2。又《全臺賦影像集》，頁732。

以四言為主，參以五言、六言，其他各篇則句法各殊。

《正風》九天司命真君張降〈智賦〉之後段與《荀子・賦篇・知》之前、後段之意旨與用字幾乎一致，文字略有變異而已。通俗文學本不避古籍之化用，分別標示其三處於下。《正風》〈智賦〉：

> 仁義與禮如何始？……（1）夫皇天隆物，施民靈瑞。或厚或薄，依德有異。君子以修，跖以穿櫃。（2）精微而無形，參天而有氣。行義以正，事業以遂。（3）得以禁暴足窮，百姓得之事事宜，政者得之而後天下治。明達純粹而無疵，人獸之分甚珍異。夫謂天賦之理智。[77]

〈賦篇・知〉：

> （1）皇天隆物，以示下民，或厚或薄，常不齊均。……君子以脩，跖以穿室。（2）大參乎天，精微而無形，行義以正，事業以成。可以禁暴足窮，百姓待之而後泰寧。……（3）百姓待之而後寧也，天下待之而後平也。明達純粹而無疵也，夫是之謂君子之知。

將各段文字或義涵相互對照，如皇天隆物、或厚或薄、精微而無形、禁暴足窮、明達純粹而無疵等句，文字皆同。可見作者有意繼承荀賦之旨，以短章表達儒學之要義。又金闕上相李降〈禮賦〉：

> ……如日如月，為天下美。君子所敬，小人所否。性不得如禽獸，性得之甚雅美。婦人得之為節女，吏者得之為廉仕。致明而約，甚順而體，請歸之禮。[78]

語氣誠似荀子〈賦篇・禮〉云：「非日非月，為天下明。……君子所敬，而小

[77] 《正風》卷二〈義部〉，頁3-4。《全臺賦影像集》，頁734-735。

[78] 《正風》卷二〈義部〉，頁3。《全臺賦影像集》，頁734。

人所不者歟？性不得則若禽獸，性得之則甚雅似者歟？匹夫隆之，則為聖人；諸侯隆之，則一四海者歟？致明而約，甚順而體，請歸之禮。」則以上諸篇蓋以荀賦為宗可知。二文雖鎔鑄荀賦，而天然無違，自成一體，亦云不可多得。且由「禮知雲蠶箴」五篇變化為「仁義禮知」四篇，可謂規模翻新。鸞文歌訣體的化用舊典，也可參看《警世箴言》南極長生大帝降〈正氣歌〉:「天地有正氣，充塞宇宙間。無極開混沌，太極氣和然。」[79]題目即用文天祥〈正氣歌〉，語氣亦仿之。查《正風》卷一，鸞文題目下或以括號注云參照某書某篇，如：釋迦牟尼古佛天尊降〈心箴〉注云:「參照《孟子・告子篇》」、道尼太上老君李降〈正風辭〉注云「參照《書經・大禹謨》」，本堂副主席降〈正心之法〉注云:「參照《荀子・勸學篇》及《老子》第十二章」。〈正心之法〉實引用《老子》、《論語》、〈中庸〉、《荀子》諸句，雖學理敘述簡易，但頗能貫通諸籍，亦非易事也。可見《正風》引用或化用古籍原句，是其一貫之作法。

四言為主體的還有鳳邑靜心社舉善堂《舉教寶箴》(1984）南天教練童子降〈賦〉:

> 浩浩乎，苦海無邊，世代循環。逢艱遇難，自我盡苦受煎。磨其心定，練其志堅。更年累月，日日策鞭。毫無懈怠，步步邁前。積功立德，善播良田。悲哉，混淆塵世，名歟利歟？幻景人生，來若過客。何爭名權，豈奪利益？縱衣綺紈，且獲珠璧。[80]呼停吸斷，一場空白。覺醒沉迷，歸本還真。固執不悟，玩火自焚。荊棘刃迎，默默耕耘。諄諄修道，推己及人。善揚種德，建立奇勳。宣儒佈數，利我人群。合掌遍大千世界，回頭成丈六金身。[81]

文雖不長，共換三韻，只有尾句用六言。旨在鼓勵自我策鞭，修道種德，以利人群。

---

[79] 《警世箴言》，頁169-171。

[80] 原書「璧」誤作「壁」。

[81] 《舉教寶箴》(高雄：鳳邑靜心社舉善堂，1984年），頁25。

《醒迷金篇》(1903)的韓湘子〈酒色財氣賦・以題為韻〉(已收錄於《補遺》)為五言體，唯末二句及以「酒色財氣」四字為句首的絕詩二首(附詩猶其亂辭)為七言。《警世箴言》(1984)南極仙翁〈賦〉為長篇七言體，共25韻50句，凡四換韻。

以七言及五言為主的有《良緣寶筏》上卷(1976)，清風道人降〈賦〉:

> 鯤瀛簇簇賢人擁，聖化巍巍玉旨懸。著書立說意誠虔，激濁揚清心踴躍。卯年迎瑞彩，葭月造金篇。限期欽百二，普化遍三千。諸生勤守職，寶筏賜良緣。功高男女眾，衣白道心堅。乍見長龍排左右，應無大意亂心田。書成頒世宇，惡改會神仙。剛愎焉能登極樂，謙恭終免墜深淵。木杖珠璣吐，精誠金石穿。人生如夢客，品德豈金錢。學道修身宜勉力，疏財濟困化尤愆。洗卻塵勞神奕奕，登來彼岸樂綿綿。禍福無門人自覓，神仙有道孰能研。何苦爭權還奪利，最難行善合乾玄。飽食蹉跎空歲月，焚膏學練稱名賢。今宵把筆金章著，他日頒書古道宣。為勸蒼黎宗正理，須從寶筏究真詮。諸生行善苦，篤志候壇前。論功行賞日，賜會晤靈先。聊聊陳一賦，默默學多年。[82]

此篇題目不據義旨，唯標曰〈賦〉，也算是趨簡的一種現象。

全文皆八言者，有鳳邑啟新社養生堂等合著《力挽狂瀾・悌部》(1990)莊嚴山大勢至菩薩降〈修身賦〉:

> 無上智慧燦爛似燈，甘霖普潤萬物向榮。皈依禮佛廉節忠貞，學道修真參禪念經。高敲法鼓迷夢易醒，修無漏道六通精明。微妙般若通送梵聲，法輪常轉妙諦盛行。無上菩提睿智充盈，六根俱淨不昧虛靈。無漏實相度化眾生，力挽狂瀾桃柳相承。心無所著佛果自成，功德完滿蓮女來迎。[83]

---

[82] 《良緣寶筏》(臺南:南府省躬社聖化堂，1976年)，上卷，頁114-115。

[83] 《力挽狂瀾・悌部》(高雄:鳳邑啟新社養生堂、鳳邑明新社養靈堂合著，1990年)，頁155-156。

八言造句，逐句為韻，共十四句（韻）。旨在勸導「學道修真參禪念經」，度化眾生。同書另有文昌閣梓潼帝君降〈賦〉，五言體，十韻二十句。[84]

另外，人物對問之體較少見於鸞集。大陸鸞書《救生船》（1860）[85]有黃仙諱初平〈東施效顰賦〉為第一人稱的主客對話賦體，情節虛實相間，規戒效顰惡習，頗具興寄之奇。[86]臺南聖化堂《普化群迷》上卷南宮太乙真人柳星君所降〈賦〉，[87]篇幅僅約340字，內容為「無塵」與「無煩」賞景論道：

> 清風萬變，世客一居，馨草滿春堂。流水翠柏，客塵聚會，空山鶯鳥色羽亮。有一名無塵，有一客無煩。參嶺峻巖，高唱高歡。如如彩雲，明眸無塵，動有清吹。……清心寡慾幾無煩，一怒千秋景色暗無踪。清心桃兮大理自搬，故言翠柳含射醉人心；有景兮大觀萬理，否否聖跡參透兩邊。生育兮教化極圖如棋少息，塵籠竹篇經方復藏。……汝聖化兮，物物早早空想，何何意東。……菩薩從來不離身，自家昧了不相親。若能靜座迴光照，便見生前舊主人。客盡如時，一點不卑，幾凡成聖也。……

似散似駢，韻句或不相鄰，或句法不一。如從寬檢之，堂、踪、藏、東為韻，煩、癲、搬、邊、觀為韻，色、熟、尺、跡、息為韻。〈賦〉前有〈詩〉云「清臺利客對心情」，略露其旨，謂主客對話，述說心情也。雖鋪排略簡，文意隱晦，駢律不嚴；然藉景參悟，說無塵無煩之由，亦儒道之勝境也。

另善化堂《覺頑良箴》（1930）鄧天君降〈戒敬灶文〉，[88]為敘事與說理並

---

84 《力挽狂瀾・悌部》，頁108-109。

85 本書於1840年已流傳於川東，參歐天發：〈大陸鸞書《救生船》等及其賦篇述略——兼論鸞賦之記錄形態與分類〉，林登順主編：《2016賦學國際學術研討會論輯》（一）（二）冊，國立臺南大學，2016年8月。見（一）冊，頁39。

86 《救生船》卷一，王見川、車錫倫等編：《明清民間宗教經卷文獻續編》（臺北：新文豐出版公司，2006年），第九冊，頁163-165。〈東施效顰賦〉內容及屬性，可參歐天發：〈內地鸞賦之體裁與記錄形式〉，《濟南大學學報》（社會科學版），2017年第2期，頁71。

87 《普化群迷》，上卷，頁156-158。

88 《覺頑良箴》，卷八，頁713-715。

具的賦體文。先謂灶關乎一家飲食，灶神為護宅天尊，當敬之寶之，不可褻瀆。再舉明末某秀士為例，言彼家人常在灶邊洗腳浴身，每對灶咒罵，毫無尊重。至於罹諸災殃，竟狂癲奔走，現身說法以勸世人。本文前段有四言為主體的韻文，後段敘述故事則為散體。各節略其一段如下：

> 司命東廚，造化九天，福善禍淫，正直無偏。而世人無知，往往視之度外而不知敬。……胡言褻瀆，妄談欺天。以致神聖避之，禍災相延。家多疾患，災難纏綿。猶不悔悟，怨地罵天。此固不慎，徒惹罪愆。……事乃明末，湖南武昌府地方，有一秀士陳和成者，才高學博。無奈放蕩不羈，不信聖真之道，不遵神佛之言。……

除前段說理用韻外，敘事及末段收束語，皆用散文。先韻後散為此賦體文之特色。

七　臺灣鸞賦趨簡現象的觀察

舉凡題材、題目、人神聯吟、鸞生吟作之演變、極短篇、無韻文之出現，都是鸞賦趨簡的跡象。

（一）鸞賦題材、題目由多樣性而趨單純化

如具有當時社會背景的戒官紳、戒洋煙、戒庸醫之類；分曲直、勸和衷、士農工商的修養類；詠四湖雲梯書院、詠遊苗疆之遊訪類，及特殊的〈惜穀賦〉、〈奠祭一杯酒賦〉等，皆少出現於近晚期之鸞書。晚期如〈醒世賦〉（1983）、[89]〈勸世賦〉（1984）[90]之類尚見以旨命題。其他題目則多統一簡化，僅題〈賦〉為名。以〈賦〉名篇者，早期唯有〈賦・以「仁心為本」為

---

[89] 《普慈玉露》（高雄：鳳邑普化社穀善堂。1984年），頁98-99。

[90] 《昌世引迷》（屏東：南天直轄屏邑省賢社昌賢堂，1983年），頁223-224。

韻〉(《達化新篇》,1902),[91]中期(1950年以後)有無極老祖〈賦〉(《引古今聲》,1964)。[92]北極玄天上帝〈賦〉(《闕閱人心》,1952)、李仙姑及岳武穆大帝〈賦〉(《引古鳴箴》,1969)等。[93]又《春秋之道》(1960)載〈賦〉四篇,[94]大柢為念古諷今、讚美設堂、歌詠形勝、正心挽世之類。《良緣寶筏》上卷(1976)連續錄有〈賦〉七篇。[95]或稱〈賦文〉,如《挽世還元》(1948),[96]《揚道意誠》(2014)[97]所載。

(二)諸神聯吟、唱和及鸞生吟作日趨罕見[98]

基隆正心堂《挽世金篇》(1901)李鐵枴降〈正心賦・以題為韻〉,[99]其中柳星君和「心」字,韓湘子唱「賦」字。(唱謂唱曲也,賦云:吹一曲兮……)。〈一讚金篇賦〉、〈修德耀呈賦〉、〈智三秀山賦〉、〈戒酒色財氣賦〉是二仙至五仙輪詠。[100]為神人共詠有〈繼文德馨賦〉柳星君及許德馨、劉繼文輪詠,[101]〈如松占梅賦〉副主席徐降筆而末段「許生德馨續賦字」。[102]

---

91 《全臺賦校訂》,頁393-394。

92 〈儒生變基督徒——林金的故事〉:http://www.amps.phc.edu.tw/main/modules/tad_book3/page.php?tbsn=6&tbdsn=70,檢索日期:2021年10月10日。

93 《引古鳴箴》,民國58年(1969)南寮村醒心社文善堂出版,見:http://61.219.110.117/Page/SpaceDetail/336?type=%E9%99%B0%E5%BB%9F%E4%BF%A1%E4%BB%B0%E8%88%87%E7%A5%AD%E6%8B%9C%E8%A1%8C%E7%82%BA,《澎湖島嶼生活記憶》,檢索日期:2021年10月10日。《全臺賦影像集》,頁697-710。各賦降者,參簡宗梧:〈臺灣登鸞降筆賦初探—以《全臺賦》及其影像集為範圍〉,表二,《全臺賦校訂》,頁760。

94 《春秋之道》(高雄:左營東南帝闕樂善社啟明堂,1960年),頁30-34。

95 《良緣寶筏》,上卷,頁109-119。

96 《挽世還元・冬部》(高雄:鳳邑靜心社舉善堂,1948年),頁65-66。原書只題戊子年發行,經查為民國37年(1948),http://blog.udn.com/retaoist/130619394?1575679383649。檢索日期:2021年10月10日。

97 《揚道意誠》(高雄:意誠堂關帝廟,2014年),頁131-132。

98 如《挽世金篇》的〈一讚金篇賦〉、〈修德耀呈賦〉、〈智三秀山賦〉皆是多神合詠。見《全臺賦校訂》,頁375-378。而〈繼文德馨賦〉〈如松占梅賦〉為神人合詠。見《全臺賦校訂》,頁361-362、368-369。

99 《挽世金篇》(基隆:正心堂,1901年),〈山部〉卷七。《全臺賦校訂》,頁366-367。

100 《全臺賦校訂》,頁373-379。

101 《全臺賦校訂》,頁361-362。

102 《全臺賦校訂》,頁368-369。

鸞生自賦者，《挽世金篇》正心堂鸞生劉繼文〈基隆設鸞堂賦．以「濟世施方集著金篇」為韻〉。[103]講人神效勞，共建鸞堂、著造金篇之盛。《醒迷金篇》（1903）善化堂鸞生楊春元、劉金聲二人皆作〈醒迷金篇賦．以題為韻〉，[104]斥流俗之耽樂而美新書之能挽救。《覺頑良箴》（1930）有洪裕〈再集良箴賦．以題為韻〉，言前書之功效不彰，慶能再梓新書。[105]文末記云：「本堂鸞徒洪裕賦」，又首卷「本堂效勞諸徒」云：「本堂掌理賬務兼校正並錄鸞生洪裕。」[106]是其身兼多職。堂生自賦終屬罕見。

（三）同書中鸞賦體製不一，格式有寬化之跡象

同一鸞冊所錄賦多篇，體製卻規範不同，甚至出現無韻之文。或云以降文神明之位階差異之故，此涉宗教詮釋，無法證明。或云各篇負責之鸞生或校正生非一，程度自有高下，亦屬可能。此猶公案，容再探討可也。如《良緣寶筏》上卷（1976）連續錄有降〈賦〉共七篇，[107]其中清虛道人及清風道人所降〈賦〉：一為四言為主的「歲維乙卯，月遇葭騰」（起句），一為五、六、七言參混的「鯤瀛簇簇賢人擁」（起句），尚能合乎賦篇之體製。[108]其餘〈賦〉篇或為精短齊言之騷體，[109]甚至以無韻的駢文當之，[110]或後段用韻，[111]其體製各異。可謂鸞賦形式嚴、簡交替的時代。

（四）賦體文增加，是駢體鸞賦的轉形與自由化

除了題名明標為「賦」並限韻外，善化社《醒迷金篇》（1903）尚有〈戒好訟文〉屬賦體文。其後《覺頑良箴》（1930）則有〈戒不遵訓誨文〉、〈陰律

---

103 《全臺賦校訂》，頁359-360。

104 《醒迷金篇》，卷六，頁509-512。

105 《覺頑良箴》，卷八，頁766-758。

106 《覺頑良箴》，首卷，頁43。

107 《良緣寶筏》，上卷，頁109-119。

108 《良緣寶筏》，上卷，頁112-115

109 《良緣寶筏》，上卷，頁115-119。

110 《良緣寶筏》，上卷，頁110-112。

111 《良緣寶筏》，上卷，頁108-110。

難逃文〉二「文」皆「以題為韻」。此外〈覺頑良箴序・以題為韻〉、〈呵風罵雨慘報文〉,〈戒兄弟妯娌不和文・以題為韻〉,〈戒敬灶文〉、〈戒後母虐待前子文〉(亦以題為韻,但未標示),皆可視為賦體文,已詳見上文「四、駢體鸞賦之演變」所舉。《醒迷金篇》「以題為韻」的〈賦〉篇較晚出的《覺頑良箴》為多,但《覺頑良箴》各種形式的賦體文則顯見增加。靈活的賦體文可說是駢體的分化變形,也可說是駢體鸞賦的自由化。

(五)出現視無韻的駢文與騷體文為「賦」之現象,應是體材觀念的模糊

賦之體製多樣,故出現以不用韻的駢文或騷體為賦,屬體材上的模糊。如《良緣寶筏》上卷(1976)如天竺國雷音寺普賢尊者降〈賦〉,只屬駢文。鳳邑鎮南宮《警世箴言》(1984)有九言騷體,皆不用韻。[112]又簡宗梧也舉過《閱閱人心》(1952)〈賦〉及《引古鳴箴》(1968)的〈賦〉、〈醒心賦〉,謂其乃無韻之文。[113]蓋其中多以閩南語為韻,通叶甚寬,駢句雖亦用之而不齊整也。

(六)〈賦〉之篇幅縮小,極短篇出現

較早的《治世金針》〈新枝重設蘭陽賦・以題為韻〉(1896)七段近600字,分四段的《渡世慈航》(1897)〈分曲直賦・以題為韻〉(1897)約380字。較短的〈勸和衷賦・以題為韻〉約240字,《慈帆寶筏》(1902)〈惜穀賦・以「穀稱大寶人當惜」為韻〉七段近500字。澎湖大義宮得善堂《省悟新篇》上冊(1902)南極仙翁降《得善堂賦・以題為韻》,全文約430字。《增刪忠孝集》〈勸智賦・以「先機燭照之明」為韻〉(1900年)六段超過920字。[114]此其大較也。

極短篇騷體有《良緣寶筏》上卷(1976)南極仙翁八句,白鶴童子〈賦〉十句。或所錄賦體又稱為賦文、詩賦、歌賦,皆賦之變體,而簡短為其特色。《天指金仙》(1994)本堂主持本科副筆觀世音菩薩徐降〈歌賦〉,[115]猶如七言

---

112 《警世箴言》(高雄:鳳邑鎮南宮,1984年),頁65-66。

113 《全臺賦校訂》,頁760。

114 《全臺賦補遺》,頁255-257。

115 《天指金仙》(高雄:林園無極星漢殿百善堂,1994年),頁54。

詩八句。高雄市意誠堂《揚道意誠》（2014）亞聖先師孟子夫子降〈賦文〉二篇，[116]各四句。其本堂副主席文衡三聖帝〈詩賦〉九句。[117]

116 《揚道意誠》（高雄：意誠堂，2014年），頁131-132。

117 《揚道意誠》，〈附錄二〉，頁115-116。

二　黑水城出土西夏漢文具注殘曆訂年用曆商榷補證

林金泉*

一　前言

自從孟列夫（1926-2005）主編的《俄藏黑水城文獻》[1]公布以來，其中的漢文具注曆書殘片，經史金波、鄧文寬、孫繼民三位學者的研究整理，似乎已告一段落。鄧文寬先生起先以為是《宋淳熙九年（1182）壬寅歲》與《宋嘉定四年（1211）辛未歲》的具注曆日，後來又認同史金波的考證，更正為《西夏乾祐十三年壬寅歲（1182）具注曆日》和《西夏光定元年辛未歲（1211）具注曆日》，而孫繼民在他的大作《俄藏黑水城漢文非佛教文獻整理與研究（中冊）》一書中承襲了鄧文寬這一更正的說法。[2]筆者以為《西夏乾祐十三年壬寅歲（1182）具注曆日》的訂年是對的，但《西夏光定元年辛未歲（1211）具注曆日》的定名值得商榷，因為公元1211年8月西夏改元光定，[3]而曆書是前一年（1210）頒訂，也就是「皇建一年」頒定的「皇建二年」具注曆，所以曆書標題應為《皇建二年辛未歲具注曆日》才是，而不是光定元年。為了補充證明上

---

* 林金泉教授，國立臺灣師範大學國文研究所文學碩士，已自國立成功大學中國文學系退休，研究專長：天文曆算、讖緯、《易》學。林教授為黃老師於1982年11月指導畢業的門生，碩士論文：「周秦陰陽五行家思想研究」。著有《易緯歷術闡衍》、《宋嘉定十一年開禧萬年具注曆研究》等專書，以及〈黃宗羲《易學象數論．六壬．伶州鳩七律對》研究〉、〈《易緯．乾鑿度》的曆法與積年〉、〈黃道周《三易洞璣．文圖經緯中》五運六氣說探義〉、〈黃道周《三易洞璣．文圖經緯中》的十二氣天人同構體系〉等多篇論文。

[1] 俄羅斯敦煌學家孟列夫主編：《俄藏黑水城文獻》，上海：上海古籍出版社，1966年。

[2] 見孫繼民撰：《俄藏黑水城漢文非佛教文獻整理與研究（中冊）》（北京：北京師範大學出版社，2012年3月），第733-744頁。

[3] 見《中國歷史紀年表》（臺北：華世出版社，1978年1月），第125頁。

述三位學者的說法，筆者認為殘曆非本南宋《淳熙曆》與《開禧曆》所編訂，而全部都是金《重修大明曆》所編就的具注曆書，因為《宋淳熙九年（1182）壬寅歲》具注曆書根據的是施行於1177年到1190年之間為劉孝榮所撰的《淳熙曆》;《宋嘉定四年（1211）辛未歲》具注曆書則根據施行於1208年到1251年之間鮑澣之所撰的《開禧曆》，而金趙知微撰《重修大明曆》，施行年次在1180年到1280年之間，含括了殘曆行用之年。況前二曆行於南方，《重修大明曆》則施於北地，南北之區隔，加上宋與金、西夏交惡，西夏依附於金，沿用《重修大明曆》編就的具注曆書，略作改刪，迎合需要，不無可能。故各據三曆之法數、步術，分別推算其氣朔發斂，與殘曆載文悉同者即本諸該曆為是，否則為非。文分三節，採數學研究法，首節證殘曆非本諸《淳熙曆》，次節證殘曆曆日全與《重修大明曆》合符，末節則以《開禧曆》與《重修大明曆》推算結果判定而去非存是，補足了殘片交接闕脫處條文，證其非本諸《開禧曆》，從而推定黑水城出土殘曆全係根據金代《重修大明曆》所制作而為西夏所行用的《西夏乾祐十三年具注曆日》與《西夏皇建二年具注曆日》，並以「殘曆復原」、「殘曆書影」為附錄一、附錄二置後，藉供全文參照查索作結。

二　殘曆非根據宋《淳熙曆》所編制之曆書——從「俄 TK297（2-2）」殘片芒種交氣辰刻判斷

（一）推淳熙九年（1182）二十四節氣日辰

1 《淳熙曆》相關法數

淳熙上元甲子，距淳熙三年（1176）丙申，歲積52,421,972。

元法：5640

歲實：2,059,974

歲周日：365餘1374

氣策：15日、餘1232、秒25

旬周：338,400

秒母：100

求天正冬至：自上元甲子以來，歲實（2,059,974）乘之，為通積分。滿旬周（338,400）去之，不盡，以元法（5640）約之為日，不盈為餘。命甲子，算外，即所求天正冬至日大小餘。

求次氣：置天正冬至大小餘，以氣策（15日、餘1232、秒25）累加之，秒盈秒母（100）從分，分滿元法（5640）從日，即得次氣日及餘秒。

2 淳熙九年積年

52,421,972＋（1182－1176）＝52,421,978

3 淳熙九年天正冬至大、小餘

2,059,974（歲實）×52,421,978＝107,987,911,708,572（通積分）

107,987,911,708,572÷338,400（旬周）＝319,113,214……餘90972

90972÷5640（元法）＝16（大餘）……餘732（小餘）

命甲子，算外17，得天正冬至庚辰。（見下「六十甲子干支序數表」）

六十甲子干支序數表

1. 甲子	2. 乙丑	3. 丙寅	4. 丁卯	5. 戊辰	6. 己巳	7. 庚午	8. 辛未	9. 壬申	10.癸酉
11.甲戌	12.乙亥	13.丙子	14.丁丑	15.戊寅	16.己卯	17.庚辰	18.辛巳	19.壬午	20.癸未
21.甲申	22.乙酉	23.丙戌	24.丁亥	25.戊子	26.己丑	27.庚寅	28.辛卯	29.壬辰	30.癸巳
31.甲午	32.乙未	33.丙申	34.丁酉	35.戊戌	36.己亥	37.庚子	38.辛丑	39.壬寅	40.癸卯
41.甲辰	42.乙巳	43.丙午	44.丁未	45.戊申	46.己酉	47.庚戌	48.辛亥	49.壬子	50.癸丑
51.甲寅	52.乙卯	53.丙辰	54.丁巳	55.戊午	56.己未	57.庚申	58.辛酉	59.壬戌	60.癸亥

以氣策（15日餘1232分25秒）累加之，秒盈秒母（100）從分，分滿元法（5640）從日，得小寒：大餘31，小餘1964分25秒。大寒：大餘46，小餘3196分50秒。列淳熙九年二十四節氣日辰表如下：

淳熙九年（1182）二十四節氣日辰表

二十四節氣	大餘	小餘	干支
立春	1	4428.75	乙丑
雨水	17	21	辛巳
驚蟄	32	1253.25	丙申
春分	47	2485.50	辛亥
清明	2	3717.75	丙寅
穀雨	17	4950	辛巳
立夏	33	542.25	丁酉
小滿	48	1774.50	壬子
芒種	3	3006.75	丁卯
夏至	18	4239	壬午
小暑	33	5471.25	丁酉
大暑	49	1063.50	癸丑
立秋	4	2295.75	戊辰
處暑	19	3528	癸未
白露	34	4760.25	戊戌
秋分	50	352.50	甲寅
寒露	5	1584.75	己巳
霜降	20	2817	甲申
立冬	35	4049.25	己亥
小雪	50	5281.50	甲寅
大雪	6	873.75	庚午
冬至	21	2106	乙酉
小寒	36	3338.25	庚子
大寒	51	4570.50	乙卯
立春	7	162.75	辛未

(二) 推淳熙九年（1182）二十四節氣辰刻

辰法：470（5640÷12）

半辰法：235

刻法：564

秒法：100

《淳熙曆》辰刻表

辰法：470	
初初刻：0～56.4	正初刻：～291.4
初一刻：～112.8	正一刻：～347.8
初二刻：～169.2	正二刻：～404.2
初三刻：～225.6	正三刻：～460.6
初四刻：～235	正四刻：～470

> 求發斂加時：置所求小餘，以辰法（470）除之為辰數。不滿，進一位，以刻法（564）而一為刻。不盡為刻分。其辰數命子正，算外，各得加時所在辰、刻及分。加半辰刻即命起子初。

設辰刻大餘為 x，辰刻小餘為 y，則（恆氣小餘＋235）÷470＝x $\frac{y}{470}$，查上辰刻表即得淳熙九年二十四節氣辰刻如下：

節氣	恆氣小餘	辰刻大餘	辰刻小餘	辰刻
立春	4428.75	9	198.75	酉初三刻
雨水	21	0	21	子初初刻
驚蟄	1253.25	2	313.25	寅正一刻
春分	2485.50	5	135.5	巳初二刻
清明	3717.75	7	427.75	辰正三刻
穀雨	4950	10	250	戌正一刻
立夏	542.25	1	72.25	丑初一刻

節氣	恆氣小餘	辰刻大餘	辰刻小餘	辰刻
小滿	1774.50	3	364.5	卯正二刻
芒種	3006.75	6	186.75	午初三刻
夏至	4239	9	9	酉初初刻
小暑	5471.25	11	301.25	亥正一刻
大暑	1063.50	2	123.5	寅初二刻
立秋	2295.75	4	415.75	辰正三刻
處暑	3528	7	238	未正初刻
白露	4760.25	10	60.25	戌初一刻
秋分	352.50	0	352.5	子正二刻
寒露	1584.75	3	174.75	卯初三刻
霜降	2817	5	467	巳正四刻
立冬	4049.25	8	289.25	申正初刻
小雪	5281.50	11	111.5	亥初一刻
大雪	873.75	1	403.75	丑正二刻
冬至	2106	4	226	辰初四刻
小寒	3338.25	7	48.25	未初初刻
大寒	4570.50	9	340.5	酉正一刻
立春	162.75	0	162.75	子初二刻

上表午初三刻芒種（見網底部分）與附錄二「俄 TK297（2-2）」午正三刻芒種不符，證此殘曆非本諸《淳熙曆》，卻與下節據《重修大明曆》所推相吻合。

三　殘曆係根據金《重修大明曆》所編制之曆書

以金朝《重修大明曆》[4]求其氣朔發斂，亦皆先列法數，後列步術，推算

4　此非南北朝祖沖之之《大明曆》，乃金初楊級增損北宋《紀元曆》所作之《大明曆》，非同一部曆法。楊級《大明曆》行用後，日月食屢不驗，遂命趙知微重修楊級之《大明曆》，大定二十年頒行，是為《重修大明曆》，又稱《知微曆》。

金大定二十二年（1182）與金大安三年（1211）之曆日如下，凡載於殘曆者皆施以網底，方便與文後附錄二「黑水城出土西夏漢文具注曆書殘片」參照。

（一）推金大定二十二年（1182）、大安三年（1211）節氣日辰

1 演紀上元距今大定庚子（1180）88,639,656年

日法：5,230分

歲實：1,910,224分

通餘：27,424分

朔實：154,445分

通閏：56,884分

歲策：365日餘1274分

朔策：29日餘2775分

氣策：15日餘1142分60秒

望策：14日餘4002分45秒

象策：7日餘2001分22.5秒

沒限：4087分30秒

朔虛分：2455分

旬周：313,800分

紀法：60

秒母：90

求天正冬至：置上元甲子以來，歲實（1,910,224）乘之，為通積分。滿旬周（313,800）去之，不盡，以日法（5,230）約之為日，不盈為餘。命甲子算外，即所求天正冬至日大小餘。

求次氣：置天正冬至日大小餘，以氣策（15日餘1142分60秒）累加之，秒盈秒母（90）從分，分滿日法（5230）從日，即得次氣日及餘秒。

大定二十二年積年：
88,639,656＋（1182－1180）＝88,639,658
大定二十二年天正冬至大、小餘：
1,910,224（歲實）×88,639,658＝
169,321,602,063,392（通積分）
169,321,602,063,392÷313,800（旬周）＝
539,584,455……餘84,392
84,392÷5230（日法）＝16（大餘）……
餘712（小餘）
命甲子，算外17，得天正冬至庚辰。（見六十甲子干支序數表）
以氣策（15日餘1142分60秒）累加之，秒盈秒母（90）從分，分滿日法（5230）從日，得，得小寒：大餘31，小餘1854分60秒。大寒：大餘46，小餘2997分30秒。列大定二十二年節氣表如下左：

大安三年積年：
88,639,656＋（1211－1180）＝88,639,687
大安三年天正冬至大、小餘：
1,910,224（歲實）×88,639,687＝
169,321,657,459,888（通積分）
169,321,657,459,888÷313,800（旬周）＝
539,584,631……餘252,088
252,088÷5230（日法）＝48（大餘）……餘1048（小餘）
命甲子，算外49，得天正冬至壬子。（見六十甲子干支序數表）
以氣策（15日餘1142分60秒）累加之，秒盈秒母（90）從分，分滿日法（5230）從日，得小寒：大餘3，小餘2190分60秒。大寒：大餘18，小餘3333分30秒。列大安三年節氣表如下右：

大定二十二年				大安三年		
干支	小餘	大餘	節氣	大餘	小餘	干支
乙丑	4140分	1	立春	33	4476分	丁酉
辛巳	52分60秒	17	雨水	49	388分60秒	癸丑
丙申	1195分30秒	32	驚蟄	4	1531分30秒	戊辰
辛亥	2338分	47	春分	19	2674分	癸未
丙寅	3480分60秒	2	清明	34	3816分60秒	戊戌
辛巳	4623分30秒	17	穀雨	49	4959分30秒	癸丑
丁酉	536分	33	立夏	5	872分	己巳
壬子	1678分60秒	48	小滿	20	2014分60秒	甲申
丁卯	2821分30秒	3	芒種	35	3157分30秒	己亥
壬午	3964分	18	夏至	50	4300分	甲寅
丁酉	5106分60秒	33	小暑	6	212分60秒	庚午
癸丑	1019分30秒	49	大暑	21	1355分30	乙酉
戊辰	2162分	4	立秋	36	2498分	庚子

大定二十二年				大安三年		
干支	小餘	大餘	節氣	大餘	小餘	干支
癸未	3304分60秒	19	處暑	51	3640分60秒	乙卯
戊戌	4447分30秒	34	白露	6	4783分30秒	庚午
甲寅	360分	50	秋分	22	696分	丙戌
己巳	1502分60秒	5	寒露	37	1838分60秒	辛丑
甲申	2645分30秒	20	霜降	52	2981分30秒	丙辰
己亥	3788分	35	立冬	7	4124分	辛未
甲寅	4930分60秒	50	小雪	23	36分60秒	丁亥
庚午	843分30秒	6	大雪	38	1179分30秒	壬寅
乙酉	1986分	21	冬至	53	2322分	丁巳
庚子	3128分60秒	36	小寒	8	3464分60秒	壬申
乙卯	4271分30秒	51	大寒	23	4607分30秒	丁亥
辛未	184分	7	立春	39	520分	癸卯

(二) 推金大定二十二年、大安三年二十四節氣辰刻

辰法：2615

半辰法：1307.5

刻法：313，秒80

辰刻：8，104分，秒60

半辰刻：4，52分，秒30

秒母：100

《重修大明曆》辰刻表

辰法：2615	
初初刻：0～313.8	正初刻：～1621.3
初一刻：～627.6	正一刻：～1935.1
初二刻：～941.4	正二刻：～2248.9
初三刻：～1255.2	正三刻：～2562.7
初四刻：～1307.5	正四刻：～2615

> 置小餘，以六因之，如辰法（2615）而一為辰。如不盡，以刻法（313，秒80）除之為刻。命子正，算外，即得加時所在辰刻及分。如加半辰法（1307.5），即命子刻初。

設辰刻大餘為 x，辰刻小餘為 y，則（恆氣小餘×6＋1307.5）÷2615＝$x\frac{y}{2615}$，查上表即得大定二十二年、大安三年二十四節氣辰刻如下：

大定二十二年					大安三年			
辰刻	辰刻小餘	辰刻大餘	恆氣小餘	節氣	恆氣小餘	辰刻大餘	辰刻小餘	辰刻
酉正四刻	2612.5	9	4140分	立春	4476分	10	2013.5	戌正二刻
子正一刻	1623.4996	0	52分60秒	雨水	388分60秒	1	724.4996	丑初二刻
卯初一刻	643.3	3	1195分30秒	驚蟄	1531分30秒	4	35.4998	辰初初刻
巳正三刻	2260.5	5	2338分	春分	2674分	6	1661.5	午正一刻
申初四刻	1271.1	8	3480分60秒	清明	3816分60秒	9	672.4496	酉初二刻
亥初初刻	282.3	11	4623分30秒	穀雨	4959分30秒	11	2298.4998	亥正三刻
丑正一刻	1908.5	1	536分	立夏	872分	2	1309.5	寅正初刻
辰初二刻	919.1	4	1678分60秒	小滿	2014分60秒	5	320.4996	巳初一刻
午正三刻	2545.3	6	2821分30秒	芒種	3157分30秒	7	1946.4998	未正二刻
酉正初刻	1556.5	9	3964分	夏至	4300分	10	957.5	戌初三刻
子初一刻	567.1	12	5106分60秒	小暑	212分60秒	0	2583.4996	子正四刻
寅正二刻	2193.3	2	1019分30秒	大暑	1355分30	3	1594.4998	卯正初刻

大定二十二年					大安三年			
辰刻	辰刻小餘	辰刻大餘	恆氣小餘	節氣	恆氣小餘	辰刻大餘	辰刻小餘	辰刻
巳初三刻	1204.5	5	2162分	立秋	2498分	6	605.5	午初一刻
申初初刻	215.1	8	3304分60秒	處暑	3640分60秒	8	2231.4996	申正二刻
戌正一刻	1841.3	10	4447分30秒	白露	4783分30秒	11	1242.4998	亥初三刻
丑初二刻	852.5	1	360分	秋分	696分	2	253.5	寅初初刻
卯正三刻	2478.1	3	1502分60秒	寒露	1838分60秒	4	1879.4996	辰正一刻
午正初刻	1489.3	6	2645分30秒	霜降	2981分30秒	7	890.4998	未初二刻
酉初一刻	500.5	9	3788分	立冬	4124分	9	2516.5	酉正三刻
亥正二刻	2126.1	11	4930分60秒	小雪	36分60秒	0	1527.4996	子正初刻
寅初三刻	1137.3	2	843分30秒	大雪	1179分30秒	3	538.4998	卯初一刻
辰正三刻	2493.5	4	1986分	冬至	2322分	5	2164.5	巳正二刻
未正一刻	1774.1	7	3128分60秒	小寒	3464分60秒	8	1175.4996	申初三刻
戌初二刻	785.3	10	4271分30秒	大寒	4607分30秒	11	186.4998	亥初初刻
子初初刻	203.5	0	184分	立春	520分	1	1812.5	丑正一刻

（三）推金大定二十二年、大安三年經朔弦望日辰

通閏[5]：56,884

月閏[6]：$56,884 \div 12 = 4740\frac{1}{3}$

朔實：154,445分

朔虛分[7]：2455分

中盈分[8]：$2285\frac{1}{3}$

5　即歲閏：一年12個月的閏餘。

6　《重修大明曆》法數無載月閏，此增補之以方便步算。

7　日法5230－朔餘2775，即30－朔策$29\frac{2775}{5230} = \frac{2455}{5230}$的分子。

8　《重修大明曆》法數無載中盈分，此增補之以方便步算。即歲策$365\frac{1274}{5230} \div 12 = 30\frac{2285\frac{1}{3}}{5230}$的分子，即月閏$4740\frac{1}{3}$－朔虛分2455分＝中盈分。

閏限[9]：$149704\frac{2}{3}$

求天正經朔：以朔實（154,445）去通積分，不盡為閏餘，閏餘閏限以上者，為其年有閏月，用減朔實，以月閏而一，所得，命天正十一月，算外，即得經閏月。因求次年，以（閏歲）加之，命如前，即得所求。以減通積分為朔積分。滿旬周（313,800）去之，不盡，如日法（5230）而一為日，不盈為餘，即所求天正經朔大小餘也。

求弦望及次朔：置天正經朔大小餘，以象策（7日餘2002分22.5秒）累加之，即各得弦、望及次朔經日及餘秒也。

推閏月：置天正十一月閏餘，閏餘滿97,651（朔實154,445－通閏56,884＝97,561）以上，其歲有閏，以中盈（$2285\frac{1}{3}$）及朔虛分（2455）累益之，即每月閏餘，以日法（5230）除之為閏日，不盡為小餘，即各得其月中氣去經朔日及餘秒。其閏餘滿閏限，即為置閏，仍先見定朔大小，其月內無中氣，乃為閏月。[10]

大定二十二年	大安三年
169,321,602,063,392（通積分）÷154,445（朔實）＝1,096,322,976……餘35,072（閏餘），35,072＜97,561，其歲無閏。 169,321,602,063,392（通積分）－35,072（閏餘）＝169,321,602,028,320（朔積分） 169,321,602,028,320（朔積分）÷313,800（旬周）＝539,584,455……餘49,320 49,320÷5230＝9……餘2250 算外10，得天正經朔癸酉。 累加朔策29日餘2775分，得大定二十一年十二月經朔大餘38，小餘5025；大定	169,321,657,459,888（通積分）÷154,445（朔實）＝1,096,323,334……餘140,258（閏餘），140,258＞97,561，其歲有閏。 依氣朔鋪排，無中氣月在閏二月。 169,321,657,459,888（通積分）－140,258（閏餘）＝169,321,657,319,630（朔積分） 169,321,657,319,630（朔積分）÷313,800（旬周）＝539,584,631……餘111,830 111,830÷5230＝21……餘2000 算外22，得天正經朔乙酉。 累加朔策29日餘2775分，得大安二年十

9 《重修大明曆》法數無載閏限，此增補之以方便步算。朔實154445－$4740\frac{1}{3}$＝閏限。

10 《重修大明曆》闕載推閏月術，此參考《崇天曆》、《明天曆》、《大衍曆》增補之。

二十二年正月經朔，大餘8，小餘2570。後以象策（7日餘2001分22.5秒）累加之，列大定二十二年經朔、弦、望如下表左：

二月經朔大餘50，小餘4775；大安三年正月經朔，大餘20，小餘2320。後以象策（7日餘2001分22.5秒）累加之，列大安三年經朔、弦、望如下表右：

大定二十二年				大安三年		
干支	小餘	大餘	月份	大餘	小餘	干支
壬申	2570	8	正月朔	20	2320分	甲申
己卯	4571分22.5秒	15	上弦	27	4321分22.5秒	辛卯
丁亥[11]	1342分45秒	23	望	35	1092分45秒	己亥
甲午	3343分67.5秒	30	下弦	42	3093分67.5秒	丙午
壬寅	115分	38	二月朔	49	5095分	癸丑
己酉	2116分22.5秒	45	上弦	57	1866分22.5秒	辛酉
丙辰	4117分45秒	52	望	4	3867分45秒	戊辰
甲子	888分67.5秒	0	下弦	12	638分67.5秒	丙子
			閏二月朔	19	2640分	癸未
			上弦	26	4641分22.5秒	庚寅
			望	34	1412分45秒	戊戌
			下弦	41	3413分67.5秒	乙巳
辛未	2890分	7	三月朔	49	185分	癸丑
戊寅	4891分22.5秒	14	上弦	56	2186分22.5秒	庚申
丙戌	1662分45秒	22	望	3	4187分45秒	丁卯
癸巳	3663分67.5秒	29	下弦	11	958分67.5秒	乙亥[12]
辛丑	435分	37	四月朔	18	2960分	壬午[13]
戊申	2436分22.5秒	44	上弦	25	4961分22.5秒	己丑
乙卯	4437分45秒	51	望	33	1732分45秒	丁酉
癸亥	1208分67.5秒	59	下弦	40	3733分67.5秒	甲辰

[11] 以定朔計算，大餘23，小餘3888.0327，算外，日干支亦是丁亥。

[12] 以定朔計算，大餘11，小餘3790.9833，算外，日干支亦是乙亥。

[13] 以定朔計算，大餘18，小餘2617.7447，算外，日干支亦是壬午。

大定二十二年				大安三年		
干支	小餘	大餘	月份	大餘	小餘	干支
庚午[14]	3210分	6	五月朔	48	505分	壬子
丁丑	5211分22.5秒	13	上弦	55	2506分22.5秒	己未
乙酉	1982分45秒	21	望	2	4507分45秒	丙寅
壬辰	3983分67.5秒	28	下弦	10	1278分67.5秒	甲戌
庚子	755分	36	六月朔	17	3280分	辛巳
丁未	2756分22.5秒	43	上弦	25	51分22.5秒	己丑
甲寅	4757分45秒	50	望	32	2052分45秒	丙申
壬戌	1528分67.5秒	58	下弦	39	4053分67.5秒	癸卯
己巳	3530分	5	七月朔	47	825分	辛亥
丁丑	301分22.5秒	13	上弦	54	2826分22.5秒	戊午
甲申	2302分45秒	20	望	1	4827分45秒	乙丑
辛卯	4303分67.5秒	27	下弦	9	1598分67.5秒	癸酉
己亥	1075分	35	八月朔	16	3600分	庚辰
丙午	3076分22.5秒	42	上弦	24	371分22.5秒	戊子
癸丑	5077分45秒	49	望	31	2372分45秒	乙未
辛酉	1848分67.5秒	57	下弦	38	4373分67.5秒	壬寅[15]
戊辰	3850分	4	九月朔	46	1145分	庚戌[16]
丙子	621分22.5秒	12	上弦	53	3146分22.5秒	丁巳
癸未	2622分45秒	19	望	0	5147分45秒	甲子
庚寅	4623分67.5秒	26	下弦	8	1918分67.5秒	壬申
戊戌	1395分	34	十月朔	15	3920分	己卯
乙巳	3396分22.5秒	41	上弦	23	691分22.5秒	丁亥
癸丑	167分45秒	49	望	30	2692分45秒	甲午

14 以定朔計算，大餘6，小餘2021.2240，算外，日干支亦是庚午。

15 以定朔計算，大餘38，小餘1689.2811，算外，日干支亦是壬寅。

16 以定朔計算，大餘45，小餘4466.6932，算外，日干支似應在己酉，但定朔小餘在日法5230四分之三以上，故進一日為庚戌，與殘曆同。參見〈黑水城出土西夏漢文具注殘曆：乾祐十三年、皇建二年定朔弦望考〉一文（待發表）。

大定二十二年				大安三年		
干支	小餘	大餘	月份	大餘	小餘	干支
庚申	2168分67.5秒	56	下弦	37	4693分67.5秒	辛丑
丁卯	4170分	3	十一月朔	45	1465分	己酉
乙亥	941分22.5秒	11	上弦	52	3466分22.5秒	丙辰
壬午	2942分45秒	18	望	0	237分45秒	甲子
己丑	4943分67.5秒	25	下弦	7	2238分67.5秒	辛未
丁酉	1715分	33	十二月朔	14	4240分	戊寅
甲辰	3716分22.5秒	40	上弦	22	1011分22.5秒	丙戌
壬子	487分45秒	48	望	29	3012分45秒	癸巳
己未	2488分67.5秒	55	下弦	36	5013分67.5秒	庚子

(四) 推金大定二十二年、大安三年六十四卦用事日

候策：5，餘380，秒80

卦策：6，餘457秒6

貞策：3，餘228秒48

秒母：90

求六十四卦：置中氣大小餘，命之為公卦；以卦策（6餘457秒6）累加之，得辟卦；又加之，得候內卦。以貞策（3餘228秒48）加之，得節氣之初，為候外卦，又以貞策（3餘228秒48）加之，得大夫卦。又以卦策加之為卿卦。

大定二十二年					大安三年		
干支	小餘	大餘	爵位	值卦	大餘	小餘	干支
			辟 侯	臨 小過內	24 30	3790分36秒 4247分42秒	戊子 甲午
乙丑 戊辰	4140分 4368分48秒	1 4	侯 大夫	小過外 蒙	33 36	4476分 4704分48秒	丁酉 庚子

大定二十二年					大安三年		
干支	小餘	大餘	爵位	值卦	大餘	小餘	干支
甲戌	5054分54秒	10	卿	益	42	5161分54秒	丙午
辛巳	52分60秒	17	公	漸	49	388分60秒	癸丑
丁亥	509分66秒	23	辟	泰	55	845分66秒	己未
癸巳	966分72秒	29	侯	需內	1	1302分72秒	乙丑
丙申	1195分30秒	32	侯	需外	4	1531分30秒	戊辰
己亥	1423分78秒	35	大夫	隨	7	1759分78秒	辛未
乙巳	1880分84秒	41	卿	晉	13	2216分84秒	丁丑
辛亥	2338分	47	公	解	19	2674分	癸未
丁巳	2795分6秒	53	辟	大壯	25	3131分6秒	己丑
癸亥	3252分12秒	59	侯	豫內	31	3588分12秒	乙未
丙寅	3480分60秒	2	侯	豫外	34	3816分60秒	戊戌
己巳	3709分18秒	5	大夫	訟	37	4045分18秒	辛丑
乙亥	4166分24秒	11	卿	蠱	43	4501分24秒	丁未
辛巳	4623分30秒	17	公	革	49	4559分30秒	癸丑
丁亥	5080分36秒	23	辟	夬	56	186分36秒	庚申
甲午	307分42秒	30	侯	旅內	2	643分42秒	丙寅
丁酉	536分	33	侯	旅外	5	872分	己巳
庚子	764分48秒	36	大夫	師	8	1100分48秒	壬申
丙午	1221分54秒	42	卿	比	14	1557分54秒	戊寅
壬子	1678分60秒	48	公	小畜	20	2014分60秒	甲申
戊午	2135分66秒	54	辟	乾	26	2471分66秒	庚寅
甲子	2592分72秒	0	侯	大有內	32	2928分72秒	丙申
丁卯	2821分30秒	3	侯	大有外	35	3157分30秒	己亥
庚午	3049分78秒	6	大夫	家人	38	3385分78秒	壬寅
丙子	3506分84秒	12	卿	井	44	3842分84秒	戊申
壬午	3964分	18	公	咸	50	4300分	甲寅
戊子	4421分6秒	24	辟	姤	56	4757分6秒	庚申
甲午	4878分12秒	30	侯	鼎內	2	5214分12秒	丙寅
丁酉	5106分60秒	33	侯	鼎外	6	212分60秒	庚午
辛丑	105分18秒	37	大夫	豐	9	440分18秒	癸酉
丁未	562分24秒	43	卿	渙	15	897分24秒	己卯
癸丑	1019分30秒	49	公	履	21	1355分30秒	乙酉

大定二十二年					大安三年		
干支	小餘	大餘	爵位	值卦	大餘	小餘	干支
己未	1476分36秒	55	辟	遯	27	1812分36秒	辛卯
乙丑	1933分42秒	1	侯	恆內	33	2269分42秒	丁酉
戊辰	2162分	4	侯	恆外	36	2498分	庚子
辛未	2390分48秒	7	大夫	節	39	2726分48秒	癸卯
丁丑	2847分54秒	13	卿	同人	45	3183分54秒	己酉
癸未	3304分60秒	19	公	損	51	3640分60秒	乙卯
己丑	3761分66秒	25	辟	否	57	4097分66秒	辛酉
乙未	4218分72秒	31	侯	巽內	3	4554分72秒	丁卯
戊戌	4447分30秒	34	侯	巽外	6	4783分30秒	庚午
辛丑	4675分78秒	37	大夫	萃	9	5011分78秒	癸酉
丁未	5132分84秒	43	卿	大畜	15	238分84秒	己卯
甲寅	360分	50	公	賁	22	696分	丙戌
庚申	817分6秒	56	辟	觀	28	1153分6秒	壬辰
丙寅	1274分12秒	2	侯	歸妹內	34	1610分12秒	戊戌
己巳	1502分60秒	5	侯	歸妹外	37	1838分60秒	辛丑
壬申	1731分18秒	8	大夫	无妄	40	2067分18秒	甲辰
戊寅	2188分24秒	14	卿	明夷	46	2524分24秒	庚戌
甲申	2645分30秒	20	公	困	52	2981分30秒	丙辰
庚寅	3102分78秒	26	辟	剝	58	3438分78秒	壬戌
丙申	3559分84秒	32	侯	艮內	4	3895分84秒	戊辰
己亥	3788分	35	侯	艮外	7	4124分	辛未
壬寅	4016分48秒	38	大夫	既濟	10	4352分48秒	甲戌
戊申	4473分54秒	44	卿	噬嗑	16	4809分54秒	庚辰
甲寅	4930分60秒	50	公	大過	23	36分60秒	丁亥
壬戌	157分66秒	57	辟	坤	29	493分66秒	癸巳
丁卯	614分72秒	3	侯	未濟內	35	950分72秒	己亥
庚午	843分30秒	6	侯	未濟外	38	1179分30秒	壬寅
癸酉	1071分78秒	9	大夫	蹇	41	1407分78秒	乙巳
己卯	1528分84秒	15	卿	頤	47	1864分84秒	辛亥
乙酉	1986分	21	公	中孚	53	2322分	丁巳
辛卯	2443分6秒	27	辟	復	59	2779分6秒	癸亥
丁酉	2900分12秒	33	侯	屯內	5	3236分12秒	己巳

大定二十二年					大安三年		
干支	小餘	大餘	爵位	值卦	大餘	小餘	干支
庚子	3128分60秒	36	侯	屯外	8	3464分60秒	壬申
癸卯	3357分18秒	39	大夫	謙	11	3693分18秒	乙亥
己酉	3814分24秒	45	卿	睽	17	4150分24秒	辛巳
乙卯	4271分30秒	51	公	升	23	4607分30秒	丁亥
辛酉	4728分36秒	57	辟	臨	29	5064分36秒	癸巳
丁卯	5185分42秒	3	侯	小過內	36	291分42秒	庚子
辛未	184分	7	侯	小過外	39	520分	癸卯
甲戌	412分48秒	10	大夫	蒙	42	748分48秒	丙午
庚辰	869分54秒	16	卿	益	48	1205分54秒	壬子

（五）推金大定二十二年、大安三年七十二候用事日

求七十二候：置中氣大小餘，命之為初候，以候策（5餘380，秒80）累加之，即次候及末候也。

大定二十二年						大安三年		
干支	小餘	大餘	節氣	七十二候		大餘	小餘	干支
			大寒	次候	鷙鳥厲疾	23	3714分20秒	丁亥
				末候	水澤腹堅	28	4095分10秒	壬辰
乙丑	4140分	1	立春	初候	東風解凍	33	4476分	丁酉
庚午	4520分80秒	6		次候	蟄蟲始振	38	4856分80秒	壬寅
乙亥	4901分70秒	11		末候	魚上冰	44	7分70秒	戊申
辛巳	52分60秒	17	雨水	初候	獺祭魚	49	388分60秒	癸丑
丙戌	433分50秒	22		次候	鴻雁來	54	769分50秒	戊午
辛卯	814分40秒	27		末候	草木萌動	59	1150分40秒	癸亥
丙申	1195分30秒	32	驚蟄	初候	桃始華	4	1531分30秒	戊辰
辛丑	1576分20秒	37		次候	倉庚鳴	9	1912分20秒	癸酉
丙午	1957分10秒	42		末候	鷹化為鳩	14	2293分10秒	戊寅
辛亥	2338分	47	春分	初候	玄鳥至	19	2674分	癸未
丙辰	2718分80秒	52		次候	雷乃發聲	24	3054分80秒	戊子
辛酉	3099分70秒	57		末候	始電	27	3435分70秒	辛卯

大定二十二年					大安三年		
干支	小餘	大餘	節氣	七十二候	大餘	小餘	干支
丙寅	3480分60秒	2	清明	初候　桐始華	34	3816分60秒	戊戌
辛未	3861分50秒	7		次候　田鼠化為鴽	39	4197分50秒	癸卯
丙子	4242分40秒	12		末候　虹始見	44	4578分40秒	戊申
辛巳	4623分30秒	17	穀雨	初候　萍始生	49	4959分30秒	癸丑
丙戌	5004分20秒	22		次候　鳴鳩拂其羽	55	110分20秒	己未
壬辰	155分10秒	28		末候　戴勝降于桑	0	490分10秒	甲子
丁酉	536分	33	立夏	初候　螻蟈鳴	5	872分	己巳
壬寅	916分80秒	38		次候　蚯蚓出	10	1252分80秒	甲戌
丁未	1297分70秒	43		末候　王瓜生	15	1633分70秒	己卯
壬子	1678分60秒	48	小滿	初候　苦菜秀	20	2014分60秒	甲申
丁巳	2059分50秒	53		次候　靡草死	25	2395分50秒	己丑
壬戌	2440分40秒	58		末候　小暑至	30	2776分40秒	甲午
丁卯	2821分30秒	3	芒種	初候　螳螂生	35	3157分30秒	己亥
壬申	3202分20秒	8		次候　鵙始鳴	40	3538分20秒	甲辰
丁丑	3583分10秒	13		末候　反舌無聲	45	3919分10秒	己酉
壬午	3964分	18	夏至	初候　鹿角解	50	4300分	甲寅
丁亥	4344分80秒	23		次候　蜩始鳴	55	4680分80秒	己未
壬辰	4725分70秒	28		末候　半夏生	0	5061分70秒	甲子
丁酉	5106分60秒	33	小暑	初候　溫風至	6	212分60秒	庚午
癸卯	257分50秒	39		次候　蟋蟀居壁	11	593分50秒	乙亥
戊申	638分40秒	44		末候　鷹乃學習	16	974分40秒	庚辰
癸丑	1019分30秒	49	大暑	初候　腐草為螢	21	1355分30秒	乙酉
戊午	1400分20秒	54		次候　土潤溽暑	26	1736分20秒	庚寅
癸亥	1871分10秒	59		末候　大雨時行	31	2117分10秒	乙未
戊辰	2162分	4	立秋	初候　涼風至	36	2498分	庚子
癸酉	2542分80秒	9		次候　白露降	41	2878分80秒	乙巳
戊寅	2923分70秒	14		末候　寒蟬鳴	46	3259分70秒	庚戌
癸未	3304分60秒	19	處暑	初候　鷹祭鳥	51	3640分60秒	乙卯
戊子	3685分50秒	24		次候　天地始肅	56	4021分50秒	庚申
癸巳	4066分40秒	29		末候　禾乃登	1	4402分40秒	乙丑
戊戌	4447分30秒	34	白露	初候　鴻雁來	6	4783分30秒	庚午

大	定二十二	年			大	安三	年
干支	小餘	大餘	節氣	七十二候	大餘	小餘	干支
癸卯	4828分20秒	39		次候　玄鳥歸	11	5164分20秒	乙亥
戊申	5209分10秒	44		末候　群鳥養羞	17	315分10秒	辛巳
甲寅	360分	50	秋分	初候　雷乃收聲	22	696分	丙戌
己未	740分80秒	55		次候　蟄蟲培戶	27	1076分80秒	辛卯
甲子	1121分70秒	0		末候　水始涸	32	1457分70秒	丙申
己巳	1502分60秒	5	寒露	初候　鴻雁來賓	37	1838分60秒	辛丑
甲戌	1883分50秒	10		次候　雀入大水化為蛤	42	2219分50秒	丙午
己卯	2264分40秒	15		末候　菊有黃花	47	2600分40秒	辛亥
甲申	2645分30秒	20	霜降	初候　豺乃祭獸	52	2981分30秒	丙辰
己丑	3026分20秒	25		次候　草木黃落	57	3362分20秒	辛酉
甲午	3407分10秒	30		末候　蟄蟲咸俯	2	3743分10秒	丙寅
己亥	3788分	35	立冬	初候　水始冰	7	4124分	辛未
甲辰	4168分80秒	40		次候　地始凍	12	4504分80秒	丙子
己酉	4549分70秒	45		末候　野雞入水為蜃	17	4885分70秒	辛巳
甲寅	4930分60秒	50	小雪	初候　虹藏不見	23	36分60秒	丁亥
庚申	81分50秒	56		次候　天氣上騰地氣	28	417分50秒	壬辰
乙丑	462分40秒	1		下降末候　閉塞成冬	33	798分40秒	丁酉
庚午	843分30秒	6	大雪	初候　鶡鳥不鳴	38	1179分30秒	壬寅
乙亥	1224分20秒	11		次候　虎始交	43	1560分20秒	丁未
庚辰	1605分10秒	16		末候　荔挺出	48	1941分10秒	壬子
乙酉	1986分	21	冬至	初候　蚯蚓結	53	2322分	丁巳
庚寅	2366分80秒	26		次候　麋角解	58	2702分80秒	壬戌
乙未	2747分70秒	31		末候　水泉動	3	3083分70秒	丁卯
庚子	3128分60秒	36	小寒	初候　雁北鄉	8	3464分60秒	壬申
乙巳	3509分50秒	41		次候　鵲始巢	13	3845分50秒	丁丑
庚戌	3890分40秒	46		末候　野雞始雊	18	4226分40秒	壬午
乙卯	4271分30秒	51	大寒	初候　雞始乳	23	4607分30秒	丁亥
庚申	4652分20秒	56		次候　鷙鳥厲疾	28	4988分20秒	壬辰
乙丑	5033分10秒	1		末候　水澤腹堅	34	139分10秒	戊戌
辛未	184分	7	立春	初候　東風解凍	39	520分	癸卯
丙子	564分80秒	12		次候　蟄蟲始振	44	900分80秒	戊申
辛巳	945分70秒	17		末候　魚上冰	49	1281分70秒	癸丑

(六) 推金大定二十二年、大安三年土王用事、二十八宿值日

求土王用事：以貞策（3餘228秒48）減四季中氣大小餘，即土王用事日也。

大定二十二年	大安三年
穀雨　大餘：17　小餘：4623分30秒 小餘：4623分30秒－228分48秒＝4394分72秒 大餘：17－3＝14 命甲子，算外，得三月戊寅為土王用事日。	穀雨　大餘：49　小餘：4959分，秒30 小餘：4959分30秒－228秒48＝4730分72秒 大餘：49－3＝46 命甲子，算外，得閏二月庚戌為土王用事日。
大暑　大餘：49　小餘：1019分30秒 小餘：1019分30秒－228分48秒＝790分72秒 大餘：49－3＝46 命甲子，算外，得六月庚戌為土王用事日。	大暑　大餘：21　小餘：1355分，秒30 小餘：1355分30秒－228秒48＝1126分72秒 大餘：21－3＝18 命甲子，算外，得六月壬午為土王用事日。
霜降　大餘：20　小餘：2645分30秒 小餘：2645分30秒－228秒48＝2416分72秒 大餘：20－3＝17 命甲子，算外，得九月辛巳為土王用事日。	霜降　大餘：52　小餘：2981分，秒30 小餘：2981分30秒－228秒48＝2752分72秒 大餘：52－3＝49 命甲子，算外，得九月癸丑為土王用事日。
大寒　大餘：51　小餘：4271分30秒 小餘：4271分30秒－228秒48＝4042分72秒 大餘：大餘：51－3＝48 命甲子，算外，得十二月壬子為土王用事日。	大寒　大餘：23　小餘：4607分，秒30 小餘：4607分30秒－228秒48＝4378分72秒 大餘：23－3＝20 命甲子，算外，得十二月甲申為土王用事日。

求值日之星法[17]：置天正十一月經朔加時朔積分滿十四萬六千四百四十（即28倍日法）去之，不滿，如日法而一，所得，命起鬼宿，算外，即得天正十一月經朔值日之星。[18]

大定二十二年	大安三年
1,910,224（歲實）×88,639,659＝169,321,603,973,616（通積分） 169,321,603,973,616（通積分）÷154445＝1,096,322,988…餘91956（閏餘） 169,321,603,973,616（通積分）－91956（閏餘）＝169,321,603,881,660（朔積分） 169,321,603,881,660（朔積分）÷146440＝1,156,252,416…餘82620 82620÷5230＝15…餘4170 命鬼宿，算外，得大定二十二年十一月經朔丁卯女宿值日。逆推十一月朔前，順推十一月朔後，即得全年二十八宿值日。	1,910,224（歲實）×88,639,688＝169321659370112（通積分） 169321659370112（通積分）÷154445＝1096323347…餘42697（閏餘） 169321659370112（通積分）－42697（閏餘）＝169321659327415（朔積分） 169321659327415（朔積分）÷146440＝1156252795…餘27615 27615÷5230＝5…餘1465 命鬼宿，算外，得大安三年十一月經朔己酉軫宿值日。逆推十一月朔前，順推十一月朔後，即得全年二十八宿值日。

總上所算二十四節氣日辰時刻、經朔弦望日辰、六十四卦用事日、七十二候用事日、土王用事、二十八宿值日，以平氣、平朔計算為主，定朔弦望以附注說明為輔，平氣定朔及發斂之數據、日辰……等如上，均歷歷可查，皆與殘曆載文合符，本諸《重修大明曆》，信而可徵。

17 《重修大明曆》無推二十八宿值日之記載，此增補之，亦可據殘片值日之星資料，依「角、亢、氐、房、心、尾、箕、斗、牛、女、虛、危、室、壁、奎、婁、胃、昴、畢、觜、參、井、鬼、柳、星、張、翼、軫」次序上下循環排列推得。

18 推算該年天正經朔時，積年應加一年。

四　殘曆亦非根據宋《開禧曆》所編制之曆書——從「俄ИНВ. NO.8117（2-1）」加「俄ИНВ. NO.8117（2-2）」殘片立夏交氣辰刻判斷

（一）推嘉定四年（1211）二十四節氣日辰

1 《開禧曆》相關法數

演紀上元甲子，至開禧三年（1207）丁卯，歲積七百八十四萬八千一百八十三。

日法：16900

歲率：6172608

氣策：15、餘3692

紀率：1014000

辰法：4225

半辰法：2112.5

刻法：507

刻分法：84.5

秒母：15。[19]

嘉定四年積年：7,848,183＋（1211－1207）＝7,848,187。

2 推嘉定四年天正冬至大、小餘

6,172,608（歲率）×7,848,187（積年）＝48,443,781,861,696（氣積分）

48,443,781,861,696÷1,014,000（紀率）＝47,774,932……餘813,696

813,696÷16,900（日法）＝48（大餘）……餘2496（小餘）

命甲子，算外49，得天正冬至壬子（參見上六十甲子干支序數表）。

---

[19] 360÷（歲率6172608，歲餘88608）＝15

累加氣策15日3692分，得小寒大餘3、小餘6188；大寒大餘18、小餘9880，列嘉定四年二十四節氣日辰如下表於左，上節所算大安三年二十四節氣日辰於右，以相比照。

嘉定四年				大安三年		
干支	小餘	大餘	節氣	大餘	小餘	干支
丁酉	13572	33	立春	33	4476分	丁酉
癸丑	364	49	雨水	49	388分60秒	癸丑
戊辰	4056	4	驚蟄	4	1531分30秒	戊辰
癸未	7748	19	春分	19	2674分	癸未
戊戌	11440	34	清明	34	3816分60秒	戊戌
癸丑	15132	49	穀雨	49	4959分30秒	癸丑
己巳	1924	5	立夏	5	872分	己巳
甲申	5616	20	小滿	20	2014分60秒	甲申
己亥	9308	35	芒種	35	3157分30秒	己亥
甲寅	13000	50	夏至	50	4300分	甲寅
己巳	16692	5	小暑	6	212分60秒	庚午
乙酉	3484	21	大暑	21	1355分30	乙酉
庚子	7176	36	立秋	36	2498分	庚子
乙卯	10868	51	處暑	51	3640分60秒	乙卯
庚午	14560	6	白露	6	4783分30秒	庚午
丙戌	1352	22	秋分	22	696分	丙戌
辛丑	5044	37	寒露	37	1838分60秒	辛丑
丙辰	8736	52	霜降	52	2981分30秒	丙辰
辛未	12428	7	立冬	7	4124分	辛未
丙午	16120	22	小雪	23	36分60秒	丁亥
壬寅	2912	38	大雪	38	1179分30秒	壬寅
丁巳	6604	53	冬至	53	2322分	丁巳
壬申	10296	8	小寒	8	3464分60秒	壬申
丁亥	13988	23	大寒	23	4607分30秒	丁亥
癸卯	780	39	立春	39	520分	癸卯

以《開禧曆》推算：嘉定四年小暑日干支己巳、小雪日干支丙午，比照《重修大明曆》所推：大安三年小暑日干支庚午、小雪日干支丁亥，僅此節氣日辰，即有兩處不同，更遑論其他。

（二）推嘉定四年二十四節氣時刻

宋曆以八刻二小刻為辰，百刻為日，自《統天曆》以降，增列刻分法，又或倍其辰法或約其刻法，設法使辰法、刻法為整數，使刻分法尾數為刻分之半（亦即秒母之半），以精確表示刻與刻間之區隔，如下表。[20]

《開禧曆》辰刻表

辰法：4225	
初初刻：0～507	正初刻：～2619.5
初一刻：～1014	正一刻：～3126.5507
初二刻：～1521	正二刻：～3633.5
初三刻：～2028	正三刻：～4140.5
初四刻：～2112.5	正四刻：～4225

故《開禧曆》以辰法16900×3÷100＝507，刻分法為507÷6＝$84\frac{1}{2}$，如此三因辰法、刻法，故須三倍其節氣小餘，方可步算。步術云：

> 各置其氣小餘，以三因之，加半辰法，以辰法除之為辰數，不滿，以刻法而一為刻，不盡為刻分，其辰數命子初，算外，各得加時所在辰、刻及分。

列嘉定四年二十四節氣辰刻於下表左，上節所算大安三年二十四節氣日辰於下表右以相比照：

---

20 詳見拙著：〈宋史律曆志卷八十二淳祐、會天二曆節氣時刻比較條訂誤〉，附注4說明，《成大中文學報》第六期，1998年5月，頁118。

嘉定四年					大安三年			
辰刻	辰刻小餘	辰刻大餘	恆氣小餘	節氣	恆氣小餘	辰刻大餘	辰刻小餘	辰刻
戌初一刻	578.5	10	13572	立春	4476分	10	2013.5	戌正二刻
子正二刻	3204.5	0	364	雨水	388分60秒	1	724.4996	丑初二刻
卯初三刻	1605.5	3	4056	驚蟄	1531分30秒	4	35.4998	辰初初刻
午初初刻	6.5	6	7748	春分	2674分	6	1661.5	午正一刻
申正一刻	2632.5	8	11440	清明	3816分60秒	9	672.4496	酉初二刻
亥初二刻	1033.5	11	15132	穀雨	4959分30秒	11	2298.4998	亥正三刻
丑正三刻	3659.5	1	1924	立夏	872分	2	1309.5	寅正初刻
辰初四刻	2060.5	4	5616	小滿	2014分60秒	5	320.4996	巳初一刻
未初初刻	461.5	7	9308	芒種	3157分30秒	7	1946.4998	未正二刻
酉正一刻	3087.5	9	13000	夏至	4300分	10	957.5	戌初三刻
子初二刻	1488.5	12	16692	小暑	212分60秒	0	2583.4996	子正四刻
寅正三刻	4114.5	2	3484	大暑	1355分30	3	1594.4998	卯正初刻
巳正初刻	2515.5	5	7176	立秋	2498分	6	605.5	午初一刻
申初一刻	916.5	8	10868	處暑	3640分60秒	8	2231.4996	申正二刻
戌正二刻	3542.5	10	14560	白露	4783分30秒	11	1242.4998	亥初三刻
丑初三刻	1943.5	1	1352	秋分	696分	2	253.5	寅初初刻
辰初初刻	344.5	4	5044	寒露	1838分60秒	4	1879.4996	辰正一刻
午正一刻	2970.5	6	8736	霜降	2981分30秒	7	890.4998	未初二刻
酉初二刻	1371.5	9	12428	立冬	4124分	9	2516.5	酉正三刻
亥正三刻	3997.5	11	16120	小雪	36分60秒	0	1527.4996	子正初刻
寅正初刻	2398.5	2	2912	大雪	1179分30秒	3	538.4998	卯初一刻
巳初一刻	799.5	5	6604	冬至	2322分	5	2164.5	巳正二刻
未正二刻	3425.5	7	10296	小寒	3464分60秒	8	1175.4996	申初三刻
戌初三刻	1826.5	10	13988	大寒	4607分30秒	11	186.4998	亥初初刻
丑初初刻	227.5	1	780	立春	520分	1	1812.5	丑正一刻

《開禧曆》推算之嘉定四年立夏交氣辰刻為「丑正三刻」，與「俄ИНВ. NO.8117（2-1）」加「俄ИНВ. NO.8117（2-2）」殘曆載文不同，卻與《重修大明曆》所推算之大安三年立夏交氣辰刻「寅正初刻」合符，更證殘曆係根據《重修大明曆》所編制之曆書。而「俄ИНВ. NO.8117（2-1）」加「俄ИНВ. NO.8117（2-2）」殘片：四月大一欄的第四列交接闕脫處，尚可從其存留的寶蓋頭部首「宀」字，配合上推算所得數據，斷為「寅」字，又脫一「正」字，補足後條文應是「自三月十七日己巳寅正初刻立夏已得四月（節）」無誤。

總上三節，知殘曆一皆為本諸《重修大明曆》編就之曆書，故黑水城出土漢文曆書殘卷，除「俄TK269」、[21]「俄ИНВ.NO.2546」殘缺太甚，無法定年外，「俄TK297」、「俄ИНВ NO.5469」、「ИНВ NO.5285加8117」曆書殘片全部脗合上述推算成果。金大定二十二年（1182）、大安三年（1211）即西夏乾祐十三年（1182）與皇建二年（1211），故此西夏出土漢文曆書殘片本諸金朝《重修大明曆》，明確可知。

五　結語

根據《重修大明曆》計算金大定二十二年、大安三年定朔弦望、太陽過宮等，配合傳世《寶祐四年會天萬年具注曆》吉凶神煞宜忌的歸納鋪排，可預先復原西夏以活字版印刷的曆日殘卷概貌如文後附錄一。網底部分為殘曆載文，其他則據曆譜、曆注補足。在此殘曆復原的步算基礎上演繹鋪陳，則全年曆日概貌重現不遠。據《西夏記事》卷十八記載「曩霄（元昊）稱帝（1032），自為曆日行于國中。」可知西夏建國之初，已創制曆法，然天授禮法延祚八年（1045）十月實行北宋《崇天曆》；惠宗大安十一年（1085），宋頒賜《奉天

[21] 「俄TK269」載在《俄藏黑水城文獻》第四冊，鄧文寬先生將之與載在第六冊的「ИНВ. NO.5285、8117」併合，其實並不相隸屬，非同一年的曆日殘片。又史金波先生謂此殘曆年代距宋嘉定四年（即西夏光定一年）不遠，或即該年曆書（實為西夏皇建二年曆書），所載為二月十七日至二十二日，二十五日至三十日共12天曆日。案：西夏皇建二年殘曆無二月十七日至二十二日，二十五日至三十日者，非經曆算以復原，無從證是，應以無法訂年殘曆視之，見文後附錄二。

曆》，此後每年十月，宋將次年曆書頒予西夏，已成常例。直至南宋紹興二年（西夏正德六年，1132），由於崇宗李乾順依附金代日久，宋不再頒曆，西夏亦停止施用宋曆。可見西夏雖自制曆法，不如宋曆之精密，故在此期間，仰賴宋所頒曆書。而在宋、西夏交戰的南宋時期，西夏施用何曆，史無明確記載。黑水城出土的西夏漢文具注殘曆正提供了此一線索。而既出土於西夏，印製於西夏，為西夏君民所使用，迎合需要，略作改刪，在所難免，其為西夏乾祐十三年與皇建二年具注曆日，根據的是金趙知微所著的《重修大明曆》，由本文如上的步算證明，應無疑義。「附錄一：黑水城出土西夏漢文具注殘曆復原」與「附錄二：黑水城出土西夏漢文具注殘曆書影」，二者相互參照，可資證明。

附錄一　黑水城出土西夏漢文具注殘曆復原

西夏乾祐十三年（金大定二十二年）（宋淳熙九年）壬寅歲正月份具注殘曆

【網底文字即「俄 TK297（2-1）」殘曆】

十日辛巳金 平	房	蜜 雨水正月中 坎九五	獺祭魚 公漸	游禍月刑五虛天剛死神月害 伐日重日 不宜開倉合醬服藥牧養納畜 出行 葬事出兵			人神在腰背	
十一日壬午 木定	心			吉日　歲位天德合 月空天喜天馬三合臨日春天 德 民日鳴吠時陰玉堂黃道天玉 明[22]星大明神在天恩歲 德　宜施布恩 宥招集賢良納綵立定契卷祭 祀臨政視事營葬安置產室 會親姻遠行移徙		晝四十六刻 夜五十四刻	人神在鼻柱	
十二日癸未 木執	尾			吉日　歲位天恩枝德恭安 玉堂黃道　宜宣政祭灶施布 恩德修造舍宇和交關捕捉		日出卯正二 刻日入酉初 二刻	人神在髮際	
十三日甲申 水破	箕			大耗天牢黑道徒隸復日五離 伐日　不宜臨政事開倉 師旅興修造動			人神在牙齒	
十四日乙酉 水危	斗	沐浴		吉日　歲對小歲後五富 守日神在陰德福生七聖鳴吠 宜葬埋祭祀		日出卯正一 刻日入酉初 二刻	人神在胃管	
十五日丙戌 土成	牛		鴻雁來	吉日　歲對小歲後月德天喜 陽德 三合天府明星司命黃道月恩 神在天醫 四相　宜造宅舍施布恩德服 藥尊師傳會親姻			人神在遍身	

22 曆本凡「明」字右旁「月」皆缺二橫筆，蓋避元昊父德明諱。

十六日丁亥 土收	女	望	辟泰	天魁重日劫殺 勾陳黑道土孛黑星伏罪無翹 伐日　不宜嫁娶開倉剃頭舉 兵攻討臨政視事 詞訟遷居築			人神在胸	
十七日戊子 火開	虛	蜜		天火天獄不舉雷公黑星九醜 不宜論訟上官臨政視事嫁娶 蓋屋		晝四十七刻 夜五十三刻	人神在氣衝	日遊在 房內中
十八日己丑 火閉	危	歸忌除手甲		吉日　歲對七聖續世兵吉 執儲明星明堂黃道不將神在 宜祀神祇嫁娶塞穴出師教戰 求嗣			血忌 血支 人神在股內	日遊在 房內中
十九日庚寅 木建	室			小時天刑黑道蚩尤黑星土府 兵禁往亡 不宜舉兵攻討出行興動土工 遠行			人神在足	

西夏乾祐十三年（金大定二十二年）壬寅歲四、五月份具注殘曆

【網底文字即「俄 TK297（2-2）」殘曆】[23]

二十六日丙寅 火收[24]	星	蜜		天牢黑道劫殺伏罪天剛土符月害 復日　不宜動土工出遠行會賓客 營葬禮興詞訟合交關		人神在胸	
二十七日丁卯 火收	張	芒種五月 節震上六	螳螂生 侯大有外	大時大敗咸時不舉天魁九坎九焦 九空往亡復日　不宜剃頭 開導井泉皷鑄鍼刺舉兵攻討遠行 鼓鑄種蒔		血忌 人神在膝	
二十八日戊辰 木開	翼			吉日　歲後小歲位天恩月恩四相 生氣 要安夏天德天岳明星神在七聖 時陽　宜宣覃恩宥　拜功勳策試 賢良崇尚師傅祭祀神祇出行放牧		人神在陰	日遊在 房內中

[23] 俄TK297曆書（2-2）兩片左右倒置，應是「復日不宜動土工出遠行會賓客～丙午自四月二十七日丁卯午正三刻芒種已得五月之節」在右，「此月十六日乙酉其月子初三刻後」在左。鄧文寬不察，致失誤連連。見〈黑城出土宋淳熙九年壬寅歲（1182）具注曆日考〉，《敦煌吐魯番天文曆法研究》（蘭州：甘肅教育出版社，2002年9月），第264-266頁。

[24] 此列網底文字參見附錄二：「俄TK297（2-2）」。

二十九日己巳 木閉	軫			吉日　歲後四相王日玉堂七聖 宜臨政上官閉塞孔穴修補垣墉 泥飾宅舍		血支 人神在膝 脛	日遊在 房內中
五月大	白黑綠 黃赤紫 白碧白	建丙午	自四月二十七日丁卯午正三刻芒種已得五月之節即天道西北行 宜向西北行　又宜修造西北維　天德在乾　月厭在午 月德在丙　月合在辛　月空在壬　丙辛壬上取及宜修造 用　艮　巽　丑後　辰後　未後　戌後 此月十六日乙酉其月子初三刻後　艮時　巽時　坤時　乾時 坤　乾　時　寅前　巳前　申前　亥前				
一日庚午土建	角		大夫家人	月刑小時地火土府土符伐日 兵禁月厭不宜興發軍師攻 討城寨撅鑿動土蓋屋經絡 嫁娶納親牧放群畜		人神在足 大指	
二日辛未土除	亢			吉日　歲後月德合六合兵寶大明 吉期神在　宜修宮宅第興發 土工訓卒練兵祀神市估		人神在外 踝	
三日壬申金滿	氐		鵙始鳴	吉日　歲後月空驛馬天后天巫大明 兵吉福德相日神在鳴吠歲德 青龍黃道七聖　宜訓練軍師營葬墳 墓安置產室進口經絡		人神在股 內	
四日癸酉金平	房	蜜		天剛五盜死神天吏天賊致死五離 不宜詞訟服藥出行結會親賓		人神在腰	

西夏皇建二年[25]（金大安三年）（宋嘉定四年）辛未歲三、四月份具注殘曆

【網底文字即「ИНВ. NO.5285 加 8117、5229、5306」殘曆】

二十三日乙亥 火破	女	下弦		徒隸大耗往亡重日 不宜嫁娶出行開倉 啟攢栽植種蒔		人神在肝 及足	
二十四日丙子 水危	虛	沐浴 蜜 往亡		吉日　大小歲前天德合天馬 天願守日歲德不將鳴吠對 七聖兵吉宜修德惠臨政事 理垣墻集福祈恩和合嫁娶啟攢		人神在手 陽明	
二十五日丁丑 水成	危	歸忌 除手甲		吉日　大小歲前天喜天醫 天玉明星玉堂黃道六儀三合 七聖神在臨日宜尊師傅臨政視事 禱祀神祇泥飾廬舍合和藥餌立契 券	日出卯初初 刻日入酉正 四刻	人神在足 陽明	

25 此年八月改元光定。曆書是前一年頒訂，故標題應是「皇建二年」而不是「光定元年」曆日。

二十六日戊寅 土收	室		卿比	天牢黑道天剛月害劫殺 土符伏罪伐日不宜攻討征 伐興作土工遠出征行臨政視 事營葬祭祀掃飾受田牧養納畜		人神在胸	日遊在 房內中
二十七日己卯 土開	辟		王瓜生	吉日　歲前天恩月恩母倉陰德 生氣普護神在時陽大明四相 五合　　　宜宣覃恩宥慶賞 勳庸立木上梁安置欄櫪尊 師傅祭祀遠行開導井泉		人神在膝	日遊在 房內中
二十八日庚辰 金閉	奎			吉日　歲後天恩月德司命黃道 神在夏天德天府明星 陽德福生七聖　宜施布恩德 塞穴築墻禱祀神祇理目		血支 人神在陰	
二十九日辛巳 金建	婁			小時重日土府勾陳黑道 伐日土勃黑星　不宜討伐城 寨興發土工　營葬遷居築 室遠出經圖嫁娶合醬	日出寅正四 刻日入戌初 初刻	人神在膝 脛	

四月大	白白白 紫黑綠 黃赤碧	建癸巳	自三月十七日己巳寅正初刻立夏已得四月之節 即天道西行　宜向西行　又宜修造西方　天德在辛 月厭在未　月殺在辰　在庚月合在乙　月空在甲 甲乙庚上取土及宜修造 　　用　　甲　　丙　　　寅後　巳後　申後　亥後 此月初七日戊子戌正一刻後　　甲時　丙時　庚時　壬時 　　庚　　壬　　時　　　卯前　午前　酉前　子前

一日壬午木除	胃			吉日　歲後吉期天恩青龍黃道 聖心兵寶官日鳴吠神在 大明宜宣赦宥修築 垣墉祭祀解除營葬臨政視事		人神在足 大指	

西夏皇建二年（金大安三年）（宋嘉定四年）辛未歲八、九月份具注殘曆

【網底文字即「俄 ИНВ. NO.5469」殘曆】

十九日戊戌木 除 短星	室		侯歸妹內	天牢黑道月害牢日 不宜舉官上事鍼刺受田進 奴婢出放賫財		血忌 人神在足	日遊在 房內中
二十日己亥木 滿	辟	沐浴		吉日　歲後福德驛馬 天后天巫相日七聖 宜上梁立木安置欄櫪築疊 垣牆穿穴取土行遠納人經 絡裁縫	日出卯正一刻 日入酉初三刻	人神在內踝	日遊在 房內中

二十一日庚子 土平	奎			天魁死神兵禁往亡致死 九虎天吏　不宜訓練兵師 攻擊城池修蓋邸第築疊城垣 嫁娶出行經絡赴任		人神在手小指	日遊在房內南
二十二日辛丑 土平	婁	寒露九月節 兌九二	鴻雁來賓 侯歸妹外	月虛天剛月殺死神章光 獄日真武黑道陰私黑星 不宜蓋屋上梁築牆取土 結會親姻興獄訟葬死喪 請醫冠帶合醬	日出卯正一刻 日入酉初二刻	及胸 人神在外踝目下	日遊在房內南
二十三日壬寅 金定	胃	下弦 除足甲		吉日　歲後月空三合時陰臨日 天府明星七聖鳴吠四相五合陽德 司命黃道大明　宜蓋宅定契卷立 木築牆結會親姻營葬安置產室	晝四十七刻夜五十三刻	人神在肝及足	日遊在房內南
二十四日癸卯 金執	昴	蜜		吉日　歲後六合枝德鳴吠對守日 聖心四相不將五合七聖要安 宜結會親姻修飾廬舍啟 土畋獵捕仇		人神在手陽明	日遊在房內西
二十五日甲辰 火破	畢		大夫死妄	大耗四擊五盜雷公黑星 往亡死別　不宜 遠出征行挂服舉哀開倉 結親行嫁營葬墓墳		人神在足陽明	日遊在房內東
二十六日乙巳 火危	觜	上朔		吉日　歲後母倉續世執儲明星 陰德七聖明堂黃道月德合兵吉 神在　　　　　宜請求嗣續 祭祀鬼神修葺廬舍築壘種蒔		血忌 人神在胸	日遊在房內東
二十七日丙午 水成	參		雀入大水化為蛤	吉日　歲前小歲對天德月德兵吉 大明 母倉天醫三合要安歲德 神在鳴吠天倉宜覃恩赦宥 釋放禁刑命將出師發布恩賞 開拓疆境選擇賢能結定親禮 安葬祭祀豎立契卷合和藥餌		人神在膝	日遊在房內東
憲皇后大忌 二十八日丁未 水收	井			天魁月刑五虛朱雀黑道飛流黑星 罪刑八專八風　不宜剃頭 蓋屋造宅取土築牆遷居 渡水乘舟合和藥餌興師		人神在陰	日遊在房內東
二十九日戊申 土開	鬼	沐浴		吉日　歲前小歲對天赦驛馬 王日生氣金堂神在天后 天寶明星六儀時陽七聖 金匱黃道　宜行慶施賞有功 立木上梁安欄置櫪修磑碓祭 神祇	晝四十六刻夜五十四刻	人神在膝脛	日遊在房內中

三十日己酉土 閉	柳	沐浴 除手足爪		吉日　歲前天恩天對明星 天德黃道七聖嗚吠神在 大明官日　宜修葺 舍廬安置磑碓泥牆塞穴祀神 築隄		血支 人神在足趺	日遊在 房內中
九月小	黃白碧 綠白白 紫黑赤	建戊戌	自八月二十二日辛丑辰正一刻寒露已得九月之節 天道南行　宜向南行　又宜修造南方　天德在丙 月厭在寅　月殺在丑　月德在丙月合在辛　月空在壬 丙辛壬上取土及宜修造 用　癸　乙　丑後　辰後　未後 戌後 月十五日甲子卯正二刻後　艮時　巽時　坤時　乾時 丁　辛　時　寅前　巳前　申前 亥前				
一日庚戌金建	星	蜜	卿明夷	陽錯小時白虎黑道牢日兵禁 天棒黑星土府　不宜出 師討伐動土築牆經絡遷居舉 官赴任竪造欄櫪興詞訟		人神在足大 指	
二日辛亥金除	張	沐浴	菊有黃華	吉日　歲前天德合月德合天恩 天玉明星五富吉期敬安 兵寶相日玉堂黃道歲德合　宜 覃布恩宥旌賞功勳策試賢良 揀擇將帥修葺屋宇泥飾舍廬	日出卯正二刻 日入酉初二刻	人神在外踝	
三日壬子木滿 長星	翼	歸忌		天火天獄大殺天牢黑道 天狗九醜不宜蓋造邸第結會 興訟詞迎娶歸家祭祀決水		人神在股內	
皇后大忌 四日癸丑木平 長星	軫	土王用事		天剛月殺死符真武黑道 陰私黑星獄日伐日觸水龍 八專章光月虛　不宜冠帶 赴任開倉請醫嫁娶合親放牧 渡水遷移宅舍興發訟詞	日出卯正二刻 日入酉初一刻	人神在腰	
五日甲寅水定	角	除足甲		吉日　歲後天府明星陽德臨日 七聖　司命黃道 三合　五合嗚吠對時陰 宜破土啟攢修德行惠	晝四十五刻夜 五十五刻	人神在口	
六日乙卯水執	亢	手足爪		吉日　歲後六合枝德月德合要安 守日七聖神在五合嗚吠對聖心 宜畋獵捕獸請福祀神		人神在手	
七日丙辰土破	氐	霜降九月中 兌六三	豺乃祭獸 公困	大耗四擊五盜死別 往亡雷公黑星　不宜 攻戰出師討擊賊城臨喪 征行理竈		人神在內踝	

八日丁巳土危	房	上弦 蜜		吉日　歲前小歲後神在母倉 執儲明星　明堂黃道兵吉 續世陰德宜訓習戎師選擇將 效修葺邸舍築壘牆壁貯納 庫求嗣祭神		血忌 人神在腕	
九日戊午火成	心			吉日　歲前母倉天倉兵吉三合 七聖神在天醫不將宜出師教戰 禱祀神祇嫁娶立契卷服藥		人神在尻	日遊在 房內中

附錄二　黑水城出土西夏漢文具注殘曆書影

西夏乾祐十三年（金大安二十二年）壬寅歲正、四、五月份具注殘曆

【俄 TK297】

西夏乾祐十三年（金大定二十二年）壬寅歲正月份具注殘曆	西夏乾祐十三年（金大定二十二年）壬寅歲四、五月份具注殘曆
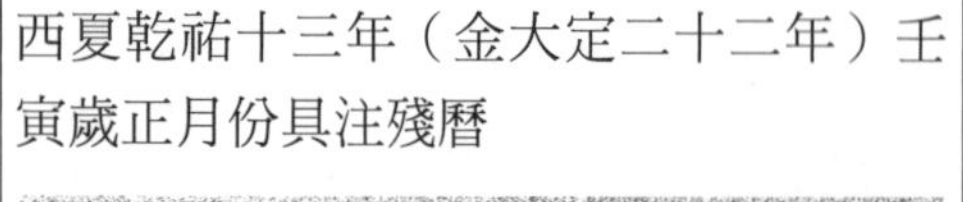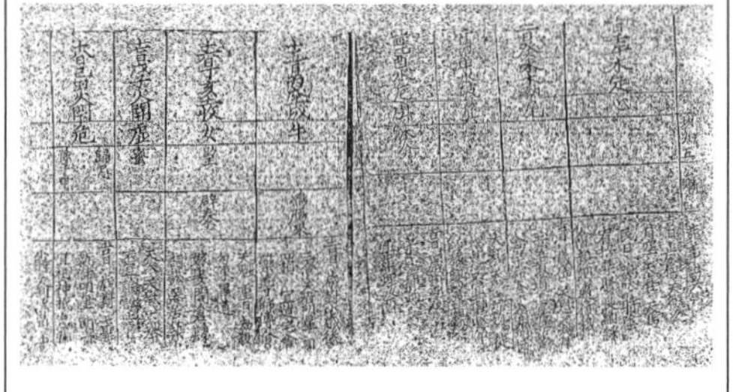	
俄TK297（2-1）	**俄**TK297（2-2）[26]

26 此殘曆左片（上欄「丙午」）應置於左，右片（上欄「家人」、「鶪始鳴」）應置於左，《俄藏黑水城文獻》誤植。

西夏皇建二年（金大安三年）辛未歲三、四月份具注殘曆

【俄 ИHB. NO.5285 加俄 ИHB. NO.8117、俄 ИHB. NO.5229、俄 ИHB. NO.5306】

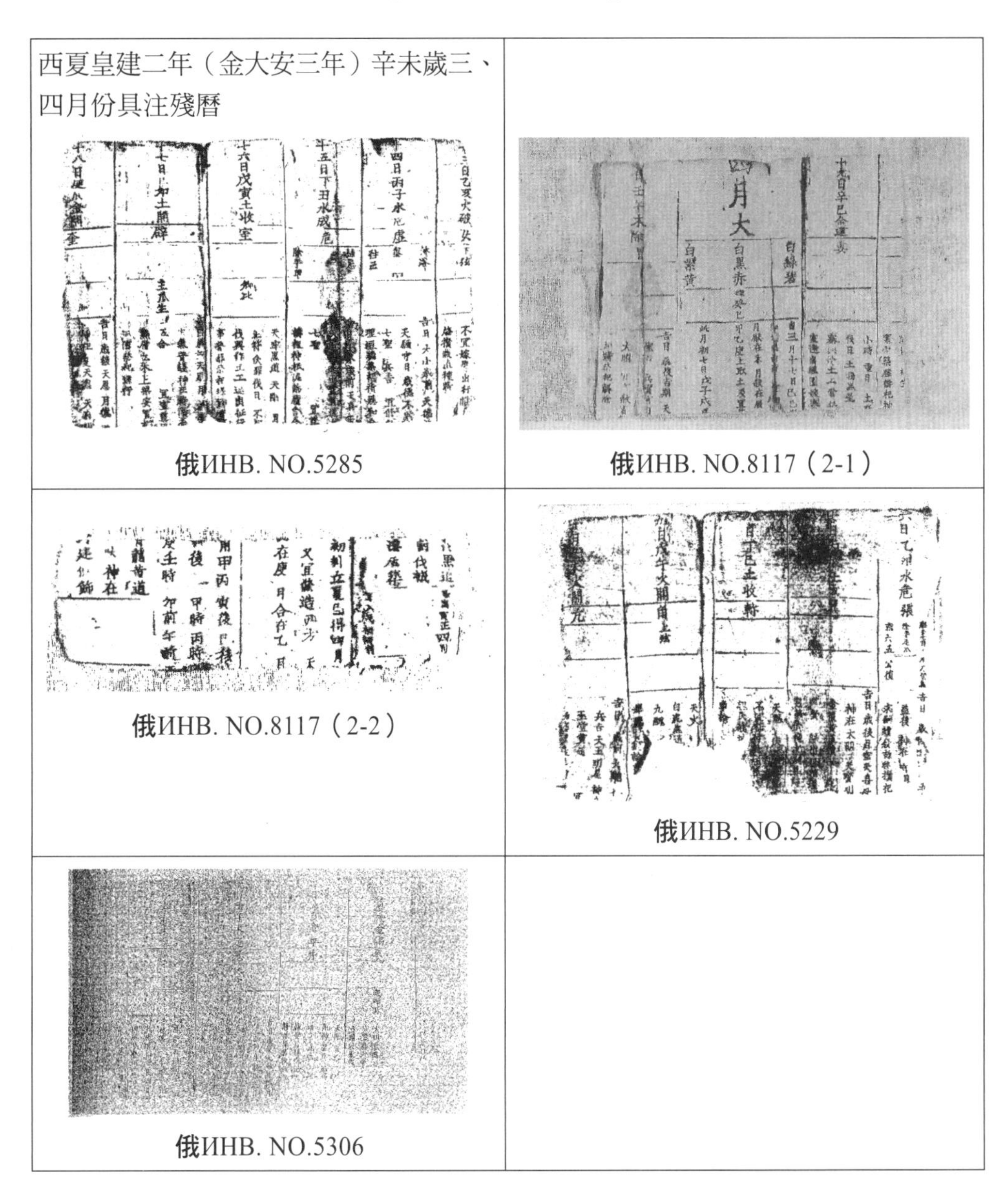

西夏皇建二年（金大安三年）辛未歲三、四月份具注殘曆

俄ИHB. NO.5285

俄ИHB. NO.8117（2-1）

俄ИHB. NO.8117（2-2）

俄ИHB. NO.5229

俄ИHB. NO.5306

西夏皇建二年（金大安三年）辛未歲八、九月份具注殘曆

【俄 ИHB. NO.5469】

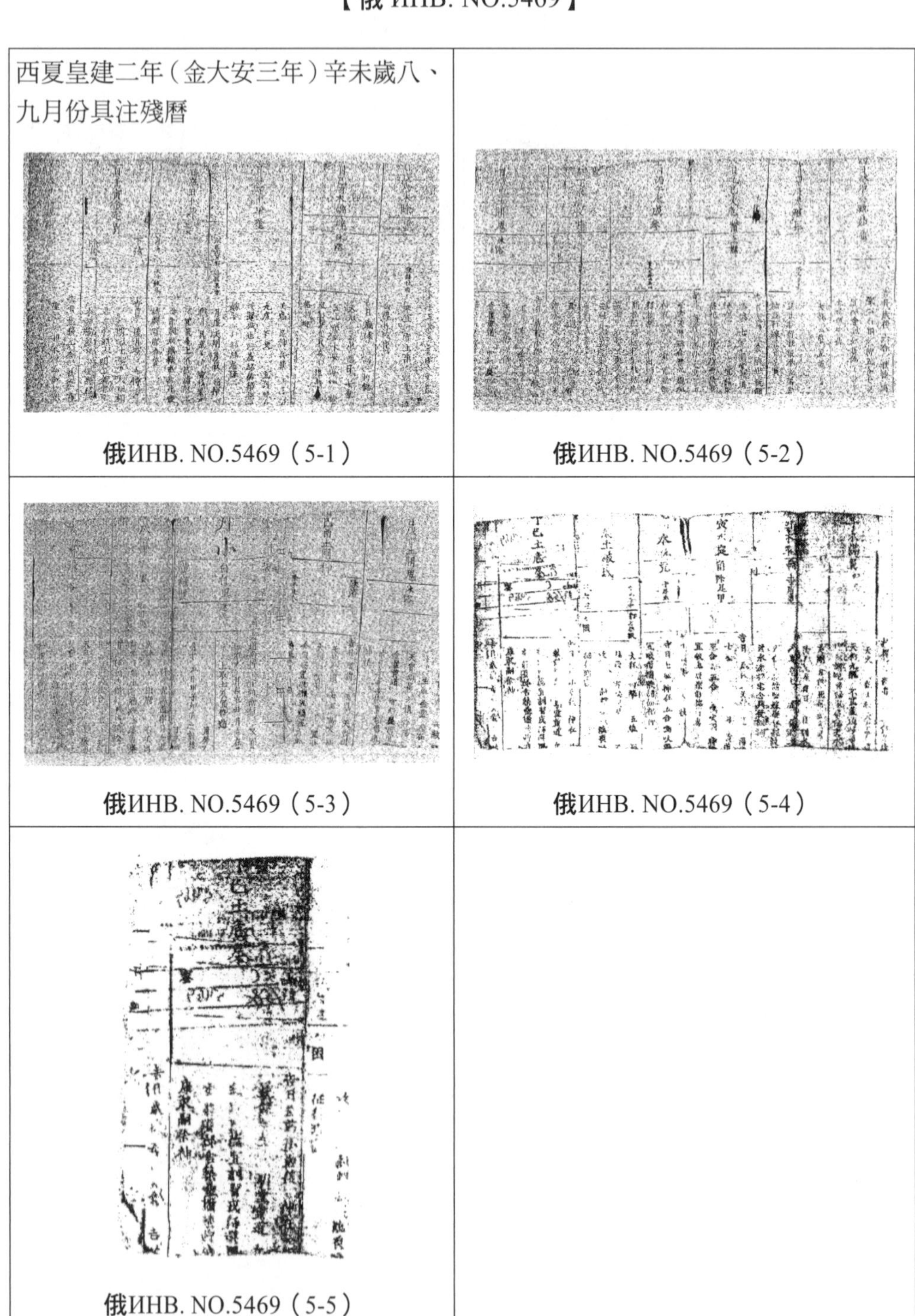

西夏皇建二年（金大安三年）辛未歲八、九月份具注殘曆

俄ИHB. NO.5469（5-1）

俄ИHB. NO.5469（5-2）

俄ИHB. NO.5469（5-3）

俄ИHB. NO.5469（5-4）

俄ИHB. NO.5469（5-5）

無法訂年殘曆：【俄 TK269、俄 ИНВ.NO.2546】

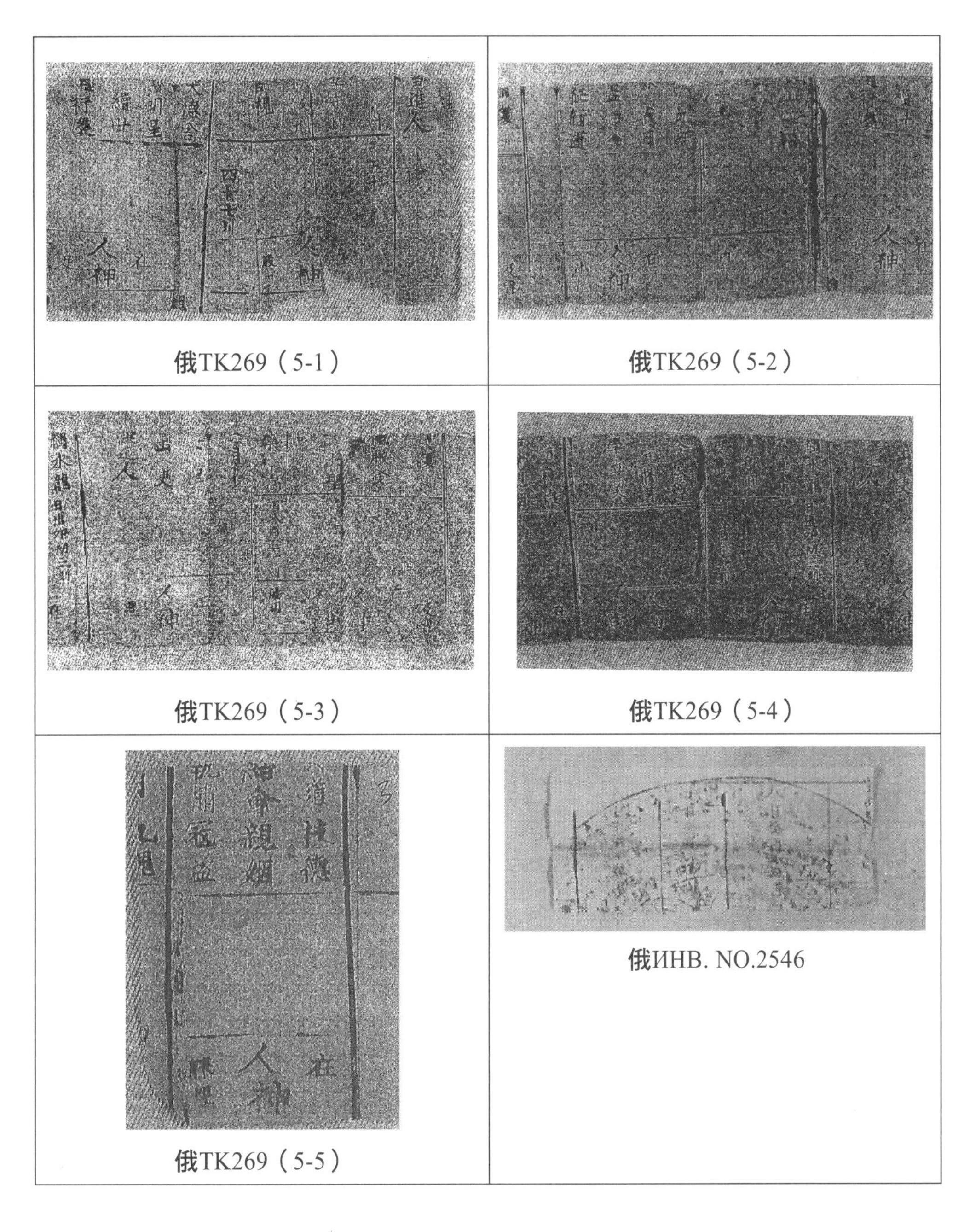

俄TK269（5-1）

俄TK269（5-2）

俄TK269（5-3）

俄TK269（5-4）

俄TK269（5-5）

俄ИНВ. NO.2546

三　「正位居體，美在其中」

——我所景慕的黃慶萱老師

王基倫[*]

剛入學師大國文系時，懵懵懂懂，不知道讀書的方向。幸好黃慶萱先生擔任我班的導師，講授「讀書指導」這門課，引領我們入門。老師說起這門課，正是由他和王熙元（1935-1996）、許錟輝（1934-2018）幾位先生發起，親自編寫講義，講述一些國文系同學應當先具備的基礎知識。至今記得老師講述目錄學、板本學的內容，蝴蝶裝、黑口、魚尾……，對大一新生來說都是聞所未聞的新鮮事。後來講義整理成書，常常能溫故而知新。老師還利用「導師時間」之便，要求全班同學自選一本書，上臺報告讀書心得。同學們選書林林總總，古今中外好大一圈，而老師總能評述書中精華，給予正面回饋。班上頗有程度的阿山哥對我說：「一年級這麼多門課，只有『讀書指導』是有用的。」這門課確實讓我們更努力學習。

黃老師身兼導師，還邀請我們到新店家宅包水餃、爬山。新店近郊的小山風景優美，同學們沿路說說笑笑，步伐慢了下來。只見導師走在前頭，沿途作些介紹。每逢視野較佳的定點，就能看見老師拄立著登山杖，回望後面拖得很長很長的隊伍。平日教學認真的老師，常常帶有堅定而一絲不苟的神情，此時

---

[*] 王基倫教授，國立臺灣大學中國文學系博士，現任國立臺灣師範大學國文學系優聘教授。民國65年（1976年）9月，就讀國立臺灣師範大學國文學系一年級乙班（69級乙班）時，黃老師擔任該班導師，師生情誼深篤。曾任國立臺北師範學院（改制為「國立臺北教育大學」）語文教育學系副教授、教授，國立臺灣師範大學國際漢學研究所所長、考試院典試委員、高等教育評鑑中心評鑑委員、《古今文選》主編、《師大學報》主編、《國文學報》主編。專研中國古代散文、唐宋文學，著有《孟子散文研究》、《韓歐古文比較研究》、《韓柳古文新論》、《四史導讀》、《唐宋古文論集》、《國語文教學現場的省思》、《宋代文學論集》，以及散文集《豆沙包的想念》、《鐘樓應該有怪人》。

望之巍巍然，益發讓人不敢親近。畢竟我們個個都是頭髮短短的小清新，心情是喜悅的，望見老師卻是不知所措的。

後來在校園中常常見到老師，愈來愈感受到老師的親切。大三那年，老師開設「修辭學」的選修課，和《文心雕龍》那門課衝堂，我選擇了後者。遇見老師時，向老師解釋這件事，老師跟我說：「沒關係，修辭學可以自己看。」十多年前，國內掀起一陣風浪，大肆批評修辭學教學造成學生的負擔。我個人也反對修辭學淪為考試的一種題型，每年考試都考，每家書商都編入課本教材，學校老師也不得不教，那種輕內容而重形式，任意割裂文句來出考題的方式極不可取。為了這件事，我向老師請益。沒想到老師親口對我說：「我也不贊成中學生必讀修辭學，你去看看我的《修辭學》修訂版後記就知道了。」攤開三民書局黃老師《修辭學‧增訂三版後記》明明白白地寫著：

> 我衷心盼望在中學從事國文教學的朋友們，不要太重視辭格之辨別，更不要在試卷中以此為難中學生們。因為一些佳句的辭格屬性，連修辭學家們都還沒有一致的看法！（頁919-920，2002年10月）

這真是智者之言！想想全國各校中文系大多沒有「修辭學」這門課，列成必修課的更是少之又少，將其編入中小學教材的始作俑者，正是來自師大國文系的某些老師。這些人不乏黃老師的學生，學得皮毛就當起令箭揮舞起來，增添全國中小學生許多負擔。天地間是有這門學問，也可以教，但是在文學創作與欣賞的情境中，它絕對不是主導作家從事創作或讀者從事鑑賞的主要因素，而是次要輔助的因素，用邏輯話語來說，文學創作與欣賞的情境中可以看見修辭表現，但修辭表現不足以構成完整的文學創作與欣賞，修辭格充其量只能是必要條件，不是充分條件，也不屬於充要條件。因此，教師從事修辭欣賞的教學是可行的，但是拿來考試可以完全廢止。可惜的是，現今教師教學的主要目的就是要讓同學拿高分，差幾分就上不了第一志願，考試題型就在那裡，誰敢不教呢？除非書商不編入教材，各級考試出題單位全面廢止修辭題目，師大系統不再列修辭學為必修課，多管齊下，才有河清海晏的一天。

大四那年，我選修了老師開的《易經》課。老師精闢解釋每個卦爻辭的含義，後來更出版《新譯周易六十四卦經傳通釋》（案：即為《周易讀本》定本）一書，幫助讀者理解《周易》，老師自言：「遂了平生夙願。」從《易經》談及修辭，這兩門課一古一今，一經學、一文學，或堅守中華文化，或跨越東西文本，正可見老師的學問海含地負，包羅萬象。從前老師上課時，曾經推崇婁良樂先生的《管子》學，為今世翹楚；當時我們受業於婁老師門下卻不明所以，只見婁師一板一眼、慢條斯理的講解課文，頗有古風，後來翻閱他上課的內容，引用過唐君毅（1909-1978）《中國哲學原論》之類的大部頭書，漸漸明白老師博學多聞，傾囊相授的苦心。大一新鮮人學力淺薄，瞠乎其後而已。而慶萱老師博古通今的治學態度，我也曾經聽聞傅武光老師推崇有加。原來我當年身處於一個彬彬有禮的學術殿堂而不自知。

我讀碩士班期間，慶萱師正巧赴香港講學，無緣在研究所聆聽教益。當年決定報考臺大中文所博士班，不敢聲張。慶萱師和我的大四導師曾忠華先生為我寫了推薦信，忘不了慶萱師坐在研究所辦公室，小心翼翼地從厚重書本中拿出信函來的舉動。某一年的冬天，老師回覆賀年卡給我，見到相同的筆跡，十分欣喜。欣喜的是，年近八旬而字跡不抖，顯見老師身體康泰。老師問道：「你還記得我的字呀？」是的！推薦函的勉勵未曾忘記，而那神似歐陽文忠公（歐陽脩，永叔，1007-1072）的字跡，也令人印象深刻。歐陽公心寬體胖，字如其人；老師體不胖而心境寬厚待人，想來也有幾分字如其人吧！

我就讀臺大博士班以後，始終和老師保持聯繫。碩士論文呈送給老師，老師提示章節可略作調整，正是我心中的想望。我的婚禮，承蒙老師親來祝賀。後來我拜訪老師家，女公子紹音還在讀中學，孝順而乖巧。老師也曾在電話中詢問我家小孩姓名，關心生活瑣事，親切彷彿家人。而今我重返母校任教，老師對我的期許也頗不尋常。

2020年11月，母校師大舉辦校友回娘家活動，我班同學畢業四十週年，邀請老師同聚。先前我已擬妥一封信，向老師說明一些情形：本系老師年輕時都在外系上國文課，理工科系老師年輕時就帶著大學生做實驗，因此本系老師往往年紀稍長，不便受邀；再說明本班同學喜歡邀請老師前來的原因。老師視力尚佳，聽我貼耳說明，會心地微笑。席間老師食量少，話語不多，然而前來致意的心情表露無遺。看著本班老大哥李開源兄攙扶老師的情景，年近七旬陪侍年近九旬者，依然是美麗動人的畫面。

詩聖杜甫（子美，712-770）〈宿府〉詩云：「風塵荏苒音書斷，關塞蕭條行路難。」老師這一輩學人，歷經烽火戰亂奔波勞苦的歲月，渡海來臺至今已過一甲子有餘。他們只能以至靜柔順的態度默默接受世局的變化，以直、方、大的品德立身處世，雖然外在環境奪走不少笑容，然而內心的通達、關懷、寬厚、貞定，始終如一。老師一生展現出「含萬物而化光」的人格典型，紹音和夫婿孝順仁敬，孫兒環繞膝旁，全家人共享天倫之樂，這是再美好不過的事了。

四　慶萱師與我的學《易》歷程

黃忠天[*]

一　經典學習與《易》學啓蒙

人生許多事情，每每由無數的機緣堆疊造就而成，我的學《易》之旅也不例外。民國六十五年（1976）我從臺中二中畢業，負笈北上，至臺北木柵政治大學就學。70年代的臺灣，是經濟開始起飛的時代，物價急速飛漲，那時候最便宜的麵包（如蔥花、紅豆等等）從每個1元，開始逐年翻倍上漲。文化的氛圍，則是仍處在解嚴時期（1949-1987）管控的時代，也是許多「禁書」橫行的時代。那時的知識份子，求知若渴，但圖書出版卻又處處受限，地下書局見有利可圖，自然採游擊戰略，與當年負責查緝禁書的警備總部捉迷藏。但基於求知、好奇、叛逆種種心態，學生們普遍共識，便是「凡禁必好，凡好必購」，窮學生平時可省吃儉用，但買書通常不落人後。

我進大學的第一年，亦是大陸文化大革命的尾聲（1966-1976），臺灣為反制文革對中華文化的摧殘，也在同時期展開「中華文化復興運動」。國立政治大學的前身，為中央黨務學校、中央政治學校，面對此一變局，自然亦負起中華文化救亡圖存的重任。政府成立了「中華民國孔孟學會」（1960），政治大學學生社團也成立了「政治大學孔孟學會」（1975-？）。首屆的會長為唐麗紅，第二任會長周賢欣，我則是第三任會長。基於高中時代對國文科《中國文化基

---

* 黃忠天教授，國立政治大學中國文學系畢業，國立高雄師範大學國文研究所文學碩士、博士。研究專長：《易經》、四書、中國經學史、文獻學。曾任高雄應用科技大學副教授，高雄師範大學國文系副教授、經學研究所教授兼所長；民國103年（2014）2月1日起，自國立高雄師範大學退休，轉聘為國立清華大學中國文學系兼任教授。著作：《楊萬里易學之研究》、《宋代史事易學研究》、《周易程傳註評》、《中庸匡謬辨疑》（一名《中庸釋疑》）等專書，另著有學術論文數十篇，分別發表於國內外各期刊、學報與學術研討會。

本教材》，其中孔孟思想的排斥與叛逆，唐麗紅學長除了再三勸說我接下第三任會長外，並引介我至臺北羅斯福路三段天主教耕莘文教院附近巷弄，一棟帶有屋瓦、樸實無華的平房，跟隨年逾七旬的前清遺老──愛新覺羅毓鋆（1906-2011），學習中華傳統經典，正始成為天德黌舍（後改名為「奉元書院」）弟子。當時每年於上下學期週一至週五晚間19：00至21：00上課。開課課程：週一為《易經》，週二為《四書》，週三為《春秋》，週四為《詩》、《書》、《禮》，週五為子書（如《老子》、《莊子》、《荀子》等等）。寒假由於假期較短，加上逢舊曆年假，例不開課；暑假則或開《孫子》、《通鑑》、《冰鑑》、《孝經》、《昭明文選》等書。

《四書》為天德黌舍弟子的入門課程，凡修過《四書》一年，方視為及門弟子，並可選修任一課程。我大二（1977）至黌舍求學。修完一年的《四書》後，大三選修週三的《春秋繁露》及週五的《荀子》，當時因為課業繁忙（聲韻學）以及仍有校內社團活動，以致未選修週一所開設的《易經》(《易經》為黌舍唯一兩年期的課程)，惟毓師忖度我若等到兩年後，想再選修《易經》，恐已大學畢業，沒有機會上到《易經》，於是在毓師的建議下，在學期中途加入《易經》的學習，過了既忙碌又充實的大三生活。天德黌舍的《易經》教材，早期曾採用坊間程頤（正叔，伊川，1033-1107）與朱熹（元晦，晦庵，1130-1200）合刊本，中後期則以書院自行刊印明代《易》家來知德（矣鮮，瞿唐，1526-1604）《易經來註圖解》（掃葉山房本）為主，這也是我《易經》的啟蒙讀本。此課程的修習，直到我大四畢業，方畫下句點。雖大致將《周易》經傳通讀一遍，惟尚未能深入其堂奧。

二　良師益友與《易》學指導

民國六十九年（1980）6月，我自政治大學中文系畢業，接著服了兩年預官役。退役的同年（1982），即獲聘至高雄市私立復華中學任教。1983年轉往中正國防幹部預備學校任教國文，並在1985年9月以在職進修身分，幸運錄取高雄師範大學國文研究所十名碩士生，其中至多三個名額的在職生。當時不僅各大學研究所對在職進修碩士學位者多所限制，連我服務的中正預校，起初也拒不批准我在職進修申請簽呈。感謝當時文職教務長李恕雲先生、國文科劉樹遠組長極力向軍方溝通，最後妥協的結果，採不批核准公文（以免群起效尤），亦不阻止的模式。於是我便利用教學課餘私下進修，完成了兩年的碩士學分課程。

因為珍惜這得來不易的進修機會，自進入碩士班後，即努力求學，並積極思考未來研究的方向，碩一下學期，便決定以《易經》作為研究的專業。選定《易經》作為研究專業，主要是從個人在黌舍所學，較側重傳統經典課程的學習，舉凡《四書》、《易經》、《詩經》、《尚書》、《禮記》、《春秋繁露》、《春秋左氏傳》、《老子》、《莊子》、《荀子》、《孫子》等書，均至少修習過一通。再加上個人興趣，與《易》學未來的發展性來考量。

自選定《易經》此範疇後，便開始廣泛閱讀《易》學史相關書籍，如《四庫全書總目．經部．易類》、戴君仁（靜山，梅園，1901-1978）《談易》、杭辛齋（1868-1924）《辛齋易學》、朱伯崑（1923-2007）《易學哲學史》等等，從中確定以《易》學兩派六宗，其中的史事派《易》學代表人物——楊萬里（廷秀，誠齋，1127-1206），作為碩士論文研究題目。可惜當時高雄師範大學國文系所，並無《易》學專業的師長可以請益。研究資源上，相較於今日出版的繁富、網路的便利，更可謂天壤有別，一切得藉由勤跑圖書館，勤檢索書目卡片，勤查找資料。必要時仍得南北奔波，至臺北國家圖書館、政大社會資料中心影印所需的資料。直到碩士班二年級，開始有了指導教授後，如得《易》海明燈，從此研究之路，請益有人，不再徬徨無助。

我與黃慶萱老師初識於民國七十五年五月廿九日（1986），那天是慶萱師所指導的碩士研究生——高雄師範大學國文研究所謝綉治學長的碩士論文口試，我雖久慕慶萱師的大名，但老師執教於臺灣師範大學，南北千里，無緣親炙。在口試場中，瞻仰老師謙謙君子之風，聆聽老師諄諄之教，口試結束後，陪同老師散步離校途中，便鼓起勇氣，斗膽請黃老師收為門下。不過，慶萱師應該對我這不速之客的不情之請，似乎有些為難，沒有正面的答覆。在爾後多次魚雁往返中，或許精誠所至，終於得到老師的俯允，所以我便成為慶萱師在高雄師大第六位的碩士指導生，也是老師在高師大的關門弟子。後來我才知道慶萱師當時的為難與顧慮，是有些道理。或許大多數的大學系所，並不喜歡自己的學生找外校老師指導，尤其僅是碩士層級的指導。只是我當時年輕，不太懂得人情世故，只考量從專業的立場選擇指導教授，沒考慮到指導教授一事，其中仍存有許多外部因素，與人事糾葛。不過，如果時光可以倒流，我仍會做同樣的選擇。也慶幸當年的少不更事，更感激黃老師願意指導。

民國七十七年（1988）五月，我以《楊萬里易學之研究》一書，取得碩士學位。並於同年獲聘至國立高雄工專（今高雄應用科技大學）任教。翌年，以碩士論文申請國科會乙種論文獎助，僥倖獲得獎助，並寫信向慶萱師報告此事。老師聞訊，頗為欣慰，除賜寄若干研究資料外，並指導國科會研究計畫申請的種種要點，勉勵我繼續努力研究。民國八十年（1991）我以榜首錄取高雄師範大學國文系博士班，最後因種種因素，由所長應裕康教授親自擔任指導教授。應老師雖以聲韻訓詁為專業，但他於治學方法，另有專門的著述，尤其在《易》學研究的議題與問題的剖析，別有洞見，每每能在最短的時間，抓住最關鍵的問題，展現其天賦的聰慧。

黃老師雖未掛名博士論文指導教授，卻仍不厭其煩，私下多所教誨。我終於能在民國八十四年（1995）撰成博士論文——《宋代史事易學之研究》。時慶萱師雖深居簡出，仍不辭辛勞，南下擔任博士口試委員，使我順利取得博士學位。同年應徵中正大學教職，也順利獲聘中文系教職。事隔多年，偶然間，方得知老師在幕後扮演了重要的推手，在學術審查上，極力的推薦，方促成此事。雖然，最後因緣未能具足，我辭去中正大學的聘書，選擇了高雄師範大學國文系任教，有負老師的推薦，但此恩此情，令我永生難忘。

慶萱師主要的《易》學著作有《魏晉南北朝易學書考佚》、《周易讀本》、《周易縱橫談》、《新譯乾坤經傳通釋》、《新譯周易六十四卦經傳通釋》（上）等等。前兩者由於出書較早，對於個人在撰寫碩士論文《楊萬里易學研究》與博士論文《宋代史事易學研究》時，頗多助益。《魏晉南北朝易學書考佚》一書，輯錄干寶（令升，？-336）殘存的《易注》11卦119則，其中援引史事以釋《易》者，竟有51則之多，對我在逆溯以史證《易》的歷史淵源過程，啟迪最大，援引最多，彌補了我在撰寫史事《易》發展期——魏晉南北朝隋唐階段資料的短缺。另《周易讀本》中於經傳的解說，對我後來編撰《周易程傳注評》，也曾多所參考與引用。由於我碩博士論文研究主題均以史事《易》學為主，後來也陸續撰寫多篇的史事《易》學相關論文。慶萱師在平日閱讀之餘，遇到與史事《易》有關的資料，曾特別影印寄贈給我，提供我在史事《易》學研究的參考。例如2005年元月時寄來厚達十一頁《漢書・敘傳第七十》的資料，老師不僅在資料上親用紅筆圈點班固引《易》證史之處，更在其上附了一封短箋，指導我在此基礎上，可以再參考那些資料，以進行《班固史事易之研究》。雖然當時我甫升等教授，並承乏經學研究所所長，由於創所伊始，工作異常忙碌，研究重心也漸由「史事《易》學」，轉向《中庸》學與「二程《易》學」，未能及時展開是項研究。但老師的美意與殷切的指導，我無時或忘。希望有朝一日，能將此議題繼續完成，將研究成果呈獻給我的恩師。

我在修習研究所碩、博士班課程時，對於學期報告，每以能發表於期刊雜誌為目標。因此，無論經史子集，乃至語言詞彙等等課程的學期報告，莫不全力以赴。後來執教大專院校，雖然每週教學課事繁重（最高紀錄每週曾達27節課），疲憊不堪，惟仍利用課餘與假日，積極從事學術研究與論文的撰寫，並尋求發表的管道。惜在高雄工專技職體系學校，以及後來高雄師範大學，由於當時學術會議不多，加以地處南臺文化邊陲，學術活動亦極其有限，苦無發表機會。直到民國九十四年（2005）因同門賴貴三兄的推薦，得以首度參加由山東大學《易》學與中國古代哲學研究中心在青島所主辦的「《易》學與儒學國際學術研討會」，並發表論文：〈《二程集》易說初探〉，藉由會議結識海峽兩岸許多《易》學同好，從此有如打通任督二脈，遂由昔日每年至多一兩場會議論文，提升為每年三、四場會議論文的發表。由於學術活動量的增加，對於個人的研究能量，亦大為提升。間接也促成我在國科會（科技部）研究計畫的申請，得以僥倖通過，這些都要感謝同門貴三兄的提攜之恩。飲水思源，若非當年慶萱老師不以我的愚魯，願收為門下，又藉著同為黃門弟子貴三兄的穿針引線，推薦參加山東大學《易》學會議，得識海峽兩岸《易》學同好，如「山東大學《易》學研究中心」、「福建師範大學《易》學研究所」、「中國先秦史學會

《易》道研究會」、「中華民國《易經》學會」等等，或許我的研究動能，便要大打折扣。

三　《易》學教學與研究發表

個人《易》學的研究重心，從「史事《易》學」，轉向「二程《易》學」與我的《易》學教學息息相關。1994年，在高雄師大汪志勇教授的推薦下，至高雄市政府社會局開辦的長青學苑講授《易經》，這是生平第一次講授，尤其面對的學生均在耳順之年以上，不免忐忑不安，於是請教同年齡層的家父，他告訴我「懷謙卑的心」即可。在教材上，幾經思量，我最後選定了北宋以來，學《易》者必讀的程頤《易傳》。隔年8月，獲聘至高雄師範大學國文系任教，第一年便講授《周易》。於是自胡自逢（1911-2004）教授講授以來，睽違多年的大學部《周易》課程，終於又得以重啟爐灶。其實在高雄師大正式任教《周易》，我已在同年七月，高雄師大國文系「中等學校教師暑期碩士學分班」，已先行講授《周易》課程。

由於當時坊間出版的《程傳》錯誤頗多，復無註解，不便教學。於是便在大學任教的第二年，開始著手《程傳》的註評工作。表面上，僅作註評，稱不上學術。但為避免失之偏頗，陷入我執，凡遇《周易》經傳字詞音義疑義，必一一查考工具書。其間亦廣蒐《程傳》多種版本，悉心比對，擇善而從。對於《程傳》所援引人事，亦廣覽史籍作簡要說明。以致看似簡單工作，竟耗費頗多心力，積五年光陰，而後撰成《周易程傳註評》（高雄：復文出版社，2000年）。

透過《程傳》註評工作，使我對《周易》經傳，以及二程《易》學，有了更深的瞭解。真正領悟了清初大儒顧炎武（寧人，亭林，1613-1682）所說：「昔說《易》者，無慮數千百家，然未見有過於《程傳》者。」（《亭林文集》卷三．葉三）。丁晏（儉卿，柘堂，1794-1875）亦謂：

> 蒙少而讀《易》，自漢、唐迄宋、元、明之注解，汎濫旁求，無慮百數

十家，驚然而無所得。迨年逾六旬，篤耆程子之傳，朱墨點勘，日翫一卦，兩閱月而卒業，為之歎絕，以為孔子之後，一人而已。

因此，我常感慨：「讀書不如教書，教書不如著書立說。」此書後來也成為我在國內外大學院校，以及民間機構講授《易經》的用書。更在臺灣出版十六年後，應北京愛智達人教育科技公司崔正山先生邀請，首度在大陸刊行《周易程傳注評》簡體字版（石家庄：花山文藝出版社，2016年），目前更積極著手進行《周易程傳譯注》的出版計畫。

由於對《程傳》長期的教學與研讀，後來也陸續撰寫多篇與《程傳》相關的期刊論文，如〈論《伊川易傳》之價值與得失〉（中山大學《文與哲》，3，2003年）、〈《伊川易傳》對宋代史事派《易》學之影響〉（《高雄師大學報》，16，2004年）等等。2005年初，旅居美國賓州程德祥先生知我撰有《周易程傳註評》一書，雙方魚雁往返，相談甚洽。德祥先生為伊川二十九代裔孫，熟諳二程家學，並惠寄清．康熙年間，朝鮮．宋時烈（英甫，尤庵，1607-1689）所編《程書分類．易類》一卷（韓國大田市：學民文化社影安東權尚夏跋《程書分類》本，1994年），該書彙集《二程集》中之《易》說，頗便於閱覽。我拜讀之餘，並信手核對書案前《二程集》，始覺其中頗多疏漏，既驚嘆二程《易》說及與《易》學相關資料如此之繁富，誠可輔翼《程傳》，並提供宋代《易》學史撰述的參考，復憾惜宋氏疏漏如斯，於是遂有續貂之志。自2005年起陸續發表〈二程集易說初探〉（山東大學《周易研究》第五期，2006年）、〈二程易說的編纂與研究〉（《嘉義大學中文學報》第一期，2009年），2009年並以《二程易說拾遺》專書寫作計畫，獲得國科會通過補助，得以展開編撰工作，經過漫漫八年，《二程易說》（高雄：麗文文化事業公司，2017年），終得以問世。

2010年，政治大學車行健教授自政大圖書館特藏室偶然發現有昔日南京金陵大學陳延傑教授所著《周易程傳參正》手鈔本。此書撰成之後，始終未曾出版，僅存有當年參加學術獎勵獎的送審手鈔本，於是車教授有意將此民國罕傳經學著作鈔本加以整理出版。車教授知我對《程傳》略有涉獵，遂委請我針對該書內容撰寫一些評論，並寄來《周易程傳參正》原書影本。基於長久以來與《程傳》的不解之緣，在閱讀此書後，尤驚喜其內容誠有可觀者。感於此書竟能倖存於天地之間，於是我便撰寫了〈陳延傑及其《周易程傳參正》〉一文，藉此探究前賢的《易》學思想，以發其潛德之幽光。後來車教授更在南京大學文學院徐興無院長和房地產管理處方文暉處長的協助下，進一步將《周易程傳參正》、《詩序解》和《經學通論》，這三部陳延傑現存完整的經學論著，重新整理點校出版，並且將此三書納入「南京大學校史工程」項目下出版，我也銜命負責《周易程傳參正》一書的點校，並於2021年4月順利出版（《陳延傑先生經學論著三種》，南京：鳳凰出版社，2021年）。藉由《周易程傳參正》的點校，或可改變學界長期以來貴古賤今的態度，並使一代《易》學家之名山偉業，不致塵封於陰暗書架，成為蠹魚之食，衍為《易》壇憾事。是項工作，也希望能提供未來有意研究陳延傑《易》學，或撰寫民國《易》學史者的參考。以上是個人繼史事派《易》學研究之後，在二程《易》學研究的梗概。

四　代結語

2012年，我自高雄師範大學經學研究所退休後，目前擔任清華大學中文系兼任教授，以及英國威爾斯大學漢學院特聘教授。雖然這兩年因百年大疫較少參加國內外學術活動，但思及慶萱師自臺灣師大退休以來，仍勤於著述，頗有著作行世，如《周易縱橫談》、《學林尋幽》、《與君細論文》、《新譯乾坤經傳通釋》等等。夫子勤奮如斯，小子何敢怠惰焉。如今我平日以耕讀著述自娛，時而以傳道、授業、解惑為樂，兢兢業業，庶幾無負師長們昔日教誨之恩。

緬懷毓鋆師啟蒙我的《易》學，教我發揮《周易》經世致用的智慧。慶萱師指導我的《易》學，使我能將研究發為著述。裕康師引導我的治學，使我能發掘問題掌握要點。諸位老師在我學《易》的歷程中，雖側重不同，但都深深影響我在《易》海的學習。整體而言，我在《易經》的研究上，若還有些許可以稱述的話，則慶萱師蓋為最大的推手，也是我困蒙於《易》海中的明燈。尤其黃老師治學的謹嚴，待人接物的謙和，對學生的關愛與提攜，能躋身為黃門弟子，這是人生何等的幸事。世人每言「吾愛吾師，吾更愛真理」，但在舉世濤濤的濁流中，真理往往蒙塵不彰，我雖仍愛真理，但更愛既真且善而所行不疑的吾師。值此老師九十嵩壽，謹以至誠之心，追述當年往事，並略述個人的學《易》歷程，聊表我衷心的賀悃。祝願慶萱老師──

福如東海，壽比南山！

門下弟子　黃忠天　謹述　2021年9月28日孔子聖誕教師節

附錄　2005年，慶萱老師函〈論班固史事《易》研究〉

班固《漢書》各卷前序後贊中頗有引《易》之語。《敘傳》中尤多。楊樹達《周易古義》嘗輯之，然多疏漏。似可補之，成《漢書引易考》。如添《藝文志》、《儒林傳》中資料，再由嚴可均所輯班固文中摘出有關《易》學者，成《班固史事易之研究》則更好。忠天於《易》有專攻，倘有意於此乎？

黃慶萱
二〇〇五
元月

五　18世紀朝鮮漂流民所見之臺灣原住民面貌*

張貞海**

提要

18世紀以後，漂流到臺灣的朝鮮人體驗臺灣的紀錄，首次出現在朝鮮的文獻之中。通過歸來之漂流民口述記錄的資料，筆者關注的是與臺灣原住民相關的紀錄。18世紀中國大陸有大量移民遷移至臺灣，漢人和原住民之間發生矛盾衝突。這個時期偶然漂流到臺灣，在原住民社會中出現之漂流民經歷，無疑是反映當時原住民真實情況的珍貴資料，其價值自是十分突出。本文主要分析18世紀朝鮮人漂流到臺灣的兩筆文獻紀錄：一是1729年尹道成、宋完等30人所見之臺灣原住民紀錄，一是1758年金延松等14人漂流臺灣的紀錄。通過他們所見臺灣原住民的面貌考察，詳細說解這些資料在文化史的重要價值。

關鍵詞：臺灣，臺灣原住民，漂流，卑南族，金延松。

---

* 本文原題：〈18世紀朝鮮漂流民觀察到的臺灣原住民面貌〉，原以韓文發表於韓國韓瑞大學校東洋古典研究所，《東方學》第44輯（2021年2月）。今以中文節譯該文之部分內容，為黃慶萱老師九十華誕壽。

** 張貞海，現任韓國韓神大學中文系教授兼文化影像融合學院院長，以及中國文化研究學會會長。曾任中文系主任、韓中文化產業創意學院院長等職務。畢業於中國文化大學中國文學研究所碩士班、博士班，在黃慶萱老師指導下，完成「《周易》文學性質之探索」（碩士學位論文）與「宋前神話小說中龍的研究」（博士學位論文），學術專長為中國神話及古典文學。

一　序言

英祖（李昑，1694-1776，在位：1724-1776）與正祖（李祘，1752-1800，在位：1776-1800）統治時期的18世紀朝鮮，乃是王權強化、學問和文藝興盛的重要時期。這一時期，位居東北亞的朝鮮王朝，通過中國、日本的使節經驗，深入掌握了海外的先進知識，進一步引發接受文化多樣性的全球化討論，而受到新文化刺激的知識分子，對於他國的情報蒐集和記錄工作，也比以往任何時候都要來的更加活躍。關於臺灣的相關記錄，也在這一時期正式隆重登場。[1]

17世紀以前關於臺灣的紀錄，主要是以1662年至1683年統治臺灣20多年之鄭成功一家為主，[2]這些信息通過從中國和日本回來的使節團，或是中國書籍而間接獲取。18世紀以後，漂流到臺灣的朝鮮人體驗臺灣的紀錄，首次出現在朝鮮的文獻之中。當時，隨著航海技術的發展、海上貿易增加，出現了很多因海象不佳緣故，而隨著風浪漂流到臺灣的漂流民。他們回到朝鮮之後，留下之關於臺灣的經驗之談和回歸過程的記述，遂成為研究朝鮮和清朝外交關係和海上貿易的重要資料。另外，這些資料同時也為人們提供了深入了解18世紀臺灣歷史和文化的線索，因此最近臺灣學者也關注其史料價值。[3]

通過歸來之漂流民口述記錄的資料，筆者關注的是臺灣原住民的相關記錄。自1684年清朝統治臺灣之後，18世紀的臺灣，是中國大陸大量移居臺灣的漢人，和原住民之間發生矛盾衝突達到高潮的時期。在這個時期偶然漂流到臺灣，在原住民社會中偶爾出現之漂流民的經歷，無疑是反映當時原住民真實情

---

[1] 關於當時的學風，詳參見鄭珉：《18世紀朝鮮知識人의發見》（首爾：Humanist，2007年），頁57-64。

[2] 詳參見禹仁秀：〈17世紀後半臺灣鄭氏海上勢力에 對한 朝鮮의 情報蒐集과 그 意味〉（《大邱史學》100卷，2010年），頁163-187。

[3] 臺灣學者關於這一方面的研究論文，有劉序楓：〈18-19世紀朝鮮人的意外之旅：以漂流到臺灣的見聞記錄為中心〉（《石堂論叢》第55輯，2014年）、陳慶智：〈18世紀朝鮮漂流人의 눈으로 바라본 臺灣의 겉과 속：尹道成과 宋完의 漂流記를 中心으로〉（《漢文學論集》第47輯，2017年）、衣若芬：〈漂流到澎湖：朝鮮人李邦翼的意外之旅及其相關書寫〉（《域外漢籍研究集刊（第四輯）》（北京：中華書局，2008年）、張文薰：〈漂流與中介：從漂流臺灣CHOPURAN島之記看十九世紀臺灣〉（《淵民學志》第29輯，2018年）。

況的珍貴資料，其價值自是十分突出。本文主要分析18世紀朝鮮人漂流臺灣的兩筆文獻紀錄：一是1729年尹道成、宋完等30人所見之臺灣原住民紀錄，一是1758年金延松等14人漂流臺灣的紀錄。通過他們所見之臺灣原住民的面貌考察，詳細說解這些資料在文化史的重要價值。

二　18世紀朝鮮漂流民所見之臺灣原住民

根據文獻記載，進入18世紀之後，共發生了6次朝鮮人漂流臺灣事件。[4]漂流民歷經滄桑回到祖國朝鮮後，口述海外經歷，記錄在《朝鮮王朝實錄》、《備邊司謄錄》、《同文彙考》、《承政院日記》以及個人文集等，這些資料為當時的統治階層或知識分子瞭解國際局勢，提供了必要的信息。

在相關紀錄中，人們可以看到臺灣原住民的生活文化，包括收錄在《耽羅見聞錄》中之1729年尹道成、宋完的2篇漂流紀錄，以及收錄在《備邊司謄錄》中之1758年金延松等14人的漂流紀錄1篇，共計3篇。其中，尹道成、宋完的經驗之談，講述臺灣原住民中所謂「熟番」（臺灣中西部之平埔番）的生活面貌，而金延松的口述則是講述當時鮮為人知之臺灣東南部的「生番」風俗，這些資料對於理解18世紀臺灣原住民社會，具有重要的史料價值。[5]以下，則是針對上述兩筆資料，按照時間順序進行剖析。

（一）1729年尹道成和宋完的漂流紀錄

1729年，新村人尹道成和擔任衙前職務之官吏宋完等30人，乘船從濟州出發前往蘭鎮（全羅南道海南郡），不幸的是，8月20日遭遇風浪，船隻在海上漂

---

4 18世紀抵達臺灣的漂流民，按時間先後羅列如下。（1）1729年：金白三、尹道成等30人漂到彰化三林港大突頭。（2）1752年：金有太等7人漂到中港老衢崎嶺下鹹水港仔。（3）1758年：金應澤等41人漂到淡水蛤仔爛鼻頭。（4）1758年：金延松、張遠泰等14人漂到臺灣後山。（5）1795年：金奉大、張三乭等8人漂到淡水新庄海口。（6）1796年：李邦翼等8人漂到澎湖。（見引自劉序楓前引文，同注4，頁75）。

5 清代稱原住民為「番人」，根據漢化的程度，分為「熟番」和「生番」。熟番是指同化漢族文化，生活在平地的原住民，也被稱為「平埔番」；生番是指未被漢化的原住民，也被稱為「野番」。詳參見《臺灣史》（臺灣省文獻委員會，臺北：衆文圖書公司，1984年），頁350-363。

流，並於9月12日在臺灣彰化縣靠岸。他們一行在臺灣停留約2個月，11月13日乘船離開臺灣，經北京北返，並於1730年5月20日返回朝鮮。全程歷時9個月。

《備邊司謄錄》、《同文彙考》中記載了他們的相關紀錄，[6]這兩部文獻主要記載：漂流原因、遣返過程、經由地區，以及清朝官員對於他們擁有其上書有明朝皇帝年號之馬牌的審問等，其中並沒有能夠了解臺灣原住民生活的相關資料。幸好1731年隨父親來到濟州島的鄭運經（1699-1753），採訪了尹道成和宋完的漂流經驗，收錄在《耽羅見聞錄》（1732年發行）一書之中。[7]從此之後，《耽羅見聞錄》一書所收錄之先前官方資料未曾記載之關於他們的臺灣文化經驗之談，遂被公諸於世。值得注意的是，他們接受私人探訪，在相對自由的氛圍中口述之臺灣見聞錄中，也包含了當時他們見到之臺灣原住民記憶。[8]《耽羅見聞錄》「第二話」中，曾有如下內容：

> 尹道成以木梢畫地書字，曰：「是何邦何地？」有一人就而觀之，亦畫地曰：「大清國臺灣府連界彰化縣大突頭杜（貞海案：疑為「社」字之形訛。）番通事館也。爾等是何國人物，緣何到此？」……有騎馬者，持車三兩（輛）來，分載我人等，向縣路而行。左右從兵，皆持竹弓、桑矢，皆穿兩耳，懸鹿角環，以鐵環匝兩腕，惟長衣垂膝，無裩袴之。（頁235-236）

尹道成一行抵達臺灣的地方，應是位於平埔番居住的臺灣中西部彰化縣的大突

6 見《備邊司謄錄》87冊，「英祖6年（1730-06-10）」、《同文彙考》二（卷六十六）〈漂民一我國人：（庚戌）禮部知會出送漂人及所帶馬牌銷燬咨〉。《備邊司謄錄》之原文全引用（韓國）國史編纂委員會〈韓國史DB〉http://db.history.go.kr/item/level.do?itemId=bb（以下省略，不再出注說明）。

7 見鄭運經著、鄭珉譯：《耽羅聞見錄，바다　밖의　넓은　世上》（首爾：Humanist，2008年），頁11-39。

8 《耽羅聞見錄》中單獨探訪了尹道成和宋完，將他們的漂流經驗分為「第二話」、「第三話」兩篇，但由於他們的經歷相同，所以本文將此作為一個分析對象，觀察他們所見到的原住民面貌。

頭。大突頭是彰化三林港，[9]而與他們通過筆談進行對話的是當地的通事。通事是會說原住民語言的漢族翻譯官，通事館則是他們工作或居住的地方。[10]清代每個社都設有「通事」，幫助漢人與原住民溝通，通事除了翻譯之外，還必須負責傳達政令或管理原住民、馴化工作。[11]尹道成一行於第二天下午，乘著從衙門送來的車輛，離開大突頭社前往彰化縣官廳，原住民們一路護送他們。清代的平埔族因為承擔著向官府繳納稅金、提供勞役的義務，所以也被動員到他們的護送過程當中。[12]當時護送車隊的原住民，手中拿起竹弓、桑矢，兩耳穿孔，上面戴著用鹿角做成之圓形耳環，手臂上還戴著鐵手鐲，身上穿著齊膝的長上衣，沒有穿褲子，這就是朝鮮漂流民首次看見之臺灣原住民的樣子。原住民手持竹弓、桑箭，代表他們仍然從事捕撈和狩獵工作。對於原住民的首飾鹿角耳環，在郁永河〈土番竹枝詞〉第24首：「番兒大耳是奇觀，少小都將兩耳鑽。……銅箍鐵鐲儼刑人。」[13]此與尹道成一行所見到的原住民男子形象非常相似。由此可以看出，當時原住民男性們用耳環和手鐲等物來裝飾自己。

另外，在《耽羅見聞錄》「第三話」中，宋完提到了臺灣深秋的天氣和那裏的住宅樣式，有云：

> 日候暄暖，地氣多蒸濕。閭閻皆作二層閣，無四時，恆處樓上。室屋全以蘆竹搆架。(頁238)

他們看到的臺灣房屋，都是用蘆葦和竹子建造的二層閣樓。1722年出版的《臺海使槎錄》的〈番俗六考〉中，對於臺灣原住民的房屋結構也提到：「築土為基，架竹為梁，葺茅為蓋，編竹為牆。」與上面的描述大略相似。[14]用竹子蓋

9　見劉序楓前引文，同注4，頁79。

10　見陳慶智前引文，同注4，頁54。

11　見《臺灣史》，同注6，頁351。

12　見周婉窈著、孫俊植、申美貞譯：《臺灣，아름다운　섬　슬픈歷史》(首爾：新丘文化社，2003年)，頁36。陳慶智前引文(同注4)，亦有類似看法。

13　見清・郁永河：《裨海紀遊》(《昭代叢書》本)，卷下。

14　見清・黃叔璥：〈番俗六考〉，《臺海使槎錄》，卷7：http://www.guoxue123.com/tw/01/004/008.htm。

的房子不僅是臺灣，同時也是「東中國海文化圈」最為普遍的住宅形式。[15] 1758年漂流到臺灣東南地區的金延松一行人所描述的房子，也與此相似，可見這種結構的房子，應是當時臺灣原住民最為普遍的居住方式。

（二）1758年金延松等14人的漂流紀錄

全羅道樂安郡轉移監官金延松等14人，於1758年1月4日離開濟州，前往朝鮮本土途中，遭遇風浪，一路漂流，於1月23日至26日到達臺灣。半年之後，6月27日從臺灣出發，經北京北返，於12月返回朝鮮。他們回國之後，也到備邊司接受審訊，他們的相關經歷紀錄記載於《備邊司謄錄》、《同文彙考》、《承政院日記》等官方文獻。其中，《備邊司謄錄》記載了臺灣原住民的內容，因此備受關注。[16]查看《備邊司謄錄》的「啟」及「問情別單」，前半部記錄漂流之原因和過程，以及抵達臺灣後經歷之事，後半部則是記錄遣返過程和經由中國返國的相關歷程等。與原住民相關之資料見於前半部，該資料可以說是18世紀朝鮮人描述臺灣原住民最為直接、最為詳細的真實紀錄。從他們提到之原住民的衣食住行、文化和社會制度來看，可以看到當時連臺灣西邊居民都不十分熟悉之所謂「後山原住民」的生活面貌。以下，按照時間順序來進行分析，重新檢視金延松等人到達臺灣之後所遇到之原住民的相關紀錄。

1 與臺灣原住民見面

金延松等14人於1758年1月23日抵達臺灣東北部。但不幸的是，與前面的尹道成、宋完一行人不同，他們到了漂流地之後，原住民對他們表現出非常不友好的態度：

（二十三日）忽見一島，將泊之際，島中居人，起煙聚黨，急掉小艇二

---

15 參見YounLily：《東中國海文化圈의 民家：濟州島、九州、琉球、臺灣의 傳統建築理解하기》（釜山：Sanzinibook，2017年），頁181。

16 見《備邊司謄錄》136冊「英祖35年（1759-01-05）」、《同文彙考》二（卷六十七）》、《承政院日記》1164冊「英祖35年1月7日」己丑23/31。

十四隻，來圍矣船。而其狀貌，則赤身長大，剪髮齊眉，只以一幅青布，裹蔽腰下，項掛蒲劍。船樣則長不過丈餘，其白如粉，可容數人，出沒波間，其捷如飛，是白去乙。矣等不知為何國人，而幸其逢人，指口求飲，則跳上矣船，船中所有，爭相搶奪，終無救活之意，故知為海賊，急舉斧子，打落二人，則一時散去。[17]

金延松一行在海上漂流了20天之後，抵達臺灣的東北部地區，第一次見到土著居民，他們顯然並不歡迎有外地人接近，甚至是肆意掠奪。在緊急情況之下，他們觀察到的原住民是「脫了身，個子高，頭髮削得像眉毛一樣。」意即赤身裸體、身軀高大，此與在《海東諸國紀》等各種文獻中所描述之原住民形象，大抵相同。[18]他們剪了一頭齊眉的頭髮，這種樣子與陳第〈東番記〉（1603年刊行）之「男子剪髮，留數寸，披垂，女子則否」的紀錄頗為一致，[19]可見這應是當時臺灣原住民的普遍髮型。另外，原住民的服裝是「只以一幅青布，裹蔽腰下，項掛蒲劍」，半裸的原住民形貌與之前提到的17世紀以前的原住民，可謂是一模一樣，他們脖子上裝飾著像劍一樣的菖蒲葉，以示勇猛。[20]

在與原住民展開搏鬥後慌忙逃跑的金延松一行，在海上漂流了3天。1月26日，在尋找停泊處時，船上的船板被撞得支離破碎，他們從船上跳下來爬上岸，在那裏遇到了第二批原住民：

其日將午，有數百人，自何（貞海案：疑為「河」字。）以來，其狀貌

17 見《備邊司謄錄》136冊「英祖35年（1759-01-05）」。

18 （朝鮮）《海東諸國紀》「琉球國」條（1501年紀錄）云：「國之東南，水路七八日程，有小琉球國（貞海案：應是指「臺灣」），無君長，人皆長大，無衣裳之制。」（《(譯註) 海東諸國紀》，釜山大學校，1962年，頁266）。又，（荷蘭）甘治士（GeorgiusCandidius）〈福爾摩沙報告〉（1628年）云：「男人很高，極粗壯，……夏天他們幾乎全裸，沒有羞恥感。」見引自李雄揮譯：《荷據下的福爾摩沙》（臺北：前衛出版社，2003年），頁18。

19 見周婉窈：〈陳第《東番記》——十七世紀初臺灣西南地區的實地調查報告〉一文之附錄《東番記》（《故宮文物月刊》第241期，2003年），頁44-45。

20 臺灣學者劉序楓將朝鮮人「金延松」一行的紀錄，和日本人「文助」於1803年從日本漂流到臺灣東部地區的記錄進行對比，兩者之路徑幾乎一致，因此推測，金延松一行第一次漂流的地區，應是位於臺灣東北部之宜蘭平原的噶瑪蘭族居住地。（同注4，頁88。）

> 與二十三日海島所遇者相似。而所異者，腰繫廣帶，前佩大劍，後垂大鈴，左擔鳥銃，右執長槍，聚圍矣等，相與咻咻，鴂舌難曉。矣等書示「朝鮮人」三字，指腹求飲，則少無相救之意，熟視良久，奪取矣等所著上衣，裂而分執，拔劍張目，又欲奪取下袴，故矣等哭而哀乞之際，清人三名來到，是白去乙。矣等書問：「此何地方？而此人輩奪我衣服。」云爾，則清人書示曰：「彼即苗蠻也，性本強悍，見奪之物，不可還推。」云。

金延松一行遇到的第二批原住民，雖然長相和前面一批相似，但卻是腰圍寬帶的其他族裔裝扮。他們身前佩戴著劍，身後戴著大鈴，手持鳥槍和長矛。這身打扮被視為戰鬥服裝，可能是把金延松他們當作是侵略者，所以全副武裝出現。他們沿著海流到達的地方，應是漂流船經常出現的地方，由此可以推測，先此之前，原住民曾經有多次與外地人進行對峙的經驗。

原住民使用鳥槍是從荷蘭統治時期開始的，[21]在遇到金延松一行時，原住民直接從清朝商人（實際上是漢族）那裏購買，用於防禦或狩獵。原住民雖然對金延松一行表現出敵對態度，但是可以看出他們與漢族商人之間，一直維持著和平的關係。在上述紀錄中，我們還有一個值得關注的問題是，清人將土著居民稱為「苗蠻」。通過這個稱呼，可以看出臺灣後山原住民的「生番」稱呼，至今在朝鮮還並未普及。[22]

另一方面，由於並非是所有的原住民，都是對外來者心懷敵對，兩天之後，他們十分幸運的遇到了發放糧食的好心人：

> 所謂苗蠻男女十餘名，行獵過去，見矣等飢餒垂死之狀，以一筐粟飯，作塊分饋是白遣，仍為率往。

---

[21] 在荷蘭統治時期，為了補充不足的戰鬥力，曾用槍支武裝原住民，與漢族展開過交戰（見김영신《臺灣의歷史》，首爾：지영사，2001年，頁65。）

[22] 《朝鮮王朝實錄》《正祖實錄》27卷「正祖13年3月8日」乙丑第1條（1789年）：「冬至正使李在協等馳啓言：……『生番卽島夷之別名，而在於極南海洋，與中國絕遠，而羈縻於臺灣者也。』」文中出現「生番」一詞，足見金延松一行回到朝鮮時，此一詞語在朝鮮尚未普及。

對漂流民施以善意的人們，是否和之前凶暴的原住民同屬一族，尚不清楚。只是看到分發糧食，又把他們帶到村裏，肯定是比先前對於外來之人更為開放的部落。金延松一行跟隨他們再走60里路，便進入原住民居住的村莊。

2 頭目加六沙和卑南族

金延松一行漂流民進入的地方，應是卑南族頭目加六沙統治的區域。以下是之後的紀錄。

> 而數百餘戶，皆以竹作家，如我國假家。清人三十餘人，亦在其中，而一戶同居，是白如乎，清人接引矣等，與之同處，而其日則饋以木（貞海案：疑為「小」字。）米粥。其翌朝，則苗蠻酋長號稱「加六沙」者，招見矣等，饋以粟、粥二簞後，還送矣等於清人所居之處，而其後則不饋米穀，連以蠻語所稱丸子根及土蓮等物，烹以饋之，而丸子根者，形如青瓜，味似薯蕷，是白遣。

上面所記載之「加六沙」頭目的名字，可以說是推測金延松一行在哪裏停留的唯一線索。根據判斷，加六沙應當是指第17代卑南王「加六賽」之不同擬音。後來臺灣發生林爽文（1756-1788）叛亂事件（1787年1月）時，乾隆皇帝肯定他們幫助逮捕林爽文之功勞，邀請原住民頭目等44人參加自己的生日宴會，而「加六賽」以卑南族、排灣族、魯凱族所屬之「傀儡山總社」總頭目的身份受邀。[23]由此可以看出，金延松一行人曾經居住的地方，就是卑南族的村落。那裏有與尹道成、宋完一行在臺灣中西部看到用竹子搭建的數百戶住宅，是一個規模相當龐大的村莊，金延松一行在那裏遇到了30名漢族商人。從那裏走訪的商販數量相當多的情況可以看出，當時卑南人雖然屬於所謂的「生番」，但卻與漢族有著十分活躍的貿易活動。

---

[23] 加六賽（Kurasai or Kulasai），是第17任「卑南大王」，當時因年紀太大，故實際出席者係由他在屏東枋寮做生意的兒子比那賴（Pinalai or Pinada）代替。參見陳政三：〈清代初期原住民大清帝國考察記──兼論清廷的原住民政策〉（《文化觀察》第17期，2014年）一文。

對於卑南族的飲食生活，上面寫到他們的主要飲食是以米飯和用粟煮的粥，還有丸子根和芋頭等物。實際上文獻所記載的，卑南族種植稻穀、紅薯、芋頭等食物，並以米飯、大米粥、蔬菜粥等做為主食，與上述紀錄大抵一致。[24]有趣的是，上面對於「丸子根」該項農作物的描述，在中國和臺灣的文獻中，都找不到相關紀錄，這個名稱似乎是備邊司的記錄官，根據金延松一行的描述而命名的。根據筆者推測，該項農作物應是紅薯，但當時紅薯對於朝鮮人來說，還是相當陌生的食品，[25]因此金延松一行對此補充解釋說：「形狀像小黃瓜，味道像馬鈴薯。」

以下，則是金延松一行人於卑南族村落中，經歷奴役生活的具體描寫。

> 常時，樵汲舂杵等役，專責矣等，而苗蠻輩每勸矣等：「翦頭髮，配蠻女。」欲與同居，故矣等以為異域，仍居，國法當死。抵死不從，懇乞還歸。則苗蠻輩，每以欲歸，無路出境，必斬之意。恐嚇度日，挨過五朔矣。

金延松一行在被扣留期間，一直負責準備柴火、挑水、舂米等辛苦的勞力工作，後來甚至被提議與當地的女人結婚定居。雖然他們已經是流離失所，但仍然拒絕這項提議，並且懇求能夠讓他們早日離開，但是原住民們顯然是想要他們的勞動能力，所以並未同意，反而是予以長期拘禁，並且不斷持續恐嚇。[26]通過這些紀錄可以發現，卑南族並沒有禁止族人與外地人通婚。

根據上述內容可知，卑南族並沒有給想要回歸故土之金延松一行人一個希望，並且長期扣留他們充當人力。前文所云之「無路出境」一語，此點由當時

---

[24] 史式、黃大受：《臺灣先住民史》（北京：九州出版社，2006年）云：「（卑南族）主要食糧是粟、旱稻、番薯、芋等，日常飲食有粟飯、米粥、菜粥等。」（頁223）據此故言。

[25] 紅薯是從英祖39年（1763年）開始，從日本引進到韓國種植的。詳參見金泰完：《韓國衣食住生活詞典》「紅薯」條：https://folkency.nfm.go.kr/kr/topic/detail/7348。

[26] 張文薰：〈漂流與中介：從漂流臺灣CHOPURAN島之記看十九世紀臺灣〉一文云：「金延松事件發生在文助等人漂流之前，原住民部落或許因為需要男性勞動力等因素而想留下漂流民。」（同注4，頁12。）

清廷在生番地區設立警戒線，即所謂之「番界」，而該項政策主要是禁止原住民和漢人侵犯彼此領域的封禁政策，由此可知，卑南族原住民的說法並非是無的放矢，毫無根據。[27]

3 歸返故土

金延松一行在當地停留了5個月，經過一番周折，終於在1758年5月15日，於清商和兩名原住民的護送下離開。

> 元（貞海案：疑為「原」字之音訛。）無公文，只以九節結繩及粟米二斗、陶罐三坐給送，而所經道路，皆是崎嶇山嶺。行到一處，山居苗蠻，阻住去路，領來苗蠻，割給結繩三節，則即為還送，如是者三處也。草行露宿者，凡九日，到台源地方，付於鄭姓清人家，而還歸所經路程，不過二百四十里云。而道路極險，致費多日，是白遣。鄭姓清人，見矣等赤脫之狀，造給衫袴，饋以米粥。

卑南族頭目並沒有發給相關公文，而是給予「九節結繩」，該物可以說是原住民使用之「結繩文字」的實際使用紀錄。雖然其意圖並不十分明確，但從途中經過三處要塞，各以三節結繩便可順利通過的情況，此舉當不難看出，結繩文字不僅可以用來表示數字，而且在通行時還具有標識（證明）之用。金延松一行在崎嶇的山路上步行了9天，最後終於到達台源地區，住在鄭姓商人家裏，之後更得到商人的幫助，踏上了回歸朝鮮的路。

以上是金延松一行在臺灣東南部卑南村的經驗紀錄。早前蘇格蘭人牧師Hugh Ritchie（1840-1879）在1875年以〈東福爾摩沙紀行〉一文，發表抵達卑南族居住地區的經歷。目前，該報告被認為是卑南族文化、社會制度等最早的

---

[27] 清代對於「生番」之居住地區，實行「封禁」政策，禁止中國人進入該地區，嚴格限制生番之出入。這樣的封禁政策，直到同治13年（1874年）12月才正式廢除。（見《臺灣史》，同注6，頁363-372。）

民俗資料，[28]事實上，金延松一行的紀錄，遠比〈東福爾摩沙紀行〉早了百餘年，因此可以推測出該項資料在史料上的重要性。

三　結語

本文以1729年尹道成和宋完等30人、1758年金延松等14人的臺灣漂流紀錄為中心，回顧他們口述之臺灣原住民的樣貌。通過上引之有限資料，可以窺見18世紀臺灣西部和東部地區原住民與漢人競爭、共生的歷史一面。收錄在《耽羅見聞錄》中的尹道成和宋完關於臺灣原住民的紀錄，雖然篇幅不長，但從作為朝鮮人首次直接觀察臺灣原住民，並且傳達他們的真實情況這一點來看，其價值無疑是十分珍貴的。這一紀錄之所以得以順利傳承，當時負責採訪並且詳實記錄之鄭運經，實是居功厥偉，功不可沒。

遺憾的是，金延松等14人的漂流旅程分析，並沒有單獨記載在個人文集裏的資料，完全依賴於《備邊司謄錄》的「問情別單」。一般認為，備邊司的問情紀錄，重視的是漂流民的歸返過程，官方主要關注的問題是他們的漂流經過，對於漂流民所能夠提供非關此一部分的重要信息，甚或是新的文化體驗認識，當時的政府官員並沒有給予足夠的關注。[29]但是，金延松一行的口述紀錄，卻又生動地描述了他們在臺灣經歷的許多事件，以及原住民的生活情況，堪稱是一部重要的漂流記。希望他們所留下的這些紀錄，能夠成為有助於臺灣相關研究和18世紀卑南族歷史研究的珍貴資料。

---

28 詳參見陳芷凡：〈再現福爾摩沙──西人遊歷筆記中的臺灣原住民〉（《原住民族文獻》第5期，2012年），頁13-17。

29 詳參見최영화：〈朝鮮時期漂流經驗의記錄과活用〉（《島嶼文化》第31期，2008年，頁16-18。）

六　論詩歌「吟、唱」的幾個問題

潘麗珠*

提要

本文旨在討論以下幾個問題：一、古人的「吟誦與寫作」關係；二、「吟詩無定調」的實質是吟誦主體性發揮了作用；三、吟誦時「平長仄短」的概念錯誤，不符合詩文吟誦情韻；四、「吟誦」中的「唱」倚賴「套調」相對不具創造力，也不現實；五、藉由姜夔的經驗以明吟誦「自度曲」有兩種可行的方式。

關鍵詞：吟誦，寫作，吟詩無定調，平長仄短，套調，自度曲。

---

* 潘麗珠教授，國立臺灣師範大學國文學系文學博士，現任國立臺灣師範大學國文系專任教授。專長為古典詩學、戲曲研究、詩文吟誦、現代詩及散文評論與教學、國語文創意教學與教材教法、文學美學。曾任新加坡華文教育研究中心客座教授、韓國啟明大學中文系客座教授、荷蘭萊頓大學漢學院訪問教授、臺灣師範大學人文教育研究中心主任、教育部九年一貫國語文教材編審委員、教育部詩歌吟誦創意教學研究計畫主持人、國科會「國中國文教師課程意識及教學實踐研究」計畫主持人、文建會「咱的詩歌——臺灣學者詩歌吟誦專題網站」計畫主持人、2007與2009年大學指定科考國文科作文閱卷副總召集人。著作《圍攻錯別字》於2011年獲「好書大家讀．優良少年兒童讀物」獎。著有《現代詩學》、《清代中期梨園史料評藝三論研究》、《雅歌清韻——吟詩讀文一起來》、《創意國語文教學活動設計》、《古韻新聲——潘麗珠吟誦教學》、《閱讀的策略》、《如何閱讀一首詞》、《如何閱讀一首詩》、《情境式創意作文》、《青春雅歌》及《我的玉玩藝兒》等。

一　前言

詩文吟誦在大陸倡導國學之際，風起雲湧成為顯學。臺灣的詩文吟誦文化一直持續傳承推廣，可惜社會變遷，時下年輕人的興趣轉移，大專院校的古典詩社倖存者少，委實可嘆，所幸吟誦課程或相關活動在各大學中文系有逐漸增加的趨勢，例如臺灣師範大學、東吳大學、輔仁大學、華梵大學、高雄師範大學、嘉義大學等。關於詩歌吟誦，有些問題始終沒有討論清楚（或者說是不曾討論），例如：古人的吟誦與寫作有何關係？「吟詩無定調」的實質為何？吟誦主張「平長仄短」的概念是否正確？「吟誦」中的「唱」倚賴「套調」為何不好？若要「自度曲」可行的方式為何？本文嘗試就以上幾個問題，提出自己的細思探究，拋磚引玉，就教於方家。

二　古人的「吟誦與寫作」關係

古人作詩，往往在詩歌初步完成之後，吟詠諷誦一番，斟酌推敲其音韻聲調之雅聽與否，以進一步加以思考修改，繼之定稿。[1]著名的賈島（閬仙，779-843）「僧敲月下門」、「僧推月下門」，即是斟酌文字意義之彰顯與音韻聲調相諧和的顯例。韓愈（退之，768-824）成為賈島的「一字師」這一文學史上的佳話，可以想見當時情景：賈島太專心斟酌詩句，口中唸唸有詞（沉吟），不小心衝撞了韓愈的官轎，二人相談之下，「推敲」一詞於焉產生。[2]另有一條文學史上的「一字師」記載，出自宋代計有功（敏夫，？-？）《唐詩紀事》：

鄭谷在袁州，齊己因攜所為詩往謁焉。有〈早梅〉詩曰：「前村深雪

1　邇來拜讀了一篇文章，原文提到：「古人寫詩，多邊寫邊吟，待吟音與字義兩相協諧後，方為之定稿。……」，但筆者以為：古人寫詩，有可能是先吟後寫再修改，更多的是先寫後吟再修改，也有寫了之後修改定稿才吟，也有寫成卻不吟的，這些情形往往視場合與創作者的習慣而定。

2　見南宋胡仔（胡元任）編著《苕溪漁隱叢話．卷一九．引劉公嘉話錄》。此事也見記於宋．魏慶之《詩人玉屑．一字師》。

裏，昨夜數枝開。」谷笑曰：「『數枝』非早也，不若『一枝』則佳。」齊己矍然不覺兼三衣叩地膜拜。自是士林以谷為齊己「一字之師」。

鄭谷（守愚，849-911）建議僧齊己（863-937）將「數枝開」改為「一枝開」以扣題目「早」意，齊己欣然接受。推敲這件事的情景，與詩句意義密切相關，跟文字的聲音反而關係疏淡。因為「數」和「一」都是仄聲，前者合口呼、後者齊齒呼，對聲情的影響差異不大。又例如南宋胡仔（元任，1110-1170）《苕溪漁隱叢話前集・卷二五・張乖崖》也有「一字師」的改詩記載：

蕭楚才知溧陽縣，時張乖崖作牧。一日，召食，見公几案有一絕云：「獨恨太平無一事，江南閑殺老尚書。」蕭改恨作幸字。公出，視藁曰：「誰改吾詩？」左右以實對。蕭曰：「與公全身。公功高位重，姦人側目之秋，且天下一統，公獨恨太平，何也？」公曰：「蕭弟，一字之師也。」

蕭楚才為張乖崖[3]詩作更改一字，避免奸人抓住把柄構陷，以保其身。類似的改詩故事頗多，[4]而以上三則記載，第二、三則之所以「改」，都從字義上著眼，與文字聲響、吟誦無涉；第一則與文字意義的動作、聲響，以及暗夜的寂靜有關，而賈島喃喃自語似在沉吟的形象頗為鮮明。但推敲三則記載改詩的場景，說明了古人寫詩，修改文字之際未必邊寫邊吟邊改（早先臺灣師大的教授先生們如汪師雨盦、李師爽秋、邱師燮友、陳師伯元等人「停雲雅集」聚會，

---

[3] 張詠（946-1015），字復之，自號乖崖，死後謚號忠定，濮州鄄城（今屬山東）人。太平興國五年（980）進士，累擢樞密直學士，真宗時官至禮部尚書。詩文俱佳，是北宋太宗、真宗兩朝的名臣。

[4] 宋・周紫芝《竹坡詩話》卷三載錄：宋・曾吉父〈送汪內相赴臨川詩〉有「白玉堂中曾草詔，水晶宮裡近題詩」。韓子蒼改「中」為「深」，改「裡」為「冷」，吉父聞之，以子蒼為一字師。又，明・黃溥《閒中今古錄》卷一載有：元・薩天錫送濬天淵入朝，有「地溼厭聞天竺雨，月明來聽景陽鐘」之句，聞者無不膾炙，惟山東有一叟鄙之……曰：「措詞固善，但聞字與聽字一合耳！」公曰：「當以何字易之？」叟徐曰：「看。」天竺雨，詰其「看」字，叟曰：「唐人有林下老僧來看雨。」公俯首拜為「一字師」。此類雅事，多見詩話記載。

實情就未必是邊寫邊吟），卻也說明了修改詩作文字如果能將文字的聲音條件考慮進來，有助於詩歌作品的成功。

當然，也有先行吟，之後再寫下來，修改，然後定稿。姜夔（堯章，白石道人，1155-1209）〈慶宮春．雙槳蓴波〉的小序有云：

> 紹熙辛亥除夕，余別石湖（范成大）歸吳興，雪後夜過垂虹，嘗賦詩云：「笠澤茫茫雁影微，玉峯重疊護雲衣。長橋寂寞春寒夜，只有詩人一舸歸。」後五年冬，復與俞商卿、張平甫、銛樸翁自封禺同載，詣樑溪，道經吳淞。山寒天迥，雲浪四合，中夕相呼步垂虹。星斗下垂，錯雜漁火，朔吹凜凜，卮酒不能支。樸翁以衾自纏，猶相與行吟，因賦此闋。蓋過旬，塗稿乃定。樸翁咎余無益，然意所耽，不能自已也。平甫、商卿、樸翁皆工於詩。所出奇詭，余亦強追逐之。此行既歸，各得五十餘解。

其中記錄了姜夔與三位擅長作詩的好友在冷冬星夜的雅事，銛樸翁甚至纏著被子「相與行吟」，姜夔因賦此闋，大約過了十天以後，修改的稿子才底定（「塗稿乃定」）。而這一次的出行，收穫頗豐，每個人都有五十多首的成果。這一則訊息，非常清楚的顯示了那一闋詞是先吟後寫，但筆者相信，寫下來以後還是會反覆斟酌才定稿，而反覆斟酌間，像賈島那樣沉吟或低唱（因為是詞）的情形應該是存在的，畢竟姜夔會吟、能樂。類似此一情形，定要說成「邊吟邊寫（其實是修改）」，勉強可以接受。

但從實際的經驗看，古人寫作詩詞是否吟誦，與場合有極密切的關係。若是筆試，吟誦肯定打擾他人，但考試後的記憶背誦必然會有；若是御前殿試，當場吟詩勢所難免；若為詩友雅集，往來酬唱是必須的，但那往往是在寫完詩作之後；若是像曹植（子建，192-232）的「七步成詩」，那吟詩就是作詩；若是自己一人面對大自然或處在桌案前作詩，吟誦與否得視作者會不會吟誦，以及寫作者的習慣。古代詩歌作品題目中若有「口占」一詞（也稱「口號」），[5]

5 例如宋．劉克莊有一首七言律詩〈口占〉「時有吟哦搔雪鬢……」（見《後村先生全集》卷三

則是口中唸出而不用筆墨起草的詩文，例如元．王實甫（德信，約1260-1336）《西廂記．第四本．第三折》寫崔鶯鶯為張君瑞送別，有云：

君行別無所贈，口占一絕，為君送行：「棄擲今何在，當時且自親。還將就來意，憐取眼前人。」

便是即席口中唸出一首五言絕句，這和七步成詩一樣，吟誦文字就是在創作詩歌。但若是春秋戰國時代運用《詩經》為外交辭令，雖與吟誦吟唱有關，卻無寫作之實。

三　「吟詩無定調」的實質

各地傳統詩社耆老有「吟詩無定調」之說，其由緣於「字譜」。[6]個人的理解，「字譜」亦即詩歌文字之聲調，為吟詩譜式之基礎調，於此基礎上再融入吟誦者自己對詩意的理解，並於句式節奏點與韻腳等處引聲漫吟，因此各人吟同一首詩的吟調不盡相同，吟詠的聲腔或處理方式也有所變化，下文將進一步闡發之。吾人先來梳理以下的經典文句，以了解「吟詩無定調」的相關訊息：

《詩經．序》：「詩者，志之所之也，在心為志，發言為詩。情動於中而形於言，言之不足故嗟嘆之，嗟嘆之不足故詠歌之，詠歌之不足，不知手之舞之、足之蹈之也。情發於聲，聲成文，謂之音。治世之音安以樂，其政和；亂世之音怨以怒，其政乖；亡國之音哀以思，其民困。」[7]

這一則記載，筆者著眼處在於：（一）「詩→嗟嘆→詠歌→手舞足蹈」的歷程，

十八），清．錢大昕也有一首七言絕句〈口占〉「萬疊雲嵐有路通，一峰不與一峰同。松篁夾道如迎送，人在秋山紫翠中。」又有〈曉行口占〉七絕「山行五日僕云痛，歷遍嶔崎得坦途。……」，都是不打草稿，不用筆墨，隨口吟出念出，後來才記下來的。

6　引自筆者今年審查《輔仁中文學報》〈由字譜吟詩探論王之渙「涼州詞」之聲情美〉一文。

7　見《詩經》，臺北：藝文印書館，1989年，十三經注疏本。文見卷1之1，頁5上，總頁第13。

從觸景生情，情感觸動而行之於文字，文字不足以盡情遂嗟嘆（讚嘆或感喟），嗟嘆仍然不足以盡情遂長言以歌，最終連身體都自然而然的律動起來，幾可說是全身心的投入，職是之故，含括「讀誦吟唱弦舞」的吟誦活動，是一種身心全然投入的活動。（二）以「情動於中而形於言」和「情發於聲」比對，「聲」，就是「發言為詩」的「詩」。「聲成文」是詩添加了文彩，怎樣的文彩？就是嗟嘆、詠歌、手舞足蹈。添加了嗟嘆、詠歌、手舞足蹈的詩，更鮮活、更有姿彩，就是「音」。這「音」，並非止於樂音或音律腔調，而是更豐富的，複合了心靈、人籟與肢體表現的活動。（三）因此，政通人和的治世之音令人安樂，政治乖張的亂世之音令人怨怒，百姓困頓的亡國之音令人哀思。試想：音，是添加了嗟嘆、詠歌、手舞足蹈的詩，而音有治世之音、亂世之音、亡國之音，可見不同的社會局面所觸動的情感不同，表現於「添加了嗟嘆、詠歌、手舞足蹈的詩」也就不同，於是，古人往往能夠從「詩」與「音」的觀察，推斷世風與民情。而因為每一位作詩，吟誦詩歌的人，其「嗟嘆、詠歌、手舞足蹈」的表現樣態不一，「吟詩無定調」便可理解。

> 《禮記・樂記》云：「凡音之起，由人心生也。人心之動，物使之然也。感於物而動，故形於聲。聲相應，故生變；變成方，謂之音；比音而樂之，及干戚羽旄，謂之樂。」[8]

掌握前述「音，是添加了嗟嘆、詠歌、手舞足蹈的詩」此一概念，《禮記・樂記》的這段文字就相對容易理解，這段文字進一步提點了：由個人，到有「相應」之聲，則聲音不只一種或聲音來源不只一人，所以產生了變化，而有變化必須調之以規矩方法，如此相應之聲的「添加了嗟嘆、詠歌、手舞足蹈的詩」才雖變卻不至於亂，方可稱之為「音」。也因如此，調理規整排列「有變化的相應之聲」使之有序，就能配上樂器演奏，以及配上盾斧的武舞或雉羽旄牛尾作裝飾的舞蹈，然後「樂成」。由是，可以明白有了「添加了嗟嘆、詠歌、手

---

8 見《禮記》（臺北：藝文印書館，1989年，十三經注疏本影清嘉慶二十年江西南昌府學刊本），文見卷37，頁1下，總頁第662。

舞足蹈的詩」，還可增加相應之聲，調節有序，再加上樂器伴奏，最後融入舞蹈，這樣就由「音」進化到「樂」（綜合的詩音表現）。這則訊息給予吾人吟誦學方面的啟示在於：個人隨興、自然的抒發，有方法可以使多人組織相應、產生變化，再配上樂器和舞蹈，整個「聲容」便越發出彩。然則，「吟詩無定調」，若為了教、習方便，欲思定調，當如何之？（此問題容後解之）

上一則訊息，連結了「詩、樂、舞」，《禮記・樂記》又云：

> 詩，言其志也；歌，詠其聲也；舞，動其容也。三者本於心，然後樂器從之。[9]

這一則筆者的著眼點在於：（一）「三者本於心」。三者指的當然是「詩、歌、舞」的「言志、詠聲、動容」，都是由「情動於中」、「人心之動」而來，而情動、人心之動會隨著所觸之場景遷移而變異，易言之，即便是同一景物、同一詩歌作品，時間不同、季節不同，情動心動的感觸也會產生殊異，這就為「吟詩無定調」有了堅實而淵遠流長的根據。（二）「然後樂器從之」。《墨子・公孟》篇有云：「誦詩三百，弦詩三百，歌詩三百，舞詩三百。」[10]便說明了《詩》之可弦，是可以入樂者，但入樂的前提便是俱足了由心而動之「言志的詩、詠聲的歌、動容的舞」三條件。由此可以推知「詠聲的歌」應是尚未入樂的吟詠諷誦，[11]或是不依琴瑟而徒歌的「謠」，[12]正屬於「吟詩無定調」的吟誦，（既然未入樂，豈有定調之理？）可是一旦「樂器從之」，入樂了，或依琴

9　《禮記》文見卷37，頁1下，總頁第682。

10　引自《墨子》卷十二，〈公孟〉篇第八則，見「中國哲學書電子化計畫」，網址：https://ctext.org/mozi/gong-meng/zh。（2021.10.05瀏覽）

11　孔穎達注疏《詩經》云：「動聲曰吟，長言曰詠，作詩必歌，故言吟詠情性也。」都是人籟所為，與器樂無涉。至於「諷、誦」都是背文，（賈公彥疏《周禮・春官・宗伯下》曰：「『倍文曰諷』者，謂不開讀之。云『以聲節之曰誦』者，此亦皆背文。」）前者強調不開書、無吟詠，後者「以聲節之」，有長言或徒歌。

12　「〈疏〉曰：襄公二十九年，季札請觀周樂……亦是不依琴瑟而云歌，此皆是徒歌曰謠，亦得謂之歌。若依琴瑟謂之歌，即毛云曲合樂曰歌是也。」見《周禮注疏》卷二十二，〈春觀宗伯下〉。引自「數位經典」，網址：https://www.chineseclassic.com/content/1648。（2021.10.05瀏覽）可見彼時「歌」有兩種，一種徒歌的「歌謠」，一種合樂的「歌唱」。

瑟而合樂去歌，則有了應然的旋律聲腔，就吟誦者言，那自然是依譜而「唱」。

接著，回到「吟詩無定調」的實質。

詩歌吟誦，可以展現吟誦者的主體性，[13]亦即吟誦者對文字意義體會的詮釋甚至闡發，此種體會、詮釋與闡發多少帶著主觀性，這樣的主觀，關乎閱讀者個人的生活積累與生命閱歷豐富之融入，關乎閱讀者對文字滲透的理解力與審美經驗，因此隨之而發的吟誦，其聲情便帶有吟誦者的創意思維。是故，如果詩歌寫作是一種創造，那麼，詩歌吟誦可以說是一種「再創造」。而正是這樣的再創造，使得即便吟誦的是同一首詩歌作品，吟誦者不同、吟誦時間不同、吟誦心情不同，所顯示出來的吟誦表現也就不會一樣，所以說，吟詩無定調，除非吟詩者有意再三為之，使之定調，則將成為吟誦者的「自度曲」。

更深入地說，吟誦者藉由聲情表現、渲染文意，「再創造」什麼呢？根據筆者的經驗，答曰：(一)「造境」也，創造能夠召喚具有畫面感的文意境像。(二)「造悅」也，創造能夠讓聆聽者感受的詩意喜悅。(三)「造慧」也，創造能夠開展聆聽者想像力「興發感動」的詩性智慧。[14]此三者或可一言以蔽之，曰「優秀吟誦者的視聽貢獻」。境，由聲情而建構、形塑、歷歷如繪，從而吸引人進入詩歌詞句的殿堂；悅，因聲情引領進入詩歌殿堂，而獲得理解詩意、融入詩境的喜悅；慧，以聲情餵養心智、性靈，使靈智成長，進而增強記

[13] 吟誦者的主體性，包括日常自我檢測：1.時常省思自己說話的情態， 2.經常練習深呼吸，3.少吃刺激性飲食， 4.少熬夜， 5.注意保暖， 6.喝水速度放慢， 7.喝溫開水，8.吃東西時避免說話，9.說話速度不急不噪，10.說話聲音不高亢，11.說話聲音不會太大，12.留心口語表達的節奏， 13.口語表達時咬字清晰，14.注意並掌握連音變化，15.讀正確語體文的儿化音，16.讀清楚語體文的輕聲字，17.理解文言文的語氣詞上聲字讀法，18.了解朗讀十二字訣，19.有意識的應用朗讀十二字訣，20.了解「讀誦吟唱」之不同，21.盡所能理解文學作品的情韻，22.理解詩稿設計的技巧與竅門，23.理解詩歌吟誦「教學」與「表演」之不同，24.掌握詩文吟誦的技巧，25.經常勤加練習，多所嘗試。

[14] 詩性智慧（mythopoetic，poetic wisdom）是維科（Giovanni Battista Vico，1668-1744）在三百年前於所撰《新科學》(New Science，1744）一書中所提出。維科認為人類社會的起源是「詩性的」(poetic)。詩性是「隨意」的，非理性控制的能力，具有想像、模仿、記憶、察覺、創造，以及好奇、揣測、誇大、畏懼、迷信等特質，當這些特質受到「智慧」的指引時，才能導向善的方向。詩性智慧讓人反璞歸真，觸動本心，可以提升生活與教育哲思。

憶力、壯大想像力、敏銳察覺力、厚實創造力，於是，得以令人心智強大，善處逆境，相對從容自在，逐漸擁有「畫意詩情」的生命。是以，詩文吟誦之功，大矣哉！古聖先賢、耆老前輩吟誦文化之傳承丰采，盛矣！

四　吟誦時「平長仄短」概念錯誤

《尚書・堯典》曰「聲依詠，律和聲」，前述第二小節說到：「聲」，就是「發言為詩」的「詩」，可以成「音」，甚至成「樂」，於是有了旋律或依附於旋律而發展的格律。那麼，千篇一律的「平長仄短」[15]如何成就旋律？如何能夠搭配依著文字「永言」的聲情表現？如何顯現具有「再創造」的詮釋者主體性？答案是「不能」！因之，平聲字拉長、仄聲字短縮的處理方式，在吟誦學裡是錯誤的觀念。箇中原因要而言之在於：音之長短，影響吟誦之「節奏」甚鉅，音短則節奏快，音長則節奏慢，而節奏快慢幾乎關係著吟誦聲腔的情韻是歡愉或婉轉，舉例言之：「宜蘭酒令調」的調性因行酒令的關係相對歡愉，用來套調吟誦李白（太白，701-762）〈靜夜思〉並不合適，但如果將「宜蘭酒令調」的節奏放緩，用來吟誦〈靜夜思〉，則情韻適宜多了。

再者說，如果吟誦時一味的「平長仄短」，則同樣的詩歌體式將形成極為相近的聲腔，例如「平平仄仄平，仄仄仄平平，仄仄平平仄，平平仄仄平。」遇到平聲字拉長音，遇到仄聲字縮短音，如此「平－平－仄仄平－，仄仄仄平－平－，仄仄平－平－仄，平－平－仄仄平－」，勢必會形式相近而韻律相似（七絕、五律、七律同此理），或者致使「意義形式」不見。所謂「意義形式」是指：依據詩歌句子的意義而形成停頓點所塑造出來的韻律形式。[16]站在表情達意的立場上說，吟誦詩歌，詩句的意義傳達來自於正確的字詞停頓處，方為首要，例如：王維（摩詰，692-761）〈鳥鳴澗〉「人閑桂花落」應該誦讀

---

15 這是聲韻學的概念，而非吟誦學的觀念，詳見《潘麗珠詩文吟誦學二十講》，萬卷樓圖書公司，頁71。

16 相對於「意義形式」的，是「音律形式」，所謂「音律形式」就是詞牌、曲牌的格律規範，因是「倚聲填詞」，依據聲腔發展而來的格律，都不可能在吟誦或歌唱時「平長仄短」。（詳見《潘麗珠詩文吟誦學二十講》，頁71）。

為「人閑－桂花－落」，「月出驚山鳥」應該誦讀為「月出－驚－山鳥」，「時鳴春澗中」應該誦讀為「時鳴－春澗中－」；王昌齡（少伯，？-756）〈出塞〉「但使龍城飛將在」應該誦讀為「但使－龍城飛將－在」；杜牧（牧之，803-852）〈山行〉「停車坐愛楓林晚」應該誦讀為「停車－坐－愛楓林－晚」等等。古體詩、樂府詩、近體詩，皆須依據意義形式吟誦，方可顯示理解之正確，也令視聽者明曉詩意，而意義形式的停頓點之字音可長可短（入聲字為了彰顯其特色通常短音處理，平上去聲字則視其是否為關鍵字，以及吟誦者之文義情感體會而定），此與「平長仄短」的制式吟誦規定極其不同！依據「平長仄短」之說，則「人閑桂花落」會變成「人－閑－桂花－落」，「月出驚山鳥」會變成「月出驚－山－鳥」，「時鳴春澗中」會變成「時－鳴－春－澗中－」，「但使龍城飛將在」會變成「但使龍－城－飛－將在」，「停車坐愛楓林晚」會變成「停車－坐愛楓－林－晚」……如此一來，詩句破碎，意義不清，既無法正確傳達詩意，也不美聽。吟誦（含「唱」），以正確理解詩文字的意義並加以傳達，以及傳遞詩歌聲情的美聽以召喚共鳴，兩者相諧，是為第一義。

五　吟「唱」倚賴「套調」相對不具創造力

「套調」對於「吟誦」的「唱」而言極其方便，但那是是針對整齊句式的古體或近體詩方才「套得住」，詩句長短參差的樂府或詞、曲都不適合套調。論理，詞、曲都是屬於「音律形式」的「倚聲填詞」（實質上便是「套調」，只是詩歌文字是自己的創作），相同的詞牌或曲牌，其聲腔應當相同。然，古人填詞，時有「變格（或稱「別格」）」，例如：〈少年遊〉詞牌，有一定格、三別格；〈玉蝴蝶〉有格律四十一字的小令、有格律九十九字的長調；〈采桑子〉四十四字，前後片各三平韻，別有「添字格」，兩結句各添二字；〈浪淘沙〉有七言絕句體，有五十四字的雙調格律，也有雙調慢曲一百三十三字的格律……不勝枚舉。[17]曲，除了「變格」更常添加襯字，因之，一樣的曲牌卻不見得句

[17] 詳參「倚聲填詞格律自動檢測索引教學系統作」，網址：http://cls.lib.ntu.edu.tw/FillODE/default.htm

數、字數相同，例如《竇娥冤》第一折的〈仙呂・天下樂〉：

> 莫不是前世裏燒香不到頭，今也波生招禍尤？勸今人早將來世修。我將這婆侍養，我將這服孝守，我言詞須應口。

而《救風塵》第一折的〈天下樂〉則是：

> 我想這先價的還不曾過幾日，早折的容也波儀，瘦似鬼，只教你難分說，難告訴，空淚垂。我看了些覓前程俏女娘，見了些鐵心腸男子輩，便一生裡孤眠我也值甚頹。

兩者句數、字數都不相同，因此不相同的劇本，即使曲牌名稱一樣，腔調若要相套實有困難！即便是同一劇本的相同曲牌，例如《救風塵》第一折有兩首〈仙呂・勝葫蘆〉：

> 你道這子弟情腸甜似蜜，但娶到他家裏，多無半載週年相棄擲，早努牙突嘴，拳椎腳踢，打的你哭啼啼。

> 恁時節「船到江心補漏遲」，煩惱怨他準？事要前思免後悔。我也勸你不得，有朝一日，準備著搭救你塊望夫石。（此曲曲牌標明為「么篇」，即是「同上」之意，而其前一首正是上述〈勝葫蘆〉）

雖然同樣是〈勝葫蘆〉曲牌，都是六句，但除了第一句和第五句，其餘句子字數皆相異，若要「套調」，只怕匪易。而這般情形，在劇曲中所在多有。是故，就學習聯曲體（連綴相同宮調的各種不同曲牌的唱段構成方式）的人來說，沒有學哪一齣戲的哪一個曲牌，可以完全複製之前的學習經驗，因並非完全一樣者。劇曲如此，散曲亦同，曲子因添加襯字，後被錯誤視為正字，繼續增加襯字，結果使句子變長，遂斷開為二句甚至更多句，相同曲牌的字數、句數便有了多種不同的變化。

更緊要者，套調雖然方便，卻很難看出吟誦者的詮釋力與再創造的能力，畢竟一切都交給所套的調子便可以逸待之。然而，有無誤讀？個人的閱讀理解如何？如何形塑個人風格？如何召喚視聽者的畫面感和豐富視聽者的想像力？一旦「套調」，以上問題全都無解。況且長短句式的樂府詩及詞曲，根本無由套調，即使套調，旋律腔調與詩作情韻得以嚴絲合縫？旋律腔調與詩句文字聲調吻合、無「倒字」（字的聲調錯誤）現象？旋律腔調能因詩作不同而顯現不同情韻？以上三問，答案皆為否定，因此，面對千千萬萬首詩歌作品，套調的做法並不現實，也無法令有識者接受。

六　吟誦「自度曲」有兩種可行的方式

「詩言志，歌永言，聲依詠，律和聲。」《尚書・堯典》所記載的這一段文字，筆者長年思索，體會到：若非經由教育，且所任教者數人各有專精，對於一個人（學習者）來說，能詩（作詩言志），能歌（長言漫吟徒歌），能誦詩（表現添加了嗟嘆、詠歌、手舞足蹈的詩），能入樂合律（搭配誦詩合樂），真是不容易。而這一段文字也給了極好的啟示，從吟誦的角度言，先有詩，次詠歌，再添加嗟嘆、手舞足蹈，後合樂唱和（詩文字與樂旋律的唱和），甚至加入相應之聲。整個跟現今處理吟誦的流程幾乎一致，只不過，現今的處理會更細緻、更多樣化、更講究創意，更合乎現代人的視聽要求而不失張揚吟誦者的主體性。（此部分乃另一議題，容另篇討論之。）而所謂「入樂合律」的唱和，其思慮探索的過程，就個人而言，其實便是吟誦「自度曲」（不依舊譜而自作的新曲）的創發過程。此一過程，經由筆者多年試驗，有兩種方式可行，饒富意趣的是，此兩種方式，南宋名家姜夔已然付諸實踐且有文字記載。

讀姜夔[18]的詩詞作品很有興味，他跟蘇軾（子瞻，東坡，1037-1101）一樣

[18] 姜夔（1155-1221），字堯章，自號白石道人，宋・鄱陽人，南宋文學家、音樂家。人品秀拔，體態清瑩，氣貌若不勝衣，望之若神仙中人。往來鄂、贛、皖、蘇、浙間，與詩人詞家楊萬里、范成大、辛棄疾等交遊。慶元中，曾上書乞正太常雅樂。他少年孤貧，屢試不第，終生

常在詞牌之後敘寫填詞緣由，有些文字宛如晚明小品清新可喜。姜夔對詩詞、散文、書法、音樂，無不精善，是繼蘇軾之後又一難得的藝術全才。因為精通音律，[19]擅長詩詞，藉助他的親身經驗，吾人可以認知到「自度曲」究竟何謂也，進而吟誦出自己的自度曲。以下各則姜夔詞作前的序言記載，頗值玩味探索：

> 辛亥之冬，余載雪詣石湖。止既月，授簡索句，且徵新聲，作此兩曲。石湖把玩不已，使工妓隸習之，音節諧婉，乃名之曰〈暗香〉、〈疏影〉。(〈暗香、疏影〉)

又〈長亭怨慢．漸吹盡〉[20]小序云：

> 余頗喜自制曲。初率意為長短句，然後協以律，故前後闋多不同。桓大司馬云：「昔年種柳，依依漢南。今看搖落，悽愴江潭：樹猶如此，人何以堪？」(筆者案：應是出自庾信〈枯樹賦〉) 此語余深愛之。

以上兩則資料，分別提到：范石湖（成大，致能，1126-1193）「授簡索句，且徵新聲」，而後姜夔作〈暗香〉〈疏影〉兩曲，可知先是索篇章，後才求新曲；

未仕，一生轉徙江湖，靠賣字和朋友接濟爲生。他多才多藝，精通音律，能自度曲，其詞格律嚴密，其作品素以空靈含蓄著稱，有《白石道人歌曲》等。姜夔所制之自度曲，如〈惜紅衣〉、〈淡黃柳〉、〈探春慢〉、〈琵琶仙〉等等，皆載於《白石道人歌曲》。

19 姜夔〈淒涼犯〉前言：「聞馬嘶。出城四顧，則荒煙野草，不勝悽黯，乃著此解。琴有淒涼調，假以爲名。凡曲言犯者，謂以宮犯商、商犯宮之類。如道調宮上字住，雙調亦上字住。所住字同，故道調曲中犯雙調，或於雙調曲中犯道調，其他准此。唐人樂書云：『犯有正、旁、偏、側。宮犯宮爲正，宮犯商爲旁，宮犯角爲偏，宮犯羽爲側。』此說非也。十二宮所住字各不同，不容相犯，十二宮特可犯商、角、羽耳。余歸行都，以此曲示國工田正德，使以啞觱篥角吹之，其韻極美，亦曰瑞鶴仙影。」既討論「犯調」，又非議唐人樂書，還能令國工甘心樂器吹奏，再看清．徐釚《詞苑叢談．體制．白石詞》云：「夔喜自度曲，吹洞簫，小紅輒歌而和之。」由此可清楚知道姜夔對音律之精通在行。《詞苑叢談》清代徐釚撰，唐圭璋校注，北京：中華書局，2008年版。

20 長亭怨慢，詞牌名，姜夔自度曲，又名〈長亭怨〉。以姜夔此作為正體，雙調九十七字，前後片各九句、五仄韻。

以及姜夔作自制曲〈長亭怨慢〉，剛開始寫詞率意為之，「然後協以律」，以至於「前後闋多不同」，因為是姜夔自己創作的詞牌曲子，先寫詞才作曲。多首詞的內容句式有差異，曲子聲腔也就變化，才造成「前後闋多不同」。此二則說明了並非「倚聲填詞」，而是先作詞才譜曲。這裡姜夔作的是自己的詞，吾人吟誦者為先賢之詞，都是先有詞，再來度曲，換言之，「自度曲」不一定是先曲後詞者。既然如此，那麼，吟誦者自度曲便是可行，按照「歌字（吟誦之曲腔隨字轉）→處理泛聲→調整音階高低→確定節奏快慢→定調→記譜」的流程，勤加練習，運用手機或電腦錄音設備支援，如此就可以創造吟誦者的自度曲。筆者的〈圈兒詞・相思欲寄無從寄〉從「單圈兒是我」開始，直到最後「把一路圈兒圈到底」，旋律曲調正是據此流程發展而得，[21]當時沒有手機，電腦也才剛起，聽音記譜多虧音樂系學生魏嘉瑩的幫忙。再看：

> 〈揚州慢・淮左名都〉序曰：「淳熙丙申至日，余過維揚。夜雪初霽，薺麥彌望。入其城，則四顧蕭條，寒水自碧，暮色漸起，戍角悲吟。余懷愴然，感慨今昔，因自度此曲。千巖老人以為有『黍離』之悲也。」

此詞牌〈揚州慢〉也是姜夔的自度曲，他在造訪維揚，天氣雪止放晴的傍晚入城，四面望去，一片蕭索，夜色漸濃，姜夔心中慘然，又聽戍角悲吟，感慨油然而生，因心藏淒愴，自度〈揚州慢〉便有了環境殘破、今不如昔的悲傷意境。這則內容，可以為前述「情動於中」、「言志、詠聲、動容」的詩（聲）佐證。依照姜夔所述，因「余懷悵然，感慨今昔」在先，然後「因自度此曲」，推想應是先詞後曲，與上一條訊息相似。

此外，姜夔在〈湘月〉詞的前言記載：

> 起幽適。丙午七月既望，聲伯約余與趙景魯、景望、蕭和父、裕父、時父、恭父大舟浮湘，放乎中流。山水空寒，煙月交映，悽然其為秋也。

---

[21] 旋律曲調譜詳見《潘麗珠詩文吟誦學二十講》（臺北：萬卷樓圖書公司，2018年8月），頁5。

> 坐客皆小冠練服，或彈琴、或浩歌、或自酌、或援筆搜句。余度此曲，即念奴嬌之鬲指聲也，於雙調中吹之。鬲指亦謂之過腔，見《晁無咎集》。凡能吹竹者，便能過腔也。

姜夔在丙午（1186）年七月十五，與一群朋友一起乘船，坐客有的彈琴，有的浩歌，有的自斟自酌，有的提筆寫歌詩，姜夔當時所作的曲子〈湘月〉是「〈念奴嬌〉之鬲指聲也，於雙調中吹之（「鬲指」亦謂之「過腔」，「由此調轉入另一調」之意）。」也就是〈念奴嬌〉詞牌上下闋之間的音樂旋律，便是「過腔」之屬，姜夔取之作〈湘月〉詞牌，寫「五湖舊約，問經年底事，長負清景。……」之詞。如此說來，這是在舊曲中擷取一部分樂調改成新曲，並且是以洞簫樂器行之。由是可見，〈湘月〉旋律先在，但彼時情景觸發，姜夔極可能是「援筆搜句」者之一，後再以〈念奴嬌〉之「過腔」吹奏之。姜夔〈角招．為春瘦〉詞牌前言，也提到「吟洞簫」：

> 吹香薄人。已而商卿歸吳興，余獨來，則山橫春煙，新柳被水，遊人容與飛花中。悵然有懷，作此寄之。商卿善歌聲，稍以儒雅緣飾。余每自度曲，吟洞簫，商卿輒歌而和之，極有山林縹緲之思。今余離憂，商卿一行作吏，殆無復此樂矣。

這一則訊息中的「作此寄之」頗堪玩味，以接下來的文句「商卿善歌聲，稍以儒雅緣飾」應是有旋律曲調方不負「善歌聲」之意，而若無詞，有何「儒雅」可以「緣飾」？證諸後面所說「每自度曲，吟洞簫，商卿輒歌而和之」，既然是姜夔吹奏洞簫，商卿歌而和之，則必然是有曲有詞，只是〈角招〉屬於晉隋唐舊譜，[22]再衡之於「山橫春煙，新柳被水，遊人容與飛花中」之美，而引動姜夔「余獨來」的悵然有懷，蓋「倚聲填詞」，文詞為新制者。

---

22 姜夔在〈徵招．潮回卻過西陵浦〉詞牌小序有言：「徵招、角招者，政和間，大晟府嘗制數十曲，音節駁矣。余嘗考唐田畸聲律要訣云。……故隋唐舊譜，……此曲依晉史名曰黃鐘下徵調、角招曰黃鐘清角調。」由此可知〈角招〉、〈徵招〉皆屬晉隋唐舊曲既有者。

姜夔的自度曲還有一種情形，即：修改原來腔調。其詞作〈滿江紅・仙姥來時〉[23]小序曰：

> 心字融入去聲，方諧音律。予欲以平韻為之，久不能成。因泛巢湖，聞遠岸簫鼓聲。問之舟師，云：「居人為此湖神姥壽也。」予因祝曰：「得一席風徑至居巢，當以平韻滿江紅為迎送神曲。」言訖，風與筆俱駛，頃刻而成。末句云「聞佩環」，則協律矣。書以綠箋，沉於白浪。辛亥正月晦也。是歲六月，復過祠下，因刻之柱間。有客來自居巢云：「士人祠姥，輒能歌此詞。」按曹操至濡須口，孫權遺操書曰：「春水方生，公宜速去。」操曰：「孫權不欺孤。」乃徹軍還。濡須口與東關相近，江湖水之所出入。予意春水方生，必有司之者，故歸其功於姥云。

〈滿江紅〉詞牌原來的格律規範是押入聲韻，姜夔就原來詞牌的句式、字數、聲腔，改為押平聲韻，原先「久不能成」，之後因泛巢湖向巢湖神姥祝禱，竟「風與筆俱駛」，得以順利協律，頗有神蹟感應。筆者對於中文系慣以「宜蘭酒令調」套崔顥（？-754）〈長干行〉而歌，自研究吟誦之後頗為在意，前三句「君家何處住，妾住在橫塘，停船暫借問」，套「宜蘭酒令調」唱，因為聲腔關係，字音聽起來變成了「君家何楚豬，切豬在橫塘。停川暫接吻……」，貽笑大方，但所有套調唱〈長干行〉者皆不覺有異，每每聽聞筆者示範說明又哄堂大笑。於是筆者以「宜蘭酒令調」為基底，首句後三字改為「56-51-512─」，第二句前三字改為「i6-i6-i6-」，第三句後三字改為「i6-53-6532─」。如此，字音聲調與聲腔相諧，意義便清楚了，當然，如此聲腔跟原來的「宜蘭酒令調」已經不同，定調吟唱後變成筆者的自度曲。

歸納姜夔自度曲與筆者的經驗言之，吟誦的自度曲可行途徑有二：一是依據詩歌文字腔隨字轉、依字行腔，歌字之後加工處理，[24]定調。二是依據文字

---

[23] 詞作內容：仙姥來時，正一望、千頃翠瀾。旌旗共、亂雲俱下，依約前山。命駕羣龍金作軛，相從諸娣玉爲冠。向夜深、風定悄無人，聞佩環。神奇處，君試看。奠淮右，阻江南。遣六丁雷電，別守東關。卻笑英雄無好手，一篙春水走曹瞞。又怎知、人在小紅樓，簾影間。

[24] 添加裝飾音或裝飾性聲腔，調整高低音，確定是快板、行板或慢板或節奏變化。

聲調，修改舊曲翻為新腔，唱穩後定調。吟誦自度曲的好處是：可以擁有吟誦主體的風格，又方便從事教學。對學生來說，有固定的調子總是比較容易隨而從之。

七　結論

劉勰（彥和，約465-532）《文心雕龍》有云：「積學以儲寶，酌理以富才，研閱以窮照，馴致以懌辭。然後使元解之才，尋聲律而定墨……」，「寶」的意義在學術的道路上甚為緊要，是積累之後的開花結果、是沉澱之後的渲染昇華。在長期的閱讀、研究中斟酌道裡、尋思意興，終於得以進入詩文吟誦的殿堂，見花花開。而積學是一種修行，必須先「修」，而後能「行」，修的工夫下得深，方得有紮實的功夫，且修行無止境。

詩文吟誦是一門跟「閱讀理解」、文藝「詮釋、再創造」關係緊密的學問，許多問題因相沿成習而未經討論或討論得不仔細，例如同一篇作品的吟誦，展現幾多樣態是正常現象。又，古人創作詩歌，因吟誦而推敲詩意再加以修改；「吟詩無定調」的實質是吟誦主體性發揮了作用，又牽涉到詮釋與再創造的能力，且其來有自；吟誦時，不應採取「平長仄短」的操作，否則將字句破碎，不符合詩文吟誦的情韻；吟「唱」倚賴「套調」相對不具創造力，也無法合乎所有詩歌體式，以及難以避免「倒字」和「情韻不適」的現實。吟誦欲「自度曲」，有兩種可行的操作方式，吾人雖不像姜夔如此精通音律，但藉由他的經驗，可以清楚操作的徑路：一是先寫文詞再腔隨字轉吟誦、依字行腔哼唱後，定調，敦請能演奏樂器或能記譜者披之管弦；二是改舊調為新曲，就像筆者處理〈宜蘭酒令調〉套崔顥的〈長干行〉所進行的修改那般。

後記

本文為敬賀　黃師慶萱九十壽誕之文。多年來受恩師啟迪，雖未在修辭學或經學領域中勤耕問道，但在文學理論與美學範疇裡探索徜徉，始終自適自得，尤其研究方法與邏輯思辯的訓練，恩師惠我良多，謹此記之以誌　師恩，並用下平一先韻賦七律一首奉陳，以祝　嵩壽。

吾師易學為翹楚，沉浸修辭筆大椽。皓首窮經猶不倦，丹心養氣久彌堅。

南山居室居松鶴，秋水文章文露泉。化雨春風無數載，人間自在一神仙。

七　臺灣先儒黃敬《易經初學義類》史事解《易》析論

賴貴三*　林芷羽*

提要

黃敬（字景寅，號必先，1806-1888），淡水關渡人，精研《易》學。安溪舉人盧春選（生平不詳），來北設教，敬事之，授《周易》，學業大進。咸豐四年（1854）歲貢生，授福清縣學教諭，以母老辭官歸鄉，假關渡天后宮授徒，從學者百人，與士林曹敬（字興欽，號愨民，1818-1859），人稱「淡北二敬」。據陳培桂（字香根，生卒年不詳）主編《淡水廳志》卷十六「附錄三」〈志餘．紀人〉所載，著有《易經理解》；而楊雲萍（1906-2000）《臺灣的文化與文獻》，則著錄《易經義類存稿》二卷、《易經總類》一卷、《古今占法》一卷與《觀潮齋詩》一卷；《重修臺灣省通志》卷十〈藝文志．著述篇〉所列有《周易總論》四卷、《周易義類存編》三卷與《古今占法》一卷。各家記載分

* 賴貴三教授，國立臺灣師範大學國文學系文學博士，現任國立臺灣師範大學國文學系專任教授兼系主任。曾應聘師大國際漢學研究所籌備處主任兼所長，客座研究講學於荷蘭萊頓大學、韓國外國語大學與比利時天主教魯汶大學。專志於《易》學、經學、文獻學，並旁涉古典文學、國際漢學。編著：《項安世周易玩辭研究》、《潁川堂賴氏歷代族譜考述》、《焦循年譜新編》、《焦循雕菰樓易學研究》、《昭代經師手簡箋釋》、《焦循手批十三經註疏研究》、《春風煦學集》、《中孚大有集》、《臺灣易學史》、《易學思想與時代易學論文集》、《臺海兩岸焦循文獻考察與學術研究》、《臺灣師大鎮館之寶：翁方綱手批杜詩校釋》、《臺灣易學人物志》、《東西博雅道殊同──國際漢學與易學專題研究》、《黃敬易經初學義類校釋（附：《觀潮齋詩集》）、《魯汶遊學風雅頌》等。（主撰本文第一、二、三節）

* 林芷羽，國立臺灣師範大學國文學系文學士、碩士，2021年6月29日以「臺灣先儒黃敬《易經初學義類》研究」通過碩士學位論文口試，口試主席為輔仁大學中國文學系趙中偉教授，校外委員為國立臺灣大學中國文學系陳威瑨副教授。（主撰本文第四、五節）

歧，而其書多不存，今唯《易經初學義類》上下二卷與《觀潮齋詩集》一卷傳世。黃敬《易經初學義類》解《易》，多本於朱熹（字元晦，號晦庵、遯翁，1130-1200）《周易本義》，偏重於卦爻辭義理與人事的闡發，並透過徵引歷代《易》學文獻，以自注、眉批、加按等方式，詮釋經傳義理，自成一家之言。而其最重要的解《易》特色，則是徵引歷代文獻相關史事，以詮證《易》理，其「探賾索隱，鉤深致遠」的潛德幽光，不僅為臺灣先賢《易》學教育薪傳的佼佼者，也是史事《易》學的第一人，典型宿昔，值得彰顯表揚。

關鍵詞：黃敬，《易經初學義類》，《觀潮齋詩集》，史事《易》學，臺灣《易》學。

一 前言

臺澎真奧區，夐絕重洋隔。民情好鬥閱，官務稱繁劇。
唯公邀帝簡，超擢逾常格。朝秉通守麾，暮樹外臺戟。
亮哉聖人聰，足使遠俗革。舊部聞公來，欣欣手加額。
威惠必兼施，次第抒善策。監車昔困驥，簜節今乘驛。
鯫生慚濫竽，龍門幸著籍。壯遊不獲從，離緒無由釋。
歌謠訪閩疆，書函寄海舶。側耳聆政成，頌聲被金石。[1]

黃敬（字景寅，號必先，1806-1888），[2]淡水干豆（關渡）人，精研《易》學。咸豐四年（1854）歲貢生，授福清縣學教諭，以母老辭官歸鄉，假關渡天后宮授徒，從學者百人，與淡水八芝蘭（今臺北士林）曹敬（字興欽，號愨民，1818-1859），[3]人稱「淡北二敬」。[4]

---

1 此詩係2002年8月1日，偶閱〔清〕劉文淇（字孟瞻，揚州儀徵人，1789-1854）《劉文淇集．詩集》，卷十〈送姚石甫先生瑩觀察臺灣〉，因此鈔錄存參。姚瑩（字石甫，安徽桐城人，1785-1853），道光十八年（1838），擢升臺灣兵備道，為當時臺灣最高軍政官員，治績頗佳；道光二十年（1840），中英鴉片戰爭爆發，奉命嚴守臺灣，為少數曾打敗英軍的清朝官員。著有《臺北道里記》、《東槎紀略》、《中復堂全集》、《上督撫言防海急務狀》、《節錄臺灣十七口設防狀》、《駁淡水守口兵費不可停給議》等，多與臺灣軍政事務相關。

2 黃敬生年不詳，卒於光緒十四年（1888）。據陳慶煌教授：〈黃敬生年試探．《觀潮齋詩集》略評〉考證，論定黃敬出生於嘉慶十一年（1806）丙寅，辭世於光緒十四年（1888）戊子，享壽八十有三歲。詳參陳慶煌：〈《全臺詩．觀潮齋詩》作者黃敬生年之推測及其他〉，《中華詩學》（臺北：中華詩學研究會），第三十八卷第三期（152）夏季出版，2021年6月，頁16-20。再者，黃敬號「必先」，考見於〔清〕陳維英（字實之，又字碩芝，號迂谷，臺北大龍峒仕紳，1811-1869）撰，田大熊、陳鐵厚合編，何茂松發行，昭和十二年（1937）十月三十日，無聊齋刊行的《太古巢聯集》，頁12，分別有（1）〈黃必先由廳案首前捷泮〉聯曰：「發關渡山之秀氣，吐霧峯前，早知隱豹；冠淡水廳之人文，觀潮齋上，初起潛龍。」（2）〈黃必先捷泮〉二聯，其一：「文字曲江場中稱帥，家聲冕仲殿上掄元」；其二：「名冠郡中風霜文字，人求巖下霖雨襟期」。以及頁45，〈輓黃必先祖母（年八十五）〉：「近九旬而母幹後彫，女中松柏；開四葉則孫枝爭秀，門內菁莪」。

3 曹敬，淡水八芝蘭（今臺北士林）人，少時聰穎過人，為陳維英門人。好詩文，又精於書法、繪畫、雕刻，平日在大龍峒港仔墘設帳講學，講學特重品德，與黃敬合稱「淡北二敬」。有《曹敬詩文略集》傳世，作品中有不少是試帖詩，其餘與詩友唱和、詠懷、寫景等詩，雖不太見作者性情，也展現出文人書生罕見的詩作面向。

4 詳參楊雲萍：《臺灣史上的人物》（臺北：成文出版社有限公司，1981年5月），頁217。

陳培桂（字香根，廣東高要縣附城人，生卒年不詳）於清同治八年（1869）由澎湖廳判改任淡水廳同知，並於任期中纂輯出版《淡水廳志》，據卷十六「附錄三」〈志餘・紀人〉所載，黃敬著有《易經理解》。復據楊雲萍（1906-2000）《臺灣的文化與文獻》，則著錄有《易經義類存稿》二卷、《易經總類》一卷、《古今占法》一卷與《觀潮齋詩》一卷。而《重修臺灣省通志》卷十〈藝文志・著述篇〉所列，其《易》學著作有《周易總論》四卷、《周易義類存編》三卷與《古今占法》一卷。各家記載分歧，而其書多不存，今可見者唯《易經初學義類》上下二卷與《觀潮齋詩》一卷傳世。[5]

黃敬《易經初學義類》與楊雲萍記載的《易經義類存稿》二卷，以及《重修臺灣省通志》著錄的《周易義類存編》三卷，卷數雖有不同，三者內容應該相去不遠。至於《易經理解》，則只有《淡水廳志》著錄，不明究竟。又根據《重修臺灣省通志》卷十〈藝文志・著述篇〉，《周易總論》分別述說《易・訟・大象傳》義、《易・屯二》爻辭義、《易・師・履・臨「大君」》義、《易・蠱「先甲後甲」・巽「先庚後庚」》義、《易・既濟「東鄰西鄰」》等六篇。由此，可見黃敬《易》學著作的梗概。

黃敬《易經初學義類》解《易》，多本於朱熹（字元晦，號晦庵、遯翁，徽州婺源人，1130-1200）《周易本義》，偏重於卦爻辭義理與人事的闡發，並透過徵引歷代《易》學文獻，以自注、眉批、加按等方式，詮釋經傳義理，自成一家之言。而其最重要的解《易》特色，則是徵引歷代文獻相關史事，以詮證《易》理，其「探賾索隱，鉤深致遠」的潛德幽光，不僅為臺灣先賢《易》學教育薪傳的佼佼者，也是史事《易》學的第一人，典型宿昔，值得重視、彰顯與表揚。[6]

---

5 詳參高慧芬：「關渡先生黃敬《觀潮齋詩集》研究」（賴貴三教授指導，國立臺灣師範大學國文學系碩士學位論文，2019年7月24日）。林芷羽：「臺灣先儒黃敬《易經初學義類》研究」（賴貴三教授指導，國立臺灣師範大學國文學系碩士學位論文，2021年6月29日）。

6 案：賴貴三：《黃敬《易經初學義類》校釋（附：《觀潮齋詩集》）》全書定稿，委託臺北「萬卷樓圖書股份有限公司」編輯排版中，已完成一校，預計2021年年底可以付梓出版，提供學界研究參考。

二　臺灣早期《易》學人物與著作考略

本節先整理臺灣早期《易》學人物與著作考略，提供歷史文獻的背景瞭解參考。

（一）臺灣府學教授葉亨及其門生：王璋、陳夢球

據高拱乾（字洪喜，號九臨，陝西榆林人，生卒年不詳）《臺灣府志》載，府學教授葉亨（字叔通，福州閩縣人，生卒年不詳）諸生，深造有得，精通經學，研習《易經》而中第者有：康熙三十二年（1693），臺灣府王忠孝（字長儒，號愧兩，福建惠安人，1593-1667）侄王璋、臺灣縣陳夢球（字二受，號游龍，祖籍福建龍溪石美，1664-1700）中舉，皆習《易經》。康熙三十三年（1694），臺灣府陳永華（字復甫，謚文正，1634-1680）子陳夢球中進士，習《易經》。[7]據此，可知葉亨是臺灣《易》學教育史上的第一人，他的門生王璋、陳夢球成為臺灣《易》學教育史上的第一批學者，只可惜未能考見葉氏師生有關《易》學的傳世論述。

（二）南臺府縣學諸生：蘇峨、楊阿捷、王錫祺、許宗岱

據史載臺灣各地府縣學生，研習《易經》而中舉者，尚有：康熙二十六年（1687），鳳山縣蘇峨（生卒年不詳）習《易經》。康熙五十年（1711），臺灣府楊阿捷（字慶衡，生卒年不詳）、諸羅縣王錫祺[8]與臺灣縣許宗岱（生卒年不詳）皆習《易經》。[9]以上先賢生平惜均未詳，而可知清初領治臺灣時，承明鄭遺緒，政學重心仍在南臺：鳳山縣城原在今高雄左營半屏山下、蓮池潭畔，舊

7　詳參〔清〕高拱乾：《臺灣府志》（臺北：臺銀經濟研究室，1960年），《臺灣文獻叢刊》第65號，卷八〈人物志〉「進士年表」、「舉人年表」，頁207-208。

8　諸羅縣即今嘉義市，縣學所在，也不易覓得遺蹤了。案：《淡水廳志》卷三〈建置志〉載：「淇里岸石橋，廳北芝蘭堡淇里岸街東，乾隆四十六年（1781）舉人王錫祺、莊耆潘元振等捐造。」「淇里岸柴橋，廳北淇里岸街西，舉人王錫祺捐造。」臺灣先賢王錫祺，率眾抵淇里岸（今作「唭哩岸」），開墾荒野，留下發展足跡。其後人至今仍於此地定居，薪火相傳、綿延不絕。

9　詳參〔清〕周元文（字洛書，生卒年不詳）：《重修臺灣府志》（第66號，1960年），卷八〈人物志・選舉〉「進士年表」、「舉人年表」、「副榜年表」，頁259-261。

城遺蹟尚存，猶可憑弔，後遷治今高雄市鳳山區。臺灣府及臺灣縣，大抵在今臺南市各區境內，惟有「全臺首學──孔廟」巋然獨存。

（三）北臺府縣學諸生：郭菁英、王士俊、黃敬

陳培桂編《淡水廳志》卷十六「附錄三」〈志餘・紀人〉，[10]也記錄三位臺灣先賢在經學與《易》學上的學養造詣，其中「郭菁英」（名列第一），「王士俊」（名列第三），「黃敬」（名列第十五），三位先賢均為清前中期北臺灣淡水廳（新竹以北）的著名學者，史志傳略迻錄如下：

> 郭菁英，字顯相，成金兄，廩生。胸次高潔，絕營求，背誦六經如流。與人交，和藹可親。[11]
>
> 王士俊，號熙軒，竹塹開墾首，世傑之五世孫，嘉慶間庠生。篤學，尤邃於《易》；授徒日廣，言論風生，每講奧義，必引史以證之，鄭用錫輩皆出其門。[12]
>
> 黃敬，字景寅，歲貢生，芝蘭堡關渡莊人。少失父，事母極孝，母病，奉湯藥惟謹，身不貼席者十餘夕，家人曰：「子病矣。」曰：「吾惟求母之不病，遑知己病乎？」課徒不計財帛，但來從學者，諄誨不倦。著有《易經理解》（據紳士采訪）。[13]

連橫（字雅堂，1876-1936）《臺灣通史》卷三十四〈文苑列傳〉曰：

---

[10] 詳參〔清〕陳培桂：《淡水廳志》（第172種，1964年），卷十六〈附錄三・志餘・紀人〉，頁449-451。

[11] 案：郭菁英（字顯相，竹塹西門人，？-1834），生年不詳，而卒於道光十四年（1834），嘉慶十五年（1810）生員。曾與王士俊倡設儒學於竹塹，學人郭成金之兄，商號「郭怡齋」。

[12] 案：王士俊（生卒年不詳），字子才，號熙軒（或作「字熙軒，號子才」，恐未確），竹塹樹林頭庄人，王世傑五世孫，嘉慶十年（1805）生員。嘉慶五年（1800），王士俊與郭菁英等聯名呈請設儒學於竹塹，設塾家中，推展文教有功，鄭用錫（字在中，號祉亭，1788-1858）為其高弟。

[13] 王松（字友竹，1866-1930）：《臺陽詩話》（第34種，1959年），下卷，頁50，又有傳略曰：「黃敬，字景寅，淡水關渡人。性孝友，喜讀書，歲貢生，著有《易經理解》。」

王士俊，字熙軒，淡水竹塹樹林頭莊人。始祖世傑以開墾致富，至是中落。士俊勤苦讀書，嘉慶間入泮。設塾於家，鄭用錫輩皆出其門。著《易解》若干卷，今亡；或云其友竊之。

郭菁英，字顯相，亦竹塹人，廩膳生也。與弟成金俱有名。成金字貢南，嘉慶二十四年舉於鄉。家富，藏書多，主講明志書院，以振興文教為念。後授連江教諭，未任而卒。[14]

新竹市文化局將所編輯《人物誌》，[15]數位化為可上網檢索的「新竹市地方寶藏資料庫」，於「我是新竹人」選項下，錄有「王士俊」條目，其內容如下：

王士俊，字熙軒，號子才，竹塹樹林頭人。王世傑第五代裔孫。嘉慶十年（1805），取進彰化縣學，嘉慶十五年（1810），總督方維甸巡臺時，王士俊與生員張薰，郭菁英等聯名呈請於竹塹設立儒學。

十八年（1813）題准，二十二年（1817）開工建造，淡水廳儒學成立後，北臺地區文教發展快速，王氏之功，實不可沒。王氏嗜讀《周易》，由壯及老，手不釋卷，著有《易經註解》一部，是書傳有十二卷，多沿朱子《本義》，惜已散佚，另有《易理摘要》四卷為治《易》心得，佚失未刊。

據上文可知，王士俊《易解》全名為《易經註解》，傳有十二卷，多沿朱子《周易本義》，惜已散佚；另有《易理摘要》四卷，為其治《易》心得，亦佚失未刊。總之，非常遺憾郭菁英與王士俊二家學說與著作，失傳於後，無法考知究竟。

---

[14] 案：郭成金，生於乾隆四十五年（1780），卒於道光十六年（1836），字甄相，號貢南，嘉慶二十四年（1819）舉人。嘉慶末年，捐題建造文廟，主講明志書院，為「竹塹七子」之一。

[15] 新竹市文化局《人物誌》內容，多數源自新竹市政府於民國79年（1990）彙集各界學者撰寫編修的《新竹市志》叢書，以及民國94年（2005）增修之《續修新竹市志》中，包含新竹市從清代至民國85年（1996）間，新竹市地區的先賢與耆老生平事蹟，不但是民眾了解新竹市人物的入門資料，也是協助後進學者研究新竹地方知識的基礎文獻。

又據前文，可知王士俊先賢學邃於《易》，「著《易解》若干卷，今亡」，「每講奧義，必引史以證之」，他或許是臺灣《易》學史中，「史事《易》」（引史證《易》）的第一人，可與淡水關渡的黃敬比肩頡頏，同為清代臺灣史事《易》學的兩大先聲名儒。

而先賢黃敬所著《易經理解》與前輩王士俊《易經註解》十二卷與《易理摘要》四卷，應該也是臺灣《易》學史中，著錄的三部《易》學存目專著，可惜都未流傳於世。又連橫《臺灣詩乘》記載：

> 黃敬字景寅，淡水人，敦內行，設教關渡，及門多秀士，後貢明經。曩余撰《通史》，至北訪求。其孫金印造門請見，攜示所著《易經義類存編》。余讀其書，為作列傳。[16]

據此可知，黃敬除上述《易經理解》外，尚有《易經義類存編》（當為《易經初學義類》前身）；而下文連橫名著《臺灣通史》所載，尤為詳盡，謂：「著《易經義類存編》二卷，《易義總論》、《古今占法》各一卷。」黃敬可謂臺灣文教史先賢楷模，也是最有資格尊為臺灣《易》學專家的名儒，有關他的生平學行與《易》著、《易》說，《臺灣通史．文苑列傳》所載最詳：

> 黃敬，字景寅，淡水干豆莊人。干豆或作關渡，故學者稱「關渡先生」。少孤，母潘氏守節。性純孝，勤苦讀書。安溪舉人盧春選來北設教，敬事之，授《周易》。咸豐四年（1854）歲貢生，嗣授福清縣學教諭，以母老辭。假莊中天后宮為社塾，先後肄業者數百人。當是時，港仔墘曹敬[17]亦聚徒講學，皆以敦行為本，游其門者多達材。人稱為「二敬」。北臺文學因之日興。
>
> 敬為人謹飭，一言一動，載之日記，至老不倦。束修所入，悉以購書，

---

[16] 詳參連橫：《臺灣詩乘》（第34種，1960年），卷三，頁152。

[17] 案：《臺灣通史》謂曹敬是港仔墘人，蓋誤，港仔墘為曹敬設教之處，並非里籍。詳參楊雲萍：《臺灣史上的人物》，頁217。

> 或勸其置田，曰：「吾以此遺子孫，勝於良疇十甲也。」著《易經義類存編》二卷、《易義總論》、《古今占法》各一卷、《觀潮齋詩》一卷，未刊。[18]

在臺灣《易》學史中，前述十位前輩碩學鴻儒，可說是臺灣經學史上的先鋒人物，雖然著述多不傳，影響有限，但在文化傳統薪傳的歷史論述上，他們所奉獻的引領力量與先導地位，卻永恆存在著不容後生輕忽為時間泯滅的文獻實證與文教薪傳意義。

三　黃敬及其傳世《易經初學義類》

據中央研究院中國文哲研究所林慶彰教授指導東吳大學中國文學系郭明芳博士訪搜購獲的黃敬《易經初學義類》[19]影印楷書刊本，卷前有錄自《臺北縣志》卷二十七〈人物志〉第四章〈學行列傳〉之〈黃敬略傳〉，基本上節錄自前引連橫《臺灣通史》，[20]謹鈔於後提供比較參考：

> 黃敬，字景寅，淡水廳芝蘭堡干豆莊人。干豆或作關渡，故學者稱關渡先生。少孤，母潘氏守節。性純孝，勤苦讀書。安溪舉人盧春選來此[21]設教，敬事之，授《周易》。咸豐四年（1854）歲貢生，嗣授福清縣學教諭，以母老辭。假莊中天后宮為社塾，先後肄業者數百人，北臺文學因之日興。敬為人謹飭，一言一動，載之日記，至老不倦。束修所入，悉以購書，或勸其置田，曰：「吾以此遺子孫，勝於良田[22]十甲也。」

---

[18] 錄自連橫：《臺灣通史》（第128種，1962年），卷三十四〈列傳六・文苑列傳・黃敬〉，頁984-985。

[19] 筆者獲贈黃敬《易經初學義類》複印楷書刊本，於卷前〈黃敬略傳〉、上卷《周易》卷之一與下卷《周易》卷之二〈未濟〉書末下，皆鈐有「明芳」（郭明芳）陽文篆印。

[20] 詳參連橫：《臺灣通史》，卷三十四〈列傳六・文苑列傳・黃敬〉，頁984-985。

[21] 案：「此」字，依連橫《臺灣通史》原文，當作「北」字為是。

[22] 案：「田」字，依連橫《臺灣通史》原文，作「疇」字。

著《經義類存編》[23]二卷、《易義總論》、《古今占法》各一卷、《觀潮齋詩》一卷，卒後散佚。民國四十年（1951）鄉人陳鐓厚為之輯佚，有詩數十首，未刊。

據此，以及前文所引相關歷史文獻資料，可知黃敬生平傳略。而其《易經初學義類》傳世版本，目前考知有二：

（一）民國五十四年（1965）初印版本

此本為范教璿（約1930-）道長於民國四十五年（1956）購得於舊書肆，而後聽聞吳槐（字琪樹，？-？）說此書為臺北大龍峒仕紳陳維英（字實之，號迂谷，1811-1869）高弟──清咸豐年間淡水廳貢生黃敬所撰，因此集資付印。美國西來大學（The West University）圖書館、國立臺灣大學國際華語研習所圖書室，皆有典藏本可以參閱。

（二）民國六十二年（1973）再印版本

此本係民國四十年（1951）鄉人毓癡陳鐓厚（自號壁角生，1904-1997）輯佚付梓，後由周超（？-？）擔任發行人的臺北「萬有善書出版社」，[24]於民國六十二年（1973）十月影印發行。

《易經初學義類》原稿已不知下落，惟賴此二版傳抄本，始得窺見瞭解黃敬《易》學豹斑。而檢讀王國璠（字璞安，一字粹甫，1917-2009）《臺灣先賢著作提要》，於《周易義類存編》條稱：

計分上中下三冊，毛邊紙行楷手抄。上卷百五十七頁、中卷百四十二

[23] 案：《經義類存編》，依連橫《臺灣通史》原文，當作《易經義類存編》，遺漏「易」字。

[24] 案：周超所擔任發行人的「萬有善書出版社」，位於臺北市延平北路5段社子五街26巷5號。據參考網路資料：https://reurl.cc/D1Anxm（檢索日期：2019年10月17日），周超又名周金標，「在玉珍書局之外，臺灣一貫道最重要的善書店是萬有善書經銷處，又叫萬有善書流通處、萬有善書出版社。這個店位於舊臺北市政府（長安西路）對面，其創辦者叫周超，又叫周金標。據林萬傳多年前告知，此人原先似乎不務正業，信一貫道後改作善書出版。我在1989年左右曾光顧該店，是其女兒顧店，後再去已關門並將庫存書轉給尚德圖書公司」。

> 頁、下卷七十一頁。白棉紙封面，右下鐫「萬物靜觀皆自得」陽文長方小印，左上隸書「周易義類存編」六字，卷首有自序一篇。[25]

此外，並言「惜書不傳」，則今所見《易經初學義類》，或即此書的遺傳。又在黃敬所著《易義總論》一篇，〈提要〉云：

> 民國十六年（1927），連橫先生創辦「雅堂書局」，謀刊未成。惟就上存諸書而論，似為殘稿，奈是書失傳已久，無以證之。或謂黃氏諸作，曾由其子孫售於上海某書商，商患傺死，遂不悉下落云。[26]

以上說法可供參考，而王國璠於〈關渡先生黃敬〉一文中，又有說云：

> 《易義總論》，據說有四卷，分別述說《易・訟大象傳義》，《易・屯》二爻辭義，《易・師履臨》大君義，《易・蠱》「先甲後甲」、〈巽〉「先庚後庚」義，《易・既濟》「東鄰西鄰」義等六篇。民國十六年，連雅堂先生創辦雅堂書局，想要把它出版，但未實現。這書從尚存的諸目看來，似是殘稿，可惜失傳已久，無法確證。有人說黃敬各類作品，曾由他的子孫售給上海某書商，這位書商死後就下落不明了。至於《古今占法》，僅為一卷，凡卅六節，分別舉出古今測候，占驗，星象之學，來論人事得失榮枯之理。同時附錄了象數考原，年神方位，月事吉凶占辨

---

25 案：詳參王國璠：《臺灣先賢著作提要》（新竹：臺灣省立新竹社會教育館，1974年），頁5-6。並可參閱王國璠、邱勝安：《三百年來臺灣作家與作品》（高雄：臺灣時報社，《臺灣時報叢書》，1977年8月），〈關渡先生黃敬〉，頁89-91；頁90下，所述與此大體相同，迻錄供對照參考：「《周易義類存編》，分上、中、下三卷，用毛邊紙行楷手抄。上卷一百五十七頁，中卷一百四十二頁，下卷七十一頁，以白棉紙作封面，右下方鐫『萬物靜觀皆自得』的陽文長方小印，左上方用隸書寫著『周易義類存編』六字，開卷的第一頁是自序。以後是正文，發凡舉例，闡微摘隱，博求諸儒的異同。在這書裏，他參用鄭元（玄），王弼及程朱的學說，解釋義理，同時以人事來證明，容易使人了解。他認為『六爻之義本一理，曰（當作「四」）聖之旨本一貫』。進士丁壽泉說他『所見甚有是處』。可惜這部書沒有流傳下來，無法進一步瞭解它的內容。」

26 詳參王國璠：《臺灣先賢著作提要》，頁7。

的方法十二章，八十八解。末後有諸儒的姓氏，《易》學源流，邵子、程子、朱子綱領及筮儀五贊，經傳音釋，《本義》異同，《程傳》異同，《啟蒙》大旨等篇，都能疏通其義，成一家言。另外有逐爻漸生，陽退陰進逆數論，來貫穿邵、朱二子的論點。可惜這書也沒有付梓，後人難窺堂奧。[27]

民國三十七年（1948），「臺灣省博覽會」曾借展黃敬遺著，楊雲萍有文記其盛。目前除《易經初學義類》外，其餘諸作應該已經亡佚了。今存所見《易經初學義類》，為陳鐓厚謄錄本，應非黃氏原稿。是書謄錄時間，或許在1960年《臺北縣志》出版以後，因書前有據《臺北縣志》所謄錄傳記一篇，又據前引連橫《臺灣通史》鈔錄序《易》文，黃敬其序《易》曰：

吾因卜筮而設。聖人欲人於事，審可否，定從違，察吉凶，以謹趨避，特為假借之辭，聊示會通之意。故體則兼該靡盡，用則泛應不窮。無論人為何人，尊卑貴賤皆可就此以占；事為何事，大小輕重皆可依此以斷。豈一、二義類所得泥而拘乎？唯其為書廣大精微，擴而充之，義多浩渺，研而究之，義又奧幽。前聖之言，非必故為詭祕，以待後人深求。

《易》本懸空著象，懸象著占，道皆虛而莫據，辭易混而難明。欲為初學者講，不就其義以整其類，則說愈繁而旨益晦。譬如登山，仰止徒嘆其高，莫得尋其徑路。譬如入海，望洋徒驚其闊，莫得覓其津涯。執經習焉不察，開卷茫乎若迷。將《易》所以教人卜筮，欲啟之以明，反貽之以昧，欲命之以決，反滋之以疑，日言《易》而《易》不可言矣。

夫《易》之數本於天也。天非以人為驗，無以知天。《易》之辭憑乎理也。理非以事為徵，無以見理。茲編之所解者，悉遵《本義》，主乎象占，以卜筮還之。而於各卦之義，各爻之義，復采古來人事相類者與為證明。或係前人，或由己見，皆敬小窗閒坐所讀，苦無端倪，欲以課虛責實，庶幾得所持守，誌而不忘耳。

---

[27] 參閱王國璠、邱勝安：《三百年來臺灣作家與作品》，〈關渡先生黃敬〉，頁90-91。

卷帙既成，不忍恝然廢棄，爰顏之曰《義類存編》，以示子弟侄輩，俾之便習此經，因以兼通諸史，不無稍有裨益。雖所引著，其事未必與其義適符，而望影藉響，以為比類參觀，亦足知類通達。況由是觸類以引而伸，充類以至於盡，推類以概其餘。覺義雖舉一、二人之類，可作千萬人想。義雖舉一、二事之類，可作千萬事觀。化而裁之，推而行之，神而明之，何致拘泥鮮通，不能兼該泛應，有負於《易》為卜筮之書也哉！[28]

可知，黃敬《易》學本於朱熹《周易本義》，而於各卦、各爻之義，多採「古來人事相類者與為證明」，於《易》學「義理派」二宗的「儒理宗」與「史事宗」，都有所發揮己見心得，自成一家之言。

今存《易經初學義類》，共分上、下二卷，〈黃敬略傳〉一頁，目錄共八頁；上卷《周易》卷之一前，有〈四聖作易源流〉、〈八卦取象歌〉、〈分宮卦象次序〉、〈上、下經卦名次序歌〉、〈上、下經卦變歌〉、〈觀易十例〉六種，以上除〈四聖作易源流〉與〈觀易十例〉二種外，餘皆照錄自朱熹《周易本義》。其後，又有附論二種〈六十四卦名釋畧〉、〈月令所屬卦名〉，頁一至二十；《周易》卷之一，上經〈乾〉至〈離〉三十卦，頁二一至一五四。下卷為《周易》卷之二，下經〈咸〉至〈未濟〉三十四卦，頁一五五至二九八。

黃敬《易經初學義類》所論〈四聖作易源流〉，以為：「卦畫者，伏羲所畫也。」「卦彖者，文王所繫之辭也。」「卦象者，卦之上、下兩象，及兩象之六爻，周公所繫之辭也。」「卦傳者，孔子所作也。」其實，此說也是本於朱熹《周易本義》圖說之後的闡釋增補文字：

右《易》之圖九。有天、地自然之《易》，有伏羲之《易》，有文王、周公之《易》，有孔子之《易》。自伏羲以上，皆无文字，只有圖畫，最宜

[28] 錄自連橫：《臺灣通史》（第128種，1962年），卷三十四〈列傳六・文苑列傳・黃敬〉，頁984-985。

深玩，可見作《易》本原精微之意。文王以下，方有文字，即今之《周易》。然讀者亦宜各就本文消息，不可便以孔子之說，為文王之說也。[29]

黃敬在〈分宮卦象次序〉之後，又加一「按」語，以西漢京房（李君明，77-37B.C.E）所創「八宮世應卦法」為說「八純卦」一至五世，以及游魂、歸魂卦變模式。至於〈觀易十例〉，則可見其《易》學體例進路與宗旨要義：

（一）凡觀卦須知卦德。（二）凡觀卦須知卦體。
（三）凡觀卦須知卦位。（四）凡觀卦須知卦象。
（五）凡觀卦須知卦主。（六）凡觀卦須知卦應。
（七）凡觀卦須知卦變。（八）凡觀卦須知卦互。
（九）凡觀卦須知爻乘。（十）凡觀卦須知爻承。[30]

而附論二種，其一引錄明儒陸振奇（字庸成，生平未詳）〈六十四卦釋略〉，[31]循名責實，為另一卦序的新解。至於〈月令所屬卦名〉，則以西漢孟喜（字長卿，生卒年不詳）「卦氣說」中「十二消息辟卦」為示例。

準此以觀，黃敬《易》學可謂兼綜義理與象數兩大系統。今已獲聘為中央研究院中國文哲研究所經學組助研究員的劉柏宏博士（國立政治大學中國文學系），曾於2014年8月18日「罕傳本經典研讀（五）：第一、二次讀書會」中，發表〈黃敬《易經初學義類》的詮釋策略〉論文初稿，提出黃氏解《易》的五大策略，分別為：

（一）人事政事解《易》。（二）聖人教化天下。

---

29 詳參〔南宋〕朱熹：《易本義》（臺北：世界書局，1988年11月10版），頁10。又可互參《周易本義．乾》「元亨利貞」以下朱熹註解文字。

30 案：〈觀易十例〉之後「附論」序文，引錄元儒胡炳文（字仲虎，號雲峰，婺源考川人，1250-1333）《周易本義通釋》卷三。

31 詳參〔明〕陸振奇：《易芥》（臺南：莊嚴出版社，1997年，據北京圖書館分館藏清乾隆十六年〔1751〕刻本影印），〈通卦名釋略〉。案：乾隆十六年，西元1751年。

（三）象義緊密相繫。（四）解《易》特重實效。

（五）解《易》重視應時。[32]

劉博士以此五大進路與策略，詮解黃敬《易經初學義類》，可謂具體中肯。綜合而言，黃敬《易經初學義類》解《易》，雖偏重於卦爻辭義理的闡發，且多本於朱熹《周易本義》，承先啟後，繼往開來，誠為臺灣先賢中的佼佼者，也是臺灣經學史上的先鋒人物。

黃敬弟子楊克彰（字信夫，1836-1896），淡水佳臘（今臺北萬華）人。於光緒十四年（1888），膺任臺南府儒學訓導，著有《周易管窺》四卷、《讀易要語》、《易中辨義》諸書。[33]連橫《臺灣通史》卷三十四〈列傳六・文苑列傳〉殿末曰：

> 楊克彰，字信夫，淡水佳臘莊人。讀書精大義。從貢生黃敬學，受《周易》，覃思鉤玄，得其微蘊。顧尤工制藝，掃盡陳言。每一篇出，同輩傳誦。光緒十三年，以覃恩貢成均。數赴鄉闈，不售。
> 侯官楊浚見其文，歎曰：「子文如太羹玄酒，味極醲醇，其不足以薦群祀也宜哉。故終不遇。」設教於鄉，及門數十人，四方師事者亦數十人。每社課，執筆修削，日數十篇，無倦容。艋舺黃化來具禮致千金，請設函丈於燕山宗祠。不赴。或問之，曰：「吾上有老母，足以承歡。

32 詳參劉柏宏：〈黃敬《易經初學義類》的詮釋策略〉，臺北：中央研究院中國文哲研究所，「罕傳本經典研讀（五）：第一、二次讀書會」，2014年8月18日，頁2-14。

33 傳詳〔清〕沈茂蔭：《苗栗縣志》（第159種，1962年），卷十二〈職官表・文職・苗栗縣訓導〉，頁190-191。劉寧顏編：《重修臺灣省通志》（臺北：臺灣省文獻委員會，1994年）。林淑慧：《禮俗・記憶與啟蒙——臺灣文獻的文化論述及數位典藏》（臺北：臺灣學生書局，2009年2月），頁123，記曰：「楊克彰，佳臘莊（今臺北市東園街附近）人。少年即跟黃敬學習，1875年（光緒1年）中貢生，於料管口燕山宗祠執教數年，基隆舉人江呈輝、苗栗舉人謝維岳、艋舺黃喜彩，皆為其門下弟子。後掌學海、登瀛兩書院，歷任臺南府學訓導、苗栗縣學教諭。1890年（光緒16年）12月，赴任為苗栗知縣。著《周易管窺》，惜亦未刊行。其弟子黃喜彩，幼年即跟隨楊克彰學習諸經。當清治末年，海外列強覬覦臺灣，而清廷卻不知警戒，文武百官耽溺聲樂；卻仰天長嘆言：『天下有事，當以此身濟天下，豈老一儒哉！』於是著力鑽研經世之學。這些在地文人的著述與教學，構成了十九世紀後半葉的臺北文教發展的記憶。」

> 下有妻子，足以言笑。讀書課徒，足以為樂。使吾昧千金，而遠庭闈，吾不為也。」而化來請之益堅，歲晉聘書。克彰觀其誠，乃許之。宗祠距家六、七里，每夕必歸，進甘旨，視母已寢始行。風雨無間。途中背誦所讀書，手一燈，踽踽行。里人見之，知楊先生歸也。
>
> 克彰設教三十年，及門多達才；而江呈輝、黃希堯、謝維嶽、楊銘鼎尤著。嗣為學海、登瀛兩書院監督。知府陳星聚聞其文行，欲舉為孝廉方正，辭。十六年，大府議修《臺灣通志》，飭各縣開局採訪，與舉人余亦皋纂《淡水縣志》。嗣任臺南府學訓導。翌年，陞苗栗縣學教諭。
>
> 苗栗初建，士學未興，竭力獎之。越數年，調臺灣縣學教諭。
>
> 乙未之役，避亂梧棲，倉皇內渡。而老母在家，每東向而望。軍事稍救，趣歸故土，奉以行。母年已八十，居同安，未幾卒。克彰哭之慟。越數月亦卒，年六十有一。著《周易管窺》八卷，未刊。子五人。次仲佐、維垣、潤波均讀書，能世其業。

復據楊雲萍〈博覽會文獻館舉要〉，知其《周易管窺》稿本「現為楊氏家藏」。[34]又從《臺灣歷史辭典》，黃美娥教授所撰「《周易管窺》」條，稱：

> ……原著有《周易管窺》6本，及《易中辨義》2冊，但遭二次洪水，次子楊嘯霞保存《管窺》1部，餘皆飄失無存。……[35]

上文中，所稱楊嘯霞即楊克彰哲嗣楊仲佐（號嘯霞，1876-1968），為「網溪別墅」創建者，戰後曾任「永和鎮長」、「臺北縣文獻委員會」委員，子楊三郎（1907-1995）為著名畫家。在嘯霞《網溪詩文集》卷上，即收其父著述數篇，並於〈網溪詩文集序〉言：

---

[34] 收入楊雲萍：《臺灣的文化與文獻》（臺北：臺灣風物雜誌社，1990年1月），〈博覽會文獻館舉要〉，頁100-102。

[35] 詳參許雪姬總策劃：《臺灣歷史辭典》（臺北：遠流遠流出版事業股份有限公司，2004年5月），頁433。

> 先大人著《周易管窺》六本、及《易中辨義》二冊以外，所作經解策論制藝時文，不下千篇，遭兩次洪水，僅存《管窺》一部，餘皆漂失無存。五年前偶於故紙中搜得同治年間，蒙臺灣學政夏公獻綸以冠軍入庠之制藝一篇，手澤猶新，面命如昨。……

在《網溪詩文集》書中，嘗論及楊克彰著述序跋兩種弁言，序中又云：

> 先父所著《周易管窺》被洪水沖壞數頁一事，已載別文。最近經「臺灣省文獻委員會」將原本攝存，待補闕後印行。茲先將其原序，有關《易》理雜文，擇其一二，以供參考。

可知，楊克彰著述僅《周易管窺》存於家，而此本又有「臺灣省文獻會」（今「國史館臺灣文獻館」）攝影底稿，或可循此線索訪得原書（或影本）；不過，經委請指導學生林芷羽女棣聯繫詢問「國史館臺灣文獻館」，並檢索館藏，惜一無所獲，並無相關典藏，恐怕早已遺佚無傳了。[36]

從以上檢索整理的吉光片羽文獻中，可知臺灣早期《易》家梗概，而臺閩地區學子習《易》，大凡均以初唐孔穎達（字仲達、沖遠，574-648）《周易正義》、南宋朱熹《周易本義》，以及清初李光地（字晉卿，號厚庵、榕村，福建泉州安溪湖頭人，1642-1718）《周易折中》以為準式綜之。

再者，以上各家《易》學著作，除黃敬《易經初學義類》之外，十分可惜都僅存目於臺灣方志文獻中，未能藏之名山，傳諸後世；而日本統治臺灣以來，因推行皇民化運動，漢學教育與傳承僅賴書院、私塾加以維繫，[37]並未能

---

[36] 感謝林慶彰教授指導東吳大學中國文學系郭明芳博士提供論文〈《清領時期臺灣儒學參考文獻》述評——兼談清領時期臺灣儒學資料的搜集與整理〉，並參郭明芳：〈黃敬《易經初學義類》流傳與刊行顛末——兼談黃敬高弟楊克彰著述存佚〉，《東海大學圖書館館刊》第50期（2020年3月15日），頁14-26。

[37] 詳參李園會編著：《日據時期臺灣教育史》（臺北：國立編譯館出版，臺南：復文書局發行，2005年5月初版）。林玉体：《臺灣教育史》（臺北：文景書局，2003年9月）。

厚植基礎深耕發展，故有待於臺灣光復（1945）以來，至今四代的薪火相傳，才能上繼傳統，下開新葉。

四　黃敬《易經初學義類》史事解《易》探析

黃敬《易》學淵源上承明清官學的程朱理學道脈，近則取資於福建《易》學的傳統，[38]尤其是安溪舉人盧春選（生平不詳），於道光二十八年（1848）來北設教，黃敬時年43歲，禮敬事之，傳授《周易》，因此學業大進。可知，《易經初學義類》博採程朱與其後學，以及歷代《易》學名家之說，內容大致以義理為主，並以「六爻之義本一理，四聖之旨本一貫」[39]為核心觀念，此書可說是臺灣《易》學史上，現存最早的史事《易》學專著。

史事《易》學乃援史入《易》，以參證《易》理之學，自古已然，依照《四庫全書總目提要》此派以南宋李光（字泰發、泰定，號轉物老人，越州上虞人，1078-1159）、楊萬里（字廷秀，號誠齋，江西吉水人，1127-1206）為代表人物。[40]而依據黃忠天教授〈史事宗易學研究方法析論〉指出，援史證

[38] 案：從黃敬所引《易》學家及其《易》學著作來看，多數引用福建《易》學家的說法，包含有：蔡清（1453-1508）、林希元（1481-1565）、蘇濬（1542-1599）、李光縉（1549-1623）、黃道周（1585-1646）、何楷（1594-1645）、李光地（1642-1718）等人，由此能佐證黃敬深受福建《易》學的影響。詳參簡逸光：〈福建與臺灣經學探析——以易學為例〉，《第三屆兩岸文化發展論壇論文集》下冊。

[39] 案：詳參王國璠：《臺灣先賢著作提要》（新竹：臺灣省立新竹社會教育館，1974年），頁5-6，提要曰：「（黃敬序文）……以次文正文，發凡舉例，闡微摘隱，博求諸儒異同。而參用鄭元（玄）、王弼及程朱之說。大旨主於義理，多引人事以明之。且謂『六爻之義本一理，四聖之旨本一貫』。進士丁壽泉稱『所見甚有是處』。惜書不傳，未窺其詳也。」並可參閱王國璠、邱勝安：《三百年來臺灣作家與作品》（高雄：臺灣時報社，《臺灣時報叢書》，1977年8月），〈關渡先生黃敬〉，頁89-91；頁90下，所述與此大體相同，迻錄供對照參考：「《周易義類存編》，分上、中、下三卷，用毛邊紙行楷手抄。上卷一百五十七頁，中卷一百四十二頁，下卷七十一頁，以白棉紙作封面，右下方鐫『萬物靜觀皆自得』的陽文長方小印，左上方用隸書寫著『周易義類存編』六字，開卷的第一頁是自序。以後是正文，發凡舉例，闡微摘隱，博求諸儒的異同。在這書裏，他參用鄭元（玄），王弼及程朱的學說，解釋義理，同時以人事來證明，容易使人了解。他認為『六爻之義本一理，曰（當作「四」）聖之旨本一貫』。進士丁壽泉說他『所見甚有是處』。可惜這部書沒有流傳下來，無法進一步瞭解它的內容。」

[40] 詳參〔清〕紀昀總纂：《四庫全書總目提要》（臺北：臺灣商務印書館，1968年），《經部一·易類一》，頁2，文曰：「再變而李光、楊萬里，又參證史事，《易》遂日啟其端。」

《易》為《易》學家釋《易》常見方法，經歷宋、元、明三朝之後，至清初推至極盛；[41]又指出史事《易》學家普遍具有「用世」的精神，因此朝代更替時，較容易激發史事《易》學產生，如宋代靖康南渡、明清鼎革之際，史事《易》學皆盛興，主要原因有以下四端：

> 其一為經史互證之傳統。其二為李、楊《易》學之流裔。其三為徵實學風之反應。其四為時代環境之反應。……然史事《易》家多存用世精神，並每每踐履力行，如黎遂球為大明殉節、金士升以道服隱於卜筮、葉矯然掛冠求去，其高風亮節，可堪法式。足見世變與史事《易》學之發展，誠有其特殊之關聯。[42]

《易》為憂患之書，重視時、位與變、通的特色，提供學者面對人事變化遷易的思考，而明清鼎革世變之際，治經風格轉向實學的特色與史事《易》學引史證《易》的用世精神相互連結，導致清代史事《易》學著作大量出現，此一現象似乎也暗示著「世變」與「史事《易》學」有牽引互動的關係。[43]

黃敬《易經初學義類》並未見徵引李光《讀易詳說》，僅數處徵引楊萬里《誠齋易傳》，二家史事《易》學當然對其說有一定的影響，但從現有徵引資料看來，影響程度似乎不大，仍待細部比對考察方可確認。再者，黃敬《易經初學義類》為清代晚期著作，約為中英鴉片戰爭（1840-1842）之後，適逢「經世」思想蓬勃發展的時期，[44]將此書視為「史事《易》學」受到「世變」影響的例子，也是十分洽切。以下就筆者整理的統計資料，條列分析如下：

---

41 詳參黃忠天：〈史事宗易學研究方法析論〉，《周易研究》2007年第5期，總第八十五期，2007年8月，頁39-52。

42 詳參黃忠天：〈世變與易學——清初史事易學述要〉，《經學研究集刊》第5期（2008年11月），頁125-144。

43 詳參黃忠天：〈世變與易學——清初史事易學述要〉，頁132。

44 詳參張曉芬：《世變下的經道合一——清初遺民易學中的「內聖外王」》（臺北：秀威資訊科技股份有限公司，2018年12月），頁35。

(一)黃敬徵引歷代文獻釋《易》統計

黃敬《易經初學義類》所引用歷代學者計有66家（朱子兩見計1位）與67種書籍（朱子兩種書）出處，總計556條，統計如下：

一、先秦至唐9家14條；二、北宋8家27條，南宋14家（朱子兩見計1位）330條；三、元6家40條；四、明17家123條；五、明清之際3家4條；六、清8家17條；七、1家1條不知年代。

引用數次最多前五位，依序排列為：一、南宋朱熹293條，《周易本義》286條、《朱子語類》7條；二、明代蔡清《易經蒙引》49條；三、明代林希元《易經存疑》36條；四、元代胡炳文《周易本義通釋》27條；五、北宋程頤《周易程氏傳》19條。筆者已整理詳表，表列各朝代作者、書名出處與總數，作為專書附錄，提供學者參考。因顧及本文篇幅限制，統計一覽表恕不附載。

(二)黃敬徵引歷代文獻史事證《易》統計

黃敬《易經初學義類》「眉批」詮釋《易》義，總計383條，包含黃敬依照《周易》卦爻辭、〈彖傳〉、乾坤〈文言傳〉與大小〈象傳〉，書寫於天頭的文字，多數加「按」字，亦有未加「按」字且非徵引各家《易》說者，皆計入不另外區別，特此說明。而383條眉批所徵引歷代文獻中，以史事證《易》者，總計105條：從遠古到秦共64條，從楚漢到五代共25條，唐代共10條，從五代到南宋共6條，元、明、清三代則未見，據此可知黃敬徵引歷代文獻史事證《易》的情況。（詳參附錄一）

(三)黃敬眉批「按」語徵引歷代史事證《易》統計

黃敬《易經初學義類》眉批「按」語中，徵引歷代史事以證《易》者，不包括前述所徵引歷代《易》學文獻中，所述及歷代史事以證《易》者，特此說明。總計430則，除1則時代不能確定外，其餘429則，分別朝代統計如下：

一、遠古至商代96則；二、周代110則；三、秦至漢代99則；四、三國至隋代27則；五、唐代38則；六、宋代48則；元至清代11則。本文後附統計一覽表，依朝代、人名、史事與索引排序，提供觀照參考。（詳參附錄二）

（四）《易經初學義類》援史事證《易》理分析

黃敬《易經初學義類》治《易》模式與方法，主要是「下」──經傳原典與注釋解說，以及「上」──眉批徵引文獻證說與加按詮釋，前引自序中，曾說「而於各卦之義，各爻之義，復采古來人事相類者與為證明」，或引他書所載，或引他人《易》說，《易經初學義類》幾乎每卦每爻皆可見史事事例。黃忠天教授認為典型的史事《易》學家，應以開宗者的著述內容作為參照標準，因此透過分析李光《讀易詳說》與楊萬里《誠齋易傳》中，援史證《易》的情形，歸納出一套史事《易》學著作的判定規則：

> 所謂史事《易》學家，宜具備下列三項條件，其一該書應以援史證《易》為其主要釋《易》特色。其二該書引史證《易》情形，就64卦或扣除闕殘諸卦言之，應達五分之四以上；其三該書引史證《易》情形，就386爻或扣除闕殘諸爻言之，應達193爻或過半以上者。以上所論史事《易》學家至少應具備三項條件之一，其中尤以第一項最為緊要，其他兩項有關量化部分，猶可斟酌。[45]

上述對於史事《易》學規則的建立，不僅提供研究者簡便的判斷方法，也使判定更為客觀、明確。以下將分析《易經初學義類》援史事證《易》理的真實體現。

1 援史類型

黃敬《易經初學義類》所徵引歷代文獻總計383條，而以史事證《易》者，總計105條。而眉批「按」語中，徵引歷代史事以證《易》者總計430則，合之有535則，可說十分豐富。其中援史類型，可細分為以下三類：

第一類，單純引史，並未對所引史事多做說明。如〈坤．六三〉「含章可貞，或從王事，无成有終」：

---

[45] 詳參黃忠天：〈史事宗易學研究方法析論〉，頁41。

> 此就為臣之分上說。「含章」是不預露圭角，以取人疑忌，惟「含章」然後可以「時發」。「從王事」而「无成有終」者，當是始无敢矯詔專成，後因君命而有以終其功焉，若郭子儀者，其得之乎？[46]

此爻主意是「就為臣之分上說」。「含章」是內蘊才能，而不外露，以避免招致他人猜忌，靜待合適的展現時機，舉唐代郭子儀（令公，華州鄭縣人，697-781）史事為例證明此爻真義。

第二類，簡述所引史事，以發揮映證義理。如〈屯．六四〉：「乘馬班如，求婚媾，往吉，无不利。」：

> 知己陰柔之才，不足濟〈屯〉，而求初九之賢以輔，如先主之下聘孔明是。[47]

此言〈屯．六四〉為陰爻，不足以應對「班如」的處境，故轉向賢才的初九爻，求他輔佐自己，恰如劉備（玄德，幽州涿郡涿縣人，161-223）三顧茅廬、誠摯邀請富有賢名的孔明（諸葛亮，徐州琅琊陽都人，181-234）。黃敬此處將求婚媾比喻為求賢才，實是承襲《易程傳》之說。[48]

第三類，引史評析，並發表看法或隱含見解。如〈泰．九三〉「无平不陂，无往不復，艱貞无咎，勿恤其孚，于食有福」：

> 往復平陂，理之必然；而有信者，所謂孚也。如夏至太康，商至雍己，周至夷昭，皆治極生亂，見天運之必然。然人事亦所當盡，若艱貞則无

46 〔清〕黃敬：《易經初學義類》，頁42。

47 〔清〕黃敬：《易經初學義類》，頁51。

48 〔北宋〕程頤撰，王雲五主編：《易程傳》（上海：商務印書館，1936年），卷一，頁35，文曰：「六四以柔順居近君之位，得於上者也。而其才不能以濟屯，故欲進而復止，乘馬班如也。己既不足以濟時之屯，若能求賢以自輔，則可濟矣。初陽剛之賢，乃是正應，己之婚媾也。若求此陽剛之婚媾，往與共輔陽剛中正之君，濟時之屯，則吉而无所不利也。居公卿之位，己之才雖不足以濟時之屯，若能求在下之賢，親而用之，何所不濟哉？」

咎，而理數之常者不足恤，福可致矣。三於時未過中，不待過中而戒，聖人之於泰如此。[49]

在傾斜與平衡的狀態之間不斷來回，這是事物必然之理。而有誠信之人，即所謂「孚」也。如夏朝「太康失國」，商朝雍己時「殷道衰」，周朝夷、昭之戰爭失利等，皆是「治極生亂」的例證，由此可見上天賜予的運道，會不斷轉變的必然真理。雖然如此，在面對世事時，還是要盡己所能；在面對艱難時，仍須保持中正正固，則不會遇到災難，而世事變化的常道，便不值得懼怕了，最終「福可致矣」。此爻在九三，剛好處在泰卦的一半，還沒越過中間。然而，不必等到越過中間，就應該開始有所戒懼，這是聖人在泰卦想教導人們的道理。

黃敬於〈泰・九三〉所引的夏、商、周三朝中，三則史事都是處於「由盛轉衰」時期的君王，他提出此三例事例代表「治極生亂」，正是天道運行下必然的發展。

2 援史切當性

援史切當性關注的重點，在於引史是否與欲闡釋的經義相合。黃敬《易經初學義類》所引事例，大都能與所欲闡釋的卦、爻義理相合；然因其所引數量多，難免出現事與義不夠貼近的情況。此外，分析援史切當性，還可以加上一條評斷原則──所引材料是否確為「史事」。前引援史事例，足以證明黃敬引史切當性，故於此改而關注其援史「不切當」之處，分別從「稍有爭議」與「所引非正史」兩面向，各舉一例證加以說明。

（1）稍有爭議者

《易經初學義類》大量援引史事，不僅可見重複的事例，有時也會發現稍有爭議的條目，例如〈坤・文言傳〉「陰雖有美含之，以從王事，弗敢成也。地道也，妻道也，臣道也。地道无成，而代有終也」，黃敬引李光縉（字宗

49 〔清〕黃敬：《易經初學義類》，頁82-83。

謙，號衷一，泉州塗門街人，1549-1623）之說：

> 當始事而有自專、自必之心，皆「成」也。爻言「無成」，〈文言〉曰「弗敢成」，「弗敢」二字妙！操、懿、莽、溫之惡，皆以「敢」心成之耳。[50]

此釋〈坤・六三〉爻「无成」，李光縉認為〈文言傳〉「弗敢成」更為精妙，並列舉曹操（字孟德，沛國譙縣人，155-220）、司馬懿（字仲達，河內郡溫縣人，179-251）、王莽（字巨君，魏郡元城貴鄉人，45 B.C.E-C.E. 23）、朱溫（朱全忠，宋州碭山午溝里人，852-912）等人，認為他們能行「惡」，因其有與此爻相反的「敢心成之」。

黃敬引說可能想透過反面例證，藉以補充「无成」之義。引文中所說的「惡」，應指篡位；然曹操與司馬懿都屬於「挾天子以令諸侯」類型，並未稱帝，待死後才由後代追封，與王莽、朱溫之篡奪應稍有區別。此外，黃敬於〈泰〉卦卦辭「小往大來，吉，亨」，[51]認為「小往大來」其象為陰氣消退、陽氣上升，於人事上表現為小人失勢、君子得勢，並舉宋哲宗時「熙豐小人」（指為推行熙寧變法的王安石與其黨羽）在官場上失勢，而被壓抑已久的「元祐諸子」（反對熙寧變法，並於宋哲宗即位後推行「元祐更化」的司馬光等人），得以重整態勢為例證。此以新舊黨爭史事，說明此卦「小人」與「君子」的消長變化，其爭議性較大，因其牽涉到政治立場的問題。諸如此類，可舉一反三。

（2）所引非正史者

黃敬所引用史事例證，大多選用各朝代史籍記載，但有時也會引用到逸聞性質的條目。例如〈坤・初六〉「履霜，堅冰至」：

---

50 〔清〕黃敬：《易經初學義類》，頁46-47。

51 〔清〕黃敬：《易經初學義類》，頁81-82。

> 此戒人之謹微也。趙飛燕初入宮，有披香博士唾曰：「此禍水也，滅火必矣。」[52]

此爻之義是告誡人應「見微知著」，在人事物尚未產生不好的影響前，就要有所警覺，因此舉後世所謂「紅顏禍水」為例。然而，此例有兩個問題：其一，以行文來看，此「禍水」為趙飛燕（32 B.C.E-C.E. 1），然而此處之「禍水」應指趙飛燕之妹——趙合德（趙昭儀，39-7 B.C.E）。其二，此例出於《飛燕外傳》，應屬野史，雖然《資治通鑑》也有收錄，而在更早之前的史書皆無記載，故將其當作正史事例使用稍有不妥。又如〈謙・初六〉「謙謙君子，用涉大川，吉」：

> 自二至四互卦為坎，險難在初之前，故取涉川之象。如沛公對項羽曰：「臣如陛下之馬，鞭之則行，勒之則止。」此以謙涉難，即〈象傳〉「卑以自牧」之道也。[53]

〈謙〉卦二、三、四爻互卦為坎，坎為險為水，故表示初爻將遭遇險阻，因此此爻有「涉川」之象。此爻舉劉邦（字季，沛豐邑中陽里人，256或247-195 B.C.E）對項羽（名籍，楚下相人，232-202 B.C.E）自喻為馬之說，佐證此爻以謙涉險而吉，並認為此也符合〈象傳〉「卑以自牧」的義理。此處所舉例證並無問題，但並非出自正史，而是明朝小說家甄偉（鐘山居士，？-？）所著長篇小說《西漢演義》[54]，故以此為例，似不太恰當。

---

52 詳見〔漢〕伶玄：《飛燕外傳》，收入〔明〕程榮輯：《漢魏叢書三十八種》（上海涵芬樓影印本，1925年），第33冊，文曰：「使樊嫕進合德，……宣帝時，披香博士淖方成，白髮教授宮中，號『淖夫人』。在帝後唾曰：『此禍水也，滅火必矣！』」

53 〔清〕黃敬：《易經初學義類》，頁97-98。

54 詳參〔明〕甄尾、謝詔編著，朱恆夫校注，劉本棟校閱：《東西漢演義》（臺北：三民書局，2018年）。

3 援史動機

黃敬《易經初學義類》大量援史證《易》，應有以下兩點原因：其一，認為《易》本就從萬千人事物而來。其二，以事例證說能反求隱微之理，並明聖人之教化。首先，黃敬大量援史證《易》，其核心原因是認為《易》本就涵括天地萬物，如〈中孚〉卦卦辭「豚魚，吉；利涉大川，利貞」解釋：

> 凡《易》所言皆是實象，非虛擬也。「信及豚魚」，本有是理。如伏羲時，龍馬負圖，舜時鳳凰來儀、百獸率舞，禹時黃龍負舟、洛龜出書，文王時麟趾呈祥、騶虞獻瑞，武王時白魚躍舟、赤烏流屋。後世如劉昆為弘農守，虎負子渡河；魯恭為中牟令，馴雉依桑；馬稜守武陵，飛蝗赴海；韓愈為潮州刺史，鱷魚遠避，蓋誠能格頑，而況有知者乎？[55]

引文開頭便言凡是《易經》中所提到的皆實而非虛，就像此卦卦辭「豚魚，吉」，古代也有許多與動物有關的記載，接著列舉多例佐證這個觀點。此外，黃敬在書中自序，寫道：

> 夫《易》之數，本於天也，天非以人為驗，無以知天。《易》之辭，憑乎理也。理非以事為徵，無以見理，茲編之所解者悉遵《本義》。主乎象占，以卜筮還之，而以各卦之義，各爻之義，復采古來人事相類者與為證明。[56]

黃敬認為《易》之象數源自於上天，而天若不以人事為驗，人便沒有辦法得知天理；《易》之卦辭、爻辭全都是義理，義理如果不表現在人事的徵象上，人便無法得以看見理。可知，黃敬所重為《易》理，並強調理必實證於人事中。

---

[55] 〔清〕黃敬：《易經初學義類》，頁283-284。

[56] 詳參王國璠：《臺灣先賢著作提要》，頁5-6。黃敬《易經初學義類．自序》應是抄錄自連橫：《臺灣通史》，下冊，〈文苑列傳〉，頁984。

其次，人應追求忠貞與誠信等人格特質，而後才能正君臣、父子、夫婦、朋友之道。而人學習以上特質的管道，誠如〈頤〉卦卦辭下之詮說：

> 人之所養有二：一是養德，一是養身，皆必以正。養德如學聖賢之道，則為正學；黃、老、申、韓，則非正是也。養身如張思叔之飲食，必慎節則為正，若何曾一席費萬錢，猶云無下箸處，則非正是。[57]

黃敬認為人應該注重涵養之事有二：一為德性，二為身體，且應皆依循正道以求之。養德的管道，即為學聖賢之道，此是唯一之正學，其他如道家、法家等都非正學。此處所指之「正學」，應為孔、孟儒家，此亦表現於其重視《周易》義理，多選用儒家學行之相關事例加以說明。

4 援史史觀

黃敬《易經初學義類》援史史觀，就其所引史事綜合分析，可能存有以下四點價值取向：第一，認為造成歷史不斷變化的主因，古云天道，然實為人事。第二，評價一個政權的好壞，主要根據是否符合道義。第三，有德之人，才能得天下。第四，特別不欣賞王安石。黃敬援史證《易》，以說理為本，因為重視聖人設教、儒教傳統，並推崇上古聖賢之德，因此對不斷挑戰這些傳統的王安石（字介甫，號半山，江西臨川人，1021-1086），懷抱著強烈的批評與敵意。

五　結論

（一）黃敬《易》學的時代意義

清領時期臺灣的文教風氣可以概分為兩期：第一期，康熙、雍正、乾隆、嘉慶年間，此期是臺灣文教風氣的啟蒙與發展期，臺灣社會較為動盪，不利於

---

57 〔清〕黃敬：《易經初學義類》，頁139-140。

文治與教化推行，故此時期並未培養出文才；雖然整體來說尚不利於文教發展的階段，但也為後期發展奠定基礎。第二期，道光、咸豐、同治、光緒年間，臺灣直到道光年間，才有被喻為「開臺進士」的鄭用錫（字在中，號祉亭，淡水廳竹塹人，1788-1858）脫穎而出。此時期因為清朝治臺政策有所鬆綁，臺灣整體經濟水平也有所提升，加之來臺官員多有建樹，故相比前期，此期社會較為穩定，利於文教推展。而地方文教也因開設官學而穩定發展，此期文教風氣的盛行，表現於兩點：

其一，中舉、中進士的臺灣人數量慢慢變多；其二，臺灣文人的文學作品開始大量出現。不僅如此，臺灣社會上開始出現民間與官方合力興辦，以及全權由地方仕紳辦理的書院。這些書院的教師或由內地延攬，或由地方文人擔任，臺灣文教邁入蓬勃發展的狀態。此時期民間書院的出現，不僅意味著臺灣人民開始重視文教，也代表臺灣已培育出能投入教育的學者群。而黃敬即是在此時代被培育出來的學者，他少年時在地方官學與書院學習，中年被舉為歲貢生後，積極投入教育後學的工作，黃敬《易經初學義類》成就的時代背景，便代表了臺灣文教風氣的轉變。黃忠天教授嘗綜合清初史事《易》學，揭舉四項價值：

> ……至於其《易》學評價，如闡揚經世致用之精神、豐富史事《易》學之內涵、發揮顯微闡幽之作用、保存前人《易》說之佚文等等，均有其《易》學史上之地位。……除上述優點外，清初史事《易》家自亦不免有歷代《易》家所易滋衍之流弊。其一為侷限《易》理詮釋之範疇。……其二為流於牽合挂漏之疏誤。援史證《易》最為人所詬病者，即在其引史每多牽強，比擬亦多失當。此乃因史事《易》家必欲卦卦爻爻比事合象，其史證繁複，重以學者於經義詮解，每有不同，自不免有牽強疏誤者。……惟善讀書者，苟能於清初史事《易》家之著述中，取其金玉，棄其沙泥，則不致以小疵而廢其大醇也。[58]

---

[58] 詳參黃忠天：〈世變與易學──清初史事易學述要〉，頁142-143。

上述引文點出四項價值：一為闡揚經世致用之精神；二為豐富史事《易》學之內涵；三為發揮顯微闡幽之作用；四為保存前人《易》說之佚文。而從弊端來看，則有兩點：其一，較侷限於義理詮釋之範疇；其二，恐流於牽合挂漏之疏誤。黃敬《易》學的時代意義，藉此四項價值與兩點弊端而得以貞定。

（二）黃敬《易》學的貢獻

黃敬成長於淡水廳干豆莊（今關渡），其《易》學得益於私學、官學與書院，他有感於當地文教未深，故於辭官返鄉奉親後，積極投入地方教育，培英育秀，貢獻卓著。黃敬選擇在關渡天妃宮設教的原因，推測有三：其一，為了就近照顧年邁的母親；其二，為了回饋鄉里，提升鄉里的文教風氣；其三，承襲業師盧春選的衣缽。

黃敬精於《易》學，著有《易經初學義類》、《易義總論》、《古今占法》等書，僅《易經初學義類》傳世，其餘皆已亡佚。黃敬《易經初學義類》為教學而編撰，主要目的在於教導晚輩後生如何學習《周易》經傳，透過大量援引歷史事證，反求隱微的《易》學義理。其自言所引事證，雖未必都能與《易》義完美搭配，但至少對學習能發揮一定的指導作用。再者，黃敬認為初學《易》者將會遇到困難的原因與狀況如下：

> 《易》本懸空著象，懸象著占，道皆虛而莫據；辭易混而難明，欲為初學者講，不就其義以整其類，則說愈繁而旨益晦。譬如登山，仰止徒嘆其高，莫得尋其徑路。譬如入海，望洋徒驚其闊，莫得覓其津涯。執經習焉不察，開卷茫乎若迷。將《易》所以教人卜筮，欲啟之以明，反貽之以昧；欲命之以決，反滋之以疑，日言《易》，而《易》不可言矣。[59]

《易》本為參考萬事萬物而畫成《易》象，再由此象相合而成為占用之辭，其中的道理卻是虛而難明；只由《易》卦爻辭觀看，很容易看不懂，因此黃敬想

---

[59] 詳參王國璠：《臺灣先賢著作提要》，頁5-6，此序文當抄錄自連橫：《臺灣通史》，下冊，〈文苑列傳〉，頁984。

為初學者講述其中的道理。而欲達成此目的，若不根據《易》義加以整理歸類，那麼講得再多也可能使《易》之主旨愈加難懂。因此，黃敬形容這個情況就好比爬一座高山，因找不到適合攀爬的路徑，故只能在山下抬頭仰望，為珊的高聳不可攀而嘆息。又比如潛入海中，因為無法找到能上岸的渡口，故只能望著茫茫大海，對海的廣闊感到吃驚不已。黃敬認為找不到學習方法的初學者，大概就像上面所舉的兩個例子那樣，只能捧著《易經》不停的閱讀，卻像迷失山海之中，不論過了多久還是找不到學習的問題核心。

《易經》本是教人卜筮之學，讓學習其道者能有所啟發，並轉化運用在人生問題上，能作出最好、最佳的決定；卻時常因為學習方法錯誤，反而使人愈加昏昧，進而導致在面對人生中重要的問題時，產生許多疑惑，而愈習《易》愈不懂《易》。因此，黃敬認為透過引史證《易》，能夠有效解決上述初學者容易遇到的問題，這可說是《易經初學義類》對於學者的一大啟示與貢獻。

另外，黃敬致力教學，作育英才無數，使當時北臺灣的文學愈來愈興盛，當地人們對他的貢獻感佩不已，故尊稱為「關渡先生」。不僅如此，他的學生楊克彰（詳見本文第三節末段內容），與他的再傳弟子黃喜彩（？-？），先後繼承了黃敬的《易》學思想，並於後續春風化雨，桃李滿門，又分別撰述著作，可惜都未能遺傳至今。綜之，黃敬的《易》學貢獻主要在於治《易》有成，並致力教育培養後進，為臺灣文教發展與史事《易》學奠定歷史德業的日新輝光。

（三）黃敬《易》學的地位

經學研究向來離不開考據，而欲考據得先有可參考的文獻書籍。清領時期臺灣分配到的教育資源較內地來得少，有關《易經》的著作更是少之又少。根據王必昌（字喬岳，號後山，福建德化人，1704-1788）所編《重修臺灣縣志》卷五〈學校志・書籍・附府學袁宏仁藏書記〉中，記錄了臺灣教育單位公藏圖書的重要書目，其中與《易》學相關者，僅有一部《十三經註疏・周易註疏》。而後陸續記載到的新增藏書，僅多了《易圖解》與《周易折中》二部書。如此短少的藏量，實不利清領時期臺灣《易》學研究的發展。

在如此艱困的研究條件下，清領時期臺灣出現的本土經學研究者約有19人，實際載錄著作者僅有5人，共9部著作，其中以研究《易經》為大宗。雖然，當時能參用的公有《易》著僅有3部，而富含詮釋性的《易》學相較其於經典來說，更容易被當時的學者作為研讀的首選經典。臺灣本土經學研究者9部著作中，黃敬不僅以撰有3部為最多產的《易》學研究者，剩下6部著作中，有2部為其門生楊克彰所著，而今卻僅有黃敬《易經初學義類》巋然獨存於世。因此，黃敬《易》學的成就，在臺灣《易》學發展史上，應該佔有極為重要的關鍵地位。

筆者編輯出版《臺灣易學史》與《臺灣易學人物志》[60]兩本專書，限於文獻材料的充實與否，對於臺灣光復以來的《易》學家有較為深入的討論，而在此之前的各家《易》學著作因多僅存目而未流傳，因此並未能多加討論。今幸得黃敬《易經初學義類》，可以一窺清代臺灣文人治《易》碩果僅存的著作，並據此書觀照而了解清代中晚期士人的治經態度，以及治《易》的理解進路，相信大有助益於臺灣《易》學史的「批判繼承」與「創造發展」。

---

[60] 詳參賴貴三：《臺灣易學史》，臺北：里仁書局，2005年；以及賴貴三：《臺灣易學人物志》，臺北：里仁書局，2013年1月。

附錄一　黃敬徵引歷代文獻史事證《易》一覽表

案：本表僅錄黃敬眉批所徵引歷代文獻中，以史事證《易》者，總計105條：從遠古到秦共64條，從楚漢到五代共25條，唐代共10條，從五代到南宋共6條，可知歷代文獻引史證《易》的情況。

序號	朝代	人名	史事	索引	出處
1	遠古唐虞夏商周	伏羲氏、黃帝、禹、武王（姬發）、南宮适、史佚	伏羲氏興神鼎，一象一統；黃帝作寶鼎，三象三才；禹鑄九鼎，象九州。武王命南宮适、史佚展九鼎於洛邑，故人君撫大寶位。	鼎卦辭	〔明〕胡經，未詳所出？
2	唐虞 商周	堯、舜、湯、武（周武王）	堯禪舜授，湯武放伐，制禮作樂，網罟、舟車，一切開先創造者，總是天、地間未有之事。	乾九五文言	〔明〕潘士藻《讀易述》引〔明〕吳因之（默）
3	唐虞 商周	堯、舜、湯、武	堯、舜之揖讓天下，維德之化；湯、武之征伐，則有威存焉。	革九五	〔清〕李光地《御纂周易折中》引〔南宋〕蘭廷瑞
4	唐虞 東周	堯、舜、孔子	觀堯之無名，虛也；舜之無為，虛也；孔子之無意、必、固、我，虛也，茲其感通之至妙。	咸卦辭	〔明〕蘇濬《易經兒說》
5	唐虞 周	堯、舜、仲尼（孔子）	帝釐下土，設居方，堯、舜之事業；老安、少懷，萬物各得其所，仲尼之志。	未濟大象	〔清〕任啟運《周易洗心》
6	虞 西周 東周	舜、共（共工）、驩（驩兜）、旦（姬	舜與共、驩同朝，旦與管、蔡共國，孔子之見陽貨，孟子之見王驩，小人	遯六二	〔明〕陸振奇《易芥》

序號	朝代	人名	史事	索引	出處
		旦，周公)、管(管叔，姬鮮)、蔡(蔡叔，姬度)、孔子、陽貨、孟子(軻)、王驩(子敖)	曰在前，而我自遯。		
7	虞	舜	聽訟以中正為主，訟獄之歸舜，九五有之。	訟九五	〔明〕胡廣《周易傳義大全》引〔元〕張中溪
8	虞	舜	舜德溫恭，而不免三苗之伐；聖人豈輕用兵哉？不得已也。	謙六五	〔明〕張振淵《周易說統》引〔明〕張雨若
9	虞	舜	雖舜之聖，且畏巧言、令色，安得不戒？	兌九五	〔北宋〕程頤《周易程氏傳》
10	夏 商 周	禹、稷、顏回、夷(伯夷)、惠(柳下惠)、孔子、孟子	禹、稷、顏回，同道而異趣；夷、惠，同性而異行，未足為同之異。一孔子，而齊、魯異遲速；一孟子，而今、昔之餽異辭受，此同而異。	睽象	〔南宋〕楊萬里《誠齋易傳》
11	夏	禹、伯益	謙之一字，自禹征有苗，伯益發之。	謙六五	〔元〕胡炳文《周易本義通釋》
12	夏	公劉	公劉創京於豳之初，相其陰陽，觀其流泉，先卜其井泉之便，而后居之。	井卦辭	〔清〕李光地《御纂周易折中》引〔南宋〕李隆山
13	夏	禹、嬴政(秦始	擬之王業，其車書一統，	大有卦辭	〔明〕陳際

序號	朝代	人名	史事	索引	出處
	秦	皇）	玉帛萬國之會。		泰，未詳所出？
14	商	伊尹	伊尹任天下之重，此爻足以當之。	大有九二	〔明〕張中溪《讀易紀聞》
15	商	盤庚、太王（古公亶父）	盤庚遷殷避水患，太王遷岐避狄人。	益六四	〔明〕林希元《易經存疑》
16	商周	成湯、文王（姬昌）	成湯起於夏臺，文王興於羑里。	明夷九三	〔南宋〕朱熹《周易本義》
17	商周	湯、武（武王）	斯義也，其湯、武之事。	明夷九三	〔北宋〕程頤《周易程氏傳》
18	商周	成湯、武（武王）	成湯未革夏命，而室家已相慶於來蘇之先。不然，湯、武之事，未易舉。	革九五	〔元〕胡炳文《周易本義通釋》
19	商周	文王、箕子	羑里演《易》，處之甚從容，文王之德；佯狂受辱，處之極艱難，箕子之志。然文因之演羲《易》，箕因之演禹《疇》，聖賢患難，關係斯文。	明夷卦辭	〔元〕胡炳文《周易本義通釋》
20	商周	伊尹、周公	臣罔以寵利居成功，伊尹之匪彭；公孫碩膚，赤舄几几，周公之匪彭。	大有九四	〔明〕林希元《易經存疑》
21	商周	成王（姬誦）、太甲（子至）	成王、太甲皆以臣，而用譽者。	蠱六五	〔北宋〕程頤《易程傳》
22	商	高宗（武丁）	高宗伐鬼方，既濟乘富強之餘，故憂其敗；未濟憤淩夷之積，故慶其賞。	未濟九四	〔明〕陳際泰，未詳所出？
23	商周	微子（啟）	獲明夷之心者，微子之自靖；出門庭者，微子之行遯。	明夷六四	〔元〕胡炳文《周易本義通釋》

序號	朝代	人名	史事	索引	出處
24	商周	微子、比干、箕子	微子去卻易，比干諫死，又卻素性；箕子在半上落下，最是難處，被他監係在那裏，不免佯狂。	明夷六五	〔南宋〕朱熹《朱子語類》
25	商周	比干	比干之死，自獻於先王，而萬世不以為非。	困卦辭	〔明〕蔡清《易經蒙引》
26	西周	文王	至誠無息，天行健也，「文王之德之純」。	乾九五	〔北宋〕游廣平（酢）《游廌山集》
27	西周	文（文王）	聽訟以中正為主，虞、芮之質文，九五有之。	訟九五	〔明〕張中溪（獻翼）《讀易紀聞》
28	西周	文（文王）	文德懿恭，而不免密人之征。聖人豈輕用兵哉？不得已也。	謙六五	〔明〕張振淵《周易說統》引〔明〕張雨若
29	西周	伯夷	初為伯夷海濱之事，以待天下之清。	明夷初九	〔明〕胡廣《周易傳義大全》
30	商周	伯夷、武王	伯夷可避北海，而武王不能已牧野之師，古之身任天下之重者，大抵如斯。	蹇卦辭	〔明〕黃道周，未詳所出？
31	西周	二餓夫（伯夷、叔齊）	鷹揚之烈，不偉于二餓夫。	漸上九	〔明〕何楷《古周易訂詁》
32	西周	文王、周公	文王羑里之囚，不殄厥慍，亦不隕厥問。周公流言之變，公孫碩膚，德音不瑕。文、周之疾，不藥而自愈矣。	无妄九五	〔元〕胡炳文《周易本義通釋》
33	西周	武王	武王伐商，發鉅橋之粟，散鹿臺之財，以周窮民及	渙九五	〔明〕林希元《易經存疑》

序號	朝代	人名	史事	索引	出處
			善人，是散其王居。		
34	周 秦 漢		古者遷國，必有所依，如周、秦、漢依山河之險，遷都關中。亦有依大國者，周依晉、鄭依齊、許依楚。	益六四	〔明〕林希元《易經存疑》
35	西周	康（康王，姬釗）、畢公（姬高）	康命畢公「彰善癉惡，樹之風聲」。王國大夫「大車毳衣，畏子不敢」，皆治內之事。	晉上九	〔明清之際〕顧炎武《日知錄
36	東周	〈小星〉之夫人、仲氏	〈小星〉之夫人，謹裯衾於進御之所；仲氏之淑慎，顯溫惠於先君之思。	歸妹初九	〔清〕葛懋哉，未詳所出？
37	東周	重耳（晉文公）、齊姜	重耳出奔之時，安于齊姜，而忘四方之志。	賁九三	〔明〕林希元《易經存疑》
38	東周	管仲、孟明（視）	因敗為功，管仲舉於巾車，孟明勝敵於囚虜之餘。	鼎初六	〔明〕林希元《易經存疑》
39	東周		《春秋》王師敗績于茅戎、天王狩于河陽，與此同一書法。	坤上六	〔元〕胡炳文《周易本義通釋》
40	東周	楚公子圍	楚公子圍之美矣君哉也，然終以野死，則亦何利哉？	坤上六文言	〔南宋〕項安世《周易玩辭》
41	東周		女子爭桑，而吳、楚速兵；羊斟爭羊，而宋師敗績。	訟大象	〔明〕何楷《古周易訂詁》
42	東周	晏平仲（嬰）	晏平仲善與人交，久而敬之。	臨上六	〔明〕林希元《易經存疑》
43	東周	莫敖、正考父、宰我、高柴、管仲、晏子（晏	有舉趾之莫敖，而正考父循墻；有短喪之宰我，而高柴泣血；有三歸反坫之	小過大象	〔清〕李光地《御纂周易折中》引〔北

序號	朝代	人名	史事	索引	出處
		嬰）	管仲，而晏子敝裘，雖非中行，足以矯時勵俗。		宋〕晁說之
44	東周	老氏（老聃）、莊（周）、列（禦寇）	老氏隱居志道，其言曰柔勝剛、牝勝牡，而所謂三寶，則曰慈、曰儉、曰不敢為天下先。莊、列之徒，暢其風宗，皆引其支而揚其波。	坤卦辭	〔清〕葉佩蓀《易守》
45	東周	夫子（孔子，丘）	為治者，治道規矩皆已備舉，治道之成，惟當待之，夫子「必世而後仁」。	需大象	〔明〕林希元《易經存疑》
46	東周	孔子	孔子在陳，絃歌不絕。	困卦辭	〔明〕蔡清《易經蒙引》
47	東周	孔子、陽貨	見惡人，如孔子之於陽貨是已。	睽初九	〔南宋〕朱熹《周易本義》
48	東周	孔（孔子）、孟（孟子）	孔抑干祿之師，孟嗤趙孟之貴，而於為己務實之學，欲其日升不已。	升卦辭	〔明〕黃道周，未詳所出？
49	東周	顏子（淵）	未能无息而不息者，君子之自強，若顏子「三月不違仁」。	乾九五	〔北宋〕游廣平（酢）《游廌山集》
50	東周	顏子	顏子不遷怒，是從懲忿工夫造來。不貳過，是從窒欲工夫造來。	損大象	〔？〕孫吳江，未詳所出？
51	東周	漆雕開	六三察己以從人，九五察人以脩己，六三似漆雕開。	觀六三	〔南宋〕楊萬里《誠齋易傳》
52	東周	冉（求，子有）、閔（損，子騫）	二休復下仁，以友輔仁，冉、閔之徒也。	復六二	〔明〕金賁亨《學易記》
53	東周	尾生	无妄之極，則至誠矣，中	无妄上九	〔明〕蔡清

序號	朝代	人名	史事	索引	出處
			孚上九，為信之極，此尾生孝已之行。		《易經蒙引》
54	東周	楊（朱）、墨（翟）	世固有執拗終身者，如楊、墨之徒，所守非不堅，正則未也，故終不可行。	恆卦辭	〔明〕蔡清《易經蒙引》
55	東周	孟子	為學者，致知力行工夫已做，學業之成，唯當待之，孟子「勿助」、「勿忘」。	需大象	〔明〕林希元《易經存疑》
56	東周	趙太后（威后）、長安君、左師觸龍	趙太后愛其少子長安君，不肯使質於齊，此其蔽於私愛。左師觸龍，因其明，而導之以長久之計。	坎六四	〔北宋〕程頤《易程傳》
57	東周	公孫衍、張儀	公孫衍、張儀阿諛苟容，竊取權勢，乃妾婦順從之道，非丈夫之所宜。	恆六五	〔明〕來知德《周易集註》
58	東周	二臣（觀射父、左史倚相）、齊威王（田因齊）、四子（檀子、田盼、黔夫申縛、種首）	楚書以二臣之善，珍乎白珩；齊威以四子之功，美於照乘。	損六五	〔清〕葛懋哉，未詳所出？
59	東周	梁惠王（魏罃）	梁惠王移民間之粟，惠而不費，未見其貞。	損上九	〔明〕林希元《易經存疑》
60	東周	陳恆、季氏（季孫氏）	非理枉道而得民者，齊之陳恆，魯之季氏。	萃九四	〔北宋〕程頤《易程傳》
61	東周		春秋、戰國諸侯，各有朋黨，以相侵伐。	渙六四	〔明〕林希元《易經存疑》
62	秦		有吉而有咎者，嬴秦之滅六國。	師卦辭	〔明〕林希元《易經存疑》
63	秦楚	秦政（秦始皇，	秦政、項籍，豈能久也？	履六三	〔南宋〕朱熹

序號	朝代	人名	史事	索引	出處
		嬴政)、項籍(羽)			《周易本義》
64	秦漢	秦皇(嬴政)、漢武(劉徹)	上以震動為恆，秦皇、漢武之類是。	恆上六	〔南宋〕朱震《漢上易傳》
65	楚漢	沛公(劉邦)、羽	沛公見羽鴻門，彷彿此爻之義。	需六四	〔明〕蔡清《易經蒙引》
66	楚漢	沛公、羽	柔能制剛，弱能制強，沛公見羽鴻門近之。	履卦辭	〔明〕林希元《易經存疑》
67	楚漢	漢高祖(劉邦)	漢高祖入關與民約法三章，是能渙其大號者。	渙九五	〔明〕林希元《易經存疑》
68	西漢	漢祖、戚姬、四老(商山四皓)	漢祖愛戚姬，將易太子，是其所蔽。四老者，高祖素知其賢而重之，此其不蔽之明心。	坎六四	〔北宋〕程頤《易程傳》
69	西漢	張良、四老人(商山四皓)	狙擊之功，不加于四老人。	漸上九	〔明〕何楷《古周易訂詁》
70	西漢	韓信、陳平	因賤致貴，韓信舉於行陣、陳平拔於亡命。	鼎初六	〔明〕林希元《易經存疑》
71	西漢	漢文(劉恆)	有元永而不貞者，漢文恭儉二十年如一日，而不免溺于黃老清淨。	比卦辭	〔明〕林希元《易經存疑》
72	西漢	賈生(誼)、漢文	賈生之於漢文，彼雖交淺言深，何嘗不正乎？	恆初六	〔明〕林希元《易經存疑》
73	西漢	賈誼、絳(絳侯周勃)、灌(灌嬰)、帝(漢文帝)	賈誼新進，絳、灌之徒譖之於帝，謂洛陽少年，專事紛更。	漸初六	〔明〕林希元《易經存疑》
74	西漢	文帝(劉恆)	漢文帝承高、惠豐積之厚，而屢下賜民租之詔。	損上九	〔明〕蔡清《易經蒙引》
75	西漢	霍光	出入朝堂，小心敬慎，郎	大有九四	〔明〕林希元

序號	朝代	人名	史事	索引	出處
			僕射嘗識視之，不失尺寸，霍光之匪彭。		《易經存疑》
76	東漢	南陽（光武帝，劉秀）	南陽中興，雲臺合策，有濟難之責者，可以鑒矣。	蹇卦辭	〔明〕黃道周，未詳所出？
77	東漢	嚴光、劉秀（光武帝）	桐江一絲，扶漢九鼎，節義之有益于人、國。	損九二	〔明〕蔡清《易經蒙引》
78	東漢	客星（嚴光）	麟閣之勳，不宏于一客星。	漸上九	〔明〕何楷《古周易訂詁》
79	東漢	桓帝（劉志）	漢桓帝令民鑄錢以賑饑，惠而不費，未見其貞。	損上九	〔明〕林希元《易經存疑》
80	東漢	曹（操）、劉（備）	曹、劉共飯，地分於匕箸之間。	訟大象	〔明〕何楷《古周易訂詁》
81	東漢	劉先主（備）	劉先主當猖獗之時，信義愈著于四海，是中節也，故士從之如雲。	蹇九五	〔明〕蔡清《易經蒙引》
82	新 東漢 東晉	操（曹操）、懿（司馬懿）、莽（王莽）、溫（桓溫）	〈文言〉曰「弗敢成」，「弗敢」二字妙！操、懿、莽、溫之惡，皆以「敢」心成之。	坤六三文言	〔清〕薛嘉穎《易經精華》引〔明〕李光縉
83	東漢 曹魏	漢獻（劉協）、曹操、魏高貴鄉公（曹髦）、司馬（昭）	漢獻之遷於曹操，魏高貴鄉公之受制於司馬。	困九五	〔明〕林希元《易經存疑》
84	東漢		漢群雄割據，而為黨者，此一黨也。	渙六四	〔明〕林希元《易經存疑》
85	東晉	溫嶠、王敦	溫嶠之於王敦，其事類此。	夬九三	〔南宋〕朱熹《周易本義》
86	蜀漢	孔明（諸葛亮）	有无咎而不吉者，孔明之伐魏。	師卦辭	〔明〕林希元《易經存疑》

序號	朝代	人名	史事	索引	出處
87	蜀漢	德公（龐德）臥龍（諸葛亮）	德公可隱鹿門，而臥龍不能辭渡瀘之險，古之身任天下之重者，大抵如斯。	蹇卦辭	〔明〕黃道周，未詳所出？
88	三國	曹（操）、劉（備）、孫（權）	三國鼎分，海內人心渙散，以曹、劉、孫之雄畧，而不能一天下，以成帝業，乃遭時之不幸，非才力之不足。	睽彖	〔明〕林希元《易經存疑》
89	北朝齊	齊文宣（高洋）、楊愔	齊文宣荒淫狂悖，甚于桀、紂，然而知楊愔之賢，悉以政事委之，時人以為主昏於上，政清於下。	豐六五	〔北宋〕司馬光《資治通鑑》
90	唐	唐高祖（李淵）	唐高祖伐隋與民約法十二條，是能渙其大號者。	渙九五	〔明〕林希元《易經存疑》
91	唐	魏徵、太宗（李世民）	魏徵之受金甕、受絹帛於太宗之類。	益初九	〔明〕林希元《易經存疑》
92	唐	太宗、唐明皇（李隆基）	有元而不永者，唐太宗貞觀之治，而不克終；唐明皇天寶之亂，不及開元。	比卦辭	〔明〕林希元《易經存疑》
93	唐	廬陵（中宗，李顯）	廬陵反祚，桃李在門，有濟難之責者，可以鑒矣。	蹇卦辭	〔明〕黃道周，未詳所出？
94	唐	五王（張柬之、敬暉、崔玄暐、桓彥范、袁恕己）、武三思	唐五王惟失此義，中武三思之害。	小過九三	〔明〕蔡清《易經蒙引》
95	唐	唐明皇（玄宗，李隆基）、李林甫	唐明皇知李林甫之奸而又用之，一則恃自己聰明，一則恃海內平安，不知恃聰明便是昏了、恃平安便危了。	兌九五	〔明〕林希元《易經存疑》

序號	朝代	人名	史事	索引	出處
96	唐	牛（僧孺）、李（德裕）	朋黨，唐牛、李，此一黨也。	渙六四	〔明〕林希元《易經存疑》
97	唐	子儀（郭子儀）	功蓋天下，而主不疑，位極人臣，而眾不忌，子儀之匪彭。	大有九四	〔明〕林希元《易經存疑》
98	唐	劉蕡、唐文（文宗，李昂）	劉蕡之於唐文，彼雖交淺言深，何嘗不正乎？	恆初六	〔明〕林希元《易經存疑》
99	唐		唐群雄割據，而為黨者，此一黨也。	渙六四	〔明〕林希元《易經存疑》
100	五代	蘇（逢吉）、史（弘文）	蘇、史滅宗，忿起於笑談之頃。	訟大象	〔明〕何楷《古周易訂詁》
101	北宋	宋神宗（趙頊）、王安石	宋神宗銳志更政，終身為王安石所感而不悟。	比卦辭	〔明〕林希元《易經存疑》
102	北宋	邵子（雍）、程子（頤）	《易》一本雙幹，邵子終日言不離乎是，程子思終夜思，手舞足蹈。	損六三	〔明〕鄧汝極，未詳所出？
103	北宋	程頤、蘇軾	朋黨，宋洛、蜀，此一黨也。	渙六四	〔明〕林希元《易經存疑》
104	北宋	王安石	棟橈，陽失之太過，王安石似之。	大過九三	〔清〕張次仲《周易玩辭困學記》（《困指》）
105	北宋	宋神宗、王安石	宋神宗以人言而罷安石，是「中未光也」，故不久復用。	夬九五	〔明〕林希元《易經存疑》

附錄二　黃敬徵引歷代史事證《易》一覽表

案：本表僅錄黃敬眉批「按」語中，徵引歷代史事以證《易》者，僅摘要史事文字內容，並非全文照錄；且不包括「附錄一」所徵引歷代《易》學文獻中，所述及歷代史事以證《易》者，特此說明。總計430則，除1則時代不能確定外，其餘429則，分別朝代統計如下：一、遠古至商代96則；二、周代110則；三、秦至漢代99則；四、三國至隋代27則；五、唐代38則；六、宋代48則；元至清代11則。以下依朝代、人名、史事與索引排序，提供參考。

序號	朝代	人名	史事	索引
1	遠古	三皇、五帝、三王	聖天子繼天出治，三皇、五帝、三王皆足以當之。	乾九五
2	遠古三代	伏羲、舜、禹、文王（姬昌）、武王（姬發）	伏羲時，龍馬負圖；舜時，鳳凰來儀，百獸率舞；禹時，黃龍負舟，洛龜出書；文王時，麟趾呈祥，騶虞獻瑞；武王時，白魚躍舟、赤烏流屋。	中孚卦辭
3	唐虞夏	堯、舜、禹	堯老而舜攝，舜亦以命禹。	乾上九
4	唐虞夏	堯、舜、禹	「允執厥中」，堯所以授舜，舜所以命禹。	泰九二
5	唐虞夏商周	堯、舜、禹、湯、文、武、周	自古聖人法天明道，而堯、舜、禹以危微交儆，湯、文、武、周莫不憂勤惕厲，惟恐失墜。	震卦辭
6	唐虞周		唐、虞有三事，厚生並重；成周有八政，食貨為先，蓋王者德修於身，而澤被於天下焉。	井九五
7	唐虞周		唐、虞之五典、五惇，成周之三物、六行。	節九五
8	唐虞	堯、舜	聖人无為而治，堯、舜之「垂裳拱手」。	坤六二
9	唐虞	堯、舜	堯、舜之授禪，要非聖人不能也。	大過卦辭
10	唐虞		以賢臣而輔聖君，唐、虞之明良喜起。	比六四

序號	朝代	人名	史事	索引
11	唐虞		唐、虞三代之盛，一道同風。	同人卦辭
12	唐虞		唐、虞之儆戒无虞。	否九五
13	唐虞		上、下一心，君、臣同德，唐、虞之交贊、交儆。	中孚九五
14	唐虞	堯、舜、巢（巢父）、由（許由）	遇堯、舜之君，而托巢、由之行。	觀六二
15	唐虞	舜、北人無擇、堯、許由	舜欲用其友北人無擇，而無擇自投清冷之淵；堯欲以許由為九州長，而許由洗耳於潁水之濱，皆知節而不知通。	節九二
16	唐虞	后稷	以臣代君養民，如后稷教稼，下皆由之以得所養。	頤上九
17	唐夏	堯、皐陶、禹	史臣贊堯「以親九族」，必本之「克明峻德」；皐陶贊禹「惇敘九族」，必本之於「慎修思永」。	家人上九
18	唐	堯	堯之「允恭克讓」。	坤六五
19	唐	堯	帝堯之時，康衢叟歌「忘帝力于何有」，康衢童謠「順帝則于不知」。	觀初六
20	唐	堯	堯克明峻德，而黎民于變。	觀卦辭
21	唐	堯	「敦復」，堯之「欽明，文思安安」。	復六五
22	虞	舜、契	舜命契，曰：「敷教在寬。」	蒙上九
23	虞	舜	舜命一德之五臣，以征逆命之三苗。	小畜九五
24	虞	舜	舜舍己從人，任賢勿貳。	豫九四
25	虞	舜	舜之處嚚母，可謂得中道矣。	蠱九二
26	虞	舜	舜恭己南面，而四方風動。	觀卦辭
27	虞	舜	舜有「怙終賊刑」之條文，有「刑茲無赦」之法。	噬嗑上九
28	虞	舜	大舜以至誠，感動瞽瞍。	无妄初九
29	虞	舜、禹、皐（皐陶）	舜之大知，而用禹、皐。	臨六五

序號	朝代	人名	史事	索引
30	虞	舜	不尚刑威，而脩德教，蠻夷鴟義，大舜制於當發。	大畜六五
31	虞	舜	舜之「用中」，得中道也。	離六二
32	虞	舜、共（工）、驩（兜）	舜流共放驩，乃見其有害。	解六五
33	虞	兜（驩）、工（共工）	兜、工比周，應頑殄行，而侯明撻記，引以並生。	姤九五
34	虞		三苗率叛眾而格於虞廷。	剝六五
35	虞		畜止必以正法，有虞刑期無刑，干羽以格頑苗。	大畜卦辭
36	虞夏商	舜、禹、湯、尹（伊尹）	舜舉禹為司空，湯舉尹為阿衡，故所養及於天下也。	頤六五
37	虞夏商周	舜、禹、湯、武	舜、禹以揖讓授禪而得帝位，湯、武以伐暴救民而得王位，亦皆以正，故內可以正百官，外可以正萬民。	漸卦辭
38	虞周	舜、英（女英）、皇（娥皇）、文王	男正位乎外，女正位乎內。王者之家，舜之於英、皇，文王之於后、妃。	家人九五
39	虞周	舜、文（文王）	苗弗率，而舜惟敷德以動之；崇不降，而文惟修德以服之。	萃九五
40	夏商周	禹、皐（陶）、伊（尹）、旦（周公）	上足致君，下足澤民，禹、皐、伊、旦之儔。	乾九二
41	夏商周	益、伊尹、周公	益、伊尹、周公之不有天下。	乾九二文言
42	夏商周	太康、雍己、夷王、昭王	夏至太康，商至雍己，周至夷、昭，皆治極生亂，見天運之必然。	泰九三
43	夏商周	桀、湯、武、紂	湯未伐夏，而民有「徯后」之呼；武未伐商，而民有「籲天」之嘆。及湯伐夏，而室家相慶；武伐紂，而萬姓悅服。	同人九五

序號	朝代	人名	史事	索引
44	夏商周	禹、湯、文、武	禹、湯、文、武，莫不皆然，是所過者化，所存者神。	觀卦辭
45	夏商周	夏禹、商湯、周文、武	以生道殺民，雖死不怨殺者，此是為悅之正，夏禹、商湯、周文、武皆如是。	兌卦辭
46	夏商周	夏太康、商小辛、周幽王、晉、楚	夏太康當豐大，而逸遊無度；商小辛當豐大，而淫酗肆虐；周幽王當豐大，而烽烟召釁。至若列國，晉當豐大，而築虒祁；楚當豐大，而成章臺，皆不能保持天運，所以可憂。	豐卦辭
47	夏商周		夏后氏五十而貢，殷人七十而助，周人百畝而徹，稽一年所入之數，以為一年所出之數，此度數之節得中也。	節卦辭
48	夏商	禹、湯	禹有下車之泣，湯有解網之仁。	噬嗑六五
49	夏商	桀、紂	桀之「弗克庸德」，紂之「罔有悛心」。	復上六
50	夏商	紂、桀	紂之自絕于天，結怨于民；桀之弗敬上天，降災下民，惟其弗合天理、人情，是以有天災、人眚。	小過上六
51	夏	禹、鯀	大禹能補鯀父之過。	蠱初六
52	夏	禹、防風氏	禹合諸侯于塗山，執玉帛者萬國，防風氏後至，禹因而戮之。	比卦辭
53	夏	大禹	大禹之能「安汝止」。	艮上九
54	夏	太康、仲康	太康壞天下，而仲康復振，易亂為治。	蠱卦辭
55	夏至唐	夏桀、妹喜、紂、妲己、周幽、褒姒、晉孋姬、吳西施、漢呂后、晉賈后、唐韋后	夏桀之有妹喜、紂有妲己、周幽有褒姒、晉有孋姬、吳有西施、漢有呂后、晉有賈后、唐有韋后，皆女之不貞者，所以致禍也。	家人卦辭
56	商周	湯、武（武王）	湯之革夏命，武之反商政，故能撥亂反正。	否上九
57	商周	湯、文（文王）	湯、文之以德服人，而人心說誠服。	隨卦辭

序號	朝代	人名	史事	索引
58	商周	湯、文（文王）	北狄之民曰「傒我后」，江漢之民曰「父母孔邇」，是遇於湯、文而不及己，皆由其失道，自遠民耳。	姤九四
59	商周	湯、武	觀民即所以觀己，湯曰：「萬方有罪，罪在朕躬。」武曰：「百姓有過，在余一人。」	觀九五
60	商周	湯、武	湯、武之放伐，要非聖人不能也。	大過卦辭
61	商周	湯、武	湯有慚德，武未盡善。大明在上，而下皆順從，湯之「九圍是式」，武之「八百會同」。	晉六五
62	商周	成湯、武	能懼之早，成湯之慄慄危懼，武王之夙夜祗懼。	震初九
63	商周	成湯、武王	成湯之於元聖，咸有一德；武王之于十人，同心同德。	中孚九二
64	商周	王（商湯）、周公（姬旦）、仲（蔡仲）	〈仲虺誥〉，王曰：「慎厥終，惟其始。」周公命仲曰：「慎厥初，惟厥終。」皆於既濟之初，而能戒謹也。	既濟初九
65	商周	尹（伊尹）、傅（說）、周（公旦）、召（公奭）	尹、傅、周、召之儔，皆棟隆吉也。蓋剛柔適宜，不假他人之助。	大過九四
66		湯、伊尹、文王、太公（呂尚）	君臣一德也，如湯與伊尹、文王與太公，君臣所麗得正，故行無窒礙而亨。故事必柔順而后吉者，是君臣順；五皆柔順，是君臣順德也，如湯與伊尹、文與太公，君臣所麗能順，故可保其終而吉。	離卦辭
67	商周	伊尹、湯、太公、文	伊尹耕莘而遇湯，太公釣渭而遇文。	晉六二
68	商周	太公、傅說、閎夭	太公以耆釣而升，傅說以胥靡而升，閎夭以罝兔而升。	升九三
69	商周	伊尹、桀、太	伊尹耕于莘，桀不能用；太公釣於渭，	井九三

序號	朝代	人名	史事	索引
		公、紂、成湯、文王	紂不能用。成湯用伊尹而興商，文王用太公而興周。	
70	商周	伊尹、太公	伊尹耕莘之時，雖夏當革而不革；太公釣渭之日，雖商當革而不革，蓋无勢、无應，不可以有為。	革初九
71	商周	伊尹、太公	初雖不遇，終得相遇，莘野、渭濱之流。	鼎九三
72	商周	湯、伊尹、文王、太公	湯之任伊尹、文王之任太公。	鼎六五
73	商周	伊尹、太公	伊尹待三聘而進，太公待後車而進，皆得其正，故上可以正君，下可以正俗。	漸卦辭
74	商周	伊尹、湯、桀、太公、武王	伊尹相湯，必五就桀而后革夏；太公相武王，必十三年而後革商。	革六二
75	商周	伊尹、太公	以德行之節論之，伊尹、太公之流，隱居以求其志，而可止則止，行義以達其道，而可行則行，此德行之節得中也。	節卦辭
76	商周	紂（帝辛，子受）	此爻為紂之暗也，六爻皆以商、周之事言之。	明夷上六
77	商周	紂、文王	東鄰指紂，西鄰指文王。	既濟九五
78	商周	西伯（姬昌）、祖伊、文公（滕文公，姬繡）	西伯既戡黎，祖伊恐；齊人將築，文公恐，蓋不待及於其身，而後戒也。	震上六
79	商	湯、桀、伊尹	湯之伐桀，而聿求元聖與之戮力，元聖謂伊尹。	師九二
80	商	湯、伊尹	湯信任伊尹，咸有一德，克享天心，受天明命。	大有上九
81	商	成湯、伊尹 高宗（武丁）、傅說	成湯舉伊尹而任以阿衡，高宗舉傅說而置諸左右。	隨九五
82	商	湯、伊、萊（朱）	湯之勇知，而用伊、萊。	臨六五

序號	朝代	人名	史事	索引
83	商	湯	湯之「建中」，得中道也。	離六二
84	商	太甲	太甲顛覆典刑，然能悔過，自怨自艾。	豫上六
85	商	太甲	太甲不順，乃後能處仁遷義，克終厥德。	巽九五
86	商	盤庚	盤庚遷殷，至於三誥而后民從。	革九三
87	商	高宗	荊楚率叛眾而歸於高宗。	剝六五
88	商	高宗、傅說	此爻言君臣易合，高宗以夢得傅說。	睽六五
89	商	高宗	高宗三十二年，伐鬼方，次于荊；三十四年，克鬼方。	既濟九三
90	商	傅說、膠鬲	傅說舉于板築之間，膠鬲舉于魚鹽之中。	比六二
91	商	帝乙	帝乙歸妹，以君下賢。	泰六五
92	商	伯夷、紂	伯夷當紂之時，居北海之濱，以待天下之清。	需初九
93	商	文王、紂、散宜生	文王當紂之時，明夷也，囚于羑里，「夷于左股」。散宜生之徒，以寶玉、文馬贖之，「用拯馬壯吉」。	明夷六二
94	商	夷（伯夷）、齊（叔齊）、商山四皓	遯處林泉，不干世事。如夷、齊之采薇，隱于首陽；四皓之采芝，入于商山。	遯上九
95	商	伯夷	伯夷海濱之事，民到于今稱之。	蹇初六
96	商	微子（啟）	全身全節，微子之去商。	遯九五
97	西周	文（文王）	文之「徽柔懿恭」。	坤六五
98	西周	太公、文王	太公八十輔文王。	歸妹九四
99	西周	文王	不尚刑威，而脩德教，南國鼠牙，文王制於既發。	大畜六五
100	西周	文王	文王之敬止，為人君止於仁，為人臣止於敬，為人子止於孝，為人父止於慈，與國人交止於信。	艮卦辭

序號	朝代	人名	史事	索引
101	西周	文王、崇侯虎、紂	文王為崇侯虎所譖，而紂囚之羑里。	小畜卦辭
102	西周 東周	文王、唐叔虞、文侯（姬仇）、僖公（姬申）、晉文公（姬重耳）	文王繫晉卦時，未有唐叔虞也。厥後文侯捍王于艱難，王錫之馬四匹，策命為伯。至僖公二十八年，晉文公朝王，出入三覲，王錫之車輅弓矢。于是姬姓獨晉伯者數世，周室賴之。	晉卦辭
103	西周	文、武、成王（姬誦）	周自文、武至于成王，而後禮樂興。	需九五
104	西周	文、武、成、康（康王，姬釗）、穆王（姬滿）	周自文、武、成、康而後，至穆王騎駿馬巡天下，而漸即於衰，雖曰「天運」，實「人事」也。	既濟卦辭
105	西周	武、紂、太公	武之伐紂，獲仁人以遏亂畧，仁人，太公之徒。	師九二
106	西周	武（武王）	武會同心之八百，以伐無道之獨夫。	小畜九五
107	西周	武王	武王大賚于四海，有孚惠心；而萬姓悅服，有孚我德。	益九五
108	西周	周公	周公夜以繼日，坐以待旦。	乾九三
109	西周	周公	以臣代君養民，周公明農，天下皆由之以得所養。	頤上九
110	西周	三監（管叔、霍叔、蔡叔）、殷士（武庚）	三監不靖，殷士怙寵而教告，要囚毖於式訓，未嘗引繩而批根之也。	姤九五
111	西周		以賢臣而輔聖君，成周之後先奔走。	比六四
112	西周		成周之制治未亂。	否九五
113	西周		畜止必以正法，成周辟以止辟，制禮以化頑民。	大畜卦辭
114	西周	蔡仲	蔡仲能蓋前人之愆。	蠱初六
115	西周	厲王（姬胡）、宣王（姬靜）	周厲壞天下，而宣王中興，易亂為治。	蠱卦辭

序號	朝代	人名	史事	索引
116	西周	宣王、厲王	宣王承厲王之烈，因有撥亂之志，遇災而懼，側身修行，欲消去之，而王化復行。	震六五
117	西周	厲王、宣王	當人心渙散之時，未免有傷害、憂懼，周厲為周人所逐是。若至渙極，則時將濟，又以陽剛處之，其才足以濟，故能渙其傷害、憂懼，宣王承厲王之烈，而能撥亂是。	渙上九
118		穆王、君牙	穆王命君牙曰：「心之憂危，若蹈虎尾。」	履九四
119	西周	穆王、呂侯	〈呂刑〉之維良折獄，得聽訟之宜。	噬嗑九四
120	西周	申侯、袁濤塗（陳轅濤塗）、虞公、虞叔	申侯之專利不厭，而袁濤塗譖之；虞公之求劍無厭，而虞叔攻之。	益上九
121	東周	齊桓公（姜小白）、晉文公	桓、文之霸列國，終是假仁。	隨卦辭
122	東周	齊桓、晉文	霸者違道干譽，雖致民歡虞，終是悅之不正，大民勸也，齊桓、晉文是。	兌卦辭
123	東周	寧戚、齊桓、百里（奚）、秦穆	遇主于巷，委曲求合，如寧戚叩角而歌，以動齊桓；百里飯反而肥，以感秦穆，本非正道，然當睽之時期，於行道救世，非此終不得遇。	睽九二
124	東周	齊桓公	齊桓公天威，不違顏咫尺是。	小過六二
125	東周	重耳（晉文公）、太叔段	重耳之奔狄，在小邑，所以「无眚」。若太叔段之都城過百雉，安能免於患乎？	訟九二
126	東周	宋襄（子茲甫）、荀息、申生	窮而不知變，宋襄之仁、荀息之信、申生之孝是。	中孚上九
127	東周	鬻權（鬻拳）、先軫（原軫）	鬻權懼君以兵，先軫不顧唾君，其事皆出於忠固貞。然鬻權以懼君自縊，先軫以唾君死狄，是皆厲也。	大壯九三

序號	朝代	人名	史事	索引
128	東周	趙穿、胥甲、荀偃、士匄	趙穿、胥甲之追秦軍而呼軍門，荀偃、士匄之圍偪陽而請班師，蓋其好勇輕事，而才弱力微，不能濟事。	大壯上六
129	東周	（晉）魏戊、士榮	不中正，不能斷獄，如魏戊與士榮之類。	噬嗑六三
130	東周	董安于、西門豹	董安于性緩，常佩絃以自急；西門豹性急，常佩韋以自緩。	小過九四
131	東周	京城太叔（段）、桓叔	京城之太叔，蔓難難除；曲沃之桓叔，椒聊實甚。	噬嗑初九
132	東周	衛懿公、衛文公、晉靈公、晉悼公	衛懿壞，而文公再造；晉靈壞，而悼公復起，易亂為治。	蠱卦辭
133	東周	柳下惠	柳下惠不卑小官，進不隱賢，必以其道。	履初九
134	東周	柳下惠	以和而悅，內不失己，外不失人，故吉，柳下惠是。	兌初九
135	東周	管仲、敬仲（陳完）、邾子、子貢	管仲辭鄉為有禮，而知其世祀；敬仲辭火為不淫，而卜其必昌。若邾子執玉高，公受玉卑，子貢以為必死亡。	履上九
136	東周	鮑叔、管仲	鮑叔之薦管仲，相臨之切，誠意懇焉。	臨六四
137	東周	管仲、易牙、豎刁、開方	管仲之不制易牙、豎刁、開方，卒至率五公子之徒作亂。	姤九二
138	東周	齊景（杵臼）、陳氏（无宇）	齊景迫於陳氏，而猶與大夫謀樂，多內嬖而不立太子。	離六五
139	東周	田駢	齊人之譏田駢不仕。	歸妹上六
140	東周	黔敖、晏子（晏嬰，平仲）	饑者不食，黔敖是。過於儉嗇，而流於固，晏子豚肩不掩豆、一裘三十年是。	節上六
141	東周	黃（帝）、老（聃）、申（不害）、韓（非）	養德如學聖賢之道，則為正學；黃、老、申、韓，則非正。	頤卦辭
142	東周	老子	无私感之悔，而志抑末，老子之以「知希為貴」。	咸九五

序號	朝代	人名	史事	索引
143	東周	子產、裨諶、蘧瑗（伯玉）、史鰌、仲叔圉（孔圉）、王孫賈	鄭微弱而為命，有子產、裨諶諸人，故鄭不見侵；衛無道而用才，有蘧、史、圉、賈諸人，故衛不至喪。	需上六
144	東周	子皮、子產	子皮委子產以政，而賴其養民也惠。	頤六四
145	東周	子產	鄭處晉、楚之間，而子產猶能因時制宜，振衰救弊，不至困阨之甚，是賴剛中之才，而可求小得。	習坎九二
146	東周	子產、孔子	子產革鄭之弊，未免有赭衣之謗，必已日而後有「誰嗣之歌」；孔子革魯之弊，未免有麛裘之謗，必已日而後有「惠我之誦」。	革卦辭
147	東周		鄭弱孤立，而處晉、楚之間，未免有侵陵之患；由其用柔能下，善於為命，故不惟晉、楚不侵陵，且反得晉、楚之助，而所求必得。	巽六四
148	東周	孔子	孔子之「從心所欲」。	坤六二
149	東周	孔子	此「樂」字是「樂以忘憂，不知老之將至」耳。	離九三
150	東周	孔子、冉求	孔子之於冉求，既以「非吾徒」絕之，固見其嚴；而又使門人正之，又見其愛人之无已，蓋寬猛並用。	蒙初六
151	東周	林放、夫子（孔子）	林放獨能問禮之本，故夫子大其問，而告以寧儉、寧戚。	賁上九
152	東周	孔子、少正卯	孔子為司寇時，不誅少正卯，至攝相七日，而即誅之，時位之有異。	臨九二
153	東周	蘧伯玉（瑗）	蘧伯玉行年五十，而知四十九年之非；行年六十，而六十化。	恆九二
154	東周	子路（仲由）	子路人告之以有過則喜，而勇於自治。	損六四
155	東周	夫子、由（仲由）、求（冉求）	夫子所以於由之兼人，故退之；求之退，故進之也。	小過九四

序號	朝代	人名	史事	索引
156	東周	曾子（曾參，子輿）、子路	善悅人者，弗計其分之所宜，此曾子所謂「脅肩諂笑」、子路所謂「未同而言」也。	兌六三
157	東周	閔子（損，子騫）、夫子、司馬牛	閔子之言必有中，又夫子以司馬牛多言而躁，故告以仁者其言也訒。	艮六五
158	東周	有子（若）	有子曰：「恭近於禮，遠恥辱也。」上九恭不近禮，所以取辱而凶。	巽上九
159	東周	仲梁懷、桓氏、陳寅、樂祁	仲梁懷為桓氏宰、陳寅為宋樂祁。	歸妹初九
160	東周	孔子、孟子	教之位雖有異，而教之道則無異，故孔、孟尤為百世師。	蒙卦辭
161	東周	孔子、孟子	孔子所謂「有教無類」，孟子所謂「歸斯受」。	蒙九二
162	東周	孔子、孟子	畜止必以正法，如孔子、孟子之道，不偏不倚，無過不及。	大畜卦辭
163	東周	孔、孟	孔、孟雖抱有為之具，而無有能用之者，是不得行其道於天下，僅傳諸其徒而已。	井九二
164	東周	孔子、夷之（夷子）、孟子	互鄉難言，而童子獨能潔己以見孔子；墨者異端，而夷之獨能從命以聽孟子。	復六四
165	東周	孔子、陽虎（貨）、孟子、王驩	孔子之待陽虎，孟子之處王驩，身否而道亨。	否六二
166	東周	七十二賢、孔子	有事於學術，以見大人正其學，七十二賢之於孔子。	萃卦辭
167	東周	季氏、冉有	季氏陷於僭竊之罪，冉有不能救之。	艮六二
168	東周	宰我	宰我信道不篤，以從井救人，而憂為仁之陷害。	艮九三
169	東周	封人（儀封人）、晨門	初知時之不可而不為，封人、晨門之徒是。	節初九

序號	朝代	人名	史事	索引
170	東周	魯哀公（姬將）、季（孫）、孟（孫）	魯哀公柔弱，陷於季、孟之間，而不能自振、有為，致溺於憂懼。	震九四
171	東周	披裘公、延陵季子（季札）	披裘公，吳人也。延陵季子出遊，見道中遺金，顧謂公曰：「取被金。」公怒曰：「君子何居己之高，而待人之卑？吾五月披裘而負薪，豈拾金者？」	井六四
172	東周	孟子	此孟子所謂：「聖人百世之師，伯夷、柳下惠是也。」	觀上九
173	東周	孟子、墨者夷之	必利貞者，如聞見不正，雖見大人，而取正之具已非，墨者夷之之見孟子。	萃卦辭
174	東周	孟子	孟子周流列國，傳食諸侯。於宋饋七十鎰，後車數十乘，從者數百人。	旅六二
175	東周	梁惠（梁惠王，魏罃）	梁惠之糜爛其民，而戰大敗，將復是傷而不安；又驅其所愛子弟以狥，是沉溺不返。	困初六
176	東周		陳處晉、楚之間，欲與楚則晉伐，欲與晉則楚伐，是往來前後，皆有險。	習坎六三
177	東周	燭之武	秦欲伐鄭，燭之武曰：「越國以鄙遠，君知其難也。」	同人九四
178	東周	百里奚、穆公（秦繆公，嬴任好）、蹇叔	百里奚自虞之秦，上有穆公同德，下有蹇叔同德，故其心大快。	旅九四
179	東周	隨少師、秦三師（百里孟明視、西乞術、白乙丙）	當未濟之初，則又值難濟之時，而欲冒險輕躁，隨少師之敗績，秦三師之被擒是。	未濟初六
180	東周	荷蕢、荷蓧、長沮、桀溺	避世離群，无所與同，荷蕢、荷蓧、長沮、桀溺之流。	同人上九
181	東周	穆叔（叔孫豹）、豎牛（叔孫豹庶長子）、	穆叔之狥於豎牛，季桓子之狥於陽虎。又公子地之寵蘧富，獵亦為變，執其隨人之象。	咸九三

序號	朝代	人名	史事	索引
		季桓子（季孫斯）、陽虎、公子地（宋元公之子、景公之弟）、蘧富（獵）		
182	東周	臧武仲（紇）	過以召災，而妄欲免災，臧武仲之據地要君。	无妄卦辭
183	東周	臧文仲（辰）、臧武仲、齊莊（姜光）	德不稱位，若盜得而陰居之，一心戀戀，常恐為人所奪，臧文仲之竊位。又〈魏風〉以碩鼠棘貪殘，臧紇以似鼠譏齊莊，亦似此。	晉九四
184	東周	陳相、陳良、許行	陳相棄陳良之學，而學許行。	蒙六三
185	東周	楊子（朱）、墨氏（翟）、子莫	畜止必以正法，若楊子之為我，墨氏之兼愛，子莫之執中無權，皆非正道。	大畜卦辭
186	東周	魯昭公（姬稠）、季氏	好大喜功，如魯昭之於季氏，則反害而凶。	屯九五
187	東周	鄭厲公（姬突）、蔡仲、魯昭公、季氏	鄭厲公之困于蔡仲，魯昭公之困于季氏，皆欲動不得，欲靜不得。由其不能咎前之非，而發憤有為，所以厲欲殺蔡仲，而致出奔；昭欲去季氏，而致遜齊，是不能有悔，故往而不吉。	困上六
188	東周	子賤（宓子齊）	子賤親賢取友，故能成其德。	蒙六四
189	東周	晉伯宗	晉伯宗每朝好直言，其妻戒之，果遭三郤之害。	需九三
190	東周	穿封戌、王子圍（芈圍）	穿封戌與王子圍爭囚，而不得勝。	訟初六
191	東周	屈瑕	若屈瑕之師亂次，以濟囊瓦之師，蔑有鬥心，則失律矣，故至于喪敗而凶。	師初六
192	東周	子玉、子反	楚子玉之敗于城濮，子反之敗于鄢陵。	師六三

序號	朝代	人名	史事	索引
193	東周	荀罃、伍員、文種、季札	荀罃之彼出我入，伍員之多方誤楚，文種之約辭行成，吳公子札之安眾、安民。	師六四
194	東周	范蠡、種（文種）	范蠡泛舟五湖，而大夫種不去，後果罹于患害。	遯初六
195	東周	楚靈王（熊圍）	無道以致福，而妄欲邀福，楚靈王之投龜詬天。	无妄卦辭
196	東周	楚昭王（熊珍、熊軫）	不獲其助，而至于顛倒，楚昭王之於白公是。	中孚六三
197	東周		江黃蓼六處，楚重險之地，又不能有為，所以終于滅亡。	習坎初六
198	東周	趙括、廉頗	趙以趙括代廉頗，即棄長子而用弟子。	師六五
199	東周	公叔文子、史鰌、戌（穿封戌）	公叔文子請享靈公，史鰌曰：「子必禍矣！子富而君貪。」文子曰：「其若之何？」史鰌曰：「無害，子臣可以免。富而能臣，必免於難；戌也驕，其亡乎！」	大有初九
200	東周	士燮（韓厥）、伍子胥	晉入楚軍，晉人皆喜，惟士燮憂；越貢吳師，吳人皆喜，惟子胥懼。	豫六二
201	東周	顏蠋	戰國時齊顏蠋隱居不仕，嘗曰：「晚食以當肉，安步以當車。」	頤六二
202	東周	白起、王翦	白起、王翦之儔，只可用之以禦寇，他无所利。	漸九三
203	東周	范睢	范睢本輕險之徒，原非正大之士，乃知知止而退。	未濟九二
204	東周	赧王（姬延、姬誕）	居首而不能比下，此末代之君，周之赧王。	比上六
205	東周	周赧王	周赧王既已衰弱，而所得諸臣，又皆莫振，安能以有為哉？	小過六五
206	東周		周之衰而未滅，久疾而不死。	豫六五
207	秦		秦號令能及于天下，以力不以德，而卒不能保其終。	乾卦辭

序號	朝代	人名	史事	索引
208	秦	秦贏（嬴政）	秦贏之得天下，終非合義。	隨卦辭
209	秦	始皇（嬴政）	始皇於天下初定之日，而尚律法，焚書坑儒，則行險而不居易，安得為利？無事而造橋，觀，則不能安靜，安得為吉？有事而黷武害民，久為煩擾，亦安得為吉？	解卦辭
210	秦	韓非	不度事幾，不審時宜，而徒上于進，必遭摧折之虞，自取疑忌之禍，如秦之韓非。	大壯初九
211	秦	蔡澤	蔡澤歸相印于秦。	乾上九
212	秦		秦失其鹿，天下共逐之。	屯六三
213	秦	二世（胡亥）、趙高	秦二世之用趙高，君臣所麗不正，安能得亨乎？	離卦辭
214	西楚	項羽、范增	無賢人相輔，如項羽之不用范增。	屯六三
215	楚漢	沛公（劉邦）、項羽	沛公對項羽曰：「臣如陛下之馬，鞭之則行，勒之則止。」	謙初六
216	楚漢	漢高（劉邦）、韓信、項羽、范增	漢高與韓信、項羽與范增，君臣相忌，所麗雖正而不順，安能保其終而吉乎？	離卦辭
217	楚漢	項羽、沛公、虞妃、范增	項羽之敗于烏江，進則沛公在前，退則無面見江東父老。八千子弟，今無一人，與虞妃為垓下之別，孤立寡助，伏劍而死，凶何如哉？	困六三
218	楚漢	沛公、項王（羽）	沛公遇項王鴻門之事。	漸六四
219	西漢	漢高	嬴秦之亂，而漢高起於亭長。	屯卦辭
220	西漢	漢高	漢高百戰百敗，盤桓不得進也，而能忍耐退入西蜀，利居貞以待時也。	屯初九
221	西漢	沛公	沛公之入蜀，在小邑。	訟九二
222	西漢	沛公	沛公渡陳倉以後，有才、有勢，又有機，故雖未出險，亦將出險。	習坎九五
223	西漢	英布、彭越	漢之英、彭所由亡。	師上六

序號	朝代	人名	史事	索引
224	西漢	灌嬰、英布、蕭何	灌、英等，謂蕭何無汗馬之勞，而位居諸臣之上。	謙六四
225	西漢	蕭何、曹參	蕭何與曹參有隙，雖相睽而卻相信焉。	睽九四
226	西漢	韓信、彭越、呂后（雉）	韓信、彭越，皆有所係，而不能遯，後為呂后誣以欲反，而及于難，是有疾而厲也。	遯九三
227	西漢	韓信、蕭何	當來反，韓信在楚，不用如去。六四是有位无才，若不連于九三，終不得濟，惟來連庶可共濟，蕭何月下之追韓信。	蹇六四
228	西漢	韓信、漂母	韓信寄食於漂母，「旅瑣瑣」也；有二少年令其出胯下，是取輕侮之災也。	旅初六
229	西漢	子房（張良）	全身全節，子房之去漢。	遯九五
230	西漢	陳餘、張耳	若有他焉，則始終有異，陳餘、張耳則不得安矣。	中孚初九
231	西漢	太史公（司馬遷）、張良、始皇、沛公	太史公疑張良為鐵石心腸，而其狀貌乃如婦人、女子，蓋其有剛毅之資，故能錐擊始皇，興漢滅楚；而當日圯上進履、附耳躡足、教沛公入蜀諸事，又多出以退遜之心。	鼎上九
232	西漢	周勃	周勃入北軍，令軍中曰「為劉者左袒，為呂者右袒」，卒能平呂氏之亂。	夬九二
233	西漢	高祖、諸呂（呂雉等）、惠帝（劉盈）、周勃	高祖沒，諸呂擅權，是渙之始。惠帝幼弱，是陰柔不能濟渙，賴周勃以安之，順而得吉。	渙初六
234	西漢	高（劉邦）、惠帝（劉盈）、文（劉恆）、景（劉啟）、武帝（劉徹）	漢自高、惠、文、景而後，至武帝脩封禪、好神仙，而亦即於侈；皆治極生亂，雖曰「天運」，實「人事」也。	既濟卦辭
235	西漢	張釋之	張釋之為廷尉，天下无冤民。	噬嗑九四
236	西漢	武帝	漢武席文、景之富庶，而開西南夷，卒致輪臺之悔。	泰上六

序號	朝代	人名	史事	索引
237	西漢	汲黯、漢武	汲黯以誠實動漢武。	升九二
238	西漢	李陵、蘇武	李陵之降單于，後見蘇武守節，嘆曰：「嗟乎！義士，陵與衛律之罪，上通于天矣。」	節六三
239	西漢	霍光、張安世	霍光之輔漢宣，有求必得，嘗與上驂乘，而上背如芒刺。後使張安世驂乘，上甚肆體安焉，亦由安世之忠愛循理，有明哲保身之道。	隨九四
240	西漢	嚴延年	漢嚴延年為河南太守，陰騺酷烈，其母自東海來，大驚曰：「吾不意臨老見壯子被刑也。」遂去。未幾，嚴果坐法棄市，不復東歸。	漸九三
241	西漢	于定國	于定國為廷尉，民自以不冤。	噬嗑九四
242	西漢	疏廣、疏受	疏廣謂疏受曰：「吾聞知足不辱，知止不殆，即日俱乞骸骨歸，亦是嘉遯也。」	遯九五
243	西漢	龔遂	渤海之民，賴龔遂以治，而各安農業。	解初六
244	西漢	趙飛燕、淖方成	趙飛燕初入宮，有披香博士唾曰：「此禍水也，滅火必矣。」	坤初六
245	西漢	梅福	天地閉，賢人隱，當棄官歸去，梅福變姓名為吳門市卒。	坤六四
246	西漢	貢禹	貢禹彈冠待薦。	比初六
247	西漢	石顯、牢梁、五鹿充宗	石顯與牢梁、五鹿充宗結為黨友。	比六三
248	西漢	賈捐之、石顯	賈捐之素短石顯，又欲援顯以圖進，卒為顯所制。	小畜九三
249	西漢	石顯、宏恭、蕭望之、劉更生、周堪	石顯、宏恭進，而蕭望之、劉更生、周堪之輩退。	否卦辭
250	西漢	蓋寬饒、韓歆（延壽）、楊惲	得中，則心無過當而失正，則事或有恃壯之失，漢蓋寬饒、韓歆、楊惲之類。	大壯九二

序號	朝代	人名	史事	索引
251	西漢		漢元、成諸臣，優游靡斷，終見羞吝，皆非得中。	蠱六四
252	西漢	王章、王鳳	王章雖王鳳所引，而不黨王氏。	剝六三
253	西漢	京房（李君明）	不度事幾，不審時宜，而徒上于進，必遭摧折之虞，自取疑忌之禍，漢之京房。	大壯初九
254	西漢	元帝（劉奭）	六五資稟柔懦，處位不當，僅可免悔，漢元帝之優柔靡斷。	大壯六五
255	西漢	哀帝（劉欣）、董賢	漢哀帝之寵董賢，君臣所麗不正，安能得亨乎？	離卦辭
256	西漢	龔勝、邴漢、劉歆、甄豐	君子重名節，能絕所好以遯，龔勝、邴漢之上疏乞歸。若陰柔小人，溺于所安，劉歆、甄豐等之不能去。	遯九四
257	西漢	劉昆	劉昆為弘農守，虎負子渡河，誠能格頑。	中孚卦辭
258		孔光、王舜、王莽	孔光、王舜等，本漢臣而從莽。	隨六二
259	新	王莽、薛方	王莽徵薛方。薛方曰：「明主方隆，唐、虞之德，小臣願守箕山之節。」莽悅其言，不強致。	剝卦辭
260	新	楊雄（揚雄）、王莽	楊雄本文學之徒，而媚於王莽，卒致敗名喪節。	咸六二
261	新	王莽	王莽於軍師外敗，大臣內叛，憂懣不能食，唯飲酒啖鰒魚，讀軍師倦，因凴几臥，不復就枕。	夬上六
262	東漢	光武（劉秀）	新莽之亂，而光武起自南陽。	屯卦辭
263	東漢	新莽、光武	新莽簒漢稱帝，被光武所滅，復興漢室。	解上六
264	東漢	王郎、任光、劉秀	王郎之困信都，非欲以害任光，特欲其助己。而任光不肯，後聞劉秀至，大喜，乃歸之。	屯六二

序號	朝代	人名	史事	索引
265	東漢	光武	漢光武欲保全功臣爵土，不令以吏治為過，故功臣并不用。	師上六
266	東漢	劉秀、祭遵、湖陽公主、董宣、竇篤、周紆	劉秀舍中兒犯法，祭遵治之，而觸帝之怒；湖陽公主之奴殺人，董宣治之，而致主之訴；竇篤夜到止姦亭，周紆治之，而詔收紆下獄。	噬嗑六二
267	東漢	光武	光武渡滹沱河以來，有才、有勢，又有機，故雖未出險，亦將出險。	習坎九五
268	東漢	光武	光武之偷涉滹沱。	未濟六三
269	東漢	馮異、光武	主簿馮異之從漢光武，卒成濟蹇之功。	蹇上六
270	東漢	鄧禹、劉秀	南陽鄧禹杖策追劉秀，秀留幕下，凡有謀議，必禹參贊，是已合志。	損初九
271	東漢	二十八將、光武	有事於功名，以見大人展其志，二十八將之於光武。	萃卦辭
272	東漢	耿弇、光武、子輿（劉子輿，王郎）	耿弇之本附光武，厥後過子輿處，從者皆欲歸子輿，而弇獨往從光武。	萃初六
273	東漢	明帝（劉莊）	漢明帝崇尚儒學，斷獄得情，承平之治，稱東都第一，亦見所行无礙。然性褊察，朝廷莫不悚慄，爭為嚴切以避誅。	履九五
274	東漢	明帝	漢明帝尊師重傅，臨雍拜老，羽林之士，亦通《孝經》。	觀卦辭
275	東漢	章帝（劉炟）、竇憲、和帝（劉肇）	漢章帝之責竇憲曰：「國家棄憲，如孤雛、腐鼠耳。」和帝時，憤其專權賜死。	解六五
276	東漢	班固、竇憲	班固之從竇憲後，坐憲黨，死于獄中。	姤九三
277	東漢	張陵、梁不疑	張陵雖梁不疑所薦，而不黨梁氏。	剝六三
278	東漢	魯恭、馬稜（棱）	魯恭為中牟令，馴雉依桑；馬稜守武陵，飛蝗赴海，誠能格頑。	中孚卦辭
279	東漢	獻帝（劉協）	此爻如漢獻帝。	屯上六

序號	朝代	人名	史事	索引
280	東漢	獻帝、袁紹、何進	漢獻帝之時，黃巾四起，權奸竊柄，人心渙散。袁紹位居三公，何進誼忝帝戚，有可為之地，而鹵莽無謀，又不能訪友共濟，是无才、无人，不能使渙而復合。	渙卦辭
281	東漢	鍾瑾	鍾瑾之無阜白，惟以退讓為貴。	訟六三
282	東漢	左雄、周舉	左雄為周舉所劾而謝曰：「是吾過也。」	訟九四
283	東漢	范巨卿（范式）	范巨卿雞黍相約。	比初六
284	東漢	鍾離意	鍾離意數封還詔書，而上從其諫。	小畜六四
285	東漢	梁冀、曾騰、陳蕃、李固、張綱	梁冀、曾騰進，而陳蕃、李固、張綱之徒退。	否卦辭
286	東漢	李固、梁冀、杜喬	漢自李固為梁冀所廢，而後內外喪氣，唯杜喬正色無所撓，由是朝野咸倚賴焉。	剝上九
287	東漢	皇父規（皇甫規）、梁冀	皇父規獻策，而為梁冀下第，乃規遂以疾求免。	晉初六
288	東漢	李膺、荀淑、陳實（寔）	漢李膺以荀淑為師、陳實為友，所交盡天下賢士。	隨初九
289	東漢	雷義、陳重	雷義與陳重交，語曰「膠漆雖謂堅，不如雷與陳」。	隨上六
290	東漢	成瑨、岑晊、宗資、范滂	成瑨守南陽，任功曹岑晊；宗資安汝南，任功曹范滂，語曰：「南陽太守岑公孝、弘農成瑨，但坐嘯；汝南太守范孟搏、南陽宗資，主畫諾。」	賁六二
291	東漢	郭林宗（泰）、徐孺子（穉）	知幾不進而自止，東漢郭林宗、徐孺子之徒	大畜九二
292	東漢	楊伯起（震）、樊豐	楊伯起不避樊豐，則不亨矣。「小利貞」是儆小人，以不可害君子也。若樊豐之害楊伯起，則不貞矣。	遯卦辭
293	東漢		漢之末而未亡，久疾而不死。	豫六五

序號	朝代	人名	史事	索引
294	東漢	樊豐、耿寶、瓊、李固、宋娥、梁氏	漢殺樊豐、耿寶，而黃瓊、李固之徒相繼登用，豈不元亨乎？乃未幾而宋娥弄權，中官襲爵，梁氏用事，而賢人君子不能救。漢祚之衰，噫！伊誰之咎哉？	臨卦辭
295	東漢	袁紹、董卓、玄德、公孫贊	袁紹之不能去董卓是，使當時能任玄德，而紹安出其後，則卓可去，而紹可進矣。奈何聞公孫贊之言，而不信乎？	夬九四
296	東漢	孟德（曹操）、元直（徐庶）、先主（劉備）	孟德之召元直，使不得事先主，而元直心常切于先主。然孟德非欲害元直，第欲其助己。	賁六四
297	東漢	曹操、趙雲、劉備	曹操將兵臨漢中，趙雲出營覘之，操兵大出，雲且戰且卻，入營使人開門，操疑有埋伏，引去，雲以勁弩追殺之，操兵大敗。明日，劉備至營，視曰：「子龍一身都是膽也。」	習坎卦辭
298	東漢	先主、曹操、趙雲、	四如先主，二如曹操，初如趙雲；趙雲之困于曹操，先主不能救之。然邪不勝正，趙雲終得遇先主。	困九四
299	東漢	荀彧、曹操	荀彧清修之士，而附於曹操，卒致敗名喪節。	咸六二
300	東漢	曹操	曹操少機警，時人未之奇，後至於攬權。	姤初六
301	東漢	張松、曹操、劉備	張松先欲獻地圖於操，而操不禮。後乃獻於劉備。然松必先獻操，而後獻備。	萃六三
302	東漢	昭烈（劉備）、曹操	昭烈遇曹操煮酒之時。	漸六四
303	東漢	劉備、劉表	劉備棄新野走樊城，而得依於劉表。	渙九二
304	東漢	禰衡	恃剛躁進，其進必折，若禰衡之極，則亦安得進乎？	大壯九四
305	東漢	禰衡	禰衡以驕亢之性，所往輒不相投。	旅上九
306	三國	龐統、于禁	龐統之敗於落鳳坡，于禁之敗於魚罾口，皆躁進以取災。	小過初六

序號	朝代	人名	史事	索引
307	蜀漢	諸葛武侯（諸葛亮）	諸葛武侯躬耕南陽，時號「臥龍先生」。	乾初九
308	蜀漢	先主、孔明（諸葛亮）	知己陰柔之才，不足濟屯，而求初九之賢以輔，如先主之下聘孔明。	屯六四
309	蜀漢	孔明、劉先主（備）	孔明受劉先主之恩，由是感格，遂許以馳驅，而復受托孤之責，是困于厚待。	困九二
310	蜀漢	劉備、孔明	劉備與孔明為魚水之得，此相悅以正。	兌卦辭
311	蜀漢	昭烈	才可有為，而无人共濟，固當順時而止，如劉備托菜種園時。	无妄九四
312	蜀漢	玄德（劉備）	玄德之馬躍檀溪，不敢由於陸，而由於水。	未濟六三
313	蜀漢	劉備、關（羽）、張（飛）	劉備以英雄之資，又有關、張輔之，有才、有人，當是時，未得其地，故卒僅鼎足三分，而不能使合而為一。	渙卦辭
314	蜀漢	孔明、龐統	孔明之薦龐統，相臨之切，誠意懇焉。	臨六四
315	蜀漢	諸葛（亮）	諸葛一生惟謹慎。	大過初六
316	蜀漢	諸葛武侯（亮）	事君能致其身，諸葛武侯當之。	蹇六二
317	蜀漢	孫乾、簡雍、臥龍（諸葛亮）、鳳雛（龐統）、五虎將（關羽、張飛、馬超、黃忠、趙雲）、劉使君（劉備）	孫乾、簡雍之輩，賴臥龍、鳳雛、五虎將之助，發強剛毅之資，尤協大中正之德，而居君位，其志得行。劉使君仁義著於天下，而居君位，尤為臥龍、鳳雛、五虎將中之大人，孫乾、簡雍從之，得其正矣。	巽卦辭
318	蜀漢	郤正、黃皓	郤正為黃皓所進，而不黨黃皓。	剝六三
319	蜀漢	姜伯約（維）	殺身成仁之事，姜伯約之不能復漢，不可以成敗、利鈍論。	大過上六
320	南朝陳、蜀漢	陳後主（陳叔寶）、蜀後主（劉禪）	上陰柔不能戒，故有厲，陳後主、蜀後主是。	既濟上六
321	曹魏	司馬氏	魏之司馬所由篡也。	師上六

序號	朝代	人名	史事	索引
322	西晉	何曾	養身若何曾一席費萬錢，猶云無下箸處，則非正。	頤卦辭
323	西晉	惠（司馬衷）、愍（司馬鄴）	以陰柔之才，居陰極之時，將必亡而已矣，晉之惠、愍。	習坎上六
324	西晉	李密、武帝（司馬炎）	李密〈陳情表〉曰：「臣不勝犬馬怖懼之情，謹拜表以聞。」武帝覽表，賜婢二人，奉事祖母。	巽九二
325	西晉 東晉	殷浩、王衍	殷浩、王衍之徒，則以才弱當未可行之時，而欲有行，未免有咎。	艮初六
326	前秦 東晉	苻堅、謝玄	苻堅為謝玄所破，聞風聲鶴唳，皆疑為晉軍，是中无定主，而方寸亂。	習坎卦辭
327	東晉	陶淵明（潛，元亮）	陶淵明之不為五斗米折腰。	姤上九
328	晉隋		晉及隋，號令能及于天下，皆以力，不以德，而卒不能保其終。	乾卦辭
329	南朝齊	周顒、孔稚圭	周顒本隱北山，後為鹽海令，孔稚圭作〈北山移文〉以刺之。	頤初九
330	北朝齊	北齊後主（高緯）	北齊後主好奢華，製無愁之曲，民間謂之「无愁天子」，則不能憂儆，安得无咎乎？	萃上六
331	北朝魏	魏明帝（元詡）、蕭寶寅（夤）、蘇湛	魏明帝時，蕭寶寅將逆謀，遣蘇湛表弟諷湛曰：「吾今不復為臣，肝膽與君共之。」湛曰：「朝廷假我以羽翼，因得榮寵，可乘閒而有問鼎之心乎？」遂再三乞歸。後魏主嘉湛，加世職焉。	鼎九二
332	隋	文中子（王通）	隋文中子潔身不出，講學于河汾，程子稱其為隱德君子。	蠱上九
333	唐	高祖（李淵）	前五代之亂，而唐高祖以興。	屯卦辭
334	唐	高祖、太宗（李世民）、中宗（李顯）、韋后	唐自高祖、太宗而後，至中宗而縱擘韋后，卒至被弒，皆治極生亂，雖曰「天運」，實「人事」也。	既濟卦辭

序號	朝代	人名	史事	索引
		（韋香兒、蓮兒）		
335	唐	太宗	唐太宗大召名儒，增廣生員，宗戚子弟，莫不受學。	觀卦辭
336	唐	太宗、魏徵、長孫皇后	唐太宗嘗因怒欲殺魏徵，每得長孫皇后之諫而輒止。	大過九二
337	唐	太宗、魏徵、王珪、尉遲恭（敬德）、秦叔寶（瓊）、武后（則天）	唐太宗內有魏徵、王珪之相，外有尉遲恭、秦叔寶之將，又大召名儒、增廣生員，貞觀之治，稱為隆盛。而不知武后已潛在宮中，此正不期而遇也。武后以才人充陳，本非六禮所聘，又極淫亂，是遇已非正，而德又不貞，故聖人為之戒，謹於始也。	姤卦辭
338	唐	太宗、蘇威	太宗數蘇威曰：「公南朝碩輔，政亂不匡，遂令生民塗炭。今既老且病，吾此間無勞相見也。」	井初六
339	唐	褚遂良	唐自褚遂良沒諫者，咸以言為諱，是君過剛，而臣過柔，莫能相濟有為。	大過九五
340	唐	武后	武后臨朝，武攸緒去，隱嵩山，視不義之富貴，如浮雲。	賁初九
341	唐	武后、狄梁公（仁傑）	武后臨朝，忠臣多為所殺，而狄梁公獨為信用。	无妄初九
342	唐	盧藏用、武則天、司馬承禎	盧藏用隱終南山，武則天時徵為左拾遺，是「不恆其德」矣。司馬承禎譏之，是「或承之羞」矣。	恆九三
343	唐	武后、閻朝隱	武后有疾，方禁屠宰，閻朝隱以身代犧牲，雖曰所以敬君，亦為人所恥辱而凶。	巽上九
344	唐	狄仁傑、狄光嗣、張柬之、姚崇、桓彥範、敬暉	唐狄仁傑舉其子光嗣，亦薦張柬之、姚崇、桓彥範、敬暉等，皆為名臣。	同人初九

序號	朝代	人名	史事	索引
345	唐	阮行沖、狄仁傑	阮行沖賴狄仁傑之薦舉。	升初六
346	唐	蘇味道	蘇味道處事依違無決斷，模稜持兩端，人謂之「蘇模稜」。	巽初六
347	唐	周興	畜止必以正法，若周興之以甕炙囚，則非正法。	大畜卦辭
348	唐	魏元同（玄同）、裴炎	魏元同與裴炎交，能保終始，時號「耐久朋」。	隨上六
349	唐	張易之、張昌宗	唐張易之以鐵籠炙鵝、鴨，其弟昌宗亦依法以炙驢、羊，後伏誅。	頤六三
350	唐	郭宏霸、魏元忠、宋之問、張易之	郭宏霸為魏元忠嘗穢糞，宋之問為張易之捧溺器。	歸妹六三
351	唐	張岌、薛師、趙履溫、安樂公主（李裹兒）	張岌諂事薛師，掌擊黃幞；趙履溫趨赴安樂公主，背挽金車，是妄悅而不正。	兌卦辭
352	唐	李義甫	李義甫謂人臣不當犯顏諫諍，使君悅、臣安，此小人之道。	兌上六
353	唐	唐中宗（李顯）、岑羲、蕭至忠、袁喜祥	唐中宗時，岑羲、蕭至忠護己之短，而仝在政府，後為袁喜祥獻其逆謀之獄。	解六三
354	唐	唐明皇（玄宗，李隆基）、安祿山	唐明皇恃天下太平而不之戒，卒召安祿山禍亂。	既濟六四
355	唐	李林甫、張九齡	李林甫用，而張九齡罷相。	小畜上九
356	唐	楊貴妃、安祿山	治家太嚴，則人情不堪。然過寬，則家範不立，楊貴妃與安祿山，笑話相謔，終必羞吝。	家人九三
357	唐	盧懷慎	素飽，盧懷慎，人謂「伴食宰相」。	漸六二
358	唐	郭子儀	始无敢矯詔專成，後因君命而有以終其功，若郭子儀。	坤六三

序號	朝代	人名	史事	索引
359	唐	郭汾陽（子儀）、唐肅宗（李亨）	以順而升，郭汾陽以順德，事唐肅宗。	升六四
360	唐	郭子儀、魚朝恩	郭子儀值相州軍潰，為魚朝恩所譖，遂罷兵柄，而居之京師。然所遭雖不幸，而所存自不亂，後得再復。	震六二
361	唐	盧杞、郭子儀	盧杞未為相，郭子儀已防其得志。	剝初六
362	唐	黃嵩、盧杞	黃嵩之攀援盧杞，卒致取敗，皆凶也。	豫初六
363	唐	盧杞	盧杞貌甚陋，時人莫之忌，後至於秉政。	姤初六
364	唐	李絳	唐李絳每指陳得失，而上謂其忠。	小畜六四
365	唐	陸贄、德宗（李适）	陸贄以至誠，感動德宗。	无妄初九
366	唐	陸贄、德宗	陸贄以誠實感德宗。	升九二
367	唐	陸贄、張鎰	陸贄與張鎰為忘年之交，此相悅以正。	兌卦辭
368	唐	李德裕、柳公權	李德裕欲薦柳公權，卒以薦不由己，而左遷之，則有徇私，皆公之失。	萃六二
369	唐	韓愈	韓愈為潮州刺史，鱷魚遠避，誠能格頑。	中孚卦辭
370	唐	唐文宗（李昂）	唐文宗出御袖，以示諸臣曰：「此衣已三浣矣。」正是以樸素為賁，不賁之賁也。	賁六五
371	北宋	華山希夷（陳摶）	幽人，如華山希夷之類。	歸妹九二
372	北宋	太祖（趙匡胤）	後五代之亂，而宋太祖以出。	屯卦辭
373	北宋	太祖、石守信	宋太祖謂石守信等曰：「人生如白駒過隙，卿等何不市好田宅、買歌兒舞女、飲酒相歡，終其天年？」是縱樂，非安樂也。	離九三
374	北宋	太祖、太宗（趙光義）	存心行事，或有不正，然賦性聰明，虛心求助，宋之太祖、太宗是。	未濟九五

序號	朝代	人名	史事	索引
375	北宋	趙普、盧多遜、彌德超、曹彬	趙普秉政，竄盧多遜於朱崖、竄彌德超於瓊州，而曹彬召用。	解九二
376	北宋	宋太宗、趙普、曹彬、盧多遜、彌德超	九五如宋太宗，六二如趙普、曹彬，三、四如盧多遜、彌德超。趙普為盧、彌所隔，而不得事太宗。然邪不勝正，後事得白，復入秉正。	漸九五
377	北宋	趙普、太宗	二似趙普，五似太宗，太宗不用趙普，而趙普罷政，後復召用。	既濟六二
378	北宋	竇儀	竇儀曰：「吾不作宰相，亦不詣朱崖，吾門可保矣。」	姤九三
379	北宋	宋太宗、曹彬	宋太宗之疑曹彬，先罷彬，而後復召彬。既知其忠，益厚待之。	睽上九
380	北宋	李昉、宋太宗	李昉為宋太宗臣，太宗命鸞輿迎之御榻側，帝手酌罇，選果之珍者賜之。	益六二
381	北宋	李穆公（昉）、宋太宗	以順而升，李穆公以順德，事宋太宗。	升六四
382	北宋	呂蒙正、蘇易簡	宋太宗朝，呂蒙正與蘇易簡同拜學士，俱為名相，時人以「鳳齊飛」喻之。	大畜九三
383	北宋	呂蒙正、王曾、寇準、師德（張師德）	蒙正書人，以進王曾，絕口不言；寇準被薦，而不知師德，及門而將。	萃六二
384	北宋	王曾	不素飽，如王曾之志不在溫飽。	漸六二
385	北宋	王曾	王曾為相，擢用人材，絕口不與人言，曰：「用賢，人主之事。」	中孚六四
386	北宋	宋真宗（趙恆）、神宗（趙頊）	宋真宗之借天書，以粉飾太平；神宗之用青苗法，以圖求至治是。	未濟上九
387	北宋	丁謂、萊公（寇準）	丁謂為萊公拂鬚，萊公責之曰：「豈有官長而為人拂鬚乎？」由是得罪。	臨六三
388	北宋	寇準、王旦	寇準之求王旦薦己為相，則失其道矣。	隨六三
389	北宋	杜衍、韓琦、范仲淹、富弼	宋杜、韓、范、富諸公，一時並用，仁宗之朝，而公言廷諍，不相苟合。	同人六二

序號	朝代	人名	史事	索引
390	北宋	范仲淹（子純仁）、章惇	陰禍已加於身，小則貶逐，如范仲淹為章惇所謫。	剝六四
391	北宋	邵康節（邵雍）、程子（程頤）	邵康節坦夷溫厚，程子稱為「內聖外王之學」，其道純一不雜，汪洋浩大。	履九二
392	北宋	明道（程顥）	明道先生，人人皆稱其盛德。狡詐者獻其誠，暴慢者致其恭。	謙六二
393	北宋	張思叔（繹）	養身如張思叔之飲食，必慎節則為正。	頤卦辭
394	北宋	張思叔	張思叔座右銘所謂「步履必安詳，居處必正靜」。	離初九
395	北宋	張載	關中張載，以議新政不合，移疾家居。	需九二
396	北宋	元祐諸臣	宋元祐諸臣，矯枉過正，未免有悔，然于理則无大咎。	蠱九三
397	北宋	呂大防、范祖禹、司馬光	呂大防戇直无黨，范祖禹法司馬光不立黨。	解九四
398	北宋	司馬光、蔡京、王安石	三處二陽之間，而為所曳掣，如司馬光之困於蔡京、王安石。然邪不勝正，終必復合，如司馬光之復為相。	睽六三
399	北宋	司馬溫公（光）	司馬溫公平生未嘗一語輕人、慢人，此止能巽者，故无可羞吝。	巽九三
400	北宋	王安石、蘇洵	荊公未為相，蘇老泉已知其奸邪。	剝初六
401	北宋	王安石	畜止必以正法，若荊公之請復肉刑，則非正法。	大畜卦辭
402	北宋	王安石	王安石之謂「天變不足畏，人言不足恤，祖宗之法不足守」，則未能戒懼，而安能以无懼乎？	震初九
403	北宋	王安石、呂惠卿、章惇、曾布、蔡京、蔡攸	王、呂、章、曾、蔡氏父子黨同伐異，相與依阿。	同人六二
404	北宋	王安石、宋神宗	學術不正，雖見大人，而致用之術已疎，王安石之見宋神宗。	萃卦辭

序號	朝代	人名	史事	索引
405	北宋	王安石、宋神宗、呂惠卿	王安石之悞宋神宗，呂惠卿之悞王安石。	鼎九四
406	北宋	哲宗（趙煦）	宋哲宗時，熙、豐小人退居閒野，元祐諸君子久抑得伸。	泰卦辭
407	北宋	唐坰、王安石、曾布、王珪、元絳、薛向、陳繹、張璪、李定、張商英	唐坰初附王安石，後乃奏疏陳時事，直斥王安石專作威福，曾布等表裏擅權，王珪曲事安石，無異廝僕。元絳、薛向、陳繹，安石頤指氣使，張璪、李定為安石爪牙，張商英乃安石鷹犬，是坰能變為君子。	否初六
408	北宋	徽（趙佶）、欽（趙桓）	以陰柔之才，居陰極之時，將必亡而已矣，宋之徽、欽。	習坎上六
409	南宋	秦檜、胡瑗、李綱	秦檜未為相時，胡瑗、李綱等皆不知其奸。	否六三
410	南宋	曹詠、秦檜	曹詠附秦檜為戶部侍郎，後罪貶。	豫六三
411	南宋	秦檜、韓世忠	秦檜初參政府，而韓世忠辭歸。	剝六二
412	南宋	韓世忠、秦檜	韓世忠為秦檜所阻，而請罷。	大畜初九
413	南宋	岳武穆（飛）、秦檜	岳武穆不避秦檜，則不亨矣。「小利貞」是儆小人，以不可害君子也。若秦檜之害岳武穆，則不貞矣。	遯卦辭
414	南宋	韓侂冑、趙汝愚	韓侂冑進，而趙汝愚遭貶。	小畜上九
415	南宋	趙師罣、韓侂冑	趙師罣附韓侂 冑納珠冠為犬吠。	歸妹六三
416	南宋	梁成大、史彌遠	梁成大附史彌遠，攘臂以排斥忠良。	泰六四
417	南宋	翁應龍、賈似道、葉李	翁應龍劾賈似道，流于幷州，而葉李諸賢於歸。	解九二
418	南宋	文天祥	殺身成仁之事，如文天祥之不能存宋，不可以成敗、利鈍論。	大過上六
419	元	趙孟頫、留孟炎	趙孟頫、留孟炎之降元，而為元世祖恥笑，是不節之咎。	節六三
420	明	石亨、薛文清（瑄）	石亨竊弄威權，而薛文清罷仕。	剝六二

序號	朝代	人名	史事	索引
421	明	薛瑄、曹吉祥	薛瑄為曹吉祥所阻，而移歸。	大畜初九
422	明	徐爵、馮保	徐爵附馮保，仗勢以進退人材。	泰六四
423	明	楊順、嚴嵩	楊順之攀援嚴嵩，卒致取敗，皆凶也。	豫初六
424	明	沈鍊、嚴嵩、順昌（周順昌）、魏璫（魏忠賢）	沈鍊詆嚴嵩而被謫，順昌詬魏璫而下獄，由其居下任壯，未審其籌策，以至此耳。	夬初九
425	明	崔呈秀、魏忠賢	崔呈秀附魏忠賢刻義子於溺器。	歸妹六三
426	明	楊椒山（繼盛）、嚴嵩	陰禍已加於身，大則刑誅，如楊椒山為嚴嵩所害。	剝六四
427	明	嚴世蕃	明嚴世蕃唾婢口，謂之「香唾盆」；點美女，謂之「肉雙陸」，伏誅。	頤六三
428	明	張綵、劉瑾	張綵附劉瑾為吏部尚書，後伏誅。	豫六三
429	明	崇禎（思宗，朱由檢）	明崇禎承天啟之餘燼，而一時更張過於苛察，人情不堪，卒致滅亡。	離九四
430	?	天臺道士、烟波釣徒	天臺道士、烟波釣徒，凡事未可做皆不做，凡日用安靜，而韜晦處皆是。	艮六四

八　複印與對話

——《徐霞客遊記．粵西遊日記》與《桂勝》的地景觀看

范宜如*

提要

觀看山水，是文人腳蹤大地，流覽四方的行旅體驗。如果山水已成文人共同的「文本」，在自然景物與文化遺蹟間，「此時此刻」的文人觀覽山水，如何與前世代的文人對話？本文以《徐霞客遊記．粵西遊日記》及張鳴鳳（字世祥，？-？）《桂勝》為主要討論對象，主要探討文人觀覽桂林山水與石刻上之詩文題詠的身體行動，及其所顯示的重層性觀看與空間情境。以「複印與對話」為題，除了顯示石刻的物質文化特性與自然山水之疊合與對照，另一方面也審視文人在山水之中所居的位置及其觀看的方式。全文分成三大部分：其一，勝景的觀覽、書寫與編纂：說明本文的撰作緣起，個人行旅書寫與官方編纂文集反映出現地考察、紀實與稽古心態的文化現象。其二，時間的形狀：山水與碑刻摩石如何形成獨特的地貌景觀，顯示其時空意識。其三，交會的光譜：碑刻閱讀與臨場證驗的行旅踏查。

關鍵詞：《徐霞客遊記》，《桂勝》，粵西，地景，石刻。

---

* 范宜如教授，國立臺灣師範大學國文學系文學博士，現任國立臺灣師範大學國文學系專任教授，專長為明代文學、現代文學。曾榮獲校級「優良通識課程」教師、「教學優良獎」、教育實習指導教師「金師獎」與校級「教學傑出獎」。專著有《錢牧齋詩學觀念之反省——以《列朝詩集小傳》為探究中心》、《明代中期吳中文壇研究——一個地域文學的考察》、《風雅淵源——文人生活的美學》（與朱書萱教授合著）與《行旅．地誌．社會記憶——王士性紀遊書寫探論》等。范教授自述：「從大三修習黃師慶萱之《修辭學》，初窺文學之堂奧；碩士班修習黃師慶萱之課程，方入文學理論之門；而博士班由黃師慶萱與吳師宏一共同指導，方能掌握學術研究之要旨。慶萱師以其身教、言教誨我導我，感之念之，謹此為記。」

一　前言：勝景的觀覽、書寫與編纂

筆者近年來關注方志的編纂、筆記的書寫型態及其地方意識的文學詮釋，從王士性（字恆叔，？-1598）《廣志繹》[1]到謝肇淛（字在杭，號武林，1567-1624）《滇略》，[2]乃至於張鳴鳳（字世祥，？-？）《桂勝》，[3]這幾本筆記、方志同時具備觀覽和編纂的行動與美學意涵。文人觀覽勝景，進而記錄編纂；從感物到體物，從觀覽到文字表述，連結審美體驗與編纂之文化行動，適可對應明清時期，山水記與遊覽志之文類混雜之現象。

當文人觀覽地方，對此地之文獻、詩文有意識地加以組合，因而有志書、筆記、方志之編纂。審視「遊覽志」的書寫傳統，其間從地理、方位的紀錄，到人文的採編，組合了文人活動歷覽景物的詩文。整體來說，名勝志與地方志已然混融，既具有名勝志的特色，也具有地方志的特色。透過名勝志與山水遊記的融合，使它們從山水空間變成文化空間。[4]

「遊」是空間的移動，也是對地方的發現。入山與紀山之間，自然景物與文化遺跡的對話，風景建構的空間感受，遊人氣質的個別視野，在在都可以點出「遊」與紀遊書寫有其豐富的可能性。關於遊的課題，學者各自從不同角度點出明代旅遊風氣的興盛，以及旅遊書寫的多元發展，例如趙園就提到紀遊與地志之作都與旅行有關，他指出：

> 明代多地志之作，與士習的好遊、好著述自不無關係。張鳴鳳的《桂勝》、《桂紀》，清四庫館臣以為「典雅」、「博贍有體」。到明清之際，熱中著述的風氣，以及輿地之學復興的趨勢，潛在地影響了遊者的動機與

---

[1] 范宜如：〈文化圖景的形構——王士性《廣志繹》的地方知識與敘事〉，《中國學術年刊》第32期（2010年9月），頁191-222。

[2] 范宜如：〈謝肇淛《滇略》的書寫視域及文化意蘊〉，《國文學報》第55期（2014年6月），頁165-200。

[3] 范宜如：〈張鳴鳳《桂勝》的纂輯歷程與文化意涵探析〉，《中國學術年刊》第43期（2021年3月），頁85-114。

[4] 關於志書的編纂與名勝的傳播，可參考馬孟晶的論述，如〈地志與紀遊——《西湖合志》與晚明杭州刊刻的名勝志〉，《明代研究》第22期（2014年6月），頁1-49。

> 期待。這一時期山志、輿記中的佳構，考名跡沿革，搜採金石之文以訂訛正謬，引證務求富贍，撰寫者多能親歷其地，以實地考察與文獻考辨並重。[5]

此處提及士人的好遊、好著述，也點出《桂勝》一書搜採金石與文獻考辨之特色。周振鶴則指出明代遊記從嘉靖年間漸漸增加，至萬曆以後則大量出現，與士人的「好著述」可相印證。[6]趙園指出：

> 徐氏之遊令明末世人為之傾倒的，固在其涉歷地域之廣及行旅的艱苦性，此種旅行的某種學術旨趣（輿地考察），卻也更在呈示於紀遊文字的豪傑氣概。時危世亂，世人無疑樂於從中讀出挑戰──挑戰自我、挑戰命運的強毅。明清之際的士人之遊，在上述不同方向上又有推展：學人式的山川考察與志士式的激情發越、意志顯示。[7]

此處對於《徐霞客遊記》的評價，來自涉地之廣及行旅之艱，更重要的是山川考察及豪傑的意志。高居翰在《氣勢撼人》一書，也特別提及徐弘祖（字振之，號霞客，1587-1641）的遊歷。此外，他也提到黃向堅（字端木，號存庵，1609-1673）〈尋親紀行圖冊〉，黃向堅獨步旅行一年半，將發放在雲南的父親帶回，回程途中，用手卷和畫冊來描述他行旅之所見。此圖冊被注意的原因，可能是為尋親──一個孝行和道德的故事。[8]這個圖像和詩文的文本與西南地

5　趙園：《制度‧言論‧心態──《明清之際士大夫研究》續編》（北京：北京大學出版社，2006年），頁171。

6　巫仁恕提及明代的遊記之作，通常以某地「遊記」、「遊覽志」、「游草」、「紀勝」或「紀游」為書名。明代較著名者，有喬宇《晉陽遊記》、李濂《濟源遊記》、田汝成《西湖遊覽志》、王世懋《名山遊記》、王士性《五嶽游草》、姚希孟《循蒼集》與著名的《徐霞客遊記》等等。參見巫仁恕、狄雅斯著：《遊道──明清旅遊文化》（臺北：三民書局，2010年），頁99-100。

7　趙園：《制度‧言論‧心態──《明清之際士大夫研究》續編》，頁170。

8　高居翰說：「最值得一提的是徐弘祖。從一六零七年起，至一六四一年他去世為止，徐弘祖在三十餘年間，未間斷地遊歷了數千餘里，遍訪中國的名山大川，並留下一部記載鉅細靡遺的遊記。」這篇文章也特別提到黃向堅〈尋親紀行圖冊〉、張宏「遊歷山水」、「描繪定點的山水」採取了描述性的手法和視覺報告式的功能性特質。美‧高居翰：《氣勢撼人──十七世紀

域結合，形成另一個值得思考的課題──西南景觀如何進入「遊」的歷史？

研究者曾指出，西南景觀是由晚明許多文人，如陳第（字季立，號一齋，1541-1617）、謝肇淛的探索與書寫，西南的自然景觀才受到中原人士的認知，其中尤其以徐霞客的探險之旅廣為人知。[9]但如同趙園所提紀遊與地志之間的關係，「當明清學術風氣轉換之會，遊記的價值也被由學術方面認定。」[10]徐霞客除了「耽奇嗜僻，刻意遠遊，銳於搜尋，工於摹寫」、「奇人奇書」[11]之外，他與前行者的地志之作是否連結？除了辨析「山川面目為圖經志籍所蒙」，[12]他的西南山水體驗與閱讀，除了「考證」之功，是否在稽古之餘，亦有人文情懷的探尋？[13]而旅行者逐漸拓展視野，或因宦遊（如王士性、謝肇淛等人），或因個人行旅（如徐霞客），這些「地方」逐漸被「看見」。透過實地的踏查，書寫資料的匯集，此地逐漸從「荒徑邊陲」變成「旅遊景點」，而在從邊陲變成景點的過程中，文字書寫以及文章編纂成為地景傳播的重要途徑。

中國繪畫中的自然與風格》（臺北：石頭出版社，1994年），頁52-53。另可參照毛文芳：〈孝著丹青──明末黃向堅「萬里尋親」的多重文本交織〉，《中國國家博物館館刊》2016年第2期，頁95-117。

9 與北方不同，晚明不少士紳酷愛廣西、雲貴山川，則是因為他們比江南山水更奇麗多姿。特別是山川洞穴景觀，更是得到時人的稱許，如陳第評廣西山水：「嗟夫，粵西山川奇秀，甲于天下。」謝肇淛讚貴州洞穴：「貴筑以西，洞壑甲天下，其最奇崛者則鎮寧之雙明，普安之碧雲。」因而馮時可在回到江南後，還對貴州洞穴景觀念念不忘，他在游雁蕩山時，比較貴州與天台洞景，「若洞穴之奇，則猶當舉黔中耳。乃若天台獨以幽邃逮之，要以奇較，則時為君臣，不獨雄也」。他還進一步認為，吳越山水與之相比也有不及，他曾駕舟「浸尋于武林（杭州）向茂苑（蘇州）間，凡二郡山水詭異者，皆為我有，然終不若向所歷黔楚諸勝會心也」。正是在這些晚明仕紳對西南山水已有所認知的基礎上，才有了徐霞客對西南山水的科考探險之旅，西南瑰麗的自然奇觀，才逐步為中原士人所認知。詳見魏向東：《晚明旅游地理研究（1567-1644）──以江南地區為中心》（天津：天津古籍出版社，2011年），頁336-337。

10 此處所舉出的紀遊書寫：《徐霞客遊記》外，尚有謝肇淛的《百粵風土記》、王士性的《五岳游草》、潘之恒的《新安山水志》、曹學佺的《蜀中名勝記》等等。參見趙園：《制度・言論・心態──《明清之際士大夫研究》續編》，頁171。

11 清・錢謙益：〈囑毛子晉刻遊記書〉，見褚紹唐、吳應壽整理：《徐霞客遊記》（上海：上海古籍出版社，1987年），頁1282-1283。

12 清・永瑢、紀昀：〈徐霞客遊記〉提要，《四庫全書總目提要》卷七十一（臺北：臺灣商務印書館，1965年），頁1539。

13 此書於山川脈絡，剖析詳明，尤為有資考證。參見清・永瑢、紀昀：〈徐霞客遊記〉提要，《四庫全書總目提要》卷七十一，頁1539。

因此，本文以個人行旅書寫（《徐霞客遊記・粵西遊日記一》）及官方編纂文集（《桂勝》）為討論對象，試圖透過不同的書寫角度、目的來詮釋山水與文人（遊人）的關係。

《徐霞客遊記》為遊記史上重要著作，《桂勝》則鮮少受到關注；然徐霞客行旅桂林，輒以《桂勝》為本，足見《桂勝》之位置；而徐霞客的研究蔚為大觀，有「徐學」之稱，但研究者似乎鮮少提及《徐霞客遊記》及與前代文人（或文本）之間的關聯，是以此二書為討論對象，以詮釋紀遊書寫之間隱含的承傳關係。[14]另一方面，亦透過文人的桂林書寫，進一步探討現地考察、紀實與稽古心態的文化現象。

潘耒（字次耕、稼堂，1646-1708）曾云徐霞客「以性靈遊，以軀命遊」，然而一般研究者似乎著重其「以軀命遊」的部分，對徐氏「性靈」的人文詮釋還有可發揮的空間。[15]譚其驤（字季龍，筆名禾子，1911-1992）將徐霞客與王士性二人並列，周振鶴指出「王士性的成就側重於人文地理，徐霞客的造詣主要表現在自然地理」，這種人文與自然的劃分，當然有其論述的脈絡。[16]但我們是不是也接受了自然與人文的二分？有興味的是徐霞客在自然空間中攀崖摩搨，張鳴鳳以《桂勝》紀錄桂林的摩崖石刻；二者面向地景上的文字跡痕，從觀看、記錄到評賞創造出豐富的人文意涵。《四庫全書總目提要》《桂勝》有云：

> （《桂勝》）在明代輿記之中，於康海《武功志》、韓邦靖《朝邑志》外自為別調，可以鼎立而三，他家莫之逮也。二書所載皆止於南宋，蓋年遠者易湮，時近者易濫，詳人所畧，畧人所詳。其書乃博贍而有體，是又鳴鳳創例之微意歟。[17]

---

14 朱鈞侃、倪紹祥主編：《徐學概論——徐霞客及其《遊記》研究》，南京：江蘇教育出版社，1999年。

15 清・潘耒：〈徐霞客遊記序〉，《徐霞客遊記》，上海：上海古籍出版社，1993年。

16 周振鶴編校：《王士性地理書三種》（上海：上海古籍出版社，1993年），頁2。另外，如馮歲平也指出：「王士性重於人文地理的考察；徐霞客長於自然地理的探索。」馮歲平：〈《徐霞客遊記》記述的王士性〉，《中國歷史地理論叢》1998年第4期（1998年12月），頁213。

17 清・永瑢、紀昀：〈桂勝〉提要，《四庫全書總目提要》，頁504。

四庫館臣給予《桂勝》相當高的評價，與《武功志》、《朝邑志》三足鼎立，為明代輿記之代表。同時點出其「創例」之功：

> 《桂勝》以山水標目，各引證諸書敘述於前，即以歷代詩文附本條下，而於石刻、題石之類搜採尤詳，又隨事附以考證多所訂正。董斯張《吳興備志》、朱彝尊《日下舊聞》即全仿其體例，於地志之中最為典雅。[18]

四庫館臣稱許此書之「考證」及「典雅」，並言其所創例：「以山水標目，各引證諸書敘述於前，即以歷代詩文附本條下」為後代延用。同時，也言及此書蒐羅詳盡者為「石刻、題石」。石刻、題石正是《桂勝》與《徐霞客遊記》之間的連結。徐霞客在丁丑（崇禎十年，1637年）到達粵西，六月三日日記有云：

> 余聞鄭子英言：「十字街東口肆中，有《桂故》、《桂勝》及《西事珥》、《百粵風土記》諸書。」強靜聞往市焉。[19]

《桂勝》成書年代為萬曆己丑（1589年）。[20]徐霞客抵達桂林後，聽從友人之言，從書肆購買數本書籍，並作為遊覽指南，按步考勝。其中就有《桂勝》，足見此書之遊覽與徵實之性質。再看清代汪森（字晉賢，號碧巢，1653-1726）《粵西文載》錄有《桂勝》，可見《桂勝》的參考性質及「指南」的位置。[21]

---

18 清・永瑢、紀昀：〈桂勝〉提要，《四庫全書總目提要》，頁504。

19 明・徐弘祖：〈粵西遊日記一〉，丁丑年六月初三日，《徐霞客遊記》（上海：上海古籍出版社，1996年），頁346。

20 明・張鳴鳳：〈桂勝序〉，《四庫全書珍本》（臺北：臺灣商務印書館，1977年），頁6。

21 清・汪森：〈桂林府臨桂縣〉，《粵西詩載》（附粵西文載）卷十三，《景印文淵閣四庫全書》（臺北：臺灣商務印書館，1983）年，頁1-2。

二　時間的形狀：石刻、題壁所顯示的時空意識

（一）留存歷史與辨識方位

前人對徐霞客〈粵西遊日記〉的討論，基本分為兩類，其一是桂林洞穴的詳細記錄，與日後科學的測量基本相符。其二點出行旅中因未能觀覽獨秀峰，甚為悵惋。[22]從文本來看，他對洞穴的詳實記錄，不僅是科學的，還是人文的。而在桂林行程中，最為介意且因此延宕行程的，其實是拓碑未成。如下所述：

> 二十九日　出寧遠門，促搨碑者。至是搨工始市紙攜具為往搨計，余仍還寓。午暑不堪，他行惟偃憩而已。下午，靜聞來述紺谷之言，甚不著意。余初擬再至省一登獨秀，即往柳州，不意登期既緩，碑拓尚遲，甚悵悵也。[23]

緊接著在三十日，則有：「止令靜聞一往水月洞觀搨碑者」之語。再者，則為：

> 而搨者遷延索物，余亦不能待，惟陸務觀碑二副先搨者尾張少二字，令彼再搨，而彼復搨一付，反并去此張，及促再補，彼愈因循，遂遲吾行。[24]

再數日，則是：

> 令顧僕再往搨工家索碑。及至，則所搨者，止務觀前書碑三張，而此尾

---

[22] 如研究者指出：「遊記中還反映了徐霞客在桂林的人際交往情況。他在桂林兩個多月的時間，雖也遇到了『甚悵悵』之事：未獲登獨秀為其一，拓工的不斷遷延意欲索錢為其二。但受到的更多是禮遇，其時他交往的主要對象有：僧道、文人雅士及百姓導者（遊）。」見吳永恆：〈徐霞客《粵西遊日記一》呈現的桂林風土人情〉，《廣西地方志》第3期（2014年6月），頁59。

[23] 明．徐弘祖：〈粵西遊日記一〉，丁丑五月二十九日，《徐霞客遊記》（上海：上海古籍出版社，1996年），頁341。以下徵引此書，採隨文附註，僅括弧註明書名、篇名、卷次與頁碼。

[24] 《徐霞客遊記．粵西遊日記一》，丁丑六月初一日，頁342。

> 獨無，不特前番所搨者不補，而此番所搨并失之，其人可笑如此。[25]

其後則：

> 令靜聞、顧僕涉水而去索碑搨工家。薄暮，顧僕、靜聞返命。問：「何以遲遲？」曰：「候同往搨。」問：「碑何在？」曰：「仍指索錢。」此中人之狡而貪，一至於此！付之一笑而已。[26]

直至六月初八日，則有以下之紀錄：

> 初八日　夜雨仍達旦，不及晨餐，令靜聞、顧僕再以錢索碑，余獨坐寓中，雨霏霏不止。上午靜聞及僕以碑至，搨法甚濫惡，然無如之何也。始就炊，晨與午不復并餐。下午整束行李，為明日早行計，而靜聞、顧僕俱病。[27]

從以上敘述，從「促」、「索」、「候」的動詞，可以見出徐霞客拓碑的執著與意念。以「無如之何」對應「搨法甚濫惡」，也記錄了這一段拓碑事件簿的人我互動。

前面已然提及石刻、題石正是《桂勝》與《徐霞客遊記》之間的連結。研究者指出：

> 人與大山之間最常見也最古老的互動方式並非來自於建築，而是那些鑿刻在花崗岩巨礫和峭壁上的文字。這項鐫刻工程延續了幾個世紀，所刻文字被稱為摩崖或摩崖石刻，組成了一個巨大的書寫檔案庫。現實情境中，遊覽者並非僅僅登臨泰山，還同時辨認先人們的題字並傾聽其中古

25 《徐霞客遊記‧粵西遊日記一》，丁丑六月初四日，頁346。

26 《徐霞客遊記‧粵西遊日記一》，丁丑六月初七日，頁351。

27 《徐霞客遊記‧粵西遊日記一》，丁丑六月初八日，頁351。

老的聲音。[28]

透過有意義的「石頭」（碑刻）的聯繫，使得後來的山行者、壯遊者隱隱然和前代有聯繫。自然山水因石碑的語境，在靜止的形象中「凝固」了歷史時間中的某個瞬間，看到了文人遺留的心痕以及人文的軌跡。[29]他在書寫時未必思考與前代的聯繫，後人則透過徐霞客的話語、張鳴鳳的編纂，遂意識到我們從石刻所碰觸之歷史的聲音。[30]觀看石刻的行動，使得文人之間產生了聯繫，這是我們透過歷史的景深，可以「看」到的課題。

《桂勝》一書，由兵部右侍郎劉繼文（字永謨，？-？）發起，結合桂林文士抄錄崖壁上的刻文，再由張鳴鳳彙集、擇選，加上導言與「灕山人曰」之總評而成。[31]而徐霞客遊記所構築的空間樣貌則與《桂勝》有異，其寫作方式為逐日記事。《四庫全書總目提要》言：

> 弘祖江陰人，霞客其號也。少負奇氣，年三十出遊，攜一襆、被遍歷東南佳山水，自吳越之閩之楚，北歷齊魯燕冀嵩雒，登華山而歸，旋復由閩之粵，又由終南背走峩訪恆山，又南過大渡河至黎雅尋金沙江，從瀾滄北尋盤江，復出嘉峪關數千里，窮星宿海而還，所至輒為文，以志遊蹟。[32]

---

28 韓文彬：〈文字的風景──早期與中古中國的摩崖石刻〉，《藝術設計研究》2011年第2期（2011年6月）。也可參考李貴：〈地方書寫中的空間、地方與互文性──以黃庭堅《書摩崖碑後》為中心〉，《學術月刊》2014年第3期，頁27-36。

29 美・巫鴻著，梅枚、蕭鐵譯：《時空中的美術──巫鴻中國美術史文編二集》（北京：生活・讀書・新知三聯書店，2009年），頁84。

30 如王士性也注意到張鳴鳳對於刻石的評議，如「張羽王（鳴鳳）謂伏波軍行未出此道，邳離新息，俱下湟水而西，元豐間游者題為洑波，蓋取麓過瀾迴之義，近之。」明・王士性：〈桂海虞衡志續〉，收入明・王士性撰，周振鶴點校：《五嶽遊草、廣志繹》（北京：中華書局，2006年），頁137。

31 關於《桂勝》編纂成書之力成及其呈現的桂林地方記憶，可參范宜如：〈張鳴鳳《桂勝》的纂輯歷程與文化意涵探析〉，《中國學術年刊》，頁85-114。

32 清・永瑢、紀昀：〈徐霞客遊記〉提要，《四庫全書總目提要》卷七十一，頁1539。

徐霞客行旅近三十年，所謂「繪天下山水為通志」。就《提要》所述，其行旅之奇險，行遍四方之山水，著實是天地間第一旅行家。然而更令人讚嘆的是「所至輒為文，以志遊蹟。」身體行動與書寫能量之豐沛，使得是書成為一代「徐學」，二者之文類與書寫之目的性誠然有別。然而，如此不同的二書，其實都曾在同一空間向度之中，而且同樣向著山水的自然景觀中，尋覓人文蹤跡。查考《徐霞客遊記‧粵西遊日記一》行旅歷程，其活動地點與《桂勝》之疊合處為：「獨秀山、灕山、雉山、南溪山、伏波山、七星山、玄風洞、彈丸山、龍隱山、屏風山、疊綵山、寶積山、隱山、潛洞、西山、中隱山、清秀山、虞山、堯山、辰山、穿山、琴潭山、望夫山。」范成大（字致能，號石湖，1126-1193）在《桂海虞衡志》表述其對於桂林風景之喜愛，言：「余嘗評桂山之奇，宜為天下第一，士大夫落南者少，往往不知，而聞者亦不能信。」范成大「天下第一」之說，幾乎成為後來者進入桂林的「密碼」。徐霞客與張鳴鳳在同一桂林空間中的地景觀看，有何同異之處？

《桂勝》的蒐集石刻，辨析真偽，記載宦遊文人「暫停」的痕跡，以及他們曾經「在場」的歷史。見證時間的經緯、人物的消逝，儼然成為粵西文人史的重要文件。《桂勝》是一連續性的巨大文本，可視為宦遊桂林的文人群體集體題詠的詩文總集。更重要的是，這些詩文題詠是由具「紀念碑」想像的物質形式構成，這些當初因山水審美而衍生的創作，形成了具有遺址座標的歷史標的物，創造了宦遊文人的地方感，又因其「在地景上寫字」，又可視為桂林的地誌／地景書寫，傳寫他們與山水相逢的抒情時刻。[33]而所收錄成書的是物質性的實體所拓印下的刻文，透過張鳴鳳以「灕山人曰」現身，以「文化考古

[33] 紀念碑式建築通常指的是規模宏大、歷史久遠的建築物，巫鴻：「紀念碑（monument）一直是古代西方藝術史的核心：從埃及的金字塔到希臘的雅典衛城，從羅馬的萬神殿到中世紀的教堂，這些體積龐大，集建築、雕塑和繪畫於一身的宗教性和紀念性建構，最集中地反映出當時人們對視覺形式的追求和為此付出的代價」，見美‧巫鴻：〈「紀念碑性」的回顧〉，《美術史十議》（北京：生活‧讀書‧新知三聯書店，2010年），頁113。此外，中國的宮殿建築原就可被視為紀念碑，如巫鴻：「中國藝術和建築的三個主要傳統──宗廟和禮器，都城和宮殿，墓葬和隨葬品──均具有重要的宗教和政治意涵」、「這些建築和藝術形式都有資格被稱為紀念碑或是紀念碑群體的組成部分。」見美‧巫鴻著，李清泉、鄭岩等譯：《中國古代藝術與建築中的「紀念碑性」》（上海：上海人民出版社，2009年），頁6。

學」式的角度考稽史實、區別真贋，反而證明了崖壁與石頭上刻文的真實，這些「物證」，成了「記憶所繫之處」。

題壁——是文人與風景的互動、產生地標、痕跡、名勝與記憶。由於《桂勝》中的觀看，涵括了自然山水以及崖壁刻文、題壁詩文的物質性存在，包含了詩文內容自身，還有文字的痕跡。文化記憶有其自己的固定點，它的視野不隨向前推進的當今點而變動。這些固定點乃是過去的命運性事件，人們通過文化造型（文字材料、禮儀儀式、文物）和制度化的溝通（朗誦、慶祝、觀看）依然保持著對這種過去的回憶。[34]任何記憶都需要一個可供寄寓的場所，從石頭上的記憶到文本上的記憶，各種事件的尋覓、貯存，分類與刪除由編纂者決定。張鳴鳳就扮演這個角色，或懷想如「略覽文字，識其名氏，不無先政之思」[35]他的標準或為文筆：「以不及朱故不錄」[36]或追求事件的真實：

> 灕山人曰：……雙女冢在府城北十里，俗傳舜妃尋帝葬於此，不懼非聖，曷恥誑俗，故不以錄。噫斯固難為淺見寡聞者道也。[37]

甚至以其主觀意識，有言：「皆西方餘論流入中土者所演說，例不采錄。」[38]在〈書桂勝後〉也指出抄搨之難，以及「所為之不得已」。

相對而言，《徐霞客遊記》除了自然空間的踏查，題壁卻成了辨識方位之指南。以下引文則是從《桂勝》之記載與題壁方確認洞名。原文如下：

> 余前遊中隱山，即詢而趨之，以晚不及，然第知為陳摶，不知即琴潭也。後得《桂勝》，知方信孺乎若〔記云〕：「最後得清秀、玉乳、琴潭、荔枝四巖。」故初四西出，即首索清秀，幾及而復失之。以下三

[34] 德・阿萊達・阿斯曼：〈回憶有多真實？〉，收入德・哈拉爾德・書爾策編，季斌、王立君、白錫堃譯：《社會記憶——歷史、回憶、傳承》（北京：北京大學出版，2007年），頁102。

[35] 明・張鳴鳳：《桂勝》卷二，王雲五主持：《四庫全書珍本四集》，頁46。

[36] 明・張鳴鳳：《桂勝》卷二，王雲五主持：《四庫全書珍本四集》，頁32。

[37] 明・張鳴鳳：《桂勝》卷四，王雲五主持：《四庫全書珍本四集》，頁15。

[38] 明・張鳴鳳：《桂勝》卷三，王雲五主持：《四庫全書珍本四集》，頁13。

> 洞，更無知者。然余已心疑陳摶之即琴潭，姑俟西行時并及之。……其門南向，水匯其內，上浸洞口，而下甚滿黑，深洞中寬衍，四旁皆為水際。其左深入，嵌空嵚岈，洞前左崖瀕水之趾，有刻書焉，即方孚若筆也。因出洞前遍徵之，又得「琴潭」二大字，始信「陳摶」之果為音訛，而琴潭之終不以俗沒矣。洞左復開一旁門，後與洞通，其不甚異。余既得琴潭之徵，意所謂荔枝者，當不遠。導者篝火執炬，請遊幽洞。余徵幽洞何名，則荔枝巖也。問：「有水否？」則曰：「無之。」然後知土人以為水深不可入者，指琴潭言；導者以為梯棲可深入者，指荔枝言。此中巖洞繁多，隨人意所指，跡其語似多矛盾，循其實各有條理也。[39]

首先，徐霞客遊中隱山時，已先參照《桂勝》一書中所云之四巖洞。然只聞「陳摶」，未聞「琴潭」，直到在崖前看見「琴潭」二字，方確定「陳摶」是「琴潭」之音訛。據此，也一一解析其餘數洞之名，與他人所言之矛盾。這些敘述讀起來又似偵探書寫，又似考察紀錄。[40]

（二）時間的藝術

從張鳴鳳的時代到徐霞客來到桂林的時刻，崖雖高而文字已漫漶不清。有言：

> 從此遂西度石堰，共一里，入程公巖，錄東崖記、銘二紙。（銘乃范成

---

[39] 明・徐弘祖：〈粵西遊日記一〉，丁丑六月初十日，《徐霞客遊記》（上海：上海古籍出版社，1996年），頁352-353。

[40] 除徐霞客對地理的考證，更應該注意的是他與當地土人的互動，尤其是校正土人的音訛問題。如「其處山迴成塢，西向開洋，水自山後轉峽而來，可閏可耕，名天賜田，而土人訛為天子田。」明・徐弘祖：〈粵西遊日記一〉，丁丑五月十四日，《徐霞客遊記》，頁321。或「始知是洞為黃金，而前乃其東峯之洞。一黃金洞而既能得土人之所不知，又能知土人之所誤指，且又知其為名賢所遺，第東坡不聞至桂為可疑耳。」明・徐弘祖：〈粵西遊日記一〉，丁丑五月十五日，《徐霞客遊記》，頁324。

> 大，記乃侯彭老。）崖高石側，無從緣拭，抄錄甚久，有數字終不能辨。時已過午，腹中枵然，乃出岩北趨王氏。不半里，過一村，以衣質梯，復肩至巖中，緣拭數字，盡錄無遺。復緣拭西崖《張安國碑》，以其草書多剝，有數字不辨焉。[41]

即便「數字不辨」，徐霞客仍拭崖抄錄。對應及《桂勝》中，「灘山人」之感嘆：「有感於立名之難……至今里人亦無復知有何程公巖者。」[42]此處徐霞客入程公巖，不也成為張鳴鳳之異代知音？相對於「不能辨」之字，徐霞客也有「尚可摹」之觀察：

> 洞門左崖張西銘栻刻《韶音洞記》，字尚可摹。仍從洞內西出，乃緣磴東上，有磨崖，碑刻朱紫陽所撰《舜祠記》。（為張栻建祠作。）乃呂好問所書，亦尚可摹。[43]

「尚可摹」之說法，說明了時間之力，正印證了拓印之必要。而此種在自然山水間的碑刻及其文字，彼此的關聯，恰好建構也豐富了人文地景的意涵。再以范成大之碑記為例，徐霞客有言：

> 宋范石湖作銘勒竅壁以存。字大小不一，半已湮沕，此斷文蝕柬，真可與范銘同珍，當覓工搨之，不可失也。[44]

若對應前文，從「尚可摹」到「斷文蝕柬」從「崖高不便」到「不可失」的判讀與行動，可以看到石碑的物質特性，或因時間而風蝕斷裂，或因空間而無可存留再現。如巫鴻所述：「拓片因此又不僅是銘文或刻文的文獻類「指代」

---

41 《徐霞客遊記．粵西遊日記一》，丁丑年五月十五日，頁325。

42 明．張鳴鳳：《桂勝》卷二，王雲五主持：《四庫全書珍本四集》，頁52。

43 明．徐弘祖：〈粵西遊日記一〉，丁丑四月二十九日，《徐霞客遊記》，頁290。

44 明．徐弘祖：〈粵西遊日記一〉，丁丑五月初九日，《徐霞客遊記》，頁309。

（reference），而是具有自身的物質存在、藝術風格和審美傳統。」[45]而范成大的作品與石碑上的文字各以不同的載體存留，於是石碑也成了時間的藝術，可與范成大的文字同存共（不）朽。一如巫鴻所述：

> 但最重要的還是拓印的痕跡本身——如紙張這種痕跡與其他可資比較的拓片間的微妙差異顯示了原始寄物的外觀變化。從這些差異中，他觀察到器物的緩慢風化、磨蝕或突然的開裂、崩頹。因此他的發現提供了歷史敘述所不可缺的事件。[46]

從身體行動到視覺語彙；從觀看風景到觀看崖碑，前代的崖碑與今日的山水對讀，形構了人文地景。閱讀「有意義的石頭」，與前代文人共在一處自然空間。徐霞客的單純觀看、透過石碑地看、確認自己的位置（擦拭、拂崖）、尋路（尋訪地名的經過）在在體現了桂林地景的空間經驗與文化想像。[47]

蔡英俊曾指出，中國古典文學傳統所可能指稱的風景，則往往跳脫家居環境或住所空間的鄰近範圍，著意於描繪或彰顯一種未經人為妝點的自然風貌與野趣。[48]並辨析「山水」與「風景」之名：假如「山水」一詞的命名，主要建立在對於地形地貌這兩種特徵的掌握，那麼，「風景」一詞則特別來自於對兩種不同物性的注意，而且偏向於物性所召喚的感覺屬性；風可以流動、光可以移動，且風與光又都具有足以引發溫暖的感受。[49]如是，本文何以稱「地景」觀看？「地景」一詞，結合了地勢與視野的視覺概念，是人與地方相互涵攝所

---

45 美．巫鴻著，梅枚、蕭鐵譯：《時空中的美術——巫鴻中國美術史文編二集》，頁102。此外，巫鴻的這段敘述也體現石碑的物質性及其歷史語境：「於是他的解讀對象從來不是作為文化現象的書寫，而僅僅是非文字的符號——裂紋、斷口、破碎、石花等所體現的人類或自然對書寫的破壞。」同是書，頁100。

46 美．巫鴻著，梅枚、蕭鐵譯：《時空中的美術——巫鴻中國美術史文編二集》，頁97。

47 關於徐霞客於桂林的探訪與題壁觀覽，筆者另有文章專論。請參范宜如：〈雕刻時光——《徐霞客遊記．粵西遊日記》的桂林巖洞訪察與題壁觀覽〉，《東亞漢學研究》特別號（2021年7月），頁138-147。

48 蔡英俊：〈「自然」、「山水」與「風景」——概念的比較分析〉，《清華中文學報》第18期，（2017年12月），頁135。

49 蔡英俊：〈「自然」、「山水」與「風景」——概念的比較分析〉，頁128。

形塑出具有意義的空間。地景是隨著時間而抹除、增添、變異與殘餘的集合體。一如Sauer之言：地景是連續的發展過程，或是分解與取代的過程。[50]地景如何記錄隨時間而來的變遷，紀錄文化的演變與遺留獨特軌跡，累積形成有如不斷刮除重寫的羊皮紙（palimpsest）。刮除原有的銘刻，再寫上其他文字，如此不斷反覆。先前銘寫的文字永遠無法徹底消除，隨著時間過去，所呈現的結果是混合的，刮除重寫呈現了所有消除覆寫的總和。[51]「刮除重寫的羊皮紙」，這個意象與詮釋，恰與對應桂林地景之石刻、題壁的「風景」。綜合來說，風景是心靈美感，隱喻系統，而地景之用法「可以」牽涉到歷史脈絡、社會形構，更能彰顯《桂勝》記載的粵西文人史（尤其是宋代）以及《徐霞客遊記》突顯的題壁引路及時代對話。

三　交會的光譜：碑刻閱讀與臨場證驗的行旅踏查

關於山水紀遊之書寫牽涉到「經驗者」與「對象」之間的關係。如高友工（1929-2016）所述：

> 我們感官隨時所感受的萬千印象，彷彿是未對準焦距的鏡頭後的一片模糊影像；而注意的集中把其中某些材料置於正確焦點之下，形成衣服清晰的感像。這注意的集中是由於兩類原因：一則是對象本身性質的突出引起了我們的注意，一則是經驗者的意旨使我們注意某些性質和對象。[52]

徐霞客體現身體經驗與山水之間的交會，辨析地景命名的歷程，藉由感官經驗以及文化記憶為此地賦形，山水的形貌既是《桂勝》文本資料的複印，卻也銘記了《徐霞客遊記》文本的新視野。值得注意的是他顯示了看的方法，他

---

[50] Mike Crang著，王志弘、余佳玲、方淑惠譯《文化地理學》（臺北：巨流圖書公司，2004年），頁28。

[51] Mike Crang著，王志弘、余佳玲、方淑惠譯《文化地理學》，頁27。

[52] 高友工：〈文學研究的美學問題（下）：經驗材料的意義與解釋〉，《中外文學》7卷12期，（1979年5月），頁20。

不只是「行走」，而是在這個摸索「地理形勢」的過程中深入理解地形、地景及歷史的軌跡因而推演出新的屬於感受或想像，以及對於歷史遺產的解讀。以下文為例：

> 門左刻石一方，則宋人遺蹟也，言此洞山回水繞，洞名黃金，為東坡居士香火院。巖中東坡題額可拓，予急覓之。洞右有舊鐫，上有「黃金巖」三字可辨。其下方所書，則泐剝無餘矣。始知是洞為黃金，而前乃其東峰之洞。一黃金洞而既能得土人之所不知，又能知土人之所誤指，且又知其為名賢所遺；第東坡不聞至桂為可疑耳。[53]

對照張鳴鳳所言：

> 黃金巖有妄僧作蘇內翰碑，余並置不錄。以數公未一至桂，假令今至矣，安得同時。即伏波米元章之題，心疑程李兩家父子所為。以經方提刑力辯之姑取入焉。[54]

二者對於東坡是否來到桂林，各自有不同的疑義。張鳴鳳直言所言「並置不錄」，徐霞客則云「可疑」，即便是「現場」考察，也無從以「物證」回應歷史。徐霞客往往以其親訪踏查，辨析地名意涵，如：

> 上既空明如月，下復內外瀠波，「水月」之稱以此。而插江之涯，下跨於水，上屬於山，中垂外掀，有卷鼻之勢，「象鼻」之稱又以此。[55]

又辨析歷來對於灕山的混淆：

---

53 《徐霞客遊記‧粵西遊日記一》，頁324。

54 《桂勝‧書桂勝後》。

55 《徐霞客遊記‧粵西遊日記一》，頁309。

> 北一里曰象鼻山、水月洞，南三里曰崖頭、淨瓶山、荷葉洞，俱東逼灕江，而是山在中較高，《志》遂以此為灕山。范成大又以象鼻山、水月洞為灕山，後人漫無適從。然二山形象頗相似。但雉巖石門，不若水月擴然巨觀，故遊者舍彼趨此。然以予權之，瀕江午向三山，不特此二山相匹，崖頭西北山腳，石亦剜空嵌水，跨成小門，其離立江水衡合中，三山俱可名灕也。[56]

這些說法，都可以讓我們省思，在「稽古與述古」之間，如何看待地景動態性的變化。於是，當徐霞客閱讀《桂勝》，他是否也在張鳴鳳的文化視野下看待桂林地景？[57]「後來者」如何面對時光的足跡所興發之感受？《徐霞客遊記》有言：

> 左崖大書「五美四惡」章，乃張南軒比，遒勁完美，昔無知者，併洞亦莫辨其名。[58]

又言：「其北壁棘莽中，亦有記，磨崖為鑿穴者，戕損不可讀。」[59]「疊彩昔無「風洞」之名，而今人稱之；此中昔有風洞，今無知者。」[60]這些話語顯示了在時間的流動中，地景實是會變易、殘損的，其所存留的記憶是可能被遺忘的。劉繼文、張鳴鳳傾全力拓印的文章可存於《桂勝》，供後人閱讀對照，但山水與石刻是會隨著時光會有「新」的面貌，在壯闊的大地山川上，誰又真能複印風景？無處不在的讀壁行動，讓這些石碑及文字，成了地景重要的一部分，是徐霞客丈量世界的地標，也是張鳴鳳對於宦遊桂林文士的見證與紀錄。

---

56 《徐霞客遊記·粵西遊日記一》，頁302-303。

57 余聞鄭子英言：「十字街東口肆中，有《桂故》、《桂勝》及《西事珥》、《百粵風土記》諸書。」強靜聞往市焉。明·徐弘祖：〈粵西遊日記一〉，丁丑六月初三日，《徐霞客遊記》，頁346。余與靜聞乃少憩山南三教庵，錄張鳴鳳羽王父所撰方、范二公《灕山祠記》。明·徐弘祖：〈粵西遊日記一〉，丁丑六月初三日，《徐霞客遊記》，頁345。

58 《徐霞客遊記·粵西遊日記一》，頁297。

59 明·徐弘祖：〈粵西遊日記一〉，丁丑六月初二日，《徐霞客遊記》，頁344。

60 明·徐弘祖：〈粵西遊日記一〉，丁丑五月初二日，《徐霞客遊記》，頁294-295。

回到《桂勝》拓印山崖碑文的文化行動中所思索的課題（包括旅行者的視線，山水勝景、時空與空間的組合、遊覽志與觀光之間的關係，遊觀的思考等等），再回應到人文山水的課題——人如何處於這種孤獨的時刻？這個孤獨是有可能共享的嗎？或者，也並不孤獨，當你人在山水之中。

徐復觀（1904-1982）所提到的「追體驗」或許是個答案。[61]個人的山水紀行與公共的觀覽編纂顯示了與前行者的對話，以及對於歷史的叩問與反思。這是對讀兩書所興發的思索。而讀碑觀壁的稽古考察，似乎也反映了另一種遊／觀的文化結構。一如沈德潛（字碻士，號歸愚，1673-1769）〈艿庄詩序〉所云：

> 江山與詩人相為對待者也。江山不遇詩人則巉岩淵淪，天地縱與以壯觀，終莫能昭著于天下古人之心目。詩人不遇江山，則雖有靈秀之心，俊偉之筆，而孑然獨處，寂無見聞，何由激發心胸，一吐其堆阜灝瀚之氣？惟兩相待兩相遇，斯人心之奇際乎宇宙之奇，而文辭之奇得以流傳於簡墨。[62]

江山與詩人兩相待相遇，激盪出人心、宇宙、文辭之奇。山水有待，人文行遠。石刻以其物質性的見證賦予歷史的在場，山水以其季節之形貌銘刻時間，照見了山水與人文的永恆與遞變。

四　結語

當本文以《桂勝》及《徐霞客遊記・粵西遊日記》為討論對象，本身已顯示了對讀與對照的意義，而一地的數篇文本與細節刻鏤，也諭示了時間與山水之間的變與不變。如果說「看」是這兩本書得以對話的起點，那麼我們必須敏銳地感知此處顯示了「重層性觀看」的曲折、重疊與多元。夾雜著前人的閱讀

---

[61] 徐復觀：〈中國文學欣賞的一個基點〉，《中國文學精神》（上海：上海書店出版社，2005年），頁75。

[62] 清・沈德潛：〈艿庄詩序〉，《歸愚文鈔餘集》卷一（乾隆丁亥年刻本）。

視野，包括四庫館臣視二者（《桂勝》、《桂故》）為一書的考量，張鳴鳳觀看崖壁刻文的視角、張鳴鳳編選《桂勝》時「求真」與「核實」的目光，對照徐霞客的「日必有記」書寫時間以及觀看碑刻所蘊含的時光。若進一步思索，徐霞客是透過閱讀《桂勝》因而確認所在之地名，也因為閱讀碑刻，形成了文人之間的對話。如果層層扣連，這個視覺對話是閱讀桂林風景，也是碑刻自身，而碑刻上撰寫的是此地風景，於是這個視覺的流動與串聯重新組構了時間。一如巫鴻所述：「遺物因此同時具有過去性（pastness）和當下性（presentness）：它植根於過去，但又屬於此時此地。」[63]

觀看山水，是文人腳蹤大地，流覽四方的行旅體驗。如果山水已成文人共同的「文本」，在自然景物與文化遺蹟間，「此時此刻」的文人觀覽山水，如何與前世代的文人對話？本文以《徐霞客遊記・粵西遊日記》及張鳴鳳《桂勝》為主要討論對象，主要探討文人觀覽桂林山水與石刻上之詩文題詠的身體行動，及其所顯示的重層性觀看與空間情境。分從三個面向解讀這兩本性質不同的書籍，分別為：

一、勝景的觀覽、書寫與編纂：說明本文的撰作緣起，個人行旅書寫與官方編纂文集反映出現地考察、紀實與稽古心態的文化現象。

二、時間的形狀：山水與碑刻摩石如何形成獨特的地貌景觀，顯示其時空意識。

三、交會的光譜：碑刻閱讀與臨場證驗的行旅踏查。

以「複印與對話」為題，除了顯示石刻的物質文化特性與自然山水之疊合與對照，另一方面也審視文人在山水之中所居的位置及其觀看的方式。在行旅書寫所創造的地理想像之外，重新發現石刻題壁所展示的時間之奧義與文學的魅力。

---

[63] 美・巫鴻著，梅枚、蕭鐵譯：《時空中的美術——巫鴻中國美術史文編二集》，頁102。

肆　汲引俊秀

一　自天祐之，吉无不利！
──從〈大有〉、〈中孚〉兩卦剖析「誠信」之道

趙中偉*

提要

「自天祐之，吉无不利」。這是〈大有卦・上九・爻辭〉。即是能夠得到天祐，必然大吉大利。這是人人的盼望。但是，必須要有「誠信」之德。以「誠信」交接，上下「誠信」，和同於人，自能吉祥。「人而無信，不知其可也（〈為政〉）」。在《周易》六十四卦當中，〈大有〉與〈中孚〉兩卦，對「誠信」理解與解釋的詮釋最深刻及豐富的。〈大有〉重在「誠信」的天祐。而〈中孚〉確實將「誠信」內涵落實踐履。「中孚」即是「中心誠信」。〈中孚〉內涵可分三個層次解說：即是綜合論證「誠信」的價值及功能、「誠信」的內聖之道、「誠信」的外王之道。清・曾國藩（1811-1872，61歲）詮釋得極佳：「人必中虛，不著一物，而後能真實無妄。蓋『實』者，不欺之謂也。人之所以欺人，所以自欺者，以心中別著私物也。不欺者，心無私著，是故天下之至誠，天下之至虛者也。靈明無著，物來順應，是之謂虛，是之謂誠而已矣。」「道德的品德不會消失，它永遠內在於人，等待他的應用（參見陳榮華（1951-）《葛達瑪詮釋學與中國哲學的詮釋》）」。〈大有〉與〈中孚〉兩卦在「誠信」之德，表現的特質為：第一點，要得「天祐」，必本「誠信」，心存「誠信」，吉无不利。第二點，「誠信」之道，誠之者人道，誠者天道，擇善固

* 趙中偉教授，輔仁大學中國文學系文學博士，曾任輔仁大學中國文學系主任，現為退休兼任教授。專長：《易經》、歷代文選、《詩經》、中國思想史、漢代思想、道家思想。專著有《周易「變」的思想研究》、《易經圖書大觀──劉牧《易數鉤隱圖》及朱熹《周易本義・圖說》》、《道者，萬物之宗──兩漢道家形上思維研究》等。

執，信及豚魚。第三點，「誠信」之道，內聖外王，止於至善，天下太平。

關鍵詞：〈大有〉，〈中孚〉，孚，誠信，天祐，創造詮釋。

「自天祐之，吉无不利」，[1]這是〈大有卦・上九・爻辭〉。即是能夠得到天祐，必然大吉大利。這是人人的盼望。如何才能達到？北宋・程頤（1033-1107，74歲）給了一個答案：

> 上九在卦之終，居五位之地，是大有之極，而不居其有者也。處離之上，明之極也。唯至明所以不居其有，不至於過極也。有極而不處，則无盈滿之災，能順乎理者也。五之孚信而履其上，為蹈履誠信之義。五有文明之德，上能降志以應之，為尚賢崇善之義。其處如此，合道之至也，自當享其福慶，自天佑之。行順乎天而獲天祐，故所往皆吉，无所不利也。[2]

充分指出，要能「自當享其福慶，自天佑之。行順乎天而獲天祐，故所往皆吉，无所不利也」。就必須「五之孚信而履其上，為蹈履誠信之義」。孚，指誠信。即是要有「誠信」之德。

我們要再問，為何在眾德當中，特重「誠信」？本文即以〈大有〉及〈中孚〉兩卦，探索其道，以明其理。

一　自天祐之，吉无不利，在於孚信，蹈履誠信之義

在〈大有卦・六五・爻辭〉將孚信之道，加強論證說：「六五，厥孚交如，威如，吉。」厥，指其。如，指語尾助詞，無義。進一步強調，以誠信交接，上下誠信，和同於人，自能吉祥。

程頤申論說：「六五當大有之時居君位，虛中為孚信之象。人君執柔守中，而以孚信接於下，則下亦盡其信誠以事於上。上下孚信相交也。以柔居尊

1　本文引用《周易》原典，是根據李學勤（1933-2019，86歲）主編：《十三經注疏・（唐・孔穎達（574-648，74歲））周易正義》（北京：北京大學出版社，1999年12月），21冊之第1冊。下文不注明出處。

2　參見黃忠天（1958-）：《周易程傳註評》（高雄：復文圖書出版社，2004年9月），卷2，頁135。

位，當大有之時，人心安易，若專尚柔順，則陵慢生矣，故必威如則吉。威如，有威嚴之謂也。既以柔和孚信接於下，眾志說從，又有威嚴使之有畏，善處有者也，吉可知矣。」[3]

「六五」，為〈大有〉卦上卦〈離卦〉，中爻為陰，上下兩爻為陽，如同虛中之象，表示孚信之道。若能以孚信上下交接，「眾志說從」，是以「吉可知矣」。

〈六五・象辭〉說「厥孚交如，信以發志也」。充分展現，以誠信交接上下，能夠啟發他人的忠信之志，其意義是極為深遠的。

「下之志，從乎上者也。上以孚信接於下，則下亦以誠信事其上，故厥孚交如。由上有孚信以發其下，孚信之志，下之從上，猶響之應聲也」。[4]「愛人者人恆愛之，敬人者人恆敬之」。[5]在上者誠信待於下，在下者亦必以誠信交接事於上，如響斯應，吉莫大焉！

針對「誠信」之道，〈繫辭上傳・第12章〉解釋說：「《易》曰：自天祐之，吉无不利。子曰：祐者，助也。天之所助者，順也；人之所助者，信也。履信思乎順，又以尚賢也，是以『自天祐之，吉无不利』也。」順，指順應正道。尚，指尊崇。

此段話特別提出，想要達到「自天祐之，吉无不利」，其條件為：在自身修為上，必須「履信思乎順」，即是秉持誠信，順應正道。而在推己及人，兼善天下上，必須「尚賢」，推舉賢者，共同治理國家，以使天下長治久安，富足安康。

在此，有一關鍵字，必須加以解析，即是「孚」字。其意義究竟是如何產生變化的？

「孚」字，從字源探求，已見於甲骨文，[6]「孚」是「俘」的初文，甲

---

[3] 參見黃忠天：《周易程傳註評》，卷2，頁134。

[4] 參見黃忠天（1961-）：《周易程傳註評》，卷2，頁135。

[5] 參見《孟子・離婁下》，引見南宋・朱熹（1130-1200，70歲）：《四書章句集注・孟子集注》（臺北：大安出版社，民國85年11月），卷8，頁417。

[6] 參見「『俘』的甲骨文金文篆文字形演變含義——甲骨密碼」，http://www.renlu.net/html/jiaguwenzidian_580.html，檢索日期：2021年9月5日。

骨文「孚」字從「又」從「子」，或從不從「又」而從「爪」。「又」、「爪」皆象手形，「子」象小孩子。「孚」字象抓住一個孩子之形。本義是俘虜。[7]

從金文分析，[8]金文「孚」表示擄獲。金文又通「敷」，表示公布、陳述，敷告天下。[9]

東漢・許慎（約58-約147，約89歲）《說文解字》說：「卵孚也。从爪从子，一曰信也。」[10]卵孚，指卵孵化，為會意字。

為何「孚」的意義，從俘虜→→公布、陳述→→卵孚→→誠信？

這就是「創造詮釋」。

「創造詮釋」，即是將意義創新與變更。即是在理解與解釋的過程中，不囿於原有概念的本義，產生創發性的思維與意義，針對其論證概念的原有本義，予以意義的創新與變化，以達到詮釋的創新稱之。

詮釋學家潘德榮（1951-）在《詮釋學導論》就明白指陳：

> 理解的本質是什麼？如果是指向「原意」的，那麼這個「原意」終將會因時間的流逝而磨損，最終化為無；如果理解是「生產」意義的，那麼一切語言、文字流傳物將會在這個「生產」過程中變得越來越豐富、充足。[11]

意義必須不停的生產與創新，才能愈發豐富且充足。如果停滯不前，其意義就會死亡，最終化為無。

這種創造性意義，是不斷變化流動，更是不停的創新發展。因此，創造性

---

7 參見「漢字金文部件分析」，https://humanum.arts.cuhk.edu.hk/Lexis/lexi-mf/bronzePiece.php?piece=%E5%AD%9A，檢索日期：2021年9月5日。

8 參見「『俘』的甲骨文金文篆文字形演變含義──甲骨密碼」，同注6，檢索日期：2021年9月5日。

9 參見「漢字金文部件分析」，https://humanum.arts.cuhk.edu.hk/Lexis/lexi-mf/bronzePiece.php?piece=%E5%AD%9A，檢索日期：2021年9月5日。

10 參見清・段玉裁（1735-1815，80歲）：《說文解字注》（臺北：藝文印書館，民國59年6月），3篇下，頁114。

11 參見氏著：《詮釋學導論》（臺北：五南圖書出版公司，民國88年8月），第7章，頁192。

的意義必然是多義變化，而不是停滯不動、固定僵化的。即是「理解在本質上是創造的，理解的過程是一個創造真理的過程。也正由於這種主觀因素，使『真理』本身具有某種相對性，它是非確定的，不斷流動著的，同時又是多義的」。[12]

如何「創造詮釋」？

即是根據個人的「前理解」，[13]配合時代變化的「效果歷史」，[14]以形成嶄新的「視域融合」。[15]

---

[12] 參見氏著：《詮釋學導論》，第3章，頁71。

[13] 前理解（Preunderstanding），由德國哲學家伽達默爾（Hans-Georg Gadamer, 1900-2002，102歲）提出。此指解釋的理解活動之前存在的理解因素。它們構成解釋者與歷史存在之間的關係。前理解是理解的前提，理解不能從某種精神空白中產生，它在理解之前就被歷史給定了許多的已知東西，形成了先在的理解狀態（自註：此指各人的生活環境不同，是以形成了先在的理解狀態。例如我們的原生家庭不同，致各人的背景不同。因此，不要強迫要求他人與你的想法一致；有不同的想法，才能產生多元的價值）。這些前理解包括解釋者存在的歷史環境、語言、經驗、記憶、動機、知識等因素，形成了先在的理解狀態。這些因素即便與將來理解的東西發生抵觸，也可以作為一種認識前提，在理解活動中得到修正。因此理解不是個人的、全新的、完全主觀的，它是一個歷史過程，是一個從前理解到理解，再到前理解的指向未來的循環過程。它總在歷史性的先在的「前理解」狀態基礎上，獲得新的理解。參見楊蔭隆（1936-）主編：《西方文學理論大辭典》（長春：吉林文史出版社，19941年1月），「前理解」條，頁952。帕瑪說：「所有的詮釋都受詮釋者的『前理解』所引導。」參見氏著，嚴平（？）譯：《詮釋學》（臺北：桂冠圖書公司，1997年9月），第9章，頁147。

[14] 「效果歷史意識（Wirkungsgeschichtliches Bewusstsein）」的理論，由伽達默爾提出。指解釋學理論和解釋活動所應具有的一種歷史意識，它明確意識到解釋的歷史性，即認識到理解活動中同時存在著兩種真實：歷史的真實和歷史理解的真實。前者是一種永遠達不到的解釋目標，而後者則告訴我們要在解釋活動中努力做到歷史有效性。歷史理解的真實情況是，解釋是一種歷史性的循環過程，每一時代的理解都建築在前人和傳統的解釋之上，並融入自己對時代的特殊理解。因此，任何解釋都受制於歷史和傳統，每個解釋頭腦中都存有一個「前理解」的「先在」，它們都只在解釋循環中占有某種受局限的地位，都只在某種特定的歷史階段和歷史環境中起到一定的效果作用，而永遠不能將解釋對象完整地一勞永逸地解釋盡。解釋首先是一種歷史行為，其次才是個人理解與歷史理解的融滙統一。伽達默爾認為，「效果歷史意識」，應該成為解釋活動的主導意識，它恰當地指出了解釋的本質特徵。因此，「效果歷史意識」又譯「解釋學意識」。參見楊蔭隆主編：《西方文學理論大辭典》，「效果歷史意識」條，同上，頁1109。「詮釋者需要自覺理論與生活的連結關係，梳理舊時義理與當代情境的呼應之處，活化舊時理論於當代之用（林慈涵：《《莊子．內篇》生命的反思與超越──內在理路下的詮釋向度》，國立政治大學中國文學研究所碩士論文，106學年度第2學期）」。

[15] 「視域融合」，又被稱為「視界融合」論，由伽達默爾提出。指由解釋者的主體理解視野和被解釋對象（如歷史文本、文學作品、文化傳統等）的歷史視野之間的相互作用所產生的一種

美・帕瑪（Richard E. Palmer, 1933-2015，82歲）認為，高達美（即是伽達默爾）詮釋學的特徵在於具有這樣的關懷：「理解……並非操作和掌控，而是參與和開放；不是知識，而是經驗，非方法論而是辨證。」[16]此即是說明，在「創造詮釋」的過程中，是一種相互參與和開放思想，又是一種相互的辨證。

誠如詮釋學家洪漢鼎（1938-）所體會的，伽達默爾更明確地把理解說成是一種相互理解或「視域融合（Horizontverschmelzung）」，也就是說是一種事件或發生（Geschehen）。[17]「視域融合」，不是完全否定對方，而是與對方相互融合成為一體，形成新的理解與解釋。

二　人而無信，不知其可；能夠「中孚」，豚魚亦吉

孔子（前551-前479）在德性修持當中，亦非常重信。在《論語》20篇屢屢強調這一宗旨。曾經反覆以「信」德施教。如「敬事而信（〈學而〉）」、[18]「主忠信，徙義，崇德也（〈顏淵〉）」、[19]「人而無信，不知其可也（〈為政〉）」[20]等均是。徙，指遷移。徙義，則指遷善。

融合狀態，是理解活動的最高境界。伽達默爾認為，在理解活動中，解釋者主體被歷史和文化傳統等因素組成的「前理解」、「前結構」所限定，構成一種指向對象的理解視野；而被解釋對象如文學作品、歷史文本等，也具有自己的理解視野，它期待並指向解釋主體的解釋，尋求最大限度地得到歷史性的合理解釋。在這兩種視野的相遇中，主體的理解視野不能隨意地解釋歷史對象；而被解釋對象的理解視野，也不能因其特定的歷史內容，而使主體的能力受到不應有的妨礙，甚至消融主體，使主體墮入無法求得的歷史真實性的徒勞追求中。解釋的主體和對象的關係，應該達到一種「視界融合」。因此，在此基礎上，使理解產生出新的意義，即既不是主體意義的實現，也非對象客體意義的還原的一種新質的理解，具有歷史有效性的理解。這將給歷史的解釋活動帶來前進。參見楊蔭隆主編：《西方文學理論大辭典》，「視界融合」條，同上，頁837-8。

[16] 引自Charles R. Ringma, Gadamer's Dialogical Hermeneutic（《伽達默爾的對話學解釋學》），Heidelberg: Universitätsverlag, 1999, P.40-41。原註為：Palmer, Hermeneutics, P.215。

[17] 參見氏著：《當代哲學詮釋學導論》（臺北：五南圖書出版公司，2014年3月），第3章，頁76。

[18] 參見《論語・學而》，引見朱熹：《四書章句集注・論語集注》（臺北：大安出版社，民國85年11月），卷1，頁63。

[19] 參見《論語・顏淵》，卷6，頁187。

[20] 參見《論語・為政》，卷1，頁78。

在《周易》六十四卦當中，對「誠信」理解與解釋的詮釋最深刻及豐富的是〈中孚〉。「中孚」即是「中心誠信」。其主要內容為：

61.䷼ **中孚** 兌下巽上

中孚，豚魚吉，利涉大川，利貞。

彖曰：中孚，柔在內而剛得中，說而巽，孚，乃化邦也。豚魚吉，信及豚魚也；利涉大川，乘木舟虛也；中孚以利貞，乃應乎天也。

象曰：澤上有風，中孚，君子以議獄緩死。

初九，虞吉，有它不燕。

象曰：初九虞吉，志未變也。

九二，鳴鶴在陰，其子和之；我有好爵，吾與爾靡之。

象曰：其子和之，中心願也。

六三，得敵，或鼓或罷，或泣或歌。

象曰：或鼓或罷，位不當也。

六四，月幾望，馬匹亡，无咎。

象曰：馬匹亡，絕類上也。

九五，有孚攣如，无咎。

象曰：有孚攣如，位正當也。

上九，翰音登于天，貞凶。

象曰：翰音登于天，何可長也。

其內涵可分三個層次解說：即是綜合論證「誠信」的價值及功能、「誠信」的內聖之道、「誠信」的外王之道。

其一是對「誠信」價值及功能的肯定。即是〈中孚・卦辭〉「豚魚吉，利涉大川，利貞」。豚魚，指小豬小魚。此指「誠信」功能和價值的廣大，普及小豬小魚，皆獲吉祥。

唐・孔穎達（574-648，74歲）解釋指出：「魚者，蟲之幽隱。豚者，獸之微賤。人主內有誠信，則雖微隱之物，信皆及矣。莫不得所而獲吉，故曰『豚魚吉』也。『利涉大川，利貞』者，微隱獲吉，顯著可知。既有誠信，光被萬物，萬物得宜，以斯涉難，何往不通？故曰『利涉大川』。信而不正，凶邪之道，故利在貞也。」[21]

孔氏的詮釋，將「誠信」的價值及功能，發揮到了極致。只要「人主內有誠信，則雖微隱之物，信皆及矣。莫不得所而獲吉」。不僅如「豚魚」之微賤幽隱之物，能獲吉祥；何況「利涉大川」，亦必獲其吉。總結而言，秉此「誠信」之道，可臻「光被萬物，萬物得宜，以斯涉難，何往不通」！

以「豚魚」為喻，在哲學稱之為「類比」或「類推」。

所謂「類比」或「類推」，是指對一個超感覺的認識對象，藉由其他感覺直觀所把握的對象，作一不完全的類似性比較。亦即由超感覺與感覺直觀兩者關係相似，推論出兩者相關之諸項目彼此有相似的特徵。類比不是兩類之間的對象完全相同，只是部份相同，部份是不相同的。[22]

例如「中孚」，是一個概念，為超感覺的認識對象。「豚魚」，為直觀所把握的對象。兩者之間的比較，即是「類比」或「類推」。

即如王臣瑞（1920-2013，93歲）教授指出：「類比」是指不同的物，由於他們有相同處，也有不同處。因此，我們可以將它們彼此作比較；在我們將它們作比較時，我們可以得到一些新的知識。由於這種關係，如果我們願意將兩個物作比較，它們必須有相同處，也必須有不相同處。因為如果它們沒有相同處，我們便無法作比較；然而在另一方面，如果它們沒有不相同處，我們作比較也就沒有任何意義，也不能得到新的知識。」[23]

具體而言，就連最高本體的「上帝」，亦可由「類比」或「類推」來探知。王臣瑞就清楚說明：我們可以把非物質的物與物質的物作類比，而後來認識非物質的本質。譬如一個人相信上帝的存在，由於上帝是非物質的物，他不能用理智從感官所得提供上帝的資料，用抽象的工作去認識上帝的本質。因為

---

[21] 參見〈中孚．卦辭〉疏，引見李學勤主編：《十三經注疏．（孔穎達）周易正義》，21冊，卷6，同注1，1：242。

[22] 參見馮契（1915-1995，80歲）主編：《哲學大辭典》（上海：上海辭書出版社，1992年10月），「類比推理」條，頁1255-6。

[23] 參見氏著：《知識論——心靈與存有》（臺北：臺灣學生書局，2000年9月），第14章，頁536。

感官提供不出任何有關上帝的資料，然而他可以把上帝與物質的物，作類比來認識上帝的本質。這也就是說，上帝是存有，物質的物也是存有。但是上帝是造物者，物質的物是受造物；所以很明顯的，物質的物或受造的物是有限的、偶有的、暫時的存有；那麼上帝自然是無限的、必須的、永恆的存有。[24]可見「類比」或「類推」的效用之大。

進一步分析可知，類比（Analogy，源自古希臘語，意為等比例的），或類推，是一種認知過程，將某個特定事物所附帶的訊息轉移到其他特定事物之上。類比通過比較兩件事情，清楚揭示二者之間的相似點；並將已知事物的特點，推衍到未知事物中，但兩者不一定有實質上的同源性，其類比也不見得「合理」。在記憶、溝通與問題解決等過程中扮演重要角色；於不同學科中也有各自的定義。舉例而言，原子中的原子核以及由電子組成的軌域，可類比成太陽系中行星環繞太陽的樣子。除此之外，修辭學中的譬喻法有時也是一種類比，例如將月亮比喻成銀幣。[25]

程頤再深入提出「誠信」的作用說：「豚躁，魚冥，物之難感者也。孚信能感於豚魚，則无不至矣，所以吉也。忠信，可以蹈水火，況涉川乎！守信之道，在乎堅正，故利於貞也。」[26]

程氏認為「豚躁，魚冥，物之難感者也」，如何感應？惟有依靠「孚信」。程氏甚至主張「忠信，可以蹈水火」。「忠信」的力量，沛然莫之能禦，可以踩踏水火而不受其災害。

有人請問朱子：「中孚，『孚』字與『信』字恐亦有別？」

朱子回答並分析說：「伊川（即指程頤，世稱伊川先生）云：『存於中為孚，見於事為信。』說得極好。」因舉字說：「『孚』字從『爪』，從『子』，如鳥抱子之象。今之『乳』字一邊從『孚』，蓋中所抱者實有物也。中間實有

---

[24] 同上，第14章，頁535。

[25] 參見「維基百科」網頁，「類比」條，https://zh.wikipedia.org/wiki/%E9%A1%9E%E6%AF%94，檢索日期：2016年10月30日。

[26] 參見黃忠天：《周易程傳註評》，卷6，頁531。

物，所以人自信之。」[27]

「孚」與「信」的差別，朱子認為主於心中者為「孚」，表現於事上的則為「信」。持之有故，言之成理。

三　誠信內聖，自我誠信，感物誠信，鳴鶴在陰，其子和之

其二「誠信」的內聖之道。其主要的特質，即是要使人「誠信」，必須自身具有「誠信」，方能相互「誠信」，達成一體，使「誠信」的功能彰顯。

就〈中孚・初九・爻辭〉言：「虞吉，有它不燕。」虞，指忖度。燕，通宴，指安。此指忖度對方可信而信之，信之則深信不疑。若有它心，懷有二心，則無法得安。程子解釋說：

> 九當中孚之初，故戒在審其所信。虞，度也，度其可信，而後從也。雖有至信，若不得其所，則有悔咎。故虞度而後信，則吉也。既得所信，則當誠，一若有他，則不得其燕安矣。[28]

程氏此說，具有兩項精神。首先要先估量對方「誠信」的可信度，方可付出自身之「誠信」。否則，「雖有至信，若不得其所，則有悔咎」。其次，既然已知對方「誠信」，就必須出之以至誠，不可有二心，這才是「誠信」之道的真諦。否則「一若有他，則不得其燕安矣」

〈中孚・初九・象辭〉接著說：「初九虞吉，志未變也。」志未變，指心志尚未有歸屬。

「當信之始，志未有所從，而虞度所信，則得其正，是以吉也。蓋其志未有變動，志有所從，則是變動，虞之，不得其正矣。在初，言求所信之道也」。[29]

---

[27] 參見南宋・黎靖德（？）編：《朱子語類》（長沙：岳麓書社，1997年11月），4冊，卷73，3：1676。

[28] 參見黃忠天：《周易程傳註評》，卷6，頁534。

[29] 參見黃忠天：《周易程傳註評》，卷6，頁534。

程氏認為，「誠信」初始之時，尚在忖度階段，是以「志未有所從」。等到肯定其「誠信」，就不會再有二心，彼此以「誠信」相交，永不改變。關於此爻，《易》學專家黃忠天（1958-）教授精細的解釋說：

> 本文意謂在心志未有歸趨之時，宜審度明辨，不可濫施誠信。惟既經度量而後信之，則宜專一不疑也。[30]

剖析得合情合理，可見其慧見。

就〈中孚・九二・爻辭〉言：「鳴鶴在陰，其子和之；我有好爵，吾與爾靡之。」陰，指陰暗處。和，指應和。爵，本指酒杯，此指酒。靡，指醉。此言九二具有「中孚」之實，就能與人感應，以「誠信」相契。如同鶴鳴在陰，同類應和；亦如同我有好酒，與人共享同樂，何其暢快！

程子針對此說：「二剛實，中孚之至者也。孚至，則能感通。鶴鳴於幽隱之處，不聞也。而其子相應和，中心之願相通也。好爵我有，而彼亦係慕。說好爵之意同也。有孚於中，物无不應，誠同故也。至誠无遠近幽深之間，故〈繫辭〉云：善，則千里之外應之；不善，則千里之外違之。言誠通也。至誠，感通之理，知道者為能識之。」[31]係慕，指懷念仰慕。

程子的詮釋，最重要的說明：「誠通也。至誠，感通之理。」「誠信」的價值，即在於相互誠信，彼此感通。誠如西漢・賈誼（前201-前169，32歲）由此推得「愛出者愛反，福往者福來（《新書・春秋》）」。[32]

就「鶴鳴在陰，其子和之；我有好爵，吾與爾靡之」的爻辭，〈繫辭上傳・第8章〉深入分析說：

> 子曰：「君子居其室，出其言善，則千里之外應之，況其邇者乎？居其

---

30 參見黃忠天：《周易程傳註評》，卷6，頁534，黃氏「評析」。

31 參見黃忠天：《周易程傳註評》，卷6，頁535。

32 引見黃壽祺（1912-1990，78歲）、張善文（1949-）：《周易譯注》（上海：上海古籍出版社，1989年5月），卷8，頁501-2。

室，出其言不善，則千里之外違之，況其邇者乎？言出乎身，加乎民；行發乎邇，見乎遠；言行，君子之樞機。樞機之發，榮辱之主也；言行，君子之所以動天地也，可不慎乎？」

邇，指近處。違，指背離。樞機，樞，指門戶的轉軸。機，指門橛（即指小木樁）。樞機，此則是指關鍵。主，指主宰。動，指影響。

此以「誠信」相互應和，類比為「言行」。「言行」若能「言顧行，行顧言，君子胡不慥慥爾」！[33]慥慥，指篤實貌。

「言行」如同「誠信」，「千里相應」，為「榮辱之主」，故為「君子之樞機」。可見「誠信」的功能和價值所在。

基於此，〈中孚・九二・象辭〉就說：「其子和之，中心願也。」能夠與他人相契相和，主要在於「真誠互信」，所以說「中心願也」。

到了〈中孚・六四・爻辭〉，針對「誠信」之道，更為深入的理解與解釋說：「月幾望，馬匹亡，无咎。」月幾望，指接近滿月，尚未盈滿；以喻地位雖高，但不驕盈。馬匹亡，指失去匹配。按照卦爻辭凡例，四與初為正應；此則四不從初，反而上承於五，故曰「馬匹亡」，因而「无咎」。此爻辭說明兩項事情，一為不可驕盈過度；二則雖捨正應初九，而上承上九，亦可无咎。

程氏解析認為：

四為成孚之主，居近君之位，處得其正，而上信之至，當孚之任者也。如月之幾望，盛之至也。已望，則敵矣。臣而敵君，禍敗必至，故以幾望為至盛。馬匹亡。四與初為正應。……初上應四，而四亦進從五，皆上行，故以馬為象。孚道在一，四既從五，若復下繫於初，則不一而害於孚，為有咎矣。故馬匹亡，則无咎也。上從五而不繫於初，是亡其匹也。繫初則不進，不能成孚之功也。[34]

---

33 參見《中庸・第13章》，引見朱熹《四書章句集注・中庸章句》（臺北：大安出版社，民國85年11月），頁30。

34 參見黃忠天：《周易程傳註評》，卷6，頁536。

「四爻」居「五爻」之旁，宜如何自處與相處？在臥榻之側，必須持盈保泰，收斂鋒芒；否則功高震主，豈能安穩？如同「月幾望」，方能安保吉祥。誠如程氏所云：「四為成孚之主，居近君之位，處得其正，而上信之至，當孚之任者也。如月之幾望，盛之至也」。

同時，程氏並提醒：「孚道在一，四既從五，若復下繫於初，則不一而害於孚，為有咎矣」。孚道必須專一，不能有貳心。既從於九五，就不可有貳心於初九。如此方能「无咎」，其意義在此。所以，雖逢馬匹亡，亦無咎害。

為何「四既從五，若復下繫於初，則不一而害於孚」？即是「六四」為何不能既跟從於「九五」，又懸念於「初九」？斬釘截鐵的說：「孚不容於有二」。[35]因此，〈中孚・六四・象辭〉就明白的指出：「馬匹亡，絕類上也。」類，指正應初九。即是必須斷絕初九，以跟從於九五，方是正確的選擇與指標。

不誠信會如何？

其一，〈中孚・六三・爻辭〉說：「得敵，或鼓或罷，或泣或歌。」敵，指勁敵。鼓，指擊鼓前進。罷，指止而不進。此即內心不貞正誠信，面對勁敵，就會不知所措。有時擊鼓前進，有時停止不前，有時悲傷哭泣，有時歡樂歌唱。

面對此現象，程子就剖析說：

> 敵，對敵也，謂所交孚者，正應上九是也。……。三不中失正，故得敵以累志，以柔說之質，既有所繫，唯所信是從，或鼓張，或罷廢，或悲泣，或歌樂，動習憂樂，皆繫乎所信也。唯繫所信，故未知吉凶。然非明達君子之所為也。[36]

程氏以「三不中失正」，失去「誠信」之道；加上「六三」處於下卦〈兌〉，具有柔說之質，[37]主見不明，所謂「或鼓張，或罷廢，或悲泣，或歌樂」，是以

---

35 參見清・李光地（1642-1718，76歲）：《周易折中・下經》（臺北：武陵出版社，民國78年1月），卷8，頁593。

36 參見黃忠天：《周易程傳註評》，卷6，頁536。

37 〈說卦傳・第7章〉說：「〈兌〉，說也。」說同悅，指欣悅。

「非明達君子之所為」。黃忠天即直抒其義表示：

> 〈中孚〉諸爻，以孚信及於非正應者為佳。六三陰爻處不中正，居悅極而應上九。心動於外，故有進退失據，哀樂無常之象。蓋心無主見，隨人悲歡者也。[38]

黃氏對「六三爻」不誠信的原因，深中肯綮的分析，使我們益發清晰。主要之因，在於「六三爻」，陽居陰位，又不中正；加上喜悅上九，心有外馳，沒有主見，隨人悲歡造成的結果。

〈中孚・六三・象辭〉，本於上述之因，總結言：「或鼓或罷，位不當也。」

其二，〈中孚・上九・爻辭〉說：「翰音登于天，貞凶。」翰音，指飛鳥鳴聲。此指飛鳥鳴聲，雖上達於天；由於缺乏「誠信」，只是虛聲以求名。因此，必須守正以防凶險。孔穎達指出其缺失所在曰：

> 翰，高飛也。飛音者，音飛而實不從之謂也。上九處信之終，信終則衰也。信衰則詐起，而忠篤內喪，華美外揚。若鳥於翰音登于天，虛聲遠聞也，故曰「翰音登于天」。虛聲无實，正之凶也，故曰貞凶。[39]

孔氏認為，「上九爻」處在〈中孚〉卦的最後一爻，「信終則衰也。信衰則詐起，而忠篤內喪，華美外揚」。如同「若鳥之翰音登于天」，僅有虛聲，未有其實。總歸來說，就是徒有虛名，未有誠信，是有凶險的。

「正之凶也，故曰貞凶」，一般有解釋為守正，則有凶險。這不合邏輯。守正，還會有凶險，豈有教化之義。所謂「貞凶」，是指守正，以防凶險，方能符合易道「積善有慶」之理。關於此，程氏亦有解釋：

---

38 參見黃忠天：《周易程傳註評・評析》，卷6，頁636。

39 參見〈中孚・上九・爻辭〉疏，引見李學勤主編：《十三經注疏・（孔穎達）周易正義》，21冊，卷6，1：244-5。

> 翰音者，音飛而實不從。處信之終，信終則衰。忠篤內喪，華美外颺，故云翰音登天，正亦滅矣。陽性上進，風體飛颺。九居中孚之時，處於最上。孚於上進，而不知止者也，其極至於羽翰之音，登聞於天，貞固於此而不知變，凶可知矣。夫子曰：「好信不好學，其蔽也賊。」[40]固守而不通之謂也。[41]

程氏之義，同於孔氏。但是，程氏點出此爻為凶之因，在於「好信不好學，其蔽也賊」。賊，指賊害。即是僅是遵守「誠信」，不加勤學，不知變通，自然會有凶險，這是我們不得不警惕的。荀子（約前313-前238，約75歲）說：「真積力久則入。學至乎沒而後止也。」[42]意義是格外深遠的。

〈中孚・上九・象辭〉就不能虛誠之聲，諷刺說：「翰音登于天，何可長也。」此極嚴正的表示，雖然翰音登於天，然而此為虛聲；虛誠之聲如何能保持長久？北宋大儒胡瑗（993-1059，66歲）對上爻極有體會的表示：

> 上九徒以虛聲外飾，無純誠篤實之行，以此而往，愈久愈凶。故聖人戒之曰「何可長」如此，蓋欲人改過反誠，以信實為本也。[43]

「改過反誠，以信實為本」，這是「中孚」的核心意義與價值。若未能達此，「徒以虛聲外飾，無純誠篤實之行，以此而往，愈久愈凶」。如此，何能長久？

若以〈九二爻〉與〈上九爻〉相比：九二「鳴鶴在陰」，上九「翰音登天」；一篤實一虛偽，恰為反照，烘托其差異。由此，北宋・蘇軾（1037-1101，64歲）評析說：「九二在陰而『子和』，上九飛鳴而『登天』，其道蓋相反也。」[44]兩者高下，盡在不言中。

---

40 參見《論語・陽貨》，引見朱熹：《四書章句集注・論語集注》，卷9，頁249。

41 參見黃忠天：《周易程傳註評》，卷6，頁538。

42 參見王先謙（1842-1917，75歲）：《荀子集解・勸學篇》，卷1，引見楊家駱（1912-1991，79歲）：主編《新編諸子集成》（臺北：世界書局，民國72年4月），8冊，2：7。

43 引見李光地：《周易折中・象下傳》，卷12，頁944。

44 參見氏著：《東坡易傳》（臺北：臺灣商務印書館公司，《文淵閣四庫全書》本，民國72年10月），9-113-4。

如何方能達到「誠信」內聖之道的最佳典範？清．曾國藩（1811-1872，61歲）詮釋得極佳：

> 人必中虛，不著一物，而後能真實無妄。蓋「實」者，不欺之謂也。人之所以欺人，所以自欺者，以心中別著私物也。不欺者，心無私著，是故天下之至誠，天下之至虛者也。靈明無著，物來順應，是之謂虛，是之謂誠而已矣。[45]

曾氏提出要想達到「誠信」，必須先「虛」後「實」。

「虛」者，必須「人必中虛，不著一物，而後能真實無妄」。即是能夠心靈空虛無物，不著一塵，物來順應，才能接受最純淨的真誠。「實」者，就是不欺。「不欺者，心無私著，是故天下之至誠，天下之至虛者也」。而有欺的主要原因，在於「人之所以欺人，所以自欺者，以心中別著私物」。

曾氏的解讀，言簡意賅，意在言外，發人深省，值得稱許。

四　孚乃化邦，有孚攣如，感於萬國，動於天地，荒外從風，鳳麟詡舞

其三，「誠信」的外王之道。

我國傳統思想，重在修己治人之道。[46]修己，即為內聖；治人，即為外王。《大學》即明言：

> 古之欲明明德於天下者，先治其國；欲治其國者，先齊其家；欲齊其家者，先脩其身；欲脩其身者，先正其心；欲正其心者，先誠其意；欲誠

[45] 參見馬其昶（1855-1930，75歲）：《重定周易費氏學》，引見黃壽祺、張善文：《周易譯注》，卷8，頁496-7。

[46] 朱熹《大學章句．序》：「然於國家化民成俗之意，學者修己治人之方，則未必無小補云。」引見氏著：《四書章句集注．大學章句》（臺北：大安出版社，民國85年11月），頁3。

> 其意者，先致其知；致知在格物。物格而后知至，知至而后意誠，意誠而后心正，心正而后身脩，身脩而后家齊，家齊而后國治，國治而后天下平。[47]

其中格物、致知、誠意、正心、修身等五項，屬於德性範圍，為內聖。齊家、治國、平天下等三項，屬於德性開展，則為外王。

〈中孚〉的外王之道，主要見於「彖傳」及「九五爻」。

首就〈中孚・彖傳〉說：「中孚，柔在內而剛得中，說而巽，孚，乃化邦也。」柔在內，指六三及六四兩個陰爻，居卦之內。剛得中，指九二及九五兩爻，陽剛處於上下卦之中。說而巽，指〈中孚〉的卦德；[48]下卦為〈兌〉，說也，即指喜悅。上卦為〈巽〉，即指和順也。此指「中孚」的本質，即是柔順居內，謙和至誠；剛健居中，懷抱忠實。內在欣悅而和順，推而廣之，在外則能沐化萬邦。三國魏・王弼（226-249，23歲）注說：

> 信立而後邦乃化也。柔在內而剛得中，各當其所也。剛得中，則直而正；柔在內，則靜而順；說而以巽，則乖爭不作。如此，則物无巧競，敦實之行著，而篤信發乎其中矣。[49]

王氏強調，「化邦」的主要條件，即是必須建立「誠信」，有了「誠信」，才有「化邦」的基礎。再配合相關條件，包括「柔在內而剛得中」、「說而以巽」等，這樣方可達到「乖爭不作」、「物无巧競」，臻於「敦實之行著，而篤信發乎其中」的水準。

---

[47] 參見《大學・經1章》，頁4。

[48] 卦德，又稱卦情、卦性，指《易》卦的基本性質、品德與功用。亦即是指八卦的本質。參見張其成（1959-）主編：《易學大辭典》（北京：華夏出版社，1992年2月），「卦德」條，頁17-8。八卦的卦德為，「〈乾〉，健也；〈坤〉，順也；〈震〉，動也；〈巽〉，入也（又指順也）；〈坎〉，陷也；〈離〉，麗也（指附著，又指明也）；〈艮〉，止也；〈兌〉，說（指喜悅）也（〈說卦・第7章〉）」。

[49] 參見〈中孚・彖辭〉注，引見李學勤主編：《十三經注疏・（孔穎達）周易正義》，21冊，卷6，1：242。

孔穎達根據王弼的說法指出：「『乃化邦也』者，誠信發於內，則邦國化於外，故曰『乃化邦也』。」[50]沐化邦國，推動外王，捨「誠信」之外無它。惟有「誠信發於內」，則邦國自能感化於外。西漢・劉向（前77-前6，71歲）論證格外突出：

> 人君苟能至誠動於內，萬民必應而感移。堯（約前2447-前2307，約140歲）、舜（？-前2184）之誠感於萬國，動於天地，故荒外從風，鳳麟翔舞，下及微物，感得其所。《易》曰：「中孚，豚魚吉。」此之謂也（《新序・雜事篇》）。[51]

外王之道，格外要求國君。因為國君處於高位，由上而化，其功效特佳。也因此，劉向勉勵國君：「苟能至誠動於內，萬民必應而感移。」並以堯舜為例，其效宏富，「荒外從風，鳳麟翔舞，下及微物，感得其所」。充分展現了外王最大的成功。

「以二體言卦之用也。上巽下說，為上至誠，以順巽於下，下有孚，以說從其上，如是其孚，乃能化於邦國也。若人不說，從或違拂事理，豈能化天下乎」？[52]程子認為「化邦」的作用如此。

〈中孚〉卦體為上〈巽〉下〈兌〉，其卦德為既和順又欣悅。如同國君以誠信之道，化民成俗。程氏的憂心，如果感化邦國，百姓不悅，「從或違拂事理，豈能化天下乎」？

次就〈中孚・九五・爻辭〉說：「有孚攣如，无咎。」攣，指牽繫的情形。如，為助詞，無義。此指九五爻陽居陽位，居中得正；且又具備「誠信」之德，感化天下，風吹草偃，九州共貫。程子深入的表示：

---

[50] 參見〈中孚・彖辭〉疏，引見李學勤主編：《十三經注疏・（孔穎達）周易正義》，21冊，卷6，1：242。

[51] 引見黃壽祺、張善文：《周易譯注》，卷8，頁502。

[52] 參見黃忠天：《周易程傳註評》，卷6，頁537。

> 五居君位，人君之道當以至誠感通天下，使天下之心信之，固結如拘攣，然則為无咎也。人君之孚，不能使天下固結如是，則億兆之心安能保其不離乎？[53]

程氏特別鼓勵國君，必須「至誠感通天下」。反之，若不能如此，就會造成「人君之孚，不能使天下固結如是，則億兆之心安能保其不離乎」？程子感觸實為深矣。

〈中孚・九五・爻辭〉，一言以蔽之，即謂九五陽剛中正，為〈中孚〉之主，能以誠信廣繫「天下」之心，則「天下」亦以誠信相應，故無所咎害，天下平安大治。胡瑗即曰：「居尊而有中正之德，是有至誠至信之心，發之於內而交之於下，以攣天下之心，上下內外，皆以誠信相通，是得為君之道，何咎之有？」[54]良有以也。

南宋・楊萬里（1127-1206，79歲）從另一角度指出：「明主在上，群賢畢集：無一敗治之小人，無一害治之匪德（《誠齋易傳》）。」[55]

「誠信」之道，除了國君至誠忠信之外，還有另一效果，即是「群賢畢集」，襄助國君治理天上，致能「無一敗治之小人，無一害治之匪德」。

「九五爻辭」為何能夠「攣如」，廣繫天下？主要在於〈中孚・九五・象辭〉所曰：「有孚攣如，位正當也。」即是陽居陽位，又居九五，是以居位中正正當。

「五居君位之尊，由中正之道，能使天下信之。如拘攣之固，乃稱其位。人君之道當如是也」。[56]程子一語道盡其因，即是國君既居於五，又是陽居陽位，致有中正之德，是以「能使天下信之。如拘攣之固，乃稱其位」。

在此要突出一項外王之道的特色，外王之道除了重視國君由上而下的沐化之外，尚重在「獄政」的處理。在古代「獄政」執行好壞，也是「誠信」之道

---

53 參見黃忠天：《周易程傳註評》，卷6，頁532。

54 引見李光地：《周易折中・下經》，卷8，頁593。

55 引見黃壽祺、張善文：《周易譯注》，卷3，頁136。

56 參見黃忠天：《周易程傳註評》，卷6，頁537。

的表現，關係到百姓的權益至大，千萬不可輕忽。

也因此，〈中孚・象辭〉說：「澤上有風，中孚；君子以議獄緩死。」議獄，指審議訟獄。緩，指寬。此指大澤上和風徐徐吹來，象徵廣施「誠信」之德。此時，君子審議訟獄，秉持「誠信」之德，對於死刑者，予以寬緩。根於此，程子釋之曰：

> 澤上有風，感于澤中，水體虛，故風能入之；人心虛，故物能感之。風之動乎澤，猶物之感于中，故為中孚之象。君子觀其象，以議獄與緩死，君子之於議獄，盡其忠而已，於決死極於惻而已，故誠意常求於緩。緩，寬也。於天下之事，无所不盡其忠，而議獄緩死，最其大者也。[57]

惻，指悲痛。程氏充分說明「議獄緩死」的原因。主要在於一則本於「中孚」的卦象，「水體虛，故風能入之；人心虛，故物能感之。風之動乎澤，猶物之感于中，故為中孚之象」。二則指出執行死刑，必須本於「惻」；而「誠信」之道重在「緩」。即是「於天下之事，无所不盡其忠，而議獄緩死，最其大者也」。由此可知，「議獄緩死」，也是「誠信」外王之道之一。

楊萬里針對此亦表示：「風無形而能鼓幽潛，誠無象而能感人物。中孚之感，莫大於好生不殺，議獄者，求其入中之出。緩死者，求其死中之生也。」[58]

楊氏將「誠信」與「好生不殺」結合，以喻「議獄緩死」。即是「議獄者，求其入中之出。緩死者，求其死中之生也」。具有深義在其中。南宋・徐幾（？-？）將《周易》大象傳提到「刑獄」的內容作一比較說：

> 「象」言刑獄五卦：〈噬嗑〉、〈豐〉以其有離之明，震之威也。〈賁〉次〈噬嗑〉，〈旅〉次〈豐〉，離明不易，震皆反為艮矣。蓋明貴無時不然，威則有時當止。至於〈中孚〉，則全體似離，互體有〈震〉、〈艮〉，

---

[57] 參見黃忠天：《周易程傳註評》，卷6，頁533。

[58] 引見李光地：《周易折中・象下傳》，卷12，頁941。

> 而又〈兌〉以議之，〈巽〉以緩之，聖人即象垂教，其忠厚惻怛之意，見於謹刑如此。[59]

互體，指中爻卦。〈中孚〉的中爻卦為〈震〉卦、〈艮〉卦。惻怛，音惻達。指悲憂。徐氏以「刑獄五卦」——〈噬嗑〉、〈賁〉、〈豐〉、〈旅〉、〈中孚〉做比較。以〈中孚〉最有「聖人即象垂教，其忠厚惻怛之意」。從卦象觀察，其因在於「全體似離，互體有〈震〉、〈艮〉，而又〈兌〉以議之，〈巽〉以緩之」。

在《周易》一書中，言及「刑獄」的內容，除了上述五卦外，尚有〈訟〉卦。

「夫《易》卦言治獄者五：〈噬嗑〉也、〈豐〉也、〈賁〉也、〈旅〉也、〈中孚〉也。其互取於象者三：〈離〉也、〈震〉也、〈艮〉也。獨取於象者二：〈巽〉也、〈兌〉也。析而言之，其義各殊；總而言之，則皆慎重其刑而已」。

「互取於象者三，獨取於象者二」，指〈噬嗑〉、〈賁〉、〈旅〉、〈豐〉、〈中孚〉5卦，具有〈離〉也、〈震〉也、〈艮〉3種單卦。其中〈噬嗑〉卦象為〈震〉下〈離〉上、〈豐〉卦象為〈離〉下〈震〉上，〈賁〉卦象為〈震〉下〈艮〉上，〈旅〉卦象為〈艮〉下〈離〉上，〈中孚〉卦象為〈兌〉下〈巽〉上。歸納其單卦為〈離〉、〈震〉、〈艮〉、〈巽〉、〈兌〉等五卦。另外，〈訟〉的卦象為下〈坎〉上〈乾〉，總括則為七卦。

關於「《易》卦言治獄者五」，其卦象寓含的意義，明．丘濬（1420-1495，75歲）《大學衍義補．慎刑》」中，有非常深刻精緻的解析，值得參考。他說：

> 卦象言刑獄者五卦，〈噬嗑〉、〈賁〉、〈豐〉、〈旅〉、〈中孚〉也，〈噬嗑〉、〈賁〉〈豐〉、〈旅〉皆有離象，而〈噬嗑〉、〈豐〉則兼取震，〈賁〉、〈旅〉則兼取艮。蓋獄以明照為主，必先得其情實則刑不濫，然

[59] 引見李光地：《周易折中．象下傳》，卷12，頁941。

> 非震以動之則無有威斷，非艮以止之則輕於用刑，惟〈中孚〉一卦則有取於巽、兌。先儒謂〈中孚〉體全似〈離〉，互體有震、艮，蓋用獄必明以照之，使人無隱情；震以威之，使人無拒意；而又當行而行、當止而止，不過於用其明而恣其威也。夫然後兌以議之，巽以緩之，原情定罪至再至三，詳之以十議，原之以三宥，王聽之，司寇聽之，三公聽之，旬而職聽，三旬而職聽，三月而上之，議而又議，緩而又緩，求其出而不可得然後入之，求其生而不可得然後死之，本乎至誠孚信之心，存乎至仁惻怛之意，在我者有誠心，則在人者無遺憾矣。聖人作經垂世立教，惓惓於刑獄之事，不一而足焉如此，其知天下後世之憂患，而為之慮也深且遠矣。[60]

恣，音字。指放縱。十議，指討論10次。三宥，指古代王、公家族之人犯法，有寬恕三次之制。司寇，指古代主管刑獄之官。旬，指10天。職聽，指掌管者審理。惓惓，指真摯誠懇。

丘氏立論的心意，即是對於審判刑案，必須格外慎重。所謂「用獄必明以照之，使人無隱情」。其嚴謹的程度為：「原情定罪至再至三，詳之以十議，原之以三宥，王聽之，司寇聽之，三公聽之，旬而職聽，三旬而職聽，三月而上之，議而又議，緩而又緩」。而主要的目的，則在於「求其出而不可得然後入之，求其生而不可得然後死之，本乎至誠孚信之心，存乎至仁惻怛之意，在我者有誠心，則在人者無遺憾矣」。

從上可知，古人「作經垂世立教，惓惓於刑獄之事，不一而足焉如此」。當然，這都是本於外王推廣的「誠信」之道。

就五卦大象辭言：〈噬嗑〉之象則曰：明罰勑法；〈賁〉則曰：明庶政，无敢折獄；〈旅〉則曰：明慎用刑而不留獄；〈豐〉則曰：折獄致刑；〈中孚〉則曰：議獄緩死。

---

[60] 參見「維基文庫」網頁，「大學衍義補・卷100」條，https://zh.wikisource.org/zh-hant/%E5%A4%A7%E5%AD%B8%E8%A1%8D%E7%BE%A9%E8%A3%9C/%E5%8D%B7100，檢索日期：2019年2月3日。

明罰，指申明刑罰。勑，音刺。指正。明，指修明。庶政，指日常政務。折獄，指斷理訟獄。不留獄，指不滯留訟獄。致刑，指動用刑罰。

五卦大象辭，雖強調端正法律，申明刑罰；並且施用刑罰，明察審慎。但是，對於「折獄」──斷理訟獄，卻是極為謹慎小心，一再提示「无敢折獄」、「議獄緩死」。可見「折獄」在當代執行時，特別戒慎為之。

再就《周易》「刑獄卦」言、刑獄之起，起於爭訟，訟，就是爭辯是非，故以〈訟卦〉為「刑獄卦」之首。

〈訟卦〉，是就訟者言；〈噬嗑〉、〈賁〉、〈旅〉、〈豐〉、〈中孚〉等5卦，是就聽訟者而言。

〈訟卦〉卦旨在於「慎始息訟」；〈噬嗑〉、〈賁〉、〈旅〉、〈豐〉、〈中孚〉等5卦卦旨在於「明慎折獄」。此分別就訟者與聽訟者論之。但就根本言，「慎始息訟」則刑獄不起，「明慎折獄」則是非可辨。〈訟卦〉是就始端言，〈噬嗑〉等卦就歷程而言。

「訟」「謀始」之義可與「子曰：聽訟，吾猶人也，必也使無訟乎」[61]相通。猶人，指與人相等。朱熹《四書集注》引范氏（北宋・范祖禹（1041-1098，57歲））言「聽訟者，治其末，塞其流也。正其本，清其源，則無訟矣」。[62]「聽訟，是一種能力與智慧的展示，僅能「治其末，塞其流」，非最高境界的治理之道。而最高境界的治理之道，在於「無訟」，百姓安居樂業，禮義傳家，無有辯爭，天下太平，達到大同之域。此才是治國的最高理想，即是「正其本，清其源，則無訟矣」。

本此，北宋・楊時（1053-1135，82歲）剖析說：「子路（前542-前680）片言可以折獄，而不知以禮遜為國，則未能使民無訟者也。故又記孔子之言，以見聖人不以聽訟為難，而以使民無訟為貴。」[63]片言，指一句話。

楊氏加強申明「無訟」與「聽訟」相比，「無訟」高過「聽訟」遠矣。

---

61 參見《論語・顏淵》，引見朱熹：《四書章句集注・論語集注》，卷6，頁189。

62 參見《論語・顏淵》注，卷6，頁189。

63 參見《論語・顏淵》注，卷6，頁189。

「刑獄卦」所彰顯的「明慎折獄」與《尚書．呂刑》「祥刑」[64]有互通之處。「祥刑」，東漢．鄭玄（127-200，73歲）作「詳，審察之也」。[65]《爾雅．釋詁》作「祥，善也」解。[66]「祥刑」，指慎用刑罰。即法家所謂「刑期無刑」，與「無訟」的思想具有部分相同性。

經學思想的實際應用在傳統律法，則表現為「經義折獄」。從漢人開始，以《尚書》、《春秋》、《詩經》、《孝經》等經書，求其義理，即事求理；再以理折獄。審理案件。經書所載事件眾多，相類從之而成例，漢代律法中有「決事比」之設，此指漢代法律形式之一。又稱「比」。是用來比照判案的典型判例比，能補律令之不足。因律法無明文規定，而援引類似條文，或已經成例而形成判例。經義折獄便在這種條件下，以補救當時律令之不足。

又西漢．董仲舒（前179-前104，75歲）以《春秋》大義決獄為模範，故後人又稱「春秋決獄」。事實上，援引經義以折獄，不止《春秋》一經。這也可以看出經書另外的一種意義與功能。

由此可知，《周易》「刑獄卦」的核心價值之一，就是以「誠信」存心，推己及人，在「折獄」上，「明慎折獄」、「議獄緩死」，極於「無訟」，天下長治久安的完美境地。

五　誠信天祐，吉无不利，自覺覺他，內聖外王，上下誠信，和同於人，何吉如之！

〈大有〉與〈中孚〉兩卦，在《周易》六十四卦當中，意義是極為高遠深刻的。主要是能夠「誠信」，必有「天祐」。所謂「自天祐之，吉无不利」。

一方面符合《易傳》重視德性的思維，強調德性在生命立身處世當中的先

---

64 參見〈呂刑〉，引見李學勤主編：《十三經注疏．（孔穎達）尚書正義》（北京：北京大學出版社，1999年12月），卷第19，21冊，2：545。

65 參見氏注：《尚書》，引見南朝宋．范曄（398-445，47歲）《後漢書．劉趙淳于江劉周趙列傳》（臺北：鼎文書局，63年10月），卷39，6冊，3：1310。

66 參見〈釋詁第一上〉，引見李學勤主編：《十三經注疏．（東晉．郭璞（276-324，50歲）爾雅注疏》（北京：北京大學出版社，1999年12月），卷第1，21冊，13：12。

導地位與永恆意義；另一方面，「道德的品德不會消失，它永遠內在於人，等待他的應用」。[67]充分說明「修德」的特色。德修之後，能夠內存於我們身上，永遠不會消失；並必須隨時應用，展現其效能。這也是〈大有〉與〈中孚〉兩卦的內在意義樞機所在。

職此之故，〈大有〉與〈中孚〉兩卦在「誠信」之德上，表現的特質為：

第一點，要得「天祐」，必本「誠信」，心存「誠信」，吉无不利。

「天祐」根於「人祐」，必須「自昭明德」，方能上合「天心」，明白「天命」，進而與之相合，成為「天人合一」。在〈大有〉與〈中孚〉兩卦之「天人合一」的接榫點，則是「誠信」。惟有真誠信實，誠摯懇切，方能得到「天祐」，達到吉无不利。可見道德實踐之「德」，重在實踐。「德者，得也」，[68]指獲得的意思。許慎在《說文解字》深入解釋說：「悳，外得於人，內得於己也。从直心。」[69]所謂「內得於己」，就是「德者，得也，得其道於心而不失之謂也。得之於心而守之不失，則終始惟一，而有日新之功矣。」[70]即是通過道德修養，形成良好的道德品質──內聖（指內具聖人之德）。所謂「外得於人」，即把惠澤施之於人──外王（指外施王者教化）。「內得於己」與「外得於人」兩者統一起來，就是「德」的內涵意義與價值，亦即是「內聖外王」的綻放與輝光。

第二點，「誠信」之道，誠之者人道，誠者天道，擇善固執，信及豚魚。

「誠信」的意義，到了〈中庸〉，「誠」有兩種意義，除了遵照真實不欺的

---

[67] 參見陳榮華（1951-）：《葛達瑪詮釋學與中國哲學的詮釋》（臺北：明文書局，1998年3月），第3章，頁139。

[68] 參見日・安井衡（1799-1876，77歲）：《管子纂詁・心術上》（臺北：河洛圖書出版社，民國65年3月），卷13，頁5，說：「德者道之舍，物得以生生，知（指心智）得以職（指專注），道之精。故德者，得也；得也者，其謂所得以然也。以無為之謂道，舍之之謂德，故道之與德無間，故言之者不別也。」

[69] 參見段玉裁：《說文解字注》，10篇下，頁507。

[70] 參見《論語・述而》注，引見朱熹：《四書章句集注・論語集注》，卷4，頁126。

本義外，且予以創造化及本體化的意義抽換與提升，作為最高的形上本體。〈中庸．第20章〉就說：「誠者，天之道也；誠之者，人之道也。誠者不勉而中，不思而得，從容中道，聖人也。誠之者，擇善而固執之者也。」[71]不勉而中，指不經勉力而行，就能自然契合。從容，指安舒。固執，指掌握。就「誠」的本體義，朱熹就直接明白的表明：「誠者，真實無妄之謂，天理之本然也。誠之者，未能真實無妄，而欲其真實無妄之謂，人事之當然也。」[72]朱氏以「理」或「天理」為最高本體，[73]是以「至誠」之道等同於「理」或「天理」，為本體，故曰「真實無妄之謂，天理之本然也」，為「天之道」。而「誠之者」，指實踐言。即未達到真實無妄之「誠」，必須戮力以赴的躬親自省，反身而誠，故曰「未能真實無妄，而欲其真實無妄之謂」，為「人之道」。因之，要得「天祐」，必須從誠之者人道，到誠者天道；且能擇善而固執，信及豚魚。

第三點，「誠信」之道，內聖外王，止於至善，天下太平。

哲學專家鄔昆如（1933-2015，82歲）教授針對人生的目的，深入剖析表示：

> 在倫理道德的層次上，人生的目的也就被界定在「止於至善」之境。從人生目的的指向善，哲學的知識論設法認清「善」的真面目，而形上學則證明「善」原就是存有本身的特性。「存有」與「至善」在本體的意義上是等同的，可以互換的。倫理學在這裡的任務是：教人透過如何的生活，才可以達到這「至善」的目標，完成人生的目的。正如吾人在做許多事時，都有目的，倫理學在這裡的目的，就是教人「善」度生活，在思言行為上都符合倫理的法則，終至使生活有意義，生命有價值。生

[71] 參見《中庸．第20章》，引見朱熹：《四書章句集注．中甫章句》，頁38。

[72] 參見《中庸．第20章》注，引見朱熹：《四書章句集注．中甫章句》，頁41。

[73] 朱熹〈答黃道夫一〉說：「天地之間，有理有氣。理也者，形而上之道也，生物之本也；氣也者，形而下之器也，生物之具也。是以人物之生，必稟此理，然後有性；必稟此氣，然後有形。」引見陳俊民（1939-）校訂：《朱子文集》（臺北：允晨文化實業公司，民國89年2月），卷59，10冊，6：2798。

> 活的意義，生命的價值，行為的正確，都將濃縮到「善」度生活的抽象理念中。「善」的課題，因而是倫理學首先要討論的課題。[74]

「至善」，以現代詞彙來替代，就是「聖潔」。因為「因道德的完善生活而與神相契相似的人則系聖潔的人」。[75]「德」的重要性與崇高性，於此可見。〈大有〉與〈中孚〉兩卦的「誠信」之道，既可以指內在之德生性，又可以指外在之德，是生命精神的通體呈現。[76]即是止於至善，天下太平。

---

[74] 參見氏著：《倫理學》（臺北：五南圖書出版公司，民國82年4月），第2部第4章，頁313-4。

[75] 參見德．布魯格（Freiburgi Br., 1904-1990，86歲）編著，項退結（1923-2004，81歲）編譯：《西洋哲學辭典》（臺北：華香園出版社，民國81年8月），「聖潔」條，頁256。達到「聖潔」的標準為：「受造物由其對神的特殊關係而稱為聖潔；因此人或事物如完全奉獻於神，亦稱為聖潔；因道德的完善生活而與神相契相似的人則係聖潔的人。」其中「因道德的完善生活而與神相契相似的人則係聖潔的人」，充分說明了「道德」的價值。

[76] 參見許毓榆（？）：《《左傳》《國語》卜筮研究》（臺北：國立政治大學中國文學研究所碩士論文，2018年9月），第4章，頁162。

二 「我命在我不在天」的道教養生內涵

林文欽*

提要

我命在我不在天，「命」在《太平經》中就有，往往有生命（指出生）、壽命、祿命等意思，認為人的生命的長短、祿命都由天定，並從履行封建倫理道德的情況標準勒定人的壽夭。葛洪（字稚川，號抱朴子，283-343）認為「命」是一種與生俱來的先天必然性，是上天賦予人的特有資質。唐代的盧重玄認為命是神靈賜予的名分，如果人們不努力也實現不了。此後，由於外丹術的衰落，內丹術盛行，「我命在我不在天」被賦予了煉丹即可扭轉乾坤，人們自己掌握自己命運的內容。全真道講「性命不由天地管」，乃是把性命和神氣概念結合起來說的。明清時期，道教學者既從宇宙生成論角度講「命」，也從內丹角度說「命」。透過性命雙修，終能超越時空之侷限，我命由我真實掌握。

關鍵詞：我命在我不在天，反者道之動，逆成仙，逆返，內丹修煉。

* 林文欽教授，國立高雄師範大學國文學系文學博士、退休教授，專長：中國哲學（《易經》、《老子》、禪學、美學），中國文學（古典詩詞、現代詩），道教哲學（《道藏》研究），國文教學（國文教材教法、國文教學實習）。曾任國立高雄師範大學國文學系主任、臺灣《周易》養生協會創會理事長，高雄市《周易》養生協會理事長，中國嗣漢張天師府顧問，四川大學道教與宗教文化研究所客座教授，四川乾坤道教文化交流中心顧問兼《周易》三聖大講堂講師。專著有：《易傳變易思想研究》、《周易時義研究》、《周易入門》、《現代詩鑑賞教學研究》、《文學美學研究資料選集》等書。

一　前言

「我命在我不在天」，出自東晉著名的道教學者及醫學家葛洪（字稚川，號抱朴子，283-343）之言，[1]這是說一個人的命運壽限掌握在自己手中（即心識中），不必向外求之，命可由自己掌握。葛洪最大的興趣是煉丹，他煉丹的目的就是為了成仙，在他認為神仙是一定存在的，人類的壽命就掌握在自己手中。此外，《西升經》中《我命章》亦云：「我命在我，不屬天地。我不視不聽不知，神不出身，與道同久。吾與天地分一氣而治，自守根本也。」[2]儘管《抱朴子・黃白篇》和《西升經》所提出的達到「與道同久」的方式不同，但都指出我命在我不在天，皆強調通過自身的努力，可以延年益壽、長生不老。

這種靠自身修道得道、守道存生最積極有效的辦法便是進行自身煉養，以求自我完善。道教在創建之初便繼承了中國古代神仙家（方仙之士）及黃老道的大量神仙方伎，爾後又融攝了諸子百家及民間的豐富多彩的養生方術，逐漸營構成了以「性命雙修」為中心的養生文化體系。顯示其理論與方術並茂，延壽與登仙可期。道教對待人生的態度呈現在「我命由我」、「仙道貴生」的教義中，與儒釋兩家在對待人生態度上大相徑庭。道教不止是高倡「我命在我」與「仙道貴生」的教義，宣揚對「生命」的拓展新理想，更為可貴的是，道教因之同時建構了能夠實證達到「長生住世」理想的理論與踐行方法的體系，這就是「生道合一」論及以「性命雙修」為中心的多種煉養方術。如內外丹道、服氣、導引、煉氣、行氣、吐納、胎息、休糧、坐忘、內家武功等等。在行持中有關陰陽、順逆、性命、有無、情性、動靜、神氣、火候、境界諸方面的指導性理論，也都包含有精湛的哲理與實踐經驗。

時至宋代，內丹術大行，紫陽真人張伯端《悟真篇・卷中》其五十四：「藥逢氣類方成象，道在虛無合自然，一粒靈丹吞入腹，始知我命不由天。」[3]此藥為甘露，為先天真一之炁，為母炁。後天己身之炁為子炁，母子相見，

[1] 《抱朴子・內篇》卷十六〈黃白〉云：「龜甲文曰：我命在我不在天，還丹成金億萬年。」

[2] 見《道藏輯要・尾集五》。

[3] 宋・張伯端著，王沐淺解：《悟真篇淺解》（北京：中華書局，2011年10月重印），頁118。

為同類之物，自會凝結，如鐘乳之狀。採藥之要，在於候自己活子時之炁動，此炁動為自然之動，非有意使其動。必須於無思無慮之混沌虛無中等待活子時至，才為採藥之機。修士采之煉之，自然能得此先天陽炁，將純陰之體換為純陽之體，自知丹之可成，我命在我不在天。

本篇論文即由「我命在我不在天」立論，進而藉一丹入身的煉養之道，談如何由坎離交媾原始返終，逆修成仙，最後證成「我命在我不在天」。

二　反者道之動：道教生命觀的終極回歸

「我命在我不在天」首見於《龜甲文》，葛洪在《抱朴子》中曾引用云：「我命在我不在天，還丹成金億萬年。」[4]宋代《雲笈七籤》卷五十六引《仙經》：「我命在我，保精受氣，壽無極也。」[5]這種觀念一直被仙家所重視，也正是道教與儒釋兩家在對待人生態度上最大之不同。道教提倡「我命在我，不屬天地」（見《西升經》）、「仙道貴生」（見《度人經》），弘揚「重人貴生」（見《太平經》）的教義，以無畏的氣概高倡「我命由我」、「重人貴生」，並且堅定地踐行煉養之道，相信人可以「長生住世」，永久享受人間的幸福生活。這是道教生命觀內容中最為顯明、突出的特徵。

道教不只是高倡「我命在我」與「仙道貴生」的教義，宣揚對「生命」的拓展新理想，更為可貴的是，道教因之同時建構了能夠實證達到「長生住世」理想的理論與踐行方法的體系，這就是「生道合一」論及以「性命雙修」為中心的多種煉養方術。誠如近代著名的道教學家陳攖寧（字子修，1881-1969）先生所說，道教是要與「天命」和「自然」抗爭，打破生死定律，不受造化主宰，開拓人可以「神形俱妙而成仙」、「長生住世」的新的人生道路，為人類的生命求取最大限度的延續直至永生，使人生獲得最美滿、最和諧的生命幸福（見陳攖寧著《道教與養生》）。

---

[4] 東晉・葛洪：《抱朴子》（臺北：新文豐出版股份有限公司，1998年3月），〈內篇〉卷十六，〈黃白〉，頁96。

[5] 北宋・張君房編：《雲笈七籤》（北京：華夏出版社，1996年8月），卷五十六，諸家氣法部，頁327。

以神仙信仰為核心，以個人自我長生煉養為特點的道教丹鼎體系的出現，使得道教不再是民間巫術迷信的載體，特別是內丹這種「順生人，逆成仙」的觀點背後，代表了一種更積極、更高文化層次的信仰型態。道教的這一信仰，確實是「順其自然」而又「逆天行事」。這種信仰否定命定論，肯定人的自我能動性和超越的決定性意義。道教內丹作為返本還原的仙學實踐，其性質與價值取向都是基於「我命在我不在天」這種精神開展出來的。其中的「顛倒」、「逆返」等內丹中最重要的概念，也是「我命在我不在天」這一仙學思想在內丹中的延伸和發展，是道教內丹實踐的重要依據。

丹道對天地之生成的瞭解來自於道家。老子指出「道生一，一生二，二生三，三生萬物」，《列子》云：「有太易，有太初，有太始，有太素。太易者，未見氣也；太初者，氣之始也；太始者，形之始也；太素者，質也始也。氣形質具而未相離，故曰渾淪。」[6]《易緯乾鑿度》的敘述與《列子》頗為相似。他們建構出的先天形上模式結構，由太易（未見氣）→太初（氣之始）→太始（形之始）→太素（質之始）→渾淪（易），開始了後天形下世界萬物之生成邏輯與化生模式。「太易」即是那不規則、純粹的「無」，宇宙由此「無」而「化」。「道生一，一生二，二生三，三生萬物」，造化不離陰陽，陰陽由一而生，「一」是太極、元氣，由「無」到「有」的起始點，乾坤由此而化。《易傳》中的「大哉乾元，萬物資始」、[7]「至哉坤元，萬物資生」，[8]即是強調乾坤之體性乃天地自然之真體。

「反」字則有兩個意思，一是返回、反復，二是反對、相反，兩個意思可以是同時具備的。在《周易》將「反」視為周期變化，而有「反復其道」，[9]「反」不是相反相生之意，而是指道返歸其自身，不離其自身之謂。意指道的作用是帶著天地萬物，回歸到道自己的作用中，這是原始反終也是「道法自然」的意思。道回歸到道的自身，故此一辯證歷程，至「反」即止。老子云：

---

6 東周・列禦寇：《列子》，卷上，〈天瑞第一〉。收錄於嚴靈峯編：《無求備齋列子集成》（一）（臺北：藝文印書館，1971年10月），頁4-5。

7 《十三經注疏・周易正義》，頁10。

8 《十三經注疏・周易正義》，頁18。

9 《十三經注疏・周易正義》，頁65。

「歸根曰靜，是謂復命。復命曰常，知常曰明。」[10]（十六章）歸根是回歸到道的本根，道的本根是平靜無物的，這就是道的常，這也就是清代黃元吉所說的：「知修士復命之道，亦天地二氣之對待，為一氣之流行，至平至常之道也。能知常道，即明大道。」[11]五代南唐譚峭（字景升，生卒年不詳）以萬物變化之道而立論的《化書》，「化」是本書之重點，強調萬事萬物時時刻刻都是處於變化之中。譚子在卷一〈道化〉中說：

> 道之委也，虛化神，神化氣，氣化形，形生而萬物所以塞也。道之用也，形化氣，氣化神，神化虛，虛明而萬物所以通也。是以古聖人窮通塞之端，得造化之源，忘形以養氣，忘氣以養神，忘神以養虛。虛實相通，是謂大同。[12]

委者，隨也，順也，故由「道－虛－神－氣－形」的「道之委」，即是「順化」的過程，是從抽象化為具體，從精神化為物質的歷程。而「形－氣－神－虛－道」的「道之用」則表現了從具體到抽象，從物質返歸精神的「逆化」過程。

因此，「反者道之動」，道之動在反，反是逆化、復歸，道之動是反其終而求其所以始，也是復歸其自己的作用，道教內丹修煉者用此來作為逆反成仙之理論依據，黃裳（字元吉，清代道士）在註解《道德經》第四十章時即云：「反者道之動，煉丹之始基也。」[13]

如果說《化書》著重在道化的哲學思考，那麼唐宋間最有系統的內丹論述《鍾呂傳道集》則著重在「道成為仙」的方法論。鍾離權（字寂道，號雲房子，168-256）在〈論真仙第一〉云：

> 人之生，自父母交會而二氣相合，即精血為胎胞，於太初之後而有太

---

[10] 樓宇烈校釋：《老子道德經注校釋》，頁35-36。

[11] 清・黃元吉：《道德經講義》（北京：九州出版社，2013年9月），頁41。

[12] 五代・譚峭：《化書》（北京：中華書局，2012年5月），頁1。

[13] 清・黃元吉：《道德經講義》，頁110。

> 質。陰承陽生，氣隨胎化，三百日形圓。靈光入體，與母分離。自太素之後已有升降，而長黃芽。五千日氣足，其數自滿八十一丈。方當十五，乃曰童男。是時陰中陽半，可比東日之光。過此以往，走失元陽，耗散真氣，氣弱則病、老、死、絕矣。[14]

這是在老子與列子的宇宙生成觀基礎下，進一步提出的後天順成人終至於病老死絕的變化。凡是人皆不能逃脫這樣的生命歷程，該如何不病不死，避免人死為鬼的命運？鍾離權在〈論大道第二〉即云：

> 道本無問，問本無應，及乎真原一判，大朴已散。道生一，一生二，二生三。一為體，二為用，三為造化。體用不出於陰陽，造化皆因於交媾。上中下列為三才，天地人共得於一道。道生二氣，二氣生三才，三才生五行，五行生萬物。萬物之中，最靈最貴者人也。惟人也，窮萬物之理，盡一己之性，窮理盡性以至於命。全命保生以合於道，當與天地齊其堅固而同得長久。[15]

這是以老子宇宙生化觀為本之論述，萬物之中最靈最貴者為「人」，為使命與天地齊且堅固，就必須全命保生以合於道，也就是向「道」的回歸與復返。如何向「道」回歸？鍾離權指出關鍵就在「體用不出於陰陽，造化皆因於交媾」，因為既然道生一，一生陰陽二氣，「天地之機，在於陰陽之升降。一升一降，太極相生。相生相成，周而復始。不失於道，而得長久。修持之士，若以取法於天地，自可長生而不死。」[16]（〈論日月〉第四）鍾呂二人將過去丹道之修煉做了總結，並且分層去理解：修煉之目標（論真仙）、何謂「道」（論大道）、《易》理的運用（天地、日月、四時）、丹道法理與操作（五行、水火、

---

14 《修真十書．卷十四．鍾呂傳道集》。收錄於《正統道藏》（7）（臺北：新文豐出版公司，1977年10月），頁459。

15 《修真十書．卷十四．鍾呂傳道集》。收錄於《正統道藏》（7），頁463。

16 《修真十書．卷十四．鍾呂傳道集》。收錄於《正統道藏》（7），頁466。

龍虎、丹藥、鉛汞、抽添、河車、還丹、煉形、朝元、內觀、磨難），如果丹士能確實理解內丹修煉的理論，並且身體力行實踐後，那麼就必須再回頭去檢視〈論真仙〉、〈論大道〉之內容，證驗自己修煉之層次，是否通過煉丹覺悟大道。能夠掌握此系統性的修煉方式，就能修真成仙，證成我命在我不在天，最終目的即是與道合一。

三 逆成仙之道：精、氣、神的聚與化

從前文的論述，我們可以知道，道教丹道理論的核心內涵，是從道的「反」來進行申論，以陰陽二氣的反覆翻轉與和合交媾，來建構道反自身，去凡成仙的實踐理論，其理論的核心，便是認為道體即是身體，修道即是修身，成仙就是體道，道既是己身所從出，因此，修道的視角，就必須從外而內，反歸自己的身體與精神，回到胎息狀態，這樣的修煉過程，即是由後天返回先天，也就是所謂的「逆成仙之道」。

與譚峭相善的陳摶（字圖南，號希夷、扶搖子，871-989）也在《化書》的影響下著有《胎息訣》，其中說道：

> 夫道化少，少化老，老化病，病化死，死化神。神化萬物，氣化成靈，精化成形。神氣精三化，煉成真仙。[17]

由道→少→老→病→死，這是順著生命自然演化的結果，陳摶站在丹道的立場說明修士透過精氣神三種藥物的化合，即可逆反無極之大道。這個逆反無極之路被化約成〈無極圖〉，黃宗炎（字晦木，1616-1686）首先指出〈無極圖〉是脫胎自漢代河上公的〈太極圖〉，為方士修煉之術，並批評此圖去老莊虛靜無為原旨甚遠，乃旁門之道。又進一步說明〈無極圖〉自河上公始至魏伯陽（雲

---

[17] 宋・陳摶：〈胎息訣〉，《諸真聖胎神用訣》，收錄於《正統道藏》（31）（臺北：新文豐出版公司，1977年10月），〈洞神部・方法類〉，頁20。

牙子，生卒年不詳）即有修煉的圖式存在，〈無極圖〉的內丹術思想，除了遠承《參同契》的傳統，近則受《入藥鏡》、鍾呂一系的影響。

〈無極圖〉的圖式自下而上，分別是「玄牝之門」，「煉精化氣、煉氣化神」，「五氣朝元」，「取坎填離」與「煉神還虛、復歸無極」，是由下往上的「逆式」，其宗旨在於「復歸」之道，目標即是「無極」。圖雖分五個層次，但實為丹法三部分，即「煉精化氣、煉氣化神、煉神還虛」，張伯端（字平叔，號紫陽、悟真，987-1082）在《金丹四百字序》稱此為「三花聚頂」，[18]張伯端在此所說的「花」其實正是「化」，與煉同義，係指修煉階段而言，王沐（1908-1992）說：「精氣神合凝成藥後，用調煉功法，使精華會合，促成丹母，進一步昇華提高為內煉的物質基礎叫化。」[19]從丹法上來看，實有著比譚峭《化書》之「化」更積極的能動性。

道教認為精、氣、神是生命三大要素，丹經稱三寶，精全、氣全、神全除能發揮祛病、延年、養生之功效外，更是丹士藉以煉成金丹的必要條件。丹經稱煉丹，實則煉此三寶。「精、氣、神」三者又是可以相互為用，互相轉化的，在內丹術中強調三者在先天本是一體，都是先天祖炁所化，《性命圭旨》就說：「大藥雖分精、氣、神，三般原是一根生。」[20]「以其妙用而言，謂之神；以其流行而言，謂之氣；以其凝聚而言，謂之精。」[21]因此丹經就把這個特性加以強化，作為修煉的步驟與要求。李道純（字元素，號清庵、瑩蟾子，生卒年不詳）《中和集》〈述工夫〉云：

> 三元大藥意心身，著意心身便是塵。調息要調真息息，煉神需煉不神神。頓忘物我三花聚，猛拚機緣五氣臻。八達四通無窒礙，隨時隨處闡

[18] 宋・張伯端撰，王沐淺解：《悟真篇・外三種》（北京：中華書局，2011年10月），頁202。

[19] 王沐：〈悟真篇丹法要旨〉，收錄於宋・張伯端撰，王沐淺解：《悟真篇・外三種》（北京：中華書局，2011年10月），頁288-289。

[20] 蕭天石編：《道藏精華第一集之三・性命圭旨》（臺北：自由出版社，1987年10月），〈元集・內外二藥圖〉，頁66。

[21] 明・王陽明：《王陽明全書》（一）（臺北：正中書局，1976年3月），《傳習錄》卷中〈答陸原靜書〉，頁51。

> 全真。[22]

可說是概括了煉精化氣、煉氣化神、煉神還虛三種煉法的精髓。

張伯端在《悟真篇》卷中其十二首之絕句即闡明《道德經》中道與丹法的關係：「道自虛無生一氣，又從一氣產陰陽。陰陽再合成三體，三體重生萬物昌。」[23]此詩句說的雖是道的順行，就丹法而言則是從無到有，從有生出精氣神三品，精氣神三品變化無窮以為萬物之基，另一方面也暗示丹法必須逆返此而行，使其歸根返本，復歸於道。元代全真道士陳致虛（字觀吾，號上陽子，1290-？）《金丹大要・上藥篇》云：

> 精氣神三物相感，順則成人，逆則成丹。何謂順？一生二、二生三、三生萬物。故虛化神、神化氣、氣化精、精化形、形乃成人。何謂逆？萬物合三，三歸二，二歸一。知此道者，怡神守形，養形煉精，積精化氣，煉氣合神，煉神還虛，金丹乃成。[24]

這是從順逆次序的方法來講三者的關係，金丹之成非無中生有，乃身中精氣神之會合化聚。若能知此順行規律，再明丹功逆行造化，則可明《道德經》中修丹之奧義。

《道德經》云：「天下萬物生於有，有生於無。」[25]大道無為，無為者先天養性之學，但在修煉初期仍需有為之作，有為者後天煉命之功。張伯端《悟真篇》卷中其四十二即云：「始於有作人難見，及至無為眾始知。但見無為為要妙，豈知有作是根基。」[26]《性命圭旨》亦云：「始則有作有為者，採藥結

---

22 元・李道純：《中和集》，卷五〈述工夫〉十七首。收錄於《藏外道書》(6)（成都：巴蜀書社，1994年12月），頁656。

23 宋・張伯端撰，王沐淺解：《悟真篇・外三種》，頁48。

24 元・陳致虛：《上陽子金丹大要》，〈上藥卷之四・・〉。收錄於《正統道藏》(40)（臺北：新文豐出版公司，1977年10月），〈太玄部〉，頁429。

25 樓宇烈校釋：《老子道德經注校釋》，頁110。

26 宋・張伯端撰，王沐淺解：《悟真篇・外三種》，頁99。

丹以了命也。終則無作無為者，抱一冥心以了性也。」[27]煉丹加以逆行，又從有返於無極大道。「無極」一詞最早出現在老子《道德經》第二十八章之「復歸於無極」。陳搏說過：

> 我向年入道，並未曾究心於升降水火之法，不過持定《心印經》存無守有四字，有無二字包括陰陽兩個字。無者，太極未判之時，一點太虛靈氣。所謂視之不見，聽之不聞是也。[28]

是故何謂「無極」，與「形」和「象」相比較，就是視之不見，聽之不聞，搏之不得的混沌世界。在《道德經》中，「視之不見，聽之不聞」是用來說明「道」的表現形式，陳搏引其義與《周義．繫辭傳》的「《易》有太極，是生兩儀」相等同，作為宇宙原始未生之狀態，道與《易》的基本意義是「生一」，一是形變之始，那麼「復歸於無極」即是《周易》的原始返終，也就是回復那個未生的原始本源狀態。盧國龍說：

> 這有兩重含義，從修命的角度說，指通過煉養，使身中藥物——元神和元精元氣交媾，結育成胎，於是體內新生命替代舊生命；從修性的角度看，道教修性的基本含義就是「養虛」，最高境界是「還虛」，亦即體悟虛寂靜謐的道。[29]

經過煉精化氣、煉氣化神、五氣朝元、取坎填離的階段後，精氣神合聚，僅剩元神，即由有為進入無為，命功轉成性功的階段，這個即是煉神還虛，復歸無極，乃一切歸於虛空，融為圓明，復歸於最初也最終的本原狀態，《周易》原

---

27 蕭天石編：《道藏精華第一集之三．性命圭旨》〈貞集．第八節口訣：移神內院．端拱冥心〉，頁319。

28 《玉詮》卷五，鬼集五，〈陳真人〉條。收錄於彭文勤纂輯，賀龍驤校勘：《道藏輯要．21》（臺北：新文豐出版股份有限公司，1986年2月），頁9155。

29 盧國龍：〈陳摶的《易》《老》之學及〈無極圖〉思想探源〉，《江西社會科學》，1989年5月。

始反終之奧義亦在於此，在陳摶〈無極圖〉以〇示之，以表與道合真，天人合一。

其後的張伯端在《悟真篇》卷中其五十四云：「藥逢氣類方成象，道在虛無合自然，一粒靈丹吞入腹，始知我命不由天。」也是說明人體之內的精氣神是由於陰陽的互相感應才使內丹煉製有了雛型。性功也像萬物之源的道一樣，看不見，摸不著，無聲無息，卻合乎自然。只要小小一顆金丹在丹田煉成，就開始會有我命在我，不在天地的感覺了。陰陽雙修與清靜獨修中，藥的本質是生命中的氣，氣與氣之間才是同類，氣與氣相感，就會在內修中產生許多景象。大道在視之不見、聽之不聞的先天之境，內修丹士身心進入此境就能自然而然地與先天大道感通，使身心之氣與天地之氣同類相感相引。丹士由於採得了內自身心性命，外自彼家、天地的同類之氣而結成靈丹，得到這種玄妙的物質之後，你就可以自主命運，不再聽天由命。

四　符號與象徵：丹道理論對《易》理的消融與創造

「反者道之動」是丹道理論的基本框架，透過「道」、「反」與「《易》」的辯證，為丹道成仙提供了形上學的基礎；「逆轉成仙」是丹道理論的形上實踐，透過人體「精」、「氣」、「神」的提出，翻轉修仙的視角，建構了金丹大道的知識論；而道教《易》學的出現，則讓長生成仙有了依循的修煉程序，藉由對於《易》理的消融與創造，金丹家們設計出了具體可行的功法與圖解，透過相似譬喻、類比符號與象徵詮釋，提出了逆轉成仙的工夫論。

魏伯陽作《周易參同契》，標誌著道教《易》學的產生，其特點就是將《易》理與丹道相結合。而《參同契》以《周易》理論與黃老、養生相統一，運用《易》道與黃老之道、較量爐火之事修煉丹藥。對於《易》理的運用，援引自孟喜（字長卿，生卒年不詳）、京房（李君明，公元前77-公元前37）一系的納甲法、卦氣說等發展為「月體納甲」說；揉合《易緯》與孟、焦、京之說並縮小規模以符合丹道修煉的「六十卦直日法」；將坎離兩卦看成是六十四卦變易的依據，提出「坎離為《易》」說，此是將漢《易》象數學轉用於煉丹。由此可見道教《易》學淵源於儒家《易》學，或者說由儒家《易》學流變而出。

所謂「變」，不是說《易》理或天道觀出現了根本性的轉化，而是說與天道相對的人事轉換到了另一個領域。丹道修煉上是以原始反終、復歸無極為終極目標，因為神妙難言，故多以借《易》為喻，陳摶更是藉《易》圖配合陰陽五行之氣的變化來說明內丹修煉的方法與過程。

本小節便是透過符號與象徵，以圖文並陳的方式將金丹大道的修煉功法具現化，用來闡述逆轉成仙的實踐工夫，申論內丹長生的養生之道。

（一）陰陽五行：宇宙萬物的對應公式

陰陽屬於陰陽五行學說立論的基礎，陰陽與五行則屬於形式與內容的關係。換言之，陰陽的內容是通過木火土金水物象反映出來的，五行屬於陰陽內容的存在形式。古代煉丹術即透過陰陽學說說明事物變化的原因，以五行學說解釋事物變化的過程。如果說天人合一是儒家的觀點，那麼陰陽則是道家的堅持，在道家建構的樸素哲學裡，陰陽可以解釋一切事物。從《周易參同契》以《周易》中的陰陽說，特別是漢《易》中的卦氣說解釋煉丹術，標誌著漢《易》發展的另一傾向，成為後來道教《易》學的先驅後，內丹術論述就此與陰陽難分難解。

《周易參同契分章通真義》序言論述《參同契》一書的大意時說道：

> 托《易》象而論之，莫不假借君臣以彰內外。敘其離坎，直指汞鉛；列以乾坤，奠量鼎器；明之父母，係以始終；合以夫婦，拘其交媾；譬諸男女，顯以滋生；析以陰陽，導之反覆；示之晦朔，通以降騰；配以卦爻，形以變化；隨之斗柄，取以周星；分以晨昏，昭諸刻漏。故以乾坤為鼎器，以陰陽為隄防，以水火為化機，以五行為輔助，以真鉛為藥祖，以玄精為丹基，以坎離為夫妻，以天地為父母，互施八卦，驅役四時，分三百八十四爻循行火候，運五星二十八宿環列鼎中。[30]

[30] 五代・彭曉：《周易參同契分章通真義》，收錄於《正統道藏》(34)，〈太玄部〉，頁258。

彭曉的論證中，陰陽關係是始終繞著內丹學說的一對範疇：乾坤、鉛汞、男女、夫婦、晦朔等，都是陰陽兩性在不同方面的體現。道教南宗祖師白玉蟾真人對徒弟煙壺講述金丹之道時也說：「金丹之道，在易則乾坤坎離，在天則斗箕日月，在丹則龍虎水火，在藥則鉛銀砂汞，在人則夫婦男女，不過曰陰陽二字。」[31]《參同契》云：「乾剛坤柔，配合相包；陽稟陰受，雌雄相須。」[32]彭曉（字秀川，生卒年不詳）釋云：「先立乾坤既濟鼎器（人體），然後使陰陽合精氣於其中。」「謂水火陰陽二氣雙閉相須而成神藥，餘无別逕也。」[33]也就是說，煉丹的過程即是使陰陽二氣和合於人體這個鼎器中，使金之情與氣之性發生合乎自然法則的變化。彭曉進而說道：

> 坎戊月精者，月陰也，戊陽也，乃陰中有陽，象水中生金虎也。離己日光者，日陽也，己陰也，乃陽中有陰，象火中生汞龍也。故修丹探日月之精華，合陰陽之靈氣，周星數滿，陰陽運終，盡歸功於土德，而神精備矣。[34]

這說明煉丹中的變化是根據陰中有陽、陽中有陰、陰陽互含的法則。陰中有陽，迷暗中有生機，陽中有陰，神明中有靜定。陰陽之中又包含五氣，晚唐李筌（號達觀子，生卒年不詳）在疏解《陰符經》「觀天之道，執天之行」時說：

> 天者，陰陽之總名也。陽之精無輕清上浮為天，陰之精無重濁下沉為地，相連而不相離，……故知天地則陰陽之二無，無中有子，名曰五行，五行者天地陰陽之用也，萬物從而生焉，萬物則五行之子也。[35]

---

31 《海瓊白真人語錄》，卷三第三，收錄於《道藏經》（臺北：藝文印書館影印，1962年8月）第231函，正乙部，弁三。

32 任法融：《周易參同契釋義》（北京：東方出版社，2012年7月），頁112。

33 五代・彭曉：《周易參同契分章通真義》，卷中〈乾坤剛柔章第四十一〉注，收錄於《正統道藏》（34），〈太玄部〉，頁276。

34 五代・彭曉：《周易參同契分章通真義》，卷上〈上德無為章第二十二〉，收錄於《正統道藏》（34），〈太玄部〉，頁268。

35 唐・李筌疏：《陰符經疏》（臺北：新文豐出版公司，1987年6月），卷上，頁5-6。

這是一個宇宙生成的模式：天地（陰陽精氣）→五行→萬物，這樣的生成模式被內丹修煉者借用於修煉中。

唐崔希範（號至一真人，生卒年不詳）《入藥鏡》云：「盜天地，奪造化，攢五行，會八卦。」[36]意即配合陰陽，就能盜天地之靈炁，奪自然之造化，攢簇一身五行之炁，會合八卦之機。懂得天地生剋之道，配合陰陽，就能盜天地之靈炁，奪自然之造化，此乃五氣朝元之理。而有人身，就有氣數，有氣數，就有輪迴；五行是有數，有數就是二，八卦則有位，有位就是列，故應「攢」、「會」將氣聚合為一，使兩儀回到太極狀態，太極再復返無極。

在內丹術語中所謂的「三五與一」、「三家歸一」、「三五合一」也正是五行與天地之數的化合。以圖1〈三家歸一圖〉而言，該圖結合陰陽五行、天地之數、後天八卦與〈河圖〉來說解煉丹的模式。

【三家歸一圖】

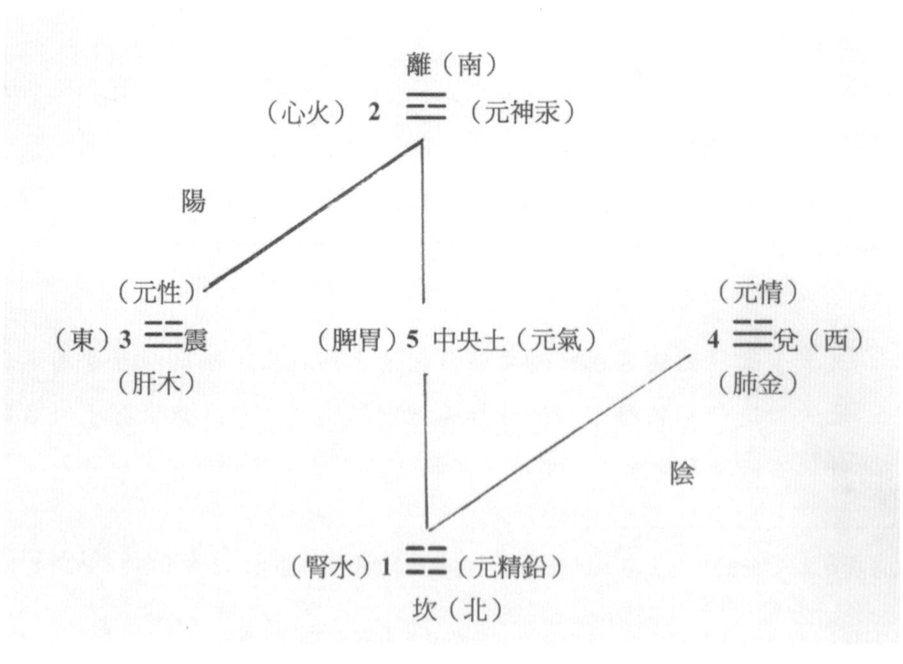

圖 1：三家歸一圖（林文欽製）

---

[36] 混然子注：《崔公入藥鏡註解》，收錄於收錄於《正統道藏》(4)，〈洞真部．玉訣類〉，頁228-235。

本圖有幾個重點：

1 **五氣朝元**

元李道純《全真集玄秘要》曰：

> 天一生水，地二生火，天三生木，地四生金，天五生土，此五行生數也。五行運化，機緘不已，四時行而百物生焉。以身言之，身心立而精炁流行，五臟生而五神具矣。天一生水，精藏於腎也。地二生火，神藏於心也。天三生木，魂藏於肝也。地四生金，魄藏於肺也。天五生土，意藏於脾也。五行運動，而四端發矣。達是理者，則能隨時變易以從道也。[37]

在〈河圖〉天一地二天三地四天五的框架下，五行配置其中，東方震卦，五行屬木，數為三，在身為肝；北方離卦，五行屬火，數為二，在身為心；西方兌卦，五行屬金，數為四，在身為肺；北方坎卦，五行屬水，數為一，在身為腎；中央五行屬土，數為五，在身為脾胃。元性藏於肝木，元神藏於離火，元情藏於肺金，元精藏於腎水，元氣藏於脾土。內丹術強調煉先天之精、氣、神，才能產生內藥效果，後天之精、氣、神則稱之為外藥，僅靠外藥是難以達到修煉的理想境界。透過修煉可促使分散在五臟之氣匯通聚合起來，金德之四與水德之一聚合而成五，木德之三與火德之二聚合亦成五，中央自有五氣，「三五」相聚，四大安和，五氣則朝元而聚於頂，體現了內丹修煉的一種高級境界。

2 **取坎填離**

內丹學是以中土真意為黃婆，招引坎內的黃男（中爻，原屬乾卦，是汞的始祖，指元神），與離中的玄女（中爻，原屬坤卦，是鉛的本家，指元精）相配，夫妻一交媾，離就變成了純乾，這就叫做「取坎填離」。

---

[37] 元．李道純：《全真集玄秘要》第八，收錄於《正統道藏》(7)，〈洞真部．方法類〉，頁263。

3 元精、元氣、元神、元性、元情

〈三家歸一圖〉的子午線是〈無極圖〉中的煉精化氣、煉氣化神、煉神還虛三個階段，元精、元氣、元神又是又是互相交感作用的。煉精需有情，以道心為心，以眾生之心為心，修道若只為修道、悟道，而達到冷酷無情的靜心境地，那麼只是在人間多了一個害人精。該說欲空之後要有真情，真情以應物，應物以真情，修道有真情，功德方圓滿。如此除欲之後的「元情」方能助「元精」化為「元氣」。「元性」、「元情」在修道過程的重要性，就如呂洞濱（純陽子，798-880）所云：「真常需應物，應物要不迷，不迷性自住，性住氣自回，氣回丹自結。」[38]此處的「性」可當作「元神」解，煉精需有情，但心並不執著，並以元性節制識神，元神才能發用。當精氣神三者合一，聖胎指日可待。也就是說人活一世，要有情而應物，且能理性節制而不迷，歸真才有望。

在內丹學派中大都主張「性」即是神，「命」即是氣。如《重陽立教十五論》〈第十一論混性命〉即曰：「性者神也，命者氣也。」[39]在丹經中命通常是氣與精的代稱，因為精由氣化，精氣本一。如《玄膚論》說：「性則神也，命則精與氣也。」[40]內丹家認為性命兩者不可分離，《性命圭旨》即云：

> 何謂之性？元始真如，一靈炯炯是也。何謂之命？先天至精，一炁氤氳是也。然有性便有命，有命便有性，性命原不可分。但以其在天，則謂之命；在人，則謂之性。性命實非有兩，況性無命不立，命無性不存。而性命之理，又渾然合一者哉。故《易》曰：「乾道變化，各正性命。」[41]

---

[38] 唐．呂洞賓：〈百字篇〉（勅石更名〈百字碑〉），收錄於（清）李涵虛編：《呂祖全書》〈呂祖編年詩集卷之一〉，頁380。

[39] 元．王喆：《重陽立教十五論》，收錄於《正統道藏》（54）（臺北：新文豐出版公司，1977年10月），〈正一部〉，頁239。

[40] 明．陸西星：《玄膚論》，收錄於《方壺外史下冊》（北京：宗教文化出版社，2013年1月），第八卷未字集〈性命論〉，頁361。

[41] 蕭天石編：《道藏精華第一集之三．性命圭旨》，〈元集．性命說〉，頁25-26。

呂洞賓亦曰：「只修性不修命，此是修行第一病。只修性命不修丹，萬劫陰靈難入聖。」[42]因此金丹大道就是性命雙修，以〈三家歸一圖〉來看，元精、元情是屬於「命功」，元性、元神則屬於「性功」，在修煉的過程中，性功、命功需同時進行，缺一不可。

4 陰陽合

五行中，東方屬木，南方屬火，木、火屬陽；西方屬金，北方屬水，金、水屬陰。煉丹術利用五行相生之原理，木生火，元性助元神，又金生水，元情助元精，二者會合於中土，是謂陰陽合。

在內丹術中，又常以龍虎交媾喻身中水火、坎離交媾。此即呂洞賓所云：「腎水生氣，氣中有真一之水，名曰陰虎，虎見液相合也。心火生液，液中有正陽之氣，名曰陽龍，龍見氣相合也。」[43]心火為離，喻為龍，腎水為坎，喻為虎，取坎填離，雖說是回復先天乾坤二卦，實際上是藉由離中元陰與坎中元陽陰陽合的作用結丹。

魂藏肝木屬陽，魄藏肺金屬金，魂是人之構成中的「陽」、「氣」部分，魄是人之構成中的「陰」、「形」部分。有關魂魄與形神二分的說法，在呂洞賓《太乙金華宗旨》有云：

> 一靈真性，既落乾宮，便分魂魄。魂在天心，陽矣，輕清之氣也。此自太虛得來，與元始同形。魄，陰也，沉濁之氣也。附於有形之凡體，魂好生，魄望死，一切好色動氣，皆魄之所為，即識神也。死後享血食，活則大苦，陰返陰矣，以類聚也。學人煉盡陰魄，即為純陽。[44]

---

42 唐・呂洞賓：〈敲爻歌〉，收錄於清・李涵虛編：《呂祖全書》〈呂祖編年詩集卷之一〉，頁465。

43 《修真十書第十五卷・鍾呂傳道集》〈論龍虎〉，收錄於《正統道藏》（7），頁474。

44 唐・呂洞賓：《太乙金華宗旨》〈元神識神章第二〉，收錄於《藏外道書》（成都：巴蜀書社，1994年12月），第十冊，頁331。

《朱子全書》中寫道：「魂屬木，魄屬金。」[45]意即三魂七魄是金木之數也。漢代學者開始將人體的「五臟」和金木水火土「五行」相搭配，在《素問》云：「心藏神，肺藏魄，肝藏魂，脾藏意，腎藏志。」[46]〈靈樞〉云：「隨神往來者謂之魂，并精而出入者謂之魄。」[47]此言神與魂為一家，魄與精為一家，正合丹道東三南二，木火為侶，西四北一，金水同宮之說。

5 **順逆**

在〈河圖〉中有所謂的順逆問題，而此順逆正是透過天地之數來顯示。〈河圖〉、〈洛書〉所指涉的數序方位在先秦時代實已存在，這樣的數序方位是直到宋代才以黑白點表示數字及其陰陽性質。奇數為陽，偶數為陰，按陽數的進程應為一→三→（五）→七→九，陰數為四→二→（十）→八→六，陽為順行，陰為逆行，如附圖：

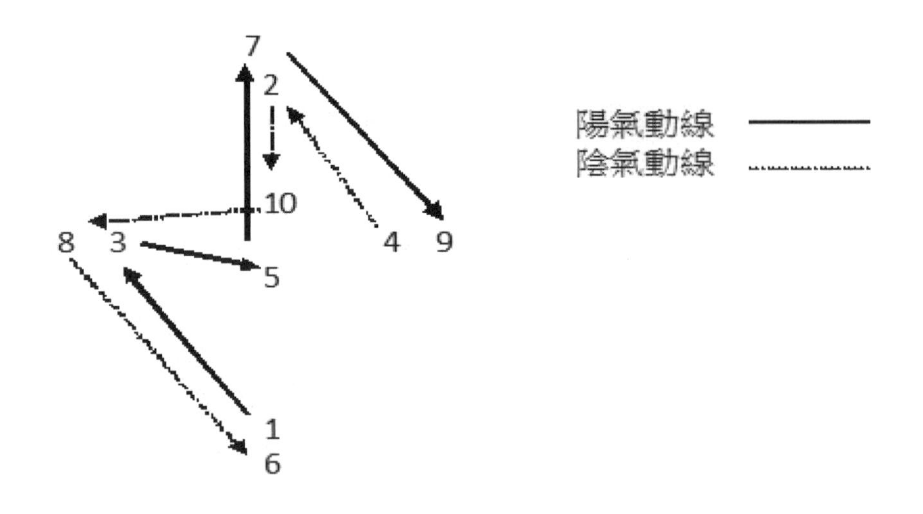

圖 2：河圖陰陽順逆圖（黃靖芬製）

45 宋・朱熹：《朱子全書》（上海：上海古籍出版社；合肥：安徽教育出版社，2002年12月），〈朱子語類〉卷三鬼神，頁165。

46 姚春鵬譯注：《黃帝內經》（北京：中華書局，2012年7月），卷七〈宣明五氣篇第二十三〉，頁224。

47 姚春鵬譯注：《黃帝內經》，卷二〈本神第八〉，頁934。

陳摶曾言：「河圖之運行，其序自北而東，左旋順行而相生。其對待之位則相剋。相生之中，恆寓相剋。蓋造化之妙，在生必有剋；生而不剋，則所生者無從而裁制矣。」[48]天地之數是由「氣」變為「形」過程中的數理呈現，其中實蘊涵著陰陽變化的規則，〈河圖〉之中自有順逆之則。

如果將〈三家歸一圖〉再予以簡化（如圖3），木生火，是由數三逆行至數二；金生水，是由數四逆行至數一。以五行看為順行，但以數看卻是逆行，與〈河圖〉天地之數間有著同樣的順逆之理。而子午線之水升火降亦是逆行，此乃內丹術中很重要的步驟，如不其然，水火不交，天地否則丹不成，此正是〈無極圖〉逆成仙的理路。

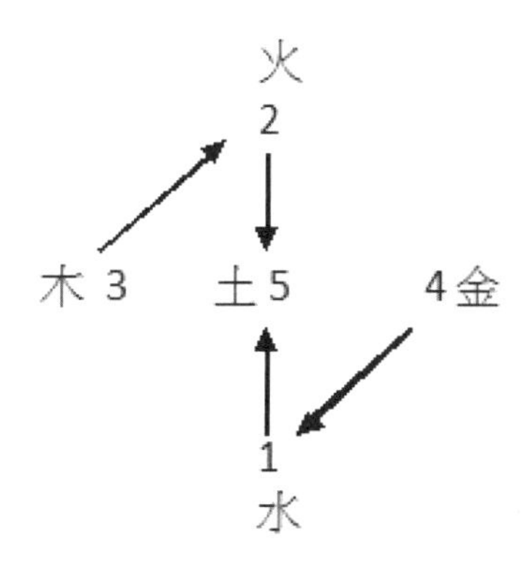

圖 3：三家歸一圖簡易版（黃靖芬製）

由此可知，〈三家歸一圖〉既可解釋〈無極圖〉「五氣朝元」、「取坎填離」，亦可看出「元精」、「元氣」、「元神」的化合與陰陽、五行、〈河圖〉的關係，陳摶道教《易》學之菁華盡在其中矣。

（二）太極：逆反成仙的終極境界

《周義．繫辭上傳》：「《易》有太極，是生兩儀。兩儀生四象，四象生八卦。」[49]哲學上太極一般是指宇宙最原始的秩序狀態，出現於陰陽未分的混沌時期（無極）之後，而後形成萬物（宇宙）的本源。陳摶對太極論述云：

---

48 《華山搜隱記》，今市面上不得見，其部分內文由蕭天石收錄於《道海玄微》，頁555。

49 《十三經注疏．周易正義》，頁156-157。

> 兩儀即太極也，太極即無極也。兩儀未判，鴻濛未開，上而日月未光，下而山川未奠，一氣交融，萬氣全具，故名太極，即吾身未生以前之面目。二儀者，人身呼吸之氣也；鴻濛者，人身無想之會也；日月者，人身知覺之始也；山川者，人身運動之體也。故四者之用，運之則分為四象，靜之則總歸太極。故修玄無別法，只須冥心太無，體認生身受命之處，而培養之、扶植之、保護之而已。故曰歸根、曰復命，要不出冥心凝神四字。所以必欲冥心凝神者，蓋觀法於天地而自得也。太上曰：「飄風不終朝，驟雨不終夕。」孰為此者，天地。天地尚不能久，而況於人乎！所以，日月運久而昏荒，山川奠久而崩竭，人物歷久而衰敗，氣化傳久而外錯，總不如守一太極之可久也。此事本極平淡、極簡易，而世人往往不能者，總壞於一點塵機，即是太極中一點動性。動而生陽，靜而生陰，生陰之靜，非真靜也，是動中舒緩處耳，亦動也。是以生生不息，變化萬殊，萬殊既成，吉凶出焉。聖人作《易》，所以指吉凶、推變化。要之，必以守真為主。故《易》者，戒動之書也。子等從此入門，庶不失高真妙旨。[50]

在這段論述中，陳摶不僅說明太極即無極之理，要達到無極之境界無他，「只須冥心太無，體認生身受命之處，而培養之、扶植之、保護之而已。故曰歸根、曰復命，要不出冥心凝神四字。」

若以〈無極圖〉之修煉層次與太極相合，可得之下圖（圖4）：

50 《玉訣》卷五之一四〈陳真人〉條。

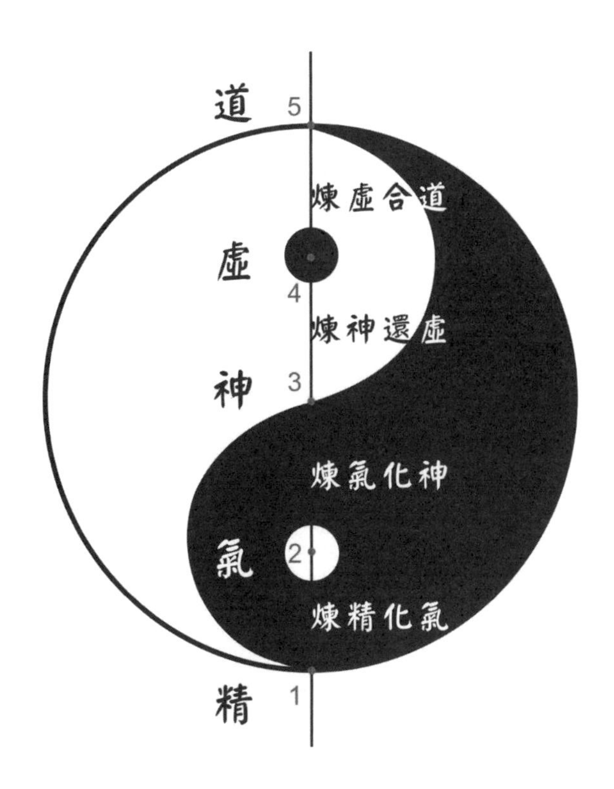

圖 4：林文欽修丹祕圖（一）（楊明仁製）

修煉之人皆知子午卯酉四時是煉功靜坐、沐浴抽添最佳時機，尤以子午時陰陽交接能量最強，故逢子時宜進陽火，逢午時宜退陰符。人體是一個小宇宙也是一個小太極，若畫出太極之子午線，就可見到五個交點，這五個交點由下向上分別是精、氣、神、虛、道。點到點中間套用到〈無極圖〉之修煉過程，即是「煉精化氣」、「煉氣化神」、「煉神還虛」、「煉虛合道」終至「復歸無極」。太極之陰陽魚，在此有兩種解釋：其一，下為黑魚，是為未修煉之坤體；上為白魚，乃經修煉去蕪存菁之乾體。其二，下為黑魚，象黑中有白點之坎卦☵，此白點乃天一生水之元精；上為白魚，象白中有黑之離卦☲。身中陰陽之氣經過不斷的煉化，五氣朝元，取坎填離，直至聖胎脫體，虛空粉碎，由☯轉化為○，但無極是視之不見，聽之不聞，搏之不得，無狀之狀，無物之象，以○表示無極亦是不得不然之舉。

在《莊子・內篇・逍遙遊》中：「北溟有魚，其名為鯤。鯤之大，不知其幾千里也。化而為鳥，其名為鵬。鵬之背，不知其幾千里也；怒而飛，其翼若垂天之雲。是鳥也，海運則將徙於南溟。南溟者，天池也。」[51]同樣是說明修煉的過程與境界。在太極之子午線上標出五點，由下向上分別是：凡、技、真、道、聖。在「凡」需要真師授予修真之口訣（「技」），方能一步步邁向歸「真」、合「道」、成「聖」之路，因之可以另一修丹祕圖（圖5）輔以說明。

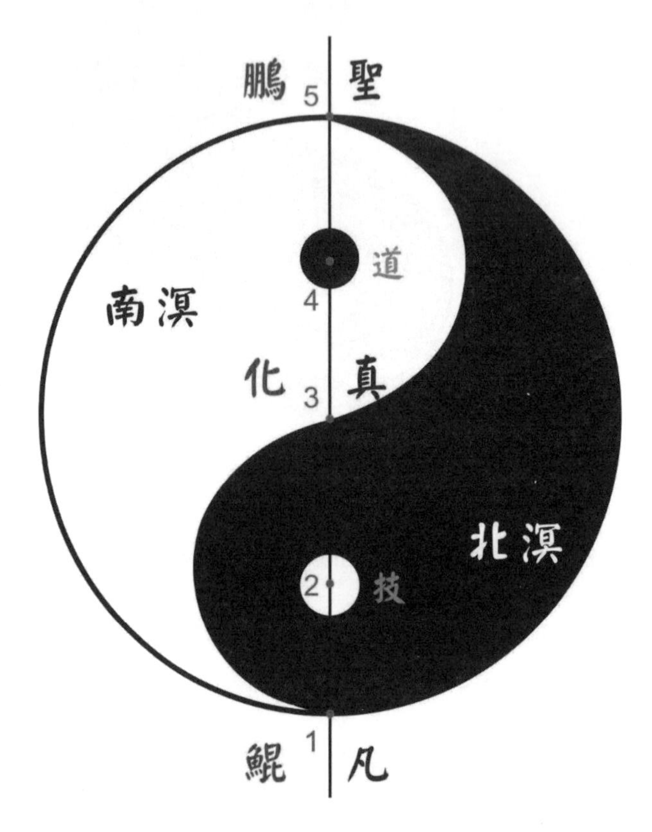

圖5：林文欽修丹祕圖（二）（楊明仁製）

太極之陰陽魚正可說明〈逍遙遊〉的「化」，北方屬水，黑魚象北溟，其中有魚，其名為鯤。白魚象南溟，鯤化為鵬，鵬向南溟而飛昇，在中外的神話中，鳥皆是作為一種精神之超脫的象徵，故鯤化為鵬的過程也是〈無極圖〉所示之「煉精化氣」、「煉氣化神」、「煉神還虛」的內丹修煉過程與成果。

因此，莊子寓言中鯤鵬之化實是內丹修煉中的形質變化，在張伯端《悟真篇》下卷〈西江月〉其七亦有詩云：

---

[51] 清・郭慶藩：《莊子集釋》（北京：中華書局，2013年3月），頁2。

雄裡內含雌質，真陰卻抱陽精。兩般和合藥方成，點化魄靈魂聖。

信道金丹一粒，蛇吞立變龍形。雞餐亦乃化鸞鵬，飛入真陽清境。[52]

在此張伯端巧用隱喻之法說明坎離交媾。「雄裡內含雌質，真陰卻抱陽精」說的是離卦乃外陽而內陰，內煉中即元神；坎卦是外陰而內陽，內煉中即元精。元精元神凝結而成丹藥，乃是取坎填離，使陰陽結合的成果。如果了解丹道的奇妙，蛇吃了它馬上變化成龍，小雞吃了它也可以化成鵬鳥，由此，可以飛登純陽的神仙境界。意即腎水真陽與心火中真陰兩者相結合，可使肝木還陽通靈，肺金陰魄入聖，由此相信金丹的妙用，能化腐朽為神奇，使肉體大起質的變化，鯤化為鵬，進而進入莊子真人自在逍遙之聖境，超越時空之侷限，我命由我真實掌握。

雖然透過積極的修煉，丹成之後就會開始有我命在我，不在天地的感覺，可以自主命運，不再聽天由命。但另一方面張伯端於《悟真篇》中卷其五十六又說：「大藥修成有易難，亦知由我亦由天。若非積行施陰德，動有群魔作障緣。」[53]這不是張伯端自我的矛盾，而是修煉金丹大藥有易也有難，由我也由天，丹士如果不去潛積功行，暗施陰德，而妄想修仙，沒有陰德作為藥引和外護，一開始修煉，就會有無盡的陰魔來阻礙。修煉中關鍵之處，要防魔障就必須以陰德感得天助作盾。這就像太極亦非靜止不動，它是循環往復的，除了視修士個人用功程度，身體在每個修煉過程會有許多不同的變化，修煉的進程時快時慢，境界也隨之時升時降，如遇十魔九難[54]的困境，稍有不慎，就可能像唐傳奇〈杜子春〉的故事一樣，所有努力功虧一簣。所以張伯端指出煉丹的能否有成就，既需要後天的努力，亦有關先天的福德。為了彌補和增厚先天的福

---

52 宋・張伯端撰，王沐淺解：《悟真篇・外三種》，頁148。

53 宋・張伯端撰，王沐淺解：《悟真篇・外三種》，頁121。

54 《鍾呂傳道集》第十七〈論魔難〉中曾對修煉者在修煉過程中可能遇到的障礙，提出十魔九難之說。十魔分別是：六賊魔、富魔、貴魔、六情魔、恩愛魔、患難魔、聖賢魔、刀兵魔、樂魔、女色魔。九難分別是：衣食逼迫難、尊長邀攔難、恩愛牽纏難、名利縈絆難、災禍橫生難、盲師約束難、議論差別難、志意懈怠難、歲月蹉跎難。提出此論，無非希望修士能聞道勤行，不執不著，信心堅固，修煉方有所成。

德，宜默默無聞地廣行善事，則可後天直造先天，這種行善積德而升仙的途徑，也正是道教對人世的積極關懷。

五　結語

本文從「反者道之動」的核心出發，藉由陰陽與五行，化現精、氣、神三者於體內的運轉流變，建構丹道逆轉成仙的修煉法門。

本文以為，丹道功法的修煉核心，在於「反」與「忘」的個體自覺，原始反終，順行造化順成人，洗心成德逆成仙，即是「反者道之動」的積極作用；而表現在個體生命的修煉，則是以「忘」來「反」，返璞（樸）歸真，拋掉一切名聞利養，一切冠蓋頭銜，灑脫的回歸本來面目，達到肉體與精神完美圓融的均衡境界，最終超越時空之侷限，我命由我真實掌握。

三 「《易經》現象學」與「道論詮釋學」

——以王弼《周易略例》暨「存有三態論」為引子的展開

林安梧*

提要

本文旨在經由中西哲學的對比，闡明《易經》所隱含的現象學思維，並由此衍申討論與其相關的「道論詮釋學」。首先，作者指出《易經》思想為一象徵之邏輯，此不同於一般之理性邏輯。其次，以王弼（字輔嗣，226-249）《周易略例．明象篇》為示例，闡明其現象學的思路，指出「道、意、象、言」與「道論詮釋學」密切關聯。再者，經由「存有三態論」的現象學與道論詮釋學

* 林安梧教授，1978年修習「《易經》」課程，始受教於黃慶萱先生之門。1979年畢業於臺灣師大國文系，1991年於臺灣大學哲學系取得第一位博士學位，曾任清華大學通識教育中心教授暨主任、南華大學創校委員及哲學研究所創所所長，2001年返回臺灣師範大學母校擔任國文學系專任教授，2007年退休，轉任玄奘大學中文系及宗教學系教授，2008年後任教於慈濟大學，並擔任宗教與人文研究所教授暨所長，2017年擔任人文社會學院院長。2006年獲頒「法鼓講座學人金質獎章」。2020年被評選為中華民國本土社會科學學會會士。1993年成為傅爾布萊特訪美學人（Fulbrighter）在威斯康辛大學（Wisconsin University at Madison）擔任訪問學者一年。1988年，開始講學於海峽兩岸及港、澳、新、馬四地，先後擔任同濟大學中國思想與文化研究院院長、山東大學儒學高等研究院客座教授、儒家文明創新協同中心海外傑出訪問學人、《易》學與中國代哲學研究中心特聘教授。現為元亨書院山長，著作專書有：《王船山人性史哲學之研究》、《存有、意識與實踐》、《中國近現代思想觀念史論》、《中國宗教與意義治療》、《中國人文詮釋學》、《血緣性縱貫軸：解開帝制，重建儒學》、《金剛般若與生命療癒：金剛經九一華山講記》、《新道家與治療學：老子的智慧》、《林安梧訪談錄：後新儒家的焦思與苦索》、《儒道佛三家思想與廿一世紀的人類文明》、《林安梧新儒學精選集》、《論語聖經譯解：慧命與心法》、《當儒家走進民主社會：林安梧論公民儒學》等專書二十餘部，論文三百餘篇，長期關注儒、釋、道文化思想的繼承與發展。

之結構的深層論述，進而，對現象學與道論詮釋學做一總體的探源，跨越實然、應然，回歸本然，指出「存在、價值、實踐、知識」和合為一。最後總結「歸返自身，由在而顯」以為《易經》現象學與道論詮釋學之集成。

關鍵詞：存有，意識，根源，彰顯，執定，文明，在，價值，實然，應然。

○楔子：學《易》因緣，逐層深化，現乃為象，漸有所得

1975年，我從臺中一中畢業，由臺中鄉下到臺北都會，在臺灣師範大學國文學系學習；大二時，我協助曾昭旭先生，作為《鵝湖》月刊的執行編輯，也因此與曾老師相與往還最多，他當時正完成博士論文《王船山的生平與學術》，承蒙他的教導，他送了我一本。我因此與船山學術結下了不解之緣，常聽起曾先生說船山哲學是「乾坤並建、兩端一致」。當時，我讀熊十力（1885-1968）的《新唯識論》、《讀經示要》、《原儒》，也讀了唐君毅（1909-1978）的先生的《中國哲學原論．原教篇》，特別於王船山（名夫之，字而農，號薑齋，1619-1692）哲學處，特別有感發振動。我因之慢慢對船山「《易》學思想」有種存在的相遇之感。就這樣朦朦朧朧中，緩步前行，看來有些懂，其實還是不太懂。一直到我大學本科四年級時，我修習了黃慶萱老師的「《易經》」課程，才慢慢體會到「絜靜精微，《易》之教也」。

我逐漸體會到，關於「《易經》」的學習，應該「象數不離義理，義理不離象數」，兩者通達為一。再者，「《易經》」不應該孤離地被視為天道論；或者經由西方哲學意義的形而上學來理解這部經典；另外，我也不贊成經由心性本體來證立「《易經》」，說他是一套心性主體所構成的形而上學。老實說，這些想法，仍然模模糊糊，一直到修習「《易經》」課，花了較多時間，去閱讀、去深研，慢慢有了些理解；但誠實的說，我當時雖能體會得學習《易經》的美好狀態，諸如讀到「元者，善之長也。亨者，嘉之會也。利者，義之和也。貞者，事之幹也。」對我而言，真有一種起承轉合，四時為序的美感，至於要深入去闡明此中義理，那可還差得遠。後來，因為民間書院講學的因緣，我講習了《論語》、《孟子》、《大學》、《中庸》、《老子道德經》、《易經》、《金剛經》、《莊子南華真經》等三教經典，就在這過程中，我似乎稍有所悟。

歲月悠悠，大四時受教於黃慶萱老師，那是1978年；1979年我從臺灣師大畢業，距今已經四十二年。《易經》的講習，從民間書院到大學課堂，在松山慈惠堂書院、中和華山書院、尋根文化書院，元亨書院，還有清華大學通教育中心、慈濟大學、中央大學、中興大學等開過《易經》課次，真乃不計其數

也。對《易經》哲學的理解，雖日有所進，未敢云有大徹悟。在焚膏繼晷的努力過程之中，我逐漸概括出《易經》是「天人合德」之教的一本大著，他可以說是孔老夫子刪述六經最重要的傳述、轉化與創造。

孔老夫子刪《詩》《書》、訂《禮》《樂》、贊《周易》、修《春秋》，「溫柔敦厚，《詩》之教也」，「疏通致遠，《書》之教也」。「大《禮》者，與天地同節也」，「大《樂》者，與天地同和也」。《易經》是絜靜精微，參宇宙造化的天人性命之書，而《春秋》則隱含古聖先王之志，有著「寓褒貶、別善惡、貶天子、退諸侯、討大夫」的作用。《易經》更是群經之首，我用三句話來概括：「參造化之微、審心念之幾、觀事變之勢」。學之、習之、教之，就在這過程中，漸而濡之、濡而漸之，悠游涵泳，感其意味、體其意韻，其意義也因之逐漸朗然於心、了了分明。

今年（2021）初，臺灣師範大學國文學系賴貴三主任提起黃慶萱先生九十大壽，邀約文章，以為祝嘏。奮然有意，興緻勃勃，我想起了以前受教種種，寫成了這篇有關「《易經》現象學」的文章，以為賀壽，並求教於諸位同道師友。

一　前言：《易經》思想為象徵之邏輯

1.《易經》思想為一象徵之邏輯，此不同於一般之理性邏輯。

闡釋：

本節主要在闡明象徵之邏輯之為《易經》思想之主軸，而不同於一般的理性邏輯；重要的是要去闡明象徵邏輯在階位上、在發生上都是更為優先的。進一步，闡明生命存在的辯證邏輯優先於理性的思維邏輯。

1.1. 此象徵之邏輯包括：情境之邏輯、脈絡之邏輯、生命之邏輯、辯證之邏輯。

闡釋：

此處「邏輯」（Logic）取廣義，印度亦有所謂「因明」（梵語：हेतुविद्या，Hetuvidyā），如同西方之邏輯學，他指的是印度的思考方法，是探索真理的方法。以漢語來說即所謂「道理」「論理」之謂也，古時則單言「理」是也。此處依西方之Logic 而以其通用的音譯為之，謂之「邏輯」。《易經》（取廣義，包括《易傳》）之獨特乃以象徵之邏輯為思考之主要途徑。這就是「即象而言理」，如此之象，不離情境，不離脈絡、不離生命，而生命乃是一辯證的邏輯。不論是西方之邏輯、印度之因明，主要重在理性邏輯，而《易經》則重在象徵之邏輯。

1.2. 蓋象徵者，象其徵也，徵其象也。「象」者，像也，擬其事物情偽而象之者也。徵者，徵其心念之幾，驗諸倫常日用者也。

闡釋：

「象徵」此語原用來翻譯symbol一詞，它原先指的是經由人、事、物，去表象一更為廣泛而一般的特性。此處則回到漢語的語境而展開述說。他強調就事物的實際情況，以及人們加諸其上的人文含義，以一圖像的方式來表徵它。特別值得注意的是，這裡說的「徵」，要通極於人的心靈意識之活動，而且是在「心念之幾」。「幾」說的是「意識」將發未發之際，這得由「意識所及」上溯到「意識之前」的狀態。[1]除此之外，還得「驗諸倫常日用」，這「驗」強調的是驗察、證驗。值得注意的是，這不是一般所說的科學的驗證，而是生命的驗察、體會。

1.3. 如此之象徵，不離情境、不離脈絡、不離生命，而凸顯其辯證性；總的說，實亦可以說《易經》為一象徵之辯證邏輯。

闡釋：

一般而言，理性的邏輯是從情境、脈絡、生命抽離開來的，純粹理性之所成的邏輯，這樣的邏輯是一線性思考（lineal thinking）的邏輯。相對來說，象徵的邏輯是不離情境、脈絡與生命的，正因如此，它顯示其辯證性。「辯證的」

這詞原是用來翻譯dialectical，它指的是經由討論及邏輯論辯，並多方考慮到彼此相互對立兩端的思想，而在不斷的交談的過程裡，來彰顯真相。

---

1 周敦頤《通書．聖第四》有言：「寂然不動者，誠也；感而遂通者，神也。動而未形有無之間者，幾也。」

這顯然就不只是線性的思考，而會是環狀的思考（circular thinking）。是生命處在整個場域之中而生的，是一處圜中以應無窮的思考。它既是象徵的邏輯，有其辯證性，因之而我們說其為象徵之辯證邏輯。

1.4. 情境者，境之不離情也，情之不離境也。此主客不二、能所為一，由分別而入於無分別，由無分別而顯於分別也。

闡釋：

「情」重在主觀面，而「境」則重在客觀面，主觀、客觀本來是渾合為一的。主客不二、能所為一，這是一切思考之原初點。人們常常陷溺在既成的習性下來看待這論題，而誤以為主客分立、能所為二。人們會以為作為我們認知的對象是一既予的存在，它是外在於我們的心靈意識的，這其實是忽略了人們本在一世俗所成的、文化所限制的世界。用佛家的話來說，其實人們誤以為一業力習氣已成的世界，與我們的心靈意識是無關的。其實，他是密切相關的。情境不二、主客不二、能所為一、境識俱泯時本來就是無分別的，是通同為一的。

1.5. 就在這主客、能所、境識關聯為一網絡下，而成其生命之脈絡，其象徵之辯證邏輯即於此而論之者也。

闡釋：

情境不二、主客不二、能所為一、境識俱泯時本來就是無分別的。但須知：這指的是無分別，但不是斷滅的無，不是匱乏的無，用佛教的語彙來說，不是斷滅空，不是惡取空。它其實預示著充滿著可能性，生機盎然地生長著。這裡有一生生不息的動能，它是原泉混混（滾滾），沛然莫之能禦的。這兒有一生命的場域、脈絡，即此生命場域脈絡，人參贊於其中，而成就一象徵的辯證邏輯。這是「天下萬物生於有，有生於無」[2]的邏輯，這是「色不異空、空不異色」「色即是空、空即是色」[3]色空不二，真

[2] 語出《老子道德經．第四十章》，請參見魏．王弼等著：《老子四種》（臺北：臺灣大學出版中心，2016年），頁35。

[3] 語出《般若波羅蜜多心經》（梵語：प्रज्ञापारमिताहृदयसूत्र Prajñāpāramitā Hṛdaya sūtra），玄奘法師譯文。關於「色空不二」，請參看王美瑤：〈檢視「空有不二」作為說明佛教「不二中道」之概念〉，2016年6月《臺大佛學研究》第三十一期，頁101-150。

空妙有的哲學。在這樣的哲學下，才能成就一象徵的辯證邏輯，相對來說，也是在這樣的象徵的辯證邏輯底下，才能成就這樣的生生不息的生命哲學。

1.6. 理性之邏輯實為一話語、知識、思想、存在通而為一，或者說是「以言代知、以知代思、以思代在」，[4]在此對象化所成之對象物，以為理，據此理以成性之邏輯。

闡釋：

如前所說，理性之邏輯乃是一線性之思考，如此之思考是抽離情境、脈絡與生命的，它是一乾枯的邏輯，這裡隱含著一獨特的「代表性的思維」（representative thinking）。[5]若借用佛教的語彙來說，它是一執著性的思考，是一執執到底的思考。[6]經由話語的確定，這是經由一主體的對象化活動，是「名以定形」[7]的功夫，因之取代了認知。也就是說以話語所論定的對象作為認知的事物自身，進一步，以此認知去取代思考。原先思考的範域本來是更寬廣的，但現在則由此認知來論定。此時的存在變為思考之所論定而說其為存在。存在本來是充滿著可能性的，這時失去了它的可能性、生長性、創造性。本來存在是不斷在彰顯的，此時便被限制在一主體之所對的對象上。人們把這主體對象化活動所定立的對象當成存在本身，這也就封住了存在。這樣的「理」是乾枯的理性之理，是由主體的對象活動，一執執到底的，被執著性所覆蓋的理，這樣的理去論斷天下的事物的性子，而我們為之理性。這理性顯然地已經脫開了原先的「道理」。

---

4 請參看林安梧，2001年6月〈後新儒家哲學擬構：以《道言論》為核心的詮釋與構造〉，沈清松主編：《跨世紀的中國哲學（國際中國哲學會會議論文集）》（臺北：五南圖書公司，2003年），頁277-312。後來收入林安梧：《道的錯置》（臺北：臺灣學生書局，2003年），第一章，頁3。

5 關於「如何超越海德格所說的表象性思維（representative thinking，vorstellendes Denken）的傳統形上學」，請參看賴賢宗：〈京都學派哲學與海德格的交涉〉一文，請參見賴賢宗：《道家禪宗與海德格的交涉》（臺北：新文豐圖書公司，2008年），頁27。

6 請參看牟宗三：《現象與物自身》序言，收入《牟宗三全集》（臺北：聯經出版社，2003年），第21冊，頁3-20。

7 請參見王弼：《老子注》第二十五章注解，前揭書《老子四種》，頁21。

須知：「道理」是由「道」而生「理」，這是由「存有的根源」而生之理。理性的邏輯則在於那「存有的執定」這層次而說的理，就此「理」而論其「性」，是為「理性」。[8]

1.7. 象徵辯證邏輯則為一「言外有知、知外有思、思外有在」，不將對象化所成之對象物直等同於存在，而直視存在之生命辯證性所成之邏輯。

闡釋：

顯然地，象徵辯證邏輯與理性執定邏輯是大相逕庭的。它強調的是在話語之前的認知，在認知之前的思考，在思考之前的存在。它要跨過話語、認知、思考的限制，要回到生命的場域之中，留意生命的脈絡情境，它重視回到事物自身，更根本的是此事物自身的存在本源。它清澈地要滌除執著性的染污，要跨過話語所造成的封限，它要進到一無執著性的存有的根源。由此「存有的根源」而「存有的開顯」，在進一步去衡量那「存有的執定」。[9]我們可以明澈地看到它將主體的對象化所成的對象物，與存在自身區別了開來。正因為這樣的區別，我們可以從容悠遊於生命的場域、情境、脈絡之中，體貼到生命之為何，在這還原的過程裡，讓我們重新面對了存在之生命辯證性所成的邏輯。這是一意象思維所成的邏輯，它不是執著性的，它是無執著性的，是一象徵辯證邏輯。

1.8. 象徵辯證邏輯以「我與您」（I and Thou）做為開顯之契機，而理性思維邏輯則以「我與它」（I and it）為分別之起點。[10]

闡釋：

象徵辯證邏輯並不是分立兩端的邏輯，它是「兩端而一致」的邏輯。它不是線性的邏輯，它是圜性的邏輯，是具辯證性的邏輯。它不是彼疆我界的

---

[8] 於此，成中英在80年代於臺灣大學擔任客座教授時，曾多次論及。後來，他在《中國哲學的發展道路：本體學思想訪談錄》（成中英，漆思，張斯瑨，中國社會科學出版社，2015年）也曾多次論及。

[9] 「存有三態論」乃90年代初所衍生者，關於此，請參見林安梧：《存有、意識與實踐》（臺北：東大圖書公司，1993年），第五章、第二節：論「存有的三態」，頁107-150。

[10] 關於此有關「我與你」、「我與它」的對比，乃有取於馬丁・布伯（Martin Buber, 1878-1965）的理論，請參見陳維剛譯：《我與你》（*I and Thou*），臺北：桂冠圖書公司，1991年。

邏輯，它是渾淪了彼疆我界的邏輯。借用馬丁・布伯（Martin Buber, 1878-1865）的名著《我與你》來論，他認為去觀看這個世界有兩個不同的範式，一是「我與你」（I and Thou），另一則是「我與它」（I and it）。這強調的是彼此的相遇、交談、互動、尊重、和合，後者則強調一個對象性的它者，講求的是工具性的效益，它忽略了一個存在的事物原先是有其生命的，而生命之為生命是尊貴的。我們這裡借用了這兩個概念來對比，要說「我與你」重點在於和合為一，在於無分別相，經由交談互動，正視了存在的相遇，因之而可以相容、相攝，通而為一。進一步，我們說「我與你」是意識之前的層階（pre-conscious level），而「我與它」則是意識所及的層階（conscious level）。[11]這兩者前者優先於後者，前者是生命的、場域的、脈絡的、實存的、總體的、根源的。

1.9. 象徵辯證邏輯強調的是一「價值與存在的和合性原則」，此不同於理性思維邏輯所強調的是一「思維與存在的一致性原則」。

闡釋：

當我們從意識所及的層階回復到意識之前的層階，這歸返的過程，我們也就回到了生命的、場域的、脈絡的、實存的、總體的、根源的存在實況。我們說這是「在」，也就是「存有的根源」。這樣的「在」是人參贊於天地萬物所成的總體根源的「在」，它是在思想分化之前，在認知所識之前，是在話語所論之前。這樣的「在」，包孕了存在與價值，存在不是作為認知的對象，而是做為認知之前、思考之前、話語論定之前的生機洋溢的本體，它是生生不息的，存在與價值是和合為一的。相應於「我與你」之優先於「我與它」，我們很明白地要說「價值與存在的和合性原則」優先於「思維與存在的一致性」原則。前者之所相應的是象徵辯證邏輯，後者之

---

11 意識之前的層階（pre-conscious level）與意識所及的層階（conscious level）的對比，有取於莫里斯・梅洛-龐蒂（法語：Maurice Merleau-Ponty, 1908-1961）。請參見氏所著：*Phenomenology of Perception*, Merleau-Ponty, Maurice / Landes, Donald A. (TRN) / Carman, Taylor (FRW)，2013/08, Routledge。吾於臺大攻讀博士，曾受學於關永中教授，1990年彼在臺大講授有關《知覺現象學》，又請參見關永中：《知識論——近世思潮》（臺北：五南圖書公司，2008年），頁430。

所相應的是理性思維邏輯。前者，我們可以中國古代哲學之《易經》為例示；後者，是從古希臘哲學家巴曼尼德（Parmanides，約前515-前445）的論說來的。巴曼尼德、柏拉圖（Plato，公元前429-前347）、亞里士多德（Aristotélēs，公元前384-前322）這西方哲學的主流思考，是哲學的主要之支配者，但它卻是偏歧的。

二　王弼《周易略例．明象篇》的現象學與道論詮釋學思惟

2. 王弼《明象篇》旨在講明「道」、「意」、「象」、「言」之關係，而可成就一《易經》的象徵哲學，亦可進一步「因而通之」而成就一哲學詮釋學之思維。

闡釋：

本節借由王弼《周易略例》[12]的〈明象篇〉所論「道、意、象、言」四個層面來彰明它所可能隱含的象徵哲學，而這樣的象徵哲學是就其深處，隱含著一獨特的現象學思維。進一步，就其調適而上遂於道而論它可以成就一套道論的哲學詮釋學思維。

2.1. 「象者，出意者也；言者，明象者也。盡意莫若象，盡象莫若言。」「象」為卦象、爻象，亦可以進而申論之為象徵。「意」為「意向」、「言」為「話語」。這清楚的表明了「意向」、「象徵」、「話語」三個層面的關係。

闡釋：

《易經》由八卦相重而為六十四卦，卦有卦象，而每卦有六爻，總共有三百八十四爻，爻有爻象。「卦」觀其全局，「爻」觀其變易。卦象、爻象都是象徵，象是擬諸其形容，象其事物之宜；徵是徵其心念之幾，是驗察於人倫日用。如此言之，就有總體根源的「道」，參贊開顯之幾的「意」，進

12 請參見魏．王弼、晉．韓康伯、宋．朱熹：《周易二種：周易王韓注、周易本義》（臺北：臺灣大學出版中心，2016年），頁262-264。此節所徵引自王弼所著出自於此者，不另外註明。

而有其顯現而成的「象」，再由此「象」，而開啟人們的理解與詮釋，因之而有「言」。「言」為「話語」，「象」為「象徵」，「意」為「意向」。「意（意向）、象（象徵）、言（話語）」皆通統於「道」（總體之根源）也。

2.2. 若往前追溯一步，則意向之前當為「道」，「道」為總體之根源，如此而為「道」、「意」、「象」、「言」之結構。

闡釋：

「道」、「意」、「象」、「言」就其發生歷程而言，它是相續的。就其存在的具體來說，則是當下具足，充實飽滿的。「道」是根源義，「意」是指向義，「象」是顯現義，「言」則是論定義。由根源而指向，由指向而顯現，由顯現而論定，層層展開，逐層落實，由「道」而至於「言」，方得落實也。不只是由道、意、象、言，逐層的落實而已；它也是由「言」，而「象」，而「意」，而「道」的上溯歷程。由道而言，此之謂「下落實」，由言而道，此之謂「上迴向」。「下落實」與「上迴向」，兩者是同時發生的，而且是永不停歇的。《易經》所謂「形而上者謂之道，形而下者謂之器」[13]說的「道器不二」「道器合一」所指即此之謂也。「形而上」者，形著而上溯其源，源者，道也。這是一上迴向的歷程。「形而下」者，形著而下委其形，形者，器也。這是一下落實的歷程。這兩者是通而為一的。

2.3. 「言生於象，故可尋言以觀象；象生於意，故可尋象以觀意。意以象盡，象以言著」，話語生於象徵，象徵生於意向，意向者，道體顯現發露之幾也。

闡釋：

此處所說的「生」是本體的生起義、具現義；此不同於佛教「真空而妙有」之義，而較接近於道家「天地萬物生於有，有生於無」[14]的本體生起義、具現義。這也不是如印度教梵天大我（Brahman-Atman）所流出的生，也不是基督宗教人格神（Personal God）的創造天地萬物的生。它是

---

13 請參見《周易．繫辭傳．第十二章》，請參見前揭書：《周易二種：周易王韓注、周易本義》，頁217。

14 語出老子《道德經．四十章》，前揭書《老子四種》，頁35。

由本體所顯現為功用的生，是體用合一論意義下的生，是即用顯體，承體啟用的生。[15]這是「道生一，一生二，二生三，三生萬物」的「生」，[16]意即「道生之，德蓄之」的生。這「生」是道論詮釋學意義下的生，不是自然宇宙生起論意義下的生。[17]不過，自古以來，這兩者常混在一起，會引出許多模糊而難以處理的困境，頗難疏理清楚。這「生」的義涵疏理清楚了，「道、意、象、言」之次序，順而落實，逆而歸返，如此一來，便可以「尋言以觀象」，可以「尋象以觀意」，蓋話語生於象徵，象徵生於意向，意向者，道體顯現發露之幾也。

2.4. 經由話語，往前追溯得以觀其象徵，再經由象徵往前追溯可以觀其意向，再往前追溯則可以參天地造化之幾，上遂於道也。這是一形上的回歸過程，與此相對，則由「道」而開顯為「意向」，再開顯為「象徵」，再開顯為「話語」這一道之彰顯過程與道之回歸過程構成一個圓環。

闡釋：

經由話語，而跨過話語；經由象徵，而跨過象徵；經由意向，而跨過意向；這樣才能一層層往上攀登，才能入於造化之源。因為在這追溯過程，它不是話語的、理性的、線性的追溯過程，它是要跨過這話語的、理性的、線性的方式，它是一生命的、情境的、脈絡的追溯過程。這過程是存在的逐層升進。但不斷在升進過程之中，同時它也不斷地在落實，上迴向的升進，與下落實的具現是永不停歇的。在理序上這是兩個不同的方向，但在實存上這兩個不同的方向是當下具現的。這是從它的「形著義」來說的。這「形著」一詞，則是取自於《易經》「形而上者謂之道，形而下者謂之器」，[18]這「形」字就指的是「形著」，「形著」做動詞來理解。不能

---

[15] 如此之生，頗近於熊十力的「體用」觀點，請參見林安梧：《存有、意識與實踐》，第二章、第三章，頁25-80。

[16] 語出老子《道德經．四十二章》，前揭書《老子四種》，頁37-38。又關於此，請參見林安梧：〈關於《老子道德經》「道、一、二、三及天地萬物」的幾點討論〉，《東華漢學》（花蓮：東華大學中國語文學系）第7期，2008年，頁1-24。

[17] 有關「道論詮釋學」一詞，此用法及相關論辯，請參看陳治國：〈道論詮釋學的基本構成與理論特徵──以林安梧先生詮釋學的存在論為中心〉，《學海》2017年第3期，頁160-166。

[18] 請參見前揭書《周易．繫辭傳．第十二章》，前揭書《周易二種》，頁217。

將此「形」當成「形器」，將此作為名詞來理解。「上」指的是上迴向，「下」指的是下落實，「形著」說的是具體的實現。具體的實現而上迴向地追溯它的源頭，這源頭便是「道」。具體的實現而下落實地具體化成個物件，這物件便是「器」。[19]道器不離、道器合一，即器言道，由道落實而為器。《易經》是將形而上、形而下通徹地關聯在一起。

2.5. 「言者，所以明象，得象而忘言；象者，所以存意，得意而忘象」，進一步申之，「意者，道所顯發之幾也，體道而忘意」也。此所說之「忘」非去除之意，而是相與為一，和合不二之意。蓋「意、象、言」咸可通之於「道」，咸可相與為一，入於境識俱泯、能所不二之地者也。

闡釋：

「得象而忘言、得意而忘象、體道而忘象」，「忘」字極重要。「忘」是不執著，是去其執著，是從對象化的歷程中的反向回歸。它有反向義、回歸義、歸復義、這是一上溯於道的過程，即用顯體之謂也。這裡申說它不是去除之意，主要闡明彼此是和合同一的，是相與為一體的；也就是說，要跨過話語，進到象徵，再進到意象，最後上溯於道，這是一「歸根復命」的修為與實踐，但不是要去除話語。[20]他強調的是要讓話語有本有源的歸返到道體本源。歸返於道體本源，並不是就停住於此，而是要承體啟用，生生不息也。若以爻辭來說，就其詞語而迴到爻象，而爻象又得與卦象起一交談對話，如此爻象才能明白。當然，卦象必有卦辭，這卦辭可經由彖傳、象傳的詮釋，而相與交談對話，並迴返到卦象本身，而此卦象者存在根源之道的彰顯也。這必得「審心念之幾」，才能「參造化之微」也。「造化之微」者，境識俱泯、能所不二，和合為一之本源也。[21]

2.6. 「得意在忘象，得象在忘言。故立象以盡意，而象可忘也；重畫以盡情，而畫可忘也。是故，觸類可為其象，合義可為其徵。義苟在健，何必馬

---

[19] 請參見林安梧前揭書《道的錯置．第一章》，頁6-7。

[20] 「歸根復命」語出《老子道德經．第十六章》，前揭書《老子四種》，頁13。

[21] 關於對《易經》的總體理解與概括，大約形成於上個世紀90年代末期，請參見林安梧：〈「易經」思想與二十一世紀文明之發展〉，臺北：《鵝湖》二十八卷六期（總號330），2002年12月，頁36-48。

乎？類苟在順，何必牛乎？」正因「意、象、言」皆可通之於「道」，因此只要「觸逢事類」則可以為「象」，象是象徵，只要「取義和合」，自可通也，不能是個定執的象。

闡釋：

此段指出了取象的方法，及象徵的基本向度。當然，這是置放在「道>意>象>言」的結構，而在理解詮釋的過程則是「言<象<意<道」。[22]《易經》的關鍵點在於將這兩個過程具現在「卦」的生成上來說，所謂「重畫以盡情，而畫可忘也」。既具現於「卦」的生成，而又得進一步忘掉它。卦的生成，也就有了卦象，爻象，如何「取象比類」，這是極為重要的。王弼強調只要「觸逢事類」則可以為「象」，象是象徵，只要「取義和合」，自可通也。「處逢事類」強調的是生命的相與相融、交談會通，是「我與你」的互動感通。不是「我與它」的定象執著。「觸類可為其象」是《易經》卦象、爻象，這「象思維」的產生原則，而「合義以為徵」則指出了「義」才是優先的。「義」者，意義也。這說的是意義的構成才是優先的。從圖像的產生到意義的構成，這便是整個《易經》的象徵的辯證性思維的生成。「義苟在健，何必馬乎？類苟在順，何必牛乎？」，「比類取象」當然有它洽切而適當的向度，這關係到整個族群文化心理的深層積澱，但更重要的是落實於具體的實況，所謂「盡情」說的就是如此。情者，情實也。具體之真實、實存的狀況也。

2.7. 正因如此，王弼對於「案文責卦，有馬無乾，則偽說滋漫，難可紀矣。互體不足，遂及卦變；變又不足，推致五行。」提出嚴厲批判，認為這樣下去會「一失其原，巧愈彌甚」。這是毫不可取的。

闡釋：

《易經》本為天人性命之書，最重要的是要「參造化之微、審心念之幾」，如此才能「觀事變之勢」。重要的是，要溯及於本源才能如其本源，

---

22 「道>意>象>言」的結構，「>」有指向、下及、也有大於之義，說的是「道」大於「意」，「意」大於「象」，「象」大於「言」。「言<象<意<道」的結構，「<」有迴返、上溯、也有小於之義，說的是「言」小於「象」，「象」小於「意」，「意」小於「道」。

落實於所具現的卦象、爻象上去審時度勢。其關鍵處，就是不能人為造作，所以須明其本末終始先後，不能以人為之說為準，不能師心自用，而應回到道體根源，須落實到具體的事物之上。本末交貫、終始如一，就在這樣的理解詮釋下，自有其先後，而先者先不先，後者後不後，如其本然而已。「案文責卦，有馬無乾」，這樣一來，就違反了「道、意、象、言」的次序與結構，忽略了前所謂的「忘」；忘者，無執著也，生命存在真實之相會也。經由「互體、卦變」乃至「五行」去展開《易經》卦象爻象的詮釋，並不是不行，而是不能失去本源。若失去本源，只師心自用，落入纖巧的構作裡，這樣會離開存在真實之本源越來越遠，這是值得警惕的。

2.8. 王弼之強調「觸類」與「合義」，這說的是存在的感通與互動，並由此而論意義之和合，我們可以說他是以這為象徵辯證邏輯之根本。

闡釋：

「觸類」的「觸」指的是相逢、相遇，因其相逢相遇，而比其類也。比其類，所以取象也。這不是「我與它」這論式下的邏輯論定，不是主體的對象化活動的對象之論定。這是「我與你」這論式下的存在相遇，是彼此之作為主體，主體與主體之相遇的參贊。也就是這裡所說的存在的感通與互動。這樣的觸類下的「合義」，這「合」字就不是符合之合，而是和合之合。「和合」說的是存在著差異，由此差異而和合，融通而同之也。[23]差異之能通而同之，是因為有生命的感通、有存在的相遇故也。這「合」字是相遇的合，是和合的合，是參贊天地之化育的合。不是理性邏輯機械義的合，而是生命實存義的合。我們說的象徵辯證邏輯須回到這存在之本源來理解，才能真切把握到它的真諦。

2.9. 顯然地，象徵辯證之邏輯所重不在於「存在」與「意義」、「象徵」、「話語」的「符應」關係；它重視的是彼此和合、通而為一的「融貫」關係。

闡釋：

顯然地，「道>意>象>言」，但這四者又通同為一。這通同並不是符應關係

---

[23] 「和合」一語，從《周易・乾・彖傳》：「乾道變化，各正性命，保合太和，乃利貞。首出庶物，萬國咸寧。」而來。請參見前揭書《周易二種》，頁3。

下的通同，而是生命彼此互動感通、相逢相遇之通同。就在逐層的通而同之的過程中，不斷的去除執著性，不斷的跨越而過，不斷的「忘」，得象忘言、得意忘象，盡情而忘其重卦之畫也。忘者，無執著也，生命存在真實之相會也。這當然與不是真理的符應說（correspondence theory of truth）意義下的和合，而較接近於真理的融貫說（coherence theory of truth）意義下的和合。值得注意的是，這樣說仍是比擬的說，因為《易經》卦爻關係，論其「乘、承、應、比」，比類取象，這需要正視的是「言外有知，知外有思，思外有在」。[24]他強調的是歸返存在自身，回到事物本身，這不是以話語邏輯為核心的真理融貫說，而是以生命存在為本位的真理融貫說。這不只是話語系統的邏輯一致，而是生命存在與思想話語辯證的和合同一。

三　「存有三態論」的現象學與道論詮釋學之結構

3.「存有三態論」指的是由「存有的根源」、「存有的彰顯」以及「存有的執定」這三態，由上而下是展開的過程，由下而上則是一回溯的過程；兩者互動循環，交與為一體。

闡釋：

《存有三態論》大體發軔於1991年我書寫博士論文《存有、意識與實踐：熊十力體用哲學之詮釋與重建》一書時，因處理熊十力《新唯識論》而開啟的。之後，於1996年在南華大學創辦哲學所，開創《揭諦》哲學期刊，所做之發刊辭《道與言》（或稱《道言論》）所引出者。[25]《道言論》有云：「道顯為象，象以為形，言以定形，言業相隨；言本無言，業乃非

---

[24] 關於此，自1990年代中葉起，已成為我講學基本論點，可參看林安梧：〈中國哲學研究的「話語」與「方法」：關於「經典詮釋」「生活世界」及「本體探源」的深層反思〉，請參見《中華思想文化術語學術論文集．第一輯》（北京：外語教學與研究出版社，2018年）。

[25] 林安梧：〈《揭諦》發刊詞：「道」與「言」〉，《揭諦》（臺灣嘉義：南華大學哲學研究所），1997年。此文，後來衍申其義，收入林安梧前揭書《道的錯置．第一章》，頁1-36。

業，同歸於道，一本空明」。1997年更衍申其義，成為我講學之主要宗旨，「存有三態論」乃就此而論者。

3.1. 「存有」不是「存有之一般」下的「存有」，而是「天地人我萬物通而為一」所成的「道」這意義下的「存有」。換言之，這是「人之迎向世界，世界迎向人」通而為一所成的總體根源這意義下的「存有」。

闡釋：

顯然的，「存有三態論」是回到「道」本身來起論的，應該是道論意義下的存有三態論，而不是西方哲學主流，由柏拉圖、亞里士多德以降而成就的存有論（ontology或譯為「本體論」）。「存有三態論」有別於此。或有謂：既然如此，何不直接說是「道論」，或「道言論」，為何要說是「存有三態論」。最主要的理由是，因為從二十世紀以來，中國文明與西方交談的過程，我們開啟了新的「逆格義」的脈絡，並且進一步要求跨過逆格義，而冀求新的交談與對話，才能有進一步的發展。[26]再說，西方自進到二十世紀以後，存在主義（existentialism）的興起，以及伴隨而生的現象學（phenomenology）運動，對於整個西方主流傳統提出了許多重要的質疑，並且尋求新哲學誕生的可能。就在這視域下，存有論的論域也做了許多調整。人之作為主體性，也產生不同意義的理解。從法國的柏格森（H. Bergson, 1859-1941）、英國的懷德海（A. Whitehead. 1861-1947）以及德國的海德格爾（M. Heidegger, 1889-1976），都各有所論，簡單的說，不論是知識論、存有論、實踐論，都起了相當大的變化。這裡所說的「存有」一辭，有時也用「存有之道」來表示，以為區別。它說的是「天地人我萬物通而為一的總體根源」。這也是《易傳》所說的「一陰一陽之謂道」、「形而上者謂之道」，[27]或者老子《道德經》「道生之，德蓄之，物形之，勢成之」，「道生一，一生二，二生三，三生萬物」[28]這樣的「道」來起論

[26] 關於「格義」與「逆格義」，請參見林安梧：〈中西哲學會通之「格義」與「逆格義」方法論之探討〉，《淡江中文學報》（臺北：淡江大學中國文學系），第十五期，2006年12月，頁95-116。

[27] 語出《周易．繫辭上傳．第五章、第十二章》，前揭書《周易二種》，頁208、217。

[28] 語出老子《道德經．第五十一章、第四十二章》，前揭書《老子四種》，頁44、37。

的。

3.2. 這是「境識」(「能所」、「主客」) 兩端交與為一體所成的總體，亦可以說是以「我與你」(I and Thou) 的範式 (Pattern) 所成的總體立說下的存有。

闡釋：

「境識」「能所」乃佛教唯識學語彙，猶當今之哲學語彙：主客、心物也。《存有三態論》所論雖與佛教唯識論有異，但卻可融通，於此借此以論。此如同熊十力的《新唯識論》其所論是對唯識學有所勘正，轉化與創造也。這已經不是內部理論系統的論辯，而是哲學立場的論辯。唯識學乃佛教之立場；而熊十力新唯識論則是儒學立場，更準確的說是《中庸》、《易經》的脈絡系統，是儒家心學、道學一脈的系統。前者主張「無生」，後者則主張「生生」，此所以不同也。[29]《存有三態論》從「存有的根源」，而「存有的彰顯」，進而「存有的執定」，這三者也可以用唯識學的語彙來說，是從「境識俱泯」，進而「境識俱顯」，再進一步「以識執境」，這三層階，一步步落實，又一步步回歸。[30]這是從「心物不二」(渾而為一)，進而當下俱顯，繼而「以心執物」的生長歷程。原先能所、境識、心物、能所兩方是交與為一體的，是兩端而一致的。就存在的開顯發生之歷程而言，兩端而一致的一致是優先的，兩端反而是後起的。不過我們平常的認識習慣，直接就執著這兩端，而誤認為有一外在的對象事物是在我們的心靈之外的。其實，這是世俗執著的習慣，而真正的本源它是境識俱泯的。存有的根源是無分別的總體源頭。

3.3. 「存有的根源」是一「境識俱泯」，交與為一體，「寂然不動」的狀態，即是「道」之為不可說的狀態。

闡釋：

「境識俱泯」此為佛教唯識學用語，而「寂然不動」此為《易經》文字，

---

[29] 請參見林安梧：〈當代儒佛論爭的一些問題──與李向平商榷〉，香港：《二十一世紀》第四十八期，1998年8月，頁124-130。

[30] 這裡「境識俱泯」頗有得於「無相唯識」之論，請參見陳榮灼：〈唯識宗與現象學中之「自我問題」〉，臺北：《鵝湖學誌》第十五期，1995年，頁47-70。

兩者所論雖有所異，但卻可同參。「可說」與「不可說」，在東方傳統儒道佛早有所論，非徒印度佛教禪宗之論也。夫子喟嘆「天何言哉！四時行焉！百物生焉！天何言哉！」[31]老子於《道德經》首章「無名天地之始，有名萬物之母」，[32]這都涉及於存在之本源之為「不可說」。不可說者，跨過可說之事物之上，而入於不可說也。由「可說」而進到「說」的層面，才完成了我們世俗的認識論，而此世俗的認識論必須回到本源，入於無分別的不可說，這便是正視存在本身。回歸存在本身，正視存在本身是東方哲學最為根源的要求。「無名天地之始」當我們回溯到存在的根源狀態，它是不可說的，是無分別的，而將要顯發的是一天地場域，有此天地場域進而才有對象物的安立問題。「有名萬物之母」，這已落在「存有的執定」上來說，這便涉及於對象物安立的問題。

3.4. 這「不可說」的原初狀態下的「道」，這樣的「存有的根源」，隱涵著人的參與，故必得開顯，此即「存有的開顯」。

闡釋：

「道」之作為存有的根源，是天地萬物人我通而為一的，這不是一個被視為對象物的東西，它是不可說，是無分別的，但「人」早已具於其中，我們無法設想人不具於其中。正因為人具於其中，所以必然的會有參贊化育的活動。參者，參與也；贊者，助成也。因為人的參贊所以必然由「寂然不動」，進一步「感而遂通」；由「境識俱泯」進一步「境識俱顯」，這是必然的。「存有的根源」必然預示著「存有的開顯」，由存有的開顯進而能有「存有的執定」也。這是一個生生不息的參贊過程，用《易經》的話來說，是「範圍天地之化而不過，曲成萬物而不遺」。[33]佛教最強調了無罣礙，妙有真空，如此之「空不異色，色不異空；色即是空，空即是色」，[34]佛教雖強調苦業的解脫，它雖是解脫學的傳統，其實仍不外於此世間之

---

31 語出《論語．陽貨第十七》，請參見林安梧：《論語聖經譯解：慧命與心法》，2019年3月，頁478-479。

32 前揭書《老子四種》，頁1-2。

33 語出《周易．繫辭上．第四章》，前揭書《周易二種》，頁206-207。

34 語出唐．玄奘譯：《般若波羅蜜多心經》，收在《大正藏》第8冊（No.0251），第1卷。

解脫也。因為耽空溺寂，是不可能真正解脫的。蓋佛教雖歸本於無生，而無生還其生生也。當然，佛教只能說的是「真如即是萬法實性」，而不能說「真如生起萬法實性」，這是緣起性空論與本體生起論極大不同的地方。[35]佛法者，緣起性空論也；儒道兩家者，本體生起論也。《易經》之論、《存有三態論》之論，皆本於儒道立說，蓋生生不息之論也。

3.5. 「存有的開顯」指的是「境識俱起而未分」的狀態，這是一「感而遂通」的狀態，是由「不可說」朝向「可說」的狀態。

詮釋：

「存有的開顯」並不是說有一遠離了人們的心靈主體的客觀性實有之體，由此客觀的實有之體來開顯其自己，因為這斷斷是不可能的，因為我們無法做如此之設想。我們能設想的是既然人包孕於其中，人的參贊而開顯。這「參贊」於人而言則是「感而遂通」。然則「感而遂通」是如何來的，這又得深入詮釋申說。人有所感，動物、植物，從天上飛的，地面爬的，水底潛的，也都能有所感，但人之所感不同。人之所感有一更為崇高的嚮往，是會朝向至善（最高善）的渴求之感，是由一最高善而啟動之感。我們說這樣的由最高善所啟動、至善所啟動的感，那是一種覺性之感。這覺性才能生出參贊化育的文明來，才能使得那存有由其根源的沉睡狀態中甦醒起來，才能由寂然不動，感而遂通，[36]否則這世界的仍是蠻荒一片，不能真正顯露其生生不息。

3.6. 從「存有的根源」而「存有的開顯」，這是一「存有的揭露」，這可以理解為從「平鋪的彰顯」到「縱向的開展」歷程，這相當於《易經》所說「範圍天地之化而不過」。

詮釋：

由「存有的根源」而「存有的開顯」，從寂然不動，到感而遂通，因其感

---

[35] 此論從熊十力《新唯識論》而來，其理論的深層討論，請參見林安梧：《存有、意識與實踐》，第六章：從平鋪的真如到縱貫的創生：對於空宗的批評與融通，頁151-178。

[36] 語出《周易・繫辭上・第九章》：「《易》，無思也，無為也，寂然不動，感而遂通天下之故。」前揭書《周易二種》，頁214。

而覺之，覺之而有一調適而上遂的可能。這在歷程上看起來，感在先，覺在後，這是現實上所說的歷程，但就其本源來說則是人的「覺」去啟動這個「感」，由覺啟動的感才真正是有所感。覺之愈深，感之愈切，這裡我們要說「存有的開顯」不只是「存有」的事，它必然啟動人的心念之幾，既然啟動人的心念之幾，它當然也就關聯到人的覺性，而且覺性作主，並不是感性可以作主的，這事說起來十分要緊。也就在這覺性作主的情況下，我們進一步可以安排所謂的道德的主體性，安排人的主體能動性。在這裡也才能理解《易經》所說的天人合德說。這道理講明了，我們就理解到平鋪的彰顯，必然隱含著縱向的開展，這縱向的開展於人的主體之覺性來說，那就是道德的縱貫創生。人就不只是「觀乎天文以察時變」，人更進一步會「觀乎人文以化成天下」。[37]從察時變，到化成天下，其實是不可分的，天文與人文是一個整體。

3.7. 從「存有的開顯」而「存有的執定」，這是一從「縱向的開展」轉向一「横向的執定」，這是一「主體的對象化」活動所成的「名以定形」；這相當於《易經》所說「曲成萬物而不遺」。

闡釋：

由人的參贊化育，範圍天地之化而不過，必然要進一步走向曲成萬物而不遺，這是人類文明之為文明必然得開啟的。文明者，文而明之也。是在這覺性的喚起之下，感而遂通，因之而有所感、有所覺、有所知，由無分別，邁向了分別，由「不可說」而啟動了「可說」，由「可說」進而邁向了「說」，這「說」也就說出了天下萬物。「曲成萬物」這「曲成」二字說的可真好，這時已經不只是縱向的開展，不只是道德的縱貫創生，它更要是一横向的執定，這是知識的横面論定。原先是在「我與你」的範式下而開啟的，這時必然要推向外，而成一主體的對象化活動，經由這主體的對象化活動，使得那存在的對象成為一被決定了的定象。這是由「無名天地之始」轉而「有名萬物之母」的落實，由「無名」而「有名」，「有名」而

[37] 請參見《周易・賁卦・彖傳》:「剛柔交錯，天文也；文明以止，人文也。觀乎天文，以察時變；觀乎人文，以化成天下。」前揭書《周易二種》，頁69。

「名之」,「名之」而成為「定名」,如此就是「名以定形」。名以定形,是一切文明所必然要開啟的前件,有了「名以定形」,進而也就能「曲成萬物而不遺」。

3.8. 「存有的執定」可以理解為「境識兩分,以識執境」,於此而有一主體的對象化活動,而話語也因之而涉入,使得那對象成了被執定的定象,存有的執定於焉構成。

闡釋:

由主體的對象化活動,由話語的介入,而曲成了萬物,值得注意的是,就在這當下人的心靈意向所夾帶的種種根身、業力、習氣,也就滲入其中,不可避免的進到這執著性的對象化之事物裡面。佛教所說的「貪嗔癡」說的正是因此而生的,這也就是說人們在開啟文明的過程裡,人的感性之所趨向,利害、興趣、喜好、權力、等等都會必然地滲入其中,參與其中,這是不可避免的。用老子《道德經》的話來說「道生之,德蓄之,物形之,勢成之」,[38]由根源而落實為本性,此本性在對象化的過程中,名以定形的存在於對象物裡面,但就會不自覺的因為它的外化活動,而形成一個拖帶的活動,這活動就把人的利欲與性好拖帶進去了,而且它還會有一「物交物引之而已矣」[39]不可自已的「勢」,這樣的「物勢」一旦形成了就必然連帶大大的染污,頗難處理。這也就是老子《道德經》一再地提倡「尊道而貴德」,[40]要「致虛極,守靜篤」,「萬物並作,吾以觀復」,這觀復的活動說的就是一存有的歸返活動。[41]由存有的執定返歸存有的開顯,調適而上遂,歸返於存有的根源。這是回歸生命本源的活動,是回歸存在本源、存在自身的活動。

3.9. 顯然地,如此的「存有三態論」是以「存在」為本位,而不是以「話語」

---

[38] 語出老子《道德經・五十一章》,前揭書《老子四種》,頁44。

[39] 語出《孟子・告子上》,宋・朱熹:《四書章句集注》(臺北:臺灣大學出版中心,2016年),頁469。

[40] 語出老子《道德經・五十一章》,前揭書《老子四種》,頁44。

[41] 請參見老子《道德經・第十六章》:「致虛極,守靜篤。萬物並作,吾以觀復。夫物芸芸,各復歸其根。歸根曰靜,是曰復命。復命曰常,知常曰明。不知常,妄作凶。知常容,容乃公,公乃全,全乃天,天乃道,道乃久,沒身不殆。」前揭書《老子四種》,頁13。

為核心的思考。當然如此之存在，溯其根源，它不是話語論定的存在，是「言外有知，知外有思，思外有在」的「在」（存在）。

闡釋：

溯及存在，回歸本源，這是跨過了話語、認知、思想，才可能達到的。《存有三態論》裡，我們清楚的區分了世俗一般所說的存在，並不是真正的存在真實，他是屬於存有的執定這層面的存在，這不是存在本身，而是主體的對象化活動，為話語所論定的存在，這是一對象性的存在。這是在「我與它」這樣的範式下所作成的存在，它不是在「我與你」這範式下做成的。這是由可說而說，因之而說定了的，名以定形的存在事物。這是意識所及的層次（conscious level），而不是在意識之前的層次（preconscious level）。重要的是，「言外有知；知外有思，思外有在」，這「在」之為本源，這也就是我在《存有三態論》所說的「存有的根源」，它是天地人我萬物通而為一的根源總體。這是由分別而入於無分別，是由意識所及的階層進到意識之前的階層，唯有回溯到意識前的階層，我們才能與存在相遇。存在、生命、價值、脈絡、場域是緊密關聯在一起的。很顯然地，這就絕不會是笛卡兒（R. Descartes, 1596-1650）所說的「我思故我在」（Cogito ego sum），[42]而是「由在而顯」。

四　「存在、價值、實踐、知識」和合為一：現象學與道論詮釋學之總體探源

4.「存在」之為存在，是優先於一切的，他與生命、價值、實踐、知識等通而為一。「價值與存在的和合性」原則優先於「思維與存在的一致性」原則。

闡釋：

[42] 笛卡兒在《沉思錄》的第一個沉思：論可以引起懷疑的事，到第二個沉思：論人的精神的本性，以及精神比物體更容易認識，推致一個不可懷疑的思想起點，並以此確立了近代哲學的座標。關於此，請參見孫振青：〈笛卡兒的《沉思集》〉，《哲學與文化》19卷10期，1992年，頁946-948。

本節要疏理的是「存在」的原初義，這疏理須得針砭破解目前世俗之以為實然與應然是既與的區分。須知：這是人類文明生長，後起的區分，並不是其原初的本然。原初的本然，生命、價值、實踐、知識是和合為一的，這裡之所以特別標舉出「價值與存在的和合性」為優先，是因為一般習慣將存在與價值分立起來，這其實並不是其原初本然狀況，原初本然是和合為一的。至於，「思維與存在的一致性原則」一直是巴曼尼德、柏拉圖、亞理士多德的主流傳統。這在形而上學來說並不徹底。

4.1. 「在」以文字學的構成來說，「从土才聲」，[43]說的是有生命之物的生長。「存」以文字學的構成來說，「从子从在省」，[44]說的是人之參贊於存在的闡釋：

一般以「存在」來對應西方哲學傳統的「Being」一辭，有其適當處，也有其不適當處，須得分理。因為西哲的Being一辭，顯然的是從「to be」來。這是從「是什麼」來論定，也就是經由話語所論定的對象物來說，這樣的Being說的是名以定形，並將此視之為存在本身。其實，並不是如此。它之所以會誤認為一定是這樣子，這和它的基本話語構成有密切的關係。Be動詞的使用，在西方語文裡是必要而且是極為重要的；而在中國則不採取這樣的方式，它用的是「……者，……也」，這強調的是回到存在本身，令其開顯，進而有其論定也。[45]再者，我們若回到漢語的文字本身，作一深層的反思。我們可以發現「存在」這兩個字構成的辭，指的正是「人的參贊化育，而令其自身的彰顯與生長」。「存」是人之參贊於存在的場域、生活的天地，而起的交互實存狀態。「在」是生命之物的生長。這樣的「存在」有人的參贊義、實踐義，也有是物本身的自如義、生長義，而這兩者又是和合為一的。

---

[43] 「在」，形聲。小篆字形。從土，才聲。表示草木初生在土上。此依據《漢典》解釋。

[44] 「存」，依東漢・許慎《說文解字》：「恤問也。從子才聲。」依《爾雅》又直接將「存」與「在」互釋。依清・段玉裁《說文解字注》：「（存）恤問也。恤、也。收也。《爾雅》曰。在、存也。在、存、省、士、察也。今人於在存字皆不得其本義。從子、在省。」此皆可參看。

[45] 前面的「者」字，結構助詞，在判斷句中表示主語。後面的「也」字，語氣助詞，用於判斷句句末，表示肯定語氣。

4.2. 人作為一活生生的實存而有，以其生命的生生不息的動能參贊於整個存在的場域，包羅了天地萬有一切的最原初樣態，其為本然者，如此斯為存在也。

闡釋：

「存在」之為存在，論其本源，它並不是一既予的、已經外化的對象性存在，而是如其本然之存在。這樣的存在是天地人我萬物通而為一的，更可貴的是「人」之作為一活生生的實存而有，以其生命的生生不息的動能參贊於整個存在的場域。這裡所說「活生生的實存而有」說的是「人」乃是具有覺性的存在，由其覺性而可以興感，如此所興之感是足以參贊天地之化育的。[46]因為覺性之為覺性，它有一邁向「至善」(最高善)的渴求。人之於存在的本然，是一「人能弘道，非道弘人」[47]的關係。人如何弘道，人之「志於道」，而「道生之」也。「道生之，德蓄之」也。道為根源、德為本性，「道德」一語，說的就是如其根源、順其本性也。人的覺性一心向道，有其定向；如此之定向，參贊之，啟動之，道遂爾生之。如此「道」與「人」就形成了兩端而一致的相與和交談、相融而交貫的關係。就在這過程裡，人的感而覺之，覺而主之，便由此「道」之「本然」，長育出「實然」與「應然」。實然者，知識論之所論定也。應然者，倫理學之所肯認也。本然者，存在論之所依據也。

4.3. 這樣的「存在」有三個樣態，從「存有的根源」而「存有的開顯」，進一步而有「存有的執定」也。如此存在，溯其本源，斯乃大道也。是以「道論」為核心而展開的，是以存在為本位的。

闡釋：

「存在」有此三態，從存有的根源，而存有的開顯，而存有的執定，這是「歸返自身，由在而顯」必然的生長歷程。人間俗情世間，文明所成的世

---

[46] 「活生生的實存而有」一詞，是我在詮釋熊十力的體用論時，開造的一個詞，這詞相當於Martin Heidegger的「此在」(Dasein)。請參見林安梧前揭書《存有、意識與實踐》，第二章第二節：邁向一「活生生實存而有」的體用哲學，頁28-41。

[47] 語出《論語・衛靈公第十五》，林安梧：《論語聖經譯解：慧命與心法》，頁421-422。

界，必須落實的，當然會是「存有的執定」。就此執定來說，那是人們經由主體的對象化活動，話語的介入，使得那存在的對象成為被決定了的定象。這是由平鋪的開顯、縱貫的創生，進到橫面的執取，如此才成立的。《易傳》所說「範圍天地之化，曲成萬物」，[48]這「曲成」說的正是這狀態，我們不能把這曲成的萬物，當成萬物本身。它是「名以定形」，是知識論之所論定的定然，以此定然而為實然也。這實然並不是存在的本然。我們常常將這「橫面的執取」所成的知識的定然，當成原出存在的本然。以為極力去探索這橫面執取所成的定然之物，上溯其源，去追出個第一因來，這就找到了存在的第一原理。其實，這是橫面的執取所成的，用佛家的話來說，是妄執所成的。殊不知形而上學的追溯最為重要的便是去除這個妄執，由此橫面的執取，跨過之後，才能回到縱貫的創生，回到平鋪的開顯，才能調適而上歲於造化之源。

4.4. 相應於《易經》所論，「存有的根源」此「寂然不動」也，「存有的開顯」此「感而遂通」也，「存有的執定」此「曲成萬物」也。

闡釋：

形而上學並不是以世俗所成之定向的對象物當成存在，在執著性、分別相下去尋求第一因。「形而上者謂之道」，說的是形著而上溯其源，這是由「曲成萬物」（存有的執定）上溯到「感而遂通」（存有的開顯），再回返復歸到「寂然不動」（存有的根源）。形而上學者，存有的根源之學也，「道」學也。就存有的根源處，寂然不動也。雖不動而生生也，剛健不息也，只不過仍隱而未顯而已。從存有的根源到存有的開顯，這是由隱而顯的歷程。由顯而必分，分者，分別也。境識俱起而未分、境識俱起而兩分，進而以識執境也。這麼一來，就由分而定，由定而執，由分別而確定，由確定而執著以成也。老子《道德經》有言「道生一，一生二，二生三，三生萬物」，「道」是隱而未顯，「一」是「顯而未分」，「二」是「分而未定」，「三」是「定而未執」，「萬物」則是執著所成的定象物也。這麼

[48] 請參見前揭書《周易二種》，頁206-207。

一來，我們就可以將存有三態論：存有的根源、存有的彰顯、存有的執定，與這裡所說的「隱、顯、分、定、執」相對應起來。[49]

4.5. 「寂然不動」所以「能所俱遣、境識俱泯」也，斯為「存有的根源」也。「感而遂通」所以「能所不二、境識俱顯」，斯乃「存有的開顯」也。「曲成萬物」所以「以能攝所」、以識執境」，斯乃「存有的執定」也。

闡釋：

「寂然不動」者，寂而生生，靜而健動也，[50]不動而動也。不動者，無昏擾之謂也，非死寂不動也。俗情世間總在分別、計較、摶量；總在能所、境識、主客、心物對立的情況下來作思考，如此思考便無法體認到存在之本然。這也就是為什麼一定要作一能所俱遣、境識俱泯的功夫，才能由分別相入於無分別相，才能從執著性解放開來，自由自在的進到無執著性的情境中。在此情境中，才能真切體認到存有的根源也。值得注意的是，我們發現存有的根源之追溯，這樣的形而上學的追溯活動，它不能只是知識的層次，它必然要涉及於修養論、實踐論、工夫論的層次。它不能只在「言」的層次，它一定得跨過言，進到「默」。所謂「默契道妙」，就是在這層次說的。能默契道妙，才能明照天下，進一步才能知周萬物。默契道妙者，入於存有的根源也，寂然不動也；明照天下者，存有的開顯也，感而遂通也；知周萬物者，存有的執定也，曲成萬物也。

4.6. 就存在的根源處，生命、存在、價值、知識，凡此種種，無所分別，通而為一，而未起現者。它因人之參贊而彰顯之。參贊者，參而與之，助而成之也。

闡釋：

存在的根源處，生命、存在、價值、知識，無分別的融通為一不可分的總體。它本為寂然不動的，人之作為一活生生的實存而有，參而贊之，所以

---

[49] 請參見林安梧：〈關於老子哲學詮釋典範的一些省察：以王弼《老子注》暨牟宗三《才性與玄理》為對比暨進一步的展開〉，《臺北大學中文學報》，第5期，2008 年9月，頁47-70。

[50] 請參見熊十力：《熊十力選集》（長春：吉林人民出版社，2005年），〈略談新論要旨——答牟宗三〉，頁471。

啟動也。人何以能有此參贊，乃因有覺性故也。覺性之為覺性，乃因有一至善（最高善）之渴求也，由此渴求而生之參贊也。參贊所以顯示其和合之德也。人類不是世界的核心，人類不是萬物的主宰，人之為人，只因人有與天地和合之德，因之而起現的覺性故也。有此覺性固爾能得參贊也。人只是參贊，參與助成的起點，是實存遭逢相遇的觸動點，但不是中心。由此參贊，存而在之，斯為存在也。生生而健動，然具體落實必有其限定也，創生而俱現，俱現而有限定，斯為生命也。範圍天地之化，曲成萬物，有「了別」之識，有「定止」之知，斯為「知識」也。了別必有量，有量必有值，有值必有價，人與人的交往、互動、變動，斯成交易也，價值因之而明朗清楚。就是因為人參贊，存在、生命、價值、知識也因之由無分別而分別，明白而清楚起來。

4.7. 如此之本源，存在與價值是和合為一的；以其合一，故爾能感而遂通，曲成萬物也。此於《周易・大象》之表現為最明顯。如「天行健，君子以自強不息」「地勢坤，君子以厚德載物」，此眾所耳熟能詳也。

闡釋：

由存有的根源，而存有的彰顯，再而存有的執定，人參贊其中，就意義的構成來說，先起現的是「意味」，既而是「意韻」，最後才是「意義」的構成。[51]意義的構成可以是與人的生命、價值無關的，也可以是相關的，之所以是相關或是無關，端在人的抉擇。因為在存有的執定過程裡，你可以選擇讓它成就為主體的對象化活動所成的定象之物，並將此定象之物截然與主體區隔開來，而成就為一科學的知識。也可以是與生命、價值相關。這涉及到的是人文的知識，還是自然的知識。人文的知識雖也可以區隔，但它仍然涉及於存在與生命也，若為自然的知識則可以不涉及於作為存在生命參贊主體的人。然而，若回溯本源之生起，感其意味、體其意韻，這必然是互為主體的，是人與人，人與天地萬有一切的交談對話所成的。也因此我們相應於自然科學，可以說「水」是「H_2O」。這樣的水是與人的

[51] 請參見林安梧：〈國文與我：我學習國文的經過〉，臺北：《國文天地》第21卷第六期（總號：246），2005年11月，頁93-100。

生命、價值、存在暫時可以區隔開來的；但若相應於人文學問，我們可以說「上善若水，水利萬物而不爭」，[52]我們可以描述水是「源泉混混（滾滾）」、[53]「沛然莫之能禦」，[54]甚至我們可以說「山下出泉，君子以果行育德」。[55]《易經》的比類取象，大體就此而言，乾坤兩卦的大象傳說「天行健，君子以自強不息」「地勢坤，君子以厚德載物」。此不言而喻也。感其意味，體其意韻，當下得之，斯為意義也。

4.8. 換言之，存在論、價值論、實踐論，是和合為一的，皆秉於「存在與價值的和合性」為優先的。知識論是在此開顯過程中，進一步的論定，如此之論定，是以「存在與思維的一致性」而展開的，是經由主體的對象化活動，使得那存在的對象經由話語的論定而成為一被決定了的定象。

闡釋：

如此說來，我們可以明白的指出《易經》本為「象思維」作主導的，這樣所作成的象徵哲學，它是回到存在之本源，它是與價值、生命、存在，和合為一的。這不同於作為線性思維的理智活動，是經由橫面的執取所成的思維，也就是《易經》所說「曲成萬物」的邏輯思維。由於長久以來，哲學界是在西方哲學的主流傳統下來思考的，它逐漸成了學界宰制性的核心，我們對於很多被衍生出來的習慣，當成本然如此。特別是在近現代以來，我們更強化了人類理智中心主義（Logocentrism）的邏輯。由此理智中心主義輻射出去的種種思考，被視之為當然。我們將話語之所論定的對象性存在，當成存在本身。我們忽略了生命具體的實存情境，也喪失了生命終極而永恆的追求。人們以符號之所構作去奴役這世間的具體事物，認為那是當然的。人們不敢去啟動長遠的思考，而認為那是虛無飄渺的。用

---

[52] 語出老子《道德經．第八章》：「上善若水，水善利萬物而不爭，處為人之所惡，故幾於道。」請參見前揭書《老子四種》，頁6。

[53] 語出《孟子．離婁下》：「源泉混混，不捨晝夜，盈科而後進，放乎四海。」請參見前揭書《四書章句集注》，頁411。

[54] 語出《孟子．盡心上》，孟子曰：「舜之居深山之中，與木石居，與鹿豕遊，其所以異於深山之野人者幾希。及其聞一善言，見一善行，若決江河，沛然莫之能禦也。」請參見《四書章句集注》，頁495。

[55] 語出《周易．蒙卦．大象傳》，請參見前揭書《周易二種》，頁18。

以前的老話來說，人們陷入了「上不在天，下不在田」的境遇。追尋存在的本源，喚醒了存在與價值的和合性之作為優先性的原則，我們才有能力重新去思考「思維與存在的一致性」這原則它成就了些甚麼，同時它又有些甚麼限制。

4.9. 如今哲學所常論及之「實然」與「應然」之區分，非存在之當然如此，而是人們經由話語、思考所做的區分而成的。若溯其本源，則「實然」、「應然」，皆乃「本然」也。[56]

闡釋：

溯其本源，須得跨過「存有的執定」之限制，必須由存有的執定，後返的回到存有的彰顯，再歸返於存在自身，這樣才能真正的體認到所謂的「本然」。存在之本然是作為那還沒有進到分別相之前的原初狀態，這是一切實然應然區分的原初根據。也就說，「實然」、「應然」的區分是從存在的「本然」所衍生出來的，因此我們並沒有辦法經由「實然」與「應然」如何融通的去探索「本然」。如今，所說的「實然」，是關聯著知識論來論說的，所說的「應然」，則是關聯著價值論來論說。這是存在之本然落實於人間世界，依其文明向度而開啟的，我們無法就經由話語分別的層次，如此所作成的思考去追溯兩者如何融通的論題。唯有跨過分別相、跨過話語的論定，我們才有機會「歸返自身」，與生命存在相逢，我們才有機會回到存在之源，「由在而顯」。

五　結語：「歸返自身，由在而顯」

凡上所述，可得以總結曰：「歸返自身，由在而顯。」自身者，「此在」而「在」也。由在而顯也。自身者，非外在於吾人身心之外之自身也，乃與吾人身心通而為一，境識俱泯、能所不二之自身也。如此之自身，既是具體之主

---

[56] 關於此，請參見林安梧：〈科技、人文與存有三態論〉，《杭州師範學院學報》（社會科學版），第四期，2002年，頁16-19。

體，而此主體亦通於總體之道體。道體者，包孕天地人我萬物通而為一之總體也。《易經》有云「同歸而殊途，一致而百慮」也。[57]自身者，「身心一如」之自身也，非「以心控身」之自身也。「以心控身」乃專制皇權、父權高壓，兩千年業習所致也。以是吾人當該解開「三綱」之弊病，而回復「五倫」也。三綱者，上下宰制隸屬之局也；五倫者，左右匹配相待之局也，兩端而一致之局也。草木蟲魚、鳥獸飛禽、萬類生民，皆乃天之所降生者也，皆有其身也。然人之所以為人其為獨特也，其獨特者，非只有「身」，而有「自身」也。自身之「自」，能覺者也。能覺其自身，且以其自身而參贊天地之化育也。如此之自身也，「此在」而「在」，由在而顯也。

「此在」者，人也。「在」者，天地萬物人我通而為一之總體根源也。「此在」而「在」者，由「人」之「覺性」而參贊「天地萬物人我通而為一之總體根源」也。其參贊必接地氣而得通天道也，通天道而入乎本心也。參贊者，參與之、助成之也。「參贊」之接地氣，必由萬事萬物始，比類取象，以見其意也。比類取象，以見其意，所以通天道而入乎本心也。「此」者，由具體萬物之情偽，而上契於天道之真實也，入於本心之靈明之覺也。靈明之覺所以成其「此在」也。然而，「此在」有不「在」者焉，當得疏理。人生於天地之間，必有文明焉，文明必有文蔽，文蔽者，業力習氣所致也。由此業力習氣，而使得「此在」疏離異化而為「彼此」之「彼」，落於彼此，兩端對待，對峙而敵，相刃相靡。久之，因彼而失此，顧此而失彼，彼此相是相非，無有已時，「此在」遂失其「此」，亦失其「在」也。

睿明曰哲，惟「此在」之歸返也。「反身而誠、忠恕一貫」，「致虛守靜、去蔽復明」，「去貪嗔癡，轉識成智」，斯可歸返也。此儒、道、佛，「敬」而無妄、「靜」而無躁，「淨」而無染，修養實踐，內修外行，工夫不可廢也。[58]

---

[57] 語出《周易．繫辭下》：「天下同歸而殊途，一致而百慮。」請參見前揭書《周易二種》，頁222-223。

[58] 關於儒道佛三家的對比，2016年秋我在山東大學儒學高等研究院做了一連串講學，後來結集成書，請參見林安梧：《儒道佛三家思想與二十一世紀的人類文明》（濟南：山東人民出版社，2017年），第九講〈論儒道佛三家思想之融通及其對現代化之後的可能貢獻〉，頁292-321。

「此在」而「在」，斯可以比類取象，取象而見義，此所以歸返自身，由在而顯也。寂然不動者，參造化之微也；感而遂通者，審心念之幾也；範圍天地，曲成萬物，斯所以觀事變之勢也。天道以生、地道以成，人道以興，此大《易》之道所以生生不息也。

己亥之冬，陽曆十二月一日，凌晨四時半，綱要完稿於山東大學元亨齋。庚子之春，陽曆三月三日凌晨，註解完成於臺中西湖慶榮堂；辛丑仲秋，陽曆九月十九日又加寫了一些，做了第三次的修訂。

四　《易》的精神傳統與詮釋視界

——鄭著《周易鄭解》跋

鄭吉雄[*]

拙著《周易鄭解》十八章甫成稿，欣逢黃教授慶萱先生九豑壽慶，貴三教授遠來邀稿。筆者雖不敏，亦曾有幸親迎先生垂訓上庠，雅佈德音，受益匪淺。近雖學殖荒落，以新稿「結論」部分，未曾刊佈，謹獻尊前，用候雅教，並敬頌先生福如東海，壽比南山。公元2021年10月2日，後學鄭吉雄拜賀。

一　「三大法則」的兩個層次與「太極」的二儀歸一

讀《易》，必先講明三大法則，它們分別有「歷史意義」和「哲學意義」兩個層次，分述如下。

歷史意義的三大法則——尚陽、主變、崇德。周民族加以宣示，旨在解釋周革殷命的合法性，在於朝代變革是天命靡常的結果，而天志的審判準則，主要取決於「德」的崇高或敗壞。周民族利用《易》高舉尚陽剛、主德行的理念，成功地建立了一套主導中國數百年、綿延歷史數千年的倫理文化體系。[1]

---

* 鄭吉雄教授，國立臺灣大學中國文學系博士，現任香港教育大學文化史講座教授。曾任臺灣大學中文系教授，荷蘭萊頓大學亞洲研究院（IIAS, Leiden University）歐洲漢學講座，新加坡國立大學亞洲研究中心（ARI, NUS）高級訪問研究學人。臺灣教育部「大學學術追求卓越計畫」第一期子計畫主持人，臺灣大學東亞文明研究中心創辦人之一，香港教資會2014年Research Assessment Exercise人文領域審查委員。曾訪問亞洲及歐美多所著名大學。研究領域包括《周易》、中國思想史、經典詮釋學、清代學術思想史、東亞儒學及文獻學等，著有：《易圖象與易詮釋》、《戴東原經典詮釋的思想史探索》、《周易玄義詮解》等10種專書；主編《東亞視域中的近世儒學文獻與思想》等15種論文集，發表學術期刊論文70餘篇。

1　董仲舒《春秋繁露．基義》：「君臣、父子、夫婦之義，皆取諸陰陽之道。君為陽，臣為陰；父為陽，子為陰；夫為陽，妻為陰。」《春秋繁露義證》，頁350。《白虎通義．三綱六紀》「君

過去《易》家唯知《周易》尚「變」，卻囿於「乾坤並建」，而不知《易》道主剛；又囿於《易》為卜筮之書，而忽略其尊崇德行，竟因此而認不出這三個具有特殊歷史意義的大法則。[2]

哲學意義的三大法則──易簡、變易、不易。它們的意義不侷限於某一階段的歷史，而是普及於天地萬物、往古來今。在地球四十億年歷史中，無量數的物種在一個兼有穩定和不穩定元素的複雜環境中逐漸誕生、演化，注定受到自然環境的形塑。我們承受陽光規律性變化的宰制，發展出日出而作、日入而息的生活習慣，新陳代謝和免疫系統的機制也配合著這樣的作息規律而成形。這樣的環境，讓人類一旦脫離地球，幾乎無法生存。像太空人脫離了地球引力，生理系統即大亂，重回地面後才恢復正常。推及宇宙，《易》理陰陽互動，和量子糾纏（quantum entanglement）、波粒二象性（wave particle duality）等量子力學原理，恍然若相呼應。[3]回到現象界，從醫院產房到太平間走一轉，我們見證了人間的生死存歿；從森林的四季變遷，我們觀察到物種的榮枯代謝；從眾生運命的順與逆、幸與不幸，我們領悟到吉凶悔吝的錯綜變化。這些不就是《易傳》「原始反終」、「終則有始」嗎？人類自詡為萬物之靈，奢言「自由」，其實牢牢地被「陰、陽」所束縛，自生至死，一刻不能脫離。人類圓顱而方趾，我們呼吸著大氣，讓陽光打開心窗，思維作用於頭腦；我們的飲食從五穀乃至禽畜都是土地所養育，死後骨肉腐朽，又化為泥土。人類世界的「變」，從來逃不出天地的定律。相對於廣闊無垠的宇宙，人類太渺小了，這個「變」也就

為臣綱，夫為妻綱，父為子綱」之說，皆屬於「尚陽剛」思想的倫理文化體現。「主德行」則普遍於思、孟、荀的學說，例多不列。

[2] 儘管邵雍以伏羲《易》和文王《易》區分先天、後天之學，也未注意到《易》道主剛之義。

[3] 若將「光」的「粒子性」理解為存有，「波動性」理解為活動，則「光子」（photon）兼具波動（wave）和粒子（particle）的雙重性質，也近似我們對哲學上德性本體「即存有即活動」的描述。物理學「雙縫干涉」（double slit interference）實驗所說明波動與粒子「疊加」（superposition）狀態，因為隨機與絕對並存，儘管已超出中國傳統道德形上學追求不變之「道」或「理」的設定，卻似可與榮格（Carl Jung, 1875-1961）論《易》占時提出因果性（causality）和融和性（synchronicity）並存的情形互喻。不過方法上這暫屬假設，因為理論物理學解釋宏觀與微觀宇宙時所依循的數學原理（注意數學的「數」全屬抽象概念），實已超出《易》哲學以現象界為歸宿（《說卦傳》八卦之「象」無論是天、地、水、火……抑或父、母、六子，都屬現象界）的設定。二者之間的同與異，不能不納入考慮。

成為難以預期——就像六十四卦中有〈无妄〉卦。然而，從宇宙尺度看，這規律是可得而知的——它就是亙古恆常、至為易簡的「變」，驅使「陰、陽」之化而統歸於「太極」。

「太極」或者「道」的意義，歷來傳注有兩大解釋系統，所謂「一陰一陽之謂道」：二元論的解釋，認為「一陰一陽」本身就是「道」；一元論的解釋，認為「一陰一陽」之上的「所以然」才是「道」。

「太極」是「二元」，因為永遠有兩種「力」[4]相互推移；它也是「一元」，因為兩種「力」永遠並存相推，不能分割，自不得不歸於一。此「二儀歸一」，《繫辭傳》稱之為「《易》有太極，是生兩儀」；《彖傳》作者統稱之為「太和」，張載《正蒙》承繼之（既名曰「和」則必有二儀，才有絪縕、相盪、勝負、屈伸可言）；熊十力（1885-1968）《乾坤衍》解釋「乾元、坤元」是「一元，不可誤作二元」。[5]由是而言，易簡、變易、不易也就「統」而為「一」（unity）了。這就是《易》理「同歸而殊途，一致而百慮」（《繫辭傳》）的妙用，可證宇宙萬物本質上並非無意義的混亂（chaos），而是亂中有序。太極如如呈現眾生眼前——儘管肉眼凡胎，難以識別。

二　傳注傳統

一切玄思，都是筆者重訪傳注傳統的思考所得。拙著《周易鄭解》凡十八章，探討《周易》經傳，兼及義理、象數、圖象。筆者讀書治學，一向用笨工夫，以文獻作為基礎，以語言文字作為初步，重視版本校勘、辭例比較，乃至於出土文獻的參照，更要梳理經、傳、注的異與同。知識世界，浩如瀚海，每人僅取滿腹之飲。生當後世，我們何其幸運，可以站立在前代聖人與當世賢達

---

[4] 這裡的「力」是陰陽互推的力量，落實於存有世界（包括宇宙）的不同對象，可以分別理解為gravity, force, thrust等不同觀念。從古典物理學的引力乃至於量子力學的弱力、強力，都可以和「陰、陽」的理念發生對應。

[5] 《乾坤衍》：「乾元、坤元，唯是一元，不可誤作二元。剋就乾，而明示其元，則曰乾元；剋就坤，而明示其元，則曰坤元。實則元，一而已，豈可曰乾坤各有本原乎？」《乾坤衍》（臺北：臺灣學生書局，1976年），二「廣義」，頁270。

的肩膀之上，又拜科技電子化之賜，材料的獲得，遠較前人便利。如果我們的思慮能更周詳，那是拜主客觀條件所賜。先秦《周易》以外，其他經典史籍、漢代經書和緯書、漢儒《易》說的遺留，至於唐代陸德明（556-630）《經典釋文》、李鼎祚（生卒年不詳）《周易集解》對舊說的採擷匯輯。唐代以後，宋人推陳出新，而有復古《易》的倡議，並及疑經運動的推行，高瞻遠矚，對《易》學的貢獻難以估量。自宋迄清，如王應麟（1223-1296）《困學紀聞》、顧炎武（1613-1682）《日知錄》、王引之（1766-1834）《經義述聞》、俞樾（1821-1907）《群經平議》，所論弘大而深細，令人敬服。至於近世學界名宿，雖不無過於疑古之病，但自顧頡剛（1893-1980）、高亨（1900-1986）、屈翼鵬（萬里，1907-1979）、張政烺（1912-2005），乃至慶萱先生，均精思博識，考索詳盡，所獲結論，足資參證，都是筆者不敢輕忽的。

《周易》傳注傳統如大江大海，更需要兼採各派學說，探索傳注傳統中的源與流。《易傳》的研究固然要擺脫儒家《易》與道家《易》的爭議，認清楚六十四卦卦名、卦辭、爻辭才是傳文義理的源頭，我們才能平心靜氣地找到裡面真正的價值。漢《易》體大思精，《易》家各出心裁，可惜經歷魏晉六朝戰亂，舊說零落。自王弼（226-249）採費直（生卒年不詳）解《易》之法，以傳釋經，漢《易》家法衰微。《周易略例》宣示掃除象數，但王弼其實對漢儒象數有所採擇、消化，始提出「掃除」之說。生當今世的我們，如能蒐羅隋唐所保存漢儒《易》注材料，與王弼《注》作詳細比較，當更能了解王弼與其他漢儒象數家學理的異同。

《易》道廣大，自來有義理、象數的區分。北宋圖書之學肇興，筆者已有《易圖象與易詮釋》（臺大出版中心，2004年）一書，深入探討。理學初興，北宋五子的道學思想，無論是周敦頤（1017-1073）《太極圖》與《圖說》、邵雍（1011-1077）先天理論、張載（1020-1077）《正蒙》、程頤（1033-1107）《易傳》等，無不將基礎奠立在《易》學之上。換言之，不懂得《易》學，恐怕不容易了解宋代理學。及至明代，心學《易》、史事《易》等亦一時猗盛。《四庫全書總目》宣示「兩派六宗」，義理、象數之外，別有卜筮、禨祥、造化、老莊、儒理、史事的宗別，亦未能賅括全局。因此研治《周易》，務須兼取各派之長，避免自限於一隅。這是個人數十年讀《易》的微末領悟，只是綆短汲深，學力所限，謹提出拙見如上，與海內方家互勉。

三　知幾其神

《周易》是優美而深邃的古代經典，無論從文學、史學、哲學的角度，都能抽繹出清澈的資源，足為型範，屬於全人類重要的精神遺產。但因《易》具有多重形象，值十九世紀末科學主義興盛，進化論流行，反迷信、反傳統思潮肇興，《周易》竟成為主流學者排擊對象；同時，維護傳統文化一派，與重視精神傳統的學者則極力維護《周易》的地位與價值。1923年丁文江（187-1936）與張君勱（1886-1969）的科學玄學論戰，是為當時思潮的標誌性事件。在動盪的時代，推崇科學主義者與傳統衛道之士，都不約而同地指《易》為占卜之具，忽視了這部古經典的優美與壯美。這不能不說是古經典的災難。

1923年的科玄論戰距今百載，一回首已成陳跡。二十一世紀中國傳統思想文化研究又面臨了各式各樣新挑戰，例如「神」的內涵與定位——海外有歐美漢學家視之為巫術的傳播，海內則誤以「無神論」解釋中國傳統思想。內外交征，中國古代自然哲學的本質與價值遂隱沒難知，可為太息！追源溯本，「神」在古代原有多重意義——或為最高主宰，或泛指神祇，或指具超越性的道德意志。究其內涵與外延，固然涉及魂魄的有無，亦關乎萬化的妙用。「神」的觀念貫串了中國傳統思想全體，它的意義卻存在流動性與多義性。如《繫辭傳》中「知鬼神之情狀」與「陰陽不測之謂神」兩個「神」字，字義就截然不同。《繫辭傳》：

> 《易》，无思也，无為也，寂然不動，感而遂通天下之故。非天下之至神，其孰能與於此？[6]

6　《周易注疏》（李學勤等主編《十三經注疏（整理本）》），頁334。

其中所謂「至神」，顯然不是超越性的主宰，亦非氣化經驗層次的靈魂之屬，而是一個自然哲學觀念，強調《易》形上學中的自然規律，決定宇宙運行軌跡，无思无為，如如而行，寂然與萬物感通。因此這裡的「神」字，雖是名詞之最高神祇（supreme spirit），但強調的是其神妙、靈驗（supremely efficacious），而不是直指一個決定眾生禍福的天帝。採取自然哲學內容解說「神」也好，採取指向魂魄的神靈義詮釋「神」也罷，它的神祕性裡面，其實同時兼有道德形上學以及理性主義的種子，[7]對於生命價值的確立乃至於死亡真諦的探討，都充滿啟示性。尤其「天」的崇拜所需要的敬畏精神，實是後世道德哲學的精神遠源。人類一旦誤將敬畏之心貶為迷信，遂至縱放驕衿，無所不至，亦無所不為，為人類社會帶來多少不幸！而過猶不及，世俗更有喜將《易》理衍釋於占筮、風水等，對強調其神祕效驗與力量，引起近現代研究者輕視、批判，也招徠了不必要的附會解釋，讓人忘記了荀子（況，約公元前316年-約公元前237年至公元前235年）的警語：

> 日月食而救之，天旱而雩，卜筮然後決大事。非以為得求也，以文之也。

楊倞（生卒年不詳）釋「以文之也」為「文飾政事」，[8]實涉及禮儀文飾撫慰、安頓人類集體心理的強大效應。亦即說，救日食、求雨而舞雩、卜筮，都是為了安頓人心而創造的儀式，其優美（文）旨在確立其感染力。後人執著於「《易》為卜筮之書」，批判的聲音則充滿敵意。在過去一個世紀風起雲湧的《周易》研究浪潮中，喧鬧的討論下，我始終看見古經典的寂寞。

---

[7] 例如以星曆比附《易》學，最終也是希望用自然實測印證抽象玄理，徵驗雖未必可靠，動機卻無可厚非。

[8] 楊倞《注》:「得求，得所求也。言為此以示急於災害，順人之意，以文飾政事而已。」《荀子集解》，頁316。

四　境界相融

《周易》反映早期中國的精神傳統之所以充滿爭議，也因為經典詮釋的開放性，有以致之。尤其《周易》兼為中國經典與世界經典，注定讓它的研究與解釋存在雙軌並進。

其一、《周易》具有開放性。它由抽象的「陰」、「陽」觀念，具體化而成陰陽爻「--」、「—」，進而發展出三爻卦，進而六爻卦，並透過結合卦辭和爻辭而大備。稍晚《易傳》著成，與「經」結合，開始了經典化（canonization）的漫長歷程。每一個階段都以陰陽哲學為本，但都衍生出新意義。由此而論，日、韓、歐、美學者對於《易》的翻譯，無論援引的是什麼理論，對文本作出何種解釋，都必然符合開放性的精神，而匯入《易》學的大河。

其二、儘管《周易》具有開放性，從歷史角度考察，它總經歷了真真實實的歷程。歷程上每一塊碑石、銘痕、足跡，後人都有責任就事論事，還其原貌，不能指鹿為馬。因此強調《周易》開放性，並不代表不需要回歸經典文本考察其核心義理。要知道海外《易》學研究頗受中國《易》學的影響，如日本學者特喜從事卜筮《易》、朝鮮學者擅長的圖書《易》、歐美學者如Richard Alan Kunst博士論文*The Original "Yijing": A Text, Phonetic Transcription, Translation and Indexes, with Sample Glosses*[9]接受古史辨學者認定《周易》是反映古代農業社會歷史紀錄的觀點，在在說明上文所說經典詮釋存在「橫看成嶺側成峰」的眾音交響、百家爭鳴的情形。姑勿論觀點角度如何多元，其實並不影響「本義」的探求。我們倒不必因為無止境的學術爭議而對「本義」的探求失去信心。歷代《易》家中，朱熹（1130-1200）著書題為「本義」，允為代表性人物，也說明了研究者以《易》學、以真理追求為己任的胸襟。

如何在「開放性」與「求本義」二者間取得平衡，是一個難題。它的困難也說明了「詮釋」作為一種方法，實不容易超越主觀與客觀重疊糾纏的困境。伽德默爾（Hans Georg Gadamer, 1900-2002）的「境界相融」（fusion of hori-

---

9　University of California, Berkeley, 1985. (U.M.I Dissertation)

zons）也許是一個理想，卻也是真實存在的命題。研究此一命題的學者與著作太多了，這四個字看似深邃難懂，只有大智慧者才能做到，實則不然。它就發生在平常人身上，發生在你我身上。要知道「經典」的詮釋離不開「人」。譬如我讀《周易》，剛開始對內容一無所知，靠的自然是我原有的個性、思想和有限的知識。讀著讀著，經傳知識慢慢進入了我的腦海，被我消化、吸收了，和思想融合在一起了，變成「我」的一部分，也改變了「我」。我經過了這樣的精神洗禮，再用這個全新的「我」去閱讀《周易》，新知識和舊知識在腦海裡再次發生了化學作用，又融合在一起了。如此這般，反覆不斷，我的精神世界不斷被《周易》所浸潤，《周易》的菁華也在我心靈的朗照下，不斷被揭露。在這個過程中，「經典」和「我」慢慢就愈來愈相融。所以我常說，我們在閱讀經典，其實經典也在閱讀我們。當我告訴你經典的意義是這樣那樣時，你是分不清楚哪些部分意義是屬於經典的，哪些部分是屬於我的。這就是「境界相融」。所以，不是只有智者才能做到境界相融，是你、我、他，每一個閱讀經典的人都可以經歷的境界。「相融」，是一個連續不斷的過程。在這個「經典」與「人」「你泥中有我，我泥中有你」的狀態下，不同的人閱讀經典就會有不同的領會，就會呈現不同的維度。從這個角度看經典詮釋的多維度，那就像是一個又一個的天羅地網：同一部經典在每個人心中既呈現出多重維度，在不同人之間又呈現出更多不同的維度，彼此交錯。如果有一天，一群閱讀經典的人坐在一起討論，就會有各種不同的看法，呈現出百花紛陳，百家爭鳴的現象。這就是人文學生命力的展現。

五　曲終雅奏

處於二十一世紀初的今天，全球瘟疫肆虐，國際政治動盪，環境挑戰嚴峻。當此之際，「變」的哲學對於當代人文學而言，彌足珍貴。回歸經典，釐清歷史本源，重驗傳注傳統，以《周易》文本為核心，建構新的研究典範，正是我的微願。借用〈鼎〉卦王弼《注》所謂「革去故而鼎成新」，如果解構一世紀以前的典範是「革」（革去舊觀念），筆者深入二十世紀初古史辨學者所建立的舊典範，加以改革，就是發揮「鼎」的精神，以建立新觀念。

《周易》是全球經典，不但歐洲、美國、日本、韓國等各地的學術英傑甚多，據吳偉明的考察，屬中國非漢族的《易》學，亦充滿有異於漢族傳統文獻文化解釋的瑰麗色彩，足以說明《易》學生命力的豐贍。大中華地區以漢語為母語（Sinophone）的研究者，絕不能存偏裨之心，輕視彼邦研究成果。研究者應以嚴謹態度，實事求是，深入觀察異邦學者研究《周易》的特色，諦審其以不同語言迻譯的方法與得失，進而偵知其學術源流，並以同情理解的心情，考察其人所身處的時地背景，在精微之處求毫釐之辨，明辨其短，兼取其長。近兩年筆者與韓子奇、吳偉明、黎子鵬等同行共同推動「寰宇《易經》」系列演講，目的就在提倡新風氣，消除疆界意識，冀能提醒全人類，變化哲學的力量可以有多深遠。

《易》的全球化也提醒筆者翻譯的重要性。個人近撰"Reexamining the English Translation of the *Yijing*"一文，[10]討論英譯工作上，歐美學者經歷了哪些困擾，也能從他們從義訓的採擇中探知他們的考慮。嚴復（1854-1921）翻譯《天演論》，稱翻譯三難為「信、達、雅」，可證經典翻譯，值得討論的空間很大。從經典訓詁所指向文本「本義」的角度看，其中有對錯的評量是必然的，無可厚非的，但我們絕不能只著眼於對錯。討論翻譯的適切性時，不要忘記《周易》是一部具有高度開放性的經典，一旦討論到開放性所展現出文化傳播的宏偉力量，對錯有時也會顯得微不足道。翻譯的困難與藝術性也提醒我們，除了語意的妥貼之外，意義的梳理，也必須立足文獻，推研經傳。

曲終雅奏，《易》理綰合人文與自然，人文學研究的要旨，上文已有詳論；至於「自然」一端，歸屬於方以智（1611-1671）所謂「質測之學」。文明演進，科學知識日新月異，舊學商量，有待於新知格正。如上古以降，治天官律曆者，多援引《易》數，其間有得有失。以今日人類知識之進步，自可依賴新知識以格正古代對於「天」與曆日的測量，逐步消除古人缺乏科學知識所引致的謬誤。如清儒梅文鼎（定九，1633-1721）、焦循（里堂，1763-1820）即

---

[10] 收入Benjamin Wai-ming Ng, *The Making of the Global Yijing in the Modern World: Cross-cultural Interpretations and Interactions* (Singapore: Springer 2021), pp. 25-40.

曾致力於此，而有成就。同時可以充分利用科技，重探舊學，例如古代《易》圖之學，只能在紙張上以平面繪製天文地理架構。倘能善用電腦繪圖，以三維（3D）之法呈現立體，則尤其對於展現天地、星曆的《易》圖，庶可以讓舊學菁華重耀光采。

至於民間民俗信仰中的《易》所涉及各種占驗之法，考論堪輿，或涉神祕，實屬另一途徑，自不影響學院派的研究，可以各行其道，彼此不相妨礙。總之，《易》道廣大，途徑眾多，傑出者代有人出。拙著《周易鄭解》如能在《易》學長河中能激起一點波瀾，則是筆者的微願。

五 〈比・卦辭〉「原筮」本義辨析

楊慶中*

《周易・比・卦辭》曰:「原筮,元永貞,無咎。不寧方來,後夫凶。」「元永貞」、「不寧方來」、「後夫凶」,意思較為明確,向來的解釋,基本沒有太大的分歧。惟「原筮」一語,究竟何所指,注家歧見頗多。概括言之,有以下幾種觀點:

一 訓「原」為「再」

《爾雅・釋言》:「原,再也。」[1]蘇軾(1037-1101)《東坡易傳》:「『原』,再也。『再筮』,慎之至也。」[2]朱震(1072-1138)《漢上易傳》:

> 比當慎,不可以不與善,不可以不長久,不可以不正。有是三者,乃可以無咎,以其當慎也。故「原筮」以決其所從。「原」,再也。如「原蠶」、「原廟」之「原」。〈比〉自〈復〉來,一變〈師〉,二變〈謙〉,三變〈豫〉。自〈謙〉至〈豫〉有艮手持震草占筮之象。故曰:「原筮。」「原筮」則其慎至矣。[3]

---

* 楊慶中教授,1964年生於河北藁城,現任中國人民大學國學院教授,《國學學刊》主編,中華孔子學會副會長,國際《易》學聯合會副會長。著有《二十世紀中國易學史》、《周易經傳研究》、《周易解讀》、《周易與人生》、《孝:生生不息的愛心》等專著多部。

1 晉・郭璞註、宋・邢昺疏:《爾雅・註疏》(上海:上海古籍出版社,2010年),頁103。

2 宋・蘇軾:《東坡易傳》,《影印文淵閣四庫全書・經部・易類》(臺北:臺灣商務印書館,1986年),第9冊,頁9-18。

3 宋・朱震:《漢上易傳》,《影印文淵閣四庫全書・經部・易類》,第11冊,頁11-37。

如何「慎」？朱熹（1130-1200）的解釋是「再筮以自審」。《周易本義》：

> 故筮者得之，則當為人所親輔。然必再筮以自審，有元善、長永、正固之德，然後可以當眾之歸而無咎。[4]

元人胡炳文（1250-1333）《周易本義通釋》曰：

> 「原筮」《本義》讀如「原蠶」、「原廟」、「原田」之「原」，義皆訓「再」。言筮得此者，已為吉道，然必再筮以自審也。[5]

由「再筮」而引申為謹慎、自審、審而再審，是多數注家的理解思路，如楊萬里（1127-1206）《誠齋易傳》：

> 求比不可速，亦不可舒。不可速故占度必謹其初，謹初必致其詳。原筮者，占度在初也。[6]

趙汝楳（生卒年不詳）：《周易輯聞》：「『原』，再也。『原筮』，審而又審也。」[7]等等。亦有訓「原」為「再」而另作他解者，明人來知德（1525-1604）《易經集注》：

> 「原」者，再也。與《禮記》「未有原」之「原」同。〈蒙〉之剛中在下卦，故曰「初筮」。〈比〉之剛中在上卦，故曰「原筮」。下卦名「初筮」，上卦名「原筮」，非真以蓍草筮之也。孔子於二卦彖辭皆曰「以剛中」，言〈蒙〉剛中在下，故能發人之蒙；〈比〉剛中在上，故有三德而

---

[4] 宋・朱熹：《原本周易本義》，《影印文淵閣四庫全書・經部・易類》，第12冊，頁12-639。

[5] 元・胡炳文：《周易本義通釋》，《影印文淵閣四庫全書・經部・易類》，第24冊頁24-329。

[6] 宋・楊萬里：《誠齋易傳》，《影印文淵閣四庫全書・經部・易類》，第14冊，頁14-545。

[7] 宋・趙汝楳：《周易輯聞》，《影印文淵閣四庫全書・經部・易類》，第19冊，頁19-72。

> 人來親輔也。非舊注所謂「再筮以自審也」。[8]

來氏雖訓「原」為「再」，但反對「再筮」為謹慎自審或再審之意。

二 訓「原」為「窮」、為「推」

《周易注疏》孔疏：「欲相親比，必能原窮其情；筮，決其意。」[9]「窮其情」即窮究其情實。史徵（生卒年不詳）《周易口義訣》的解釋與孔疏相近：

> 與人親比，必須尋其根源，「筮」是問也。審其情原，方得大永貞。是貞正之人與之親比，乃得無咎。[10]

「審其情原」即是窮其情實之意。宋人程頤（1033-1107）秉此說，訓「原」為「推」。《伊川易傳》：

> 故必推原占決其可比者而比之，「筮」謂占決卜度，非謂以蓍龜也。所比得「元永貞」，則無咎。[11]

項安世（1129-1208）《周易玩辭》秉程說，亦訓「原」為「推」：

> 人道之相親比，以求吉也。苟無始終，則反成怨咎，何所得吉哉？故必原之以推其始，筮之以占其終。「元」者其始善也。[12]

清人毛奇齡（1623-1716）則折中訓「原」為「再」、為「推」之說，訓「原」

---

[8] 明·來知德：《易經集注》，《影印文淵閣四庫全書·經部·易類》，第32冊，頁32-109。

[9] 唐·孔穎達：《周易注疏》，《影印文淵閣四庫全書·經部·易類》，第7冊，頁7-352。

[10] 唐·史徵：《周易口義訣》，《影印文淵閣四庫全書·經部·易類》，第8冊，頁8-16。

[11] 宋·程頤：《伊川易傳》，《影印文淵閣四庫全書·經部·易類》，第9冊，頁9-187。

[12] 宋·項安世：《周易玩辭》，《影印文淵閣四庫全書·經部·易類》，第14冊，頁14-252。

為「再」，訓「筮」為「推」，於《仲氏易》中曰：「『原筮』者，再推也。」[13]

三　訓「原」為「卜」

《周易集解》引干寶（？-336）曰：

> 原，卜也。《周禮》三卜，一曰「原兆」。坤德變化，反歸其所，四方既同，萬國既親，故曰「比吉」。考之蓍龜，以謀王業，「大相東土，卜惟洛食」，遂乃「定鼎郟鄏，卜世三十，卜年七百」。德善長於兆民，戩祿永於被業，故曰：「原筮，元永貞。」[14]

此是以《周禮》「原兆」為根據，訓「原」為「卜」，並引《尚書》及《左傳》，訓「原筮」為相土卜居。

四　訓「原」為「田」

尚秉和（1870-1950）《周易尚氏學》曰：

> 「原」者田也。《左傳》僖公二十八年：「原田每每。」注：「高平曰原。」《周禮．太卜》「原兆」，注：「原，原田也。」按古皆井田。「每每」者，井與井相間之形。坤為拆，象原田。故曰「原筮」。坎為筮，坤為原，「原筮」，猶言野筮也。[15]

尚先生訓「原」為「田」，為原野，訓「原筮」為「野筮」。尚先生進一步引證曰：

---

13 清．毛奇齡：《仲氏易》，《影印文淵閣四庫全書．經部．易類》，第41冊，頁41-239。

14 唐．李鼎祚：《周易集解》，《影印文淵閣四庫全書．經部．易類》，第7冊，頁7-648。

15 尚秉和：《周易尚氏學》（北京：中華書局，1980年），頁62。

《曲禮》云：「外事以剛日。」鄭注：「外事郊外之事。」《儀禮・士喪禮》：「筮於兆域。」「兆域」在郊外，即「原筮」也。[16]

今人李零承此說曰：「原筮，野筮，在原野中算卦。」[17]

先師楊柳橋（1907-1993）亦主「原」為「原田」之說，但又綜合干寶的觀點，釋「原筮」為「卜原田」，其《周易繹傳》曰：

鄭玄《周禮》太卜「原兆」注：「原，原田也。」「原筮」，謂卜原田也。得眾人之輔，斯建國立業之時。「原筮」，即卜定邑國也。坤為土地，為邑國，故稱「原筮」。[18]

還有一些解釋，如訓「原」為「始」：「『原』，始也；『筮』，進也。『元』，善也；『永』，久也；『貞』，正也。始進而求比，當備此三體，然後無咎。」（南宋・李過《西谿易說》）[19]等等。

以上諸說，於意均通。然揆諸〈師〉、〈比〉兩卦，當以第四說為佳，尤以楊柳橋先生之說最中肯綮。按：上博簡《周易》有〈比〉卦，作「備篖」。濮茅左曰：

「備」，《說文》所無，「邍」省文。……古文「原」作「邍」。《周禮・地官・大司徒》：「辨其山林、川澤、丘陵、墳衍、原隰之名物。」《經典釋文》云：「原，本又作邍。」[20]

《說文・辵部》：「邍，高平之野，人所登。」段玉裁（1735-1815）注曰：

16 尚秉和：《周易尚氏學》，頁69。

17 李零：《周易的自然哲學》（北京：生活・讀書・新知三聯書店，2013年），頁102。

18 楊柳橋：《周易繹傳》（天津：天津社會科學院出版社，1993年），頁118。

19 宋・李過：《四庫全書・經部・易類・西谿易說》，頁17-656。

20 濮茅左：《楚竹書周易研究》（上海：上海古籍出版社，2006年），頁90。

> 高平曰邍。此依《韻會》。各本作高平之野。非也。《大司徒》:「山林川澤丘陵墳衍邍隰。」鄭云:「下平曰衍,高平曰原,下溼曰隰。」《釋地》:「廣平曰原,高平曰陸。」此及鄭注皆以高平釋原者,謂大野廣平偁原。高而廣平亦偁原。下文所謂可食者曰原也。凡陸𠂤陵阿皆高地,其可種穀給食之處皆曰原,是之謂高平曰原也。《序官・邍師》注云:「邍,地之廣平者。」與《大司徒》注不同者,單言原則為廣平;墳衍原隰並言,則衍為廣平,原為高平也。[21]

可見「原筮」之「原」指廣平之地。

廣平之地,是「得眾人之輔」,「建國立業之時」相土建都的最佳之選。古人有以卜筮遷都擇居的傳統。《尚書・盤庚上》:「盤庚遷于殷,民不適有居,率籲眾戚出矢言。曰:『我王來,即爰宅於茲,重我民,無盡劉。不能胥匡以生,卜稽,曰其如台?』」[22]「卜」,占卜。「稽」,《廣雅・釋言》:「考也。」「卜稽」,即研究占卜結果。《周禮・太卜》云:「國大遷,則貞龜。」[23]是遷國必先卜筮。所以《尚書・盤庚下》才說:「肆予沖人,非廢厥謀,弔由靈各;非敢違卜,用宏茲賁。」[24]即遷都新邑不但不違背占卜之意,還是大大彰顯了卜兆的靈異。[25]

周人也是屢次遷都,《史記・貨殖列傳》有云:「公劉適邠,太王、王季在岐。文王作豐,武王治鎬。」[26]可見遷都之頻繁。如王季遷岐,《詩》:「周原膴膴,堇荼如飴。爰始爰謀,爰契我龜,曰止曰時,築室於茲。」[27](《詩經・大雅・緜》)即先謀劃,再占卜,然後選定地方,建築居室。周滅商後,亦曾選建新都,《尚書・洛誥》:

---

21 漢・許慎撰、清・段玉裁注:《說文解字注》(杭州:浙江古籍出版社,2006年),頁75。

22 王世舜:《尚書譯注》(成都:四川人民出版社,1982年),頁82。

23 漢・鄭玄注、唐・賈公彥疏:《周禮注疏》(上海:上海古籍出版社,2010年),頁928。

24 王世舜:《尚書譯注》,頁96。

25 譯文參見王世舜:《尚書譯注》,頁97。

26 漢・司馬遷:《史記・貨殖列傳》(北京:中華書局,1959年版),頁3261。

27 漢・毛亨傳、鄭玄箋,唐・賈公彥疏、陸德明音譯:《毛詩注疏》(上海:上海古籍出版社,2013年),頁1410-1411。

周公拜手稽首曰：「朕復子明辟。王如弗敢及天基命定命，予乃胤保大相東土，其基作民明辟。予惟乙卯，朝至於洛師。我卜河朔黎水，我乃卜澗水東，瀍水西，惟洛食；我又卜瀍水東，亦惟洛食。伻來以圖及獻卜。」王拜手稽首曰：「公不敢不敬天之休，來相宅，其作周配休！公既定宅，伻來，來視予卜，休恆吉。我二人共貞。公其以予萬億年敬天之休。拜手稽首誨言。」[28]

這是周公自述選都洛邑的過程。《史記・魯周公世家》所謂：「周公往營成周洛邑，卜居焉，曰吉，遂國之。」[29]蓋源於此。

選建新都，考慮多多。就周公之選都洛邑而言，其目的或是出於統治的方便：「惠此中國，以綏四方。」[30]「惠此京師，以綏四國。」[31]（《詩經・大雅・民勞》）「周公相成王，以豐、鎬偏處西方，職貢不均，乃使召公卜居洛水之陽，以既土中。」[32]（《帝王世紀》）或是出於安全的考慮，《漢書・地理志》：「昔周公營洛邑、以為在於土中，諸侯蕃屏四方，故立京師。」[33]或是出於交通的便利，《漢書・婁敬傳》：「成王……營成周都雒。以為此天下中，諸侯四方納貢職，道里鈞矣。有德則易以王，無德則易以亡。凡居此者，欲令務以德致人，不欲阻險，令後世驕奢以虐民也。」[34]等等。而最終的目的無非是為了永保周祚。永保周祚，就是〈比〉卦卦辭的「元永貞，無咎。」

〈比〉卦上承〈師〉卦。〈師〉卦乃用眾之卦，〈比〉卦乃親輔之卦。〈師〉之上六已有「開國承家」即分封天下之象，〈比〉卦自當相土卜居，擇建新都，「以綏四方」，「以綏四國」，以便「諸侯四方納貢職，道里鈞矣」。所以「原筮」乃「卜原田」，即「卜定邑國」之意。

---

28 王世舜：《尚書譯注》，頁193。

29 漢・司馬遷：《史記・魯周公世家》，頁1519。

30 漢・毛亨傳、鄭玄箋，唐・賈公彥疏、陸德明音譯：《毛詩注疏》，頁1651。

31 漢・毛亨傳、鄭玄箋，唐・賈公彥疏、陸德明音譯：《毛詩注疏》，頁1655。

32 晉・皇甫謐等：《帝王世紀・世本・逸周書・古本竹書紀年》（濟南：齊魯書社，2010年），頁48-49。

33 漢・班固：《漢書・地理志》（北京：中華書局，1962年版），頁1650。

34漢・班固：《漢書・婁敬傳》，頁2119。

六　唐詩對崑崙文化的承接與轉化

林淑貞[*]

提要

崑崙，是青海地域之山，也是中國神話之山；既是神話之山，也是宗教崇拜聖山，更是文士墨客筆下的神山。攸關崑崙之書寫與敘述，從《莊子》、《列子》、《離騷》、《山海經》開始，迄漢代的《史記》、《淮南子》等皆有記載，魏晉以降的《水經注》、志怪小說、詩、詞等亦有書寫。這樣的神山，匯集了中國人對聖山崇拜的想像，也豐富了神話、宗教、文學、文化中的崑崙書寫。攸關崑崙神話或崑崙文化的論述非常豐富繁盛，本文擬從《全唐詩》考察崑崙神話流衍到唐代，究竟興發出什麼樣的文化內涵或觀察向度，揭示崑崙文化從地域名詞到神話圖騰，在固有宗山崇河之外，開發新的思維，使得神話中的崑崙意象，灌注新的人文關懷，如何演繹崑崙聖山以佈示唐人生命氣象。論述理序先論崑崙意義的創發與建構，次論唐詩對神話崑崙之援用與轉化，分從地域、神話、宗教論其在歷史進程中的意義，唐詩中的「地域崑崙」承繼山勢高聳為

---

* 林淑貞教授，國立臺灣範大學國文學系文學博士，現任國立中興大學中國文學系教授。曾任中國唐代學會理事長、中央研究院訪問學人、臺灣中文學會常務監事、教育部十二年國民教育國語文領綱副召集人、日本山口大學客座教授、中興大學中文系系主任、中興大學全校性閱讀書寫課程推動與革新計畫主持人、《興大人文學報》暨中興大學《興大校友》主編、中興大學人文社會科學中心研究員等。研究以文學、美學為進路，學術專長為中國詩學、中國詞學、寓言、敘事文學、中國文論、現代文學、國文教材教法。著有：《詩話的別響與新調——晚清林昌彝詩論抉微》、《詩話論風格》、《臺灣文學》（合著）、《中國詠物詩「託物言志」析論》、《寓莊於諧——明清笑話型寓言論詮》、《表意．示意．釋義——中國寓言詩析論》、《近五十年臺灣地區古典詩學研究概況——以1949-2006年碩博士論文為觀察範疇》、《南投縣文學發展史》（上卷〈口傳文學〉，下卷〈兒童文學．報導文學．文學評論〉）、《尚實與務虛——六朝志怪書寫範式與意蘊》、《笑看人間——中國式幽默》、《對蹠與融攝——唐人生命情調與審美風尚》等書，並編有《中國寓言選讀》、《中國小說選讀》等教學用書。

眾河源頭之敘寫，「神話崑崙」承繼神人居所、仙境樂園、物產豐饒之地之書寫，「宗教崑崙」以游仙詞及步虛詞書寫崑崙為人間想望之神聖空間；三論唐詩中的崑崙意象，揭示唐詩中的時間思惟破譯神話不死不生之慕想，空間思惟則充滿對神聖空間企慕，漢夷對照之人物書寫則揭示神秘、神奇等具體內容；四論唐詩的超越與追尋，首先揭示對屈原遠遊的承繼與開創，再以桃源象徵崑崙神秘美好、神奇難遇，並且對《穆天子傳》進行續寫以回歸人間情愛之捨離與關照；最後歸攝唐詩對崑崙意象之承接、轉化與增衍作用。

關鍵詞：神話，聖山崇拜，崑崙文化，《全唐詩》。

一　崑崙意義的創發與建構

崑崙神話的建構，[1]在先秦時期即有屈原（343-278 B.C.E.）藉登望崑崙以解消人世憂傷，崑崙是心靈書寫的起始：「邅吾道夫昆崙兮，路修遠以周流。」懷芳抱潔不被重視，正道迍邅難行，猶如登望崑崙之遙迢艱困。[2]屈原對崑崙的想像來自神話傳說的積澱，比較具體建構崑崙神話地位的是《山海經》，其中〈海內西經〉云：

> 海內崑崙之虛，在西北，帝之下都。崑崙之虛，方八百里，高萬仞。上有木禾，長五尋，大五圍。面有九井，以玉為檻。面有九門，門有開明善守之，百神之所在。

揭示崑崙是「帝之下都」、「百神所在」。除此而外，更是眾河之源，其下續言：「……河水出東北隅，以行其北，西南又入渤海」。〈大荒西經〉又云：「西海之南，流沙之濱，黑水之前，有大山，名曰崑崙之丘」。這段文字敘寫崑崙是河流的發源地。中國地勢西高東低，河流大抵由西向東，位於西方的崑崙遂成為眾河之源，也是絕地通天的帝都。

《淮南子》承前說，變本加厲，將崑崙視為不死之域，〈地形訓〉云：「崑崙之邱，或上倍之，是謂凉風之山，登之而不死；或上倍之，是謂懸圃，登之乃靈，能使風雨；或上倍之，乃維上，登之乃神，是謂太帝之居。」揭示崑崙之上有涼風、懸圃之域，登望可以不死，再往上，即可登上太帝的居所，也就是眾神之都，故而崑崙的意義，是可求長生不死，亦可通天地。

至於《穆天子傳》也將崑崙神話衍成雷神死葬之所。其云：「天子升于崑

1　據張瑛所云，崑崙文化有四大意象系統：神話、文學、宗教、政治文化意象。見〈崑崙文化意象與區域文化特徵〉（《青海師範大學學報．哲學社會科學版》，2006年第五期，總第118，頁90-93。

2　攸關屈原與《山海經》或崑崙之關涉，論者甚多，例如有栗凰〈論賦與崑崙神話之關係〉、王開元〈西域古代文化──崑崙神話對屈原之影響〉、宋小克〈淮南子崑崙神話源自離騷考〉、張崇琛〈崑崙文化與楚辭〉、杜而未《崑崙神話與不死觀念》等，不一一列舉。

崙，觀黃帝之宮而封豐隆之葬。」

王嘉（？-390）踵繼《山海經》寫其地勢之高聳，《拾遺記》卷十云：「崑崙山有昆陵之地，其高出日月之上。山有九層，每層相去萬里。有雲氣，從下望之，如城闕之象。」描寫崑崙山勢高出日月之上共有九層，每層相距萬里，是座絕高的皇城殿宇，如此敘寫建構天都城闕的氣象。

何以有這些神話崑崙的想像與傳說呢？大抵先有崑崙山勢高聳神秘難測，才衍生附會各種說法。神話，是人類集體的潛意識，用以對治大自然神窈難言的奧秘，連司馬遷（ca.139-86 B.C.E.）皆未敢言其真假，《史記．大宛傳》：

> 太史公曰：《禹本紀》言「河出崑崙。崑崙其高二千五百餘里，日月所相避隱為光明也。其上有醴泉、瑤池」。今自張騫使大夏之後也，窮河源，惡睹本紀所謂崑崙者乎？故言九州山川，《尚書》近之矣。至《禹本紀》、《山海經》所有怪物，余不敢言之也。[3]

司馬遷揭示《山海經》所記載的奇珍異獸怪物未敢信其真，然而河出崑崙則可信其真。

綜上，大抵在唐前已建構描摹崑崙維度：一、《山海經》揭示崑崙是帝之下都，百神之所；二、《淮南子》以崑崙是不死之域；三、《拾遺記》說崑崙是地勢高聳的巨山上有九層城闕；四、《史記》說崑崙是眾河之源。

事實上，以崑崙為眾河之源，另有象徵意義，即諸多神話以黃帝為華夏文化創始者，而黃帝是崑崙神話中重要天帝，則崑崙神話也與中國傳統文產生聯結與影響。[4]

透過上述典籍踵事增華，崑崙不僅成為神話中的神聖空間，更是屈原作為人間登望慰藉的心靈空間，呈示出既「虛」於神話的帝都、百神之所，又「實」於具體的天山崑崙，唐人對崑崙的想像如何呢？在唐詩崑崙書寫中，是

---

[3] 見《史記．大宛傳》（臺北：鼎文書局，1986年6版），卷123，冊四，頁3179。

[4] 見陳永香、曹曉宏：〈崑崙神話與西南彝語支民族的虎崇拜〉，《青海社會科學》，2010第五期，頁18-22。

否也沿承神聖空間，繼續發皇？或是另出新意佈示唐人生命氣性？

二　唐詩對崑崙神聖空間的援用與轉化

唐詩對於歷代崑崙之敘寫，有所援用與轉化，大抵可從地域性、神話性、宗教性等三個向度考察其承接神話傳說的內容。[5]

(一) 地域崑崙：山勢高聳為眾河之源

崑崙確有其山，是地域性存在，據現代地理學界說，崑崙西起帕米爾高原，東到青海，綿延二千五百公里，平均海拔約五千五百至六千公尺，自從《山海經》、《淮南子》開始，皆極力摹寫崑崙山勢雄偉壯闊，《山海經》說是帝都，在西海之南；《淮南子》說是不死仙山，上達雲天，而唐詩中亦承衍此說，繼續發皇演繹。

1　山勢高聳入雲

從地域性描寫崑崙地勢高聳雄偉，上接雲氣，通於天際，例如唐人武一平（？-？）〈嵩山十志十首──倒景台〉描寫氣勢壯闊登臨崑崙山的情景：「窮三休[6]兮曠一觀，忽若登崑崙兮中期汗漫仙。聳天關兮倒景台，鯊顥氣兮軼囂埃。」（卷123）嵩山與崑崙同為宗教聖山，藉崑崙來烘托嵩山之高聳，更形崑崙之氣勢滂薄，不可忽視。再如杜甫（712-770）〈後苦寒行二首〉：

> 南紀巫廬瘴不絕，太古已來無尺雪。蠻夷長老怨苦寒，崑崙天關凍應折。玄猿口噤不能嘯，白鵠翅垂眼流血，安得春泥補地裂。（卷20）

極寫南方瘴氣不絕，從來無尺雪，因天候變化，苦寒難禁，以譬況方式寫出崑崙凍折、玄猿噤聲、白鵠流血，如此寒號，如何是好？詩中摹寫高如崑崙皆凍

5　《全唐詩》採北京：中華書局，1966年六刷版本，以夾注方式標注出卷數，不再加注出處。

6　三休，指登高。語典，用之漢．賈誼《新書．退讓》：「上者三休而乃至其上。」

折，則蠻夷長老如何自處呢？該詩主要是借崑崙以譬喻山勢高偉雄闊。復此，以譬況摹寫崑崙之高聳矗立尚有李白（701-762）〈天馬歌〉：「天馬來出月支窟，背為虎文龍翼骨。嘶青雲，振綠發，蘭筋權奇走滅沒。騰崑崙，歷西極，四足無一蹶。」（卷162）敘寫天馬產自月支，以「騰崑崙」極寫天馬善於勇猛跳躍。再如杜甫〈秦州雜詩二十首〉：「雲氣接崑崙，涔涔塞雨繁。羌童看渭水，使客向河源。」（卷225）藉崑崙高聳入雲來喻示秦州當下雨勢之滄茫。儲光羲（706-760）〈哥舒大夫頌德〉：「枯草被西陸，烈風昏太清。戟戈旄頭落，牧馬崑崙平。」寫哥舒牧馬崑崙山下，極寫氣勢壯盛威猛。

至於摹寫崑崙路遠遙隔，有盧仝（795？-835）〈贈金鵝山人沈師魯〉：「肉眼不識天上書，小儒安敢窺奧秘。崑崙路隔西北天，三山後浮不著地。君到頭來憶我時，金簡為吾鐫一字。」（卷388）敘寫地勢高偉，遙迢路隔。或如杜甫〈喜聞盜賊蕃寇總退口號五首〉：「崆峒西極過崑崙，駝馬由來擁國門。」（卷230）亦是極寫崑崙位於崆峒之西，更在遙遠之地。再如杜甫〈奉贈太常張卿二十韻〉：「方丈三韓外，崑崙萬國西。建標天地闊，詣絕古今迷。」（卷224）敘寫崑崙山遠在眾國之西部，高聳為天地之標的。

以上諸詩極寫山勢高聳、壯闊、遙遠，用以烘托詩境。除了敘寫山勢之外，也以崑崙作為眾河之源。

2 眾河之源

中國神話仙鄉有二，一是以仙島為主的蓬萊，在東部；二是以神山為主的崑崙，在西部；西部以崑崙為代表，是黃河的源頭，黃河源頭在青海西南的三江源地區，故而常以崑崙作為象徵。雖然黃河源頭在青海西南的三江源地區，與崑崙主峰雖有一段距離，但是，大家仍以為眾河之源於崑崙[7]為主要說法。

唐前典籍書寫崑崙為眾河之源，有《山海經》、《史記》等。地理方位上的崑崙是眾河之源，唐詩也延續這樣的思維，例如李嶠（645-714）〈河〉：「源出崑崙中，長波接漢空。」（卷95）再如汪遵（877前後在世）〈汴河〉：「隋皇意

---

[7] 據趙宗福所云，亦有一派學者認為黃河不源於崑崙：〈崑崙神話與中國人的河源崑崙意識〉，《文史百題．文史知識》，頁4-12。

欲泛龍舟，千里崑崙水別流。」（卷602）皆揭示河出崑崙，是為別流。再如富嘉謨（？-706）〈明冰篇〉：「憶昨沙漠寒風漲，崑崙長河冰始壯，漫汗崚嶒積亭障。」（卷94）描寫河出崑崙，寒風吹起，河面凍結。孟郊（751-814）〈泛黃河〉也以崑崙為眾河之源：「誰開崑崙源，流出混沌河。積雨飛作風，驚龍噴為波。」（卷377）敘寫黃河源出崑崙，河水混沌；再如許渾（791-858）〈汴河亭〉：「廣陵花盛帝東遊，先劈崑崙一派流。百二禁兵辭象闕，三千宮女下龍舟。凝雲鼓震星辰動。拂浪旗開日月浮。」（卷534）極寫帝王貴遊之盛況，而汴河之水，猶如劈開崑崙流出。

整體而言，崑崙氣勢壯盛，山廓高偉，為眾河之源，後世詩家承此書寫，渾涵蓋括河源的意象。謝佐曾揭示崑崙神話與西部山系水系關係密切，其一，先民求生存、求繁榮開展古文明的歷史與文化；其二表現中華民族對水的崇拜，龍的傳人由此而來；其三，崑崙神話在黃河流域的流變，以「河圖洛書」之說為標誌，透過《周易》、漢代象數派、宋代圖書派，表述天人合一的古代宇宙世界觀與人生觀。[8]乃深化崑崙之人文意義。

黃河源出崑崙，其意義在於象徵母親河的黃河哺育著中原民族，遂有學者指出崑崙與中原文化系出同源。[9]這些敘寫皆標示唐詩對地域性崑崙山地勢高聳為眾河之源的承繼描述，增加其神話成份。

（二）神話崑崙：神人所居與神奇物產

神話崑崙始創於《山海經》，是帝之下都，也是通天之路，象徵神仙居所之樂園。在唐人詩中亦承此說發衍。

1　是神仙的居所，也是仙境樂園

神話崑崙在詩人的筆下，成為神聖空間，例如李華（715-766）〈詠史詩十

---

[8] 見謝佐：〈崑崙神話的產生及其流變〉，《宗教哲學》第三卷第四期，1997年10月，頁171-179。

[9] 粟凰云，將屈賦與西北崑崙連在一起，將楚文化與江河源文化連在一起，崑崙山是楚民族之根，楚文化與江河源文化原為同一血脈。見〈論屈賦與崑崙神話的關係〉，〈青海社會科學〉第二期，1995年，頁52-61。

一首〉，云：「日照崑崙上，羽人披羽衣。乘龍駕雲霧，欲往心無違。」（卷153）此一敘寫充滿神仙樂園之想像，崑崙山上神仙羽人來去自如，乘龍駕霧，逍遙自在。再如楊炯（650-693）〈和輔先入昊天觀星瞻〉：「玉檻崑崙側，金樞地軸東。上真朝北斗，元始詠南風。」（卷50）崑崙與觀星神秘思維鉤連，是地理方位之崑崙，也是天界人間的地域之所。王維（701-761）〈贈李頎〉云：「王母翳華芝，望爾崑崙側。文螭從赤豹，萬里方一息。」（卷125）也藉由崑崙為西王母所居之壯盛來烘托李頎歸遊之處。再如武平一〈奉和御制春台望〉：「自昔秦奢漢窮武，後庭萬餘宮百數。旗回五丈殿千門。連綿南隥出西垣。廣畫螓蛾誇窈窕，羅生玳瑁象崑崙。」（卷112）借古諷今，以秦漢窮兵黷武、奢華日頹來書寫春台所見之景象，旗陣飄揚，娥眉眾多，玳瑁之高，以崑崙作為譬況。此處所用之崑崙非實指，而是虛指其壯盛高偉以譬喻玳瑁之高。

神話崑崙，有通天之路，是人間與天上相通的通天塔，也是諸神上下的神仙居所的地方。唐詩中亦有敘寫，例如李沇（？-？）〈巫山高〉：「崑崙漫有通天路，九峰正在天低處。」（卷688）延伸《山海經》、《穆天子傳》的書寫，將崑崙視為通天之路，既是神與人溝通的聖山，也是神聖空間與世俗空間交接之地，凡人可透過高聳的崑崙達到天都。再如柳宗元（773-819）〈行路難三首〉：「君不見夸父追日窺虞淵，跳踉北海超崑崙。」（卷25）藉夸父追日，來敘寫人間行路難，用以對照神人可躍北海超崑崙的神奇想像。或如顧況（730-806）〈露青竹杖歌〉：「穆王八駿超崑崙，安用冉冉孤生根。」（卷265）借用周穆王（姬滿，ca.1027-922 B.C.E.）與西王母宴飲對歌之歡暢，來寫周穆王騎著八駿馬西來的神情姿態。

以上極寫崑崙是神人所居，也是凡人企慕追想通天或仙境樂園所在。

2　物產豐饒，盛產奇珍異獸

神話崑崙充滿神奇與神秘，物產豐饒，《山海經》記載有神樹、神獸、神玉、神水、神藥等奇珍異產，唐人亦承此說而書寫，例如陳子昂（659-700）〈感遇三十八首之三〉云：「崑崙有瑤樹，安得采其英」、李康成（？-？）〈玉華仙子歌〉：「夕宿紫府雲母帳，朝餐玄圃崑崙芝。」（卷203）；再如武元衡

（758-815）〈早春送歐陽煉師歸山〉：「羽節臨風駐，霓裳逐雨斜。崑崙有琪樹，相憶寄瑤華。」以上諸詩皆指出崑崙盛產靈芝、琪樹、瑤花等奇珍異寶，承自《山海經》敘寫的神奇寶物，可見崑崙蘊藏豐富。

除了物產豐饒，尚有玉出崑崙之說，《史記・大宛傳》：「漢使窮河源，河源出于寘，其山多玉石，采來，天子案古圖書，名河所出山曰崑崙云。」[10]

自古即盛傳美玉出於于寘，即今之和闐，而河所出之山為崑崙。或另有一說，即美玉產自崑崙。例如李白〈雜言用投丹陽知己兼奉宣慰判官〉：「客從崑崙來，遺我雙玉璞。云是古之得道者西王母食之餘，食之可以凌太虛。受之頗謂絕今昔，求識江淮人猶乎比石。」（卷185）揭示雙玉璞來自崑崙，是當年西王母食餘，凡人食之可升天。

再如錢起（722？-780）〈美楊侍御清文見示〉：「霧雪看滿懷，蘭荃坐盈掬。孤光碧潭月，一片崑崙玉。」（卷236）以月光譬況溫潤之崑崙玉，可以想見玉出崑崙為世人周知。再如李商隱（813-858）〈魏侯第東北樓堂郢叔言別，聊用書所見成篇〉：「鎖香金屈戌，殢酒玉崑崙。羽白風交扇，冰清月映盆。」（卷540）則書寫以崑崙玉製成酒杯，令人酣醉。再如呂巖（洞賓，約798-874）〈別詩，二首之二〉云：「時人受氣稟陰陽，均體乾坤壽命長。為重本宗能壽永，因輕元祖逐淪亡。三宮自有迴流法，萬物那無運用方。咫尺崑崙山上玉，幾人知是藥中王。」（卷858）指出崑崙山上的玉，無人知其可為藥中之王。以上，玉可製杯，可為藥中之王，亦可為神藥食之不死。

崑崙亦盛產駿馬，前述李白之〈天馬歌〉即是，再有王昌齡（698-757）〈上馬當山神〉：「青驄一匹崑崙牽，奏上大王不取錢。」（卷869）揭示青驄亦產自崑崙。

李賀（790-816）另有〈苦篁調嘯引〉，借崑崙竹器以喻隱淪之情：「請說軒轅在時事，伶倫採竹二十四。伶倫採之自崑丘，軒轅詔遣中分作十二。伶倫以之正音律，軒轅以之調元氣。當時黃帝上天時，二十三管弦相隨。唯留一管人間吹，無德不能得此管，此管沈埋虞舜祠。」（卷393）本詩敘寫當年伶倫製

---

[10] 見《史記・大宛傳》（臺北：鼎文書局，1986年6版），卷123，冊四，頁3175。

作樂器時，竹子採自崑崙山丘，奇珍異物產自崑崙，當時製作23管，只留一管在人間，無才無德不能得此管，讓它永遠塵埋虞舜祠中。故事有三層意涵，一層是：竹篁樂器難能可貴，產自崑崙，是黃帝的最愛，其二是，有才有德者才能得此竹器演奏；其三是借此苦篁調，指出竹器永遠塵埋，是因為無識才者。李賀詩歌的深度，常在迂迴中暗潛旨趣，須於文中尋其曲意，方能知其隱然有自指懷才不遇之感憤。

以上，唐代詩人分從神話描寫崑崙是神仙居所，也是奇異珍品所產之地，增益崑崙的神話色彩。

（三）宗教崑崙：游仙詩與步虛詞

前述，《山海經・海內西經》揭示崑崙是「帝之下都」、「百神所在」，則宗教援引崑崙作為神聖空間亦是理所當然。道教以崑崙作為神聖處所，是天帝所居，亦是通天樞杻，由神話轉成宗教聖地，將虛空的神話想像轉譯成可安置陰陽五行、天體運行及宇宙觀的神聖空間，再藉由宗教儀式落實到世俗人間，則崑崙具有空間的神聖性，也成為凡人接引的空間。

道教建構天界體系，以崑崙為「地中」，或是「天地之臍」，這種論述來自崑崙神話以宇宙山、天柱或地軸來詮釋「地中」的概念，並且形成以崑崙為世界結構說。[11]

復次，道教的崑崙意義，據《山海經》、《河圖括地象》的說法，將之視為九海中心也是星辰的天地之心，建構出宇宙中心、混沌、圓等意義，突顯中央之帝、至高無上的統治地位。[12]

道教融攝崑崙神話轉成：凡人升天須從崑崙方可到達天門，崑崙是天地出入的門戶，《山海經》、《十洲記》中的崑崙山，暗含崑崙為天門之意，遂成為道家取用的神聖之山地位。故而崑崙也成為道教詩歌慣常稱頌的神聖空間。道

---

11 羅燚英揭示漢唐道教世界結構中的崑崙方位存在變與不變的統一，但是崑崙／中央的觀念始終是漢唐道教融攝崑崙神話的核心。見〈崑崙神話與漢唐道教的世界結構〉，《雲南社會科學》2014年1月，頁149-154。

12 見林巧薇：《試探早期崑崙的形象與信仰變遷》（成都：四川大學，道教與宗教文化研究所），第三章〈崑崙神聖空間的建構〉，2006年3月，頁23-38。

士修煉，須有丹砂，食之可長生不死，即可名列崑崙仙籍，例如皇甫冉（716-769）〈題蔣道士房〉：「聞道崑崙有仙籍，何時青鳥送丹砂。」詩歌敘寫何時西王母使者青鳥可送來食之可成仙的丹砂，期勉蔣房道士可修煉完成。

崑崙既為宗教聖地，游仙詩自然少不了對崑崙山的書寫，大歷進士劉復（？-？）〈游仙〉：「俯視崑崙宮，五城十二樓。王母何窈眇，玉質清且柔。」（卷305）敘寫神仙由高處俯視崑崙宮，有五城十二樓。因崑崙高過日月，可通天，若神人可俯視崑崙山，則見其高處飄遊，極言神仙居高臨下，悠然自得。

再如曹唐（797？-866？）〈漢武帝將候西王母下降〉：「崑崙凝想最高峰，王母來乘五色龍，歌聽紫鸞猶縹緲，語來青鳥許從容。」（卷640）藉神話寫西王母乘五色龍從崑崙下降之情景。

曹唐另有〈小遊仙詩〉九十八首，與崑崙有關者凡有六首，其七：「宮闕重重閉玉林，崑崙高闢彩雲深」極寫崑崙之高，深入層彩；其二十四：「崑崙山上桃花底，一曲商歌天地秋。」（卷641）極寫崑崙仙境，桃花盛開，真妃出遊，一派美好；四十三：「八景風回五鳳車，崑崙山上看桃花」敘寫乘駕鳳車，欣悅地觀賞崑崙山上桃花。七十七：「崑崙山上自雞啼，羽客爭昇碧玉梯」寫通天崑崙，羽客爭相攀登，期能進入仙境。曹唐這一系列對崑崙敘寫強化了宗教的神聖空間與高深不可攀登的神聖性。

步虛詞是道士舉行齋醮儀式時的頌詞，藉由詩歌來頌揚神仙，朝拜仙真，模擬升天神遊的過程，陳羽（？-？）〈步虛詞〉：「樓殿層層阿母家，崑崙山頂駐紅霞。」（卷348）即是歌頌西王母之樓殿高聳，聖山崑崙為紅霞照耀，用以烘托神仙聖域不同凡俗。再如孟郊〈求仙曲〉：「鏟惑有靈藥，餌真成本源。自當出塵網，馭鳳登崑崙。」（卷372）揭示若能當下悟道，放下俗務糾葛，必能遠脫塵網，乘鸞鳳登崑崙之域。此中的崑崙非常人可至，必須滌盡俗慮，方能登臨。

以上，無論是遊仙詩與步虛詞，皆將崑崙推衍至道教建構的聖山。

神話，是人類潛意識的心靈之窗，也是從初民創構過渡到文明過程的思維體現，崑崙神話所示現的意義含融了中國人對山宗水源的崇拜，也反映對大自然融攝的過程。[13]崑崙文化具現聖山崇拜，從崑崙山鉤連到西王母、黃帝、周穆王等，這些神話人物與歷史人物的聯結，豐富了道教的仙境傳說，也讓崑崙山成就道教以崑崙為中軸的信仰崇拜。

三　崑崙意象：佈示唐人滂薄的生命氣性

唐詩中的崑崙書寫，除了沿承前人典籍對神山眾水之源的敘寫宗教、神話的深化摹寫之外，也重新灌注唐人的思維於其中。

（一）破譯神話中的時間思維

歷史時間與神話時間不同，歷史時間是編年的、歷史的、不可逆的、個別的；而神話時間是非時間性的、超歷史的、可倒流的、永恆的。[14]《穆天子傳》記載西王母與周穆王宴飲瑤池，西王母與穆王對歌酬答，即是對時間的叩問。西王母云：「白雲在天，山陵自出。道里悠遠，山川閒之。將子無死，尚能復來？」其中，「將子無死，尚能復來？」揭示人類壽命之有限，縱使貴如帝王的周穆王，亦無法抗拒向死而生的生命壽夭，用以對照西王母之神人身份的永保無疆。

在唐詩中，也有對時間的追想，例如陸龜蒙（？-881）〈讀陰符經寄鹿門子〉：「身外更何事，眼前徒自喧。黃河但東注，不見歸崑崙。」揭示時間流逝之感傷。時間如流，只見黃河東流不返，猶如人類的時間永逝不歸。此一流逝，指出人類永恆之悲，此所以秦始皇派五百童男童女求神仙不死之藥，漢武帝（劉徹，157-88 B.C.E.）建金銅仙人承天露磨玉屑，不皆是企求長生不死嗎？死亡，銘刻人類最幽深潛藏的恐懼，而時間的傷逝，則是永逝不歸的憾恨。

再如李賀〈崑崙使者〉：「崑崙使者無消息，茂陵煙樹生愁色。金盤玉露自

---

13 口頭傳說過渡到文明書寫的過程，本即富有虛構的想像與形象思維，因為歷史是多向思維的含融，故而崑崙文化是一個地域文化的總稱，也代表著先民對崑崙崇拜的想像。

14 艾良德在《圖像與象徵》揭示歷史時間與神話時間不同，關永中據此揭示神話時間蘊含象徵符號、敘事體裁、深奧涵義、指示超越的四個角度，見關永中：《神話與時間》（臺北：臺灣書店，1997年），第二章。

淋漓，元氣茫茫收不得。麒麟背上石文裂，虬龍鱗下紅枝折。何處偏傷萬國心，中天夜久高明月。」（卷394）本詩藉由漢武帝之亡，說明長壽富貴無憑，則天地之間尚有可憑恃的？而崑崙使者是傳遞天帝或西王母訊息的人，使者未來，則一切期盼與等待皆為空，徒令夜深月高，而未能合意。[15]再如陳子昂〈感遇三十八首之八〉云：「吾觀崑崙化，日月淪洞冥。」（卷83）、〈感遇三十八首之二十五〉云：「玄蟬號白露，茲歲已蹉跎。群物從大化，孤英將奈何。瑤台有青鳥，遠食玉山禾。崑崙見玄鳳，豈復虞雲羅。」皆從時間質性書寫崑崙，山上的玄鳳悠遊自在豈懼雲羅，揭示群物終有物化之時，而玄鳳永無止日。再如方幹（836-888）〈題君山〉：「元是崑崙山頂石，海風吹落洞庭湖。」（卷653）雖然想像君山之創生，是來自崑崙山頂之石，然而滄海桑田自在言外。生命的有限，與神仙世界的無限性對照，人世更顯微渺。再如羅隱（833-910）〈答宗人袞〉：「崑崙水色九般流，飲即神仙憩即休。敢恨守株曾失意，始知緣木更難求。鴒原謾欲均餘力，鶴發那堪問舊遊。」（卷665）神仙想像，自是人類永遠的夢想，因為生命有限，企求無限的神仙世界，寫出人世無盡的哀感。

死亡，是人類最大的極限，也是不可抗拒的命定，向死而生，指出人類永恆之悲愴，現實世界的時間是有限性，是一個射線，必向前流逝而亡，而神話時間是圓形的，無始無終，迴環往復，不死不生，脫離人世悲情。對於時間流逝的感傷，成為人類共同的悲情。

（二）神聖空間的企想追慕

崑崙在詩人墨客的筆下，是一個神話的源始之地，也是心靈寄慰場域。從屈原開始，即不斷地借用崑崙來寫自己擬想遠遊之心情。屈原《九歌．河伯》：「登昆侖兮西望，心飛揚兮浩蕩。」此中敘寫的崑崙是地域之山，然而，地域的崇山，真的只有地勢的高聳而無任何的意義存乎其中嗎？屈原是假借登崑崙山，用來書寫自己慘淡不遇的心情，登高望遠，期待能讓自己心情舒暢，讓自己有一個登望的機會，故而崑崙，不僅是一個地理名詞，更是詩人借以抒發心情的場域。

---

15 《唐詩評彙》解讀為諷刺唐帝餌丹暴亡。

《離騷》云：「朝發軔于蒼梧兮，夕余至乎懸圃，欲少留此靈瑣兮，日忽忽其將暮。」懸圃即玄圃，位於崑崙山上。屈原四方登遊，上下求索，莫不是人世受困挫，要追求理想樂園。屈原藉崑崙神話來消解、抒發懷才不遇的憂傷，形成特殊的形象印刻在中國人的心版上。[16]

日後的文學家也不斷地借用這樣的登高意象來寫自己的情志，同時也借由地理方位作為詩歌的開展，其意義有二，其一，崑崙是太陽登臨下降之處所；其二，崑崙是眾河之源。例如李白〈公無渡河〉：「黃河西來決崑崙，咆吼萬里觸龍門。」（卷19）寫的是地域中的崑崙，黃河源自崑崙，氣勢雄壯，飛騰千里。但是，只寫崑崙是眾河之源，是何意義？李白當然是透過崑崙山勢之雄偉來烘托自己心志騰躍奔放。

再如李賀〈日出行〉：「白日下崑崙，發光如舒絲。徒照葵藿心，不照遊子悲。折折黃河曲，日從中央轉。暘谷耳曾聞，若木眼不見。奈爾鑠石，胡為銷人，羿彎弓屬矢那不中。足令久不得奔，詎教晨光夕昏。」（卷393）寫的也是地理方位的崑崙，極力形容山勢之高廣，才能讓白日從高聳雲端的崑崙下來，另外，薛能（817-880）也有相同的書寫：「日色崑崙上，風聲朔漠間。」也是極寫崑崙之高，日照崑崙只聽聞風聲呼嘯在朔漠之間。

神話之山的崑崙，在陳子昂的筆下，是混生天地萬物之處所，也是祥雲肇生之所，〈慶雲章〉云：「崑崙元氣，實生慶雲。大人作矣，五色氤氳。」借崑崙之氣來烘托帝王之盛。（卷83）元稹（779-831）〈八駿圖詩〉：「龍種無凡性，龍行無暫舍。朝辭扶桑底，暮宿昆侖下。」（卷398）以扶桑與崑崙對襯，以神話中的神聖空間來喻示駿馬止宿之處，是極其不同凡響。再如陳子昂〈彩樹歌〉：「結芳意而誰賞，怨絕世之無聞。紅榮碧艷坐看歇，素華流年不待君。故吾思崑崙之琪樹，厭桃李之繽紛。」（卷83）以花對照人世，喜琪樹之奇，厭繽紛桃李之迎合世人。

---

16 據王開元所云，屈原大量運用崑崙神話主因有三，其一是抒發激情，表述對楚王之忠心；其二是屈原自命為黃帝、顓頊後裔，困境中歸向崑崙企圖得到黃帝指引；其三，地緣因素，因楚地信巫鬼重淫祀。見〈西域古代文化——崑崙神話對屈原之影響〉（《河池學院學報》，24卷5期，2004年12月），頁24-27。

張說（667-730）〈送尹補闕元凱琴歌〉:「鳳哉鳳哉，啄琅玕，飲瑤池，棲崑崙之山哉。」（卷86）寫鳳凰止棲崑崙，得其所哉。再如韓愈（768-824）〈雜詩〉:「獨攜無言子，共升崑崙顛。長風飄襟裾，遂起飛高圓。下視禹九州，一塵集豪端。遨嬉未云幾，下已億萬年。」（卷340）敘寫天上時間與人間有異，在仙境遙視人間已是億萬年了，超越時空的想像，將人類的有限性逼指到最底層，願登崑崙翩然自在。

韓愈〈雜詩・四首之三〉「截崑崙高萬里，歲盡道苦邅。停車臨輪下，絕意于神仙。」（卷342）借崑崙高聳，路途遙迢，喻神仙難成，有很深刻的懷才不遇之感。再如呂巖〈七言，五十首之三十九〉:「不須兩兩與三三，祇在崑崙第一巖。逢潤自然情易伏，遇炎常恐性難降。有時直入三元戶，無事還歸九曲江。世上有人燒得住，壽齊天地更無雙。」（卷856）想像住在崑崙可與天地齊壽。再如〈七言，六十三首之十六〉:「曾邀相訪到仙家，忽上崑崙宴月華。玉女控攏蒼獬豸，山童提挈白蝦蟆。時斟海內千年酒，慣摘壺中四序花。今在人寰人不識，看看揮袖入煙霞。」（卷857）寫崑崙一宴，有千年酒、四序花，下入人寰，可惜世人未識，只好揮袖遠　離紅塵，了卻人間想望。

呂巖又有〈題桐柏山黃先生庵門〉云:「寒泉瀝瀝氣綿綿，上透崑崙還紫府。」（卷857）寫黃先生如神仙往來自如自在。逍遙神仙洞府。

以上，皆承屈原藉著登望崑崙仙山以託喻感憤之情，在這樣的積澱之下，崑崙儼然成為遊仙登望、忘憂解懷之處所，而此一處所對蹠出人間的憤懣不平。

（三）漢夷對照的人物書寫

崑崙文化形成過程中，對「崑崙人」的摹寫，在唐傳奇中有〈崑崙奴〉，在詩歌中有「崑崙善才」、「崑崙兒」之指稱。「崑崙」即有高深莫測，渾沌之意，進而轉譯成「黑」，用於人，則為黑人，異域之人。

1　指神秘、神奇之人物

中原是「常」是「正」，崑崙是「變」是「奇」。唐人理解的崑崙人常指「神奇神秘之人」，主要是崑崙山勢高深不可測，既是眾河之源，又是帝都之所；既是神話的聖山也是宗教的神聖空間，是以，來自崑崙之人常有超人之技能。例如唐傳奇中的〈崑崙奴〉敘寫來自崑崙的僕人武功高強，神奇神秘，能解主人公的疑難。在詩歌中的崑崙善才，指來自崑崙之琵琶彈奏者技藝高超，例如元稹〈琵琶歌〉:「自後流傳指撥衰，崑崙善才徒爾為。……」(卷421)

再如顧況（725-814？）〈杜秀才畫立走水牛歌〉「崑崙兒，騎白象，時時鎖著師子項。奚奴跨馬不搭鞍，立走水牛驚漢官。」(卷265）以崑崙兒騎白象、騎水牛，技藝超人，立在水牛背上行走自如，真是神乎其技。

2 指胡漢對照的異族

崑崙兒，裝容及膚色是用來與漢族對照的「蠻客」，其扮裝則用來與漢飾不同，金環穿耳、螺髻長卷，所言之語能解人語與鳥語，這樣的肖貌形象，迥異漢人的裝扮。例如張籍（766-830）曾摹寫來自崑崙〈崑崙兒〉:「崑崙家住海中州，蠻客將來漢地遊。言語解教秦吉了，波濤初過鬱林洲。金環欲落曾穿耳，螺髻長卷不裹頭。」(卷385）很鮮明地摹寫崑崙兒的形貌。由於崑崙兒形貌黝黑，故而也有詩人用來嘲諷人，例如崔涯（？-？）〈嘲妓〉:「雖得蘇方木，猶貪玳瑁皮。懷胎十個月，生下崑崙兒。」(卷870）即是嘲妓女所生之子面貌黝黑狀如崑崙兒。此當然是貶抑之詞，從《山海經》開始即對崑崙人物形象充滿了奇異想像，例如〈大荒西經〉揭示西王母是:「人面虎身，有文有尾，皆白。」這樣的奇異想像，到了後世才逐漸人化與美化。這種演變過程，其實就是文明化成的過程。從整體中原文化與崑崙文化作對照，對異族仍存有異文化的想像，相較於地理、神話、宗教中的崑崙，而後面敘寫崑崙人物多有高深莫測的神技，轉譯用來形容深黑色，也見證了對異文化的神秘想像。

(四) 軍容壯盛，取譬崑崙山勢高偉雄壯

唐代開拓邊土，征戰不斷，詩歌中也常荷戈擐甲在月窟及崑崙之東，極言出征深入偏荒之地。假借崑崙敘寫兵威壯盛之詩歌非常多，例如有岑參（715-770)〈武威送劉單判官赴安西行營，便呈高開府〉:「揚旗拂崑崙，伐鼓震蒲昌。太白引官軍，天威臨大荒。」(卷198）極寫旗幟飄揚，可拂到地勢高聳的

崑崙，軍旗當然不可能拂崑崙，只是用來譬況軍威壯盛；岑參〈北庭貽宗學士道別〉:「曾逐李輕車，西征出太蒙。荷戈月窟外，擐甲崑崙東。」(卷198）指驍勇善戰。再如譬況威盛軍武陣容有柳宗元〈河右平〉:「河右澶漫，頑為之魁。王師如雷震，崑崙以頹。」(卷17）寫王師壯盛足令高如天山的崑崙頹倒，也是誇飾摹寫軍陣。

以上皆以崑崙反映唐人軍勢盛大。

四　超越與追尋：人間情愛的捨離與關照

人在時空中，受限於存有的有限性，對蹠的兩難，既在其中，又要超離其中。相反相成的生命氣性，既要超離人世，又要回望人間，唐詩如何灌注人間情愛呢？仍由屈原的懷憂遠遊為始。

(一)屈原遠遊的承繼與開創

遊是一種追尋與跨界，從屈原開始，「遊」有二種，一是懷憂遠遊，以消人世困蹇；二是釋放當下，體悟真理。此一敘寫開發後世書寫的基模，迄唐詩仍不斷地演繹此一模式。

唐詩中懷憂遠遊之敘寫有吳筠（？-778)〈覽古十四首・六〉:「天鑒諒難誣，神理不可諼。安期返蓬萊，王母還崑崙。異術終莫告，悲哉竟何言。」(卷853）寫蓬萊崑崙皆為仙人所居，人類企望不足，神數未成，只能悲嘆。再如儲光羲（706？-763)〈雜詩二首〉:「西遊崑崙墟，可與世人違。」(卷136）敘寫有限人身，神理難求，遂轉化成神仙遠遊，體悟真理。再如〈升天行貽盧六健〉:「坐對三花枝，行隨五雲陰。天長崑崙小，日久蓬萊深。」(卷137）以崑崙蓬萊對舉，以喻仙境悠然自得。以上二詩皆是指遠遊崑崙可消解人世有限性。再如〈劉先生閒居〉:「甘寢何秉羽，出門忽從戎。方將遊崑崙，又欲小崆峒」(卷138）將時間空間化，極寫悠遊自得，遊仙之樂。

張崇琛曾指出，崑崙文化對楚辭的影響有：崑崙文化情結、神人雜糅習俗、時空跨越思維、尊坤崇女之意識。[17]在唐人詩歌中，我們看到了崑崙情結仍然影響唐代詩人的思維，不斷地複刻銘記，由懷憂遠遊到釋放當下，二種典型皆有其例。

（二）桃源象徵，以喻神秘美好、神奇難遇

崑崙為神人所居，非凡人可至之神仙寓所，故而詩人對此一仙境充滿桃源想像，是人間樂園。例如皇甫冉（717？-771）〈酬崔侍御期籍道士不至兼寄〉：「崑崙煙景絕，汗漫往還遲。君但焚香待，人間到有時。」（卷250）指出崑崙勝景非人間所有。

詩歌中常以譬況手法為之，以有限譬無限，以具象譬抽象，以有形譬無形，此一譬況，是烘托作用，以突顯所要呈現的主體內容。例如錢起〈登玉山諸峰，偶至悟真寺〉：「蟠木蓋石梁，崩岩露雲穴。數峰拔崑崙，秀色與空澈。」（卷236）以崑崙喻玉山之高聳雄偉，秀色空澈。再如韓愈〈病中贈張十八〉：「君乃崑崙渠，籍乃嶺頭瀧。譬如蟻蛭微，詎可陵崆峒。」（卷340）以水為喻，譬況二人遭逢。再如，譬得勢青雲直上，有齊己（863-937）〈送韓秀才赴舉〉：「堪想都人齊指點，列仙相次上崑崙。」（卷46）以上示現唐人對崑崙神話的想像，指出一個永恆的桃源，非人間凡人所有、非凡人所居。

（三）續寫《穆天子傳》，情愛關注

周穆王與西王母宴飲對歌一事在神話故事中傳為美談，到了唐人手中，踵事增華。內容分成二種樣態，其一是反向批評周穆王耽於逸樂，其一是將之改寫成嫁女仙故事，以組詩方式呈示。

批評周穆王耽於逸樂者有陳子昂，〈感遇三十八首之二十六〉：「荒哉穆天子，好與白雲期。宮女多怨曠，層城閉蛾眉。日耽瑤池樂，豈傷桃李時。青苔空萎絕，白髮生羅帷。」（卷83）諷寫周穆王宴樂，辜負宮女青春，娥眉怨

---

[17] 見張崇琛：〈崑崙文化與楚辭〉，《蘭州大學學報．社會科學版》，第31卷第一期，2003年1月，頁10-16。

曠。這種關注，將人類時間的有限性強烈地指出來，不再從神話的角度敘寫，灌注更多的情愛關懷。

另一個思維是續寫神人宴飲故事。故事的基構是從六朝志怪嫁娶仙女或遇女真的故事加以演繹成為嫁女仙的故事。〈嫁女詩〉敘寫上清神女嫁玉京仙郎，群仙會於嵩嶽，一樣是西王母與周穆王對歌，與宴者有漢武、唐明皇等，亦有劉綱、茅盈、巢父等人與會而有催妝詩（卷862，冊24，頁9741-2）：

1. 勸君酒，為君悲且吟。自從頻見市朝改，無復瑤池宴樂心。穆王把酒，請王母歌
2. 奉君酒，休歎市朝非。早知無復瑤池興，悔駕驊騮草草歸。王母持杯，穆天子歌
3. 八馬回乘汗漫風，猶思往事憩昭宮。宴移玄圃情方洽，樂奏鈞天曲未終。斜漢露凝殘月冷，流霞杯泛曙光紅。崑崙回首不知處，疑是酒酣魂夢中。穆天子重歌
4. 一曲笙歌瑤水濱，曾留逸足駐征輪。人間甲子周千歲，靈境杯觴初一巡。玉兔銀河終不夜，奇花好樹鎮長春。悄知碧海饒詞句，歌向俗流疑誤人。王母酬穆天子歌
5. 珠露金風下界秋，漢家陵樹冷修修。當時不得仙桃力，尋作浮塵飄隴頭。酒至漢武帝，王母又歌
6. 五十餘年四海清，自親丹藥得長生。若言盡是仙桃力，看取神仙簿上名。漢帝上王母酒歌
7. 月照驪山露泣花，似悲先帝早昇遐。至今猶有長生鹿，時繞溫泉望翠華。漢帝召丁令威歌
8. 幽薊煙塵別九重，貴妃湯殿罷歌鍾。中宵扈從無全仗，大駕蒼黃發六龍。妝匣尚留金翡翠，暖池猶浸玉芙蓉。荊榛一閉朝元路，唯有悲風吹晚松。王母召葉靜能為明皇歌
9. 上清神女，玉京仙郎。樂此今夕，和鳴鳳凰。鳳凰和鳴，將翱將翔。與天齊休，慶流無央。黃龍祝辭

10. 玉為質兮花為顏，蟬為鬢兮雲為鬟。何勞傅粉兮施渥丹，早出娉婷兮縹緲間。劉綱催妝詩
11. 水晶帳開銀燭明，風搖珠珮連雲清。休勻紅粉飾花態，早駕雙鸞朝玉京。茅盈催妝詩
12. 三星在天銀河回，人間曙色東方來。玉苗瓊蕊亦宜夜，莫使一花衝曉開。巢父催妝詩

以上十二首〈嫁女詩〉續寫《穆天子傳》周穆王騎駿馬西遊瑤池與西王母宴飲對歌，經過千年之後，重新宴飲再次對歌，[18]內容寫崑崙高深縹緲，諸仙會於嵩嶽，採「今、昔、今」手法敘寫周天子乘駕回思往事，回首恍然如夢之情節。第一首先是周穆王感傷一別之後，歲月匆匆，再是頻見市朝更改，呼應之前的白雲歌，有人世滄桑之憾。第二首再寫周王當年至此，天上時間永遠美好，天上人間自有不同。人間有一死，若非吃仙桃延壽，恐作墳頭之屍。

接著敘寫獲得長生藥可得不死，反襯人生有限。第七首丁令威悲先帝早升仙。第八首葉靜能唱唐明皇楊妃一段愛情，最後回歸嫁女旨趣，祝禱新婚，整個故事結構如下所示：

重逢宴飲對歌 ➡	漢皇 ➡	唐皇 ➡	嫁女
周穆王 西王母	漢武帝 西王母	詩	催妝詩
1-4首	5-7首	8-9首	10-12首

這組嫁女詩續寫白雲歌的故事，將人世傷別、生命有限及良辰美景最要當下把握，一一銘刻唐人對情愛的關注。從先秦的《穆天子傳》到唐詩中的承衍，開展了不同的人文思維，先秦時期，仍在創世與女神大自然存有的建構與思

[18] 高莉芬曾就《穆天子傳》中周穆王與西王母瑤池宴飲揭示共飲對歌消弭東土／西土、諸夏／野處、萬民／虎豹、天子／帝女之二元對立。見〈會見西王母——穆天子傳中的西王母與瑤池宴〉，《民間文學年刊》第二期增刊，2008年「民俗暨民間文學國際學術研討會專號」，頁135-156。

維，[19]到了唐人手中，承繼這個故事而有了人文化成的意義，[20]以男婚女嫁完成人文秩序，安定天下的理想。

五　唐詩對崑崙文化的強化作用

鄧啟耀曾云，神話思維結構與對象關係有二，其一是心物合一，其二是虛實相生。[21]吾人則認為，在中國的神話思維中「天人合一」一直是具有主導性的思維，將大自然與人類作一連結，向為中國必有的思維結構，崑崙文化中的宗山崇河即是合攝天人合一的思維於其中。唐人書寫的崑崙意象，沿承前人典籍，大抵有三個向度：一、地理崑崙：指西方的高山，雄偉高壯，是眾河之源，物產豐饒，也是哺育大地母親河的源頭。二、神話崑崙：是眾仙居所，也是天帝的人間行宮，可通天都。三、宗教崑崙，是道教源始與崇拜的聖山所在，步虛詞與游仙詩開發神聖空間的想像。

另外，「虛實相生」，在神話雖為「虛」，然而與人類作連結則為「實」，虛實之中，強化了崑崙的聖山崇拜與眾河之源，甚至是凡人企慕想念的仙境，是遊仙的處所。從大自然的崑崙山到人類崇拜的聖山，再到凡人修煉場域，進而成為「帝之下都」、「百神所在」的神聖空間，遊仙，示現、釋放了有限存在的悲感，展演出中國對崑崙的崇拜想望。唐詩對崑崙的虛實相生，承接《山海經》、《淮南子》、《史記》等敘寫，昭揭：一、聖山崇拜，崑崙成為神聖空間，是人類企盼嚮往之神仙處所。二，心靈桃源，是慰藉的 空間符號，是登遊遠望之居所，也是化解人世憂傷的想像之地。三、眾河之源崇拜，揭示哺育中原

---

19 《穆天子傳》揭示女神（西王母）的重要與地位，才讓南傑據此指出西王母神話思維是對女性、大自然偉大力量禮讚，是植根於母系氏族文化與生殖創世神話的思維。見〈崑崙神話與文化傳承中的神女形象〉，《青海民族學院學報．社會科學版》第32卷四期，2006年9月，頁48-50。

20 人文化成之意義，原出《周易．賁卦．彖傳》：「觀乎人文，以化成天下。」（見魏．王弼注，唐．孔穎達正義：《周易正義》）即揭示以人文秩序，化風俗達到安定天下的理想。

21 見鄧啟耀：《中國神話的思維結構》（重慶：重慶出版社，1996年4月二刷），第五章〈神話思維結構中思維主體與思維對象的關係〉，頁109-122。

母親之河，源自崑崙天山。四、崑崙為眾神居所，宗教源頭。另外，唐人也藉由崑崙開發出唐人滂薄的生命氣性，包括對時間、空間及神聖思維的破譯，揭示人世有限性與無限性的對蹠，是難以避免的兩難與矛盾。除此而外，唐詩中的崑崙意象也揭示唐人對人間情愛的超越與捨離，一、承繼屈原遠遊精神從懷憂遠游到體悟真理神仙遠遊，二、以崑崙壯盛喻示兵威猛壯，象徵大唐氣勢噴薄激越。再則以崑崙喻示神秘美好、神奇難遇之境。最後，透過續寫《穆天子傳》提出時間有限性，應把握當下，享受美好，回歸男婚女嫁的人文意義。

復次，唐詩也將當時對崑崙想像轉化演繹成：一、對人物高深莫測的書寫；其二對物產的奇珍異寶多所描寫；其三轉繹成黑色的嘲弄之意；其四，用崑崙譬況軍勢壯盛；其五，體現人類向死而生的悲哀，對時間流逝的感傷，是無以彌補的缺憾。

透過追慕企想登望崑崙可長生不死，是種超越。崑崙，轉譯了神話傳說，成為宗教崇拜的靈山聖地，同時也形成獨特的崑崙文化，唐詩中示現的崑崙意象，既有地理空間，也有神話空間的意義，更將空間轉化成時間化的空間，是永恆的時間定所，也轉化成聖山崇拜與心靈桃源的依歸。

伍　桃李薪傳

一　全人教育融入《禮記・學記》教學示例

謝淑熙*

提要

全人教育（Holistic education）理念是開發學生多元能力，實現全人發展的理想目標。本研究設計透過「大一國文」（Chinese Literature）課程教學來進行，教學目的是引導學生閱讀經典古籍，引導學生透過深入的閱讀與分析，培養批判性思考（critical thinking）的能力，能從學習中培養學生的人文素養及提升學生寫作能力。而教學的進行係強調個人閱讀心得寫作與小組研究報告分享，以達到學生對該經典的閱讀能夠充分和周延。研究方法採用統整學習內容、兼重思考與操作、觀念與實踐、分工與合作、欣賞與創作的學習過程，並以性靈的啟發為最後依歸。教學材料選自《禮記・學記》，自編「閱讀學習單」、「學習心得單」、「問題討論」、「延伸思考」等，以發揮教師對閱讀教學的指引作用，而設計出更理想的教學內容，進而培養學生良好的學習態度，並反

* 謝淑熙教授，國立臺灣師範大學國文學系教學碩士，臺北市立大學中國語文學系博士。現任國立臺灣海洋大學共同教育中心兼任助理教授、中華文化教育學會副理事長。曾任臺北市私立育達高商國文科專任教師、國立中壢家商國文科專任教師兼圖書館主任、臺北市立大學通識中心兼任助理教授、私立新生醫專通識中心兼任助理教授。1993年榮獲中華民國商業職業教育學會優良著作獎、1994年度榮獲教育部中學人文及社會學科教學優良獎、2004年度榮獲桃園縣Super教師薪傳獎、2008年榮獲臺北市立教育大學中國語文學系碩博班作文比賽第二名、2009年榮獲桃園縣社區大學客家語言與生活文化學術研討會績優論文獎、2010年度第二學期榮獲臺北市立教育大學績優通識教師獎、2013年榮獲中華民國商業職業教育學會菁師獎、2014年榮獲國際《易》學大會論文評鑑日新獎。學術研究領域為經學、孔孟思想、《禮記》、清代禮學、閱讀與寫作、客家禮俗。著有：《道貫古今——孔子禮樂觀所蘊含之教育思想》、《過盡千帆——向文學園地漫溯》、《不畏浮雲遮望眼——回首教改來時路》、《黃以周禮書通故研究》等書。

思運用全人教育的理念融入經典閱讀教學是否有成效。預期成果：一、建立良好的師生互動關係，以提升學生良好的學習態度；二、使學生透過全人教育的教學活動，以培養學生的洞察力與發揮創意思考力。三、使學生透過經典閱讀教學，以提升研讀古籍的興趣，並且探究《禮記．學記》所蘊涵的全人教育理念，以啟迪學生的性靈，進而提升人文素養，以重建校園倫理。

關鍵詞：全人教育，終身學習，《禮記．學記》，孔子，儒家教育思想。

一　前言

在知識經濟蓬勃發展的時代中，知識已成為「運籌帷幄，決勝千里」的關鍵。多元化的教育思潮，不斷衝擊著臺灣的未來；因此，終身學習已成為前瞻未來的指標。

根據美國教育家豪爾‧迦納博士（Dr. Howard Gardner）在1983年出版了《智力架構》（*Frames of mind*）一書，提出多元智慧論，認為人類具有語言智能（linguistic intelligence）、視覺空間智能（spatial intelligence）、邏輯數學智能（logical-mathematical intelligence）、肢體動覺智能（bodily-kinesthetic intelligence）、音樂智能（musical intelligence）、內省智能（intrapersonal intelligence）、人際智能（interpersonal intelligence）、自然觀察者智能（naturalist intelligence）等八項智能。[1]我們樂見多元智能教育制度的開啟，在教學活動中注入新意，引導學生適應「瞬息萬變的社會」為學習的主軸，跨學科的整合，開啟學生全方位的能力；智能教育與文化陶冶相輔相成，提供學生適性發展的學習環境。德國大哲學家康德（Immanuel Kant, 1724-1804）強調「好教育即是世界上一切善的泉源」，這的確是深中肯綮的言論，正說明教育是推動社會進步的原動力。

為因應二十一世紀多元化的社會發展趨勢，為挽救人類生態環境及傳統文化所面臨的諸多挑戰，落實「全人教育」（Holistic education）的理念，以提升全民的人文素養，乃是學校教育的重要課題。全人教育學者拉蒙‧那瓦（Ramon Galleos Nava）提出全人教育四大面向，即：

（一）發展出新的科學意識（強調混沌、不確定性、事件的非地域性等）。

（二）生態或環境面向（強調永續發展）。

（三）社會面向（強調平和、社會參與、世界公民參與等）。

（四）性靈面向（主張以此作為所有學科真正的教學核心）。

---

[1] David Lazear著，郭俊賢、陳淑惠（譯）：《落實多元智慧教學評量》，臺北：遠流出版事業公司，2000年。

四者互相連結成一個機動的教育網絡（dynamic educational network）。整體而言，全人教育強調永續發展與多元化，著重生態保育與環境倫理等論題。[2]全人教育理念為今日全國各級學校主流風潮，本文希望藉由探究《禮記‧學記》所蘊涵的全人教育理念，引導學生認識儒家思想的精髓，進而落實人文素養教育，以重建校園倫理。教學的目的首先是引導學生閱讀《禮記‧學記》，並學會搜尋網路資訊、分析整理、及小組的辯論修正中，以增進批判性思考（critical thinking）的能力。其次是提升學生對閱讀主題的了解，並且吸取書中的精華加以融會貫通，以啟迪學生的性靈，進而表達在寫作及應對進退上。

二　全人教育的義涵

1990年代，高度科技化下的社會偏差現象湧現，有識之士重新檢視教育體系後發現，過度重視認知、技術、專門而忽視情意、人文、通識的教育過程，是造成個人人格失衡，進而導致社會脫序的重要原因。有鑑於此，1990年來自七國八十位關注全人教育的學者專家，針對美國《目標2000：美國教育法案》（*Goals 2000: Educate America Act*）提出「芝加哥宣言」並揭示全人教育的十大原則：

1. 為人類的發展而教；
2. 將學習者視為獨立的「個體」；
3. 承認「經驗的」在學習中的關鍵角色；
4. 以「整全觀」為切入點的教育；
5. 教學者的新角色；
6. 選擇的自由；
7. 教養學生成為一個能夠參與民主社會的公民；

---

[2] 陳能治：〈全人教育概念在歷史教學中的實踐──以史前史教學為例〉，《歷史教育》，第18期，2011年6月，頁108。Ramon Gallegos Nava, *Holistic Education: Pedagogy of Universal Love*, pp. 45-46.

8. 為文化及倫理的多元性、地球公民權而教；

9. 為地球的人文關懷而教；

10. 性靈和教育。

正說明了全人教育是開啟學習者心中自我覺醒之門——道德、文化、生態保育、經濟、專技與政治的自覺。而課程內容是跨學科的，係從社群整體，也從地球整體的觀點來考量，是人類精神最大的激動力。[3]可見全人教育的目標，與國家社會的進步發展有著休戚與共的關係。

全人教育旨在建立一個永續的、公正的、和平的社會，期使人類能與地球及地球上的生命體和諧共處（Collister, 2001；Flake, 1993）。黃俊傑教授根據儒家的觀點指出，「全人教育」包括三個互有關聯並交互滲透之層面：

1. 身心一如：人的心靈與身體不是撕裂而是貫通的，不是兩分的而是合一的關係；

2. 成己成物不二：人與自然世界及文化世界貫通而為一體，既不是只顧自己福祉的自了漢，也不是只顧世界而遺忘個人的利他主義者，而是從自我之創造通向世界之平治；

3. 天人合一：人的存在既不是孤零零的個體，也不是造物者所操弄的無主體性之個人，而是具有「博厚高明」的超越向度的生命。[4]

由上述可知，全人教育的目標在開發學生的多元能力，全人教育的精神與內涵，在於揭櫫「教學的內容重在能力的啟發培養，而不是知識的記誦」，「教學方式著重於老師提供開放、尊重、討論的教學環境，以生命感動生命，啟發學生對生命的熱愛與實踐」。可見全人教育的推展是任重而道遠的。

---

[3] 陳能治譯：〈公民2000年教育宣言——從全人教育觀點〉（"Education 2000 A Holistic Perspective"），頁1-6。

[4] 黃俊傑：〈二十一世紀全球化時代的大學理念與大學教育——問題與對策〉，收入黃俊傑：《全球化時代大學通識教育的新挑戰》（高雄：中華民國通識教育學會，2004年），頁167-180。

三　全人教育融入經典閱讀教學的運用

《禮記・學記》是中國第一部教育理論專著，更是儒家教育學者智慧的瑰麗結晶，全篇不僅從教師的角度，闡述先秦時期儒家教育制度、教育目的和教學內容，並且從學生的角度，探討學習心理、學習原則和學習方法等教育理論，是弘揚我國古代儒家教育思想的重要文獻，至今仍有其重要的教育價值。《禮記・學記》所闡述的教育目標是著重於人格修養，運用人文教育的方法，實現全人發展的理想。在二十一世紀以知識經濟為導向的時代中，全人教育理念為今日全國各級學校的主流風潮，也是開發學生多元能力，實現全人發展的理想目標。

本文希望藉由「全人教育」（Holistic education）的理念融入《禮記・學記》的經典閱讀教學，以引導學生認識儒家教育思想的精髓，進而提升人文素養，以重建校園倫理。

本研究是透過「大一國文」課程教學來進行，其選課學生為大一學生，引導學生透過深入的閱讀與分析，培養批判性思考（critical thinking）的能力，能從學習中培養學生的人文素養及提升學生寫作能力。而教學的進行係強調個人閱讀心得寫作與小組研究報告分享，以達到學生對該經典的閱讀能夠充分和周延。經由老師的引導，學會如何搜尋網路資訊、分析整理、並能進行見解的溝通和交流，以提升對主題的了解及思考能力。在課程設計與學習內容上，全人教育論者以為應優先考量整體脈絡、問題、觀念、學習過程，更甚於內容、答案、事實與學習結果。學習之最終目的在教導學生知曉「學習如何去學習」（learning how to learn），故著重培養學習者之洞察力。[5]茲依據Edward T. Clark和Ron Miller（Ed.）二位學者所提出全人教育的教學理念，[6]簡述六個要素，如下：

---

[5] Edward T. Clark, "Guidelines for Designing a Holistic School," Carol L. Flake (Ed.), *Holistic Education: Principles, Perspectives and Practice*, pp.121-131.

[6] 陳能治：〈全人教育概念在歷史教學中的實踐──以史前史教學為例〉，《歷史教育》，第18期，2011年6月，頁101-134。

（一）單元概論的導讀

教師可以利用簡報式（Powerpoint）教學法與網路互動式的教學法，提供豐富多元與教材主題相關的一些背景材料，喚起學生原有知識經驗，為新的學習作好準備的教學設計。

（二）學習內容的統整

學生的學習內容必須加以統整，兼顧認知與情意、人文與科技、專門與通識的學習內容。學生經由網路資源進行研究的學習過程，並逐步建構屬於自己思維的概念體系。

（三）多元的評量方式

全人教育論者在多元智慧論的影響下，認為應注重個別經驗的差異性，評量的方式應隨個體經驗而變。主張多元測驗與評量方式，以培養自動自發、自我訓練以及真正具有學習熱忱的學習者。[7]

（四）建立學習社群

全人教育論者主張教學者必須重新審視自我的角色，以創造一個協同學習的環境，只有如此才能養成具有參與公共事務能力的公民；所以在學習過程中，建立學習社群（learning community）以進行對話很重要，透過對話，不僅讓學生進行社會化，也促進學習成效，此為重塑人類文化重要途徑。[8]

（五）性靈啟蒙的必要性

教師必須提供學生充分探究身心潛能的機會，兼重學習與思考、分工與合作的學習過程，讓學習者進行個體與各種社群的連結，從中理解自我與他我，

---

[7] Ron Miller, (Ed.), *The Renewal of Meaning in Education*, pp.361-371. 23 Edward T. Clark, "Guidelines for Designing a Holistic School," Carol L. Flake (Ed.), *Holistic Education: Principles, Perspectives and Practice*, pp.121-131.

[8] Ramon Gallegos Nava, *Holistic Education: Pedagogy of Universal Love*, pp.117-120.

以達致個體的轉化。在性靈教學活動設計上，若教學者時時以啟迪學習者性靈為念，則處處可見玄機。[9]

四　全人教育融入教學示例

學生的學習內容必須加以統整，兼顧認知與情意、人文與科技、專門與通識的學習內容；在教育方法方面，教師必須提供學生充分探究身心潛能的機會，兼重思考與操作、觀念與實踐、分工與合作、欣賞與創作的學習過程；在教育組織方面，學校必須統整行政結構與行政運作以為示範，並提供每一學生與教師所需的教學材料與行政資源。茲依據全人教育融入《禮記．學記》設計的教案如下：

（一）課程目標

1. 學生能透過影片的介紹，進入《禮記》的領域，啟發其閱讀興味。
2. 學生能利用簡報製作，訓練蒐整資料與善用電腦的能力。
3. 學生能利用分組討論，培養口語表達與思辨的能力。
4. 學生能藉由課文的賞析，體驗生活的情境與性靈的啟蒙。

選用與教育有關的電影片段與史實：

1. 孔子（551-479 B.C.E.）https://kknews.cc/entertainment/xnvpz8q.html
2. 心靈捕手https://kknews.cc/entertainment/xnvpz8q.html

生命的組曲，由一串小故事積累而成；人生的長河，是由生活點滴匯聚而成。有些人能夠忠於自己的本分，並且能夠推己及人，俯仰無愧的立足於世，成為人人稱道的聖賢。學生從欣賞介紹孔子的電影片段與史實中，以激發學習的動機與興趣。

---

[9] 陳能治：〈全人教育概念在歷史教學中的實踐——以史前史教學為例〉，《歷史教育》，第18期，頁115。

(二) 單元概論的導讀

1. 了解《禮記》一書的內容與特色
2. 了解《禮記‧學記》闡述教學之功效為何
3. 了解我國古代大學教育的內容與施教原則為何
4. 了解師生之間教學、問學與尊師重道的方法為何

《禮記》非一時一地一人之作，而是孔子門下弟子，聽孔子傳授有關禮的學問，因而筆記成書，或者更晚的孔門弟子，把這些有關禮的學問蒐集起來的文獻。《禮記》原本為一百三十一篇。漢儒戴德刪取八十五篇，是為《大戴禮記》；戴聖刪取四十九篇，是為《小戴禮記》。大、小戴《禮記》皆屬於今文經。孔壁所發現的書籍亦有《禮記》；東漢鄭玄（字康成，127-200）注解小戴《禮記》則以古文《禮記》為主，兼用今古文。梁啟超（字卓如，號任公、飲冰室主人，1873-1929）說：

> 《禮記》之最大價值，在能供給以研究戰國秦漢間儒家者流，尤其是荀子一派學術思想史之極豐富的資料。蓋孔氏之學，在此期間始確立，亦在此期間而漸失其真，其蛻變之跡與其幾，讀此兩戴《記》八十餘篇最能明瞭也。[10]

可見《禮記》全書的內容苞蘊宏富，有些篇章是銓釋人生哲理、有的是談論政治制度、有記載禮樂器物、或詳述生活儀節，是我國古代人民生活大全的禮學叢書。

《禮記‧學記》是中國第一部教育理論專著，主要記載有關先秦時期儒家教育制度、教育目的、教學內容、教育方法等一系列教育理論。其論述主要是探討古代大學裡「如何教？如何學？」的議題，與《禮記》另一篇〈大學〉專論「教什麼？學什麼？」的內容，有著互為表裡的關係，可比並閱讀，是研究

---

[10] 梁啟超：《要籍解題及其讀法》《全集》，冊8卷16，頁4649。案：作於1925年。

儒家教育思想的珍貴資料。《禮記‧學記》，說明了師生之間教學、問學的方法與道理，是儒家學者智慧的瑰麗結晶，至今仍有其重要的精神價值，值得後人學習與借鑑。

（三）學習內容的統整

單元概念	內容描述
1. 教學功效	1.「君子如欲化民成俗，其必由學乎！」說明為學之效應，可以化民成俗。
2. 大學之教	2.「大學之教也，時教必有正業，退息必有居學。」說明為學當積學漸進，不可求速成。
3. 施教原則	3.「一年視離經辨志，三年視敬業樂群，五年視博習親師，七年視論學取友，謂之小成；九年知類通達，強立而不反，謂之大成。」說明古代的學校制度與教育階程的次第。
4. 古代大學教學興廢之原因	4.興 （1）預防法：禁於未發之謂豫 （2）及時法：當其可之謂時 （3）漸進法：不陵節而施之謂孫 （4）觀摩法：相觀而善之謂摩 廢 （1）發然後禁，則扞格而不勝 （2）時過然後學，則勤苦而難成 （3）雜施而不孫，則壞亂而不修 （4）獨學而無友，則孤陋而寡聞 說明古代大學教人的方法，在一切邪惡的念頭未發生之前，就用禮教來約束禁止，以防患於未然。
5.進學之道	5.「善學者，師逸而功倍，又從而庸之。」「善問者，如攻堅木，先其易者，後其節目，及其久也，相說以解；不善問者，反此。」說明師生教與學的方法與道理。

單元概念	內容描述
6. 學者四失	6.「學者有四失，教者必知之。人之學也，或失則多，或失則寡，或失則易，或失則止。」「教也者，長善而救其失者也。」說明為師者應該知道學生容易產生的四種缺失，而對症下藥，糾正這些缺失。

〈學記〉是我國古代教育文獻中，最早且體系較嚴謹的一篇，是儒家教育學生的代表作。其中對於教育的重要性，教與學的互動，古代的學制，教學的技巧方法等，均有詳細的論述。古代大學九年學程之規劃與考核學習成績的制度，每隔一年考察學生學習成效如何？視察之重點，以德育與智育為圭臬。從考問經書的文辭句讀，解析文義、辨別志意之趨向開始，循序漸進，觀察學生的言行，考察學生是否專注於學業，樂於與朋友和睦相處，是否能夠尊師重道，是否能擇取益友以進德修業，完成上述進學階段就可以稱之為「小成」。九年時知識通達，能夠觸類旁通，遇事不惑而且不違背師訓，就可以稱之為「大成」。可見古代的大學教育，在於教導學生由認知層次，提升為篤實踐履，以培養健全的人格，進而發揮所學，以淑世治人，營造溫馨和諧的社會為最終目標。

古代大學教育所以成功，即是教師擅於運用「預防法」、「及時法」、「漸進法」、「觀摩法」等四要素，並發揮孔子「因材施教」的教育精神，了解學生之心理傾向，啟發學生能主動學習，循循善誘，不要壓抑學生，以激發其創意思考的能力。可見〈學記〉所強調的教學方法，與孔子「舉一隅不以三隅反」（《論語・述而篇》）的教學主張如出一轍，均是經由啟發誘導教學方法，以引導學生多元學習的興趣。因此，教師教導學生的重要目標，就是使「人盡其材」，並且要引導學生「見賢思齊焉，見不賢而內自省也。」（《論語・里仁篇》），鼓勵他們發揮所長，進而培育出健全的人格。

（四）多元的評量方式

學生在學習過程中，建立學習社群（learning community）以發揮群組合作學習及知識共享的任務，可以增進學生運用知識及啟發獨立思考的能力，人人能夠與同儕相處學習，互助合作，進而使知識的獲取、累積、加值、創新與運用能夠有效的發揮。

1　分組活動報告

週次	分組	主題	內容
	第一組	何謂三禮	1.《周禮》：原名《周官》，記載的是周朝的官制，並非真正的禮文。 2.《儀禮》：《儀禮》所記載是古代的禮節。 3.《禮記》：《禮記》是孔門後學所記，為十三經之一。十三經注疏的《禮記》為東漢・鄭玄注，唐・孔穎達疏。
	第二組	古代大學教育施教之七項原則	皮弁祭菜，示敬道也。 宵雅肄三，官其始也。 入學鼓篋，孫其業也。 夏楚二物，收其威也。 未卜禘，不視學，游其志也。 時觀而弗語，存其心也。 幼者聽而弗問，學不躐等也。
	第三組	與學習相關的成語	1. 懸梁刺股 2. 鑿壁偷光 3. 囊螢映雪 4. 映月讀書 5. 焚膏繼晷 6. 牛角掛書 7. 手不釋卷 8. 韋編三絕 9. 目不窺園 10.口舌成瘡，手肘生胝
	第四組	《禮記・學記》闡述的重要教育理念	1. 擇師與尊師的重要 2. 重視學生的個別差異 3. 重視學生的學習心理

週次	分組	主題	內容
	第五組	《禮記．學記》教育理念對現代教育之啟示	1. 人文關懷的落實 2. 公民教育的提升 3. 全人教育的推展

分組活動報告，更是全人教育的重要一環。〈學記〉說：「獨學而無友，則孤陋而寡聞。」可見學生在學習過程中，同儕的切磋可以截長補短，互相觀摩學習。《禮記．學記》全文詳述老師的教學方法與引導學生進德修業的準則、說明學生問學的方式與態度，是儒家學者智慧的瑰麗結晶，至今仍有其重要的精神價值，值得後人學習與借鑑。

教師應從多元的評量方式，來探究學生學習效果與教導學生解決問題的能力，進而提升學生的學習興趣。分組活動報告可以發揮學生的潛力，從上網搜尋相關資料、翻閱紙本書籍研究教材內容、與同學討論報告主題等等，不但可以讓學生集思廣益，增廣見聞，開闊視野，更可以增進與同學間的情誼。學生合作完成分組報告簡報，每位同學的上臺報告，也能訓練同學的思辨能力與口語表達能力。可見分組活動報告意義非凡，並且可以達到南朝梁劉勰（字彥和，465-520）《文心雕龍．宗經篇》所說「積學以儲寶，酌理以富才，研閱以窮照，馴致以繹辭」的境界。

2　個人心得寫作

請寫一篇閱讀《禮記．學記》一文的心得？（文長以500字為原則）

閱讀心得寫作範例一：教育學系

《禮記．學記》中敘述著我國古代學制、教育理想以及教育方法。

文章中，不僅提到教育失敗的原因，也提出了教學的方法，我覺得這是值得大家所參考的，讓我了解在學生做出不適當的行為前，教師就要有所預防，這就是我們所謂的：「防患於未然。」也提到要在適當的時機教導學生，這點是現代許多的教師都應該要學習的，教師不應該不斷的灌輸學生知識，還要配合學生的身心發展，達到適性教學，並且要讓學生藉由觀摩他人進行學習、充實自己。之後，也提到教學失敗的原因，其中，我覺得朋友對於學習扮演著相當重要的角色，如果你擁有很多值得學習的朋友，就能從各個朋友中，學習到各式各樣廣泛的事物，不僅是課本裡的知識內容，還有許多生活上的智慧；而如果結交了不正當的朋友，就有可能被朋友影響，這不單單提醒了我們自己本身要注意周遭的環境，也提醒了教師應隨時注意學生交友情形。這些方法在現代的教育，都是可以應用在教學中，讓我們的教育可以蒸蒸日上。

我覺得讀完〈學記〉後，讓我收穫良多，讓我更加了解要成為一位優秀的老師所需要的能力，也提醒我從現在開始就要訓練自己達成這些標準，並且讓我了解到教師的重要性，一位優秀的教師，能夠使學生對於學習更有興趣，讓學生發揮其潛能，我認為這是教師應盡的責任，所有的出發點都應是為學生著想，不應懷抱著自己的私慾，唯有一位秉持良心的教師，才能教導出優秀的學生，成為一位教師，一直是我的夢想，因為〈學記〉，讓我更清楚自己的目標所在，使我更努力朝目標邁進。

閱讀心得寫作範例二：地生一

《禮記・學記》所論述的是大學教育，正好是我現階段的狀態，值得我深思熟慮與深入探討它，綜觀而言，學習以認真讀書為首，注重廣博學習，並進一步至於論學，發表自己見解，所學才真正被吸收能夠融會貫通成為自己的學問。子曰：「學而不思則罔，思而不學則殆。」學與思應有適當的結合，非死記硬背，死背雖可敷衍一時，但長久下來學問只是不停地堆積，流失，剩下的只有空白的記憶或者模糊的印象罷了。

學習是要循序漸進的，第一，補充自己的知識為最基本的學習目標，再來是與群體相處的能力，也就是人際關係的學習應用，還有與老師能保持亦師亦友的關係，學習的主要精神應該是提升自己，不論是知識方面或是結交朋友，都要有自己的信念及判斷力。而學習最崇高的目的，就是要對社會有良好的影響力，有所貢獻才是。不過，想要讓學習更上一層樓，達到讀書的目的及效益，就要提醒自己做到，不倦地學習，如此一來積少成多，才能使自己在課業方面更上一層樓。

閱讀心得寫作範例三：地生一

《禮記・經解》:「入其國，其教可知也。其為人也，溫柔敦厚，詩教也；恭儉莊敬，禮教也；廣博易良，樂教也；疏通知達，書教也。」由此可見，學習影響了多方層面，包括人的道德觀、品行及知識層面，人可以藉著學習，以達到教化的效果；曾國藩:「人之氣質，本難變化，唯讀書則可變化氣質。」也是相同道理，想改善一個人的品行，必須先從根本上，也就是心，想使一個人的思想改變，就必須教化，而讀書則能從書頁中汲取大量的知識及良好的價值觀，從文字中感受古人留下的足跡和回憶，去體驗當時的情境並投射到自己心中，學習前人的經驗和教悔告誡。

子曰：「學而時習之，不亦說乎？」理所當然，複習也是學習中重要的一環，得到太多繁雜的知識而沒有去分類統整，就像聽父母的嘮叨左耳進右耳出一樣，不會吸收到腦內資料庫，更不會影響自身的行為、想法。常言道：「一生之計在於勤。」擁有一個好的開頭和理想是很重要的，但若沒有堅持下去的動力和毅力，將不會達到遠大的目標，沒有汗水的耕耘，則無法結成甜美碩大的果實。

有幸獲得接受教育的機會，應當好好把握，學習不只是表面上成績數字所能呈現的，除了知識層面的學習，品德上的學習也很重要，長輩們的教誨，朋友間的學習，都是應當好好把握珍惜的；一顆種子，沒有了水的灌溉，失去了陽光的照射，喪失了成長的空間，就無法茁壯生長，無法繁枝葉茂，無法通向那湛藍無邊的天際，如人一般，沒有學習的滋養，就無法成為一位具良好道德品行的人。

綜合上述三篇學生的閱讀心得寫作範例，可以了解到學生在研讀《禮記・學記》一文，在觀察思考與創作上，有獨到的見解與深刻的體驗。例如：「學習是要循序漸進的，第一，補充自己的知識為最基本的學習目標，再來是與群體相處的能力，也就是人際關係的學習應用，還有與老師能保持亦師亦友的關係，學習的主要精神應該是提升自己，不論是知識方面或是結交朋友，都要有自己的信念及判斷力」；「一位優秀的教師，能夠使學生對於學習更有興趣，讓學生發揮其潛能，我認為這是教師應盡的責任」；「有幸獲得接受教育的機會，應當好好把握，學習不只是表面上成績數字所能呈現的，除了知識層面的學習，品德上的學習也很重要，長輩們的教誨，朋友間的學習，都是應當好好把握珍惜的」。

由上述三段例證，可見青年學子已能體驗到《禮記・學記》所蘊涵的全人教育理念，可以引導學生認識儒家教育思想的精髓，進而提升人文素養，以重建校園倫理。

（五）性靈啟蒙的必要性

研讀《禮記・學記》一文，可以了解到古代大學施教的方法是循序漸進的，例如春、秋教導學生禮、樂；冬、夏以詩、書教導學生，除了學校所規定的教學科目，學生下課及放假的時候，也都有指定的課外作業。學習要有方法，例如學彈琴、瑟，要從「操、縵」小曲學起；學作詩，要從通曉鳥獸、草木之名及廣博譬喻學起；要動容周旋中禮，就要從灑掃應對諸事學起。在為學方面，要以「日知其所無，月無忘其所能」(《論語・子張篇》) 念茲在茲的方法，專心致志於課業上，能夠博習親師與廣結益友，學業一定能夠日益精進。茲述《禮記・學記》教育理念對學生性靈之啟蒙，如下：

1　全人教育的推展

《禮記・學記》所闡述的教育目標是著重於人格修養，運用人文教育的方法，實現全人發展的理想：教育方法是運用潛移默化，循循善誘的精神感召，達成全人教育的目標。〈學記〉云：「知其心，然後能救其失也。教也者，長善而救其失者也。」[11]教師要了解學生之心理傾向，針對學生才智高低與學習缺失，採用啟發誘導之教學方法，施以適性之教育，才能有所成效。並且闡揚儒家「因材施教」的傳統教育精神，引導學生發揮其優點，見賢思齊，取長補短，以開拓視野增長見聞。讓學生能夠發展自己的潛能與才性，此即為全人教育的真諦。優秀的教育家，能讓人繼承其志業而努力不懈。〈學記〉所闡釋的是一種志的教育，強調老師傳道授業的目標是傳承文化的理想。

2　人文關懷的落實

從《禮記・學記》一文所述，可見古代大學教育，從社會禮儀、生活規範，以及詩歌音樂之學習中，給他們倫理道德的涵養，逐漸啟發學生的潛能與人格的成長，把書本的知識應用在日常生活中，以引發學生的學習興趣，讓教育之基本原理與生活相結合，以彰顯知識的力量。〈學記〉中所展現的適性揚才的教育方法，與美國教育家杜威（John Dewey, 1859-1952）博士的教育理念「生活即教育，教育即生活」有異曲同工之處。《孝經・廣要道》也說：「移風

[11] 漢・鄭玄注、唐・孔穎達疏：《禮記正義》，卷36，頁653。

易俗，莫善於樂。安上治民，莫善於禮。」[12]可見孔子教導學生進德修業之方法，即把學校教育和個人修身養性以及生活教化結合為一。教育的進行並不限於正式的課堂，生活的處所，隨處隨地皆是教育施行之所，如此始可達到「藏焉、脩焉、息焉、游焉」（《禮記・學記》）之境界。學校教育必須與社會密切聯繫，輔導學生課外生活，透過道德仁藝教育的薰陶，以培育身心健全的國民。

（六）延伸思考

試就「尊師重道」議題，提出你的看法？

1. 「凡學之道，嚴師為難」，現今教育所最缺乏的是尊師重道，學生如果不尊重老師，老師的地位日漸降低，到後來老師的話學生都當作是耳邊風，那學習一定沒有成效，我認為即便各個老師的教法不是每位學生都喜歡，但學生仍然要尊重老師的教學方式，在課堂上專心聽講，老師也才能更盡心而沒有外擾的完成他的教學。
2. 學習最重要的關鍵就是態度，有了良好的態度，才會願意傾聽老師說的話，體會箇中的意義。有了正確的態度，才會尊敬老師、親近老師，願意把自己所遇到的困難請求老師的幫忙。有了態度，才能在學習這條道路上走得更遠。真心想做一件是絕對比別人強迫你還要來得更開心。事情才能做得更完美。
3. 教育從古至今都被視為社會的根本，「君子如欲化民成俗，其必由學乎」。看看現今臺灣的教育體制，有很大的問題：不知道如何去激勵孩子，不知道教育的目的與使命，有時候真的該去感受古人的智慧，因為這一課，我將國小老師強迫我們背的《大學》重新讀讀，思量一番，果真有他的道理：「大學之道，在明明德，在親民，在止於至善。」經過學習，才知道自己的渺小，經過學習，才知道自己的不足，要懷著謙虛的心態去看待這個世界。

---

12 唐・唐玄宗註、宋・邢昺疏：《孝經正義》（臺北：藝文印書館，1998年），卷6，頁43。

綜合上述三段學生的延伸思考範例，可以了解到〈學記〉本身上承孔子的教育思想，予以深刻化、具體化、系統化，蘊含著具體而多元的教育論題，堪稱傳統教育思想文獻的瑰寶，是值得珍視、學習的作品，裡面的觀點值得現代人思考，〈學記〉賦予教師崇高的地位，還告訴我們一些古代的教育方法和尊師重道的重要性，培養高尚的品德和良好的生活學習習慣。印度詩哲泰戈爾（Rabindranath Tagore, 1861-1941）說過：「果實的職務是甜美的，花朵的職務是尊貴的，我願奉綠葉的職務，謙虛的奉獻我一片綠蔭。」教導我們必須伸出援手並盡我們的能力在社會上奉獻自己。的確，研讀〈學記〉讓我們學習到教與學的好方法，我們應該身體力行，將先聖先賢的智慧典範運用到實際的教學理念上，而不是空口說白話。

五　結論

全人教育對臺灣當前學校教育的發展有深遠的影響力，而《禮記・學記》所闡述的教育理論，也蘊涵著全人教育的功能，可以讓每位學生的智能，藉由不同的方式和才華表現出來，並且尊重每位學生的潛能，使專業技能與人文素養能夠相輔相成。在二十一世紀以知識經濟為導向的時代中，全人教育已成為開發學生多元能力，實現全人發展的理想目標。全人教育是一種「心」的教育，「心」的教育精神與內涵，植基在人格的感化與因材施教上，徹底了解學生心性發展，針對其長短與需要，使用適切的不同教材，適時適地加以教導，以塑造學生的健全人格。學生經由閱讀經典名言，領悟到生命的成長、智慧的成熟乃至悟境的提升、生命意義的持續開展，需經過千錘百練，並且記取教訓，以忍耐來磨練自己的心性；以經典名言增長自己的智慧，進而開拓自己宏觀的視野。面對多元文化社會的變遷，我們必需提供多樣化的教材，引領學生懂得明辨是非、思考問題，有能力活用知識來解決問題。

英國生物學家達爾文（Charles Robert Darwin, 1809-1882）曾說：「最有價值的知識是關於方法的知識。」的確，在資訊科技文明日新月異的時代，各級學校的教材內容也需要不斷的發展與創新，掌握住良好的教學方法，也就是掌握住開啟新時代智慧的鑰匙。因此，為人師表者不應該忽略任何一個學生的學習權利，面對個別差異的學生，如何因材施教，以培養學生良好的學習態度，這是教師任重道遠也是最艱難的挑戰。我們樂見今後多元智能教育制度的開啟，在教學活動中注入新意，引導學生適應瞬息萬變的社會為學習的主軸，跨學科的整合，開啟學生全方位的能力，智能教育與文化陶冶相結合。使西方的科學精神和中國傳統的人文精神相互交流；讓古典文學與現代文學兩者相輔相成，為國文教育開拓新天地。因此每位為人師表者，就應該體察時代的需要，掌握世界的脈動，作前瞻性的規劃，並且以教育家劉真（字白如，1913-2012）的名言「樹立師道的尊嚴，發揚孔子樂道的精神」[13]自勉，營造溫馨的終身學習環境，以培育具有多元智慧、宏觀視野、蓄積深厚、知書達禮之e時代好青年。

---

[13] 劉真編：《師道》（臺北：國立教育資料館，1998年），〈序〉，頁2-3。

二　瓊藻薈萃，翰章鑑開

——黃慶萱先生《修辭學》對語文教學的貢獻

劉凱玲*

提要

針對傳統中（國）文系與華語文教學系以及外系選修同學，筆者曾經嘗試以多種修辭學專著為核心編列課綱引導學習；在實踐過程逐漸發現修辭學的教材，就其教學規劃與實踐，存在著「一綱多本」的現象。所謂的「一綱」，是指引導整個修辭學教學系統的綱領；「多本」是指在教材之間多元聯貫，相互比較的教材。「一綱多本」的教材，與教學或研究形成密切的互動，才能使修辭教學得到完整的發展；在必須滿足的教學與研究雙向的需求之下，進而推估修辭學教材流通覆蓋率，可以很客觀的發現，黃慶萱先生纂修之《修辭學》在大專院校甚為普及。推其要，透過黃慶萱先生《修辭學》得以窺看傳統國學的堂奧，亦能與西方語言學接軌。先生對於修辭範例的抉擇縱橫古今，在鑑賞與剖析修辭原則之際，避開了純粹採用語法、辭章的傳統路線，特別加重了文學鑑賞和語境辨析，從新批評出發，汲取現代主義以來對於文化理論、心理學、社會學等觀念來詮釋廣義的修辭。《修辭學》就修辭格提出三十種大的區判，並且針對文學理論與審美意識作了由淺入深的剖析，讓學習者對這門原本艱澀沉重的課程，能夠逐步探涉，入其堂奧；不但為語言教學向下紮根，也啟發了

* 劉凱玲老師，國立臺灣師範大學國文學系文學士、文學碩士與文學博士，在賴貴三教授指導之下，完成碩士學位論文《萌聲·複音·新調——魏晉南北朝佛教文類研究》、以及博士學位論文《中國佛教文學與近現代知識啟蒙暨歷史書寫》，現專任臺北市立中崙高級中學國文教師，並兼任國立臺灣師範大學華語文教學系兼任助理教授。學術研究領域為中國文學史、《文心雕龍》、禪文學、佛學思想、修辭學與國文教學等。

許多國學研修的門徑；黃慶萱先生《修辭學》成為修辭教育各家教材之「一綱」，實有其客觀因素！本文目的在探究黃慶萱教授《修辭學》一書對語文教學的貢獻，也是對先生治學理念的深度觀察，盼能得到方家裁正，並祈光大先生「修辭立誠」的道心。

關鍵詞：修辭學，修辭方法，修辭概念，修辭格分析，修辭語文教學。

一　前言

近現代中學與西學交流的過程中，傳統的經學遭逢的衝擊最大；以經學為中心的傳統國學原本站在學術主流地位，在此風氣推波之下，逐漸式微。

然而，自民國以來，幸有講研經學的學者，將經學導入語文教學，建構在西式教育的流程中，透過高等學府語文教師培養的課程，濡染經典文字與教化；其中，尤其以「修辭學」的講授，效果最為明顯。黃慶萱教授將民國六十四年（1975）迄在臺師大講授修辭學，撰成《修辭學》一書，經過對前人修辭專著的博覽與透析，在先生傳統經學與文學深厚淵博的基礎之上，規畫了傳統國學走進現代漢語教學的進程，引導整個世代透過《修辭學》體大思精的架構，認識漢語獨有的語言深層結構，以及修辭的運轉如何表現妍麗多姿的織錦手法。

二十世紀以來修辭學的研究，在諸多前賢的努力之下已然成熟；進入二十一世紀回顧這些豐碩之成果，從事教學令人感到欣然；但若詳其條理，卻發現多數修辭教學的教材，仍不免受到時代思潮或語文教育功能性的制約，產生了與生活或學理無法兼顧的缺失。比較海內外為高等教育而編纂的修辭學著作，或多或少的仍存在著無法彌縫的差異；如何能夠在傳統與現代的嬗遞過程，汰蕪存菁，面對語言教育，修辭學之教材重新評估或有其必要。

二　修辭學對傳統國學的傳承

一向以來，修辭語文教學透過在辭格句式中蘊含的思想內容，與文字表達特殊的語言模式，來傳遞歷代經典文字，寓寄文學鑑賞與審美價質。不論東西方，修辭學受納任何一個時代的文字交流活動，而東方特有的傳統國學和語文的關係尤為密切；黃慶萱教授在修辭語文教育中導入經史文學，將經學對語文的影響力注入教學，進行文意、語法、修辭[1]等面向的剖析，這是一條繼承傳

[1] 此處指狹義之修辭範疇，亦即修辭格。

統國學必經的途徑；黃慶萱教授著作《修辭學》的內涵與價值能夠獲得普遍的認肯，對語言教育而言，十分具有建設性。

傳統國學與現代語文教育的傳承如何銜貫？這是二十一世紀以來，從事語文教育須面對的思考。筆者透過黃慶萱教授《修辭學》對傳統國學的傳承的方法與內容，嘗試分析歸納《修辭學》一書對於語文教育提供的重要指標，包括：化用經學研究方法於修辭學、普遍取材歷代典籍、萃集各體傳統文學；對於傳統國學之傳承有深切的觀照，同時也影響語言教育的發展方向。

（一）化用經學研究方法於修辭學

經學研究方法，乃承襲先秦兩漢經傳注釋，有文字聲韻的訓詁，有經籍刊本的斠讎刊正，有儒者治經的義理詮釋。參酌前輩學者對於黃教授經學研究的分析，主要致力於《周易》注釋；詹至真在〈黃師慶萱教授《易》學研究述要〉中指出：

> 先生注釋《周易讀本》內容十分豐贍，多元而周密。除劃一章節，以方便學者對照外；復依據前賢說法，增補脫漏字詞；或訂正，或刪減，或只陳列其說。再利用甲金文、《說文》等文字、聲韻學專書，或採前人說法，針對《周易》經傳解析文字。如利用文字學專書釋「易」名稱；說明卦爻辭、《十翼》字詞；依聲韻學原理說解《十翼》字詞；也有少數直接釋字義而未標示引用書籍者；自帛書資料出土後，先生亦開始引用，故自坎卦起，即歸納帛書本與世傳本的異文辨正。[2]

為歸類語詞、分析早期漢語、探索語言史，先生化用了經學研究方法，替修辭學的發展樣貌提供具體的背景、可信的依據；先生的成就有目共睹，將其歸納為三個主要的面向：

---

[2] 詹至真：〈黃師慶萱教授《易》學研究述要〉，《中孚大有集──黃慶萱教授八髒嵩壽論文集》（臺北：里仁書局，2011年3月），頁96-97。

1　分析語詞之形、音、義

在辭格形成之初，汲取先秦思想的表意方式，因此解析各各修辭格的概念須如解經一般，從小學出發，透析語法章法相關的變化，再進入文意旨趣的安立。因此在建構修三十個辭格概念的部分，先生一一的在其「修辭概說」中，持守「先其句讀、後其章篇」的解經途徑作週延的闡釋。

以下就以「析字」修辭格為例，參酌其如何活用經學之研究方法，在「析字」修辭格的概說，先生就造字形體、聲音、意義加以分析：

首先，從象形文字的造字，導出以形體相關的析字概念有「依類象形」的「文」，是獨體的。有「形聲相益」的「字」，是合體的，可以「離合」。

其次，以聲音言：字音的構成，簡要地說，有聲母與韻母。可以用二個字「反切」而「合音」。

第三，以意義言：字與字間，或意義相似，或意義相反，足可由聯想而「牽附」。加上意之引申，義相假借，更可產生「演化」的現象。

最後，歸納出：文字的「離合」為化形析字；文字的「借音」、「合音」為「借音析字」；文字的「牽附」、「演化」為「衍義析字」。

所以，「析字」實在是一種建立在文字形、音、義三要素基礎之上的修辭方法。[3]此一解析修辭概念之方法，實與經學接軌，轉進於文學或語言學的研究。

2　分析早期漢語研究出土文獻

遇到追溯修辭格的類型，以及在漢語史出現的使用方法，《修辭學》第三篇第一章先將「類疊」就字辭和語句的成分作分類，類疊的方式有單音詞（字）、複音詞（複詞）的類疊；有語句的類疊。就類疊的方式有連接的類疊，有隔離的類疊。二者相乘，便有疊字、類字、疊句、類句；在漢語發展上，四者歷史悠久。先生引用甲骨文中「疊字」之例，又以殷商卜辭已多類字，同時列舉《詩經》中豐富之「疊字」與「類字」為古例。「疊句」是由「疊字」一詞類比而得；殷商卜辭已有「疊句」之例，同樣的《殷契粹編考

3　黃慶萱：《修辭學》（臺北：三民書局，2021年6月增定三版十一刷），頁215。

釋》已錄有類句，為數甚多，引出第九三一、第九三二片「王其田」隔離出現四次。[4]先生在《修辭學》第二篇第二章「設問」，第三篇第一章「類疊」以及後續的「對偶」、[5]「排比」[6]都取材先秦甲骨文研究的素材。先生由小學入手追溯辭格，藉著古經書「類疊」之例，凡此皆為化用經學研究之手段。

3 從聲韻學探索語言史

遇到修辭兼有表音與表意交互作用者，例如《修辭學》第三篇第一章「感嘆」，位列所有修辭格之首，是以呼聲表露情感的修辭法；先生歸納東西民族縱然不同，古今語音縱有變遷，而歎詞發音卻大致相近。印歐語系歎詞中的元音大都是α或o，現代漢語同樣的是α或o。古代漢語中的歎詞，如以今音讀出，全是收i、u、ü三種元音。但是，據汪榮寶的《歌戈魚虞模古讀考》，知道唐宋以上以「於」、「吁」、「烏」等嘆詞屬於魚虞模的字，古音為α。又上溯古韻「之」、「咍」同部，段玉裁（字若膺，號茂堂，1735-1815）皆歸之於第一部；所以「之」韻字如「噫」、「已」、「嘻」、「矣」等感嘆詞，古讀如今「咍」韻，元音為αi或e。

這樣一來，知道古人歎聲原不異於今，對於古人的感歎，我們也就能夠「如聞其聲」，進而依其發音來領略他們的喜怒哀樂了。[7]於此章廣引中古及上古音為係聯音讀的方式，推演文言文之嘆辭，古人歎聲原不異於今，歎詞發音大致相近；《修辭學》將「感嘆」位列所有修辭格之首，無異於肯定「感嘆」是語言源頭，更是一切文學最原始最基本最簡單的修辭形態。

現當代的修辭學研究學者，先生應是首位擁有如此豐富的經學素養，又能圓熟化用研究經學之方便的學者；語詞、語法、語音各個面向一一破解，在古今語言變化中溯源探流，針對個別的修辭格作多元且精彩之演繹，更為一般修辭學纂述建立典範。

---

[4] 黃慶萱：《修辭學》，頁547。
[5] 黃慶萱：《修辭學》，頁595。
[6] 黃慶萱：《修辭學》，頁655。
[7] 黃慶萱：《修辭學》，頁39-40。

(二)普遍取材歷代典籍

1　由經籍溯源修辭之根本

觀察近年各家《修辭學》編纂方向，選材多以近現代的文章為分析對象，訴求以生活化語言為例，提供學習理解之媒介。在先生所著《修辭學》一書，不論是「概說」、「舉例」、「原則」，三個大單元中都不乏來自歷代之典籍，就以「引用」一格為對象，尤其能夠觀察其中鋪展的文史典籍何其富麗！在「概說」的部分，先指出「引用」的起源很早。《尚書．湯誓》有：「夏王率遏眾力，率割夏邑。有眾率怠弗協，曰：時日曷喪？予及汝皆亡！」陳述湯曾引夏朝民眾的話語，來支持自己伐桀的主張。[8]其次統括儒家經典中的「引用」，充分表明儒家對聖賢典籍重要性的認識！[9]

接著便指陳中國修辭學史上，第一個提出「引用」者要推《莊子》。《莊子．寓言》開頭就說：「寓言十九，重言十七，卮言日出。」以重言就是重複地位重要者之言論，以期受人重視的意思，也就是本文所稱之「引用」。如姚鼐（字姬傳，齋號惜抱軒，1732-1815）在《莊子章義》一書所說：「莊生書凡託為人言者，十有其九。就寓言中，其託為黃帝、堯、舜、孔、顏之類，言足為世重者，又十有其七」，明引暗用他人之語者，比比皆是，目的主要在增強說服力。[10]

2　緣史傳為典範取援旁證

引用史傳為修辭傳承之旁證，例如提出史傳中有關「文字離合」的故事：引《後漢書．五行志》為例證，[11]說明「別字」、「離合」同義，皆「析字」之原始形式。其後又有《三國志．魏延傳》俗體「角」字可以拆開而成「刀

8　黃慶萱：《修辭學》，頁125。

9　黃慶萱：《修辭學》，頁126。

10　黃慶萱：《修辭學》，頁126-127。

11　獻帝踐祚之初，京師童謠曰：「千里草，何青青；十日卜，不得生！」《後漢書．五行志》，見黃慶萱：《修辭學》，頁216。

用」;《晉書．郭璞傳》「山宗」為「崇」字的離合;以及《新唐書．裴度傳》「非衣為裴，天上有口為吳」皆「化形析字」離合之先例也。

又如「諧音析字」史書中遺有「雙反」的例子，如:《南史．鬱林王紀》、《南史．陳後主紀》「或言後主名叔寶，反語為少福，亦敗亡之徵也。」[12]凡此種種藉著同時代或時代接近的重要典籍，作為早期修辭應用法則的旁證，對於修辭學理論建構，一如經典之疏證，條列重要史料;資助已經失傳或罕見的修辭獲得正確的詮解。

3 摘引典籍分析成語

出於典籍的成語，又是修辭學經常鋪陳的方式;《修辭學》借重成語之例，在文學典籍中上援引成語的例子太多;如《史記．呂不韋列傳》、鍾嶸(字仲偉，?-518)《詩品》「一字千金」、如《三國志．蜀志．諸葛亮傳》「英雄無所用武」、如蒲松齡(字留仙，1640-1715)《聊齋志異．自誌》「牛鬼蛇神」、如李伯元(名寶嘉，以字行，1867-1906)《官場現形記》「拒人於千里之外」。[13]在「引用」辭格的概說中，先定義「成語」是指在語言歷史中形成而流傳下來的固定詞組;有時，它可能還包含著一個歷史故事或傳說。文學史上援引成語的例子太多太多了，先生於其中擇要而述:一字千金語本《史記．呂不韋列傳》，鍾嶸《詩品》將之引用在評論陸機(字士衡，261-303)的〈擬古詩〉十四首中云:「文溫以麗，音悲而遠，驚心動魄，可謂幾乎一字千金。」又如陸游(字務觀，號放翁，1125-1210)〈冬夜讀書有感〉引用「汗牛充棟」、董解元(生卒年不詳)《西廂記》引用蘇軾(字子瞻，號東坡居士，1037-1101)〈春夜詩〉「春宵一刻值千金」，這些來自經典與文學的成語，大量出現在《修辭學》，無異是在語文教育中注入大量傳統國學的精華。

---

12 黃慶萱:《修辭學》，頁222。

13 黃慶萱:《修辭學》，頁132。

（三）萃集各體傳統文學

1　廣蒐文章詩詞為擴伸

古人「賦詩言志」的記載，也提供大量與修辭有密切關聯的篇章；《左傳》襄公二十七年記錄趙孟請七子賦，以觀其志。便陳列了子展賦〈草蟲〉，伯有賦〈鶉之賁賁〉，予西賦〈黍苗〉之四章。子產賦〈隰桑〉，子大叔賦〈野有蔓草〉，印段賦〈蟋蟀〉，公孫段賦〈桑扈〉。[14]

除了上述直接與解經方法相關者，也有引用文章詩詞從旁取證的方式。在說明「諧音析字」的「借音」，引用劉禹錫（字夢得，772-842）〈陋室銘〉「談笑有鴻儒，往來無白丁」，指明「鴻儒」與「白丁」本來非工對；因為「鴻」借音為「紅」，才能與「白」工整地對起來；舊詩中這一種對仗的方式，是利用「借音」來達成的。[15]說明了詩歌中借音與對仗成立的關聯。又引李白（字太白，號青蓮居士，701-762）〈司馬將軍歌〉「狂風吹古月，竊弄章華臺」，以及吳文英（字君特，號夢窗，1200-1260）〈唐多令〉「何處合成愁？離人心上秋」，便在擴伸文字離合的修辭概念。

2　爬梳通俗文學為展演

古代文學作品援引通俗語，在各種文體中多曾出現。《修辭學》介紹俗語的「引用」更自經、史、子、集中摘錄出，包括《左傳》、《戰國策》、《史記》、《文心雕龍》、《資治通鑑》、《平妖傳》、《西遊記》、《十二樓》、《金瓶梅》、《紅樓夢》等十餘條「引用」俗語以求擴增說服力或感染力。[16]

隨文學流變而產生的修辭範例也不在少數，《修辭學》提出後世沿用的例子，包括小說類、詩詞類、聯語類、俚語類；譬如李公佐（字顓蒙，約770-850）《謝小娥傳》、《水滸傳》第三十九回、《西遊記》第二十六回、《儒林外史》第三十二回。[17]之後亦將《全唐詩》收錄之酒令、民間之笑話、謎語納入

---

[14] 黃慶萱：《修辭學》，頁128。

[15] 黃慶萱：《修辭學》，頁221。

[16] 黃慶萱：《修辭學》，頁134。

[17] 黃慶萱：《修辭學》，頁127。

其中，充分展現「析字」格中依文字形體加以離析或合併的現象。

3 展現隨文體遷異而生的修辭變化

修辭學乘載傳統文學推陳出新而與現代文體接軌，在第二篇第四章「仿擬」一格中云：「仿擬儘可能要推陳而出新，歷史上許多有名的文章中的佳句，是前有所本的。」於是陳列歷代的仿擬詩句文意。

以王勃（字子安，650-676）的〈滕王閣詩序〉「落霞與孤鶩齊飛，秋水共長天一色」為例，先整理《文選》及晉宋文集所錄，如劉孝標（本名法武，以字行，462-521）、王仲寶（名儉，452-489）、陸士衡（名機，261-303）、任彥升（名昉，460-508）、沈休文（名約，441-513）、江文通（名淹，444-505）之作，往往都有王勃此式；庾信（字子山，513-581）〈馬射賦〉云：「落花與芝蓋齊飛，楊柳共春旗一色。」便是語句翻新的「仿擬」。至於篇章亦然。以韓愈（字退之，768-824）〈進學解〉為例，其結構實本於宋玉（字子淵，生卒年不詳）〈答楚王問〉、東方朔（字曼倩，154-93 B.C.E.）〈答客難〉、揚雄（字子雲，53-18C.E. B.C.E.）〈解嘲〉、班固（字孟堅，32-92）〈答賓戲〉，但作法不同。〈進學解〉仿效的痕跡還是很明顯的，更能脫化成新的要推蘇軾的〈赤壁賦〉了。在此處透過各篇章之比較，肯定蘇軾之形式意境，更遠勝前人。[18]

接著再觀察「仿擬」對於文體變化產生的效益，作出結論：「詞之為詩餘，曲之為詞餘，固無論矣；新詩亦有縱的繼承、橫的移植等等說法，究其實仍是仿效。」於是試將劉大白（字伯貞，號清齋，1880-1932）〈西湖秋泛〉與蔣捷（字勝欲，號竹山，1245-1301）〈一剪梅：舟過吳江〉上下片之間的因循與變化，作為新詩與宋詞文體嬗變的實例。[19]

狹義的「仿擬」指模仿前人作品而意含諷刺，可稱「仿諷」。至於書寫形式結構相似，主題內容卻不同的仿諷，《修辭學》匯集古今敘事文學，於修辭學中。例如《水滸傳》之與《蕩寇志》，《三國演義》之與民國初年周大荒

---

[18] 黃慶萱：《修辭學》，頁119。

[19] 黃慶萱：《修辭學》，頁120。

（1886-1951）著《反三國演義》，[20]透過這些形式相似，主題迥異的作品，將傳統文學匯集在修辭教學當中。

三　發展建構體大思精的修辭學譜系

黃慶萱教授研究《周易》即已注重《周易》與文學的對應關係，以文學的角度探討《周易》，由文學起源論、原則論，以及它具有文學形式理論中的那些特色；繼而由功能的觀點，提出《周易》對作者、讀者和作品三方面的影響；再分析《周易》在內涵主題與外在形式方面的特質；最後歸納出《周易》在文學史上的地位，深得其旨趣。[21]這樣的構思經學與拓展文學並進的治學之道，延續到《修辭學》，更以劉勰（字彥和，約465-532）之《文心雕龍》作為建構修辭學知識譜系的藍圖。在第四篇餘論中，先生特別推崇劉勰《文心雕龍》是我國古代文學研究的權威之作。內容包括文學本體論、文學現象論、文學方法論、文學批評理論及實際批評、文學史總說及各種文體發展史；而修辭說則融合在整個體系之中。[22]本文將比對《文心雕龍》與《修辭學》之製作體例，嘗試闡明先生著作前有所本，乃克成就其體大思精之規模。

在《修辭學》第一篇闡明何謂修辭學，並確立修辭學的學術體系；依循劉勰《文心雕龍》「文源論」的體製，包括〈原道〉、〈徵聖〉、〈宗經〉、〈正緯〉與〈辨騷〉五篇；建構修辭「本體論」。在《修辭學》第二篇與第三篇，仿效劉勰從〈明詩〉第五到〈書記〉第二十五「文體論」的體製，對於修辭格三十類進行分析示例；而各篇所立之「修辭概念」與「修辭範例」，亦為修辭格成立的總說與分說，與「文體論」的成分功能相似。在《修辭學》第二篇與第三篇各修辭格「修辭原則」，闡明寫作與鑑賞的指導原則；相應於《文心雕龍》第二十六〈神思〉至四十五〈時序〉的文學創作論，至《文心雕龍》第四十六〈物色〉至四十九〈程器〉，對於作者提出創作應注意的原則，與作品優劣與個人

[20] 黃慶萱：《修辭學》，頁123。

[21] 黃慶萱：《周易縱橫談》（臺北：東大圖書公司，1995年3月），〈自序〉，頁5。

[22] 黃慶萱：《修辭學》，頁862。

修養的關係。第四篇附論則一如五十〈序志〉篇，說明著作本書的指導思想。

《修辭學》與《文心雕龍》兩者有相似的規模；除了修辭辭格／文體分類的建構頗為類近，文學批評理論及實際批評，包括辭格文體的根源流變，辭格／文體的形式風格、創作原則、各格／文體文學鑑賞，以文學作品為主要對象，充分的取材進行分析比較。以下即就《修辭學》的修辭概念、修辭範例、修辭原則三個重要體例加以分疏，並將與《文心雕龍》相關聯的文學理論附驥於題識，以清眉目。

（一）修辭概念：文源論，本體論

何謂修辭「本體論」？本體論屬於哲學課題，劉勰在《文心雕龍・序志篇》提出「蓋《文心》之作也，本乎道，師乎聖，體乎經，酌乎緯，變乎騷」。[23]《文心雕龍》的著述，旨在說明文學有其獨立之本體，起源於模擬自然；提倡文學主體的生發，繫乎自然之道。先生將此說序列在中國修辭學的核心概念中，且標舉為《文心雕龍》修辭說的大原則。[24]所謂的「大原則」實則是修辭主體所追求，與劉勰文學本於自然之道的看法一脈相承。道是抽象的本體，有了聖人訴諸文字以利教化，具體的成果都見諸經典；所以先生在《修辭學》闡述劉勰的修辭說，等同於修辭「本體論」的建構；於其後，又指出修辭更具體的法則，是效法〈宗經〉:「一則情深而不詭；二則風清而不雜；三則事信而不誕；四則義貞而不回；五則體約而不蕪；六則文麗而不淫。」以及〈辨騷〉「酌奇而不失其貞，翫華而不墜其實」的創作主張。[25]

中國文學模擬自然的理論，正是由《易》道八卦模擬自然演變而來。先生提出對應「模擬自然」的原則就是「原道」。六爻涵蓋著三才之道，而三才之道實即指陰陽柔剛仁義。[26]《帛書周易・繫辭》:「昔者，聖人之作《易》也，將以順性命之理。是以立天之道曰陰陽，立地之道曰剛柔，立人之道曰仁

---

23 劉勰：《新譯文心雕龍》（臺北：三民書局，2003年6月），頁778。

24 黃慶萱：《修辭學》，頁862。

25 黃慶萱：《修辭學》，頁862。

26 詹至真：〈黃師慶萱教授《易》學研究述要〉，頁124。

義。」劉勰主張文學原於自然之道，「道」落實於「自然」之說；韓愈有「文以志道」，周敦頤（字茂叔，號濂溪，1017-1073）更在《通書．文辭》中揭櫫「文，所以載道也」的意涵。《修辭學》的第一篇緒論，開宗明義解釋什麼叫作修辭學？除了引用《說文》中「修」與「辭」各別的字義，[27]先生由自然景物與人的情感連結，論人與自然的交替設身；曾將「道」與「自然」交融寫照歸納為四類：

1.「景物意象」和「人事意象」交互穿插。
2.「以景託情」。
3.「以情託景」。
4.「借景說理」。[28]

職是之故，先生在第二篇與第三篇各修辭格的「修辭概念」中，也對於修辭與自然之道的關係，分別的加以闡述。

至於修辭學的起源，在本書第四篇〈緒論〉曾說過：中國之有修辭學，是由西方和日本傳入的。先生強調，這樣說，並不意味著我國古代沒有討論修辭的論著，只是未曾把修辭學當作一種專門而有系統的學問看待而已，所以在第四篇修辭學的回顧與前瞻，補充了有關修辭的一系列的論述，整理出傳統文學理論所涵蓋的修辭學說，包括：

1. 先秦修辭說：儒家孔孟荀以及經書中修辭說，道家老莊修辭說，墨家修辭說，法家韓非子修辭說，名家修辭說，縱橫家修辭說。
2. 兩漢魏晉南北朝修辭說：曹丕《典論．論文》的修辭說，陸機〈文賦〉的修辭說，沈約《宋書．謝靈運傳．論》中的修辭說，劉勰《文心雕龍》修辭說，鍾嶸《詩品》修辭說。

---

27 修是修飾的意思。《說文．九上．彡部》、《說文．十四下．辛部》：「辭，訟也。」「修，飾也。」黃慶萱：《修辭學》，頁1。

28 詹至真：〈黃師慶萱教授《易》學研究述要〉，附注83，頁126。

3. 隋唐五代宋元明清修辭說：釋皎然《詩式》等書修辭說，陳騤《文則》修辭說，呂祖謙《古文關鍵》等書修辭說，張炎《詞源》中的修辭說，王驥德《曲律》修辭說，金聖嘆小說修辭說。[29]

直至四、二十世紀修辭學起了變化。外來的修辭學體系成了主流，傳統修辭說卻日漸式微。

（二）修辭範例：文體論，現象論

修辭學發展與歷代的文學思潮習習相關，而修辭體類之形成亦有淵遠流長之根源，必須對於文學發展之現象作同步的觀察；依據第四篇第二章對修辭學的歷代發展回顧，表現在修辭格分類的溯源與分流、中國文學修辭體類風格定型、分體修辭格的運用層面三方面，而這個部分的現象探討，是先生在本《修辭學》中建構修辭學體大思精的主要成果。

1　修辭格分類的溯源

在辭格分類的溯源，在本《修辭學》中多處援引《文心雕龍》。如：「摹況」章引用〈原道〉與〈物色〉，「引用」章參考〈事類〉，「夸飾」章更錄〈夸飾〉全文，「譬喻」、「象徵」兩章則追溯〈比興〉，「對偶」章上推於〈麗辭〉。以及「雙關」章之於〈諧讔〉，「示現」章之於〈神思〉，亦分別說明其中關係。《文心雕龍》對許多辭格的論述，至今仍具有權威性的影響。[30]

2　探究修辭體類風格

關於文體風格方面，前述陸機《文賦》時，亦已附帶提到《文心雕龍》之〈定勢〉。在〈體性〉更歸納出文體八種不同風格；陳望道（字任重，號參一，1891-1977）在《修辭學發凡》分語文的體類凡八：簡約、繁豐、剛健、

---

[29] 黃慶萱：《修辭學》，頁849-896。

[30] 黃慶萱：《修辭學》，頁863。

柔婉、平淡、絢爛、謹嚴、疏放。與劉勰所說，仍若合符節。[31]

3　分析修辭說的運用層面

分體修辭說的出現。在「詩」方面，以唐代釋皎然（720-805）的《詩式》為例；在「文章」方面，以宋代陳騤（字叔進，1128-1203）《文則》和呂祖謙（字伯恭，號東萊，1137-1181）《古文關鍵》為例；在「詞」方面，以宋代張炎（字叔夏，號玉田，1248-1320）《詞源》為例；在「曲」方面，以明代王驥德（字伯良、伯駿，號方諸生，？-1623）《曲律》為例；在「小說」方面，以清代金聖嘆（本名人瑞，以字行，號浉庵，1608-1661）《評點第五才子書施耐庵水滸傳》為例，對此時期的修辭說作簡單的介紹。[32]

（三）修辭原則：創作論、方法論

在《修辭學》第二、三篇分析三十個修辭格各有各的「修辭原則」，附驥於「辭格舉例」之後，詳細的說明了修辭格運用的原則；一則以個別修辭方法切當的掌握，一則以尋求更好地修辭表現，可能有的提攜；由於著重在運用法則，且自成體系，為三十個修辭格從各個方面的需求演繹原則，適應其對應之辭與篇章作詳略開闔，因此可以視為樹立個別修辭格之方法論。至於這三十個辭格所提供的原則，是為認識與研究修辭的共同方法，這些修辭原則在三十個辭格一一呈現，而其效能卻屬層層遞進：

1. 從基本原則的分項陳列，幫助掌握修辭格如何正確使用。
2. 指引修辭格在語言進行中，所帶來的感受與製造的效果。
3. 引用文學理論提供多重的修辭方向，豐富文章的表情。
4. 建立更深一層的修辭體認與規律的探究，發展各種審美的可能。

先生發現《文心雕龍》有關篇章修辭法，〈章句〉、〈附會〉、〈鎔裁〉均論及。

---

[31] 黃慶萱：《修辭學》，頁862。

[32] 黃慶萱：《修辭學》，頁867。

從字、句、章、篇的結構關係說到篇章布局和照應。[33]筆者也期待歸納修辭原則善加利用，未來對於創作教學亦有裨益，將修辭學導向更為寬廣之道路。因此，列舉與寫作相關的修辭原則，藉以窺看各個修辭格方法論背後，實在隱藏著文章運用的指引；譬如針對「設問」提出的五大原則：[34]

1　用於篇首以提起全篇主旨

杜甫（字子美，號少陵野老，712-770）〈蜀相〉詩首聯「丞相祠堂何處尋？錦官城外柏森森。」曾國藩（字伯涵，號滌生，1811-1872）〈原才〉首句「風俗之厚薄，奚自乎？自乎一二人之心之所嚮而已。」自為問答的方式，引起讀者閱讀的興趣。

2　用於篇末以製造文章餘韻

引用王維（字摩詰，699-759）〈山中送別〉和范仲淹（字希文，989-1052）〈岳陽樓記〉都用設問句結束全文，造成文章餘味猶在。

3　首尾均用以構成前後呼應

以朱自清（字佩弦，號秋實，1898-1948）的〈匆匆〉為例，首尾都用設問句「我們的日子為什麼一去不復返呢」，前後呼應，道出了人類永恆的無奈之歎息。

4.連續設問以加強語文氣勢

舉韓愈〈祭十二郎文〉中一段為例，全段共用十一個詢問句，反覆設問，把那種欲疑而不可疑，將信而不能信的心理現象，委婉表出，遂使文章波瀾起伏，氣勢感人。

---

33 黃慶萱：《修辭學》，頁862。

34 黃慶萱：《修辭學》，頁58-65。

5　設計問題以誘導對方認同

分別以《戰國策・趙策》中〈觸讋說趙太后〉及《孟子・梁惠王》其中之對話為例，並且在文後附帶進行正反效果的比較分析。

除了五項原則，各個例證都豐富了關於「設問」寫作的視野。

四　修辭學對應於文學鑑賞與理論

（一）修辭格分析與文學批評

在《修辭學》第一篇第三章提出修辭學向文學批評尋求更廣更深的理論基礎；首先，揭櫫：「文學批評旨在研討文學作品本身的價值，以及作品與作者、讀者、時代、環境間的相互關係。」而兩者的關係構築於「文學批評經常借用修辭學家所說的各種修辭手法，來剖析作品而作出批評；文學批評的結論，也往往可作修辭的指導原則」。在中國最能符合修辭取徑文學理論的專著，非《文心雕龍》莫屬。

《文心雕龍》是一本文學批評專書；裡面也包含一些修辭方式的討論。先生進行比較之後，歸納出例如：〈比興〉，討論到譬喻和象徵；〈夸飾〉，討論到誇飾；〈章句〉，討論到結構；〈練字〉，討論到字質；〈麗辭〉，討論到對偶；〈事類〉，討論到借代，顯示出文學批評與修辭學的同生共源與相輔相成。[35]

至於修辭中運用文學理論顯著的例子，見於第三篇第十章「跳脫」關於「浮雲」二句之突接；《修辭學》特別大規模援引葉嘉瑩教授在〈一組易懂而難解的好詩〉中針對「浮雲蔽白日，遊子不顧返」極為詳盡的賞析，並提出汲引文學理論對於修辭法提供的思辨進路；認為：「葉教授所論，不僅專博採眾說，更能作多向而周延的思辨，展示了「跳脫」修辭法寬大的想像空間，為文學批評與教學提供了卓越的典範。」[36]

《修辭學》為了凸顯「跳脫」辭格，透過相關詩句的文學批評，推動了

---

[35] 黃慶萱：《修辭學》，頁29。

[36] 黃慶萱：《修辭學》，頁834。

理解意境空間的想像；例如在「跳脫」的「修辭原則」，先生指出：「語言跳脫處不僅是一種曲折，一片空白，更是凸起奇峰，並留給讀者遼闊的想像空間。」[37]引用葉嘉瑩教授極為詳盡的賞析「浮雲蔽白日，遊子不顧返」，「跳脫」修辭格的原理更為清晰。

（二）修辭中的審美意識

在《修辭學》第一篇第三章提出美學是研究美的性質及其法則的學問，修辭的媒介符號，包括語辭和文辭；修辭學之作為語言藝術加工的主要手段，與文學具有高度的同質性；自亞里士多德（Aristotélēs，Aristotle，384-322 B.C.E.）以來，便被視為一種藝術，其與美學之血緣關係無比密切。[38]至於修辭與美學細部的對應關係，則從修辭如何成為美的象徵作為對象，觀察修辭風格表現的符號特徵，如何進入秩序、和諧，以及美學上的複雜與變化：

> 「類疊」基於美學上「劃一中的多數」；「對偶」、「排比」都基於美學上「平衡」「勻稱」的原理；「層遞」基於美學上「秩序」、「和諧」之原理；「頂真」基於「統調」；「回文」類於「圓周」；「錯綜」、「倒裝」等則基於美學上「複雜」、「變化」之原理。[39]

先生更進一步從心理感應分析語言與審美經驗的關聯：

> 非但語文上優美形式的設計與美學有密切關係；在意念表出方法之調整方面，也多與「形相的直覺」、「心理距離」、「物我同一」、「內模仿」等美感經驗有密切關係。[40]

語言與審美經驗的關聯後續的探討見於第三篇第一章的「類疊」之法，分析了

---

37 黃慶萱：《修辭學》，頁831。
38 黃慶萱：《修辭學》，頁29。
39 黃慶萱：《修辭學》，頁30。
40 黃慶萱：《修辭學》，頁30。

心理學以及美學上的依據；引用桑代克（Edward Thorndike, 1874-1949）聯結論（Connectionism）的學說，闡明刺激與反應間的聯結就是學習，而刺激反應間的感應結，因刺激次數的增多而加強。把這種學說移用到修辭上，一個字詞語句，如果反復出現，會比單次出現更能打動聽者或讀者的心靈。[41]

就美學方面來說，徐志摩（原名章垿，字槱森，1897-1931）的日記中對於「數大便是美」。關於類疊的美感，則提出桑塔耶那（George Santayana, 1863-1952）在《美感》（*The Sense of Beauty*）一書中的說法：構成無限的原始意象乃是空間，也就是劃一中的多數。這種意象，因為其刺激之幅度、體積、與全在而具有一種有力的效果。具有一種有力的效果。視網膜中的每一個點都受到了同樣的刺激，而且在瞬間中同時感覺到了一切事物的位置信號，給了我們模糊懸宕但是赫然有力的感覺，使我們肅然而慑服。

第三篇第一章導論提出「類疊」的概說引用桑氏這番分析，對於「類疊」在美學上的基礎，有頗為清晰的說明。[42]

先生觀察海峽兩岸有一個全面性探索修辭美學的趨勢；除了前述也引用陳望道《美學概論》中以美學觀點分析了十個辭格：

> 「反復」、「對偶」、「錯綜」、「映襯」、「比喻」、「雙關」、「藏詞」、「借代」、「層遞」、「襯托」。宗廷虎在《探索修辭的美——「修辭學發凡」與美學基礎》（一九八三）對：「排比」、「夸張」、「諷喻」、「示現」、「比擬」、「婉轉」、「避諱」等辭格的美學基礎做了較為專門的分析。[43]

先生也提出王希杰《漢語修辭學》（1983）更把三十一個辭格分別歸到「均衡美」、「變化美」、「側重美」、「聯繫美」之中。他們都不把修辭侷限於語言現象的了解，而將它提升到美學的高度，並作出更全面的闡發。[44]

---

[41] 黃慶萱：《修辭學》，頁531。

[42] 黃慶萱：《修辭學》，頁532。

[43] 黃慶萱：《修辭學》，頁30。

[44] 黃慶萱：《修辭學》，頁30。

（三）修辭中的文學風格

何謂修辭的文學風格？先生特別引用了1913年8月，陳介白《新著修辭學》第三編針對「文體論」的說法。陳氏定義是：「文體為修辭現象歸趣。換言之，就是吾人用文字表現出的思想，成為詞藻，最後統一各種詞藻而具有完整的形者，便是文體。」[45]其後更參考考中國傳統文體分類、西洋修辭學者文體分類，整理歸納了主觀的文體、客觀的文體，前者由作者的風格與興會再細分六種風格；後者由作者的思想性質與言語的特徵再細分十一種文體。陳介白《新著修辭學》在這些修辭學著作中後出轉精，運用美學和心理學使修辭學的理論益為豐富，體系也更為縝密了；受到先生極大的肯定。

先生在第一篇第二章「為什麼要學修辭學」指出：就實際運用而言，修辭學有助於優美辭令的欣賞與創造。[46]修辭學的內容，是研究能使辭令精確生動的理論與規律。在優良的辭令的欣賞與創造雙方面，都顯示出它的功能。

文學風格由文體欣賞入手；透過修辭學，能更容易地欣賞各體文學作品。先生在本論下篇揭櫫修辭格有共同的風格，即第三篇標題所稱「優美形式的設計」；與第二篇本論上篇「表意方法的調整」相較，第二篇重視修辭承載之內涵，第三篇則凸顯形式的風格表現。對於風格與風格之間的統合，也是一種優美形式的設計，先生在第三篇第一章導論提出他獨到的符碼編序理論：

> 「類疊」是同一語言成分，隔離或連接著使用。由於是同一語言成分，所以它是「純一」的；由於有秩序地隔離或重疊接連地出現，又具整齊之美。這種「整齊純一」正是「道生一」，故列為第一章。「對偶」，或基於「對稱均衡」，或基於「對比調和」；「回文」，則基於「迴環往復」；這是「一生二」的兩種修辭形式，故列為二、三兩章。「排比」、「層遞」都必須由三個或三個以上語言成分組成。「排比」注重的是它們之間形式的相同與近似；「層遞」注重的是它們之間層次遞接；「頂真」有

---

[45] 黃慶萱：《修辭學》，頁902。

[46] 黃慶萱：《修辭學》，頁13。

> 兩句的，也有兩句以上的，與「層遞」頗有類似處，重點在要求在上遞下接之間，有一個相同的詞語作關健。它們或講究「節奏韻律」，或講究「比例得宜」，都是「二生三」的成果，故列為四、五、六章。[47]

上文引用先生在第三篇的導論，分析「類疊」、「對偶」、「回文」、「排比」、「層遞」、「頂真」各自獨特之形式風格，並且有條件的安排各辭格的先後章節。

討論修辭與文學風格，在第四篇第二章修辭學的回顧，由先秦修辭說為先導，一路介紹到二十世紀，徵引各家文學批評所立下的鑑賞評論，對於修辭的文學風格，與西方文學理論相互發明，穿針引線，達到凸顯文學風格的目的。

五　整合中西修辭語文教學的內涵與方向

筆者任教於華語文教學系，在教材選擇時須考量學生漢語的學習背景的差異，如何將對外漢語修辭學與漢語作為母語的修辭學作結合？對外漢語修辭學與漢語作為母語的修辭學有些不同。前者是針對外語教學或第二語言教學的，後者是針對母語教學的。它們的相同之處在於研究的都是以漢語為手段的修辭。它們的差別主要表現在研究對象內部的側重點不一樣，研究角度不同，研究目的不同。在二十世紀之前此漢語修辭說多屬漢文化內部的傳承、創新與發展。偶如魏晉南北朝聲律論的興起之受梵唄影響，只是少數的例外。到了二十世紀，外來的修辭學體系成了主流，傳統修辭說卻日漸式微。先生透過《修辭學》整合中西修辭語文教學的內涵與方向，其成就影響深遠，分述於後。

（一）分辨修辭學的定義與歸屬

關於修辭學中西語文教學的內涵，分成廣義與狹義兩個面向，先生所說狹義的修辭，有主張修辭學屬於行為科學中的語言學的分科。依據北京大學語言學教研室編《語言學名詞解釋》（1978）修辭學是以修辭的規律、方法和語言

---

[47] 黃慶萱：《修辭學》，頁527。

手段的表現為研究對象的科學。它是語言學中的一個獨立部門。[48]先生又綜合王力（字了一，1900-1986）、譚永祥、陳望道的觀點，提出一修辭學的定義：

> 修辭學是研究在不同的語境下，如何調整語文表意的方法，設計語文優美的形式，使精確而生動表達出說者或作者的意象，期能引起讀者之共鳴的一種藝術。[49]

循此定義，充分的傳達了古今中外修辭學所應發揮的語文教育功能；先生即納修辭學在語言學的分科中歸屬於國文學系，指出：「就學術體系而言，修辭學居於國文系基礎學科的最高層。」是在文字、聲韻、訓詁、文法知識層面之上，更增加了價值的判斷與理想的追求，所以「就實際運用而言，修辭學有助於優美辭令的欣賞與創造」。[50]這些想法和傳統修辭的知識範疇相吻合，也是學習修辭與研究的基本範疇。自狹義的修辭出發，將修辭學設定在語言學習的專門知識中。「語言學是一種考察語言的本質、構成、發展、變遷跟分布等現象及其法則的學問。修辭學所修的辭，是言辭以及言辭的紀錄。對於自己所修飾的對象──語言，自不能不有所了解。傳統的語言學包括語音學、詞彙學、語法學」。[51]

《修辭學》緒論第一章先生從學術整體結構作分析，來探討修辭學的性質，羅列各種觀點，並指出狹義的修辭學轉向的內在因素：

> 語言的運用和表達效果，需要有多方面的條件和因素；因此，修辭和語音學、語義學、文章學，心理學和美學等都有很密切的關係。[52]

說明語言的運用和表達效果，需要有多方面的條件和因素；因此，修辭和語音

48 黃慶萱：《修辭學》，頁11。
49 黃慶萱：《修辭學》，頁12。
50 黃慶萱：《修辭學》，頁13。
51 黃慶萱：《修辭學》，頁24。
52 《語法與修辭》引自黃慶萱：《修辭學》，頁12。

學、語義學、文章學，屬於藝術的一種。先生引用了：

> 修辭學是一門多學科性的邊緣科學。修辭學應該從這些有關學科中汲取豐富的知識營養，開拓更廣泛的研究領域，進一步探討和解決理論和實踐中的各種修辭問題。

這仍是以單一學科的屬性，來看待修辭學；但是到緒論第三章「怎樣學修辭學」就有了「向邏輯學、心理學、語言學、社會學、文學批評、實驗美學、哲學進軍，以求修辭學有更廣更深的理論基礎」。[53]這是先生對於擴大修辭學範疇進一步研究與學習的主張；在《修辭學》中先生雖然未劃分狹義與廣義，但是其先進之眼光，已經將修辭學的定義與歸屬，做了分野。關於邏輯學的運用，緒論第三章提出：

> 二十世紀新修辭學崛起，按照這一學派的觀點，修辭學是一種實用學科，其目的不僅僅在於產生藝術品，而更在於通過言語說服聽眾。作為一種論證法的學說，新修辭學以推論技巧為研究對象，以激發或增強人們內心對某些論點的同意為目的，也要考察使論證得以開始和發展的條件以及論證的效果。為了使聽者從已知前提出發，達到說者預期的結論，可以運用的論證方法有：引用例證、借助類推、陳述後果、同理類比（a pari）、層進推理（a fortiori）、對立推理（á contrario）、以及引用經典。[54]

先生並肯定邏輯論證之作為修辭學的重心，在新修辭學派的學說裡，再度得到了發揚。再從修辭現象的分析上觀察，舉例證明邏輯法則是修辭方式之一。[55]

修辭的「辭」，也就是語言，是伴隨著人類社會的形成而產生的，在一定程度內反映出社會的形態。辭既是情意的呈現，也是信息的載體，在社會活動

---

53 黃慶萱：《修辭學》，頁21。

54 黃慶萱：《修辭學》，頁22。

55 黃慶萱：《修辭學》，頁22。

中起著溝通媒介的作用。所以無論在語言的產生和語言的功能方面來考察，修辭學與社會學都有密切關係。[56]

先生主張修辭學心理學之間的關係十分密切的。許多修辭方式是以心理學作基礎的。例如：和譬喻方式的成立，基於心理學上的類化作用（Apperception）；「夸飾」格的成立，基於心理學上的好奇心理，「婉曲」、「倒反」、「映襯」、「轉化」、「借代」、「雙關」、「示現」的運用，也都和心理活動有密切關係。所以，心理學的了解有助於修辭方式的掌握。[57]

希臘早期的修辭學，事實上是搆辯爭訟，強詞奪理的技術。在柏拉圖（Plátōn，Plato, ca.427-347 B.C.E.）的《對話錄》（*Seven Dialogues*）中，修辭術曾被當作一種哲學論題而展開雄辯。羅馬時代，修辭學家西塞羅（Marcus Tullius Cicero, 106-43 B.C.E.）呼籲，題材與言辭結合，情思與表達為一，倫理與格式並重。他認為雄辯家（亦即修辭學家）也可稱為哲學家，雄辯術為哲學家知識冠冕上添加無比優美的文采。昆悌廉（昆體良，Marcus Fabius Quintilianus, ca. 35-100）的見解也略同西塞羅，在其所著《雄辯家的教育》（*Institutio Oratoria*）中，他把哲學、法律、道德、政治等，納入修辭學中。以為不作善人的人，到底是不能成為修辭學家的。修辭學家要有辯說的天才與高尚的情愫。[58]二十世紀中葉，語言分析哲學出現，他們特別重視語言與哲學之間的聯繫。例如：吉爾伯特．賴爾（Gilbert Ryle, 1900-1976）強調排除哲學命題中語言混亂，正確地了解語詞的意義及在不同語境中的用法。約翰．奧斯汀（John Austin, 1790-1859）認為哲學的使命在闡釋，而闡釋始終是一種語言行為。[59]後來的研究與著作受其啟發，分辨修辭學更為明確，遂區隔為廣義與狹義的範疇。[60]

先生在第一篇第一章對於中外學者釋「修辭學」除了鑑別狹義與廣義的修辭概念，也將修辭學的定義與歸屬作了詳細的分辨。

---

[56] 黃慶萱：《修辭學》，頁27。

[57] 黃慶萱：《修辭學》，頁24。

[58] 黃慶萱：《修辭學》，頁31。

[59] 黃慶萱：《修辭學》，頁32。

[60] 黃慶萱：《修辭學》，頁21。

（二）修辭格的語言規律闡釋與例證

修辭是人類將修辭思維外化為修辭行為、修辭作品的過程，是人類認知世界的優化的、個性化的、情感化的、意圖化的模式，是人與客觀世界人性地對話的交流系統、交流方式、交流過程。所以修辭學也不僅僅是語言學的一門分支學科，不能僅用語言學的理論和知識去研究它，正如王希杰教授說：「真正科學的修辭學就是從語言世界與物理世界、文化世界、心理世界之間關係模式中考查語言的表達效果而得到的規律規則的理論體系。」[61]

對外漢語修辭學的研究對象是外國人與中國入之間以及外國人之間的漢語修辭交際，漢語作為母語的修辭學的研究對象是中國人之間的修辭交際。這兩種修辭交際的主體的漢語知識和文化知識以及民族心理是不一樣的。對大多數中國人來說，漢語作為母語是從小習得的。

這種漢語習得的過程，同時也是一種漢語運用規律的習得過程。修辭過程中所關涉的各種因素，如修辭手段、修辭方法、修辭者的民族心理，以及漢民族的社會結構、人際關係等，他們都在不知不覺中習得。而對外外國人來說，這些則都是陌生的，因此這部分內容應深入研究。例如《修辭學》之分類，出現在口語、對話、俗語、俚語等交流活動當中，作統整之後：

上篇之六、藏辭：1.成語藏詞法，2.俗語歇後法。

上篇之七、飛白：1.方言，2.俚語，3.吃澀，4.錯別，5.特殊語言。

上篇之八、析字：1.化形析字，2.諧音析字，3.衍義析字，4.綜合析字；近年析字在網路平臺大量出現。

上篇之十七、雙關：1.字音雙關，2.詞義雙關，3.語意雙關。

上篇之十八、倒反：1.倒辭，2.反語。

下篇之十、跳脫：1.突接，2.岔斷，3.插語，4.脫略；跳脫是一種跳動、突出、脫略的語言，用以表達急迫、突兀、複雜等等的事件，那真是能

---

[61] 張宗正：《理論修辭學——宏觀視野下的大修辭學》（北京：中國社會科學出版社，2004年12月），頁62。

> 與內容密切配合的好形式。[62]跳脫必須使語意含蓄，[63]不曾說全的話，大部可以從上下文推知，即所謂「得其意於語言之外」。[64]

在白話文方面，例如：第二篇第九章「轉品」的舉例，都採自現代口語及文學作品。[65]中國有把修辭與確立社會規範，把修辭與做人聯繫在一起的悠久傳統。中國現代修辭學家大多強調言語交際活動中的表達過程，藉以達成：

1. 總結、歸納各種修辭手段和修辭方法，闡釋它們的結構和功能。
2. 概括修辭原則或修辭規律。
3. 對各類語言的修辭活動的詳細描述。

（三）闡明個別修辭方法運用的準則

研究修辭學常用的方法，有觀察、歸納、比較、分析、統計等。

上述的修辭研究方法，為二十一世紀以來發展的理論；在先生的論述中雖然並未具體羅列，但是細心探究，可在第三章「怎樣學修辭學」的幾個要項中，發現其條理；在其他章節亦有相關的陳述，筆者嘗試統整其條貫，亦與當前之修辭理論若合符節，相互對照，增益教學之成效。

1 觀察法

修辭研究經常採用觀察法，從修辭格的觀察入手，作辨識彼此差異的依據，例如：有故意說句方言俚語，寫個錯字別字，亦有一種趣味在，這是「飛白」第七。摹況演變到此，峰迴路轉，再就文字語法上講求變化，於是有「析字」第八，「轉品」第九。由字、詞而語句，你可以把語句講得委婉曲折些，也可講得誇張些。於是有「婉曲」第十，「夸飾」第十一你更可以把實際上不

---

62 黃慶萱：《修辭學》，頁834。
63 黃慶萱：《修辭學》，頁835。
64 黃慶萱：《修辭學》，頁836。
65 黃慶萱：《修辭學》，頁255。

聞不見的事說得如見如聞，於是有「示現」第十二。

以上大致上屬單一意念之表出。單一意念之外，還有複合意念。有以甲喻乙的，是「譬喻」第十三；有借甲代乙的，是「借代」第十四；有視甲為乙的，是「轉化」第十五；有甲乙相對照的，是「映襯」第十六；有說甲意兼指與甲音義相關的乙的，是「雙關」第十七；有說甲，意卻指與甲意思相反的乙的，是「倒反」第十八；有說甲暗示乙的，是「象徵」第十九。至於「呼告」第二十，中有帶示現性質、譬喻性質與轉化性質的，就學習心理而而言，必須在「示現」、「譬喻」、「轉化」之後才可以討論。[66]觀察法是修辭研究的基本方法，多數的修辭格之間有相似的用途，觀察差異的緣由才能正確的分辨辭格。

2　比較法

修辭研究採用比較法，可以比較成功的用例和失敗的用例，也可以比較一般用法和特殊用法，例如修辭學所說的「轉品」，實際上就是文法學所說的「變性」。一個詞彙，改變其原來詞品而在語文中出現便成為特殊的用法；[67]在比較各種變化之後，提出消極的原則和積極的原則來比較成功的用例和失敗的用例；一不可造成意義的晦澀。一不可產生意義的分歧。不要用作辭窮的補救。一豐富語言意蘊，使之簡鍊。靈活驅遣方式，增其神味。開拓感受面向，求其新穎而具體。[68]

跟比較法有關的修辭格作例證，「借代」跟「譬喻」很相近。「譬喻」是拿甲事物比方說明乙事物；「借代」是拿甲事物代替乙事物。尤其「借代」和「譬喻」中的「借喻」，差別更為微細。接著引用黎運漢、張維耿合著的《現代漢語修辭學》，以及李若鶯《論「借喻」與「象徵」、「借代」之異同》為例，進行借代修辭格與其他類似之修辭格作比較。[69]

《修辭學》第二篇第二章設問就語句表出的形式方面，比較一下設問句的

---

[66] 黃慶萱：《修辭學》，頁36。

[67] 黃慶萱：《修辭學》，頁241。

[68] 黃慶萱：《修辭學》，頁266。

[69] 黃慶萱：《修辭學》，頁256。

效力。假如把語句表出的形式粗分為四：敘事句，表態句，判斷句，詢問句。在這四種形式中，詢問句文多波瀾，語氣增強，最能引起人的注意，表態句跟判斷句次之，敘事句最差。[70]

對於修辭研究須先取例，找到具有參考價值的文學作品，對修飾文辭和語辭兩方面進行比較，才有具體的根據。譬如「現代」、「古典」作品的比較，「現代」文學作品將語言與文學作密切結合；「古典」文學作品能告訴我們文學修辭的源流發展。相較於「中國」文學作品，「外國」的文學作品能提供我們文學修辭的比較材料。[71]

3　**分析法**

「分析法」指從社會各階層人士的談話中，從古今中外文學名著中，覓取修辭實例，分析比較，使修辭學有更多更大的實用價值。[72]比如在《修辭學》第三篇第九章的「倒裝」，是談話時為了引起別人的注意，以奇特的句法增加文章的波瀾；於是先分析了幾種藉「倒裝」以顯露說話者的心境的方式：

（1）拍攝語者的心境

例如將「馬路的那一邊起火了。」倒裝為「起火了，馬路的那一邊。」顯現出面臨危急之際的對話，我們的語言常常不顧語法結構，而依照經驗過程來宣露，所以「倒裝」在談話中描寫了人物心理上的發展，如同攝影的作用。[73]

（2）追求語感的鮮活

異於尋常，「倒裝」、能使語感新鮮。而且倒裝句或把賓語、謂謂語提前，或把形容詞、副詞挪後，獨立成一句讀，長句短化，也使得句子活潑。例如把同一意思區分成三種句型：

---

[70] 黃慶萱：《修辭學》，頁51。
[71] 黃慶萱：《修辭學》，頁34。
[72] 黃慶萱：《修辭學》，頁32。
[73] 黃慶萱：《修辭學》，頁818。

吾久不復夢見周公矣。——敘事句

吾不復夢見周公久矣。——表態句

久矣！吾不復夢見周公。——倒裝的表態句

經過三種談話的句型分析，可以發現表態句要比敘事句有力，而倒裝的表態句又比表態句鮮活。[74]

（3）參考語法的發展

在「倒裝概說」節，探討古漢語的各種倒裝現象；在「倒裝舉例」節，又把現代漢語中的倒裝情況作分類說明。兩相比對，發現現代漢語語法較古代漢語更為謹嚴，更具規範，更有系統。如：「吾誰欺」、「毋我忘」之類，在古漢語中，語法條件非一，又多例外情況，現代漢語已捐棄不用了。這些都是良性的發展，但是，過分接受印歐語系語法影響，新的倒裝也出現了；如對話中說話人之介紹，古代多採「先人後言」的有意倒裝，「先言後人」則略似現代小說對話的表達法。這些倒裝，合乎語法發展趨勢，不應迴避且無去迴避。[75]

引用上述修辭格例之分析，充分的考慮了語言發展的各個面向，對於修辭格的研究提供很實用的範例。

4　歸納法

歸納法講求的方法，正和價值學科中的其他學科，如倫理學、美學等一樣，修辭學學必須把基礎建立在行為科學之上。從人類實際的語言、文學活動中，歸納出修辭的法則，方能使修辭學不致發生理論與實際之脫節；從而擴大修辭學在實用上的重大效果。[76]歸納法是修辭研究中最主要最基本的方法。修辭的研究需要從交際活動中的大量的事實出發，收集大量例子，放在一起考察，找出其中的一般規律。因此在《修辭學》第一篇第三章「怎樣學修辭學」

[74] 黃慶萱：《修辭學》，頁819。

[75] 黃慶萱：《修辭學》，頁820。

[76] 黃慶萱：《修辭學》，頁33。

便強調從社會各階層人士的談話中取例。

又如同《修辭學》第二篇第十四章「借代」就經過大量收集比對，歸納陳介白《修辭學講話》中，「借代」就全歸入「譬喻」，名為「提喻」與「喚喻」。[77]陳望道《修辭學發凡》的分類法前八類，把前四目稱為「旁借」，後四目稱為「對代」。已自臺灣師大國文學系退休的曾忠華教授於此八目之外，更增三目，見其所著《作文津梁》。《修辭學》分「借代」為十一類，前八類是採用陳望道《修辭學發凡》的分類法，附加後者之三類，歸納為十一類。[78]

5 **統計法**

在本書亦見採取運用數據整合，分項記錄的研究方式；在第二篇第五章分析「引用」辭格，並進行統計儒家經典中的引用數量：《論語》言《詩》凡十四次，其中引《詩》者二次；言《書》凡三次，其中引《書》者二次。《孟子》七篇，言《詩》凡三十七次，其中引《詩》者二十七次；言《書》凡十二次，其中引《書》凡十一次。又述及仲尼六次，丘一次，孔子七十八次，共八十五次，《荀子》引《詩》達七十次，引《書》十二次，引《易》三次，引《傳》曰二十次。透過統計法充分表明儒家對「引用」修辭的重視。[79]

在定位了先生採用這些方法的範式，進一步的綜合上述五種現代學科研究方法出現在《修辭學》的比重：採用最多的是觀察法，其次是比較法，在三十個修辭格的篇章中普遍的使用這兩種方法。研究採用比較法多於分析法，而分析法又多於歸納法；而統計法又較前四種方法罕用。職是之故，不妨將先生對於修辭學研究譬況為「辭海鍊金」。初步大量淘採語言素材，探究其源頭本質與用途，辨識彼此差異，再萃取修辭之妙要，歸結出澄明堅固的修辭理論。進行的方式，不外是語言學研究的幾個主要方法：觀察法；比較法、分析法、歸納法、統計法。

---

77 黃慶萱：《修辭學》，頁357。

78 陳望道：《修辭學發凡》（上海：大江書鋪，1932年），第五篇，頁203。

79 黃慶萱：《修辭學》，頁126。

六　結語

本題總括先生《修辭學》對語文教學的貢獻；將之歸納為四個主題之中：

（一）闡發修辭學對傳統國學的傳承。

（二）發展建構體大思精的修辭學譜系。

（三）修辭學對應於文學鑑賞與文學理論。

（四）整合中西修辭語文教學的內涵與方向。

先生學問博大精深，著述《修辭學》蔚為大觀。弟子摘要淺述，且無暇旁顧其他專家之論述；謹能奉圭璋，闡述先生畢生努力，編修精鍊的皇皇巨作。於此再三拜讀，反覆推敲；一方面鑽研效法，一方面期待拋磚引玉，盼有賢達先進，集結學術專長與教學經驗，更為深入且有系統的整理書中精華，以開啟研究修辭學之妙鑰，將先生苦心建構語文教育的繁花玉樹，生生不息的傳延下去！

筆者自就讀臺灣師大國文學系有幸受到先生雙重之啟蒙，修習《易經》與「修辭學」兩門，今日又幸蒙賴師貴三教授栽成，在「學，然後知不足；教，然後知困」的過程中，受益於夫子甚多！因是感念，以夫子著作的《修辭學》為藍本，勾勒其輪廓、提抉其精微，將深受先生之心血澆灌的語文教學心得併入其中，以饗諸多喜愛、沉浸於《修辭學》的同好學人，並向先生祝福——百壽松柏，貞幹長青。

三　續談《易傳》中的「以……也」句

陳威瑨*

提要

《易傳》中的「以……也」句，主要分佈於《周易・小象傳》中，另有少數出現在〈文言傳〉、〈繫辭傳〉等處，共46例。張麗麗在〈《易傳》中的「以……也」句〉（以下簡稱「張文」）中注意到，此句相關之解讀，在歷來注疏與現代譯本中呈現頗為分歧的結果，有相當大的探討空間，需要判斷各家解讀表現合理與否。張文的研究進路為句式結構分析，並取得了豐碩的成果。相對於此，本文嘗試再度立基於《易傳》之解經模式，以之為切入點來探討此問題，盼能有助於進行揀擇分判工作，以更妥當地面對該句分歧解讀問題。

關鍵詞：《易傳》，「以……也」句，張麗麗，句式結構，解經模式。

---

* 陳威瑨教授，國立臺灣師範大學國文學系文學碩士、博士。現為國立臺灣大學中國文學系專任副教授，曾榮獲國立臺灣大學獎勵新聘特殊優秀人才（2017-2020），並任京都大學教育學研究科外國人共同研究者、國立臺灣師範大學國文學系兼任助理教授、中央研究院中國文哲研究所博士後研究員。研究領域為《易》學、日本儒學，著有：《從易經談人類發展學》（與賴世炯教授、林保全教授合著）、《日本江戶時代儒家《易》學研究》（榮獲2013年「第三屆思源人文社會科學博士論文獎・哲學學門」首獎）等書，以及單篇論文與翻譯日文學術論文數十篇。

一　前言

本文初稿原於2019年11月15日，發表於中央研究院中國文哲研究所「經學史重探（I）──中世紀以前文獻的再檢討第四次學術研討會」，承蒙臺灣師大國文學系陳廖安教授惠賜寶貴意見。2021年3月，三民書局出版發行黃慶萱先生注譯完成之《新譯周易六十四卦經傳通釋》（上），此書體大思精，更適合成為本文探討對象；但至本文完成前，因卷帙浩繁，全書尚未出版完畢，故本文在涉及黃先生部分，仍配合張麗麗教授之相關先行研究，維持原貌。

二　句式探討之研究成果

首先，簡單介紹張麗麗在〈《易傳》中的「以……也」句〉[1]一文（以下簡稱「張文」），在此議題上，以句式探討為研究進路之成果。張文呈現了「以……也」句在現代解讀《周易》時產生的分歧結果，文中以（一）南懷瑾（1918-2012）、徐芹庭《周易今註今譯》，（二）黃慶萱《周易讀本》，（三）黃壽祺（1912-1990）、張善文《周易譯注》，（四）劉大鈞、林忠軍《周易經傳白話解》，（五）陳鼓應、趙建偉《周易注譯與研究》，（六）李申《周易經傳譯注》，以及（七）金景芳（1902-2001）、呂紹綱（1933-2008）《周易全解》等七部現代《周易》譯本為範圍，全面歸納「以……也」句在各家譯本解讀中的句式。為利於以下之討論，在此不避煩瑣，將張文所繪之表格引用如下：[2]

1　張麗麗：〈《易傳》中的「以……也」句〉，鄭吉雄編：《周易經傳文獻新詮》（臺北：國立臺灣大學出版中心，2010年），頁149-187。

2　張麗麗：〈《易傳》中的「以……也」句〉，頁154-155。其中因黃慶萱《周易讀本》並非全譯本，故將未有翻譯之部分歸之於「無譯文」。另，翻譯中以「是說」來解釋者，屬釋義句，在表中亦歸於原因句。

表一：張文對七家現代譯本之《易傳》「以……也」句解讀結果的整理

編號	出處暨原文	1 原因句	2 目的句	3 結果句	4 並列句	5 順承句	6 受修飾句	7 憑藉名詞組	8 狀中結構	無譯文
1	〈乾卦・文言傳〉:「時乘六龍，以御天也。」		2	1	2		1		1	
2	〈坤卦・象傳〉:「含章可貞，以時發也。」	4							3	
3	〈坤卦・象傳〉:「用六永貞，以大終也。」	3	1	2		1				
4	〈屯卦・象傳〉:「即鹿无虞，以從禽也。」	4		3						
5	〈蒙卦・彖傳〉:「初筮告，以剛中也。」	4						3		
6	〈蒙卦・象傳〉:「利用刑人，以正法也。」	1	3		1				2	
7	〈需卦・彖傳〉:「位乎天位，以正中也。」			2	4				1	
8	〈需卦・象傳〉:「雖小有言，以終吉也。」			7						
9	〈需卦・象傳〉:「酒食貞吉，以中正也。」	7								
10	〈訟卦・象傳〉:「訟元吉，以中正也。」	7								
11	〈師卦・象傳〉:「長子帥師，以中行也。」	4		1					2	
12	〈師卦・象傳〉:「大君有命，以正功也。」	3	3		1					
13	〈比卦・彖傳〉:「原筮元永貞无咎，以剛中也。」	6							1	

編號	出處暨原文	1 原因句	2 目的句	3 結果句	4 並列句	5 順承句	6 受修飾句	7 憑藉名詞組	8 狀中結構	無譯文
14	〈比卦・象傳〉:「外比於賢，以從上也。」	4	1		1	1				
15	〈泰卦・象傳〉:「包荒得尚于中行，以光大也。」	4		1					2	
16	〈同人卦・象傳〉:「同人之先，以中直也。」	6						1		
17	〈豫卦・象傳〉:「不終日貞吉，以中正也。」	7								
18	〈剝卦・象傳〉:「剝牀以足，以滅下也。」	5		1						1
19	〈復卦・象傳〉:「不遠之復，以修身也。」	1	1						4	1
20	〈復卦・象傳〉:「休復之吉，以下仁也。」	3	1		1				1	1
21	〈復卦・象傳〉:「中行獨復，以從道也。」	2	3	1						1
22	〈坎卦・彖傳〉:「維心亨，乃以剛中也。」	7								
23	〈離卦・象傳〉:「履錯之敬，以辟咎也。」	1	5	1						
24	〈離卦・象傳〉:「王用出征，以正邦也。」	1	6							
25	〈遯卦・象傳〉:「嘉遯貞吉，以正志也。」	4	1						1	1
26	〈大壯卦・象傳〉:「九二貞吉，以中也。」	6								1
27	〈晉卦・象傳〉:「受茲介福，以中正也。」	4		1				1		1

編號	出處暨原文	1 原因句	2 目的句	3 結果句	4 並列句	5 順承句	6 受修飾句	7 憑藉名詞組	8 狀中結構	無譯文
28	〈睽卦・象傳〉:「見惡人，以辟咎也。」		6							1
29	〈蹇卦・彖傳〉:「當位貞吉，以正邦也。」	2	2						2	1
30	〈蹇卦・象傳〉:「大蹇朋來，以中節也。」	4		1				1		1
31	〈蹇卦・象傳〉:「利見大人，以從貴也。」	4	1		1					1
32	〈解卦・象傳〉:「公用射隼，以解悖也。」	3	2	1						1
33	〈益卦・象傳〉:「告公從，以益志也。」	3	1						2	1
34	〈困卦・彖傳〉:「貞大人吉，以剛中也。」	6								1
35	〈困卦・象傳〉:「乃徐有說，以中直也。」	6								1
36	〈井卦・彖傳〉:「改邑不改井，乃以剛中也。」	6								1
37	〈鼎卦・象傳〉:「利出否，以從貴也。」	4	1		1					1
38	〈艮卦・象傳〉:「艮其輔，以中正也。」	3	1	1				2		
39	〈艮卦・象傳〉:「敦艮之吉，以厚終也。」	6							1	
40	〈歸妹卦・象傳〉:「歸妹以娣，以恆也。」	5	1							1
41	〈歸妹卦・象傳〉:「其位在中，以貴行也。」								6	1

編號	出處暨原文	1 原因句	2 目的句	3 結果句	4 並列句	5 順承句	6 受修飾句	7 憑藉名詞組	8 狀中結構	無譯文
42	〈既濟卦‧象傳〉:「七日得，以中道也。」	5						1		1
43	〈繫辭下傳〉:「尺蠖之屈，以求信也。」		5	1						1
44	〈繫辭下傳〉:「龍蛇之蟄，以存身也。」		5	1						1
45	〈繫辭下傳〉:「精義入神，以致用也。」		4	2						1
46	〈繫辭下傳〉:「利用安身，以崇德也。」		4	2						1
	總數	155	60	30	12	2	1	9	29	24

接著，張文分析「以」和「也」在先秦時之功能，並據此來論「以……也」句較可靠的解讀。就張文的分析結果而言，「以……也」結構為判斷句，又分為單純型與複雜型兩種。單純型指「以」字詞組直接包接在「也」字句之下，複雜型為「以」和「也」中尚有另一層次，以狀中結構最為常見。單純型中，「以」可引介原因句、目的句、結果句和憑藉名詞組；至於並列句、順承句和受修飾句，因不能和「以」字單獨成句，無法成為判斷內容，故不能與「也」字搭配，不適合被「以」字引介。另外，若解讀為結果句，另需慎重考量，因為恐與「也」字之判斷句性質相衝突，並非常態用法。

確立此原則後，張文對各家解讀進行綜論，其觀點可撮要如下：

一、「以……也」句最普遍之用法為原因句，七家譯本中，南懷瑾與徐芹庭、黃壽祺與張善文，以及陳鼓應與趙建偉較常以原因句來解讀。各家一致解讀為原因句之例共有8者，皆搭配「中」、「中正」、「剛中」等形容詞謂語，可看出各家解讀明顯受到「以……也」句謂語性質之牽制。

二、「以……也」句第二大功能為引介目的句，從表中可看到有17例同時被解讀為原因句與目的句。其中一種情況是表達個人意願的原因句，其概念等同於目的句（例如「因為要……」等於「為了……」）；另一種情況是整體的意義解讀不一致而導致不同句型判斷的分歧，此時便須透過其他因素來進一步釐清。以句法角度而言，若「以」字後出現主語，或是省略之主語與上句主語一致，則解為原因句與目的句皆可；若不一致，則宜解讀為原因句。

三、「以……也」句第三種常見用法為引介憑藉名詞組，然尚需考量其他因素，方能判斷其是否為正確解讀。

四、結果句並非「以……也」句的常態用法，故將之解讀為結果句的話，需十分慎重。惟〈需卦．小象傳〉「雖小有言，以終吉也」，因含有「雖」字，表讓步關係，亦屬一種因果關係，故屬結果句。而此時標誌上下句關係之字便不是「以」而是「雖」。

五、將「以……也」句解讀為並列句、順承句和受修飾句之解釋皆不適當。

六、《易傳》中亦有不少複雜型的「以……也」句，然皆作狀中結構，「以」字表憑藉義。至於省略介詞賓語者，如〈蒙卦．小象傳〉「利用刑人，以正法也」，就句法角度而言，亦可以憑藉義來解讀，然尚需考量其他因素，方能衡量是否正確。

以上是張文從句式探討角度提出的成果。據此，扣除掉第8例「雖小有言，以終吉也」之後，我們只適合將《易傳》中的「以……也」句以原因句、目的句、憑藉名詞組、狀中結構四種句式來解讀。另一方面，句式研究只能排除不適當的解讀，我們還需要進入語意的部分，才能在分歧的結果面前作進一步判斷。更重要的是，「中」、「中正」、「剛中」等涉及《易》例之字句，正為《易傳》一大要素，實涉及「以……也」句之所以出現的原因，自然也與解讀方式大有關係。《易》例字詞之意義不僅在於詞性，那也就意味著其中尚有可繼續探討之處，如此方能明白：解讀為原因句，不僅僅是由於受到謂語牽制，更是為了正確地觀照〈小象傳〉的解經模式。諸如此類，皆可再論。因此接下來，筆者將以張文的分析結果為基礎，選擇同樣的現代譯本取材範圍，對《易傳》「以……也」句解讀問題繼續進行思考。

三　《易傳》「以……也」句解讀原則

在進一步思考《易傳》「以……也」句解讀原則的時候，筆者認為，我們首先可以注意的是46例分布的位置，畢竟《易傳》實際上由各自行文脈絡不同的「十翼」組成，各有其不同的解經作法與意圖。46例中，可依出處分為〈彖傳〉、〈小象傳〉以外，以及此二傳之中這兩組。也就是說，第1例的乾卦〈文言傳〉「時乘六龍，以御天也」和第43至46例〈繫辭下傳〉的四句為一組，其餘皆出於〈彖傳〉和〈小象傳〉者為另一組。之所以作此區分，是因為「以……也」句的主要分布位置仍以〈彖傳〉和〈小象傳〉為大宗，且此二傳之解經模式，與〈文言傳〉和〈繫辭傳〉大相逕庭，亦為解讀句意時之重要因素，須分別看待為宜。蓋〈彖傳〉和〈小象傳〉解經，主要模式是扣緊卦爻辭而立論，再根據卦象、爻位等因素來發揮道德思想；〈文言傳〉此處的「時乘六龍」，與〈繫辭下傳〉「尺蠖之屈」、「龍蛇之蟄」等句，則是針對〈彖傳〉文字而論，或是逸出經文以外的敷衍，較可獨立看待，不需考量與他處之關係。

〈彖傳〉以「剛」、「柔」、「中」等字描述卦象與爻位的作法，以及透過詮釋卦辭來進行道德思想的發揮，乃其解經模式的重要成份，而同樣為〈小象傳〉所繼承，更由此產生了許多《易》例，成為後世《易》學發展的核心元素。另外，〈彖傳〉與〈小象傳〉以「剛」、「柔」、「中」這些特殊術語描述卦象時，也以此解釋卦爻辭。例如〈訟卦．卦辭〉中的「訟，有孚窒惕，中吉」，〈彖傳〉言「訟，有孚窒惕，中吉，剛來而得中也」，顯然並非字詞訓詁式的解釋，而是專指該卦辭呼應了九二陽爻在中位的卦象；〈蒙卦．九二爻．小象傳〉曰「『子克家』，剛柔接也」，則是說明九二陽爻與六三陰爻相鄰，以此為爻辭「子克家」之解。類似之例眾多，且已為治《易》者之共識，毋須詳列。

總而言之，根據卦象、爻位來闡發卦爻辭意涵的作法，顯現出〈彖傳〉、〈小象傳〉作者試圖抉發出卦象與卦爻辭之間的聯繫規律，將卦象當作卦爻辭內容的符號象徵。因此，象與辭的內在聯繫這一點除了是〈彖傳〉和〈小象傳〉解經模式重要成份之外，更可說是傳文作者所欲呈現之對象。解讀傳文時，當以此為前提。

順此前提，在〈彖傳〉、〈小象傳〉的41例「以……也」句中，「以中正也」、「以正中也」、「以剛中也」等包含關乎爻位之《易》例者，可以先歸納為同一類。面對此類傳文，當可將「以……也」句之前的卦爻辭內容，視作中正、正中、剛中等《易》例敘述的結果，而「以……也」則是表達原因的用法，也就是該辭繫於此爻之所由。正如朱熹（1130-1200）說的：「《易》上如說『以中正也』，皆是以其中正方能如此。」[3]至於〈需卦・九二爻・小象傳〉「雖『小有言』，以『終吉』也」，則誠如張文所言，標誌上下句關係之字為「雖」而非「以」，較為特殊，可視作例外，以結果句解讀之。

當然，在這樣的解經方式下，對於卦爻辭內容解釋的詳細程度便受到限制。這種限制在〈彖傳〉中造成的問題不大，因為〈彖傳〉宗旨在於解釋一卦之整體，雖有不少針對卦辭逐句解釋者，但亦有某些卦採用泛論大義的方式來說經，使其詮釋較為彈性；相對的，〈小象傳〉需扣緊爻辭，發揮空間有限，且字數不多，形式較僵化，若是遇到未含占辭、吉凶意象不明顯者，不免強為之說，例如〈否卦・六三爻・小象傳〉曰：「『包羞』，位不當也。」等於使讀者在未明「包羞」所指為何的情況下，必須先接受「位不當也」的負面解讀，箇中連結則未能知悉；又例如〈解卦・九四爻・小象傳〉曰：「『解而拇』，未當位也。」也顯示出同樣的狀況。也因此，面對〈彖傳〉和〈小象傳〉中所有以卦象、爻位因素解經的部分，我們不見得能理解每一例中，該卦象、爻位性質究竟如何體現在卦爻辭中而成為其背後原因。但筆者認為，儘管這樣的解經方式留下了未盡圓融之處，但傳文作者以卦象、爻位性質為卦爻辭之所由的意圖不會因此受到影響。所以在面對包括「以……也」句的相關傳文時，仍須將《易》例部分視為卦爻辭內容的根據，以此為前提來解讀之。

相對的，「以……也」句中若是未見《易》例相關字詞，又應如何解讀？〈彖傳〉與〈小象傳〉的這類文句，又可依其所釋之卦爻辭中，是否含有意象明顯之占辭來分類。透過《易》例相關字詞，可以得知〈彖傳〉和〈小象傳〉作者有意尋求卦爻辭吉凶之斷所蘊涵的背後原因。即便是未含有明顯吉凶意象

3　黎靖德編：《朱子語類》（北京：中華書局，2011年），卷70，頁1760。

者，仍可透過相關的《易》例敘述，得知作者對卦爻辭的理解以及證成方式，故不妨礙此尋求背後原因的表現。我們必須考慮到：同一部著作中表現出的不同解經法，皆是為了表現作者的撰作意圖而存在，係撰作意圖統攝解經表現，而非意圖隨著解經表現而變化。解經者的目的是一貫的，發生時間在解釋動作之前，縱然隨著經書內的不同文句，解經法可能有所變動，但背後的作者目的不至於隨之更改。因此，面對未包含《易》例相關字句的傳文，仍可藉由掌握作者此撰作意圖，來嘗試解讀其脈絡。

若是〈彖傳〉、〈小象傳〉所釋之卦爻辭，含有意象明顯之占辭者，則可以認為此占辭為傳文主要的說明對象，傳文之企圖在於解釋此占辭意象之所由。例如〈復卦・六二爻・小象傳〉云：「『休復』之『吉』，以下仁也。」「下仁」作為一種個人德行，並非以《易》例之形式表達。但考量到上述所說的傳文作者撰作意圖，可以說「以下仁也」是為了解釋「休復」之所以「吉」的背後原因，藉此發揮道德思想。在此，「吉」是占筮後所得之結果，是進行道德實踐後所形成，而非先有此狀態才去進行道德實踐。如此思考，方合乎傳文道德本位之詮釋核心，保有實踐之能動性。

至於所釋之卦爻辭未含占辭者，則情況較為複雜，需實際根據傳文字句語意來解讀，無法先執定一套原則而論。蓋卦爻辭彼此結構差異甚大，使得單一解經方式不免在某些地方會面臨困難，這也是〈彖傳〉與〈小象傳〉的解經模式不只一種，且不能完全避免不明確或強為之說的原因。正如同沒有一種《易》例能圓滿地解釋所有卦爻辭，〈彖傳〉和〈小象傳〉也不能被概括於單一解經模式之下。於是乎勢必會出現既未含《易》例說明，亦不見明顯吉凶意象之解經傳文。雖然這一類傳文顯得較無規律性，與傳中其他部分較缺乏有機連結，但其中畢竟含有傳文作者的詮釋結果，可以說仍是出於某種意圖而作，且不至於與傳文作者整體性的思想，諸如重爻位、時勢，以及以道德論述為依歸等等產生嚴重衝突，因此當能合理地掌握其應有之解讀方式。

最後，筆者認為，還有一條額外的原則是需要顧及同文現象，也就是若有在經傳中重複出現的詞語，需同時參考該詞語其他出處的文脈。不管是經文抑或傳文，重複出現的詞語往往代表了作者想要固定地表達某種思想、某種脈絡的意圖，可以視作一種撰作或解經表現上的規律。例如卦爻辭中的同文不僅表現出類似的吉凶情境，也反映出卦辭與爻辭定位的區分，以及二二相耦卦序所蘊涵的爻位對稱意識。[4]最容易為人所聯想到的同文便是《易》例相關文字，諸如「剛中」表示卦中二爻或五爻為陽爻等等。除此之外，「以……也」亦與同文現象有關。例如《易傳》中「正邦」一詞凡3見，皆位於「以」字和「也」字之間。除了張文整理出的2例（24、29）之外，另1例為〈漸卦．彖傳〉的「進以正，可以正邦也」。由於此處句型結構為「可以……也」，而非「以……也」，故未被張文列入討論範圍。不過就同文現象角度來看，或許可以引導我們思考：關於其中2例同出於〈彖傳〉之「正邦」，作者既然用相同的詞彙來表達，可能意圖表現相同的道德論述，因此〈蹇卦．彖傳〉的「以正邦也」，可能得以比照〈漸卦．彖傳〉的「可以正邦也」，以狀中結構視之，且不需為上述其他解讀原則所限。

以上為出現於〈彖傳〉與〈小象傳〉中的「以……也」句解讀原則。至於此兩傳以外的，也就是〈文言傳〉和〈繫辭下傳〉中之句例，其解讀方式則等同於未含占辭與《易》例相關文字者。如前所述，這一類的句子屬於逸出經文以外的敷衍，與卦爻象、卦爻辭之間原本的聯繫，以及傳文其他部分較無關係，故同樣不適合以《易》例描述或是占辭解釋等角度來尋求通則，只能實際考察各句句意，單獨而論。

綜上所述，《易傳》「以……也」句的解讀原則可歸納整理如下：

一、根據出處進行第一次分類。若出自〈文言傳〉或〈繫辭傳〉，則需就各句內容個別進行探討，並無通則；若出自〈彖傳〉或〈小象傳〉，則可就其結構來作第二次分類。

二、出自〈彖傳〉或〈小象傳〉的「以……也」句，可先觀察此句中是否含有「中正」、「正中」、「剛中」等涉及卦象爻位等《易》例。若有，則表示該

4　詳見拙作：《《周易》卦爻辭同文現象研究》，臺北：國立臺灣師範大學國文學系碩士論文，2008年。

處以《易》例作為解經法，說明卦爻辭繫於該處或如此表述之原因；若無，則可就「以……也」句之前的部分，也就是其所釋之卦爻辭內容進行第三次分類。

三、針對「以……也」句所釋之卦爻辭，可根據其中是否包含吉、凶等占辭來分類。若含有占辭，表示傳文作者有意以此作為主要解釋之對象，而「以……也」句則是為了解釋此占筮結果之原因而存在；若不包含占辭，則整體意象乍看之下不明確，傳文作者在此需依靠個人發揮，因此表現方式較不一定，亦不易尋得通則，有待於就各句內容個別進行探討。

四、在上述原則進行過程中，若遇同文現象，則應綜合其他部分之同文表現一併參考，不需為上述原則所限，或將之作為輔助來使用。

以下，即以上述解讀原則為基礎，搭配張文所達致之研究成果，採取與其同樣的方式與取材對象，對各家譯本解讀結果再作綜論，嘗試對此句型作更進一步的探討。

四　《易傳》「以……也」句解讀結果分判

《易傳》的46例「以……也」句，按照上一節所歸納的解讀原則，可以將之逐次分類。現按照引用自張文之表格對46例「以……也」句所作之編號，分類整理如下：

出自〈彖傳〉或〈小象傳〉，含有《易》例相關字詞者。	5、7、9、10、11、13、16、17、22、26、27、30、34、35、36、38、42
出自〈彖傳〉或〈小象傳〉，所釋之卦爻辭包含占辭者。	2、3、20、25、29、39
出自〈彖傳〉或〈小象傳〉，所釋之卦爻辭不含占辭者。	4、6、8、12、14、15、18、19、21、23、24、28、31、32、33、37、40、41
出自〈文言傳〉或〈繫辭下傳〉者。	1、43、44、45、46

(一) 出自〈彖傳〉或〈小象傳〉，含有《易》例相關字詞者。

先從第一類，也就是出自〈彖傳〉或〈小象傳〉，含有《易》例相關字詞者看起。眾所皆知，〈彖〉、〈象〉兩傳中凡以「中」字釋經者，皆就二五爻為言。〈彖傳〉言「剛中」，謂該卦二爻或五爻為陽爻；[5]〈小象傳〉於二五爻處，有以「中」字釋經的傾向，表示處於此爻位者有不偏不倚之德，爻辭所述，即為此德之展現。46例「以……也」句中，含有《易》例相關文字者，皆為「中」之概念，包括「剛中」、「中正」、「正中」、「中行」、「中節」、「中直」、「中道」，以及「以『中』也」等。正如張麗麗所指出的，各家譯本中，共有8例「以……也」被一致解讀為原因句，且皆含有「中」、「中正」等謂語（9、10、17、22、26、34、35、36）。事實上正是因為各家皆認同傳文作者在這些例子中，著重的是二五爻位之德，而以之為卦爻辭如此表現之原因。此外，也表示以《易》例相關文字為重心的「以……也」句較易獲得解讀上的共識。根據上表筆者進行的歸納，含有「中」之《易》例的「以……也」句共有17例，也就是說另有9例雖與此8例性質相同，卻產生分歧解讀（5、7、11、13、16、27、30、38、42）。如果說含有《易》例相關文字的「以……也」句較容易獲得解讀共識，那麼這些分歧現象就十分耐人尋味。需要探討其適當與否。

首先，回顧張文結論，其中曾提到將「以……也」句解讀為並列句、順承句和受修飾句者皆不適當，我們可以根據此論點先將判為此三種句型的解讀置於一旁。但筆者認為，唯一一個需要重視的例外是編號7，〈需卦．彖傳〉的「位乎天位，以正中也」。將其視為並列句的作法雖然通不過張文的結論，但卻是各家譯本中最多人採用的，且無人讀之以原因句，當有道理可說。「以正中也」依〈彖〉、〈象〉兩傳之《易》例，指九五爻。然〈需卦．彖傳〉此處並非單純地解釋卦辭所繫之由，而是多加一句「位乎天位」，使其性質與其他句例大不相同。「天位」亦指五爻，與此處「以正中也」指涉對象相同，惟張文之關懷在於句式，故未涉及此點。然即便「以……也」之並列句解讀，無法在

[5] 屈萬里對相關傳文之例整理甚備，可參屈萬里：《先秦漢魏易例述評》，收入《屈萬里先生全集》（臺北：聯經出版事業公司，1984年），第8冊。

先秦其他文獻找到堅強根據，就〈需卦・彖傳〉此處句意而言，解讀為並列句並非無理。「位乎天位，以正中也」接在〈需卦・卦辭〉「有孚，光亨，貞吉」之後，係從卦畫來解釋貞吉之所由，故「位乎天位以正中」七字均為「也」字之前的判斷內容。

如以結果句解讀，例如劉大鈞、林忠軍《周易經傳白話解》譯為「位於天子之位，故居正而得中道」，[6]便可再商榷。因此句之「正中」，按照傳文《易》例，係因居五位者為陽爻，可謂當位，乃為「正中」，而非居五位便可「正中」。同理，黃慶萱《周易讀本》譯為「處在與天道相通的地位，因此德行端正，合乎中道」，[7]固然作為《易》例之「正中」具有道德思想之向度，可詮釋為「德行端正，合乎中道」，但一樣有再作檢討的空間。更何況張文也已指出，結果句並非「以……也」的常態用法，這一點也需一併列入考量。另有李申《周易經傳譯注》譯為「因為位居天位，又以正道而處在正中」，[8]在解釋上加入了「以正道」的狀態，屬狀中結構，然此解本由陽爻屬性而生，而「天位」與「正中」仍舊並列，不致與其他作並列句解讀之各家有重大差異，亦屬合理。總而言之，在這一類的「以……也」句中，「位乎天位，以正中也」是適合被解讀為並列句的例外。

其餘含有《易》例相關文字的「以……也」句，依照上述原則，皆宜讀為原因句。而綜觀另外8例分歧解讀，可發現憑藉名詞組所占比例較高。〈蒙卦・彖傳〉「初筮告，以剛中也」（5），有將近一半之譯本視之為憑藉意；〈同人卦・九五爻・小象傳〉「『同人之先』，以中直也」（16）、〈既濟卦・六二爻・小象傳〉「『七日得』，以中道也」（42）兩例中，唯一的分歧解讀結果亦為憑藉名詞組。〈晉卦・六二爻・小象傳〉「『受茲介福』，以中正也」（27）、〈蹇卦・九五爻・小象傳〉「『大蹇朋來』，以中正也」（30），以及〈艮卦・六五爻・小象傳〉「『艮其輔』，以中正也」（38）這3例，扣除較不適宜的結果句解讀後，最主要的分歧結果也是憑藉。此現象除了反映出「以」字的多種用法導致的歧

---

[6] 劉大鈞、林忠軍：《周易經傳白話解》（上海：上海古籍出版社，2006年），頁179。

[7] 黃慶萱：《周易讀本》（臺北：三民書局，1992年），頁98。

[8] 李申主編：《周易經傳譯注》（長沙：湖南教育出版社，2004年），頁20。

義，也反映出不同讀經法中，《易》例相關文字相異之定位。

上文提到「正中」具有道德思想之向度，此性質於所有《易》例相關文字皆然。「中」、「中正」、「正中」、「剛中」，乃至〈彖〉、〈象〉中涉及「中」字之概念，均針對二五爻而發。二五爻多繫以吉辭，已有前輩學者據此指出其中含有尚中思想。[9]不過最明顯的尚中思想表現，應當還是在於這些針對二五爻的〈彖〉、〈象〉「中」字。二五爻是〈彖〉、〈象〉使用「中」字的必要條件，與爻辭內的「中」字仍散見於三四爻的情形不同。「中」之道德意涵在〈彖〉、〈象〉中，比起在爻辭內更加地顯題化。

將二五爻賦予「中」、或是「中正」、「剛中」之德，來解釋所繫之卦爻辭，表示該辭之吉象，係由於當事者本身或所處之位置，使其具有「中」之德而成。這又可以轉寫為兩種命題：「因為有『中』之德所以為吉」以及「藉由『中』之德而達致吉」。在這兩種命題中，「中」之德都可以被視作狀態之所以成立的要素，但隨著描述方式不同，可以產生原因句與憑藉名詞組兩種不同的句式。換言之，「中」之《易》例的解經方式，除了使人將之視為原因之外，也可說具有憑藉意的向度，就句法角度來說也並未有不合理之處。但儘管如此，面對含有《易》例相關文字的「以……也」句，以原因句來解讀仍然是最適宜的。主要原因在於《易》例相關文字是《周易》同文現象的一部分，可以合理認為作者的相同表現方式中蘊涵著相同的意義。順此，原因句應當為此類句例的共同性質；另外，憑藉名詞組的解讀方式，仍然建立在「『中』之德為狀態成立之要素」這個大前提上，與原因句的解讀方式實為相通，因此可化約為原因句。

「『初筮告』，以剛中也」一句，黃慶萱譯為「初次疑問要告訴他，以尊嚴而適當的態度」，[10]陳鼓應、趙建偉《周易注譯與研究》譯為「第一次問筮而能客觀地告之以吉凶，這需要筮人有剛健中正之德」，[11]金景芳、呂紹綱《周易全解》則解釋為「九二剛而居中，有能力啟蒙」，[12]將「剛中」視作一種達

9　詳見黃沛榮：〈周易卦爻辭釋例〉，《易學乾坤》（臺北：大安出版社，1998年），頁123-156。

10　黃慶萱：《周易讀本》，頁87。

11　陳鼓應、趙建偉：《周易注譯與研究》（臺北：臺灣商務印書館，1999年），頁61。

12　金景芳、呂紹綱：《周易全解》（上海：上海古籍出版社，2005年），頁73。

成某目標的能力，是所憑藉的工具。以上皆為將「『初筮告』，以剛中也」以憑藉名詞組解讀的作法。而如上所述，強調「中」之德的「以……也」句，本身具有憑藉意，使學者們產生分歧的解讀，而事實上仍舊以原因句之解讀較為適宜。其他同類的「以……也」句解讀問題，亦同此理。

最後需要額外討論的是〈師卦・六五爻・小象傳〉「『長子帥師』，以中行也」（11），主要的分歧解讀落在狀中結構這一類。黃慶萱譯為：「由長子統率軍隊，能夠用中道來行事啊！」[13]李申譯為：「長子作統帥，是以居中位的身分行事。」[14]這兩種翻譯皆不採原因句式，「原因」的概念被抽離了。狀中結構與原因句這兩種解讀方式，在此皆可通。若為前者，可以因著眼於「以……行也」之同文，並根據〈歸妹卦・六五爻・小象傳〉「其位在中，以貴行也」（41）的狀中結構性質（說詳後），來賦予相同的解讀；若為後者，則可據「中行」出於五爻，理應與其他「中」字一樣，用意在於據爻位以解釋爻辭之所由，證成其為原因句。此句例在本文提出的通則下，容許兩種不同的解讀方式，較為特殊。關鍵在於，〈小象傳〉此處拆開原本在〈師卦・六五・爻辭〉中的「長子帥師，弟子輿尸」兩句，而原本的斷詞「貞凶」繫於「弟子輿尸」之下，使得「長子帥師」在〈小象傳〉中沒有明確的吉凶結果，僅有呼應爻位的「中」字。於是該句可以理解為吉凶判斷發生之前的現狀，亦可理解為已判斷為吉的占辭，故可分別解讀為狀中結構和原因句。語意雖有差別，但皆有理。

總而言之，關於《易傳》中含有《易》例相關字詞的「以……也」句，除了「位乎天位，以正中也」一句形式較特殊，可解讀為並列句，還有「『長子帥師』，以中行也」亦可解為狀中結構之外，其餘15例均宜解讀為原因句。

（二）出自〈彖傳〉或〈小象傳〉，所釋之卦爻辭包含占辭者。

接著來看第二類，也就是出自〈彖傳〉或〈小象傳〉，所釋之卦爻辭包含占辭者。此類共有6例（2、3、20、25、29、39），所含占辭有「可貞」、「永貞」、「吉」、「貞吉」等。在上一節討論解讀原則時，曾論及「以……也」句是

---

[13] 黃慶萱：《周易讀本》，頁128。

[14] 李申主編：《周易經傳譯注》，頁28。

為了解釋此占筮結果之原因而存在。若據此原則，則此類「以……也」句宜解讀為原因句。

但首先可以將其中一例視為例外，也就是〈蹇卦．彖傳〉「當位『貞吉』，以正邦也」（29）。前文已指出，《易傳》中「正邦」一詞凡3見，皆位於「以」字和「也」字之間，亦即〈離卦．上九爻．小象傳〉「『王用出征』，以正邦也」（24）、〈蹇卦．彖傳〉「當位『貞吉』，以正邦也」，以及〈漸卦．彖傳〉的「進以正，可以正邦也」。雖然〈漸卦〉此句不在本文關懷議題中，但若是從同文現象的角度，對《易傳》作全盤性的考察，則其中同出於〈彖傳〉的兩處當可合觀。就此而言，「以正邦也」與「可以正邦也」兩句，用字相同，撰作意識亦因此極有可能雷同。另外，「當位貞吉」和「進以正」兩者亦有共同性質，皆據卦畫而立論。眾所皆知，就卦畫發揮相關《易》例，而衍生道德思想，乃〈彖傳〉常用的解經法之一。〈蹇〉、〈漸〉兩卦於二爻至五爻皆當位，〈彖傳〉分別以「當位」和「進以正」釋之。〈彖傳〉、〈象傳〉多以「正」表達當位之爻，[15]〈蹇〉、〈漸〉兩卦此處傳文可謂著眼點一致，這一點也可證成「以正邦也」和「可以正邦也」意義相同，表達的是呈現當位狀態，屬於吉象，可以處理國事。〈蹇卦．彖傳〉此處的「以」，也就相當於〈漸卦．彖傳〉的「可以」，兩者均可解讀為狀中結構。

其餘五例中，最常出現的解讀確為原因句，佔有絕對多數或相對多數的地位。就原因句以外的分歧解讀情形而言，除了〈坤卦．六三爻．小象傳〉「『含章可貞』，以時發也」（2）有較高的比例被解讀為狀中結構之外，其他四例的分歧解讀分佈則頗為零散，任一句式均僅有一至二家譯本採用，顯示以原因句解讀含占辭之「以……也」句作法乃是主流。那麼其他包括目的句、結果句、並列句、順承句，以及狀中結構等解讀方式適宜與否，當有必要探討。

根據張文的分析，並列句與順承句皆非「以……也」的合理用法，乃不適當的解讀。因此這5例中，既然沒有像「位乎天位，以正中也」（7）那樣的例

15　〈艮卦．六五爻．小象傳〉「艮其輔，以中正也」（38）為例外。朱熹解釋說：「『正』字羨文，叶韻可見。」見朱熹：《周易本義》，據大安出版社編：《周易二種》（臺北：大安出版社，1999年），頁196。

外，就可以依循張文結論，排除「用六『永貞』，以大終也」(3）的順承句，以及〈復卦・六二爻・小象傳〉「『休復』之『吉』，以下仁也」(20）的並列句解讀。[16]從句意結構來看，「位乎天位，以正中也」之所以能成為例外，是因為此處「以……也」句本身以及前一句，都是經文解釋的一部分，兩者是連續一體的關係。但其他的「以……也」句，接在含有占辭的經文之後，都是為了解釋該經文而存在，兩者雖緊密相連但終究本非一體，後人在解讀時，也應著重於呈現其中的連結，以「是說」、「是因為」、「為了要」、「用」等詞語來表示。因此，原因句、目的句或憑藉名詞組等等方式的解讀，皆較順承句、並列句等來得適宜。

另外，同樣的問題事實上也出現在解讀成狀中結構的方式上。會形成狀中結構的解讀，原因往往在於翻譯者較重視「以……也」句中所包含的動詞，將重點放在「以」「也」兩字間的內容，而未突顯經文與傳文之間的連結。以解讀為狀中結構比例最高的「『含章可貞』，以時發也」(2）來看，李申譯為「『含蘊秀美應該堅貞』，用以等待時機再採取行動」，[17]劉大鈞、林忠軍譯為「『蘊含章美可以守正』，待時而發動」。[18]金景芳、呂紹綱《周易全解》並非逐句譯文，而是大略解說，但其在此解讀曰：「喜露圭角的人不能『含章』，不能『含章』的人不能『以時發』，可以說，『含章』與『以時發』，是一件事的兩個方面。」[19]與劉大鈞、林忠軍之解大致相同。像這樣的解讀，將「以時發也」視作狀中結構，其實也就是將「含章可貞」和「以時發也」完全等同的結果，而不會在翻譯上將兩者的連結關係表現出來，於是與其他四家採原因句解讀的作法有所不同。就義理層面而言，傳文的定位在於闡述經文內涵，若是經

---

16 事實上此兩家解讀的內容恐怕也較需商榷。「用六永貞，以大終也」的順承句解讀，出於劉大鈞、林忠軍：《周易經傳白話解》：「用六永守正道而大終。」(頁217）形同未作翻譯。而「『休復』之『吉』，以下仁也」的並列句解讀，出於金景芳、呂紹綱《周易全解》：「這裡的仁應是人的同音假借字，……下仁就是下人，……指六二對初九能親而下之。」(頁216）義理上雖可成立，但不談與前句「休復之吉」的關係，則欠周備，且若以「親而下之」作解，則未必需要援用假借之說。

17 李申主編：《周易經傳譯注》，頁10。

18 劉大鈞、林忠軍：《周易經傳白話解》，頁217。

19 金景芳、呂紹綱：《周易全解》，頁51。

文內涵透過傳文得以充分發顯出來，則兩者在此脈絡下可以說具有同一性。而我們也可以看到，以狀中結構解讀這類所釋之卦爻辭含有占辭的「以……也」句的話，也是以這種同一性為基礎，不談兩者是否有因果關係或目的關係等等。同類「以……也」句的其他狀中結構解讀方式，亦大抵如是。

這樣的狀中結構解讀，與其說是考量「以……也」句的內容以及上文脈絡，不如說是基於此同一性想法，直接將「以……也」的內容與所釋之卦爻辭視為一體，而在翻譯時不採取「是說」、「是因為」等可以呈現經文與傳文之關係的字詞。這種翻譯方式不太能顧及經與傳之間的解釋關係，使解釋者與解釋對象混同，是一種不完全的翻譯，這種翻譯也往往不能突顯傳文作者以卦爻辭之占辭為主要解釋對象的意圖，因此採取此解讀方式時，實須仔細斟酌為宜。

至於其他解讀方式，〈坤卦．上六爻．小象傳〉「用六『永貞』，以大終也」（3）有兩家解讀為結果句，[20]而張文已指出結果句並非「以……也」句式的常態用法，準此，我們可以先將這種解讀方式排除，仍將該句以原因句解讀之。最後則是「用六『永貞』，以大終也」、「『休復』之『吉』，以下仁也」，還有〈遯卦．九五爻．小象傳〉「『嘉遯貞吉』，以正志也」（25）三例中，各有一家解讀為目的句。[21]如果我們肯定，根據上一節提出的原則，此類「以……也」句的解經意圖，在於解釋此占筮結果之原因，那麼以目的句來解讀的問題何在？其一在於，可能導致無法順利解釋占辭的狀況，例如陳鼓應、趙建偉對「『休復』之『吉』，以下仁也」的翻譯中，實際上完全忽略了「吉」字，不能算是完整翻譯，或許正是因為以目的句來解讀，則占辭無法被定位，無法解釋何以「吉」是「親近賢者」的手段；其二，吉、凶、貞、咎等占辭是占卜的結果，若以目的句解讀此類「以……也」句，則占辭將成為達成該目的的手段。

---

20 黃慶萱《周易讀本》譯為：「運用施行坤順的德性，永遠服從乾元的指導，因此豐富了擴大了天地化育的成果。」（頁70）金景芳、呂紹綱《周易全解》解釋為：「〈坤．用六〉諸爻皆陰變陽，始小而終大，故曰以大終。」（頁55）

21 李申主編：《周易經傳譯注》將「用六『永貞』，以大終也」譯為「『用六永遠堅貞』，為了有個輝煌的結局」（頁11）、將「『嘉遯貞吉』，以正志也」譯為「『以退隱為快樂，守正則吉祥』，是用來端正信念的」（頁106）。陳鼓應、趙建偉《周易注譯與研究》將「『休復』之『吉』，以下仁也」譯為「結束外出而返回，這是為了親近賢者」（頁228）。

但吉凶與否，就卦爻辭系統以及《易傳》整體思想來看，是自身行動與外在形勢交織而成的結果，非全然可主動掌握者。若認為占辭是達成目的的手段，則占辭表達的吉凶等結果由何而生，仍舊缺乏解釋。如此一來，該目的的實踐也等於缺乏保證，這不免有損《易傳》的道德論述。相對的，將這一類「以……也」句以原因句來解讀，則無上述困難。

總而言之，出自〈彖傳〉或〈小象傳〉，所釋之卦爻辭包含占辭的「以……也」句，除了蹇卦《彖傳》「當位『貞吉』，以正邦也」可以解讀為狀中結構之外，其餘皆宜解讀為原因句。

（三）出自〈彖傳〉或〈小象傳〉，所釋之卦爻辭不含占辭者。

再來看第三類，也就是出自〈彖傳〉或〈小象傳〉，所釋之卦爻辭不含占辭者，共有18例（4、6、8、12、14、15、18、19、21、23、24、28、31、32、33、37、40、41），與第一類同為《易傳》「以……也」句的大宗。根據引用自張文的整理結果，其中〈需卦・九二爻・小象傳〉「雖『小有言』，以『終吉』也」(8)、〈睽卦・初九爻・小象傳〉「『見惡人』，以辟咎也」(28)，以及〈歸妹卦・六五爻・小象傳〉「其位在中，以貴行也」(41)。這3例的各家解讀皆一致，其餘15例則各自有分歧解讀，然仍以原因句或目的句佔多數。

上文第二節中回顧張文研究成果時，曾提到結果句並非「以……也」句之常態用法，而「雖『小有言』，以『終吉』也」由於表示上下句關係者為「雖」，因此可以結果句來解讀。準此，各家一致將之解讀為結果句的作法是合理的。另外，「其位在中，以貴行也」一句，各家一致解讀為狀中結構，亦可從之。此句與「位乎天位，以正中也」(7）一樣，其「以……也」句並非直接接在所釋之卦爻辭後，因而形成一種與其他句例較為不同的結構，也就是「以……也」並非為解釋前一句而存在，而是與前一句同為因爻位而發的解釋內容，如此便可視作一體，而沒有「是說」、「是因為」、「為了」等詞語所表現的連結關係。王弼（226-249）註解「以貴行也」一句時說：「位在乎中，以貴而行，極陰之盛。」[22]可見其已將此句解讀為狀中結構。程頤（1033-1107）解

[22] 王弼：《周易注》，據《周易二種》，頁23。

此句曰：「五以柔中，在尊高之位，以尊貴而行中道也。」[23]其意亦同。而相較於古代註解，現代譯本更需要仔細顧及逐字逐句的轉譯呈現，因此，以狀中結構來解讀「其位在中，以貴行也」是最適宜、最能呈現「其位在中」和「以貴行也」之間關係的方式。南懷瑾、徐芹庭《周易今註今譯》將此句翻譯為「其位又在于中，有中道之德，而以貴下嫁」，[24]黃壽祺、張善文《周易譯註》譯為「六五位尊而守中不偏，雖高貴卻能施行謙儉之道」，[25]劉大鈞、林忠軍《周易經傳白話解》譯為「其位居中，以高貴而嫁人」，[26]其他各家大率此類。雖然在翻譯詮釋上或有出入，但不礙其結構合理性。總之，各家一致將之解讀為狀中結構，是可以肯定的。

接著需要指出的是，〈離卦・初九爻・小象傳〉「『履錯』之『敬』，以辟咎也」（23）這一句，扣除掉非常態用法，較不適宜接受的結果句解讀[27]之後，有五家解為目的句，一家解為原因句。被張文歸類為原因句者，為黃壽祺、張善文所譯的：「『踐行事務鄭重不苟，保持恭敬謹慎』，說明初九這樣才能避免咎害。」[28]之所以被歸類為原因句，是因為此處使用「說明」二字表達「『履錯』之『敬』」和「以辟咎也」的連結關係，屬釋義句。而依據張文所設定之原則，釋義句皆歸為原因句。「以辟咎也」另見於〈睽卦・初九爻・小象傳〉「『見惡人』，以辟咎也」之中，屬同文現象之一環。而「『見惡人』，以辟咎也」各家皆解讀為目的句；「『履錯』之『敬』，以辟咎也」卻非如此，乍看之下似乎顯得黃、張之解有矛盾處，其實這種翻譯可以說是概念等同於目的句的原因句。第二節提到，表達個人意願的原因句，其概念等同於目的句。在黃、張的翻譯中，使用了「這樣才能」的字眼，有意願、目標之類的意味，並非指已經發生的動作，因此仍然可以將黃、張之解視同目的句。準此，「『履錯』之『敬』，以辟咎也」，若是扣除解為結果句的黃慶萱《周易讀本》之譯文後，亦

---

[23] 程頤：《易程傳》，收入《二程集》（北京：中華書局，2011年），頁982。
[24] 南懷瑾、徐芹庭：《周易今註今譯》（臺北：臺灣商務印書館，1995年），頁336。
[25] 黃壽祺、張善文：《周易譯註》（臺北：頂淵文化事業有限公司，2004年），頁450。
[26] 劉大鈞、林忠軍：《周易經傳白話解》，頁267。
[27] 黃慶萱《周易讀本》：「處於錯綜複雜的世界，而敬慎行事，因此可以避免過錯啊！」（頁301）
[28] 黃壽祺、張善文：《周易譯註》，頁251。

可謂各家解讀一致的句例，解為目的句是可以成立的。且考慮到「敬」作為德行，在此句義理涵義中，作為「辟咎」的手段遠比作為「辟咎」導致的結果還要來得合理，因此解為目的句較解為原因句適宜。

同樣的情況也見於〈離卦・上九爻・小象傳〉「『王用出征』，以正邦也」（24）的解讀上。被張文判定為唯一採原因句解讀者，亦為黃壽祺、張善文所譯的：「『君王出師征伐』，說明上九是為了端正邦國治理天下。」[29]雖然在此譯文中，連結上下句的用詞是「說明」，屬釋義句，故被判為原因句，但重點在於後面的「是為了」，同樣也是表達意願，概念等同於目的句，因此與其他各家解讀並非有絕對的差異。

至於其他分歧解讀，可以先排除較難通過句法角度判定的結果句、並列句、順承句。另外，前面在探討第二類「以……也」句時，曾說明狀中結構的解讀不適合用在與作為解釋對象之卦爻辭緊密相連的「以……也」句上，這一點對於第三類也同樣適用，因為只要「以……也」句與上一句之間有解釋和解釋對象的關係，則一樣不能輕易等同，必須在解讀時呈現出其中的連結。所以此處同樣不宜解讀為狀中結構。

如此一來，則剩下原因句與目的句兩種解讀方式。但誠如張文指出的，若「以」字後出現主語，或是省略之主語與上句主語一致，則解為原因句與目的句皆可。而綜觀本類其餘13例（4、6、12、14、15、18、19、21、31、32、33、37、40），「以」字後皆省略主語，但確實可以說其省略之主語與上句主語一致。蓋此13例中，傳文所釋之卦爻辭，皆可說是在表述某種動作或狀態，而傳文亦針對此動作或狀態而發，兩者之主語也因此一致。準此，解為原因句或目的句皆可。我們仍然可以用一些較為貼近句意的方式，試著去判斷是否有某些句子較適合解讀為原因句或目的句其中一者，例如「以」、「也」兩字間之內容，凡是道德意涵較為薄弱者，可能因為缺乏必然的實踐價值意義，較適合解讀為原因句而非目的句，例如〈屯卦・六三爻・小象傳〉「『即鹿无虞』，以從禽也」（4）便是。或是該內容較具負面意涵者，是因為表達凶象之由，而非一

[29] 黃壽祺、張善文：《周易譯註》，頁254。

種實踐目標，亦宜解讀為原因句，例如〈剝卦・初六爻・小象傳〉「『剝牀以足』，以滅下也」（18）便是。但這種方法能產生效果的範圍並不大，剩下的句例便只能說解讀為原因句或目的句皆可，無進一步之通則可供衡量。

（四）出自《文言傳》或《繫辭下傳》者

最後第四類為出自〈文言傳〉或〈繫辭下傳〉者，共有5例（1、43、44、45、46），因不出於〈彖傳〉、〈象傳〉兩傳，與傳文解經之通例較無關聯，亦較不容易確立通則，故單獨成一類。

〈文言傳〉「時乘六龍，以御天也」（1），乃襲自〈乾卦・彖傳〉「時乘六龍以御天」而成。從張文整理的表格中可以看到，此句為《易傳》46例「以……也」句中解讀最為分歧者。如果將〈文言傳〉該處上下文一併觀照，或許較能看出依循的方向。該處的表現形式為排比句型，而完整段落為：「乾元者，始而亨者也。利貞者，性情也。乾始能以美利利天下，不言所利，大矣哉。大哉乾乎！剛健中正，純粹精也；六爻發揮，旁通情也；時乘六龍，以御天也；雲行雨施，天下平也。」眾所皆知，此處在說明〈乾〉道作為世界之始的創生力量，「剛健中正」和「六爻發揮」係就卦畫發揮；「時乘六龍」和「雲行雨施」則引自〈彖傳〉。從中可以看出，「純粹精也」、「旁通情也」、「以御天也」和「天下平也」這些在排比句型中居於下半句者，用意在於表現乾道特質所發揮的作用，凡是在翻譯中呈現出此作用者，均屬合理解讀，反之則或許較不適宜。例如劉大鈞、林忠軍《周易經傳白話解》將此句譯為「因時掌握六龍的變化，以駕御天道」，[30]李申《周易經傳譯注》譯為「它『隨時駕馭著六條巨龍』，是去巡視天空」，[31]帶有目的句的意味，如此則使得「以御天也」成為一種尚未實現的目標，而非已完成的作用，恐未盡於原意。

另一方面，若根據張文提出的句式分判原則，則其餘諸家多有不合理者。但筆者認為，其餘諸家之解，均能切合〈文言傳〉此處論述〈乾〉道作用之意旨。至於可能包含的句式問題，未必是由於他們誤解了「以」、「也」字之用法，

---

[30] 劉大鈞、林忠軍：《周易經傳白話解》，頁319。

[31] 李申主編：《周易經傳譯注》，頁7。

而是在翻譯行文上的表現風格所致。〈文言傳〉此處本不若〈彖傳〉、〈象傳〉兩傳有較強的《易》例規則和形式規劃，尤其是「時乘六龍，以御天也」這一句，不過是直接襲用〈彖傳〉句，再為了填補音節而加一「也」字而已，因此也不具針對特定字句的解釋性格。如此一來，在翻譯表現上便容許較高的自由度，我們不需根據他們所使用的句式來衡量其中是否有得失，應根據內容意涵而論較為妥當。因此，扣緊〈乾〉道作用而論的其餘諸家翻譯，可謂合理。

最後是同出於〈繫辭下傳〉的例43至例46，這幾句本同屬一段，文義脈絡上緊密相連，故此四例「以……也」句宜解讀為同一句式。綜觀各家解讀，以目的句為大宗，可謂合理。另一解讀方式為結果句，而主要的分歧處則是「精義入神，以致用也。利用安身，以崇德也」這兩句，有兩家解讀為結果句，其餘四家解讀為目的句。[32]南懷瑾、徐芹庭《周譯今註今譯》譯為：

> 專精地研究精粹微妙的義理，到達神而化之的境界，則從心所欲，而不踰矩，也就可以學以致用了。利用《易》學所顯示的道理，而安適其身，則可以隨遇而安，怡然自得，心廣體胖，以崇高吾人的德業。[33]

劉大鈞、林忠軍《周易經傳白話解》譯為：「精義能入於神，方可致力於運用。宜於運用以安居其身，方可以增崇其德。」[34]但一者正如張文所言，結果句並非「以……也」句的常態用法，於是乎在此是否能將「尺蠖之屈，以求信也。龍蛇之蟄，以存身也」和「精義入神，以致用也。利用安身，以崇德也」兩部分切割，逕以結果句來解讀後半部，而不顧同為排比之文一部份的前半部目的

---

[32] 以張文所整理之表格看來，「尺蠖之屈，以求信也。龍蛇之蟄，以存身也」這兩句，也出現有一家解讀為結果句，與他家異的現象。但事實上，與其他家不同，未使用「為了」等明顯有目的句意味之詞語者，共有南懷瑾、徐芹庭《周易今註今譯》：「以求伸展行進的準備，……以保全牠們的軀體。」（頁423）、劉大鈞、林忠軍：《周易經傳白話解》：「以求得伸展，……以保存其身。」（頁304）這兩者在句式和涵義上都沒有差別，且實帶有目的意，因此筆者認為，張文於此句所歸納之結果，可以改成「各家一致解讀為目的句」，故真正的分歧處在於「精義入神，以致用也。利用安身，以崇德也。」

[33] 南懷瑾、徐芹庭：《周易今註今譯》，頁423。

[34] 劉大鈞、林忠軍：《周易經傳白話解》，頁304。

句，就值得商榷；二者，在沒有其他同文之例可供佐證的情況下，於翻譯時加入「可以」、「方可以」這些字，也不免有增字解經之嫌，因此，依照〈繫辭下傳〉此處原文的排比結構，將例43至46皆解讀為目的句，是較妥當的作法。

五　結論

本文站在張麗麗以句式探討為方法的先行研究基礎上，試圖以不同的進路繼續探討《易傳》「以……也」句的解讀原則，以此對幾家現代譯本的「以……也」句翻譯作進一步的比較，並對各家結果的合理與否進行析論。本文將《易傳》中的「以……也」句分為四類，分別是出自〈彖傳〉或〈小象傳〉，含有《易》例相關字詞者、出自〈彖傳〉或〈小象傳〉，所釋之卦爻辭包含占辭者、出自〈彖傳〉或〈小象傳〉，所釋之卦爻辭不含占辭者，以及出自〈文言傳〉或〈繫辭下傳〉者。除了少數幾個例外，筆者認為，其他句例大致上宜遵守以下之解讀原則：出自〈彖傳〉或〈小象傳〉，含有《易》例相關字詞或是所釋之卦爻辭包含占辭者，宜解讀為原因句；其他類則需視文意來決定解讀為原因句抑或是目的句。此外應顧及《周易》的同文現象，遇到同樣詞語時，盡量以同樣的解讀方式來處理。

在此，試根據上述所歸納之通則，將筆者對於《易傳》46例「以……也」句的解讀分判結果表列如下：

表二：《易傳》「以……也」句解讀通則整理

宜解為原因句者	2、3、5、9、10、13、16、17、20、22、25、26、27、30、34、35、36、38、39、42
宜解為目的句者	23、24、28、43、44、45、46
宜解為結果句者	8
宜解為並列句者	7
宜解為狀中結構者	29、41
可解讀為原因句或狀中結構者	11

可解讀為目的句以外之句式者	1
無通則可循，需個別獨立探討以決定屬原因句或目的句者。	4、6、12、14、15、18、19、21、31、32、33、37、40

對「以……也」句的翻譯差異，必定會牽涉到背後所蘊涵的，關於經傳內部結構、解經意圖，以及解釋與解釋對象之間的連結關係等問題。對這些問題的處理方式不同，乃是造就分歧解讀的原因。筆者認為有以下幾點必須注意：

一、當「以……也」句本身包含《易》例相關文字時，雖有憑藉意之向度，但憑藉名詞組亦可化約為原因句。

二、在非例外的一般情況下，為了突顯作為解釋對象的卦爻辭以及作為解釋的傳文之間的關係，在翻譯這一類「以……也」句時，必須將擔任連結角色的詞語翻譯出來。因此，除非是「以……也」句本身與上一句同屬解釋的一部分，否則以原因句、目的句或憑藉名詞組等等來解讀時，會較以並列句、順承句、狀中結構等等解讀來得合宜。

三、若以目的句來解讀帶有解釋占辭性質的「以……也」句，則恐有損於《易傳》的道德思想，應解讀為原因句較為合適。

不同的原典翻譯方式往往也是基於翻譯者不同的思想，代表一種詮釋。如果在義理上能自圓其說，足以帶給讀者啟示，那麼就有一定的正面作用，值得肯定。不過這不妨礙我們試圖從句法、文本分析等角度去思考各種解讀之間的合理性比較，摸索出較貼近本義的說法。限於篇幅與精力，本文主要關心之處在於解讀方式的通則，尚未能詳細顧及所有句例，對於需個別獨立探討者暫不深入，不免有所限制。然筆者仍希望能透過上述探討，補足先行研究未回答之處，建立較為合理的解讀規則。

四　從黃慶萱教授的時間觀談內丹學援《易》論時之應用
——以李道純《三天易髓》為例

王詩評*

提要

黃慶萱教授乃臺灣重要的《易》學家，《周易縱横談》收錄12篇以《周易》為主題之論文。其中，〈周易時觀初探〉從《周易》名稱、卦爻結構、卦序討論《易》與時間的密切關係；並就觀天、察時、明時論《周易》對時間之知解；從待時、與時偕行、趣時論時間之應用；作者並於文末，就〈彖傳〉對時間的強調，舉12卦說明。內丹學者多借用《周易》的符號與文字說解丹功，其對時間的論述多置於火候之運用，筆者欲以黃教授之時間觀為基礎，從「李道純《三天易髓·儒曰太極》的時間論述」、「兩種不同的時間論述：成德與成仙」分析內丹學援《易》論時之應用。

關鍵詞：《周易》，內丹，李道純，《三天易髓》，黃慶萱，時間觀。

---

* 王詩評教授，國立臺灣師範大學國文學系文學碩士、博士。現為國立臺灣藝術大學通識教育中心專任副教授兼研究發展處學術發展組組長，曾兼任財團法人中華民國《易經》學會第十二屆理事會理事、國立屏東大學中國語文學系專案助理教授兼國際處東南亞發展中心主任與國際學生組組長、國立臺灣師範大學僑先部兼任助理教授、國立臺北科技大學通識教育中心兼任助理教授、國立臺灣海洋大學共同教育中心兼任助理教授與講師，以及康寧醫護暨管理專科學校通識教育中心兼任講師，教學與行政閱歷豐富。專長於閱讀與寫作、文化經典（《易經》）、華語文教學、當代文學理論，著有《高懷民教授《易》學研究》、《清初陶素耜《周易参同契脈望》研究——以內丹雙修學為主》等專書，以及單篇學術論文數十篇。

一　前言

《易》者，變易矣！四時流轉、晝夜遞嬗，天地間的盈虛消息，最顯著的變化即表現於時間之分秒消逝。孔子於川邊見奔流不停的河水，感嘆道：「逝者如斯夫！不舍晝夜。」[1]韶光易逝，一去不返，聖賢勉人進德不息、珍惜光陰，故孟子讚其乃「聖之時者」。[2]〈乾・文言〉曰：

> 夫大人者，與天地合其德，與日月合其明，與四時合其序，與鬼神合其吉凶。先天而天弗違，後天而奉天時。天且弗違，而況於人乎？況於鬼神乎？[3]

九五爻為「大人」之形象，亦揭示習《易》者一個崇高之標的，黃慶萱教授對上文解釋道：

> 這是指大人參贊化育之德，與天地無不覆載之德相合；大人觀察之明，與日月無不照臨之明相合；大人施政之序，與四時生長收藏之序相合。大人之賞善罰惡，與鬼神吉凶無私相合。這又是中國人自客觀現象中吸取主體道德教訓的例證之一。……在天時尚未開始之前，大人們要稟承上天生生不息的仁德，參贊化育萬物。……在天時已經發動之後，大人們要體會上天開物成務的用心，因時興功。[4]

《易》卦六爻，初爻、二爻象徵地位，三爻、四爻象徵人位，五爻、上爻象徵

---

1 魏・何晏等注，宋・邢昺疏：《論語注疏》，收入《十三經注疏》（臺北：藝文印書館，1993年），頁80。

2 漢・趙岐注，宋・孫奭疏：《孟子注疏》，收入《十三經注疏》（臺北：藝文印書館，1993年），頁176。

3 魏・王弼等注〔唐・孔穎達疏：《周易正義》，收入《十三經注疏》（臺北：藝文印書館，1993年），頁16。

4 黃慶萱：《新譯周易六十四卦經傳通釋》（臺北：三民書局，年2021年），上冊，頁131-133。

天位，〈乾卦．九五爻〉乃頂天立地、居於人位之上，撰《易》者曉示後學應德合天地鬼神，不悖自然法則。黃教授之闡釋重點，著重於道德實踐可以跟天地、日月、四時、鬼神皆相合而不違逆，因此，其對「大人」之審酌以德行為首；而默契天道、尊重天道的具體作為，亦即「奉天時」，也就是從事適合天時的舉措。《周易》貴「時」，除了經傳之中出現了58次「時」字，[5]六爻結構由初爻至上爻、六十四卦的卦序始〈乾〉、〈坤〉，而終〈既濟〉、〈未濟〉，無不說明「大人」應發揮「時」義之重要性。

黃教授的《周易》時間論述，主要見於〈周易時觀初探〉[6]一文。文中先就「《周易》名稱原含周流變易之時觀」進行闡述，並以「周匝變易」為構成《周易》時間觀的基本形態。再者，文中提出「六爻是小規模的周流變易」，以及「六十四卦是大規模的周流變易」，無論是符號的形成或文字的發揮，皆強調時間終始。該文主旨在探索《周易》對時間之特殊觀點，首先是先民由「觀天」、「察時」而「明時」，完成對時間的知解；接著，從「待時」、「與時偕行」、「趣時」說明對時間的應用。後半段，其以〈彖傳〉言「時大矣哉」4次、言「時義大矣哉」5次、言「時用大矣哉」3次，證明〈彖傳〉對時義之強調。

「時」乃《周易》哲學的核心概念，孔穎達（574-648）《周易正義》引《易緯》及鄭玄（127-200）之說論「易之三名」，曰：

> 《易緯．乾鑿度》云：「《易》一名而含三義，所謂易也，變易也，不易也。」……鄭玄依此義作《易贊》及《易論》，云：「《易》一名而含三義，易簡一也，變易二也，不易三也。」[7]

林文欽教授認為「《易》之三名」以「時」為中心精神，說：「《易》有三義，『變易』所以生生不息，『時』也；『不易』的自然規律，為『時』運化的軌

5　《周易》經文唯有〈歸妹．九四．爻辭〉：「歸妹愆期，遲歸有時。」出現1次「時」字，其餘57次皆見於《易傳》。

6　黃慶萱：《周易縱橫談》（臺北：東大圖書股份有限公司，1995年3月），頁117-177。

7　魏．王弼等注，唐．孔穎達疏：《周易正義》，頁3。

跡；『簡易』為自然，即時的變化方法在『與時偕行』。」《易》道體現於變化，「與時偕行」指示人們處於變動不居的環境中，如何應時而變、適時而作、安時順處。黃教授於〈周易時觀初探〉中也述及「與時偕行」一義，其言：

> 無論「時發」、「時升」、「時育」、「時舍」，「與時偕行」總以「時中」為原則。……「時中」是「得其時之中」的意思。……總之，要如〈艮・彖傳〉說的：「艮，止也。時止則止，時行則行，動靜不失其時。」才符合「時中」的原則，是「與時偕行」的落實表現。[8]

「與時偕行」的具體落實即是「得其時之中」，清儒惠棟（1697-1758）嘗言：「《易》道深矣！一言以蔽之曰：時中。」[9]「時」即先後，「中」即方位，「時中」所代表者乃是於宇宙的流行變化中，時間與空間的適宜中和，引申至立身行事，則是合乎時宜，無過與不及。

《周易》經傳藉由「時」義之闡發，勉人德合天地、不違天時的修業目標；內丹學在《周易》「與天合時」的基礎上，主張丹道修煉應隨順四時、與天地流行同步。然而，內丹學的時間觀更著重於「先天逆返至後天」，也就是擺脫生物演化的後天束縛，重返道本的成仙之途。[10]就字面描述而言，由先天至後天、再由後天至先天的生命演化，猶如從成人狀態重返嬰兒未出母胎之時，乃時間意義上的逆行表現。然而，內丹學逆返道本的煉養方式並非違背自然，反而是順道之自然，其所逆者，實為逆於後天的演化方向。[11]元代道士陳

---

8 黃慶萱：《周易縱橫談》，頁134。

9 清・惠棟：《易漢學》（北京：中華書局，2007年），頁624。

10 《性命圭旨》：「道生一，一生二，二生三，三生萬物，此所謂順去，生人生物。今則形化精，精化氣，氣化神，神化虛，此所謂逆來，成佛成仙。」徐兆仁主編：《東方修道文庫・天元丹法・性命圭旨・順逆三關說》（北京：中國人民大學出版社，1990年），頁104。

11 內丹學是否違背自然之爭議，郝勤有以下看法：「天地萬物法自然之道，是由生到壯，由壯而衰，由衰而亡，這是不以人的意志為轉移的客觀規律，所以道家主張『道法自然』，也就是順應自然法則。但仙學和內丹的根本立論卻是要長生不死，也就是要反自然之道而『逆返成仙』。這既是內丹本體論的核心學說，也是內丹對傳統道家和道教思想的重大變革與突破。但老子《道德經》本已有『歸根』『復命』的說法，主張『專氣致柔』、『復歸於嬰兒』。道教仙學及內丹家不過稟承這一說法，論證仙道和丹法應逆萬物順行之道，類比於宇宙生命發生程

致虛（1290-？）即言：「如順則生物生人者，是後天地之道也；逆則成仙成佛者，是先天地金丹之道也。」[12]而且，內外丹家甚重視隨順自然、與時偕行的觀念，漢代魏伯陽（生卒年不詳）《周易參同契》言：「賞罰應春秋，昏明順寒暑。爻辭有仁義，隨時發喜怒。如是應四時，五行得其理。」[13]又，鍾呂內丹亦以「和順自然」為道法養生之基本原則，故人身與自然可相互比喻，人體內的生命節律和自然週期，也存在著同步之陰陽轉化規律，故曰：「道生萬物，天地乃物中之大者，人為物中之靈者，別求於道，人同天地。」[14]

〈繫辭傳〉曰：「《易》之為書也不可遠，為道也屢遷。變動不居，周流六虛，上下無常，剛柔相易，不可為典要，唯變所適。」[15]既然我們所處的環境是屢變屢遷、無常不居，被動地順應天時而行動定然非《易傳》所樂見之，其言「唯變所適」，則是闡揚人應依時而變之《易》理。黃教授論及時間之應用，即說：

> 「與時消息」、「與四時合其序」也正是《周易》論時間運用的總則。消極的，要「奉天」、「承天」、「應天」。……積極的，要「御天」。[16]

當然，筆者此處須先鄭重釐清，《周易》的時間觀與丹道的時間論述是兩套不同的系統，筆者絕無強作比附之意，但是，吾人皆明瞭自漢代魏伯陽開始，丹經作者企圖援用《周易》的符號與文字解釋煉丹術，其中，又以火候之模擬佔最大篇幅。火候原指在外丹冶煉中對火力大小、快慢、久暫之調節，內丹修煉

序，使萬物（人身小宇宙）合而為三（精、炁、神），三復化為二（神、炁），二復歸一（元神），一復還為虛（道），這就是所謂『順生人，逆成仙』。」郝勤：《龍虎丹道——道教內丹術》（臺北：大展出版社有限公司，2004年8月），頁213。

12 宋．張伯端原著，宋．薛道光、陸墅，元．陳致虛注：《紫陽真人悟真篇三註》，收入《中華道藏》（北京：華夏出版社，2004年），第十九冊，頁404。

13 漢．魏伯陽：《參同契正文》，嚴靈峯編：《無求備齋易經集成》（臺北：成文出版社，1976年），第155本，據明萬曆間刊「百陵學山」本影印，頁5-6。

14 唐．鍾離權：《靈寶畢法》，收入《藏外道書》（成都：巴蜀書社，1994年），第六冊，頁104。

15 魏．王弼等注，唐．孔穎達疏：《周易正義》，頁173。

16 黃慶萱：《周易縱橫談》，頁131。

則指意念對呼吸、精炁神之掌握。[17]因火候升降實則抽象難形容，故素有「聖人傳藥不傳火，從來火候少人知」[18]一說，部分丹家嘗試以具有象徵性的卦爻比擬之，擴大了詮釋的空間。論及火候，乃與「時」密切相關。丹經中對火候之描述，也呈現出丹家對時間之應用。換言之，依照黃教授積極用時的觀點，來討論內丹學援《易》論時之應用，或可見丹經對實際煉養之描述更突出「唯變所適」的特點。

筆者在下文擬以元代道士李道純（生卒年不詳）《三天易髓》為主要文本，茲就其援《易》論時之丹道應用，爬梳其要，並呈顯其與《周易》經傳時間觀之殊異。李道純，字元素，號清庵，又號瑩蟾子，乃金元時期江南全真道著名學者。李氏融通《老子》、《周易》、佛學以闡述內丹理論，並以對南北二宗之兼收並蓄和三教本一之主張而揚名，因其學說強調中和思想、玄關為中，後世又以其為內丹中派之代表人物。[19]《三天易髓》收於《正統道藏．洞真部．方法類》，全文共分四部分：〈儒曰太極〉、〈道曰金丹〉、〈釋曰圓覺〉、〈陰符經直指〉。李氏於另作《道德會元．序》曾言：

> 竊謂伏羲畫《易》，剖露先天；老子著書，全彰道德，此二者其諸經之

---

17 《清庵瑩蟾子語錄》：「若到無抽無添處，正好行火候。又道：真火本無候。又道：不將火候着於火。呵呵，只這兩句子，瞎了多少人眼，開了多少人眼。我今直指與君。火者，心也。候者，念也。以心煉念，謂之火候。至於心定念息，火候用也。雖然恁麼道，卻不可著在心念上，亦不得離了心念。離了心念便是妄，着了心念便是物。在心念又不是，離心念又不是。畢竟作麼生？咦，寒來暑往，秋收冬藏。」李道純對火候的解釋乃以心煉念，特此說明。元．李道純：《清庵瑩蟾子語錄》，收入《中華道藏》，第27冊，頁344。

18 宋．薛道光《還丹復命篇》，收入《正統道藏》（臺北：新文豐出版公司，1988年），第40冊，頁701。

19 關於李道純研究之相關資料，請見卿希泰、詹石窗：〈李道純「老學」淺析〉，《船山學刊》，1986年第1期，頁111-117。王沐：〈李道純之道統及其他（札記）〉，《船山學刊》，1986年第2期，頁104-105、89。王婉甄：《李道純道教思想研究》，收於林慶彰主編：《中國學術思想研究輯刊．二編》（新北：花木蘭文化事業有限公司，2008年），第28冊。李大華：《李道純學案》（濟南：齊魯書社，2010年）。岑孝清：《李道純中和思想及其丹道闡真》（北京：宗教文化出版社，2010年）。丁孝明：〈《中和集》的思想理論與特色〉，《正修通識教育學報》，第7期，2010年6月，頁1-20。潘雨廷〈論李道純及其著作〉，收於潘雨廷：《道教史發微》（上海：復旦大學出版社，2012年）。

祖乎！今之學者，未造其理，何哉？蓋由不得其傳耳！予素不通書，因廣參遍訪，獲遇至人，點開心《易》，得造《易經》之妙。於是罄其所得，撰成《三天易髓》，授諸門人。[20]

又，其於《中和集》對〈太極圖〉之說解，曰：

釋曰「圓覺」，道曰「金丹」，儒曰「太極」。所謂「無極而太極者」，不可極而極之謂也。[21]

《三天易髓》所述之內容乃丹門心法，是李氏會通三教要義的精華，三教對於修行煉養之最高境界雖稱謂不一，然所指皆同。李氏因獲高人傳授，有幸悟得其中堂奧，深明《易》道通變之妙，故以《易經》貫通儒、道、釋之說，直指得丹真髓。

本文之重點在於從黃慶萱教授的時間觀談內丹學汲取《周易》時論之發揮，雖以《三天易髓》為研究文本，重點仍置於時間論述。下文茲作兩部分討論，其一是「李道純《三天易髓．儒曰太極》的時間論述」，其二是「兩種不同的時間論述：成德與成仙」。

二　李道純《三天易髓．儒曰太極》的時間論述

〈儒曰太極〉篇下標題乃「火符直指」，此篇大抵以〈乾〉、〈坤〉二卦共十二爻，說明火候之進退升降。篇首為「〈乾〉、〈坤〉鼎器」，續接〈乾．初九〉「潛龍勿用」、〈乾．九二〉「見龍在田」、〈乾．九三〉「終日乾乾」、〈乾．九四〉「或躍在淵」、〈乾．九五〉「飛龍在天」、〈乾．上九〉「亢龍有悔」、〈坤．初六〉「履霜至冰」、〈坤．六二〉「直方大」、〈坤．六三〉「含章可貞」、

---

[20] 元．李道純：《道德會元》，收入《中華道藏》，第12冊，頁530。

[21] 元．李道純：《中和集》，收入《中華道藏》，第27冊，頁272。

〈坤・六四〉「括囊無咎」、〈坤・六五〉「黃裳元吉」、〈坤・上六〉「龍戰于野」，最末為「溫養靈胎」、「玄珠成象」，共十五頌。

第一頌「〈乾〉、〈坤〉鼎器：上柱天，下柱地，只這人，是鼎器。咦！既知下手，工夫簡易。」[22]在李道純的著述中，有多處提及修丹以〈乾〉、〈坤〉為鼎器，如《中和集》：

> 或問：何謂鼎爐？曰：身心為鼎爐。丹書云：先把〈乾〉、〈坤〉為鼎器，次搏烏兔藥來烹。〈乾〉，心也；〈坤〉，身也。今人外面安爐立鼎者，謬矣。[23]

> 問：「〈繫辭〉云天地設位，《易》行乎中。如何？」曰：「天地設位人生於中，是謂三才，故人與物生生而不息。所以不言人與物，而言《易》者，聖人言〈乾〉、〈坤〉《易》之門，隨時變易，以從道也。如金丹以〈乾〉、〈坤〉為鼎器者，天地設位也。以陰陽為化機者，即《易》行乎中也。元始採藥無窮，行火候之不息也。」[24]

人於天地之間，居三才之要，修丹逆返道本之要領乃與天地同步，符合陰陽流行的規律，李氏援用《易》學符號說明〈乾〉、〈坤〉鼎爐於人身中，《中和集》更明確指出〈乾〉為心、〈坤〉為身，故採藥烹煉、火候消息亦於這人，不應外求。丹理深奧難窺其竅，安爐立鼎穩妥後，火候掌握乃重中之中，然李氏再三重申「《易》行乎中」，突顯「唯變所適」為升降進退之關鍵。

〈儒曰太極〉有十二頌以〈乾〉、〈坤〉十二爻模擬火候，茲錄原文於此；另外，《中和集》卷二載有〈火候圖〉，其於人體圖下並整理十二月令、一月中的十二日、十二時辰、火候升降的十二道程序、十二辟卦，再配合〈乾〉、

---

22 元・李道純：《三天易髓》，收入《中華道藏》，第27冊，頁358。

23 元・李道純：《中和集》，頁292。

24 元・李道純：《中和集》，頁285。

〈坤〉十二爻，以明進陽火、退陰符之狀，[25]筆者以為此圖應與〈儒曰太極〉參照討論，故亦列於下。大抵而論，〈儒曰太極〉的火候論述可分為「明時而得其時」和「用時而不泥時」，下文將就此二項分述之：

潛龍勿用：

一陽生，宜守靜，常存誠，心正定。咦，龍得潛藏，勿宜輕進。

見龍在田：

鼓巽風，進火功，剎那間，滿爐紅。是麼，見龍在田，光遍虛空。

終日乾乾：

天地交，陰陽均，汞八兩，鉛半斤。呵呵，姹女斂伏，嬰兒仰承。

或躍在淵：

水制火，金剋木，到斯時，宜沐浴。囫，或躍在淵，存中謹篤。

飛龍在天：

五炁朝，三花聚，木金交，鉛汞住。吽，飛龍在天，雲行雨致。

亢龍有悔：

體純乾，六陽備，便住火，莫擬議。住，若不持盈，亢龍有悔。

履霜至冰：

始生陰，莫妄行，牢執捉，謹守城。子細，防微杜漸，履霜至冰。

直方大：

逢六二，漸漸退，陰正中，陽伏位。塹，烟雨濛濛，不習自利。

含章可貞：

白雪凝，黃芽生，牢愛護，莫馳情。收，陽爐固濟，含章可貞。

---

25 「夫人之精神，日夕榮衛一身，常與天地陰陽之氣運行不息，故冬至之日，地中有一陽之氣上升而為〈復〉卦。人之元氣亦如之，故進陽火。至正月，陰陽之氣相半，自然相交而為〈泰〉卦。人之元氣亦然，是以息火謂之沐浴。夏至之日，天中有一陰之氣下降而為〈姤〉卦，故退陰符。至七月陰陽之氣相半，自然相交而為〈否〉卦。人之元氣亦然，是以停待，亦謂之沐浴。」宋．張伯端撰，宋．翁葆光注，元．戴起宗疏：《紫陽真人悟真篇注疏》，收入《中華道藏》，第19冊，頁345。

括囊無咎：

汞要飛，鉛要走，至斯時，宜謹守。嘎，把沒底囊，括結其口。

黃裳元吉：

群陰盡，丹道畢，至精凝，元炁息。咄，收拾歸中，黃裳元吉。

龍戰于野：

陰既藏，陽再生，到這裏，再隄防。小心，若逢野戰，其血玄黃。[26]

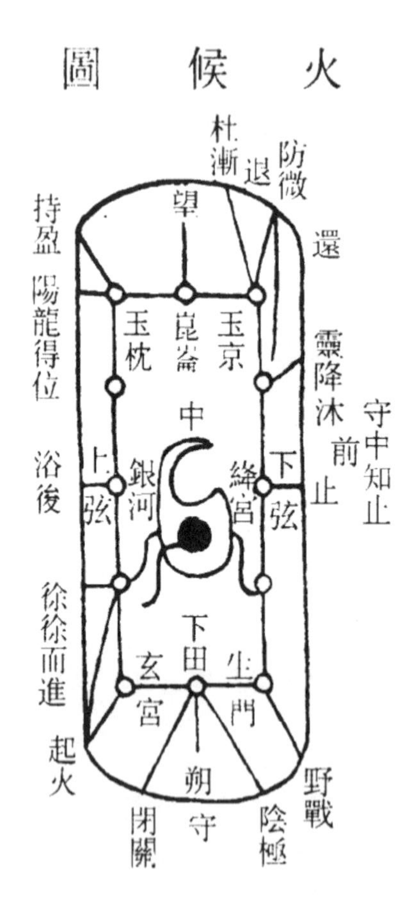

[26] 元・李道純：《三天易髓》，頁358。

十一	十二	正	二	三	四		五	六	七	八	九	十
初一	初三	初六	初八	十一	十四	望	退十六	十八、	二十	二十三	二十六	二十八
子	丑	寅	卯	辰	巳		午	未	申	酉	戌	亥
玄宮	進	徐進	沐	遇	止			退				
			銀河	玉關			崙山		徐退	浴絳宮	守中	戰
復	臨	泰	壯	夬	乾		姤	遯	否	觀	剥	坤
初九	九二	九三	九四	九五	上九		初六	六二	六三	六四	六五	上六

圖 1：火候圖

(一) 明時而得其時

〈繫辭傳〉:「日往則月來，月往則日來，日月相推而明生焉。寒往則暑來，暑往則寒來，寒暑相推而歲成焉。」[27]日昇日落、月圓月缺，寒暑相嬗、四時流轉，自然界的現象循環不已即是天道變易的體現，黃教授提出「觀天」以察宇宙運行的規律，復將天時律則與人事合一，落實於百姓生活以化成天下。所以，「時機未到，要『待時』；時機到了，要『與時偕行』；時機轉變，要『趣時』；總以『不失時』為最低限度。」[28]再觀上列〈儒曰太極〉及〈火候圖〉之描述，李道純以〈乾〉、〈坤〉十二爻的模擬表現出內丹學「待時」、「與時偕行」、「趣時」及「不失時」的特色。

〈乾〉之初九「潛龍勿用」，一陽方生，潛龍必須等待時機、不可盲動；修煉者應守靜、存誠、定心，自後背下方玄宮處起火，漸蓄微陽。〈乾〉之九二「見龍在田」，陽剛累增，見龍出潛離隱、乾元之德已昭；修煉者應乘時鼓動巽風、運符進火。〈乾〉之九三「終日乾乾」，居多凶之位，故因其時危而惕勵不怠；藥物均備、陰陽平衡，此時修煉者應保持火候之徐徐而進。〈乾〉之

[27] 魏・王弼等注，唐・孔穎達疏：《周易正義》，頁168。

[28] 黃慶萱：《周易縱橫談》，頁131。

九四「或躍在淵」，居進退之位，乃陽剛發展之中介，當須審時度勢、蓄積待發；修煉者宜以沐浴溫養之火，謹慎存中，待時而動。〈乾〉之九五「飛龍在天」，居中得位、天功大成；此時陽龍得位，修煉者於玉闕達於三花聚鼎（煉精化炁，煉炁化神，煉神還虛）、五炁朝元（使精、神、魂、魄、意，各安其位）之境地。〈乾〉之上九「亢龍有悔」，以龍飛至極一味亢進，悔吝必生；純陽乾體，應持盈保泰，修煉者與時偕極、停止進火。以上〈乾〉之六爻乃進陽火，行火由後背下方上升至頭部，以下復將由頭部正面而往下。

〈坤〉之初六「履霜堅冰」，陰氣始凝，喻人重視機微、順勢慎行；修煉者於崙山守城，勿妄勿躁，防微杜漸。〈坤〉之六二「直方大」，行合義方、德行廣被，盛德日新故無不利；修煉者上合天時，漸退火符，隨心所欲而不逾矩。〈坤〉之六三「含章可貞」，雖失位多凶，然順承天時、適時顯發，無成有終；藥物將成、爐火徐退，功成指日可待，故修煉者含養不露、悉心護丹。〈坤〉之六四「括囊無咎」，位於重陰閉塞，雖退隱靜默仍內充其德，方能無譽無咎；修煉者於絳宮沐浴，防危慎險、洗心滌慮。〈坤〉之六五「黃裳元吉」，以陰居尊持中順之德，不待外求而固吉；至此丹成功滿，精凝炁息，修煉者守中歸一，還返太初。〈坤〉之上六「龍戰于野」，居高道窮、陽氣復興，陰陽相薄而交戰混雜；至此以至煉養尾聲，修煉者唯小心提防，切忌功虧一簣。以上〈坤〉之六爻乃退陰符，重點置於「守」、「護」、「謹」、「歸」和「防」，持養之功同於〈坤〉卦之德。李道純在《中和集》卷一〈畫前密意〉有言：

> 通變莫若識時，識時莫若明理，明理莫若虛靜。虛則明，靜則清，清明在躬，天理昭明。天之變化，觀易可見。世之時勢，觀象可驗。物之情偽，觀形可辨。麗於形者，不能無偶。施於色者，不能無辨。天將陰雨，氣必先蒸。山將崩裂，下必先隳。人將利害，貌必先變。譬如巢知風，穴知雨，蟄蟲應候，葉落知秋。又如商人置雉尾於舟車之上，以候陰晴，天常晴則尾直堅，天將雨則尾下垂。無情之物尚爾，而況人乎。今人不識時變者，燭理未明也。（〈明時第九〉）[29]

---

[29] 元．李道純：《中和集》，頁276。

虛靜之道乃李道純性命雙修的宗旨，然細觀上文之意，李氏突出觀象於天、觀法於地，從自然環境中把握大化流行的規律，並將其運用於日常行事。因此，內丹煉養的火候調控，進陽火與退陰符之時程亦與天地同步。《周易》經傳以〈乾〉、〈坤〉十二爻告知人們居於不同時、位的應對進退之道，內丹家將此挪用於人體的能量流轉，配合乾健、坤順之德，以作上文之譬喻。李道純尚有一首〈火候歌〉可供參看，茲錄於下：

> 欲造玄玄須謹獨，謹獨工夫機在目。絕斷色塵無毀辱，清虛方寸瑩如玉。
> 極致沖虛守靜篤，靜中一動陽來復。初九潛龍須攝伏，進至見龍休大速。
> 才見乾乾光內燭，或躍在淵時沐浴。九五飛龍成化育，陽極陰生須退縮。
> 防微杜漸坤初六，退至直方金併木。六三不可榮以祿，括囊以後神丹熟。
> 若逢野戰志鈴束，陰剝陽純火候足。一粒寶珠吞入腹，作箇全真仙眷屬。
> 一夫一婦常和睦，三偶三奇時趁逐。素女青郎一處宿，黑汞赤鉛自攢簇。
> 虛空造就無為屋，這箇主人誠不俗。山嶽藏雲天地肅，爍爍蟾光照虛谷。[30]

前文曾述，黃教授引〈艮・彖〉之言，說明行動或靜止均不違反適時的原則，方符合「時中」之義。潛龍攝伏、見龍進火、惕龍徐進、躍龍沐浴、飛龍化育、亢龍退止；初六防微、六二退符、六三徐退、六四沐浴、六五丹熟、上六交戰，莫不是藉由觀《易》與象，識時、明理以通變，進而在以意念引炁循行之工夫上，得其時之中，金丹乃大成。

（二）用時而不泥時

《參同契》言：「發號順時令，勿失爻動時。」[31]又，「藏器待時，勿違卦月。」[32]不論外丹或內丹的修煉者，都應和順天時不違節令，掌握人身生理時鐘與外界自然時鐘之協調，依時序以進行火候之調整。然順時、用時並不代表

30　元・李道純：《中和集》，頁300。

31　漢・魏伯陽：《參同契正文》，頁9。

32　漢・魏伯陽：《參同契正文》，頁19。

僅能依照曆法行事，內丹學者甚有「活子時」之說，以明火候之調控依照人體的週期變化，而非拘泥外在的時序更迭。《清庵瑩蟾子語錄》曰：

> 採藥者，採身中真鉛真汞也。藥生有時。夫時者，非冬至，非月生，非子時。師云：「煉丹不用尋冬至，身中自有一陽生。」又云：「鉛見癸生急須採，金逢望遠不堪嘗。」以此尋身中癸生時，是一陽也，便可下手採之。二氣交合之後，要識得持盈，不可太過。「望遠不堪嘗」。進火退符，無以取則，遂一年節候，寒暑往來，以為火符之則。又以一月盈虧，以明抽添之指。且如冬至陽生，〈復〉卦；十二月，二陽〈臨〉卦；正月，三陽〈泰〉卦；二月，四陽〈大壯〉卦；三月，五陽〈夬〉卦；四月，六陽，純陽〈乾〉卦；陽極陰生，五月，一陰〈姤〉卦；六月，二陰〈遯〉卦；七月，三陰〈否〉卦；八月，四陰〈觀〉卦；九月，五陰〈剝〉卦；十月，純陰〈坤〉卦。陰極陽生，周而復始，此火符進退之機。奈何學者執文泥象，以冬至日下手進火，夏至日退符，二八月沐浴，由不知其要也。聖人見學者錯用心志，又以一年節候，促在一月之內，以朔望象冬夏二至，以兩弦比二八月，以兩日半準一月，以三十日準一年。學者又著在月上用工夫。又以月虧盈促在一日，以子午體朔望，以卯酉體二弦。學者又著在一日上做工夫。近代真師云：「一刻之工夫，自有一年之節候。」又曰：「父母未生前，焉有年月日時？」此聖人誘喻，學者勿錯用心。奈何泥著之徒，不窮其理，執文泥象，徒爾勞心。余今直指與公，身中癸生時，便是一陽也。[33]

此段文字可歸納為以下重點：

第一，採藥有其特定時間，「一陽生」、「癸生時」乃當其時，但李氏再三強調，此陽生之時並非僅限於冬至、月初、子時，而是應以人身之實際生理變化為判準。如〈冬至升堂講經〉：「且道如何是身中冬至？……世人於一陽來復

[33] 元．李道純：《清庵瑩蟾子語錄》，頁341-342。

之時，守其安靜，使內境不出，外境不入，以待一陽來復。一陽既復，四大咸安，百骸俱理，此長生久視之道也。」[34]同理，進陽火、退陰符、沐浴休養，皆不應泥於特定月份、日期、時辰，而是在不違背自然週期的律則下，靈活地循序而行，無入而不自得。

第二，參照上文所附之〈火候圖〉。一陽始生：十一月（冬至），初一月朔，子時，〈復〉卦，〈乾〉之初九爻。二陽：十二月，初三新月，丑時，〈臨〉卦，〈乾〉之九二爻。三陽：正月，初六，寅時，〈泰〉卦，〈乾〉之九三爻。四陽：二月，初八上弦月，卯時，〈大壯〉卦，〈乾〉之九四爻。五陽：三月，十一日，辰時，〈夬〉卦，〈乾〉之九五爻。六陽：四月，十四日，巳時，純陽〈乾〉卦，〈乾〉之上九爻。陽極陰生，一陰：五月，十六日，午時，〈姤〉卦，〈坤〉之初六爻。二陰：六月，十八日，未時，〈遯〉卦，〈坤〉之六二爻。三陰：七月，二十日，申時，〈否〉卦，〈坤〉之六三爻。四陰：八月，二十三日，酉時，〈觀〉卦，〈坤〉之六四爻。五陰：九月，二十六日，戌時，〈剝〉卦，〈坤〉之六五爻。六陰：十月，二十八日，亥時，〈坤〉卦，〈坤〉之上六爻。以上之時序對應，是為了呈現在不同的計時方式中，火候升降的階段性表現。然而，內丹學的名詞術語多具有某種象徵性的意義，其未必實指某種具體的事物本身，也並非純抽象的哲學概念，所以，吾人若是以機械化的對應參用此圖表，反而執文泥象，導致錯用心志、強為比附。《中和集》卷三〈全真活法〉言：「煉精在知時。所謂時者，非時候之時也。若著在時上，便不是。若謂無時，如何下手，畢竟作麼生？咦，古人言時至神知。祖師云：『鉛見癸生須急採。』斯言盡矣！」可是，內丹修煉應將重心置於己身，尤其是身、心、念與精、炁、神的變化。

第三，內丹時間論述尚有「攢簇」[35]之說，也就是在天人同構的理論基礎

34　元．李道純：《清庵瑩蟾子語錄》，頁329。

35　俞琰《周易參同契發揮》：「大道之祖不出一氣而成變化，析而為黑白，分而為青黃，喻之曰日月，名之曰龍虎，有如許之紛紛，是皆陰陽二字也，其實即一物也。人知神水華池之名，鉛爐土釜之號，皆一處也。或曰冬至子時，或曰晦朔之間，大不知，以為一陽來復必在冬至子時，日月合璧必在晦朔之間。於是撿尋曆日，輪刻掐時，謬之甚矣！抑熟知攢年蹙月，攢月蹙日，攢日蹙時。而一時之中，自有一年一月之造化哉！」元．俞琰：《周易參同契發

上，人身小宇宙和天地大宇宙可模擬、類比並轉化，因此，火候消息具有極大的彈性，其可濃縮煉丹時程，將丹功縮攝為一日功法，甚或一時功法。李道純回答門弟子之問答即言：

> 六十卦共三百六十爻，象一年三百六十日之數，自冬至後起〈屯〉、〈蒙〉，大雪盡日是〈既〉、〈未〉也。以一月言之，初一日起〈屯〉、〈蒙〉，月晦日是〈既〉、〈未〉。以一日言之，子時起〈屯〉、〈蒙〉，亥時是〈既〉、〈未〉。若以工夫言之，頃刻之工夫，奪一年之節候，自起手便是〈屯〉、〈蒙〉，收拾便是〈既〉、〈未〉。所謂朝〈屯〉暮〈蒙〉，只此總名也。達是理者，一剎那間周天數足，諸卦悉在其中矣。祖師謂：「無爻卦內定〈乾〉、〈坤〉者是也。」[36]

此文乃是說明，以年為計時單位的系統，和以月、日為單位的系統可相比擬，據此，則冬至、初一、子時起〈屯〉、〈蒙〉二卦，大雪、月晦日、亥時是〈既濟〉、〈未濟〉二卦。然而，回歸李氏著述文本，其所強調者乃是向身中尋「活子時」，一陽初生未必僅在子時發生，其亦可能在其他時辰顯現，所以，丑時、寅時、卯時，初二、初三、初四，或者十二月、一月、二月，都可能是陽炁萌發之際。再觀〈儒曰太極〉最末二頌：

揮》，明・《正統道藏》（北京：文物出版社，臺北：上海書店，天津：天津古籍出版社，1988年），第20冊，頁271。陳致虛《周易參同契分章注》：「古聖先賢以煉金丹為一大件事也。推度時節，立攢簇法。以一年七十二候簇於一日，以三百六十爻攢於一月，以三十六符計一晝夜，分倲十二時中。是一時有六候，比之求丹，止用二候之久。一時有一爻，比之求丹，不要半爻之頃。一時有三符，比之求丹，止用一符之速。所謂單符單決者，此也。所以黃帝言《陰符》者，此也。故曰：人知其神而神，不知不神之所以神者，此也。修丹仙子，於此一符之頃，奪三千六百之正炁，逆納胎中。當斯之時，奪天地之造化，竊日月之精華。地軸形心，天關在手。交龍虎兩弦之炁，擒金水一體之真，龜蛇盤結於丹爐，烏兔會行於黃道。黑白交映，剛柔迭興。玉爐儲祥，紫華映日。熒惑守於西極，朱雀炎於空中。促水運金，催火入鼎，伏蒸以太陽之炁，結號黃轝之丹也。」元・陳致虛：《周易參同契分章注》，收入《中華道藏》，第十六冊，頁221。

[36]元・李道純：《清庵瑩蟾子語錄》，頁320。

溫養靈胎：虛其心，實其腹，守安靜，待陽復。咦，一剎那間，周天數足。

玄珠成象：掀倒鼎，踢翻爐，功備也，產玄珠。歸根復命，抱本還虛。[37]

李道純的性功旨要為虛靜守中，丹成養胎待下一循環之陽生，仍以人身之變化為判準，若修持有道或可攢簇周天，一剎那間即功成。然而，後文卻言掀鼎、翻爐，此非指破壞既成之丹，而是既已臻至返本還原、同於太虛之境，自不再被形象性之鼎爐所限囿，同理，人身與太虛同體，則不再泥於人為計時之曆法，此際已出入無拘、遨遊物外，不為後天所禁錮。

三　兩種不同的時間論述：成德與成仙

黃教授於〈周易時觀初探〉言：「了解《周易》的時觀，使我們知道順應時間，掌握時間，成為時間的主人！」[38]黃氏此文乃是立基於《周易》經傳，從卦爻及原典中尋繹撰《易》者特殊的時間觀點。內丹學的時間論述則是在「順則成人，逆則成仙」[39]的目標下，汲取《周易》時觀的精義，透過開發人體之身心潛能，進化到更高層次的天人合一。確實，內丹學的時觀亦以不同的路徑達到順應時間、掌握時間，並以「逆轉」的論述企圖成為時間的主人。二者雖為兩種不同的時間論述，然於「觀天、察時以明時」的知解，以及「待時、與時偕行、趣時、不失時」的應用，乃是相符合的。

《周易》首〈乾〉，推崇剛健不已、生生之德，內丹學則賦予凡人「我命由我不由天」[40]的成仙願景，二者的實踐工夫雖皆具有主動性、積極義，但亦持和順自然、陰陽平衡的思想，追求其崇高的成德、成仙鵠的。是故，此兩種

---

[37] 元．李道純：《三天易髓》，頁358。

[38] 黃慶萱：《周易縱橫談》，頁142。

[39] 《性命圭旨》：「此處無他，不過是返我於虛，復我於無而已。返復者，回機也。故曰：一念回機，便同本得。究竟人之本初原自虛無中來，虛化之為神，神化之為氣，氣化之為形，順則生人也。今則形復返之為氣，氣復返之為神，神復返之為虛，逆則成仙也。」明．尹真人高弟子：《性命圭旨》，頁594。

[40] 《悟真篇》：「一粒靈丹吞入腹，始知我命不由天。」宋．張伯端撰，宋．翁葆光注，元．戴起宗疏：《紫陽真人悟真篇注疏》，頁318

不同的時間論述，最大之殊異，乃是表現於應用時間之目標，也就是《周易》經傳強調德合天地的道德精神境界，而內丹學追求的是與道合真的身心狀態，前者有德施天下之志，後者乃同於大通之道。

無論是《周易》或內丹學，無不企求一個愈益完滿的生命狀態，然因所嚮往者不同，所行之道則殊異。但就李道純「三教是一」的思想而論，在超越時空、先天純然的至境，儒家之太極、道教之金丹、釋家之圓覺，並無二致。有趣的是，儒家的君子、大人是入世的，對於擺脫時空限錮、返回未生之時，從來不是儒者關注的功課，相對的，儒家積極提倡成人之道，也就是妥適地處理個人與他人之關係，而非將修養的對象縮限於一己之身。

〈乾．文言〉:「〈乾〉元者，始而亨者也；利貞者，性情也。〈乾〉始能以美利利天下，不言所利，大矣哉！大哉〈乾〉乎！剛健中正，純粹精也；六爻發揮，旁通情也；時乘六龍，以御天也；雲行雨施，天下平也。君子以成德為行，日可見之行也。」[41]黃教授對此段傳文的語譯，充分體現儒家入世成德情懷，其言：

> 〈乾．卦辭〉所說的「元亨」，是指出〈乾〉元天道始生萬物時，賦予萬物具備可以發展的基礎；所說的「利貞」，是指出萬物必須以天命純善之性去控制喜怒哀樂之情。〈乾〉元這種剛強行健化育不息的創始性質，能夠用它亨通美滿、創造福利的功能來造福天下，公正恆常，不限定所利的對象，真是偉大極了呀！偉大呀〈乾〉啊！剛強、勁健，無過不及，不偏不倚、不雜陰柔邪惡，已到至善的境界。六爻稟承剛健中正純粹至極之德性，發揮潛、見、惕、慮、飛、悔的功能，普遍地亨通了萬物之情態。像配合時空乘坐著六條神龍一樣，體現了弘揚了天道。像雲行雨施一般，使萬民萬物亨通，蒙受福利，天下就太平了。君子要以成就道德作行為的目標。這種努力要像天體的運行一樣，必須每天每天體現著，篤行著。[42]

[41] 魏．王弼等注，唐．孔穎達疏：《周易正義》，頁16。

[42] 黃慶萱：《新譯周易六十四卦經傳通釋》，上冊，頁20。

上文提出五項君子成德之重點，以下逐一說明。第一，遵循天道：體現〈乾〉元生生不息、以性制情之美德，乃德合天地之表現。第二，造福天下：德施於眾、道濟蒼生，以萬民為己任之胸懷。第三，中庸至善：無過不及、不偏不倚，體仁行義、崇善求真。第四，六爻之德：適時空之變以發揮六爻之德、弘揚天道。第五，乾乾不已：成就道德應日新其德，彰顯於外、落實於事，於人世中不斷地充盈、增益、完滿之。

成德與成仙乃路徑不同、目標不同的兩種修行方式，筆者無意於此處以「殊途同歸」形容之，事實上，二者關注面向迥異，自難以同歸。然而，吾人可以肯定的是，成德與成仙皆是付出相當之努力，力欲達至更美好的人生模式、更崇高的生命境界，其觀天察時、隨順自然的時間知解及應用，則是協助其成為化被動為主動，翻轉宿命成為更接近理想中的「人」。

四　結語

筆者就讀國立臺灣師範大學國文學系碩士班一年級時，修習恩師賴貴三教授所開設的「《周易》研討」，課後，屯如師帶領修課的研究生組織《周易》讀書會，同班的陳正賢、鄭伊庭、呂若珈、包世盟皆為讀書會成員。在一年中，經由屯如師的講解與敦促，我們研讀了朱伯崑教授、廖名春教授、鄭吉雄教授……等前輩學者的論集，逐步且緩慢地累積《易》學知識。彼時，筆者自三民書局購得太老師黃慶萱教授的《周易縱橫談》，由於該書的寫作方式綱舉目張、條理分明，因此在讀書會的個人導讀時，選擇此作的〈周易時觀初探〉與〈周易位觀初探〉進行報告。博士班時，筆者漸將研究領域轉至道教《易》學，並在研讀文本的過程中，發現內丹學的論述多援用《周易》並發揮之，其中，時間論述即是值得討論的題目。

本文茲以黃教授〈周易時觀初探〉中的論點為主軸，比較李道純《三天易髓．儒曰太極》中的時間論述，以呈現內丹學援《易》論時卻又另有新變之敘述特色。經由全文爬梳，可以見得黃教授提出之《周易》對時間的知解（觀天、察時、明時）與應用（待時、與時偕行、趣時、不失時），與內丹學的時間觀（尤其是火候）「明時而得其時」和「用時而不泥時」雖有同異之處，但更多的是突顯兩種不同的修行目標──成德與成仙，而發展的兩種時間論述。《易》道變易，內丹學借用《周易》符號與文字說解其理論，雖與《周易》經傳有歧出，然就「為變所適」之中心思想而視，《易》學所富有的包容性與多元性，涵容並發展諸家之說的勝景，不亦美哉。

五　詮釋與批判

──理雅各英譯《易經》卦爻辭義理探析

沈信甫[*]

提要

本文以19世紀英國傳教士兼漢學家理雅各（James Legge, 1815-1897）英譯《易經》為探討的對象。旅居香港時期的理雅各長期投入於古代中國典籍的研究和翻譯工作，最著名的翻譯成果是《中國經典》（*The Chinese Classics*, 1861-1872）。除了前期有這一部五冊八卷本的翻譯巨著之外，理雅各的後期代表作《易經》英譯本則收錄於穆勒（Friedrich Max Müller, 1823-1900）編寫的《東方聖書》（*The Sacred Books of the East*）裡。此譯本以康熙皇朝官修的《御纂周易折中》作為翻譯底本，偏重於徵引程朱《易》注的觀點，並兼採歷代《易》家注釋的觀點而成。本文從理雅各英譯《易經》論卦爻的起源為始，兼論他對於宋、清儒《易》注詮釋及批判的立場。這樣的解經方式基本上反映理雅各當時治《易》的學術傾向，檢視其注釋與批語的內容可知，他對於各家《易》注採取不同的立場，足以一窺其詮釋與批判的看法。經由本文的探討，吾人更能夠理解理雅各翻譯此一深奧難解的《易經》之基本立場和學術見解，並具體地彰顯其《易經》詮釋在跨文化翻譯及經典文本傳播上所扮演的關鍵角色和典範意義。

關鍵詞：《易經》，義理，卦爻辭，理雅各，英國傳教士。

[*] 沈信甫，國立臺灣師範大學國文學系文學博士。現為臺南應用科技大學兼任助理教授，曾兼任於國立臺灣師範大學華語文教學系、國立高雄科技大學基礎教育中心、空軍航空技術學院等。學術專長為《易》學思想、中國哲學等，著有《理雅各和衛禮賢英譯《易》學比較研究》與單篇論文十餘篇。本篇論文已發表在國立中興大學中國文學系主辦的「經學與文化學術研討會」，2018年12月7日，頁1-26。經修訂後，刊載於本集中。

一　前言

理雅各（James Legge, 1815-1897）為英國維多利亞時代（Victorian Era, 1837-1901）著名的傳教士兼漢學家。理雅各隸屬英國倫敦傳道會（the London Missionary Society，縮寫為LMS）成員，自1839年他與妻子瑪麗搭船啟程至東方的麻六甲（Malacca），並於隔年由理雅各擔任英華書院（Anglo-Chinese College）院長，直到1843年才轉往香港，從此展開他在華期間的西方漢學研究及學術生涯。

理雅各有鑑於自17世紀起西方漢學界缺乏一系列完整實用的中國經典英譯本，且長期關注中國經典的宗教性議題，而與當時美國聖公會傳教士文惠廉（William Jones Boone, 1811-1864）相互辯駁，使其致力於中國經典翻譯及研究工作。這些具體的翻譯成果主要集中在儒家經典譯本，計有《易經》、《書經》、《詩經》、《禮記》、《春秋》、《論語》、《大學》、《中庸》、《孟子》等九部書。[1]在西方漢學史上，理雅各最為人稱讚的譯著是《中國經典》（*The Chinese Classics*, 1861-1872），即《書經》、《詩經》、《春秋》、《四書》五冊八卷。[2]

在1854至1855年之間，理雅各開始撰寫其整理的《易經》經傳英譯本初稿，表明對此書關注甚久。由於《易經》的深奧難懂，理雅各感嘆一直未能完全地掌握它的範圍和方法。直到1874年，理雅各才清楚地意識到先前二十年來對《易經》探求的付出是一點益處也沒有，於是他重新找出《易經》研究的方法，並揭示其神秘之處。現今所見的理雅各《易經》（*Yî King*）英譯本最初是收錄於穆勒（Friedrich Max Müller, 1823-1900）編撰的《東方聖書》（*The Sacred Books of the East*）第十六卷，後世則改以單行本出版，本文討論的版本

---

1 H. E. Legge, *James Legge: Missionary and Scholar*, (London: The Religious Tract Society, 1905), Chapter 4, p. 32.

2 學界對這一主題的研究成果計有：王輝：〈理雅各與《中國經典》〉，《中國翻譯》2003年第2期，頁37-41；段懷清：〈理雅各《中國經典》翻譯緣起及體例考略〉，《浙江大學學報》（人文社會科學版）第35卷第3期，2005年5月，頁91-98；羅軍鳳：〈理雅各的《中國經典》與清代帝王御纂經籍〉，《學術論壇》2013年第8期，頁67-71；姜哲：〈理雅各《中國經典》主要版本考辨及其他〉，《國際漢學》2015年第2期，頁34-41。

則採用「多佛本」[3]（Dover，1963）為準據。

目前學界對於理雅各英譯《易經》研究已取得不少的成果，[4]然而在《易經》翻譯的過程中，理雅各究竟是如何理解此書深奧的哲理，並使用何種解經方式以探析卦爻辭的義理，並取得什麼具體的翻譯成果。關於這些問題是本文關注之處，以下分別探討理雅各英譯《易經》論卦爻的起源，以及他對於宋、清儒《易》注的詮釋與批判，作概要性說明和綜合論述。

二　理雅各英譯《易經》論卦爻的起源

理雅各對《易經》卦爻起源的探討，同樣採用中國《易》學的傳統立場而歸納出三種說法：一是伏羲觀象作卦說，二是太極兩儀說，三是〈河圖〉、〈洛書〉說。以下分別說明他的看法及觀點。

（一）伏義觀象作卦說

歷史記載《易經》卦爻起源之說甚多，理雅各提及的第一種說法是伏羲觀象作卦說，這表明伏羲是作為《易經》最初的創制者。他舉出〈繫辭下傳〉第二章的說法加以立論。其曰：

> 古者包犧氏之王天下也，仰則觀象於天，俯則觀法於地，觀鳥獸之文，與地之宜，近取諸身，遠取諸物，於是始作八卦，以通神明之德，以類萬物之情。[5]

3　據筆者所知，理雅各英譯《易經》流通於歐美地區的現行版本共有五種，按照各出版年份依序為多佛本（Dover, 1963）、班塔本（Bantam, 1964）、格拉梅西本（Gramercy, 1996）、新美國圖書館本（New American Library, 1971）、新美國圖書館本（New American Library, 1971）等。Edward Hacker, Steve Moore, and Lorraine Patsco, *I Ching：An Annotated Bibliography*, pp. 83-84.

4　學界對理雅各英譯《易經》的研究成果計有管恩森：〈傳教士視閾下的漢籍傳譯——以理雅各英譯《周易》為例〉，《周易研究》，2012年第3期；吳鈞：〈從理雅各的英譯《易經》試談《易經》的翻譯〉，《周易研究》，2013年第1期；李偉榮：〈理雅各英譯《易經》及其易學思想述評〉，《湖南大學學報》（社會科學版）第30卷第2期，2016年3月。

5　魏．王弼、東晉．韓康伯注，唐．陸德明音義、孔穎達等正義：《周易正義》，收錄於清．阮元校勘：《十三經注疏》重栞宋本（臺北：藝文印書館，1955年），冊1，卷八，頁166。

理雅各認為，伏羲或稱作庖犧，他是中國歷史上明確提及的人物之中最遠古的一位，且多數的傳說都與他有直接的關聯性。據他推測，伏羲的年代約為公元前3322年，距今5203年前。依《易傳》所載，伏羲是八卦的發明者，從仰觀俯察天地之間而創作八卦。然而，理雅各卻批評這一段文字所描述的語彙簡直是模糊而籠統的，這樣是無法滿足人們的好奇心。[6]

像伏羲這樣的傳說人物，透過仰觀天象、俯察地文及觀鳥獸文采就能夠創作八卦。顯然地，理雅各完全無法認同這種方式就是《易經》卦爻真正的起源。於是他轉而探討其他兩種說法，並對其判斷何者才是確實可信的。

（二）太極兩儀說

理雅各同樣留意到「太極」之說，它出現於《易經．繫辭傳》上篇的第十一章，而視之為《易經》八卦起源的第二種說法。在他的《易經》英譯本裡，羅列的「太極」一詞的譯名就有不同說法，諸如the Great Extreme、[7] Grand Extreme、[8]the Thâi *K*î或the Grand Terminus[9]等，它們指涉的概念都共同可作為《易經》最高的形上本體義。在太極兩儀說的傳統解釋上，理雅各提出三項的質疑，第一為「太極生兩儀」該由誰來解釋，第二為誰是最先將卦爻相乘到六十四卦，第三為卦爻何以沒有超過六十四卦。以下分別說明之。

第一點的「『太極生兩儀』該由誰來解釋」，這個問題涉及到理雅各對太極一詞的來源歸屬究竟是儒道立場的分判。他認為：

> 誰將試圖解釋「太極生兩儀」的意思是什麼呢？古代儒家的任何典籍裡都沒有出現過這個名稱。我無庸置疑的確定太極一詞在西元前第五（？或第四）世紀乃根源於道家思想者而加入到這篇傳文裡。朱熹在《易學啟蒙》中為太極提供一個圓形的圖象，就是這樣的○。朱熹說到，他這

---

6 James Legge, trans. *The I Ching: the Book of Changes*, (New York: Dover Publications, Inc., 1963), "Introduction", ch2, p. 11.

7 James Legge, trans. *The I Ching: the Book of Changes*, "Introduction", pp. 12, 13, 48.

8 Ibid. , p. 352 note.

9 Ibid. , p. 375 note.

麼做是來自於哲學家周敦頤，並提醒他的讀者們不要以為這樣的圖示來自於伏羲本人。[10]

關於《易經》思想的學術源流之分判，在當代研究者的立場中便有儒家《易》和道家《易》的區別。在理雅各看來，儒家在解釋太極的學術話語權上明顯地較道家來的薄弱，究其原因是在任何古代儒家典籍之中不曾出現太極這個名稱。然而《易經》為何會出現「太極」一詞，按理雅各的推斷是它根源於道家思想者在西元前五或四世紀把「太極」加進到這篇傳文裡。顯然地，理雅各試圖把〈繫辭傳〉這一章的內容視為具有道家的色彩。[11]同時，他也提到朱熹（1130-1200）《易學啟蒙》所說的《太極圖》之圓形，即○，這是根源於北宋儒者周敦頤（1017-1073）之說。然而，理雅各只是片面地提出這樣的論點，卻忽略周氏《太極圖》的根源問題涉及到儒道思想的歸屬爭議及其複雜的脈絡性議題。[12]

除了對太極一詞的學術源流作分判之外，理雅各也針對太極的圖象思維提出自己的看法。他說：

對我而言，這個圓形符號看起來非常失敗。據說「太極分開而產生兩爻——陽爻和陰爻」。但我無法理解這是怎麼可能的。假定這個圓形可以把自己展開的話，那我們應該要有一條長線才對，————。假如這條線把自己斷開的話，我們才會有兩個陽爻；而這兩個陽爻的其中之一要再分開，才會得到卦爻的陽爻和陰爻。這種把太極形塑為一個圓形的嘗試必定會宣告為一種失敗。[13]

---

10 Ibid. , “Introduction”, ch.2., p. 12.

11 關於這一點，理雅各在〈前言〉裡也有再次強調。他說：「宋代哲學確實不完全從《易經》發展而來，而是來自於《易經》中的傳文，特別是來自傳文的第三篇。這個部分的道家色彩比起儒家來得更多。」Ibid., “Preface”, p. xvi.

12 關於周敦頤《太極圖》的思想史問題及其相關圖式的考察，鄭吉雄：《易圖象與易詮釋》（臺北：財團法人喜瑪拉雅研究發展基金會，2002年），〈周敦頤《太極圖》及其相關詮釋問題〉，頁229-303。

13 James Legge, trans. *The I Ching: the Book of Changes*, “Introduction”, ch.2., pp. 12-13.

很顯然地，理雅各無法理解自宋儒發展出來的這一套太極圓形圖象思維的傳統，甚至他直接否定這種圓形符號簡直是一種失敗而無法理解的說法。那麼，「太極生兩儀」該怎麼解釋才正確呢？理雅各認為，若是這個圓形圖象可以自我展開的話，應該是成為一條直線才對，而不是像宋儒所說的圓形且虛中的圖象。這樣才可以合理地解釋陰陽二分的卦爻是源自於太極這一線條的斷裂與不斷裂而產生的結果。可見理雅各的看法打破宋儒以來根深柢固的太極圓形圖象思維，並試圖顛覆《易經》的「太極」一詞源自於中國儒家的傳統說法。

按照理雅各的邏輯來看，《易經》「《易》有太極，是生兩儀，兩儀生四象，四象生八卦」，就變成一種線性思維的數理邏輯。他說：

> 然而，當我們開始從這兩條爻畫作基礎的時候，重複上述所說的過程，所有二爻畫的構造就簡單而成。每一個三爻畫再加上這兩個基本爻畫的其中之一，就會產生十六個四爻畫的圖形。以相同方式處理就有三十二個五爻畫的圖形；對這些爻畫再以相同的作法就產生六十四個六爻畫，而每一個六爻畫就在《易經》文本中形成一篇短文主題。在算數的數列中，爻畫以1的等差級數增加；而在幾何的數列中，圖形以2的等比級數增加。這就是在卦爻畫圖形構造中的所有奧秘。我相信，這就是它們當初所形成的過程。而且，我們幾乎不需要想像它們來自於像伏羲這樣的一位聖人，以一位普通人的天賦就足以做到這樣的工作。[14]

理雅各認為，從太極兩儀說「一→二→四→八」的「加一倍法」[15]中，我們可

---

[14] Ibid. , "Introduction", ch.2., p. 13.

[15] 有關《易經》八卦生成為「加一倍法」的說法，一說見於宋儒朱熹記載程顥和邵雍兩人論學的對話。其曰：「堯夫《易》數甚精。自來推長曆者，至久必差，惟堯夫不然，指一二近事，當面可驗。明道云：『待要傳與某兄弟，某兄弟那得工夫？要學，須是二十年功夫。』明道聞說甚熟。一日因監試無事，以其說推算之，皆合。出謂堯夫曰：『堯夫之數，只是加一倍法。以此知《太玄》都不濟事。』堯夫驚撫其背，曰：『大哥你恁聰明！』」南宋・朱熹編：《二程外書》，收錄於清・永瑢、紀昀等撰：《文淵閣四庫全書》（臺北：臺灣商務印書館股份有限公司，1986年），冊698，卷十二，頁340。另一說見於宋儒朱熹《易學啟蒙》，其曰：「自太極而分兩儀，則太極固太極也，兩儀固兩儀也。自兩儀而分四象，則兩儀又為太極，而四象又為

發現到《易經》卦爻畫結構的奧秘之處。其實在這種數列開展的過程中，隱藏著兩種不同規律的數理邏輯。以算數的數列而言，從一組2個單爻畫（即陰陽兩儀）開始，次方數值為1，增加一個級數之後，便成為4個二爻畫（即四象），次方數值為2；再以相同方式增加，便成為8個三爻卦（即八卦），次方數值為3；再增加一個級數就成為16個四爻畫（沒有對應的名稱），次方數值為4，再接續一個級數就成為32個五爻畫（沒有對應的名稱），次方數值為5；再接續一個級數就成為64個六爻畫（即重卦），次方數值為6。若按此一數列法則不斷推演下去的話，應當會出現128個七爻畫、256個八爻畫、512個九爻畫等。以圖示說明如下：

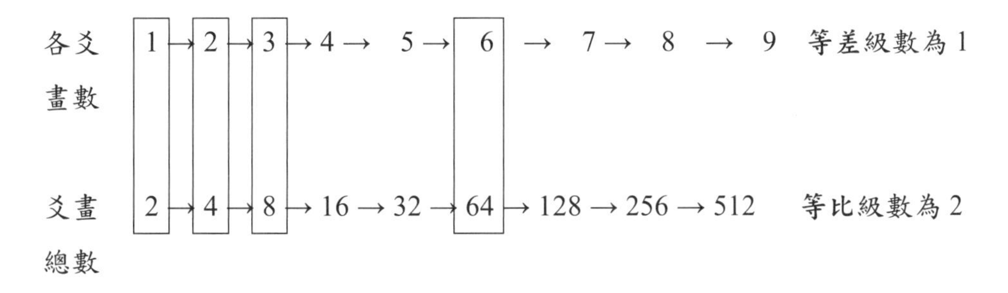

圖1：理雅各論等差與等比級數的爻畫數列示意圖

如上圖所示，理雅各運用西方的數理概念來解釋《易經》「兩儀→四象→八卦」（見圖1）宇宙生成論所隱含的數理邏輯。對照之下，此說法與宋儒邵雍（1011-1077）所揭示「加一倍法」的規律是相符的，這表明中西方儒者對太極兩儀說在數理邏輯上呈現的規律性之看法是相一致的。有趣的是，理雅各不認為《易經》卦爻畫之數理結構的詮釋權只能落入像伏羲這樣畫卦的聖人之手中，只要稍具數理邏輯概念的一般人，也同樣可推衍出這一套相同的卦爻畫數

兩儀矣。自是而推之，由四而八，由八而十六，由十六而三十二，由三十二而六十四，以至于百千萬億之無窮，雖其見於摹畫者，若有先後而出於人為，然其已定之形，已成之勢，則固已具于渾然之中，而不容毫髮思慮作為于其間也。程子所謂加一倍法者，可謂一言以蔽之；而邵子所謂畫前有易者，又可見其真不妄矣。」南宋・朱熹撰：《易學啟蒙》，收錄於朱傑人、嚴佐之、劉永翔主編：《朱子全書》修訂本（上海：上海古籍出版社；合肥：安徽教育出版社，2010年），冊1，卷二，〈原卦畫第二〉，頁217-218。

列結構。如此一來，原始卦爻畫的創制者不再侷限於中國古代聖人，而是可以擴及為普通人，理雅各的這種說法不僅有意地貶低聖人創制的神聖性及絕對性，並試圖削弱其作為《易經》卦爻畫之真實起源的正當性及合理性。

關於第二點的「誰是最先將卦爻相乘到六十四卦」，這個涉及到理雅各對《易經》畫卦者的認定問題。理雅各說：

> 誰最先將卦爻相乘，從普遍認為是伏義所作的八卦到《周易》的六十四卦？這是一個懸而未決的問題。一般的看法多半認為這是文王所作的。但是當朱熹對這個問題表示懷疑時，他寧可主張是伏義本人重卦，卻不願說明他是否認為六十四卦的卦名和卦爻圖形本身一樣的古老，或者時間可以上溯到西元前第十二世紀。我不想冒然評論朱熹對於重卦的看法，但是我認為我們現在所擁有的六十四卦名稱，必定來自於文王。[16]

關於《易經》是誰第一位將八卦相乘為六十四卦的人，理雅各知道這是中國歷史上一個懸而未決的問題，他也沒辦法提出什麼新解釋，只能依照一般的看法皆以文王重卦為主。理雅各發現到，宋儒朱熹曾對此提出質疑，而朱子寧可相信是由文王重卦。[17]理雅各一時不察，卻誤植為「伏羲重卦」，顯然他的看法與傳統說法相違。不過，至少可以肯定的是理雅各也同意六十四卦的命名者是周文王。

第三點的「卦爻何以沒有超過六十四卦」，這個問題涉及到理雅各對《易經》卦爻畫結構的謬思及質疑。理雅各說：

---

[16] James Legge, trans. *The I Ching: the Book of Changes*, “Introduction”, ch.2., pp. 13-14.

[17] 筆者認為，此句疑為理雅各誤植，在《朱子語類》並未見到朱子言「伏義重卦」，反而以言「文王重卦」者居多。朱熹曰：「八卦之畫本為占筮。方伏義畫卦時，止有奇耦之畫，何嘗有許多說話！文王重卦作繇辭，周公作爻辭，亦只是為占筮設。到孔子方始說從義理去。」又曰：「如『元亨利貞』，文王重卦，只是大亨利於守正而已，到夫子卻自解分作四德看。文王卦辭當看文王意思，到孔子〈文言〉當看孔子意思，豈可以一說為是，一說為非！」南宋．朱熹撰：《朱子語類》（三），收錄於朱傑人、嚴佐之、劉永翔主編：《朱子全書》修訂本（上海：上海古籍出版社；合肥：安徽教育出版社，2010年），冊16，卷六十六，易二，〈綱領上之下．卜筮〉，頁2182；卷七十六，周易十二，〈繫辭下〉第一章，頁2580。

> 從來沒有一位中國作者試圖解釋，為何這些卦爻結構只停留在六十四卦，而不是繼續發展為七畫卦的一百二十八爻、八畫卦的二百五十六爻、九畫卦的五百一十二爻等等，甚至更多。除了這樣做的結果累贅而且不可能——在文王處理六十四卦的方式之後——處理數量這麼龐大的卦象之外，沒有別的原因。[18]

若只從宋儒邵雍的加一倍法來看，《易經》卦爻畫確實只到六十四卦，就沒有再繼續發展下去。理雅各的質疑是何以整個卦爻畫結構只停留在六十四卦，卻沒有任何一位《易經》詮釋者可以做出令人折服的解釋。如果依照前述的數理邏輯而言，應該還有七畫卦的128爻、八畫卦的256爻、九畫卦的512爻等不斷發展的卦爻數才對。話雖如此，理雅各也認為，這麼做是不可能而累贅的事，就按照文王重卦到六十四卦為止，無須新增更多卦爻數。

要是從《易經》卦爻的基礎——陰陽而言，理雅各的看法為何？他提到「陰陽」一詞首次出現在〈繫辭傳〉裡。除了以陰和陽來區別爻性之外，爻象的兩種基本形式是剛和柔，理雅各翻譯為「strong and weak」，而剛柔一詞在〈繫辭傳〉裡出現過十次。[19]

接著，理雅各解釋〈說卦傳〉第二章曰：「昔者聖人之作《易》也，將以順性命之理，是以立天之道曰陰與陽，立地之道曰柔與剛，立人之道曰仁與義，兼三才而兩之，故《易》六畫而成卦。」他說：

> 然而，這裡說的內容可能是難以理解的，它證實我曾經討論過的，陰陽之名的意義是光明和黑暗，它們的特性源自於太陽和月亮。我們可以用各式各樣的形容詞來解釋陰陽，例如：積極和消極的、陽性和陰性的、熱和冷的，或其他多多少少類似的形容詞。然而這裡出現許多重要的問題——我們發現陽陰不只是用來表示這些特性，而是陰陽同時也具有名詞的功用，代表著何種具有由陰陽之名所表示的特性呢？是否為一種不

[18] James Legge, trans. *The I Ching: the Book of Changes*, “Introduction”, ch.2., p. 14.

[19] Ibid. , “Introduction”, ch.3., p. 43. 按：通行本《易經・繫辭傳》的「剛柔」一詞僅有九次。

> 可見性質的原始物質的學說，「陽」正在不斷擴張和展示自身完全的活動和動力，而「陰」正在不斷縮小而變成柔弱與不活動的：當這一篇傳文寫成的時候，這個學說是否已經成為思索的東西呢？大部分的中國批評家和注釋家假定它是有的。[20]

理雅各認為，《易經》「陰陽」的本義是指光明和黑暗，此與傳統《說文》的說法一致。一般論及陰陽的特性則源自於自然界的太陽及月亮，乃至積極和消極、陽性和陰性、熱和冷等屬性也可以類比於陰和陽。理雅各進一步提問，除了上列以形容詞來解釋陰陽的特性之外，那麼以陰陽之名所表現之特性到底是什麼？實際上，他推測陰陽學說是代表一種不可見的原始物質，「陽」可以不斷擴張和展示其自身完整的活動和動力，而「陰」則是不斷縮小而變成柔弱及不活動。正是因為如此，由陰陽的原始概念、特性及其引申的意涵，這種陰陽學說不僅被大部分的中國批評家和注釋家肯定其存在，甚至是像耶穌會士雷孝思（Jean Baptiste Régis, 1663-1738）、麥都思（Walter Henry Medhurst, 1796-1857）和其他外國的漢學家們也都毫不懷疑地重複著這樣的論述。

理雅各理解中國的陰陽特性乃根源於一種不可見的原始物質，不但有擴大或縮小的能量變化，而這種類比思維可取法於太陽和月亮釋放的能量。然而，他費盡心力欲找出這種說法的證據卻是徒勞無功，原因是古代《易經》的原始思維之中並不存在這種說法。它是經過千年來不斷的累積，在先秦儒家學派中創造這樣一種原始物質的學說，並且在宋代或十一和十二世紀才發展成熟的。因此，理雅各指出，與其說在《易經》中找到宋儒這樣的陰陽學說是符合邏輯的，倒不如說這是不合邏輯的，這簡直是倒果為因的謬誤。[21]

理雅各認為，這種陰陽學說是宋儒發展出來的《易》形上學的創造論和宇宙進化論的基礎。不過這兩種理論根本就不曾出現在《易經》作者的思想之中，而要理解陰陽的概念，不如從《易經》的「易」字著手，它本身就有變化之意，便可概括一切千變萬化的自然現象及人類經驗，這在〈繫辭傳〉裡便可

---

[20] James Legge, trans. *The I Ching: the Book of Changes*, “Introduction”, ch.3., pp. 43-44.

[21] Ibid. , “Introduction”, ch.3., p. 44.

找到相關的說法，而且沒有什麼更為深刻或深奧難解的地方。[22]

（三）〈河圖〉、〈洛書〉說

理雅各提到的《易經》卦爻起源第三種說法是〈河圖〉、〈洛書〉說。首先，關於〈河圖〉之說源於〈繫辭上傳．第十一章〉，其曰：

> 天生神物（龜甲和蓍草），聖人則之；天地變化，聖人（藉由《易經》）效之；天垂（燦爛的）象，見吉凶，聖人象之；河出〈圖〉，洛出〈書〉，聖人則之。[23]

理雅各認為，根據傳統《易經》的說法，這一張圖式出現在黃河，是由伏羲制作的。先秦儒家的孔子當然也相信〈河圖〉的存在，或者他曾經相信過。[24]就連漢人記載的《禮記》也有「河出馬〈圖〉」[25]一說，甚至在《書經》中記載著於西元前1079年它和其他奇珍異寶仍然收藏在宮廷中。[26]因此，這一則故事流傳至今，主要就是一隻「龍馬」出現於黃河，背上負載著特殊排列的符號，而伏羲就是從它得到創作八卦的想法。理雅各對此卻嚴加批評，人們對此一傳說及任何細節的討論似乎是浪費時間，這一切很明顯是如此令人難以置信的。而他這麼說的理由只是想要在英譯本〈導論〉中，指出這張圖式的必要性來說明《易經》卦爻詮釋的法則而已。[27]

---

[22] Ibid. , “Introduction”, ch.3., p. 44.

[23] 魏．王弼、東晉．韓康伯注，唐．陸德明音義、孔穎達等正義：《周易正義》，頁157。按：此段落括號內的文字為理雅各英譯《易經》所自行增添。

[24] 《論語．子罕》曰：「子曰：『鳳鳥不至，河不出《圖》，吾已矣乎！』」魏．何晏注，宋．邢昺疏：《論語正義》，頁78。

[25] 《禮記．禮運》曰：「故天降膏露，地出醴泉，山出器車，河出馬《圖》，鳳皇、麒麟皆在郊棷，龜龍在宮沼，其餘鳥獸之卵胎，皆可俯而闚也。」漢．鄭玄注，唐．孔穎達等正義：《禮記正義》（臺北：藝文印書館，1955年），冊7，卷二十二，頁441。

[26] 《書經．顧命》：「大玉、夷玉、天球、《河圖》，在東序。」漢．孔安國傳，唐．孔穎達等正義：《尚書正義》（臺北：藝文印書館，1955年），冊2，卷十八，頁278。

[27] James Legge, trans. *The I Ching: the Book of Changes*, “Introduction”, ch.2., pp. 14-15.

進一步理雅各從歷史推斷而言，現存的〈河圖〉出現於西元前第11世紀，後來卻遭到毀壞。從漢代致力於恢復古代經典的時期開始就有許多關於〈河圖〉形狀的推測，實際上〈河圖〉首次的輪廓一直要到宋徽宗（1011-1125）統治的期間才公諸於世。[28]這一張是最被公認的圖式，如下圖2所示：

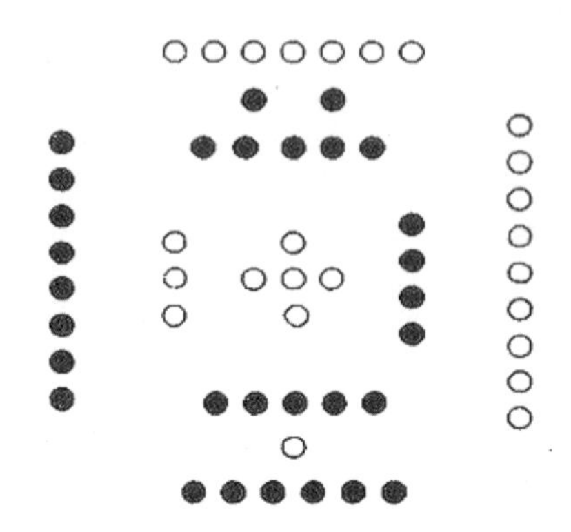

圖 2：理雅各英譯《易經》的《河圖》示意圖

理雅各指出，〈河圖〉是由許多黑白色的小圓點均稱分佈而成。奇數1、3、5、7、9的小圓點皆為白色，而偶數2、4、6、8、10的小圓點皆為黑色，它們便構成〈繫辭上傳．第九章〉裡所謂天地之數的起源。[29]因此，這些黑白圓點在顏色上的差異就形成區別，它們分別代表陰和陽、黑暗和光明，類似於月亮和太陽。「日」稱為四象之中的太陽；而「月」則稱為太陰。[30]再者，理雅各試圖為〈河圖〉與《易經》卦爻的關係以及卦爻之間的各爻位關係作出解釋，他說：

> 伏義制作八卦，而假如文王就是首先作出六十四卦的人，他發現用卦爻代替圓圈將更為方便：陽爻（—）代表白圓圈（○），而陰爻（--）代

---

[28] Ibid. , “Introduction”, ch.2., p. 15.

[29] 理雅各英譯《易經》將〈繫辭上傳〉第四十九段「天一，地二，天三，地四，天五，地六，天七，地八，天九，地十。」以及第五十段「天數五，地數五，五位相得而各有合。天數二十有五，地數三十，凡天地之數，五十有五，此所以成變化，而行鬼神也。」皆置於〈繫辭上傳〉第九章之中。實際上，按照通行本《易經》則分別出現在〈繫辭上傳〉第十一章和第九章，明顯地這是理雅各有意更動〈繫辭上傳〉原有的次序。

[30] James Legge, trans. *The I Ching: the Book of Changes*, “Introduction”, ch.2., pp. 15-16.

表黑圓圈（●）。假如卦爻「當位」的話，在一個六十四卦裡的第一爻、第三爻和第五爻應該都是陽爻，而第二爻、第四爻和第六爻應該都是陰爻。陽爻是剛（或硬）而陰爻是柔（或軟）。前者表示健壯和權威，後者為衰弱和服從。前者的部分是命令，而後者的部分是順從。[31]

理雅各指出，伏羲為八卦的創制者，而文王從卦爻找到取代《河圖》黑白圓點的方法，這樣更能涵蓋天地萬物之意。透過這種替代而相互連結的方式，以陽爻（—）代表白圓點（○），而以陰爻（--）代表黑圓點（●）。如此一來，卜筮用的陰陽爻就與〈河圖〉的奇偶數字形成對應關係，即「奇數代表剛爻或陽爻，而偶數代表柔爻或陰爻」，[32]這表示〈河圖〉與《易經》卦爻起源具有某種的關聯性。於是理雅各開始闡釋卦爻中各爻位之間的關係，首先是「當位」的情況，六十四卦裡的第一、三、五爻的爻位為陽爻，而第二、四、六爻的爻位則為陰爻。陽爻是剛或硬，代表健壯和權威，以命令為主，而陰爻是柔或軟，代表衰弱和服從，以順從為主。其次，理雅各提到爻位的「相應」關係，他說：

兩個八卦組成一個六十四卦，並且為六十四卦帶來它們所象徵的意涵。卦爻彼此的關聯與位置有關，並且根據位置而相應地變更它們的意義。初爻和第四爻、第二和第五爻、第三和第六爻，全都「相應」；要讓兩爻完美的相應，這兩爻必須是一個陽爻和一個陰爻。最後，八卦的中間一爻，即六十四卦的第二爻和第五爻具有一種特殊的重要性和力量。假如我們有一個陽爻（—）在第五爻位，和一個陰爻（--）在第二爻位，它們兩爻的相應是完備的，反之亦然。根據卦名和卦義，第五爻是「君位」，代表君主或最高統帥；第二爻則是「臣位」，代表一位能幹的大臣或是熟練的官員，而且它們相互作用的結果將會是最有利而最成功的。[33]

---

31 Ibid. , “Introduction”, ch.2., p. 16.

32 理雅各曰：「（蓍草的）這些爻是藉由源自於〈河圖〉的數字來決定。奇數代表剛爻或陽爻，而偶數代表柔爻或陰爻。」Ibid. , “Introduction”, ch.3., p. 42.

33 Ibid. , “Introduction”, ch.2., p. 16.

理雅各認為，六十四卦爻彼此之間的關連與爻位息息相關，根據爻位的不同而相應地改變其意義。爻位的「相應」關係為初爻和第四爻、第二和第五爻，第三和第六爻，由於「陽居陽位，陰居陰位」為正，彼此能以一陽爻和一陰爻作出完善的相應才行。理雅各也理解到，第二和第五爻的爻位具有一種特殊的重要性和力量，此源自於《易經》卦爻結構的法則。另以卦名和卦義來說，第五爻是「君位」，代表君主或最高的統帥，而第二爻則是「臣位」，代表一位能幹的大臣或是熟練的官員。若以爻性和爻位而言，當陽爻居於五而與陰爻居於二相應時，它們的相應是完備的，其相互作用的結果是最為有利而成功。同時，對於六十四卦任何一個的卦名及其所代表的主題和狀態的確切瞭解是非常重要的，各卦的意義因而產生各式各樣的應用，並且在不同的卦爻中產生不同的意義。[34]對理雅各而言，縱使他努力地呈現出卦爻是如何形成，以及詮釋卦爻所運用的主要法則，這些細節卻是令人疲乏而生厭的。此則表明他的立場是希望以一種更清晰而簡單的架構能夠將這個用途解釋得更好。

總結地說，理雅各認為《易》卦爻起源的說法，以第二種太極兩儀說才是真的。至於第三種說法的〈河圖〉、〈洛書〉說，他認為中國古籍所記載「卦爻的構造是來自於黃河龍馬背上的這張圖式」的說法，根本無法辨別是誰設計出來的。毫無疑問地，這種說法只是賦予八卦一種超自然的特性，為了它們而產生出一種宗教的崇拜。現在流行的〈河圖〉是否為正確的圖式，就像它是在周朝一般，這是令人懷疑的。[35]

其次，理雅各指出，中國古籍所說的「洛出〈書〉」，〈洛書〉就像〈河圖〉一樣由相同特徵的黑白點所構成的圖式，而從洛水的一隻烏龜背上顯露出來，讓大禹能夠看到它。因此，〈洛書〉為這位英雄般的聖人提供想法，並寫出在《書經》之中一篇有趣而充滿神秘色彩文獻的〈洪範〉[36]。〈洛書〉的圖式如下圖3所示：

---

[34] Ibid. , “Introduction”, ch.2., p. 16.

[35] Ibid. , “Introduction”, ch.2., p. 17.

[36] 按：理雅各英譯《易經》提到，法國耶穌會士宋君榮（Antoine Gaubil, 1689-1759）認為〈洪範〉是「一部關於物理學、占星術、卜筮、道德、政治和宗教的論文」，是國家政府的偉大模型。Ibid. , “Introduction”, ch.2., pp. 17-18.

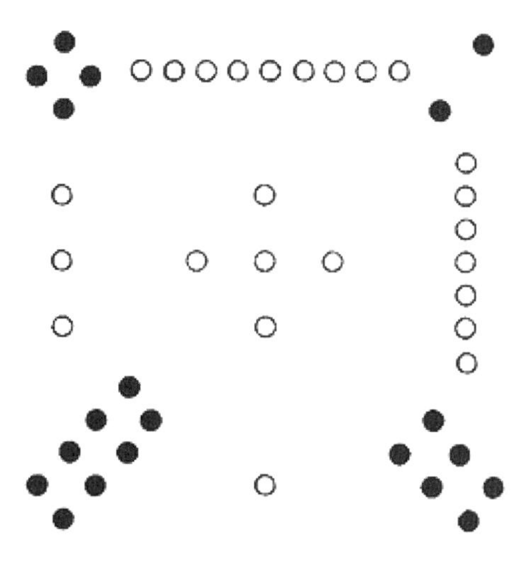

圖 3：理雅各英譯《易經》的《洛書》示意圖

理雅各認為，以數字來取代這些黑白圓點的記號，可以得出下圖4所示：

4	9	2
3	5	7
8	1	6

圖 4：《洛書》數字化的「三階幻方」示意圖

理雅各指出，將《洛書》黑白圓點的圖式加以抽象化為數字的呈現，充其量不過就是一種算術的難題。從一到九的數字經過排列之後，不論以何種方式相加，都可得出總和為十五之數。因此，他不打算將〈洛書〉視為《易》卦爻起源的說法之一，而僅僅視為一種數字化的「三階幻方」圖示。甚至〈河圖〉對他來說，如果擁有它的原始形式，或許應該會發現它不過是一種數字排列的小玩意，不會比上圖這個三階幻方更為困難，也不會更加不可思議。[37]

從以上論述的可知，即便理雅各懷疑〈河圖〉、〈洛書〉設計者的歷史真實性，而不認為它們可作為《易》的卦爻起源之說，甚至是以「數字排列的小玩意」和數字化的「三階幻方」，否定它們能以數字呈現的背後所概括一切萬物

[37] James Legge, trans. *The I Ching: the Book of Changes*, “Introduction”, ch.2., p. 18.

的宇宙論圖示。由此可知，理雅各未能真正體察到中國《易》學圖書派自身的歷史發展及其思想傳承的脈絡，終究他也無法認同從〈河圖〉、〈洛書〉抽象化的數字意義以演繹一切萬物所代表的圖書式宇宙論的說法，這確實是理雅各在跨文化的經典詮釋上所呈現的一種歧異性的見解。[38]

三　理雅各英譯《易經》徵引宋儒《易》注的詮釋與批判

理雅各《易經》英譯本乃依循中國傳統《易》學經傳分立的原則而成，整部譯本的組成內容包含〈前言〉、〈導論〉，正文上欄部分（translated text）為經傳的譯文，內含中文通行本《易經》原有經文和《十翼》的內容（理雅各於部分段落特別以「夾注括號」的方式標示其理解的特定意涵），以及下欄部分（translated note）依序為六十四卦爻釋義、歷代《易》家引述及個人批語。理雅各對此譯本的解經方式，保留中國傳統纂注體的樣貌，採行「隨文附注」[39]的方式，附注的內文多數參照《御纂周易折中》歷代解經者的纂注說法，末尾部分則分散地附加個人的批語。

整體而言，理雅各徵引宋代《易》學家計有十二位，分別為北宋劉牧、邵雍、周敦頤、程頤、蘇軾等五人，以及南宋王宗傳、朱震、郭雍、楊萬里、項安世、朱熹、呂祖謙等七人。他徵引宋儒《易》注的觀點主要集中在程朱《易》說，以下列舉數則以說明理雅各詮釋和批判的立場。

---

[38] 對於〈河圖〉、〈洛書〉宇宙論圖示的提倡者是北宋劉牧，其所建構的《易》圖書學說見於《易數鈎隱圖》。劉牧《易》學的主要內容有三項：其一是圖九書十說，其中圖九，就是指〈九宮圖〉，並以其為〈河圖〉，是以又稱為圖九；至於書十，是指〈五行生成圖〉以天奇之數五個和地偶之數五個，共十個數稱為書十，並以其定名為〈洛書〉。其二是太極說，主要就是探討〈河圖〉及〈洛書〉的根源，認為太極是混合為一的氣，化生為陰陽的二氣、陰陽老少的四象以及〈乾〉、〈兌〉、〈離〉、〈震〉、〈巽〉、〈坎〉、〈艮〉、〈坤〉等八卦。其三是象由數設說，主張先有數後有象，數是第一因；並認為〈河圖〉及〈洛書〉是出於天地奇偶之數的排列組合，由數以定象，極數以成象，所以數是天地萬物的本源。趙中偉註譯：《易經圖書大觀》（臺北：洪葉文化事業有限公司，1999年），頁1-2。

[39] 李偉榮指出：「（理雅各）他往往是通過兩種方式進行注釋的：一是隨文附注（running commentary），二是運用括號。這類注釋主要有三個功能：一是注釋難以理解的字詞；二是科學考證；三是提供背景。目的均是為了讓讀者更好地理解中國典籍。」李偉榮：〈理雅各英譯《易經》及其易學思想述評〉，頁131。

（一）理雅各對程頤《易》說的批語舉例

理雅各徵引程頤（1033-1107）《易》說的批語散見於經文、〈彖傳〉、〈象傳〉、〈繫辭〉、〈文言〉的注解之中，徵引次數多達40處。他徵引的人物或書籍並非在《十翼》的每一處都有批語。理雅各對於宋儒《易》注的抨擊力道較為顯著，通常帶有強烈批判性的字眼，尤其是集中在程頤《易》說。最明顯的地方是理雅各常以「牽強而不自然的」（far-fetched）一詞批判程頤的說法。這樣負面的評語主要出現在〈履〉、〈大過〉、〈家人〉、〈損〉、〈鼎〉等五卦，〈家人〉、〈鼎〉二卦僅針對該卦的〈大象傳〉作總評，並非針對程頤的注解而論。試舉〈履〉、〈大過〉、〈損〉三卦的釋義，說明如下。

1　〈履・象〉曰：「上天下澤，履。」

程頤曰：「天在上，澤居下，上下之正理也。人之所履，當如是。」[40]對此，理雅各的注釋曰：

> 程子說：天在上面而沼澤躺在下面，在本性和道理是正確的。這也是人應當履行的正當的法則。[41]

接著，理雅各的批語曰：

> 〈履卦・大象傳〉的說法是牽強而不自然的，假如任何一種方式都來自於它，而它的說法也是如此的。為了讓它保有良好秩序的狀態，一個社會或國家的成員必定要守住他們的位子和職責，這是正確的。[42]

此處，理雅各將宋儒程頤以「上下之正理」釋〈履〉之卦象「天澤」批評為牽

---

[40] 北宋・程頤：《伊川易傳》，收錄於清・永瑢、紀昀等撰：《文淵閣四庫全書》（臺北：臺灣商務印書館公司，1986年），冊9，頁195。

[41] James Legge, trans. *The I Ching: the Book of Changes*, p. 281.

[42] James Legge, trans. *The I Ching: the Book of Changes*, p. 281.

強而不自然的，顯然地程頤以君主和人民的尊卑德行作為遵行道德法則的概念，這一點還是未能夠得到理雅各的認同。

2 〈大過．象〉曰：「澤滅木，大過。」

程頤曰：「澤，潤養於木者也，乃至滅沒於木，則過甚矣。」[43]對此，理雅各的注釋曰：

> 程子釋此卦的大象之意說：一個沼澤的水可以濕潤和滋養樹木。當它們毀壞並消滅掉樹木，則它們的行動就很奇特。[44]

接著，理雅各的批語曰：

> 這個解釋很牽強而不自然的，同一學者談到它的說法也是如此。我不打算在此提出，而我也沒發現到什麼，或是自己想出來任何其他更為容易和自然的。[45]

理雅各認為，程頤以「澤滅木」解釋〈大過〉的〈大象傳〉，這種說法很牽強而不自然的，雖然他自身提不出任何的看法，卻也無法代表他有認同程頤的觀點。

3 〈損．象〉曰：「山下有澤，損。」

程頤曰：「山下有澤，氣通上潤，與深下以增高，皆損下之象。」[46]對此，理雅各的注釋曰：

---

[43] 北宋．程頤：《伊川易傳》，頁262。

[44] James Legge, trans. *The I Ching: the Book of Changes*, p. 303.

[45] James Legge, trans. *The I Ching: the Book of Changes*, p. 303.

[46] 北宋．程頤：《伊川易傳》，頁313。

> 一個沼澤的水持續地向上沾濕位於其上的小山，並增進它碧綠盎然的程度，這是取自於沼澤對於小山的增進。[47]

接著，理雅各的批語曰：

> 這樣的解釋是很牽強而不自然的。此處的說法再度表明君子的行動僅在於他自己，而且只為了他自己。而這與對於那些在他們之上低位階的那些人無關。然而正如我們在經文所見的，這個說法是程子解釋此卦義的觀點。[48]

理雅各認為，程頤此句的解釋依然很牽強而不自然的。一來是沼澤的水如何可能逆流向上到小山，二來是以君子所居之位而論，無法表明君子與其他人有何關連性。

由上述〈履〉、〈大過〉、〈損〉三卦的釋義可知，理雅各能理解程頤專以道德觀點解《易》的立場。然而，他卻無法認同宋儒程頤以卦象解《易》的方式，以致於屢次出現「牽強而不自然的」這樣批判性的看法。

（二）理雅各對朱熹《易》說的批語舉例

理雅各徵引朱熹《易》說的批語散見於經文、〈彖傳〉、〈象傳〉、〈繫辭〉、〈文言〉、〈說卦〉的注解之中，徵引次數多至五十四處，[49]居於宋儒各家徵引之冠。試舉〈乾〉、〈困〉、〈繫辭傳〉的釋義，以說明之。

1　〈乾卦〉曰：「乾，元亨利貞。」

朱熹《周易本義》曰：

---

47 James Legge, trans. *The I Ching: the Book of Changes*, p. 318.

48 James Legge, trans. *The I Ching: the Book of Changes*, p. 318.

49 據筆者統計的結果來看，理雅各英譯《易經》引述朱熹的部分，總計有71次，將在〈導論〉出現的17次扣除之後，散見於經傳之中的地方就有54次之多。

> 元亨利貞，文王所繫之辭，以斷一卦之吉凶，所謂彖辭者也。元，大也；亨，通也；利，宜也；貞，正而固也。文王以為乾道大通而至正，故於筮得此卦，而六爻皆不變者，言其占，當得大通而必利在正固，然後可以保其終也。[50]

對此，理雅各的注釋曰：

> 文王有將這四個屬性歸於此處的〈乾〉卦，還是說僅有兩個呢？根據〈文言傳〉，中國作者總是把它歸於孔子，他指出人性中的四個屬性，相當於仁慈、公正、禮貌、知識的原理。而朱熹認為孔子只有指出兩個，而我們應該把它在卜筮中的這兩個回答翻譯為「大通」與「要求正固」。[51]

針對〈乾卦〉「元亨利貞」四字，文王提出的是四德或是二德之說呢？理雅各則感到懷疑。按照朱熹《周易本義》的釋義，「元亨利貞」是文王所繫之辭，而文王以「〈乾〉道大通而至正」作解，只提到「大通」和「至正」兩種屬性。這表明文王應該只有談及二德之說而已，並非有四德之說。[52]是故朱熹分別以「大」、「通」、「宜」、「正而固」加以解釋。至於「元亨利貞」四德說的出現，恐要到孔子作〈文言傳〉才確立下來。由孔子擴大「元亨利貞」的意涵，將此四字對應於君子四德，即「善之長」、「嘉之會」、「義之和」、「事之幹」的概念。

然而，理雅各的注釋「朱熹認為孔子只有指出兩個」，應是他將文王誤植

---

50 南宋．朱熹：《原本周易本義》，收錄於清．永瑢、紀昀等撰：《文淵閣四庫全書》（臺北：臺灣商務印書館公司，1986年），冊12，卷一，頁635。

51 James Legge, trans. *The I Ching: the Book of Changes*, p. 59.

52 朱熹《朱子語類》曰：「《本義》云：『此以下釋元亨利貞，用文王本意。』何也？」曰：「文王本意，說『〈乾〉元亨利貞』，只是說〈乾〉道大通而至正，故筮得者其占當得大通而利於正固。至孔子方作四德說。後人不知，將謂文王作《易》便作四德說，即非也。」南宋．朱熹：《朱子語類》（三），〈易六．屯〉，頁2331。

為孔子。因為朱熹已經言明「元亨利貞」二德之說乃是出自文王之辭，而理雅各卻以為是孔子之言。這裡應該是理雅各的誤讀，或是他提出的另一觀點。接著，理雅各的批語曰：

> 我們時常看到這些字是成對地出現而貫穿於六十四卦的經文之中。兩者的解釋都是有可能的。而我遵照孔子觀點被接受的部分。這要花費一些篇幅以得出在孔子觀點的合理性中被寫出來的那一部分，以及要使得這部分和其他地方相一致。[53]

理雅各發現到「元亨利貞」四字在六十四卦經文中，常出現為「元亨」或「利貞」成對的組合。因此，他認為以文王二德說或孔子四德說來解釋君子之德都是可行的，只不過他遵照的觀點是以孔子四德說為主。

2　**〈困・大象〉曰：「澤无水，困。君子以致命遂志。」**

朱熹曰：「水下漏，則澤上枯，故曰『澤无水』。」[54]對此，理雅各的注釋曰：

> 這樣的觀點也發生在我身上，它就等同於朱熹所說的「水往下而漏掉，而上面的沼澤將成為乾枯。」[55]

接著，理雅各的批語曰：

> 這個說法的本身是對的，但是關於這點和〈大象傳〉之間的連結卻是難以清楚辨別的。[56]

---

[53] James Legge, trans. *The I Ching: the Book of Changes*, p. 59.

[54] 南宋・朱熹：《原本周易本義》，頁677。

[55] James Legge, trans. *The I Ching: the Book of Changes*, p. 326.

[56] James Legge, trans. *The I Ching: the Book of Changes*, p. 326.

此處「澤无水」的取象解釋，理雅各一方面認同朱熹的說法，另一方面卻指出「水往下而漏掉，沼澤就乾枯」與〈困・大象〉曰「澤无水」之間的關連性，兩者的意義並沒有那麼連貫而未能說得清楚。

3 〈繫辭下傳・第十章・注〉曰：「六者，非它也，三才之道也。」

朱熹曰：「而以上二爻為天，中二爻為人，下二爻為地。」[57]對此，理雅各的注釋曰：

> 朱熹說：「上面兩個爻的特徵是屬於天，而中間兩個屬於人，下面兩個屬於地。」[58]

接著，理雅各的批語曰：「沒有更多可以說明表達的地方。」[59]換言之，理雅各能夠接受並理解《易經》三才之道的表述方式是，以上二爻為天，中二爻為人，下二爻為地，並且完全認同這種說法。

四　理雅各英譯《易經》徵引清儒《易》注的詮釋與批判

理雅各徵引清代《易》學家共計有五位，分別為顧炎武、萬斯大與萬經父子、牛鈕、李光地等五人。他徵引清儒《易》注的底本以官修版本的《解義》（1682）和《折中》（1715）為主，尤其是他將《折中》視為最佳的翻譯底本，徵引次數高達有86次之多，居於全書徵引次數之冠。以下試舉數則《解義》和《折中》案語的《易》學觀點為例，說明理雅各詮釋和批判的立場。

（一）理雅各對《解義》諸說的批語舉例

理雅各徵引《解義》諸說的批語集中在經文和〈象傳〉的注解之中，全書

---

57 南宋・朱熹：《原本周易本義》，頁690-691。

58 James Legge, trans. *The I Ching: the Book of Changes*, p. 402.

59 James Legge, trans. *The I Ching: the Book of Changes*, p. 402.

引述的次數只有8次，相較於《折中》案語引述的86次，兩者簡直是天壤之別。此舉更可見理雅各徵引歷代《易》注的學術立場是以兼採宋、清儒《易》說為其翻譯《易經》的準則。試舉〈謙〉、〈井〉、〈巽〉的釋義，說明如下。

1　**〈謙・象〉曰：「地中有山，〈謙〉；君子以裒多益寡，稱物平施。」**

《解義》曰：

> 孔子釋〈謙・象〉曰：此卦「地中有山」，是地雖卑而中之，所蘊則高有謙之象。君子法之以處世，不可以自高而卑人，故有持平之道焉。[60]

對此，理雅各的注釋曰：

> 我找到手邊《解義》複印本（見〈序言〉）在該段落下面的注釋寫說：在上下的五個陰爻象徵為地，而在中間的一陽爻象徵為「山在地中」。這些陰爻表現為人欲，而唯一的陽爻則是天理。看著〈大象傳〉的君子減少許多在他身上的人欲，而增加天理單獨的力道。所以他變得很正直，並且能夠根據於地的性質而平等地處理萬物。不論他所處的環境或是位置，他將能正確的做好。[61]

由前後對照來看，《解義》釋「地中有山」是取〈謙〉卦象而談君子之德。論先秦儒家孔子的君子之德，乃取法於地勢卑下居於山中，而蘊含謙和持平之道。至於理雅各談此卦象的君子之德，則改採宋明理學「天理和人欲」的對舉之說，以五陰爻象徵地，是人欲的表現，而以一陽爻象徵「地中有山」，是天理的表現。當陰爻之勢逐漸衰弱，則陽爻趁勢增強，寓含存天理而損人欲之理。由此可知，理雅各是以宋明理學的觀點延伸此卦象的意涵而論。接著，理

---

[60] 清・牛鈕等撰：《御製日講易經解義》，收錄於清・永瑢、紀昀等撰：《文淵閣四庫全書》（臺北：臺灣商務印書館，1986年），冊37，頁319。

[61] James Legge, trans. *The I Ching: the Book of Changes*, p. 287.

雅各的批語曰：

> 這的確是很精巧的說法，但是有人縮小接受這個觀點，是因為他不是根據於基本構成的八卦而來。[62]

顯然地理雅各認為宋儒程子「天理和人欲」之說甚為精巧，卻也限縮《易經》八卦取象於天地萬物的原始本義。因此，他認為對此卦象的釋義還是要回歸於先秦孔子儒家《易》理的解釋為宜。

2 〈井・六四・象〉曰：「『井甃，无咎』，脩井也。」

《解義》曰：「內外交養，亦猶是也。此脩己為治人之本。」[63]對此，理雅各的注釋曰：「此處《解義》的說法是『這裡所代表的人自身的教化是管理其他人的根本』。」[64]

此處，理雅各僅再次說明《解義》「脩己為治人之本」之意，其說法是「人自身的教化是管理其他人的根本」，亦即君子修德其身為治理眾人的根本。接著，理雅各的批語曰：「這與我在經文裡第四爻所說的恰恰相反。」[65]理雅各認為，上述《解義》對此爻的解釋跟他的看法相反，對照於理雅各在〈井〉經文第四爻的注解是「他只關心自己，卻沒有為別人做任何事」[66]。理雅各不認同的理由是〈井・六四〉雖為陰爻，所居之處卻是當位，而它的意思不應受到責備，但居於此爻的人也不應受到讚揚。[67]因為他僅獨善其身，而未能為眾人做事。

---

[62] James Legge, trans. *The I Ching: the Book of Changes*, p. 287.

[63] 清・牛鈕等撰：《御製日講易經解義》，頁514。

[64] James Legge, trans. *The I Ching: the Book of Changes*, p. 328.

[65] James Legge, trans. *The I Ching: the Book of Changes*, p. 328.

[66] James Legge, trans. *The I Ching: the Book of Changes*, p. 167.

[67] James Legge, trans. *The I Ching: the Book of Changes*, p. 167.

3　〈巽〉經文：「巽，小亨。利有攸往。利見大人。」

《解義》曰：「上巽以象君之出命，下巽以象民之從命。」[68]對此，理雅各的注釋曰：「《解義》說：上卦表示統治者發出的命令，而下卦則是人民表現出的順從。」[69]

此處，理雅各僅再次說明《解義》「上〈巽〉以象君之出命，下〈巽〉以象民之從命」之意，而認為上卦代表統治者的命令，下卦代表人民的順從。接著，理雅各的批語曰：「這個觀點很難在經文裡得到證明。」[70]

然而，理雅各指出《解義》這樣的觀點在〈巽〉經文裡很難得到證明。究其原因是理雅各舉出《論語．顏淵》「君子之德風，小人之德草。草上之風，必偃」為例予以批評。他認為根據這一點，〈巽〉的卦義必須理解為政府的命令旨在糾正人民的錯誤。[71]換言之，這不應該是強調人民須服從於統治者的命令。

（二）理雅各對《折中》案語的批語舉例

理雅各徵引《折中》諸說的批語集中在經文、〈彖傳〉、〈象傳〉、〈繫辭〉、〈說卦〉的注解之中，徵引次數有86次之多，居全書之首。這足見理雅各徵引《折中》的偏好及其學術觀點的立場皆源自於此。試舉〈同人〉、〈蠱〉、〈臨〉的釋義，說明如下。

1　〈同人．上九．象〉曰：「『同人于郊』，志未得也。」

《折中》案語曰：

> 案：卦外有野，象「于野」，曰「亨」。而此爻但曰「无悔」，則知郊去野猶一間，而大同之志未得也。孔子可謂善讀周公之文矣。[72]

---

68 清．牛鈕等撰：《御製日講易經解義》，頁562。

69 James Legge, trans. *The I Ching: the Book of Changes*, p. 191.

70 James Legge, trans. *The I Ching: the Book of Changes*, p. 191.

71 James Legge, trans. *The I Ching: the Book of Changes*, p. 191.

72 清．李光地等撰：《御纂周易折中》，收錄於清．永瑢、紀昀等撰：《文淵閣四庫全書》，冊38（臺北：臺灣商務印書館，1986年），頁308。

對此，理雅各的注釋曰：

> 康熙編纂者將以下的注釋附在最後一段。在第一爻之下，它說：「同於郊野代表為亨」，然此處上九爻卻只說「同於郊野，就沒有後悔的情況」，遠於郊野就是于野，而直到目前為止團結有達成，此卦的目標才會實現。我們不妨稱孔子是周公的一位技巧很好的讀者。[73]

此處，理雅各表明《折中》案語「『同人于郊』，志未得也」之意，而據此釋義來看，他認為孔子只不過是一位善於解讀周公之意且技巧很好的讀者而已。換言之，《折中》讚揚「孔子善讀周公之文」，在理雅各看來，這只不過說明孔子是一位技巧高明的《易傳》閱讀者，而不見得是真正撰寫《易傳》的撰作者。接著，理雅各的批語曰：「康熙編纂者當然並未懷疑在所有傳文之中孔子的身分問題。」[74]

理雅各指出，康熙編纂者李光地在纂集《折中》，卻不曾懷疑過孔子作《易傳》的身分問題。而這一點在理雅各看來，孔子是否為《易傳》作者才是最明顯須要加以質疑和檢證之處。對此，理雅各的立場是很明確地否定孔子為《易傳》作者的身份問題，[75]而這樣質疑的聲浪則可以上溯於北宋歐陽修《易童子問》提出疑點而作為開端。

2　〈蠱・六五・象〉曰：「『幹父』，『用譽』，承以德也。」

《折中》曰：「案：不承父以事，而承父以德，父之德著，則譽亦彰矣。」[76]對此，理雅各的注釋曰：「康熙編纂者詮釋第五爻的釋義為他接納（他父親之道）所有的德行。」[77]

---

[73] James Legge, trans. *The I Ching: the Book of Changes*, p. 285.

[74] James Legge, trans. *The I Ching: the Book of Changes*, p. 285.

[75] James Legge, trans. *The I Ching: the Book of Changes*, "Introduction", p. 30-31.

[76] 清・李光地等撰：《御纂周易折中》，頁314。

[77] James Legge, trans. *The I Ching: the Book of Changes*, p. 291.

此處，理雅各說明《折中》案語「不承父以事，而承父以德」之意，並認為「他接納其父親之道所有的德行」。此爻釋義以父子之間以德行相傳而不互傳其業為論。接著，理雅各的批語曰：「我認為它們的說法是錯誤的。」[78]

此處，理雅各認為《折中》案語的釋義有誤。針對這問題，他舉出十七世紀法國傳教士雷孝思及其友人所著《易經》拉丁文譯本為例。

> 他們採用歷史的解釋，即這位父親是文王，母親太姒和兒子武王，這種說法無以維持下去。我已經探究過，卻徒勞無功，因為它對於中國最輕微的約束力，這件事會給〈蠱〉帶來不幸的意義，而不是造成麻煩。[79]

依照雷孝思的看法，〈蠱〉卦所說的父、母、子三人是指西周史上有名的文王、太姒和武王。然而，理雅各認為這種觀點無法維持下去，經由他的探究之後同樣是一無所獲。周朝文王和武王父子以德行相傳之說，它僅具輕微的道德約束力而無法有效解釋此爻。

3　〈臨・九二・象〉曰：「『咸臨，吉，无不利』，未順命也。」

《折中》曰：

> 案：君子道長，天之命也。然命不于常，故〈彖〉言「八月，有凶」，而傳言「消不久」，君子處此，惟知持盈若虛，所謂「大亨以正，天之道」者，則順道而非順命矣。以二為剛長之主，即卦主也。故特發此義，以與彖意相應。凡天之命，消長焉而已。方其長也，則不順命，不受命，知盈不可久，而進不可恃也。及其消也，則志不舍命，知物不可窮而往之，必復也。《易》之大義，盡在於斯。[80]

---

[78] James Legge, trans. *The I Ching: the Book of Changes*, p. 291.

[79] James Legge, trans. *The I Ching: the Book of Changes*, p. 97.

[80] 清・李光地等撰：《御纂周易折中》，頁315。

對此，理雅各的注釋曰：「康熙編纂者試圖要解決這個困難。」[81]

此處，理雅各認為清朝康熙編纂者試圖要解決君子「命不於常」，亦即有德者是否死於非命的這個難題。清儒的解釋是順應程子《易》說而立論，以天命自有其消長的態勢，在其增長之時，人不可過於順從和接受天命，須知持盈不可長久。待其衰弱之時，人的心志不可放棄天命，須知物不會窮盡而勇於往前，此消長循環之理。接著，理雅各的批語曰：「但是我無法遵照它們。」[82]

雖然《折中》的觀點是順承程子《易》說而來，雖以道德觀點解《易》為主，理雅各仍舊無法認同而不能遵照此說。

五　結語

本文先討論《易經》卦爻起源的探究，理雅各依循中國《易》學傳統歸納的三種說法：伏羲觀象作卦說、太極兩儀說與〈河圖〉、〈洛書〉說，進而提出不少個人觀點，甚至以西方傳教士的觀點在不同程度上提出一些質疑。接著論及理雅各徵引中國歷代諸家《易》學觀點時，他的翻譯策略強調不專主一家，遍及歷朝各代《易》家之見，卻受到宋儒程朱《易》說，以及清代官修本《解義》和《折中》的影響甚鉅，這一點是顯而易見且有跡可循。誠如當時在中國結識的好友王韜（1828-1897）就曾稱讚理雅各的學問是「於漢、唐、宋諸儒皆能辨別其門逕，決擇其瑕瑜」，[83]由此可見一斑。

本文逐一檢視理雅各對程朱《易》說、《解義》、《折中》案語的評論所列舉例證之後，可見理雅各對這四家的經傳注解有著大小不一的批判傾向，尤其是他對程頤《易》說以取象釋義的批判則有「牽強而不自然的」之語最為顯著。從上述兩大部分的探討來看，理雅各在評述中國歷代《易》說的標準多半是採行先秦孔子儒家《易》理為準據，若有違背此意者，則多採以批判或指正

---

[81] James Legge, trans. *The I Ching: the Book of Changes*, p. 292.

[82] James Legge, trans. *The I Ching: the Book of Changes*, p. 292.

[83] 王韜：《弢園尺牘》十二卷，收錄於《清代詩文集彙編》編纂委員會：《清代詩文集彙編》（上海：上海古籍出版社，2010年12月），冊708，卷六，〈與英國理雅各學士〉，頁320。

其誤的立場。實際上，理雅各英譯《易經》雖然以兼採宋、清儒《易》說為主，徵引次數頗高之下，然其評斷的標準仍不脫離《易經》原意而立論。

陸　彣彰薈萃

一　黃慶萱先生文章輯存（一）

許俊雅

慶萱先生於1947年2月抵臺，8月入臺北師範學校就讀，喜讀新文學作品，並初試寫作，翌年一月即有〈談節約〉之作刊《建國月刊》，此後平均兩個多月刊出一篇作品，至1949年7月遭無妄之災，「感化」八個月，暫停寫作。其後偶有習作登於報刊，唯在1958至1959年間創作質量遽增，尤其是小說作品，推測來臺已十年，對校園生活漸適應，又善於觀察周遭環境，心有所感，遂發筆為文，而稿酬亦有助於讀書寫作生活的安定。1962年入研究所就讀，自此學術研究論文居多，不復見小說創作，其他詩文創作在1982年又有若干篇，由於先生以經學、修辭學、文學評論享譽學術界，未曾出版藝文創作集，而早期藝文報刊又少見數位化，甚且已難尋覓，因此吾輩多不悉先生早年熱衷於新文學作品，勤於寫作，尤其小說創作於今日讀之，仍讓人嘆服。主編賴貴三系主任叮囑願盡全力納入壽慶論文集，作為老師傳世作品文獻之紀錄，避免日後蒐檢更為不易，因之個人將蒐羅所得之佚文整理刊布。[1]本輯存共收文章二十篇，篇目如下：

一、談節約。二、元夜雜感。三、板橋遊記。四、談「駱駝祥子」。五、談文章寫作。六、國民教育的我見。七、期待嗎？——獻給我自己。八、牛仔褲恩怨記。九、從算術測驗的結果談改良教學。十、大專院校不分組招生．莘莘學子都不勝惶恐。十一、牌上風雲。十二、母親

---

[1] 早期作品有些用字習慣與今日已有差異，比如「寫字台」、「太保」，還有報紙編輯版面的專門術語「題二文二轉一」等等。林士翔同學已輯《聯合報》文章14篇，本文不再錄上。輯存文章以早期不易見得的報刊作品，且未收入先生文集為主。筆者助理翁琳潔小姐、簡嘉同學與謝定紘博士生協助若干文章掃描、打字，謹此致謝。

學生。十三、記者招待會。十四、她會哭嗎？。十五、爬出陰溝的人。十六、檢（撿）字紙的小孩。十七、虛榮。十八、附帶一件事。十九、最後的古屋。二十、致鄭子瑜函。

重刊之際，再略贅數言。從先生創作有助於了解其文學養成的知識背景，〈談文章寫作〉發表時，年方十七，學生身分是省立北師三普一組，已經遍讀《文章作法》、[2]《文章例話》、[3]《文章講話》、[4]《文心》、[5]《讀和寫》[6]等研究文章作法的專書，並能歸納反思為自己的意見，貢獻給讀者。此系列書觸及到的名家名作極多，朱自清（1898-1948）、茅盾（1896-1981）、徐志摩（1897-1931）、蘇雪林（1897-1999）、郭沫若（1892-1978）、夏丏尊（1886-1946）、巴金（1904-2005）、豐子愷（1898-1975）、趙元任（1892-1982）、鄒韜奮（1895-1944）、胡愈之（1896-1986）、胡適（1891-1962）、老舍（1899-1966）、夏衍（1900-1995）、俞慶棠（1897-1949）、尤炳圻（1911-1984）、蔡元培（1868-1940）、沈從文（1902-1988）、徐盈（1912-1996）、魯迅（1881-1936）、蕭乾

[2] 此書是夏丏尊在長沙第一師範學校和白馬湖春暉中學的作文課講稿，後經劉薰宇先生結合自己的教學實踐修改編輯成書，書中總結了記敘文、說明文、議論文等類文章的具體寫作方法，並對魯迅、冰心等名家名作簡明評點，提高寫作、鑑賞能力。

[3] 生活·讀書·新知三聯書店於2013年出版《文章例話》時之介紹：「本書是葉聖陶1936年在《新少年》雜誌主持『文章展覽』專欄的結集，文體包括小說、詩歌、戲劇、傳記等，故涉及較多立意、修辭、結構等要素。作者從寫作的方法與肌理着眼，加以適當的說明、對比和分析，引導讀者進行感悟和體會。」

[4] 作者夏丏尊先生以名家名篇為例，解答文章寫作的各方面問題，如何安排文章中的對話、如何通過文章表情達意、如何寫文章才有氣勢、如何用文字表現動態和靜態，以及閱讀什麼、怎麼閱讀等青少年寫作過程中會遇到的問題，給予精闢獨到的意見。

[5] 《文心》是夏丏尊、葉聖陶憑藉多年教學經驗，以32個小故事串聯起「關於國文的全體知識」。包括是否要讀古書，文章如何醞釀佈局，文章中易犯的文法錯誤，敘事文和小說的異同，如何朗讀一篇文章，如何修改一篇文章，文章中的句調與音韻，文章中的常用修辭等。文中還巧妙穿插了「九一八」、「一二八」、商務印書館被焚毀等事件，納入青年求知治學的理想及家國情懷。

[6] 作者沐紹良，葉聖陶曾為序。本書用故事體裁寫成，每個故事說明一個主題，兼顧閱讀與寫作，以生動活潑和形象化的語言，暢談少年兒童在寫作中的種種問題與方法，富有文學趣味。全書24章，前10章講句子、詞彙方面的知識及其應用的方法，後14章具體講文章寫作。以上系列書歷久不衰，現今仍不斷再版。

（1910-1999）、劉延陵（1894-1988）、周作人（1885-1967）、丁西林（1893-1974）、冰心（1900-1999）等等。即使文章多數節選過，然而因為選講者眼光獨到，精義迭出，讀者往往因之親近了作家，又延伸閱讀其他作品。相信慶萱先生後來的創作及文學批評以及修辭學極多的示例等等，悉與青年階段的閱讀經驗息息相關。再者，先生17歲這年就寫下了〈談「駱駝祥子」〉，已具文學批評的功底。〈虛榮〉一文是28歲時所寫，時為臺師大國文系三年級學生，分析莫泊桑（Henry-René-Albert-Guy de Maupassant，1850-1893）〈項鍊〉的故事，對「虛榮」題意有深刻的闡述。[7]〈項鍊〉一文，直到1990年代中，國立編譯館《國文選修本》才收入編為國中教材，如以臺灣學界對《駱駝祥子》、〈項鍊〉的研究歷程來看，先生二文可能都是拔頭籌之作。

本輯存所收多為先生早年小說，另有新詩、評論、雜文，小說有〈母親學生〉、〈記者招待會〉、〈牛仔褲恩怨記〉、〈她會哭嗎？〉、〈爬出陰溝的人〉、〈檢（撿）字紙的小孩〉、〈附帶一件事〉。〈母親學生〉寫「我」的同學美霞身兼母親角色，既要讀書修學分，又得照顧嬰兒，雖極其辛苦，仍甘之如飴，小說結尾說：「小霞長得白白胖胖的，紅潤的小臉常帶笑容。不過，美霞比前稍瘦了些，我耽心她學期考試分數單也會『紅潤』起來。」令人莞爾。這樣的幽默感，在〈附帶一件事〉也可以看到，通篇寫生活中被很多朋友的「附帶」一件事，默默忍受讀書寫作時間的被剝奪，小說結尾是他想忘了這一切，把「附帶」的都丟在腦後，讀讀自己要想讀的，但抓起枕邊一本朋友編的週刊來解悶時，卻看到編後話上：「附帶一件事向讀者報告，友白先生久已答應為本刊撰稿，均因課忙未果；現值暑假，已有暇執筆，下期將有作品與本刊讀者見面。」這個結尾綰合「附帶」，饒有趣味。〈牌上風雲〉寫種類繁多的通告牌，各個通告俱見巧思，讓人發噱莞爾。先生也善於剪裁經營，〈爬出陰溝的人〉是取材於報紙上的一段新聞，用了意識流寫法，人物形象生動。〈記者招待會〉揭露媒體、輿論對當事人造成無法彌補的傷害，同樣值得今日反思。〈檢

7 誠如柯慶明：《現代中國文學批評述論》（臺北：大安出版社，1987年10月），頁165，所言：「黃慶萱以大量的現代作品為例，創構為體系龐大，內容豐富的『修辭學』，雖然名為『修辭』，其實已寓創作技巧以及文例批評之義。」

（撿）字紙的小孩〉頗有後設小說味道，小說寫撿字紙的小孩，無意間相逢寒暄後，當年撿字紙的小孩掏出報紙，指著上面一篇：「檢（撿）字紙的小孩」，說：「這是我生平第一篇在報上刊出的文字。」最後以「這孩子不只是檢（撿）有字的紙張，更吸收了紙上的文字。」結束小說。筆者認為《文心》此書對先生的影響應該是有的，夏、葉他們當時親自編輯《中學生》所連載的文章病院作為虛構故事中的情節引入，而《文心》同樣又在這本刊物連載發表，這種真假虛實情景的雜糅，在樸實簡明的敘述中，已有著互文性和後設敘述等先進技巧。另外，從〈牛仔褲恩怨記〉、〈她會哭嗎？〉等小說開頭，又足見先生寫作善於從環境氛圍切入，觸及教育問題層面者，頗有《愛的教育》的影子。從以上諸篇小說的寫作手法，可見先生的創作藝術已相當成熟。閱讀先生早年小說才突然頓悟文學獎小說評審何以請先生擔任，並請先生撰寫總評意見，我也豁然理解了先生於我博論口試時的提問，同時也對先生學行著述年表中「（1961年）此後就沒再寫過小說」一句話，讀到一種複雜的心情。

一　談節約*

省立北師　黃慶萱

節約是新生活運動的一人要目，際此內亂外患交迫之時，提倡節約建國，是一件非常重要的事情。

孔子說得好：「飯疏食飲水，曲肱而枕之，樂在其中矣！」可見節約是一種高尚的，愉快的事，而絲毫沒有勉強。

政府推行這良好運動，可謂不遺餘力。然而；什麼雞尾酒會，競選活動費，一擲千萬金，毫不為惜，中山堂的戲劇，雖然門票高得駭人，可是依然是擁擠不堪。而小包車風馳電駛似地在馬路穿梭，要知道汽油是國家鮮血啊！

名義上一星期有二天不准殺豬，請看○○館○○大餐廳大飯堂，何日無

* 本文刊載於《建國月刊》第1卷第4期，1948年1月，頁93。

肉？像我們貧窮的師範生，仍舊是三年不知肉味，「廄有肥馬，庖有肥肉，民有飢色，野有餓莩」，到底孟子是先知者。

「朱門酒肉臭，路有餓死骨」，哦！我知道了，節約不過是麼這一回事！

二　元夜雜感*

省立北師三普一組　黃慶萱

「老黃，元旦放假三天，準備回家去呀！」同學陳君開玩笑似的拍一拍我的肩頭說。「好。」我苦笑應著；「回家！回家？回我的家？」我知道我的態度很不自然帶著哭味的口氣。

夜幕拉攏了，同學們大半回家找尋他們的快樂去，內地的同學；我知他們現在酒樓中歡天喜地的狂飲。只有我——浪跡天涯舉目無親的浪子，在操場上徘徊著，天上密佈著陰雲，遠處的燈光，閃閃地像鬼火一般，肅殺割膚的北風，從我的身邊揚長而過，黑黑的樹影，正如魍魎蹲在那裏，啊！多麼淒涼的景色。

踱回宿舍裏，脫了衣服，蒙頭便睡，可是睡魔似乎故意為難我，朦朧中走廊間軍鞋叮噹，衝入我的耳鼓，它踏碎了遊子的孤懷啊！

同學們帶回來沖鼻的酒氣，踏進了寢室。大聲喊著：「老黃，不要睡啦，香蕉啊。」他們坐下大嚼起來；邊吃邊叫著我的名字，沒奈何我只好爬起來，笨拙地拿著香蕉，忽然香蕉從我的手中掉下，被他們發見我低頭沉思，笑聲接著而起，不知誰用諷譏的口吻說：「年紀尚輕哩！」攪破了我的夢幻。

我又步出寢室，遙望彼岸，是我故鄉，我的心淒其了。風聲中隱約傳來了日本唱片的聲音，如泣如訴，婉轉抑鬱，難道就真地「胡笳落淚曲，羌笛斷腸歌」嗎？電燈熄了，黑影幢幢，我回到自己的疊疊棉上，窗外的黯風，帶進濛濛細雨，落在我的臉上。

---

* 本文刊載於《建國月刊》第1卷第5期，1948年2月，頁71-72。

三　板橋遊記*

臺北師範　黃慶萱

在這「美麗之島」上，大家都知道北投、草山、日月潭，這些是山水秀麗，風景幽美的地方，板橋呢？既然無山又無水，似乎無可遊逛，然而；名聞全臺的「林本源私人庭園」就在這兒。這個庭園，真夠人留戀。

「在春天裏，尤其是臺灣，和風向人們的臉上接著甜蜜的吻，鼻中可嗅到清芬，大自然是多麼的風雅秀麗，『高士有登山之樂』，這是遠足的好時候！」遠足前夕我閉著眼這樣默想。

天空雲層泛著魚白色，沒有星星，我們已經吃飽了飯，裝好了「便當」，就出發了。沈重的腳步，踏破了冷靜的空氣，嘻笑的聲音，衝破了清晨的寂寞，在晨曦微啟的時候，已經到了臺北火車站，我們跨上了南下的火車，不到十分鐘，這黑色的怪物把我們拖到目的地了。大家又由它的肚子裏走出，從月臺走經狹小的街道，穿過縱橫的阡陌，到了一座堡壘似的建築物，門上有四個斗大的字：「板橋別墅」。

進入園門，有一座天井，三面環牆，一面臨屋，屋子是中國古式的，在它的兩側環牆出入的地方，有二個圓圓的洞門，我就回想我那隔海相對的家庭。啊！可愛的家喲！

「喲！這座假山多麼雄奇呀！」我聞聲跑去。哦！一座崢嶸巉嚴的假山，橫列在我的面前，往下看，水池，像死一般的靜寂，橫臥在那裏……，一切都是「古色古香」，我覺得身在另一個世界，我有了超然出世之想了！

石壁上有很多石刻字畫，惜年久剝落，模糊不清。

沿著羊腸小路，走進一個石洞，洞中很陰森，然而清潔，有石床、石椅、石几，都是從石壁中硬鑿出來的，當我入內時，有幾個同學正在捉迷藏，還嚇

---

* 本文刊載於《建國月刊》第2卷第1期，1948年4月，頁58-59。

我一跳呢！他們招呼我同遊，慢慢地走近了一個亭臺，裏面有很多的同學，正在吃香蕉和蠶豆，圍著導師在談笑，我們不期然而然地加快了腳步，同學們有的講故事，有的說笑話，有的做猜謎，也有唱歌或表演技術，級任導師卻在講一些做人處世的道理，如今回想起來，真覺有趣。

後來我又登上一座很高的假山，看一碧萬頃的長空，似一面青銅鏡，那麼的高而青。偶然飄過塊塊的白雲，把這面鏡子點綴得更加美麗。曠野是很空闊地平鋪著，綠油油的草地，萬紫千紅的花朵，是多麼含有詩意的圖畫啊！

我坐在一株大可合抱的樹蔭下，和煦的陽光，篩下銅錢似的圓影，相距不遠的地方，有一個花圃，紅的、黃的、綠的、白的、——五顏六色的色花，交織成一個天然的圖案，花圃的旁邊，坐著一位女郎，藍色的上衣，黑色的裙子，白色的肌膚，窈窕的身材，似乎還可以看見她那傳情的秋波，銷魂的巧笑，在她的手中，拿著一本《建國月刊》，正在看得出神。

庭園佔地並不大，而各種風景設備：如假山、水池、亭臺、樓閣、天井、石洞、石器、花圃、樹木，……皆備。主人自題於來青閣稱：「老屋二三間，足蔽風雨；荒墟半餘畝，與我周旋。」誠非過譽。我想板橋道人鄭燮復生，此地正好供他歸隱哩。

當日下午搭車北返抵校，已金烏西沉炊煙四起了。

四　談《駱駝祥子》*

省立北師　黃慶萱

《駱駝祥子》是老舍先生的得意作品，在白話文學上，它無疑地是佔有重大地位，近來好萊塢以二萬五千元美金換得它的拍影權，可知其內容的價值。

祥子是這部書的主角，老舍以北京（北平市）為背景，描寫祥子受不住環境的威力，漸漸地墜（墮）落了，祥子是的的確確可以代表中國一般的老百姓。

---

* 本文刊載於《建國月刊》第2卷第4期，1948年7月，頁49。

北京有許多人拉人力車過活的，祥子就是其中的一個，他很勤儉辛苦地用血汗來購了一輛新車，不幸抗戰發生，北京時局一時萬分緊張，他連人帶車都給丘八老爺拉去了，失了他惟一的財產和自由，在軍中看管三頭駱駝，黑夜裏他悄悄地帶了駱駝溜之大吉，逃之夭夭了，到村莊上賣了三十五元銀幣，（那時物價便宜，一百元可買一輛新車）仍舊回北京貸車拉。「惡事傳千里」駝子的事情傳遍了每個北京車夫的耳裏，謠言起了，說祥子發了橫財，帶著三百頭三千頭……的駱駝回來，於是「駱駝」這美號加在祥子的頭上，駱駝祥子也就有名有姓了。其實「駱駝」這事在祥子的生平上，沒有重大的意義，並且是一個損失，不管在名譽方面或物質方面；根本沒有可以「眼紅的」，怪不得祥子會生氣著說：「發財；媽的我的車那兒去了？」老舍先生還加上按語：「賣力氣睜（掙）錢是那麼的不容易，人人盼望著發點邪財。」這顯是指我國現實社會心理而發的，聰明的讀者，小心向人海中觀察瞧瞧！

「體面的，要強的，好夢想的，利已的，個人的，健壯的，偉大的祥子，不知道何時何地會埋起他自己來！」這是老舍說的，我的私見是祥子不該受車行老板的女兒「虎妞」的引誘，同她發生關係，把自己墮入泥中，不能自拔，忍受著欺騙，壓迫，支配，與她結婚，做女人發洩性慾的玩物。虎妞死後，他本可以一刀兩斷，各自東西，可是他反要賣車安葬他的仇人，一個破貨──虎妞。

他失了一個很好的機會，就是不乘「虎妞」死後，爽快地接受一個善良賢慧的女子小福子的結合的要求，早點找尋他眼中的孔聖人曹先生，致令小福子入白房子（註：北平語「白房子」是指妓院）去當妓女，過著出賣肉體靈魂的生活，等待他發現一線光明，能夠在五里霧中找到出路，小福子早就自殺了，成了陰間的一員吊死鬼！他經不住這打擊，他受不下這個刺激，墮入那無底的深坑裏，不再有希望，不再找尋幸福，吃、喝、嫖、賭，他都做，狡猾無賴全會了，只顧目前快樂，不再替將來著想，他恨一切人，他以為人都該殺的，造謊騙錢，出賣信用，不肯拉車，靠著紅白喜喪過活。

他沒有勇氣，像曾經搶他車的大兵，不給僕人飯吃的楊太太，輕看他的劉四，詐他錢的孫偵探，愚弄他的陳二奶奶，誘惑他的夏太太，他都不敢反抗或積極復仇，僅阿Q的咒咀，就算消了氣，以為勝利了，高興著唱「凱歌」！

總之，祥子本是一個有為的青年，他有他的希望和計劃，在這烏烟瘴氣的社會裏，受了種種的打擊，在失望之餘，於是開始恨，並且他不肯自殺，所以舍（捨）消極外更無路可走，他悟到人生原是一幕悲劇，所謂事情都不過「那麼回事」。他想到他以前沒有好好地花過錢，自甘墮落，毀滅，做了一個——「埋在這墜（墮）落的，自私的，不幸的，社會病胎裏的產兒，個人主義的末路鬼！」但是，現在像祥子的人多著呢！

五　談文章寫作*

省立北師三普一組　黃慶萱

文章本為代替談話來表示自己的意見而產生，由於人類求「好」求「善」的天性，就有所謂寫作的「技巧」了，民國以來經過夏丏尊、葉聖陶諸先生極力研究文章作法，把文學開闢一條捷徑，現在我要把自己的私見貢獻（獻）給諸位。

（一）記事文：是把人物的狀態性質效用等題材，用作者的目見耳聞或想像記述下來，牠（它）的作法很簡單，把自己經驗或他書參考分條用長句列在紙上，加以取捨整理。假使題材太複雜先長篇記下，再行分成許多長句，依性質合併成數段便可以了，應注意下列九點：

1. 擬人法：替某事物設身處地的想一想，把牠（它）喻作有生命的，好似一個人。
2. 真實：信用自己的目見耳聞，真實明確寫下來。
3. 重複：一個詞連著用了幾許多，非但不妨碍（礙）文章的活潑，並且反增強語氣。

---

* 本文刊載於《建國月刊》第2卷第5期，1948年8月，頁48-49。自註：「本文係參考《文章作法》，《文章例話》，《文章講話》，《文心》，《讀和寫》等書意見。」

4. 取捨：取那些與題文有關的材料，捨是丟開無用材料。
5. 用詞：詞句非澈底了解，勿用，否則亦需把相似詞一比再比，擇合用親切者放在文內。
6. 命題：最好是待文作成後，以內容再行命題為最佳，可免題文不合之病。
7. 文病：注意文內有意義缺陷，累贅，不連貫，欠照應，矛盾，隔膜等病否。
8. 開端：有冒帽法，是由他事引入正文，破題法是馬上敍（敘）說本題。
9. 末尾：極須有力句語，使讀書可以體會其餘味或餘音。

（二）敘事文：將人物的變化動作記述下來，具有主體、演變、時間、地點四要素，可分授與教訓的歷史，授以知識的傳記，授以興趣能使讀者共鳴的小說也屬此類。下列各點宜留意：

1. 主人：一篇敘事文必有一主人翁，或數個主人翁，凡主人翁的言語行動應詳細。
2. 場面：事情的地點變易時，當特別點清，並且不宜時常變易，免讀者看混了。
3. 句法：句子不足表達感情時，慢慢的拉長，文氣要多變化，可能避免呆滯。
4. 段法：一篇文章要有生命，就是中心思想，每段有一中心思想，每句亦如此。
5. 抒情：凡是內心發出的感情，人人皆有的，就值得真實不虛地寫下來。
6. 連接：曲折的事實，宜用連接詞連起來，使文氣一貫，天衣無縫。
7. 觸發：由一平常的事情，把他分析起來，結果能用以比喻某大事理。
8. 背景：在某種的情境下，就得寫某種的背景來襯托。
9. 流順：在敘事文中，不宜多記事，才含活潑，並切不可逆寫，除不得已外。

（三）議論文：用文章來發表自己的主張，批評人家的意見，使讀者能信仰自己。前者最好分為五段：一命題、二因果、三譬喻、四例證、五符號，然而命題會引起人家討厭或太平凡者用冒帽法，後者宜抓住敵方錯誤，迎頭痛擊之，中部最要用力勿助敵聲勢，勿曲解對方言論，有好幾個方法：

1. 直接：對于一種主張用積極理由證明它是合理。
2. 間接：反證敵方謬誤地方，使自己主張因而牢固。
3. 演繹：以公認合理的大前提，以推斷在大前提包含的事物都合理。
4. 歸納：例舉，很普遍，沒有反例，有因果關係的理由合證一主張。
5. 類推：由已知的固有例子斷定未知的事例。
6. 因果：舉例說明同樣的理由發生同樣的結果，使主張成立。
7. 例證：用非假定或偶然的例子做根據。
8. 譬喻：舉出得當並非取巧欺詐的相似例為據。
9. 符號：用已知的事實，推測其動機或原因。
10. 引誘：以冷的側面的或熱的衷腸話勸人服從自己。
11. 寓言：於故事中射影某人某事某物。

（四）說明文：解說事物，剖釋事理，闡明意義的文章，宜留意其屬於某種以免混雜。指出特色，或舉例說明，話義應容易使人明瞭為主，無其他良法。

（五）小品文：到現在為止，小品文尚無明確的定義，普通指的是二百字至千字的短文而言，內容性質不拘，如書札日記皆屬此類，長文中精彩的一部份，也可說是小品文，宜著眼細處，統一不散漫，從事側面描寫，多用警句，寄托感情，惟因其內容不拘，無獨立作法。

最後我還要警告諸位，作文切勿模仿，或抄襲，和濫用故典，至於文章風格，有簡約，繁豐，剛健，柔婉，平淡，絢爛，謹嚴，疏放……等等，那須由各位以你自己的所好而選擇了。

六　國民教育的我見*

臺北師範　黃慶萱

國民教育是國家的百年大計，她操縱著一國的興盛衰亡，其關係的重大和責任的偉大，是不容忽視的，尤其於這滿天陰霾風雨欲來，而到處險象橫生，殺機畢露的時代，要想在那風濤兇（洶）湧，驚波駭浪中生存競爭，惟有普行國民教育，從事心理建設的一途。

顧名思義，所謂國民教育者，凡國民均有受此種教育之義務，換句話說：國民教育必需要極普遍化大眾化的推行。現在外患內亂交迫之下的中國，教育是落後的，人民的智識水準低得可憐，這是無可諱言的事實，我們試看陸費逵的〈敬告中學生〉一文，就明瞭文盲之多了！尤其在邊疆省份，人民的國家觀念有很多錯誤的地方，急待糾正，所以要在這青天白日滿地紅的旗幟下，速行國民教育，使人民對國家一切都有正確認識，正確了解。

有人說，國民教育是常識教育，中等教育是智識教育，大學教育是專門教育。誠然；做一個人必須知道一點國際形勢國內組織，及社會科學自然科學的基本知識。能夠寫得書信，記得賬，看得報紙。就是應該曉得的真實學問，都要在國民教育中灌輸之。而且更要使學生們習會職業技能，在目前升學困難的環境下，不致「畢業即是失業」的危險。寫到這兒，我要提起觀察上的一位高中生「向全國父母們哭訴」。那一篇文章。內容是說：一個高中生連開羅會議的開羅在什麼地方？哀的美敦書是什麼都不知道，更不能寫篇通順的作文。……由此國民教育的程度更可想而知了。其嚴重也不言可喻。

話說回來，一切事情都以經濟為先決條件，在「安得大（廣）廈千萬間，廣遍（大庇）天下寒士盡（俱）歡顏」的情形下，上面的話，又成紙上談兵了。

---

* 本文刊載於《建國月刊》第2卷第6期，1948年9月，頁47。

七　期待嗎？——獻給我自己*

黃慶萱

把平等美麗的世界，
寄託在期待中。
戰鬥底旁觀者，
黎明底夢想者，
在牢獄裏挨著壓迫者的鞭
子吧，
你，懦弱的傢伙！

　　——自由，民主，光明，
你呻吟著這些口號。
向現實屈服的新第三種人
喲：
只有行動，纔是真正的力
量！

---

* 本文刊載於《開明少年》第45期，頁57。

八　牛仔褲恩怨記*

黃慶萱

（一）

誰能告訴我，天上的雲彩美麗些？還是海上的波浪美麗些？誰能告訴我，羅馬的騎士與美國西部的武俠，那一種更為英勇？誰又能告訴我，在世界上各種型式的衣服中，什麼是最為美麗而又能表現是很勇敢的？對末者，韋斯德將會答覆說，黃色報紙似的印著女人大腿和勇士手槍的香港衫和風靡全台的牛仔褲是既美麗而又富勇敢意味的。

韋斯德，在二年前，也就是我下面所寫的故事發生的一年，他是十五歲，才讀小學六年級呢！在我教的那班中他是最傑出的人物，借用前任導師的話：是一個問題兒童，是一個太保學生。

當我第一次跨進教室，小朋友異常紛擾，我便在門邊站著觀察他們在幹些什麼，過了二分多鐘，他們在發現老師來了，匆忙的坐了下來。一個大個子的學生站起來，也沒喊聲老師，便說：「方麗麗打破玻璃。」這學生就是上面提到的韋斯德。自然啦，是穿著一身報式香港衫和牛仔褲，屁股口袋上還插著一本黃色雜誌。

如果讀者諸君不曾身歷其境，是不會想像到當時教室秩序之紊亂的。小朋友爭先恐後的發言，既沒舉手也不待我的許可，甚至站都不站起來，亂七八糟的你一句我一句的說著，儘是一些：「韋斯德欺負方麗麗，她用石子擲他，才打破玻璃的。」「以前的老師說韋斯德是壞學生」「……」中間還夾雜著韋斯德的怒吼聲，和方麗麗的哭聲。

我預感著將面臨一個訓導上的嚴重問題。一個受老師輕視和同學排斥的學生必然有著可怕的「彌補作用」發生，或是失去自尊心，或是在外勾結……。

---

* 本文刊載於《臺灣教育輔導月刊》第3卷第1期，1953年1月，頁45-47。

我沒有再想下去，拿起教鞭輕敲著桌子，大聲叫他們停止爭吵，許久許久，才把他們弄靜。

（二）

一個教師對所謂問題兒童是必須有耐心作澈底的觀察調查分析和研究。最好盤旋在我的腦子裏的問題是：韋斯德怎樣成為一個太保學生的？老樹不會在一天之間便枯黃了呀！而仁慈的上帝給予每一個受精卵的稟賦是絕對公正的。我應該探討韋斯德生命的全部發展的過程，在這過程中找出一些使他變壞的因素，而能夠對症下藥給以根治，因此去韋公館作一次家庭訪問，是勢所必行。

聰明的讀者也許猜想得到韋公館的外表和內況的。那是一幢精巧雅緻的小洋房，從大門到屋子的甬道舖著白色小石子，甬道兩旁種著一些花草，原諒我的無知，不能說出牠（它）們到底叫著什麼名字；屋旁栽著幾株榕樹和椰子，從筆直的樹幹和修剪成半圓形的榕樹的夾縫中，我看見一座小小的噴水池，也許水壓不大，水噴得很低，更無力的落在浮著荷葉的水池中。客廳在屋的朝東一方，光滑的地板顯然是擦了臘，我從地板上看見自己稍帶慌張的搖搖晃晃的影子。客廳中，一張寫字台，一張圓桌，四把沙發，朝裏有一座鋼琴。

我無須多敘這間客廳的佈置，一位屋子的主人出來了，那是韋委員的太太，也就是韋斯德的母親，下面的事是她告訴我的。

（三）

斯德出生在上海，從小就接受了繁華的都市生活的洗禮。六歲進幼稚園，八歲開始念小學一年級，學業品行都很好，因此教師非常寵愛他。那時，韋委員是掛牌作律師的，事情很忙，而他媽體弱多病。——有人說她愛打麻將——斯德年紀漸大，便常獨自出外玩玩，有時和一些同學看看一些驚險激烈的武打電影。

民國三十八年，斯德五年級了。隨著大陸的赤化，一家由上海而廣州，廣州而香港，最後到了台（臺）灣。炮火聲中，斯德便休學了，而且逃難的時候，誰也沒有好好管他。一個孩子沒有書念又沒有事作，便整天價地和一些野孩子騎著自行車滿街闖，惹是生非。他爸忙著應酬，沒有教他；他媽的話，更是不聽了。

到了我們學校，起先由一位姓李的老師教他。李老師一向把斯德看作問題兒童，卻不曾有良好解決的方法，於是：「老師都把我當作太保看待了，還作什麼好學生？」斯德更自暴自棄。而使他向太保再靠緊一步，是他爸的一件不智的舉動：為了恐嚇斯德不敢再頑皮，託一個在警察所的朋友派警員把斯德在拘留所關了一天。結果，他有機會認識了一批真的十三太保們，待那些真太保一放出來，難兄難弟居然成群結黨，竟以少年英雄自居了！

這是誰的過錯呢？家庭教育的失策，學校教育的敷衍；教育不良之外再加上社會的因素，硬把斯德純潔天真品學兼優的學生變化為令人痛心的太保！我能昧著良心把所有責任往無辜的孩子身上一推嗎？而且，能真的心安理得的了卻責任嗎？是的，我應負起責任來，把斯德從太保還原為「好學生」。

（四）

現實是多麼出人意外呵，當我正在想辦法把斯德「改」過來的時候，而他在外面又闖出大禍來。是昨天晚上，斯德因被訓導主任罵了一頓，懷恨在心，約了一群志同道合的太保們。在路上竟用石頭襲擊他，今晨他包著綳帶去校長室報告這件事，校長立即召集校務會議，討論此事。

斯德是我班上的學生，因此在我心中有著和別人不同的情緒，那不是憤怒，而是悲痛與慚愧。

顯然，校長是異常激忿的，他簡單的把斯德向訓座擲石子經過說了，便提出開除斯德的提議，沒有討論就付表決了。我向四座掃視了一下，除了訓座那隻受傷的手不好意思舉起之外，不贊同的只有我一人。但是。雖是過半數通過了，身為導師的我，卻有否決的權利，何況會議進行中沒有經過討論，表決是不能發生效力的。

校長帶著火的眼睛射向我，似乎在激發我的發言，我站起來。

「校長，各位同事，我們知道，一切獎罰都是消極的，它除了使兒童造成作事全以趨獎避罰為標準外，並無任何功效；而它的缺點卻非常的多。開除更是不可，因為這無異是承認我們的教育無法改變韋斯德，承認我們的教育是失敗了！」我有力而溫和的說。

我看出訓座不屑的表情，校長更用諷譏的語氣說：「黃老師，是不是以為韋斯德是○○委員的兒子，怕得罪人？如果像這樣的學生不開除了，那麼，所有學生都學他用石頭擲老師，該怎麼辦呀？」聽了校長的話，我並沒有覺得受損害受侮辱，別人的瘡不能貼在我的身上的。

「我得提醒校長，學校是教育機關而不是法庭，因此我們無需把學生看作囚犯，亦不宜根據學生行為的優良惡劣而給以獎罰；我們的任務是改變學生不良的習慣，養成新的良好的感應結。」在溫和語氣中我表現堅決反對開除韋斯德的提案，使校長震驚了。

「那麼，你有什麼好辦法來教他呢？」

「我是不承認遺傳對個體具有什麼影響的，一個人的好壞全由環境來決定的，這個環境應包括母體中的胚胎期在內。斯德的胎兒生活是正常而良好的，他所以變壞——這是指行為的壞而不是人的壞，由邪惡的名詞來形容無辜的兒童，對一個教師來說是種恥辱！——家庭，學校，社會都有責任，一個月來，我對斯德曾作詳細的調查和觀察，發現了下面事實：一、交遊不良青年和看武俠電影使他沉醉於打鬥生活；二、以前教師常用罵和可憎的名詞來侮辱他，致使他失去自尊心，自甘墮落；三、拘留所的生活使他結交了一群真正的流氓，並傲然以不平凡的人物自居。現在，要改變他，必需應用誘導方法，使他向善，而尤需啟發他的自尊心，指導其處理休閒的時間，我願為教育斯德而獻出全部空暇時間來。」我滔滔的說著。

「可是，教育不是教一個人，而是教全班的兒童呀！」這個，是訓導主任開口了。

「我無法看出個別指導和班級教學中間存在著任何矛盾；而且，像韋斯德這樣的太保學生，已成為社會上嚴重的教育問題，即使花了長久的時間，如能獲致問題的解決，也未嘗沒有價值。」我立即答覆。

「那麼，韋斯德全部教育責任，都交給黃老師了？」校長說。

「好的！」我毅然應了下來。

「那麼，本案否決。」校長終於這麼宣佈。

（五）

開會後，我第一件事是買了一件牛仔褲，穿上後覺得滿意極了，它又堅固又美觀又便宜，而且顏色很合乎作老師們……。正在對著牛仔褲自感得意，韋斯德進來了。他含有滿眶眼淚，他已經知道校長以及全體老師都要開除他，是由我一人的力爭才使他不致失學；他更知道我為了他受盡冷嘲熱諷。

「老師……」才叫了一聲老師，他便哭不成聲了。

「好孩子，老師原諒你，別哭了。」他倒在我懷中，我撫著他的柔髮。

他抬起頭來，晶瑩的淚珠閃著光，「我……我對不起老師。」他斷斷續續的說，接著又是很傷心的哭聲，想不到平日那麼倔強的孩子，竟會這麼……。

「不要緊，只要以後肯聽老師的話，老師就快樂的了。你看看，老師的牛仔褲漂亮嗎？來，一同去看電影。」我強拉著去了。

影院裏，他端坐在皮椅上，我知道他沒有好好欣賞著電影；也唯有我，才能體會到他的抽泣。

送他回家，我又去班上另一些小朋友家裏，與他們作簡單的談話。我說明韋斯德只是頑皮點，人本是很好的，要小朋友們不要排斥他。第二天，上課的時候，斯德靜靜的聽著，於是我又誇說斯德用心聽，叫小朋友要學他這種靜聽的態度。有時我鼓勵斯德回答一些較為困難的問題，他有條有理的說得很清楚，於是班上其他的小朋友也不再以為他功課壞，而漸漸擁戴他。

為了怕他還跟太保們混在一起，我特在級中組織讀書會，介紹幾位愛讀書的小朋友多跟斯德一起讀書，碰到放映有價值點的電影，我帶他們一起去看，星期假日，大家一塊兒遊山玩水。

不久，事實證明我的努力不曾落了空。斯德有了濃厚的讀書興趣，不再感到無事可做而跟著太保跑，也不再去看打鬥的影片。他把零用錢積起買書看，我便代他買一些愛的教育，《烏拉波拉故事集》，《格林童話》等類的書籍。

斯德畢業後考進了初中，我也轉到陽明山去教書。在不斷的通信中，我知道斯德對自然科學有很大的天才。

（六）

今年暑假，韋太太再三請我去他家渡假，同時給斯德和斯德的一個妹妹補習功課，推辭不過，我只得去了。斯德早便在車站等著接我，比二年前高得多了，穿著童子軍服，不再是牛仔褲少年了。

「斯德，長高得多了，怎麼？不穿牛仔褲了？」

「不，我再不穿牛仔褲了！」他答。

「為什麼？」

「那是太保的褲子！我不穿。」

「那何必呢！東西在乎人用，毒品鴉片有時尚且可用作救人。在歐洲，牛仔褲是工人學生最歡迎的褲子呢！只是來到台灣，因為青年都有愛好新奇的心理，所以才成了太保褲了。衣服是給人穿的；人不應為衣服而介意。牛仔褲既耐穿合適堅固，只要不作太保，穿著又何妨？過去，你把牛仔褲看得那麼神氣；現在，卻深惡而痛絕之；這種親之則恩，憎之則怨的心理，都是不對的。」我可以直爽地糾正他的錯誤。

「哦！怪不得老師也買了一件牛仔褲呢！」

「不過，老師穿牛仔褲，卻是為你呢，那時候，我要和你建立感情，使你相信我，因此你愛穿牛仔褲，老師也就穿牛仔褲，這樣才好教你呀！」

「老師，你太好了，你永遠是我的老師，是我的長輩，是我的好哥哥。」他流著淚說。

我也被深深的感動了，眼中充滿著淚，這樣至誠的話，不作老師是不會聽到的。

九　從算術測驗的結果談改良教學*

黃慶萱

現在鄉村國民學校學生程度的低落及班級中個別差異的懸殊，任何國校教師都感到頭痛。自派到這個鄉村小學來，擔任六年級任，一班雖僅二十多小朋友，程度卻可從二年排到六年，尤以算術為甚。初上課幾天，我儘管用盡心機的講解啟發：什麼利用舊經驗，歸納具體說明，應用理論分析……。可是，除了一二聰明學生外，不懂的還是不懂，有些小朋友，功課聽不入耳，不是手動嘴講的吵吵鬧鬧，便是借課桌為小床夢他的周公去。有時氣得面紅耳赤，真想動動體罰──這在〈牛仔褲恩怨記〉中曾予痛斥的啊！現在可恥的竟想來個殺雞教猴！然而體罰，它除了使學生記恨我，使我走向失敗，又何補於事呢？像一隻狂奔的馬在滅亡的谷邊猛地勒住，我壓住了憤怒。不過，事情總得解決，不能老讓它成為「國校教師最傷腦的問題，國校教師肺病的根源」啊！要澈底明瞭他們究竟差到什麼程度？錯在什麼地方？我決心不避簡陋地應用測驗來測量一下，首先舉行的是算術。

我用的是國立中央大學教育學院艾偉先生主編的小學算術測驗，計五頁一百六十題，內容由易而難，第一頁是簡易的整數加法減法及乘法；二頁加入除法；第三頁發展到較複雜的整數四則；第四頁是小數四則；第五頁以分數四則殿後。靠著挖好空格的標準答案的幫助，費了幾晚的工夫，終於求出了全班小朋友做對的題數。因為不知是否另有常規，我便大膽地把做對題數乘一百除於一百六十求得百分數作為正確分；並在施行測驗時，將每頁最先做完者定為二十分，最後三名均為一分，按次分配，則五頁最高可能分也是一百，即以此百分數為速度分。經統計結果有如下表：

---

* 本文刊載於《臺灣教育輔導月刊》第3卷第8期，1953年8月，頁23-25。

陽明山富安國校六年級應用艾偉小學算術測驗結果報告表（四十二年）[8]

座號＼頁數	一	二	三	四	五	共計	做對分數	做快分數	備考
題數	四五	四五	三八	一五	一七	一六〇			
十一	三九	四五	三一	六	七	一二七	七九	六〇	做第一頁時過於慌張；小數的除法不會；帶分數的乘法不熟。
十二	四四	三八	三一	四	一〇	一二七	七九	四七	小數四則未熟；分數四則不熟。
十三	四三	三九	三五	五	四	一二六	七九	二九	小數加減不熟，小數乘除不會；分數四則不熟。
十四	四五	四〇	一六	一	一	一〇三	六四	三五	有餘數的整數除法不會；小數和分數四則都不會。
十五	四五	四二	三六	一〇	一一	一四四	九〇	九二	小數除法不熟；帶分數的加減不熟。
十六	四五	三六	三二	一一	八	一三二	八三	八二	有餘數的整數除法不熟；小數的乘除不熟；分數的加法減法和除法不熟。
十七	四五	四二	三四	五	五	一三一	八二	三七	小數四則不熟；帶分數四則不熟。
十八	三五	二四	七	三	四	七三	四六	三〇	整數減法中不會借位；有零的整數四則不會；整數乘除以及小數分數四則都不會。
十九	四四	四五	三四	一二	六	一四一	八八	六二	小數連除法都不熟；帶分數加減和分數除法都欠熟。
十十	四一	四二	二六	五	五	一一四	七一	四一	有餘數的整數除法不會；小數的加減不熟，乘除不會；分數乘除不會。
十 一	四二	四三	三二	六	七	一三〇	八一	四一	小數的連加法和乘除不會；分數的加減不會。

8 附在下方

座號＼頁數／做對題數	一	二	三	四	五	共計	做對分數	做快分數	備考
題數	四五	四五	三八	一五	一七	一六〇			
一二	四五	四三	三五	一〇	八	一四一	八八	七四	小數的除法不好；帶分數加減法和除法不熟。
一三	四五	四二	三〇	五	六	一二八	八〇	七〇	整數減法不熟，商數末位為零不知不加零；帶小數四則不熟；分數四則欠佳。
一四	三四	一七	一〇	四	三	六八	四三	一一	整數加法中不會進位，有零和需借位的減法不會有零乘法，除法和小數分數四則都不會。
一五	四〇	三六	九	四	四	九三	五八	一〇	同十四號。
一六	四三	四一	三〇	六	五	一二五	七八	六八	有餘數的整數除法不會；小數四則不好；帶分數四則不會。
一七	四四	四二	二七	六	五	一二四	七	二八	有餘數的整數除法不會；小數分數四則不會。
一八	四一	三八	二八	三	五	一一五	七二	七八	有借位的減法不熟；作題不注意；小數分數四則不佳。
一九	一六	一	〇	〇	〇	一七	一一	五	除單位不需進借之整數加減外，都不會。
二〇	四三	四一	二九	一〇	六	一二九	八一	七一	有餘數的整數除法不會；小數分數四則不佳。
二一	四二	四三	三七	一一	七	一四〇	八八	五一	小數的除法不熟；分數四則不佳。
二二	四三	四一	二一	五	二	一一二	七〇	三六	整數的乘法不熟，小數四則不熟，分數四則不會。
平均做對題數	四一	三七	二六	六	五	一一五	｜	做對與做快的相關為	
做對的百分數	九一	八三	六八	四〇	三三	｜	七二	〇．〇五	

看了這張表後，對於學生算術程度，便可知道一個大概了。首先值得一提的是驚人的差異，做對的百分數從九十分分佈到十一分；第一頁到第五頁的平均數由九十一分而八十三分而六十八分而四十分，第五頁便只有三十二分了。兒童錯的地方，除小數分數四則大都不熟或不會外；整數四則方面，還有借位的減法，進位的加法，有餘數的除法，及有零四則等等。最有趣的是：做快與做對的相關只有〇．〇五，差不多等於沒有相關。如此種種，都是出乎初次下鄉任教的我之意外；然而，它卻真實地表現了鄉村國校程度低落及不齊的嚴重程度。

素來教學自信心極強的我，也不免失望了。可是，滿地的荊棘不足以阻止野馬的奔騰；我又立即鼓起勇氣，面對著困難，想法克服它！現在，我發覺了幾個問題癥結所在：第一、過去學生未曾百分之百的學習，基礎一壞，以後便越來越差；第二、式的教學也未能適應全班兒童，致程度益發差了。因此，一學期來，在算術方面，便實施補救教學及加強練習，間且應用小先生制度並予個別指導，這兒，分為幾點來報告。

一、補救教學：為了符合規定的進度，算術課本時間內無法復（複）習，我是在自由作業及其他可資利用的時間內施行的。教材仍用高小算術第一冊及第二冊，也許有人會大吃一驚，總以為無法在很短時間複習完畢，事實卻完全不然，整數四則一小時，整數應用題一小時，小數四則一小時，簡易分數及約分一小時，長度容量重量問題一小時，面積體積問題一小時，初步成分一小時，總複習一小時，在短短八小時中，扼要的提出易錯及未完全學習的地方，加以具體淺明的解說，兒童便全部明白了。這樣報告也許嫌抽象點兒，再舉例說明：如兒童對於整數乘分數其積越來越小，不很了解，致易發生錯誤，便可問他們，一乘於三等多少？（三）一乘於二等多少？（二）一乘於一等多少？（一）乘二分之一呢？自然比一要小了！我們吃了一個餅的半個，這一個餅的半個自然要比一個小得多啦！又如，男女同學二十二人，女生比男生多二人，男女生各有多少？這種和差問題是有公式的，但很多小朋友對公式來源不清楚，結果死記公式，一無用處。那麼，就要告訴他們：女生比男生多了二人，男生加上二人不是等於女生的人數嗎？二邊各加上女生人數；男生加女生再加二人便恰好是二倍女生的人數。男生加女生共二十二人是和數，再加的二人是差數，和差相加既兩倍於大數女生，所以求大數的公式，便是和數先加差數再除於二（或念被二除）了。此地應注意：教學須針對著測驗結果所指示的難題，免作不必要的浪費，時間要短，次數要多，每次以解決一個困難之點為原則，到完全學習為止。

二、加強練習：除作業簿外，尚有三種方式，（一）黑板練習，許多人都以為黑板練習是極不經濟的，因為同時只有三四人能上臺練習，其他兒童沒事可做。可是也許我教的那班情形特殊點，學生人數只有二十二位，所以在技術上加以改良之後，黑板練習大見功效。每節教完一個小單元後，便將黑板畫成四份，恰好每排可以叫一人上來練習。更番輪流，每人均有黑板練習機會。在座位上的小朋友另備紙張練習黑板上題目以校對有否錯誤，這樣非但學生可以很快的共同訂正錯誤，教師也能立刻發現兒童個別學習情形及時給他糾正。（二）練習測驗：六年算術每週四節一百八十分鐘，課本共計四十八個練習，與學期以上課十六週計算，每週學完三個練習即可，所以在每週第四節，便作為練習測驗時間。有時是油印題目測驗，有時就在黑板出題演習，題目很多，使小朋友必須做快才做完。因此正確與速率兩方面都顧得到。測驗完畢，立即說明標準答案，令兒童收進黑鉛筆，取出紅鉛筆自行評分，把大家共同錯誤於黑板訂正並作解釋，收卷登記分數作為平時分。並覆閱測驗卷，注意演算過程是否尚有錯誤，如一題目有過半兒童做錯，下週測驗練習再提出來，務以爛熟為度。（三）卡片練習：因為校中無此項教具，均為臨時製作。著重基本算法及觀念之類，是心算良好方法。此種練習，教材教法課本有詳細介紹，不再多說。

三、小先生制度及個別指導：前面曾說過學生程度不齊，因此，講解過簡，程度差的便不懂；詳細一點，較佳的兒童又會覺得厭煩，只能適可而止。如何使程度差的兒童跟上進度呢？我起先是用小先生制度去解決的。把班中學生分為三組，智組程度最差，仁組普通，勇組程度最好。利用勇組指導智組兒童，責令教至課本完全了解，作業全做得對為止，這制度實行後，發生一些弊端：（一）造成兒童間分派對立形勢，與驕傲自大及自卑自棄的惡果；（二）小先生有時懶得輔導同學，索性把作業借給他們一抄，敷衍塞責。這兩點可能是我的技術不良影響，所以後來便抽空另作個別指導，後者有一個好處：就是能夠很經濟的對一兒童的錯誤作有效的糾正。像名數觀念錯誤的，便可舉例告訴他：名數乘名數一定是不名數，名數乘不名數才是名數；對於小數除法為什麼要一邊去小數點一邊加零不懂的，就可以幫他發現：被除數與除數同乘於或同除於某數，其值不變的道理，這樣，以後學到約分和通分，便可迎刃而解，收到教一知百的成效。

學期結束，我根據六上算術課本自編一種四則測驗與應用題測驗，比艾氏測驗第五頁難得多，結果平均數為六九．四，比艾氏測驗第五頁平均數三十二分增加一倍多，雖未達百分百學習的理想，但顯然已有轉機了。

十　大專院校不分組招生．莘莘學子都不勝惶恐*

一群師範畢業生房青選等　同上

編者先生：

刻閱貴報三月二十一日第三版刊出之「文武大專院校招生，今暑不分組別。」消息，深感惶恐！此項取消分組考試辦法，誠如貴報所謂：「甚多中學分組授課之事實，眾所週知，在取消大專招生分組考試辦法之前，似應于一年前明文通知各校糾正，否則學校行政上之錯誤，應由教育行政主管負責，而不應使無辜學生遭受損失。」而該項取消分組考試辦法之浪費學子寶貴時光，尤有不盡於此者，玆以師範畢業生為例，請借貴報一角賜予披露。

依照法令，師範畢業生需服務三年之後始能考大專院校，故甚多師範生於三年服務時間，兢兢業業，依照過去分組考試辦法，就其志趣所好，選擇文科或理科以自學進修，期能於服務期滿考入大專院校，今一旦取消分組考試辦法，以往準備，即同虛費，此浪費師範生寶貴時光者一。

---

* 本文刊載於《新生報．讀者之聲》，1957年3月25日第3版。

在師範學校課程中，偏重文科，理化、生物之教學時數，不及普通中學遠甚；而英文及解析幾何等均未授，改授教育科目及平面幾何。前此取消以教育代英文考試辦法，已欠公允；今更舍（捨）平面幾何而專考解析幾何，不平孰甚！此浪費師範生寶貴時光者二。

因此，謹建議教育行政當局：

一、「取消分組考試辦法」延至明年度實施。

二、准師範生以平面幾何代解析幾何考試。

十一　牌上風雲*

十二月十五於八仙樓　黃慶萱

通告牌上種類之繁多，內容的豐富，足可與報紙的分類廣告比美；而文字的幽默，形式的生動，卻只有電影廣告才能望其項背了。

從寢室的窗口向飯廳望去，可以看到飯廳旁邊有一塊貼滿「通告」的木牌。那白紙黑字藍豆腐乾的是學校的「佈告」；那花花綠綠觸目動人的圖文是同學的「大作」。

這塊牌子的歷史似乎很悠久，由牌的「位置」來推測。起先也許是供膳委會公佈菜單用的，後來，是「地利」的關係吧，各色各樣的通告多了，於是連學校的佈告也不得不移樽就教地擠到這兒來了。自從我踏進這座大學的第一天起，便被它上面巨大的「歡迎新同學入伙」的廣告所吸引，它幫助我解決現實的民生問題，倒是功不可沒！也因此，我開始留意牌上的風雲變幻了。

---

* 本文於1957年12月15日，撰寫於八仙樓；其後，刊載於《新生報．新生副刊》，1957年12月23日。

幾個月的觀察，我發覺牌上通告種類之繁多，內容的豐富，足可與報紙的分類廣告相比美；而文字的幽默，形式的生動，卻只有電影廣告才能望其項背了。從尋物、招領、廉售、廉讓，到租房、求才，以及意見……等等，無不應有盡有。格言式的句子，打油詩的調調兒；立體派，野獸派，寫實主義的，象徵主義的畫幅，真是琳瑯滿目，美不勝收呢！

先說尋物和招領吧！花樣就夠瞧的了：「香蕉尋錶」，準是學過心理的教育系仁兄仁姐寫的；「倚桌佇候久，飯票快歸來！」這麼文縐縐的句子，不出於國文系同學的手筆更會有誰？「望書興歎」，窮酸味重些啦，「不是你的祖業，請不要承受！」哦！何必這麼刻薄呢！而最妙的，是男女同學之間招領失物的妙文：「○○小姐我被你遺棄了，現在○○○同學收留了我，假如你認為我還有為你效勞的榮幸，請到男生○○○室來領回吧！你的學生證啟。」「缺德鬼！」女同學看了，抿著嘴笑了。「○○先生：你的派司套掉了，內有『機密文件』及『伊人玉照』，請攜鳳梨八罐，於○日中午十二時二十分至三十分，來女生宿舍會客室領取，過時不候，原件送訓導處招領，盼勿自誤。」這記竹槓，敲得夠響了啊！

「廉售」這是僑生們的專利廣告，貨色保證新，價格卻不一定就便宜，本來嚒，這些東西是準備自己享受的，要不是急需一筆錢用是不會轉售的。「廉讓」倒真夠得上「廉」字：有了洞的夾克，生了銹的的單車，不能鎖的皮箱……。也許奇蹟出現，你會發現有你正合意的東西。

「1.5635……，喂！拉小琴的朋友，你的琴聲太美了，使我在這期中考試的前夕，也不得不放下書本來欣賞，不過，考試拿紅分可不是好玩的，還是請你大放慈悲，救救我們吧！」有人向準音樂家放砲了！「鐵桶有銹，開水有臭，公共衛生，應該講求！」是對膳委會發的。現在通告的威力在面臨考驗。於是，小提琴的聲音移到大操場去了，鐵開水桶底朝天，換上全新的鋁桶，效力夠瞧的啦！

也許這是唯一的例外，藝術系的一張求才廣告碰了一只不軟不硬的釘子。藝術系的通告，一向擁有廣大的觀眾，可是這次因畫膩了「三十六、二十一、三十六」；改變作風，誠徵「健美男模特兒」，卻弄得啼笑皆非。「應徵」的啟事迅速的出現：「時間：課餘」，有道理！「待遇：免費」，太客氣了！「地點：男生浴室！」藝術系的同學搖搖頭！真沒想到，這年頭徵求男模特兒比女模特兒更不容易！

寫到這兒，又看見一張新通告在張貼了：「親愛的男生膳委同學們：今晚男生入膳同學電影晚會，可否邀請女友參加？請即（ ）示！」就此打住，看看（ ）裏會有什麼字出現呢！

十二　母親學生*

黃慶萱

美霞和我，算是老朋友了，三四年前，我們便在一所國校同事。我也認識美霞的丈夫亞平。在師範學校讀書時候，我和亞平便處得很好的。而現在呢，我很榮幸，和美霞是○○大學的同學。

美霞和亞平的戀愛經過，據他倆自個兒說，我是知道得最清楚的一個，不過這或許是他倆結婚時按例要報告「戀愛史」時要請我代勞的一種托詞。唉，誰叫我這張嘴比這枝筆更拙，所以，非但當時沒有為他倆效力，到現在也只能說：他倆墮入情網，結婚了，生孩子了；而結婚的時候，亞平在中部一個大學讀書，美霞已進了臺北的○大。

一個光桿要變成二個人構成的家庭，很需要一些時間；但是二個人在一起，生出第三個人來，卻只需年把的時間。小霞便這麼快的來了，來得實在不是時候！

怎麼辦呢？美霞挺著大肚子休學了一年。

美霞待人又大方又溫柔，對事卻堅毅而果斷。她休學時間快滿，我曾經委婉的寫封信給她：「和一些認識你的朋友們坐在一起，就自然而然的談到你們。大家都認為在目前情形下，你還是再休學一年好。」為了怕傷了她的上進

* 本文刊載於《中央日報．中央副刊》，1958年1月5日，第6版。

心，我趕緊又補上一句：「不過我想，先奮鬥一下也可以。」回信來了：「我不願意大家在談論我們，我只贊成你一句話：奮鬥一下！」於是美霞復學了。

二個人都有職業，帶一個孩子不成問題；一個有職一個無業，勉強帶個小孩也可以；二個都是無業的學生，又都是單身來了臺灣的，要帶一個小霞，問題就嚴重了！「找一份好人家，送了吧！」美霞又堅決的不肯。

在大學附近租房子，找了一個大小孩照料小霞。學分已經選得少得不能再少，一個星期還有二十來節課。幸好，房子離學校實在近，聽到打鐘再跑去上課也還來得及，一下課便匆匆回家去餵奶。所以，除了上課，學校裏很難看到美霞的影子。這樣的過了一個多月，美霞累得快倒下去了；亞平呢，在臺中兼了二個家庭教師，好付房租和工錢，不時還得回臺北看看，也清瘦了不少。

一位同學的母親說：「我替你們帶半年小孩吧，反正我們家人少，有個小孩也熱鬧些。」美霞先是不肯，後來實在不行了，寫信讓亞平來臺北，一起抱小霞去同學家寄養。可是，小孩穿整齊了，尿布衣服都包好了，美霞一滴眼淚滴了下來，兩個人抱頭哭成一團。結果是：謝了同學的母親，小霞還留在老地方，亞平回到臺中去。

不過，一個星期以後，小霞到底還是換了一個環境。同學的母親對她像自己的小孫女似的，小霞也頂乖的，似乎很了解父母為她所吃的苦，從沒哇哇的哭著來添父母的憂心。美霞還留了一大堆奶粉在同學家，好給小霞吃。

吃慣媽媽的奶，小霞的胃對牛奶不很歡迎，才吃一些就吐了出來；同學的母親就改餵她奶糕，小霞對奶糕倒很喜歡，吃得津津有味。美霞知道後卻急了：「奶糕營養不夠，怎麼行？」同學的媽笑了：「你看我這麼幾個小孩，一個個也都這麼大了，男的進大學，女的也嫁了，那個不是奶糕餵大的？」可是美霞卻不讓小霞吃奶糕，小霞作了二三天的客人，又回到母親的身邊。

現在，一個學期快過去了，小霞長得白白胖胖的，紅潤的小臉常帶笑容。不過，美霞比前稍瘦了些，我耽心她學期考試分數單也會「紅潤」起來。

十三　記者招待會*

黃慶萱

這兒是一群記者先生，他們代表著不同的雜誌晚報和日報。他們工作性質是相同的：社會新聞的採訪。儘管社方都希望他們發掘到獨佔新聞，而他們彼此間早混得很熟，並且對合作已有默契。在接到請柬以前，他們中誰也不曾聽說過令嫻這個名字，更不知道她有什麼事要招待他們。因此，他們的好奇心就更旺盛起來了。在開始的時候，他們的心情與參加其他同樣性質的記者招待會並無不同，就像正要去欣賞喜劇的觀眾那樣輕鬆愉快；唯一值得注意的是：記者招待會結束時，主人走了，他們卻癱瘓在沙發上，他們被染上某種難以形容的沉重。而且，他們之中沒有一位曾寫下這則新聞來，因為這是他們的能力所不能達到的。

「記者先生們！你們的職責不是為人們主持正義嗎？」令嫻是這樣開始她的敘述。她約莫十八九歲的樣子，穿著白襯衫，黑裙子，從年齡和服飾上判斷，她可能是一位高中或大學學生。她臉上露著一種微笑，這種微笑初看起來，足可使一位盛怒的莽漢回復他的溫柔。從招待會開始直到結束，這種微笑始終不曾改變。雖然在記者眼中，她的微笑的意義是越來越費解，最後甚至顯得可怕了。

「那麼，你們能為我主持正義嗎？」她就在這種神祕的微笑中再提出這個問題來。這種嚴肅的問題怎麼會以微笑的態度提出呢？記者們想：也許是個精神病患者吧。

「是的，報導真相，主持正義是我們的責任之一，小姐，你曾受什麼打擊，需要我們的幫助嗎？」

「哦，我同班有二位和我最要好的同學死了！」她看了一下腕錶，「已經有十八個鐘頭了。」

---

* 本文刊載於《中央日報．中央副刊》，1958年6月22日，第6版。

又是死亡，死亡！永遠是這些：愛、恨、姦、殺！

「這真是一件不幸的事，你能告訴我們，他們的名字，就讀的學校？」記者先生們不約而同地掏出筆和拍紙簿，他們自以為像法庭上的法官在聽原告或被告的自白呢。

「死了的是他們的生命，他們名字並沒有死去，而他們死的時候，他們已不是我們學校裏的學生了。」她的回答多麼頑強而古怪，更證明她必定是一位十足的精神病者。

「你們，記者先生，不是無冕之王嗎？你們可以使一個好人成名，也可以要作惡者自食其果，你們不是輿論的主人，正義的褓姆嗎？」她說這些話時，一點也沒有顯得激昂，她是用微笑的態度冷靜說著的。

記者們想：可憐的女孩，她的精神一定因好友的死亡而受到嚴重的打擊，她應該去找精神病科醫生，一服鎮靜劑才是她真正需要的東西呢！可是，她用這樣不相稱的微笑來招待記者，向記者的筆求助！可憐的孩子，負擔著遠超過她的年齡所能負擔的痛苦。

「把你要說的都說出來，你的心裏會感覺舒服些。我們儘可能給你正義的支持。」記者們用神父般的和藹態度對這位神經質的女孩說。

「是嗎？」她冷冷地又是一笑。

「可是，這是一件很平凡的故事。」

「平凡」這兩個字使記者先生們感到一陣厭惡。他們希望的是刺激，傳奇般的故事，扣人心弦的敘述，加上編者畫龍點睛的標題，引人注目的花邊，才構成一則上乘的社會新聞。

「他們二人一位是男同學，另一位是他的女朋友。要是他的成績名列第一時，那麼女的就是第一；要是他退步成第二，那麼他就可以向他的女朋友祝賀了。」

那真是一對優秀的男女同學，他倆戀愛的成功該像一加一等於二那般確實呀！

「他們怎麼死的呢？」

「在碧潭溺死的。」

「他殺？失慎？」

「不！是自殺的。他們在碧潭划船，從上午一直划到滿天星斗。租船老闆急著要收船，在岸邊喊了又喊，他似乎曾聽見回答的聲音，但那只是歸巢烏鴉的啼聲。他最後在一個沙灘邊找到他的船，船上留著他倆身上全部的衣服──社會給他們的一絲一線，他們都歸還社會了。後來，他倆的屍體也撈上來了，他們的手捆在一起，是用她的秀髮捆著的。其實又何必用這些青絲呢，撈上時他們依然緊緊地擁抱著，即使死他倆仍不曾分開。」

「他們的愛情曾受到某種挫折？家庭反對嗎？」

「哦，我不知道，應該說是或者不是。他們上星期六在雙方家長同意下訂過婚了！」

記者先生們漸漸顯得迷惑起來，他們曾接觸過社會最深最暗的裏層，熟悉所有悲歡離合的原因和經過。可是，他們精確的判斷力在這未成年的女孩前竟被完全否定了，他們於是交頭私語，這女孩在愚弄他們！或者她根本就是兇手，為了爭風吃醋。

一種帶著嚴冬氣息的、自信的、象徵著必勝的、鎮定的微笑，又從這女孩敏感的嘴角發出，這笑容使記者先生們不安起來。

「訂婚的第二天，他們去度他們一生最美麗最幸福也是最悲慘最痛苦的一個假日。各位先生，你們一定了解，時間對約會前的情人須用萬分之一秒來計算；對約會時的男女卻是邁著巨人的闊步了。他們太快樂太興奮了，所以他們錯過了最後一班回臺北的班車。」

說到這兒，她的目光向記者先生們巡視一圈：「記者先生們，你們操著生殺予奪的大權，尤其對那些敬畏輿論的善良人們，就像我同班的二位死去的同學。你們知道你們的筆有多少羽毛，多少舌頭，多少聲音，它張大了多少隻眼睛！」

「當愛神眷顧了他們之後，死神就向他們包圍了。他們的歡樂──記者先生們，你們不是也大都體會過這種歡樂的嗎？──變成他們死亡痛苦的根源。『男女學生，一夜風流』只這八字標題已經足夠置他們於死地了，何況『題二文二轉一』裏有的是比這更厲害的刀筆！他們回到臺北，他們發現：學校佈告牌上出現了他倆的姓名，下面還蓋著校長的簽章。他們立即摘下校徽，羞憤地向這張佈告擲去，但佈告並不因此消失，只使四週除了千萬隻眼睛之外，更增加千萬個嘲笑聲；他們從學校奔向家庭，他們雙方的家長正在等候他倆，預備告訴他們，由於他們辱沒了兩姓光耀的門楣，他們已不再被認為父母們的兒女！」

「他倆用限時專送給我一信，對他們僅存的唯一朋友，他們的要求是極其微末的。」她從上衣口袋中掏出一些剪報來，「這些文字是出於諸位先生的手筆，他倆要我奉還給你們。原諒他倆的衝動和冒犯吧，因為權柄和榮耀，全是你們的，他倆已用生命向你們屈服了。」

她微笑地走出了招待會場，但是留下的人們卻久久不能從沙發上站起來。

十四　爬出陰溝的人*

黃慶萱

路在前面延伸著，延伸著；正午的太陽惡毒地曬在石子路面上，腳下的鵝卵石像剛從沸水裏撈出的硬蛋。

一個小小的市鎮已在眼前呈現。行人曾經來過這個地方，那是五年以前的事了，而且僅僅只有一次，但行人對這市鎮仍有著親切的感覺，就像在寒冬找到的以前遺失的皮手套。

白膠鞋的後跟，染著圓圓的血漬，有如一支插反筆套的自來水筆，把暗紅色素滲透過白布面，血漬向四周均勻地擴大。行人發黑的嘴唇，看起來像一塊隔月的陳麵包皮般地枯焦；他的眼色，透露著浮躁、恐怖與不安；而他蹣跚的腳步，令人很容易想起了一隻受傷的鴨子。是何等的飢渴和疲乏消耗了他的活力，以致連他自己都懷疑能否走到那前面的市鎮，而不會中途倒斃在滾燙的路面上。

---

* 本文刊載於《中央日報．中央副刊》，1959年5月27日，第7版。作者附註：「本文取材於報紙上的一段新聞。」

拐了一個彎兒，行人終於掙扎地到達市鎮了，他走向一間食店，那是在一條小巷搭著的簡陋木房，兩邊卻是現代建築的旅社；即使讓一個盛裝的美婦和襤褸的老丐牽手站在一起，也不會比這有更尖銳明顯的對比。室內冒出煤烟（煙）蒸氣和油烟（煙），空氣中夾雜著火油和大蒜的氣味。他進去了，揀了一個黑暗的角落坐了下來。

「陽春麵，快一點！」他對站在他前面的食店女老闆說。當女老闆肥大多肉的手掌在油黑烏亮的圍裙上擦著走向店門旁的鍋爐，他又補問一句：「下一班去○○的公路車是幾點幾分？」

「早著呢！下午一點五分才有，歇歇！」女老闆堆滿笑容報出汽車時間，露出一排金牙來。顯然她對這位憔悴焦急的客人也覺得有幾分奇怪。

這時一位穿黃卡其警服的人向這間食店走來，向女老闆咕嚕了一陣。行人心裏一怔，臉色變得像陳年的黃紙，他拿起一張報紙看著，那是隔日的舊報，剛好遮住了他的面孔。顯然他並非對昨天的新聞有什麼興趣，當警察走開了，報紙也放下來。

他叫朱起明，是個逃犯。今天清晨，乘著看守員一時的疏忽，他從洗臉間的陰溝中爬了出來。現在已足足的步行了六個小時了，他打算往○○去，那兒有他岳父的家。

他的身體感到極度的疲困，但是心卻緊緊地抓住思索的黑翼無法自馭地飛奔著。此刻他的思想活動起來，格外清晰，更加敏活，無比深刻，絲毫不受意志支配，自由的發展著，似乎已離意志而獨立了。

他記得六年以前，自己曾經經過這個地方。那時，他正當人生過程中最注意修飾自己的那種年紀，當然，他不會在現在這間小店進餐，他住在隔壁的大旅社，他還帶著漂亮的妻，她和他一起去看她的父母呢。

想到妻，他便感到一陣痛苦，臉上的肌肉也不禁抽搐起來，那是夾著慚愧、悲哀，和痛苦，他的想像跳躍到三年前的情景了：

「我不能死，我死了，薇薇怎麼辦……」

「你要答應我，好好照應薇薇……」

「我不能死啊……」

妻臨死時的聲音在他耳旁響著，竟由微小的懇求聲變成呼喊了。他把手指插進頭髮裏，用力的攥著，像要把它們連根拔起。

一碗陽春麵實在不夠填肚子，他真沒想到自己有只能吃陽春麵的一天。以前在臺北，不是燈紅酒綠下，敬一杯酒，賞臺幣百元地花著錢嗎？於是他又想起路娜了。

「你不是說永遠愛我嗎？」

「你得永遠有錢呀，總不能叫老娘養你！」

卑鄙的女人！他一手遮住了雙眼，不願再想下去。但像一個不會游泳的溺水人，拼命想把頭透出水面，但笨重的身體卻把他拖下水底。血淋淋的景象在他波濤洶湧的心潮中呈現了：他看見一個酒瓶，在路娜頭上開花，白酒和鮮血流下他的手，他的臂，染紅了他的衣裳……最後是監獄與死刑的宣告，逃獄，……驀地他警覺的環視四周，額角滲著冷汗。

忽然，他的目光被那張昨天的報紙上一幅相片吸引住了，那不是她女兒的相片嗎？怎麼？像在病室裏照的，他本能地抓住報紙，天啊，正是薇薇：

「刻初審判處死刑而在上訴中的殺人犯朱起明，他的四歲女兒薇薇患血癌症臥病臺大醫院。你看，這可憐的女孩在喊著爸爸，說：我只要見到爸爸就好了！」

相片下的說明使他全身感到震動。薇薇垂死的臉，妻垂死的吩咐，在他眼前和耳邊轉動著。生的慾望，死的畏懼，親的情感，愛的天性，在胸中交互起伏著。他面臨著一個以生命為代價的抉擇，啊！啊！啊！他衝出了小店，他不再想坐公路車去○○，他向火車站跑去。他要去看他的女兒，即使因此而被逮回去坐牢。

太陽照耀在大地上，在人世的陰溝裏，終於有一點人性存在，滋長為一朵出汙泥而不染的白蓮。

十五　她會哭嗎？*

師範大學　黃慶萱

路在山坳裏繞著繞著。路旁長滿著些垂著氣根的大榕樹和一些亂七八糟的野樹，枝交著枝，葉疊著葉，一動都不動的，黑壓壓地遮住了月光和星光。泥土的路面上有腐葉和青苔，滑溜溜的。沒有一絲兒風，空氣中充滿青草敗葉和牛糞的氣味。

漸漸地有沉沉的流水聲，路終於繞出了山坳。天上有濃密的雲，十五的滿月現著血水般的悽慘的暗紅。前面橫躺著一條廣闊的河水，到對岸足足有半里多哪！在朦朧月光下，似乎顯得還要遠些。從來不曾有過橋，連渡船也沒半隻。除了颱風和驟雨來後，河水是不會滿過膝頭的。行人在路尾站了一會兒，彎下身去把發臭的白膠鞋脫下，把褲管兒捲起，赤著腳走向河去，一股涼意從腳底直鑽上心頭。

行人穿著白布衫，手上提著一個包袱，似乎並不很重。假如不是留著長長的髮辮，光看這身服飾簡直會以為這夜行人是男的呢。

她正在吃力的涉著水，身體擺動得很厲害，左右兩腳彷彿是二隻沒有知覺的機械似的，不停的交互的向前邁動著。和手捧著包袱，河水也是暗紅色的。

在河當中，她站住了。回頭已看不見剛才走的路，只望見有一片黑漆漆的山影。喘了口氣，身體又向前移動著。

稀疏的燈光在遠處閃爍；漸漸地分辨得出零零落落的房子。行人心裏明白，她已快走到鳳林鄉。現在她又看清楚離光復國校校本部只有二百多步了。行人是光興分校的教師，這時她已把膠鞋穿上了，她是去校本部找師範時代的一位老同學，然後還預備再趕夜路。

她走向有一排整齊的大窗戶的建築物，這兒的房子，除了派出所和學校

---

* 本文為小說比賽入選佳作，刊載於《大學生活》第4卷第9期，1959年1月1日，頁75-78。

外，全是開著火柴盒般小窗子的泥牆茅屋，而且派出所也遠比學校小。

走過操場，電燈的亮光和孩子的笑語聲從竹籬透出來。小孩們似乎正在央求母親講故事。行人好久沒有見過這麼明亮的電燈光，也好久不曾在夜晚聽到這樣爽朗天真的孩子笑語了。分校孤零零的在一個山坳裏，沒有電燈；天晚學生散了，半里的圓圈內看不見任何炊煙，簡直靜得像幽靈遊魂們的世界。她在籬門口站住了，用當手杖的樹枝敲著籬門，小孩的笑語突然停止下來，一位壯年女子的聲音：

「誰呀？」

「罔市，我，你還沒睡螞（嗎）？」在光興分校，天一黑便睡的。

咿呀一聲，竹籬門開了。

「哦，是素思呀！快進來，快進來。」她一面想接過行人的包袱，一面叫她的兒女們：「文子武雄姊弟倆叫楊亞姨呀！」

較大的女孩聽了媽媽的吩咐叫了聲楊亞姨；小的男孩卻顯然記不起來了，呆呆的站起來，看看媽媽，又看看這奇異的行人。素思淡淡地應了小孩，包袱仍拿在手上。

「唉！我也真替你難過，今天在報上看到令尊亡故的消息，實在不幸哪！你接到家裏的通知不？」媽媽拉著行人在說。

「沒有，我也是今天下午才從報上看到的；我那兒報紙總是下午才到。」行人說話的表情很奇特，臉上筋肉抽搐了一下，接著現出一種陰沉的麻木的含蓄。

「那麼，你是否去看一下？」

「是的，現在只希望還沒有葬，能見著最後一面好了。」

「這樣，你在我這兒歇一晚，明早坐火車到花蓮，再轉車到台北。你把包袱放下吧！」

「不了，今晚我想步行到花蓮去，才可以趕上明早蘇花公路的班車，再遲就來不及了。」

「夜晚趕路，這怎麼行呢？」

「沒關係，罔市，我來你這兒是請你代向校長請個假，分校只我一個人，這幾天請校長找人代一代，我很快就回來的。」

「請假的事不必放在心裏；只是趕夜路，我不會讓你走的。」

「罔市，你的好意我很感謝，這幾年，我不知自己怎樣才活下去的，對一個青年女人來說，還有什麼會比單獨一個人留在山坳裏生活更可怕呢？謝謝你，我必須走了。」這是什麼樣的悽涼與哀怨啊，像一陣寒氣似的透過了罔市的心，她顫慄了，也染上了那無比的沉重與悲哀。

「可是，你不認得路呢？」罔市說。

「沿著鐵路走，總不會錯的。」

罔市沒有再作聲，情不自禁地抱住了素思，眼中噙著滿泡的眼淚。二人默默地走出了校門，她要陪著夜行人走一程。

「謝謝你了，罔市，你回去看孩子吧，前面是一座長橋，我們就在這兒告別，再見吧！」

「素思，路上要小心。」

行人向前走了幾步，回過頭向她老友淒慘的一笑，這笑啊，比哭含有更多的痛苦更多的哀愁！於是她就拖著沉重的腳步一步一步踏著枕木走過橋去。枕木與枕木間的大空隙下，是十多丈深的懸谷；她的心，卻比這懸谷更深更深，更陰沉與更幽暗喲。

罔市趕回宿舍，孩子們仍在籬笆內的院子裏等著她說故事。

「饒了媽吧！今晚媽沒有故事好說了。」

「可是媽答應今晚一定要講故事的。」她的兒子說。

「明晚再給你們講吧，今晚媽心裏很難過，不講了。」

「媽，說過不做叫不信實，不信實的小朋友是壞小朋友；媽媽說講故事又不講，媽媽是不信實的媽媽，就是壞媽媽。」女兒文子把媽媽在公民訓練時說的全引出來了。

「好啦，好啦，別吵啦。媽今晚講個故事，一個真正有的故事，你們好好聽著。這個故事，媽放在心裏快十年啦。」

孩子們把椅子移近母親，一個抱著母親的腿，一個把臉貼在母親的膝上。媽媽的故事說得很可悲：

「從前，已經記不起是那一年了，有一份人家，家主人是在社會上很有地位的人，有一天，這份人家裏發生一件喜事，家主人的妻子生了一個女兒；但這喜事馬上被接著到來的慘事淹沒了，他的妻子卻因為難產死去了。」

「可憐的女兒，一生下就沒有了媽；而且爸爸也不愛她，因為爸爸一看見女兒就想起妻子來；假如不是生這女兒，她的妻子是不會死去的，因此他不喜歡這女兒啦。這個從奶瓶裏的牛奶餵大的女孩，也就這樣地從小失去大人對她的關懷，過著寂寞孤單的生活。」

「她的爸爸又娶了後母，小女兒也有了可以叫媽媽的人了。可是，媽媽從來不罵她，更不打她，也不抱她，因為媽媽從來不理她！」

「媽媽生了弟弟了，弟弟好幸福啊！爸爸喜歡他，媽媽也喜歡他！有次，她在門邊偷偷地看，媽媽抱著弟弟，嘴哼著催眠歌，弟弟在媽手上睡著了，媽媽輕輕地把弟弟放在漂亮的小床，小床上，弟弟一定有個很甜的夢吧？她想去看看弟弟做夢是什麼樣子，媽媽卻不讓她看，媽媽說：你看你多骯髒，以後不許進這房間來。」

「小女兒回到自己的房間，沒有人陪她玩，沒有人和她講話。忽然，她看見已經玩舊了的洋娃娃，就抱起來，學著媽媽抱弟弟的樣子，嘴裏也像媽媽那樣唱著唱著，假裝著洋娃娃和弟弟一樣睡著了，把她放在自個兒的床上，用手帕當作被子蓋好，躡手躡腳地走開，接著自己打起哈欠來，倒在地板上睡著了。」

「小女孩六歲了，上學了。她多喜歡上學啊！學校裏有許多年紀和她差不多的小朋友，和她一起唱歌遊戲，寫字讀書，學校裏還有許多老師，有時會把他抱起來，吸！在她小臉上親了一下；她也在老師臉上親一下，老師格格地笑起來。笑是多美啊！可是爸爸媽媽從來就不向她笑。」

「一回到家，她又感到孤單了。白天，學校裏的老師講了許多好聽的故事（給）她聽，她很想自己能把這些故事講給別人聽。誰會聽她的故事呢？還是講給洋娃娃聽。於是她把洋娃娃放在椅上坐好，開始講著故事。洋娃娃真笨啊！總是呆呆的一動也不動，頭都不點一下。她說到最好笑的地方，洋娃娃都不肯笑一笑。老師講到這兒時，小朋友他就沒有一個不笑的。」

「小學畢業了，她成了初中學生。她的家住在台北的近郊，學校在台北市裏面，每天坐公路汽車去上學。那時候她已漸漸懂得爸爸不喜歡她了，也知道自己媽媽死去了，現在媽媽不是自個兒親生的媽媽。她慢慢地變成緘默的孤癖的女孩，整天沉醉在一些夢也似的幻想裏。」

「一天，下著大雨，在車上她又呆想著，忽然車猛地停住。濛濛的雨使她看不清是什麼站，她以為到了，跳下車去。沒有帶雨衣，用書包遮著頭就往前跑。奇怪，路不對喲！不是回家的路喲！天越來越黑下來，她害怕起來，一直轉著轉著，最後她碰見一位同學的哥哥，才知道下錯了站，同學的哥哥送她回到了家，她就放聲大哭起來。」

「因為她聽見媽媽對爸爸說：這麼雨天，和男朋友鬼混到現在，回家還好意思哭！」

「像一把鋒利的尖刀，插進了她的心頭，她發抖起來，大叫一聲，她暈倒了。病了，發冷又發熱，整天說著胡話。過了二個月，病才好了。以後，她更沉默了，臉上的笑容就再也沒有出現過。初中畢業，她考進女子師範，就離開那墳墓似的沒有溫暖的家，搬到學校宿舍去住。」

「一個秋天，正是開學的時候，她在師範已讀到三上快畢業了。傳說很久的增加師範生公費的事終於實現了，本來暑假沒有公費，現在也照發了。許多錢一起發下來，每個同學都喜氣洋洋的，有的去買書，有的添新衣，有的買皮鞋。她想：我這些錢作什麼用呢？她想：把自己賺來的錢全買東西給爸媽，好讓他們知道，不管他們待自己多不好，她仍是孝順他們的。那麼，買些什麼送給爸媽呢？領帶？袖扣？戒指？口紅？考慮了好久，她決定還是給媽媽買一件旗袍料。她充滿著興奮和希望，希望爸媽因此會了解她喜愛她，她那長久被封著的心解開了，活躍起來。」

「孩子們！故事快完了。事情的結果是極出她的意外。媽媽沒有接受她的禮物，爸爸嚴厲的責問她，不曾給她一點解釋和分辯的機會，咬定這件旗袍料是那個曾在雨中送她回家的同學哥哥給她的。爸爸問她要不要讀書了？她倆交情多深了？這個最後致命的打擊，她再也無法忍受了，她氣憤憤地承認了這一切，於是，她與家庭決裂了。師範一畢業，她就離開台北遠遠的，在一個最偏僻的山地裏教書，那個學校沒有校長校工和其他教員，就只她一個人。」

「時間一天一天地，一月一月地過去；起先，她每個晚上都會很傷心的哭，後來，眼淚慢慢哭乾了。這樣十年過去了，她的爸爸死了。她聽到這消息，她的心是怎樣的呢？仇恨？悲痛？別的？她連夜走路趕回台北，明天，她會看到十年不見的爸爸，但爸爸再也不能看見她站在他的面前了。因為女兒仍活著而爸爸已死了。」

「好啦，媽今晚講的故事完了！」

「可是，媽，她見了她死去的爸爸，會不會哭呢？」大女孩問著。

「爸爸死了，那有不哭的道理呢！」弟弟搶著回答。

「哦，也許會哭，眼淚也許會像斷了線的珍珠似的滾下來，要是她還有眼淚沒有哭乾的話。天不早了，你們先進去睡吧！」

孩子們打著呵欠，進去睡覺了，說故事的人卻毫無睡意，眼中潤濕了，她在想：「素思還在趕路呢，茫茫的黑路還很遙遠呢。」於是一個孤女在火車鐵軌橋的枕木上行走的背影，在她腦裏晃動著晃動著。

十六　檢（撿）字紙的小孩*

黃慶萱

站在我前面的是一個中學生，出納員正把稿費數給他。是聽到了背後有人走著罷，他本能地回過頭來，朝著我看了一眼，露出一副迷惑的表情，直瞧著我不把頭轉回去了。莫非是在我身上發現吸引人的東西嗎？或者是要在我身上尋找一個浪漫的故事？我對他淺淺一笑。心裏想，也許明兒，我便成為他筆下一個可笑的角色：亂頭髮，歪嘴巴，坍鼻子，全成了他描寫的材料。

出納員把稿費遞給他，他倒退著走了二步，身子碰到了坐在出納員後面的一位辦事小姐。於是，狼狽地接過錢，向大門匆匆忙忙地走了。到了門邊，還

* 本文刊載於《中央日報．中央副刊》，1959年8月2日，第7版。

回頭瞧了我一眼。真是個怪學生。

舒了一口氣，這樣地被人釘著看真是有點吃不消。現在我慶幸自己從被監視的感覺中解脫出來。

走出報社，到了○路公共汽車站，真是的，站在我面前的竟又是他，有如一隻夜航的飛機落入了探照燈的光芒中，他的兩隻眼睛已在注視著我，使我無法再躲開了。

我決定開口：「同學，我們好像面熟。」其實我知道自己從未見過他，至少自以為如此。

他顯得很慌練，囁嚅著說：

「是的，我們像是認識。先生可不是○○嗎？」

我驚奇而迷惑了，他怎麼知道我是○○呢？我點點頭。

「啊！」他興奮起來：「那麼，你還認識我嗎？」

我苦笑著，攤開雙手，並聳聳肩膀。

一輛公共汽車來了，但沒上幾個人便客滿開了，前面隊伍依然是長長的。

「記不起來了？」顯然他很失望。「也是暑假，當你在臺○師範讀書的時候，有一個檢（撿）字紙的小孩，在你寢室檢走一張報紙，那上面有一篇文章，是你第一次……」

他是檢（撿）字紙的小孩，我記起來了。

那是好幾年前的事：

暑假沒事，我練習寫了一些小說；幾經退稿，我終於在副刊上看見自己的作品。我把那張報紙留下來，炫耀地放在書桌上。但是，這張報紙過了幾天竟不見了，哪兒去了？我到處找，同學們也幫我找。

「一定是被風吹到地下，讓檢（撿）字紙的小孩檢走了。早上我看見他來檢（撿）字紙的。」一位同學告訴我。

「小鬼，簡直討厭！」

我找到檢（撿）字紙小孩的家，低低的木房，只有母子倆住著，床邊一個大圓竹簍，滿滿地裝著廢紙：簿本，破書，報紙，信紙。小孩把紙倒在地下，幫我一張一張地找。

「這一張有○○的名字，是不是？」他高興地找著了，把它遞給我，手上的汗把報紙弄濕了。

這個現在站在我面前的中學生就是那檢（撿）字紙的小孩嗎？這個剛才在報社中領稿費的少年作者就是那檢（撿）字紙的小孩嗎？

他抓住了我的衣服，我拍了拍他的肩膀。

「不要等車了，我們走走。」我說。「你長得好大了，現在哪兒念書？」

「臺○師範，就是你以前讀的，我還恰巧住在你住過的那寢室呢！」

「真是巧事。媽媽還好吧？」

「好，謝謝你！」

「她供你上學嗎？」

他紅紅臉。「媽媽還在幫人洗衣。」他說。「那年暑假，我小學畢業，我檢（撿）字紙，本來不肯再讀書了；媽媽一定要我考初中，後來又進了師範。不過現在好了，明年師範畢業，媽媽就可以不要幫人洗衣服了。」

「這點孝心很好。」我怕他自感慚愧，又補上一句，「我在臺○師範讀書時，也送過報紙呢！」

「你現在是？」

「在○大念書，服務期滿後，我考進○大。」

「難考吧？」

「你要考一定中！」

「我不考，我有媽媽！」他低下頭，羞怯地說。

「你可以兼家庭教師。啊，還可以寫稿呀！真不錯呢，剛才領的稿費，是篇什麼文章？」

他掏出報紙，指著上面一篇：「檢（撿）字紙的小孩」，說：

「這是我生平第一篇在報上刊出的文字。」

那是一篇自傳式的文字，我讀後深深地感動了。我不再感到他是討厭的小鬼，也不再覺得他是古怪的學生了。這孩子不只是檢（撿）有字的紙張，更吸收了紙上的文字。

十七　虛榮*

黃慶萱

莫泊桑有個「項鍊」的故事，從一張教育部長的宴會請柬引起，當部裏一個小公務員拿著請柬給她美麗的妻子時，他的妻子發愁起來，因為她既沒有像樣的衣服，又沒有傲人的首飾。她的丈夫於是花了四百佛郎為她趕製了一襲新衣，她自己又向朋友借了一串用金鋼鑽鑲成的項鍊。宴會中，她成為最漂亮的女賓，吸引了所有男賓的注意。可是當她宴會後回家，在容貌衣飾雙重勝利的幸福雲霧中醒過來時，她發現失去了那串鑽石項鍊。於是她的丈夫變賣了祖產，還拖了一身的債，湊足三萬六千佛郎另買一串完全相似的還給項鍊的主人。她自己受此打擊後，也辭退了女工，含辛茹苦地做了十年家庭粗工，才把債務還清了。這個故事結尾，是非常幽默的，她偶然又遇見了借給她項鍊的朋友，說起從前借項鍊的事：

「你是說你從前買了一掛鑽石項鍊賠我那掛嗎？」

「對的。你當時沒有看出來。唵！它們是很相同的。」

「唉，不過我那掛本是假的，頂多值五百佛郎啊！」

這個故事告訴我們：虛榮何價？一夜豪華，十年貧苦！

也許你以為這只是個故事，或者以為虛榮的只限於少數無知的人。可是事實上，你，我，許許多多其他的人類都帶有或多或少的虛榮，連寫那篇〈項鍊〉來諷刺虛榮的莫泊桑，也不免在他得意的作品上簽下他的大名炫示於世人呢。

我有一位朋友，只要書店有什麼「名書」出版，他是非買不可的。從《二十五史》、《十三經注疏》、《說文解字詁林》起，一直到《莎士比亞全集》和《大英百科全書》，「名著」總是買全了。但是這些書他從不曾翻過，只為書架增加一件裝飾品而已。又有一位朋友，每個禮拜天進教堂，還打扮得漂漂亮亮

---

* 本文刊載於《中央日報．中央副刊》，1959年8月21日，第7版。

的，手上一部燙金《聖經》，永遠是新的。有次我問他一件〈羅馬書〉上的事，他卻在《舊約》上翻來翻去；我相信他從不曾把這一部每禮拜天拿著的書大略地看過一遍，更不要說仔細的研究了，如不是為了炫惑於基督徒的美名，為了滿足一種奇妙的虛榮心，又能有什麼解釋？

對於虛榮，法蘭西斯・培根似乎並不很反對。他說：「虛榮能激發人的勇氣，鼓勵人做出許多英勇的事蹟。虛榮的性格，在從事大規模和富有冒險的企業的時候，能使人勇往直前；而莊重樸實的性格，祇能使船平穩，不能使船遠航；也就是說，只能使事業穩定，卻不會有什麼大發展。」言下頗有讚美虛榮的意思呢。

培根所說的虛榮，有點近乎榮譽了。虛榮像一顆反射其他星球光芒的衛星，它的光芒，並不由於本身優美的性質；而榮譽卻似一顆恆星，內在的德性在永恆照耀。

輕虛的，飄浮在水面的，雖引人注目，但終被流水捲走；堅實的，沉沒在水下的，雖難以發現，但永存不朽。儘可能拋棄一切的虛榮，作一個實實在在的人罷，即使別人以為那是平凡。

十八　附帶一件事*

黃慶萱

友白看看手錶，已是下午六點五十多分了。他急忙從書桌前站起，換上整齊的衣服，張老伯請他七點半到家吃便飯，算來只有四十分鐘了，剛夠趕車的時間。

隔壁王家的小孩聲音響起來：「大哥哥，你的電話。」

友白想：「一定是張老伯來電話催了。」他衣鈕都來不及扣好，便到王家去接電話。

* 本文刊載於《中央日報・中央副刊》，1959年8月29日，第7版。

「喂，友白嗎？」是女人的聲音。

「是的，是的，伯母，我正預備上你家來了。」

電話裏傳來一陣嗔怒的聲音：「誰是你的伯母！」

友白這才聽出是艾娟的口音，連忙道歉著。

「放假沒事，為什麼老不來我們家坐坐？是不是沒有專誠請你？」

「好，我有空就就來看你們。有事嗎？」

「假如不給你電話，我猜你會記不起我們了。」艾娟慢條斯理地說著。

「喂，你找我有事嗎？」

「沒什麼事，主要就是請你來玩。伯年前幾天還問起你，他現在去……」艾娟從她的丈夫伯年去南部說到孩子們；那慢吞吞的語調真叫友白不耐煩，對著話筒「唔」一聲「嗳」一聲的應著。他看看手錶，五分鐘已過去了，最後，艾娟話似乎說完了。

「如沒有事，那就再……」友白還沒說完「再見」，艾娟又打斷他的話：「急什麼嘛！你這個人呀，簡直是時間的奴隸！喂，友白，附帶一件事：後天○○中學返校日，伯年去南部沒回來，他臨走說請你代他到學校看看，把學生暑假作業代收一下，幫他改了。」

好一件「附帶」的事！友白真想拒絕掉。電話裏的聲音繼續：

「在任何情形下，你不能以任何理由拒絕我。你知道，我有小孩，自己不能代伯年去學校。好了，主要的還是請你來我們家玩玩，伯年下星期回來，大家一起聊聊。」

友白只好答應下來。當他放下話筒，時間又過去五分鐘。他急忙叫了一輛三輪車跳上去。

張老伯已等他好久，隨便談了一下新聞和天氣，就請他用飯。席間，張老伯似有意又似無意地直說他那上高一的女孩功課不好，張伯母卻只忙為友白揀菜，還叫她女兒揀菜給友白。

「張伯母可別是想當我的岳母吧！」友白開玩笑似地想。

友白吃了飯，吃了水菓，就起身告辭了。張老伯一面親自送他，一面叫女兒也來送。快走到門口，張老伯像突然記起了似的，說：「附帶一件事，還沒有對你說。」

「附帶一件事？」友白心裏一驚，想：「這頓飯吃得可不好消化了！」

張老伯咳了一聲，指著他的女兒說：

「這孩子以前在○○念書，每天坐火車來往不方便；這次報名插班臺北一女中，過幾天就考試了。你反正暑假沒事，務必抽些時間幫她溫習溫習。」

友白想：暑假後，先是替王家小孩補功課，接著李老師一本談美學的書要他校對，自己一大堆計劃要讀的書都還沒翻過呢，張老伯卻以為他「暑假沒事」！

但是，怎樣又好意思說沒有時間呢？人家要他為她補習也是瞧得起他呀！況且，飯已吃了人家的了，友白也只好沒奈何的應承下來。

回到家，有封信正在書桌上橫著，一瞧那字跡，他就知道是他的女友寫來的。昨天她才來過信呢。他雖然奇怪她今天為什麼又給他信，但是心裏卻甜蜜蜜的。

照例，信裏有親切的呼喚，歇斯的里的戲謔；綿綿的情語，無非要證明著一個偉大的恆等式：她的心，恆等於，他的心。

翻過三張信紙，她才依依不捨簽下芳名。名字下面，還有這麼一段：

「附帶一件事：妹妹要你代她寫一篇文章，題目是『述志』，因為我沒給她寫，她說要恨我一輩子；如果你再不幫她寫，她說也會恨你一輩子呢！」

又是附帶一件事！友白跳起來，接著頹然倒在床上去。

他想忘了這一切，把「附帶」的丟在腦後吧！「主要」的他該讀讀自己要讀的。於是抓起枕邊一本朋友編的週刊來解悶。天啊，簡直是勒索！編後話上竟有：

「附帶一件事向讀者報告，友白先生久已答應為本刊撰稿，均因課忙未果；現值暑假，已有暇執筆，下期將有作品與本刊讀者見面。」

十九　最後的古屋*

黃慶萱

敦化南路上的挖土機、載石車、瀝青車、壓路機、浩浩蕩蕩地朝南向這片綠樹紅垣輾壓過來。馬達的轉動聲，機械的碰擊聲，碎石傾倒的嘩然，震天價響。綠樹紅垣中這座靜靜的古屋，只怕不能避免被拆除的命運了，因為它恰恰就在馬路預定地的中央。一百三十多年的歷史──生死盛衰、得意失意、榮耀恥辱，全都像輕輕的一聲歎息，就將這樣跌落而消失在現代物質文明的喧華（譁）聲裏。

從信義路轉入四維路，高聳著的林肯大廈肆無忌憚地向你當頭直壓下來。前行約二三百公尺，就在大安國中和建安國小的對面，你可以找到這座門牌為四維路一四一號的四合院──「安泰堂」。它並不是外表十分起眼的建築；但是，那青石紅磚的屋牆，屋角上翹的飛簷，卻親切地喚起你對福建或廣東故居的懷念，以及憑弔中那番無可奈何的感受。

請你先站在古屋前面的紅石廣場，你看見了左右對稱的幾座房屋：中央是玄關和正廳，兩邊有廂房、夾屋、和偏屋。你會注意到玄關兩邊的雕花椽頭，像下垂的蓮花，又像蜂巢。旁邊承托著椽頭的，卻很容易辨認出是一對鳳凰。於是，你的思古幽情剎那間提升了。你漫步上階，玄關大門兩旁青石柱子鐫著一付對聯：「安宅惟仁知其所止」、「泰階有道奠厥攸居」便映入你的眼簾。橫額上「安泰堂」三字，繆篆體，卻已駁脫模糊了。

跨過青石門檻，踏入玄關，那典雅精緻的鏤棟雕梁立刻吸引著你全部的心靈。從屋脊到短梁的一根侏儒柱，從短梁到長梁的兩根侏儒柱，左右對稱，共有六根，一式的巨爪形，緊緊攫住了橫梁。叫你感受到它的結實、穩固、和力

---

* 本文刊載於《中央日報‧中央副刊》，1976年7月13日，第10版。後收入1998年12月，鄧仕樑、小思、樊善標等編：《歲華──香港中文大學三十五年中國語言及文學系教師文藝作品集》，香港：香港中文大學出版社，頁233-236。

量。鏤花塗金的欂櫨，拱承著屋棟，仍然閃閃發光。距離玄關後門兩邊門柱約一公尺處，是兩根烏心木大圓柱。圓柱和門柱間，左右都橫嵌著鏤空的木櫺，是一整塊木板雕成的。左面圖案是鶴亭；右面圖案是塔和鴛鴦。在整座玄關中，你不能找到一根釘子。只是方磚地板上那幾輛摩托車，顯得幾分橫蠻。

穿過玄關，正廳和東西雙廂圍著天井，整個出現在你的眼前。當我們幾位陌生參觀者闖入的時候，正廳三位婦女正席地坐著。她們看了我們一眼，又低頭專心地在串製耶誕裝飾燈泡。兩個小孩在濛濛細雨中的天井玩丟銅板的遊戲。我拉著其中一位，想問問，但是被他掙脫了，依然忙他的遊戲去。也許是厭倦了闖入者總是同樣的問題吧！

東西廂房的窗櫺，左右各八扇，是十分值得你駐足一看的。窗櫺有斜方格和十字花格兩種。部分毀壞了，補以塑膠紗窗。窗櫺下面是實心木板；窗櫺上方木刻，刻著文房四寶、竹簡、書卷、琴、扇、鏡、劍、戟、芭蕉、葫蘆、蓮蓬、孔雀翎、珊瑚、拂塵、如意，還有「道光通寶」。可以判斷屋主廣泛的趣味，也可作判斷建屋時代的參考。我們去參觀時，東廂房裏，堆放著洗衣粉、長壽煙之類的紙箱；西廂房裏，擺著雙門冰箱和飯桌。

現在你可以看到全屋精華之所在了。從左右兩隻木雕獅子托住的稱梁向正廳裏面望去，你看到了用來分隔正廳和東西兩序的巨木雕成的六龍六蝠的門櫺，左右一式。門櫺上面的木刻，右麒麟而左狻猊。你的眼光由兩壁向中移動，終於停留在高與屋齊的神主龕。這真是精美絕倫的藝術珍品！雙層的鏤花龕門，裏面供著福建安溪林氏祖先牌位。右考左妣，近六十尊。正中供的是「皇清一十七世顯考」之神位。其他神位，或首書「皇清」，或首書「皇朝」。皇朝？哦，這個歧義語，頓時使你體會到一度在日本統治下的臺灣民眾，那番不忘祖國的苦心。於是，你面對著「九牧傳芳」的橫額，你面對著「安且吉兮一經教子開堂構」、「泰而昌矣九牧傳家衍甲科」的聯語，一股莊嚴、肅穆，敬重的心情，生自靈魂深處，上升、膨脹、充滿。神龕下方「福祿壽考」四字，是略似鳥蟲書的篆體，頗為雄渾美觀。龕前中案，長年洗滌，木色泛白。案上碎瓷香爐、雕木反坫，都是百年以上的古物。我拉開中案抽屜，只見屜內大紅綵帶已成赭色，遙想當年，年節喜慶，懸燈結綵，那又是怎樣一番氣象呢？神龕右首懸著一幅觀音大士畫像；前面另有一個小神龕，供的是武聖關公；還有幾尊木雕的佛像。神龕左首通堂後，黑漆斑駁的八仙桌上，那隻彩色大同電鍋，直刺入你的雙眼。

東序窗櫺上方，自左至右題著「花香」，側面房門木刻便是牡丹含芳；西序窗櫺上方，自右至左題著「鳥語」，側門木刻便是枝頭好鳥。夾屋是臥室。走道上添蓋著許多廚房之類的違章建築。夾屋之外的偏屋，原是書房和穀倉，現在也住滿著人了。

我們走出四合院，玄關大門兩旁石馬上，正坐著一位老人。他指著玄關門外兩邊凹進的缺口告訴我們說：這裏本有兩隻小小的石獅子，多年前，一位大學生陪著洋人來參觀之後，就不見了。又指著屋前廣場的紅色石板說：這些都是當年帆船壓艙的石頭，還有建屋用的「福杉」，都遠從泉州運來。我注意看看這些長方形石板，經不起計程車、摩托車的輾壓，現在已沒有幾塊完整了。老人繼續指指點點地告訴我們：門前原是池塘，屋後本有果園。當年河渠和淡水河相連，駁船可以直通屋邊。我曾問起老人對於這幢百年老屋行將拆除的感想。老人沉思了一會，說：老屋舊了，保養不易。加上人多，住不下了，拆了也好。好在屋子前後左右幾十甲土地，仍是林家共同的產業。將來土地賣了，再蓋大廈，還寬敞些。老人最後不勝感慨地說了這麼一句：現在是科學時代嘛！像表示自己的時髦前進；又像是自我解嘲。

和老人道別。中午的陣雨越下越大。四維路的前面，又有好幾座大廈正在興工。碎石機、攪拌機隆隆響著。敦化南路的築路機械，在不遠的側方。於是我的腦海中，浮現著那隻泉州來的帆船；浮現著德克薩斯州豪華客廳懸著的福杉窗櫺；浮現著麻省別墅前的一對青石獅子。我歆羨著尼羅河畔那些整座拆建重遷，未被水壩淹沒的埃及神廟！

二十　致鄭子瑜函*

黃慶萱

子瑜先生：

月前偶逢臺北文史哲出版社彭正雄先生，詢及尊著，據云正排印中，頗感寬慉。近復接大函及影印宗廷虎先生《試論臺灣修辭的發展》一文，至感隆情高誼，謝謝，謝謝。先生影印之宗文寄永武君，永武亦已收到。弟於電話中已將先生信中之意轉告，永武兄囑覆函中代其向先生致謝致候。宗先生文已細讀，所言拙作《修辭學》局限於辭格，且例句偏於文學作品，甚是。蓋拙著原題為《漢語修辭格之研究》，為升等及便於出版，始改為今名。以致內容與書名不甚相符。又弟寫作，每詳其出處，此於引用書面語言較便注出；引用口頭語言，則難一一詳述說話人為誰。此外，拙著辭格分類亦多「交集」現象；說理亦有附會之處。與學生討論之際，均詳補正。惜近年為師專編國文，為高中寫文法教科書，又撰寫中之《周易讀本》，耗時十餘年，至今僅及半，常後篇方成，已悔前作，於《修辭學》更無暇增補修正矣。弟明年可能有休假機會，屆時摒絕一切冗務，或可將《周易讀本》完成，而後《修辭學》始有修正之時也。弟去歲曾返溫州探親，途經上海，本擬趨訪宗先生，以未知宗先生住處而未果。他日返鄉，當再圖良晤也。堂錡生返臺，曾告於先生處得有關黃遵憲之資料甚多，獲益良深云。彼方忙於論文寫作，今夏可獲碩士學位。[9]

專此敬覆，敬頌——

撰祺！

弟　黃慶萱　再拜

一九八八年二月二十六日

---

* 本文刊載於鄭子瑜著，龍協濤編：《鄭子瑜墨緣錄》，北京：作家出版社，1993年1月，頁322-323。

9 「堂錡生」為「張堂錡」，現任國立政治大學中國文學系主任。

二　黃慶萱先生文章輯存（二）

林士翔*

太老師黃教授慶萱先生，以《易》學、修辭學見重儒林，執教庠序三十餘載，作育菁莪無數，著作鴻論等身。先生自師大退休後一年，業師賴教授貴三先生主編《春風煦學集——黃慶萱教授七秩華誕受業論集》，慶壽先生古稀天年；後十載，又於2011年再次主編《中孚大有集——黃慶萱教授八豑嵩壽論文集》，慶壽先生八秩嵩壽。

其中，在《中孚大有集》書後，賴師曾編纂〈浙江平陽黃慶萱先生八豑學行著述年表〉與〈臺灣師大黃慶萱教授專著暨指導碩博士論文表〉二表，前表分「傳略」與「年表」，後表分「專書出版一覽表」、「指導博士學位論文一覽表」，以及「指導碩士學位論文一覽表」，學人可藉二表論世知人，仰望先生之道心絕詣，亦為目前學界關於先生之最完備學術論著目錄也。

不過，先生亦曾自云：「許多文章，是應報刊、社團之請，擔任文藝獎的評審而寫的。」[1]有許多非學術性質的文章，散落他處，因而選錄部分文章，於1999年出版《與君細論文》一書，主要收錄文學獎講評、座談會紀錄等；然而，有部分文章非評析類，故未收錄於此集，如〈年表〉有：「是年（1982），

* 林士翔，畢業於國立嘉義大學中國文學系，目前深造於國立臺灣師範大學國文學系碩士班三年級，師事賴貴三教授，並擔任科技部專題研究計畫兼任助理。曾以「《史記》利令智昏者的悲歌——以春申君為探析對象」為題，獲得科技部大專生研究計畫之獎助；大學與研究所期間，先後參與校內外多項不同類型之比賽，分別獲得多項榮譽，最可稱道者為2017至2019年連續三年榮獲美國洛杉磯客家基金會Writers' Square所辦理之「全球中英文寫作比賽．大專博士組」第一名，並獲選為「嘉大之光」，於嘉義大學校慶時公開表揚。勤於研究，撰述論文，分別發表於《鵝湖》、《國文天地》、《中國語文》、《書目季刊》等期刊，並積極參與研究生論文發表會，真積力久，學以時進，深造圖成可期。

1 黃慶萱：《與君細論文》（臺北：東大圖書股份有限公司發行，三民書局總經銷，1999年），〈自序〉。

先生為《聯合報·副刊·快筆短文》專欄執筆。」[2]先生為《聯合報》撰寫多篇〈快筆短文〉，即為《與君細論文》所失收。又如，〈年表〉提及民國七十三年「四月五日，《聯合報·副刊》刊出先生〈不要與天地作對〉一文，對臺灣過量伐木、抽水，尤其是太魯閣建水泥廠，表示反對。行政院會責令臺塑重新檢討『崇德計畫』。」[3]亦不見於《與君細論文》一書，猶為可惜！

其中，特別是《聯合報》與《青年戰士報》(今易名為《青年日報》)曾刊載者，賴師命筆者訪索輯存，以求〈年表〉之完備。本文總得遺文十七篇，絕大多數乃先生為《聯合報》撰寫多篇〈快筆短文〉，亦有少部分講評類、小語庫、座談紀錄等，皆可增補〈年表〉闕漏。

另外，《聯合報》曾刊載教育部邀請六十七位博士參與春節聯誼茶敘，先生位列其一，故可增補行誼若干；〈快筆短文〉發刊辭與讀者閱先生〈快筆短文〉之感想，可知曉專欄主編之用心與讀者想法；最後，輯錄師大國文系潘麗珠教授〈姓名的滋味〉一文，內容提及先生以「姓名」期勉賴師軼事，可作為師生情緣之證，本文亦收錄之。以上四則目為附錄，作為探研先生精神風貌之羽翼也。

輯存先生文章十七篇與附錄四篇，目次如下：一、〈五子哭墓〉小評；二、〈以風流為道學，寓教化於詼諧——夏志清與國內學者談中國文學研究〉；三、〈蛇〉；四、〈電視你我他〉；五、〈教師週記〉；六、〈淤泥與蓮〉；七、〈鄰惡又何妨〉；八、〈作家，不可以這樣！〉；九、〈香港·一九九七〉；十、〈書恨少〉；十一、〈可不是「教條」〉；十二、〈士的聯想〉；十三、〈不要跟天地作對！〉；十四、〈字典學臺北〉；十五、〈小語庫〉；十六、〈我負三民一筆債〉；十七、〈甲坼開眾果，萬物具敷榮〉。

附錄四篇，目次如下：一、〈六十七位博士學位學人，今接受教育部邀請，舉行春節聯誼茶敘〉；二、〈「快筆短文」刊欄辭〉；三、〈〈的迴響——迴響之三〉；四、〈姓名的滋味〉。

---

[2] 賴貴三主編：《中孚大有集——黃慶萱教授八斠嵩壽論文集》(臺北：里仁書局，2011年4月)，頁650。

[3] 賴貴三主編：《中孚大有集——黃慶萱教授八斠嵩壽論文集》，頁651。

一　〈五子哭墓〉小評[4]

在泥濘的人生路上，「再怎麼小心還是難逃水坑的陷阱」；像電動玩具世界的大賽車或小彈珠，結局總是「不可避免」的「相撞」或「掉下去」。

陷阱和相撞，存在於個人榮辱與家人溫飽之間；存在於少年工人和工廠老闆之間；存在於主觀意願和客觀現實之間；存在於人世疏忽和命運安排之間；也存在於笑聲和眼淚之間。而我們掉下去。

故事是認認真真的，但有時也不免虛張聲勢；生命原亦如此。我們看出玩笑所在，但我們於心戚然。而語言方面一些小缺點，也就不必計較了。

二　以風流為道學，寓教化於詼諧——夏志清與國內學者談中國文學研究[5]

我覺得這只是批評、欣賞方法的一種，不是全部。——夏先生注重小說研究，對國內的小說研究、批評，有很大的影響。詩、戲劇方面，努力的人也很多；好像散文的分析、批評比較弱。請問：在國外的情形怎麼樣？

三　蛇[6]

到香港擔任客座一年，最使我觸目驚心的字是：蛇！

從「香港」和「蛇」一路聯想下來，你也許以為我要談「蛇宴」了。「蛇宴」倒也確是在香港開葷的。臺北的錦蛇湯，整段整段，始終不敢嘗；香港的蛇羹，把蛇皮蛻去，蛇骨剔光，切絲和北菰絲、雞絲、菊花一起作羹，直到吃完，主人宣佈是蛇羹，我才知道自己嘗過蛇了。不過，這夠不上「觸（怵）目驚心」。

4　1979年11月20日，《聯合報》第8版刊載孫秀蕙〈五子哭墓〉一文，依序有先生、沈謙教授，以及讀者羅壬眉評論，本文僅錄先生評論內容。

5　錄自1980年8月17日，《聯合報》，第8版。

6　錄自1982年2月5日，《聯合報》，第8版。

使我觸目驚心的「蛇」，事實上是指我自己的父老，我自己的兄弟，我自己的姐妹，我自己的同胞——從大陸偷渡來港的中國難民。

翻開香港的報紙，每天總有幾條「蛇聞」，警方掃蕩「蛇穴」，逮捕「穴民」若干，可惜走掉「蛇王」之類。所謂「蛇穴」，指的是偷渡的中國難民聚居之處。「蛇民」，指的是沒有香港身份（分）證的偷渡客，當然說的是中國人。而「蛇王」，便是帶他們非法入境的「頭子」了。而最使人悽惻的是：不斷出現的「蛇婦來港產子」的新聞。依照香港法律，在香港出生，就算香港人。但產婦生子之後，必須遣回。母子方生即別，親情悲劇，全在這兒了！最近香港人對付「蛇婦」的辦法是：未生先驗證；無證不接生，送回去。

這也不能怪香港人絕情。香港彈丸之地，住了四百萬人口，移山填海之外，房屋還要伸向天空，鐵路必須深入地下，已經上窮碧落下黃泉，山窮水盡了。而偷渡客不斷湧入，非但降低了香港人的生活品質；而且在香港打架的、搶劫的，幾乎都是這些偷渡客，這也製造了香港的社會問題。無怪乎香港人視之為「蛇」，深惡痛絕！

對於臺灣，香港人就頗有好感了。他們特別羨慕臺灣住的寬大。許多在臺灣各大學畢業的，對於臺灣工作時數少而待遇也不低，表示嚮往；抱怨香港人浮於事，合適的工作不好找。所以許多香港僑生在臺灣留下來；而香港每一次「風吹草動」，臺灣的地價也會漲那麼一點點。

我想：要是中國大陸的生活水準和臺灣一樣高，大陸上的同胞就不會游水或攀著火車底冒死奔向香港，香港也就不會有「蛇」患了。說不定那時香港人還樂意回大陸定居，就像現在許多香港僑生樂意留在臺灣一樣。但是，怎麼樣才能使大陸生活水準趕上臺灣？這又要等到那一天呢？

民國廿一年生，現任師大國文系教授、香港浸會學院訪問高級講師、師專國文課本編輯委員（實際執筆）。著有《修辭學》（三民）、《史記漢書儒林列傳疏證》（嘉新）、《周易讀本》（三民）等。

黃慶萱最擅長的是「搶先付帳」，最大的缺點是「與世無爭」。喜歡爬山、種花、喝茶和助人。家住新店五峰山下「見南山居」，新居占地六十坪，沒有電話，路尚未開通，卻經常高朋滿座，真是「德不孤，必有鄰！」他是一位溫潤如玉的謙謙君子，正經而略帶緊張，誠懇厚道，樂善好施，提攜後進，不遺餘力，友人有一言一行之美者，未嘗不嘖嘖稱道，頗有「今之古人」之風！

萱慶黃●

四　電視你我他[7]

到朋友家裡，一面看電視，一面談家常。朋友的孩子，也一面看電視，一面聽我們說話。新聞節目結束，我的朋友忽然對他的孩子說：「電視看夠了，進去讀書！馬上要參加聯考了，還不知道用功！」孩子仗著有客在座，也悻悻

[7] 錄自1982年3月2日，《聯合報》，第8版。

地頂嘴說：「爸爸自己整晚看電視，就不許我看！」這下子，我的朋友生起氣來，怒聲喝道：「你還年輕，應該努力讀書，自強不息；爸爸年紀大了，看看電視，消遣消遣，你要厚德載物，體諒爸爸呀！」然後朋友臉朝向我：「你看看他，你看看他，居然頂起我來了！」一幕電視前面的你我他，就這樣展開。

「自強不息」、「厚德載物」，都出於《周易．大象傳》。〈乾．大象傳〉曰：「天行健，君子以自強不息。」〈坤．大象傳〉曰：「地勢坤，君子以厚德載物。」彷彿記得清華大學校徽上，還特別把這八個字寫在上面，當作校訓。我的朋友把它拿來教訓兒子，文順句暢，引用得天衣無縫。只是，《周易．大象傳》的原意，似乎不是這樣的。

「自強不息」重點要落在「自」字上，是用來勉勵自己的；「厚德載物」的重點要落在「物」字上，是用來寬恕別人的。我的朋友以「自強不息」責其兒子，又希望兒子對自己能「厚德載物」，正好把《周易．大象傳》的本意顛倒過來。套句熊十力常用的詞彙：這算不算「迴旋乾坤」呢？

常有人說：評斷行為不應採取雙重標準。我反對這說法。不過在雙重標準中，要求自己的標準不妨定得高些；要求別人的標準不妨定得低些。所謂「以責人之心責己則近仁；以愛己之心愛人則近恕」。不要老是站在自己的立場來看自己和別人；也該站在別人的立場來看別人和自己。也許只有這樣，才能真正無忮無求，無怨無尤。

寫到這兒，忽然發現作為開場白的，竟然是朋友的一個小疏忽。自己難道沒有類似的錯誤嗎？這真應了《新約．路加福音》六章四十一節的話題：「為什麼看見你弟兄眼中有刺，卻不想自己眼中有梁木呢？」看來「厚德載物」，還真不易作到哩！趕緊打住，想想該如何「自強不息」罷！

五　教師週記[8]

上課

「中庸的中，不是折中。在一乘一等於一，和一乘一等於二，兩個答案中，我們只承認第一個答案是對的，絕不可折中成一點五。所以『中』是至正至當，不偏不倚，無過不及。但是，把『中』表現在行事上，卻不像一乘一等於一那麼簡單。以對待學生來說，驕傲的學生，有時要給以失敗的教訓；而自卑的學生，卻必須多用鼓勵的方法。此所謂因材施教。故行事的確當與否，因對象、因時間、因地方而有不同……。」

電話

「喂，李兄，又是一年不見了。今年班友年會定在二月十四日星期天，晚上七點，地點是悅賓樓。喂，李兄，你每次早到，讓我這個召集人感到很失禮。我應該比你更早在等你才是。這次你別又來得太早呀！」

「喂，張兄，好久不見，還是那麼忙？……是，是，我正要講年會的事。……二月十四，晚上六點，悅賓樓。……有幾位中南部的班友要坐夜車回去，所以比往年提早了半小時。……早點來，大家都想聽聽你吹牛。」

酒會

「嘿，李兄，還不到六點半，你怎麼已經來了？……來了快一個鐘頭了？我的天！……什麼六點？我記得告訴你七點呀？……你以為你聽錯了，打電話問老張？……真是的，老張老遲到，我故意把年會時間說早了半小時呀！……你可沒說我告訴你晚上七點吧？……什麼？說了？那好吧！咱們倆等吧！」

……。

「七點半才駕到，還好意思說我整你冤枉！老李已來了兩小時，我們大家也等你等了一個鐘頭了！罰你三杯酒，不算過分！」

---

[8] 錄自1982年3月6日，《聯合報》，第8版。

……。

「既然大家都這麼說；老李，你早到不對罰一杯！老張，你遲到不對罰一杯！我自己，弄巧成拙，也罰一杯！三人一起乾！」

上課

「『白刃可蹈也，爵祿可辭也，中庸不可能也。』中庸為什麼不可能呢？因為人間之事，無法預測的因素很多，舉例來說……。」

六　淤泥與蓮[9]

周敦頤有一篇〈愛蓮說〉，以菊花比方隱逸，以牡丹比方富貴，以蓮花比方君子，文章寫得短小精練，語言簡潔，議論切直，描寫生動，尤其寫蓮花，雖寥寥數句，卻神形兼備，形象美好，富有象徵意義，是上乘的「快筆短文」！其中最膾炙人口的句子是：「出淤泥而不染。」一方面使人對世俗的混濁保持警惕；另一方面也有勉勵世人保持靈台清明的意思，少年時候，我自己也頗喜歡這篇文章。

可是，年紀愈大，愈覺得此文值得商榷和深究！

首先，我不喜歡文中鄙薄世俗，孤芳自賞的思想。假如一個人，老是覺得：「舉世皆濁我獨清；眾人皆醉我獨醒。」排斥全社會的結果，必然為全社會所排斥，那只有跳汨羅江了！把自己比作蓮花，把周遭所有的人比為淤泥，實在是最使人反感的說法！

其次，如果事實真是這樣，那麼我也贊成：「雖千萬人，吾往矣！」可是不幸的是，這僅是一個違反真相的譬喻。任何時代，任何地方，任何團體，都可能有少數非常聖善的人，和十分邪惡的人。而大多數的人，介乎二者之間。甚至同一位人，有正確的時候，也有犯錯的時候。我們取其善而效法，知其惡而自我警惕。向年輕人暗示這個社會是一潭淤泥，我也不喜歡。

9　錄自1982年3月17日，《聯合報》，第8版。

第三，淤泥之於蓮花，是否一無可取？給青蓮以一缸蒸餾水，如何？我不能想像，離開淤泥的蓮花，如何活下去！淤泥，原是滋養蓮花生命的重要物資啊！淤泥何負於蓮花？假如蓮花詛咒淤泥，那徒然說明了蓮花之忘本！不僅對於蓮花，淤泥是值得贊美的；甚至，在整個自然界生態循環中，淤泥默默地負擔著化解毒質，培育生命的重責大任。君不見：臺北近郊蘆洲、五股一帶，良田化為泥澤，使得生物學家意外地發現，前所認為已經絕跡的珍禽奇鳥，又重新出現在大自然的舞台！

最後，我必須指出，最值得歌頌的，卻不是淤泥，而是生命的本身。若是把斬除生命之根的蓮花，放在淤泥之中，我想，蓮花非但不能出淤泥而不染，而且將隨淤泥而同腐；更不必說從淤泥中吸取生命的養分了。

兩千多年前的哲人，告訴我們：「必先苦其心志，勞其筋骨，餓其體膚，空乏其身，行拂亂其所為：所以動心忍性，曾益其所不能。」現代的年輕詩人重複著一個古老的傳說：「炎炎中，有一隻鳳凰。每五百年一次底聖浴，在火焰中凝鍊、更生。然後自烈焰中沖飛而出，翺翔九天。羽毛在太陽的顫動底永恆中上昇，散佈著不朽的火種，燃燒整個史冊……。」讓我們投身現實，贊美現實，自現實中吸取教訓，鍛鍊自己，使自己生命更充實，更茁壯，更聖善！

七　鄰惡又何妨[10]

「俺到底又跟他幹上了！」趙鐵頭氣呼呼跑來告訴我。

「坐下再談！跟誰又幹上了？」我招呼鐵頭先坐下來。

「還不是那姓『和』的！說來傷心，已經是多少代的鄰居哪！」

「啊，你說的是住你東邊的那個暴發戶？」

「想當年，姓和的又窮又沒文化，全是俺老爺子教他認字寫字！」

「這是哪八百年的事啦？」

「沒想到這小子恩將仇報，有一次還打到俺家裡來了，搗毀了不少東西。俺一個孩子，就在……。」

---

[10] 錄自1982年3月25日，《聯合報》，第8版。

「唉，都是四十年前的老帳了，提它幹嗎？」

「和家一個不肖子弟，偷了老美一串珍珠，又搶走老英一顆東方明珠。老美、老英聯手對付和家，要給他一個掃地出門的。全是俺老爺子念在多少代鄰居的分上，以德報怨，居中調解。」

「唉，也真是的！但這次為什麼又幹上了呢？」

「說來話長了。你知道的，三十年來俺家也作點小生意。當然還不能跟和家開的大工廠大公司相比。每年總是俺家買和家的多，和家買俺家的少。我好幾次跟他們當家的說：遠親不如近鄰，我既然多買你的，你也儘量買些俺家的貨品。和家全當耳邊風！連香蕉，也寧可拐過一條河，到菲律賓人開的水果行去買！俺敲敲算盤，光去年一年，就多買了三十四萬五千『塊』錢。三十年下來，總數差上二百萬『塊』錢！」趙鐵頭把「塊」字說得特別大聲，不知是不是有特別含意。

「那你怎麼辦？」

「這次俺家小發財貨車輪胎破了，俺說：不要去和家開的汽車廠買新輪胎！」

「妙極了！頂好！要得！和家怎麼說？」

「和家說：他們買東西，一向要扣佣金。以後買俺家的貨品也不例外。一年大約九萬『塊』！」

「鄰居買賣還要扣佣金，沒這道理！那你不去和家買新式錄影機！你們家老四店裡不是也有自製的錄影機？」

「可是俺家的人寧可買和家的，也不肯照顧自己兄弟的生意。嫌自製的不夠神氣！」

「也許你可以不買和家製的照相機！」

「俺老三偏愛和家照相機！」

「不吃和家的水梨，總可以吧？」

「俺老二不吃香蕉、鳳梨，只愛吃水梨！」

「看來只有不買和家的機器！」

「俺老大說：機器不買不行呀，要生產就靠有機器！」

「老趙！」我正經中帶點緊張：「告訴你們寶貝：你當年只有收音機，沒有錄影機；只有鋼筆，沒有相機；只有地瓜絲填飽肚皮，沒有水梨。要寶貝們坐下來研究自己造機器！」

八　作家，不可以這樣！[11]

到香港不久，由於教學上的需要，我接觸到一些大陸傷痕小說。但是，讀了之後，我覺得：這些作品水準實在太差了！

首先，是「主題」的狹窄。文革之前，大陸文藝作品的主題，幾乎可以概括在這樣一個公式裡：「凡是有錢的，必然是壞蛋；凡是沒錢的，必然是好人。人之好壞與其財富成反比。」在這種文學主題薰陶之下，今天大陸之貧窮，可以說是「求仁得仁」！四人幫垮台之後，傷痕文學興起，文學主題稍為擴大，但大致上仍局限於：「真共產黨員都是好人；假共產黨員才是壞蛋」這個框框裡。

在這種文藝主題的規範下，自然使小說人物兩極化。「峭石」寫的《管飯》，正角陳隊長是一無缺點的中共黨員；反角侯書記便是欺壓百姓的新官僚。「尤鳳偉」寫的《清水衙門》，莊啟民是人見人罵、十惡不赦的歹角；李福工程師卻是「神」。你看，颱風已到，李福工程師為了親自觀看水壩入水量，乘車上山。車子慢慢「上坡」，終被「陡漲的河流所阻」。李福毅然棄車，泅水過河，翻山上壩，人力怎能辦到？這不是神嗎？不過話說回來，年近七旬的老人尚且能夠以破世界紀錄的速度橫泅長江，在這樣一個土地上，中年人之能與山洪搏鬥，逆游而上，實在也無用過分詫異的了。

傷痕小說每多感情泛濫。《清水衙門》曾有這樣的描述：「說到這裡（案：指李福批評莊啟民放水之不當），他竟激動得幾乎全身都在顫抖，嘴唇哆哆嗦嗦，半天又說了這麼幾個字：『不像話……真不像話……。』說完，猛一轉身，丟開我和小陳走開了。從他的背影，我看到他用手拭淚的動作。」只差鼻涕沒有一把一把下來了。

---

[11] 錄自1982年4月19日，《聯合報》，第8版。

作者干擾是小說大忌。大陸作家似乎對此矇然無知。仍以《清水衙門》為例。作者先借李福工程師的口來罵莊啟民；再借小陳的口來罵；意猶未足，最後作者跳到作品中罵。生怕讀者個個是白癡，不知道這個四人幫餘孽的可恨似的。對於作者干擾作品竟至如此粗劣，套用小說中的原文：「我驚愕了！」

缺乏嚴謹的結構是傷痕文學另一致命的缺點。在大陸文藝作品中，「高曉聲」寫的《李順大造屋》，論技巧已算上上之選。其筆調頗有幾分近似寫《駱駝祥子》的「老舍」。但是結構也不免此病。由李順大造屋未成到他親家新屋被拆，已是節外生枝。更加上「建造新農村」一段，就更突兀了。我意思並不是說這些內容不可合在一起；而是說應該有更好的組織。要是一個作家連三件相關的事都組織不好，那還能希望他寫出千頭萬緒而一氣呵成的偉大作品嗎？

文學作品不應局限於一種主題，那樣會使作品狹窄化、公式化，以至僵化！而更重要的是，必須通過不同的藝術手法來表現各種主題。才不致使文學的主題暴露，流於膚淺的說教。

九　香港．一九九七[12]

記得從小學開始，經過初中、高中，以至上大學，每讀到近代史，一次又一次的戰爭失敗，一次又一次喪權辱國的不平等條約，一次又一次的割地賠款，總使自己熱血沸騰。我至今仍清晰地記得：小學老師指責清政腐敗時的激昂慷慨；中學老師鼓勵我們立志收復失地時的說重心長；以及大學老師忽然收斂起一向幽默的語調時所顯示的沉痛！

但是，今天居住於香港的中國人，一提到一九九七，這個新界租約期滿歸還中國的年分，卻一臉黯然！對於這盼望了百年之久的歲月，原應該興高采烈，歡欣鼓舞才是啊！

香港經濟學者說：「中共從香港賺得的外匯，年達五十億美元以上，約占其全部外匯收入的三分之一。維持香港現狀對中共最為有利。」所謂「維持香

[12] 錄自1982年4月23日，《聯合報》，第8版。

港現狀」，就是繼續接受英國統治。政治學者暗示：「香港之於大陸，猶如星加坡之於馬來西亞，錫蘭之於印度，塞浦路斯之於希臘。合作的話，則雙方都會得到好處。」所謂「合作」，當然就不是「合併」；所謂「雙方」，當然就不是「統一」。也有些學者主張：以不變應萬變，「一九九七？理它幹嘛！」而依據一項民意調查，百分之九十三香港居民，希望在一九九七年六月三十日之後，香港能維持現狀。而百分之八十六新界成年人表示：新界租約期滿，他們寧願遷住香港，接受英國人的統治；不願留在新界，接受中共統治。

中國人意見既然如此，於是英國的法律學豪，也仁慈地為我們想到一些錦囊妙計。有些認為：「中共當局因為經濟或其他原因，當租約期滿時，不打算收回新界，這是很容易作到的。只要宣稱根本從未承認這些條約，這就不會有條約期限終結這回事。」有些倡言：「英國政府從一八九八年所頒布的敕令中，把批准新界租約的終止日期去掉，代以模糊的詞句。例如：該租約持續有效，直到英國和中國都不同意繼續為止。」

對於上述現象，部分香港年輕人是十分憤慨的。許多香港學生說：「我們是否和林肯時代的美國黑奴一樣，獲得自主之後，反而不能適應，還不如接受白種人統治，來得快樂呢？難道我們不是龍的傳人？而竟是蛇的傳人！」而我總是引用孔子說的：「道不行，乘槎（桴）浮於海！」安慰他們說：「我們都是乘槎浮海的求道者！」但心底，卻為自己這一代中國人的不爭氣感到恥辱和悲哀！

唉！也許在一九九七年，統治中國的，已經是全民選舉的、尊重傳統的、自由開放的政府。那麼，香港問題就能解決了，其他一切問題也能解決了。

十　書恨少[13]

在臺北，坐擁圖書數千冊，可惜兼課太多，無暇寫作。到香港，雜務減少，有空動筆了，卻因帶來的書太少，引用時便有不能隨時核對原文之憾。寫

---

[13] 錄自1982年5月21日，《聯合報》，第8版。

〈淤泥與蓮〉，便把周敦頤的話誤記成「出污泥而不染」。還好，稿寄出之前跑了一趟圖書館，發現原文是「淤泥」而不是「污泥」，才臨時改正過來了。寫〈香港・一九九七〉，自以為《論語》背得很熟，引用孔子「道不行，乘槎浮于海。」的話，沒再跑圖書館。結果，硬是錯了一個字：原文是「乘桴」而不是「乘槎」，承臺北復興國學院孫小燕同學來函指正，真是十分謝謝。

書少非但影響到寫作，而且也影響到教學。在香港，我教的是：文字學、訓詁學、《左傳》、《周易》。文字、訓詁，早年教過，所以教起來沒大問題；《周易》是我工夫下得最深的一本書，自然更是得心應手。只有《左傳》，卻是第一次教。雖然手邊有《左傳注疏》、《左傳會箋》、《左繡》、《左傳文藝新論》，以及《春秋左傳注》等書，但在教學之前準備過程中，想到該參考的書，常是想到一本，沒有一本。

舉例來說，教「鄭伯克段于鄢」，我個人頗為鄭莊公因為「寤生」而失歡於母的事難過。到底「寤生」並非莊公的罪過，而莊公卻因而失去人間最可貴的母愛。基於此一同情之了解，於是我從「初，鄭武公娶于申」到「遂為母子如初」，在這一起一結的兩個「初」字中，看出鄭莊公外表言行之狠毒，和內心世界之虛弱，以及其對母愛之渴望與尋求。最後「隧而相見」一段，融融洩洩，這是事實上的「重生」！可憐共叔段，竟成了母子衝突及其和好歷程中的犧牲！這使我猛然想起「神話學文學批評」，但是，介紹此一理論的《文學批評與欣賞》，戈林等著，徐進夫譯的，我手邊就沒有！

又如教到「宋襄圖霸」。宋襄公，殷商的末代王孫，周朝的敵國公侯，生於春秋之時，卻妄圖領導中原，重振霸業。他曾讓國於兄目夷，不獲，便以目夷為左師以聽政，於是宋治。這可以看出他的辭讓之心。齊桓公與管仲曾屬孝公於宋襄公以為太子，宋襄公終不負所托，立孝公為齊侯，這可以看出他的信義之心。但是，鹿上之盟，宋襄公竟愚蠢到「求諸侯於楚」，結果「楚執宋公以伐宋」。而泓之戰，襄公不肯乘楚軍未渡河未成列之際加以攻擊。說：「君子不重傷，不禽二毛。古之為軍也，不以阻隘也。寡人雖亡國之餘，不鼓不成列。」這是哪一門戰爭哲學呀？而高貴的宋襄公，也就在這次戰爭中受了重傷，不久去世了。王公的尊位，仁慈而迂腐的性格，以及對戰略、戰術判斷上的缺失，啊！宋襄公不就是亞里士多德筆下的悲劇人物的典型嗎？我想起了《詩學箋注》，亞氏原著，姚一葦箋注的。可是，手邊又沒有。

謝謝我的學生們，我要他們以「試由神話學文學批評觀點論鄭伯克段于鄢」、「從亞里士多德悲劇原理看宋襄公圖霸」等為題寫讀書報告，結果他們除《文學批評與欣賞》外，還找到了柯慶明的〈試論兩篇儒家小說——鄭伯克段于鄢、漁父〉；除了《詩學箋注》外，還找到顏元叔的《亞里士多德的悲劇觀》。報告中有敘有議，或證或駁，洋洋灑灑，多近於萬言；使我稍輕書少之憾，而竟有作育之樂。可是自己寫文章，竟把老夫子的話弄錯，就只有向讀者們認錯告罪。真是「書到用時方恨少」哪！看來必須多跑圖書館了！

十一、可不是「教條」[14]

說起來，也怪朱熹，當年在白鹿洞書院教書的時候，標新立異，好作怪論，好好的「學規」不施，偏要在「楣間」揭示一些「教條」！本來嚒，這些「教條」也並不是什麼正式的文章，當然也不會有題目。巧的是：後世許多人都看上了它，把它收人「文集」中不說，還單獨發行，替它作「集解」，甚至選入「文選」、「課本」之中。這樣一來，它就非有一個「題目」不可了。叫它什麼呢？商務《四部叢刊》本《朱文公全集》在正文之前，題為「白鹿洞書院揭示」；書前目錄卻叫「白鹿洞書院學規」。《西京清麓叢書》續編所收的「養蒙書九種」、《東聽雨堂刊書》「儒先訓要十四種」，以及《復性齋叢書》收的「集解」，標題都作「揭示」。黃宗羲《宋元學案》收此文，題作「白鹿洞書院教條」。《積書巖六種》有「朱子白鹿洞規條二十卷」。《學海類編》收宋朝饒魯輯「白鹿書院教規」……。於是，「揭示」、「學規」、「教條」、「教規」、「規條」，可教人好不迷糊。

名之為「學規」是不合朱子本意的。因為朱子在「教條」之後的「說明」中，明明白白地說過：「近世於學有規，其待學者為已淺矣。而其為法，又未

[14] 錄自1982年8月3日，《聯合報》，第8版。

必古人之意也。故今不復以施於此堂。」朱老夫子不會出爾反爾，把「不復以施於此堂」的「學規」作為標題。同樣的理由，名之為「教規」、「規條」，只要有個「規」字，也都會和正文矛盾。至於「揭示」二字，你看像個名詞嗎？我看不好作為題目！看來，黃宗羲名之為「教條」，應該最合朱子本意。朱子的「說明」中不是說：「特取凡聖賢所以教人為學之大端，條列如右，而揭之楣間。」「教條」的「教」，就是「所以教人為學之大端」；「教條」的「條」，就是「條列如右」的意思。所以這篇文章不加標題則已，要加標題，可不是「白鹿洞書院教條」？

「於學有規」，怎會「其待學者為已淺」？原來「規」有「規範」、「約束」之義，可能還有這麼一點暗示：學生們，你們都有犯罪的傾向；小心哪，我早已立下學規等著修理你！所以朱子在下文強調：「而或出於此言（教條）之所棄，則彼所謂規者，必將取之！」話不是夠明顯了嗎？而著一「彼」字，則「此」非「學規」者明矣！「教條」則不然，它給學者指出了為學的目標、方法，以及修身、處事、接物的要點。換句話說：「教條」提供了正確的行為目標，並且也提示了向此目標邁進的方法和要點。它是積極的指導鼓勵，而不是消極的規範約束！

可惜，我們一聽到「教條」，就聯想到「教條主義」，覺得還不如「學規」平實。積非成是，以至於今天，你如膽敢說朱子在白鹿洞書院楣間揭示的是「教條」而不是「學規」，那反對之聲可多哪！

走筆至此，忽然在案頭《王陽明全集》隨意一翻，翻到了〈教條示龍場諸生〉，於是椽筆一揮，把它改作「學規示龍場諸生」，古人任我唐突，好不痛快！

十二　士的聯想[15]

翻閱報紙，常有一些專論或電訊與「士」──說得時髦一些，也可稱「知識分子」──有關，信手拈來：

---

[15] 錄自1984年2月29日，《青年戰士報》，第11版。

「不宜輕言修訂憲法臨時條款　李鴻禧」作者為臺灣大學教授。

「煮咖啡大膽論證　熊玠」作者為美國紐約州立大學教授。

「公車失票知多少？抽樣調查嚇一跳！國立交通大學運輸工程與管理學系完成的一項抽樣調查發現，臺北都會區公車，載客的平均『失票率』高達百分之六十二點十六。」

「逢甲大學環境科學系副教授張柏成昨天表示，工廠排出廢水若採用氯化消毒，將產生致癌物質。」

「瀕臨絕種動物知多少？林曜松博士往深山裏調查，為保護野生動物立法參考。」

這些現代士人，從國家大事、公共措施、社區環境、到自然生態，事事關心，充分表現了中國士人勇於任事的優良傳統，和知識分子應有的參與社會的責任感。

所謂「士」，本來是任事者的爵位之稱。《白虎通》在「爵」項有「士者，事也；任事之稱也」之說。而「任事」又以「學」為必要條件。《漢書．食貨志》：「士農工商，四民有業：學以居位曰士。」就是這番意思。《論語》上記載著孔子和孔門弟子一些對「士」的體認。消極方面，士不可以專為個人的衣食居處謀。所以孔子說：「士志於道，而恥惡衣惡食者，未足與議也。」又說：「士而懷居，不足以為士矣。」積極方面，子張認為：「士見危致命，見得思義。」曾子說得更好：「士不可以不弘毅，任重而道遠。仁以為己任，不亦重乎？死而後已，不亦遠乎？」我們可以這麼說：把自己的生命貢獻給全人類是「士」的任務，只有學問而不能任事是不配稱為「士」的！

所謂「知識分子」，這個詞彙是在十九世紀末葉的俄國開始使用的。他們是以律師、醫師、教師以及工程師等專門人才為主，形成了「知識分子」的核心；同時也包括了一些官員、地主，和軍官。《大英百科全書》指出：「知識分子是由一些受過良好的新教育，並且熱烈地醉心於抽象政治及社會理想的人士所組成的。」一個沒有受過教育，或者愚笨的人是沒有資格作知識分子的。但也不是每一個受過教育和聰明的人都可以算是知識分子。舉例來說：一個傑出的科學家，全心全意地投入他所研究的領域，將無法被公認為「知識分子」。

這就與中國傳統上「士」以「任事」為「必要條件」不謀而合了。

我個人十分敬佩「消費者文教基金會」諸君子：專欄作家何凡、學者柴松林、楊國樞、律師李伸一、醫師陳榮基、建築師白省三……。他們正是現代士人的典範。同時我也十分盼望：有更多的學者、醫師、律師、工程師，不要把個人的事業局限於研究室、教室、醫院、法庭、與工廠，能更積極地、多方面地參與社會，對更美好的明天作出貢獻！

十三　不要跟天地作對！[16]

春節遊了一趟太平山，山上巨木全砍光了，留下一株株腐朽中的樹根。當然運木材的纜車、蹦蹦車也都沒有了。記得十多年前初遊太平山時，一片雲海中，冒出一個個峰頂，襯著近處的巨檜，真是舉目有山河之異，景觀已非當年了。那些檜木，千百年來，生長在高山，為我們保持水土，清鮮空氣；偶爾樵夫打些樹枝作薪柴，也只是為林樹整枝。沒想到，這些列祖列宗累世保存下來的資產，我們這一代竟在短短十數年間砍伐殆盡！

我們不只在砍樹，我們也大量在抽地下水，使得地層下陷。一些城市自來水失水率高達百分之四十，就是水管在地層下陷中扭曲破裂的結果。好幾座光復後才建好的大橋，橋墩和下陷的地層分開，導致整座橋樑坍了下來。中南部許多海防高堡，本來建在岸邊的，現在也部分淹沒在大海中了。我們的水庫，攔住了水，也攔住了沙土，下游沖積之不再，更加速了海岸的侵蝕。以至於水庫完成之日，每即下游工業區、農業區受侵蝕之始！

現在我們腦筋又動到石頭泥土上了。高雄半屏山和壽山早已被水泥廠挖得面目全非。花蓮太魯閣，也有人在動念頭開水泥工廠了。也許，幾年之後，這座國家公園用以迎接觀光客的，是一片飛砂走石，和殘破的景觀；就像迎接我們進入高雄市那片的瀰天灰霧和慘不忍睹的半屏山！

臺灣如此，舉世亦然。巴西等地區森林的濫伐，已影響到全球的氣象；中東等地區的石油，原是億萬年長存地下的寶貴資源啊，在本世紀末也行將告

[16] 錄自1984年4月5日，《聯合報》，第8版。

磬；數以億計的工廠和汽車廢氣阻隔了日光的全部照射，間接影響到植物的成長；而工廠的廢水，和農藥的過量使用，使我們可能面臨無鶯無燕、無蜂無蝶的春天！

這一切，關鍵就在人類的一念之間。許多人把天地當作與我們相對的客體，千方百計地要利用它，支配它，改變它。美其名曰開發自然資源；而事實上糟蹋了自然資源。妄想使高山低頭，使大湖讓地，結果，儘管我們有能力剷平一座太行山，填平一個洞庭湖；但是我們無法處理太行山的泥土，而秋潦卻必然讓江水淹沒遠比洞庭湖大上數倍的人口密集的精華地區。

中國儒者對天地看法不是那樣的。天地對我們來說，不是客體，而與人類合一的。《禮記・中庸》篇首先肯定人性是上天賦予的，與天命相應。充分發揮自己的天性，進而盡人之性，盡物之性，就可以參贊天地之化育。這就是教人不要跟天地作對，而要協助天地作化育人類與萬物的工作。孟子在〈梁惠王〉篇說得更具體：「不違農時，穀不可勝食也；數罟不入洿池，魚鱉不可勝食也；斧斤以時入山林，材木不可勝用也。」已經注意到順應自然，保持天地間生態均衡和循環的大道理了。

但願青山常在，綠水長流，千秋萬世之後，我們子子孫孫還有「不可勝食，不可勝用」的資源！

十四　字典學臺北[17]

近十年（一九七三至一九八二），大陸增修出版了三部比較重要的詞典：《辭源》、《辭海》和《現代漢語詞典》。《辭源》收詞以古代文史典籍中的語詞為範圍，一九八一年四冊出齊。《辭海》是綜合性詞典，收詞包括習用語詞和各科名詞術語，一九七九年三冊出齊。《現代漢語詞典》以《國語辭典》為底本，增補而成，一九七三年初版。臺灣出版的《中文辭源》、《文史辭源》，事實上都是大陸新修《辭源》的影印本。至於大陸新修《辭海》和《現代漢語詞典》，以簡體字排印，臺灣則未影印。

[17] 錄自1985年4月9日，《聯合報》，第8版。

大陸出版的《辭海》，依簡體字新部首來排字。結果，「尚」字入「小」部；而從「尚」得聲的「堂、常、棠、掌、賞、裳、當」等字卻入「尚」部，分部大可商榷。《現代漢語詞典》把極不常用的死詞「鮽鰉」等都當作現代漢語詞彙收進去了；但習見的「浮一大白」等詞卻不收，取捨漫無標準。二書問題多多，臺灣既未影印，也就不去說它。倒是《辭源》，坊間競相影印，在臺十分暢銷，優劣之處，不能不說。

大陸新修《辭源》，收詞限於古代文史詞彙。大致上以鴉片戰爭（一八四〇）為下限年代。舊《辭源》中的現代自然科學、社會科學和應用技術方面的詞彙，全部刪去；而增捕了文史方面比較常見的詞目。標音方面，舊《辭源》依《音韻闡微》的反切標音，有時附漢字直音，並標出詩韻韻目。新修《辭源》單字反切改依《廣韻》，間采《集韻》等書反切；韻目也以《廣韻》為準；不用漢字直音而改用漢語拼音和注音符號：都明顯地接受臺灣《中文大辭典》的影響。加注平上去入四聲和「聲紐」，為《中文大辭典》所無，亦甚有必要。釋義方面，過分強調「簡明」。多義詞依本義、引申、假借為先後；所引書證於書名外，增列作者、篇名：這些措施，也都沿襲《中文大辭典》的作風。

這本新《辭源》的短處，可以分三方面來談。

內容方面：由於不收百科名詞術語，因此功能就有所限制，只適合從事古典文學研究者使用。而且，單詞的解釋，分析未密；複詞的采釋，亦欠周普。舉例來說：「佚」字，新《辭源》凡七義，收十四個複詞；而《中文大辭典》有十五義，二九個複詞。又「龜」字，新《辭源》凡七義，收五四個複詞，而《中文大辭典》有十五義，一〇一個複詞。

釋義方面：又有三失。一是未能分就字形字音來說明字義。漢字依類象形，相益成字；據形說義，最易辨識。一九六四年《辭源修訂稿》曾引錄《說文》以解字；但論者以為「沒有採用新的研究成果糾正許慎的誤解」，頗多批評；所以新《辭源》連「稿」本原已引錄的《說文》也刪去了。其實，如能以《說文解字》為主，參考臺灣李孝定《甲骨文字集釋》，周法高《金文詁林》，據形說義，問題很易解決的。《中文大辭典》大致上已這樣作了。至於依音說義，則《中文大辭典》也未作到。這方面，章炳麟的《文始》，王力的《同源字典》，日人藤堂明保的《漢字語源辭典》，文獻俱在，整理起來並非難事。不知海峽兩岸字典學者，何以都未見及此。第二是：釋義違反訓詁原則：如「枯」訓「枯槁」，「珠」訓「玉珠」，是「以原字解釋原字」；「圩」訓「窊」，「煽」訓「熾盛」，是「以難字解釋易字」；都不合訓詁條例。第三是：釋義錯誤：如歐陽修〈醉翁亭記〉：「泉香而酒冽。」冽是清澈的意思，原文實為「泉冽而酒香」的倒裝，與「心遊目想」、「心折骨驚」同一手法。但新《辭源》編者不察，釋義竟云：「酒清而醇。」真是望文生義。

編排方面：也有兩點疵瑕。一是頁碼：書眉上既有總頁碼，又有子丑等十二支分卷頁碼。事實上新「辭源」分裝四冊，而非分裝十二冊，要這十二支分卷頁碼幹嘛？倒不如學《中文大辭典》，每頁字頭編號和詞頭編號列於書眉；分冊頁數列於版心下部；全書總頁碼列於下角較為合適。二是複詞排列，新《辭源》仍依複詞字數少多為次序，於是「修文」、「修文館」分列不同頁數；也不如《中文大辭典》依複詞第工字筆劃少多為序，於是「修文」、「修文郎」、「修文殿御覽」、「修文館」皆在同處，便於讀者參考。

《中文大辭典》有許多進步的措施，值得大陸編辭典的學人學習；但是，話也不可說得太滿了，《中文大辭典》的疏漏，仍不在少數。大者如學術詞彙之選錄，不曾聘請各科專家作有系統之蒐羅。如「比」字條收「比較」，有關「比較」者，僅此一條；而《辭海》所有的「比較法」、「比較表面」、「比較心理學」、「比較法學派」，《中文大辭典》均無。而「社」字條收「社會」，而有關「社會」者，計有「社會心理」、「社會化」、「社會主義」等五十四條之多。《辭海》有的《中文大辭典》都有；《辭海》沒有的，《中文大辭典》增補了三十一條。一略一詳，足見其前後缺少統一標準。小者如《文獻通考》一條重出；「三日不讀書語言無味」條引宋人黃山谷語，書名竟誤為南朝劉義慶主編的《世說新語》：都待訂正。聽說《中文大辭典》正大事增訂，希望修訂本早日問世！

十五　小語庫[18]

純以己之立場視人，失人；純以人之立場視己，失己。仁者既不失人，亦不失己。

十六　我負三民一筆債[19]

曹操的文治武功，歌行慷慨，我是相當肯定的。但是他說的：「寧使我負天下人，不使天下人負我！」我卻期期以為不可。我的意思是，天下人負我，固然使我痛苦；知道了這痛苦，我就不忍負天下人了。偏偏有時事與願違，我與三民書局簽約撰寫《新譯周易讀本》，三十年來卻不能完備。心中不免感到虧欠，倒是事先未曾簽約的書，由三民書局陸續出版了五種。

記得一九七四年間，承好友吳怡的推薦，三民書局劉振強董事長來拜訪我告訴我刊印「古籍今注新譯」的計畫，希望《周易》一書由我執筆，並預付稿費一半，當場簽了約。我想：我學位論文寫的是《周易》，在臺灣師大教的是《周易》，而且教學講義也已寫了不少，〈繫辭傳〉以下，吳怡答應由他來寫，我只負責六十四卦經文和〈彖〉、〈象〉、〈文言〉三傳，三年交卷不會有問題。誰料到，報刊稿約、會議論文、海外講學，接連不斷，《周易讀本》只能時斷時續地寫，寫好的就寄給《孔孟學報》，先後發表了：〈乾、坤、屯、蒙、需、訟、師、比、小畜、泰、否〉等卦釋義。一九八〇年，三民書局編輯主動蒐集影印，以《周易讀本》為書名出版。到一九八八年，居然也三刷了。此後又寫了〈同人、大有、謙、豫、隨、蠱、臨、觀、噬嗑、賁、坎、離、震、艮、巽、兌〉。一九九二年，三民書局出了「增訂初版」。後來，雖還寫了幾卦，但漸覺釋義體例不善，連在學報發表的興趣都沒有了，要寫就得從頭重來。好在吳怡《易經繫辭傳解義》已單行出版。《新譯易經讀本》也由三民書局另請郭建勳教授撰寫完成。我預收的稿費，曾面還劉董，但是劉董不肯收，還說：

---

[18] 錄自1987年11月24日，《聯合報》，第8版。

[19] 錄自逯耀東、周玉山主編：《三民書局五十年》（臺北：三民書局，2003年7月），頁158-161。

「你繼續寫，什麼時候完成，什麼時候交稿，我不催你！」就這樣，讓我一直覺得負約負人，愧疚在心！

就在《新譯周易讀本》簽約那天，我把撰寫中的升教授論文《漢語修辭格之研究》清稿請劉董過目。劉董問：「大學有沒有相關的課程？」我答：「有，修辭學。」劉董把稿快翻一遍，大約有五來分鐘，說：「三民可以出，但書名要叫『修辭學』。」就這樣，一九七五年元月，我的《修辭學》由三民書局出版發行，同時以《漢語修辭格之研究》為名加印了一百本，做為申請升等的著作。此書出版本分由「表意方法的調整」、「優美形式的設計」討論了三十種修辭格，前有前言而後無結論。承臺灣師大與教育部學審會先生們牽成，升等通過了。蒙讀者諸君厚愛，到二〇〇〇年，此書初版五刷，二版十刷，好像滿受歡迎的樣子。還有，雖然版權一次賣斷，過年時劉董經常兩萬、五萬地留下紅包，推也推不掉，更使我過意不去。新世紀初，我著手增訂，前立「敘論」，後補「餘論」，中間討論辭格，在定義、舉例方面，都有些改動與增補。微末的心意，乃在使以辭格為中心的修辭學，能更具體系地呈現，算是對前賢、讀者和劉董的一種報答。

《中國文學鑑賞舉隅》，是我和許家鸞合著的。其中，〈古文新探〉、〈小說評析〉、〈新詩測試〉由我執筆；〈散文欣賞〉則出於家鸞之手。一九七九年由三民書局關係企業東大圖書公司初版。一九九二年，國家文藝基金會曾向臺灣大專院校師生作問卷調查，此書經票選為一百本適合大專學生閱讀的中外古今文藝作品之一。三民書局出版的書，入選於百本中的，還有《新譯唐詩三百首》、《三國演義》、《紅樓夢》、《新譯古文觀止》、《泰戈爾詩集》六本。本書到一九九二年，已經四刷。

《新譯周易讀本》雖然尚未完稿，但《易》學方面的文章，卻寫了一些：有談《周易》名義、內容、大義、要籍的，有論《周易》數象與義理的，有探討《周易》時觀的，有析論「元、亨、利、貞」的。還談到《周易》與孔子的關係，《易》言「〈乾〉道變化」與宋儒「理一分殊」說的比較。此外，討論了《周易》中的神話傳說，以及其文學價值。結集後取名《周易縱橫談》，一九九五年承東大圖書公司惠予出版。

在學術園林中，我像一個永不悔改的老頑童！時而逛到語言文字的園區，對漢字的特質、虛詞詞性指指點點，還發現孤立的漢語竟然也有屈折的現象。時而闖入義理的聖壇，探視人性的善惡，格物致知的奧義，且對飄零在朝鮮的花果，品評微笑。流連於文學的山麓水濱，拜訪《詩經》中的象徵；探視《易經》中的模稜語；還企圖從歷史、現象和理論的整合中，為文學園地畫出界線，並討論形象思維與文學的關係。這些文章結集成書，取名為《學林尋幽》，同樣在一九九五年由東大圖書公司出版。

《與君細論文》的書名，當然脫胎於杜工部〈春日憶李白〉一詩。書名頗費思量，本來想以「樽酒論文」為名，可惜我不能酒。其實用「相與細論文」也不錯，或本「重與」有作「相與」的。這樣在作者、評者、讀者間，暗示著一種溝通的期盼。此書內容大致屬實際批評，包括了〈小說天地〉、〈散文世界〉、〈詩與戲劇〉、〈文學批評的批評〉、〈學術評論〉，共四十篇評論文章，一九九九年承東大圖書公司出版。

《周易縱橫談》、《學林尋幽》、《與君細論文》三書，出版至今仍有存書，可見銷售有限，暢銷與否當然不是三民與東大印書的唯一考量，就此而言，個人雖感歉負，書局出書方針卻令人敬佩。

「信者不約，約者不信。」我就以這兩句《老子》上並沒有的話，向三民書局致上「信者不約」，為我出版了五本書的謝意；與我「約者不信」，《新譯周易讀本》未能完稿的歉意。

十七　甲坼開衆果、萬物具敷榮[20]

在《三民書局五十年》（以下簡稱《五十年》），我寫的是〈我負三民一筆債〉，在「信者不約，約者不信」的小目下，我歷數自己在「不約」的情況下，在三民書局出了六本書；但約者不信，一九七四年簽的約：寫一本《今注新譯周易讀本》，卻一直尚未完稿。《五十年》我寫的內容偏重自己寫書情形，說自

[20] 錄自周玉山主編：《三民書局六十年》（臺北：三民書局，2013年5月），頁67-70。

己的不是。一眨眼，十年又過了，這十年和劉振強先生很少見面，連賀年卡也兩免了。接到周玉山先生寄來的邀稿函，真的有「無話可說」的尷尬。

不說自己寫書的情況，那就寫我和劉先生交往的一些經過和感想吧。三民書局開在衡陽街時，我還沒和劉先生見過面；一九七四年，承好友吳怡推薦，劉先生來家要我寫《周易讀本》，這才首次碰頭。那時三民書局已搬到重慶南路，店面很大了。相知算來不是很早，但也有半世紀了。劉先生給我的印象，正如《五十年》中作者群不約而同的看法：熱心、溫厚，還要加上有眼光。

我個人中年失偶，膝下唯有一女，方讀國中。劉先生頗為關心，勸我再婚，還建議擇偶對象年齡不宜太輕，家庭和睦最為重要，這對我之再婚十分具有影響力。現在拙荊是為大學退休副教授，頗擅丹青，對女兒更比我關心。女兒購屋，她傾其私房錢協助，實為難得，因此對劉先生的建議時時感念在心，這正是劉先生熱心處。我在三民出版的《修辭學》，版權賣斷。但春節時，劉先生來拜年，常二萬、五萬地留下紅包來。三版增訂完成，劉先生派人送支票來，我當時也未看，心想：應該有一二十萬吧。後來打開信封一看，支票上竟然寫著一百三十萬，令我頗為驚訝，深怕讓劉先生要好幾年才能收回成本。我家的VOLVO汽車就是用這筆錢買的，此又見劉先生溫厚處。

但劉先生最令我敬佩的，是他的判斷力——眼光。

我的升教授論文《漢語修辭格之研究》，商請劉先生印行，劉先生只瞄了五來分鐘，便說：「行！但書名要改作《修辭學》。」五分鐘就決定出版，這需要有些眼力。而更改書名，這又是三民書局的一項「原則」：「大專用書」的書名，必須與教育部「大專課程」名稱相同。劉先生不只是有眼光，而且有原則。事實上，劉先生當年選定出版「大專用書」，而非讀者群最多的「小學參考書」，也別具隻眼。小學參考書雖然讀者很多，但出版者也最多，劉先生想是不願隨跡爭食。劉先生少年離家，刻苦自學，《五十年》作者中頗多以王雲五先生與之相提並論。我想，今天劉先生學識淵博，談吐風雅，與當年決定印行「大專用書」可能有些關聯。出版一本書，事先總得先翻一翻，看一看，「目錄」和「序言」總得仔細閱讀一過吧！「大專用書」印了這麼多，光這樣讀讀看看，半世紀下來，累積的學識就夠可觀了。一種事業能與讀書進德結合起來，這種擇業就要大有眼光。選用書名同樣要有眼光，三民書局出中文辭典，辭條多的，就叫《大辭典》；辭條新的，就叫《新辭典》；百科式的就叫《學典》，眼光之外，也顯示幾分「霸氣」。當初劉先生等三人在重慶南路書店街買書局，又在復興北路當時的郊區買地蓋總店，現在此處臨臺北捷運站，已成臺北市中心區了。這種眼光，也不是人人都有的。但是最重要的，劉先生的「眼光」並不只為個人，還有國家、文化。他看到以前漢字字模都是外國人刻的，日本刻的最通行，就是沒有國人自刻的；加上教育部當時也正在擬訂標準漢字，劉先生於是發心繪寫、鑄刻第一套國人自製的標準漢字。善於書法的美工人員依據部頒字形繪寫，包括：明體、楷體、方仿宋體、黑體、小篆、簡體等。中文系文字學教授負責校訂、修改，專精電腦的研發人員負責將字體輸入字庫，制定排版程式。動員總人數超過一百，歷時近二十年。至今仍有甲、金、簡、帛等出土文物上的字體可能還要增補。這種浩大工程，國家教育文化部門應該協助、補助才是。

在此，我要向劉先生和三民書局讀者們報告我的還債進度。自二〇〇〇年退休之後，我先修訂了《修辭學》，再增補《周易縱橫談》和改寫《乾坤經傳通釋》，近年正在斷斷續續地重寫《周易六十四卦經傳通釋》。至二〇一二年底已寫到姤卦第四十四個，還差二十卦，全書就完成了。在《新譯乾坤經傳通釋・導言》中，我曾如此說：「在八十八歲前完成《周易六十四卦經傳通釋》的願望，不知能否遂願。」依此進度來看，完成是有可能的。我現在八十二歲，自覺身體尚好，活到八十八應無問題。每年以重寫六卦計，加上全書最後整理，統一修訂，估計再四年就可完成，我是很樂觀的。

南朝陳沈炯有〈六甲〉詩，首云：「甲坼開眾果、萬物具敷榮。」六十年前，三民書局在臺灣這片文化沙漠的縫隙中鑽出，可說是「甲坼開眾果」。如今已出書一萬種，展書數十萬冊，說是「萬物具敷榮」，對作者、讀者、書局服務同仁來說，也算是正確的敘述吧。我就以這兩句詩，作為本文的標題，並以為三民書局六十年賀。

附錄一　六十七位博士學位學人，今接受教育部邀請，舉行春節聯誼茶敘[21]

教育部今（七）日下午四時，在信義路一段廿巷一之一號該部世銀貸款小組辦公室，邀約我國歷年授予博士學位學人舉行春節聯誼茶會。教育部說，這項茶會將由部長蔣彥士主持，接受邀請的六十七位是：周道濟、雷飛龍、陳水逢、傅宗懋、繆全吉、王壽南、孫廣德、曹伯一、謝延庚、毛漢光、陳寬強、湯承業、馬起華、喬寶泰、巨煥武、張治安、曾濟群、胡春惠、羅錦堂、賴炎元、王忠林、李雲光、胡自逢、周何、陳新雄、成元慶、許世旭、于大成、王熙元、張建葆、許錟輝、黃永武、阮廷卓、吳怡、程元敏、鄭良樹、曾永義、逯耀東、李殿魁、羅宗濤、王更生、應裕康、黃慶萱、王吉林、李慧淳、趙雅書、馬先醒、賴明德、辛勉、徐芹庭、張俊彥、蔣樹民、陳俊雄、朱欽國、呂福釗、褚冀良、陳龍英、謝清俊、石育民、朱時宜、蔡維鐘、張坤樹、魏元勛、陳立樹、何金鑄、婁良樂、左松超。

---

[21] 錄自1973年2月7日，《聯合報》，第2版。

附錄二　「快筆短文」刊欄辭[22]

《聯副》的作者，來自各個階層，許多文壇新銳，由此雛鳳清鳴，嶄露頭角；許多不常動筆的朋友，也提供他們的感觸、心聲，贏得廣大的共鳴；更有無數的作家、學者，透過《聯副》的橋樑，向社會貢獻智慧，呈現花果。多年前，我們曾經推出「塔裏塔外」專欄，禮聘學術界的專家，走出象牙塔，將其心血結晶，以通俗化的文字傳播給社會大眾。現在，經過半年的籌畫，又推出「快筆短文」專欄，邀請黃永武、王熙元、黃慶萱、沈謙、吳宏一、張夢機六位國家文學博士輪流執筆，每周刊出三篇。他們全都是國內受教育、成長的年輕學者，年齡在四十上下，正是最具發展潛力的壯年，目前分別執教各大學中文系。請他們走出書齋，來到《聯副》這個大講台，相信會給讀者帶來一新耳目的好文章，也適足以顯現國內培育人才的成果。

顧名思義，快筆短文有兩項特色，第一是篇幅短，第二是文筆快，興致來時，信手拈來，不拘形式，不受束縛，一氣呵成，得行雲流水之趣。寫的人固然痛快淋漓，尤希望讀者心頭稱快。李白的〈春夜宴桃李園序〉、吳均的〈與朱元思書〉、麥克阿瑟的〈為子祈禱詞〉，以及莎氏比亞的〈布魯特斯演說辭〉，都是古今中外快筆短文的楷模。時下流行的雜文、方塊，也有部分近似快筆短文之作。快筆短文屬靈感之作，雖非道貌岸然的正經文章，卻往往有膾炙人口的神來之筆，希望能「以風流為道學，寓教化於詼諧」。或筆道得意鏡頭，或語破心中事，或記敘某種感觸，或描述別有所見。趣味饒、警惕深、餘韻長。苟金聖嘆復生於今日，必曰：「讀《聯副》快筆短文，不亦快哉！為《聯副》撰快筆短文，不亦快哉！」

---

22 《聯合報・副刊・快筆短文》編者所撰，錄自1982年8月5日，《聯合報》，第8版。

附錄三　「快筆短文」的迴響——迴響之三[23]

編輯先生：

今晨，《聯副》刊出之「快筆短文」，令人耳目一新。六位博士學人，六篇精采短文，真是一個很好的專輯。這種擴大參與層面的編輯方向，值得喝采！

平日，這些教授先生忙著在大學講堂授課，在圖書館、研究室鑽研、著述，很少在文藝性的報刊雜誌出現，一般人不了解他們的研究成績，也不曉得他們對事情的看法、想法。而今經由《聯副》的編輯延攬，以報紙為橋樑，他們更直接地與社會脈動、讀者的心眼聲息相通了。

六篇短文中，使我印象最深刻的是黃慶萱先生〈蛇〉文中提到的「蛇婦來港產子」的新聞——「母子方生即別，親情悲劇，全在這兒了。」對張夢機先生的看法，亦頗有同感。此外，沈謙先生文中提到一些有關社會大眾日常生活中常見的藏詞實例，讀來十分有興味，真沒想到市招中也大有學問在。

少數幾位可能因為長年埋首齋中嚴謹治學的影響，文筆未完全放開，稍有「掉書袋」之嫌，茲以讀者身分，誠懇地希望他們越寫越順，拋卻那嚴肅拘謹的形象，抒寫出他們風趣性情的一面，為散文注入生命，使之別樹一格。

以上只是一管之見，供作參考，對或不對，還請指教。敬祝——

編安！

讀者葉樹誠敬上七一、二、五

---

[23] 錄自1982年2月12日，《聯合報》，第8版。

附錄四　姓名的滋味[24]

一通電話，讓我忽然對自己的名字，有了百般滋味。

亮軒先生打電話來，輕責我何以不續教世新的課程？婉轉解釋之後，他勉強同意我另外推薦他人。我說了一個名字，他立刻稱賞：「聽起來就像松風竹韻，她若答應，我一定要刻一顆印章送她。」

去年五月，一樣是亮軒電話，他因評鑑廣播節目，我得以與他有見面機會，也因此得識「臺北之音」陶曉清女士，接受邀訪，談古詩詞的吟唱；接下來，我到世新口傳系兼課，仍是亮軒的抬愛。然而，我始終沒能得到他的墨寶或石刻。如今，光是聽一個名字，立時激發他刻石致贈的雅興，真是「好名字的作用大矣哉」！

我的指導教授黃慶萱老師，常常期勉與我同門的師弟賴貴三，說學界現有吳宏一、張靜二，過去有「錢賓四」、「王雲五」，希望他能毫無遜色。老師藉「名」發揮的苦心，讓我們頗能自勵！

記得念研究所時，常被師長叫成戴麗珠（今靜宜大學中文系教授），又常被學妹們誤會為楊麗珠（今北一女中教師）或陳麗珠，敢情是四個麗珠前後進了臺灣師大國文研究所讀書，才有了這份「弄糊塗」的趣味。直到現在，參與國內各項學術研討會，總有不相識的朋友聊了半天之後才明白此麗珠非彼麗珠，不禁莞爾失笑。等到前往教育部人文社會學科指導委員會洽公，又巧遇承辦小姐是東吳中文系畢業的陳麗珠（非前述之人），不禁懷疑：叫「麗珠」的女子是否特別適合念中文？試想看看，中文學界一顆顆晶瑩、玲瓏、熠亮的珍珠，多美的事情！

---

24 潘麗珠教授撰，錄自1996年8月11日，《聯合報》，第37版。

三　黃慶萱先生文章輯存（三）

賴貴三

一　〈寫給新鮮人〉[1]

新學年又開始了，對於剛踏入師大國文系之門的新鮮人，我謹致祝賀之意。

回憶四年的大學生活，雖然由於師長的教誨，學了不少東西；但是，自己的努力，顯然缺乏計劃。這幾年，留在母校任教，並且有機會擔任大一學弟學妹們的「導師」。檢討自己，勉勵同學，自有許多話要說。

我十分了解：多年的升學壓力，使得同學們進入大學後，渴望生活輕鬆自由些。但是我必須提醒同學：大學是從事高深學術研究的學府，學習是你進大學最重要的目的。「學些什麼？」這幾乎是每一個新鮮人急切要問的問題。個人多年思索反省的結果，答案是：以學校每年所開科目為圓心，以自己的精力時間為半徑，適度地擴展自己學習的圓周。舉例來說：選修《史記》，除了老師在課堂所授者外，自己不妨把《史記》的本紀和列傳，選擇一部分加以圈點。同時找些有關《史記》的書籍，如《司馬遷之人格與風格》，自行閱讀。又如學文字學的時候，你就不妨趁機讀讀文字語言學方面的書籍；同時儘可能把《說文解字》從頭到尾圈點一遍。此外，訂一份與自己所學有關的權威刊物是十分必要的。如《孔孟月刊》、《中外文學》、《書評書目》、《幼獅文藝》，實在可作你學習中的良伴。不論學校是否開有「書報討論」的課程，與同學定期舉行新書討論，不僅擴大了學習的廣度與深度，同時也增進了知識的鮮度。

許多人以為朋友是少年時交的好，進入大學交不到知心的朋友。這個看法

---

[1] 案：此文係先生早期與陳品卿、辛勉、尤信雄教授，同時擔任國立臺灣師範大學國文系乙班班刊「太乙」指導老師時所寫，刊於頁6，編者多年前複印所得，主編：葉偉平，編輯：馬秀嫻、曾瑋、王怡文、許淑娟，封面設計：黃龍山，封面題字：蔡兌金。因無年月紀錄資料，故附記於此，以備存參。

十分錯誤！據我個人經驗，中學同學固然是情同手足，生死不渝。但是，由於所學相同，所以只有大學同學才是學問上、事業上志同道合的良朋益友。交幾位知心的朋友吧！

初入大學，面對著五花八門的社團，你也許會不知所措。我建議你慎擇其一參加。選擇的原則有二：一是興趣，喜歡什麼活動就參加什麼社團。一是需要。譬如體力弱的，不妨參加登山社、太極拳學會；個性內向的，不妨去參加話劇社、土風舞會，藉此鍛鍊自己。你必須在大學四年裡學會一種以上正當的娛樂休閒活動。如：打球、游泳、拉小提琴、書法、繪畫、寫作……。

祝福新鮮人，四年以後，學有所成，在同學們的攜手合作下開創一番事業；同時養成一種有益的嗜好，使一生生活，又健康又快樂。

二　〈肯定自己〉[2]

在各種不同的生命形態中，我們應該慶幸自己為萬物之靈的「人」；在各種不同的文化範疇裡，我們要以身為「中國人」而驕傲；尤其值得高興的是：生為「現代的中國人」，我們能有最佳的機會為和諧的人類社會而努力。

人的可貴，在與其他生物所共有的「食色之性」之外，更有人所特有的「仁智之性」。我們知道怎樣去作一個「人」；怎樣建立和諧、進步的人類社會，而人的智慧也總是輔助人的「仁性」朝這一方向而努力。

作為一個中國人，至少有三點足以自負：第一是我們有適合記錄全國各種方言的方塊字。所以儘管語言上有北方、西南、下江不同的官話，吳、贛、湘、皖、粵、客、閩北、閩南種種的方言；但形於文字，卻無東西南北的歧異。於是，在這種共通的文字下，民族的意志溝通了，民族的感情融洽了。全中國人團結起來，形成統一而和諧的民族。其次，我們有偉大的先師孔子，教訓我們如何推己及人，以夫婦、父子、兄弟為基礎，進而有君臣、朋友，朝向

---

[2] 案：此文係先生於民國六十七年（1978）六月，為臺灣師大國文系系刊《文風》所撰特稿，刊於頁10。此刊係祝「六七級畢業學長」，特稿尚有黃錦鋐（1922-2012）老師：〈《劍南詩稿》讀後〉、方祖燊（1929-）老師：〈春雨中的鳥聲〉。

天下一家的理想社會而前進。第三，我們還有悠久而豐富的史籍，國有正史，地有方志，族有族譜，使我們牢記祖先創業的不易，歷史盛衰的法則，和繼往開來的方向。

今天我們所面臨的，是東西文化的激盪，新舊時代的突變。以基督教為代表的希伯來文化，以科學為特徵的希臘文化，以儒家為主流的華夏文化，已成世界文化的三大重心。融合三分而邁向一統的，憑藉什麼呢？是連續五百多年的「十字軍」？或是玉石俱焚的「核子彈」？歷史證明，只有儒家思想，合名墨，納陰陽，兼法術，融佛老，有容乃大，與時俱進。因此，吸收外來文化，領導思想主流，這個責任，只有我們這一代的中國人才能承擔起來。

人，必須肯定自己的仁智之性，然後對人類前途才能充滿信心，而一切文明也必須在這個基礎上始克建立。而充分認識因而肯定自己國家文化之悠久與優美，以及自己今日肩負承先啟後，融合東西責任之必然，才會表現出一種泱泱大國民的風度，與舍我其誰的氣概來。

三　《中國文學鑑賞舉隅》序[3]

（一）老師序

一路上，驚異於山之秀，水之清；沉醉於花之芳，果之碩。於是我們不禁發出一些由衷的贊歎。這本小書，就是我和內子家鸞在文學園地裡探幽訪勝的紀錄。其中「古文新探」、「小說析評」、「新詩測試」，由我執筆；「散文欣賞」則由家鸞執筆。

當這些小文在報刊發表的時候，受到了許多鼓勵；也受到了許多教正。有來自我們敬愛的師友；也有來自善意的陌生人。在此書的扉頁，請容許我們獻上深摯的謝意。

黃慶萱　六十八年二月於師大

[3] 案：此書為老師與師母（許家鸞）合撰，老師序撰於民國六十八年（1979）二月於師大，師母序則作於六十年（1971）八月於北一女，此書由臺北：東大圖書股份有限公司出版發行。

（二）師母序

十多年前，我還是綠園的一棵幼苗。我慶幸自己，能在良師的指導下，逐漸培養出對文學的欣賞能力。滿載著對師大國文系四年文學薰陶的感激，我又回到綠園，我高興自己成長為綠園的園丁了。在昔日老師們的繼續教導下，分擔著培育學妹們的責任。

這本小書中收集的六篇「散文欣賞」，可以說是我向綠園老師們呈交的讀書心得；也可以說是我和綠園學妹們討論散文的紀錄。如果這本小說對讀者欣賞散文的能力有細微幫助，那應歸功於綠園師生；若是書中有什麼不妥當的地方，那是我這位寫心得作紀錄者的錯誤，請讀者指教。

許家鸞　六十年八月於北一女

四　《西遊記──取經的卡通》導讀[4]

親愛的朋友：

忙了一整天，現在，你斜躺在沙發上，或端坐在書桌前，翻開這本《取經的卡通》，欣賞卡通人物：唐僧、孫悟空、豬八戒、沙僧，和他們奇異的歷險記。你這份閒暇，和不斷求知的心靈，使我羨慕得緊，也使我無限敬佩！

我把唐僧師徒四人說成卡通人物，不是毫無理由的。首先請看孫悟空：拔根毫毛叫聲變，變菩薩、變妖精、變成樹、變成廟、變成成千成萬的孫悟空。上天見玉帝，南海拜觀音；冥世問閻羅，水底訪龍王。這頑皮猴，不是人見人愛的卡通英雄嗎？那豬八戒，更是十足的卡通小丑。他是我們歡笑的來源，笑他不自量力，笑他好吃懶做。引人發笑的就不會令人生厭。這位投錯了胎的小胖豬，也給我們許多親切感。沙僧，沉默寡言，吃苦耐勞，是不可或缺的卡通

---

[4] 案：中華民國七十年辛酉（1981），老師時年五十歲，與龔鵬程、林明峪共同編撰，高上秦總編輯之《中國歷代經典寶庫青少年版：45》，吳承恩（1506-1582）原著：《西遊記──取經的卡通》，老師為作〈導讀〉。《西遊記──取經的卡通》，臺北：時報文化公司出版，其後陸續有1982（再版）、1983、1987、1990、1995、1998（四版）、1999、2000、2002（增訂三版）等各版本刊行。

忠僕。而唐僧，皇位讓他他不作；金銀給他他不要；一心只想去西天取經。看到妖魔就害怕，對徒弟還有點偏心。這騎在白馬上的和尚，是卡通裡的濫好人！

一板正經的卡通好人，帶著刁鑽好鬥的卡通英雄，憨呆逗笑的卡通小丑，沒有脾氣的卡通忠僕。跋山涉水，一路西行，遭遇的劫難可多哪！

有些劫難由於自己引起。「吃」是最大的原因：偷吃人參果，誤喝子母河水，是其中較特出的例子。再就是「穿」：黑風山怪竊袈裟，金兜山被納錦背心綁住了手腳。還有「色」字作怪：四聖顯化試禪心、屍魔三戲唐三藏，以及琵琶洞、盤絲洞、無底洞裡的妖精，外加西梁國女王留婚、天竺國公主招親。然後是「思想」上的紛歧：平頂山逢魔，對手是太上老君看爐的童子；小雷音遇難，對手是彌勒佛的司磬童子。以及「好為人師」、「賦詩露才」、「貪圖娛樂」、「輕諾寡信」等等。玉華城三僧收徒，惹出一窩獅子；木仙庵三藏談話，引起杏仙窺伺；玄英洞受苦，是因為元宵賞燈，最後一難老黿作祟，卻是自己輕諾失信。這種種，全是糾紛的起源。

有些劫難出於環境因素。山水荊棘的阻隔，寒熱風霧的障礙，加上盜賊和野獸，使得取經的路上，充滿著困難。蛇盤山、豹頭山、青龍山……，幾乎每一座山代表一件劫難。以至於後來唐僧每過一山，便心中害怕。水也如此，鷹愁澗、黑河、通天水……，全留有災難的回憶。黑松林逢魔、荊棘嶺努力、稀柿衕穢阻。這些代表地理上的阻隔。黃風嶺上的巨風，麒麟山上的煙沙，隱霧山頭的迷霧，通天河的冰天雪地，火燄山的銅鐵成汁……。這些又代表氣象上的災難。出城逢虎，路阻獅駝，雙叉嶺上的長蛇怪獸，黃花觀中的蜈蚣為害，以及大象、大鵬、鹿、羊、兔、鼠等等。還有兩界山頭、觀音院裡、楊家後園、寇洪家中遇到的盜賊。更使劫難重重，高潮迭起。

故事可有得瞧的呢！

取經卡通裡的人物，雖然是頑皮猴、白胖豬、好人和忠僕。其實，全是人類心靈的化身。唐僧代表心靈善良的一面。過分善良，當然不免吃虧上當。豬八戒代表慾望，好吃又好色，如果不加以抑制，可丟人哪！孫悟空和沙僧代表理性，孫悟空樂觀進取，愛作積極的奮鬥；沙僧任勞任怨，偏向消極的適應。取經的成功，多靠他倆。

取經卡通的故事，當然很熱鬧好笑。其實，說穿了，「佛在靈山莫遠求，靈山只在汝心頭。」《西遊記》強調：如何克服內在人性的暗潮洶湧和外在環境的危機四伏，以求取心靈的安頓和人類的福祉。又把這個主題落實在與邪魔六賊抗爭的心猿意馬；而置場景於似幻而真的火燄山、荊棘嶺、稀柿衕。希望你我享受它的神怪和機智之餘，卻也觸發面對生命真相的智慧！

以上是針對原書而談的，但因原書卷帙浩繁，閱讀不便，所以我們這次改寫時，便加以適度的處理。在不損及原書韻味的原則下，我們重新設計回目，變化文字，寫成了這本書。

這部書，時報公司原希望由我改寫。我知道自己筆調不夠活潑，怕蹧蹋了《西遊記》精彩的故事，再加上俗務冗忙，所以特別推薦龔鵬程、林明峪擔任改寫的工作。本書第十六節以前，由林執筆，由龔潤飾；第十七節以下，由龔執筆，由林潤飾。至於原書主題的掌握與詮釋等，仍然由我負責。

你之樂於閱讀，是我們的榮耀；而你的任何指教，為我衷心所盼望。祝福你有更愉快的人生！

五　復致門棣黃忠天教授二函[5]

（一）論國科會計畫申請

忠天仁棣：9.12信收到，為你獲得國科會獎助十分高興。得獎的意義不僅在肯定自己以往的努力，尤在策勵自己繼續研究。我這兩年也向國科會申請並獲獎助。以專題論文（如「時觀」）為代表作，注釋文章為參考資料，提出申請。論文已另寄，似可供吾弟繼續申請之參考。國科會對有連續性之論文較重視，盼吾弟於《周易》中擇題續作研究。即問——
近好！

黃慶萱　9.31[6]

---

[5] 案：感謝學長黃忠天教授提供原二函影本。第一函係1989年9月21日，老師復函「論國科會計畫申請」；第二函則為2005年1月，老師致函「論班固史事《易》研究」。

[6] 案：9月無31日，疑為9月21日之誤寫。

（二）論班固史事《易》研究

班固《漢書》各卷前序、後贊中頗有引《易》之語，〈敘傳〉中尤多，楊樹達《周易古義》嘗輯之，然多疏漏，似可補之，成《漢書引易考》。如添〈藝文志〉、〈儒林列傳〉中資料，再由嚴可均所輯班固文中摘出有關《易》學者，成《班固史事易之研究》則更好。忠天於《易》有專攻，倘有意於此乎？

黃慶萱　二〇〇五年元月

六　金民那博士《文心雕龍的美學——文學的心靈及其藝術的表現》序[7]

金生民那，韓國漢城人，漢城梨花女子大學中文系畢業。梨花女大者，於大韓為成立年代最久，學生人數最多，享譽最隆之女子大學也。一九八四年來臺留學。初入國立臺灣大學中文研究所，從廖蔚卿先生習《文心雕龍》，其碩士論文《文心雕龍的通變論》即廖先生所指導，頗受考試委員王叔珉、張健二先生之賞識。一九八八年入國立臺灣師範大學國文研究所，攻讀博士課程。余時授「中國文學理論」，金生嘗來旁聽。旋擬以《文學的心靈及其藝術的表現》為題，探討《文心雕龍》之美學，乞余指導。余因囑其細讀《文心雕龍》原典，並以王更生先生《文心雕龍研究．文心雕龍之美學》，劉綱紀先生《劉勰．美學思想》，以及劉若愚先生《中國文學理論》，李澤厚、劉綱紀二先生《中國美學史》，敏澤先生《中國美學思想史》中有關《文心雕龍》美學之部分，請其參考。未幾，金生携所擬綱要來，分由作者、作品、讀者三方面切入主題，以論述作者用心、作品風格、暨讀者審美活動，頗與前賢所述，架構有所不同，余深詫異之。金生復出其前所作之《文心雕龍》全書韓文注解及翻譯卡片，余始知其於《文心雕龍》一書，已極諳熟也。嗣後金生每

---

[7] 轉載自金民那：《文心雕龍的美學——文學的心靈及其藝術的表現》（臺北：文史哲出版社，1993年7月），〈序〉，頁一至二。

成一節，即捧初稿前來問益。余觀其所論，皆據原典，歸納演繹，條分理析，環環相扣。於是知其論文必能倒海探珠，傾崐取琰，發人未發，嘉惠學界矣。一九九二年五月十九日，國立臺灣師範大學舉行金民那博士論文口試，考試委員高明先生、黃錦鋐先生、王更生先生、簡宗梧先生、及余五人，予以全票通過，並報請中華民國教育部核備，而金生遂為中華民國文學博士。今臺北文史哲出版社以金民那之博士論文付諸電腦排字印行，即將蕆事。金生問序於余，因略述其治學之概，即以為序云。

一九九三年二月六日　平陽黃慶萱　序於臺北新店見南山居

七　先室許家鸞女士行狀[8]

先室許氏諱家鸞，安徽合肥人。許氏詩書傳家，為合肥望族。父伯衡公，投身軍旅，官空軍上校。母錢氏淑雲，勤儉持家。育子女五，以家鸞居長。時抗戰軍興，避難重慶，生計維艱。故家鸞自幼即知協理家務，照顧手足。小學下課時偶不見弟妹，輒返家尋覓。迨東渡來臺入臺北空軍子弟小學，主曆一九五四年畢業於臺北市第二女中初中部；一九五七年畢業於臺北第一女中高中部；同年考入臺灣師範大學國文學系。以同班同學，幸得結識。時日既久，益慕其端淑溫厚。大學三年級校慶日，始相約同遊。至一九六四年九月六日，終結連理。

家鸞崇信天主，於一九六一年三月十九日領洗。師大畢業後，應天主教靜修女中敦聘，擔任國文教師凡三年。婚後即隨余南下，任教於高雄鳳山中學一年。余再入師大國文研究所就學，家鸞亦返母校臺北第一女中任教。自一九六六年迄一九九一年，先後二十有六年。其間嘗撰《綠園賞文》一書，大抵乃師

---

[8] 案：中華民國八十三年甲戌（1994），老師時年六十三歲，二月十八日（農曆正月初九日）下午一時，師母許家鸞女士，聖名瑪利亞，蒙主寵召，病逝於新店耕莘醫院，距生於中華民國二十六年（1937）六月十六日，享年五十七歲。老師於三月四日（夏曆正月二十三日），泣述親撰師母行狀；三月十七日（星期四），假臺北市新生南路二段五十號「天主教聖家堂」，上午九時舉行殯葬彌撒；九時三十分公祭，瞻仰遺容後，隨即大殮引發，安葬於新店長樂景觀墓園。

生間討論現代散文之心得紀錄，後編入東大圖書公司出版之《中國文學鑑賞舉隅》中，並榮獲國家文藝基金管理委員會選為百本適合大專學生文藝作品之一。其教學及批改作文極為認真，中華民國七十二學年度指導學生參加全國高中學生作文比賽，成績優良，教育部長朱匯森特頒獎狀鼓勵；七十七學年度又獲毛高文部長頒發獎狀。平時視學生如子女，故退休之日，學生於紀念冊有以「鸞鸞慈母」稱之者。

家鸞秉性孝悌。憶初婚前後，岳祖母殷太夫人已臥病多年，每次入院醫治，家鸞日夜侍於榻前，余時方肄業師大國研所，亦時於病榻前圈點古籍以伴，家鸞脈脈相視，稍久則促余返家。此情此景，至今歷歷在目。其幼弟家鵠腦部受傷，住院累月，家鸞每週二次攜水果及自滷肉類前往探視，余則扶鵠弟上下樓梯，以助其復健。後家岳父大人中風十餘年，其間臥床不能起者八年，家鸞初則於課餘抽暇探視，搖肢拍背；繼則毅然辭去教職，專心看護。家岳父雖在病榻至六、七年之久而未生褥瘡，皆家鸞及其弟妹調護有方故也。一九九二年十月間，家鸞罹類風濕性關節炎，四肢不便，雖探視不輟，而翻身搥背，有所未能。家岳父竟於今年一月十三日，安息主懷。家鸞自此病體轉衰，精神惚恍。

家鸞體質過敏。初婚時，家岳母即以家鸞孩提時作潘尼西林注射試驗休克事相告。婚後偶患感冒，服藥即眼紅臉腫；故日後感冒，均不再服藥。一九八八年間，家鸞左眼黃斑忽然出血，今始知為類風濕之前兆也。前年十月，一夕之間，家鸞雙掌腫脹，漸至肘、肩、腰、膝、踝、趾，一週之內，有關節處皆腫痛。至公保求診，服藥多有過敏反應，故醫師以類固醇療之。家鸞以侍祖母、父病久，頗知藥性，余亦大駭，因偕至榮民總醫院「免疫過敏風濕科」求診。住院近月，遍試新藥，均仍過敏，欲去類固醇而不可得。乃兼向中醫求治：服藥、針灸、推拿、腳底按摩、溫泉療法，均鮮效果。去年十月間，余攜其病歷去大陸，訪醫於上海祖傳名醫顧娟，彼為詳析病理，並堅持需病人親來始能給藥。乃至溫州，舍侄黃紹和為溫州人民醫院藥劑科長，推介四種藥物。返臺，醫師告其中三種，前均已試服，有過敏反應。惟其中「金諾芬」（Auranofin）者，即家鸞再次入院醫師所擬試用之新藥也。然服金諾芬一個半月，臉亦微腫。醫師遂改用他藥，而病痛愈甚。延至今歲二月十八日，終告不治。

追憶新婚，初至鳳山，買菜烹煮，出入雙雙。及余肄業研究所，課業漸繁，家庭諸事，遂由家鸞獨勞：洗衣、烹調、購物、納稅，育女、教女，均無需余費心。三十年來，助我實多。近年家鸞罹疾，余始稍分其勞，每於廚房共同烹調，彷彿鳳山新婚當年。

家鸞生於一九三七年六月十六日，農曆丁丑年五月初八日卯時；卒於一九九四年二月十八日，農曆甲戌年正月初九日午時，享年五十七歲。育女紹音，尚肄業於國立臺灣師大附中，頗知用功。余垂老矣，日後自當撫女成人，使有益於社會，並自勉力著述，冀無負於邦國之栽培，家人之期望，如是而已。

八 《周易縱橫談》自序[9]

我之學習《周易》，到底出於自由意志？或者由於命運決定？已經很難說得清楚了。記得1957年，小學教師已擔任了五年，雖然學尚未厭，但教卻有些倦了。於是決定報考臺灣師大，給自己充充電。也許是平常喜歡現代文學，偶而也在報刊發表過一些新詩、散文和小說。填入學志願時就把師大國文系填在最前面。這樣，四年吃飯不愁，而且國文系對自己寫作應該會有些幫助。徼天之幸，總算考上了。上學之後，才知道師大國文系為了培養中學國文師資，教育科目比重很高；而且偏重語文知識和古典文學；相對的，新文藝只是點綴性的，四年一共只有四個學分！

讀完大學部，又想進研究所。在附中實習一年，就考取師大國文研究所了。碩士論文由楊家駱老師指導。那幾年，跟楊老師學寫論文的，一律取張森楷《史記新校注》中一篇作「疏證」，我分到〈儒林列傳〉。我很想以此篇加上《漢書．儒林傳》為線索，寫《西漢學案》。楊老師沉思良久，答應可以補以《漢書．儒林傳》，不過仍宜以「疏證」形式，使《史記新校注》的「疏證」

9 案：此書於1995年3月1日，由臺北：東大圖書股份有限公司出版發行。

能分篇完成，結集出版。所以「《史記》《漢書》〈儒林傳〉疏證」就成了我的碩士論文。寫成後竟獲嘉新水泥公司文化基金會獎助出版，倒是很出自己意外。一年之後再考上博士班。那時高仲華老師主持所務，看我碩士論文寫的既是西漢儒林，希望我博士論文就寫魏晉經學。這當然也是順理成章的，我由《易》學寫起。可是，遍通五經談何容易呀！後來還是央求高老師讓我只作《易》學部分的研究，而時代由魏晉延至南北朝。高老師欣然同意。所以，我的博士論文是「魏晉南北朝《易》學書考佚」。陸陸續續寫了七年，對《易經》的興趣也逐漸磨了出來。恩師林景伊先生還特別叮嚀我對《周易》思想作後續研究。

學的是《易經》，教的當然也就有《易經》。講稿變成了《周易讀本》，由三民書局印行。三十年了，還是未完成交響曲，實在愧對讀者和三民書局暨東大圖書公司劉董事長振強兄。完成《讀本》幾乎成為我憂患餘生最後的願望了。偶而也有些機緣要我寫些有關《易》學的文章，三十年來也只寫了十來篇。現在選取八篇，加上和李怡嚴教授來往的幾封信，就是這本《周易縱橫談》了。

第一篇〈《周易》叢談──名義、內容、大義和要籍〉（增訂再版時，又進一步改為「《周易》的名義內容大義和要籍」），原名〈周易縱橫談〉，1978年初應沈謙約稿而寫的。發表於《幼獅月刊》四十七卷二期。為了避免與本書書名雷同，現在題目改了。內文也作了部分修正，主要在談《周易》內容部分。由於帛書本《周易》的出現，我現在對〈十翼〉寫作年代的看法，和以前不同了。

第二篇是〈《周易》數象與義理〉。話說1990年，美國夏威夷大學成中英教授正休假回臺北，在臺大任教。他找上了臺大黃沛榮教授和我三人，與《國文天地》月刊社合作，共同設立了一個短期的講習班，來推廣《易》學教育。課程是沛榮兄設計的，由我主講「象數與義理」。接到通知趕緊撰寫綱要，準備教材。事後把講稿整理出來，就是這篇〈《周易》數象與義理〉，發表於1992年《師大學報》三十七期。內容大致由太極、兩儀、四象、八卦、六十四卦、三百八十四爻之數，論其所代表的現象，及其在生命哲學中意義之所在。要補充說明的是：《周易・卦爻辭》一部分經周初占筮之官整理，數、象、義理之間的對應關係十分明顯，如〈乾〉之六爻等，可以由數言象，依象說理；可是大部分卦爻辭，只從以往筮辭中挑選編成，對應關係就很稀薄，必欲由義溯象，由象究數，那就泥於象數，不免牽強附會了。這篇論文曾經戴璉璋教授審查，給我一些寶貴意見，特此誌謝。

〈《周易》時觀初探〉受高懷民教授啟發很大。懷民兄和我是臺師大同學。他後來留學希臘，轉攻哲學；我則始終留在師大學國文。1987年11月，第一屆國際孔學會議在臺北召開。懷民兄發表論文：〈《易經》哲學的時空觀〉，大會請我作評論。懷民兄認為《周易》哲學建立在時空思想的基礎上。論文的重點在時空之發生，時空與乾坤的配合，以及時與空的關係，並與西方哲學較論其異同。我在評論時指出：卦爻辭中，「時」字僅一見，「位」字無；〈十翼〉中，有五十九個「時」，八十一個「位」；後世《易》學家之言「時」、「位」，更為繁富邃密。因此建議不妨就卦爻辭、〈十翼〉和後來《易》學家的時位觀，分別析論。會後想想，何不自己嘗試去寫呢？於是寫成這篇〈《周易》時觀初探〉，說明《周易》名稱原含周流變易的時觀；六爻是小規模的周流變易；六十四卦是大規模的周流變易；《周易》對時間的認知過程是：觀天，察時，明時；《周易》論時間的運用是：待時，與時偕行，趣時；並述〈彖傳〉對時間重要性的強調。名為「初探」者，卑之無甚高論，只是初步探討而已！此文後刊載於1989年2月出版的《中國學術年刊》第十期。

有這樣一種意見：《周易》的卦爻辭和〈十翼〉作於不同時代，〈十翼〉的詮釋不必即是卦爻辭的原意。這話相當精采，但非意謂〈十翼〉詮釋全然不同卦爻辭原意。例如說：〈彖傳〉和〈文言傳〉對〈乾．卦辭〉「元亨利貞」的句讀和闡發，雖有「元，亨，利，貞。」「元，亨，利貞。」「元亨；利貞。」「元亨利貞。」諸說；但〈卦辭〉實只有「元亨；利貞。」一解。這種講法，就有再商的必要。在〈《周易》元亨利貞析義〉中，我嘗試參考前人的訓詁和解析，並歸納六十四卦卦爻辭所有言及「元亨利貞」文句，發現〈彖傳〉、〈文言傳〉各種句讀，在卦爻辭中都可找到類似例證。卦爻辭原為占筮之辭，喜用模稜語，本質上就含有多元解析之可能，實在不必固執一義！〈彖傳〉、〈文言傳〉諸說，正是在這種基礎上發展出來的。這篇論文曾在臺北第一屆國際孔學會議上宣讀，承胡自逢教授評論，劉述先教授質疑，十分感謝！全文曾在會議論文集刊出。

〈《周易》與孔子〉是梅新兄主編《中華文化復興月刊》時，約我寫的。發表於該刊九卷四期，時間是1976年4月。原文包括三部分：一、《周易》是一部「叢書」。二、孔子與《周易》的關係。三、《周易》由占筮之書變成儒家經典。由於一、三兩項內容與〈《周易》叢談〉重複，故結集時刪去，僅留第二項於此。此文甚疏略；但是，所說孔子嘗讀《易》，偶講《易》，未著《易》的意見，至今未變。

1989年臺師大國文研究所入學考試，專書《周易》考題中，我出了這樣一個題目：「〈彖傳〉曰『〈乾〉道變化』，宋儒言『理一分殊』，試較論之。」閱卷時見一位考生頗有異議。他說：「理一分殊」只可與「太極」比較，不宜與「〈乾〉道變化」並論。我大受感動，給予高分。後來在「《周易》研究」課堂上提到此事，一位研究生告訴我說：那位考生就是他——張朝南。在〈乾道變化與理一分殊〉一文中，我把問題的緣起，〈乾〉道是什麼，〈乾〉道如何變化，理一分殊概念的提出，朱熹對理一分殊的闡發，太極、〈乾〉元、〈乾〉道與理一分殊的關係，原原本本，詳詳細細，作了說明，算是對張朝南質疑的答覆。此文曾在《孔孟學報》六十二期刊出，時間是1991年9月。

1980年，我應邀去香港浸會學院中文系擔任客座高級講師一年，並為《浸會學院學報》第八卷寫了一篇論文：〈《周易》的文學價值〉。依據《周易》原典，說明其有關文學起源、原則、形式、功能方面的理論，以及主題、技巧方面的特質。並指出其在文學史上的地位。這篇論文寫來有些拘謹，不過卻在韓國產生一些影響。慶北大學中文所李世東正在寫碩士論文「《周易》文學的性格」，特別來信和我討論，後來還親來臺北和我面談。又淑明女子大學張貞海來臺留學，以〈《周易》文學性質之探索〉寫成了她的碩士論文。對我的意見有更多的補充和發揮。

〈《周易》與神話傳說〉是臺大外文系主辦的「第十屆全國比較文學會議」上對游喚〈《周易》一書運用神話與傳說示例〉的講評。在1986年8月《中外文學》十五卷三期刊出。游喚寫碩士論文〈《周易》之文學觀〉曾找我討論過。我沒有在課堂上教過他，但我把他看作學生輩。我的講評針對他的論文逐點討論，其中曾把「王亥喪牛羊于有易」的傳說，和荷馬史詩《伊里亞德》作類比。如果不是作游喚論文的講評人，我大概不會去作這種類比研究。

〈《易》學書簡〉是1978年間和李怡嚴教授來往討論《周易》的書信。李先生曾任新竹清華大學物理研究所所長和教務長。臺灣早年的物理學博士，大多出於李教授門下。丁肇中來臺物色物理實驗助手，李教授是唯一被邀共同主持甄試的學者。沈謙教授當年正主編《幼獅月刊》，曾把這些信件拿去，在該刊四十八卷六期發表。書信討論的重點在：《周易》象數與義理的關係，《易經》與現代科學的關係，《易》學與孔子的關係。結集時重讀李教授來信，益感李教授對《周易》涉獵之廣，理解之深，而行文的委婉謙遜，尤充分展現學者風範。相形之下，於自己當時「虛憍而恃氣」而倍感汗顏。對李教授的意見，我現在比當時已更能接受了。

以上論文，有些扣著《周易》的內容而作橫面剖析，如前面的四篇。有些縱論《周易》與孔子、宋明理學，以及文學的關係，如後面的四篇。書信亦兼談《周易》內容與歷史，書名《周易縱橫談》，大致上還算名實相符罷！

業師楊家駱先生在《世界學典與四庫全書》一書中，以為「經部」是文化根源；記載性的「史部」和思想性的「子部」是文化的主幹；而詩文類的「集部」是文化的枝葉。史部是記憶的產物，以求真為目標，根源是經部的《尚書》和《春秋》；子部是理性的產物，以求善為目標，根源是經部的《周易》和《三禮》；集部是想像的產物，以求美為目標，根源是經部的《詩經》。而依據古文經學派的說法：六經中《周易》八卦起於伏犧，《尚書》首為〈堯典〉，《詩經》中有〈商頌〉，周公制《禮》作《樂》，孔子筆削《春秋》。所以《周易》之作，為時甚早，乃群經之冠冕，根源之根源。三十多年的《易》學研究，是良師指點迷津，追尋著這根源的根源？或者是自己瞎走誤闖，竟辜負此群經之冠冕？想來也只有無奈的一笑。

九　探學術智慧窺文學精靈
——王熙元教授的學術成就[10]

友輩中喜歡讀書的很多；既愛讀書，又能擔負行政工作的，就比較少些；讀書、工作之外，更能熱心參與社會公益活動的，那就少之又少了。熙元兄是這少之又少，值得敬佩的一位。

著作等身集中在儒、佛、文學三方面

熙元兄在臺灣師大，歷任國文系主任兼研究所所長、文學院院長；對母校曾作豐厚的回饋。從學生時代就擔任過師大人文學社社長、中道學社社長。由學生成為老師，更與臺灣各大學中文界朋友共同創辦「古典文學會」，擔任過理事長。對臺灣人文復興、學佛運動、古典文學之倡導，都曾有卓越貢獻。篇幅所限，拙文只說熙元兄讀書成就。

熙元兄愛好讀書，數十年如一日。所以不但以第一名考取臺灣師大國文研究所碩士班，三年之後再以第一名考取博士班；而且著作等身：大致可分「儒學」、「佛學」、「文學」三方面說。

熙元兄的博士論文是「《穀梁‧范注》發微」。由范寧的《集解》以窺《穀梁傳》：由《穀梁傳》而探《春秋經》，目的在了解孔子的「微言大義」。寫此論文前，曾蒐覽經籍注疏及筆記雜著之有關於《穀梁》者，以資參稽；筆錄歷代史乘所記當時《穀梁》師說之傳授、著作之存佚，以資考訂；諸子著述、昔賢文集之涉及《穀梁》，亦並採摘；又旁及晚近學人與域外學者之有關論者；涉獵之廣，用力之深，可見一斑。並先撰《穀梁注述考徵》，以著錄其蒐覽所

---

10 轉載自《湖南文獻》季刊，第96期（24卷4期），1996年10月。案：王熙元教授（1932-1996），湖南湘鄉人，民國二十一年（1932）生於南京，國立臺灣師範大學國文學系、國文研究所畢業，獲國家文學博士。曾任國立臺灣師範大學教授，兼國文系主任、國文研究所所長、文學院院長、韓國國立忠南大學客座教授，並任中國古典文學研究會、中國文字學會、中華民國演說藝術學會理事長。自幼酷愛文學，早年醉心散文寫作，研究生時代，出版第一本散文集《文學心路》。後專心學術研究，著有《歷代詞話敘錄》、《古典文學散論》等書，民國八十年（1991）獲中興文藝獎文藝理論獎。兼擅經學、佛學。著有《論語通釋》、《佛學因緣》等多種。編者於黃老師本文之後，附錄王老師行狀與文章刊載年表，以資懷念，並供參考。

得。此後所撰，如《王守仁》，於陽明學術思想及其對世人的影響，多所闡明。《論語通釋》是把《論語》當作「民族生命的根源」，作通盤詮釋和融會貫通的剖析，參考古今名家注解及論著數十種。《人文智慧──論語精髓》則由認識《論語》說起，並對《論語》的時代背景、語錄性質、研讀方法，作深入理解。然後依據原典，指出《論語》所記：倫理道德的實踐，言行品格的修養，立身處世的原則，為「人文生活的始基」；學習與教育精神，詩書與禮樂文化，政治與經濟策略，為「人文世界的塑建」；孔子自述與日常生活，弟子言行的紀錄，為「人文精神的彰顯」；孔子對古今人物與弟子的評論，時人及弟子對孔子的觀感與歎服，為「人文智慧的圓融」。與《論語通釋》相表裡。以上五書，可見熙元兄在「儒學」方面研究方法、工力與成就。

喜好詩詞及散文，頗能寓情於景，融人生於文學

熙元兄之接觸佛學，是從大二開始的。那時在師大國文系教詩選的，是巴壺天老師。巴老師精研禪學，常以禪宗公案以說唐詩中的比興。熙元兄受巴老師的熏陶，由詩入佛，由禪入佛。恰好那時周宣德老居士在臺灣各大專推動青年學佛運動，在臺大創設「晨曦學社」，在師大創設「中道學社」，又創辦《慧炬》月刊，設置「慧炬獎學金」，鼓勵大專青年學佛。熙元兄是在巴老師的推薦下，認識周老居士，並接受慧炬獎學金，去研讀佛教經論的。這對熙元兄儒學與文學研究，曾起極大的深化作用。

三十多年，熙元兄不斷有佛學文章發表。後來整理出三十篇出版，名《佛學因緣》。內容包括自己對佛學的體悟，文學與佛學的關係，文學中的禪機天趣，為佛學書所寫的序說，對學佛前輩悼念，以及韓國佛寺的遊記。其夫人唐廣蘭女士還特地為書的封面畫了一幅「盛荷」圖。唐女士亦雅好佛學，也許書名《佛學因緣》除了學佛的內因外緣外，還有另一層意思在。

熙元兄自幼就愛好文學。大學時代，經常在《中央副刊》等刊物發表散文。後來選出二十九篇結集出書，名《文學心路》，代表在文學世界裡，心靈曾經走過的一段道路。由於對大自然的酷愛，自然界的一景一物，都是他寄託心情，抒寫感懷的媒介，頗能寓情於景，融人生於文學。書中第一輯十二篇，

大多是這種情質的文字。他在各種文類中，最喜歡的是詩詞和散文，在古代作家中，最欣賞陶淵明的沖淡，王摩詰的清遠，李後主的率真、委婉與沉痛。由詩詞之美的揣摩，他進窺文學的精靈：意識、靈感與想像，愛與美的融會，禪機與天趣。書中第二輯十五篇，大多是這種性質的文字。

到了研究所碩士班，熙元兄以《歷代詞話敘錄》為題，撰寫碩士論文。在唐圭璋《詞話叢編》所輯詞話六十部的基礎上，更蒐得唐君漏輯詞話十七部，共計七十七部。於是依時代為綱，依性質分目，一一敘其梗概，究其宗旨歸趨，以明詞學之淵源流衍。治學必須由目錄入門，這是最踏實的工夫。後來熙元兄又撰《詩詞評析與教學》，以為「詩詞之美美無極」，分〈評論篇〉，收文十二篇；〈賞析篇〉，收文六篇；〈教學篇〉，收文四篇。再撰〈優游詞曲天地〉，收文九篇。詩人、詞人與曲家以感性醞釀出一首首清詩、雅詞與麗曲，構成唐宋元各代的文學風華；熙元兄則融合他的學術思想與文學性靈，帶領讀者知性與感性優游詩詞曲的天地。振葉尋根，沿流詩源，實在是當年寫碩士論文時紮下的根底。

中國古典文學佳山秀水都印下他研究的足跡

《古典文學散論》是熙元兄在一九七六到八六年文學論文集。有關經傳者二篇：〈詩經的憂患意識〉、〈春秋三傳的文學價值〉。《楚辭》研究二篇：〈屈原評傳〉、〈楚辭的時代背景及其形成因素〉。陶詩是熙元兄研究重心之一，此集中收文二篇：〈陶淵明詩的和諧境界〉、〈陶淵明田園詩的風格〉。唐宋詩研究三篇：〈杜甫與禪學之因緣〉、〈王荊公詩的風貌與評價〉。詞學研究二篇：〈詞體興起的因素〉、〈李清照詞的抒情藝術〉。有關小說者二篇：〈孟子中的小說雛形〉、《玉樓夢與中國文化》（註：《玉樓夢》是朝鮮人用漢文寫的小說）。《詩經》、《楚辭》、散文、詩、詞、小說，中國古典文學佳山秀水，都印下熙元兄研究的足跡。

《紅樓鐘聲》是熙元兄最後一本散文集，分為五輯。〈人間情兮〉收文十一篇，是對生活中人與物、國家與自然的抒情性文字：〈世緣遊蹤〉收文八篇，是經歷國內外山川風物，遊屐所至的記述；〈生活哲思〉收文八篇，是日常生活裡感觸興發，具有哲理意味的想法；〈文學美境〉收文七篇，是閱讀文學作品，心靈體會的優美情境；〈歲月屐痕〉收文八篇，是生活點滴的紀錄，奮鬥歷程的回顧。全書在感性的筆調中帶點理性的澄慮，於生活的美感中開發靈性的悟境。在有關文學的六本著作中，我們了解到，熙元兄是研究與創作並重的。

拙著《修辭學》出版後，熙元兄主動寫了一篇評介文字：〈修辭學領域的開拓〉，對我諸多嘉勉。多少年來，我一直想對熙元兄的著作作較全面的探討，但始終未能動筆。今熙元已逝，檢出書架上所贈十多本巨著，一時萬感交集。摘句為介，實欠深入全面：季札解劍，聊誌吾愧而已。

※傅武光〈王熙元先生行狀〉[11]

湖湘多才士，自古而然。屈原〈離騷〉，光昭簡冊；宋玉〈九辯〉，燦若日星。此先秦之皎然者也。洎乎兩宋，濂溪以太極之說，建千年理學之宗傳；南軒承衡麓之風，開三湘性理之學派。近世則曾文正公以厚德載物，誕建事功，兼傳桐城之薪火，彬彬之盛，於斯覩焉。今先生以《春秋》之學，遙接武夷昆仲；以詞曲之美，廣被上庠諸生，可謂後先輝映者矣。其貢獻於邦家者，正日見其盛，乃天不佑斯文，遽招先生歸於帝鄉，何痛如之！同人等既經紀其喪，爰謹述先生生平之大略，用告世之君子焉。

先生籍隸湖南湘鄉，民國二十一年農曆一月二十四日生於南京。時先生之曾祖父課亭公設三元堂國藥號於南京，挈眷居焉故也。先生幼年，便逢國難，以父親從軍之故，常居無定所，小學六年，黌宮三易。或在南京，或在漢口，或在湘西之芷江，轉徙流離，備極辛苦；然亦從獲生活之體驗，養成堅毅不拔之志氣焉。

民國三十八年，神州板蕩，先生隨父母來臺，居屏東之東港，就讀空軍至公中學，既而考上師大附中，遂遷居臺北。閱三年，以第一志願考取師大國文

---

[11] 案：本行狀原以「王故教授熙元先生治喪委員會　謹述」印發弔唁親友師生同仁，而實為臺灣師大國文學系前主任傅武光教授所撰，後刊載於《國文天地雜誌》第137期《典型在夙昔——王熙元先生逝世紀念專輯》，1996年10月，頁5-8。

系，四年之間，沉浸文哲，博涉經史，成績恆為同儕之冠。既卒業，以第一名考取母校國文研究所，因得朝夕從林景伊、高仲華、潘石禪、程旨雲、李漁叔、巴壺天諸大師遊，由是厚植學力，深受諸大師之嘉賞。凡兩易寒暑，撰成《歷代詞話敘錄》，獲頒碩士學位。旋又輕取同所博士班入學考試之榜首，繼續深造。越六年，以五十萬字之《穀梁范注發微》一書獲國家文學博士學位，時民國五十九年七月，先生三十九歲。

此後即展開長期教學與研究之生涯，先獲聘為母校國文系專任教席，繼而先後兼任中國文化學院、中央大學、淡江大學、東海大學中文系暨研究所教授，又曾講學於韓國國立忠南大學。中外學子，莫不聞風嚮慕。

先生性和易而善領導，自為學生，即常任班長之職。及執教師大，曾任國文系主任兼國文研究所所長，又膺選為文學院院長。先生主事，知人至明，處事至公，人人各得其所。雖盤錯複雜之事，往往一言而決，動刀甚微，謋然以解。又長於擘畫，勇於負責，不數年而系所院務，煥然一新，聲譽日著，四方學者無論識與不識，皆謂師大有人焉。

先生感於中國學術文化之優美，而為無知之輩所鄙棄，更為不仁之徒所摧殘，沉痛不已，常以振興學術、發揚中國文化、提昇人文氣質為己任，乃與有識之士共組「中國古典文學研究會」，歷任祕書長及理事長，又組「中國文字學會」，曾任理事長；又曾兼任「演說藝術學會」理事長，皆定期舉辦學術研討會。舉辦之日，群賢畢至，發言盈庭，外國學者亦不遠千里，參與盛會，遂使海嶠一隅，重覩晉宋之風。近年又接辦《國文天地》雜誌社，成立「萬卷樓圖書公司」，並任董事長，於是發揚中國文化、普及文史知識之宿願，由雜誌圖書之出版而獲伸焉；而全國師生與社會之好學者，莫不奉為共學適道之寶笈，而爭讀之。其嘉惠於士林者，實非淺鮮。

先生思辨敏捷，才如江海。自小學時，即善屬文。嘗漫步於漢口之長江邊，目覩江水悠悠，風帆點點，引發無限遐思綺想，遂寫成〈揚子江之戀〉一文，發表於當地之刊物上，是為先生有志於寫作之始，時年十五歲，小學六年級也。爾後中學時，興趣愈高，迭有作品發表於校內外之刊物。而創作較多，並漸為文壇所重，則自大學始。執教以來，寫作愈勤，雖講學異邦，亦不曾中輟。已先後選編其作品為《文學心路》與《紅樓鐘聲》二書出版。

先生慧根素厚，大學時偶接佛典，即有妙悟，當時《慧炬》雜誌社創辦人周宣德居士知之，聘先生為總編輯及社長。先生以為，中國之哲學與文學，皆與佛學密不可分；體悟佛學，於身心修養與學術研究俱有幫助，故平日於佛典涉獵亦多，每有所得，即筆之於簡牘，積四十年，得數十篇，已集為《佛學因緣》一書問世。

先生復不因身兼多職之故，而絲毫鬆懈學術之研究。繼碩士與博士論文之後，又有《穀梁著述考徵》、《王守仁》及《論語通釋》之作，其他單篇論文尚有百餘篇，大抵重心在於《楚辭》、陶詩、唐宋詩詞與元曲；晚近出版之《古典文學散論》、《詩詞評析與教學》及《優遊詞曲天地》，其精華集也。民國八十年，即以《古典文學散論》榮獲第十四屆中興文藝獎。另與友人合編或合著者，有《讀書指導》、《歷代散文選》、《詩府韻粹》、《詞林韻藻》、《曲海韻珠》、《詞曲選注》、《詩詞曲賞析》、《古文觀止續編》等。至於指導學生撰寫碩士及博士論文，亦達五十餘篇，亦云多矣。又先生早年，曾參與《中文大辭典》及《大學字典》之編纂。民國六十五年，應教育部之聘，擔任「重編國語辭典編輯委員會」副總編輯，實際主持編務達五年，編成《重編國語辭典》一書，凡六巨冊，六千餘頁，出版未及三月，行銷三萬部，轟動士林。先生嘗自以為，平生所直接貢獻於國家社會者，以此為大。

先生稟氣素強，喜遊山水，常或偕友朋，或攜妻小，放身於窮鄉僻壤，山巔水湄，送夕陽，迎素月，以為淵明不過也。嗜欲既淺，天機自清；況德有所長，形有所忘，以故先生平昔罕遇疾病，〈大學〉云：「富潤屋，德潤身，心廣體胖。」先生之謂矣。乃前年三月，例行健康檢查，忽發現左肺葉之上方有一不明之影，經診斷為癌症。先生以為尚在初期，當可由中藥治癒，故不採手術一途。經半年之醫治，果然似有轉機。今年以來，因罹患重感冒，始覺體力遽爾轉弱，蓋癌細胞已擴散多時矣。幾經入院治療，終告回天乏術，而與世長辭，時民國八十五年八月二十日，享年六十有五。嗚呼！泰山其頹，梁木其摧，傷哉！慟哉！

先生德配唐夫人廣蘭，中國文化學院中文系畢業，景美國中教師，民國五十八年與先生結褵，恭儉持家，懿德惟馨。育二女，長琴心，畢業於淡江大學大眾傳播系，現任職於美商群峰國際股份有限公司；次琴怡，畢業於國立中央大學法文系，原在法國里昂習語文，今年三月聞父病，束裝返國，與琴心親侍湯藥，親友稱孝焉。

綜觀先生一生，學不厭、教不倦，肫肫其仁，成己成物，所謂「生有聞於當時，死有傳於後世」者，先生足以當之矣。此實邦家之光，非獨湖湘一地之榮也，先生其亦可以含笑於九泉矣。

王熙元先生文章刊載年表

民國三十七年（1948）先生17歲

處女作〈揚子江之戀〉發表於一油印刊物，刊名已不復記憶。時居漢口，小學六年級。

民國四十一年（1952）先生21歲

二月，以鉛字排印的第一篇作品〈海濱的黃昏〉，發表於《學生》半月刊。

七月，〈綠色的童年〉發表於《中學生》半月刊。時就讀臺灣屏東東港空軍至公中學。

民國四十二年（1953）先生22歲

〈愛河之憶〉、〈難忘〉發表於《臺灣童子軍》月刊。

民國四十三年（1954）先生23歲

〈故鄉的春天〉、〈觀音山遊記〉、〈友誼〉、〈山河之戀〉、〈靜〉、〈新年的回憶〉、〈夢的詮釋〉發表於《中國青年》、《附中青年》等刊物。時就讀臺北市臺灣省立師範學院附屬中學。

民國四十四年（1955）先生24歲

〈追求〉、〈海戀〉發表於《自由青年》、《戰鬥文藝》等刊物。

民國四十五年（1956）先生25歲

〈面天山紀遊〉、〈美與人生〉、〈漫談讀書〉、〈詩的境界〉、〈理想與現實〉發表於《幼獅文藝》、《海燕文藝》等刊物。

民國四十六年（1957）先生26歲

〈碧山遊記〉、〈談散文的風格〉發表於《中國一周》、臺灣師大《人文學報》等刊物。時就讀臺灣省立師範大學國文系。

民國四十七年（1958）先生27歲

〈談文藝欣賞〉發表於臺灣師大《師大青年》。

民國四十八年（1959）先生28歲

〈日月潭心影錄〉發表於臺灣師大《崑崙》雜誌。

民國五十一年（1962）先生31歲

「白雲詞」〈一翦梅〉、〈如夢令〉等五闋，先後發表於臺灣師大《人文學報》。時就讀國文研究所碩士班。

民國五十三年（1964）先生33歲

〈合歡山上〉、〈柳營春暖〉、〈空投記〉、〈葡萄成熟時〉、〈石門水庫行〉發表於《中央副刊》。

民國五十四年（1965）先生34歲

〈銀色世界〉、〈鸕鶿潭去來〉、〈再遊鸕鶿潭〉發表於《中央副刊》。

民國五十五年（1966）先生35歲

〈水上時光〉、〈山間一日〉、〈雅與俗〉發表於《中央副刊》。

民國五十七年（1968）先生37歲

〈雲水蒼茫翠湖遊〉、〈細雨濛濛烏來行〉發表於《中央副刊》。

民國五十八年（1969）先生38歲

十一月，散文兼文學評論集《文學心路》，臺北：仙人掌出版社出版，收散文作品十二篇，文學評論十五篇。

民國五十九年（1970）先生39歲

三月，先生業師李漁叔教授隨筆文集《風簾客話》，臺北：大西洋出版社印行。

是年，畢業於臺灣師大國文研究所博士班，獲國家文學博士。

民國六十二年（1973）先生42歲

二月，為李師漁叔《風簾客話》文集所寫跋文，發表於《學粹》雜誌。

五月，《文學心路》改由臺北：大林書店再版。

民國六十五年（1976）先生45歲

〈陶淵明的世界〉發表於《中央副刊》。

九月，與王冬珍等教授合編《歷代散文選》，臺北：南嶽出版社出版。

民國六十八年（1979）先生48歲

為張夢機教授詩集《西鄉詩稿》寫序，臺北：華正書局出版。

為《古典文學》第一集寫序，臺北：臺灣學生書局出版，序文發表於《中央副刊》。

民國七十年（1981）先生50歲

〈月亮與神話〉發表於《臺灣日報副刊》「中秋節專輯──千里共嬋娟」。

十月，民國四十六年（1957）先生37歲時，發表於臺灣師大《人文學報》之〈談散文的風格〉，被選入《耕雲的手》，林錫嘉主編《中國新文學大系》之四：「散文理論與創作」，臺北：金文圖書公司印行。

民國七十一年（1982）先生51歲

自二月至八月，為《聯合副刊・快筆短文》專欄執筆，發表〈尋春〉、〈幾度月圓時〉等小品散文十五篇。

〈懷鄉曲〉發表於《中央日報・晨鐘副刊》。

八月，《文學心路》第三版改名《銀色世界》，臺北：大林書店印行。

民國七十三年（1984）先生53歲

為尤信雄教授詩集《西堂詩稿》寫序，臺北：學海出版社出版。

〈中國的情詩〉發表於《自由青年》。

〈花中的君子〉、〈盛唐的田園詩〉發表於《國語日報》。

民國七十四年（1985）先生54歲

以〈恢萬里而無閡〉為題，為中國古典文學第一屆國際會議撰寫前言，發表於《中央副刊》。

以〈論劍臺北〉為題，為中國古典文學第一屆國際會議撰寫日誌，發表於《文訊》增刊。

以〈通億載而為津〉為題，為中國古典文學第一屆國際會議論文集寫序，發表於《中央副刊》。

八月，《中國古典文學第一屆國際會議論文集》，臺北：臺灣學生書局出版。

〈大地之愛──唐詩中的田園情趣〉發表於《幼獅少年》。

民國七十五年（1986）先生55歲

「談文學欣賞與創作」意見，發表於《幼獅文藝》。

〈荷花世界〉發表於《痕與恆》。

遊記〈翡翠珊瑚〉發表於《聯合副刊》。

五月，民國四十六年（1957）先生37歲時，發表於臺灣師大《人文學報》之〈談散文的風格〉，又被選入《青年文藝創作論叢》第三集：「散文創作與欣賞」專輯，中華文化復興運動推行委員會（簡稱文復會）臺北市分會文藝研究促進委員會出版。

民國七十六年（1987）先生56歲

〈和然後利〉、〈國破山河在〉發表於《中央副刊》。

〈形相美與質性美的融合〉發表於《中華日報》，從中國人的審美觀談選美。

八月，受聘兼任國立臺灣師範大學國文學系主任、國文研究所所長。

民國七十七年（1988）先生57歲

〈文學中的境界〉、〈陶謝異趣〉發表於《中央日報．長河副刊》。

為《中央副刊．我們走過的路》專欄執筆，發表〈從苦難飄泊中來〉。

民國七十八年（1989）先生58歲

二月，中央日報出版梅新主編之《我們走過的路》專書。

為地球出版社《唐詩欣賞》、革新版《唐詩三百首》寫序。

民國七十九年（1990）先生59歲

〈養鳥記〉收於李瑞騰主編之《人間情分》散文集，臺北：漢光文化公司出版。

〈將軍與僕人〉發表於《國文天地》。

為先師巴壺天教授遺著《唐宋詩詞選》寫序，臺北：東大圖書公司出版。

十月，當選為國立臺灣師範大學文學院院長。

民國八十年（1991）先生60歲

為臺北：地球出版社《唐詩精選百首》、《唐宋詞精選百首》寫序。

獲臺灣省文藝作家協會「中興文藝獎」之文學理論獎，三月二十八日在臺中文化中心受獎，並代表受獎人在典禮中致謝詞。

民國八十一年（1992）先生61歲

為《中央副刊・繁華猶記來時路》專欄執筆，發表〈艱辛歲月與書生生涯〉一文。五月，中央日報出版梅新主編之《繁華猶記來時路》專書。

民國八十二年（1993）先生62歲

為《普門》雜誌「一句偈」專欄執筆，發表短文〈水滴石穿〉。六月，高雄：佛光出版社出版永芸主編之《一句偈》專書。

民國八十三年（1994）先生63歲

為《中央日報・長河副刊》「拿到博士的那一天」專欄執筆，發表〈平心走過獨木橋〉。

為臺北：百川書局《古文觀止續編》選文寫序，序文以〈孕育未來的文學種子〉為題，發表於《中央日報・長河副刊》。

為臺北：漢光文化公司「博士說故事」專集撰寫〈人生好比登山峰〉一文。十一月，出版《我們就是這樣長大的》專書。

為《中央日報・長河副刊》「學者觀點」專欄執筆，發表〈馬鶴情緣〉，實為抒寫感懷的散文作品。

十　繆天華教授傳略[12]

本系資深教授繆天華先生，因心臟衰竭，不幸於中華民國八十七年二月八日中午十二點十分病逝於臺北市中心診所。

繆教授生於中華民國二年一月二十五日。上海中國公學大學部中國文學系畢業。受業於馬君武、施蟄存、李青崖、沈從文、郁達夫、趙景深等大師門下。畢業後曾在浙江省立溫州師範、國立第十三中學、國立福建音樂專科學校任教。中華民國三十四年來臺，擔任臺灣省編譯館編審，三十六年八月開始，在本校國文系任教，講授詩歌、《楚辭》等課程。七十二年退休，仍兼課至今。前後達五十二年之久。繆教授青年時代即開始在林語堂主編的《人間世》發表抒情小品，嗣後寫作不輟。或寫人記事，妙語名言，逼真風趣；或抒發感懷，文采清麗，意在言外；或記述所遊，亦別具風格，引人入勝。梁實秋先生嘗以「親切有趣，不墮俗套」讚之。已出版學術著作有《離騷九歌九章淺釋》（臺北：東大圖書公司）；又小品散文集有：《寒花墜露》（臺北：天人出版社）、《雨窗下的書》（臺北：天人出版社）、《湍流偶拾》（臺北：東大圖書公司）、《桑樹下》（臺北：三民書局）。

綜觀繆老師一生，無論待人、處事、治學、教學、為家、為國，均秉儒者忠孝仁恕之道，奮進不懈，堪為當代之楷模。他的溘然長逝實令全系師生共同惋惜，追思不輟。

---

[12] 案：繆天華（1913-1998）教授，筆名木孤、心餘，創作文類包括論述、散文，由創作之中，把古人的詩文融鑄在自己的小品文裡。又從生活體驗取材，言之有物；不論追憶舊事、勾勒生活、感憂時事，皆能化憂思苦情為清麗的詞句，筆觸含蓄。老師曾以「開卷有益，掩卷有味」稱美其小品。中華民國八十七年戊寅（1998），老師時年六十七歲；二月八日，臺灣師大國文系退休教授、浙江瑞安繆天華（1913.1.25-1998.2.8）教授逝世，老師為撰傳略以弔之。

十一　《與君細論文》自序[13]

也並不是全然因為怯於說不，這本文集中部分文章，純粹由於自發自動，不吐不快；而且怯於說不也沒有什麼不好，本書之所以能呈現在讀者諸君面前，不正是最好的說明嗎？

許多文章，是應報刊、社團之請，擔任文藝獎的評審而寫的。

應《聯合報》之邀，擔任年度文藝獎的評審，我當然不會說不。1984年8月8日，我的女兒小得還不知道爸爸節，所以我也就無牽無掛地拎著字數約有五十萬複審入圍的小說原稿，以及幾十張寫著自己對各篇小說意見的字條，到《聯合報》社參加第九屆小說獎評審會去了。記得那天，姚一葦和高陽兩位先生最欣賞《慈悲的滋味》；齊邦媛教授讚美《椿哥》清新，是「一個愚昧社會的縮影」；鄭清文先生一心一意為《石定仔的話母與蕭桐秋的姿勢》叫好；楊念慈先生支持《水軍海峽》；朱炎教授特別推薦《歲月行》；我個人認為《椿哥》和《水軍海峽》都是上上之選。《聯副》用「硝煙漫天」形容那次評審者的大辯論。〈論平路《椿哥》的時代反映與民族關懷〉、〈論許台英《水軍海峽》的危機意識〉就是事後根據自己發言字條，整理補充而成。

有機會擔任「全國學生文學獎」的評審，這是榮譽。主辦者是《中央日報》社和《明道文藝》社，並得到國家文藝基金會的贊助。稿件以來自臺灣的居多，星、馬、港、澳、大陸也有學生參加。1992、93兩年，我應邀擔任評審，並為大專小說組寫總評：〈笑看千堆雪〉、〈魚與海草〉便是。看稿、提意見、大辯論、作總評，都是很花時間的，所以到94年，不想說不，還是說了。

1991年1月11日，國家文藝基金會和《中央日報》社合辦「現代文學討論會」，共同賞評彭歌的小說：《從香檳來的》、《落月》、《微塵》。事前邀請旅美小說家潘人木撰寫論文討論《落月》和《微塵》，指定我討論《從香檳來的》。〈信念與事實之間——漫談彭歌《從香檳來的》的主題、情節和人物〉就是這樣寫出來的。那年，我正在漢城韓國外語大學擔任客座教授，記得來回機票還

---

[13] 案：老師此序於1999年2月1日，撰於臺北見南山居。而此書於1999年3月1日，由臺北：東大圖書股份有限公司出版發行。

是大會付的錢。說不？高興都來不及呢！

《中央日報》社還舉辦過其他文學獎。1988年第一屆文學獎，我擔任散文組評審。〈在曠野有人聲呼喚〉，就是對得獎作品第二名（第一名從缺）劉還月〈闇瘂鶴鳴〉的評審意見。1991年第四屆文學獎，我再度擔任探親文學組的評審。〈心清平野闊〉，就是對第一名得獎作品馮克芸〈朔北之野〉的評審意見。

當然，報刊約評也並非一定為了文藝獎。例如：《聯合文學》創刊就有「責任書評」一欄，我評《凌叔華小說集》、朱西寧《熊》、王幼華《兩鎮演談》、梁實秋譯《阿伯拉與哀綠綺思的情書》、鄭樹森編《現象學與文學批評》、王鼎鈞《作文七巧》、傅錫壬《牛李黨爭與唐代文學》、黃永武《字句鍛鍊法》，連書都是《聯文》寄來，限期趕出的。此外，評白先勇的《驀然回首》是應《書評書目》之邀；評王安倫〈我的轉捩點〉是應《幼獅文藝》之邀；評〈柳媄〉、〈唐宋八大家古文修辭偶疏舉要〉是應《中副》和《長河》之邀；評〈拆牆〉是應《聯副》之邀。

會評陳若曦的短篇小說〈城裡城外〉，是令人興奮的機緣。1980年元月，陳若曦已從大陸到了美國，首度返臺，蔣經國總統約見了她。那時她的短篇小說集《尹縣長》風行海內外，擁有廣大的閱讀人口。各報爭相訪問她，《聯副》也特別邀請了朱西寧、李昂、張蘭熙、張曉風、侯健和我共同會評她的〈城裡城外〉。本書所收〈由《圍城》說起〉，事實上是我交給《聯副》的文字稿。陳若曦近年定居臺北，算是一位不常見面的好朋友了。

〈思凡爭議的省思〉是另一類座談會記錄。《國文天地》二十三期一篇〈傳燈續火不寒食——說「火」〉，提到〈思凡〉劇中的唱詞，引起佛教界的抗議。於是《國文天地》社就邀請了魏子雲、李殿魁、呂凱、黃盛雄、劉復雯、楊惠南和我舉行座談會，時間是1989年2月。本書所收之文，除了我個人發言記錄外，還引用了一些其他與會諸君的高見，文中已一一指明。

學術會議已成為一種時尚，而且動輒冠以「國際」字樣，你不能叫它為國際流行什麼的，因為多少有一些知識交流的正面價值。既然作如此評斷，也就不必提免俗或不免俗等等了。〈《西遊記》的象徵世界〉，於1993年在「紀念林景伊師逝世十週年學術討論會」上發表，是舊文的修正稿，主要是依據張靜二博士對沙和尚的意見作了些補充，藉此向恩師表示學生仍在不斷求進步中。〈致廣大而盡精微——我對明代朝鮮栗谷學的認識〉則發表於1996年「明代經學國際研討會」。〈經學與哲學之間〉是1987年「國際孔學會議」上對高懷民的〈《易經》哲學的時空觀〉所作評論。〈也論圖象批評〉是1992年在「東方美學與現代美術研討會」上對黃永武〈圖象批評的美感〉所作講評。〈我對臺灣鄉土文學的認識〉是1992年在「臺灣的社會與文學討論會」上對李豐楙〈臺灣鄉土小說中的社會變遷意識〉的講評。

師長出書要你寫讀後，這是厚愛；朋友出書要你寫評介，這是友誼；學生出書要你寫序，這是尊崇；而報刊要你寫序作跋，更是一種榮耀：說不？似乎不近人情。〈有益與有味〉原來副題是〈繆天華先生《耳聞眼見散記》讀後〉，繆老師散文集《桑樹下》在三民書局出版時，把我的〈讀後〉擱在書的前面，當作「代序」，真使我既驚且感。繆師已作古，但他數十年來對我的教誨和關愛卻永銘心頭。魏子雲先生長我十多歲，一度專攻金學。我尊他如師；他視我為友。《金瓶梅審探》在商務印書館出版，指定我寫序，〈作品與作者考證〉就這樣寫成。〈浮雲出岫豈無心〉、〈飄然思不群〉是對黃永武散文的評介；〈豈僅是神話與愛情〉是對沈謙《神話．愛情．詩》的評介。1975年，我的《修辭學》在三民書局出版，永武兄興沖沖主動推薦我申請那年的中山文藝理論獎，雖然結果並未入選，但盛情可感；沈謙弟更在《書評書目》上寫了一篇題為〈為漢語修辭奠一新基〉的評介，頗多讚美之詞，亦有求全責備之語。所以對永武、沈謙著作的評介，我多少帶有投桃報李之意。〈惠仔，你去哪裡？〉是應學生李惠銘之請，為他《逝去的街景》寫的序。惠銘很有些才氣，但我很久沒讀到他的作品了，十分惦念著。至於〈管領風騷〉，是為《聯副三十年文學大系．評論卷．中國古典文學論》作的序；〈中國古典文學中的極短篇〉也是應聯副之邀寫的，後來《極短篇》第一集成書出版，被作為「附錄」。

在臺北市耕莘文教院觀賞馬森的荒謬劇《腳色》回家，第二天醒來，思潮澎湃，於是提筆疾書觀感。湊巧那天香港中文大學中文系常宗豪主任來到臺北，撥了電話給我。我說正忙著寫稿，把約會推遲了一天。宗豪兄後來問我寫什麼？直說：這種急著要寫的，寫出定是好文章，倒使我有些腼然。那篇觀感就是〈探荒〉，題目在文章寫出後才加上去，時在1984年1月。

1994年3月王關仕《山水塵緣》出版的時候，正值我心情最壞的時候。面對著天地的無情與無常，《山水塵緣》便成了我安心立命的夢境。一次又一次翻著讀著，隨手寫下一些感想。當這些點點滴滴的感想匯成一篇文章，已是好幾個月之後的事了。事後關仕看到了，頗驚異於我閱讀的「仔細」。在我，這到底是對天地的一種哀矜？或一種抗議？甚至是一種救贖？讓蒼生的歸於蒼生，讓上帝的歸於上帝罷。

徐志摩詩〈再別康橋〉析評，是1979年寫的，原刊於《明道文藝》，黃維樑兄拿去在香港《公教報．文學副刊》轉載過。我在香港中文大學中文系任教時在課堂上講過，在臺灣師大課堂上也多次講過這篇析評文章。

在臺灣師大國文所「中國文學理論研討」課程中，我指定以劉若愚《中國文學理論》為主要參考書。多年研討下來，自然有些心得，也有些意見。1997年開始寫〈七寶樓臺的架構與拆卸〉，對劉著作出析評。原以二萬字為目標，沒想到一年多寫下來，竟有七萬多字，而意猶未盡。學報字數原有限制，投稿時只好析為兩篇：一篇是內容析議，一篇是架構、方法析議。我寫此析議，原抱著極虔敬的心情，向作者請益，與讀者商榷；寫到後來，卻近乎挑剔。尤其劉若愚先生已作古，更增加內心的不安。很想用《孟子》「我非堯舜之道，不敢以陳於王前，故齊人莫如我敬王也」的話自我辯解；但自己既非孟軻，所言也非堯舜之道，總覺引喻未洽。

忽然想起朱光潛和余光中兩位先生一段精彩的對話。時間是1983年3月21日，地點在香港中文大學新亞書院雲起軒。那晚餐會由金耀基院長邀集，朱先生席間主談〈雄壯與秀美〉。余先生問朱先生：有這麼多有關文藝美學方面的譯著，為什麼卻不見實際批評？朱先生答：老虎的鬍子摸不得！余先生緊接一句：如果你是獅子呢？當時黃維樑坐在我旁邊，兩人不期而相顧一笑。這些年來，自己作了不少實際批評的工作，這不是摸老虎鬍子嗎？何況自己在《周易》和文學理論上的研究規劃已一延再延，而不能再延了。因此在本書結集之時，我特地說一句：再也不摸老虎鬍子了！心情竟突然間輕鬆起來。

附錄〈蘇軾〈記承天寺夜遊〉賞析座談會記錄〉是張澄仁整理成文的。謝謝澄仁，也謝謝參與座談的全體同學！

黃慶萱　於臺北見南山居，一九九九年二月一日

十二　傅榮賢教授《中國古代圖書分類學研究》序[14]

1997年7月中旬，我應邀出席在北京舉行的「第三屆海峽兩岸《周易》學術研討會」，有幸認識到大陸許多研究《周易》的同道們。而最令我興奮的是認識了大陸年輕一輩的學人，如傅榮賢君。記得會議中傅君宣讀的是〈《易》學研究本體特徵論〉，認為《周易》象數學以承認六十四卦爻象和六十四卦爻辭的絕對統一性為前提，力求使每個符號都已明白無誤的清晰方式界定出它們的意義，由此把我們引入一個客觀的真實世界：《周易》義理學不把《周易》符號視為現成、既定、外在的實在的模仿，而是要超乎事實，重構起一個自足的世界。君子從中洞察出隨變而適的認識價值，從而最終獲得對實在的價值把握，恢復人的主體地位。結論則指出正確的《易》學研究應該致力於象數學和義理學的統一。傅君這種直探《易》學本體的研究心得，在我心坎產生強烈的震撼。我個人近年對於卡西勒（Ernst Cassirer, 1874-1945）在《人論》（*An Essay on Man*, 1944）中把「人」定義為「符號的動物」，進而體認人類運用符號創造各種不同文化的現象，並尋求「理想世界」，以及博藍尼（Michael Polanyi, 1891-1976）、浦洛施（Harry Prosch）在《意義》（*Meaning*, 1974）中盼望由科學建立的意義，和由人文學建立的意義，如何邁向存在的和諧，為生命意義的恢復指引出一條可行的道路：心常戚戚焉。六十四卦爻之象，不正是一種符號，溯源於數據，落實於現象：六十四卦爻之辭，不正體現著人類各種不同的文化活動，並在變易的世界中尋求其不易的真理嗎？傅君《易》學本體的研究，正好補強了我對存在和諧及理想世界之追求的信心。傅君宣讀完論文到台

[14] 詳參傅榮賢：《中國古代圖書分類學研究》（臺北：臺灣學生書局，1999年8月初版），老師〈序〉，頁1-6， 1999年4月15日撰寫於臺北「見南山居」。

下，我趨前向他致意，表達自己的激賞。

今年（1999）3月間，忽然收到傅君來函，並附來《中國古代圖書分類學研究》目錄和提綱，說是將由臺北學生書局出版，祈盼我寫一篇序。

記得1965年前後，我跟楊家駱教授學目錄學。楊師在所著《四庫全書通論》（1946）第二章論及《四庫全書》的知識體系，曾說中國圖書四分法從其基本理論來說，可構成如下圖：

根	幹	枝
文化根源——經部 有如中世紀歐洲文化，以《新舊約全書》為其根源，而看成特別尊崇的書一樣。	記載性的——史部 亞里斯多德、培根根據人類記憶、理性、想像三種心能，分學問為歷史、哲學、詩文三大類。狄岱麓《學典》的第一冊據此畫成一張「人類知識系統圖」。四分法的史部，恰當其歷史類。 思想性的——子部 恰當於上述三大類的哲學類。	文學——集部 恰當於左述三大類的詩文類。

並強調書籍分類的意義，是將所有的書籍，使其在知識整體中得一比較固定的位置，以表示出每一書在知識整體中所盡的職責。

楊師這種圖書分類的意見，對我日後治學教書也有一些影響。記得我在臺灣師範大學和香港中文大學講授「讀書指導」課程時，便依照楊師四部分類的理論，並參考英哲斯賓塞（Herbert Spencer, 1820-1903）中的進化論：事物的開始，常是簡單、渾沌、不確定、不連貫的，而後複雜的從簡單的引導出來，輪廓鮮明的從渾沌的引導出來，逐漸具有確定性與連貫性。我把四部中的「史」、「子」、「集」以及其所屬各目視為複雜的、輪廓鮮明的、具確定性與連貫性的知識系統，而追溯其簡單、渾沌的原始形態：那就是「經」。而我講授《周易》，也曾作類此的表示：在中國圖書經、史、子、集四分法中，史部根源是經部的《尚書》和《春秋》，是記憶活動的記錄，以求真為重點；子部根源於經部的《周易》、《周禮》、《儀禮》、《禮記》，是理智活動的成果，以求善為重點；集部根源於經部的《詩經》、《樂經》，是感情活動的產物，以求美為重點。而且進一步指出《周易》卦爻辭中記載的如：「鳥焚其巢，旅人先笑後號咷，喪牛於易，凶。」說的是殷先祖王亥在「有易」這個地方作買賣，而喪失牛羊的事。「高宗伐鬼方，三年克之，小人勿用。」說的是殷祖武丁征討犬戎的事。此外，如：「帝乙歸妹，以祉元吉。」「箕子之明夷，利貞。」「拘係之，乃從維之，王用亨於西山。」「康侯用錫馬蕃庶，晝夜三接。」說的是商周之際的史實，可以視為《尚書》、《春秋》記事的濫觴。又如：「匪我求童蒙，童蒙求我。」「訟：有孚，窒惕。中吉，終凶。」「師出以律，否臧凶。」「視履考祥，其旋元吉。」「咸：亨，利貞。取女吉。」「家人嗃嗃，悔厲吉；婦子嘻嘻，終吝。」等，點出了教育、司法、軍事、禮儀、人倫等的原則，可以視為三「禮」的根源。至如「明夷于飛，垂其翼；君子于行，三日不食。」「鳴鶴在陰，其子和之；吾有好爵，吾與爾靡之。」更已有《詩經》如歌的節奏了。為之《詩》、《樂》之祖，孰曰不宜？所以，《易經》可說是經典中的經典，根源裏的根源，於是肯定了它在中國文化史上的原始性的地位。這樣講「四部」，講《易經》，仍然是楊師意見的引申，仍然有斯賓塞的影子。《第一原理》原就說過：「最下級的知識就是不統一的知識：科學是部分統一的知識，哲學則是完全統一的知識。」我的意識中，圖書分類應該提升到哲學的層次，成為完全統一的知識；而《周易》在這完全統一的知識中應該有一個原始的、有恆的地位。

回頭再來說傅君《中國古代圖書分類學研究》。在〈緒論〉，傅君開宗明義，就指出：圖書分類過程本身參與著文獻意義的建構。文獻主題的確立及其排序組織，直接反映了深層的文化結構和觀念結構，有助於人們從反思的角度重新認識傳統文化，進而重估其價值。傅君這種論述，就有意把圖書分類、文獻意義的建構、傳統文化和觀念結構，三者合而為一，不僅傳統文化價值因此得以重估，而人類主體生命的意義，亦將因此而挺立。接著在〈制約中國古代圖書分類學的因素〉中，傅君認為中國古代圖書分類取決於文獻在內涵上的事理關係，以及分類行為主體的主觀心理現實之上之可能形成的分組。凝聚著創造和使用該系統的漢民族的思想認識、歷史文化和民族情感。這又和我所受楊師教誨，因而以求真的記憶活動、求善的理智活動、求美的情感活動，以說明中國古籍的史部、子部、集部：多所交集。傅君接著陳述〈中國古代圖書分類學的基本特徵〉有三：以文獻主題概念為類名的標識符號；以線性次序為基礎的結構模式；分類標準兼顧理性的文獻現實意義及社會功能上的特徵，和感性的對現實世界時空結構的臨摹和投影。傅書的苦心孤詣，大大提高了閱讀主體對文獻整序行為背後的理性取向和價值選擇之深層了解。於是傅君努力作〈中國古代圖書分類學的文化學透視〉，以為古代圖書分類與傳統文化是相通的。他一方面從傳統文化的價值觀、主體性等方面討論古代圖書分類，揭示其本質上是漢民族價值理想和天人合一、物我相諧之世界觀規約下的產物，是以儒家倫理觀念為基本取向的；另一方面也從古代圖書分類看傳統文化，說明作為傳統文化認知模式的古籍分類，可以提供對傳統文化全面而準確理解的嶄新視角，洞察隱伏在不同分類體系底下的不同觀念體系。最後在〈中國古代圖書分類學的現代價值〉中，傅君指出：文獻作為文化的載體，不應局限於理性邏輯，更多的是一種心理意義上的存在，尊重文化的行為主體——現實的人，人類心靈中的情感、欲望與希冀，以求彌補現代圖書分類學立足於理性邏輯之不足。並認為中國古代圖書分類具有一種真正哲學眼光的審慎，以能動的方式建構，成為一種浸潤到所有閱讀主體心靈的一切活動中的力量，從而使人由這個統一的情意交流得背景中，學習應如何來看待自己、他人和世界，推知整個世界和人生的意義。就這樣，傅君說明了中國古代圖書分類學的哲學收益。使我大有吾道不孤的感受。

我這樣介紹傅君中國古代圖書研究的理論脈絡，有些讀者可能會覺得太重理論，是否有偏離實際之虞？那麼我請讀者諸君注意一個事實：傅君現任江蘇鹽城師專圖書館館員。所以傅君非但能從認知主體的認識能力、特定歷史積澱因素、現實的社會結構和意識形式，三方面去探討古籍分類學的相應性類型、結構和形式；而且也擁有環境客體的便利，能從古籍一切形式和內容的總和出發，按照古籍分類的事實，而非按照預設的某種模式從事研究。在〈緒論〉中，傅君提出了五種具體的研究方法：描寫研究和解釋研究相結合；形式研究和意義研究相結合；封閉研究和開放研究相結合；微觀研究和宏觀研究相結合；考據研究和義理研究相結合。可以理解傅君這種由物理世界秩序上升到依目的和理想的建構秩序之反思所獲致的理論建構，雖是「高屋建瓴」，但絕非「空中樓閣」。在其中，我再度看到存在的和諧、知識的統一、世界的希望和生命的意義。

黃慶萱　1999年4月15日於臺北見南山居

十三　面對生命真相
──我從《西遊記》領悟到的智慧[15]

（一）前言

1. 從心得分享說起。2. 我的學生時代。3. 我的教育生涯。4. 與華梵師生分享閱讀《西遊記》的心得。

（二）《西遊記》的故事結構

1. 孫悟空的出生與受難：一至七回。2. 唐僧的出生與取經的因緣：八至十二回。3. 西遊取經的歷程：十三至一百回。

（三）《西遊記》所顯示的人生追尋的目標與歷程

1　追尋的目標

甲、心靈的安頓：追尋「心靈的安頓」屬小乘境界，不遠。「此山叫做靈臺方寸山。山中有座斜月三星洞。那洞中有一個神仙，稱名須菩提祖師……。佛及心兮心即佛。只要你見性志誠，念念回首處，即是靈山。佛在靈山莫遠

---

[15] 案：中華民國九十二年癸未（2003），老師時年七十二歲；十月二十五日（星期六），應邀於臺北石碇：華梵大學中國文學系「第二屆生命實踐論文研討會」，專題演講，心得分享於與會學者師生，敬錄「演講綱要」提供參考存識。

求，靈山只在汝心頭。人人有個靈山塔，好向靈山塔下修。心生，種種魔生；心滅，種種魔滅。師父休要胡思亂想，只要定性存神，自然無事。」

乙、人類的福祉：追尋「人類的福祉」屬大乘境界。「我今有三藏真經，可以勸人為善。……乃是修真之經，正善之門。我待要送上東土，叵耐那方眾生愚蠢，毀謗真言，不識我法門法門之旨要，怠慢了瑜珈之正宗。怎麼得一個有法力的，去東土尋一個善信，教他若歷千山，遠經萬水，到我處求取真經，永傳東土，勸化眾生，卻乃是個山大的福緣，海深的喜慶。」

2　追尋的歷程

甲、分離。

乙、歷難：△內在人性的因素；△外在環境的因素。

丙、回歸：唐僧被封為「旃檀功德佛」，孫悟空被封為「鬥戰勝佛」，豬八戒被封為「淨壇使者」，沙和尚被封為「金身羅漢」，白馬也封為「八不天龍」。

（四）《西遊記》所透露的生命真相

1　歷史上的玄奘

《西遊記》中的主角，本來應該是唐僧玄奘。《舊唐書》卷一百九十一，《大藏經神僧傳》卷六，都有關於他的記載。唐沙門慧立寫的《慈恩三藏法師傳》，寫玄奘事蹟最詳細，是我國傳記中的一部巨著。梁啟超的〈一千五百年前之留學生〉，則有較簡明的敘述。現在依據上述材料，先綜述歷史上玄奘取經的經過。

2　小說中的人物

個人認為，無論唐僧也好，孫悟空也好，沙和尚也好，都是玄奘的化身。紅心、白心、黃心、慳貪心、利名心、嫉妒心、計較心、好勝心、望高心、侮慢心、殺害心、狠毒心、恐怖心、謹慎心、邪妄心、無名隱暗之心、種種不善之心。可以看作人心複雜，以及孫悟空就是唐僧的一個暗示。佛洛伊特把心靈區分為三：原我、自我、超我。原我受慾望支配；自我受理性支配；超我受道德和宗教情愫的支配。在《西遊記》中，唐僧代表玄奘超我的一面；孫悟空和沙和尚代表玄奘自我的一面，豬八戒以及鬼怪妖魔們代表玄奘原我的一面。

甲、超我：△唐僧──歷史上的玄奘那種豪邁大膽永不向環境低頭的性格，在《西遊記》裡的唐僧身上，已不能發現了。唐僧所保留的，只是對財色誘惑的堅決抗拒，不忍殺生的仁慈之心，對種種磨難的逆來順受；同時也表現出懦怯、妄信的性格。他給讀者的印象，可能是一板正經，沒有半點幽默感可言。三藏道：「既是他吃了，無如何前進？可憐呵！這千山萬水，怎生走得？」說著話，淚如雨落。行者見他哭將起來，他那裡忍得住暴躁，發聲喊道；「師父莫要這等膿包行麼！」這裡必須指出：「超我」的功能具有正負兩面。一方面「善」的；另一方面就是「過」了。所以八十回女懸於樹，唐僧要行者去解救，行者會說：「師父要善將起來，就沒醫藥。」

乙、自我：△孫悟空──假如說唐僧相當於《舊約聖經》裡的「約伯」；那麼孫悟空就相當於希臘神話裡的「普羅米修斯」，一個敢於向丘比特或玉帝挑戰的人。他的神通和幽默，更使這個尖嘴猴腮的天地精靈，成為雅俗共賞、老少咸宜的卡通英雄！△沙和尚──前面說過孫悟空和沙悟淨代表玄奘「自我」的一面，但二人作風卻迥然不同。孫悟空樂觀奮鬥，敢作敢為；沙悟淨卻柔順細心，在師徒四人中具有調和凝聚的功能。陳士斌《西遊記真詮》曾說：水、金、木、火，無此不能和合，其功莫尚，故又名沙和尚。

丙、原我：△豬八戒──要說豬八戒也是玄奘的化身，怕大部分的讀者一開始很難接受。因此，我先從《西遊記》的演化中舉一證據。在《大唐三藏取經詩話》第十一章：行者道：「我八百歲時到此中偷桃喫了，至今二萬七千歲不曾來也。」法師曰：「願今日蟠桃結實，可偷三五個喫。」猴行者曰：「我因八百歲時，偷喫十顆，被王母捉下，左肋判三千鐵棒，配在花果山紫雲洞，至今肋下尚痛。我今定是不敢偷喫也。」可見想偷蟠桃吃的是唐僧。到了《西遊記》第二十四回：八戒正在廚房裡做飯，先前聽見說：取金桔子，拿丹盤，他已在心；又聽見他說，唐僧不認得是人參果，即拿在房裡自喫，口裡忍不住流涎道：「怎得一個兒嘗新！」想偷人蔘果喫的變成是豬八戒了。這不是豬八戒是唐僧另一化身的證據嗎？作為一個肉身凡僧，餓了想吃，冷了想穿，有時也不免憐香惜玉，這是很自然的事。當玄奘「口腹乾燋」時，他難道不想吃？當玄奘「如沐寒水」時，他難道不要穿？甚至當他下馬陪妖魔變的美女步行，病中念念「女菩薩」有沒有送飯給她，潛意識中真的一無雜念？但是，作為一位「聖僧」，是不可以如此的，這就是終必須創造一個豬八戒的原因。△六賊——一個喚作眼看喜，一個喚作耳聽怒，一個喚作鼻嗅愛，一個喚作舌嘗思，一個喚作意見慾，一個喚作身本憂。老師父，你忘了「無眼耳鼻舌身意」。我等出家之人，眼不視色，耳不聽聲，鼻不嗅香，舌不嘗味，身不知寒暑，意不存妄想——如此謂之褪六賊。你如此為求經，念念在意；怕妖魔，不肯捨身；要齋喫，動舌；喜香甜，觸鼻；聞聲音，驚耳；見事物，凝眸；招來這六賊紛紛，怎生得西天見佛？

3　三個「我」的變化

原我、自我、超我，是每一個人都共同具有的。換句話說，我們有時候發起好心來，就是唐僧；動起慾念來，就是豬八戒。而通常總是樂觀奮鬥，像孫悟空；任勞任怨，像沙和尚。種種變化，權在一念之轉。

甲、菩薩與妖精：第十七回寫觀音菩薩變成了妖精，哄熊羆精吃了孫悟空變成的仙丹，才收服了熊羆精。當觀音菩薩以廣大慈悲，無邊法力，億萬化身，以心會意，變作妖精淩虛仙子，行者看道：「妙呵！妙呵！還是妖精菩薩？還是妖精菩薩？」菩薩笑道：「悟空，菩薩、妖精，總是一念；若論本來，皆屬無有！」這一段很值得讀者三思。

乙、真假孫悟空：第五十八回〈二心攪亂大乾坤〉，敘述「在貶心猿」、「難辨獼猴」，實際上是「自我」分裂的結果。

丙、孫悟空與牛魔王：非但真假行者全是孫悟空的化身；甚至牛魔王也是孫悟空的化身。第六十一回孫悟空不是自己說：「牛王本是心猿變，今番正好會源流！」嗎？樂觀奮鬥得過分了，的確會變成固執的牛脾氣的！

丁、鐵扇公主。

戊、紅孩兒。

（五）結語

總之，《西遊記》是根據歷史上玄奘取經的故事演化而成的神怪小說。作者以豐富的想像，滑稽的文字，嘲弄的超我，呈露著原我，誇大著自我，而歸結於一個人怎麼樣在原我、自我、超我間導致平衡。作者強調：如何克服內在人性的暗潮洶湧和外在環境的危機四伏，以求取心靈的安頓與人類的福祉。而又能將此主題落實於邪魔六賊抗爭的心猿意馬；而置其場景於似幻而真的火燄山、通天河、稀柿衕。對人性、宗教、和當時社會，頗有相當的了解、生動的描述、巧妙的諷刺。且使讀者享受其神怪與機智之餘，卻也觸發面對生命真相的智慧。

十四　故國文系高明教授學述[16]

一、吾師高明先生，初名同甲，入學後，自更名為明，字仲華，一字尊聞。江蘇省高郵縣人，清宣統元年閏二月十六日（西元一九〇九年四月六日）生。父雲軒公諱哲，清秀才，精曆算之學，曾任運河水利專門學校學監，兼授數學。兄孟起名超，南京高等師範學校畢業，精辭章。先生幼承家教，耳濡目染，即有志於學術。四歲入塾，從茅鍾麒先生識方塊字，讀四書。六歲，轉從謝韞山先生習古文辭，讀五經。而雲軒公則自課以算術；謝先生督教甚嚴，先生之國學基礎實奠立於斯。九歲，入高郵縣立第一高級小學校。十三歲，入南京鍾英中學，經父執俞采丞先生之誘導，更自知力學，試必冠儕輩，至卒業為止。俞采丞先生授代數及化學，余介侯先生授幾何、三角、大代數及解析幾何，先生受益最多。中華民國十四年考入國立東南大學，年十七。本擬入數學系，以雲軒公命入中文學系。始從駢文大家李審言先生詳、古文大家姚仲實先生永樸、理學大家王伯沆先生瀣遊，而姚孟塤先生明輝指導先生治《易》。中華民國十六年，學校更名為國立中央大學。先生復從黃季剛先生侃治經學、小

[16] 案：中華民國九十五年丙戌（2006），老師時年七十五歲；六月，撰述此文，刊於《師大校友》第330期，頁33-39。

學，從吳瞿安先生梅治詞、曲，從伯沆先生治詩、古文辭，從汪辟畺（疆）先生國垣治目錄、版本，從胡小石先生光煒治金石、甲骨。是時先生遨遊中國學術之林，眼界益闊，顧以季剛先生之青睞，命立門牆之內，故治經學、小學特勤。黃先生嘗賜以嘉號曰「淮海少年」，蓋用蘇軾贈秦觀「淮海少年天下士」句，欲以「天下士」期之也；又嘗勗之曰：「侃從學於餘杭章君，章君從學於德清俞君，俞君則私淑高郵王氏，溯吾人學統，實出高郵。汝，高郵人也，今既從學於侃，當以光大高郵之學為志，幸毋負於爾之鄉先輩也！」先生悚然受教，益不敢怠於學。並時同硯得入黃先生門下者唯潘先生石禪重規一人，後有殷石臞孟倫亦受黃先生之特知。至若劉伯平賾、駱紹賓鴻凱、孫鷹若世揚、林先生景伊尹皆先先生從遊，而後乃相識者也。中華民國十九年夏，先生畢業於國立中央大學。

二、中華民國十四年，孫中山先生逝世，先生始加入國民黨，從事革命工作，以是嘗為軍閥爪牙所追捕，脫身走上海租界，旋潛回故鄉，發展黨務。北伐成功，先生乃復學。十九年大學畢業後，初任教於江蘇省立松江中學。翌年春，赴東北任教，遂遘九一八瀋陽之變。先生至是乃識國防問題之迫切，發憤研究，讀蔣百里方震之《國防論》，次則遍讀中外兵學書，如《孫子》、《吳子》以至克勞塞維茨之《戰爭原理》等，靡不探究。融會有得，則刊布於報章雜誌，以期喚起國人之注意。不圖竟以此受知於江蘇省政府主席陳果夫、保安處長項致莊，遽任為保安處主任秘書，時年二十六。當研究國防問題之時，漸知國防不以軍事為限，遂更博涉政治、經濟、文化、社會、心理、哲學諸書，於文藝理論之書更多所涉獵：所知乃益廣。

中華民國二十六年，日軍進攻上海，旋南京亦陷落。先生安置眷屬於故里，獨北上徐州，轉至鄭州，又南下至武漢，僦居甫定，度三十生日，即往漢口太平洋飯店謁陳果夫先生。果夫先生告以中央決定建西康省，新成立省黨部，命先生前往工作。先生既奉命入康建立省黨部，而為其書記長；又奉命創辦西康《國民日報》，而為其社長：日夕在公，黽勉努力。並發憤讀佛學書，兼習藏文。而儒自還其為儒，道自還其為道，佛自還其為佛，未曾求所謂融會貫通也。

中華民國二十八年底，奉調至中央訓練團黨政幹部訓練班第五期受訓。二十九年六月，時武漢大學遷樂山，先生至樂山為友人程千帆會昌代課，並至烏尤寺復性書院聽馬一浮先生講理學。旋應果夫先生之召，至重慶小溫泉中央政治學校任秘書。一年後，張道藩先生繼果夫先生任政校教育長，以先生兼通新舊文學，聘授國文。自是以後，先生遂專任教職，復致力於學術。中華民國三十三年，劉季洪先生出任西北大學校長，延先生任教，旋兼中國文學系主任。時西京圖書館遷徙陝南，近在咫尺，先生遂得恣意閱其藏書，於其中禮學書摩挲殆遍。會抗戰勝利，遷校西安，劉校長更力邀先生兼教務長一年餘。中華民國三十四年，先生應國立禮樂館館長汪旭初之召赴京，與李證剛翊灼、殷石臞孟倫等共纂《中華民國通禮》草案，稿成而館閉。先生遂轉而任教於國立政治大學中國文學系。

十七年，先生應國立師範學院院長陳東原先生之聘，赴湖南衡山任教。顧以赤燄燎原，不可以居，乃轉道廣州，避地寶島，為正中書局編高初中國文。中華民國三十八年，任臺灣省立師範學院國文系教授，同時又為國防部編各軍校所共用之國文，為教育部編標準本國文。中華民國四十五年，張曉峯先生其昀任教育部長，改臺灣師範學院為大學；懍於中國學術文化之式微，大專學校國文師資之缺乏，令師範大學創立國文研究所，而以先生主其事。先生嘗謂今之言學術者，大率則效西洋，分科務求其細密，研理但貴乎專精；其所成就，多專家，而少通儒；於中國學術文化之大本、大源、大體、大用，多忽而不言，中國之學術文化亦幾於亡矣！先生既以承先啟後自任，乃竭其所知，揭此旨以教導諸生，更審視其才性，而各有所裁成。曉峯先生欲提高我中國之學術水準，促進我中國之學術獨立，建立博士制度，指定浦薛鳳博士所主持之政治大學政治研究所及先生所主持之師範大學國文研究所招收博士研究生。先生以此為我中國創舉，前無所循，乃苦心擘畫，期能盡善，而無負於曉峯先生之屬望。此後國內各大學競設中文研究所及博士班，中國學術文化之普及與發揚，一時呈萬花競豔之象。同年，以陳百年先生大齊之禮聘，先生兼任國立政治大學中文系主任。中華民國四十八年，劉季洪繼百年先生任政大校長，先生轉任教務長一年，行政紀律、考試風氣，一時肅然。次年香港政府創設中文大學，合崇基、新亞、聯合三書院而為一。聯合書院中文系於學潮之後，參加三院畢業會考，而屈居殿軍，乃聘先生前往主持系務。先生於是辭去師大、政大之教職，赴港任教。一年而聯合書院中文系考試成績大進，二年與崇基、新亞成績相齊，三年以後則成績優異者多出於聯合，以是頗得聯合書院師生之敬愛。初先生蒞港，謀接眷離大陸，未果。然以俸厚，得以肆意購書，秘籍奇書多藏箱篋，朝覽夕誦，深以為樂。又以香港為國際城市，因得與世界漢學家互通聲氣，見聞益廣。

張曉峯先生創辦中國文化學院及中華學術院，聘先生為中華學術院哲士，且以中文系主任及中國文學研究所長二職懸以待先生者二年，先生不敢負厚意，乃於中華民國五十三年返臺。會政大亦成立中國文學研究所，劉季洪校長亦以所長一職懸以待先生，得曉峯先生之諒解，復返政大，並兼任師大國文所教席。中華民國六十一年春，韓國建國大學以韓國留華學生得文學博士以歸者，多出於先生之門，因邀請訪韓，並贈以榮譽文學博士學位。是年夏，向政大請假一年，赴新加坡，任南洋大學客座教授。以是得暢遊新加坡、馬來西亞、泰國各地，與僑居華人相接觸，宣揚我中國學術文化，而獲償夙願。中華民國六十三年，先生滿六十五歲，依新大學法之規定，已屆退休年齡，不能再兼公立大學學術行政職務。惟於師大、政大、文大所授之課，絃歌不息，鞠躬盡瘁也。

三、先生之論著，殆以中國儒家學術及文學為主。然青年時期，適值北伐與抗日戰爭，深感國防問題之迫切，遂發憤研究中外兵學書，旁及戰史、兵要地理。故先生最初出版之專著，乃中華民國二十五年《蘇衡》月刊社印行之《國防論集》、《江蘇國防問題》二書，為兵學書也。而於國學論述，亦未嘗廢。所撰《易圖書學傳授考源》，中華民國二十二年十一月發表於南京中央大學《文藝叢刊》一卷一期。《連山歸藏考》，中華民國二十八年二月發表於章氏（太炎先生）國學講習會《制言》半月刊四十九期。皆經學論文也。

先生四十歲來臺灣後之著述，其已刊印成書者，有：《中華民族之奮鬥》，為國立編譯館作，中華民國四十年復興書局印行。《詩歌概論》，為國防部康樂總隊作，中華民國四十三年《康樂》月刊社印行。《中國文學》，為青年寫作協會作，中華民國四十五年復興書局印行。《禮學新探》，一九六三年香港中文大學聯合書院中文系印行。《孔學管窺》，中華民國六十一年廣文書局印行。以上五書，或經改寫，或全文輯入，大致上均存於《高明文輯》中。下當詳其細目。先生又有《大戴禮記今註今譯》一書，中華民國六十四年四月臺灣商務印書館印行，厚達四八〇頁；中華民國七十三年三月修訂本，增至五二四頁。約三十餘萬言。

中華民國六十六年，先生曾經結集前所撰述之單篇論文為《高明文輯》，次年由臺北黎明文化事業公司出版。分三冊：上冊七二〇頁，中冊七一七頁，下冊七〇一頁，計二一三八頁。總計收文一百四十二篇，約二百餘萬言。全書於〈自序〉之後，依文章內容分為七輯，茲依此七輯，先錄輯中篇目，再補以未輯入之論著，以明先生治學之淵博，並便讀者檢索。

第一輯為「文化學術總論類」，錄文十一篇：〈從世界文化的發展，說到中國文化的成就〉、〈中華文化向海洋上的拓展〉、〈中韓文化的關係〉、〈中國文化東漸研究序〉、〈民主、科學與人文精神〉、〈中華文化復興之路〉、〈中華學術的體系〉、〈談中國學的研究〉、〈漢學的名義和範疇〉、〈中華學苑發刊辭〉、〈國學的研究法〉。

先生所撰〈中國人與現代化〉，收錄在臺北帕米爾書店於中華民國四十二年出版的《讀經問題》中。〈中華文化之永恆價值〉，中華民國六十九年九月發表於《孔孟學報》。〈論中國文化與中國文學的關係〉，中華民國七十一年六月發表於《華岡文科學報》。〈中華文化與人類前途〉，中華民國七十三年四月發表於《孔孟學報》，皆不在《文輯》中。

第二輯為「經學類」，錄文二十四篇：〈《連山》《歸藏》考〉、〈《易》圖書學傳授考源〉、〈五十年來之《易》學〉、〈《易》象探源〉、〈《周易》鄭氏學序〉、〈《魏晉南北朝《易》學書考佚》序〉、〈《尚書鄭氏學》序〉、〈《韓詩外傳考徵》序〉、〈原禮〉、〈大學辨〉、〈大學正解序〉、〈中庸辨〉、〈學庸研究之回顧與前瞻〉、〈王制及其注疏摘謬〉、〈《大戴禮記今註今譯》自序〉、〈《禮記》概說〉、〈《三禮鄭氏學發凡》序〉、〈《儀禮服飾考辨》序〉、〈《春秋吉禮考辨》序〉、〈點主考略〉、〈《禮學新探》自序〉、〈《穀梁范注發微》序〉、〈《孝經今注》序〉、〈《四書通論》序〉。

先生所撰〈經學大義述〉，中華民國七十四年八月發表於《孔孟月刊》。〈群經大義與現代文化〉，收錄在中華民國七十七年出版的《國際孔學會議論文集》。〈《易經》的憂患意識〉，中華民國七十二年四月發表於《孔孟學報》。〈《尚書》研究〉，中華民國七十三年八月發表於《孔孟月刊》。〈《論語》中的《書》教〉，中華民國五十四年九月發表於《孔孟月刊》。〈《詩》六義說略〉，中華民國十八年九月發表於《晨報藝林》。〈《詩》六義說與《詩》序問題〉，中華民國七十四年一月發表於《孔孟月刊》。〈朱子的禮學〉，中華民國七十一年六月發表於《輔仁學誌》。〈《春秋》研究〉，中華民國七十年七月發表於《孔孟月刊》。〈如何從《論語》中認識孔子〉，中華民國六十九年九月二十八日發表於《中央日報》。〈《論語》中的樂教〉，中華民國五十三年十一月發表於《孔孟月刊》。〈孟子的生平及其學術〉，中華民國七十七年三月發表於《輔仁學誌》。以上皆不在《文輯》中。

第三輯為「孔學類」，錄文十三篇，大部分已見先生前所著《孔學管窺》。篇目如下：〈孔子的人生理想〉、〈孔子倫理學說的基本精神〉、〈孔子倫理學說析論〉、〈孔子政治思想綜論〉、〈孔子與經學〉、〈孔子的《易》教〉、〈孔子的《書》教〉、〈孔子的《詩》教〉、〈孔子的《禮》教〉、〈孔子的《樂》教〉、〈孔子的《春秋》教〉、〈孔子之論「道」〉、〈《孔學管窺》自序〉。

第四輯為「小學類」，錄文二十三篇：〈對《說文解字》之新評價〉、〈《說文解字》傳本考〉、〈《說文解字》傳本續考〉、〈論《說文解字》之編次〉、〈許慎之六書說〉、〈《說文叢刊》敘錄〉、〈《玉篇零卷引說文考》序〉、〈治聲韻學應具有的一些基本觀念〉、〈反切以前中國字的標音法〉、〈反切起源論〉、〈《中國聲韻學叢刊初編》敘錄〉、〈《古音學發微》序〉、〈黃輯李登《聲類》跋〉、〈等韻研究導言〉、〈嘉吉元年本韻鏡跋〉、〈韻鏡研究〉、〈鄭樵與通志七音略〉、〈四聲等子之研究〉、〈經史正音切韻指南之研究〉、〈《爾雅》之作者及其撰作之時代〉、〈《爾雅》辨例〉、〈複音辭聲義闡微序〉、〈唐以前小學書之分類與考證序〉。

先生於《高明文輯・自序》中言及「有一篇《通志七音略研究》，存在國科會的檔案裡。」中華民國七十二年十二月《華岡文科學報》刊出先生《通志七音略校記（上）》，而下篇未刊。先生〈自序〉固已又言：「由於字數過多，在任何學報或雜誌上都不便登載。」此有關《七音略》之研究與校記，均不在《文輯》中。先生又有〈古文字與古語言〉一文，中華民國七十三年六月發表於臺灣師範大學文學院《教學與研究》，亦不在《文輯》中。

第五輯為「雜著類」，錄文十八篇：〈雕版發明前之中國書本〉、〈中國版本學發凡〉、〈中文工具書指引序〉、〈怎樣利用群書目錄，來研究中國醫藥學〉、〈從卜筮裡所見古代中國人的人理思想〉、〈中國文化與佛法〉、〈談中道〉、〈佛法的究竟〉、〈僧佑與《弘明集》〉、〈《段玉裁遺書》序〉、〈王冬飲先生遺稿評介〉、〈劉百閔著《經學通論》評介〉、〈古書今譯今註的問題〉、〈臺灣省立師範大學《國文研究所集刊》創刊號引言〉、〈臺灣省立師範大學《國文研究所集刊》第二號弁言〉、〈臺灣省立師範大學《國文研究所集刊》第三號弁言〉、〈臺灣省立師範大學《國文研究所集刊》第四號弁言〉、〈臺灣省立師範大學《國文研究所集刊》第九號弁言〉。

先生所撰〈朱子學對中韓兩國儒學的影響〉，中華民國六十九年發表於《韓國第二回東洋文化國際學術會議論文集》。〈談佛門師弟的關係〉，中華民國七十四年六月發表於《中國學術年刊》。均不在《文輯》中。

第六輯為「文學類」，錄文四十五篇，內容概括「文學理論」、「實際批評」、「文學史」，附以「修辭學」。篇目如下：〈中國文學的特色〉、〈中國文學的價值與體類〉、〈中國的散文與駢文概述〉、〈中國的詩歌概述〉、〈中國的小說概述〉、〈中國的戲劇概述〉、〈中國文學研究法〉、〈談中國文學的形式美〉、〈中國文學之聲律研究序〉、〈詩歌的基本理論〉、〈外國詩歌概述〉、〈論中國的詩〉、〈談新詩〉、〈詩歌創作的一些問題〉、〈《陶潛詩箋注校證論評》序〉、〈《王子安集注》跋〉、〈《詩品論疏》序〉、〈《愓齋燼餘稿》序〉、〈《玉窗詞乙稿》序〉、〈《南北曲小令譜》序〉、〈正中本《昭明文選》序〉、〈〈中華文彙〉弁言及凡例〉、〈《累廬書簡》序〉、〈甚麼是短篇小說〉、〈論當前小說的創作方法〉、〈論小說修辭〉、〈論二十世紀的文學〉、〈中國青年寫作協會成立獻詞〉、〈戰鬬文藝的理論與實際〉、〈創作之路〉、〈論文藝鑑賞的方法〉、〈怎樣研讀文藝的書籍〉、〈論文藝鑑賞的修養〉、〈中國修辭學研究引言〉、〈修辭總論〉、〈論風神〉、〈論氣骨〉、〈論情韻〉、〈論意境〉、〈論體性〉、〈論格調〉、〈論聲律〉、〈論色采〉、〈黃著《修辭學》序〉、〈中國文學理論的整理與創建〉。

先生所撰〈論中國文字與中國文學的關係〉，中華民國六十九年三月發表於《孔孟月刊》，未在《文輯》中。

第七輯為「傳記類」，錄文九篇：〈孫子傳〉、〈子夏學案〉、〈許慎生平行跡考〉、〈鄭玄學案〉、〈紀昀傳〉、〈高郵王氏父子的學行〉、〈東塾學記〉、〈羅振玉傳〉、〈自述〉。其中〈自述〉一文，為本文最主要之依據。一九八九年三月，香港中文大學主辦「章太炎、黃季剛國際學術研討會」，先生發表論文，題為〈章太炎先生之學術成就〉。又中華民國七十七年，臺北國史館《國史擬傳》中〈陳大齊傳〉，亦先生所撰。二文均不在《文輯》中。

先生之文學創作，於八十歲時結集為《珠湖賸稿》，內分〈珠湖詩存〉、〈珠湖詞存〉、〈珠湖聯存〉三部分，前有〈自序〉，寫於中華民國六十七年十一月一日。由學海出版社印行。先生初來臺灣，曾在《自由中國》發表白話小說，未在此書中。

先生主編之書有：《中華文彙》，共分《先秦文彙》、《兩漢三國文彙》、《兩晉南北朝文彙》、《隋唐五代文彙》、《宋文彙》、《遼金元文彙》、《明文彙》、《清文彙》。中華民國四十八年後由中華叢書委員會陸續印行。《中文大辭典》，與林尹先生共同主編。初版本分四十冊，中華民國五十一至五十七年由中國文化研究所陸續印行。第一次修訂版普及本分十冊，中華民國六十二年十月由中華學術院印行。《二十世紀之文學》，共五冊，中華民國五十五年由正中書局印行。《中華文化百科全書》，共分由黎明文化事業公司印行。

四、關於先生之學行，個人管窺是：「博而知統，學有所歸。」細分又可分三項：著作繁富，學有體系，歸本於儒。先說著作繁富。

先生著作之書目篇名，已見前述，字數共約三百萬言。包括文化學術總論，經學，孔學，語言文字學，目錄版本學，文學理論，實際批評，文學史，修辭學，史傳，旁及兵學與佛學。經、史、子、集，無一不具。論著之外，亦有文學創作。體裁則韻文與散文並存，文言與白話兼具。先生涉獵之廣，著作之富，實足驚人。

再說學有體系。中華民國六十二年，先生在「暑期國學研究會」作專題演講，題目是〈中華學術的體系〉，並在《中華學苑》第十二期刊布。後收入《高明文輯》。在這篇文章中，先生指出：

> 我中國學術文化之傳統，以「志於道」為目標，以「據於德」為基礎，以「依於仁」為精神，以「游於藝」為途徑。其所謂「藝」者，可分為考據、辭章、義理、經世四學。考據之學又稱考證之學。又分：一、考文字之學，包括文字學、聲韻學、訓詁學等。二、考文籍之學，包括目錄學、版本學、校勘學、辨偽學、輯佚學等。三、考文物之學，包括考古學、金石學、甲骨學、簡策學、敦煌學、庫檔學等。辭章之學即文藝之學，可分：一、文學，包括文章學、文法學、修辭學、詩學、詞學、散曲學、戲劇學、小說學、文學批評等。二、藝術，包括音樂學、書畫學、舞蹈學、雕塑學等。義理之學，有：一、經學，包括《周易》、《尚書》、《詩經》、三《禮》、《春秋》等學。二、子學，包括儒、道、墨、法、名、陰陽……等家之學。三、玄學，附道教思想。四、佛學。五、理學。六、新哲學。經世之學，可分：一、自然科學，包括天文學、地理學、曆算學、博物學等。二、社會科學，包括氏族學、史學、兵學、政治學、刑法學、財用學、縱橫學、教育學、禮俗學、食貨學等。三、應用科學，包括農桑學、水利學、醫藥學、工藝學等，而術數附焉。考據為接受知識之學，所以求其真；辭章為發抒情意之學，所以求其美；至於義理與經世之學，則義理為體，經世為用，皆為造福人群之學，所以求其善。《莊子・天下篇》所謂「內聖」、「外王」，《論語・憲問篇》所謂「修己」、「安人」，《禮記・大學》所謂「明明德」、「親民」、「止於至善」，皆謂是也。

先生為學之體系，可於此窺之。

最後說到歸本於儒。先生作品，如《禮學新探》、《孔學管窺》、《大戴禮記今註今譯》，皆屬儒學。《文輯》中，第二輯經學類，第三輯孔學類，亦儒學也。而其他作品，中亦多含儒家思想。如第一輯中〈從世界文化的發展說到中國文化的成就〉，歸結到「人道探索的進展」，以為進階有六：一、人倫的體認；二、人性的追究；三、人品的敦勵；四、人生的昇華；五、人格的陶冶；六、人心的研尋。此論中國文化而歸本於儒也。又如第五輯中〈談中道〉，本是在臺灣師範大學研究佛學的社團「中道社」的講辭，當然要談佛教中的中道學說，但開端卻先從《尚書》、《禮記》、《論語》、《孟子》中舉出例證，說明「中」是我中華民族的最高理想，而且漸漸成為我民族的特性。此論佛學而儒道也。再如第六輯〈修辭總論〉，論及修辭三大功用，曰：盡言、明道、經世。必引儒家經典一一以證，此論文學而依憑於儒也。

儒家言學，在學做人。《論語》記顏回「不遷怒，不貳過」，而孔子謂之「好學」，就是證明。孔子又曾對子夏說：「女為君子儒，無為小人儒。」也許受此影響，先生曾把學者分作八類：賊儒、盲儒、賤儒、狷儒、狂儒、雅儒、通儒、大儒。先生說：「我不敢說自己是雅儒、通儒、大儒，不過我一直希望自己立志要致其『大』，我也鼓勵學生們這樣。我自己一直朝著這個方向走，只可惜未能達到最高境界，假使能達到雅儒、通儒就很知足了。」我就以這話作為本文結束罷！

十五　賴貴三教授《易學思想與時代易學論文集》序[17]

賴君貴三，屏東潁川堂客家人。初考入高雄中山大學習外文，肄業志《易》，乃以唯一志願，重考進臺灣師範大學國文系。大學時期曾從余習修辭學與《易經》。後復入臺師大國文研究所，1990年以《項安世周易玩辭研究》獲文學碩士學位；1994年以《焦循雕菰樓易學研究》獲文學博士學位；二書皆余所指導。2000年，貴三以《焦循手批十三經注疏研究》升等為教授。今（2007）更以近十年發表之《易》學論文，編輯成書，曰《易學思想與時代易

[17] 案：此序作於中華民國九十六年「丁亥（2007）仲夏於臺北新店『見南山居』」，老師時年七十有六歲。詳參賴貴三：《易學思想與時代易學論文集》，臺北：國立編譯館主編，臺北：文津出版社印行，2007年11月，頁1-734。

學論文集》，問序於余。余閱讀近月，於貴三之治學進程、方法、暨其旨歸，益多瞭解；尤嘉其劬學敬業之態度，故樂為世人言之。

貴三治《易》之進程也，雖由項安世《易》學入門，而其重心，實為焦循。故博士論文為《雕菰樓易學研究》，升等論文更擴大至十三經，研究焦循手批十三經之注疏。由焦循上溯，於是論〈孔子的《易》教〉、〈孟子的《易》教〉。後者即以焦循《孟子正義》為核心作考察。並作焦循〈焦循「《爾雅》釋《易》」說述評〉。由焦循旁推，則兼述乾嘉治《易》學者十八人，檢錄其《易》學著作並指出其貢獻。並及於清代常州學派，始於康雍時代之楊方達，迄於道咸時代之魏源；暨江西紀大奎，浙東黃式三、黃以周父子。至若臺灣本土《易》學，貴三撰有：〈明清時期臺灣經學歷史發展的文獻考察〉、〈臺灣《易》學詮釋的歷史考察與類型分析〉、〈臺灣《易》學史與人物志綜論〉，尤多所著墨。並另主編《臺灣易學史》，厚達六百餘頁。

貴三治《易》之方法也，重視文本，擅長歸納之法：嫻於目錄，廣蒐參考資料，特重新近出土文獻，而作融通比較。如〈《周易》「命」觀初探〉，先綜理通行本與帛書本《周易》所見「命」字，並參考殷墟書契、西周金文、《尚書》、《詩經》、《左傳》等文獻，置入商周歷史中而作比較分析，即為顯例。他如〈孔子的《易》教〉，將《周易》通行本〈文言傳〉、〈繫辭傳〉中「子曰」各條，暨帛書本〈二參子問〉中「孔子曰」，〈繫辭〉、〈《易》之義〉、〈要〉、〈繆和〉中「子曰」、「夫子曰」、「先生曰」各條，摘出文本，釋其要義，亦據文本歸納之例也。貴三嘗取澳門中央圖書館所藏《翁方剛纂四庫提要稿・經部・易類》作考釋，並與今通行定本《四庫全書總目提要》相校。其注意於目錄可知。所撰〈乾嘉學者《易》學研究的貢獻與檢討〉、〈常州學派《易》學研究的成果與檢討〉、〈明清時期臺灣經學歷史發展的文獻考察〉、〈臺灣《易》學詮釋的歷史考察與類型分析〉諸文，皆由目錄入手。至若論《周易》之「二元對貞」，引《郭店楚墓竹簡》作比較；說「易」在上古的形成，遍舉甲骨卜辭、鐘鼎銘文、數字卦、《馬王堆帛書》、《郭店楚簡》，相互參考；論《易傳》之「神」於通行本與帛書本所見「神」字外，更與先秦諸子中「神」字作比較，以探求其多維向度之新義。若此種種，皆廣蒐各種文獻作比較之例也。

貴三治《易》之歸納也，推天道而落實於人事，由符號而啟迪其思維。其論《周易》命觀，總括為「天命的生生流行」、「君命的順天應人」、「性命的創造體現」、「理命的道德轉化」與「問命的變通流行」，即為顯例。他如〈《周易·文言傳》儒家思想析論〉，論儒者將「元亨利貞」轉化為「仁義禮智」以體現天人合德。〈文言傳〉之論〈乾〉、〈坤〉六爻：初爻體詮君子之進退出處、防微杜漸之節；二爻升華修己治人與參與天地化育之道；三爻表詮進德修業、積極進取與治學終始之教；四爻抉發志健慮深、「藏器於身，待時而動」之義蘊；五爻表述興人事、合天德與裁成化育之極致；上爻詮釋得失進退、守正反本之旨趣。從六爻符號而揭發其義蘊與實踐工夫。〈《周易·大象傳》的文化體系及其現代義涵〉則據六十四卦〈大象傳〉原文，由「師天」、「法地」，推出「務本」、「進德」、「知命」，「立仁」，而結穴於「用世」。類此等等，皆注目進德修業之教。至若由〈乾〉元、〈坤〉元之陰陽二元，導出對《周易》「二元對貞」的文化詮釋說；由《周易》卦象符號，反思其文字意義；進而對《說文解字》《易》理結構作探索：六書與六爻之同數，十四篇相當於兩儀、四象、八卦之和，五百四十部首與太極一、老陰六、老陽九、合數十之積數相同，九千三百五十三文，重一千一百六十三，和之計一萬零五百一十六字，與《周易》「二篇之策，萬有一千五百二十，當萬物之數也」若合符節。更取《說文解字》第一篇第一文：「一，惟初太極，道立於一，造分天地，化成萬物。凡一之屬皆從一。」第十四篇最後一字：「亥，荄也。十月微昜（陽）起接盛侌（陰）。從二，二古文上字也。一人男一人女也。……亥而生子，復從一起。」為主證；復徵《文心雕龍·序志》：「長懷〈序志〉，以馭群篇。……位理定名，彰乎大《易》之數。其為文用，四十九篇而已。」為旁證，以證成《說文解字》之架構隱含《易》理。貴三不僅篤學而已，其聯想創發力亦有足道者。

貴三之劬學敬業也，余最感欣慰。自1984年，貴三從余研習修辭學，余有意無意間，常以「轉益多師是汝師」勗勉之。故貴三從臺師大戴璉璋、臺大陳鼓應、黃沛榮、臺政大高懷民諸師，皆嘗執經請益。於大陸學人，如任繼愈、朱伯崑、劉大鈞、張立文、金春峰、王葆玹、歐陽康、廖名春、劉長林諸先生，貴三於論述時亦多方稱引，不為門戶地域所限。其於同儕諸君子，如陳麗桂、林麗真、林安梧、黃忠天、何澤恆、鄭吉雄、林忠軍、傅榮賢、吳慧穎等，亦每引述切磋。至若學生輩，如陳韋在之助貴三辨鑒影印文獻，貴三則深識於懷，記以文字；又如命題指導文蜀陵之撰作碩士論文，貴三則爬梳要義，以為先導。若此之類，皆貴三劬學敬業處也。貴三於英語、法語、荷語、藏語，皆具基礎。在荷蘭萊頓大學漢學研究院任交換教授期間，與歐洲漢學家時有往來，視野益廣。然念念不忘，則為少年就學之地，屏東故里，臺南府城，文中每敘其事、其情，又嘗撰《潁川堂賴氏歷代族譜考述》，余皆深許之。

黃慶萱　丁亥（2007）仲夏於臺北新店「見南山居」

十六　如何解讀裴松之《三國志注》中的地域史密碼[18]

地域認同與族群認同的關係，在《大學》、《中庸》、《公羊傳》中即已提及，可見相關問題自古存之。其次，《三國志．關羽本傳》中，裴注引《蜀記》中懷疑關羽好色的資料，並云此資料與《魏氏春秋》無異，此中所暗藏的密碼，很值得玩味解讀。又《史記》中稱對於「楚」地，時而稱「楚」、時而稱「荊」，稱「荊」者應為秦國文獻的使用，稱「楚」者應為六國文獻的使用，此中的隱藏之密碼，也值得我們重視研究。

十七　大家一起來審視修辭格

壹　緣起

2011年9月間，接到成功大學中文系張高評教授的電話，邀請我參加成大

[18] 案：中華民國九十六年丁亥（2007），老師時年七十有六歲。七月七日（星期六）下午2時30分至4時30分，老師應邀於政治大學百年樓文學院中文系會議室（0309），參加第十六次「中國古典文藝思潮研讀會」，主持人為政治大學中文系廖棟樑教授，導讀人為國立東華大學中文系王文進教授，此為老師發言摘要。

主辦的「超脫『辭格』之修辭新視野」學術研討會，作一次專題演講。張教授是我的得意門生，我在臺師大大學部、高師大研究所，兩度教過他。而且我所寫的《修辭學》正好偏重「辭格」，張教授邀請我，正是給我一個澄清和答辯的機會，所以我立刻答應了。

貳　各界對修辭格的評論

報章和網路上，對於修辭格的評論，最為沸沸揚揚的，是在2009年。那年3月7日，李家同教授一篇〈天啊！小四考這個？可憐可憐孩子吧！〉在《聯合報》刊出。對於小學四年級國語考卷上出現：什麼樣的句子屬於「映襯」，和某個複句是「遞進」或「承接」：以為「當然太難」，「這是修辭學的範圍，小孩子怎麼可以學這種玩意兒？」雖然遞進複句和承接複句是語法學上的名詞，但「映襯」卻確屬修辭範圍。隔一天，3月9日，《聯合報》上再刊出謝大寧教授的〈修辭學早已死亡了，孩子虛耗生命〉。同在9日，立委鄭金玲在立法院質詢當時的教育部長鄭瑞城。教長表示：會修正較難的修辭。而次長吳財順補充表示：依照課綱精神，修辭學適合小學生欣賞，不適合考試評量。

至於正面肯定修辭學的，現仍能在部落格上看到的有：國小校長陳招池先生的〈修辭莫背，照樣造句即可〉，吳鳴先生的〈小學考修辭學，吹皺一池春水〉，嚴文廷先生的〈國小修辭爭議從改善出題著手〉等等。

參　個人對修辭教學的看法

把《修辭學》局限在「修辭格」的討論上，是有爭論的。我的老師高明高仲華先生為拙著《修辭學》再版所寫的〈序〉中，就曾說過：

> 我並不以為他這部書是十全十美的，他強調「修辭學」的實用價值，所以偏重於「修辭格」的描述。其實「修辭格」只是「修辭學」體系裡的一部分，更進而將「修辭學」整體作「無微不至」的研究，這是我對慶萱的一種希望。不僅此也，我還希望慶萱把這種追根究柢的精神，再向文藝語言學、文藝心理學、文藝社會學、文藝哲學、文藝批評學以及實

> 用的美學進軍，建立起一套完整的文藝學術的嶄新體系，為文藝理論奠立一種深厚的、寬博的、堅實的學術基礎。這對於未來的文藝創作、文藝欣賞、文藝教育，必然會產生無窮大、無窮盡的影響。我在這裡，謹虔誠地祝禱著：希望慶萱能實現我這兩種希望！

拿辭格的辨別來考學生，我更曾多次表示反對。記得「中國修辭學會」成立不久，在1999年6月召開第一屆「中國修辭學學術研討會」，創會理事長蔡宗陽教授邀我作專題演講，我以〈辭格的交集和區分〉為題，開門見山就說：

> 「羅家倫〈運動家的風度〉:『來競爭當然要求勝利；來比賽當然想創紀錄。』是對偶？還是排比？或者是類字？」「張曉風〈行道樹〉:『我們唯一的裝飾，正如你所見的，是一身抖不落的煙塵。』應該屬於跳脫格中的插語呢？還是倒裝句法？」我經常接到這類電話，大致上都是正在國中教國文的師大校友打來的。有時候還是出現在段考考卷上的題目，由於老師們見解不同，來向我求斷。國中國文教師實在過度重視修辭學上辭格的區別了。其實，學習修辭學主要是為了把話說好和寫好文章，以及領略別人談話和文章的真意和美感。辭格的區分不是重點所在。再說，某一語句的修辭方式，老師們自己都有爭論，怎可拿來考國中學生，要學生分清辭格呢？但是，我自己在臺師大教了二十多年的修辭學，現在國中國文教師中很多都是跟我學過修辭學，或讀過我寫的《修辭學》一書的。他們今天的疑問，正是我當年上課時沒說清楚，或書中沒寫清楚所造成的。所以，我實在有責任對這些疑問公開作個答覆。

算算，在李家同教授投書批判小四考辭格之前十年，我已做此呼籲了。2002年10月，我寫的《修辭學》增訂三版一刷印行。在〈後記〉中，我先表示：

> 例句的辭格屬性，也有所調整，有初版視為甲辭格的，三版改屬乙辭格。如：原視為「轉化」的例句，今有改入「譬喻」的；原視為「婉

> 曲」的「吞吐」，今併入「跳脫」等等。諸如此類，行文中多隨文點出，並說明改動的理由。

這就傳遞出一個訊息：在大學教修辭學的黃慶萱本人對辭格的分辨，就曾改來改去，前後不一。〈後記〉中我接著再說：

> 我衷心盼望在中學從事國文教學的朋友們，不要太重視辭格之辨別，更不要在試卷中以此為難中學生們。因為一些佳句的辭格屬性，連修辭學家們都還沒有一致的看法！

但是，七年之後，到2009年，此風顯然依然未改。至於由國中禍延到國小，卻是我萬萬沒有想到的。

總的說來，我同意教育部吳財順次長說的：認識修辭學中一些淺明易懂的辭格，對小學生語文欣賞能力的提高，有所幫助；但是，不適合作考試評量之用。如果一定要考，那麼，就像嚴文廷先生所說：必須從改善出題方式著手。國小如此，國中亦然。至於高中，教育部已設有「文法與修辭」一科，並編有課本。大專院校語文系，「修辭學」或為必修，或為選修，或未設科。此處就不一一詳說了。

肆　熟練辭格有些什麼用處

不要在試卷中以辭格辨別為難學生，並不等於修辭學就不必學了。前面說過：學習修辭學主要是為了把話說好，和寫好文章，以及領略別人談話和文章的真意和美感。下面我就依此四點一一舉例說明。

一　先說「寫好文章」

就以「映襯」來說吧。在語文中，把兩種不同的，特別是相反的觀念或事實，貫串或對列起來，兩相比較，互為襯托，從而使語氣增強，使意義明顯的修辭方法，叫作「映襯」。

我國文學作品，很早就曾大量使用這種映襯修辭法。例如《詩經・小雅・采薇》有：

> 昔我往矣，楊柳依依；今我來思，雨雪霏霏。

四句十六字中，季節的變遷、空間的轉移、人事的倥偬，藉映襯的文字，作冷靜的對比，於是征人久役於外的寂寞悲傷，也就從此相反情境的對照之下，鮮明地表現出來了。

《詩經》中這種映襯寫法實在太多了，再舉《小雅・北山》為例：

> 或燕燕居息；或盡瘁事國。或息偃在牀；或不已于行。
> 或不知叫號；或慘慘劬勞。或棲遲偃仰；或王事鞅掌。
> 或湛樂飲酒；或慘慘畏咎。或出入風議；或靡事不為。

那種勞逸不均，苦樂異致的情形，在兩兩對比之下，是何等強烈地震撼著讀者的心靈！

當北方的隱名詩人用慷慨悲歌唱出心中的不平，南方的行吟者也繼起以纏綿的詠嘆調吐露著內心的困惑。讓我們的目光轉向古代的長江流域，讓我們的耳朵聽聽屈原的〈卜居〉：

> 吾寧悃悃款款，朴以忠乎？將送往勞來，斯無窮乎？
> 寧誅鋤草茅，以力耕乎？將遊大人，以成名乎？
> 寧正言不諱，以危身乎？將從俗富貴，以媮生乎？
> 寧超然高舉，以保真乎？將哫訾慄斯，喔咿嚅唲，以事婦人乎？
> 寧廉潔正直，以自清乎？將突梯滑稽，如脂如韋，以潔楹乎？
> 寧昂昂如千里之駒乎？將氾氾若水中之鳧，與波上下，媮以全吾軀乎？
> 寧與騏驥抗軛乎？將隨駑馬之跡乎？
> 寧與黃鵠比翼乎？將與雞鶩爭食乎？

種種相反的立身處世態度，雙雙對比，道出千古以來人類心靈的衝突與矛盾！

映襯不僅出現於語句，也出現在段落之間。范仲淹《岳陽樓記》中敘晴喜雨悲兩段是很好的例證：

> 若夫霪雨霏霏，連月不開；陰風怒號，濁浪排空；日星隱耀，山月潛形；商旅不行，檣傾楫摧；薄暮冥冥，虎嘯猿啼；登斯樓也，則有去國懷鄉，憂讒畏譏，滿目蕭然，感極而悲者矣。
>
> 至若春和景明，波瀾不驚；上下天光，一碧萬頃；沙鷗翔集，錦鱗游泳；岸芷汀蘭，郁郁青青。而或長煙一空，皓月千里；浮光耀金，靜影沉璧；漁歌互答，此樂何極！登斯樓也，則有心曠神怡，寵辱皆忘，把酒臨風，其喜洋洋者矣。

於是方能得出了「不以物喜，不以己悲」與「先憂後樂」的千古名言。

不只是詩、賦、散文使用映襯，小說尤其多用對比手法來映襯。《紅樓夢》第九十七回：〈林黛玉焚稿斷癡情，薛寶釵出閣成大禮〉：一邊是榮國府吹吹打打賈寶玉跟薛寶釵結婚成大禮；一邊是瀟湘館哭哭啼啼林黛玉焚詩稿魂歸離恨天，這是「情境的映襯」。其他如戲劇、繪畫、雕刻、音樂……之類，幾乎沒有一種藝術不曾運用映襯對比的手法，直接訴之於欣賞者的感覺作用的。

我還想琢磨一下李家同先生寫的〈棉襖〉。這篇小說原發表於《聯合報．副刊》，大陸《讀者》半月刊曾轉載過。是用第一人稱旁觀敘述者的視角來呈現海峽兩岸祖孫三代之死生契闊的。其中曾非常技巧地多次運用「映襯」手法。

原來，新竹清華大學一位老工友「張伯伯」，趁「我」去杭州參加學術會議之便，託「我」帶一件「好舊好舊的棉襖」給浙江白際山的「李少白」。1948年國共內戰，張伯伯當時才十九歲，糊裡糊塗地當了兵，參加了徐蚌會戰，天寒地凍，又飢又渴。他從敵屍身上脫下棉襖，又拿來水壺乾糧，才活下來，後來撤退到了臺灣。他在棉襖的內口袋中發現死者家人留下的字條，才知道這人名叫李少白，和他的家鄉住址。張伯伯深深理解這個被自己殺死的「敵軍」，他的遺物卻實際上在飢寒交迫中保住了自己一條命。敵人正是恩人，還有什麼比這個「映襯」更能呈現戰爭之荒謬呢？在〈棉襖〉中，「映襯」這還才是第一個。

「我」在會議開完後穿著羽絨衣找到了白際山李家。李家人很多，一位行動不便的老人接下寫著「李少白」名字的紙條，手有點抖，說：「我就是李少白，我沒有死。」在前一天的戰鬥中，李少白受了傷，被送到後方醫院。李少白把乾糧、水壺、棉襖，都送給了第二天要赴前線的軍中伙伴。張伯伯打死的，是李少白的同袍！使張伯伯衷心愧咎和感謝的死者，事實上卻好端端地活著。又是「映襯」，在〈棉襖〉中第二次出現。小說情節也藉此由懸宕而得到真相大白，到達了小說的第一個高潮，其中充滿戲劇性的張力。

李老先生問起還他棉襖的張家生活情形，「我」說：張伯伯在軍中時當然很苦，退伍後生活改善了些。兩個兒子都是工人。孫子都受了良好教育，其中一個還是新竹清華大學電機系的學生。李老先生也說：自己本是農家，受傷退伍後，不能種田了，還好太太沒有嫌棄他。兒子們也務農。一個孫子很聰明，縣政府給他獎學金，到城裡念高中，已高三了。「我」後來看到這個年輕人，對「臺積電」很有興趣，還愛聽張惠妹的歌，立志要念北京清華大學。「我」靈機一動，脫下羽絨衣送給這個年輕人，年輕人穿上，「果真很帥」。而李老先生也回送給「我」一件棉襖。「我」穿上這件棉襖回臺灣，飛機上空中小姐一直讚說：從來沒有看過這麼漂亮的衣服。「我」見到了張伯伯，張伯伯很高興李少白還活著，現在生活很好。「我」並把李家送他的棉襖轉送給張的孫子，穿上後「的確很酷」。通過緊張舒解的橋段，這個「的確很酷」與「果真很帥」的映襯，和孫子現穿棉襖與爺爺從屍身脫下棉襖的映襯，再度使情節推到與前迥異的第二個高潮。

〈棉襖〉的最後一段是這樣的：

> 我真羨慕張伯伯和李老先生的兩個孫子，他們都有好的前程，他們如果相遇，一定是在非常愉快的場合，也許會在張惠妹的演唱會，也可能是在一個半導體的會議中，他們絕不會像他們爺爺見面時的那樣了。

家同先生：我這八十歲的老頭子可不可以考考你：這麼樣的句子，屬不屬於「映襯」呀？

教育家李家同教授在〈天啊〉文中說：「不會這些修辭學，有沒有關係？對我而言，顯然是沒有關係，因為我看得懂文章，也能寫文章。」李教授此言，我完全肯定。〈天啊〉中還說：「『映襯』絕對是一個抽象的觀念，我就問了好多人，至今不知道什麼樣的句子屬於『映襯』。」我想，在當時這應當也是誠實的敘述。不過我要加一句：文學家李家同先生卻在〈棉襖〉這短篇小說中，把「映襯」運用到幾乎爐火純青的地步！

辭格當然不僅映襯一種，拙著《修辭學》，曾從古今七百多位作家的作品，以及社會日常用語中，歸納出三十種一百二十目的修辭方法。在寫好文章方面，也許還有些功用，這兒就不一一詳說了。

二　再說「把話說好」

以我個人的經驗為例。那是1950年代的事了，我和師大同班的三位同學，連我四人，一起在「萬國」看完《太陽浴血記》後，去「一條龍」想吃水餃，客滿；轉到「周胖子」，又客滿。於是穿過往中華路的小巷，發現一家賣「燒肉飯」的露店。店員問：「幾位？」答：「四位。」於是店員提高嗓子，用閩南語向廚房吆喝：「三位加一位。」我聽了先是覺得好笑：四位就是四位，為什麼偏說三位加一位呢？繼而一想，閩南語四死同音，所以臺灣公私立醫院幾乎都沒有「四」樓和「四」號病房；臺北市公共汽車也沒有「四」路線車。說三位加一位，正是為了避免說「四」字啊！在這兒，我領悟我們同胞「避忌」的修辭技巧！

張愛玲〈傾城之戀〉中，白流蘇曾對范柳原這樣說：「炸死了你，我的故事就該完了。炸死了我，你的故事還長著呢。」是怎樣的傷痛、無奈、委屈，使白流蘇說出如此委婉的「微詞」，來譏刺、埋怨對方用情不專、風流成性呢！

大家應該還記得，1961年美國甘迺迪競選總統時的名言：「不要問國家能給你們什麼；要問你給國家能作出什麼貢獻！」國家給你；你給國家。這是「回文」嘛！回文與圓周頗有相似之處。圓周是平面上對於一定點有等距離之各點所環成的「軌跡」，就美學觀點而論，被認為具有純粹簡單之美，連環不斷之妙。由於純粹簡單，所以能節省注意力，能牢記於心；由於連續不斷，所以有圓滿的感覺。甘迺迪就憑這麼一句純粹簡單而又圓滿的話，激發起大國如日中天時年輕一代報效國家之心，幫助他順利當選。

至於2008年，歐巴馬競選美國總統，演說時歷數前任應做而未做的，和自己當選後想做的，逐項檢討，一一列舉。每說完一件，必以「Yes, we can!」為結。一場演講下來，「Yes, we can!」說了十多次。以至於後來，聽眾和歐巴馬竟能齊聲同說：「Yes, we can!」這用的是「類疊」修辭格呀！我知道，在小布希八年胡來之後，歐巴馬會贏得這場選舉了！可惜的是，華盛頓特區總是脫離不了華爾街的綁架，一場金融海嘯下來，歐巴馬仍然難挽狂瀾，以至於今天被斥為「No, you can't」。

從甘迺迪到歐巴馬，半世紀來，運用「回文」或「類疊」，已活生生地保送兩位總統候選人安全上壘。但是謝大寧教授卻引用法國哲人利科的話：「當將修辭格進行分類的興趣，完全代替了給廣泛的修辭領域賦予生機的哲學觀念時，修辭學也就死亡了。」而在文章標題上刪去前提，加以簡約，宣稱「修辭學早已死亡了」！事實上，利科（Paul Ricoeur）重視辭格運用，只是反對把興趣落在辭格的分類而已。這就和我再三告誡學生們不要拿辭格辨別來為難他們的學生，以及拙著《修辭學》每說一修辭格，也必有「原則」一節，觀念上就一致了。利科的《隱喻的規則》（1975，和拙著《修辭學》初版同年出版），正也是一本講求隱喻（象徵）辭格運用的著作。至於大寧老弟（大寧在師大修博士課程，比我晚很多，而且對大寧，我一直很欣賞。）說的：「以修辭格的熟練作為國文能力的指標，根本就是件荒唐的事。」我也部份同意。我的意思是說：作為「唯一指標」，確實荒唐；作為「指標之一」，卻是可以的。

「把話說好」，就說到此為止。

三　接著，該說到「領略話語和文章的真意」

我只想中、西各舉一例，湊巧與邏輯學都有一點關係。

先舉《世說新語．言語》所記「孔融見李膺」為例：

> 孔文舉年十歲，隨父到洛；時李元禮有盛名，為司隸校尉；詣門者皆俊才清稱，及中表親戚乃通。文舉至門，謂吏曰：「我是李府君親。」既通，前坐。元禮問曰：「君與僕有何親？」對曰：「昔先君仲尼，與君先人伯陽，有師資之尊；是僕與君奕世為通好也。」元禮及賓客莫不奇之。太中大夫陳煒後至，人以其語語之。煒曰：「小時了了，大未必佳！」文舉曰：「想君小時必當了了！」煒大踧踖。

如以邏輯三段論法來分析陳煒跟孔融的話：「小時了了，大未必佳！」是三段論法中的大前提，其中「小時了了」為前件，「大未必佳」是後件。「想君小時必當了了」是三段論法中的小前提。依據三段論法的規則：肯定前件則後件成立；破斥前件則後件不能成立。孔融肯定了前件：「想君小時必當了了」；那麼後件成立：「故君大未必佳也。」只是講話時省去了。此於修辭，屬於一種「跳脫」。

西方的例子，就舉莎士比亞《朱利阿斯・西撒》中安東尼對羅馬公民演講詞中的一節：

> 朋友們，羅馬公民，同胞們，請聽我言：我是來埋葬西撒的，不是來稱讚他的。人之為惡，在死後不能被人遺忘；人之為善，則常隨同骸骨被埋在地下；所以西撒有什麼好處也不必提了。高貴的布魯特斯已經告訴你們西撒野心勃勃；果真如此，那是嚴重的錯誤，西撒已經嚴重的付了代價。
>
> 今天，在布魯特斯及其他諸位准許之下，——因為布魯特斯是一位尊貴的人，所以他們也當然都是尊貴的人，——我來到此地在西撒的葬禮中演說。他是我的朋友，對我忠實而公正，但是布魯特斯說他野心勃勃；而布魯特斯是個尊貴的人。他曾帶許多俘虜到羅馬來，其贖款充實了我們的國庫；在這一點上西撒可像是野心勃勃麼？窮苦的人哭的時候，西撒為之流淚；野心應該是較硬些的東西做成的，但是布魯特斯說他是野心勃勃；而布魯特斯是個尊貴的人。你們全都看過在「盧帕克斯節」那

一天我三次獻給他一頂王冕，他三次拒絕接受：這是野心麼？但是布魯特斯說他野心勃勃；而當然布魯特斯是一個尊貴的人。我不是要說布魯特斯說的不對，我只是來此說出我所知道的事。你們全都曾經愛戴過他，不是毫無理由的；那麼，有什麼理由令你們不為他悲傷呢？啊，判斷力喃！他已經奔到畜牲群裡去了，人類已經失卻他們的理性。請原諒我，我的心是在那棺材裡陪著西撒呢，我必須停下來，等它回來。

就在昨天，西撒的一句話可以抵抗全世界；現在他躺在那裡，無論多麼卑賤的人也不肯向他致敬了。啊，諸位！如果我有意激動你們的心情，起來叛變作亂，我對不起布魯特斯，也對不起凱西阿斯，你們知道他們全都是尊貴的人。我不肯做對不起他們的事；我寧願對不起死者，對不起我自己，對不起你們，我也不願對不起這樣尊貴的人。

這裡有一張羊皮紙，上面蓋了西撒的印章，是我在他的寢室裡找到的，是他的遺囑。一般人民若是聽到了這遺囑的內容——對不起，我不打算宣讀——他們會要去吻西撒的傷口，把他們的手絹浸在他的神聖的血液裡，甚至要乞討他的一根頭髮作紀念品。將來在命終的時候，還會在遺囑裡提到它，給子孫作為寶貴的遺產。

不要著急，朋友們；我實在不可以讀給你們聽，不應該讓你們知道西撒是如何的愛你們。你們不是木石，你們都是有血性的人，一聽了西撒的遺囑，必定會激動你們，使得你們發狂。最好你們不知道你們是他的遺產繼承人，如果你們知道了，啊！不知道要有什麼樣的後果。

你們能不能別著急？你們能不能等一下？我一時失言，竟把這件事透露了給你們。我恐怕對不起用刀殺死西撒的那些高貴的人，我真是怕對不起他們。

這五段演講辭中，共用了九次「尊貴的（高貴的）人」，這不是演講者的真意；演講者實際上諷刺這些人並非尊貴的正人君子。所以民眾丁接著要說：

他們是叛徒；什麼高貴的人！

道出了安東尼自己想說的以及想要大家也說的話。「倒反」辭格的運用，在這篇演講中，可說發揮到極致。但是，我也必須提醒讀者聽眾，把倒反辭跟二元邏輯（Two-valued Logic）湊在一起，再加上籠統的表達，暗示的詭計，那真是夠煽動性的宣傳詞令。上文所引安東尼的演講辭就是一個例子。首先，安東尼籠統表達「不是好人就是壞人」的二元邏輯，二分了「尊貴的人」和「叛徒」；再把布魯特斯和他的朋友牽扯在一起，而死者西撒、安東尼自己、和民眾是同一邊的。於是，聽眾便得到一如下述的印象：凱西阿斯等因私人怨恨而殺西撒，凱西阿斯不是尊貴的人；布魯特斯是凱西阿斯的朋友，布魯特斯也不是尊貴的人。既不是尊貴的人，所以就是叛徒，就是我們的公敵。演講中還一再煽動民眾起來叛變作亂，暗示民眾發狂是合理的。這種有著嚴重的邏輯謬誤的煽動性言詞，對真正尊貴的布魯特斯是很不公平的。倒反辭用作諸如此類的煽動性的辭令，那真是一幕悲劇。安東尼這篇演說，審度語境，盡極語用之能事。而學習修辭的，也必須認識各種詭辯的伎倆，諸如非黑即白的論述，類比推理的陷阱，把豐富意義簡單化等等；要冷靜思考暗示可能的謬誤。

領略語文真意，就說到這裡為止了。

四　然後，說說「領略話語文章的美感」

南唐李後主李煜有首〈清平樂〉詞：

> 別來春半，觸目愁腸斷。砌下落梅如雪亂，拂了一身還滿。
>
> 雁來音信無憑，路遙歸夢難成。離恨恰如春草，更行更遠還生。

詞中用了兩個譬喻。「離恨恰如春草，更行更遠還生」，說明了離恨未因更行更遠而消除，卻像春草一樣仍然在心頭萌生。「更行更遠還生」可以斷句為「更行，更遠，還生」，暗示出要切斷而切不斷的無奈來。於是可以推想「砌下落梅如雪亂」也許不僅僅以「亂雪」喻「落梅」；而「落梅」就像「春草」一樣，暗示的是離恨與哀愁，「拂了一身還滿」的「還滿」正是「還生」呀！後主努力地「拂了」像落梅般的愁亂，但接著仍然「一身還滿」，這已不僅僅是譬喻，更是一種象徵了。以現實情境中具體的落梅，間接表達出這種亂糟糟的，揮也揮不去的，抽象的哀愁離恨來。讀者必須有些修辭學知識，才能領悟其中深意和淒美。

蘇軾蘇東坡〈記承天四夜遊〉有句：

> 庭中如積水空明，水中藻荇交橫，蓋竹柏影也。

短短十來個字包括了兩個譬喻。第一個譬喻是「庭中如積水空明」。本體「庭中」在前，喻體「積水空明」在後，中間用喻詞「如」字連繫，為「明喻」。第二個譬喻是「水中藻荇交橫，蓋竹柏影也」。喻體「水中藻荇交橫」提前了，本體「竹柏影也」反而在後，中間用準繫詞「蓋」字連繫，為「隱喻」，而且是倒裝的。所以兩個譬喻，非但一正一反，語次不同，而且一明一隱，方式也不同。「庭中」的月色是實在的、真的；「如積水空明」是幻覺的、假的；「水中藻荇交橫」也是假的，只是幻象；最後點出「蓋竹柏影也」，是對真相的頓悟。這樣，視覺印象由「視非」到「而是」，又具有「懸疑」的效果，給人一種「真相大白」後的意外喜悅。真是了不起的好譬喻。

我再舉海明威的長篇小說《戰地春夢》（*A Farewell to Arms*）為例，說明詞格的熟練在文學欣賞上的功用吧。這本小說情節安排在第一次世界大戰期間。亨利中尉是個年輕的美國人，派在義大利前線，腿部受了重傷。手術後，亨利在米蘭療養，由英國籍護士凱撒琳照顧。晚上亨利孤獨無法入眠，常與凱撒琳幽會，並且使她懷了孕。義大利軍隊被德、奧聯軍攻擊，節節敗退。一條小船，使亨利和凱撒琳得以逃到瑞士。凱撒琳的分娩期近了，在醫院裡，凱撒琳劇痛，她流產了，出血過多。亨利走進病房裡，伴著她到氣絕。

回頭再來看這本小說第一章開頭第一段的後半段：

> 部隊從房子前面循道走過去，他們所激起的灰塵像替樹葉上了粉一樣，樹幹上也盡是土。那年葉子落得早，我們見到部隊沿著路行軍，塵土飛揚，樹葉被微風吹動紛紛落下，部隊繼續前進。後來路上白白的，空閒無人，祇有落葉。

「部隊」，當然是暗示戰爭；「所激起的灰塵」，該指戰事的後果吧；「上了粉」使人聯想到戀愛中的女性；「那年葉子落得早」，葉子代表生命，那年落得早，正指在戰爭中生命提早凋零。「微風吹動」，單是「灰塵」還不一定會落葉，加上「微風」，如兵敗、懷孕卻得不到正常照顧等等，樹葉才會「紛紛落下」。「後來路上白白的，空闃無人，祇有落葉。」更描述戰爭對人類的浩劫。你是否發覺：上引原書中譯本短短幾行，使用「象徵」手法，把全書四十一章，中譯本近四十萬字的情節，早已暗示出來了？這又是需要一些熟練辭格的學養，才能領略其中美感的建構。

說完「領略語文美感」，「肆、熟練辭格有些什麼用處」也就告一段落了。

伍　有關修辭學發展的一些建議

在拙著增訂三版《修辭學》中，有〈修辭學的回顧與前瞻〉一章，曾提到：從修辭學歷史發展的軌跡，赫然發現：修辭學一面在分化，一面在整合。

先看分化。從前附屬於修辭學的，如：謀篇、裁章、語體、風格，漸漸分化而成「篇章修辭學」、「語體修辭學」、「修辭風格學」。各種不同文類，也有專門修辭之書，古有：《詩式》、《文則》、《詞源》、《曲律》，近有：「詩歌修辭」、「散文修辭」、「小說修辭」等。

再說整合。我的老師高明先生早已有修辭學「必須借重語言學、心理學、社會學、邏輯學、美學、哲學」之說，見拙著《修辭學》高序。在「邊緣學科」理論的影響下，大陸在修辭學相關學科的整合方面，成就相當可觀。吳士文、馮凭主編的《修辭語法學》（1985），以辯證的觀點，論述修辭和各種語言成分：詞、詞組、句子成分、單句、複句、標點、篇章間的差異與聯繫。譚永祥的《漢語修辭美學》（1992），凸顯辭格，講究辭趣，重視語用和語境，不僅融合了言語和美學，而且汲取了邏輯學、信息學一些重要觀念。王德春、陳晨編著的《現代修辭學》（1989）對語境學、語體學、風格學、文風學、言語修養學、修辭手段學、修辭方法學、話語修辭學、信息修辭學、控制修辭學、社會語言學、語用學，一一詳加論析，而結穴於社會心理修辭學和建構修辭學。大大整合並拓展了修辭學的視野。

在這「分化」與「整合」中，修辭學將何去何從？我個人的看法是：建立以修辭格為重心的修辭學。消極修辭中屬於語音、詞彙、語法的，回歸於語言學；讓已獨立為新學科的，如篇章修辭學、語體學、風格學、各種文類修辭，從普通修辭學中分化出去。而在辭格的概說中，要顧及此辭格理論和實踐雙方面的發展史和各種相關理論的整合；在辭格原則中，更應兼顧各種新學科所提供的理論信息。而這些，在2002年增訂三版拙著中，並未完全做到。《周易》終於〈未濟〉，我願意留給讀者日後再充實再修訂的深敻空間。

當然，要超越「辭格」局限，擴大「修辭」的視野，也是一種選擇。大陸「全國外語院系《語法與修辭》編寫組」所編《語法與修辭》（1987）一書，〈第二編修辭〉包括五章：第一章，修辭與修辭學；第二章，詞語的運用；第三章，句式的選擇和句子的銜接；第四章，修辭格；第五章，語言風格。其中第二、第三、第五章的內容，拙著《修辭學》皆未言及，的確應該補充。只是大學「修辭學」教學時數，必須配合增加才好。

記得1999年，修辭學會成立時，蔡宗陽理事長向我作了一次專訪，曾有這麼一段問答：

> 問：請問老師，您對《修辭學》有何展望？
>
> 答：我個人對自己寫的《修辭學》從沒有滿意過。這本書只談辭格，只是積極修辭中的一環。沒有談到穩妥的段落安排，沒有談到適當的辭語運用；沒有談到音節修辭，更未談到語言風格問題。每想到高明老師賜序中對我的勉勵：「進而將修辭學整體作無微不至的研究。」就汗顏不止。年近七十，現在我只希望自己把《周易讀本》寫完，再寫一本《中國文學理論》。修辭學方面可能無法全面改寫了，高明老師對我的期望，我鄭重地拜託我的學生們，懇求你們能努力完成它。

時隔十來年，我依然汗顏，我依然如此懇求我的學生們。

二〇一一年十一月十五日　寫於臺北見南山居江河並流齋

十八　賴貴三教授《魯汶遊學風雅頌》序[19]

古人常說：「行萬里路，讀萬卷書。」貴三讀書當已萬卷，而行路更不止萬里。他去過荷蘭，在萊頓大學擔任過交換教授；又去過比利時，在魯汶大學做過研究教授，還到過韓國首爾，在外國語大學教過一年書。尤其在魯汶，研究之外，還參加過一些漢學會議。如2017年7月參加德國特里爾大學「經學、文體與體裁」國際會議；2019年7月參加過法國巴黎茶山丁若鏞國際《易》學論壇（其實2017在韓國已參加過此一論壇）。至於行路，光是在魯汶一年，就游過比利時的歐斯坦德與蒙思，丹麥哥本哈根、捷克布拉格、匈牙利、布達佩斯、愛爾蘭都柏林與西海岸、芬蘭赫爾辛基、英國倫敦與劍橋、波蘭華沙與克拉科夫、挪威奧斯陸、冰島、克羅埃西亞、羅馬尼亞、保加利亞、拉脫維亞里加、西班牙格拉納達，以及地中海島邦馬爾他。每到一地，都詳做游記，文情兩茂。真是令我羨慕得緊。

貴三好將中國經典與世界各地相提并論。例如《魯汶四季》：春元篇、夏亨篇、秋利篇、冬貞篇。說的是魯汶一年的旅游生活，他卻特地和《周易．乾》卦辭「元亨利貞」合起來說。我國南北朝時，南陳的周弘正說過：「元，始也，於時配春；亨，通也，於時配夏；利者，義也，於時配秋；貞者，正也，於時配冬。」周弘正講的只是「時」，不及於「地」，而貴三卻把世界各地游記加了進去，頗有我身即世界，世界即我身的氣概。不只是把四季和乾卦四德配合起來，作為壹貳參肆的篇名，貴三更以〈震仁篇〉、〈離禮篇〉、〈兌義篇〉、〈坎智篇〉作為伍陸柒捌的篇名。〈震〉、〈離〉、〈兌〉、〈坎〉，也都是《周易》六十四卦的卦名。貴三學識豐富，由博而入專，以《易》學為治學金字塔之頂，且人情練達，以經典為處事之南針。並把經典與學行融合。他這本書名為《魯汶遊學風雅頌》，顯然融合了《詩經》，使遊學成為一首又古典又具詩情樂意的樂章。此外，「壹之十」章名曰：「藏焉修焉與思焉游焉」源為《禮記．學記》。「貳之一」章名曰：「興觀群怨與情志聯翩」，源出於《論語．陽貨》。

---

[19] 案：2021年10月完成《魯汶遊學風雅頌——魯汶四季、歐遊四方、肇學四部》定稿，11月19日老師年高九豑，熱情為作〈序〉文，親書稿紙4頁、〈附記〉稿紙1頁，非常感動與敬佩。

讀古書不應只限於「博學、審問」，還要通過「慎思、明辨」而歸結於「篤行」。貴三在篤行方面是夠努力的。

貴三現在正是英年，我相信，他的成就，還更遠更多。

附記

貴三能文又能詩，書中各篇多先詩後文，有些章目前也先是一首律詩或絕句。這些詩大致具有「提要」的功能，讀時要留意。

又貴三大專聯考本考入高雄師大英語系（案：老師誤記，當為「高雄中山第一屆外國語文學系」），雖只讀了一年（案：老師誤記，當為「二年結業」），但根柢已固，第二年棄英文改國文，聯考再以唯一志願考入師大國文系，再系而研究所，由碩而博士，然後留所任教。所以他的英文程度比較高，能以英文寫作。此書玖之三是以英文寫的，說的是康熙時代的傳教士與中國學者對《易經》的早期研究，我希望此文能附中文譯文。

附錄一　潘麗珠〈黃慶萱與古典文學研究會的因緣〉[20]

是知識份子對社會責任與關懷使然，加上好朋友黃永武的邀約，黃慶萱在古典研究會成立之初，很快的便投入這一「將古典文化向下紮根、向外發展」的學會行列！

十多年來，眼見學會勤苦耕耘後的會務蒸蒸日上，會員數日益眾多，舉辦的學術活動成果豐碩，黃慶萱的內心和許多元老級的朋友一樣不禁感到欣慰；尤其學會成立的目標之一「建構校際聯絡網，開放門戶與國內外學者相互切磋」，能開風氣之先，並行之有年，且效益非凡，確實讓身為學會一員的他，與有榮焉。

從小就喜歡閱讀小說，不但讀得快，也讀得多，因此和文學結下不解之緣。初二的時候，父親覺得他不應該總是在小說方面花時間，引導他看清人著作《綱鑑易知錄》；民國三十六年到了臺灣，進師範學校，在老師的特別允許之下，又大量閱讀西方翻譯及五四時期的小說，……更加培養了濃厚的文學興趣。後來之所以走上義理研究的道路，黃慶萱謙虛地解釋是因為感覺自己的生活視野不夠廣闊、想像力不夠活潑，文學的創作不易突破，於自己而言，改走思想的路，較能發揮所長。研究所讀書期間，林景伊和高仲華兩位老師的教導，至今依舊銘感難忘：林老師是才子型學者，完全依照學生的興趣給予指導；高老師所寫的「中華學術體系」相關文章，宏觀的思想頗能啟發後學；有幸受教於兩位老師，他獲益良多。

為了家計，念研究所期間曾經在外兼課，因此讀書時間總覺得不夠用，由於此一遺憾，黃慶萱認為現在的大學生既沒有生計問題，就應該多加強原典的圈點閱讀，及早奠定紮實的治學基礎，寧可多花些時間在課業上，不要輕易的揮霍青春韶光，畢竟黃金年華稍縱即逝，不把握反應敏捷、思考力強、吸收力快的大好歲月充實自我的話，實在可惜、可嘆！他說：「大學生應以大學課程

[20] 轉載自中華民國八十五年（1996）十二月，老師時年六十五歲，門生潘麗珠教授撰寫此文，刊登於《古典文學通訊》第二十八期。

為中心，以精力、時間為半徑，畫出一個圓滿的圓，由此開啟美好充實的人生！」

除了讀書，知識份子的社會關懷黃慶萱始終極為看重。當初參與古典文學的學會組織，正是期盼走出校園，凝聚各校友人的力量，對社會發揮影響力，以實際行動，展開社會活動的關懷。因著這樣的信念，民國六十五年七月十三日，他在《中央（日報）．副刊》發表〈最後的古屋〉一文，表達對林安泰古厝未來命運的關心，終使古厝得以安然遷移，為臺北市民多留存一處發思古幽情的好場所；因著這樣的信念，民國七十年六月十五日，他向聯合報投書，支持消費者文教基金會處理紅色蝦米添加螢光劑的問題，期盼該會繼續發揮道德勇氣造福社會大眾；因著這樣的信念，民國七十三年四月五日，他在《聯合報》寫了一篇文章〈不要跟天地作對〉，呼籲人們注意生態均衡、重視水土保持，為子子孫孫留下「不可勝食，不可勝用」的資源！對於「知識份子」，黃慶萱的看法是：「把自己的生命貢獻給全人類是『士』（知識份子）的任務，只有學問而不能任事是不配稱為『士』（知識份子）的！」（見七十三年二月二十九日《青年戰士報》黃慶萱寫〈士的聯想〉）

至於學術專長，黃慶萱在臺灣師大國文系所講授《易經》、修辭學、中國文學理論研討、《周易》研討等課程，長期不斷發表諸多單篇論文，嚴格督導學生的學業與寫作，深深受到學生的敬愛與景仰；專門著作除了《魏晉南北朝易學考佚》、《修辭學》、《中國文學鑑賞舉隅》（此書被國家文藝基金會推薦為最適合大專學生閱讀的文藝作品之一）等等，又於去年（一九九五）在東大圖書公司出版了《學林尋幽》及《周易縱橫談》兩本書；目前正在整理一些書評、文評和短評，準備出版（初步名稱訂為《與君細論文》──編者案：已在一九九九年出版──和《我行我歌》）；當然，他最想完成的，還是「《周易》讀本三十卦」的改寫和續寫。相信我們不久後又可以看到他的新書堂堂問世！

附錄二　高祥紀錄〈修辭學答問〉[21]

演講大綱：（一）修辭學與文學之風采。（二）中國文學對修辭學的呼喚。（三）修辭學在中國文學裡的詠嘆。（四）生動的交響曲。

演講紀要：首先，黃老師介紹在教學上常使用的修辭學方法，並引用古今文學作品，詳為剖析，針對教學上的用法、使用技巧及限制，做了詳細的說明，讓每位參加研習的老師，感到活潑生動，進而提出問題就教黃老師。三小時的演講下來，讓與會者獲益良多，如沐春風。

[21] 案：此文係先生應臺北：中國科技大學「教師校內研習會」之邀，專題演講後，該校教師高祥所作紀錄，因未標示日期，故附錄於此備參。

附錄三　蔡宗陽〈專訪黃慶萱老師〉[22]

蔡：請問老師，您為何研究修辭學？

黃：從小喜歡看小說，對寫作有些興趣。進入師範學校就讀，在學校圖書館借到陳望道寫的《修辭學》，看了覺得在作文上有些用處。在小學教了五年書，又考進臺灣師範大學國文系，一念就念了十多年，後來留在師大任教。那年，國文系增班，修辭學沒人肯教，系主任找到我問我肯不肯教，我一口答應下來。既然教這門課，就注意收集資料。由於教學時數限制，我把修辭學的重點擺在修辭格上，希望學生學了，對寫作和國文教學有些幫助。我的《修辭學》一書，就是這樣寫出版的。這本書在〈前言〉部份，有曾提到為什麼要學修辭學，以為修辭學是國文系基礎學科之一，有助於優美辭令的欣賞與創作，所以值得一學。

蔡：請問老師，您如何研究修辭學？

黃：就我個人來說，引發我寫作樂趣的，小學時代是《水滸傳》和《三國演義》；中學時代是林琴南翻譯的西方小說，如《撒克遜劫後英雄略》，以及曹未風翻譯的，朱生豪翻譯的莎士比亞劇本。林譯西方小說使我文言文閱讀寫作能力大有進步；莎翁劇本中的解頤妙語，使我進一步想知道這些妙語是怎樣想出來的。後來讀陳望道的《修辭學》，理論和實際一碰，就迸出一些體會來。學修辭學，固然要看幾本談修辭理論的書，但更重要的事，是從實際說話人的話語中，實際寫作者的作品中，去領略他們的修辭技巧。修辭理論，是從修辭現象中歸納出來的。還有，修辭理論也不是孤絕的存在，它和語言學、心理學、社會學、美學、哲學都有密切關係。如何把這些學科串連起來，使些辭學有更深更廣的理論層面，成為一種完整的知識，亦是不可忽略的。

---

[22] 案：中華民國八十八年己卯（1999），老師時年六十八歲；六月，中國修辭學會《修辭通訊》第一期，頁23-24，特別刊載臺灣師大國文系主任兼中國修辭學會理事長蔡宗陽（1945-）教授：「學人專訪──專訪黃慶萱老師」。同期，該刊「學術資料」又轉載《中央日報．作文加油站》專欄，先生：〈作文與修辭〉。《修辭通訊》第一期原刊作「賴貴三專訪」，實為蔡教授謙辭託名，今更正以存其實。

蔡：請問老師，您的修辭學著作及有關修辭學著作有哪些？

黃：說起自己修辭學方面的著作，我不能不說聲慚愧。1975年出版了《修辭學》之後，沒有繼續研究下去。雖說曾應國立編譯館的要求，在1986年為臺灣高中編寫了《文法與修辭》的教科書，但其中並沒有太多的新意見。出版我《修辭學》的三民書局董事長劉振強先生去年還對我說，我的舊作該修改修改了。但東一個學術會議，西一個論文審查，能動筆修改自己該修改的書時間就不多了。倒是和修辭學勉強扯上一點關係的文學評論，這幾年出版了幾本，如：《中國文學鑑賞與舉隅》、《與君細論文》，另《學林尋幽》中也有幾篇有關修辭和文學評論的小文章。慚愧！

蔡：請問老師，您既研究《修辭學》，又研究《周易》，傅隸樸先生和徐芹庭先生也是一樣，能不能說明為什麼？

黃：我不知道傅隸樸先生和徐芹庭老弟為什麼同我一樣地既研究《周易》，又研究《修辭學》。其實早年楊樹達先生也曾同時研究這兩門學問，著有《周易古義》和《漢文文言修辭學》。另外寫《字句鍛鍊法》的黃永武在《周易》方面也有很高的造詣。修辭一詞出於《周易・文言傳》：「修辭立其誠。」辭，原指訴訟之辭，一變而為言辭，再變而為文辭。孔穎達在《周易正義》中說「辭為文教」，有商量的餘地。清代阮元對《周易・文言傳》極端推崇。在《揅經室三集》卷二有〈文言說〉一文，甚至說：「孔子於〈乾〉〈坤〉之言，自名曰文，此千古文章之祖也。」近人高亨在〈《周易》卦爻辭的文學價值〉一文中，也說：「《周易》語言在那個歷史階段，是代表散文創作一種風格的較好成就。」《周易》修辭優美，我是肯定它的；但我個人同時研究這兩種學問，卻是機緣使然。前面我說過：在師大教修辭學只因當時沒人要教。而我研究《周易》，是我博士論文指導老師高明先生指定我寫魏晉南北一朝的《易》學，以至後來對《周易》的興趣還超越《修辭學》之上。

蔡：請問老師，您對《修辭學》有何展望？

黃：我個人對自己寫的《修辭學》從沒有滿意過。這本書只談辭格，只是積極修辭中的一環。沒有談到穩妥的段落安排，沒有談到適當的辭語運用；沒有談到音節修辭，更未談到語言風格問題。每想起高明老師賜序中對我的勉勵：「進而將修辭學整體做無微不至的研究。」就汗顏不止。年近七十，現在我只希望自己把《周易讀本》寫完，再寫一本《中國文學理論》。修辭學方面可能無法全面改寫了，高明老師對我的期望，我鄭重的拜託我的學生們，懇求你們能努力完成它。

附錄一　黃慶萱教授「見南山居」師友書翰集

賴貴三　釋文編輯

一　林尹老師信函一封（1964年9月22日）[1]

慶萱足下：得來書，甚慰！尚希僇力自強，以求多福，幸甚！頃晤程旨雲主任，云渠亦接足下來函，昨已致復。此間一切，程主任當已詳言，尹不復贅，惟望足下時惠好音耳。又月前教育部送來盧伯炎先生教授資格審查論文一件，其所撰《周易思想體系》一書，頗有所觀，上週已予以通過送還，但尹頗思得有該書，便中希向盧先生一詢，如有餘存，乞賜寄一冊。率此，即詢——

儷祉！

九月二十二日　尹　手啟

二　楊家駱老師信函一封（1965年3月30日）[2]

慶萱賢棣足下：得廿一手書，至慰！《（史漢儒林傳）疏證》亦遞到，稍暇當為檢閱一過。近所撰《遼史長箋》植版方始，頗以改稿限迫，日力不給為苦

---

[1] 此函景伊夫子係以手書「臺灣省立師範大學國文研究所」素面信箋毛筆楷書寫此信文，郵寄至：鳳山前莊縣立鳳山中學，許家鸞先生收轉黃慶萱先生台啟。

[2] 此毛筆信函內未署年、月份，只書日期「卅」，係從限時掛號郵戳「五四年三月卅一日」中，推斷書寫於民國54年（1965）3月30日，楊太老師致函地址為故師母許家鸞老師當時任教的「鳳山高雄縣立鳳山中學」，收信人為「黃慶萱　先生　台啟」。楊太老師住址為「臺北市溫州街十八巷二十四號之二」。以下各信函年月日推斷同此法，寄件人、收件人與地址亦同此函。

也。昨至景伊兄處未得遇，知渠三日經港赴星，渠與仲華兄交接間，不知於棣事，曾提及否？　棣如能請假最好，能趕來送行，當面一提；萬一不能來，希直接掛一長途電話至林公館，表示不能送行歉意，請渠以素諾鄭重言於仲華兄，一切望棣酌之。如非一椾（箋）可詳，冀於清晨八時，掛電話至舍間，因此時兄必未外出也。匆此，即問──
雙好！

小兄　楊家駱　手泐　卅　晚

三　楊家駱老師信函一封（1965年4月14日）[3]

慶萱賢棣足下：十二日函悉，仲華兄伉儷十六日將來舍下，棣之論文當面繳。臺北光復路廿二巷四十九號，即華蓀兄寓所，述例望早日逕行寄去。餘再及，即候──
雙祺！

小兄　楊家駱　手泐　四月十四日

四　楊家駱老師信函一封（1965年4月30日）

慶萱同學足下：廿五日手書奉到，《史漢儒林傳疏證》已於十六日，仲華兄伉儷來舍時面繳，頃悉已送嘉新排版，至《研究所集刊》中，聞不再編入。華蓀兄前數日來電話，謂已接到　弟函及述例，將在《學粹》六月號發表。匆此，即問──
雙好！

楊家駱　手泐　四月卅日

---

[3] 此函係以「北泉山館監製」之「玉版十三行」藍框素面宣紙信箋行書寫就投遞，下函亦同。

五　楊家駱老師信函一封（1965年5月10日）

慶萱弟：電話中所言事，在適當時期，　弟應先期來台北一洽，希　弟慮之。匆此，即候——

雙好！

楊家駱　手泐　十日　晚

六　魯實先老師信函一封（1965年6月8日）[4]

慶萱賢弟足下：昨日與高先生言及下期本所高級揅究生之事，於　足下與黃永武君，皆在攷慮之列。叚令臺大不保送學生，則此項計畫不至有何改變，是其與實（案：魯老師）所譚者，正與　足下所述者相同。屆時自可託此閒同學，代為報名。惟於個中情況，萬勿向他人宣洩，亦決不可，且無須從事干謁也。率泐，即頌——

儷祺！

實先　手啟　六月八日

七　楊家駱老師信函一封（1965年6月17日）

慶萱弟如晤：十五日函悉，入學事似無問題。不日報名，取得准考證後，兵役事即迎刃而解，可以無慮也。連日繁雜少暇，明日起文化研究所論文口試，至星期二止。每日要登山，殊以為苦耳。匆候——

雙好！

楊家駱　手泐　十七日，燈下。

---

[4] 此函係民國54年（1965）6月8日，魯實先教授致函時任教於「鳳山鎮縣立鳳山中學」的師母「徐家鸞」（許家鸞）收轉黃老師的親筆信函。

八　楊家駱老師〈《史漢儒林傳疏證》序〉（1965年夏）[5]

自《莊子．天下篇》、《荀子．非十二子篇》、《淮南子．要略》、司馬談〈論六家要指〉，辨章道術，剖判流別，學術史之規模，於焉肇立。其時百家爭鳴，子學方盛，〈天下篇〉篇首獨能推尊六藝，其言曰：「其在於《詩》《書》《禮》《樂》者，鄒魯之士，搢紳先生多能明之；《詩》以道志，《書》以道事，《禮》以道行，《樂》以道和，《易》以道陰陽，《春秋》以道名分，其散於天下而設於中國者，百家之學，時或稱而道之。天下大亂，聖賢不明，道德不一，天下多得一察焉以自好，是故內聖外王之道，闇而不明，鬱而不發，天下之人各為其所欲焉以自為方。悲夫！百家往而不反，必不合矣！後世之學者，不幸不見天地之純，古人之大體，道術將為天下裂！」嗚呼！莊生所言，抑何深切而沉痛也！司馬遷承父談遺志，撰《太史公書》，雖亦作〈管晏〉、〈老莊申韓〉、〈司馬穰苴〉、〈孫吳〉、〈商君〉、〈蘇秦〉、〈張儀〉、〈虞卿〉、〈魯仲連〉、〈呂不韋〉諸傳，條列諸子之學，而其特創之例，則在立〈儒林傳〉，上承〈孔子世家〉、〈仲尼弟子列傳〉、〈孟荀列傳〉之緒，以著經學之師承。蓋自董仲舒對策，推明孔氏，抑黜百家；武帝建元五年，始置五經博士，開弟子員，故司馬遷〈儒林傳〉以五經分章，觀於篇首「余讀功令」之言，知其裁篇命題，亦時緣於當時之政策也。然自此聖學昌明，定於一尊，後之譔正史者謹守成規，逐代相續，如《漢書》、《後漢書》、《晉書》、《梁書》、《陳書》、《魏書》、《北齊書》、《周書》、《南史》、《北史》、《隋書》、《唐書》、《新唐書》、《宋史》、《元史》、《新元史》、《明史》、《清史》，皆沿史公之例，有〈儒林傳〉之作。駱嘗取王朗、王肅、孫叔然、周生烈、董遇、隗禧、劉劭、蘇林、高堂隆、王基、王弼、士燮、張昭、嚴畯、程秉、闞澤、唐固、虞翻、陸績諸家事補《三國志．儒林傳》，取傅隆、臧燾、徐廣、裴松之、何承天、周續之、雷次宗、關康之諸家事補《宋書．儒林傳》，取王儉、劉瓛、陸澄、祖冲之、顧歡、臧榮緒、沈驎士、吳苞、徐伯珍、樓幼瑜諸家事補《南齊書．儒林傳》，

---

[5] 此序老師以稿紙六頁端楷抄錄，放在「台北縣中和鄉永興街二二巷三號　黃緘」的「楊序」信封內，首頁標題標示「三正」（三號正體字），文用「老五號」，應為排版字體的說明。

取石昂、江孟孫、張易、查文徽、徐鉉、徐鍇、魯崇範、黃載、王鍇、孫逢吉、蒲虔軌、彭玗、朱遵度、孫郃、宋榮、陳郁、陳致雍諸家事補《五代史・儒林傳》，取耶律儼、蕭韓家奴、耶律庶成諸家事補《遼史・儒林傳》，取徒單鎰、張暐、張行簡、楊雲翼、趙秉文諸家事補《金史・儒林傳》，復擬撰諸史〈儒林傳〉疏證及拾補，然後彙刊成帙，以為經學史之長編。顧以方事《中華大辭典》之業，每苦少暇，民國五十二年秋因以囑之黃生慶萱。閱年，慶萱撰《史漢儒林傳疏證》稿成，旁徵博采，綱舉目張，信足漱六藝之芳潤，為讀史之津梁矣。慶萱英年劬學，方將繼此有所作，茲值刊行，謹為誌其緣起如此。

中華民國五十四年夏，金陵楊家駱。

九　楊家駱老師信函一封（1965年7月5日）

慶萱賢弟足下：得函至慰！此後三年，弟得媷力學術，厚植其基，關係一生者至大，至望一刻能不虛度也。八月來北時，再詳談。匆頌——
雙好！不一。

楊家駱　手沕　七、五

十　楊家駱老師信函一封（1965年8月26日）[6]

慶萱賢棣足下：原定本月廿九晚，在舍餐敘之約，請改在廿九日中午十二時，屆時請函　家鸞亦同臨。以是日晚間，適有他約，改在中午，庶可以兩全也。專此，即候——
雙好！

楊家駱　手沕　八月廿六日

[6] 太老師楊家駱教授此函所寄地址，已改老師新寓住址：永和鎮水源街十巷六號。函後附便條一通：《漢儒通義》，陳澧，《東塾叢書》本。《東塾讀書記》，陳澧，世界書局本。《先河錄》，劉成炘，《推十書》。

十一　楊家駱老師信函一封（1965年11月11日）

慶萱賢弟足下：頃遇趙鐵寒夫人，已將介弟往見事，託其轉達，附片希即持訪，趙寓在永和路一段一六六巷十五號。序俟寫好，即另寄。匆候——
雙佳！

楊家駱　手泐　十一月十一

十二　楊師母信函一封（1965年12月3日）

慶萱：
阮廷卓已接到杜校長准他辦理休學的公文，煩抽空來舍，持證件前往註冊組代辦，謝謝！此祝——
儷佳！

楊師母　十二月三日　下午

十三　楊家駱老師明信片十二張（1966年3月14日至1969年7月24日）[7]

慶萱賢棣足下：　弟文已排入《大陸雜誌》三十二卷五期，日內即可出版。望弟再案稿去（逕寄《大陸雜誌》社，收件人勿寫私人姓名）。匆此，即問——
近好！

楊家駱　手泐　三月十四日

---

[7] 此13張明信片年份，係從郵戳中檢閱而確認，分別是：1966年3月14日、3月15日、3月27日、4月26日、5月23日、7月20日、7月30日、8月23日、8月25日、9月12日、9月21日、10月3日至1969年7月24日。黃老師當時先後住址分別：永和鎮永興街22巷3號、永和鎮中和路413巷7號與臺北市新生南路一段145巷17號之7。

慶萱弟：昨來，值入睡，未得談，歉甚！悵甚！接函後，請來一電話，以有事待告也。匆此，即頌——
雙祺！

楊家駱　手泐　三月十五日午

慶萱弟：請於星期一（廿八）上午十時來舍一談，不識於上課有衝突否？有關資料請儘量帶來。匆此，即問——
雙祺！

駱　手啟　三月廿七日，下午五時。

慶萱賢棣足下：齊鐵恨先生手校《新世紀高中國文選》已找到，請　棣於星期五下課後，便道過我一取。匆頌——
雙好！不一。

家駱　手泐　四月廿六日

萱弟：海國（書局）須印一樣本，請將已整理、已注各篇，於本星期四或五下午，順道送至兄處，以便選擇數篇看後送去。星期二三六下午，兄有課，恐不值，故以星期四五下午為便。匆候——
雙好！

駱　泐　五月廿三午

慶萱賢弟足下：接片後，請打一電話至舍下。即頌——
儷祺！

駱　手泐　七、廿　清晨

我或於中午前後外出，如方便請移下午四時左右來電話。又及。

萱弟如晤：海國送來封面式，便中請過舍下，一商定之。兄明後日大體在家，

八月二日須去輔大印試卷。並此附聞，匆候──
儷祺！

駱　手泐　七、卅　晚

萱弟：《國文》第一冊已送來，入市時，便道過舍一取。匆候──
雙安！不一。

楊家駱　手啟　（八）廿三

萱弟：《國文》第一冊已送到，入市時，請便道過舍一取。匆頌──
雙安！

駱　啟　（八）廿五　午

慶萱賢弟：足下得便時，請打一電話至舍下。即頌──
雙祺！

楊家駱　手啟　（九）十二日

慶萱賢弟足下：日前未值，為歉！接片後，請來一電話，有事擬奉煩也。匆候──
雙祺！

楊家駱　手啟　（九）廿一日

慶萱賢弟足下：今晨外出，未值為歉！星期五（七日）晚，被友邀同作主人，宴請蔣復璁、屈萬里兩先生，慧可忘記，以至應允重複。弟見約，兄心領，何如？倘必囑另定日期，則星期六亦可，惟最好能免去。弟遷居勞頓，復再費事，殊命受者不安也。匆此，即頌──
雙安！

駱　手啟　十月三日晚六時

慶萱賢棣足下：海國（書局）已將校樣送來，便中請即來取。今日上午打電話至研究所，適　弟公出，故以函達。匆此，並候——

雙祺！

家駱　手啟　（1969）七月廿四日　午後

十四　孔德成老師信函一封（1966年7月8日）[8]

慶萱弟：

（一）本期研所分數，皆書90分，希到教處代填。

（二）四年級者，可皆書70分，亦希到教處代填。

孔德成　七、八

十五　孔德成老師信函一封（1966年7月18日）[9]

慶萱弟：

來書并附件已悉。多謝！專此，即問——

近好！

德成　七，十八。

十六　楊家駱老師信函一封（1966年9月26日）

慶萱賢弟足下：廿二日有勞，甚謝！後（林）明波來，為言各情，校事如此，

8　此函年月日係從郵戳確認（下函亦同），孔太老師以「詩禮樓」素箋毛筆行書寫此信文，時寓「臺中市國光路三三三號」，而黃老師服務於臺灣師範大學國文研究所。

9　此函孔太老師以「國民大會」八行信箋原子筆行書寫此信文，郵寄至黃老師寓址：臺北縣永和鎮中和路413巷7號。

堪為一嘆！（劉）本棟中興大學已改聘為講師，日前來函言及五專《國文》第一冊事，截奉一閱。[10]匆此，即頌──
雙祺！

楊家駱　手泐　九月廿六

十七　林尹老師信函一封（1966年10月12日）[11]

慶萱仁弟：
軍校事慕曾已不能去，吾弟可再物色，或逕轉告盧主任。附致盧主任函一件，吾弟可閱後付郵。率此，即詢──
日祉！

尹　頓首　十月十二日

---

[10] 黃老師收藏有一封僅兩行不完整一頁的信文，接續黏貼於完整十行「臺灣省立中興大學用箋」信文（案：臺灣省立中興大學，1961-1971），當是黃永武教授手書，抄錄如下，以供參考：「……身沙漠，常起北歸之念。吾師（案：當是楊家駱教授）前寄《五專國文選》，奉讀一過，其中有生向所不解之問題二：一則為p.96注二〇「岈然」。標準本皆注「峆岈，山深貌。」生授此課時，曾就文句意義，辨明岈然當為高貌，然不敢遽更注文，蓋因統一考試故也。今讀此注，甚為朗快。一則為p.224注七九「東郭野人」。標準本注言不詳。生增檢《左傳・桓公》時事，不得。讀《說苑》，亦不復記憶。今讀此注始渙然釋疑。想現時高中標準本似此錯誤，正多所存在，誤人子弟，一何甚也！有疑問者一：即p.70注四四「孔子師郯子」下「昭公與宴，問曰：……」此注生猶記標準本作昭公問郯子少皋鳥名官之事。然《左傳》作「昭公與宴。昭子問曰：……」（生記憶如此）則問者為昭子非昭公，就本書此注看，問者當為昭公，恐與原事不合，或許先生襲標準本之訛，未可的知。謹為師言之，蓋師生間不可有隱也。」

[11] 此函景伊夫子係以手書「臺灣省立師範大學國文研究所」十行信箋毛筆行書寫此信文，郵寄至黃老師寓址：臺北市新生南路一段145巷十七號之七。

十八　謝冰瑩老師信函一封（1966年11月10日）

慶萱老弟：

大作拜收，無任感謝！內容豐富，字字璣珠，當仔細拜讀也。專此致謝，此祝——近好。

謝冰瑩　上　五五，十一，十。

十九　楊家駱老師信函一封（1966年12月29日）

慶萱賢棣足下：海國寄來《國文》校樣十一篇，已另郵掛號寄弟，煩校畢送至舍下，當再通知其來取也。匆此，並候——

雙安！

楊家駱　手啟　十二月廿九日

二十　楊家駱老師信函一封（1967年3月31日）

慶萱賢弟如晤：《國文》第五冊想已在準備，希望於四月開始繳稿，於五月繳清。揚侯以病重，入住榮民醫院，已一星期，故為代達。匆候——

雙好！

家駱手啟　三月卅一日

第五冊如用駱文〈除夕辭歲啟〉及〈古小學書考敘〉，似可備選。又及。

〈古小學書考敘〉印本有數誤字，又文中應注釋者，多在《中華大辭典》第一冊「一切經音義」條中，是條長數十頁。

二十一　楊家駱老師信函一封（1967年11月7日）

慶萱賢弟如晤：另郵寄奉成譯《一千○一夜》首冊，書前有《一千○二夜》一篇，可備五專《國文》第六冊之用（此文剪下無妨），揚侯已再入醫院，前曾託兄轉達，望　弟第六冊能早繳稿。又師大書款，便中亦請　一詢。匆此，並候──

雙好！

駱　啟　十一月七日，晨。

二十二　楊家駱老師信函一封（1967年11月12日）[12]

慶萱賢棣足下：昨承攜眎（視）文注四篇，皆極詳明，甚以為慰！今日童君介夷來訪，已續繳三篇；另〈塩鐵論〉一篇，畧（略）有增改，玆還奉以備補撰文話。揚侯已於今晨逝於榮民醫院，渠隨余十六載，不意英年不祿，良深哀痛！　棣處所餘文注七篇成後，仍希　眎及。匆此，並候──

雙好！

家駱　手啟　十二晚

二十三　楊家駱老師信函一封（1968年1月1日）

萱弟：附函煩作夏寄，兄以便介夷來取。匆候──

雙安！

駱　啟　一月一日

---

[12] 此函郵戳連郵票已撕去，類此情況亦多，可知老師有集郵習慣。此函信末只署「十二晚」，以太老師1967年11月7日致老師函中，提到「揚侯已再入醫院」，而此函敘及「揚侯已於今晨逝於榮民醫院」，故推斷此函為1967年11月12日晚所書。又此函以「國立臺灣大學」信封投郵。

二十四　林尹老師信函一封（1970年3月20日）

慶萱足下：明日下午四時前，赴中美文化協會開會，可不必往接沙（學浚，1907-1998）院長。因沙院長頃有電話來，謂不擬前往也。率此，即詢——
儷祉！

林尹　手啟　五九、三、廿

二十五　林尹老師信函一封（1971年8月5日）[13]

慶萱足下：足下下學期課程已與李主任商妥，除原有五小時不變動外，加排四書或修辭學四小時，由足下自行選擇。希與國文系排課助教逕行聯系，並面謝李主任。在謝忠正未正式報到前，仍希照舊到所幫忙。順詢——
儷祉！

尹　手啟　八月五日

二十六　高明老師信函一封（1972年11月20日）[14]

慶萱弟足下：

得　書及所寄茶葉二罐，知吾弟已通過教部博士考試，至為欣慰！而吾弟不遺在遠，隆師尊禮，尤使明感慰無已！吾弟論文如由嘉新出版，作序之事，自不敢辭。明約於明年四五月間返臺，（此間第二學期已於本周一開始，至五月底學期終了，課程則於三月下旬結束，至三月底考試完畢，明以高麗學

---

13 景伊夫子此函以「國民大會代表便箋」鋼筆行楷書寫，郵寄老師住址：新店鎮中華路42巷七號之三。

14 仲華夫子以鋼筆書寫，當時客座講學於新加坡「南洋大學」。所寄老師（黃慶萱先生）地址：台北新店鎮北新路1段86巷15衖（巷）8號4樓。

校至五月下旬放學，能否提前於四月返臺，現尚未定）預計　弟文經校推薦，嘉新核定，並排版校稿，需時恐在一年以上，序文俟明返臺，再行執筆，尚不為遲。目前明正忙於趕還中國文化復興推行運動委員會之文債（即《大戴禮記今注今譯》），又須為《南大學報》趕寫一文，恐無暇及此。懼勞　盼望，謹先陳明，想能見諒也！專此復賀，並頌──
儷綏！

明　手啟　十一月廿日

二十七　李怡嚴教授信函一封（1978年2月10日）[15]

慶萱先生：

謝謝您寄來您的文章，怡嚴在寒假中拜讀過一遍，著實學了不少東西。怡嚴對《易經》本來外行，祇是喜歡博覽而已，唯多少有些想法，與　先生不相同，零碎寫下一些，以就正於　先生。

朱子說得好：「《易》本是卜筮之書，今卻要就卜筮中推出講學之道，故成兩節工夫。」怡嚴以為此兩節工夫不應相混。一方面推求卦辭、爻辭的原意，可以考見當時的社會情景與人民心理狀況；另一方面引申其義，當作格言看待，有助於個人進德修業。就後一種工夫來說，不過是一種連想與象徵，祇要道理本身站得住，亦不必盡合《周易》原意。反過來說，若是要考查筮辭原意，似不應求之過深，過將後代的思想比附上去，造成附會。怡嚴覺得《周易》編者在編排卦爻辭時，可能多少有一些原則，例如〈說卦傳〉對八卦間的一些象徵意義，以及在位置上「三多凶，五多功」等等（正如後世的牙牌神數之上上必吉、下下必凶）一部分，這些原則可以用排比歸納的手法來重現。唯怡嚴不相信筮辭內，每一句辭都與陰陽或方位有關連，尤其是為求講得通而添

[15] 李怡嚴（1937-）教授，曾任新竹清華大學物理研究所所長、教務長），此函以「國立清華大學」素面信箋黑色原子筆書寫，字跡稍微潦草，一共四頁，辨識解讀，頗費工夫。

加原則。《周易》筮辭一共也沒有多少字，加上夠多的原則，總可以講得通，可是那又有什麼意義呢？

舉一個例，先生釋〈師卦・九五〉:「長子帥師，弟子輿尸」，以長子指九二，二三四互體為〈震〉、為長男，亦即卦辭之「丈人」。其實「長子」若釋為「長男」(一索而得者)，即不足以當「丈人」。不論「丈人」為「壯猷之元老」也好，為「聖人」也好，均不與「長男」有必然之關係。其下「弟子」據說指六三體〈坎〉，為中男。其實就爻辭本意，通盤來看，「弟子」明指部下階級或資歷低淺之人，亦非「中男」一辭所能包含(如果一定要附會的話，應該附會成少男才對，可惜無法與艮卦接上關係)。又：爻辭在六五，何以長子一辭需要二三四互體，三至五爻為師不能互體，而「弟子」又需要六三體〈坎〉，皆無必然的原則，在別的地方也許講成六五王位(如〈坤卦〉「黃裳」)，而在此地講不通，故加上多少迂曲的話。怡嚴覺得為此傷太多腦筋，對中國文化的整體以及對個人之進德修業，皆無幫助，不知　先生以為然否？

其次，怡嚴以為不宜將《易經》附會上近代科學，近代科學的名辭皆有一定的界說，如果與《周易》形而上的語句比附，一定兩傷。先生「〈乾卦〉釋義」〈上九・文言〉釋義一節，謂「亢龍有悔」之「精神狀態」為「位」「時」以後之第五度空間。其實相對論中「時間」之與「空間」相提並論，自有其詮論上之意義。「精神狀態」如何能為一「度」，實在比擬不倫，而原來「亢龍有悔」之爻辭，亦不需要如此比附。關於薛學潛之「超相對論」，怡嚴曾看過(現在手頭無書)覺得沒有價值，無論她如何比附，他無法提出確切的預測以與實驗印證。由此可知薛學潛的書，並非一本科學著作了。

再次，說到《周易》與孔子的問題，怡嚴有一個不成熟的看法，請　先生指教。怡嚴以為孔子在四十六七歲時，雖然一度對《周易》發生興趣，可是實際上沒有花費太多精力在上面，《論語》上除了「五十以學《易》」以及引〈恆卦〉一段外，全無跡象，不像《詩》三百篇，為孔子經常用以訓誨弟子。據崔東壁之考證，孔子五十歲前一段時間陽虎為政，孔子不在，比較有空閒。孔子入太廟每事問，必能看到魯國所有之《周易》(亦晉韓宣子所看到的)，祇是他希望再多等幾年「可以無大過」。然而定公八年孔子五十歲為司寇，即忙於政事，孟子「孔子先簿正祭器，不以四方之食供簿正」，是定公十年魯侯會齊侯於夾谷，孔子攝相，在魯之地位日漸重要，又忙於墮三都。至定公十二年孔子去魯適衛，於衛靈公為際可之仕，於定哀之際去衛過宋適陳，困於陳蔡之間，數年無上下之交。於哀公六七年間反衛為公養之仕，致哀公十一年歸魯，斯時孔子已六十八歲。隨同至陳蔡者為四科十傑，其言行多載於《論語》與《左傳》，而獨無學《易》之事。孔子回魯後數年，先忙於正樂，而後忙於整理《春秋》，亦未聞傳《易》之事。由此視之，孔子對《周易》恐怕始終沒有機會化大工夫研究，至於《易傳》所引之「子曰」皆戰國時相傳之語，是時儒分為八，將派別之師說誤作孔子之言是很可能的事，不能作為孔子傳《易》之證。孔子不但教弟子少用《周易》，於教誨親子時，亦僅為學《詩》學《禮》而已。孔子弟子子夏為魏文侯師，而《汲冢周易》無〈彖〉〈象〉等篇，合而觀之，如無正面之論據，我們應該可以假定孔子與《易》並無深切之關連。

以上數點為一時想到的，在拜讀　大作時想到的還多，不過太零碎，姑且以此數點請教於　先生。順祝──

安康！

李怡嚴　上　二月十日

二十八　李東俊理事長信函一封（1980年4月10日）[16]

東俊再拜白：敝院另蒙宇內諸君子眷念，已經召開退溪學國際學術會議四次，以造昌明斯學之機運，「學報」刊頒已至二十五輯，研究論攷亦過一百餘篇，故　亟欲編刊「退溪學研究論攷提要」，以圖副學界需要。茲敢仰請　先生所譔關於退溪學論攷提要，期於入刊，幸勿見棄，以終其惠。并乞──

譔祺！

[16] 李東俊先生為大韓民國「社團法人退溪學研究院」理事長，該院位於首爾特別市中區乙支路一街一六番地，此函係以兩頁素面花箋宣紙毛筆行書影印，寄到老師當年住址：台北縣新店鎮北新路一段八十六巷十五弄八號四樓。

一、著者略歷及寫真小型二枚。

二、論攷題目及概要（六百字以內），發表揭載誌及年月日。

三、期於一九八〇年七月三十日寄到本院。

社團法人退溪學研究院理事長　　李東俊　敬上　一九八〇、四、十

二十九　高明老師信函一封（1981年11月9日）[17]

慶萱弟足下：得書，知已安抵香港，到校上課甚以為慰！今年舊曆十二月二十四日為內人卞秀英七十生日，明擬請弟代匯美金壹百元，寄至江蘇鎮江解放路演軍巷八號，卞秀英或高登收，請說明係明囑託代匯，表示明極為關切之意。此欵（款）明將其折為新台幣匯至尊府，如何？明擬匯新台幣肆仟元至尊府，所多之錢，即作為匯費。如此，可省去明申請外匯之一道手續。想尊夫人當亦歡迎也。專此，即頌——教綏，不一。

明　手啟　十一、九

請您也給舍妹一個地址。

三十　陳新雄教授信函一封（1982年3月15日）

慶萱先生惠鑒：弟已於今日上午將申請表及證件影本（一包）論文及著作（另一包）交郵局航空掛號直寄浸會學院人事室，想一週內必可收到，特先函告，並祈　隨時協助。日前亦遵囑，致王爾敏先生一函，略道仰慕之忱，並謝允作弟之推薦人之意。為申請赴浸會任教事，勞吾兄費神，深為感謝。惟申請表上並未註明弟申請之職位，此點尚有勞　兄與浸會當局點明。餘不一一，耑肅靜

---

[17] 仲華夫子以「中華文化百科全書編輯部稿紙」原子筆書寫，信封標示所寄時間為「十一、十七」，時寓：臺北市木柵化南新村65號。所寄老師（黃慶萱教授台啟）地址：香港九龍窩打老道224號浸會書院中文系。

候──
教安！

弟　新雄　頓首　三月十五日

（李）雲光兄處，請代達此意。

三十一　黃錦鋐老師信函一封（1982年11月8日）

慶萱兄賜鑒：手教早已拜悉，惟恨俗務所纏，致擱筆者再，致稽延至今，罪甚歉甚！關於（李）雲光兄及常（宗豪）主任來校講學事，經與各方聯絡，均未得要領。目前表格雖寄上，實無若何把握。聞　兄近況尚佳，心為之慰！前囑書寫扇面，已經草就，唯不堪入目，聊為紀念耳。俟　嫂夫人經港時，託其奉上。專此，順候──
時綏！

弟　黃錦鋐　敬拜上　十一月八日

三十二　黃錦鋐老師信函一封（1982年12月29日）[18]

慶萱兄：別後甚念！前日家鸞來，暢談甚歡。所寫之扇面，一則拙於寫字，二則初次頗有懼心，故未寫好。本擬託人購買另寫，以大扇難購，只得小扇一把，茲併奉上，以誌吾過。常主任與李先生前日來台，併數次會面，下學期上課時，如常主任來台，得便擬請其作一次講演，時間與講題盼先能與其聯絡寄下，以便早作安排為荷。在港同學，併代致候。專此，順頌──
旅祺！

弟　黃錦鋐　拜啟　十二月二九日

內子坿筆問候。

---

[18] 天成黃錦鋐教授時任國文系主任，而老師則客座講學於香港中文大學。

三十三　黃錦鋐老師信函一封（1983年1月16日）

慶萱兄：賀卡拜悉，謝謝！扇面已寫壞，故托人在韓另買一把，不料所買太小，只好一併送上，以續罪愆。另毛筆數枚送常主任，請屆時代為轉交。此次常主任談起，中文大學劉殿爵先生休假，將來台小住，弟擬就便請劉先生到所，作一次講演，請先致意。如蒙允諾，以何種方式邀請較佳，請示知，以便早作安排。專此奉覆，順候——

旅祺！并賀——

春釐！

弟　黃錦鋐　拜上　元月十六日

論文考試已請許錟輝兄代，請釋念。又及。

附：黃慶萱老師回函一封（未署年月日）

錦公夫子道鑒：月初家鸞信中說起　老師已把扇面寫好了，而且還另外送我一把扇子，送常先生幾支毛筆，謝謝　老師了。（民國七十一年）十二月十九日星期天中午，和陳伯元學長一起喝茶，伯元學長示以吾　師之信，　老師說：師大目前從校長、三長等，全係校友，希望生明秋亦能返校服務。　老師的美意，生十分感謝。生受師大二十多年之栽培，對母校之感激，是不言可喻的。所以無論在台北為《中央日報．副刊》「知言」專欄執筆，或為《中國時報》、《聯合報》、《民生報》、《幼獅》刊物效勞，總是不忘為母校師友之成就作宣揚，並儘可能推介校友執筆。去歲來港，實亦本此志。不過盱衡香港局勢，今後恐不甚利於師大校友之發展。而吾　師又盼望生回母校，生當然義不容辭。在港同門，如蒙傳銘學長等，均很希望能在香港休假期間，有一個回校反哺的機會，常先生亦以能在師大作短期訪問或學術演講為榮。此等學術交流對校友在港發展或有所裨益，亦佳事也。系中師友，時在念中，敬請　老師代為致

意。[19]師母喘疾，想早痊癒，為歲暮天寒，仍宜珍攝。家鸞一月底來港，如需在港採購葯物等，務請賜示遵辦。謹此恭請──

鐸安！

受業　黃慶萱　叩上

三十四　高明老師賀年卡與信函各一封（1983年1月23日）[20]

雲光赴韓期間，內子與弟、妹通訊，亦將暫時煩　弟，拜托！

高明　葉黎明　鞠躬

慶萱弟足下：信一封，煩轉與舍妹，請將弟新通訊處告知舍妹，以便聯繫，為盼！以後來信可直接寄至木柵政大中文研究所轉，轉信方法，可詢雲光，雲光為內子黎明轉信已多，故與舍妹及登兒通信，仍以煩　弟。專此拜託，並頌──

年禧！

明　手啟　一月二十三日

賀年片已收到，謝謝！

（胡）自逢已允獨編《師專國文》九十兩冊，並告。

家鸞曾有電話來，詢購書事，承關懷，甚感！容稍緩時日再告，又附及。

---

[19] 此段信文原書：「不知母校注意及此否？持愛直言，吾　師當能見諒。」後以筆劃去。

[20] 仲華夫子所寄老師（黃慶萱博士台啟）地址：香港沙田中文大學宿舍11苑G。

三十五　黃錦鋐老師信函一封（1983年4月15日）

慶萱兄：手教拜悉，欣聞吾兄以母校為重，即將捨棄中大，返台任教，不勝欣喜！此次內子往港探親，多承關顧，至以為謝。近系所事務甚繁，亟望吾　兄返校指教協助。專肅，敬請——
旅安！并謝。

弟　黃錦鋐　拜上　四月十五日

三十六　黃永武教授信函一封（1983年4月27日）[21]

慶萱兄惠鑒：

承寄中大應徵表格，已收到，弟自當填表應徵。但前此已承李崇道校長熱忱推薦赴美康乃爾事，其熱忱感人，恐難以違命，唯至今尚無回訊，故待常（宗豪）主任五月五日來臺時，弟將一切據實奉告，並面商種種。

邀請常主任休假半年來此任教事，弟已與此間人事單位協商，獲初步同意，大致應無困難，擬於下月報請國科會批准，以便早日確定此事。（前番雲光兄係向教部申請海外學人歸國案，竟以香港非「海外」為由批駁，故此次不申請教部，而轉向國科會，前楊勇兄核准亦是國科會也。國科會之申請，規定必須系內有缺額始可，此次承人事室從寬解釋，故已允備文申請，國科會有何希淳兄相助，當能獲准。）知兄關注此事，一并奉告，耑此順頌——
文祺！

弟　永武　拜上　四、廿七

---

[21] 黃永武教授特以「國立中興大學」八行信箋，自寓邸「臺北市和平東路二段18巷17之1號二樓」，快遞郵寄「香港新界沙田中文大學中文系」致函老師論及香港中文大學應徵與國科會申請海外學人歸國事。

三十七　黃錦鋐老師信函一封（1984年3月26日）[22]

慶萱兄：頃接（蔡）宗陽兄轉下　大著及照片，至以為謝。吾　兄勤於著述，多有所見，當詳為研讀，以廣識聞。觀覽照片，憶十餘年前，同遊登山之時，惟今已步履為艱，無復當年之健矣。而吾　兄雖仍中年，亦白髮蒼蒼矣。時光如駛，不勝感慨系（係）之。何時得暇，當約諸友，只聚暢談也。專此，敬請──

時綏！

弟　黃錦鋐　拜啟　三月二六日

三十八　許世旭教授信函一封（1992年3月5日）[23]

慶萱：

昨午收悉了漢學中心的正式公函，說已通過了，但因年別不同，只發半年的研究費（1993年1月到6月），欣慰之餘，先此奉告，而此果還是托你的勉勵與設想，衷心感謝你。想到明年，再隨你登高呼喊的日子，覺得我們的浩氣不會涸渴（案：枯竭）。山上的杜鵑，快要開了，只是故人在遙遠的地方。順祝──

春安！

許　世旭　拜　92.3.5

---

[22] 此函僅署月日，未署何年，依郵戳日期「84.3.28」，天成師此函當書於民國七十三年（1984）三月二十六日。

[23] 許世旭（1934-2010）先生，時為韓國高麗大學校文科大學中文科教授。

三十九　朱伯崑教授信函一封（1993年6月8日）

慶萱教授台鑒：

此次赴臺訪問，能同您相見，十分高興。臨行匆匆，未能向您告別，頗感不安。所賜大作，拜讀後，獲益良深。先生《易》學根柢深厚，治學嚴謹，兼漢宋兩家優良學風，對經傳和《易》學研究作出貢獻。今春，我受中外合資美芝靈集團公司委託，籌建美芝靈國際《易》學研究院，團結海內外學者專家，深入開展《易》學研究。已邀請到嚴靈峰先生為名譽院長，戴璉璋、黃沛榮、魏元珪諸教授為本院顧問。茲聘請您為本院顧問，敬希應允，不勝感激。不日即將聘書寄上。我離臺前，曾同戴教授談及此事，希望您大力支持研究院的事業。戴教授處存有研究院辦院的有關資料及錄像帶一盒，請多提意見。您所著《周易讀本》，大陸學人，十分需要，盼您早日完稿，可作研究院的教材之一，並打算為您在香港出版（本院在香港設有出版社）。明年，擬在廣州召開一次國際《易》學研討會，屆時請您來廣州一遊。順頌——

教安！

朱伯崑　1993.6.8

附　黃老師回函一封（1993年9月2日）

伯崑教授道鑒：數年之前拜讀　大著《易學哲學史》，覺此書能由歷代《易》學原典理解入手，揭示其大義所在，並指出其歷史發展。於　先生之淵博務實，工力毅力，深感敬佩。此次有幸在臺見面，足慰生平仰慕之忱。來示收到多時，顧問聘書亦已由沛榮兄帶到，厚愛　至謝。我本學年度休假一年，近來整理舊作，並擬繼續將《讀本》完成。明年廣州之會，當前往參加。耑覆，敬請——

教安！

黃慶萱　拜覆　一九九三、九、二

四十 何君平、沈德康信函一封（2014年11月16日）[24]

慶萱、德瑩：

你們好！

我們於10日晚10點準點返昆，很順利！

由於等洗照片，今天才寫信。

你們的精心安排和親切周到的接待使我們對臺灣有了較全面的了解。臺灣風景美麗，民俗多樣，建設成就巨大，接觸的人都誠信、友善、禮貌，交通便捷，市容和衛生好，賓館、餐館、商場、旅遊景點服務周到熱情……，臺灣真是寶島。游臺灣跟國內游一樣，但臺灣的服務更好，住德瑩家感到很親切自然和住自己家一樣。

在你們的幫助下，找到了表妹丁祖英，了卻了我們一大心願。

和慶萱、德瑩一起為大姨和謝姨爹的墓，表達了我們的感恩之心和思念之情，敬祝大姨和謝姨爹安息！

對這次臺灣之游，我們感到很圓滿、很親切、很高興、很值得回味！真是不虛此行！

由衷地感謝慶萱、德瑩、紹音、威志、昶宇（橄欖）！由衷地感謝！！

寄上在臺拍的照片。

祝——

安好！

君平、德康　2014.11.16

問紹音、威志、橄欖好！

---

24 謝德瑩師母表姊夫何君平、表姊沈德康賢伉儷，遠自昆明前來臺北拜訪，圓滿平安返歸昆明後，特別致函感謝先生、師母、女兒紹音、女婿賴威志與外長孫昶宇，熱情接待臺灣之行。

附錄二
浙江平陽黃慶萱先生九衶學行著述年表

賴貴三　編輯

業師黃教授慶萱先生，浙江省平陽縣人，中華民國二十一年（1932）夏曆二月十五日（陽曆3月21日）生於上海，太老師迪我公，太師母葉太夫人鈺。太師祖命其名曰「慶萱」，字之曰「友香」。

中華民國三十六年（1947）來臺，初就讀於臺灣省立臺北師範學校（1947-1949），後轉學於臺東師範學校（1951-1952）；畢業後，任教於臺北市陽明山國民學校五年（1952-1957）。其後，就學並深造畢業於臺灣省立師範大學國文學系（1957-1961）、國文研究所碩士班（1962-1965）、博士班（1965-1972），獲國家文學博士學位。曾任臺灣省立師範大學附屬中學實習教師（1961-1962），國立臺灣師範大學國文研究所助理研究員（1967-1970）、國文學系講師（1970-1973）、副教授（1973-1977）、教授（1977-2000）；並應聘為香港浸會學院（今「浸會大學」，1981-1982）、香港中文大學中文學系客座高級講師（1982-1983），大韓民國漢城（今「首爾」）外國語大學中文學系暨研究所客座教授（1990-1991）、高麗大學中文研究所兼任教授（1990-1991）。

中華民國八十九年（2000）千禧年七月三十一日，自國立臺灣師範大學國文學系退休。著作等身，名重學林；春風藹吉，化雨溫良。先生在臺師大專任授課三十餘年（1967-2000），教授以大一讀書指導、大三修辭學、大四《易經》、碩二群經大義與碩博士《周易》專題研討為主，在經學、史學、小學的研究背景之下別闢蹊徑，著作等身，重要專書有：《史記漢書儒林列傳疏證》（碩士論文，臺北：嘉新水泥公司文化基金會，1966年出版）、《魏晉南北朝易學書考佚》（博士論文，臺北：幼獅文化事業公司，1975年出版）、《漢語修辭格之研究》（臺北：三民書局，1975年出版，後書名改為《修辭學》，仍由臺北：三民書局陸續增訂出版）、《中國文學鑑賞舉隅》（與故師母許家鸞合著，臺北：東大圖書公司，《滄海叢刊》，1979年出版）、《周易讀本》（臺北：三民書局，1980年出版，其後陸續增訂出版，至2021年完稿3月出版上冊）、《周易縱橫談》（臺北：東大圖書公司，《滄海叢刊》，1995年出版）、《學林尋幽——見南山居論學集》（臺北：東大圖書公司，《滄海叢刊》，1995年出版）、《與君細論文》（臺北：東大圖書公司，《滄海叢刊》，1999年出版）；又撰學術論文、特約邀稿等數十篇。

老師執教上庠期間，指導博士學位論文十一篇、碩士學位論文二十九篇，總計四十篇，作育裁成，煥乎熙矣！多士盈庭，漪歟盛哉！畢業門棣多為國內外各知名大學教席、系所主任、院長，以及中學優秀專任教師，文教興邦，桃李天下，薪火相傳。此外，老師嘗自述：「世代書香，詩禮傳家；生活儉樸，性喜研究。」如今齒德道業俱高崇，當世中國文學、《易》學與文化學界，尊敬而譽之為「謙謙君子」、「煦煦儒者」，良有以也。

老師待人接物，一向彬彬有禮，無驕矜姿態；處事治學，始終卑以自牧，從不自炫媚俗，誠如《周易．大畜．彖傳》所謂「剛健篤實，輝光日新」，名實相副，內外一致，允為臺灣光復以來，國學杏壇第二代宗師，備受學界景慕與推崇。自退休以來，二十餘年間，修身養德，優游自在；而體健神清，怡然自得，如今華誕九鞦，福壽駢臻，猶志道游藝，友生齊頌：天保九如，百年期頤。

欣逢老師九鞦嵩壽，重編梳理老師九十年來，豐實亮麗的日常生活、德業生命，以及家庭、論述、講學、研究、服務與親友、同仁、師生等的點點滴滴與雪泥鴻爪，極盡能事努力蒐集輯錄，期能完整呈現老師「立德、立功、立言」三不朽的盛德大業，百年樹仁，足以為師範典型、學林楷模。

以下，依循《論語．為政第二》，子曰：「吾十有五而志於學，三十而立；四十而不惑，五十而知天命，六十而耳順；七十而從心所欲，不踰矩。」孔子為集大成之至聖先師，而老師振鐸裁成、菁莪樂育，桃李滿門，青出於藍，亦大有功於教育，因此將年表分別為六期，依序是：一、啟蒙志學期（一至二十九歲）；二、三十而立期（三十至三十九歲）；三、四十不惑期（四十至四十九歲）；四、五十知命期（五十至五十九歲）；五、六十耳順期（六十至六十九歲）；六、從心所欲期（七十至九十歲）。衷誠期待並祝福老師九艓壽慶之後，身體健康、生活幸福，能夠無憂無慮、含飴弄孫，常保不老、赤子的心懷，一定能夠「食到一百二」。古來「仁者壽」，此後每年將為老師噓寒問暖，祈祝得與老師共享人生歲月的美好與豐華，直到永恆，並一同歡渡世間溫馨、甜蜜與寧靜、和平的寶貴時光。

一　啓蒙志學期（一至二十九歲）

中華民國二十一年壬申（1932）　　**先生一歲**

夏曆2月15日（陽曆3月21日）[1]生於上海，時先生尊翁迪我公隨其叔父黃群溯初公服務於上海《時事新報》。祖父逸甫公以先生母葉氏字從艸，命其名曰「慶萱」，字之曰「友香」。

中華民國二十三年甲戌（1934）　　**先生三歲**

迪我公辭去《時事新報》職，應湖北公路局局長陳適存甫先生之邀，赴漢口任職。隨家遷居漢口。

中華民國二十六年丁丑（1937）　　**先生六歲**

祖父逸甫公以老病，召迪我公返浙江平陽。先生隨父歸故鄉。

6月16日（農曆5月初8日卯時），師母許家鸞女士誕生，安徽省合肥縣人，國立臺灣師範大學國文學系畢業。（後任教於臺北市立第一女子高級中學）

8月，入平陽縣立昆陽鎮中心小學。小學時代，課餘喜閱讀中國古典小說《封神榜》、《東周列國志》、《三國演義》、《說唐演義》、《薛仁貴征東》、《狄青平西》、《水滸傳》、《今古奇觀》等。

中華民國三十二年癸未（1943）　　**先生十二歲**

8月，考入平陽縣立中學初中部；9月，入學。迪我公見先生喜愛歷史小說，乃以家藏《綱鑑易知錄》囑先生閱讀；並親課《孟子》與《古文觀止》。

---

[1] 臺灣師大人事資料登錄出生日期為：「黃慶萱，民國二十一年二月十六日。」不過，據老師依家傳生辰簿，夏曆生日為「二月十五日」，換算陽曆為「三月二十一日」。「二月十六日」實為老師於民國三十六年，十六歲時搭乘航輪，自基隆港抵臺的紀念日期，而誤記為生日日期。《轉型正義資料庫》記載同為「1932年2月16日」。

先生既讀《綱鑑易知錄》，始知前所閱歷史小說，與史實不甚相符。又讀至〈宋紀〉「杜太后囑宋太祖當傳位光義，光義傳光美，光義傳德昭」條，初頗然之；及閱眉批「斥其遠遜堯、舜傳賢不傳子」之意，乃覺己之固蔽。

初讀魯迅（周樹人，1881-1936）《故事新編》。

中華民國三十六年丁亥（1947）　　先生十六歲

7月，自浙江省平陽中學（1938年創校）畢業，為該校第十二屆初中畢業生。

先生四兄貴放（名慶菖，字桂芳，1925.2-1987.8）任職於臺灣行政長官公署教育處，電召先生來臺。乃自溫州乘航輪來臺，於2月16日抵基隆港。

8月，考入「臺北師範學校」。[2]就讀北師期間，先生喜讀新文學作品，如魯迅之雜文暨短篇小說，茅盾（1896-1981）、巴金（1904-2005）、錢鍾書（1910-1998）之長篇小說，徐志摩（1896-1931）、綠原（劉仁甫，1922-2009）之詩。暨屠格涅夫（Ivan Sergieevieh Turgenev, 1818-1883）、托爾斯泰（Leo Graf Tolstoy, 1828-1910）、陀思妥耶夫斯基（Fyodor Dostoyevsky, 1821-1881）、高爾基（Maksim Gorky, 1868-1936）、普希金（Aleksandr Sergeevich Pushkin, 1799-1837）之作品。並接觸林琴南（紓，1852-1928）以文言翻譯的西方小說，如《撒克遜劫後英雄略》，先生文言文閱讀與寫作能力因而大有進步。又曾細讀陳望道（任重，1890-1977）《修辭學發凡》；先生覺得在作文上有些用處，並體會出修辭與作文的密切關係。先生初試寫作，曾今可主編《建國月刊》（臺北），《開明少年》（上海）刊出先生散文、新詩。

中華民國三十七年戊子（1948）　　先生十七歲

1月1日，〈談節約〉刊《建國月刊》第1卷第4期，頁93。

2　「臺北師範學校」簡稱「北師」，後改制為「臺灣省立臺北師範專科學校」，簡稱「臺北師專」；復改制為「國立臺北師範學院」，今又改制為「國立臺北教育大學」。

2月1日，〈元夜雜感〉刊《建國月刊》第1卷第5期，頁71-72。

4月1日，〈板橋遊記〉刊《建國月刊》第2卷第1期，頁58-59。

7月1日，〈談《駱駝祥子》〉刊《建國月刊》第2卷第4期，頁49。

8月1日，〈談文章寫作〉刊《建國月刊》第2卷第5期，頁48-49。

9月1日，〈國民教育的我見〉刊《建國月刊》第2卷第6期，頁47。

中華民國三十八年己丑（1949）　　先生十八歲

4月，〈期待嗎？——獻給我自己〉刊《開明少年》第45期，頁57。

7月9日晚，遭臺灣省保安司令部逮捕。而前數日，北師男同學潘金枝已先遭捕。緣由當時北師訓導處課外活動組為培養學生研究風氣，成立各科研究會，諸如：國民教育研究會、國語文研究會、自然科學研究會、社會科學研究會等等。先生與潘君皆參加社會科學研究會，潘君被捕後，校內風聲鶴唳，先生乃將其長兄慶蘭（字伯葳）所贈艾思奇（1910-1966）著《大眾哲學》等書燒毀。先生既被捕，偵審者問是否讀過蘇聯及共產黨作品，坦承讀過奧斯特洛夫斯基（Nikolai Alexeevich Ostrovsky, 1904-1936）著《鋼鐵是怎樣鍊成的》；以及作者不憶，描寫工廠生產競賽的《時間呀前進》，皆自臺灣省立圖書館借閱。偵審者斥云：「我不是問你這些書！你讀過馬克思、魯迅和《光明報》嗎？」先生答云：「魯迅作品讀過，都向省圖借的，國文課本上也有魯迅的〈聰明人‧傻子與奴才〉！《光明日報》也看過，學校圖書館就訂有臺北《新生報》、《公論報》、南京《中央日報》、上海《申報》、香港《大公報》和《光明日報》。」偵審者說：「我問你有沒有讀過馬克思的《資本論》和油印的《光明報》！」先生雖自同學魏賢餘[3]處快讀《資本論》一過，自同學鄒朝麟[4]處看過《光明報》，但堅稱未讀。偵審時先生原已被黑布綁著眼，至是更施以「老虎凳」酷刑，

3　「臺南縣佳里鎮塭內國小恩師芳名錄」錄有「魏賢餘」姓名。

4　鄒朝麟先生於民國六十二年（1973）十月四日至民國六十九年（1980）八月七日，調任汐止鎮白雲國小校長。復自民國六十九年（1980）八月八日至民國七十五年（1986）七月三十一日，調任臺北縣瑞芳鎮瑞亭國民小學校長。

先生仍不吐露，而魏君、鄒君遂始終得以平安。惟北師教師屠炳春先生，以校方聘為社會科學研究會指導教師故，竟亦遭捕。

8月初，先生自西寧南路看守所被解送至青島東路軍法處看守所，判「感化」8月。在獄得識楊逵先生。獄友有王家儉（1923-2016，後就讀師大史地系，曾任師大歷史系教授）、段世革（後就讀臺大中文系，曾任淡江大學中文系教授）、謝劍（後就讀臺大考古人類系，曾任香港中文大學教授），皆已辭世或白頭退休。惟董君悅民，出獄後早先生考入師大，在北一女任教時跳樓自殺。[5]

中華民國三十九年庚寅（1950）　　　　先生十九歲

3月，先生「感化」期滿。出獄赴花蓮，迪我公時任教花蓮農校，先生依父維生。

8月，報名插班花蓮師範學校，考試之日，怯未赴考。

中華民國四十年辛卯（1951）　　　　先生二十歲

先生四兄貴放任教於臺東女中，是年春，督責先生報考插班臺東師範二下。先生不敢違，竟意外獲錄取。

12月，教育部主辦全國中大學校學生三民主義論文比賽，東師派先生代表參加，獲高中組第一名，獎金新臺幣三百元。就讀東師時，文藝書籍幾全被禁閱。先生僅獲讀羅曼・羅蘭（Romain Rolland, 1866-1944）所撰諸傳記，巴爾札克（Honoré de Balzac, 1799-1850）之小說，保羅・梵樂希（Paul Valéry, 1871-1945）之詩集。以修習教育心理學而生興趣，乃自學校圖書館借閱有關心理學書籍。東師創校未久，藏書極少，心理學書二三十冊而已，先生瀏覽殆遍，並作筆記。

中華民國四十一年壬辰（1952）　　　　先生二十一歲

2月2日，先生參加教育部三民主義論文比賽，榮獲高中組第一名，獎金三

---

[5] 此數年間內容，多係依先生日記及自行檢索獲得，並經先生同意記錄於此，以備參考存證。

百元。[6]據「中華民國四十一年二月二日《中央日報》星期六・第四版——三民主義論文比賽，各組獲獎人揭曉」報導：

> 教育部舉辦四十年度中等以上學校學生三民主義論文比賽，計分大專、高中、初中三組辦理，先後收到各校選送論文三百九十篇。經分送專家詳加評閱，並由該部召集該項論文評選委員會商討，決定錄取陸珖等五十六名，茲將該項比賽得獎學生姓名及獎金數額誌次：
> 甲、大專組：第一獎陸珖，獎金五百元。第二獎李齊琮，獎金四百元。第三獎江熙民、王世正、蒙傳銘，獎金各三百元。第四獎李明、俞文遠，獎金各二百元。第五獎陳聖怡、王忠林，獎金各一百元。
> 乙、高中組：第一獎黃慶萱，獎金三百元。第二獎楊日然、葉天行，獎金二五〇元。第三獎陳守為、汪淮、傅達仁、喬健、李敖，獎金各二百元。第四獎陳敏靜、杜坤銘、周應龍、林祖煌、錢淑娟、楊忠掞、張霖風、楊碧蓮，獎金各一五〇元。第五獎陳慶怡、米明珊、簡登璋、張序堂、孫天清、江德貴、沈英垚、侯敏峯、周良琪、汪大華、莫索爾，獎金各一百元。[7]

7月，臺東師範畢業。

8月1日，分發至臺北士林「陽明山管理局」富安國民學校，擔任教員。

中華民國四十二年癸巳（1953）　　先生二十二歲

1月，〈牛仔褲恩怨記〉刊《臺灣教育輔導月刊》第3卷第1期，頁45-47。

---

6 據老師親面口述：當時就讀臺中一中的李敖（字敖之，1935-2018）也參加此項比賽，但名列於後。老師說起此事時，頗為自豪，也不忘幽默一下李大師自稱是「中國500年內寫白話文第一人」。在李大師《傳統下的獨白》文集扉頁上，有這樣一段話：「五十年來和五百年內，中國人寫白話文的前三名是李敖，李敖，李敖，嘴巴上罵我吹牛的人，心裡都為我供了牌位。」有趣的是編者與師大國文系69級學長顏瑞芳教授，當年就讀臺南一中時，也曾先後參加此項論文比賽，均分別掄元，為己、為校爭光。

7 「丙、初中組」從略，其中大專組蒙傳銘與王忠林二人，後均為大學教授；而高中組李敖與著名體育主播傅達仁均為第三獎。

2月1日，應徵「臺北師管區」入營接受陸軍步兵補充兵訓練；5月28日退伍，獲授「二等補充兵」。入營時體重五十四公斤，退伍時為六十公斤。
8月，轉派臺北北投「陽明山管理局」石牌國民學校擔任教員。
8月，〈從算術測驗的結果談改良教學〉刊《臺灣教育輔導月刊》第3卷第8期，頁23-25。

中華民國四十三年甲午（1954）　　先生二十三歲

9月，先生調任「陽明山管理局」陽明山國民學校擔任教員，並應聘為研究主任、教務主任。學校教師聯合向臺灣省圖書館借書，先生於是遍讀莎士比亞（William Shakespeare, 1564-1616）之劇本。偶有習作於報刊發表。

中華民國四十五年丙申（1956）　　先生二十五歲

先生自臺東師範學校畢業後，已在臺北市國民小學教書五年。本年計畫報考「臺灣省立臺灣師範大學」（民國五十六年，1967年，改制為「國立臺灣師範大學」）國文學系，閱讀長篇小說的習慣漸漸改變，只偶而挑選閱讀一些短篇小說。

中華民國四十六年丁酉（1957）　　先生二十六歲

3月25日，因大專聯考以往均分甲、乙、丙三組，各考六科。教育部新部長張其昀（曉峰，1901-1985）先生突宣佈今後不分組，考十科。先生投書《新生報．讀者之聲》反對教育部對大專聯考不分組、考十科的倉促決定；編輯刊出兩篇讀者投書，標題作〈大專院校不分組招生，莘莘學子都不勝惶恐〉。第一篇為先生之作，署名「房青選」，刊登在第3版。張部長因而宣布延後一年實施。先生擔任小學教師已五年，雖然學尚未厭，但教卻有些倦了。於是決定報考臺灣師大，給自己充充電；於是準備投考，熟讀《范氏大數》及彭商育所編數學參考書。
7月31日，先生因考取臺灣省立師範大學國文學系，遂自「陽明山管理局」陽明山國民學校離職。

9月，入學後，據先生自述：大一新生時，第一次接觸到黃永武（1936-）教授的早期作品。某日，先生在數學系丁惟隆同學的書桌上，看到署名「詠武」所著的《心期》和《呢喃集》；丁和永武是臺南師範的同學，這兩本書是永武送給丁的。《呢喃集》有點像劇本，是年輕人繽紛的理念，透過心靈語言的具體呈現；《心期》以新詩的形式，敘述愛情故事。先生認為《中央日報・副刊》「這位詩人」:「觀察入微，心思細密得很。」那時，先生忽然想到印度嘉里陀莎（Kalidasa, ca.300-400）的戲劇《莎昆妲蘿》（*Sakuntala*）。

12月15日，於八仙樓撰〈牌上風雲〉；12月23日，刊《新生報・副刊》。

中華民國四十七年戊戌（1958）　　　　　　先生二十七歲

1月5日，〈母親學生〉刊《中央日報・副刊》第6版。

6月22日，〈記者招待會〉刊《中央日報・副刊》第6版。

9月，時為師大國文系二年級學生，從瑞安林尹（景伊，1910-1983）夫子習《昭明文選》，稱許先生「頗雄於詞章」。

是年，先生偶而寫些小說寄給臺北《中央日報・副刊》，大部分很快就刊出了，當然也有退稿的時候。當時主編孫如陵（1917-2009）先生常會附著一張極簡約的字條，說明退稿的理由，很能一針見血，對先生日後寫作有很大的幫助。又參加香港《大學生活》半月刊舉辦的小說比賽，得首獎的是臺灣軍中作家朱西甯（1927-1998）先生，先生獲得「佳作」，沒有獎金，卻是生平第一次領到港幣的稿費。

中華民國四十八年己亥（1959）　　　　　　先生二十八歲

1月1日，〈她會哭嗎？〉，《大學生活》第4卷第9期，頁75-78。

5月27日，〈爬出陰溝的人〉刊《中央日報・副刊》第7版。

8月2日，〈檢字紙的小孩〉刊《中央日報・副刊》第7版。

8月21日，〈虛榮〉刊《中央日報・副刊》第7版。

8月29日，〈附帶一件事〉刊《中央日報・副刊》第7版。

9月，時為師大國文系三年級學生，從李辰冬（1907-1983）夫子習《中國文學史》課程，首先說明「文學」的定義為：「凡作者的意識用意象來表現，而表現時以文字為工具的，謂之文學。」[8]

中華民國四十九年庚子（1960）　　先生二十九歲

9月，時為師大國文系四年級學生，又從瑞安林尹景伊夫子習《中國哲學史》，稱許先生「於《周易》、《(大)學》、《(中)庸》之義理，鑽研獨深」。

二　三十而立期（三十至三十九歲）

中華民國五十年辛丑（1961）　　先生三十歲

6月，大學畢業，於臺灣省立師範大學附屬中學實習。此後，就沒有再寫過小說。

8月，應聘為臺灣省立師範大學附屬中學國文科教師。

中華民國五十一年壬寅（1962）　　先生三十一歲

7月，師大附中實習一年後，與黃永武先生同榜考取師大國文研究所碩士班，離職深造。

9月，續從瑞安林尹景伊夫子習讀《說文解字》、《廣韻》，稱許先生「於文字、聲韻、考據之學，允得其旨要」。

12月，加入中華民國孔孟學會，該會理事長為陳大齊（百年，1887-1983）先生。

中華民國五十二年癸卯（1963）　　先生三十二歲

8月，加入中華中華民國文字學會，該會理事長為第一屆立法委員廖維藩先生。

---

[8] 詳參李辰冬：《文學欣賞的新途徑》，臺北：三民書局，1970年7月出版。

秋，碩士論文為金陵楊家駱（1912-1991）夫子指導，夫子一律取張森楷（式卿，1858-1928）《史記新校注》中一篇令諸生作疏證，先生分到〈儒林列傳〉；但很想以此篇加上《漢書．儒林傳》為線索，撰寫《西漢學案》。楊老師沉思良久，答應可以補以《漢書．儒林傳》；不過仍宜以「疏證」形式，使《史記新校注》的「疏證」能分篇完成、結集出版。

中華民國五十三年甲辰（1964）　　先生三十三歲

5月，魯實先（名祐昌，以字行，晚號靜農，湖南寧鄉人，1913-1977）教授集殷墟文字，書贈一聯：「肅禮先賢為敦品之首，作毓後進在教學之餘。」以勖先生將課藝上庠。

夏，完成碩士論文《史記漢書儒林列傳疏證》，獲文學碩士學位。先生《史記漢書儒林列傳疏證》效法清儒治學，列舉撰著十事：

> 稽篇章、定句讀、通訓詁、辨聲音、訂羨奪（衍脫）、正錯誤、校異同、徵故實、援旁證、輯逸文。[9]

先生奉為準則，奠定了接續傳統學術的專門長才；除了最初的史傳疏證，日後從事於經學、子學與文學皆能從容自得，優游其中。這種融會中西、接納異質的立場，不同於五四運動截斷傳統、接納西學的激進方式；也有別於堅守傳統，排拒與傳統異質的方法與思惟。

8月1日，應聘為陸軍軍官學校講師。

9月6日，先生與師母許家鸞女士結為連理，時寓：臺北市漳州街空軍一村6號。

9月22日，林尹景伊夫子致函先生：

---

[9] 詳參黃慶萱：〈《史記漢書儒林列傳疏證》述例〉，輯入《學林尋幽──見南山居論學集》（臺北：東大圖書公司，1995年3月），頁317。亦收錄於1971年，楊門同學會編刊：《仰風樓文集．初編》，頁891-897。

得來書，甚慰！尚希僇力自強，以求多福，幸甚！頃晤　程旨雲主任，云渠亦接　足下來函，昨已致復。此間一切，程主任當已詳言，尹不復贅，惟望　足下時惠好音耳。又月前教育部送來盧伯炎先生教授資格審查論文一件，其所撰《周易思想體系》一書，頗有所觀，上週已予以通過送還，但尹頗思得有該書，便中希向盧先生一詢，如有餘存，乞賜寄一冊。[10]

是年，林尹景伊夫子赴星洲講學，高郵高明仲華夫子代理主持國文研究所所務。

中華民國五十四年乙巳（1965）　　　　先生三十四歲

3月30日，晚，楊家駱（1912-1991）老師致函先生，告知已得21日手書，並《(史漢儒林傳)疏證》亦遞到，又言及景伊與仲華夫子交接等事。

4月14日，楊家駱老師致函，告知先生論文將當面繳送仲華夫子，並望述例早日寄達指定地址。

4月30日，楊家駱老師致函，告知先生「《史漢儒林傳疏證》已於十六日，仲華兄伉儷來舍時面繳，頃悉已送嘉新排版，至《研究所集刊》中，聞不再編入。華蓀兄前數日來電話，謂已接到弟函及述例，將在《學粹》六月號發表」。

5月10日，晚，楊家駱老師致函，希望先生在適當時期，應先期來臺北商洽電話中所言事。

6月8日，魯實先教授致函時任教於「鳳山鎮縣立鳳山中學」的師母「徐家鸞」（案：誤寫，當作「許家鸞」）收轉先生親筆信函一封。

6月17日，燈下，楊家駱老師致函，告知先生「十五日函悉，入學事似無問題。不日報名，取得准考證後，兵役事即迎刃而解，可以無慮也」等諸事。

6月，〈《史漢儒林列傳疏證》述例〉刊《學粹》第7卷4期，頁16-19。又與

---

10 凡以下各年中，引述的海內外師友致函，均編輯收入於〈附錄一：黃慶萱教授「見南山居」師友書翰集〉，請互參對閱，以明內容詳情。

黃永武先生同榜考取臺灣省立師範大學國文研究所博士班。

夏，先生指導教授金陵楊家駱夫子為作〈《史漢儒林傳疏證》序〉，特稱許先生此書：

> 旁徵博采，綱舉目張，信足漱六藝之芳潤，為讀史之津梁矣。慶萱英年劬學，方將繼此有所作。[11]

7月5日，楊家駱老師致函，告知先生：

> 得函至慰！此後三年，弟得媁力學術，厚植其基，關係一生者至大，至望一刻能不虛度也。八月來北時，再詳談。

7月31日，自陸軍軍官學校講師離職。

8月26日，楊家駱老師致函，告知先生：

> 原定本月廿九晚，在舍餐敘之約，請改在廿九日中午十二時，屆時請家鸞亦同臨。

先生時寓：永和鎮水源街十巷六號。

8月，先生經教育部依大學及獨立學院教員資格審查規程，審定合於講師資格，閻振興（字光夏，1912-2005）部長頒發講師證書：講字第1221號。

9月，就讀臺灣省立師範大學國文研究所博士班。先生恩師瑞安林尹景伊夫子赴星洲（新加坡）講學，高郵高明（仲華，1909-1992）夫子主持所務，先生從學《周易》，於《周易》制作之源暨漢《易》條例，皆有所聞；遂囑先生博士論文撰寫「魏晉經學」。先生由《易》學寫起，但遍通

[11] 楊家駱夫子：〈《史漢儒林傳疏證》序〉，亦收錄於1971年，楊門同學會編刊：《仰風樓文集．初編》，頁889-890。是年，黃永武先生亦以碩士論文《形聲多兼會意考》，榮獲文學碩士學位，皆為公認十分精彩的學位論文。

五經談何容易。後來，央求高老師只作《易》學部分的研究，獲得欣然同意；而時代由魏晉延至南北朝。適恩師景伊夫子自星洲返臺北，遂與仲華夫子共同商定，命先生撰作博士論文：《魏晉南北朝易學書考佚》。其後，陸陸續續寫了七年，對《易經》的興趣也逐漸培養了出來；而恩師景伊夫子，還特別叮嚀先生對《周易》思想作後續研究。

11月11日，楊家駱老師致函先生：

> 頃遇趙鐵寒夫人，已將介　弟往見事，託其轉達，附片希即持訪。
>
> 序俟寫好，即另寄。

先生時寓：永和鎮永和路一段永興街22巷3號。

12月3日，下午，楊師母（家駱教授夫人）致函先生，告知臺灣師大杜元載（1893-1976）校長已准阮廷卓辦理休學事宜。

中華民國五十五年丙午（1966）　　先生三十五歲

3月，碩士論文《史記漢書儒林列傳疏證》，獲臺北：嘉新水泥公司文化基金會獎助出版，為王雲五（岫廬，1888-1979）先生主編之「嘉新水泥公司文化基金會叢書」研究論文第六十二種，共290頁。

3月14日，楊家駱老師寄明信片一張，道及先生論文已排入《大陸雜誌》三十二卷五期，日內即可出版。先生時寓：永和鎮永興街廿二巷三號。

3月15日，〈「公孫弘為學官」考釋〉刊《大陸雜誌》第32卷第5期，頁23-25。[12]

3月15日，午，楊家駱老師寄明信片一張，道及：

> 昨來，值入睡，未得談，歉甚！悵甚！接函後，請來一電話，以有事待告也。

---

12 收入《大陸雜誌》社編輯委員會編《大陸雜誌史學叢書第三輯：秦漢中古史研究論集》，1970年初版，頁134-136。

3月27日，下午五時，楊家駱老師寄明信片一張，請先生：

> 於星期一（廿八）上午十時來舍一談。

4月26日，楊家駱老師寄明信片一張，請先生得便來取「齊鐵恨先生手校《新世紀高中國文選》。

5月23日，午，楊家駱老師寄明信片一張，告知先生：

> 海國（書局）須印一樣本，請將已整理、已注各篇，於本星期四或五下午，順道送至，以便選擇數篇看後送去。

5月，〈王國維兩漢博士題名考補遺〉刊《大陸雜誌》第32卷第10期，頁27-29。[13]

7月8日，孔德成（字玉汝，號達生，1920-2008）老師致函先生煩請至教務處代填本期研究所與四年級研究生分數事。

7月18日，孔德成老師致函先生：

> 來書并附件已悉。多謝！

先生時寓：臺北縣永和鎮中和路413巷7號。

7月20日，清晨，楊家駱老師寄明信片一張，告知先生：

> 接片後，請打一電話至舍下。

7月30日，晚，楊家駱老師寄明信片一張，告知先生：

---

[13] 收入《大陸雜誌》社編輯委員會編《大陸雜誌史學叢書第三輯：秦漢中古史研究論集》，頁122-124。

海國（書局）送來封面式，便中請過舍下，一商定之。

8月23日，楊家駱老師寄明信片一張，告知先生：

《國文》第一冊已送來，入市時，便道過舍一取。

8月25日，午，楊家駱老師寄明信片一張，再告知先生：

《國文》第一冊已送到，入市時，請便道過舍一取。

9月12日，楊家駱老師寄明信片一張，請先生得便時致電聯繫。
9月21日，楊家駱老師寄明信片一張，請先生來電，有事擬奉煩。
9月26日，楊家駱老師致函先生，敘及林明波（1929-1985）、劉本棟（1933-2019）與五專國文第一冊諸事。
10月3日，晚六時，楊家駱老師寄明信片一張，因「被友邀同作主人，宴請蔣復璁、屈萬里兩先生」，慧可忘記，以至應允重複」，特向先生致歉。此時，先生已喬遷新址：臺北市新生南路1段145巷17號之7。[14]
10月12日，林尹景伊夫子致函先生：

軍校事慕曾已不能去，吾弟可再物色，或逕轉告盧主任。

11月10日，謝冰瑩（1906-2000）老師致函一封，感謝先生寄贈作品。
12月29日，楊家駱老師致函先生：

海國寄來《國文》校樣十一篇，已另郵掛號寄弟，煩校畢送至舍下，當再通知其來取也。

[14] 黃老師其後又遷居於臺北縣新店市行政街45巷4號4樓，已改建大樓，地址易為：新北市新店市中興路1段193號19樓。今喬遷住在新北市樹林區學勤路482號18樓（翡冷翠）。

中華民國五十六年丁未（1967）　　　　先生三十六歲

3月31日，楊家駱老師致函先生：

《國文》第五冊想已在準備，希望於四月開始繳稿，於五月繳清。揚侯以病重，入住榮民醫院，已一星期，故為代達。
又及：第五冊如用駱文〈除夕辭歲啟〉及〈古小學書考敘〉，似可備選。〈古小學書考敘〉印本有數誤字，又文中應注釋者，多在《中華大辭典》第一冊「一切經音義」條中，是條長數十頁。

8月1日，國立臺灣師範大學國文研究所聘先生為助理研究員。
10月，〈儒家人性論之探究〉刊《孔孟月刊》第6卷第2期，頁18-21+27。[15]
11月7日，晨，楊家駱老師致函，告知先生：

郵寄奉成譯《一千〇一夜》首冊，書前有《一千〇二夜》一篇，可備五專《國文》第六冊之用。
揚侯已再入醫院，前曾託兄轉達，望　弟第六冊能早繳稿。又師大書款，便中亦請　一詢。

11月12日，晚，楊家駱老師致函先生：

昨承擕眎（視）文注四篇，皆極詳明，甚以為慰！今日童君介夷來訪，已續繳三篇；另〈塩鐵論〉一篇，畧（略）有增改，茲還奉以備補撰文話。
揚侯已於今晨逝於榮民醫院，渠隨余十六載，不意英年不祿，良深哀痛！棣處所餘文注七篇成後，仍希　眎及。

---

[15] 收入《學林尋幽──見南山居論學集》，臺北：東大圖書公司《滄海叢刊》，1995年3月初版，頁79-90。

中華民國五十七年戊申（1968）　　先生三十七歲

1月1日，楊家駱老師致函先生：

附函煩作夏寄，兄以便介夷來取。

3月，撰〈「底」、「地」、「的」、「得」考辨〉一文，刊於《慶祝高郵高仲華先生六秩誕辰論文集》，臺北：臺灣師大國文研究所，頁447-474。後收入《學林尋幽——見南山居論學集》。

中華民國五十八年己酉（1969）　　先生三十八歲

5月，孟夏，李漁叔（原名明志，以字行，晚號墨堂，1905-1972）先生賦詩一首，謝復諸生招遊臺北近郊圓通寺，以一觴為壽：

（王）熙元、（婁）良樂、（黃）慶萱、（黃）永武、（簡）明勇、（張）梦（夢）機、（曾）昭旭、（尤）信雄、（李）金昌諸子攜酒，招遊臺北近郊圓通寺，以一觴為壽，賦謝：
野寺攜壺得共斟，逢辰作健一登臨。縱饒老壽翻為累，欲挽頹流恐不任。山雨才滋新竹色，佛香微度古榕陰。數聲法鼓齋堂靜，已斂塵心欠入林。

墨堂夫子時寓：臺北市臨沂街四十五巷五號之二。先生敬步元玉，和〈遊圓通寺敬步漁叔夫子原韻〉

侍坐春風共獻斟，攜壺祝壽此登臨。行仁貴義兼儒墨，雅樂歌詩邁謝任。讜論頻驚天下士，清心還契寺邊陰。楊枝淨水知多少？桃李花開滿學林。

7月24日，午後，楊家駱老師寄明信片一張，告知先生：

海國（書局）已將校樣送來，便中請即來取。

10月18日、11月1日，〈公孫弘及其興學議〉刊《書和人》（臺北：《國語日報》社），共計14頁。

12月，〈公孫弘及其興學議〉刊《慶祝瑞安林景伊先生六秩誕辰論文集》，臺北：臺灣學生書局，頁1355-1384。

中華民國五十九年庚戌（1970）　　先生三十九歲

3月20日，林尹景伊夫子致函先生：「明日下午四時前，赴中美文化協會開會，可不必往接沙（學浚，1907-1998）院長。」

5月4日，〈風樹非喻養親〉刊《大華晚報》第8版。

8月1日，先生在臺灣師大國研所助理研究員調聘為國文系講師。是年，國文系增班，「修辭學」課程沒人肯教，系主任李曰剛（健光，1906-1985）夫子找到先生，問先生肯不肯教，先生一口答應下來。

三　四十不惑期（四十至四十九歲）

中華民國六十年辛亥（1971）　　先生四十歲

1月4日，楊門同學會編刊楊家駱夫子《仰風樓文集．初編》。卷一，專收師文之曾經先生與故師母許家鸞女士選注者；卷九「○七○」，則收夫子〈《史漢儒林傳疏證》序〉，並附先生〈《史漢儒林傳疏證》述例〉一文。[16]

8月5日，林尹景伊夫子致函先生：

> 足下下學期課程已與李主任商妥，除原有五小時不變動外，加排四書或修辭學四小時，由足下自行選擇。希與國文系排課助教逕行聯系，並面謝李主任。在謝忠正未正式報到前，仍希照舊到所幫忙。

8月，師母（許家鸞）撰《中國文學鑑賞舉隅．序》於北一女中。

---

16 收入《學林尋幽──見南山居論學集》，頁315-324。

10月，〈蕭衍及其《周易大義稿》〉刊《孔孟月刊》（臺北：中華民國孔孟學會）第10卷第2期，頁16-18。

12月，〈訓詁學上的形訓條例〉刊《文風》（臺北：國立臺灣師範大學國文學系學會）第20期，頁26-39。

從是年起至1978年，先生參與「常用國字標準字體研訂」，完成並刊行「常用國字標準字體表」研究報告。

中華民國六十一年壬子（1972）　　先生四十一歲

3月，〈王肅及其《周易注》〉刊《幼獅學誌》（臺北：幼獅文化事業股份有限公司）10卷1期，頁1-27。

4月19日，碩士論文指導教授楊家駱先生致函一封，附奉海國書局五年制專校《國文》第一冊助編費新臺幣參仟元整匯票一紙。楊家駱先生時寓：臺北市溫州街十八巷廿四號之二。先生時寓：永和鎮永興路廿二巷三號。

6月，〈干寶及其《周易注》〉刊《幼獅學誌》10卷2期，頁1-57。

6月，〈現代中國語文中的修辭現象〉獲行政院國家科學委員會獎勵。

6月，先生於臺北作《魏晉南北朝易學書考佚・序》。

7月，先生在高仲華與林景伊兩位夫子的指導下，完成博士論文《魏晉南北朝易學書考佚》，經學校考試及格，提請教育部成立「黃慶萱博士學位評定委員會」。

10月12日，教育部舉行博士學位論文考試，考試委員為：毛子水（1893-1988）、熊公哲（1894-1980）、程發軔（旨雲，1895-1975）、戴君仁（靜山，1901-1978）、陳槃（槃庵，1905-1999）、屈萬里（翼鵬，1907-1979），以及先生恩師林尹七位教授。獲得全票通過，榮登「中華中華民國國家文學博士」。[17]同年，博士論文《魏晉南北朝易學書考佚》獲行政院國家科學委員會研究獎勵。

10月，先生在臺灣師大國文研究所研究期滿，由師大推薦為博士學位候選

---

[17] 同學黃永武先生亦以博士論文《許慎之經學》，榮獲國家文學博士。

人，經教育部博士學位評定會考試合格，依學位授予法之規定，授予文學博士學位，教育部蔣彥士（1915-1998）部長頒發博士學位證書：博字第〇五七號。

11月20日，高明仲華夫子從新加坡南洋大學致函先生：

> 得書及所寄茶葉二罐，知吾弟已通過教部博士考試，至為欣慰！而吾弟不遺在遠，隆師尊禮，尤使明感慰無已！
>
> 吾弟論文如由嘉新出版，作序之事，自不敢辭。

12月，先生與共同作者沈謙（1947-2006）〈陳新雄著《古音學發微》〉刊《華學月刊》12期，頁8-16。

是年，先生任教於臺灣師大，適逢發生「大學國文教育論戰」與「古典文學教育論戰」。或有持現代文學的觀點，針對大學中文系課程設計的標準，提出修正的建議，主張「除詞章是在文學範圍之內以外，義理是哲學，考據是工具，應該放棄。」先生對此關切，因此提出維護學統的討論。認為近世學者只見中文一詞，便以為只涵攝詞章，不思傳統治學之方與其學術範疇與義理、考據關係緊密，方便簡省，便不足以成就學問。因此，針對論戰主題，提出「詞章、義理、考據都有價值」的建言，並以文章鑑賞為例：「不懂得孟子和莊子的神祕哲學，就無法明白柳宗元〈始得西山宴遊記〉所說的神祕經驗；不懂得一些佛道的哲學，就不能清楚蘇軾〈赤壁賦〉立意之所本。就像不懂得存在主義就很難了解卡夫卡、沙特、卡繆等人的作品；不懂得儒、道、佛的思想，就很難了解中國古典文學作品。欣賞詞章怎能放棄義理呢？」古人一度偏取而使得學統繼承未能完備，先生之論述欲使三者相濟，並當設法不使相害；與清儒黃宗羲（字太沖，號梨洲，1610-1695）討論宋、元諸家所立的方法頗為一致。[18]

---

[18] 詳參黃慶萱：〈中國古典文學研究的幾個層面〉，收入《學林尋幽──見南山居論學集》，頁137-138。文中所言：「不懂得一些佛道的哲學，就不能清楚蘇軾〈赤壁賦〉立意之所本。」在老師的《中國文學鑑賞舉隅》中曾討論〈赤壁賦〉寫作背後的的思想，以《莊子・德充符》

中華民國六十二年癸丑（1973）　　先生四十二歲

2月1日，臺灣師大改聘先生為副教授。

2月7日，《聯合報》，第2版：「六十七位博士學位學人，今接受教育部邀請，舉行春節聯誼茶敘」──教育部今（七）日下午四時，在信義路一段廿巷一之一號該部世銀貸款小組辦公室，邀約我國歷年授予博士學位學人舉行春節聯誼茶會。教育部說，這項茶會將由部長蔣彥士主持，接受邀請的六十七位是：周道濟、雷飛龍、陳水逢、傅宗懋、繆全吉、王壽南、孫廣德、曹伯一、謝延庚、毛漢光、陳寬強、湯承業、馬起華、喬寶泰、巨煥武、張治安、曾濟群、胡春惠、羅錦堂、賴炎元、王忠林、李雲光、胡自逢、周何、陳新雄、成元慶、許世旭、于大成、王熙元、張建葆、許錟輝、黃永武、阮廷卓、吳怡、程元敏、鄭良樹、曾永義、逯耀東、李殿魁、羅宗濤、王更生、應裕康、黃慶萱、王吉林、李慧淳、趙雅書、馬先醒、賴明德、辛勉、徐芹庭、張俊彥、蔣樹民、陳俊雄、朱欽國、呂福釗、褚冀良、陳龍英、謝清俊、石育民、朱時宜、蔡維鐘、張坤樹、魏元勛、陳立樹、何金鑄、婁良樂、左松超。

2月，〈《魏晉南北朝易學書考佚》提要〉刊《中華文化復興月刊》第6卷第2期，頁40-47。（互見1975年條）

2月20日，應邀參加臺北：耕莘文教院「國文教學及中國文學系發展方向座談會」。

4月，〈盧景裕及其《周易注》〉刊《國文學報》（臺北：國立臺灣師範大學國文學系）第2期，頁17-30。

4月，先生經教育部依大學及獨立學院教員資格審查規程，審定合於副教授資格，蔣彥士部長頒發副教授證書：副字第2972號。

5月，〈魏晉南北朝易學書考佚〉刊《華學月刊》第17期，頁29-44。

為第一個源頭；《華嚴經》「眾生世界無盡」，僧肇（384-414）「物不遷論」為第二個源頭。甚至推斷蘇軾（子瞻，1036-1101）〈赤壁賦〉寫作靈感，很可能從《楞嚴經》而來。老師在研究方法的實踐上，確實與理論上的主張相當一致。詳參黃慶萱：〈〈赤壁賦〉新探〉，收入《中國文學鑑賞舉隅》（臺北：東大圖書公司，1979年4月），頁87-91。

9月，〈周弘正及其《周易講疏》〉刊《中華文化復興月刊》第6卷第9期，頁26-33。

9月，〈劉讞（疑為「劉瓛」之誤）[19]及其《易》學著作〉刊《文史季刊》第3卷第3期，頁35-45。

10月，〈譬喻〉刊《新文藝》211期，頁148-161。

11月，〈轉化──現代語文修辭問題〉刊《新文藝》212期，頁116-132。

中華民國六十三年甲寅（1974）　　先生四十三歲

2月15、17日，〈文學作品中的「借代」現象〉刊《中華日報》第9版。

3月，〈修辭學淺介〉刊《學粹》第16卷第1期，頁12-19。

3月，〈漢語中的轉品現象〉刊《文藝復興》第50期，頁37-43。

4-5月，〈梁褚仲都及其《周易講疏〉〉刊《國魂》第341、342期，頁38-42、頁51-54。

6月，〈文學作品中的設問現象〉刊《學粹》第16卷第2期，頁14-18。

6月，〈文學作品中的映襯現象〉刊《文藝復興》第53期，頁46-54。

11月，〈文學裡的象徵〉刊《中華文化復興月刊》第7卷第11期，頁53-60。

是年，先生《漢語修辭格之研究》，由臺北：三民書局股份有限公司出版，作為教師升等送審著作。

是年，先生承好友吳怡（1939-）教授推薦，三民書局劉振強（1932-2017）董事長前來拜訪，告訴先生刊印「古籍今注新譯」的計畫，希望《周易》一書由先生執筆，並預付稿費一半，當場簽了約。

中華民國六十四年乙卯（1975）　　先生四十四歲

1月，增補改訂《漢語修辭格之研究》，臺北：三民書局初版，後改名《修辭學》，[20]是書從古今中外六百多位作家的作品中，挑選出最美麗生動的

---

[19] 案：南朝齊．劉瓛（子珪，434-489），沛國相縣（今安徽宿州市）人。著《周易乾坤義》一卷、《周易四德例》一卷、《周易繫辭義疏》二卷。

[20] 《修辭學》至1983年已出四版，1992年已增訂六版；其後，不斷再版增修。老師嘗自述：「（黃）永武兄興沖沖主動推薦我申請那年的中山文藝理論獎，雖然結果並未入選，但盛情

句子，加以分析比較，歸納出三十類一〇五種修辭方法。然後指出這種種方法的理論基礎、歷史發展、使用原則。此後，海內外各大學中文系多採用本書為教本與必讀的參考書。[21]

新正，黃永武（1936-）教授撰句：「蒔菊猶存三徑，著書不為一時。」于大成（1934-2001）教授書法以贈先生。

4月4日，先生恩師高明仲華夫子序《修辭學》，在第二版時補入。仲華夫子時寓：臺北木柵化南新村。先生時寓：香港新界沙田中文大學教職員宿舍十一苑G室。

4月，〈論「摹寫」〉刊《文藝復興》第61期，頁40-51。

5月1日，《幼獅月刊》第二六九號（四十一卷五期），刊出思兼（沈謙，1947-2006）〈為漢語修辭奠一新基——黃著《修辭學》評介〉。

5月14日至15日，先生於《中央日報．副刊》第一次讀到好友陳郁夫（1941-）教授短篇小說〈孺子〉；其後，又陸續刊出《燃犀集》，並出版短篇小說集《漁歌子》，先生有評論之文。

5月，思兼（沈謙，1947-2006）〈黃慶萱著《修辭學》評介〉刊《幼獅月刊》第41卷第5期，頁23-27。[22]

6月24日，王鼎鈞（1925-）〈開放的修辭學〉刊《中華日報》。收入先生《修辭學．附錄》，頁601-602。[23]

8月，王熙元（1932-1996）〈修辭學領域的開拓——黃慶萱著《修辭學》評介〉，刊《書評書目》第28期，頁101-106。[24]

8月30日，瑞安林景伊夫子序先生博士論文《魏晉南北朝易學書考佚》：

可感；沈謙弟更在《書評書目》上寫了一篇題為〈為漢語修辭奠一新基〉的評介，頗多讚美之詞，亦有求全責備之語。」

21 詳參黃慶萱：《修辭學》（臺北：三民書局，1997年3月，增定八版），附錄二，頁601-619。

22 文學評論家思兼先生認為本書：「建立了中國修辭學的理論基礎；肯定了當代新文學的修辭效果；提供了文學欣賞與創作的指針。」

23 名作家王鼎鈞先生指本書「有三點重要的突破」：「教人從文學創作來了解、運用修辭；從一切藝術中領會修辭奧秘；引例特別注重現代人寫的小說、散文、詩歌。」

24 王熙元老師認為本書：「是文學意味濃厚的學術著作，融通了理論與實際，大大地開拓了修辭學的領域。」

余觀黃生之治學也，喜以最初資料，整理分析，作邏輯之推演，而求得其結論。於前人研究之成果，或肯定之，或駁斥之，而不為所囿，故創見特多。所作博士論文，既能廣蒐諸家佚文以探其《易》學內容；繼而作《漢語修辭格之研究》，亦能博採古今文學作品而究其修辭方法。黃生博士論文能邀賞於諸考試委員，修辭之作亦獲文壇佳評者，皆由是也。然余於黃生猶有厚望焉。蓋考佚者，於學為考據也；修辭者，於學為詞章也；義理之學，黃生既有聞於余矣，而今猶未有述作。黃生倘有意自《易》學歷史之考徵，轉作《易》學思想之闡釋乎？余當拭目以待之。

8月30日，高郵高仲華夫子亦序《魏晉南北朝易學書考佚》：

慶萱天資高朗，而又敏於學問，故能卓然有以自立。曩者從余學《易》，余但為道《周易》制作之源及其大義之所在，於易學之流變僅及漢《易》之條例而止；魏晉以後，則未之言也。慶萱踵余所述，更進而探研魏晉南北朝之《易》學。……夫《周易》之書本作於憂患之世，魏晉南北朝諸《易》家又生於憂患之時，其所以治《易》殆必有所為焉，乃以時湮代久，而其說泯滅，此學者之深憾大痛，而不能瞑目於九泉者也。今慶萱亦處於憂患之運會，獨能奮筆抒思，發潛德之幽光，抉微索隱，揚先聖之至道，其用心蓋亦必有所在，非徒以博學能文震驚世俗而已也！[25]

9月1日，先生以稿紙三張，正楷抄錄瑞安林尹景伊夫子〈魏晉南北朝易學書考佚序〉。

11月，《魏晉南北朝易學書考佚》，臺北：幼獅文化事業公司出版發行，附錄有二：一、〈魏晉南北朝易學書目〉；二、〈魏晉南北朝易學考佚參考書目〉。提要：

[25] 太老師仲華夫子高明教授〈《魏晉南北朝易學書考佚》序〉，後收入《高明經學論叢》，臺北：黎明文化事業股份有限公司，1978年，頁83-85。

本書蒐集南北朝《易》著，得佚文凡二十八家，詳加訂正刪補，並作比較分析與綜合考證的研究。本諸經傳而辨其得失，較之他注而理其派別；又由異文之比較而探索其底本，由佚文之分析而綜察其內容，由論述之參稽而考證其思想，由史志之記載而詳審其情實；言必有據，理不虛發。實為研究《易》學者所必讀。

11月，〈《魏晉南北朝易學書考佚》提要〉刊《木鐸》（臺北：中國文化大學中文系、中文研究所），第3-4期，頁99-115。（互見1973年條）

中華民國六十五年丙辰（1976）　　　　先生四十五歲

1月22日，〈「劉孝標自序」析評——古文新探之一〉刊《中央日報·副刊》，第10版。

2月11日，〈〈始得西山宴游記〉析評——古文新探之二〉刊《中央日報·副刊》，第10版。

2月19日，牟宗三（離中，山東棲霞人，1909-1995）致書一封，教導先生《墨子》學術思想。

3月1日，牟宗三先生再致書一封，教導儒、墨、道、法、佛對戡與對揚，儒家終能步步顯豁之意，並論治學專、通之道。

3月25日，〈〈赤壁賦〉析評（上）——古文新探之三〉刊《中央日報·副刊》，第10版。

3月26日，〈〈赤壁賦〉析評（下）——古文新探之四〉刊《中央日報·副刊》，第10版。

4月，〈《周易·坤卦》釋義〉刊《孔孟學報》第31期，頁93-132。

4月，先生應好友梅新（章益新，1937-1997）約稿，撰〈《周易》與孔子——《周易》何以成為儒家之經典〉刊《中華文化復興月刊》第9卷第4期，頁56-60。[26]

---

[26] 收入《周易縱橫談》（臺北：東大圖書公司，《滄海叢刊》，1995年出版），自序云：「是梅新兄主編《中華文化復興月刊》時，約我寫的。發表於該刊九卷四期，時間是1976年4月。原文包

5月，指導「臺灣省立高雄師範學院國文研究所」王明通完成碩士論文：《中學國文教學法之研究》，並通過學位考試；為先生第一位指導碩士班研究生。

6月，〈斠讎在國文教學上的重要性〉刊《中等教育》第3卷第4期，頁53-55。[27]

6月，〈〈赤壁賦〉析評〉刊《文風》第29期，頁6-10。

7月13日，〈最後的古屋〉刊《中央日報．副刊》，第10版。先生對於臺北市林安泰古厝行將拆毀，首先提出「拆遷重建」的建議。華視在《地平線》節目，以先生文為旁白錄影播出，《聯合報》、《中國時報》等媒體亦多響應。[28]

7月，〈《周易》與孔子〉刊《哲學論集》，頁404-414。

8月初，臺北市長林洋港（1927-2013）先生前往勘察林安泰古厝，並在市府首長會報中決定拆遷重建。[29]

9月15日，〈寫給新鮮人〉刊《中央日報．副刊》，第10版。建議大學同學們，並舉中文系為例說明：

> 以學校每年所開科目為圓心，以自己的精力時間為半徑，適度擴展自己學習的圓周。
>
> 學文字學的時候，你就不妨趁機讀讀文字語言方面的書籍；同時儘可能把《說文解字》從頭到尾圈點一遍。[30]

括三部分：一、《周易》是一部『叢書』。二、孔子與《周易》，的關係。三、《周易》由占筮之書變成儒家經典。由於一、三兩項內容與〈《周易》叢談〉重複，故結集時刪去，僅留第二項於此。此文甚疏略；但是，所說孔子嘗讀《易》，偶講《易》，未著《易》的意見至今未變。」

[27] 收入《學林尋幽──見南山居論學集》，頁261-271。

[28] 收入1998年12月，鄧仕樑、小思、樊善標等編：《歲華──香港中文大學三十五年中國語言及文學系教師文藝作品集》，香港：香港中文大學出版社，頁233-236。

[29] 該厝後重組移建於臺北市新生公園內。2010年，臺北市政府為配合臺北國際花卉博覽會，重新規劃設計，自此又氣象一新，為古蹟文創活化的典範。

[30] 9月，先生（69級乙班大一導師）與陳品卿（68級乙班大二導師）、辛勉（67級乙班大三導

9月，獲聘擔任王基倫就讀國立臺灣師範大學國文學系一年級乙班（69級乙班）時之導師，師生情誼深篤。

10月10-11日，〈細品〈梁父吟〉〉刊《中央日報・副刊》，第10版。

10月13日，潘重規（1908-2003）石禪夫子行書復先生函一封，並附上應邀參加韓國慶尚北道慶山市「嶺南大學開校三十周年紀念國際會議」擬發表之論文〈敦煌學的瞻望與創新〉稿一篇。石禪夫子時寓：臺北市敦化南路369巷63號。先生時寓：香港新界沙田中文大學教職員宿舍十一苑G室。

10月13日，《中央日報・副刊》刊登周質平（1947-）先生〈從圈點《說文解字》談起〉一文，以為《說文解字》「不過是古代的一本字典」。先生於是撰〈《說文》的圈點和整理〉一文回應，曾寄《中央日報・副刊》因故而未發表。[31]

12月，中華學術院張其昀（字曉峰，1901-1985）院長敦聘先生為該院研士。

是年，先生為《中央日報・副刊・知言》專欄執筆。

中華民國六十六年丁巳（1977）　　先生四十六歲

4月，〈《周易・坤卦》釋義〉刊《孔孟學報》第33期，頁63-87。

5月25日至6月8日，〈《周易・乾卦》釋義（1-15）〉刊《青年戰士報》，第10版。

6月，〈修辭學與國文教學〉刊登於臺灣師大《中等教育》28卷4期，頁27-29。

6月，指導「臺灣省立高雄師範學院國文研究所」歐天發完成碩士論文：

師）、尤信雄（66級乙班大四導師）四位教授，同時擔任國立臺灣師範大學國文系乙班班刊《太乙》指導老師，先生撰〈寫給新鮮人〉一文，刊於頁6，主編：葉偉平，編輯：馬秀嫻、曾瑋、王怡文、許淑娟，封面設計：黃龍山，封面題字：蔡兌金。案：葉偉平、馬秀嫻與曾瑋三人，師大教務處查無資料；黃龍山67學年度畢業（63學年度入學），王怡文與蔡兌金都是68學年度畢業（64學年度入學），許淑娟69學年度畢業（65學年度入學），由此推斷，許淑娟於民國65年（1976）9月入學，大一編輯《太乙》班刊時，邀請老師撰寫此文勉勵「太乙」家族大一入學新鮮人。

[31] 收入《學林尋幽——見南山居論學集》，頁35-38。

《國文欣賞教學法試探》，並通過學位考試；為先生第二位指導碩士班研究生。

8月1日，先生升等為國立臺灣師範大學國文學系教授。

8月2、4日，〈古文新探〈管晏列傳〉析評——兼探司馬遷的意識與修辭〉刊《中央日報・副刊》，第10版。

9月，〈《西遊記》的象徵世界〉刊《幼獅月刊》第46卷第3期，頁50-61。[32]

9月，〈《周易・謙卦》釋義〉刊《潘重規教授七秩誕辰論文集》，頁53-67，臺北：潘重規教授論文集編編輯委員會印行。

10月，〈修辭學與國文教學〉又刊《學粹》19卷4-5期，頁31-33。[33]

10月，與王熙元（1932-1996）教授、許錟輝（1934-2018）教授、張建葆（1936-）教授合著《讀書指導》，由臺北：南嶽出版社出版。

11月28日、12月8日，〈《周易・坤卦》釋義（1-10）〉刊《青年戰士報》，第10版。

11月，〈修辭學述要〉收入《國學研究論集》，臺北：學海出版社初版，頁93-95。

12月，〈《周易・師・比》解〉刊《幼獅學誌》第14卷第3、4期，頁153-175。

是年，先生曾以劉若愚（1926-1986）先生《中國詩學》上篇第五章〈中國人的一些概念與思想感覺的方式〉所列：自然、時間、歷史、閒適、鄉愁、愛、醉，析為九項，去探測《深淵》的意識，撰〈《深淵》的測試〉一文，後收入《中國文學鑑賞舉隅》。

是年，先生與友人到金華街拜訪琦君（潘希珍，1917-2006），她已經六十歲，仍然常存六歲的童心和十六歲的純真，以及二十六歲的活力，真是潘家的稀世珍寶。琦君與新文學革命並生，她是二十世界中國文壇上傑出的散文大師，也是最具有傳統情韻與風味的作家。

---

[32] 原收入《中國文學鑑賞舉隅》（臺北：東大初版，1979年4月），後修正稿收入《與君細論文》（臺北：東大圖書公司，《滄海叢刊》，1999年出版），頁8-34。

[33] 後易題作〈修辭學在國文教學上的重要性〉，收入《學林尋幽——見南山居論學集》，頁273-586。

中華民國六十七年戊午（1978）　　　　　　　　先生四十七歲

1月，應邀撰〈如是我盼〉，對當前文壇表示一己的意見，文刊《幼獅文藝》元月號（第47卷第1期），頁54-55。

1月，〈《周易・乾卦》釋義（1）〉刊《鵝湖月刊》第3卷第7期，頁36-41。

2月，〈《周易・乾卦》釋義（2）〉刊《鵝湖月刊》第3卷第8期，頁15-21。

2月，年初，復應沈謙（1947-2006）博士約稿，撰〈周易叢談——名義、內容、大義和要籍〉（原名：〈周易縱橫談〉），發表於《幼獅月刊》第47卷第2期，頁55-59。[34]

2月10日，李怡嚴教授（曾任新竹清華大學物理研究所所長和教務長）致書先生討論《周易》相關問題。

4月，《周易・乾卦》釋義（3）〉刊《鵝湖月刊》第3卷第10期，頁37-40。

4月5日，〈中國古典文學中的「極短篇」〉刊《聯合報・副刊》，第12版。[35]

4月，〈《周易・屯・蒙》解〉刊《孔孟學報》第35期，頁49-74。

5月，〈《周易・乾卦》釋義（4）〉刊《鵝湖月刊》第3卷第11期，頁30-33。

5月，評論好友陳郁夫教授所著《漁歌子》，撰〈細讀《漁歌子》〉，刊於《幼獅文藝》第47卷第5期（第293期）「理論與批評專頁」，頁53-75。

6月，〈《周易》淺談〉刊《明道文藝》第27期，頁15-21。

6月，臺東師範（今改制為「國立臺東大學」）三十週年校慶典禮，先生為東師「普師科第一屆」校友，榮獲本（67）年度傑出校友，並應邀發表演講詞：「中國文字面面觀」，刊登於《國教之聲》第11卷5、6期，頁5-8。[36]

6月，為臺灣師大國文系系刊《文風》撰〈肯定自己〉特稿，刊於頁10。

6月20日，先生作〈答李怡嚴書〉。

7月17日，李怡嚴教授再致書討論《周易》相關問題。

7月，東吳大學校長端木愷（字鑄秋，1903-1987）敦聘先生為該校兼任教授。

---

34 後收入《周易縱橫談》。

35 後編入《極短篇》第一集，臺北：聯經出版公司，1979年3月，頁164-169。又收入《與君細論文》，臺北：東大圖書股份有限公司發行，1999年3月初版，頁3-7。

36 後改題作：〈我對中國文字的看法〉，收入《學林尋幽》。

8月1日，先生復作〈再答李怡嚴書〉。

8月，先生經教育部依大學及獨立學院教師資格審查規程，審定合於教授資格，朱匯森（字仲蔚，1911-2006）部長頒發教授證書：教字第2711號。

9月，〈《周易・需・訟》解〉刊《孔孟學報》第36期，頁41-62。

11月13日，李怡嚴教授三致先生書，為此次討論作「不結之結」。後彙為〈《易》學書簡〉，刊於沈謙博士主編之《幼獅月刊》第48卷6、7兩期。[37]

12月，〈小說評論標準的檢討──白先勇《驀然回首》讀後〉，《書評書目》第68期，1978年。頁75-78。[38]

12月，〈《易》學書簡〉刊《幼獅月刊》第48卷第6期，頁52-59。

〈《周易・坤卦》釋義〉獲行政院國家科學委員會獎勵，刊《行政院國家科學委員會研究論文摘要》。

是年，高明仲華夫子舉薦先生，接受國立編譯館委託，編輯師專國文教科書，獲國立編譯館館長熊先舉（？-2003）先生、教科書組主任黃策發先生信任支持，大功告成。

是年，林安梧（1957-）就讀於臺灣師範大學國文學系，為大學四年級上學期，曾修習先生《易經》大四課程，受業於門下。據林教授回憶：

> 記得當時美國哈佛大學博士候選人戴思客（Scott Davis）亦來旁聽講論。老師教授認真，學生討論熱烈。黃師謙沖貞和，我等則嗷談廣論；憤悱啟發，師生相與，其間樂處，自有不可已矣者。光陰荏苒，三十餘年，倏忽其疾，前塵舊事，往者已矣，惟學問講習，師生情義，不敢或忘也。[39]

[37] 李怡嚴書簡日期分別為：2月10日、6月17日、11月13日，老師回復書簡日期則分別為：6月20日、8月1日。〈《易》學書簡〉後收入《周易縱橫談》。

[38] 後編入《與君細論文》，頁235-239。白先勇（1937-）：《驀然回首》，臺北：爾雅出版社，1978年9月初版。

[39] 引錄自本集，林教授：〈論中國哲學知識論與心性論的四個層級：「明、知、識、執」──以《存有三態論》為核心的展開〉，文前案語。

中華民國六十八年己未（1979）　　先生四十八歲

1月，〈《易》學書簡〉刊《幼獅月刊》第49卷第1期。[40]

2月3日，〈故鄉平陽的新年〉刊《臺灣時報》第9版。

2月17日，國立編譯館館長熊先舉敦聘先生為該館五年制師範專科學校國文科教科書編審委員會委員。

2月，序《中國文學鑑賞舉隅》於師大。

4月，〈《周易・小畜・履卦》釋義〉刊《孔孟學報》第37期，頁1-20。

4月，〈修辭學導讀〉收入《國學導讀叢編（五）》，臺北：康橋出版社初版，頁257-285。

4月，《中國文學鑑賞舉隅》（與故師母許家鸞合著），臺北：東大圖書公司初版。是書先生執筆「古文新探」、「小說析評」、「新詩測試」三部分；故師母許家鸞老師執筆「散文欣賞」六篇。[41]

5月，指導「臺灣省立高雄師範學院國文研究所」蔡榮昌完成碩士論文：《作文教學探究》，並通過學位考試；為先生第三位指導碩士班研究生。

8月，國立高雄師範學院薛光祖（1919-2016）院長敦聘先生為該院兼任國研所教授。

9月，〈《周易・泰・否》釋義〉刊《孔孟學報》第38期，頁91-112。

9月，開學後，先生始應聘東吳大學中文系講授《易經》課程。

11月20日，〈〈五子哭墓〉小評〉刊《聯合報・副刊》第8版。

12月，〈徐志摩〈再別康橋〉詩析評〉刊《明道文藝》第45期「文學論

---

40 後收入《周易縱橫談》，臺北：東大圖書公司，民國1995年初版，頁271-303。桂林：廣西師範大學出版社，2006年。又收入劉大鈞總主編：《周易經傳・5》，上海：上海科學技術文獻出版社，2010年4月，頁2010-2124。

41 該書扉頁內容簡介云：「這兒有古文新探，從質樸的『奏議』到華美的『辭賦』。這兒有小說析評，從古典的《西遊記》到鄉土的《漁歌子》。這兒有白話散文的欣賞，從朱自清到陳之藩。而新詩的品鑑，則限於對瘂弦的《深淵》作一測量與試探。作者微末的心意在，使過去的文學作品，在現代人心域中活躍如新；讓一切已有的美感經驗，在每一個新的時代裏，煥發出更新的意義和光芒。同時也藉對現代文學的長江大河的追溯，一探那傳統的和鄉土的巴顏喀喇山。」

述」，頁126-132。；黃維樑（1947-）先生攜去香港，轉載於《公教報．文學副刊》。[42]

12月，《古典文學會議論文集》第一期，刊登先生於「第一屆古典文學會議」宣讀之〈中國古典文學研究的幾個層面〉；又改題作〈研究中國古典文學的幾個層面〉刊《古典文學》第1期，頁387-398。先生在本文中，提出「傳統批評、新批評不可偏廢」的主張，並比較傳統文學批評與新批評在現代文學研究所佔的地位，先就傳統詩話等批評方法作分析。[43]

12月23日，己未十一月初五日，為先生恩師景伊夫子七十生辰，夫子「率賦一律，既以抒懷，亦思故國也」；先生賀賦〈恭壽　景公夫子七秩雙慶敬步伯元兄原韻〉，詩曰：

侍坐鱣堂二十春，每沾化育見精神。乾嘉學派衍流遠，梅鶴家風養性真。
祖楫渡江扶社稷，韓文出手辨新陳。華筵今夜祝嵩壽，九畹芝蘭映笑嚬。

中華民國六十九年庚申（1980）　先生四十九歲

1月9至11日，〈由《圍城》說起──會評陳若曦的〈城裡城外〉〉先生發言文字稿，刊《聯合報．副刊》第8版，會評者有朱西甯（1927-1998）、李昂（1952-）、殷張蘭熙（Nancy Ing, 1920-2017）、侯健（1926-1990）、張曉風（1941-）、蕭芳生。[44]

4月，〈《周易．同人．大有》釋義〉刊《孔孟學報》，第39期，頁1-20。

5月，《周易讀本》，臺北：三民書局初版，其後陸續增訂出版。《周易讀

---

42 收入《與君細論文》，改題作〈引人參化的精美語言──徐志摩詩〈再別康橋〉析評〉，頁193-206。老師在香港中文大學中文系任教時，在課堂上講過；在臺灣師大課堂上，也多次講過這篇析評文章。

43 詳參黃慶萱：〈中國古典文學研究的幾個層面〉，《學林尋幽》，頁139；並可參考本集劉凱玲：〈在傳統與異質之間──由黃慶萱先生文學研究方法看典範轉移〉相關內容。

44 後收入《與君細論文》，頁85-89。陳若曦（1938-）從大陸到美國，首度返臺，蔣經國總統約見了她。那時她的短篇小說集《尹縣長》風行海內外，擁有廣大的閱讀人口，各報爭相訪問她。又陳若曦：〈城裏城外〉，1979年9月9至10日，發表於《聯合報．副刊》。

本》的刊行，初步奠立先生在臺灣講論《易》學的學術地位。[45]

6月，〈退溪、栗谷理氣說較論〉（〈退溪、栗谷의理氣說比較論〉）刊漢城（今「首爾」）《退溪學報》第26期，頁167-178。[46]

7月18日，〈「明明德」的戲劇化——《聯副》呂念雪小說〈拆牆〉短評〉刊《聯合報・副刊》，第8版。[47]

8月17日，〈以風流為道學，寓教化於詼諧——夏志清與國內學者談中國文學研究〉（座談會）刊《聯合報・副刊》，第8版。

8月22日，中國國民黨中央委員會文化工作會周應龍（？-1987）主任聘請先生為中央文藝研究輔導小組委員。

9月8日，國立高雄師範學院薛光祖院長敦聘先生為該院兼任國研所教授。

9月，〈《周易・謙・豫》釋義〉刊《孔孟學報》第40期，頁15-34。

9月，專題〈奔赴自由的「腳印」——生動的文獻〉（介紹小說〈腳印〉之一），刊《幼獅文藝》第52卷第3期（第321期），頁18-19。

10月，先生時任師大73級國一丙導師，並教授「讀書指導」課程，初識李惠銘副班長；該生於是年榮獲《中央日報》與《明道文藝》聯合主辦的「第一屆全國學生文學獎」大專小說組佳作獎。

11月，張澄仁同學整理先生〈蘇軾〈記承天寺夜遊〉賞析座談會紀錄〉刊《明道文藝》第56期，頁159-167，後收入《與君細論文》。

是年，以〈《周易・泰・否》釋義〉獲行政院國家科學委員會獎勵。

---

45 《周易讀本》為先生多年研究與講授《周易》最早成書之講義。首篇〈《周易》縱橫談〉說明《周易》的名義、內容、大義、要籍，其後則就〈乾〉、〈坤〉等28卦，詳為註解與語譯，引述多方，釋義細微深入，使讀者掌握研習《周易》的要點。書後並附有〈《周易》與孔子〉、〈《易》學書簡〉等相關討論文字，有助正確建立《易》學觀念。

46 〈退溪、栗谷理氣說較論〉原發表於「近世儒學與退溪學第四次國際學術會議」，後收入《學林尋幽——見南山居論學集》，頁91-108。

47 後收入《與君細論文》，頁151-152。又國立臺灣文學館：「2007臺灣作家作品目錄」，載錄：「呂志宏，筆名：呂念雪、呂赫；籍貫：臺灣臺東；出生日期：1957年6月4日；學經歷：臺灣師範大學化學系畢業，現任臺東縣新生國中教師。文學風格：創作文類有散文及小說，多以童年及學生背景為題材，也寫都市裡畸零族群與功利。語言富實驗性而多變，務求貼切於角色口吻與敘事風格，讀來能生動地傳達出角色或敘事者的性格。文學成就：曾獲時報文學獎散文佳作。」

從是年起至1981年，先生參與「次常用國字標準字體研訂」，完成並刊行「次常用國字標準字體表」研究報告。

四　五十知命期（五十至五十九歲）

中華民國七十年辛酉（1981）　　**先生五十歲**

1月21日，獲蔣經國（字建豐，1910-1988）總統、行政院孫運璿（1913-2006）院長任命令，派任為七十年特種考試退除役軍人轉任公務人員考試典試委員。

1月，〈蕭衍及其《周易大義稿》〉編入林尹《易經論文集》，臺北：黎明文化事業股份有限公司，頁429-435。

2月，〈原興〉編入《慶祝陽新成楚望先生七秩誕辰論文集》，臺北：文史哲出版社，後收入《學林尋幽》。

3月15日，林慶彰（1948-）著《圖書文獻學研究論集》（北京：文津出版社），頁266，提到編輯《中國文化研究論文目錄》時，曾將類目表預先油印，邀請先生與劉兆祐、喬衍琯、胡楚生、王民信、王國良等數位教授，會同編輯人員詳細磋商討論，以求類目之盡善盡美。

3月，明．吳承恩（汝忠，射陽山人，1506-1582）著，先生與林明峪、龔鵬程（1956-）共同編撰，改寫《取經的卡通——西遊記》，先生為作〈導讀〉，收入高上秦（高信疆，1944-2009）總編輯之「中國歷代經典寶庫青少年版．45」，臺北：時報文化出版事業有限公司出版。[48]

3月，審訂顏崑陽（1948-）主編之《古中國之旅2——三國古戰場》，高雄：故鄉出版社出版。

---

[48] 此書其後陸續有1982（再版）、1983、1987、1990、1995、1998（四版）、1999、2000、2002（增訂三版）等各版本刊行。1992年10月，符國棟主編，北京：中國三環出版社出版。2005年1月，《西遊記快讀——取經的卡通》，海口：海南出版社出版。2012年4月，時報文化出版企業股份有限公司再版。2013年5月，《中國歷代經典寶庫．43——風靡臺灣的迷你版《西遊記》》，北京：中國友誼出版公司出版。

4月，〈《周易‧隨‧蠱》卦釋義〉刊《孔孟學報》第41期，頁19-36。

5月，指導「國立高雄師範學院國文研究所」陳潤齡完成碩士論文：《國文預習教學研究》，並通過學位考試；為先生第四位指導碩士班研究生。

6月15日，消費者文教基金會處理「紅色蝦米添加螢光劑」的檢驗報告問題，引起漁會抗議，經濟部長、衛生署長、臺灣省主席發言關切，輿論亦多有責難。先生於是向《聯合報‧大家談》專欄投書，為消基會辯護，支持並期盼該會繼續發揮道德勇氣，造福社會大眾。

8月1日，承師大學長王爾敏（問之，1927-）、李雲光（1927-）兩教授之推薦，應邀前往香港浸會學院中文系擔任客座高級講師一年。[49]

8月，〈《周易》的文學價值〉刊《浸會學院學報》第8卷，頁1-12。本文依據《周易》原典，說明其有關文學起源、原則、形式、功能方面的理論，以及主題、技巧方面的特質，並指出其在文學史上的地位。

8月，〈《周易‧噬嗑‧賁》卦釋義〉刊《中國國學》第9期，頁40-53。

10月1日，出國赴香港浸會學院中文系客座高級講師聘任。

11月9日，高明仲華夫子致函先生：

> 得書，知已安抵香港，到校上課甚以為慰！今年舊曆十二月二十四日為內人卞秀英七十生日，明擬請　弟代匯美金壹百元，……表示明極為關切之意。

12月，〈中國古典文學中的「極短篇」〉收入《聯副‧三十年文學大系》編輯委員會編《聯副三十年文學大系‧評論卷‧3‧現代文學論》，臺北：聯合報社，頁351-356。又撰〈管領風騷──《聯副三十年文學大系‧中國古典文學論》序〉，刊於臺北：聯合報社出版之《中國古典文學論》。[50]

是年，以〈《周易‧同人》等十卦釋義〉獲行政院國家科學委員會獎勵。

---

[49] 正式聘期與聘約條件為：1981年9月1日至1982年6月30日，薪酬合計為港幣9萬元整，可分10個月支付；房屋津貼每月2千元，為期10個月支付。

[50] 是書為《聯副三十年文學大系‧評論卷》之一，後收入《與君細論文》。

中華民國七十一年壬戌（1982）　　　　先生五十一歲

2月5日，《聯合報・副刊・快筆短文》刊出六位博士學人，六篇精采短文，令人耳目一新，真是一個很好的專輯，先生〈蛇〉文刊第8版。

2月12日，〈「快筆短文」的迴響──迴響之三〉在六篇短文中，迴響者寫道印象最深刻的是先生〈蛇〉文中，提到的「蛇婦來港產子」的新聞──「母子方生即別，親情悲劇，全在這兒了。」

3月2日，〈電視你我他〉刊《聯合報・副刊》，第8版。

3月6日，〈教師週記〉刊《聯合報・副刊》，第8版。

3月15日，伯元陳新雄教授致函時任教於香港九龍「浸會學院中文系」的先生，詢問申請客座講學該校事宜。

3月17日，〈淤泥與蓮〉刊《聯合報・副刊》，第8版。

3月25日，〈鄰惡又何妨〉刊《聯合報・副刊》，第8版。

3月，壬戌二月（國曆三月），師大國文系同仁汪中（字履安，號雨盦，亦常自署雨公、愚公，安徽桐城人，1925-2010）復函先生一封，謙辭審查，並及何佑森（安徽巢縣人，1931-2008）教授即將赴港，當能聚歡事。先生時客座講學於香港九龍浸會學院中文系，時寓：九龍彌敦道525號寶寧大廈B座10樓1006室。雨盦夫子時寓：臺北市新生南路三段十六巷十四號四樓。

4月15日，新亞研究所為啟迪研究生，對中國人文學術之識見與興趣，溝通中西文化交流，發揚中國學術文化及傳統之社會講學精神，孫國棟（1922-2013）教授發函邀請先生蒞所作專題演講。

4月19日，〈作家，不可以這樣！〉刊《聯合報・副刊》，第8版。

4月23日，〈香港・一九九七〉刊《聯合報・副刊》，第8版。

4月，〈《周易・臨・觀》釋義〉刊《孔孟學報》第43期，頁43-60。

4-5月，〈《周易》的文學價值（上、下）〉，職稱署「香港浸信會學院中文系教授」，又刊《中華易學》第3卷第2、3期（第26、27期），頁58-62、58-61。[51]

---

[51] 此文探究《周易》對文學的影響，在研究方法上足以代表結合經典的溯源與文學創作形式探

5月1日，下午三時，先生應新亞研究所孫國棟教授之邀，擔任該所文化講座，主講「《周易》之文學價值」，《華僑日報》刊登新聞，報導簡介云：

對治修辭學、《易經》極有成就。……著作極多，……深為士林推重。其在臺北《聯合報》之特約快筆短文，清新流暢，尤膾炙人口。

5月21日，〈書恨少〉刊《聯合報．副刊》，第8版。

6月5日，自香港浸會學院中文系客座講學回國，返校述職。

6月，〈《金瓶梅審探》序〉收入魏子雲（1917-2005）《金瓶梅審探》，臺北：臺灣商務印書館，頁1-5。[52]

8月1日，留職停薪一年，應香港中文大學聘，任中文系客座高級講師。[53]搬進大學面對吐露港的宿舍，恰是「壬戌之秋，七月既望」。詩人余光中（1928-2017）先生開車來接先生，於車上還誦讀唐代張九齡（子壽，678-740）〈望月懷遠〉「海上生明月」[54]的詩句。

8月3日，〈可不是「教條」〉刊《聯合報．副刊》，第8版。

8月5日，《聯合報．副刊》，第8版，又推出「快筆短文」專欄，邀請先生

流。老師在注經說經的傳統中，融入對文學的解析；承繼劉勰（彥和，465-520）以儒家經典為例，說明文章源於自然之道，從而掌握《易經》生成發展所歷經之流變，作了幾個文學重要因素的離析。此外，老師曾自述：「這篇論文寫來有些拘謹，不過卻在韓國產生一些影響。慶北大學中文所李世東正在撰寫碩士論文『《周易》中文學的性格』，特別來信和我討論，後來還親自來臺北和我面談。又後來漢城淑明女子大學張貞海來臺留學，以『《周易》文學性質之探索』寫成了她的碩士論文。對我的意見有更多的補充和發揮。」關於「《周易》的文學價值」、「《周易》本文的文學特質」兩方面論述的詳細內容，請參閱《周易縱橫談》（臺北：東大圖書公司，1995年3月），頁238-259。

[52] 後又收入《與君細論文》，題作〈作品與作者考證——魏子雲《金瓶梅審探》序〉，頁230-234。

[53] 香港中文大學秘書處於1983年4月6日，由人事組主任梁少光簽名發給「職位證明書」：茲證明黃慶萱博士自一九八二年八月卅一日起，任職本校為中文系高級講師。月薪港幣16845元，分次遞增到22630元，試用三年。

[54] 唐．張九齡〈望月懷遠〉：「海上生明月，天涯共此時。情人怨遙夜，竟夕起相思。滅燭憐光滿，披衣覺露滋。不堪盈手贈，還寢夢佳期。」這首詩寫景抒情並舉，情景交融；意境幽靜秀麗，情感真摯；結構深入不紊，文字明快鏗鏘。其中，「海上生明月，天涯共此時」，成為千古佳句。

與黃永武、王熙元、沈謙、吳宏一、張夢機六位國家文學博士輪流執筆，每周刊出三篇。

9月15日，〈《聯副三十年文學大系》告成特輯：文壇千疊，花開萬樹！管領風騷——評論卷1．中國古典文學論〉刊《聯合報．副刊》，第8版。[55]

9月，與許錟輝、王熙元、張建葆合著《讀書指導》（大學用書3版），臺北：南嶽出版社。

11月，指導「國立臺灣師範大學國文研究所」林金泉完成碩士論文：《周秦陰陽五行家思想研究》，並通過學位考試；為先生第五位指導碩士班研究生，並為第一篇先生指導《周易》研究論文。

中華民國七十二年癸亥（1983）　　先生五十二歲

1月23日，高明仲華夫子與葉黎明師母聯名，致函先生恭賀新禧！並請先生協助：

> 雲光為內子黎明轉信已多，故與舍妹及登兒通信，仍以煩弟。
> 雲光赴韓期間，內子與弟、妹通訊，亦將暫時煩　弟，拜托！
> （胡）自逢已允獨編《師專國文》九十兩冊，並告。

3月20日，夜，系主任兼所長黃錦鋐（天成，1922-2012）教授致函陳新雄（伯元，1935-2012）與先生兩位教授，詢以何時自香港客座講學返臺，以及留買、聘買諸事。

3月21日，先生在香港中文大學任教，時與朱光潛（孟實，1897-1986）、金耀基（1935-）、黃維樑（1947-）諸君合影；並於香港中文大學新亞書院雲起軒，聆聽朱光潛、余光中兩先生一段精彩的對話。[56]

---

[55] 後收入《與君細論文》，題作〈管領風騷——《聯副三十年文學大系．中國古典文學論》序〉，頁223-229。

[56] 老師回憶如是：「那晚餐會由金耀基院長邀集，朱先生於席間主談『雄壯與秀美』；余先生問朱先生：『有這麼多有關文藝美學方面的譯著，為什麼卻不見實際批評？』朱先生答：『老虎的鬍子摸不得！』余先生緊接一句：『如果你是獅子呢？』當時黃維樑教授坐在先生旁邊，兩

3月30日，先生致函香港中文大學陳秘書長方正先生，副本致文學院院長劉殿爵教授與中文系主任常宗豪教授，敬請准予自1983年8月30日離職：

> 慶萱應徵擔任本校兼讀學士學位課程中英語文組高級講師，於一九八二年八月三十一日到任以來，承文學院院長　劉殿爵教授、中文系系主任常宗豪先生等時賜指導，中文系同仁等相互切磋，獲益良多，深感榮幸。惟以家屬遠在台北，以種種原因，未能來港久居；而慶萱體弱，偶亦感水土不服，恐因此影響教學。為此謹依合約之規定，提前申請辭職，敬請准予自一九八三年八月三十日離職。不情之請，並乞賜諒。此致——
>
> 陳祕書長方鄭先生
>
> 黃慶萱　謹上　一九八三年三月三十日
>
> 副本致
>
> 劉殿爵教授
>
> 常宗豪先生

4月27日，黃永武教授快遞郵寄，致函先生論及香港中文大學應徵與國科會申請海外學人歸國事。

6月，先生應香港浸會學院之聘，擔任中文系徵聘師資校外甄試委員。

8月，夏，先生辭去香港中文大學講席，倦鳥歸林。

8月10日，返國回臺灣師大復職。

8月22日，致函香港中文大學蘇文擢（1921-1997）教授。

8月27日，蘇文擢教授謝復回函，論及先生珍藏任公梁啟超（卓如，1873-1929）書贈太老師迪我公對聯：「盡卷簾旌延竹色，想銜盃酒問花期。」以為「尤肅括可喜」等事。先生時寓：臺北新店中興路二段100巷11號。

人不期而相顧一笑。」老師後來又憶及此事，有感而發說：「這些年來，自己作了不少實際批評的工作，這不是『摸老虎鬍子』嗎？何況自己在《周易》和文學理論上的研究規劃已一延再延了。因此在《與君細論文》，結集之時，我特地說一句：『再也不摸老虎鬍子了！』心情竟突然間輕鬆起來。」

9月19日，林尹夫子自美返國，復函一封，囑先生勸勉伯元陳新雄教授客座香港講學時，盼勿飲酒過度。景伊夫子時寓：臺北市和平東路二段一一八巷四弄十九號五樓。先生時寓：香港新界沙田中文大學教職員宿舍十一苑G室。

10月15日，國立編譯館館長熊先舉敦聘先生為該館高級中學國文科教科用書編審委員會委員。

10月，《中國文學鑑賞舉隅》再版，《修辭學》四版。

10月，〈豈僅是神話與愛情——評介沈謙《神話・愛情・詩》〉。[57]

是年，孫傳釗〈臺灣學者黃慶萱《修辭學》評介〉，刊於《修辭學習》第1期，頁86。[58]

是年，先生偶為《青年戰士報・副刊》「筆鋒」專欄撰文。

是年，香港中文大學饒宗頤（選堂，固庵，1917-2018）書贈先生「見南山居」府邸題額。

中華民國七十三年甲子（1984）　　先生五十三歲

1月14至15日，在臺北市耕莘文教院觀賞由「國立藝術學院戲劇系」二年級學生演出馬森（1932-）教授的荒謬劇《腳色》。先生回家後，第二天醒來，思潮澎湃，於是提筆疾書觀感，撰〈探荒——觀馬森荒謬劇《腳色》有感〉一文。[59]

1月27日，〈探荒——觀荒謬劇《腳色》有感〉刊《中國時報・人間副

---

[57] 後收入《與君細論文》，頁240-258。沈謙：《神話・愛情・詩——中國古典詩比較評析》，臺北：尚友出版社。

[58] 評介摘要：「一九七五年春，臺灣省立師範大學黃慶萱先生撰著的四十萬餘字的《修辭學》問世了，引起了臺灣修辭學界和文學評論界的注意，獲得好評。被稱譽為『大大地開拓了修辭學的領域』。（王熙元〈修辭學領域的開拓〉）黃慶萱《修辭學》的誕生，給臺灣修辭學帶來了新的一頁，標誌著臺灣的語文界的注意力開始轉移到現代漢語的修辭現象上來，重視當代文學作品中的修辭現象的研究和探討。」

[59] 老師自述：「湊巧那天香港中文大學中文系常宗豪主任來到臺北，撥了電話給我。我說正忙著寫稿，把約會推遲了一天。宗豪兄後來問我寫什麼？直說：這種急著要寫的，寫出定是好文章，倒使我有些腼然。那篇觀感就是〈探荒〉，題目在文章寫出後才加上去。」

刊》，第32版。[60]

1月，〈序──惠仔，你去哪裡？〉，收入李惠銘《逝去的街景》，臺北：學英文化事業有限公司。[61]

2月29日，〈士的聯想〉刊《青年戰士報》，對於「知識份子」，先生的看法是：「把自己的生命貢獻給全人類是『士』（知識份子）的任務，只有學問而不能任事是不配稱為『士』（知識份子）的！」

3月26日，天成黃錦鋐老師致函先生閒話家常，憶往遊蹤，撫今追昔。

4月5日，〈不要跟天地作對！〉刊《聯合報．副刊》，第8版。先生此文對臺灣過量伐木、抽水，尤其太魯閣建水泥廠事，表示反對；並呼籲人們注意生態均衡、重視水土保持，為子子孫孫留下「不可勝食，不可勝用」的資源！行政院會因此責令臺塑，重新檢討「崇德計畫」。

4月，〈《周易．噬嗑．賁》卦釋義〉刊《孔孟學報》第47期，頁85-109。

5月，張高評（1949-）等著《中國散文之面貌》，〈第四章．中國散文之修辭──黃慶萱〉，臺北：中央文物供應社，頁105-176。

6月3日，講評陳啟佑（渡也，1953-）〈新詩形式設計的美學基礎──倒裝篇〉，「第一屆現代詩學研討會」，《文訊月刊》、《商工日報．春秋副刊》合辦。[62]

8月8日，應《聯合報》之邀，擔任「第九屆年度文藝獎」小說評審，先生以為平路（1953-）《椿哥》、許台英《水軍海峽》為上上之選。[63]

---

60 後收入《與君細論文》，題作〈探荒──觀馬森荒謬劇《腳色》有感〉，頁216-219。

61 後收入《與君細論文》，題作〈惠仔，你去哪裡？──序李惠銘《逝去的街景》〉，頁116-132。案：李惠銘為臺灣師大國文學系73丙畢業同學，此年五月「學英文化公司」始出版《逝去的街景》。

62 是日，《文訊》假臺北市復興南路一段「文苑」與《商工日報》合辦「現代詩學研討會」，計發表羅青（1948-）、陳啟佑、向陽（林淇瀁，1955-）、游喚（游志誠，1956-）等四篇論文，全文刊於《文訊》十二期，並分別由先生、瘂弦（1932-）、吳宏一（1943-）、林明德（1946-）擔任講評。

63 平路《椿哥》、許台英《水軍海峽》，同時於1986年3月，由臺北：聯經公司出版。據老師自述：「應《聯合報》之邀，擔任年度文藝獎的評審，我當然不會說不。1984年8月8日，我的女兒小得還不知道爸爸節，所以我也就無牽無掛地拎著字數約有五十萬複審入圍的小說原稿，以及幾十張寫著自己對各篇小說意見的字條，到《聯合報》社參加第九屆小說獎評審會去

8月，《周易讀本》，臺北：三民書局再版。

11月1日，〈見山祇是山——鄭樹森編《現象學與文學批評》責任書評〉刊《聯合文學》，第1卷第1期，頁211-212。[64]

12月1日，〈假如作文練習像數學一樣〉刊《聯合文學》第2期，頁145。[65] 又撰〈大學聯考作文題之檢討——應《聯合文學》「文學作家看大學聯考國文科作文題」大評鑒而寫〉刊《聯合文學》第2期，頁237-238。[66]

是年，〈《西遊記》評介〉收入朱傳譽主編《中國古典小說研究資料彙編》，臺北：天一出版社，頁1-21。

是年，東吳大學中國文學系主辦第五屆「雙溪現代文學獎」，先生應召集人系主任林炯陽教授之聘，與鄭清文（1932-2017）、沈謙（1947-2006）二位先生，共同擔任小說組評審。

中華民國七十四年乙丑（1985）　　先生五十四歲

1月1日，〈未嘗不可的新方向——傅錫壬《牛李黨爭與唐代文學》責任書評〉刊《聯合文學》第1卷第3期，頁135。[67]

2月1日，〈宇宙悲情、十面八方〉（朱西甯著《熊》）刊《聯合文學》第1卷第4期，頁205-206。[68]

了。記得那天，姚一葦和高陽兩位先生最欣賞《慈悲的滋味》；齊邦媛教授讚美《椿哥》清新，是『一個愚昧社會的縮影』；鄭清文先生一心一意為《石定仔的話母與蕭桐秋的姿勢》叫好；楊念慈先生支持《水軍海峽》；朱炎教授特別推薦《歲月行》；我個人認為《椿哥》和《水軍海峽》都是上上之選。《聯副》用『硝煙漫天』形容那次評審者的大辯論。〈論平路《椿哥》的時代反映與民族關懷〉、〈論許台英《水軍海峽》的危機意識〉就是事後根據自己發言字條，整理補充而成。」

[64] 後收入《與君細論文》，頁268-269。鄭樹森編：《現象學與文學批評》，臺北：東大圖書公司，1984年7月初版。

[65] 後收入《與君細論文》，題作〈假如作文練習像數學演算一樣——王鼎鈞《作文七巧》責任書評〉，頁270-271。王鼎鈞《作文七巧》於1984年8月自行出版。

[66] 〈大學聯考作文題之檢討——應《聯合文學》「文學作家看大學聯考國文科作文題」大評鑑而寫〉一文，後收入《學林尋幽——見南山居論學集》，頁311-314。

[67] 後收入《與君細論文》，頁272-273。傅錫壬（1938-）先生書於1984年9月，由臺北：東大圖書公司初版。

[68] 後收入《與君細論文》，改題作〈十面八方的宇宙悲情——朱西甯《熊》責任書評〉，頁147-148。朱西甯《熊》於1984年9月，由臺北：皇冠出版社初版。

3月，〈臺灣三十年來的變遷紀錄（短評）〉刊《聯合文學》第3期，頁197-198。[69]

4月9日，〈字典學臺北〉（大陸出版的《辭海》，大陸新修的《辭源》和《現代漢語詞典》）刊《聯合報．副刊》，第8版。

4月1日，〈敬禮，向理性的英雄〉（評王幼華〈兩鎮演談〉）刊《聯合文學》第1卷第6期，頁216-217。[70]

5月26日，《臺灣日報．副刊》刊〈浮雲出岫豈無心——黃永武《載愛飛行》評介〉。[71]

5月，指導第六位碩士班研究生，國立臺灣師範大學國文研究所朱介國完成碩士論文：《易爻指例》。

6月，〈怎樣編寫國文教科書〉刊《國文天地》第1期，頁12-16。[72]

8月1日，〈依稀猶見來時的路（評《凌叔華小說集》）〉刊《聯合文學》第1卷第10期，頁214。[73]

8月，〈《周易》與人生哲學〉刊《孔孟月刊》第23卷第12期（第276期），頁31-36。

9月，〈《易經》與中國文化〉刊《慧炬》第254卷第255期，頁22-27。

9月，〈談字典——一種最重要的工具書〉刊《國文天地》第4期，頁48-53。

---

69 編入平路《椿哥》，〈臺灣三十年來的變遷紀錄〉，臺北：聯經出版公司，1985年，頁3-4。

70 後收入《與君細論文》，頁149-150。王幼華（1956-）《兩鎮演談》於1984年9月，由臺北：時報文化公司初版。

71 後收入《與君細論文》。黃永武《載愛飛行》1985年1月，由臺北：九歌出版社初版。

72 後收入《學林尋幽——見南山居論學集》，改題作〈談國文教科書的編寫〉，頁247-260。老師因曾經主持教科書編纂工作，前人編寫教科書著重注疏與索隱，而教材與教法普遍因襲前人，層疊覆蓋之後，對於作者創造文本的過程無法確切掌握。因此，對教科書的選編，曾經抱持著高度文學性的理想，文學的鑑賞成為優先培養的能力；所以認為選文的標準是：「以語文訓練與文藝欣賞為主，美的感受本身就是精神陶冶；而且也要注意作品是否確能呈現這位作家、這種流派、那個時代，那種文類獨特的、真實的風貌。」此一見解，先就讀者的接受為出發點，再觸及作家、作品以及時空背景；至於國文教材的範文，除了自身的文學觀，也有其理論的依據。詳參〈《名家論國中國文》序〉，《學林尋幽》（臺北：東大圖書公司，1995年3月），頁243。

73 後收入《與君細論文》，題作〈依稀猶見來時路——《凌叔華小說集》責任書評〉，頁145-146。《凌叔華小說集》於1984年11月，由臺北：洪範書局初版。

9月，《修辭學》第5版，臺北：三民書局股份有限公司。

10月，〈中文系課程在香港〉刊《文訊》第20期，頁122-125。

11月，〈談辭典〉刊《國文天地》第6期，頁62-66。

是年，先生與曾昭旭（1941-）、張夢機（1941-2010）二位教授共同審訂，龔鵬程主編、顏崑陽策劃：《實用成語辭典（續編）》，臺北：故鄉出版社出版。

中華民國七十五年丙寅（1986）　先生五十五歲

2月，與國75甲闕世榴同學合撰〈試論朱自清先生「匆匆」的修辭技巧〉刊《國文天地》第9期，頁82-83。

4月1日，〈攀登傳統修辭的顛峰——評黃永武著《字句鍛鍊法》責任書評〉刊《聯合文學》第2卷第6期（第18期），頁154。[74]

4月，〈科學中文〉刊《國文天地》第11期「科學與中文」專欄，頁27-29。[75]

4月，〈單句的結構（1）：普通句、複雜句〉刊《中國語文》第58卷第4期（第346期），頁12-18+39。

4月，〈單句的結構（2）：倒裝句、包孕句、簡略句〉刊《中國語文》第58卷第5期（第347期），頁16-26。

5月，指導第七、八位碩士班研究生。臺灣師大國文研究所楊陽光完成碩士論文：《易經憂患意識研究》，高雄師大國文研究所謝綉治完成碩士論文：《周易憂患九卦之研究》。

6月，〈複句的結構〉刊《中國語文》第58卷第6期（第348期），頁11-19。

8月，〈「《周易》一書運用神話與傳說示例」講評〉刊《中外文學》第15卷

---

[74] 本年9月，本文又刊於《洪範雜誌》第28期第2版，改題作〈攀登傳統修辭的顛峰——評《字句鍛鍊法》〉。後收入《與君細論文》，頁274-275；「顛」，作「巔」。黃永武教授《字句鍛鍊法》於1986年1月，由臺北：洪範書局初版。

[75] 另為李豐〈成語中的科學——垂涎三尺．饞涎欲滴〉、呂應鐘〈翻譯與科學中文化〉、劉君燦〈氧是氣體還是液體？——科學教育中的國語文問題〉。

第3期（第171期），頁62-69。[76]

11月，指導第九位碩士班研究生臺灣師大國文研究所南基守（韓國籍第一位）完成碩士論文：《易經卦象初探》。

12月，《修辭學》增訂二版，高明仲華夫子在《修辭學》第二版的序言中用「溫厚」二字形容先生為人，黃維樑教授以為「最為高明」。

是年，先生應國立編譯館要求，為臺灣高中編寫《文法與修辭》的教科書，但以為其中並沒有太多的新意見。

中華民國七十六年丁卯（1987）　先生五十六歲

3月22日、3月29日，〈豈僅是神話與愛情──評介沈謙《神話．愛情．詩》〉刊《大華晚報．讀書人周刊》。[77]

5月29日，先生連續任職滿十年，著有勞績，依獎章條例之規定，獲行政俞國華（1914-2000）院長特頒給「叁等服務獎章證書」。

5月，〈漢語中屈折現象初探〉刊《華文世界》第44期，頁1-11。[78]

5月，〈「之」的用法〉刊《國文天地》第24期〈解惑篇〉，後收入《學林尋幽》。

8月1日，〈直教生死相許──《阿伯拉與哀綠綺思的情書》責任書評〉刊《聯合文學》第34期。[79]

8月24日，先生四哥黃貴放教授逝世。[80]

---

76 後收入《周易縱橫談》，題作〈《周易》與神話傳說──〈《周易》一書運用神話與傳說示例〉講評〉，頁259-269。游志誠〈《周易》一書運用神話與傳說示例〉刊《中外文學》同期，頁44-61。此文為臺大外文系主辦之「第十屆全國比較文學會議」上，老師對游喚（游志誠）〈《周易》一書運用神話與傳說示例〉的講評。游喚所寫碩士論文：《周易之文學觀》，曾找老師討論過，雖然沒有在課堂上教過他，但以學生輩視之。

77 此文評經增修後，收入《與君細論文》。《神話．愛情．詩》，1983年由臺北：尚友出版社初版。

78 原為宣讀於「世界華文教育協進會第十四次會員大會」之研究報告，後收入《學林尋幽》。

79 此文評後收入《與君細論文》。《阿伯拉與哀綠綺思的情書》，梁實秋（1902-1987）翻譯，1987年1月，由臺北：九歌出版社出版。

80 黃貴放教授（名慶菖，字桂芳），浙江省平陽縣人。民國十四年（1925）夏曆元月六日（陽曆二月）誕生，民國七十六年（1987）八月辭世，編有《黃故教授貴放先生哀思錄》。浙江省立溫州師範學校畢業。民國三十五年（1946）赴臺，曾任花蓮中學、臺東女中、花蓮女中、臺

8月，〈實事求是，以獲真知〉刊《國文天地》第27期，後收入《學林尋幽》。

9月，〈修辭學問惑〉刊《國文天地》第3卷第4期（第28期），頁15。

10月，〈中文系課程在香港〉刊北京圖書館文獻資訊服務中心編輯，《高等教育研究・1・臺港及海外中文報刊資料專輯》，北京：書目文獻出版社，頁46-47。

11月4日，獲蔣經國（字建豐，1910-1988）總統、行政院俞國華（1914-2000）院長任命令，派任為七十六年特種考試臺灣省基層公務人員考試典試委員。

11月16日，先生應聘為香港中文大學本科生學位考試一九八八年學位是中國語言及文學科（全日制及兼讀課程）校外考試委員。

11月22-27日，發表〈《周易》「元亨利貞」析義〉、評論〈經學與哲學之間——高懷民〈《易經》哲學的時空觀〉於「第一屆國際孔學會議」。[81]

11月24日，〈小庫語〉刊《聯合報・副刊》，第8版。

中華民國七十七年戊辰（1988）　　先生五十七歲

2月2日，獲李登輝（1923-2020）總統、行政院俞國華（1914-2000）院長任命令，派任為七十七年特種考試交通事業電信人員考試、水運人員考試典試委員。

2月15日，先生應聘為香港中文大學一九八八年學位試中國語言及文學科（全日制）校內考試委員。

北女師教師，後為臺北市立師範學院語文系（今「臺北市立大學中國語文學系」）講師、副教授、教授，辭世後於該校設立「黃貴放教授獎學金」，德澤貽徽，嘉惠學子。精研語法，有關論文多篇，發表於《中國語文》與《華文世界》。已出版著作有《國語文法圖解》（臺北：益智書局，1969年）、《國文句式研究》（臺北：益智書局，1987年）等。

[81] 會議揭幕之日，郵政局配合發行「國際孔學會議紀念郵票」1組。會議宣讀〈《周易》「元亨利貞」析義〉論文，承中央大學中文系胡自逢（1911-2004）教授評論、香港劉述先（1934-2016）教授質疑；後收入1988年6月國際孔學會議大會秘書處出版之《國際孔學會議論文集》，頁785-794，後收入《周易縱橫談》，頁127-149。〈經學與哲學之間——高懷民〈《易經》哲學的時空觀〉評論，後收入《與君細論文》，頁381-386。

2月26日，先生致函鄭子瑜（1916-）教授。[82]

3月，〈《易經》的文學價值〉、〈研究中國古典文學的幾個層面〉收入中華文化復興運動推行委員會，國家文藝基金管理委員會主編《中國文學講話（一）——概說》。[83]

5月，指導第十、十一位碩士班研究生。臺灣師大國文研究所江弘遠（1962-）完成碩士論文：《惠棟易例研究》；高雄師大國文研究所黃忠天（1958-）完成碩士論文：《楊萬里易學之研究》。

6月，指導第十二位碩士班研究生文化大學中文研究所張貞海（韓國籍第二位）完成碩士論文：《周易文學性質之探索》。

6月，〈《周易・巽・兌》釋義〉刊《國立編譯館館刊》第17卷第1期，頁15-29。

6月，〈《周易》「元亨利貞」析義〉刊國際孔學會議大會秘書處編輯《國際孔學會議論文集》，頁785-794。[84]

6月，蕭振邦採訪〈吳怡・吳森・黃慶萱・王邦雄：為學與做人——人格典範與制度規範之間〉（目次），正文作〈為學與做人——人格典範與制度規範之間——吳怡・吳森・黃慶萱・王邦雄〉，刊《自由青年》第79卷第6期，頁14-25。

8月，《周易讀本》三版，臺北：三民書局出版。附錄三篇：〈周易與孔子〉，〈易學書簡〉，〈魏晉南北朝易學書考佚提要〉。

9月，〈《周易・震・艮》釋義〉刊《孔孟學報》第56期，頁71-98。

9月，《名家論國中國文・序》，臺北：國文天地初版。[85]

---

[82] 後收錄於鄭子瑜著，龍協濤編：《鄭子瑜墨緣錄》，北京：作家出版社，1993年1月，頁322-323。

[83] 〈《易經》的文學價值〉、〈研究中國古典文學的幾個層面〉二文，刊入《中國文學講話（一）——概說》（臺北：巨流圖書公司出版，2007年），頁29-60、547-562。

[84] 老師〈周易元亨利貞析義〉論文與胡自逢教授評論，以及高懷民教授〈易經哲學的時空觀〉論文與老師〈經學與哲學之間——高懷民〈易經哲學的時空觀〉〉評論，均同時刊於國際孔學會議大會秘書處出版之《國際孔學會議論文集》。

[85] 後收入《學林尋幽——見南山居論學集》，頁243-246。

9月，先生與師母許家鸞女士合著之《中國文學鑑賞舉隅》三版，臺北：東大圖書公司出版。

10月17日，〈評審的話──「闇啞鶴鳴」讀後〉刊《中央日報．副刊》，第16版。[86]

12月16日，先生連續任職滿二十年，著有勞績，依獎章條例之規定，獲行政俞國華院長特頒給「貳等服務獎章證書」。

是年，以〈《周易》「元亨利貞」析義〉獲行政院國科會獎勵。

是年，應香港中文大學之聘，擔任中國語言及文學學士學位校外考試委員。對校內考試委員草擬試題二十份，作審閱圈選。考後，每份試題之考卷中，擇最高分、中間分、最低分三本，共六十本，由先生覆閱。並撰寫對考試處理、學生表現及學科發展等方面之意見。

是年，先生「修辭學與國文教學」錄音資料，由臺北：國立教育廣播電臺服務中心製作發行。

中華民國七十八年己巳（1989）　　先生五十八歲

2月，〈《周易》時觀初探〉刊《中國學術年刊》第10期，頁1-20。後收入《周易縱橫談》。

2月，《國文天地》雜誌社因刊登〈傳燈續火不寒食──說「火」〉一文，提到〈思凡〉劇中的唱詞，引起佛教界的抗議。於是，邀請先生與魏子雲（1918-2005）、李殿魁（1933-）、呂凱（1936-2021）、楊惠南（1943-）、黃盛雄、劉復雯諸先生，參與傅武光教授主持之「思凡爭議的省思」座談會。

3月，〈《周易．坎．離》釋義〉刊《孔孟學報》第57期，頁79-102。

4月，《國文天地》第4卷第11期，刊登林政言記錄〈「思凡爭議的省思」座談會〉，頁10-21。先生就發言記錄增補而成〈思凡爭議的省思──兼論作品觀點與讀者反應〉，收入《與君細論文》，頁207-215。

---

[86] 後收入《與君細論文》，另加標題〈在曠野有人聲呼喚〉，頁187-189。本文係老師擔任《中央日報．副刊》主辦之「第一屆文學獎」散文組評審時，為對得獎作品第二名（第一名從缺）劉還月（1958-）〈闇啞鶴鳴〉同版刊出的評審意見。

4月，〈從「易」一名三義說到模稜語——錢鍾書著《管錐編》讀後〉刊《聯合文學》第5卷第6期（第54期），頁145-149。後收入《學林尋幽》。

5月，指導第十三位碩士班研究生臺灣師大國文研究所裴勝煥（韓國籍第三位）完成碩士論文：《現代漢語虛詞、輕聲「的」的研究》。

8月，〈蕭衍及其《周易大義稿》〉刊黃壽祺，張善文編《周易研究論文集・第2輯》，北京：北京師範大學出版社，頁247-253。

8月，先生應聘為香港中文大學中英語文兼讀學士學位課程校外考試委員。

9月12日，先生收到門棣黃忠天致函。

9月21日，先生復函「論國科會計畫申請」事。

9月，〈《周易・剝・復》釋義〉刊《孔孟學報》第58期，頁87-114。

12月2日，〈學壇憶往——永懷先師林景伊先生〉，《華美日報》、《萬人日報》專刊。

10月17日，先生應聘為香港中文大學兼讀學士學位考試中英語文（中文組）校外考試委員。

12月4日，〈墓園酸風射眸子——我看「柳姨」〉刊《中央日報・副刊》，第16版。[87]

是年，撰〈永恆的典範〉追念1987年8月24日逝世的四哥黃貴放教授，收入《黃故教授貴放先生哀思錄》，頁109-113。

是年，續應香港中文大學之聘，擔任中文系學士學位校外考試委員。

是年，先生主講「《周易》與人生哲學」，由教育部監製，臺北：教育資料館製作發行。

中華民國七十九年庚午（1990）　　先生五十九歲

3月21日，先生應聘為香港中文大學兼讀學士中英語文課程學位試校外考試委員。

---

[87] 後收入《與君細論文》，改題作〈佳城酸風射眸子——《中副》詹玫君小說「柳姨」短評〉，頁153-155。

3月，陳榮富、洪永珊主編《當代中國社會科學學者大辭典》收錄先生為人名詞條，杭州：浙江大學出版社，頁646。

4月，臺師大國文研究所入學考試，專書《周易》考題中，先生出了這樣一個題目：「〈彖傳〉曰『乾道變化』，宋儒言『理一分殊』，試較論之。」閱卷時見一位考生頗有異議。他寫道：「理一分殊只可與『太極』比較，不宜與『乾道變化』並論。」先生大受感動，給予高分。後來在「《周易》研究」課堂上提到此事，一位研究生告訴先生說：「那位考生就是他——張朝南。」

5月，指導第十四位碩士班研究生臺灣師大國文研究所賴貴三（屯如，仁叔，1962-）完成碩士論文：《項安世周易玩辭研究》。

7月2日，考試院孔德成院長敦聘先生為七十九年特種考試警察人員考試典試委員。

8月1日，應聘擔任韓國漢城外國語大學客座教授講學一年。

8月25日，出國赴韓國漢城外國語大學客座教授任。

8月，〈研究修辭學重要書目指引〉刊《人文及社會學科教學通訊》第1卷第2期，頁16-19。

11月9日，〈開卷有益，掩卷有味——「耳聞眼見散記」讀後〉刊《中央日報・副刊》第16版。[88]

---

[88] 後收入《與君細論文》，改題作〈有益與有味——繆天華先生「耳聞眼見散記」讀後〉，頁159-163。〈耳聞眼見散記〉，編入散文集《桑樹下》，1995年6月，臺北：三民書局出版。繆天華（1913.1.25-1998.2.8）教授在《桑樹下・序》中，曾寫道：「慶萱在韓國外國語大學任客座教授的時候，忽然興來，寫了一篇〈《耳聞眼見散記》讀後〉，在《中副》登出（七十九年十一月九日）。這篇批評自然不無溢美的話，然而他把我這十多篇的拙作，不但剖析入微，又將我的慘澹經營的苦心，津津道出，真使得我既驚佩又感愧。現在徵得他的同意，把這篇〈讀後〉擱在我的書的前面，也可以當做一篇〈代序〉。讀者們，我實在無須再聒絮了，——有的話，〈代序〉已經替我透露了。」事實上，繆天華教授的創作文類包括論述、散文，對古文學有很深的造詣，曾校訂《水滸傳》、《西遊記》、《儒林外史》、《兒女英雄傳》，主編《成語典》等，並可由其創作之中，看到繆教授把古人的詩文融鑄在自己的小品文裡。從生活體驗取材，言之有物；不論追憶舊事、勾勒生活、感憂時事，皆能化憂思苦情為清麗的詞句，筆觸含蓄。老師以「開卷有益，掩卷有味」稱美繆教授的小品，非常貼切而傳神。

是年，以〈《周易》數象與義理〉獲行政院國家科學委員會甲種研究獎勵。

是年，先生《修辭學》，臺北：三民書局增訂六版發行。

是年，續應香港中文大學之聘，擔任中文系學士學位校外考試委員。

是年，〈西遊記評介〉收錄於《中國古典小說研究資料彙編》，臺北：天一出版社出版。

五　六十耳順期（六十至六十九歲）

中華民國八十年辛未（1991）　　先生六十歲

1月11日，國家文藝基金會與《中央日報》社合辦「現代文學討論會」，共同賞評彭歌（姚朋，字尚友，1926-）小說《從香檳來的》、《落月》、《微塵》，指定先生評論《從香檳來的》。

1月11至12日，〈信念與事實之間——漫談《從香檳來的》的主題、情節和人物〉刊《中央日報・副刊》，第16版。[89]

1月，〈《周易・恆卦》釋義〉收入《慶祝莆田黃天成先生七秩誕辰論文集》，臺北：文史哲出版社，頁1-21。

6月21日，韓國漢城外國語大學客座教授聘任到期，回國返校述職。

6月，指導第十五、十六位碩士班研究生，臺灣師大國文研究所江婉玲（1961-）《易緯釋易考》、王汝華（1963-）《熊十力易學思想之研究》，通過碩士論文口考。

7月，先生自韓國漢城外國語大學客座教授講學一年結束，返校述職。

8月29日，考試院孔德成院長敦聘先生為八十年全國性公務人員高等暨普通考試閱卷委員。

9月，〈「〈乾〉道變化」與「理一分殊」〉刊《孔孟學報》第62期，頁269-312。此文係對臺灣師大國文研究所張朝南同學質疑的答覆，後收入《周易縱橫談》，頁157-234。

---

[89] 後收入《與君細論文》，題作〈信念與事實之間——漫談彭歌《從香檳來的》的主題、情節和人物〉，頁35-51。彭歌《從香檳來的》，1970年6月，臺北：三民書局初版。

11月14日，先生同時與臺大中文系張健（1939-2018）教授、淡江大學中文系李正治（1952-）教授，應邀在「中央研究院中國文哲研究所學術座談會」上，相互對論：「從郭紹虞《中國文學批評史》談起」。

12月，〈論中國文學批評史的編撰問題——從郭紹虞《中國文學批評史》談起〉刊《中國文哲研究通訊》第1卷第4期「書刊評介」，頁126-145。[90]

12月，〈成長的苦澀——我讀「我的轉捩點」〉刊《幼獅文藝》第74卷第6期，頁74-79。[91]

是年，〈西遊記的象徵世界〉收錄於《戲劇與民間小說之研究》，臺北：中華文化復興運動推行委員會編印。

中華民國八十一年壬申（1992）　　先生六十一歲

1月18日，先生與臺灣師大國文系主任邱燮友（1931-）教授，共同指導第一位博士班研究生臺灣師大國文研究所潘麗珠（1959-）完成博士論文：《「元曲選」百種雜劇情節結構分析》。

2月18日，《中央日報》社舉辦「第四屆文學獎」，先生再度擔任「探親文學組」評審；是日，《中央日報．副刊》，第16版，刊出馮克芸〈朔北之野〉，同版刊出先生專文〈心清平野闊——馮克芸「朔北之野」給我感受的真切〉，係先生對第一名得獎作品馮克芸〈朔北之野〉的評審意見，後收入《與君細論文》。

3月5日，韓國高麗大學校文科大學中文科許世旭（1934-2010）教授致函一封，感謝協助漢學中心研究等事。

3月21日，〈笑看千堆雪——一九九二年全國學生文學獎大專小說組得獎作品總評〉刊《中央日報．副刊》，第16版。[92]

---

90 與張健、李正治共同主講，劉少雄整理。老師主講〈郭紹虞《中國文學批評史》及其他相關著作之評價〉，頁130-134。後改題為〈郭紹虞《中國文學批評史》讀後〉，收入《學林尋幽》。

91 《幼獅文藝》十二月號，同時刊出王安倫〈我的轉捩點〉一文。〈成長的苦澀——我讀「我的轉捩點」〉後改題〈我讀王安倫「我的轉捩點」〉，收入《與君細論文》。

92 此文係老師擔任《中央日報》社與《明道文藝》社聯合主辦之「全國學生文學獎」評審，並為「大專小說組」得獎作品所寫的總評，後收入《與君細論文》。

5月19日，指導第二位博士班研究生臺灣師大國文研究所金民那（韓國籍第一位）同學完成博士論文：《文學的心靈及其藝術的表現——《文心雕龍》的美學》。

5月，〈大專小說組總評〉刊《明道文藝》第194期。[93]

5月，《周易讀本》，臺北：三民書局增訂初版。

5月，〈中國古典文學中的極短篇〉收入江曾培主編：《世界華文微型小說大成》，上海：上海文藝出版社，頁800-804。

6月，〈《周易》數象與義理〉刊《師大學報》第37期，頁295-328。[94]

是年，〈「乾道變化」與「理一分殊」〉獲行政院國家科學委員會甲種研究獎勵。

9月，「國家文藝基金會」向全國大專院校師生作問卷調查，先生與師母合著之《中國文學鑑賞舉隅》（是年已經四刷），入選為全國大專院校師生問卷調查一百本適合大專學生閱讀之中外古今文藝作品之一，由「國家文藝基金管理委員會」印行、「國立臺灣師範大學國文學系」編撰《文學星空——適合大專學生文藝作品簡介》，第二篇即評介此書，係由李豐楙（1947-）教授所撰。[95]

---

93 後收入《與君細論文》，頁133-138。老師自述：「1992、93兩年，我應邀擔任評審，並為大專小說組寫總評：〈笑看千堆雪〉、〈魚與海草〉便是。看稿、提意見、大辯論、作總評，都是很花時間的，所以到94年，不想說不，還是說了。」

94 老師自述：「曾經戴璉璋（1932-2022）教授審查，給予許多寶貴意見。」而關於此文撰寫緣由，復據老師自述：「美夏威夷大學成中英教授休假回臺北，在臺大任教，他找上臺大黃沛榮和我三人，與《國文天地》月刊社合作共同設立了一個短期的講習班，來推廣《易》學教育，課程是沛榮兄設計的，由我主講『象數與義理』，撰寫綱要，準備教材，事後把講稿整理出來，就是——〈《周易》數象與義理〉。」後收入陳立夫等編《瑞安林景伊教授八十冥誕紀念論文集》，臺北：文史哲出版社，1993年12月4日，頁205-258。又收入《周易縱橫談》，頁27-98。

95 《文學星空——適合大專學生文藝作品簡介》（臺北：國家文藝基金會，1992年9月），頁5-7，李豐楙教授評介云：「黃慶萱在師大講授修辭技巧，因而將其豐富的教學經驗，經由實際作品的解析，完成一系列作品的實踐批評。……對於不同文類的批評，是講究實用批評者需要適度調整的一套『度人』的金針。編撰者雖說是『在文學園地裡探幽訪勝的紀錄』，卻也記錄下探訪的諸般方法，幫助也想另找一片山水世界去探訪的，能享受其中的山水之趣。這些方法大體包括了作者及其創作情境的解析、創作技巧的綜合、以及文學作品的旨趣、藝術效果等。經由這些包含外圍與內在的層層解析，達到鑑賞作品的目的。……大體說來，這類文學鑑賞對於文學青年，確具導讀作用，以範文作示範，然後以此類推，讓讀者不必再由高明的

10月，先生合編之《取經的卡通——西遊記》，北京：三環出版社發行。

11月5日，應邀擔任國立中正大學主辦「臺灣的社會與文學」討論會講評，撰〈我對臺灣鄉土文學的認識——李豐楙「臺灣鄉土小說中的社會變遷意識」講評〉。[96]

11月15日，先生偕師母、師妹紹音，參加臺灣師大國文系自強活動，遊憩於苗栗縣「香格里拉農場」，並與參與同仁合影拍照留念。

是年，黃永武（1936-）教授於臺北市立美術館舉辦之「東方美學與現代美學研討會」中，發表〈圖象批評的美感〉論文，先生於會中擔任特約講評，撰〈也論「圖象批評」——黃永武〈圖象批評的美感〉講評〉。[97]

是年，指導第三位博士班研究生文化大學中國文學研究所，張貞海（韓國籍第二位）完成博士論文：《宋前神話小說中龍的研究》，通過口考。

是年，先後指導第十七、十八位碩士班研究生，臺灣師大國文研究所金良美（韓國籍第四位）《陸機研究》、文化大學哲學研究所李相碩（韓國籍第五位）《易經傳憂患意識之研究》，完成碩士論文，通過口考。

中華民國八十二年癸酉（1993）　　先生六十二歲

1月，先生致鄭子瑜教授函（1988年2月26日），收錄於鄭子瑜著，龍協濤編：《鄭子瑜墨緣錄》，北京：作家出版社，頁322-323。

1月，指導第十九位碩士班研究生臺灣師大國文研究所，金姬成（韓國籍第六位）完成碩士論文：《方望溪古文理論及其實踐》。

2月6日，先生於臺北新店見南山居，序韓國籍指導學生金民那博士《文心雕龍的美學——文學的心靈及其藝術的表現》。[98]

導遊引導，而可以自行去作靈魂的探訪，這是閱讀本書的真正收穫。較可惜的是撰寫者如能在寫作前作計劃，從選出範文、撰寫體例及各篇字數都規劃完善些，就不會顯得湊成一集之感。且需在書前有一完整的緒論，扼要解說讀法，將可讓讀者獲得較完整而清晰的概念。」

[96] 後收入《與君細論文》。《臺灣的社會與文學》，1995年11月，臺北：東大圖書公司出版。

[97] 均刊於臺北市立美術館發行之《東方美學與現代美學研討會論文集》，老師講評文，後收入《與君細論文》。

[98] 詳參金民那：《文心雕龍的美學——文學的心靈及其藝術的表現》（臺北：文史哲出版社，1993年7月），老師〈序〉文，頁1-2。

2月，《周易讀本》，臺北：三民書局再版發行。

3月11日，〈作文與修辭〉刊《中央日報．副刊》「中學國語文」，後收入《學林尋幽》。

5月15日，〈魚和海草——大專小說組總評〉刊《中央日報．副刊》，第16版。[99]

5月，〈《西遊記》的象徵世界〉發表於「紀念林景伊師逝世十週年學術討論會」。[100]

6月8日，朱伯崑（1923-2007）自北京大學七公寓310號致函先生一封。

6月，〈大專小說組總評〉刊《明道文藝》，第207期。

6月，〈修辭學〉收入《國學導讀．第一冊》，臺北：三民書局初版，頁601-952。

7月，指導第二十位碩士班研究生，臺灣師大國文研究所張朝南完成碩士論文：《周易本義與朱子語類易論比較》。

9月2日，先生回復朱伯崑先生函一封。

11月9日，〈談瑜說瑕——評鄭子瑜《唐宋八大家古文修辭偶疏舉要》〉刊《中央日報．副刊．長河》，第16版。後收入《與君細論文》，頁265-267。

12月，〈辭格的區分與交集〉刊《華文世界》第70期，頁17-26。又同時刊於《人文及社會學科教學通訊》第4卷第4期（第22期），頁53-63。[101]

中華民國八十三年甲戌（1994） 先生六十三歲

2月18日，夏曆正月初九日，下午一時，師母許家鸞女士，聖名瑪利亞，蒙主寵召，病逝於新店耕莘醫院，距生於中華民國二十六年（1937）六月十六日，享年五十七歲。

---

99 〈魚與海草〉係先生擔任《中央日報》社與《明道文藝》社聯合主辦之「全國學生文學獎」評審，為「大專小說組」得獎作品所作的總評。後收入《與君細論文》，題作〈魚與海草——一九九三年全國學生文學獎大專小說組得獎作品總評〉，頁139-144。

100 此文係老師1977年的舊文修正稿，主要依據臺大外文系張靜二（1942-）博士對沙和尚的意見作了些補充，藉此向恩師表示學生仍在不斷求進步中。

101 此文後收入《學林尋幽》。可檢索於世界華語文教育學會「天下敦煌學術資料庫」：六、華語「語言研究」，「6-7、漢語修辭學」類下。

3月4日，夏曆正月二十三日，先生泣述親撰〈先室許家鸞女士行狀〉。

3月17日，星期四，由指導門棣賴貴三、許琇禎、曾守正等協理襄贊，假臺北市新生南路二段五十號「天主教聖家堂」，上午九時舉行殯葬彌撒；九時三十分公祭，瞻仰遺容後，隨即大殮引發，安葬於新店長樂景觀墓園。

3月，師大國文系王關仕（1938-2014）教授《山水塵緣》[102]出版的時候，正值先生心情最壞的時候。面對著天地的無情與無常，《山水塵緣》便成了先生安心立命的夢境。一次又一次翻著讀著，隨手寫下一些感想。當這些點點滴滴的感想匯成一篇文章，已是好幾個月之後的事了。事後王關仕教授看到了，頗驚異於先生閱讀的「仔細」。在先生，這到底是對天地的一種哀矜？或一種抗議？甚至是一種救贖？讓蒼生的歸於蒼生，讓上帝的歸於上帝罷。

6月17日，指導第四位博士班研究生，臺灣師大國文研究所賴貴三完成博士論文：《焦循雕菰樓易學研究》，為先生指導第一位且唯一的《易》學博士論文。[103]

6月，〈形象思維與文學〉刊臺灣師大《國文學報》第23期，頁63-78。[104]

8月13日，〈飄然思不群——重讀永武諸作〉刊《中央日報・副刊》，第16版。[105]

9月22至23日，〈論《水軍海峽》的危機意識——兼述觀念小說的成功因素〉刊《中央日報・副刊》，第16版。[106]

9月，〈文學義界的探索——歷史、現象、理論的整合〉刊《中國文哲研究集刊》第5期，頁1-50。[107]

---

102 王關仕：《山水塵緣》，臺北：遠流出版公司初版，1994年2月。

103 賴貴三：《焦循雕菰樓易學研究》，臺北：里仁書局出版發行，1994年7月。

104 後收入《學林尋幽——見南山居論學集》，頁159-179。

105 後收入《與君細論文》，改題作〈飄然思不群——重讀黃永武諸作〉，頁168-174。

106 後收入《與君細論文》，改題作〈論許台英《水軍海峽》的危機意識——兼論觀念小說的成功因素〉，頁108-115。

107 後收入《學林尋幽——見南山居論學集》，頁181-242。

10月，〈論平路《椿哥》的時代反映與民族關懷〉刊《明道文藝》第223期，頁158-170。[108]

10月，〈十翼成篇考〉刊《周易研究》第4期，頁3-4。

10月，《解惑篇．國文疑難彙解上下》（與王熙元等合著），臺北：萬卷樓圖書有限公司出版。[109]

12月15日，指導第五位博士班研究生，臺灣師大國文研究所南基守（韓國籍第三位）完成博士論文：《韓柳散文之比較研究》。

是年，入選謝恩光主編《浙江教育名人》，杭州：浙江教育出版社，頁1024，附照片，文云：

> 浙江平陽人。1957年考取臺灣師範大學國文系，復入國文研究所深造，獲文學博士學位。歷任臺灣師範大學國文系講師、教授。黃慶萱著作有《史記漢書儒林列傳疏證》、《魏晉南北朝易學書考佚》、《修辭學》、《周易讀本》等。並參與《中文大辭典》、《重編國語辭典》及師範專科學校國文教科書、高中文法與修辭教科書的編纂工作。

中華民國八十四年乙亥（1995）　　先生六十四歲

1月，指導第二十一位碩士班研究生，臺灣師大國文研究所林麗雯完成碩士論文：《李光史事易研究》。

3月，《周易縱橫談》，臺北：東大圖書公司初版。[110]內容簡介：

---

108 後收入《與君細論文》，改題作〈命運與性格的交錯——論平路《椿哥》的時代反映與民族關懷〉，頁90-107。

109 《解惑篇．國文疑難彙解上》收錄〈「癌」的讀音〉、〈修辭學問惑〉、〈「之」的詞性〉（戴璉璋合著）、〈何謂「區區」〉（楊鴻銘合署）、〈「與元微之書」中幾個字詞的解釋〉（古國順合著）、〈某人「接掌」○○機關？〉、〈「俄有使使止之」中「有」、「使」的音義為何？〉（何淑貞合著）、〈「岳陽樓記」中「其」字解〉、〈「東西」是名詞或代名詞？〉、〈「驚天地、泣鬼神」是擬人法嗎？〉、〈「瓢囊」是否屬「借代」？〉、〈成語不可任意顛倒〉；《解惑篇．國文疑難彙解下》收錄〈《說文解字》寫於哪一年？〉、〈獻糧與養馬的報酬〉、〈「算學」和「地理」是什麼學問？〉、〈培養查原典的習慣〉。

110 第一篇〈《周易》叢談——名義、內容、大義和要籍〉，先生自序云：「原名〈《周易》縱橫談〉，一九七八年初應沈謙約稿而寫的。發表於《幼獅月刊》四十七卷二期。為了避免與本

這兒有《周易》橫切面的剖析：從《周易》的名義、內容、大義、要籍談起；說到如何由數明象，依象言理，以掌握《周易》樸素簡易的思辨歷程；然後探討《周易》的時間觀念，以體驗《周易》周流變易，與時偕行的人生哲學；並以「元亨利貞」為例，展示學習《周易》的一種可行的途徑。這兒有《周易》縱貫發展的點線：從《周易》與孔子的關係談起；再將〈彖傳〉『〈乾〉道變化』與宋儒『理一分殊』概念詳作比較；歸結於《周易》的文學價值。附錄作者與物理學教授李怡嚴博士往返論《易》的書信，這兩顆原在不同星空上運行的星星，交會時竟發出如此可愛的光亮。

3月，《學林尋幽——見南山居論學集》，臺北：東大圖書公司初版。內容簡介：

在學術園林中，作者是一位永不悔改的老頑童！時而逛到語言文字的園區，對漢字特質、虛詞詞性指指點點，還發現孤立的漢語竟也有屈折的現象。時而闖入義理的聖壇，探視人性的善惡，格物而致知，且對飄零朝鮮的花果，品評微笑。流連於文學的山麓水濱，拜訪《詩經》中的象徵；探視《易經》中的模稜語；還企圖從歷史、現象和理論的整合中，重劃文學園地，以呈現形象的繽紛。然後，作者放慢了腳步，等待陸續入林的遊客，叨叨絮絮地扮演起和藹的導遊。不吝把考取學位執照的秘密，也全盤托出了。

4月11日，新加坡國立大學Director of Personnel（人事主任）Miss Dawn Quintal以英文密函航空郵寄先生，請先生擔任戴璉璋（1932-2022）教授申

書書名雷同，現在題目改了。內文也作了部分修正，主要在〈談《周易》內容〉部分。由於帛書本《周易》的出現，我現在對《十翼》寫作年代的看法，和以前不同了。」此書依原先發表的序列，〈周易縱橫談〉為第一篇。實則，另一篇〈《周易》與孔子〉，才是發表最早的文章，見於1976年4月《中華文化復興月刊》，卷九，四期；至1992年《師大學報》三十七期，發表〈周易象數與義理〉，為此一系列最晚的文章。

請該校中文系訪問學者的推薦人，並請盡快提供可能的推薦意見與資料。
5月3日，先生覆函新加坡國立大學，以能擔任該校中文系訪問學者申請人戴璉璋教授的推薦諮詢人，深感光榮。

Miss Dawn Quintal：

1995年4月11日來函拜悉。能夠擔任貴校中文系徵聘客座職位的諮詢人，深感光榮。

戴璉璋教授和我相識已三十多年了。他為人敦厚誠懇，做事負責有決斷力，治學淵博而明系統，教學尤其認真，是學生們公認的好老師。我記得十多年前，在師大僑生辦的刊物上，曾看到一位香港僑生寫的文章。他說：師大四年學習生活中，他遇見一位教學嚴格的老師，像一位嚴父。指的就是戴教授璉璋。這類學生自發的反應，經常出現在各種相關刊物上。

最近的是在台灣教育部人文教育指導會主編的刊物「國文專號」上。一位師大校友撰文說：對師大國文系「原本很失望的」，但大二兩位老師使她轉變了。一位是魯實先教授；另一位是戴璉璋。茲將此文影印附上。這些事實，使我對戴教授有一份敬重，把他當作自己學習的榜樣。並且樂意把這些事實向　您報告，希望　貴校的同學們也能在戴教授明晰有效的教學中，享受到研究高深學術的樂趣。耑此敬覆。並頌——

時祺！

黃慶萱（印）覆　1995年5月3日

6月6日，指導第六位博士班研究生，臺灣師大國文研究所許琇禎完成博士論文：《沈雁冰（茅盾）及其文學研究》。
6月，指導第二十二位碩士班研究生，東吳大學中文研究所許維萍完成碩士論文：《歷代論辨太極圖之研究》。又指導第二十三位碩士班研究生，臺灣師大國文研究所廖文麗完成碩士論文：《古典小說虛實論研究——以《三國演義》為例》。

8月20日，先生應臺南「中華《周易》學會」，吳秋文理事長之邀，於臺南：三村國小大禮堂，專題演講：〈《周易・同人卦》淺說〉。

11月，〈我對臺灣鄉土文學的認識——李豐楙「臺灣鄉土小說中的社會變遷意識」講評〉，收入《與君細論文》，頁262-264。[111]

12月22至23日，中國文哲研究所籌備處舉辦「明代經學國際研討會」，先生發表〈致廣大而盡精微——我對明代朝鮮栗谷學的認識〉。（參見1996年6月）

中華民國八十五年丙子（1996）　　先生六十五歲

2月，〈《周易》位觀初探〉刊《中華易學》第16卷第12期（第192期），頁6-18。

3月，〈新桃源中的大觀園——論王關仕《山水塵緣》中的烏托邦建構〉刊《中國學術年刊》第17期，頁349-370。[112]

3月，〈探荒——觀荒謬劇《腳色》有感〉編入馬森《腳色——馬森獨幕劇集》，頁279-300。後收入《與君細論文》，頁52-84。

6月13日，先生與臺灣師大國文系同仁陳麗桂（1949-）、張美煜（1949-）、高秋鳳（1951-）與門棣賴貴三（1962-）教授，參觀當年曾撰文呼籲拆遷重建的林安泰古厝，並合照留念。

6月，〈致廣大而盡精微——我對明代朝鮮栗谷學的認識〉刊中央研究院中國文哲研究所籌備處《明代經學國際研討會論文集》。[113]

7月6日，指導門棣賴貴三自金門預備軍官役退伍，返回臺灣師大復職，協助先生籌備圓滿完成與謝德瑩[114]師母婚禮事宜，並假臺北市福華飯店舉辦婚禮，宴請親友同仁門棣，獲得與會賓客誠摯恭喜與衷心祝福。

---

[111] 李豐楙〈臺灣鄉土小說中的社會變遷意識——60、70年代鄉土小說的主題：貧窮、命運和人性〉，《臺灣的社會與文學》，臺北：東大圖書公司發行。

[112] 後收入《與君細論文》，頁52-84。

[113] 後收入《與君細論文》，頁387-409。又李珥（1536-1584）《栗谷先生全書》，韓國漢城：成均館大學校出版部，1978年影印。

[114] 謝師母於民國三十三年（1944）十月十四日，誕生於四川省重慶市，民國八十五年七月六日與老師結婚，八月十三日辦理結婚登記。

7月15，先生應行政院連戰（永平，1936-）院長敦聘，擔任行政院國家策略研究班第一期講座，主講「《易經》與人生」。

8月11日，先生指導門棣潘麗珠〈姓名的滋味〉刊《聯合報》，第37版。[115]

9月21日，〈探學術智慧，窺文學精靈——王熙元教授的學術成就〉刊《中央日報》，第19版。

10月，〈探學術智慧，窺文學精靈——王熙元教授的學術成就〉又刊《湖南文獻》季刊第24卷4期（第96期），頁34-35。

是年，〈《周易》位觀初探〉獲行政院國家科學委員會一般甲種獎勵。

12月，指導門棣潘麗珠教授撰寫〈黃慶萱與古典文學研究會的因緣〉刊《古典文學通訊》第28期。

是年，〈《周易》位觀初探〉獲行政院國家科學委員會獎勵。

中華民國八十六年丁丑（1997）　　先生六十六歲

3月，《修辭學》已增定至八版，頁601，〈附錄二〉，王鼎鈞（1925-）先生〈開放的修辭學〉評論說：「寫『修辭學』能打破『古今』成見和『中西』隔閡的人實在不多，黃教授的努力很值得敬重、鼓勵。」頁601-619，〈附錄二〉，王熙元（1932-1996）教授對於該書的評論，也有相類同之看法。[116]思兼（沈謙教授，1947-2006）也加以評論。[117]

---

115 其中一段：「我的指導教授黃慶萱老師，常常期勉與我同門的師弟賴貴三，說學界現有吳宏一、張靜二，過去有『錢賓四』、『王雲五』，希望他能毫無遜色。老師藉『名』發揮的苦心，讓我們頗能自勵！」

116 全書貫串了古今中外與修辭學相關的學理脈絡，如邏輯學、心理學、語言學、文學批評、實驗美學、哲學等，都是他研究修辭學的學理支柱，因而將修辭學在學理方面的領域大大地開拓，使修辭學有更廣更深的理論基礎。著者每講一種辭格，必闡述其理論依據，古今中外各種相關的理論性著作，常被引用的，本國如劉勰的《文心雕龍》、嚴羽的《滄浪詩話》、王國維的《人間詞話》、朱光潛的《文藝心理學》、姚一葦的《藝術的奧秘》等；外國如亞里士多德的《詩學》，遍照金剛的《文鏡秘府論》，斯賓塞的《第一原理》，佛洛依德的《潛意識》，桑塔耶那的《美感》等；且能與所舉修辭實例融成一片，顯得自然而調和。

117 以往的修辭學書籍，多半採用古典文學作品的修辭例證，甚至輾轉抄襲，不避雷同；對於當代文學作品的修辭現象，比較忽略。貴古賤今，其弊甚顯。黃著《修辭學》在每種辭格的舉例部分，全由現代文學作品中取材。……在闡揚學理方面，創獲更多，在每章的概說與原則部分，幾乎隨處可見。比如前言在介紹中外學者論修辭之後，提出作者對修辭學的六點體認。

7月，中旬，先生應邀出席在北京舉行的「第三屆海峽兩岸《周易》學術研討會」，有幸認識到大陸許多研究《周易》的同道們。。而最令先生興奮的是認識了大陸年輕一輩的學人，如傅榮賢君。記得會議中傅君宣讀的是〈《易》學研究本體特徵論〉，認為《周易》象數學以承認六十四卦爻象和六十四卦爻辭的絕對統一性為前提，力求使每個符號都已明白無誤的清晰方式界定出它們的意義，由此把我們引入一個客觀的真實世界。

7月，陳建初、吳澤順主編《中國語言學人名大辭典》（長沙：岳麓書社），編錄詞條，介紹先生，頁723。

12月，宗廷虎著《中國現代修辭學史》（杭州：浙江教育出版社）介紹「一、黃慶萱的《修辭學》」，頁365-370。

是年，先生為臺北：金楓出版社出版革新一版──朱熹（元晦，晦庵，1130-1200）原注《易本義》，撰作〈導讀〉一篇。

是年，先生開始寫〈七寶樓臺的架構與拆卸〉，對劉若愚《中國文學本論》作出析評。[118]

中華民國八十七年戊寅（1998）　　先生六十七歲

2月8日，臺灣師大國文系退休教授、浙江瑞安繆天華（1913.1.25-1998.2.8）教授逝世。先生為撰〈繆天華教授〉傳略以弔。[119]

3月，先生應聘擔任香港《亞太語文教育學報》（*Asia Pacific Journal of Language in Education*）第1卷第1期國際諮詢委員。

3月，〈劉若愚《中國文學本論》內容析議〉刊《中國學術年刊》第19期，

---

118 老師自述：「原以二萬字為目標，沒想到一年多寫下來，竟有七萬多字，而意猶未盡。學報字數原有限制，投稿時只好析為兩篇：一篇是內容析議，一篇是架構、方法析議。我寫此析議，原抱著極虔敬的心情，向作者請益，與讀者商榷；寫到後來，卻近乎挑剔。尤其劉若愚先生已作古，更增加內心的不安。很想用《孟子》：『我非堯舜之道，不敢以陳於王前，故齊人莫如我敬王也。』的話自我辯解；但自己既非孟軻，所言也非堯舜之道，總覺引喻未洽。」

119 繆天華教授，筆名木孤、心餘，創作文類包括論述、散文，由創作之中，把古人的詩文融鑄在自己的小品文裡。又從生活體驗取材，言之有物；不論追憶舊事、勾勒生活、感憂時事，皆能化憂思苦情為清麗的詞句，筆觸含蓄。黃老師曾以「開卷有益，掩卷有味」稱美其小品。

頁483-519。[120]

6月，〈劉若愚《中國文學本論》架構方法析議〉刊《國文學報》第27期，頁271-306。[121]

8月，《周易讀本》，臺北：三民書局出版。

12月22日，指導第七位博士班研究生，臺灣師大國文研究所曾守正完成博士論文：《先秦兩漢文學言志思想及其文化意義——兼論與六朝文化的對照》。

是年，先生在韓國高麗大學「中國語文學研討會」上，宣讀學術論文。

中華民國八十八年己卯（1999）　　先生六十八歲

1月，〈經典中的經典，根源裏的根源——《周易》〉刊《國文天地》第14卷第8期（第164期），頁7-10。

2月1日，撰《與君細論文・自序》於臺北見南山居。《與君細論文》是先生繼《中國文學鑑賞舉隅》之後，又一有關實際批評的著作。析評的範圍則尤為遼闊，包括了小說天地、散文世界、詩與戲劇、文學批評的批評、學術評論等。而行文語調也趨多方，常以析評對象性質的不同而不同。先生基本信念是：「評論應以作品為客觀對象，修辭立誠，向讀者負責。」這一點，確是先生永不改變的堅持。[122]

3月，《與君細論文》，臺北：東大圖書股份有限公司發行。[123]

---

[120] 後收入《與君細論文》，改題作〈劉若愚《中國文學本論》內容析議——七寶樓臺的架構與拆卸之一〉，頁276-335。

[121] 後收入《與君細論文》，改題作〈劉若愚《中國文學本論》內容析議——七寶樓臺的架構與拆卸之一〉，頁336-380。1981年9月，臺北：聯經圖書公司，初版劉若愚（1936-）著、杜國清（1941-）譯：《中國文學理論》。

[122] 《與君細論文》也收錄〈管領風騷——聯副三十年文學大系・中古典文學論文序〉一文，老師分析地說：「文學的創作，由於作者。文學的內容，客觀方面，是宇宙人生各種現象；主觀方面，是作者直覺感受和想像所得，以及一些卓越新穎的觀感。文學的形式，則為優美的文字和適當的結構。文學的目的，在使之再現於讀者的感官和心靈，而引起共鳴。」

[123] 收錄篇目可見前述期刊，未悉出處的若干篇羅列如下：〈浮雲出岫豈無心——黃永武《載愛飛行》評介〉，頁164-167。〈成長的苦澀——我讀王安倫「我的轉捩點」〉，頁175-181。〈直教生死相許——《阿伯拉與哀綠綺思的情書》責任書評〉，頁182-184。〈清平野闊——馮克芸「朔

4月15日，為傅榮賢（1966-）《中國古代圖書分類學研究》作〈序〉。[124]

4月18日，先生偷得浮生半日閒，與臺灣師大國文研究所博士班諸導生相約，共同遊憩於臺北市「青青農場」，攝影留念。

5月15日，擔任臺灣師大國文系主辦之「《文心雕龍》國際學術研討會」會議主持人。

6月6日，師大國文系與中國修辭學會聯合主辦之「第一屆中國修辭學學術研討會」，在臺灣師大文學院院長賴明德（1938-）教授主持下，於綜合大樓國際會議廳隆重舉行，特邀先生專題演講：〈辭格的交集與區分〉。並特約講評大陸學者王希杰論文：〈從《周易》談修辭學〉。[125]

6月23日，先生連續任職滿三十年，著有勞績，依獎章條例之規定，獲行政院蕭萬長（1939-）院長特頒給「壹等服務獎章證書」。

6月，中國修辭學會自《中央日報．作文加油站》轉載〈作文與修辭〉刊《修辭通訊》第1期「學術資料」，頁23-24。

6月，中國修辭學會《修辭通訊》第1期，特別刊載臺灣師大國文系主任兼中國修辭學會理事長蔡宗陽（1945-2016）教授：「學人專訪──專訪黃慶萱老師」。[126]

6月，〈朝向宏觀綜合的文學研究──論文學史與文學理論、文學批評、暨比較文學的結合〉，《國文學報》第28期，頁179-217。

7月，指導第二十四位碩士班研究生，臺灣師大國文研究所戴妙全完成碩士論文：《周易美學觀探微》。

8月，〈辭格的交集與區分〉編入中國修辭學會，臺灣師大國文系主編《國學精粹叢書．修辭論叢．第1輯》，臺北：洪葉文化事業有限公司，頁1-14。

北之野」給我感受的真切〉，頁185-186。〈也論「圖象批評」──黃永武「圖象批評的美感」講評〉，頁259-261。

124 詳參傅榮賢：《中國古代圖書分類學研究》（臺北：臺灣學生書局，1999年8月），老師〈序〉，頁1-6。

125 詳參譚汝為：〈海峽兩岸學者攜手開創修辭研究新局面──「中國修辭學」學術研討會在臺北隆重舉行〉，《修辭學習》第5期，頁42-43。

126 原刊作「賴貴三專訪」，實為蔡宗陽教授謙辭託名。

是年，〈劉若愚《中國文學本論》析議〉獲行政院國家科學委員會一般甲種獎勵。

中華民國八十九年庚辰（2000）　　　　先生六十九歲

2月，楊慶中（1964-）著《二十世紀中國易學史》，論述〈黃慶萱及其《魏晉南北朝易學書考佚》〉與先生門棣〈賴貴三及其《焦循雕菰樓易學研究》〉，北京：人民出版社，頁498-509，頁510-516。

5月，袁暉著《二十世紀的漢語修辭學》(《二十世紀中國語言學叢書》之一），論述「黃慶萱的《修辭學》」。

6月，指導第二十五位碩士班研究生，臺灣師大國文研究所廖伯娥完成碩士論文：《馬王堆帛書〈易之義〉校釋與思想研究》。

8月1日，先生自臺灣師大國文系退休，僅兼任教授國文研究所「《周易》研討」課程，專心著述，並指導後進。

9月，〈朝向宏觀綜合的文學研究（上）——論文學史與文學理論、文學批評暨比較文學的結合〉收錄於曉路等編著：《中外文化與文論・第7輯》，成都：四川教育出版社，頁160-178。

9月，與許錟輝、王熙元、張建葆合著《讀書指導》，臺北：萬卷樓初版。大學用書3版，臺北：南嶽出版社。

是年，林安梧（1957-）教授幸得先生推薦，應聘返回母校師大任教，傳承薪火，繼志述事，林教授自謂：「責任不敢稍怠也。」

是年，先生偕謝德瑩師母，與受業許琇禎、曾守正、江淑君、范宜如、黃瑩暖、廖學隆等諸生相約，參觀臺北「國立故宮博物院」舉辦之「兩千年華夏文化的見證——漢代文物大展」。

是年，《修辭學》（臺北：三民書局）初版五刷，二版十刷，廣受歡迎。

六　從心所欲期（七十至九十歲）

中華民國九十年辛巳（2001）　　　　　　　　　先生七十歲

3月21日，先生七秩壽誕，受業門棣暨同學會共同編撰祝壽論文集：《春風煦學集──黃慶萱教授七秩華誕受業論集》，由臺灣師大國文系教授門棣賴貴三（1962-）負責主編，並委託臺北：里仁書局出版印行。

4月8日，《春風煦學集──黃慶萱教授七秩華誕受業論集》正式出版，遂假臺灣大學「鹿鳴堂」內之蘇杭小館，先生與全體指導門棣，以及里仁書局徐秀榮老闆、公子徐爾繪等，一同圍坐一大圓桌，午宴慶生並發送論文集。師母謝德瑩女士為先生書祝七秩華誕詩：

人生方開始，福壽正綿長。事事皆如意，年年有餘香。典籍傳世久，桃李散芬芳。琴瑟諧同調，憂喜共參詳。丹青為君壽，長春復安康。
辛巳年春月　慶萱七秩誕辰特寫此并繫句以為祝賀　德瑩

受業門棣賴貴三，自「見南山居」歸來，書題賀壽，頌曰：

欣逢　黃師慶萱先生七豑華誕，感念裁成，特譔賀頌，蘄介眉壽。
謙謙君子，煦煦良師。崇文重道，治經究史。學宏識博，作育多士。
修辭立誠，論文曉晰。從心所欲，研易知幾。薪傳德業，衍慶期頤。

5月12日，星期六，先生參加「楊家駱老師九十冥誕論文發表會」，主持第二場次會議，又發表〈楊家駱老師在文學創作方面的貢獻〉、〈轉化論〉二文，收入楊家駱老師九十冥誕紀念論文集編委會編：《楊家駱老師九十冥誕紀念論文集》，臺北：萬卷樓圖書公司出版，頁127-135、249-286。[127]

[127] 老師於〈楊家駱教授在文學創作方面的貢獻〉一文，在前言與結論中，指出：「關於楊家駱教授，世人所知，可能偏重於出版方面和學術方面，認為楊教授是位傑出的出版家，知識淵博的學者；但對曾受業於楊師的學生們來說，楊師更是位優秀的文學家，極富哲思理趣的文

6月5日，臺灣師大校慶日，獲校長簡茂發（1941-2015）教授頒發「紀念狀」：在本校任教有年，作育英才，貢獻良多，茲准退休，特贈此狀，以資紀念。

8月1日，續聘為臺灣師大國文學系兼任教授一年。

12月，先生應聘擔任香港《亞太語文教育學報》（*Asia Pacific Journal of Language in Education*），第4卷第2期，國際諮詢委員會委員。

是年，指導第八位博士班研究生，臺灣師大國文研究所范宜如撰寫博士論文：《地域文學的形成——明代中期吳中文壇研究》，通過論文口考。[128]同時指導第二十六、二十七、二十八、二十九碩士班研究生，臺灣師大國文研究所陳明彪撰寫碩士論文：《王龍溪易學研究》（與王財貴教授共同指導）、陳秉貞撰寫碩士論文：《余秋雨散文研究》、黃培青撰寫碩士論文：《歲寒堂詩話研究》、林怡宏撰寫碩士論文：《獨抒性靈的生命對話——袁宏道文學理論及其實踐》，分別通過論文口考，此後先生即不再指導碩士班研究生。

中華民國九十一年壬午（2002）　　　　先生七十一歲

10月，先生《修辭學》，臺北：三民書局增訂三版發行。[129]

是年，先生同時與湯一介（1927-2014）、成中英（1935-）、吳怡（1939-）、杜維明（1940-）、黃俊傑（1946-）教授等，應聘為山東大學哲學與社會學

學創作者。而且文言、白話、抒情、說理，無一不精。篇幅所限，這裏謹以師文〈除夕辭歲啟〉、〈生命的尺度〉二文為例，來說明楊師在文學創作方面的造詣。」「楊師撰寫的文章很多，且每以覃思奧義勝。此處僅摘錄二篇，以修辭析論，殆略窺膚廓，而遺其精髓。惟嘗此二臠，已可知天廚之美；觸長引申，探幽闡微，就在好學深思者之善自體會了。」

128 與原臺灣大學中文系教授、中央研究院中國文哲研究所籌備處主任、香港中文大學講座教授吳宏一（1943-）博士共同指導。

129 本書從古今七百多位作家的作品以及社會生活用語中，挑選出最美麗、精闢、生動的句子，加以分析比較，歸納出兩大類三十種一百二十目的修辭方法。然後融合邏輯學、心理學、語言學、社會學、文學批評、實驗美學、哲學的相關知識，指出其理論基礎；參考修辭學史，敘述其歷史發展；並儘可能運用語境學、語用學、語體學、風格學知識，說明其使用原則。希望建立理論與實用並重、以修辭格為中心的修辭學，並使讀者能藉此書豐富語文學識，鍛鍊寫作技巧，增進文學鑑賞能力。

院中國哲學學科學科點兼職教授，定期為博士生、碩士生開課；又門棣賴貴三亦先後與湯一介、蒙培元（1938-）、黎建球（1943-）、陳福濱（1951-）、潘小慧、鄭吉雄（1960-）等教授，應聘為博士點兼職導師，期以實現優勢互補，提高教學品質。

中華民國九十二年癸未（2003）　　先生七十二歲

3月，〈于故教授大成博士事略〉，刊《山東文獻》第28卷第4期（第112期），頁4-6。[130]

6月，國際《易》學聯合會、東方國際《易》學研究院同時成立，先生受聘為國際《易》學聯合會與東方國際《易》學研究院首屆顧問，聘期2003至2009年。

7月，先生〈我負三民一筆債〉一文，收錄於逯耀東（1933-2006）、周玉山（1950-）主編：《三民書局五十年》（臺北：三民書局），頁158-161。

8月1日，先生碩士指導門棣黃忠天教授榮膺國立高雄師範大學經學研究所創所所長，該所成為海內外第一個經學研究所。

9月，〈「一陰一陽之謂道」析議〉刊《鵝湖月刊》第339期，頁17-19。

10月25日，星期六，先生應邀於臺北石碇：華梵大學中國文學系「第二屆生命實踐論文研討會」，專題演講：「面對生命真相——我從《西遊記》領悟到的智慧」，心得分享於與會學者師生。

10月，〈「一陰一陽之謂道」析議〉刊《周易研究》第5期，頁14-16。

10月，〈修辭學的回顧與前瞻〉編入《修辭學．第四篇餘論》，臺北：三民書局增訂三版，頁849-917。

10月，王希杰著《中國現代科學全書——漢語修辭論》（北京：當代世界出版社，頁121），敘寫先生為臺灣修辭學家，同時也是《周易》專家。[131]

---

[130] 後收錄於于大成：《淮南鴻烈論文集．下》，臺北：里仁書局，2005年12月，頁1627-1628。

[131] 王希杰：《中國現代科學全書——漢語修辭論》（北京：當代世界出版社，2003年10月），頁121：「臺灣修辭學同傳統文化，特別是同文學批評史的關係更為密切。臺灣修辭學家對傳統文化的修養更為重視。例如黃慶萱等修辭學家同時也是《周易》專家，在《周易》的研究方面也有相當的成就。他們重視實證方法，治學比較嚴謹，對語料是比較重視。」

中華民國九十三年甲申（2004）　　先生七十三歲

6月，夏，先生受業門棣賴貴三自荷蘭萊頓大學漢學研究院交換教授歸國，隸書題辭，並撰嵌聯，裝潢裱褙後，親送致意紀念：

老師碩學鴻儒，修辭名世，《易》學斐聲，敬獻嵌聯，冀宏志業。

修辭方智開誠慶，體《易》圓神綻德萱。

9月，〈「形而上者謂之道，形而下者謂之器」析議〉刊《中國學術年刊》第26期，頁1-8。

11月3日，世新大學中國文學系《河廣簡訊》第40期，「師長簡介——黃慶萱老師」，轉載先生門棣潘麗珠教授刊登於《古典文學通訊》第28期（1996年12月）專文：〈「士」的社會關懷——黃慶萱與古典文學研究會的因緣〉。

11月19日，先生應臺灣大學東亞文明研究中心、東亞文獻研究室之邀，於臺灣大學農化新館第四會議室「東亞語文學與經典詮釋學術研討會」擔任主持人；門棣賴貴三發表論文：〈臺灣《易》學語文詮釋的歷史考察與類型分析〉。

11月，〈修辭學的定位、方式、與展望〉收入中國修辭學會、玄奘大學中文系編《修辭論叢·第六輯》，臺北：洪業文化事業公司初版，頁1-8。

中華民國九十四年乙酉（2005）　　先生七十四歲

1月，老師致函黃忠天「論班固史事《易》研究」。

2月，賴貴三主編《臺灣易學史》收編張輝誠著〈黃慶萱的《易》學研究〉，臺北：里仁書局，頁443-454。

8月15日至17日，先生應邀參加由山東大學「《易》學與中國古代哲學研究中心」和青島市「嶗山風景區管理委員會」共同主辦，在青島市政府會議中心召開的「《易》學與儒學國際學術研討會」，發表論文：〈「形而上者謂之道，形而下者謂之器」析議〉，後收錄於《易學與儒學國際學術研討會論文集．易學卷》。

秋月，先生為師母「淵明採菊東籬」國畫并詩，題寫於新店見南山居：

> 作詩長五言，居家有五柳。才學富五車，為官棄五斗。
> 感賦歸去來，松菊幸未朽。杖策南山陲，東籬共把酒。
> 乙酉秋月，德瑩作畫并詩，慶萱題於新店見南山居。

中華民國九十五年丙戌（2006）　　　　先生七十五歲

2月8日，先生與臺灣師大國文系同仁，共遊南投水沙連九族文化村。

2月，《周易縱橫談》，桂林：廣西師範大學出版社。

4月9日，星期日，先生參加國立臺灣師範大學創校暨國文學系創系六十週年紀念：「漢學研究之回顧與前瞻國際學術研討會」，特約討論福建師大文學院鄭頤壽（1936-）教授論文：〈辭體和語文教學〉。

6月，〈故國文系高明教授學述〉刊《師大校友》第330期，頁33-39。

7月，鄧時忠著《大陸臺港比較文學理論研究》（成都：巴蜀書社，頁104）：

> 臺灣學者黃慶萱教授就指出：「劉若愚的《中國的文學理論》是依據亞勃拉姆斯的《鏡與燈》裡的圖表重新排列的，指出中國文學的六種理論，可以說在架構方面有重大的突破。」

是年，先生《周易縱橫談》，桂林：廣西師範大學出版社發行簡體字版。

是年，先生捐款「政治大學學術發展基金會」新臺幣一萬元整。

中華民國九十六年丁亥（2007）　　　　先生七十六歲

3月2日至7月31日，先生碩博士指導門棣賴貴三教授應聘國立臺灣師範大學國際漢學研究所籌備處主任。

5月，〈「形而上者謂之道，形而下者謂之器」析議〉收錄於劉大鈞主編，《大易集釋．上》，上海：上海古籍出版社，頁386-394。

仲夏，序門棣賴貴三《易學思想與時代易學論文集》，於臺北新店「見南山居」。

7月7日，星期六，下午2時30分至4時30分，先生應邀於政治大學百年樓文學院中文系會議室（0309），參加第十六次「中國古典文藝思潮研讀會」，主持人為政治大學中文廖棟樑教授，導讀人為國立東華大學中文系王文進教授，講題為「如何解讀裴松之《三國志注》中的地域史密碼」。

8月1日，《新譯乾坤經傳通釋》，臺北：三民書局初版發行。

8月1日，先生碩博士指導門棣賴貴三教授應聘國立臺灣師範大學國際漢學研究所創所首任所長。（2007.8.1-2009.1.31）

9月，《魏晉南北朝易學書考佚》，臺北：花木蘭文化出版社，471頁。收入《古典文獻研究輯刊．五編》第五至七冊，新版發行。

10月，陳正治〈黃慶萱教授與修辭學〉刊《文訊》264期，頁20-24。

12月3日，三民書局出版《周易縱橫談》（增訂二版）。

12月，宗廷虎主編《20世紀中國修辭學．上》「第四節．黃慶萱的《修辭學》」，北京：中國人民大學出版社，頁363-365。

是年，先生指導第十、十一位博士班研究生，臺灣師大國文研究所陳秉貞《三蘇史論研究》、黃培青《宋元時期嚴羽詩論接受史研究》，完成博士學位論文，順利通過口考，是為先生指導博士學位論文的關門二受業弟子。

中華民國九十七年戊子（2008）　　先生七十七歲

1月1日，《周易縱橫談》，臺北：東大圖書公司增訂二版發行。

1月，〈乾道變化與理一分殊〉收入李學勤，朱伯崑等著《周易二十講》，北京：華夏出版社，頁321-393。

4月30日，星期三，國立彰化師範大學國文學系原擬邀先生參加該系「人文講座」，主講：「《周易》與文學」，先生推辭後，改請門棣賴貴三應命。

6月21日，星期六，先生於臺灣大學新體育館248教室，應邀參加「文獻與詮釋研究論壇第三次研討會──《周易》詮釋傳統學術研討會暨《易》學研究回顧與前瞻討論會」，與黃沛榮教授共同擔任「《易》學研究回顧與前瞻討論會」引言人。

9月，先生碩士學位論文《史記漢書儒林列傳疏證》刊入《古典文獻研究輯刊．七編．第7冊》，臺北：花木蘭文化出版社，249頁，附錄有〈西漢儒林師承傳授圖等2篇〉。

12月6至7日，星期六、日，先生應邀於國立高雄師範大學和平校區行政大樓十樓第一會議室舉辦之「第二屆《易》詮釋中的儒道互動學術研討會」，專題演講：「〈乾〉道變化與理一分殊」，黃沛榮教授主持；演講之後接著於第一場論文發表會，特約討論黃沛榮教授〈近代出土文獻對《易經》研究的意義〉。此次會議係由臺灣大學中文系「先秦儒道思想的互動與對話研究計畫」及高雄師範大學經學研究所合辦，會中邀請了黃沛榮、賴貴三、黃忠天、楊自平、許朝陽、鄭吉雄、孫劍秋、趙中偉、林文欽、陳明彪、蔡鴻江、黃明誠、楊濟襄、謝大寧（臺灣）、廖名春、王博、林忠軍（中國大陸）、淺野裕一（日本）等多位學者發表研究心得。

是年，問要《新譯乾坤經傳通釋》，《周易研究》第2期，頁97，對先生著作評述：

> 該書係對《周易》經傳中〈乾〉、〈坤〉兩卦的系統解釋和翻譯，分導言、〈乾〉卦經傳通釋、〈坤〉卦經傳通釋三大部分，書末並附有朱熹《周易本義．筮儀》、《周易啟蒙．考變占第四》二節。導言部分簡明的論述了《周易》在中國文化史上根源性的地位，對《周易》經傳的文本構成做了介紹，並對《易傳》各篇寫作年代之先後作了簡要考證。正文部分則依據費直以傳說經的理念，採用清儒朱駿聲以傳附經的方法，不僅把〈彖傳〉、〈象傳〉依內容分置於〈乾〉、〈坤〉二卦卦爻辭及用辭之後，而且將〈文言傳〉也依內容條分而置於〈乾〉、〈坤〉卦爻辭及用辭之後，並摘取〈繫辭傳〉、〈說卦傳〉、〈序卦傳〉、〈雜卦傳〉中與

〈乾〉、〈坤〉二卦相關的文句，分置於〈乾〉、〈坤〉二卦卦辭之後。全書如此編排將〈乾〉、〈坤〉二卦的卦爻辭和《十翼》中的闡釋相連屬，目的在於使讀者「尋思易了」，對古人之說〈乾〉、〈坤〉兩卦有一個通盤的認識。在內容上，全書對〈乾〉、〈坤〉經傳文字逐條作了「注釋」與「語譯」（翻譯），各條注釋博采古今《易》學論著，論述翔實，更能於融會貫通中盡現作者精到之見解。

中華民國九十八年己丑（2009）　　先生七十八歲

8月1日，先生授業之師大國文系69級大一導生王基倫教授，應聘為臺灣師大國際漢學研究所所長。

11月28日，先生於臺灣師範大學舉辦「中山人文思想與兩岸《周易》學術研討會」，主講「《周易》與人生哲學」。

11月28日，先生於臺北：國父紀念館中山講堂，主持國立臺北教育大學華語文中心主辦之「中山人文思想與第六屆海峽兩岸《周易》學術研討會」第二場研討會議，門棣賴貴三發表論文：〈清儒吳騫《子夏易傳釋存》稿本研究〉。

12月13日，星期日，先生千金紹音與臺北板橋賴威志先生，舉行公證結婚。

中華民國九十九年庚寅（2010）　　先生七十九歲

1月1日，星期五，先生千金紹音于歸之喜，設筵於臺北世貿聯誼社，宴請親友同仁門棣。

4月15日，擔任國立臺灣師範大學文學院專題演講主講人，講題：「定義的方法：歷史的、現象的、理論的——以『文學』為例」。

4月，〈《周易・乾卦》釋義〉（頁1434-1460）、〈《周易・坤》釋義〉（頁1461-1479）、〈《易・小畜・履卦》釋義〉（頁1480-1494）、〈《周易・謙・豫》釋義〉（頁1526-1540）、〈《周易・臨・觀》釋義〉（頁1574-1587）收入劉大鈞總主編：《周易經傳（四）》，上海：上海科學技術文獻出版社。

〈《易》學書簡〉（李怡嚴、黃慶萱，頁2110-2124），收入劉大鈞總主編：《周易經傳（五）》，上海：上海科學技術文獻出版社。

4月，〈梁褚仲都及其《周易講疏》〉（頁1197-1209）、〈蕭衍及其《周易大義稿》〉（頁1210-1213）收入劉大鈞總主編：《百年易學菁華集成．初編．易學史（五）》，上海：上海科學技術文獻出版社。

10月30日，星期六，先生參加「第四屆儒道國際學術研討會──隋唐」，於演講廳508室，擔任第一場B主持及講評三篇論文：賴賢宗〈孔穎達「論易之三名」之析論與詮釋〉、鄭燦山〈唐代趙志堅的老子注疏研究〉與孫劍秋〈《一行易纂》思想研究〉。

11月26日至27日，星期五、六，先生應嘉義：南華大學文學系之邀，於該校學慧樓地下室演藝廳（HB03），參加「2010黃永武先生學術研討會」，專題演講：「黃永武生平與學術述介」。

冬月，山東大學《易》學與中國古代哲學中心主任劉大鈞（1943-）教授航寄親書「耇壽」大字，以及題辭：「黃中通理脩黃耇，萱草不老壽慶萱」，預賀明年陽春先生八秩大壽。

中華民國一百年辛卯（2011）　　　　先生八十歲

3月21日，夏曆二月十五日，先生八豑嵩壽之慶，受業門棣共同編撰：《中孚大有集──黃慶萱教授八豑嵩慶論文集》，臺北：里仁書局出版發行。

4月9日，星期六，上午，先生受業門棣假臺灣師大國文學系樸七樓語言視聽室，舉辦先生壽慶聯誼茶會；午間，壽宴於臺北：羅斯福路「彭園湘菜館」。

4月13日，門棣賴貴三撰〈黃慶萱教授八豑嵩壽聯誼茶會與餐會紀要〉：一、聯誼茶會──中華中華民國100年4月9日（星期六）上午10時至11：30，師大國文系退休教授黃慶萱先生受業門棣，特假該系勤七樓語文視聽室，舉辦八豑壽慶聯誼茶會，學生分獻《中孚大有集》、花束與宣傳海報，齊祝老師「福如東海，壽比南山」，場面熱烈，笑逐顏開；氣氛溫馨，留下永恆的歷史回憶。二、聯誼餐會──茶會結束之後，大家隨即散步前往位於羅斯福路知名之「彭園湘菜館」，舉辦壽慶聯誼餐會，席開五桌，「群賢畢至，老少咸集」，珍饈美饌，旨酒盈觴；席間，老師特別感謝里仁書局徐秀榮先生鼎助出版論文集，並虔誠祝福每位與席貴賓「天天快樂，壽如彭祖」，同歡共慶，盡興而歸。

9月，接到成功大學中文系張高評教授的電話，邀請先生參加成大主辦「超脫『辭格』之修辭新視野」學術研討會，專題演講：「大家一起來審視修辭格」。張教授是先生的得意門棣，在臺師大大學部、高師大研究所兩度教過。而且先生所寫的《修辭學》正好偏重「辭格」，張教授邀請專題演講，正是提供一個澄清和答辯的機會，所以先生立刻答應了。

11月，〈探荒——觀荒謬劇《腳色》有感〉收入馬森《腳色——馬森文集》（叢書名：美學藝術類），臺北：秀威資訊科技公司發行，頁309-312。

11月15日，撰寫「大家一起來審視修辭格」專題演講稿於臺北「見南山居江河並流齋」。

12月3日，中華民國修辭學會主辦「超越辭格之修辭新視野學術研討會」，先生專題演講：「大家一起來審視修辭格」。

中華民國一百零壹年壬辰（2012）　　先生八十一歲

2月11日，先生外長孫賴昶宇誕生。

3月，夏中華著《應用語言學——範疇與現況・上》（上海：學林出版社，頁227）：

> 臺北師範大學的黃慶萱以美學、文學和心理學理論來講授傳統的《修辭學》是有所突破的，有所前進的。相比之下，我們在文學語言和修辭理論的教學和科研上的結合還不夠。

4月，《西遊記——取經的卡通》，臺北：時報出版再版，2016年7月又再刷。

11月29日，〈黃慶萱——不斷求新《修辭學》〉刊《溫州都市報》第20版「溫州學人」：

黃慶萱的《修辭學》通古今之變，究內外之際，不斷求新，已成修辭學的一家之言。這位在修辭學中備受推崇的臺灣學者黃慶萱是從平陽走出的。

12月1日，《魏晉南北朝易學書考佚》，上海：華東師範大學出版社發行。
年底，先生《周易六十四卦經傳通釋》已寫到〈姤〉卦第四十四個，還差二十卦，全書就完成了。

中華民國一百零二年癸巳（2013）　　先生八十二歲

1月，門棣賴貴三《臺灣易學人物志》特論臺灣光復第二代《易》學人物志「五、黃慶萱」（頁663-706），臺北：國家教育研究院主編，臺北：里仁書局出版發行，凡1309頁。
5月，《中國歷代經典寶庫43．風靡臺灣的迷你版──西遊記》（共同改寫編著者林明峪、龔鵬程），北京：中國友誼出版公司出版。
5月，先生〈甲坼開眾果，萬物具敷榮〉一文，收錄於周玉山（1950-）主編：《三民書局五十年》（臺北：三民書局），頁67-70。

中華民國一百零三年甲午（2014）　　先生八十三歲

3月，羅尚著，龔鵬程、孫吉志編校，劉夢芙審訂：《戎庵詩存．下》收羅尚詩〈文擢全家回臺觀光，與陳新雄、黃慶萱、張夢機三教授共設接風〉，合肥：黃山書社出版，頁522。
9月，〈論許台英《水軍海峽》的危機意識──兼論觀念小說的成功因素〉，收入許台英著《憐蛾不點燈》，鄭州：河南大學出版社，頁349-352。
11月16日，謝德瑩師母表姊夫何君平、表姊沈德康賢伉儷，遠自昆明前來臺北拜訪，先生落地接待、親切導覽，圓滿平安返歸昆明後，特別致函感謝先生、師母、女兒紹音、女婿賴威志與外長孫昶宇，熱情接待臺灣之行。

中華民國一百零四年乙未（2015）　　先生八十四歲

8月1日，先生博士指導門棣曾守正教授接任國立政治大學中國文學系主任，任期兩年。（2015.8.1-2017.7.31）

中華民國一百零五年丙申（2016）　　先生八十五歲

2月，魯毅〈民國報刊視野中《駱駝祥子》的閱讀與傳播〉，從閱讀史的角度，探討民國時期大眾對《駱駝祥子》的閱讀、傳播與文本經典建構之間的關聯。整理了民國報刊討論《駱駝祥子》的十八篇文章，先生之文〈談《駱駝祥子》〉（《建國月刊》第2卷4期，1948年7月）排列第十三篇。《池州學院學報》第30卷第1期，頁10。

5月，陳鼓應、趙建偉注譯《周易今注今譯》注「宜建侯而不寧」句，北京：商務印書館，頁56，云：

> 黃慶萱說：「培養好習慣，建立道德的據點；結交好朋友，建立事業的據點。都可以視為『利建侯』（《周易讀本》），有啟發意義。」

7月，《取經的卡通神怪之旅──西遊記》，臺北：時報出版再版。

中華民國一百零六年丁酉（2017）　　先生八十六歲

8月，朱彥民《跨學科視野下的易學叢書．史學視野下的易學》（廣州：華南理工大學出版社，頁45）：

> 胡自逢、黃慶萱等學者，是臺灣二十世紀六七十年代培養起來的一批《易》學研究學者。他們的《易》學研究成果頗能代表這一時期臺灣《易》學文獻輯佚、考注方面的總體水平。

中華民國一百零七年戊戌（2018）　　先生八十七歲

是年，《中學語文》2018年第4期，頁80，王緒梅，鄧維策〈2017年高考江蘇卷指瑕——小狗對「我們」是映襯關係嗎？〉，引用先生修辭學映襯之說，檢討高考江蘇卷試題，討論小說中的小狗對人物刻畫是否起到映襯作用。

中華民國一百零八年己亥（2019）　　　　先生八十八歲

2月，黃慶萱，林明峪，龔鵬程編著：《西遊記》，北京：九州出版社出版。
3月4日至7月31日，碩博士指導門棣賴貴三教授代理國立臺灣師範大學國文學系許俊雅教授主任職務。
8月1日，門棣賴貴三教授膺選為國立臺灣師範大學國文學系主任，任期三年，至民國111年（2022）7月31日屆滿。

中華民國一百零九年庚子（2020）　　　　先生八十九歲

1月10，《新譯乾坤經傳通釋（修訂二版）》，臺北：三民書局出版。
6月，林甲建編：《滋蘭九畹》（杭州：西泠印社出版社）介紹先生幼年就讀的平陽縣中心小學：

> 創辦於光緒二十八年（1902）農曆五月廿五，距今剛好走過了一百一十六個年頭。學校初名「平陽縣學堂」，址選九凰山麓坡南匯頭。是平陽從私塾、書院的傳統授徒形式進入現代規模教學的開始，也是溫州地區最早的較具規模的小學之一。……學校創辦者劉紹寬先生首開興學之風，謝俠遜、蘇昧朔、陳劫塵、蔡笑秋等眾多名師薈萃於此。姜立夫、蘇步青、馬星野、吳景榮、張鵬翼、顏逸明、黃慶萱……一大批人才從這裡起步，通過不懈的努力，成為民族的棟才，教育興邦的薪火代代相傳。正如吳景榮教授給母校的題詞那樣，「滋蘭九畹，百年芬芳」，他們是平陽縣中心小學的驕傲。

9月，《周易六十四卦經傳通釋》稿成，遂了先生平生夙願。
11月3日，先生嗣外次孫黃閎宇誕生。

11月7日，參加本校69級校友回娘家，於體育館四樓盛大舉辦的「四十重聚」活動，本系69級乙班出席同學，特別書寫「國文系69級乙班全體同學敬上」聯名文辭，感謝先生當年擔任大一導師時，師生互動融洽、情誼真摯，迻錄如下：

慶萱吾師惠鑒：

幸逢恩師，醉看茱萸。恭祝：健康如意。　愚生　（蔡）艷紅　敬上

與恩師在畢業40年大慶喜相逢，真是開心！敬祝：健康平安！學生黃美婷敬上

與恩師喜相逢於畢業40年大慶，幸福美滿。恭祝恩師：健康平安！學生陳文女敬上

喜與恩師四十大慶，母校相逢，真是無比開心喜樂。恭祝老師：長壽無憂，平安吉祥。　學生　楊源燕　敬上

高山不移，碧水長流。祝老師：平安！健康！稱心！快樂！　學生美琼（黎美瓊）　敬上

老師的《易》學和修辭學，貫古又通今，令人佩服。祝福老師：永遠健康快樂！　（王）基倫　敬上

在這特別的日子，謹向您致上永恆的感恩之情。祝老師：健康平安！學生　黃淑芬　敬上

慶萱吾師惠鑒：難忘您的修辭學，所謂「修辭立其誠」，這「誠」字即成為學生一路走來為學與辦學最重要基柢。　學生　69級　林繼生敬上

祝老師：健康快樂！　李開源　2020.11.7

中華民國一百一十年辛丑（2021）　　　　先生九十歲

3月19日，《新譯周易六十四卦經傳通釋》（上）》，臺北：三民書局出版。本書內容簡介：

本書乃作者繼《新譯乾坤經傳通釋》之後，《周易》研究的最新力作。全書徵引詳盡，釋義通透，「注釋」、「語譯」之後並附有極具參考價值之「古義」，堪稱研讀《易經》的最佳讀本。

先生〈導讀〉自述：

我七十歲（2000年）從臺灣師範大學國文系退休，開始改寫舊作。2007年完成《新譯乾坤經傳通釋》。〈乾卦〉據《讀本》改寫了十次，〈坤卦〉改寫了三次，內子德瑩不厭其煩在電腦上為我打字，教我感激不盡。
〈乾〉〈坤〉之單行，古已有之。《隋書・經籍志》就著錄有《周易乾坤義》，南齊劉瓛撰。近代大儒熊十力先生也有《乾坤衍》一書，刊行於世。
因此我就央請三民書局把《新譯乾坤經傳通釋》先行出版。2020年9月《周易六十四卦經傳通釋》稿成，遂了平生夙願。

3月24日，門棣賴貴三致函先生海內外學友、同仁、受業與指導門棣等，徵求《肅禮作毓──黃慶萱教授九艓壽慶論文集》祝賀文稿。
8月1日，博士論文指導門棣曾守正教授，榮任國立政治大學文學院院長。
11月19日，為門棣賴貴三《魯汶遊學風雅頌》作〈序〉稿紙4頁、〈附記〉稿紙1頁。
12月，門棣賴貴三主編：《肅禮作毓──黃慶萱教授九艓壽慶論文集》，委請臺北：萬卷──樓圖書股份有限公司出版發行。

中華民國一百一十年壬寅（2022）　　　　先生九十一歲

3月12日，星期六上午，假臺北市南昌路、福州街交口之「孫立人將軍官邸」（陸軍聯誼社餐廳），舉辦「肅禮作毓──黃慶萱教授九艓壽慶論文集」出版刊行茶會，同時舉辦壽慶聯誼餐宴，祝福先生「天保九如，期頤眉壽」。

編案

此年表中，有關先生著作，部分參錄許俊雅教授〈黃慶萱先生學行著述中的若干人事物——附：黃慶萱先生著作目錄初編〉一文（本書，頁109-149）而成。又論文集中，相關師長、同門與學生論述中，凡有年月日記錄者，一併編入年表中，特此說明並致謝。

學術論文集叢書 1500021

肅禮作毓——黃慶萱教授九豑壽慶論文集

主　　編　賴貴三
責任編輯　呂玉姍
特約校稿　林秋芬
書名題字　黃明理
封面設計　呂玉姍

發 行 人　林慶彰
總 經 理　梁錦興
總 編 輯　張晏瑞
編 輯 所　萬卷樓圖書股份有限公司
地址　臺北市羅斯福路二段 41 號 6 樓之 3
電話　(02)23216565
傳真　(02)23218698

發　　行　萬卷樓圖書股份有限公司
地址　臺北市羅斯福路二段 41 號 6 樓之 3
電話　(02)23216565
傳真　(02)23218698
電郵　SERVICE@WANJUAN.COM.TW
香港經銷　香港聯合書刊物流有限公司
電話　(852)21502100
傳真　(852)23560735

ISBN 978-986-478-601-5
2022 年 2 月初版
定價：新臺幣 1600 元

如何購買本書：
1. 劃撥購書，請透過以下郵政劃撥帳號：
帳號：15624015
戶名：萬卷樓圖書股份有限公司
2. 轉帳購書，請透過以下帳戶
合作金庫銀行 古亭分行
戶名：萬卷樓圖書股份有限公司
帳號：0877717092596
3. 網路購書，請透過萬卷樓網站
網址 WWW.WANJUAN.COM.TW
大量購書，請直接聯繫我們，將有專人為您服務。客服：(02)23216565 分機 610

如有缺頁、破損或裝訂錯誤，請寄回更換

國家圖書館出版品預行編目資料

肅禮作毓 ： 黃慶萱教授九豑壽慶論文集/賴貴三主編. -- 初版. -- 臺北市 ： 萬卷樓圖書股份有限公司, 2022.02
面 ；　公分. -- (學術論文集叢書 ; 1500021)
ISBN 978-986-478-601-5(精裝)
1.CST: 經學 2.CST: 中國文學 3.CST: 文集

090.7　111000161